花千骨 下

下

果果 / 作品

《纪念典藏版》

骨

湖南文艺出版社
HUNAN LITERATURE AND ART PUBLISHING HOUSE

博集天卷
CS-BOOKY

图书在版编目（CIP）数据

花千骨：纪念典藏版：全2册 / 果果著. — 长沙：
湖南文艺出版社，2015.6
ISBN 978-7-5404-7173-6

Ⅰ. ①花… Ⅱ. ①果… Ⅲ. ①长篇小说—中国—当代
Ⅳ. ①I247.5

中国版本图书馆CIP数据核字（2015）第101523号

上架建议：畅销 / 古代言情

花千骨：纪念典藏版（全2册）

作　　者：果　果
出 版 人：刘清华
责任编辑：薛　健　刘诗哲
监　　制：于向勇　马占国
策划编辑：刘　伟
营销支持：刘　健
装帧设计：仙　境
插　　画：容　境
出版发行：湖南文艺出版社
　　　　　（长沙市雨花区东二环一段508号　邮编：410014）
网　　址：www.hnwy.net
印　　刷：北京鹏润伟业印刷有限公司
经　　销：新华书店
开　　本：700mm×1000mm　1/16
字　　数：868千字
印　　张：49
版　　次：2015年6月第1版
印　　次：2015年6月第1次印刷
书　　号：ISBN 978-7-5404-7173-6
定　　价：62.00元（全2册）
（若有质量问题，请致电质量监督电话：010-84409925）

花千骨_下

目录
Contents

花千骨 下

目录
Contents

卷 五

南无墟洞凄凉月，腐心蚀骨不能言

断念——

「我错了，徒儿知错了，师父，求求你，不要……」那么久以来，不管吃多少苦，她没有过一声抱怨，销魂钉那样锥心刻骨的痛她没有掉过一滴眼泪，可是此刻，却害怕得如同孩子一样慌乱无措地哭求了起来。

白子画依旧没有任何表情，袍袖迎风一扬，一柄寒光四射的宝剑已赫然在手。

三十三 十方神器

海底深处，白子画依旧安静地漂浮着，衣袂随着水流轻轻鼓动，周身一片祥和的光晕，犹如躺在巨大的水晶棺中。夏紫薰在一旁看着他，目光里全是哀伤。

源源不断地向他输入内力，只盼着他赶快醒过来。而自己目前能做的，也只有这点了。

夏紫薰想到自己，越发觉得可悲起来，千骨虽然只是个孩子，却可以为子画付出那么多。而自己这几百年来除了自怨自艾、自甘堕落，还会什么呢？

她和花千骨一样爱着白子画，可是她的心里有了白子画的那一刻，就再容不下别的东西了，仙界、众生、天下，在她心里便再也无关紧要了。妖神出世不出世，与她何干？六界涂炭，与她何干？可是千骨爱白子画，也爱他所爱的天下苍生。关心他，所以关心着他所关心的一切。

自己被爱欲所蒙，一直在痛苦里挣扎，她却从不奢求回报，只求他一个安好。与她相比，自己白活了这么多年，原来自己才是个不懂爱的孩子。

夏紫薰痴痴地看着白子画，其实很希望他永远不要醒来，她就可以永远这么看着他。可是为何千骨就可以爱得那样无声无怨尤，她的爱就这样自私呢？

白子画终于悠悠转醒，夏紫薰赶忙擦掉眼角的泪。

"小骨！"他睁开眼一坐而起，看到的却是多年未见的夏紫薰。

夏紫薰看着他，颤抖着嘴唇说不出话来。

"你怎么在这儿……"好像沉睡了太久太久，很多事情他仿佛都记不得了。

夏紫薰看着白子画依旧冰凉淡漠的脸，努力想笑，想像曾经幻想过千万遍的那样，重逢时将最美的笑容绽放在他的面前，可是此刻却无论如何也笑不出来了。

他知不知道，知不知道这些年她为他吃了多少苦，那个孩子又为他吃了多少苦……那个孩子，比她还傻……

"怎么回事？我的毒……"白子画一运内力，惊奇地发现剧毒已经全解了。这怎么可能？

"小骨呢？神器呢？"不祥的预感越来越多，他的心紧绷起来。

"来不及了……"夏紫薰轻轻摇了摇头。

"什么……来不及了？"白子画眉头一皱，观微海面，天空一片妖异的紫色，日月惨白挂在天上。十方神器封印已解，在空中释放和集聚着惊天动地的力量，巨浪滔天，风起云涌。海面上空密密麻麻全是人，都在无可奈何地静观事态发展。

白子画心头一凉。"是小骨解开的封印么？"他一字一句地问道。六界之中如今有这个能力的，怕只有她一人。

夏紫薰仍然看不出白子画的情绪，就算到了这个时刻，他依旧沉着冷静。

"是。"她咬着牙说。

"为什么我的毒会解了？"

"你中了卜元鼎的剧毒，还好我之前炼制过一份解药。千骨找到我，求我帮忙救你。我匆匆赶来，这才解了你的剧毒。"夏紫薰深吸一口气，终究还是照着花千骨跟她说的那样说了，只因为她们俩都太了解白子画的为人。

白子画冰冷的眸子，让夏紫薰心里完全没底，也不知道他到底是信了还是没信。

"她为什么要盗取神器，放妖神出世？"当初发现小骨是神的事，他谁也没说，就是怕妖魔知道了利用她解开封印，更怕师兄他们知道会杀了她。却没想到最后，还是到了这个地步。

都是为了你啊！夏紫薰好想这么说，可是终于还是忍住。

"她是多年前奉杀阡陌的命令混入你门下的，目的就是为了找寻机会，夺取神器。"

白子画拂袖转身："一派胡言！我收小骨进门的时候会不清楚她的背景么？她和杀阡陌明明是之后才结识的！"

"原来你知道。"

"我当然知道。"白子画眼神突然变得锐利如冰。他怎么会不知道花千骨那点小秘密，例如有时候跑出去跟杀阡陌见面，时常和东方彧卿通信。虽然二人都不是正道中人，可是也不算大奸大恶之辈。小骨跟他们有些缘分，他做师父的没必要连这些都干涉。

"你对她倒是宽容。"夏紫薰轻叹一声，"连长留门规都不顾了。那可能就是之后二人慢慢谋划的吧，我们魔君很喜欢她，我想这你肯定也知道……"

"够了！"白子画冷着脸说道。她想说什么，想说小骨和杀阡陌有私情么？

"小骨现在人在哪儿？"他刚刚迷蒙中似乎听见过小骨的声音。右手手心里，还依稀觉得莫名的熟悉而温暖。那一缕悲伤一丝绝望还有深深的眷念之情，依旧若有若无地萦绕在他指尖，四散不开。

他现在已经顾不了那许多了，只想找到她好好问个清楚。除非她亲口承认，否则别人说什么他一概不信。可是为何仙力几乎都已完全恢复，观微依旧到处都找不到她？她到底又藏哪儿去了？

夏紫薰低着头不说话，只是伸出手把依旧昏睡中的糖宝递给他。白子画看见糖宝，心头陡然一惊，小骨不管走到哪儿，几乎都带着它。

"她……人呢？"

"怕你处罚她，躲起来了。"夏紫薰转过头，不想让他看见自己脸上的挣扎。

妖神出世，小骨失踪，白子画眉头锁得更紧了。不过现在，众仙不能群龙无首，先解决妖神出世的事再说。

白子画准备离开，看着她低声道："谢谢你……"

夏紫薰心酸得眼泪差点就要掉下来。

"你不要谢我……不要谢我……不是我，不是……"

"你跟我回去吧？"白子画突然问道。

夏紫薰苦笑着摇头："回不去了，再也回不去了……"她现在连妖魔都不如。

白子画回头看她一眼，与百年前一样，依旧没有半分温度。

夏紫薰看着他的背影飞向海面离自己越来越远，喃喃自语道："若是你百年前来寻我，若是你当时对我说这话……可是终归，你连我堕仙的原因都不知道，也不想知道。我对你而言，连你长留门下随便一个弟子都不如吧。对他们你还有一丝责任，对我，你只当路人而已。白子画啊白子画，你知不知道看似心怀众生的你，才是九天之上最无情的仙。或许，只有关于千骨的事情，你才会有一点点不一样的情绪……她若知道自己在你心底的这一点不同，却是死也瞑目了……"

杀阡陌已经无数次尝试过进入神器的墟洞中把花千骨救出来，无奈都被巨大的力量弹了回来，却又怎么都想不通她是怎么进去的。

神器已经在天空中吐纳风云整整一天了，仙魔二界的人几乎都来齐了。东方彧卿赶到，依旧是独自一人。再然后居然轩辕朗也来了，带着千余精兵。仙界无不诧异，人间的帝王不但自己仙术了得，居然还专门培养了一批习法术的士卒，训练有素，气势逼人，连妖兵天兵也不由得忌惮三分。

于是仙界、妖魔界、人界，三足鼎立，围绕在神器周围。三方各怀心思，却又都只能按兵不动，注意力基本上都放在妖神何时出世这个问题上。

妖魔自然是急不可耐地坐等其成便可，人仙两界随着时间推移却是越来越焦躁不安。紧要关头，白子画却不在，众仙只好望着摩严，盼着他做出决定赶快下命。趁着妖神元神尚未复苏和完全成形，现在或许还有一丝希望。若真等他脱离雏形，从神器中出来，就真的只能生灵涂炭了。

"师兄？"笙箫默望着他，摩严始终紧皱着眉头，加上脸上的伤疤，整个人更显得可怖。

"我察觉到子画的气息了，再等等。"

"二师兄他没事？"笙箫默惊喜道，突然心就轻松了大半。

轩辕朗和东方彧卿得知花千骨进入墟洞里面，也是心头一惊。轩辕朗并不清楚都发生了些什么事情，只知道必须阻止妖神出世。东方彧卿却都是知道的，也大约料到白子画的毒已经解了，而朔风，已经死了。

如今妖神也因骨头即将出世，她心里肯定痛苦自责到了极点。想要凭一己之力进入墟洞重新封印妖神，或者哪怕同归于尽也是完全可以想到的。

东方彧卿长长地叹一口气，望着上空，一切都如他所预料的轨迹蜿蜒前行，心却揪成一团，那么多年，第一次开始痛恨自己的身份，痛恨自己知道再多，却永远只能当一个无可奈何的旁观者。可是心里却又始终抱着殷殷的希望，骨头从来都没有让他失望过，相信这次也一定不会！

就在此时，一个身影从海中盘旋急飞而上，白衣胜雪，海浪随着他一层又一层在海天之间掀起细长的银柱，一直升到最高空。白子画就站在水柱上，俯视众人。衣袂飘扬，表情肃然中更显神圣高不可侵。

"尊上——"

众人欢呼，之前心底笼罩的绝望和恐惧的阴霾一扫而光。白衣翩翩的他，犹如一道光将紫色的妖异天空照亮。

"师弟，你的毒？"摩严传音问他。

"已经得解，没有大碍了。"

白子画看着墟洞，开口道："封印虽解，妖神即将出世，但是解除的只是十方神器中的妖神之力，妖神尚未得实体。承载如此巨大的力量，最起码还要二十一个日夜，才能正式成形。众仙联手就算毁不了墟洞，也一定能大伤他元神，推迟他出世之日。"

白子画的声音不大，却清清楚楚传遍每一个角落，下面一片附和之声，妖魔却开始有些慌乱了。

"众仙听我号令，擎天飞真火，阴阳旱风雷，东西南北再布四个焚星破日阵。"

一时间空中剑芒飞掠，缭乱人眼。妖魔乱作一片，缩小圈子，将十方神器环环围绕，手持利刃，面向众仙。

轩辕朗大惊失色，知道白子画想要硬来，就算墟洞不坍塌，也能伤了妖神正在成长复苏的雏体。这也是没办法中的办法，虽然有一定可行性，但是花千骨还在里面，这可如何是好？左右为难之下，他还是一挥手，下令保护神器。

看着人界突然反戈，兵将纷纷与妖魔站作一排，将神器围了个结实。

摩严心有不悦："轩辕陛下，你这又是为何？难不成你这次来也是为了助妖神出世？要知道妖神肆虐，首当其冲受害的便是人界！"

众兵将也都不解地望着轩辕朗，不知道他是什么意思。

轩辕朗心乱如麻，一脸担忧看向白子画："尊上，千骨也在里面！"

白子画的脸色微微变了变，望向笙箫默和摩严，摩严不屑地冷哼一声，笙箫默皱着眉轻轻点了点头。

白子画未待沉思便冰冷说道："那又如何，这妖神难道不是她放出来的么？就是死千次万次也不足以抵她的罪过。"说着大手一挥。

"你敢！"杀阡陌双目红得耀眼，往白子画身前一拦，长剑出手，杀气震天。乱发不断拂过他绝世的容颜，在场的人，无不被其掳获心神。

白子画想起夏紫薰刚刚说的话，想起几次见花千骨和他搂搂抱抱，心虽不信，却不知为何仍微微有怒火。

"你看我敢不敢。"白子画冷冷说道。横霜剑出鞘，二人间的争斗一触即发。

三十四 妖神出世

被狂风和扭曲的空间撕扯着，花千骨觉得自己快要四分五裂了。剧烈的疼痛从身体还有五脏六腑传来，呼吸不到空气，窒息感像丝线将她密密麻麻缠了个结实，她嘴唇苍白，面色发青，头晕目眩，直想呕吐。

四周什么也看不清楚，青灰一片中到处是乱舞着的鬼魅妖魂的残肢和碎片，如幻影和破旧的棉絮一般被撕扯，被搅拌。花千骨拼命想挣扎，可是那种惊天的力量太过巨大，容不得人丝毫反抗，在一阵阵仿佛鬼哭狼嚎的凄惨破碎的奇怪声响中，花千骨逐渐失去意识。

等她再次醒来的时候，四周皆已平静。身体像躺在软绵绵的云里，温暖舒适。还未待睁开眼睛，她已经感觉到了外面的洁白与光亮。

光线从眼睛的细缝里穿透进来，她什么也看不见，却仿佛又看见了整个世界。那样的感觉就像是身处一个美妙的幻境，她太累太疲倦，沉醉其中，迷迷糊糊的，不愿睁开眼醒过来。

可是隐隐约约中似乎听到一声婴儿的啼哭。她以为自己幻听了，可是接下来哭声更大了，切切实实的。

她猛然惊醒，睁开眼睛一坐而起打量四周，和她想象中完全不一样，她本以为墟洞中应该是漆黑一片，烈火焚烧，犹如阿鼻地狱一般。没想到四周却是柔和的光亮一片，什么也没有。没有天，没有地，没有任何东西，连自己脚下踏的都仿佛不是实体，只有顶头正当中，隐隐挂了一弯弦月。

光辉一片中，她的目光找不到任何可落脚之处，她很快疲倦地闭上眼睛，否则久了或许会瞎的，就像雪盲。

隐约又听到婴儿的啼哭声传来，仿佛来自四面八方。因为没有参照物，所以也分不清方向。花千骨只好继续闭着眼睛，凭直觉慢慢向发出声音的地方靠近。

终于那个声音似乎很近了，花千骨睁开眼睛，惊异地看到面前半空中悬浮着一朵巨大的千瓣莲，仿佛冰雕一般玲珑剔透，发出荧荧幽光。

　　而那个一直在啼哭中的婴儿此刻正赤裸着小小的身子躺在莲心，小手小脚在空中胡乱挥舞着。

　　花千骨心头一震，莫非，这就是妖神？可是怎么会是婴儿模样？

　　她不无防备，慢慢腾起身子，飞到莲花上空俯视着那个约莫三四个月大小的婴孩。那样清脆大声的啼哭，哭声中却丝毫没有悲哀，仿佛只是为了宣告自己的存在。

　　花千骨有些不安了，又略微靠近了些。那孩子小小的，生得粉雕玉琢，可爱得不行。

　　发现有人在看着他，婴孩止住啼哭，好奇地睁着大而黑的眼睛望着花千骨。眸子似一汪泉水般透明清澈。这世上，也只有婴儿才会有那样纯净无瑕的眸子和天真可爱的神色吧。

　　他嘟起小嘴，咿咿呀呀咕哝了两句，好像是在和花千骨说话，却又完全听不懂他在说些什么。

　　花千骨的心痒痒的、软软的，好像被云包裹着一样，有些不知所措地皱着眉头，似乎再怎么都没想到事情会发展成这个样子。

　　婴儿的眼睛看着她，吧嗒吧嗒眨着，圆乎乎的身子滚了滚，然后把小得不能再小的手放进嘴巴里吸吮起来。

　　花千骨小心翼翼地落到莲花上，微微朝他靠近了几步。最后终于蹲在了他旁边，俯身看着他。

　　婴孩咿咿呀呀哼唧了两句，然后双手抱住小脚放进嘴里。

　　花千骨忍不住笑了，伸出一个手指轻轻碰了他一下，柔软的温暖的有弹性的，分明就是个很普通的小婴孩啊。

　　他看着花千骨，小脚胡乱踢两下，然后伸出手去抓花千骨脖子上垂下来的天水滴，可惜胳膊太短了够不着，于是又改去抓她垂下来的发丝。

　　可爱的样子叫花千骨的整颗心都融化成水了，再也忍不住，伸出手指去，轻轻地戳了戳他粉粉的胖胖的小脸颊。婴儿立马抓住她的手指，然后咯咯地笑了，那样清净无瑕。

　　花千骨见他抓着自己的手指就放到嘴里吸吮起来，痒痒的，也忍不住笑了。轻轻把他抱了起来，小小的身子，软弱无骨一般，捧在手心里，生怕一不小心就碎了。皮肤像牛奶像丝绢般光滑细嫩，手脚不停地挥舞着。

　　花千骨怕他着凉，脱下轻薄的外衣将他包裹起来，只露了一张小脸在外面。他挣扎着把小手也伸出来，然后触摸着花千骨的脸，又开心地笑了起来。

花千骨看着他的小手，小小的、肥肥的、白嫩精细，手背上几个小窝窝，心底涌起莫名的疼爱，张嘴轻轻啃咬一口，他笑得更开心了。

可花千骨却发起愁来，这墟洞没有边际，没有东西，而他是唯一的活物，必定是妖神刚形成的雏体。虽然此刻看来只是无害的婴孩，可是一旦成形，到了可以背负巨大的妖神之力的时候，就再没有人拦得住他了。

自己来这儿，不就是为了阻止妖神出世么？不趁着他还未恢复力量的时候杀了他，还要等到什么时候？

可是他只是个婴儿啊，还什么都不懂。凭什么就因为背负着巨大的妖神之力，便要为自己还没做过的事付出生命的代价呢？

花千骨脑海中激烈地斗争着，额头上大颗大颗的汗水往外冒。怀中的孩子却丝毫没意识到自己的生死正掌握在她的一念之间，仍旧开心得仿佛吃了糖一般，抓着她的手指又咬又舔。

看着怀中单纯到一无所知的娃娃，花千骨的心拼命挣扎。一个声音告诉自己要顾念天下苍生，不可因为一时的妇人之仁而留下大祸，而这错本来就是自己造成的，应该由自己解决。

可是师父不也说过万物之始并没有好与坏、善与恶之别么？他如今只是一个普通的婴儿，怎么能因为可能发生却并未发生的这种不确定的事，便判定了他生存的价值呢？如果有人在他成长的过程中，耐心引导他走上正途，摒弃杀戮，就像师父教导自己一样好好地教他，说不定六界涂炭的事就根本不会发生了。

另一个声音又在说，可是如果不行呢？妖神终归是妖神，她今日一时不忍放过一人，有朝一日死的可能就是千万人。如今六界八荒的命运都掌握在自己手里，她怎么能够冒如此大的险？

花千骨闭上眼睛。

可是谁又说过，两个人的性命就比一个人重要？千万人的性命就一定比一个人重要？生命的价值并不是用数量来衡量的啊！为了救一人而杀一人不对，难道为了救两个人，救千万个人杀一人就一定是对的么？

师父总是告诫她，重要的不是一个人的能力，而是一个人的选择。就算他身负巨大的妖神之力又如何？只要他能一心向善，造福苍生大地也说不定啊！

可是那个声音继续争辩：权力导致腐败，能力滋生邪恶。没有人能够控制自己的欲望，能够蔑视天下的力量是绝对生不出至善来的，只会滋生邪恶和贪婪之心。怎能用苍生做赌注，押一个注定会输的结局呢？

不会！花千骨惊恐地摇头，只要有人好好引导，一定不可能是那种结果。怎能在一切尚未成定数之前，就判了一个孩子的死刑呢？她始终相信，人心都是向善的。

花千骨紧紧将孩子抱在怀中，低下头轻轻碰了碰他的额头。她连人都没杀过，这样半点反抗能力都没有的婴儿，她怎么可能下得了手？

既然是她惹出来的乱子，那她，就负责到底吧——

花千骨低声喃喃道："今后，我会像爹娘一样悉心教养你，让你识诗书，知礼仪，辨是非，别善恶，明天理，通古今。你若敢心生半分邪念，我、我便绝不会再心慈手软了。"

花千骨从腕上取下相伴多年的佛珠套在他的小脚上，抬起头望了望正上方的弦月。

"这里没有天地，没有日星，只有月亮。你就南无为姓，以月为名吧。希望你长大了也能胸怀佛心，心怀日月，慈悲众生。千万不要让我有朝一日，因为今天做了这个决定而后悔。"

怀中的孩子仿佛听懂了她的话一样，咧开嘴笑得那么灿烂，眯起的眼睛弯弯的就像两个月牙儿。

花千骨既然已经下了决心了，一下子轻松了许多。看他把小手能够抓住的一切东西不停往嘴巴里塞。

"小月，你是不是饿了啊？"花千骨有些茫然了，怎么妖神也是需要吃东西的么？可是她又不是他亲娘，别说奶水了，她连胸都还基本上没发育，该拿什么喂他啊？

突然想起当初在昆仑山上时好像采摘过一些蕢草放在墟鼎里以备饥饿和疲劳时之需。算来自己也好些天没吃东西了，虽已得仙身，不需要再进食，但是心理上还是会有一种饥饿感无法填补。于是取了蕢草出来，自己吃一点，然后放在嘴里嚼碎了又喂给南无月吃一点。

花千骨几乎是立刻就感觉饱了，而且困顿疲倦也都没了。她逗弄着他玩了许久，然后从墟鼎中取出平常用的灵机琴来，信手抚了一曲给他听，琴声却满是哀伤。

她突然察觉衣角被谁抓住，低头看，南无月居然爬啊爬的爬到了她身边，然后仰起头，天真地望着她笑。

花千骨将他抱在怀中，他伸出小手在她脸上轻轻抓挠着，仿佛要逗她开心一般。花千骨低下头亲亲他的面颊，知道他灵性高于常人何止十倍。

微微觉得有什么地方不对，细细看来，他确实比之前长大了许多，速度之快，叫人咋舌。

南无月很乖，不哭也不闹，花千骨不论干些什么，他都喜欢缠着她要她抱，或是绕着她爬圈圈。一丁点大已经学会了撒娇，咿咿呀呀，不停地在花千骨耳边聒噪着，像是不停在跟她说话。还总爱抱着花千骨的手指在嘴里啃，花千骨惊异地发现，不知不觉间他已长出乳牙了。

或许他开口说话也比别人早许多，花千骨这么想着，就不停地给他讲故事，教他说话。南无月望着她不断开合的嘴巴，眼睛里逐渐有了更多的神采，似乎是能够听懂了。

经过大致推算，花千骨发现在墟洞中每过一天，南无月能长一岁。如此，只需大约二十天左右，他便能拥有强大而完美到足够承载妖神之力的实体了。

花千骨微微有些慌张起来，怕时间过得太快，未待她教导些什么，未待他有足够的时间和阅历去弄懂善恶之别，他便要出世面对六界苍生了。

于是她更加费尽心思地跟他说话，教他知道更多的东西，为他弹琴，陶冶他的性情。

一般的小孩开口第一句学会说的话都是"娘亲"，南无月第一个会说的词却是"花花"。

一般小孩只会称呼自己的名字，分不清自己的镜像，南无月却从很早开始就会说"我"，并有了十分深的自我意识。一开始花千骨还隐隐有些担忧，但是两三天过去，南无月逐渐长大，在她的搀扶下慢慢学会走路。除了比一般孩子聪明伶俐，成长速度快一些之外，并没有别的什么不同。

南无月的性格带点腼腆，非常听话，从来没发过脾气或是显得任性，也丝毫没显露出任何暴戾或邪恶的气息。听到花千骨说到一些人间可怜的悲惨的事，也能心有体会地为之难过。

花千骨教他识字，教他弹琴，南无月几乎是一看就会。不管什么道理，几乎也是一讲就明白，所以教起来非常轻松。花千骨将墟鼎里带着的书给他看，他只需快速地从前面翻到后面就全部记住并且学会了。其他的花千骨就挑着有用的东西一点点讲给他听。怕他觉得枯燥烦闷，便陪他做游戏，但是南无月无论何时都是一副极其耐心的样子。

　　二人都不需要吃饭睡觉，活动的空间几乎也都在千瓣莲之上。花千骨并不避讳偶尔教他一些道家正派的心法和剑法。觉得这样往好的地方去引导，就好像给大坝开了个口子，有个流泻的地方，总不至于有一天洪水高涨到决堤。完全不让他学不让他知道自己的身世是行不通的。与其有朝一日突如其来的刺激，可能将他逼上绝境，还不如从一开始就让他知道自己是谁，明白自己的处境，又应该怎样避免。

　　所以待到他完全懂事了，关于他妖神的身世，花千骨便一五一十地跟他说了，甚至包括自己进入墟洞是为什么。如果他有一天做出为害苍生之事，她会亲手诛杀他。

　　南无月意识到了自己的不同，但是很快便顺其自然接受了。他抱着她的腰撒娇，信誓旦旦道绝不会有那么一天的。他什么也不想要，只要能永远跟她待在一起。

　　花千骨心头一暖，有欣慰有感动还有很多很多莫名复杂的情感。南无月把她当成娘亲一样极端依赖，喜欢听她说她过去生活里一些搞笑的细碎琐事，对练习御剑仙法还有打打杀杀的事情倒显得兴致不高。

　　花千骨喜忧参半，喜的是他始终心似琉璃，玲珑剔透，内无瑕秽。忧的是全天下都想要诛杀他，自己却把他教得跟小绵羊一样，心地善良，不愿伤害他人。就算身负妖神之力，却不能保护自己，这又该如何是好？

　　而自己总是长留弟子，为了师父，为了承担自己的过错，必须回去接受处罚。到那时，没有自己在他身边陪伴他照顾他督导他保护他，他又该怎么办？

　　南无月听见她这么说，第一次面上有了怒色："不准离开小月！无论如何不准离开！如果你走了，就算天涯海角我也把你找回来！谁也不准处罚你！谁敢伤害你我就……"

　　感觉到南无月小孩一样说起气话，千瓣莲微微发红发烫，花千骨连忙捂住他的嘴，将他抱到怀里搂了个严实。

　　"记得姐姐叮嘱你的话么？"

　　"记得……"南无月低下头去。

　　"你如果不想要姐姐伤心的话，就尊重姐姐的选择，以后无论如何都不可以轻易伤人。"

　　"花花姐姐的师父，是个什么样的人？会很严厉地处罚姐姐么？"

　　"他是世上最伟大的师父、最厉害的仙人，也是对姐姐最好的人。"

"那为什么还……"

"因为姐姐做错事了，所以就要接受惩罚。所以小月记住，永远不要做错事，否则姐姐也要打你的屁股！"

花千骨挠他的痒痒，南无月在她怀里笑得前俯后仰，连连求饶。

"姐姐也是对小月最好的人，我也会对姐姐好，小月最喜欢姐姐了。"

"姐姐也喜欢小月，会好好照顾保护小月的。"

"姐姐，我们就在这里好不好，只要有姐姐陪着我，小月宁愿留在这墟洞里，永生永世都不出去。不问世事，不见天日，只要能一直和姐姐在一起。"

花千骨身子一震，看着他依旧稚嫩的童颜，却坚定清澈的眼神。他居然？居然肯为了她永远困在这里么？花千骨紧紧抱他在怀里，感动得不知道说什么才好。外面的天下早已容不下他们二人，如果可以永远留在这里，苍生无忧，小月无险，倒也不失为两全其美之事。只是师父和糖宝他们，就再也见不到了吧……

墟洞之内一片宁静祥和，东海之上却是天翻地覆。莫说在海天之间风起云涌，十方神器一直有生命般吐纳天地之气，就是紫色天空下数以万计的妖魔仙人魍魉鬼怪也闹得到处都不得安生。

眼看白子画和杀阡陌二人僵持不下，一触即发，众人的心都提到了嗓子眼儿。这仙界和魔界法力最强的人若真动起手来，其壮观程度和杀伤力都可想而知。

两方皆无人说话，亦无人敢上前劝阻。唯一为难的是轩辕朗，被夹在仙与魔、花千骨与妖神之间不知如何是好。他始终是挂心着花千骨的，可是毕竟身为帝王，担负的是整个人界的兴衰，凡事不能再像少年一样任性和自作主张。他可以毫不犹豫为花千骨而死，可是没权力决定人界的百姓也同自己一样。

轩辕朗皱着眉，突然开始极端地厌恶起自己的身份来。一个连保护自己心爱的人的权利和能力都没有的皇帝到底做来何用？

此时却突然见一道白影上前，竟然是东方彧卿。他用的不是御风术，亦不需腾云驾雾或是御剑御物，却不知靠的什么法门能在空中迅如闪电，来去自如。身形突然插入白子画和杀阡陌中间，面对魔界仙界至尊却毫无半点惧色。

"尊上、魔君，且慢动手，若你们二人争斗起来，下面仙魔人妖定然混战一团，死伤无数。妖神还未出世，便先已生灵涂炭了……"

东方彧卿望向白子画，如若平时他或许胜上杀阡陌一筹，只是此刻毒伤刚愈，内力还未恢复完全。鹿死谁手，还未能知。

白子画的眼睛里依旧是冰冷一片毫无情绪，没人知道他到底是怒是悲。如果说这世上真有他东方彧卿也完全不知道、看不透、弄不明白的人，那一定就是他长留上仙白子画。

尽管花千骨犯下这么大的错都是为了他，却始终不知道花千骨在他心底有多少重量。他统领众仙，自然有他的立场，不顾骨头死活先要防患妖神出世，做法纵然可以理解，却不可原谅。

想着骨头为他受的委屈和苦楚，东方彧卿心里积郁难平，甚至有种把一切全部告知于他的冲动。看看他会是什么表情，到底是有心还是无心？

白子画眼睛不看他也不看杀阡陌，望着那旋转不停的十方神器形成的巨大墟洞入口。

"你说怎么办？"那样肯定的语气，根本不像是在询问，仿佛早就知道东方彧卿会突然出现阻拦一般。

东方彧卿微微怔了怔，随即笑了。他以为他站得高，于六界之外看着这一切，没有什么逃得过他的眼睛，但或许，白子画在更高处看着他。

"有办法救小不点儿么？"上次太白一役，杀阡陌已见识过东方彧卿的足智多谋，一把抓住他的袖子，激动之情溢于言表。

轩辕朗也满是希冀地看着他。

东方彧卿轻轻点头："这就要看尊上、魔君还有陛下的了。众所周知，上古大战，妖神之身已殒灭，妖神之力被封印于十方神器中。如今十方通道大开，妖神之力从各神器中破封涌出，却无身体可以承载。咱们头上妖神之力所形成的墟洞，就仿佛是一个巨大的子宫，正在将力量凝结妖化，孕育出强大的肉身。二十一日后，妖神的肉身完全成形，墟洞崩塌，妖神之力将会灌注到肉身之中。那是妖神最虚弱的时刻，合众人之力将其击溃的可能性也是最大的。"

轩辕朗沉思道："但如有失误，或一击不成的话，反将其惹怒，一旦出世，后果不堪设想。况且……那时候再救千骨就来不及了！"

"陛下少安毋躁，我不是说要等到二十一日之后，那样所冒风险的确太大。原本，妖神出世无可避免，但没想到的是，骨头竟一人闯入墟洞之中，将墟洞撕开了一道口子，留下薄弱之处，也给六界留下了一道生机。妖神肉身加速成长的过程，就像蛇蜕皮一样，也会有虚弱的时候。据我所知，那便是七天之后的月圆之夜。如若七天后咱们能集几界之力，必能在骨头进入之处再打开一丝缝隙，到时……"

"到时就能进去，亲自把小不点儿救出来？"杀阡陌脸上总算有了一丝笑意，同时疑虑也更深，小不点儿到底又是怎么能如此轻易地就进入墟洞之中的呢？

东方彧卿点点头："不光如此……"

"说不定还能把妖力未恢复完全、尚是雏体的妖神制伏对么？"白子画漆黑如墨、深不见底的眼睛看着东方彧卿。

"尊上英明。"东方彧卿低下头，嘴角扬起好看的弧线。

"你早知此事，并做好了打算，所以从一开始就不担心妖神出世，并怂恿小骨去盗神器？"白子画骤然冷冷说道。

东方彧卿身子微微一震，嘴角扬起的弧线更大了，眯着眼睛笑："在下不知道尊上是什么意思？"

"东方异，这千年万载，永堕轮回，你真是活得有点太无聊了，我助你一死如何？"

白子画缓缓转向他，目光一瞬间杀气弥漫。

旁人哪曾见过他神情如此冷酷骇人，更何况是对着区区一介凡间的书生。

东方彧卿却只是笑而不语，退到杀阡陌身后，避开白子画的视线。

旷野天、蓝羽灰等人正在一旁努力规劝杀阡陌，好不容易等到妖神出世的这一天，生怕他因为一个小丫头让一切功亏一篑。

杀阡陌知道手下人的担忧，他不是不贪图妖神之力，但是扪心自问想要变得更强的理由，难道不正是为了保护重要的人么？如果非要让他在这之间有个取舍，他绝不会牺牲小不点儿。旁人可以说他自负猖狂，但这就是他——魔界至尊！没有妖神之力又如何，他依然会成为六界最强！

"我不在意跟仙界和人界的人联手，只要可以救出小不点儿。"

白子画有些诧异地看他一眼，神情更加冷峻了。

"魔君！"蓝羽灰没想到自己费尽心机策划的一切，竟然又要毁在花千骨手里。

单春秋拦住她，使了个眼色要她别急，然后和云翳对望一眼，反而面露喜色。这的确是除却妖神的大好时机，但何尝又不是夺取妖神之力的千载难逢之机？

轩辕朗也表示可以联手，既然有方法可以既救出花千骨又避免妖神祸害众生，那自然是最好不过。

于是众人皆看向白子画，白子画冷道："只要可以除去妖神，其他的都不重要。"

达成一致后，下面的人总算也停止了对峙，却依旧互相提防，团团围在墟洞周边。

等……

等七天七夜之后的月圆之夜，决定命运的那一刻的到来。

三十五 花月洞天

不管外面如何惊涛骇浪，墟洞里永远是祥和宁静的世外桃源。虽然周围什么也没有，只有两个丁点大的孩子，可是两人却从未有过孤独寂寞或是度日如年的感觉。

看着小月一点一点长大，花千骨教他走路，教他说话，把自己会的都一一传授给他。和带着糖宝的感觉略有不同，她觉得自己越来越像个母亲了。

小月一天长一岁，短短几天，就长得很高了，像个健康正常的六七岁孩子那样喜欢到处跑，喜欢声音软软的跟她撒娇。

"花花，花花……"小月蹦蹦跳跳从后面跳到她背上。

"我说多少遍了，要叫姐姐。"

"我喜欢花花。"小月开心地摊开手，掌心里立马生出一朵血红的蔷薇，花千骨惊异地睁大眼睛。

"我知道花花最喜欢花了，你想要多少小月就送你多少。"

南无月回身，小小的手从左边往右边轻轻划过，顿时从西到东瞬间蔓延出一片绚丽的花海。花千骨惊讶得张开嘴巴说不出话来，就见南无月轻轻呵了一口气，花海顿时铺满了整个天地，半空中，还飘飞着阵阵花雨。

花千骨惊呆了，在冰莲上环顾四周，什么都没有，除了花，层层叠叠一直覆盖到遥远的天际。大风起，阵阵花浪波波荡漾，比大海更加壮阔，比朝阳更加绚烂。香气四溢，花千骨久久沉醉其中，简直说不出话来。

"喜欢么？"南无月跳入花海之中迎着风狂奔起来，水嘟嘟的脸，水汪汪的眼，笑颜比任何一朵花都要美丽灿烂，光彩摄人。

"以后小月和花花就在这里幸福快乐地生活，花花想要一个什么样的世界？不光有花再加一条小溪？"

顿时天边一条小溪蜿蜒而下，从花海中穿过，欢快地流向远方。

"再有一个小房子？一片竹林？一个小湖？一群小鸟？"南无月手在空中轻轻挥舞，如同小孩在涂鸦一般。

顿时花海中出现了一间清雅的竹舍，湛蓝的湖里有一只只白鹤，还有长着绒毛的小鸭子，天空开始变蓝，出现白云朵朵，阳光一丝丝从云间倾斜而下，湖面上还挂着一道彩虹，门前有一棵葡萄树，还有一个秋千架。

"花花喜欢这样的么？还是这样？"南无月手一挥，顿时面前的景象又迅速变幻成了亭台楼阁、华丽精致的宫宇白塔。

一挥手一会儿变成和风细雨的人间四月天，一会儿变成波澜壮阔的海中水晶宫，一会儿又变成白雪皑皑的空灵仙境。

花千骨看着四周景致不断跳跃或随着四时而变化，不由得倒抽几口凉气。这墟洞中便是南无月的世界，如今他已经成长和强大到能够完全操控自如了。

花千骨眼花缭乱，揉揉眼睛："别玩了，小月，就第一个吧，第一个。"

场景又变幻到一片花海飘香，南无月牵起花千骨在花海上空急速飞驰而过。

二人来到竹舍中，南无月胖乎乎的小手点了点花千骨，她身上的衣服突然变成了绿色的罗裙，再点一点，又换了一身紫色的轻纱。白色狐裘，红色披风，青色长袍，七彩华服……身上的穿着连同发饰也不停地变换着。

"小月，你在干吗呢？"花千骨哭笑不得。

最终换作一套清丽的雪白纱衣，南无月总算点了点头："嗯嗯，就这个，花花真好看。"南无月手舞足蹈，自己也换了一身红色的小褂。

"我想吃花花说的那些好吃的东西。"南无月可怜巴巴地仰头看着她。

花千骨走进厨房看了看："可是没有食材啊！"

"花花想要什么，我马上变出来。"

哪怕仙术道法再强，想要凭空变出什么物体，从理论上是完全说不通的，除去用某物变化形体或者从某处瞬间转移，要么就只是幻术而已。就是孙悟空也需要借助自己的毫毛，法力一失，就会立刻被打回原形。

花千骨看着满桌子小月凭空变出的那些物体，却是完全真实的。花千骨猜他或许是从墟洞之外移来，否则这接近创世的力量也未免太可怕了。

花千骨做了一桌子色香味俱全的饭菜，二人坐在桌边一面吃一面说话，可是只有两个人的偌大世界未免还是有些冷清。

"花花是不是觉得人太少了？那我再变几个下人出来陪我们说话啊，想要把外面变成热闹的集市也可以……"

"不要！"花千骨连忙摇头，光是一般的物体和景致也便罢了。如果是人的话，也不知道是真的还是假的，有生命还是只是幻影。她觉得那样的场景太过诡异，还不如一直二人这样简简单单。

南无月眨巴眨巴眼睛，突然惊喜地望着窗外："原来姐姐说的天黑就是这个样子啊！"

他啪嗒啪嗒跑出去，望着天空巨大的圆月。因为周围天空都暗了下来，比当初花千骨刚醒来时看到的不知道清楚多少。只是此时月亮发出妖异的红光，周围一环环晕开，将整个大地笼罩在一片妖冶鬼魅之下。

"今天是十五呢……"月圆人不圆啊。花千骨摸摸南无月的头，突然想起无数次静静望着白子画在露风石上对月抚琴的梦幻般的场景。她以为自己这一生都将和小月如此简单平静地过下去。

"花花……"南无月突然弯下腰，面色苍白，轻轻唤了她一声。

"嗯？"花千骨低下头，"小月，你怎么了？"

"我……"他抬起头，腮边挂了两滴晶莹的泪，微微皱眉我见犹怜的样子让花千骨心里一疼。

"小月？"

南无月腿一弯，跪倒在了地上，仰起头，突然对月爆发出一阵妖兽般惊天动地的嘶哮，身上迸射出万千道刺眼金光。

太过刺眼的光芒和巨大的冲击力，致使花千骨迷迷糊糊晕了过去。等到醒过来的时候，发现周遭景色又变了。

四周一片漆黑，竹舍、花海、湖水，一切全不见了，只有天空中一轮巨大的红月，弥散出一丝丝妖冶诡异的气息。她和小月此时正身处冰莲之上，只是这冰莲，似乎在空中更高处。她伸出头往下看去，吓了好大一跳。却见一棵巨大的树从下面深不见底的一片虚空中生长出来，巨大的树枝和树杈几乎欲笼罩住整个天空。树上开满了朵朵巨大的千瓣冰莲，而他们就睡在最顶端的这一朵之上。这奇异的树还在不停地向高处生长，花千骨甚至能听到树皮绽开和冰莲不断绽放的咔嚓声响。

小月在一旁发出痛苦的呻吟，身子颤抖着蜷缩成小小的一团。

"小月！"花千骨把他紧紧搂在怀里。看他满头大汗，唇色苍白，紧紧闭着眼睛，长长的睫毛在脸上投下阴影。

完全不知道出了什么事，也诊断不出任何生病的迹象，花千骨只能拼命地给他输入真气和内力。

"花花，我疼……"小月的小手紧紧地抓住她的衣服。

"哪里疼？是哪里疼？"花千骨急得手忙脚乱，在他肚子上、背上轻轻搓揉。

"全身都疼，骨头……骨头像要裂开了……啊……"南无月一声惨叫，疼得不由得翻滚起来。花千骨按住他，可是他的身体仿佛一个大洞，输入再多的真气和内力都瞬间被吞噬殆尽，消失无踪，没有半点回响。

"为什么？为什么会有人……有人想要进来！不许！绝对不许！"

南无月感受到外界有人正妄图打开墟洞的口子，连忙闭上眼睛嘴里默念着什么咒语，仿佛在与人斗法一般。可是身体极度的疼痛叫他越来越吃不消，眼泪大颗大颗地往下掉，疼得哭了起来。花千骨急得直抹汗，紧紧搂着他源源不断地输入内力，亲吻着他的面颊和泪水，低声安慰着。

红色的圆月光芒越来越盛，南无月突然拼命从她怀抱里挣脱，跪倒下去，仰天对月凄厉长啸。花千骨惊恐地望着他，无奈被他周身血红色光芒弹开，根本靠不过去。

无色无味的冰莲在月光下突然散发出丝丝缕缕的清香，她仿佛被人施了摄魂术一般，觉得大脑越来越模糊。隐隐听见南无月身体里骨骼在生长和绽裂的声音，仿佛随时都有可能从身体里刺出来，骨为树杈，把血肉绽开成花。她伸出手去，却够不着他，眼睁睁看着他的身体在月下因剧烈的疼痛而扭动着，如起舞的蛇一般妖冶迷乱。她眼皮慢慢耷拉下来，身上的力气仿佛被什么抽光了。

小月为什么好像长高了许多？

她看着南无月痛苦扭动的身子总算停止下来，只是仍然不断颤抖，慢慢回转身静静看着她，用一种完全陌生的眼神。

从七岁小孩瞬间成长成了十七八岁少年那么大，上身的衣物全部撕裂掉落，露出依旧青涩稚嫩的小胸膛来。皮肤如牛奶般光滑，在月光下反射出诱人的白皙剔透的光泽，长发丝一样垂顺，在风中轻轻飘飞着，黑得耀眼。完美的腰线和修长的腿，绝对胜过少女千倍百倍，叫人忍不住伸手想要触摸。

那脸虽长大了许多，但依旧是小月没错，她的孩子，化成灰她都认得。

"小月……"她迷迷糊糊伸出手去。

南无月吻了吻她的手指，冰莲的香味越发浓重了，花千骨大脑越来越沉，怎么挣扎抵抗封闭五识都没有用，最后她慢慢闭上了眼睛，竟然睡着了。

没有星子，海天之间只挂着一轮巨大的圆月。东海之上狂澜翻卷，在白子画、杀阡陌、轩辕朗的指挥之下，几界的人正合力意图在墟洞上花千骨进入的地方再度打开一道口子。

单春秋一看时机差不多了，一边继续向着神器那边施法，一边向杀阡陌密语传音。

"魔君，一会儿墟洞打开你定要想办法进去，这可是千载良机。"

"我知道，绝不能让小不点儿落到白子画手里，否则定遭严惩。"

单春秋叹一口气，大块肥肉就在眼前，他却只想着那个丫头的安危么？

"重要的是趁机夺得妖神之力，到时候，六界就都是魔君的天下了。"

"妖神之力我要，小不点儿我也要！"

"但白子画定会百般阻碍，魔君千万当心！而且妖神此时力量尚弱，为了自保，定会花样百出，魔君万不可中计。"

杀阡陌点头应允。

月上当空，墟洞在众人联手的攻击中被一片强光包裹着，几乎都看不清了。

终于，花千骨进入的地方再度被撕开了极小一道口子。杀阡陌撤去内力一飞而上，却猛然被弹开，转身一看，是白子画的清音一指。

白子画冷冷看着杀阡陌，二人在半空中动起手来，都要进墟洞，又都不愿让对方进入。

轩辕朗等人在一旁看着干着急，众人力量有限，快撑不住了，那口子眼看又要合上。如若错过这一刻，救花千骨诛妖神就真是没有希望了。

二人终是在最后一刻停手，闪身飞入墟洞中，墟洞转瞬回复如初。

众人松一口气的同时，心又再次提到嗓子眼儿上，白子画和杀阡陌同时进入，谁也不知道会发生些什么。

看着沉沉昏睡过去的花千骨，南无月的眼神陡然变得冷漠犀利，完全不再是个孩子。

“有人进来了。”

说完这句话，他的身边出现了第二个南无月，然后是第三个、第四个，越来越多。每个都长得一模一样，只是表情不同，有的恐惧，有的邪佞，有的暴怒……

成千上百的南无月以半空中的冰莲为中心往远处扩散，密密麻麻，场面十分诡异骇人。

“怎么可能……”

“两只没用的蟑螂而已。”

“蟑螂？可现在这两只蟑螂轻易就能毁了墟洞，毁了一切。”

无数个南无月开始议论起来，周遭充斥着杂乱的嗡嗡声，越来越响，空气仿佛都在随之震动。

花千骨感觉到了不适，微哼着翻了个身。顿时，所有的南无月都停止了声音和动作，墟洞中又回复到万籁寂静。

片刻晕眩之后，白子画很快适应了一片虚空。回身杀阡陌已消失不见，定然是怕被自己阻拦所以抢先离开。自己必须赶在他之前找到小骨还有妖神。

白子画的身影迅速飘飞没入洁白的光晕中。

另外一边，杀阡陌也正努力感受着墟洞中力量汇合凝结之处，然后朝着那个方向匆忙赶去。

然而，让他没有想到的是，出现在眼前的却是无比熟悉的景色，他竟到了久未回去过的七杀岛。

一个小小的身影匆忙从过去住的屋中奔出，惊喜地笑看着他。

“哥哥！哥哥！”

“青璃？”

杀阡陌的脑海一片空白，傻傻站立，那一直深藏的悔恨与愤怒，在这一刻如洪水般决堤而出，几乎将他淹没。最疼爱的妹妹，还是当年的模样，伸出手来，迎接他回家。

杀阡陌急切地上前了两步，却又退了回来。假的！假的！都是假的！是妖神用来迷惑他的假象！

“不，你已经死了，你已经死了……”

杀阡陌双手开始颤抖，他当年就那样，眼睁睁，眼睁睁地看着——青璃死在他眼前。

他想逃离，可是甚至迈不动步子。

青璃站在他面前，脖子上突然鲜血喷流。她哭着抱住他的腿，扯住他的袍子。

"哥哥，你不要我了么，哥哥？你为什么不救我！妖神之力就真的那么重要么？青璃好害怕，哥哥，你不要离开我！"

杀阡陌额上沁出汗水，看着青璃心痛如绞，明知道一切是假，只有摧毁一切才能破得了幻境，可他已经伤害过她一次，怎么能够再狠下心？

哪怕，仅仅只是一个幻影。

白子画望着四周的环境不停发生各种变化，面前的人也不停变作他所熟识的。

有千年前笙箫默、摩严因他的固执而被连坐遭受戒律堂惩罚，被锁于长留山天牢，冰封火烤；有他不顾其他两位上仙跪地相求，袖手立于水镜前，眼睁睁看着夏紫薰为了他堕仙成魔；还有绝情殿里，小骨因为妄动杀念，在门前磕头认错，血水流得到处都是……

一幕幕都是留在他脑海深处难忘的记忆，然而，白子画的脚步未有片刻停留，那些画面也都是一闪即逝。或许幕后之人也知道，不论换成哪一幕，都无法让他有片刻心软和动摇。

最后白子画袖袍轻挥，弦状银光将周围幻境全都击成粉碎，世界重回一片虚空。

白子画环顾四周，他知道妖神本体就在不远处。

一开始本还寄希望于小骨知道自己犯下弥天大错，进入墟洞中，亲手除去妖神，好歹也是将功补过。然而既然一连几日没有动静，如果不是遭遇不测的话，那就定然是已被迷了心智。

而照这个情况看，妖神能洞悉人心，幻化为让你最不忍心伤害的人。

只是对于白子画来说，为了六界，又有何不能牺牲？

无数个南无月同时转身，望着最中间，站在花千骨身边最初的那个，形成一个个扩散开去的圆。

"拦不住他。"

"没什么能羁绊一个没有心的人。"

"一切即将毁于一旦。"

"不，还有一个方法——"

所有的人目光齐刷刷地看向昏睡中的花千骨。

少年南无月蹲下身子，伸出手抚摸着花千骨的脸，目光一下稚嫩温柔，一下又是刻骨的仇恨和杀气。

"上天、下地、东、南、西、北、生门、死位、过去、未来，我被封印困于这墟洞中，的确是没有一个方向能逃得出去。呵，这其中，还得算你一份功劳。"

南无月的手往下滑，掐住花千骨的脖子，稍稍用力，花千骨在昏迷中也难受得皱起眉头。

"我既不想将妖神之力拱手让人，也不会坐以待毙。虽封印了十方，你们却忘了还有一方。"

南无月的手继续滑到花千骨胸口的位置，轻轻一指。

"不能往外逃，我还能往内。花花，你既然那么疼小月，应该不会介意成为我的心器的，对么？"

南无月的指尖顿时光芒大作，无数力量汹涌进入花千骨的身体。周遭的其他南无月接连消失。受到如此剧烈的冲击，花千骨浑身金光暴涨，惨厉地尖叫着屈起了身体。

南无月的表情疯狂而扭曲，他大笑着，修长的手指缓缓从花千骨身体上抚过，惊叹又渴慕。

"神之身……这才是能够承载妖神之力最完美的容器。我倒要看看那两只蟑螂，是不是真的忍得下心杀你。呵，从今往后，你才是真正的妖神！毁天灭地的游戏就由你继续替我完成。相信花花，是不会让小月失望的……"

南无月低喃着，眼中此时尽是妖媚与狡黠。

三十六 金蝉脱壳

花千骨睡得迷迷糊糊的，突然感觉有什么软软的东西在咬自己，啃啃她的脸又啃啃她的耳朵。

"小月，别闹……"她睡得正香呢，还梦到师父来着。

幼小的南无月在她怀里钻来钻去："花花，我还要吃……"

被花千骨一掌拍开，南无月依旧迷迷糊糊闭着眼睛，小嘴吧嗒吧嗒，抱起花千骨的手继续啃。

白子画发现扰人的幻象和各种阻碍都突然消失了，墟洞不知为何竟然开始自行坍塌。

待他赶到花千骨身边之时，看到的就是这样一幅景象。

花千骨仍睡得浑然不知，白子画心头泛起微微怒气。她可知道外面因为她闹了个翻天覆地，可知自己这回闯下了多大的祸，可知他又有多担心！

片刻之后，才缓缓将目光移到一边头枕着她肚子呼噜呼噜正熟睡的孩童身上。

妖神？

白子画皱起眉头，心中微微有不祥的预感。为何他身上妖气如此薄弱？

再转身看花千骨，心里陡然一凉，暗叫不好，微微一探，顿时大惊失色，慌乱中退了一步。

他竟将花千骨的神之身做成第十一件神器，将所有妖神之力都灌注其中！

白子画不由得长叹一口气，闭上了眼睛。

妖神的雏体才成长了七日，还未成形，无法负载太多的妖神之力，可是花千骨却可以。

如今神之身再加上毁天灭地的妖之力，这孩子怎么了得！

千百年来，白子画心里头一次这样惊慌失措。

现在小骨才是真正意义上的妖神，而南无月徒有妖神之力凝化而成的身体，却只是表象，比起寻常妖魔也强大不到哪里去。

自己进来是为了诛杀妖神的，难道亲手将小骨杀了么？虽然她犯下大错，死有余辜，却终究是自己看着长大的……

不能有妇人之仁啊！妖神尚且无人可以抵抗驾驭，何况是具有神身的花千骨。只需她弹指间，一界便可以瞬间消亡。这样无所不能的力量太可怕了，可怕到他光是想想都觉得满眼血光。

白子画拔出剑来，手却在微微颤抖。

"师父……"她在梦中呢喃一句，脸上都是被宠爱的幸福。

白子画转过身，剑垂了下去。深吸口气稳定心神，告诉自己要冷静，切不可乱了手脚。

就这样将他们带出去，就算自己不杀她，师兄师弟还有整个仙界又怎会轻易放过？

就算他信得过小骨的单纯善良，可是身怀如此能力，其他人怎么想？

对未知能力的极端恐惧会让一个人变得自私和残忍，非我族类其心必异，人总是有各种理由为了保护自己而将原本并不会对自身造成威胁的东西假想成敌人，费尽心思铲除殆尽。

如果让人知道小骨就是妖神，怕是全天下的人都会一起追杀她吧，然后呢？然后小骨忍无可忍之下再将六界都付之于焦土？

不行，虽下不了手杀小骨，却无论如何都不能让这种事发生！

养不善，师之过。

如果是罪，就让他一同承受吧……

白子画扶起花千骨，一点点剥落了她的衣物，然后咬破手指，从她脸上、脖子、手臂、胸背一直向下，全部写上了密密麻麻的血咒。

以他白子画全部功力，将她体内妖神之力层层封印。她永远只是他膝下普通的孩子，不会成为什么毁天灭地的妖神。

白子画手心微微有冷汗沁出，知道自己正犯下大错，可是依旧面无表情地一面施法一面念咒。

花千骨觉得身上痒痒的，想要醒来可是花香扑鼻，被困在梦中怎么挣扎都醒不过来。

"小月……别挠我……"她嘟嘟囔囔。

小月？白子画转头看了看旁边睡得正香的小家伙，一时无语。外面天翻地覆，他俩却在这儿过着安稳日子。

禁忌的封印完成，血色咒文也瞬间全部消失，仿佛什么都没发生过一样。白子画心中轻轻叹息，他没有时间去质疑自己做得是对是错，这样做的后果又是什么。执意孤行的掩盖，只是因为他——不信命！而这所有的阴差阳错，所有的天地不公，他不能，也绝不会留给小骨一人承担！

这里所发生的一切，没有任何人会知道。小骨只是他犯下大错必须重罚的徒弟，除此之外，什么也不是。帮花千骨把衣服重新穿好，又在南无月身上加了一层封印。好像如此这般，妖神就还是妖神，小骨就还是小骨。

突然，察觉身后有人，白子画回首就是一击。

杀阡陌惊险躲过，吃惊地瞪大双眼。他从没见白子画有过这么失控的举动和神色，交手多次，白子画甚至都从未真正对他动过杀意。

但只是瞬息之后，那人又变得冷漠如冰。而此时，二人身旁的大树、冰莲都开始瓦解消融。

"小不点儿怎么样了？"

杀阡陌见花千骨昏迷不醒完全乱了方寸，他被青璃的幻象所拖延，意志几乎全盘崩溃。直到幻象消失，墟洞开始坍塌，他才急忙赶了过来，却终究还是晚了白子画一步。

杀阡陌慌忙上前跟白子画争夺花千骨，白子画微微皱眉，妖魔二界不择手段抢夺神器，就是为了这一刻，然而杀阡陌却完全无视妖神，只挂心小骨的安危。

花千骨跟南无月被白子画包裹于结界形成的光球中，飘浮在半空，随着白子画上下左右移动。

"把小不点儿还给我！"

"花千骨本是我长留弟子，何来还你之说？"白子画的语气依旧不温不火，杀阡陌却感受到了他的怒意。

然而此刻，更生气的人明明应该是他才对。杀阡陌紫衣飞舞，凌空翻飞，举剑威极长劈，未料速度仍慢了一步，擦过白子画身侧，砍在了笼罩花千骨和南无月二人的光壁之上。瞬间光华大震，照亮半边天地。

白子画一愣，杀阡陌也骇住了，两人都不由得顿了一顿。

受此震动，花千骨悠悠转醒，迷茫地看着周围的一切，以为自己仍在做梦。

白子画转头，二人目光对视，花千骨顿时就蒙了。万籁俱寂，整个墟洞中仿佛只剩下他们师徒二人。

完了……她的心陡然下落，望了望身边的小月，已预料到等待着他们的将会是什么。

只是，她看不懂白子画望她的眼神，是失望是不解是气愤或者是些别的什么。

毕竟，她从来都是不懂他的。他就像水，没有温度没有形状没有棱角没有任何特征，他是天底下最完美的人，却正因为这份完美，反而叫人无法更深刻地去感知他，无法用任何语言描述他。有时候她想，他的存在，会不会太过空洞、遥远和乏味了。

知道一切已成定数，她心底的某个角落反而突然变得释然起来。这样正大光明地面对一切，哪怕是死，也好过一辈子和小月躲在墟洞里面。

能看着师父再次这样好好地站在她面前，她于愿足矣。她所做的一切，也都是值得的！

只是，为何却又和姐姐打了起来？

花千骨趴在光壁上，惊慌地看着他们二人。

"小不点儿别怕，姐姐这就救你出来！"杀阡陌见花千骨没事大松了口气，投给她一个安慰的眼神，单手翻转，空气中顿时紫气弥漫。

然而，墟洞正以极快的速度坍塌，花千骨望了望四周，心急如焚，再拖延下去，只怕是要同归于尽。

"师父、姐姐！不要打了！"

脚下的冰莲巨树被外力扭曲成奇怪的模样，然后碎裂消失。白子画和杀阡陌看着对方的身影，也已经扭曲变形。二人这才终于停下手来，急速向来时的缝隙处奔去。然而墟洞塌陷大半，缝隙早已消失。

再晚就来不及了！杀阡陌定了定神，冷冷地看着白子画："你带小不点儿走，我帮你打开出口！"

杀阡陌运起全力，对着一较薄弱处施法。因为失去妖神之力的维系，比起进来时要容易许多，然而仅靠杀阡陌一人仍是难以支撑。

"姐姐！"花千骨焦急万分。

白子画也有些吃惊，皱了一下眉，然后没有犹豫，带着花千骨跟南无月冲出了裂缝，只听得身后传来一阵隆隆的塌毁之声。

白子画和杀阡陌进去的时间似乎太久了一些，不知是在和妖神厮杀，还是彼此在大战。时间越久，众人越是绝望不安。而当墟洞开始崩塌，妖魔蠢蠢欲动，也试图进入其中，众仙阻拦，海上顿时陷入一片混战，海水被火光和鲜血染红。

终于，那洁白无瑕的身影从墟洞里飞了出来，却不见杀阡陌。群仙大喜，单春秋等妖魔则十分惊慌担忧。

白子画看着已呆成木人的花千骨，再回头看一眼墟洞，将力量几乎吐尽的十件神器一一收拢放入自己的墟鼎之内，同时打开了十方的出口。

终于，在墟洞坍塌爆炸的最后一刻，已然伤重昏迷的杀阡陌掉了下来，径直落入海中。而墟洞在空中也化为了一点，一阵光芒扩散之后，风平浪静，仿佛什么都没有发生过。

"魔君!"见单春秋等人接连跃入海中,花千骨这才大松口气。

白子画俯视四下众人,朗声道:"妖神和孽徒皆已俯首,先由长留山代为看管,众仙可随我先回长留,至于处罚和善后我们再从长计议。"

众人一看,妖神原来只是一个六七岁大的孩子而已,不由得又是议论纷纷。如今,没有了妖神之力为续,又脱离了墟洞,南无月将再也不会长大,永远保持七岁的形态。

这次大难是由花千骨造成,所有人都知道她若回长留必受重罚,以长留森严的门规,她就算是死一千次都不足以抵过。轻水、落十一等人此时都是心神惶惶、手足无措。

东方彧卿远远看着花千骨,眼中掠过一抹惊异。一切的确如他所料,只是为何白子画……

呵,骨头,你大概也没想到吧?

事情的发展,好像越来越有趣了。

杀阡陌仍在昏迷中,妖魔虽心有不甘,却也只能眼看着白子画带着花千骨跟妖神回长留山。

"尊上!"轩辕朗还有云隐匆忙赶上白子画。

白子画皱眉,飞速御风而行,冷道:"二位不用多费唇舌,人有王法,仙有仙规,三尊会审之后,花千骨自会按长留门规处置。"

轩辕朗并不了解长留门规,更不知道三尊会审是什么,只是看着轻水还有落十一等人瞬间苍白的脸,心里就隐隐预感大事不妙。

"尊上,就算千骨她犯下大错,但必有缘由。既然妖神出世已被及时制止,请网开一面……"

"多说无益,陛下还是管好你人间的事吧,这仙界的事不是你该插手的。"

轩辕朗何尝不知自己身份尴尬,可是难道就只能眼睁睁看着千骨遭受严惩?

花千骨趴在光壁上连忙向他挥舞着小手,传音道:"我没事的,朗哥哥放心!"末了又突然加上一句,"如果……记得帮我照顾好轻水!"

轩辕朗心中一痛,下一秒,花千骨已随白子画消失在层层叠叠的浮云中。

烈行云立于他身后,沉声道:"陛下,咱们毕竟手握重兵,不断向仙界施压的话，相信一定能将千骨姑娘救出来！就不信那白子画能眼睁睁看着仙人交战，死伤无数！"

轩辕朗苦笑摇头："我不认为白子画会因任何事妥协。况且我若真这么做了，又与妖魔何异？千骨定会恨我怨我。"

东海之上，若是水中鱼儿此时向天望，定能看见无数光芒划过天幕的壮观景象。

距离并不很远，众人很快到了长留山结界外。白子画停了下来，回身下令道："打开红色结界，非仙界之人，不得踏入长留一步。"

长留山结界的等级分七色，红色是防御的最高级别。在上次仙魔大战之后，已几百年未曾开启。

"尊上！"

轩辕朗一闪身拦在白子画面前。

"我知如何处置千骨是长留自己派中之事，容不得他人干预。如今，我仅仅是以千骨一个朋友的身份向你请求，看在多年养育的分儿上，给她留条活路。"

轩辕朗在云上对着白子画缓缓屈膝下拜，众人震惊。

花千骨也没想到，以轩辕朗的身份还有火暴性格，竟能为她如此低头相求，一时心头万般酸涩。

白子画却只是微微皱眉，不发一语地离开，直接向长留大殿飞去。

"将这二人押入仙牢，稍后提审。"

白子画拂袖入殿，自始至终没有跟花千骨说过一句话。

三十七 二吻真言

"小月，醒醒，小月！"

花千骨略微感觉到身体有一些不适，胸腔内好像有什么被沉沉压住，不得纾解。她来不及细想，轻轻拍打着南无月的面颊，试图唤醒他，可是他依旧睡得香沉。

花千骨从他头顶上穴位顺着经脉一路按下去，南无月终于慢慢有了醒来的迹象，睁开眼，迷迷糊糊中便习惯性地往她怀里钻。

"小月，你没事吧？有没有哪里不舒服？"花千骨捧起他的小脸仔细端详。

"花花……"南无月咕哝一声，四处打量了一下，这才发现二人已不在墟洞之中，被关在一个巨大的铁笼子里。

"这是哪儿啊？"

花千骨将他紧紧抱在怀中："小月别怕，我们从墟洞里被抓出来了，这是长留山的仙牢。"

南无月似懂非懂地看着她："我们会死么？"

"不知道，或许会吧，小月害怕么？"

"不怕。"南无月无畏地摇头。

花千骨看着依旧一脸天真的他，伸手摸摸他的头，还这么小，什么都没经历过，怎么会明白死呢？

她早已经做好了最坏的打算，死倒也没什么，一了百了。欠绿鞘、温丰予还有朔风的终归是要还的。只是小月怎么办，还有糖宝……

"小月记住了，一会儿如果要提审问话，你什么都不要说，不论戒律阁要怎么惩罚我或者处置你，你都不要顶撞或是生气。妖神之力太过巨大，他们定会想办法杀你。姐姐自身难保，照顾不了你周全，但我相信凭你的能力，不会轻易受到伤害。只要一有机会，你就逃跑，无论妖界、魔界还是人界，随便哪里都好，但是切忌不要伤人。你妖力还只恢复了一小部分，是打不过我师父他们的，否则他们更有借口杀你了。"

"那花花呢？我们一起逃跑吧，你不是说有机会出来就带我到处去玩的么？我想去你跟我说的那些地方，吃很多好吃的东西。"

"小月还记得我们在墟洞中说好的么？"

"记得，在墟洞里你就一直陪着我，出了墟洞就全部听你的。"

"嗯，姐姐做错了事，在墟洞里还可以逃避一时，就当自己在这个世界上已经死了，只好好陪着你，但是既然出来了，就要鼓起勇气去承担当初自己犯的错。小月从生下来就没伤害过任何人，用不着因为自己的能力或者潜在的威胁去偿还谁些什么，所以你只要加油逃出去。但是姐姐若是逃了，就是错上加错。所以小月不要管我，也千万不要想着救我。你知道姐姐若能好好接受师父的处罚，才会踏实安心，否则就算逃了也永远都不快乐。"

"花花的师父真的那么重要么？你不要小月了？"南无月鼻子吸了吸气，嘴巴一撇，泪水就开始在眼眶里打转了。他依旧什么也不懂，只是隐隐有不祥的预感，感觉花千骨在跟他交代后事，他并不知道死是什么，有多可怕，他只是不想离开她，再也见不到她。

花千骨笑了起来，轻轻吻掉他的泪水。

"没有不要你啊，就算你看不见我，我不也一直在你心里么？"花千骨拍拍他的小肚子，帮他把衣服整理好，"你只需要记住我这么久以来跟你说的话，然后做个坚强勇敢的好孩子，千万别做任何危及六界苍生之事，我就什么牵挂都没了。"

小月似懂非懂地点点头，花花怎么说，他就会努力怎么去做的。

只是……

"花花，我好像什么法术也使不出来了……"南无月觉得身体里空空如也，什么力量都没有。

"这是仙牢，可能法力都被封住了吧。"花千骨并没有意识到什么不对。

四周潮湿阴暗，死一般寂静，并未见到什么其他被囚禁之人。

突然，听见有动静，花千骨抬头一看，居然是东方彧卿！

"东方！你怎么进来的？"花千骨紧张地张望，生怕有人发现。

"我自然有我的办法。"

东方彧卿的脸色从未有过这般严肃，隔着铁栏紧紧握住她的手："骨头，你受苦了……"

"骨头娘亲！"糖宝从他肩上一跳跳到她脸上，泪水大颗大颗地往下落。她怎么可以不带它，自己一个人去冒这么大的险呢！它再也不理她了！臭骨头！呜呜呜……

花千骨紧紧抱住东方彧卿和糖宝，忍不住也微微有些哽咽。

"小月，这就是我常常和你说的东方和糖宝。"

小月害羞地从花千骨身后探出头来，面颊粉粉的，说道："你……你们好。"

这是他有生以来除了花千骨第一次和别人接触，所以很不习惯。但是看到东方彧卿眼儿一弯，阳光般和煦一笑，陌生和拘束感便瞬间消失了。

"你叫什么名字？"

"我……我叫南无月。"

糖宝嗖的一下跳到他肩上，他小心翼翼地伸出手指戳了戳，软软的，不由得开心地望着花千骨笑了起来："花花，糖宝好可爱！"

糖宝抱住他的手指亲昵地蹭了蹭，南无月也是妖，跟糖宝一样由天地灵气造化，失了妖神之力，也没了邪气，身上的味道干净纯粹，糖宝很是喜欢。

东方彧卿笑道："这下我们有两个孩子了呢！"

"嗯，谢谢你带糖宝冒险进来看我，不过提审的人随时会来，你还是赶紧离开。"

"骨头，我不仅是来看你，我也是来救你走的。"

花千骨苦笑摇头："东方，我知道你总是有很多稀奇古怪的办法，不过要想从长留山逃出，简直比登天还难。"

"的确，现在这个情况下，就算是靠异朽阁也很难做到。但是骨头，靠你自己却可以，你信不信我？"

花千骨看着东方彧卿用力点头："信，只是，我不能走。如果不堂堂正正地接受惩处，我一辈子都不会心安，我不要做长留山的弃徒，不想每天东躲西逃。就算再难，我也得面对师父面对整个仙界，这是我当初做决定时就已经准备好了的，你明白么？"

东方彧卿轻叹口气，就知道很难说服她。

花千骨随之又面露担忧："我只是担心小月……"

"妖神必须处死，众仙现在讨论的，也不过是什么时候、怎么死的问题。妖神之力太强，只有月圆之夜才稍稍减弱，但他们又都等不到阴年阴月阴时了，怕拖久了多生事端。所以我猜，他们应该会在来年八月十五月圆又是五星耀日之时，在昆仑山施万鬼魂天阵，请齐诸天一百八十二路神佛，灭了妖神真身，再次将妖神之力封印回十方神器……"

花千骨点点头："幸好，时间还剩很多，你帮我救救小月，好么？他明明什么也没做过！"

"你放心，他我一定会想办法。但是你自己的打算呢？他们不可能也拖那么长时间才处置你……"

"没关系，早料到会有这一天，你照顾好糖宝和小月，我就没有后顾之忧了。"

"你说得轻松，可知将面临怎样残酷的刑罚？"

"我是长留弟子，心里自然再清楚不过，就算是掌门弟子，也难逃死罪。如果师父慈悲，或许能直接赐我一死。"

东方彧卿的脸色更差了几分："或许你把所有事实真相都跟白子画说清楚，他会理解免你一死的。"

花千骨摇了摇头："我太了解我师父了，错了就是错了，无论理由是什么，结果是不会变的。"

"骨头，你没必要为白子画做那么多，还一个人承受那么大的委屈，他也有权利知道事情的真相！"

"东方，我明白你的意思，你不要以为我有多伟大，想一个人默默背负下这些苦和委屈。不想让他知道，怕他难受只是一方面。不管发生什么，事情的结果都不会改变。就算他再不忍，对我也会下杀手。与其让他为难，还不如让他什么都不知道。我反而走得踏实，心里有一丝微微希冀，如果有朝一日他明白了，对我的恼怒会少一点，怀念会多一分。而如果他已经知道了，我却依然死在他手上，无论如何我心里是会有委屈的。瞒住他，只是自私又自欺欺人地想自己心里好受一点罢了，你明白么？"

东方彧卿沉默良久，点点头，她宁愿被毫不知情的白子画所杀，然后骗自己师父还是疼爱自己的，只是他误会了自己，不知道事情真相而已，也不愿意白子画知道了一切后就算不忍依旧按照长留门规下狠心杀她。

骨头，你知道你自己已经爱他有多深了么？

东方彧卿长叹口气，只是，你也看轻了白子画对你的爱护了，至少，加诸你身上的这重重封印证明了一切。或许，就算你是真的做错，毁天灭地，欺师灭祖，他也宁可违背自己的原则，不忍心杀你呢？

二人紧紧靠在一起，看着小月蹲在地上和糖宝玩，一会儿扯着它扭来扭去，一会儿又用来搓麻条，可怜的小糖宝被折腾得头晕眼花。

"大家都很担心你，三尊会审的时候，千万不要死鸭子嘴硬什么都不说，更不要一时冲动担下所有罪名。"

花千骨点头："我没做过的，自然不会随便乱认，你放心……"

这时，长留山的钟声从远处传来，花千骨知道提审她的时刻到了。

"东方，多保重——"

东方彧卿却突然俯下身，声音温柔如蜜般浓得化不开："我很想相信白子画，也不是对他没信心，只是这人太深，我看不透，更不敢冒任何的险，把你的性命都押在他身上。所以，你自己也要努力去争取……"

"什……"

花千骨刚想开口，东方彧卿便用一个吻将她的所有话封住了。

南无月吃惊地望着这边，隐约知道他们在做羞羞的事情，连忙一只小手捂住自己的眼睛，另一只手捂住糖宝的眼睛，却又忍不住好奇地偷偷从指间缝隙里看。

"东方……唔……"花千骨腿一下就软了，脑袋里成了一团糨糊。东方彧卿的吻温柔缠绵到了极点，却又深沉有力，酥到她骨子里去了。她半分劲都使不出来，只是惊慌失措地睁大眼睛。

为什么？这么久以来东方虽然会常常说她是他娘子，口头上占一点小便宜逗逗她，可是从来没有半分无礼过。

和师父失去意识时为了吸血的亲吻不同，东方的吻炙热激情如燎原野火，熟练而有意识地搜索她唇内的每一寸柔软。她生涩而笨拙地躲避着他舌尖的缠绕，急促地呼吸颤抖着。

这个吻辗转缠绵，持续了很久，东方彧卿终于放开了她，眼神是从未有过的复杂，又带着与他一贯冷静不相符的灼热。

东方彧卿轻轻碰了碰她的鼻尖，感受着彼此的呼吸和心跳，二人都沉默了。

"你……"花千骨有些手足无措，刚想说话，东方彧卿轻轻嘘声，花千骨的嘴立马合上，竟然不管怎么想说都说不出来了。

看着东方彧卿一脸的坏笑，花千骨突然想起初次见到身为异朽君的他时的情景。

——只要是我触碰过的舌头，一段时间内不管说什么，都会受我控制哦！

"东方！你别闹了，赶快替我解开咒术！"花千骨恐慌起来。

"别担心，我只是让你不管他们问什么都实话实说罢了，不然我知道，你求生之意全无，一心受罚，定是什么罪名都往身上担，不知辩解的，如果那样，就算是白子画有心都帮不了你。"

"东方！你在说什么！师父他一向赏罚分明，不会对我偏私的。别闹了，赶快替我解开。"花千骨的面色越发苍白起来，若是有人问她为什么要这么做，她对师父的爱意就兜不住了。

看着惊恐犹如小鹿的花千骨，东方彧卿露出轻佻的笑容。

"想解开也很容易啊，只要你吻我……"

花千骨踌躇片刻，二话没说，踮起脚勾住他的脖子，把唇印了上去。东方彧卿长长地惊叹一口气，将她抱得更紧。感受着她小小的舌尖笨拙地轻触了下他的舌尖，然后飞快退回，他及时地缠绕捕捉，久久不肯放她离去。

东方彧卿心头几多幸福又几多苦涩。够了，都够了，骨头，你的前一吻已经还清了你欠我的所有债。而为了这一吻，我会为你做我所能做的一切，也会努力弥补一切……

提审的人到了，戒律阁的几名弟子已经走到了门外。

东方彧卿这才放开花千骨，满脸促狭地对她笑着，花千骨脚步不稳退了两步。

"东方？"

"骗你的，我下的咒哪儿那么好解开。殿上好好为自己辩解吧！"

"你！"花千骨气得快要说不出话来。这种事怎么能拿来开玩笑呢？居然还骗她主动亲他！气死她了！

花千骨鼓着腮帮子，小脸通红，使劲踢他一脚，却被他侧身躲过。

"罪人花千骨，长留殿三尊会审。"牢门打开，让人惊异的是，那些人仿佛看不见东方彧卿。

花千骨走了出去，小月扯着她的手不肯放开，糖宝钻进她耳朵里，又被东方彧卿拎了出来。

"去吧，骨头，不要这么轻易就放弃了，也试着努力为自己争取一下。你不光只有师父的，我和糖宝还有小月都还在等着你……"

花千骨低头看了看南无月，又看了看东方彧卿和糖宝，心头一酸，转身走了出去。

三十八 三尊会审

从天牢到长留殿并不远，可是花千骨走了很长时间。因为她是掌门弟子，待人又一贯极好，押解她的几个弟子都认得她，所以也不催促。

花千骨走得极慢，好想这条路永远也走不完。抬头仰望了一下飘浮在半空中的绝情殿，她很想回去最后看一眼，看看她刚移栽没多久的桃树花开得可好。

望了望四周，海天之间云雾缭绕的仙境，她的第二个家。在这里，她度过了人生中最美好的七年。尽管前面有可怕的刑罚在等着她，或许马上就要死了，可是她一点都不害怕，唯一害怕的，是师父失望的眼神。

终于，行到长留大殿广场中央，花千骨屈膝跪了下去。

广场上，有长留八千弟子，还有各派德高望重的仙人，甚至帝君帝后也在。轻水、落十一、清流、火夕、舞青梦……另外还有云隐和两个茅山派的长老，都一脸担忧地望着她。

坐在最高处正上方的是白子画，右边是摩严，左边是笙箫默，再两侧是九阁的长老。周遭肃穆无声，气氛十分压抑。

戒律阁的首座站在戒律台上，不怒自威，大声陈述着她的罪行。

"长留弟子花千骨，你残害同门，偷习禁术，欺师灭祖，天地不容。结交奸党，勾结妖魔，不知自爱，更是罪不可赦。后又杀人夺器，大闹东海，私放妖神出世，导致仙魔大战，死伤无数，万死难辞其咎。以上历数所言，你可认罪？"

花千骨缓缓抬头，目光触及坐在最上方的白衣者，由下而上，一寸寸移动，至胸前却终究不敢再抬高，重又伏下身去。

她想说我认罪，反正横竖都是一个死，不如快点结束，她不想再这样跪在白子画面前，这比凌迟更加叫她难以忍受。

可是她的舌头却完全不受她控制，她听见自己的声音不卑不亢、不高也不低地说："妖神出世的确是我的过错，但我没有残害同门，没有杀人，也没有勾结妖魔。"

首座将一块已经灭了光的验生石掷在了花千骨的面前，花千骨看见上面"朔风"二字，不由得心头一痛。

"那我问你，朔风为何而死？温丰予为何人所杀？你跟杀阡陌若无苟且，你身为长留弟子，为何要放妖神出世，他又为何三番五次救你？"

轻水、落十一等人听到朔风已死的消息，瞬间脸色苍白。

花千骨沉默许久："温丰予不是我杀的，我和杀姐姐又怎么可能有染！"

摩严冷笑一声，嗤之以鼻："杀姐姐？这是什么兴趣爱好，那妖孽仗着一点点美貌，还真当自己是女子了么？"

花千骨一惊抬起头来，又立马低了下去："杀姐姐……他是男的？"

虽然一时叫人难以接受，但是她略微一想就知道是自己笨，从一开始就误会了。如今再辩解也没用，没有人会相信她，只能仍旧用平静的语调说道："我和他没有关系，温丰予不是我杀的。"

轻水听她在朔风的事上毫不辩解，不肯置信地拼命摇头。

戒律阁首座厉声呵斥：“还敢狡辩？你妄图夺取神器，温丰予不从，你便施摄魂术杀了他。否则你倒是解释一下，你是怎么拿到浮沉珠的？”

“我只取神器，没有杀人，人是蓝羽灰杀了嫁祸于我。”花千骨听见自己的声音干巴巴的，仿佛是另一个人在说话。

“大胆孽徒！事到如今你还不招么？”摩严怒斥道。

花千骨背脊挺得直直的：“他虽因我而死，却的确不是我所杀。”

摩严眉头一皱刚要发飙，笙箫默用眼神制止他，用和缓语气说道：“你说人不是你杀的，你就把你如何偷盗神器、偷习禁术，又放妖神出世的详细经过陈述一遍吧。”

花千骨心头一惊，咬了咬牙，拼命地控制着自己的话语，颤抖着声音道：“神器是我偷的，妖神也是我放的，我偷习禁术，欺师灭祖。我通通认罪，不必再审了，还请三尊处罚。不管结果是什么，弟子毫无异议。”

“掌门！”云隐紧皱眉头，看着她瘦弱细小的身子跪在下面，心头不由得一痛。

笙箫默轻轻摇头：“花千骨，你身为长留弟子，掌门首徒，置你师父于何地？更叫长留颜面何存？你身背清虚道长重托，代任茅山掌门，又叫茅山派如何向天下人交代？你愧对长留，是为不忠；愧对你师父，是为不孝；愧对清虚道长的托付，是为不义；更愧对天下人，是为不仁。如此不忠不孝不仁不义之人，长留门下再容你不得。如今判你逐出师门，诛仙柱上受九九八十一根销魂钉。你服是不服？”

此语一出，满堂皆惊。长留诛仙柱，五百年来钉死了六十六个仙人，这些人不但失却仙身，一半以上都是处以极刑被钉得魂飞魄散。一般从手足开始钉起，却不伤及要害，每一根入骨皆是叫人求生不得求死不能。法力较弱的，能撑到二三十根不断气就已经很不错了。这是长留山最残酷的刑罚之一，却竟然要钉在花千骨身上八十一根之多么？

周遭一片哗然，所有和花千骨相熟的弟子全都扑通一下跪倒在地。

落十一脸色苍白：“销魂钉之刑生不如死，八十一根之多，以千骨的修为，必定魂飞魄散，求三位师尊念她年幼无知，再给她一次改过的机会吧。”

“请三尊开恩！”求情声一时间此起彼伏，唯有霓漫天满脸幸灾乐祸地俯视着花千骨。

摩严眯起眼睛，大声呵斥：“你们一个个都反了么？”

一旁的崂山掌门等人也于心不忍，纷纷为她说情。

摩严冷哼一声："花千骨是长留弟子，如今犯下弥天大错，如此还算轻饶了她，再说这是长留私事，该如何处置还轮不到外人来管。"

云隐怒道："花千骨也是本派掌门，岂可轻易交由长留说杀就杀！今天就算拼了整个茅山派，也绝对不会把人交给你们！"

"云隐！"花千骨轻喝，望着他摇了摇头，平静说道："茅山掌门花千骨，罪犯滔天，现革去掌门一职，由弟子云隐接任。"说着，交出了掌门的宫羽，临空给云隐传了信印。

"掌门！"云隐望着她恳求的眼神，欲言又止。

花千骨慢慢俯身于地，一字一句地说道："长留弟子花千骨，罪不容诛，三尊仁慈，弟子甘愿伏法。只求三尊开恩，不要逐我出师门。哪怕魂飞魄散，弟子也毫无怨言。"

众人又是一惊，不敢想象更无法理解她宁愿魄散都不愿脱离长留山。只有霓漫天冷笑一声，她没想到花千骨对白子画的执念竟深到这种地步。

所有的人都看向白子画，唯有他自始至终都没有开过口，花千骨毕竟是他的徒弟，最后到底要如何处置还需他来定夺。

白子画面无表情，端起茶盏喝了口茶，周围静得连一根针掉落的声音都听得见。

花千骨不敢抬头看他，她什么也不要，只求师父不要逐她出师门。她是白子画的徒弟，死了也是！

"为何要盗神器、放妖神出世？"白子画的声音冷冷地在大殿内回响。

花千骨的心咯噔一下，完了。

她的唇舌开始不听使唤地颤动起来，紧紧咬住牙关不说话，面色越来越铁青。

"为了……"

不行！不行！死都不能说！她拼命摇头，唇被咬破，流出血来。

周围的人都奇怪地看着她，不明白她在挣扎些什么。

可是咒术不是光不说话就逃得开，花千骨听见自己的声音冲破喉咙一个字一个字地挤出来。她一狠心用力，将自己舌头咬烂，鲜血流出，疼得她快昏过去。

"会了气……衣服……铁树……（为了替师父解毒）"模糊不清的字眼从她嘴里发出。周遭的人一头雾水，完全不知道她在说些什么。

白子画眉头皱起，看模样她是中了异朽阁的咒术了，可是是什么事让她宁愿把自己舌头咬破也不肯说？白子画心头不由得火起，她什么也不说，一口认罪，又叫自己如何有理由为她开脱？她就真的那么想死么？

"如她所愿，保留长留弟子的身份。"

"尊上？"众长老还有摩严都惊了一惊，长留山怎么可以留下这样的弟子？就算死了也是污名有辱。

"我的弟子，我说不逐就不逐。"白子画冷道，周围的人都不再说话了。他一向甚少拿主意，但是只要是说出来的话就板上钉钉，也不知道说他是开明大度，还是强权专制。

"那诛仙柱上销魂钉？"首座小心翼翼地问道。

白子画站起身来，长袖一拂，向大殿中走去："立刻执行。"

四个字一出，顿时整个广场上乱成一团。轻水和落十一等本来还抱着一丝期望，只要尊上还念着师徒之情，千骨就或许还有救。这下全部慌了，纷纷又拜又叩，求情之声此起彼伏。

摩严暗自松了一口气，白子画总算还没有为这个徒儿完全失去理智。

花千骨抬起头来，只看见白子画一角飘飞的衣袂。心头空荡荡的，周围的声音好像都听不见了。擦了擦嘴角的血迹，舌头很疼，心头更疼，可是同时却又很欣慰。虽然犯下大错，至少师父，依旧当她是他的弟子，她做鬼也心安了……

她在所有人的凝视中，缓缓站起身来。

这时候，狂风乍起，大地开始剧烈震颤起来。波涛嘶吼，雷鸣声隆隆不绝，长留山周遭的结界忽亮忽隐，竟渐渐出现枝杈状的纹裂。

摩严站起身来，仰天怒斥："放肆！谁敢擅闯我长留山！"

众人抬头，远远瞧见杀阡陌脚踏火凤而来，身后乌云翻滚、万千妖魔。

"白子画，你若敢为你门中弟子伤她一分，我便屠你满门，你若敢为天下人损她一毫，我便杀尽天下人！"

霸道而狠厉的声音久久回荡在海天之间，众仙无不惊骇。

巨大轰鸣爆炸声接连响起，长留结界也抵不过这怒极的一击，尽数焚毁，絮絮飘飞，有如下了一场倾城之雪。

花千骨顿住脚步，身子晃了两晃，难以置信地抬头望去——

长留山钟声急促，八千弟子严阵以待。

"我去会他。"白子画仰头看着杀阡陌，知道一场大战在所难免。

摩严连忙阻止："还是我去，你的毒伤还未痊愈。"

"无碍。"

身为掌门，身为花千骨的师父，这一战，必须由他出面。

见白子画一飞而上，和杀阡陌二人在云端对峙。周围的人都不由得屏住了呼吸，静观事态发展。

杀阡陌一身紫色华服，雪白毛领，从袖沿到腰带、从发冠到纽扣无不精致异常，他脚踏火凤，手持绯夜，绯夜剑通体透红，犹如鲜血凝成，剑身周遭环绕一圈炙热的火焰，一丈之内草木皆焚，三尺之内冰水汽化。

他一贯爱笑，因为美人笑起来会更美，所以在天下人面前猖狂地笑，在部下面前阴险地笑，在敌人面前狠毒地笑，在花千骨面前开心地笑……窃笑、媚笑、微笑、冷笑，无论何时，他总是笑着的，不同的笑展示出他不同的风情以及不同的心情。

可是此刻，他却再也笑不出来了，冷冷地望着白子画，脸色一片肃杀，犹如最雍容华贵的牡丹上覆盖着白白的一层霜，颜色却越发明亮起来，仍然艳似盛世繁花。

很少人见过他的绯夜剑，因为以杀阡陌的能力极少需要出剑。他更从不佩剑，因为佩着剑很难搭衣裳，那样就不够美丽了。

他出剑只有两个字：绝杀！

白子画只是静静地注视着杀阡陌，面上没有丝毫怒色，眸子里更看不出半点情绪。一袭素白的长袍简单干净，黑发如瀑，随意披散，尽管风大，依旧垂如缎、顺如水，丝毫不乱。只是这些日子，三千青丝再无人为他束。

他的风姿远在九天之上，那种美只能用"神圣"一词概括，连多看一眼都让人觉得是种亵渎。

他举剑，眸似云间月，皓腕凝霜雪。

"冰敛横霜"四个字，于他，于剑，都再贴切不过。

很难在两人中分出个高低上下来，杀阡陌胜在颠倒众生的外貌，白子画更胜在天下膜拜的风骨，但都不输于对方的是各自的能力和气势。

看着无论是外貌还是能力皆冠绝六界的二人之间的这一场对决，几乎每个人都各怀心思。

蓝羽灰、夏紫薰、单春秋等人自然是一手心的冷汗，且不提白子画有多厉害，杀杀阡陌刚在墟洞中已经气力耗尽，受了重伤。又凭借一人之力击毁长留结界，更是伤上加伤。

摩严、笙箫默知道白子画的状况更是不容乐观，同样如坐针毡。

虽然正邪易辨，但随之赶来的轩辕朗，还有轻水等长留弟子却不由自主隐隐祈祷着杀阡陌能胜，否则花千骨性命堪忧。

"你们要对她怎样？"杀阡陌知道三尊会审已结束，以长留规矩之森严，小不点儿定是凶多吉少。

"与你何干？"白子画冷道。

"我要带她走！休想拦我！"

"打得赢我再说。"

杀阡陌双目赤红，懒得再多说废话。当下意念凝聚，真气运转。周身皆被烈焰环绕，真气如游龙四处飞腾。手中绯夜剑轻轻一提，浮云踏浪，转瞬间已出了百招有余，速度之快，叫人咋舌，纵是仙魔，远远的也只望得见他紫色的身影。

绯夜剑赤红色的真气吞吐不定，热浪逼人。白子画凌空翻转，轻易而又巧妙地躲过他一波波凌厉而凶险的攻势，稳稳落在海面上。

杀阡陌闪电似的疾追而来，长袖旋转，绚光流舞，犹如花开。火凤也随之盘旋而下，玫瑰色的红光与绯夜剑交相辉映，炫目缤纷。

众仙观微二人大战，心中都是七上八下。

摩严也忍不住冷哼："妖孽，果然有些门道。"

白子画始终不慌不忙，以退为进，以守为攻。杀阡陌出百招，他只出一招。绯夜剑与横霜剑狠狠相击，空中惊雷炸响，闪电划破天幕。

众人看得紧张，额上都不由得沁出汗来，一个个屏气敛息，心跳如鼓。

暗云翻涌，狂风肆虐，二人在惊涛骇浪中转眼已斗了数百回合。

白子画见杀阡陌功力竟比之前争抢流光琴一战时提升更多，变得更加诡异莫测，妖异凌厉，也不由得暗暗心惊。而自己毒伤初愈，真气不济，勉强与同样负伤的他战个平手。

而面对杀阡陌完全不要命的打法，时间拖得越久越不利，白子画渐渐加快攻势。他无心与杀阡陌争什么胜负，但此战若败，长留颜面何存。

白子画右手结印划过天地，顿时空气中出现无数冰凝的细小水结晶，狂风中犹如水波剧荡，四周景色都像水中倒影摇曳变形。杀阡陌的身子在空中一滞，天地陡然间极冷，似乎连空气都被冻住。一条红色火焰从他剑上盘旋而出，蜿蜒怒舞，紧紧将横霜剑缠绕住，力道之大，似乎要将其扭曲变形。冰火互斥，只听得一片"吱吱"的响声。

白子画左手推掌而出，仿佛捉住蛇的七寸一样将火焰从剑上扯了下来，用力一扬，横霜剑变作长鞭带着火焰直向杀阡陌席卷而去。

此时，趁着众人都在紧张观战，单春秋趁机发难，率领妖兵魔兵向长留攻了过去，妄图抢到花千骨。顿时四下一片混乱，剑芒横飞，光波四射，火光熊熊，杀声震天。仙魔混战，威力之强、真气之猛、速度之疾，比人间的战争不知激烈了多少倍。

白子画长剑不断与杀阡陌相击，冰霜与火花四溅。

"不要打了，师父，姐姐！不要打了！"花千骨心急如焚，努力传音过去，二人却充耳不闻。

白子画迅驰如风，银色光波从掌中击出，杀阡陌惊险躲过，低头却见整个海面顿时都被冰冻住了，连波浪都凝固成翻飞的形状。

见仙魔混战，四周形势越发不容乐观，白子画不再犹豫，出手更加凌厉。

摩严也紧急下令："将那罪徒即刻押往诛仙柱受刑！"

见花千骨就要被带走，杀阡陌怒不可遏，一时乱了分寸。白子画再不想跟他做无谓缠打，使出全部真气，一掌落在他肩上，直灌而入的内力几乎将杀阡陌的每根血管和经脉都冻到爆裂。杀阡陌不闪不避同样满是烈焰的掌落到白子画身上，却仿佛打在棉花和云朵里，白子画的内力深不可测，绵绵流长，杀阡陌感到手掌如浸泡水中。

杀阡陌自知比不过他，却硬撑着一口气一直战到此时，怎肯轻易罢手。长剑一挥，仰天长啸嘶吼，四处爆破声惨叫声不绝于耳。却见周遭无论仙魔肚膛纷纷裂开，身体瘫软，吐血而死，足有上千余人。

摧心化骨？白子画心头一惊，受如此重伤还敢用如此招式，果真是不要命了！

"我好心留你不得！"白子画厉声呵斥，全身真气往剑上凝结，横霜剑瞬间透明犹如冰刃。

杀阡陌早已杀红了眼，快要滴出血的眼睛狂傲俯视众人，仙魔皆是一片胆寒。

"就算是死，我也要整个长留来给她陪葬！"

美艳红唇轻轻开合，长发在狂风中飘摇乱舞，绯夜剑迎风自响，呜呜不绝。漫天冰晶，随风四合，在他身旁环绕不息。

花千骨呆住了，周围所有人也都呆住了。

很安静，只有风呜咽的声音。白子画的剑尖轻轻垂了下去，眸子仿佛有暗云翻涌，只是身子轻轻向前倾了一些，刚要迈步。

花千骨腿一软，挣扎着跪倒在地，使劲磕头："师父！不要！求求你！都是我的错，这一切都是我的错！跟杀姐姐没关系！小骨甘愿受罚，魂飞魄散毫无怨言！"

周围的所有人这一刻才又能够开始重新呼吸，急剧地喘息起来。刚刚那一瞬间白子画散发出来的杀意实在是太惊人太可怕了，天地都凝固了一般，连众仙都不由得打个寒战。

白子画冷冷扫了跪在广场正中央的花千骨一眼，说不清心里是什么滋味，只是手中的剑不由自主握得更紧了。

然而就在此时，杀阡陌突然往前一头倒了下去。单春秋从后面及时托住他。

"魔尊，得罪了！"

原来单春秋竟趁其不备，从杀阡陌身后偷袭。

见事态急转，所有人半天反应不过来。

蓝羽灰皱眉道："魔君醒了会杀了你的。"

"我宁愿他杀了我。"

单春秋远远看着花千骨，他们的目的，只有妖神而已。在那之前，他们还有很多机会，根本不用急于一时。留得青山在，不怕没柴烧，而那丫头，是魔尊最大的牵绊，死了才更好。

见单春秋领妖魔退去，众仙总算松一口气。白子画脸色苍白，落于殿前，摩严知他伤势加重，只是在强撑，怕再生事端，连忙下令将花千骨押往诛仙柱受刑。

长留的结界再次由众弟子发动张开，白子画转头望向轩辕朗，轩辕朗神情悲哀，说道："我孤身而来，只想在最后陪着千骨，请尊上成全。"

白子画沉默算是应允。

花千骨望向四周，广场之上此刻已是满目疮痍，尸横遍地。这些，又都是她造的孽。她迈着沉重的步伐，一步一步走向后山，走上白玉阶，诛仙柱高高地屹立在她面前，她抬头微微有些晕眩。

柱子上满是阳刻的图案、花纹、铭文和咒语，柱体莹白通透，镂空和缝隙里却是乌红色的，花千骨知道那是前面无数死在这诛仙柱上的仙人干枯的血迹。

戒律阁的首座又在一旁将她的罪状重述了一遍，然后宣布开始行刑。

花千骨被仙锁牢牢缚在诛仙柱上，目光空洞，面色平静。会很疼吧，不过疼着疼着到最后也就没感觉了。

东方彧卿此时站在绝情殿的露风石上，俯视着这一切。为免糖宝冲动，已让它陷入昏迷。没有人可以在白子画手下救人，连杀阡陌也做不到，如果白子画想让花千骨死，她就真逃不过了。可那人若当真如此秉公无私，又何苦要在她身上加诸这么多道封印？

东方彧卿的理智告诉他，可以相信白子画，可是一想到花千骨要受八十一根销魂钉，又忍不住心惊肉跳。在力量被层层封印的情况下，哪怕她是神之身，也凶多吉少。

三尊依旧高高在上，乌云滚滚，笼罩着长留山。

"我再问一次，你为何偷盗神器放妖神出世？"白子画凝眉道。

花千骨拼命摇头，依旧吐词不清，无尽话语无限思量只换作苦苦一笑。

未待做好准备，第一根销魂钉已经钉入了左手手腕，花千骨不防，忍不住一声凄厉惨叫，听得众人一阵胆寒。

花千骨颤抖着闭上眼，如此之疼痛她，平生从未受过，从手一直蔓延到四肢，疼到头皮都发麻战栗。鲜血顺着柱子流下，浸入缝隙之中，又覆盖上新鲜的一层。

"千骨……"轻水哭喊着，挣扎着上前又被清流硬拖住，拉了回去。

紧接着又是第二根钉入右手手腕，花千骨不再失声惊叫，却仍是痛到咬破下唇。

接下来是双脚脚踝、膝盖、股骨、手臂、锁骨等，连钉十二根，每钉入一根，都可以听到穿透骨头和血肉的声音，以及花千骨的一声闷哼还有下面的人倒抽一口凉气。轻水晕了过去，轩辕朗、云隐、落十一、清流、火夕、舞青萝等人都是双眼含泪，几乎不忍再看。

霓漫天这么久以来从来没有觉得如此扬眉吐气过，每钉入一钉，她的心中就涌出一股强烈的喜悦和兴奋。她恨只恨自己不能将花千骨暗恋尊上的事情揭露出来，否则会让她死得更加难看。

十四根销魂钉下去，花千骨已是奄奄一息，她仙身已去大半，魂魄也将散，疼得几度昏死过去，又再次被法力强制唤醒。

好痛，可不可以直接让她死，不要再这样受折磨？她运功想要自我了断，却发现半点内力都使不出来。心里一遍又一遍地呐喊着，只盼着自己早点死，一切早点结束。

周围空气里弥漫着浓郁的血腥气味，可是血里又有一股香气。白子画闻着那熟悉的血腥味，想起她一次次喂自己饮血时的场景。

"尊上……"落十一等人依旧不停地在一旁磕头求情。

白子画依旧面色平静，只是有些不明地低头看了看自己的手，发现在微微颤抖。

"停——"他突然开口，即将钉入花千骨胸膛的第十八根销魂钉停在了半空。

"师弟！"摩严大惊。

花千骨失血过多，面色苍白，费力地睁开眼睛看着他。

白子画手一扬，仙索松落，十七根销魂钉从她身体里脱出，花千骨从诛仙柱上狠狠摔在了地上，十七个窟窿血流如注。

众人又惊又喜，无不以为白子画终究心软，不忍亲眼见自己心爱的徒儿魂飞魄散，所以出手阻止，心道花千骨这回总算有救了，却没想他竟高声冷道："花千骨是长留乃至天下的罪人，却究竟是我白子画的徒弟。是我管教不严，遗祸苍生，接下来的刑罚，由我亲自执行。"

周围一片哄然，落十一等人都傻掉了。花千骨惊得更是面无血色，颤抖着双唇连连摇头："师父，不要……"她不要！她不要！无论什么苦痛什么委屈她都可以全部承受，可是如果师父亲自动手又叫她如何承担？

白子画凌虚步空，衣袂飘然落至诛仙柱下。

四周一片死寂，万众鸦雀无声。

花千骨强忍剧痛，拖着重伤的身体拼命向后挪，在地上拖出一条长而惊心的血迹。可是一切都是徒劳无功，她只能眼睁睁看着那个神祇般高高在上的白色身影一步一步地向她走了过来。

"我错了，徒儿知错了，师父，求求你，不要……"那么久以来，不管吃多少苦，她没有过一声抱怨，销魂钉那样锥心刻骨的痛她没有掉过一滴眼泪，可是此刻，却害怕得如同孩子一样慌乱无措地哭求了起来。

白子画依旧没有任何表情，袍袖迎风一扬，一柄寒光四射的宝剑已赫然在手。

断念——

花千骨完全呆住了，师父竟然、竟然要用断念剑来杀她么？那是他亲手赠给她的啊，里面寄予了她多少美好的回忆和愿望，她从来没有一刻离身过。可是，他竟然要残忍到用断念剑来处罚她？

"师父，求你，不要……至少不要用断念……"她一只手抱住面前白子画的腿，一只手使劲地抓住断念剑的剑柄，惊慌失措地苦苦哀求着，鲜血染红他雪白的袍子。

白子画眉头深锁："我当初赠你断念是为了什么？你竟犯下如此弥天大错！太叫为师失望了……"

花千骨此刻已然一个字也说不出来了，只是拼命地摇头，眼中流露无尽哀恸与乞求。

白子画举剑欲刺，却惊异地发现手中断念竟突然生出一股反力来，剑身震动，龙吟之声不绝，他几次运劲却始终刺不下去，反而几乎让剑脱手飞出。

断念极具灵性，跟随花千骨已久，虽未完全臣服，达到人剑合一的境界，终究有了感情，怎么肯出剑伤她？

白子画无奈摇头，好一个断念，明明是他的佩剑，这才过了几年，却竟然连他也使唤不了了！

"今天我用你用定了！"白子画大怒，手指狠狠在剑身上一弹，真气顿时注满剑身。

"不要！师父！我求求你！我求求你！"花千骨哭喊着，用尽全力伸出手去，却只从剑上抓下来当初拜师时他赐给她、后来被她当作剑穗挂着的那两个五彩透明的宫铃……

寒光划过，白子画手起剑落，没有丝毫犹豫，花千骨身上大大小小的气道和血道全部被刺破，真气和内力流泻出来，全身筋脉没有一处不被挑断。

整整一百零一剑，花千骨死尸一样倒在地上，微微抽搐着，眼神空洞，面色呆滞，再不能动，合着销魂钉留下来的窟窿，鲜血几近流干。

不光失去仙身，失去所有的法力，她已经是一个废人了，别说行动，就是直起腰甚至转动脖子都再做不到。

白子画高高地俯视着她，将断念剑随手一弃，扔在一边地上。沾了她的血，断念已经比废铁还不如。

绝情断念，绝情断念，他永远不会知道她对他的感情，更不会明白断念剑对她而言意味着什么。

"把她拖进仙牢最底层，没有我的允许，任何人都不许去看她或者送药。"

花千骨死了一般，睁着大而空洞的眼睛，没有半点反应，被人抬了下去，鲜血洒了一路，手中却始终紧紧地握住那两个小小的铃铛。

三十九 用心良苦

四下里鸦雀无声，所有人都震惊了，空气中依旧浮动着浓浓的血腥味，周围一片肃杀之气。

落十一等人心下一片凄然，千骨的命虽然是保住了，可是从今往后就是废人一个。与其如此苟延残喘，还不如直接死了来得简单轻松。

摩严大为不悦："师弟，你这是什么意思？当着众仙的面，你这样做是不是有点太过护短？不知道的人还以为我们长留故意偏私。"

白子画冷道："我白子画的徒弟，我想怎么处置就怎么处置。"

众仙皆噤声不语，这样傲然犀利的白子画他们还是第一次见到，那冰冻三尺的寒气透到人骨子里去了，谁还敢吭声。

摩严知道他性子一向沉稳内敛，几百年来也是第一次见他如此反常，不由得心头乌云遍布，浓眉紧锁，却也不再多说。

白子画站在一片血泊之中，意识到自己太过失态，慢慢闭上眼，却仍只见得一片叫他眩晕的血红。他极力忽略心底正汹涌澎湃、莫名滋长的情绪，长长地叹了一口气。

"孽徒花千骨，虽然犯下大错，所幸挽救及时，避免了妖神出世为祸苍生。那十七根销魂钉，是长留山代天下对她的处罚。而废掉她的一百零一剑，是我做师父的，对自己徒弟的管教。虽不足以偿还和弥补她犯下的错，却已能叫她好好静思己过。众仙慈悲，就算是妖魔，若能放下屠刀，也会给一个向善的机会。她年纪尚小，还未能清楚辨别是非黑白，是我教徒无方，才会让她一不小心行差踏错。当初拜师大典，我在长留先仙面前立下重誓，好好教导她，不料如今却发生了这样的事情。我对不起长留列仙，更对不起六界众生，理应与她一起受罚。"

"师弟！"摩严脸色一变，立刻意识到了他要说什么，想要制止，白子画却已幽幽开口。

"长留弟子听命,白子画革去长留掌门一职,暂由世尊摩严接任。余下的六十四根销魂钉,就由本尊代孽徒承受,即刻执行。"

"尊上!"四下皆惶恐,密密麻麻跪倒一片。

"尊上,没必要这样,对千骨的刑罚已经足够了,如果连你也……"落十一等人手足无措,焦急地看着他。

"错了就是错了,总要给天下人一个交代,长留的门规怎能当作儿戏?既然说了八十一根销魂钉,就一根也不能少。"白子画一脸平静,仿佛说着再简单不过的事,然后摘了掌门宫羽递给摩严。

摩严狠狠一拍桌子,气得唇都抖了。他又怎会不知白子画的个性?掌门之位事小,思过一段时间再还他便是了,可是那六十四根销魂钉下去,就算以他上仙的修为,也不可能安然无恙。他真以为他是神么?还是有不死之身?

只是白子画心意已决,自缚上了诛仙柱。戒律阁首座望了望摩严,摩严无奈闭上眼睛,手无力一挥。

销魂钉一根连着一根地钉入白子画的身体里。他安静地闭着双眼,仿佛完全不能感知疼痛一般没有任何表情,也没发出任何声音。开始几根钉穿透之后,凭他强大的仙力还能自动止血复原再生,可是随着销魂钉越来越多,他的仙力流失得也越来越快,鲜血一点点染红白袍,看上去比花千骨的惨状更加触目惊心。

当钉到第五十根销魂钉时,他有片刻失去知觉,模糊中仿佛听到一阵铃声伴随着谁的呼喊,迷迷糊糊睁开眼,却只看到地上让人怵目惊心的血迹。

为了减轻他的痛苦,销魂钉一根连一根,速度之快,他几乎感觉不到有东西正从自己身体里穿过。血液流进柱子上的镂空缝隙里,跟未干透的花千骨的血融合在一起,覆了厚厚的一层。

东方彧卿遥望着诛仙柱上发生的这一切,轻叹口气,发觉自己的四肢竟都无法移动丝毫。花千骨每一处被销魂钉穿透的位置,他同样痛到麻木。

为什么?

第一次,他不光不懂了白子画,更不懂了他自己。

骨头,或许那个人为你所舍弃、所背叛、所付出的,远比你付出的还要多……

终于熬到刑罚结束,白子画的神志依旧清醒,慢慢落在地面上,将未完全穿透而是深嵌入骨的几根残余的销魂钉硬生生逼了出来。

"尊上!"众人想来扶他,他挥了挥手。

"刑罚已毕，此事就如此了结吧。众仙若还有什么想法，回头再议。妖神虽被擒获，但妖魔不会轻易死心，定会集结再犯，请诸位先在长留歇息，稍后我们再共商对策。"

白子画温和淡然地说了几句，然后拱手转身往后殿走去。

众人此时都惊得说不出话来，这世上还从未有谁下了诛仙柱不是横着被抬下去的，白子画的修为到底高到何种程度？

摩严简单吩咐了两句，立马起身往后殿追去。果然看见白子画摇摇晃晃走了几步，扶着一旁柱子，慢慢滑了下去。他飞速移动到他身后扶住他，止了血，然后源源不断地给他输入真气。

摩严看着他虚弱的样子，不由得满面怒容："我就知道那女子总有一天会害了你！"

白子画面无血色，摇摇头，想要说什么，却终究再撑不住了，身子一软，晕了过去。

"子画！"摩严咬了咬牙，都那么多年了，白子画永远都只会叫他这个做师兄的为他操心！

摩严迅速将他抱起向贪婪殿飞去，气得忍不住浑身发抖。从来都是这样，什么事都一个人扛。如今竟然为了一个丫头，毁了自己千年道行。他就算不为长留着想，也应该为大局着想，整个仙界以他为首，如今他仙力失去大半，妖魔还不趁机作乱。若要来抢夺妖神，有个闪失可如何是好！他何时竟也变得如此任性起来！

摩严心上满是怒火，白子画浑身的血更是分外刺目，招呼弟子进来替他换了衣裳，拿了些丹药过来。外伤虽容易愈合，可是任他再厉害，不躺个一年半载，连最基本的元气都没办法恢复。

他担心下面再出什么事，正要赶回去。笙箫默此时飞上贪婪殿，也是气息不稳。

"众仙那边已没有大问题。二师兄他怎样？"

六十四根销魂钉啊，就是平常白子画都不一定撑得住，更何况如今剧毒刚解，还身负重伤，法力根本就没有恢复，却竟然……

摩严面色凝重摇了摇头。

二人推开门进入房间，白子画却已不在榻上了。

牢门打开，锁掉在地上。白子画步伐有些不稳地走了进去。

　　花千骨躺在角落里的稻草堆上，奄奄一息，昏迷不醒，押她来的弟子定是很不忍心，实在看不过去，违背命令替她上了些止血的药。

　　白子画无法解释心里面是什么感觉，枉他堂堂一介上仙，却连护自己徒弟周全的能力都没有，突然觉得有些可笑起来。

　　走到她跟前，替她细细检查了一下伤势，果然所有斩断的筋脉已经开始慢慢愈合了。她现在丝毫内力都没有，连凡人都不如，若是旁人见了，定会觉得奇怪吧。

　　虽然白子画将这些年传授她的功力都废掉了，但是妖神之力却仍封印在她体内，况且她是神之身，不可能这么轻易就死的。虽然他明知道这点，但举起剑的时候，还是忍不住手抖，这是他那么多年一点点看着长大的徒儿啊。

　　白子画伸手摸了摸她的头，见她在昏迷中依旧紧紧地握着那两个铃铛。

　　错了就是错了，不论理由是什么。小骨，我知道你心头很不甘，要怨，就全怨为师吧……

　　花千骨迷迷糊糊中感觉有谁在摆弄着自己的身体，一层冰凉冰凉的东西在身上被缓慢而温柔地涂抹着，顿时疼痛与灼热去了大半。然后便是滚滚而来的内力，温暖着她的五脏六腑。

　　她迷迷糊糊睁开眼睛，望着眼前的一团白影，却始终看不真切。

　　师父？是师父么？

　　她的身子在他的掌下微微颤抖着，缩成小小的一团。

　　白子画以为她冻着了，忙帮她把衣服穿好，轻轻搂在了怀里，仿佛抱着个瓷娃娃一般温柔小心。

　　那消不掉的一百零一道伤口，狠狠地刺痛着他的眼睛。他刚刚怎么就下得了手？

　　笙箫默将剑放在他面前桌上。

　　白子画闭目看也不看一眼，本已虚弱到极致，为花千骨疗伤又损耗了太多内力，整张脸都白得叫人心惊。

　　"你的剑。"笙箫默心疼他为了花千骨挨了那剩下的六十四钉，却又有些开心他会那么做。在一起那么多年，他最清楚白子画的为人，远不是他在人前所表现出来的那样冷漠无情，他总是以他所自认为对的方式温柔保护着身边他关心爱护的人，就如同小时候保护他一样，受再多的苦都不吭一声。

"扔了。"白子画依旧安静地打坐，并未睁眼。

"这是师父传给你的，就算做了掌门之后，也总佩带在身上，你一直都很喜欢，不是么？"

"这世上没什么是我喜欢的，顺其自然罢了，何况废剑一把，要来何用？"

"你既然赠给千骨了，就是她的东西，怎能由你说扔就扔。"

白子画不说话了。

笙箫默轻叹一口气："我知道你是故意如此伤她，但要知道她未必就会恨你或者明白你的苦心。"

"我听不懂你在说什么，你出去吧，我要休息了。"

笙箫默无奈摇头："你错就错在太聪明了，何苦什么都知道？"

笙箫默关门出去，徒留如今已光芒全无、灵性尽失、废铁一样的断念剑横躺在桌子上。白子画睁眼静静看了几秒，一些影像在脑中重复闪过，他轻叹一声，再次闭上了眼睛。

四十　腐心蚀骨

历经几番大战，众人皆疲惫不堪。银月初上，夜色再次笼罩大地。只是长留山仍不平静，轻水等人执意要看望花千骨却不能，云隐几次求见白子画又未果。白子画皆以身体不适为由回绝，只是让人传话给他，只要一日花千骨未被逐出师门，她便还是长留弟子，应受长留监管，休想将她带回茅山。

更深，摩严门前悄然无声地站了一人，低沉着声音道："师祖，弟子霓漫天求见。"

摩严黑暗中睁开眼，犹如琥珀发出金光，十分骇人。

"这么晚了，有什么事？"

"要紧事想要即刻禀告师祖。"霓漫天壮着胆子说，心底对这严厉的世尊还是有几分敬畏和害怕的。

"进来吧。"摩严指一弹，掌上了灯。

霓漫天推门而入，恭谨地跪拜下去："对不起，这么晚还打扰师祖休息。"

"有什么事快说。"

"敢问师祖，小师叔之事今后要如何处置？"

"你是说花千骨？"

"正是。"

"哼，该如何处置还轮不到我做主，那是人家的徒弟，有人插手，他可是不高兴得很呢！"摩严为这事正在气头上。

霓漫天嘴角微微露出笑意："师祖息怒，尊上他一向待人慈悲为怀，何况是自己一手教出来的徒弟，难舍之情难免。"

摩严一听更是火冒三丈，厉声斥责："他再慈悲也用不着拿自己的半条命去换那丫头的命！现在弄成这个样子！"

免了那丫头的罪也便罢了，偏偏还逞强非要替她受了那么多根销魂钉。自身都难保了，还硬撑着去给那丫头疗伤！

霓漫天心下一黯，转念想，上诛仙柱的若是自己，落十一怕只是冷着脸不闻不问吧。一时间，心头更恨。她花千骨何德何能，凭什么落十一，还有全天下的人都对她那么好，为了她连命也不要。本以为这一次，花千骨总算可以从她眼前彻底消失了，再也没人来和她争、和她比，却又被尊上救下，依旧留在长留山。

"这事，就这样结束了么？"

"不然还想怎样！"摩严心头有气，白子画若是主意已定，天下没任何人劝得回。

"弟子……弟子有一事禀报，但是不知该不该说，也不知如何说。"

"你尽管说好了，别吞吞吐吐的，没人会责罚你。"

霓漫天低头露出诡异一笑："此事关系重大，请师祖跟我来。"

摩严和她二人下了贪婪殿，直接到了天牢之中，往最底层走去。

因为天牢主要靠法术守护，所以基本上没有守卫，最底层因为关押花千骨才又加派了两名弟子。

"参见世尊！"两名弟子见他深夜到来，显得有些手足无措。

摩严看向霓漫天，她想让他来见花千骨？

霓漫天点点头："我们要进去，开门。"

两名弟子又跪又拜，涨得两脸通红，为难道："尊上有命，任何人都不准进去探望。"

摩严眯起眼睛："连我也不行？"

两个弟子哭丧着脸："特别是世尊，尊上特意交代过，世尊若来立刻通知他。"

摩严一听，大怒，他越来越过分了。就在这时，霓漫天扬手，飞快两下便把两名弟子打晕了，从他们身上掏出钥匙打开了牢门。

"师祖请。"霓漫天恭敬地弯下腰，摩严凝眉看了她一眼不说话，拂袖继续往下层走去。

二人进入关押花千骨的牢中，四面封闭，暗无天日。花千骨伤得太重，躺在角落里，依旧昏迷不醒。

摩严俯视她周身，不由得心头一惊，她半点仙力都没有了，比凡人都不如，可是断掉的筋脉居然还可以重新开始愈合，骨肉也在再生之中。白子画到底又耗了多少内力为她治疗，又拿了多少灵丹妙药给她吃？这孽徒，就真的叫他这么上心？心头不由得又是一阵火起。

霓漫天一看也愣了愣，没想到经如此大劫，她居然还能逢凶化吉！不甘和恼怒更使她坚定了决心。

"你想和我说什么？就是关于这孽徒的事么？"

霓漫天点了点头，心下一狠。施了咒术不让我说又怎样，我自有办法让人知道。她突然从怀里取出了一个银瓶，打开了呈到摩严面前。

"师祖请看，这是绝情池的水，没有和其他水混合稀释过，是弟子亲自到绝情殿上古神兽的雕塑口中接来的。"

摩严斜她一眼，她心下微微一虚，的确，她趁着绝情殿无人之时偷偷溜了上去，不过已顾不得那么多了。

"那又如何？"摩严此时懒得追究。

却见霓漫天走了两步到花千骨跟前。花千骨迷蒙中感觉到有人向自己靠近，还不知大祸已临头，挣扎着想要睁开眼睛……师父？是师父么？

霓漫天顿了顿，嘴角扬起一丝残酷的冷笑。银瓶一倾，整整一瓶绝情池的水便往她脸上和身上倒了下去。

"啊——"

一声凄厉的惨叫在牢房里久久回荡着，伴随着仿佛硫酸一类腐蚀性液体侵蚀皮肤时发出的"嗞嗞"声，就好像把肉放在烧红的铁板上烙，叫人听得心惊胆战。

霓漫天也吓到了，不敢想象她对绝情池水的反应竟会大到这种程度，银瓶从手中啪的掉落在地上，惊恐万分地退了几步。

摩严也愣住了，立马反应过来，施法牢牢将周围封锁屏蔽起来，否则若是不小心被白子画或是他人观微探到了……

就在几乎同时，白子画、东方彧卿他们同时感觉到了异样和不祥，睁开了眼睛。一眨眼，却什么也感觉不到了。

花千骨从迷糊的睡梦中惊醒过来，疼得在地上胡乱翻滚，可是她几乎连抬起手来捂住脸的动作都做不了。

疼啊，好疼，比销魂钉钉入她身体更加疼痛万倍。整个皮肤连同血肉都仿佛被刷烂了一般，和绝情水发生剧烈的反应，如同蛤蟆一样吐着大个大个恶心翻腾的气泡，然后继续往更深处腐蚀，脖子上淋得较严重之处，锁骨都暴露在外，皮肉全部烂掉。

她痛得惨叫连连，在地上左右翻滚，身子缩成一团，不断抽搐颤抖，那恐怖的场面连摩严都不由得倒抽一口凉气。

情念竟然深到如此地步了么？还好只是泼了些绝情池水上去，若是扔进三生池里，怕是腐蚀到骨头都不剩一点渣了。

花千骨痛得几度昏过去，又几度被痛醒。光是身体便也罢了，还有心也是犹如被千刀万剐一般。她知道这是绝情池的水，她太清楚这种感觉了！若不是一日在绝情殿与糖宝戏耍之时她无意中被溅了两滴，疼得她要命，懵懵懂懂的她也不会刹那惊觉原来自己对师父有的不仅仅是师徒之情。

从那以后，她忌惮绝情池水如同鬼怪，半点都不敢碰。只是三生池水腐蚀的伤痕，永远都没办法褪去。和一般的伤疤颜色不同，绝情池水是鲜艳的红色，贪婪池水是青色，销魂池水是紫色。她从来都将自己臂上溅的那两滴绝情池水留下的红色伤痕藏得好好的，生怕被人发现。

可是如今，谁？谁又在她身上泼了绝情池的水？

身体和心的那种锥心刻骨的疼痛，她一辈子都忘不掉，可是此刻大脑却无比清晰，每根神经都在争先恐后地传达着这种绝望与疼痛。

她身边有两个人，到底是谁？她努力想要睁开眼睛，可是整张脸都已经在绝情池水的腐蚀下烂掉，再看不出五官。眼睛虽然闭着，依旧有液体微微渗入，侵蚀着她的眼膜。

疼……只有疼……

她蜷缩成一团，呜呜低咽起来，犹如鬼哭，霓漫天和摩严皆是汗毛竖立。

"师父、师父……"她每叫他一声，每想他一分，就更多一分疼痛。颤抖而显得分外凄厉诡异的哭声让摩严也退了两步。

她竟然？

摩严望向霓漫天，霓漫天面色苍白，惶恐不安地点了点头。

摩严长叹一声，再看不下去如此惨状，推门走了出去，站定慢慢平复心神。

那孽徒竟然爱上了子画？竟然爱上了自己的师父？

霓漫天也摇摇晃晃地推门出来，再也受不住，蹲在一旁干呕起来。她也害怕绝情池水，碰到也会疼痛，可是却没想到花千骨被严重腐蚀成这个样子，又残酷又恶心。

"你带我来就是想让我知道这个？"

霓漫天不回答，她被施了咒术仍旧不能说，好不容易才想出这么个办法以行动让摩严自己明白。

摩严却是并不知道这些的，只是觉得这女子明明直接跟他说叫他查明就可以，却拐了如此大弯，用了如此可怖的手段让他知道，实在是够残忍和心狠手辣，不由得对她多了一分厌恶。他虽从来都不待见花千骨，更憎恨她带给白子画太多麻烦，那么多年，却究竟是看着她长大，嘴上虽硬，心里头多少还是有点情分的。

只是如今，却让他知道她居然爱白子画到了这个份儿上，无论如何再留她不得，否则必成大患。

"子画知道这个事情么？"

霓漫天摇摇头："应该不知道，否则以尊上的性格应该早就不会再留她在身边了。"

摩严长叹一声："给她个痛快吧。"听着牢房里一声比一声凄惨地唤着师父，他的心也不由得揪了起来。

霓漫天一听要杀她，本来应该欢喜雀跃的心此刻却微微有些不忍了，或许是自己那一瓶水泼下的结局超出了她所预期的惨烈，不由得微微生出一丝愧疚来。

"师祖，若她就这么死了，到时候尊上追问起来该如何交代？"

"哼，我就说是我杀了，他还想怎样？"

"尊上是不会为这事与师祖闹翻，但是师祖也知道尊上的脾气，若只为了一个花千骨，伤了师祖和尊上二人的感情，就太不值得了，还是从长计议比较好……"

摩严皱眉想了片刻，的确，白子画宁愿为了她受六十四根销魂钉，就知道这个徒儿在他心目中的地位是不可小视的。这一切都太出乎他预料了，若是花千骨再惨死，还指不定他会有什么反应，没必要拿二人关系冒险。但是花千骨，也的确再留不得……

摩严狠了狠心，杀了外面两名弟子，将一切事交代布置好，自顾回了贪婪殿。

霓漫天依旧在仙牢之中，完成摩严最后交代的事情。只是知道花千骨一向福大命大，自己如今害她成了这个样子，却又没斩草除根，总有一天会遭到报复。

绝情池水的腐蚀终于停止了，花千骨已经面目全非，不见五官，只有大块大块鲜红色的烂肉，就是丢在白子画面前，他也不一定认得出来。

霓漫天又是一阵想吐，别过头去，慢慢向她靠近。

"谁？为什么要害我？"花千骨有气无力地瘫在地上，像砧板上一条被剔了鳞片、血肉模糊、任人宰割的死鱼。

"没有人害你，这绝情池水在平常人身上和普通的水没有两样，是你自己心里有鬼，害了你自己！"霓漫天争辩道，仿佛这样能让自己心里好受一些。

花千骨苦笑一声："早该想到是你，如此恨我，想置我于死地，又能在仙牢里来去自如……还有一人是谁？"

突然想到什么，她的心里涌起巨大的恐惧。

霓漫天看她可怜又可悲的模样，突然觉得有些好笑，蹲下身去。

"你说呢？你以为你让那臭书生如此对我，我便没办法将你的丑事告知于人了么？"

花千骨浑身又开始颤抖起来，不知是因为疼痛还是因为惊恐。

"你……"

"刚刚来人是尊上哦，我没办法向他禀明实情，于是特意将他请到牢里，看到你受三生池水刑，一面打滚一面哭喊着师父师父的，相信傻子都知道你在想什么了吧。"

花千骨脑中轰的一响，什么也听不到了。她如此辛苦地隐瞒了那么久，终究还是全露馅了？师父看到这一幕，该是怎样嫌弃她？

"尊上可是大发雷霆，怎么都想不到自己疼爱的弟子，竟然会对自己存了如此卑鄙龌龊又可耻的心思，一个劲地后悔怎么就没有逐你出师门，留你在世上苟延残喘。"

一个字一个字狠狠剜着花千骨的心，她只恨自己刚刚为什么没有死在诛仙柱上。

毫不犹豫地挑断她浑身筋脉让她成为废人，又眼睁睁地看着她受绝情池水刑，师父对她的失望和愤恨一定到了极致，才会残酷狠心至此吧？

她曾经千百万次想象过如果师父知道了她对他的爱慕会如何惩罚她、厌恶她，却没想到竟惨烈到如此地步。可是绝望心灰中，却又隐隐有一丝释怀，终于再也不用瞒着他了，罢了……

"师父想如何处置我？"事到如今，她早已求生之意全无。如果他真还对她有一丝师徒情分的话，死，是她唯一的解脱了。

霓漫天喜欢看她绝望的样子，比她受刑更加叫她开心。只是为确保万一，她不得不再狠心一次。

她捡起地上的银瓶，再次将剩下的一点绝情池水倒入花千骨口中，强逼她喝了下去。东方彧卿不是用咒术控制了她的舌头让她不能说么，她就叫花千骨永生永世都开不了口！

花千骨的喉咙受到绝情水的剧烈腐蚀，这次疼得连惨叫都发不出来了，只有一阵呜呜隆隆的怪异恐怖的沙哑声，像野兽在低声呜咽。

看到她成了瞎子又成了哑巴，霓漫天总算微微放下心来。她应该感激她的，若不是她在世尊面前替她求情，她早就小命不保了。

"尊上说，他再也不想看见你，但是毕竟多年师徒一场，饶你一条贱命！即刻起将你流放蛮荒，永不召回！"

花千骨陷入永恒的黑暗中，心慢慢向下沉去，什么也不知道了。

第二天，杀阡陌夜袭长留山，并劫走罪徒花千骨之事惊动了所有人。白子画醒来，听了这个事情，面无表情地咯了口血，又昏昏睡了过去。

落十一和轻水等人倒是显得松了口气，如果是杀阡陌的话，定会好好待小骨的，总比一直被关在不见天日的牢里强。

只有东方彧卿，始终眉头不展。

不对，哪里不对，验生石虽然证明花千骨还没死，但是以他的力量居然都完全寻找不出她的大致方位。

一定出什么事了……他心里满是不祥之感与担忧，现在要做的就是去魔界一趟，尽快找到杀阡陌。

更深，摩严门前又悄然无声地站了一人，低沉着声音道："世尊，弟子有要事求见。"

摩严皱眉，最近怎生这般事多？

"进来吧。"

来人战战兢兢地推门而入，神色惶恐，惴惴不安，摩严一看，却是弟子李蒙。

"有什么事？"

李蒙扑通一下跪倒在地："弟子有一事……不知当说不当说……"他左顾右盼，样子十分为难。

"别吞吞吐吐的，有话快说。"

"是……"

李蒙这才将那一夜在绝情殿所见白子画与花千骨两人亲热之事结结巴巴地说了出来。

摩严越听眉皱得越紧，房间里顿时乌云密布。

"你所说的句句属实？"

"回世尊，弟子有天大的胆，也不敢污了尊上的名，拿这种事乱说啊！后来我被花千骨施了摄魂术消去了那段记忆，一直到她受了十七根销魂钉，仙身被废，我才隐隐约约想起了那些画面，吓个半死，但是又不敢确定。一直到昨天晚上终于全部回想起来，十分肯定了，犹豫很久，这才敢来向世尊禀报。"

摩严眯起眼睛，这事非同一般，如果真像他所说的那样，这就不仅仅是花千骨暗恋白子画的事情，而牵涉到师徒乱伦了。可是白子画的性格他怎会不清楚，他若早知花千骨对他有情，定是早就避她于千里之外了，又怎会和她如此亲密？不过那时候子画身中剧毒，若是一时意志薄弱，受不住那孽徒勾引也未可知。

李蒙是断不会说谎的，既然他的记忆可能被花千骨抹除，那白子画亦有可能，但是他的修为高出李蒙这么许多，如果是忘了的话，也应该一早就想起来了。

他突然忆及白子画用断念剑废花千骨的时候，当时还觉得有些蹊跷，却原来是这么一回事。

摩严眉头皱得更紧了，李蒙见他久久未语，明白自己知道了不得了的大事，心下突然有些后悔，吓得趴在地上一动不敢动："世尊……弟子的意思不是说尊上会与花千骨有私情，只是……只是……"

摩严下榻扶他起来，语气和善地问道："你家中可还有何人需要照顾？"

李蒙腿一软，跌坐在地上，再也站不起来了。

大清早，摩严踏上了绝情殿，看着满院芳菲的桃花，美归美，却冷冷清清，丝毫没有生气。

远远的，便听到白子画隐忍的咳嗽声。摩严推门而入，见他正坐在榻上看书。

"你大伤未愈，就躺着好好休息。"摩严取下一旁挂着的袍子披在他身上。

白子画望了望窗外，未语，神色中却有一片萧索之意，又快要入冬了……

摩严将一些瓶瓶罐罐从袖中掏出放在了桌上。

"师兄，你不要再到处帮我寻这些药来了，没用。"

"怎会没用，你尽管吃了就是，以你的底子，要恢复如往常又有何难，只要多加时日……"

摩严眼一扫，发现他正在看的书竟是花千骨的字帖，忍不住一阵火起夺了下来扔在一旁。

"把药吃了。"

白子画面无表情，依旧罩着薄薄的一层霜雾。他一边吃药，一边运真气调息。他的身子不如往常，近来还常常头痛。强逼着自己快些好起来，因为有更重要的事情要做。

"明知自己撑不住，何苦硬为她扛那六十四根钉？明知自己不忍心，又何苦向戒律堂授意，给她如此重的刑罚？你为仙界牺牲那么多，自己弟子，就算护短了，旁人难道还说得了我们长留什么？"

白子画知道他在心疼自己，却只是缓缓摇头："不上诛仙柱，不受销魂钉，又怎么平得了这天怒人怨？虽是无心，那些死伤，她终归还是要负责的。"

摩严凝眉从桌上拿了仙丹仙露什么的打开了递给他，却突然手一抖，将其中一小瓶打翻了全洒在白子画臂上。

摩严慌忙替他抚去，手过处，已然全干。白子画依旧面无表情，正在调息中，淡然道："没事的，师兄，我想休息了，你请回吧，不要担心我。"

摩严大松一口气，点点头，出门离开了绝情殿。

刚刚打翻的，不是什么圣水仙露，而是摩严专门用来试白子画的绝情池水。看到他没有任何反应或是异常，甚至没察觉那是什么，仙心依旧稳如往昔，并未生出半分情意，他总算放心了。他也不用再追问之前之事，有些话说出来，反而伤感情。

摩严长叹一声，俯瞰整个长留仙山。

不是师兄不信你，实在是你太多举止太过反常。师兄不惜徇私枉法，布下如此之局，都是为了你为了长留，希望你有朝一日能明白师兄的良苦用心。

放眼望去，四海之内，没了花千骨，锁了妖神，六界似乎又恢复了一片歌舞升平。

卷 六

雾泽蛮荒终一统·三千妖兽复何安

狂风大作，惊涛拍岸，口子仿佛被人不断扭曲拉扯，逐渐变大。霎时间一道巨大银光流泻而出，倾照在众人身上，如水如月华。一个银白身影迎风而立，衣袂飘飘，踏一叶扁舟轻盈飞来，顺着银光流下，小舟犹在水中央。

花千骨难以置信地退了两步，差点从空中掉下去。

就见来人微微一笑，融化了天地，连蛮荒万物似乎瞬间都充满了盎然生机。

来人双臂慢慢张开，一个世间最温柔的声音说道：

「骨头，我来接你回家……」

四十一 蛮荒雾泽

没有天，四周皆如一片混沌未开。没有日月星辰，所以分不清白天或是黑夜。

蛮荒是一片类似于墟洞、时空完全独立于六界之外的贫瘠大陆。西边是戈壁沙漠，南边是湖泊沼泽，北边是冰雪极寒之地，中部是迷雾森林。最东边的海连接着归墟，仙界的犯人和死魂都从那儿通过冥渡流放到这里。

传说这是盘古开天不小心劈下的一块，也有传说这是上古众神被屠戮后的埋骨之地。在这里任何的法力都没有用，气候恶劣，危险遍布，条件极其艰苦。妖魔鬼怪仙人甚至动植物，都以最原始最血腥的方式努力生存着。

蛮荒不易进来，因为极少人知道冥渡的方法和入口。所以流放来的，都是些或者声望很高，不能随意处死的，例如堕仙；或者作恶多端，却又罪不至死的，例如妖魔；或者无论用什么办法都不能完全消灭掉的，例如死魂。

离开更加不可能。就好像将手无寸铁又没有翅膀的人丢下无底深坑，除了不断地坠落，直到死亡，什么也做不了。就算是法力再强的人，一旦到了这里，也跟一只蚂蚁没什么分别，只能努力挣扎着不要被他人随意踩死。

眼前依旧一片黑暗，花千骨左眼有微微一道缝隙，隐隐能感觉到一丝光亮。

她不是瞎了，她只是看不见而已。花千骨一次次这样安慰自己。

脚上绑了绳子，谁正拖着她向前走着，像拖着一头死掉的猎物。后背在地上摩擦得血肉模糊，头也不断地在地上的沙砾和石头上磕磕碰碰，像要炸开来。只是，她还能感觉到疼，所以她还没死，她也不能死。

花千骨咬咬牙，努力想让自己保持清醒，可是头再一次撞到一块大石头上，她还是昏了过去。

她再次在疼痛中醒来，看不见，只听见讪笑声，一堆人围着她又踢又踹，一只脚还踩在她手背上。

她到蛮荒来多久了？

一个月？一年？还是一百年？

她不记得了，一片漆黑，生不如死地熬着，所以也没什么时间观念，总之能多活一天就赚了一天。

周围的人不少，花千骨凭直觉数了一下，大概有十多个，大部分是妖魔，也有几个堕仙。想要在蛮荒生存太不容易，大多数人会自动地结成一个个的小团体。这样不论是寻找食物，还是互相争斗，都会比较有利一点。

在不断的分裂与吞并中，在蛮荒逐渐形成两个较大的势力范围，一个是以腐木鬼为首的土木流，一个是以冥梵仙为首的水银间，分别占据了南边湖泊和东边沿海较肥沃之地。

千百年来，不断有人被流放进来，却从未有人出去，所以众人倒也安心在这片蛮荒之地开疆辟土，繁衍生息。哪怕是当初如何驰骋六界的风云人物，到了这儿，也不得不为了活下去而忍气吞声，不择手段，辛苦打拼。

中部的森林占地面积广大，气候比较适宜人生存，食物也较多，却基本上没人敢随便进去。那里是众多妖兽和变异植物的天下，更加危险恐怖，任凭这些人当初如何厉害，没了法力，就是在小小一株食人花面前也抬不起头来。在这里，自然才是最强大最让人敬畏、可以玩弄一切的力量。

花千骨不敢在人多的地方出没，也不能太深入密林，她藏身在较边缘的一个树洞之中，却不知道怎么被发现捉了出来。

虽然筋脉在逐渐愈合，可是她依旧没办法正常地直立行走。如今落到这些人手里，怕是凶多吉少。

"你在哪儿找着的？这……是人吧？"

她听见一个女人的声音，显然是被她丑陋可怖的脸给吓到了。

"本来是追野兔，没想到抓到一只大的。"一个粗声粗气的声音说道。

"男的女的？"另一个男人问。

一只大手伸来，三下五除二扒光了她身上的衣服，她无力反抗，只能咬着牙，默默忍受屈辱。

"居然是个女的。"那个声音听上去兴奋莫名，"老规矩么？上了之后烤熟了分掉？"

"可惜是个毛丫头，干巴巴又瘦又小，没几两肉，还整成这鬼德行。玩起来不爽，吃起来也没胃口，呸！"那人朝她身上啐了口唾沫。

又是一脚，踢得她翻了个身。

"死的活的？怎么连吭都不会吭？"

"好像是个哑巴。"

"以前没见过，怕是被流放来没多久吧？年纪这么小，不知道犯了什么罪，是仙还是妖？"

"仙吧，你看她浑身筋脉都被挑断过，到处是伤疤和口子，还有销魂钉留下的印记。"

"销魂钉？幻厢，你说这丫头受了仙界的钉刑？"那女子蹲下来仔细打量。

"是啊，不知道犯下什么大罪，足足受了有十多根呢。咦，她手里握着什么？"

幻厢使劲掰开她的手，很惊奇地看着躺在地上的她终于有了一丝反抗，虽然微弱却是已拼尽了全身的力气，但还是敌不过被抢了去。

"宫铃？不过就是仙界门派中一个小弟子而已。不知犯了什么过，竟施这么重的刑。可惜已经是个哑巴，不然问问她如今外面的状况也好。"

"哼，你还关心外面做什么，你以为还有机会回得去么？"

"废话，你不想回去么？"

"你们俩干吗总吵？"女人修长冰冷的手在她胸前按了按，"不管你们怎么处置，胸脯上最嫩的那块肉留给我。"

花千骨打了个寒战，用力拽住身边那人的腿，铃铛，还她的铃铛！

幻厢不耐烦地将她踢到一边，端详着手中之物："你们有没有见过谁的宫铃是这种颜色的？"

"什么颜色？不就是五行的颜色。"

"可她的为什么是透明的，闪着五色的光？"

"透明？五色？你眼花了吧？"那人走过来看了看，然后似乎也被难住了。

"管他什么狗屁颜色，老子都饿得前胸贴后背了。你们要是嫌这娃丑，没人想上，就赶快吃了得了，这么多废话做什么。"

"我要内脏，心和肝谁都不许跟我抢。"旁边又一女子朝花千骨走了过来，指甲长得跟利剑一样，甲缝里全是血垢。

花千骨慢慢向幻厢的方向蠕动，手扯着他的袍子，喉咙里发出低声的呜咽和哀求，她只想把师父赠她的宫铃要回来，她什么也没有了，断念也没有了，那个宫铃是她唯一的也是最后的东西了。

花千骨被再次推倒，踩在谁的脚下，细长锐利的尖甲瞬间从她左肩上穿透。她几乎已经感觉不到痛了，苟延残喘着，她早知道会有这一天，只是，请把她的宫铃还给她！

花千骨的小手依旧紧紧抓住旁边人的袍子。幻厢对那透明的铃铛喜欢得很，怎么会还给一个马上就死的人，抽出刀来眼睛都不眨一下地往她手上砍去。反正都是要分尸的，烤人手他倒也挺喜欢吃。

突然刮起巨风，远处昏暗的空中卷起滚滚沙尘，然后便响起野兽奔跑和咆哮的声音。

"糟了！"幻厢往后退了几步。

"什么东西？"

"有妖兽过来了，小心被它吃掉，大家往山洞那边撤。"

众人慌乱逃窜，蛮荒之中上古妖兽多不胜数，一个比一个凶残。

花千骨面上露出喜色，却被谁扛在肩上飞速奔跑起来。

转眼间，那个约三人高的巨大怪兽出现在众人面前，浑身白色的毛因为发怒直立如钢针，耳尖嘴长眼细，跟身体一样巨大的尾巴，四只脚上和尾巴尖上是红色的，像踏着火焰，颈上也有红色的花纹，像围着漂亮的毛领。长得有些像妖狐，眼中却更多了一丝凶残和王者的威严。因平常未变身状态下其形若猪，爱吃爱睡爱哼唧，故名哼唧兽。

哼唧兽毫不留情地扑倒了几个妖魔，轻易地便把他们撕成了两半。

幻厢回头一剑砍在它身上，却丝毫无伤。它怒吼着一脚踩踏上去，顿时人便成了肉泥。

众人吓得更是四散而逃，花千骨被扔在地上。哼唧兽停止了追赶，走到她身边，低下头在她身上嗅嗅，鼻子在她脸上轻轻磨蹭。

花千骨只觉得头痛欲裂，伸出手抓住它颈上的鬃毛，吃力地咧嘴一笑。

——还好你赶来得及时。

哼唧兽大大的舌头舔了舔她的脸，又湿又热。她清醒了一些，在地上艰难地爬着，手四处摸索。

——宫铃，我的宫铃。

哼唧兽从幻厢那里用嘴将宫铃叼了过来放在她手中。花千骨颤抖着把宫铃紧紧贴在颊上，就仿佛白子画还在她身边。

——哼唧，你又杀人了是不是？吓跑他们就好了，下回不要再伤人命了，他们也都只是想活下去而已。

她虽然不能说话，可是哼唧兽很有灵性，能与人心灵相通。

自从被逐到蛮荒，她一次次陷入险境，要不是有哼唧兽一直在身边陪着她照顾她，她早就不知道死了几千次了。

她并不怨那些总是想要害她吃她的人。这里的所有人都是被世界遗弃的，她也是。没有谁比谁更可怜。

——哼唧，你回去找不到我一定吓坏了吧，找到吃的了么？我们回去吧。

哼唧兽一反高贵优雅的姿态，恭敬地匍匐在她脚边。花千骨什么也看不见，看不见它长什么样，也看不见它眼中的臣服。

花千骨来到蛮荒，泡在一个烂水洼里，稀里糊涂烧了许多天，可是居然没死掉。不知道哼唧兽是什么时候寻到她陪在她身边的，也不明白它为什么要救她照顾她。只是若没有它在，她早就死了。

她费力地翻身，抓住它雪白的鬃毛爬到它身上。根据书中的印象和如今的触摸，哼唧在她心里是一只平时长得圆滚滚的什么东西都吃的小猪，发怒的时候会变成威风凛凛的大狐狸。

花千骨剧烈地咳嗽起来，她拉紧破布一样的衣服依旧觉得很冷，紧紧地抱住哼唧兽汲取着它的体温。

哼唧兽开始奔驰起来，昏昏沉沉中，花千骨仿佛又梦见自己御着剑在空中自由地飞翔。

只是，她不明白到底自己现在所经历的是一场梦，还是过去发生的所有一切是一场梦。她不能行走，不论到哪里都需要哼唧驮着她、保护她、为她觅食。她不能看不能说，废人一个罢了，身处地狱，没有希望，没有未来，有时候真的不明白自己已经成了这样，还拼命努力地想要活下去是为什么。

她从来都不敢回忆诛仙柱上师父手持断念剑的那一刻，更是从来都不敢去想师父既然已下了如此痛手，为何还将她驱逐到这个地方来。既然不想见，直接杀了岂不是更简单？还是说，自己犯下的错，就算死都无法抵偿，只能受这样的苦来还？

她脑中始终昏昏沉沉的，不知道哼唧兽带着她走了多久。

——还没到么？

她胸口处依旧血流不止，把哼唧兽的白毛都染成红色的了。

哼唧兽往密林深处奔去，想为她找止血的药草。可是花千骨再也撑不住了，手一松，从它身上翻滚掉了下去，刚好掉在林中一座小木屋的不远处。

哼唧兽停下步子，用鼻子拱拱她，她却依旧昏迷不醒。

感觉到有人要出来，哼唧兽立马朝向门口，浑身毛都竖了起来，满是杀气的模样。

木屋的门被推开，一个浑身是疤的男人看着门前的一人一兽，眼睛微微眯起，向后退了一步，然后又再次把门关上了。

四十一　竹林尽染

看花千骨昏倒在地上一动不动，哼唧兽不由得有些焦躁起来，鼻子喷着气，绕着花千骨一圈圈走着，似乎是在想办法。

花千骨旧伤未愈，又添新伤，到处磕磕碰碰，跌跌撞撞，又是瘀青又是破皮，肩上被刺穿，身体的自我复原能力越来越跟不上了，鲜血还未止住。

哼唧兽踌躇片刻，还是埋头在她伤口上舔了舔，虽然它的唾液有一些止血的功效，但是它对自己的克制能力没多大信心，每次闻到她身上的血香都会狂躁不安，怕终有一天自己兽性大发吞噬了她的血肉，以让自己从妖兽飞升为真正的神兽。

想了半天，它低头将她衔在口里，往林间走了几步，可是又突然停住，犹豫很久，还是再次回到木屋前，一爪便将屋门拍开。

那个男人头也不抬，在桌边喝茶，一袭青布旧衣洗得微微发白，头发随意披散开来，但是一丝不乱。面上、脖子上、手上，只要露在外面的皮肤皆可见薄薄的青色的一层疤，虽不像花千骨脸上的这么严重，看上去也十分可怖，但是最让哼唧兽觉得不舒服的是他眉宇间透出的一股邪气。

哼唧兽对着他咆哮一声，热风吹得他的长发和袍子都飞了起来，可是他依旧头都不抬一下。

仿佛威胁一样，哼唧兽微微抬爪，将他面前的桌子瞬间击成粉碎。男人不慌不忙地接住铁质的茶杯，冷哼一声："有这样求一个人办事的么？"

哼唧兽才不管那么多，一爪把他从房里抓了出来，按在地上，微微用力。

男人看着它，皱起眉头，从腰间抽出了一把匕首。一人一兽久久对视着，终于哼唧兽移开爪子，退了两步。

匕首是上古神物，上面沾过许多神兽的血，不知道他从哪里寻得的，难怪他敢一个人住在这林子里。

男子从地上爬起来，转身去修理他小木屋的门，对于躺在一旁奄奄一息的花千骨仍旧看也不看一眼，然后便进屋里去了。

哼唧兽在附近寻了些药草，嚼烂了敷在花千骨伤口上，可是毕竟能力有限。那个男人似乎有些本事，如果他肯帮忙，花千骨一定能快点好起来。

硬的不行，只能来软的。

哼唧兽用巨大的尾巴为花千骨做了一张毛茸茸的床，一屁股蹲坐在他家门口赖着不走了。男人似乎懂得奇门阵法，一般野兽和妖魔靠近不了这里，他们却靠着花千骨脖子上的天水滴，不小心误闯进来。

虽然它堂堂哼唧兽居然要栖居于他人屋檐之下，靠一个人类庇护，实在是有失尊严，但是为了花千骨也只能暂时如此，她身子虚弱成这样，再经不住颠簸了。不管那男人是好是坏，待在这里总比它每天带着花千骨躲躲藏藏、东奔西走，跟无数妖魔还有贪图她血肉的妖兽打得天昏地暗、死去活来要强。

于是哼唧兽便自作主张在木屋外住下了。

花千骨大多数时间都昏昏沉沉的处于半睡半醒状态，不过就算醒着她也不能动不能看不能说，跟死了没多大区别。可是她从来都不觉得现在的处境让她痛苦到哪里去，最痛苦的是醒着的时候回忆过去，睡着的时候梦到过去。

师父的笑，师父的发，师父的白衣飘飘。师父的话，师父的吻，师父提着断念的手……

过去像烈焰一样，温暖她又狠狠灼伤她。她无力解释无力辩白，更无力忘怀无力逃开，只能在对他的思念中苟延残喘。

那男人不管他们，也不赶他们走，一副完全无视的模样。哼唧兽一开始不放心，每次到周围觅食都会把花千骨带上，后来慢慢卸下防备，便铺好干草将她放到檐下，自己独自出去了。

有次它出得远了，又正好碰上大雨，花千骨泡在雨中整整淋了一个时辰，男人依旧坐在屋内不管不问，仿佛整个世界只有他一人。

哼唧兽赶回来时，花千骨又开始发高烧，神志更不清了，好不容易开始愈合的多处伤口又开始发炎。哼唧兽焦急得团团转，拍开木屋的门，将花千骨放在地上，想求男人救她，他却冷冷地从她身体上跨过去出了门。

房子太小，哼唧兽进不去，可是外面又阴冷又潮湿，屋内有火总会好一点。这些日子，花千骨跟着它，吃的不是野果就是带血的生肉。哼唧兽总是嚼烂了喂到她嘴里，她麻木地努力吞咽着，不管是什么。

以前能烧一手好菜的她现在连锅铲都举不动了，以前最最贪吃的她，舌头、喉咙全烧坏了，不能说话，没有味觉。吃什么对她而言都无所谓，只要能活下去就好。

男人回来，见哼唧兽依旧睡在门口，木屋不大，它一站起来几乎和木屋差不多高了。而花千骨被它放在屋内他的床上。他走进去，不悦地冷哼一声，抬手便将她掀下床去，然后自己躺下睡了。

哼唧兽怒视着他，身上的毛又竖立成钢针，冷静下来，还是把尾巴伸进木屋内，把花千骨卷好盖住，身体挡在门口堵风，然后趴下睡了。

第二天男人醒来，看看花千骨，又看看门口的哼唧兽，心头无端郁闷烦躁起来。他从来都不会看错，都拖了那么多天了，这人怎么可能还没有死？

骤然间，他青面兽一样满是疤痕的脸上就有了表情。不似往常的麻木和死沉，而是一种介于温柔和诡异间的笑容。

他走到花千骨身边，细细打量着她。

从第一眼，便知道她是长留山流放来的。因为那一脸和他一样因为三生池水而留下的疤痕。

看上去这么小，原来，还是个情种——

他轻蔑地扬起嘴角，试图从她手里取出宫铃，却没想到她连昏睡中都抓得这么牢。好不容易拿到手里，他细细打量，眉头越皱越紧。

级别不高的一个小仙，犯下什么样的大错，才会让长留钉了销魂钉，废了仙身仍不够，还要驱逐到蛮荒呢？

而小小一个宫铃级别的丫头，如何竟将几大法系融会贯通到这种程度，没有丝毫偏颇，将宫铃炼化至纯净透明，发着五色彩光，没有一丝杂色？如果这是有意为之，背后那教导她之人该是如何厉害，这样宏大而有计划，都有点像一个阴谋了。

五行本就相生相克，每个人都会有自己的弱点，修仙之人讲究相辅相成，一方面越强一方面就越弱。就像一掌击出，身后定会留下空当，就算速度再快也不可能四面同时击出。受力点越小力越大，四散开来威力就小了。可是教导她之人却分明是颠覆了所有的修仙练武之道，也半点没遵循常理，想要让她成为一个完全没有破绽没有弱点甚至没有短处的人。

长留山，是谁，会有这种气魄和本事？

更值得深究的是，明明只要十余剑就足够让她彻底成为一个废人，她却挨了整整上百剑，大小穴道和筋脉几乎没有一处放过。

是大仇不共戴天，还是怎样的心腹大患，才会决绝狠毒到如此不留余地？

是他离开得太久，还是外面世界变化太快？一贯守旧的长留山，何时出了这种修行的小弟子？而她又是犯了怎样的错，竟然比自己受的刑还要重了那么多倍？

有趣，实在是有趣极了……

男人眯起眼睛，越来越有精神。他这些天其实有留意过她，一开始他以为，那就是长留山流放来的一个小弟子，反正都已经是将死的废人一个，留着也没多大用，死了就算了，他才没那个闲心去救人。别说他已经被逐出师门，就算还是长留弟子又怎么样，干他何事？

不过让他没想到的是，她以如今区区凡人之躯，都伤成这样了还没死掉，虽然缓慢，但是伤口和筋脉都有自动复原的迹象，生命力之顽强简直叫人不可想象。

这丫头，看来有点名堂。

哼唧兽陡然惊醒，见男人将花千骨从自己尾巴上抱走放到了床上。它立刻紧张地注视着他的动作，若有任何不轨图谋，立刻扑上去咬死他。

男人将她一身又脏又潮的衣物换下，简单地替她擦了下身子，然后把发炎和溃烂的地方敷上草药，又煮了点东西喂她喝下。

哼唧兽不明白他为何突然又愿意救人了，不放心地在门口来回踱着步子，寸步不离地守着。

　　花千骨依旧半昏半睡，但是伤势复原得明显比以前快了。知道有一个人救了自己，但是因为看不见，对方也不说话，她对自己的处境和周遭的状况并不十分了解。只是直觉感知那个人是男人，说不上有多温柔，但是照顾得很细心。

　　又是一个月后，她的外伤差不多都痊愈了，筋脉各处也在逐渐复原，手甚至已经可以拿勺子吃饭，只是显得十分笨拙。

　　她对自己的状况显得十分困惑，没听说过谁断了的筋脉又可以自行连上的。她不知道是神体和妖力的作用，只是心存感激地认为是那个男人用什么稀世珍药为自己接骨连筋，疗伤续命。

　　"你会写字么？"有一日，那人问她。他的声音好听，就是太过冰冷。仿佛一个人太久，忘记了语言般一个字一个字地生硬地吐出。

　　花千骨点点头。

　　"名字？"

　　花千骨在被子上用手指一笔一画地写：花千骨。

　　男人沉默了片刻，在记忆里搜寻了一遍，的确没听过这名字。

　　"长留山的？"

　　花千骨点点头，眼前这人，过去应该也是仙吧。

　　"谁是你师父？"

　　花千骨久久不语，虽然还没将自己逐出师门，可是自己现在这个样子，说出来岂不是丢了他的脸面？他心底，或许已经不当自己是他徒弟了吧。

　　——白子画。她还是老老实实写了出来，他救她的命，她不想也没必要骗他。

　　男人点点头，他果然猜得没错，是尊上的入室弟子。摩严和笙箫默的授徒方式他不是不知道。也只有尊上，行事总是出乎预料。那一百零一剑，不偏不倚，入剑深浅把握得分毫不差，出招又快又狠，定也是尊上亲自下的手了。却不知道这徒弟犯下什么大错，会惹一贯冷淡的他如此震怒。

　　"我叫竹染，你记着。"

　　那人起身出去，又忙自己的事去了。一个圆滚滚胖乎乎的东西突然钻进被窝里来，拱啊拱啊。

　　——哼唧。

花千骨笑了起来，伸手一把把它抓进怀里抱住。

哼唧兽从被窝里探出头，肉肉的小爪子伸出来在她脸上挠啊挠啊，一面开心地发出哼唧哼唧的声音。

和化成妖兽真身的模样不同，变小的它跟小猪一样肥肥的，腿短短的，鼻子爱到处拱，看到什么都吃。温暖的白色毛毛，夹杂着火色的美丽花纹，眼睛又黑又大充满灵气。

哼唧兽对竹染消除戒心，知道他是在用心给花千骨医治之后，周围也没什么危险，就变回小猪模样，每天在床边守着她，和她挤一个被窝睡，竹染则在旁边另外搭了一张床。

有时候竹染会问她一些关于六界的事情，他似乎被驱逐来蛮荒已经很久了，很多事情都不知道。她随意地用手指在被子和桌上比画，不管多快，他总能看得清楚。

"你想看见么？"有一天竹染问她。

她愣了愣，点点头。

"你并不是真的瞎了，只是在绝情池水腐蚀下，血肉模糊连在了一起。你当时眼睛应该是闭着的，眼膜受创不大。你如果想看见，我就用刀把你上下眼皮割开，但是会非常疼，你想清楚。"

花千骨不假思索地点点头。

竹染拿出他的匕首，在火上煨了煨，活生生地割了下去。他对于花千骨的不喊不叫，似乎感觉不到疼痛一般的出奇冷静微微有些惊讶。其实她只是疼得太多，比这更加锥心的都经历过了，痛觉神经差不多都已麻木。

花千骨见他下手快而准，既要双眼全部割开，又丝毫不伤她眼球，知道他以前定是高手，而他手中的匕首居然沾上自己的血丝却毫发无损，不愧是神器。

拆纱布的那天，花千骨总算能看见了，只是硬割开形成的双眼，就像一张纸上突然戳破的两个漆黑的洞，看起来十分吓人。

她的眼前仿佛隔了层白色薄膜，雾蒙蒙的，看不清楚，但当她看到竹染同样一脸青色的疤时，忍不住苦笑了。

"谢谢师兄。"她在桌上写。

竹染冷冷一笑："你倒是聪明。不过我早已被逐，算不上你师兄了。"顿了顿又道："摩严他，之后又收了不少徒弟吧？"

花千骨点点头，写道："三个。"

竹染轻蔑地挑眉，花千骨微微打了个寒战。

她为绝情池水所伤，他却是为贪婪池水所伤。此人，不可不防。

终于又可以看见了，失而复得的喜悦无法言说，哪怕这混沌晦暗的蛮荒，破旧不堪的木屋，在她眼里都变得色彩鲜明，生动可爱了起来。

花千骨紧紧抱住怀中的哼唧兽，细细打量，抚摸着它身上暖暖的毛，戳戳它软软的猪鼻子，早就想知道一直不离不弃守在她身边的它长什么样，原来比她想象中更可爱。

哼唧兽爬啊爬，爬到她肩头，舔舔她的脸，又舔舔她的眼睑。花千骨感觉眼上冰凉一片，回忆起糖宝来，心头不由得一痛。虽然有东方在，她一点也不担心，可是她好想它，想它在自己耳朵里睡觉，在自己手心里打滚，抱着自己的鼻子撒娇……它从来没离开自己身边这么长时间，它总是陪着她……

"你多大了？"竹染问，以她之前的修为不可能才十二三岁，应该是修成仙身后停止了生长。

"十九。"她不确定地写道，神情变得恍惚起来，自己在师父身边竟待了这些个年头么？

竹染突然抓住她的手仔细端详起来，他仙身未失，只是被困蛮荒所以失去了法力，不老不死是理所当然。可是她现在已是凡人之躯，为何身体仍没有恢复自然生长，来这儿也一两个月了，连头发、指甲都不曾长过一分一厘？

花千骨有些不自在地收回手。

"都说你罪恶滔天已被处死，却原来是身在蛮荒。"

竹染笑得阴森又鬼气："我也没想到自己居然还活着，真得谢谢我师父手下留情了。"

花千骨对他们师徒之间的恩怨已经没什么兴趣知道。反正他们都再也出不去了，外面不管发生什么，以后都和他们再无瓜葛。只是，她挂念轻水、东方和杀阡陌他们，更放心不下糖宝和小月……

"多谢师兄，不然我早就死了。"

竹染冷笑一声："第一，我说了别叫我师兄，叫我竹染就行了。第二，不是我救的你，是你自己生命力顽强，怎么都死不了，还有这哼唧兽一直在保护你。"

"可是还是要多谢你收留我。"

"你知道我为什么收留你？"

花千骨愣了一下，不确定道："因为我是长留弟子？"

竹染打断她："你是不是长留山弟子干我何事？我救你只是因为觉得你有些不同寻常，可能日后会对我有用。你记住，我只是想要利用你，你不要对我感恩戴德，如果你觉得欠我什么，日后还我就是了。"

花千骨隐约明白，可是没想到他把话说得那么直接，不由得微微有些愣住了。从见第一眼开始就知道他不是一个正派的人，现在看来却也不失坦荡。如此把话挑明了，她反而松下一口气来。

"你想出去？"

"哼，壮志未酬，我可不想永生永世困在这个地方。你来这儿也那么久了，吃了那么多苦，难道就不想离开？"

"我师父既然把我逐来，肯定有他的道理，我已经够对不起他了，不想再违抗师命。"

如果师父真的这么不想见她，那她就永远留在这里吧。她低着头，忽视心头的疼痛和微微窒息。

竹染仿佛看穿了她一般，不屑地冷笑道："真是有趣，你竟然会爱上白子画。"

花千骨身子一震，握紧拳头，头低得更低了。自己这一脸疤痕，怕是谁看见都能猜出个七七八八。一向把自己视同己出的师父，看着自己受了绝情池水的刑，一定被自己对他的情还有自己的这张脸恶心坏了吧，这才一怒之下把自己逐到蛮荒，不想再见。自己又何必再回去碍他的眼呢？

"难怪白子画会气成这样。说实话，你还真厉害，在长留的那些年，别说发怒，我基本上就没见过有表情在他脸上出现过。啧啧，可惜啊可惜，大好的一场戏就这么被我错过了。可就算是他的命令，难道就没有别的什么人让你想回去看看么？"

有，怎么会没有？糖宝和东方他们，落十一和轩辕朗他们，他们全都还在外面。他们知不知道自己已经被逐到蛮荒了？会不会着急死了，到处打听自己的下落？师父又会不会把自己被逐蛮荒的事告诉他们，还是说自己的存在，就像竹染一样从今往后被一笔抹杀？

想到小月和糖宝，花千骨心头更加难过了。她并不是光有爱的，她的肩头还有责任。就算没有师父，还有那么多爱她的人。她不可以这么自私地轻易说离开，她答应过要保护小月的，怎么可以不管不顾任凭他被处刑？他明明什么也没做错——

　　她的心思一时间百转千折，她知道自己并不想永远留在这里，她想回去，想见小月见糖宝见东方他们，更想再多看一眼师父，哪怕他现在再嫌恶自己。

　　既然没死，总有一天要活着出去见他们……

　　竹染见她的眸子逐渐有了神采，微微点头一笑。

　　"先别想那么多，你现在最需要做的，是赶快把身体养好。"

　　花千骨点点头，眼睛望向远方，手紧紧地握住宫铃。

　　竹染在木屋周围开了一小片地种一些蔬菜，他最经常做的事就是在地里面忙活。有时候出去一两天才回来，面上带着一丝倦色，却也不说自己去了哪里。

　　时常可以听见林间妖兽嘶吼的声音，花千骨逐渐可以下地行走了，但也不敢走得太远。

　　她康复的速度越来越快，只是那些剑痕久久褪不去。

　　花千骨和竹染住在一起越久，就越发觉得他这个人不简单，他虽和落十一是一师所出，但是明显修为和资质都高出许多。他不但精通奇门遁甲、易经八卦，各仙派的剑法和长短处他也了若指掌。竹染流放蛮荒数十年，也未曾一日懈怠，剑法等都已臻化境。

　　她不敢想象若是自己独自一人在这深山老林里困了这么些年，没有任何可以离开的希望，连说话的人都没有，会不孤独恐慌、绝望麻木到发疯或是自杀。

　　只是竹染，他就这样安静地潜伏着、准备着，无声无息如暗夜的鬼魅，耐心得叫人觉得可怕。

　　花千骨在蛮荒转眼已是大半年过去，身体已恢复如常人一样，竹染不在，她便自己偶尔练剑，偶尔在地里除草。小木屋一到下雨天就漏水，她爬上屋顶重新修葺了一遍，把墙上的破洞也补上，还把小屋周围都种上了花。

　　哼唧兽总是到处捣蛋，窜来窜去，不是撞翻小木桶就是践踏小幼苗，还把她刚种下的花和小木铲都吃到肚子里去了。花千骨气呼呼地提着它的小猪蹄抖啊抖，总算把铲子又从它嘴里抖了出来，刮着它的鼻子狠狠修理一顿之后，哼唧兽总算学乖了。吧嗒吧嗒后腿替花千骨刨坑填土，不然就是东撒泡尿、西撒泡尿帮她施肥。

　　没想到在这儿，不但植物生长的速度惊人，变异得也是飞快。花千骨除草的时候竟然被一朵刚打了个花苞的野蔷薇咬了一口。一滴鲜血滴落，花千骨反射性地伸出另一只手去接却没接住，鲜血落在土中，顿时大片的蔷薇犹如活了一般开始痛苦地扭动挣扎，发出类似于惨叫的咿呀声，听得花千骨浑身起了鸡皮疙瘩。

蔷薇花大片的茎叶抽搐着倒了下去，虽然没有像以前那样瞬间枯黄，但是也死了个七七八八。

花千骨低下头看着自己被花咬伤的手，因为伤口比较小，正以她看得见的速度慢慢合拢，最后只留下一个淡淡的疤痕。她的心头一时恐慌起来。

时日越长，不但身体，就连这吸引妖魔鬼怪的凶煞体质也在逐渐恢复当中。但是，往常，不药而愈这种事，却从未发生过。她以为她可以在钉了销魂钉、中了那么多剑、受了三生池水刑，又以凡人之身流放到蛮荒受了那么多折磨仍大难未死，是因为遇见哼唧兽和竹染。

如今细细想来，却不像是侥幸。自己不是仙身，却为何依旧不老不死？简直像一个怪物了。

哼唧兽在她脚边轻轻磨蹭着，以为她是在为被悉心照料的花咬了而难过，于是一副为她报仇的样子，跳到花枝上又踩又跳又打滚，哼哼哼，看我压死它们。

待花千骨回过神来，发现地上空空一片，而哼唧兽躺在一边，打着饱嗝，小腿拍着自己圆鼓鼓的小肚子。它一口气把花的枝叶根茎全吃掉了，连一棵小草都没放过。

花千骨看着光秃秃被啃过的院子，追着哼唧兽屋前屋后地跑，恨不得把它当球踢。

竹染慢慢从树后走了出来，看着花千骨，慢慢眯起了眼睛。

四十三 万兽之王

天隐约昏暗下来，应该是晚上到了，花千骨抱着小暖炉一样的哼唧兽睡得正香。突然感觉怀里的小东西不停乱动。

"不准踢被子！"

花千骨压牢了它，突然觉得不对，一睁眼，发现竹染正站在床边看着自己。

他想做什么？

哼唧兽扑哧扑哧地从被子里刚探出头来，竹染突然飞快地出手在它眉间重重一点，哼唧兽头一歪，继续呼呼大睡了过去。

花千骨摇摇哼唧兽，不解而满是防备地注视着竹染。

"衣服脱了。"黑暗的小屋里，竹染的眼睛却犹如琥珀一样透亮，犹如正盯着猎物的老虎的眼睛。那双眼睛，跟摩严的一样，并且更冷酷无情。

花千骨双手抱胸，又想到自己之前所受的屈辱。她身子虽还未长大，年龄却不小了，赤身裸体于人前，怎会不觉得难堪。

"衣服脱了。"竹染没耐心地再次重复，看她防备的眼神，好像是他要将她怎么样了似的，他就算来蛮荒这些年再不济，也还不至于找她这种毛丫头来泻火。

竹染不顾她的踢打，三下五除二扯了根绳子将她绑在了床头，扒光了她身上用自己袍子改小的衣裳。虽然粗鲁却不失细心地拉过被子一角遮住她私处。

然后从她的耳后到脖颈，从脚趾到脚踝、从胸前再到后背一处处地翻找起来。花千骨喊叫不能，只能发出呜呜的抗议声。

她身上疤痕太多，密密麻麻的十分吓人，居然微微有些刺痛了他的眼。他不屑地皱起眉头，厌恶自己哪怕一瞬间的心软。

仔细地找了很久，终于不出他所料，又出乎他所料，在她右边腋下很难发现的位置，找到了那个最后收尾的封印的小印记，一丁点大小，血红妖冶的复杂花纹，一眼看过去，还以为是一颗朱砂痣。

竹染眉头皱得更紧了，他知道她身体里有古怪，却没想到白子画竟对她施了那么高级别的封印术。这种印记他只在古书中曾经见过一次，封印者一旦实施，一不小心就会把自己的命搭上。就算是他白子画修为再高再自负，也定是大大受创。

他究竟在她身体里，封印了怎样的一个怪物？怪不得她一次次伤到极致却怎么都死不了。

竹染的疑惑更深了，白子画和她到底是怎么回事？如果视她为大患，何不直接想办法杀她，为什么宁肯折损自己也要实施这种封印？如果是想保护她，又何必下手如此狠毒，让她遭这种罪，最后还逐到蛮荒来？还是说早已料定她死不了，故意做戏给别人看？

竹染双拳紧握，他始终都猜不透他。他不在的这些年，外面究竟都发生了些什么？

不过可以肯定的是，如果他可以离开的话，花千骨就是他的天赐良机。

"起来！"竹染解开绳子，把衣服扔回她身上。

花千骨抬起自己的右臂，想看看竹染刚才找了半天到底在看什么，可是脖子太短，怎么努力都看不见。背过身子还未待她整理好衣服，就被竹染不客气地拖拽出门。

他到底在干什么？要赶她走的话，也让她先把哼唧兽带上啊。

花千骨大伤初愈，行动略显笨拙，跟不上他的步伐，纯粹是被他拽着领子拖着走。

林中昏暗无比，远处不时传来一些奇怪可怖的鸟兽嘶鸣，竹染右手拖着她，左手拿着匕首。一有食人的花草藤蔓靠近就狠狠一刀斩下去，汁液犹如鲜血一样喷溅了花千骨满脸。

二人行了大概一炷香的时间，早已超出花千骨平时的活动范围，离了小屋老远，没有了阵法的保护，周围树丛里传出窸窸窣窣的声音，各种妖物在暗处窥探着她，却又忌惮竹染手中的刀，不敢太过靠近。行得越远，跟上来的越多。花千骨隐约听见野兽一般贪婪的喘息声，不安地四处张望，手不由得紧紧抓住竹染的衣襟。

竹染不管那么多，依旧飞快地往前走着，突然花千骨不走了，怎么拖都拖不动。回过头，见她腿脚全被藤蔓缠住了，于是回身斩断她身上的藤蔓，继续向前。

他到底要带她到哪儿去啊？

也不知道走了多久，竹染终于停住了，花千骨耳边风声呼呼，冻得她直打哆嗦。

面前是一个断崖，下面黑乎乎的，也不知道有多深。

他来这里干什么？花千骨疑惑地看着他，等他开口给一个解释。却没想到竹染突然伸出手来，轻轻一推，竟然把她从崖上推了下去。

花千骨惊恐地睁大眼睛，反射性地伸手去抓他衣服却没抓住，只抓住了崖边的石头。

竹染走近两步，弯下腰，笑着看着她，那笑容叫她冷到骨子里去了。然后便是毫不留情地狠狠踩住了她的手，花千骨吃痛地皱起眉，半吊在空中，身子像要散架了般，再承受不住，终于手慢慢松开，从悬崖上摔了下去。

谷深百丈有余，绝壁林立。身子垂直下落，如此高度，就算不会摔得粉身碎骨，至少也是脑浆迸裂。

花千骨只听到耳边呼呼风声，危急关头大脑却陡然清明无比。无数过去看过的那些心法口诀源源不断地向外冒出，可是这里是蛮荒，无法御剑更无法乘风。

宽大的衣袍鼓舞翻飞，她下落的速度却丝毫未减。

竹染静静站定，注视着下面，以他的眼力，漆黑谷底的一草一木仍旧看得清楚。推她下去是为了试她，可她若这么容易就摔死了，那留着对他也没有多大用处。

但是看她快落到底，依旧没有什么奇迹发生，眼中难免有失望闪过。正当他都要放弃了以为花千骨死定了的时候，却见她身子重重地在空中一顿，定住了大约一秒钟，又再次直直摔到谷底。

花千骨心肺受了重创，咯出一口血来，翻身爬起，不明白竹染为何突然之间要置自己于死地。抬头仰望，只能看见昏暗的一线天。

突然听见一声恐怖而低沉的嗡鸣声，惊得她汗毛都竖了起来，那是她所熟悉的妖兽的低吼。

花千骨不由得退了几步，四处张望，看见两团熊熊火焰飘浮在空中。不对，是一双血红色充满了贪婪和渴望的眸子正瞪视着她。

花千骨深吸一口气，看着那个比哼唧兽变身后还要大上许多的身影从角落里走了出来，步伐缓慢沉稳又不失优雅，一身长毛根根分明，纯净的金黄色堪比她见过的最美丽的朝阳。

她历经那么多的磨难，虽然不像以前见鬼那样，吓得两腿发抖连逃跑的力气都没了，可是看着它头上的角，硬如钢铁的直尾上的鳞片，露出白牙的血盆大口，她还是心里隐隐发虚。

睚眦兽，上古十大妖兽之一，性凶恶，喜吃脑髓。锱铢必较，极爱相争，至死方休。领土意识极重，有王者之姿。食其角可提升百年仙力，而且它哪怕吃的是草，屙出来的都是黄金，故而早早在六界之中被仙人妖魔捕杀殆尽。

花千骨回忆起之前在《六界全书》上所看过的妖兽一览，此兽名列第三。

完了，要是脑袋被它吃掉了，自己再怎么能复原也长不回来了吧？

哼唧兽不在，她突然有些庆幸起来，不然为了救自己，怕又是一场恶战。虽然哼唧兽也很强，但是想要胜睚眦兽，还是难了一点。

睚眦兽打了个响鼻，抖抖金光闪闪的皮毛。威风凛凛，双目炯炯，踱了几步，打量着花千骨。它口味很挑，通常捕食其他兽类或是流放到蛮荒的仙魔都只吃脑袋和内脏。在蛮荒它对手不多，觅食十分容易，现在已经吃得很饱，对于这种从天而降掉入它巢穴的小东西，本是看都不想看一眼的。可是此刻，它却闻到了奇妙而诱人的气味，直叫它每一根血管都流动出了兽欲和渴望。

花千骨一动不敢动，怕它突然间就扑上来。睚眦兽也隐隐觉察到潜藏在她体内的巨大力量，微微有些忌惮，没有贸然上前。一人一兽就这么对峙了良久。

花千骨手脚冰冷，可是额头沁出汗来。终于，睚眦兽开始失去耐心了，低吼了一声，扬起巨爪就向花千骨猛力一拍。

花千骨虽然法力全失，但是这些年的修为岂会全部白费。她矫捷一跃，轻松避过。

睚眦兽一声长啸，顿时山谷中刮起一阵狂风。花千骨站立不稳，在谷中众多巨石中穿梭躲避。

睚眦兽身姿太过魁梧，虽灵巧未失，对付个子小小的花千骨终究还是不够迅速。于是满是鳞片的尾巴，以雷霆之势，对着花千骨连戳带扫。触及之处，草木横飞，山石崩裂。

花千骨隐隐觉得有几股热气向着四筋八脉扩散涌动，似乎身手比方才敏捷了许多，双脚急速蹬起，跳跃和奔跑之间，也更高更快，更加有力。

伤势似乎恢复得差不多了，危急关头她来不及开心，只是一次次地凝气跃起，躲过睚眦兽的一次次致命袭击。

光是这样逃下去没有用，花千骨打量四周，狭长的、因为地陷分裂出的口袋形的峡谷，除非有翅膀，不然根本就不可能出得去。

她需要反击，可是那些石头砸在它身上乒乒乓乓的，根本就没有半点用。

花千骨钻来钻去，左躲右闪，可是巨尾扫到的地方，风力刚劲如刀，背部、腿上不断划出一道道一尺来长的口子。

睚眦兽闻到她的血香味，双目更加赤红，仰天咆哮，变得更加残暴凶猛。

"哐当"一声，什么金属的东西掉在地上，花千骨一看，是竹染的那把匕首。她不由得皱起眉头，原来他是故意把自己推下这妖兽的巢穴，为了看自己和这妖兽一战。

她飞快地拾起匕首，蹿到睚眦兽身下，一面躲避着它的踩踏，一面试图将匕首插入它肚子较软的部位，却依旧好像插在铜墙铁壁上一样被反弹了回来。

谷底尘土飞扬，她爬到高处，跳上睚眦兽的背，妄图割下它头上较软的角，无奈睚眦兽拔腿狂奔，妄图将她颠下来，她只能紧紧拽住睚眦兽颈上的金毛。

睚眦兽够不着她，巨尾皮鞭一样抽上来，她在它背上翻滚着闪开。尾巴狠狠地抽在它自己身上，疼得它狂怒地又一次咆哮起来。

吼声在谷中久久回荡，惊得林子里的妖兽鸟怪纷乱逃散。竹染兴趣盎然地看着下面惊心动魄的争斗，似乎也闻到空气中涌动的美妙血腥味。

颠簸得太厉害，她根本就触碰不到它的角，接连在它脖颈上砍了几刀，依旧没有半点用。突然想起自己的血，她手一抹刀刃，顿时刀身精光乍现。一刀下去，终于深深刺进它的皮肉，再一使劲，拉出很长一道口子，鲜血简直是喷溅而出。

睚眦兽一向驰骋惯了，铜筋铁骨，何曾受过这种伤？它仰天怒吼，皮毛一抖，终于将花千骨抖下地去。

花千骨知道它气极，连忙爬起来就朝着谷壁拼命奔跑。

睚眦兽几个跳跃已追至身后，前方再无可躲避之处，眼看着那个弥天大物朝自己张牙舞爪地飞扑了过来。花千骨火速抱头往旁边一滚，然后就听见惊天的"咚"的一声，大地仿佛都震动了。

身后终于没了声响，花千骨从地上跟跟跄跄爬起来。转头一看，不由得乐了，睚眦兽用了如此大力，正好一头撞在崖壁上，应该差不多撞晕了吧？她想笑可是笑不出来，浑身都快散架了。

花千骨握着匕首摇摇晃晃走到它跟前，睚眦兽以恨不得咬死她的眼神怒视着她，可是只能无力地趴在地上呼呼喘气，头上好大一个包。

花千骨犹豫了片刻，是不是应该杀了它？睚眦兽睚眦必报的性格她不是不知道，如今跟它结下怨，以后她休想再有安生日子，到时候哼唧兽和竹染也必定受累。

可是她终于还是忍不住叹口气，虽说成王败寇，适者生存，是在蛮荒生存下去的既定法则，可是是自己先无端闯了它巢穴，惹了它，最后还要杀了它，是不是也太说不过去了。它是妖兽，不通情理，难道自己也跟它一样么？

花千骨忍不住伸出手去摸了摸它湿湿的鼻头，软软的，挺好玩。它其实跟哼唧也没多大的不同啊，以后的事以后再说吧。不顾睚眦兽的愤怒和低吼抗议，花千骨又好奇地伸出手摸了摸它神圣不可侵犯的两只角。

花千骨转身望了望悬崖绝壁，这下，自己该怎么上去呢？

她下落过程中，的确使出来过一次法力，在半空中停住了身形。和睚眦兽一战，虽说受伤不轻，但是她觉得自己的身手正逐渐恢复如初，体力也被激发出来了很多。说不定自己再试试，又可以重新使用法力飞上去呢？

于是她开始一次又一次地默念心法口诀，却始终仿佛被什么沉甸甸的东西压住一样，施展不开。

看来自己上一次是走了狗屎运了吧，她终于宣布放弃，从衣服上撕下一条布，把匕首牢牢绑在手上，然后开始一点点往绝壁上攀爬起来。

也不知道爬了多久，手脚都快要断掉了，抬头看，还有很远很远，再往下看，好高好高，真是上不着天下不着地。

虎口全部裂开，身上、手脚上全部都被磨破，到处是血。她不时踩滑，又掉下去许多，还好有匕首挂住。累了，就踩在中间凸起的地方歇一歇，小睡一会儿。饿了渴了就张嘴咬旁边的苔藓草根。

竹染等了很久，看她才爬了一半，等得不耐烦了，便回去睡了一觉，回来见她还在爬，累得几乎已经使不上劲了，可是依旧缓慢却坚定地向上爬着。

他应该干什么？扔根绳子下去拉她上来？她不是已经通过考验了么？

他突然为自己有这个念头觉得好笑起来，冷哼了两声，然后又紧紧皱起了眉头。

这个女人！

…………

花千骨终于爬了上来，她不知道自己的身体居然可以支撑那么久，手脚早已经失去感觉不听她指挥了，只是一步一步在做机械运动。

当她长叹一口气，终于把沾满鲜血的头伸出地面，双手紧紧拥抱住大地，想要亲吻裸露的黄土时，一抬眼看见竹染正坐在她面前，微微低着头，脸部有阴影，她看不清他的表情。

或许他会跟自己解释一下推自己下去的原因，花千骨心里想着，因为他若真想害自己，一开始就用不着救了。

竹染向她伸出手来，花千骨看着他的手上也有一层青色的疤，就像是被整个扔进了三生池里。可是他的手的形状，却是修长而美丽的。

花千骨握住他的手，迈出脚正想做最后的攀登——却突然，竹染抽走了她手中的匕首，再一次地，把她狠狠地从悬崖上推了下去。

花千骨来不及做出任何反应，只是睁大眼睛看着竹染，这次他的眼睛里，却没有任何情绪，像一个席卷而来的巨大黑洞，望不到底的虚空。

身子再次迅速地向下坠去，花千骨已经累得快要晕死过去，这次连想想心法和口诀的力气都没有了。

她以为这次真是死定了，眼看就要落到底的时候，一个软软的东西突然接住了自己的身子。然后奇迹一般，自己又飞快地向上升了起来。

花千骨吃惊地看着身下，拽住那不真实的金黄色的毛，居然是睚眦兽，载住她小小的身子，在峡谷两边的绝壁上来回纵跃，几下便出了谷，跳上地面。

睚眦兽抖了抖金色的皮毛，威风凛凛地对着群山大声怒吼，狂风大作，林海泛起阵阵波涛。花千骨骑在它身上，整个人都惊呆了。

方才那些一路尾随而至的各种妖兽也慢慢从阴暗中、荆棘丛中走了出来，注视着花千骨和睚眦兽良久，然后接二连三地在她跟前匍匐下身子，低下头去。

此时醒来，变身回巨大形态、从远方飞奔而至的哼唧兽，望着这百千妖兽恭敬拜倒犹如百鸟朝凤的壮观景象，先是吓了一大跳，然后慢慢反应过来，卸下怒火与防备，也跟着拜倒在花千骨跟前。

竹染怔怔站在原地，眼中充满了惊讶和难以置信。然后在下一个瞬间，表情也变作了恭敬和臣服，他微微躬身，露出一贯眯起眼睛的笑容，向花千骨解释道："我猜得没错，你身上果然藏有妖神之力。如今万兽臣服，离我们离开蛮荒又进了一步。"

花千骨默默地看着他，那样的微笑却叫她心头阵阵发寒。第一次是试验，可是第二次，她敢肯定，他是真的想要杀了自己。

四十四 宏图大志

这一夜的雾泽密林显得格外安静，连虫鸣声都听不见。这种安静叫人无端的紧张，花千骨由睚眦兽驮着慢慢向前走着，对突然发生的一切显得有些手足无措。

回去的路上全是各种妖兽魔物和飞禽走兽恭敬地匍匐在夹道两旁，队伍排列得长长的，一眼看不见头。

花千骨觉得胸口隐隐有一股热气在澎湃涌动，让她有头晕想吐的感觉。抬起手，看着掌心刚刚磨破擦伤的地方正逐渐愈合，伤口滚烫得吓人。

花千骨怀里抱着变小的哼唧兽左右"蹂躏"，为自己又一次大难不死而惊叹庆幸。没死也就罢了，居然还错打错着万兽归心，难道这就叫命？

她抬头望了望混沌不明的天空，心头仍旧只是一片悲凉。

竹染在后面慢慢走着，看着眼前壮观无比的景象不由得冷笑起来，这气派可是比六界的帝王尊者还要大啊。

不过她既然真的身怀妖神之力，那他们想要重回六界就绝对指日可待了。

回到木屋，竹染问她妖神之力的事，花千骨也不隐瞒，一一写画出来。

竹染眉头越拧越紧，他在的那些年，对神器的争斗就从未间断过，仙界大乱的那一次，是有史以来神器集聚得最齐的，他只差一点点就得手了。可是没想到，最后妖神之力，居然是落在一个小丫头手里。

他先前卜卦测字，就发现六界正发生大的动荡，墟洞形成之时，蛮荒也受了波及，地震不断，各种妖兽发狂乱奔。只可惜，妖神最后还是未能出世，否则蛮荒陷落，出口便能大开，被流放的众人便能返回六界了。

说来说去，也不知道花千骨是帮了他们，还是害了他们。

她最终到来，是偶然也是必然。

竹染的目光犹如被点燃一般越来越亮，花千骨心里却越发发虚，总觉得竹染看她的眼神，太过赤裸和贪婪。

"你说我体内有妖神之力是怎么回事？"

"你是个聪明的孩子，应该差不多都已经明白了。"

花千骨凝眉沉思。

"可是妖神明明就是小月，他……"

花千骨想起月圆那一夜他变身之后，他们两人很轻易地就被师父从墟洞里抓了出去。她一直担心小月会发怒暴走，激发体内的妖力做出什么傻事来，没想到却什么都没发生，小月一副毫无抵抗能力的样子，完全犹如一个普通的天真稚嫩的孩童，她当时虽奇怪，但是并没有多想。

现在再回忆起来，似乎这一切都不是巧合，而自己遭此劫难仍未死也不是幸运。原来早在那一夜，小月就已把妖神之力全部给了自己，这才一次次地保全了她的性命。

花千骨恍然大悟，所有的一切都清楚明了。关键不是妖神而是妖神之力，身体只是容器，六界的人一直争夺和窥视的原来是毁天灭地的妖神之力。

只是，却没想到小月全给了自己……

花千骨呆坐在那里，半天反应不过来。突然想到什么，猛然间抓住竹染的双臂。那这么说，小月岂不是更加无辜，他现在甚至连妖神都不是，只是一个普通的孩子，连半点保护自己的能力都没有。为什么仙界的人还要处死他？难道师父看不出来么？小月已经不是妖神了，妖神之力在她这里啊！她要赶快回去，告诉师父这件事。如果可以把妖力交出来，是不是就能免小月一死？如果交不出来，就由她来受死，小月根本就是无辜的！

"我要回去！"

花千骨在桌子上重重地写，颤抖的手指在木桌上留下深深的刻痕。

竹染要的就是她这句话，微笑着满意点头。

"只要你乖乖听我的，我保证我们一定可以回去。"

花千骨迟疑了一下，用力点了点头。

竹染走到床边蹲下身子，将床下面的几块木板抬起，下面竟然有一个暗格。

他从里面取出几块大小颜色不一的兽皮和布片，布片应该是从别人衣裳上撕下来的。蛮荒便是这样，因为物资匮乏，也不可能自己养蚕织布，就连天冷了，为了争夺对方身上的衣物，常常都要拼个你死我活。花千骨见竹染箱子里还装了挺多件，被子也是许多不同的衣服拼缝的，里面填充了一种奇怪的紫色棉絮，不知道又是从多少死人身上扒下来的。

竹染将这些绘在兽皮、布片上的图一幅幅在桌上铺开了指给花千骨看，上面竟然是用黑色炭木精确描绘的蛮荒地图。

花千骨吃惊地翻看，蛮荒的整体地形，东南西北还有中部的森林、湖泊、冰山、沙漠、海洋等，全都清清楚楚。还有各个妖魔堕仙的聚集地、势力范围、妖兽的巢穴，等等，无比详细。

看着花千骨吃惊的眼神，竹染冷笑一声："你以为我这几十年在蛮荒都是坐着等死的么？"

"你想怎么办？"

"要想回六界，先取蛮荒。如今有了妖兽相助，咱们已经实力大增，但是还不够。腐木鬼、冥梵仙，若能将此二人收服，土木流和水银间就掌握在我们手里。就算你妖力被封，只要出得去，众人法力皆可恢复，蛮荒妖兽仙魔死魂，数量何止万千，如此兵力，到时候不光出得了蛮荒，就是六界，也是我们囊中之物！"

花千骨见他大手一挥，声音里满是豪情壮志，眼睛里燃烧着熊熊野火，不由得心头微微一紧。

原来他有吞并蛮荒、称霸六界的野心已不是一朝一夕了，如此步步为营地细心谋划准备着，自己的到来或许只是给了他一个契机提前动手。如此狼子野心，不管是对长留还是对仙界，都是一个巨大隐患吧。只是这小小的蛮荒，又能困得住他多久？以他的手腕和才智，就算没有她，相信也总有一天出得去。

花千骨轻轻叹息，眉头越皱越紧。自己离开归离开，可是若全依他的想法，岂不是又给六界带回去一个劫数么？

竹染俯视着地图，目光炯炯，为心中宏伟计划的即将实施而兴奋不已，他等了那么多年了，就是为了能一朝扬眉吐气，将摩严，将六界全都踩在脚下！

他手指落下，重重地敲响桌面，指在地图上的一个点上。

"在一切开始之前，我们现在最需要做的，是先将此人收服！"

花千骨低头，看着地图上的一座冰山顶端，写了三个秀逸的字：

"斗阑干。"

四十五　瀚海阑干

妖神在蛮荒出世，万兽俯首的消息很快在蛮荒各处传开，一时激起滔天巨浪。

花千骨伤势稍好，便和竹染离开林子向北边冰雪之地出发了。随行的有哼唧兽、睡眦兽，另外还有一只幻鸮鸟一直在空中飞着为他们探路。

为了能够尽快赶到，花千骨骑在哼唧兽身上，睡眦兽也很不情愿地驮着竹染。

让花千骨想不通的是，如果竹染知道如何离开蛮荒的方法，他早就自己离开了，才不会想着什么大家一起走。别人死活与他何干？但是他如果完全不知道，就算把所有人团结在一起又有何用？离开蛮荒不是说带兵打仗，光靠着人多就能赢的，不知道就是不知道，多少个脑袋凑在一块儿，也想不出办法。而且，想要大家达成一致根本没必要弄那么复杂，或是借助谁的力量，她相信没有人不想离开这里。只要跟大家都讲清楚，为了能够出去，所有人一定都能结成联盟，到时候再慢慢想办法。

花千骨问他，他却只是嗤笑。

"你可知那腐木鬼、冥梵仙，还有斗阑干都是何人？"

花千骨苦笑，她又怎会不知斗阑干是何人。这一切的发生，还都是因为他才间接造成的。但其他二人，确实没有听过。

"斗阑干是仙界战神，腐木鬼曾经一度和杀阡陌争夺过魔君之位，而那个冥梵仙，也不知道活了多久，几乎比任何人都先来到蛮荒。这几人哪怕如今法力尽失，也是十分厉害的角色，你力量尚未恢复，根本没办法与其中任何一个匹敌。你以为你有了御兽的能力，他们便心甘情愿同你合作了么？蛮荒不同于六界，有更多的尔虞我诈，你不利用别人，便是被别人利用。一个想要压过一个，每个人都在争夺主导权。身怀妖神之力，你知道多少人想要你的命？还没等到出去，内部已经乱成一团，自相残杀得差不多了。现在你只有两条路可以选，要么是死，要么就是踩在众人头上，让他们不得不为你卖命。"

花千骨皱起眉低下头去。

"所以，你不要想得太天真，既然会被驱逐到这里，自然各个都不是省油的灯，且莫说有多厉害，至少没几个是好人，而来了之后，每个人的阴险歹毒更是要翻倍。当然，你也不用太担心，人都会有弱点，而想要离开蛮荒是每一个人的弱点，只要掌控好，所有人都能任由你摆布。那腐木鬼利字当头，欺软怕硬，冥梵仙心灰意冷，不问世事，二人其实都不难应付。我们先从孤身一人的斗阑干下手，只要能得他相助，不愁大事不成。"

"我的内力还能恢复么？"花千骨问道。

她并不知道妖神之力是被白子画封印在了体内，以为是气脉全破，被白子画同己身的仙力一道全部废掉了，竹染也故意没跟她说，总之这师徒二人矛盾越深，对他就越有利。

"不知道，但照上次你遇到生命危险时的反应，你在蛮荒竟也可以施放一些法力，或许假以时日会慢慢恢复一小部分，但是也有可能永远都恢复不了。所以我们要先找斗阑干，他对这些比较在行。"

花千骨将领子拉高，身子缩成一团，紧紧贴靠在哼唧兽的背上。风越来越大了，遮天蔽日的冰霜颗粒迎面扑来，打得她脸上生疼生疼的。

为什么斗阑干要一个人跑到这儿来呢？那么多年一直独自生活在这冰天雪地

之中呢？

花千骨突然又想起蓝羽灰，她不择手段，哪怕毁天灭地，也千方百计想要救他出蛮荒。自己呢？可曾有人思念过自己？望着眼前一片刺目的洁白世界，鼻子突然酸酸的。斗阑干就算不在了，也有人一直挂念。东方他们大概都还不知道她在蛮荒吧……

想起冰天雪地中白子画牵着她的小手前行，那时候的师父多疼她啊，可是现在，就算讨厌她了，不想见她了，杀了她就得了，她的命从来都是师父的。可是为什么要把她驱逐到蛮荒来呢？他知不知道这里真的好可怕……

竹染转头，看着她一贯平静而认命的眸子里不经意透露出一瞬间的哀伤和软弱，轻轻摇了摇头，终究还只是个孩子。

山头太大，洞穴众多，他们二人在漫天风雪中找了三天，可是依旧没看到斗阑干的半点影子，甚至连半点活物和植物都看不见，真不知道他是怎么在这儿生存下来的。

"会不会是已经不在了？"花千骨问，毕竟离上次竹染打探到他的具体位置已经过去许多年了。

竹染摇头："斗阑干有出了名的洁癖，斩妖除魔都不喜自己身上沾半滴血，更见不得蛮荒其他地方的恶心争斗、屠戮吃人。这冰雪之地极少有人来，冻土几十丈深，甚至连植物都不生长，只零星有一些喜寒的妖兽，最适合他不过，他应该不会离开。而且他战功卓绝，被逐来时仙身未废，不会自然老死。哼，说是帝君恩典，不如说是为了让他永世饱受流放之苦。同时为示惩戒，他双脚脚踝被钉了两根销魂钉，他不像你有妖神之力护身可以自动恢复，应该是根本无法直立行走，不会离开这儿太远的，我们再四处找找。"

花千骨听到销魂钉三个字，忍不住打了个寒战，只觉得四肢百骸都锥心刻骨的痛。

竹染不由得笑道："没什么好吃惊的，流放到这里的堕仙，大多受过钉刑或是其他刑罚。何况是斗阑干这样的人物，就算明知他回不了六界，仙界的人也会害怕，害怕若有一天他回来报复，所以自然会废掉他双脚限制他。"

驱逐到蛮荒的妖魔虽说寿命较长，但若没有一定的道行，也是会老死或饿死。而驱逐来的仙却分仙身已失和未失的。已失的就变成了普通人，通常在环境恶劣的蛮荒都活不长，不是饿死病死老死，就是沦为其他人的食物。未失的虽不会自然死亡，依旧会被杀死；饿不死，但是仍能感受饥饿和病痛。他们没了法力，但是依旧武功高强，剑法高超。争斗主要以这样的人为主。所以当初已变成普通人的花千骨，竹染连看都懒得多看，就算救也是白救，却没想到她那样都死不了。

又寻了两日，竹染终于在一个洞口发现有人活动过的痕迹，确定斗阑干平时是住在这里，但是可能觅食或者去做其他的事了。

真是天助我也，竹染让花千骨指挥哼唧兽和睚眦兽在洞口不远处挖了个大坑，做成陷阱，等君入瓮。

"不能好好跟他谈么？"花千骨不喜欢这样的方式。

"只有先困住他，你才有资格跟他谈。"竹染碰钉子碰了几次了，深知斗阑干的为人。

他绕着陷阱转了两圈，摸了摸下巴："不行，还要再深、再大。"

花千骨瞠目结舌，这坑都填得下几十个斗阑干了。不知道他在想什么，只能继续辛苦睚眦兽和哼唧兽挖坑，最后竹染居然还让幻邕鸟吐出无数尖尖的冰柱插在坑底。

"那不是把他给插死了么？"

竹染摇头："哪儿那么容易死？我怕光一个坑困不住他，能让他受些伤自然是最好。"

二人在洞中静候，天寒地冻。哼唧兽的大尾巴将花千骨盖得密密实实，她不知不觉就有些困了，迷迷糊糊睡过去，她梦到御剑在风中自由驰骋，糖宝乘着一片桃花瓣在她身边飞舞。突然天地震了一下，把她从剑上震了下去。

她陡然睁开眼睛，看见竹染倾身在她面前，使了使眼色，对她比了个嘘声的手势。

花千骨撇撇嘴，就算她想说话也出不了声啊。

她突然发现不是做梦，原来地真的在震动，一下又一下的，咚咚咚，仿佛一个巨人在奔跑。

竹染向外探出头去，不由得皱起眉头，他竟还是失策了。

斗阑干腿脚不方便，猜他能够出去那么久那么远，如果不靠机关术就一定是驯服了妖兽来做坐骑，却没想到竟是雪人。

花千骨也探出头去，就见一只几丈高、超级壮硕、从头到脚长着纯白毛发的巨猿一样的怪物正向洞口这边走来，而它的肩上坐着一个黑衣男子，几缕长发随意用墨玉簪斜绾着，在大风中狂乱地向一边飞舞，腮边隐隐有青色的胡楂，面容英挺而冷肃，眸子里是久历血雨腥风的淡然和冷厉，远远的就给人一种极大的压迫感。花千骨知道那就是斗阑干了，简单的一眼，便能想象出当年身穿战袍的他在六界是如何威动天地、声慑四海。

风向突转，斗阑干似乎闻到一丝生人的味道，立马察觉到了有什么地方不对，他出声喝住身下的雪人，无奈为时已晚，雪人一只脚已迈入陷阱之中，庞大的身子顺着冰坑便滑了下去，一道道冰刃刺入它掌心。雪人发出一声巨大的怒吼声，同时飞快地将肩上人向外抛了出去。与竹染预计的一样，开始雪崩，飞速将雪人掩埋在坑底。

"来者何人？"斗阑干横眉怒道，他屹立雪中，虽不能行走却依旧不倒，犹若天神。

竹染从洞内慢慢走出，向他拱手弯腰道："竹染拜见前辈，多年未见，前辈风采依然。"

斗阑干冷笑一声："原来是你，长留小子，如此伎俩也想出手暗算我？未免太自不量力。"

竹染干咳两声，望了望雪人被掩埋的地方，知道洞依旧挖得小了，很快它就能出来，到时候斗阑干就能行动自如，不可能再困住他。以哼唧兽和眭眦兽之力，虽不一定会输，但雪人是群居动物，斗阑干既然驯服了它们的首领，其他的应该也在不远处，很快就能赶来。要对付十多个雪人，难免又是一场恶战。既然不占优势，还是跟他好话好说。

"竹染此次前来，特有要事相商。可是前辈性格孤傲乖张，晚辈只能出此下策。"

斗阑干冷笑一声："要事相商？我看是有事要找人帮忙吧。你怎么不去找墨冰仙，却来找我？在这蛮荒，除了他之外，其他人就是有天大本事都派不上用场。看在你师父面上，我懒得动手杀你，快滚，别打扰我清修。"

"清修？前辈也说再多的法力在蛮荒都用不上，清修又有何用？"

斗阑干鄙夷地看着他："修行修的是大道大自在，你一干追名逐利之辈怎会懂得？"

"看来这些年，前辈的性子可是改变了不少啊。"

斗阑干一向狂妄自大，帝君、佛祖都不放在眼中，天规天条更是当作放屁，得罪了不少人，可是众仙都忌惮他法力高强敢怒不敢言。这也间接导致了他后来失势被无数人落井下石，罪上加罪。

"我如何还轮不到你来评价，还不快滚！"斗阑干面上怒气更甚，手中一粒雪丸击出，重重地打在竹染膝头上，嵌进肉里。竹染身子一倾，单腿跪了下去，面上却仍是笑容可掬。

"前辈息怒，在下这次来的确是有要事相商。前辈一直独自一人，与世隔绝，可知六界动荡，妖神已出世？"

斗阑干陡然一惊，皱起眉头，终于还是出世了？

"那又如何？"

"难道前辈在这儿困了那么多年，就没想过要出去么？"

斗阑干不屑地望着他："有话直说，说完快滚！"

旁边的雪人已经从被积雪掩埋的坑中爬了出来，远处几个白点在向此处飞快地靠近。

竹染将身后的花千骨推到前面："如果想要离开，此人便是我们千载难逢的机会和希望。"

斗阑干自上而下俯视花千骨，眼光犀利而冷漠。被绝情池水腐蚀成这模样，又是长留山的人？

他不由得嗤笑道："怎么？你过去的小相好，找到离开蛮荒的办法来救你了？"

"她不是我的谁，她就是妖神，被仙界流放到蛮荒来的。"

斗阑干仰天大笑了起来："你当我老糊涂了是不是？且莫说这人是不是妖神，有没有可能落到仙界的手里，单讲仙界的处事方法，又怎么可能不杀她而只是流放？"

"她叫花千骨，是白子画的徒弟，因为偷盗神器，放妖神出世，犯下重罪，受十七根销魂钉之刑，全身气脉被破，筋脉被挑，废了仙身，泼了绝情池水，然后流放至蛮荒。却因为之前错打错着，在墟洞中得到了妖神之力，所以百折而未死。虽然妖力没有恢复，但前些日子已收服了蛮荒的众多妖兽。晚辈这样说，前辈还是不信？"

斗阑干大惊失色地看着花千骨，她竟然是白子画的徒弟？竟然受了十七根销魂钉，废了五筋八脉还能这样站在他面前？众人争夺，甚至害得自己被流放蛮荒的妖神之力竟然在她身上？斗阑干心头一惊一骇，身子颤抖着勉强退了一步，旁边的雪人立马伸手扶住他。他心头一时间波浪起伏，这些年，六界到底都发生了些什么？

他知道竹染所言非虚，而且恐怕这丫头的来历还不仅仅是他说的那么简单。

看她望着自己探究的眼神直白又单纯，斗阑干不由得开口问道："你师父是白子画？"

花千骨想了片刻，还是点点头。

"前辈，她嗓子也被绝情池水毁了，说不了话。"竹染在一旁补充道。

斗阑干看了看她身后的哼唧兽和睚眦兽，知道了竹染此行的目的，不由得冷笑："你以为凭借妖神之力便能出得了蛮荒？"

"光凭我们当然不行，所以特来请前辈相助。"

"你请人的方式倒挺特别。"

"没办法，谁让前辈一向软硬不吃，我之前碰了那么多次钉子，这回就换其他方法试试，说不定能奏效呢？"

"你回去吧。"斗阑干叹气。

竹染咬了咬牙，拳头握紧："前辈就真的不想离开？"

"或许你真有办法出去，不过我斗阑干虽然落魄蛮荒，还没有沦落到心甘情愿做别人棋子的地步。你小子心眼儿太多，连对你恩重如山的师父都可以背叛，我又如何信得过？"

"前辈不能这样说，既然是为了同一个目的，何苦计较那么多？何况我也是甘心低头奉妖神和前辈为尊，为你们俩卖命，只要能够出去。"

斗阑干摇了摇头："那你们就努力吧，如果出去见了你师父，替我向他问声好。"

他扶着山壁，慢慢地往洞中走去，抬头却望见花千骨挡在自己面前。斗阑干不理她，依旧往里走，花千骨却拽住了他的袖子。

"放肆！"他怒道。

花千骨眼巴巴地看着他，伸手在雪地上写：我们一起想办法回去吧，蓝羽灰她一直在等着你。

花千骨一笔一画地写，斗阑干越看越心惊，扶住山壁的身子也越来越无力，整个人仿佛瞬间苍老，再看不见一丝斗志和盛气凌人的神情。

四十六 与虎谋皮

"你这一身疤是为什么得来的？"斗阑干问。洞穴里没有外面那么大的风，却依然寒冷刺骨。

花千骨接过他递来的热水，低头安静地喝着。她不习惯他打量的目光，总是太过凌厉和咄咄逼人。

"绝情池水。"她在石桌上写。

"废话，我不知道是绝情池水么？我是问你为了谁。"斗阑干不耐烦地看着她，不明白人人争夺的妖神之力怎么就跑到这么一丁点小的丑丫头身上去了。

花千骨迟疑了一下，这种事，自己为什么非要告诉他不可？

"这是我的事，请前辈就不要再多过问了。"

斗阑干冷笑一声，来求他还真有敢这么跟他说话的。

"别多问？若你恋上的是竹染这小子，心甘情愿被他利用，一旦出了蛮荒，凭你一身妖力助他翻手为云覆手为雨，我还不如现在就杀了你。"

花千骨心头一喜。

"你答应和我们一起想办法出去了？"

斗阑干点点头，自己总不能一直逃避下去，有些事情，终有一天需要面对，都过了那么多年，他也已经想开了，一切顺其自然就好。他伸出右手来看了看自己掌心，上面从虎口往下有很长的一道伤疤。

"你认得她？"

花千骨皱起眉，认得，怎么会不认得。要不是她，师父就不会中毒，要不是她，她也用不着偷盗神器，蓝羽灰杀了人嫁祸于她，还借她的手放妖神出世。要不是她，这一切根本就不会发生。而她做一切的初衷，却又只是为了救出眼前的这个人。想想，这人生还真是荒谬又可笑。

"是她一手策划了妖神出世，就是为了救你出去。"

斗阑干惊讶地看着花千骨，半天都说不出话来。他一开始只是以为这丫头见过蓝羽灰，所以才知道他们之间的事。当年为了保护她，他们的关系是极其隐秘的，自始至终不论天庭如何逼供，好友如何相劝，他都没有对任何人说起过神器是落入她手。

一开始以为花千骨说的她在等他，只是单纯地等，或许只是因为内疚。可是看花千骨眼睛里复杂的神色，便也猜出了几分。既然妖神出世是蓝羽灰策划的，那她被流放应该间接也是由她造成。

斗阑干不由得苦笑摇头，她这次又想要干什么？他一向是不懂她的，能做的都做了，能给的也都已经给了，自己远在蛮荒，对她而言应该早没有了利用价值。

　　说来好笑，他斗阑干傲然一世，最恨被他人利用，却一次又一次地心甘情愿被人利用，过去是，现在也是。不过这些都无所谓了……

　　"你们先在这儿休息一晚，明天会有一场很大的暴风雪，等过几天雪停了我们再出发。"斗阑干依旧冷淡，可是对他们的态度已经缓和了不少。

　　斗阑干看着花千骨被毁得面目全非的一张脸，想她一个半大孩子，受这么多苦，竟然都是蓝羽灰为了救他出蛮荒一手造成，一时间不由得心中满是亏欠。轻叹一口气，罢了，她欠下的，他替她还了便是。

　　竹染在一旁忍不住扬起嘴角，自己说服了他那么多次都没成功，原来只需要"蓝羽灰"简单的三个字就能解开他的心结啊。

　　"多谢前辈相助。"

　　"你别得意，我只是看在这丑丫头的面子上罢了。"

　　身负如此重要的妖神之力，却只是个傻傻的软弱孩子，若不好好看着，怕只能被竹染玩弄操纵于股掌之上吧。

　　斗阑干去外面冰窖中取了些雪菇出来，回到洞口前，看见花千骨正在帮雪儿包扎脚掌上的伤口，身上的披风被她撕成条，在它脚背上绑了个大大的蝴蝶结。雪儿向来脾气暴躁，不喜人气，对她却似乎亲热得紧。

　　"不用管它了，小伤而已，血都已经结冰不流了，过几天自然会好。"

　　花千骨点点头，亲昵地抱着雪人，挂在它手臂上荡秋千。

　　"进洞去吧，待会儿着凉了。"斗阑干看她穿得单薄，细小的身子在雪中叫人心怜。

　　"雪儿，你先回山里去。"

　　雪人嗷嗷两声，蹭蹭花千骨，吧嗒吧嗒地跑远了。

　　花千骨张着嘴看着他，用手比画道："它叫雪儿？"

　　斗阑干转身进洞："雪人不叫雪儿叫什么？"他一向管每个雪人都叫雪儿的。

　　花千骨捂嘴偷笑，向已经跑远的雪儿挥了挥手。突然想起来什么，问道："前辈，墨冰仙是谁？"

　　"一个邪仙，原是蜀山派的弟子，要说犯了多大的事我看也不尽然，但是树敌不少，人人怕他，就是逐到这蛮荒几百年，也没人敢靠近。"

　　"很厉害么？"

"厉害当然厉害，严格说起来，他才是真正的六界第一，但不凭真本事而是弯弯道道的人，我可是瞧不上！"斗阑干语气轻蔑，颇有不服。

斗阑干进到洞里，花千骨跺跺脚上的积雪也跟了进去，见火堆烧得很旺，总算暖和一点了。

"我来做菜吧。"

花千骨接过他手中的雪菇和一些冰蕊，原来他都吃这些啊，怪不得能在这冰雪之地生活下去。

竹染安静地在火堆边打坐，睁开眼笑道："前辈，你腿脚不方便，让千骨去弄吧，她手艺很好。"

斗阑干也坐了下来，看着花千骨左右忙碌，手脚十分麻利，很快便煮好了一锅鲜美的浓汤，盛到他手中热气腾腾的，尝了一口，果然比他做的好吃多了，怪不得他做的东西雪儿怎么都不肯尝。

花千骨帮哼唧兽它们也全都弄好吃的，这才坐到火堆旁，舀一碗尝了一口，烫得她龇牙咧嘴。抬头见斗阑干在看她，很自然地微微一笑。

斗阑干皱起眉头，竹染刚刚大致将花千骨的事跟他说了一遍。他不明白这丑丫头都变成这个样子了，怎么还能吃得那么香，怎么还笑得出来。

花千骨一面吃一面看着洞壁中火光映出的大家的剪影，心头暖融融的，嘴里似乎也尝到了些甜味儿。好久没有体会到这样的感觉。竹染虽一贯面善，但是心思若海，与她疏离得当。斗阑干虽脾气有些执拗古怪，说风便是雨，但是严肃和自傲掩盖下自然流露出的对身边人的温柔和关怀，却是她能感受得到的。

斗阑干那种长辈一样的慈爱，让她恍惚中有回到师父膝下的感觉。她鼻子一酸，甩甩头，告诉自己尽量不要去想那个人，否则只会让自己更加难受，甚至陷入自怜自哀中无法自拔。眼下要紧的是赶快回去救小月，来蛮荒日久，离行刑的日子只有三个多月了。

"小子，你接下来的打算是什么？"斗阑干问。

"去找腐木鬼和冥梵仙。"

"哼，果然。"

"前辈，在下并不只是为了一己私欲，而是要想出去只能先把大家联合起来。"

"听你这么说，你早已经知道出去的方法了。"

"我也只是想试试，并没有一定能成功的把握。"

"他们两人其实很容易谈，一听有办法出去定会一试的。你久未行动，是怕自己资历不够，也打不过他们，只能给他们做做参谋。所以打着妖神的幌子，让这丫头牵头，然后自己借着控制这丫头控制其他所有人吧？"

竹染的心思被他戳穿，依旧脸不红心不跳："前辈厉害，果然什么都瞒不过你。"

"你拉拢我也不过是借我的名头给自己这边增强实力，怕他们二人不肯心服罢了。可你怎么就那么肯定他们会买我的账呢？我已是半个废人，打不过他们的。他们二人在蛮荒争斗多年，也是心高气傲，不肯服谁。我看当务之急还是尽量恢复丑丫头的妖力才是上上之策。"斗阑干轻叹一声，战神断腿就如飞鸟折翼，又如何再能驰骋。

竹染微笑点头："恢复妖神之力的事，就全倚仗前辈了。"

毕竟这才是他此行的真正目的，斗阑干的封印术举世难出其右，过去最擅长的便是将收服的妖魔封印，这蛮荒上的人之所以对他又恨又怕，就是因为许多都是因为落到他手里，然后才被流放来的。

如果说这世上有谁能解白子画的血印的话，除了他就不会有别人了。

四十七 蛮荒一统

"这封印是白子画下的？"

斗阑干难以置信地看着花千骨腋下的那个印记。花千骨睡梦中被竹染点了穴道，睡得依旧香沉。

"对，就是这个封印封住了妖神之力。若能破除，别说是出蛮荒，就算是毁了整个蛮荒也如弹指一挥。"

"为何不让丑丫头知道封印的事，你又打的什么鬼主意？"

"前辈误会在下了，在下也是为了千骨着想。前辈可知她心里爱慕极深以致遭受绝情池水酷刑的那个人是谁么？"

"我怎么会知道？"他都离开蛮荒几百年了，这丫头才多大。

"就是白子画。"

"什么？"斗阑干陡然高了一个音调，"他们不是师徒么？"

"是师徒，这其间发生的事太过复杂，或许我们只有出去了才能知道。但是尊上行事一向稳重，这次又将妖神之力封印，又将自己徒儿废掉流放，却一直瞒住花千骨，我也不太能想明白。花千骨一开始甚至连自己身体里有妖神之力的事情都并不知情，还是后来我试出来的。"

斗阑干皱起眉头，白子画这么做是什么意思？

"花千骨还说要赶紧出去救一个叫南无月的孩子，说白子画误以为那个孩子才是妖神，再过几个月七星耀日之时就要将他处死。可是妖神之力是白子画亲手封印的，他又怎么会分不清谁是妖神呢？"

"你的意思是白子画跟她有染，有心包庇？找人替自己徒儿挨刀？这不可能，绝对不可能！"斗阑干连连摇头，谁都有可能会做出这种事来，但是他敢以人头担保，白子画绝对不会。

竹染面上一丝嘲讽，却依旧点头道："以晚辈在长留山那么多年对尊上的了解，自然也是相信他不会，何况那样的话，尊上也用不着瞒着她，还下狠手将她发配到蛮荒来了。我们离开六界太久，这件事太复杂，可能有许多我们不知道的内情。但是既然尊上这么做了，肯定有他的理由。为了不影响他的声名，暂时还是不要将此事公布于众。而且他既然连花千骨也不说，我们也最好暂时先别让她知道。"

斗阑干冷冷一笑："你如此恨你师父，对你这个师叔倒想得还挺周到。"

"哪里，尊上为人整个仙界谁不仰慕赞赏。当初对我也算爱护有加，就是前辈当年受审之时，不是也几度力保。"

"哼，那些陈年旧事，你倒是一清二楚。"斗阑干和白子画仅仅是点头之交，倒是和摩严相熟。不过想来也是，整个仙界就没有谁是和白子画交情深的，他那淡远的性子，就是你想热乎都热乎不起来。

"我现在丝毫没有法力，解不了他下的封印。"

"没关系，能解开一点是一点，她之前遇到危险之时，妖神之力有勉强冲破使出来过一回，救了她一命。可见妖神之力在蛮荒并未像我们一样受到多大束缚，若能恢复一小部分，我们回去的希望就更大了。"

"我试试。"斗阑干点头。

于是接下去几天里，尽管漫天风雪，天寒地冻，可怜的花千骨还是被坐在雪人肩上的斗阑干驱赶到外面接受暴风雪的洗礼，美其名曰锻炼身体、强健体魄，实则不是在冰林里采蘑菇，就是在地里挖冰蕊。觅了食来，却不许她吃。

其他人还有哼唧兽他们吃得几多欢快，她只能在一旁流着口水看着。斗阑干不准哼唧兽给她偷偷送吃的，夜里还不客气地一脚把她踢到洞门口睡。花千骨肚子空空，第二天还要跑到老远的山头上挖了玄冰背回来，用手将冰剁碎，练习凝气。

如此饿到极限，冷到极限，累到极限，再加上每天斗阑干为她点穴扎针，借此想要一点点冲破束缚她的封印。斗阑干的性格一向是外冷内热，比不上竹染为达目的不择手段不计牺牲，看到花千骨一次又一次地虚脱晕倒，终究还是会微微心软。

半个月过去，他们又多留了半个月。斗阑干特意挑一些有利于疏导和行气的剑法教她，见花千骨再苦再累也始终咬牙坚持一声不吭，又聪明伶俐，一点就会，不由得心中越发喜欢，开始对自己生平未收一徒之事遗憾不已。他劝花千骨转投自己门下，花千骨见他神色认真，连连摇头。虽然师父讨厌她了，但是还没有不认她。

一次又一次置之死地而后生，花千骨发现自己的速度越来越快，越来越灵敏。最重要的是，她可以使用一部分法力，还能御剑在低空慢慢地飞了。

斗阑干满意地点头："差不多够应付了，明日我们出发去海边。"

见到冥梵仙并且说服他，比花千骨预想中的容易简单了千倍百倍。

一个长发如雪的男人站在竹林中，面似新月，却眼若死水。眉间一枚样式奇怪的黑色堕天印记。一般的堕仙并不会有那样的印记，除非做了什么天地难容之事，例如夏紫薰还有竹染额头上的就跟他不一样。

"若不是因为冥梵仙来蛮荒时日太早，又非常厉害，许多人纷纷跟随，势大根深，不然以他不管不顾、毫无作为的性格，又怎么能和到处征伐、招兵买马的腐木鬼相匹敌？"竹染感叹道。

"他什么都不管么？"斗阑干问道。

"基本上不管，事务都交由四个跟随他多年忠心耿耿的部下处理。他那四个部下可都不是省油的灯，不过他若允了，那也就没问题了。"

"他是犯的什么罪被逐到这儿来的啊？"

竹染紧皱眉头："他爱上一个男子，传说那人修为虽没有他高，只是一介小仙，却一心向道，不肯爱他，他便恼羞成怒，将他杀来吃了，一点点咬碎，连一根头发都不留。说是这样他便永远只属于他一个人，不会分开了。"

花千骨身子晃了晃，有悲伤欲呕的感觉。

斗阑干瞪了竹染一眼，拄着拐杖，拉着花千骨往竹林里走去，将一起联合出蛮荒的事对冥梵仙说了，他始终眼神飘忽，听得有些心不在焉。

冥梵仙突然伸手碰了碰花千骨的脸："你就是妖神？"

花千骨瑟缩一下，望着他超凡脱俗却始终笼罩哀伤的脸，想起刚刚竹染说的，心头既有些同情，又有些害怕。

"妖神出，天地裂，蛮荒陷，六界灭。终于到时候了么……"他低下头喃喃自语。

"随你们，水银间的人任凭你们调遣就是，若有谁不服，再来跟我说。"

他脚步轻悠地离开，扬手拨开压低的翠绿竹枝。

冥梵仙既已首肯，天平失衡，腐木鬼势单力薄，要再说服他就不是什么难事，可他生性狡诈，和竹染谈了许久的条件。但是因为有斗阑干和冥梵仙都奉了妖神为神尊，而看到面目丑陋的花千骨居然万兽臣服，在蛮荒还能够御剑，腐木鬼心里摸不着底，不敢贸然相争，只能暂时屈就，心想着如果真能出去，其他事以后都好说。

一个盛大的登基仪式之后，蛮荒终于人心一统。花千骨骑着睚眦兽上台，御剑绕场三周，受着台下万千人欢呼雀跃朝她跪拜，却也知道这些人其实各个心怀鬼胎。她不过就是一个幌子一个工具一个傀儡罢了。不过只要能够出去，离开这个地方，她不在乎，跪在她身下的人也不在乎。

看着站在一旁的竹染满怀信心一笑，一副运筹帷幄的模样。她知道他已对出蛮荒有了非常大的把握。虽还不知道竹染葫芦里卖的什么药，但还是有些担心这些人带着被流放的积怨和愤恨回归，会不会在六界中大肆破坏和报复，造成无法预料的悲剧和恶果。

但是她自己已经深深地体会到了蛮荒的恐怖，如果可以离开的话，也再不忍心将其他人留在这里。这种人间地狱，就算再怎么清高自守的仙，也会被逼得人不像人、鬼不像鬼。

临近出去，她反而越发忧心忡忡，却没想到竹染最后还是让她大吃一惊。

四十八　三千妖杀

人心刚刚一统，竹染很快便大权独揽。

他的手段和能力都是极厉害的，又能言善辩、八面玲珑，上上下下都安抚得服服帖帖。再加上只有他知道出去的方法，背后又有妖神和斗阑干，连腐木鬼对他也多方迁就。

要知蛮荒有的是仙，有的是妖魔，身世背景完全不同，且个个不是省油的灯。他能将所有人集中编制，并且有效调动，就已经非常了不得。其他零散傲慢的势力和隐匿的高手，不是竞相投奔，就是被他劝说收服。

人一旦有了希望和目标，就会充满激情和动力。竹染无论是衣食调配，还是调解纷争，都做得天衣无缝。整个蛮荒拧成一股绳，基本上没有了屠戮争斗、烧杀掠夺。且不说是否真能出去，光是这样的和平安定已是来之不易。

然后竹染开始大肆地在各地收集挖掘朱砂、硫黄、硝木、蓝土等各种材料，从蛮荒各地一车一车地拉到海边，还烧砖炼铁，在方圆百里大兴土木。

花千骨不明白竹染想要做什么，莫非他的最终目的是修一个皇宫，自己在蛮荒做皇帝？竹染却说是在布阵，破蛮荒的格局，强行用人力打通一条回六界的密径。

花千骨这才明白为何他明明知道回去的方法，却仍在蛮荒困了那么多年。的确，要弄出那么大的阵仗，不集中整个蛮荒的人力和物力是根本不可能做到的，难怪他执意先要让蛮荒一统。

竹染却摇头道："这方法也是我钻研了几十年，试验了无数次，最近才想出来的。不然你以为只有你来了，我才有办法一统蛮荒么？利用冥梵仙或者腐木鬼也可以。你的到来，不过让我的计划更加容易提早实现罢了。"

花千骨微微打个寒战，看着竹染，心里越发没底了。

她原本觉得只要能出去就行了，其他的就任凭竹染处理，可是紧接着还是因为一件事和竹染起了冲突，那就是蛮荒上的妖兽出不出去的问题。

蛮荒仙魔大约三千余众，随便一个回六界，都能搅起一阵腥风血雨。而妖兽异形死魂更加多不胜数，一旦出去，脱离控制，后果更加不堪设想。

可是竹染竟然想将妖兽也全部带回，花千骨不肯，二人便争执起来。

蛮荒虽不适合人生存居住，却是妖兽从古至今的栖居之地，也算是它们的故土，他们离了六界尚且思念，为何又要强行将妖兽带离呢？而且妖兽不比人类，兽性难御，一旦她有个三长两短，妖兽立即失控，岂不是众生涂炭？

可是竹染又怎会甘心失去这么好这么强大的一支妖兽大军。他欺负花千骨不能开口说话，只能用手比画，噼里啪啦说了一堆，软硬兼施，见花千骨依旧不肯，便铁了心拂袖而去。

花千骨知道如今大局已定，可是竹染狼子野心，就算表面上仍以她为尊，也完全不会听命于她，更不会考虑自己的意见，只能去找斗阑干商量。

斗阑干安慰她放心，就算其他事她管不了，但是妖兽之事的主导权还是在她手上，毕竟妖兽只听命于她一人。到时候她说不准，不论竹染怎样，也没办法改变。

"我只担心一件事。"斗阑干在山崖上俯望着下面逐渐修建成形的巨大六芒星的阵法。

"竹染好像用了禁术……"而且随着规模扩大，巨大禁术的威力也强了百倍，一旦发动，不知道会有什么后果。

"我们要是走了，剩下的那些人怎么办？他们好多行踪隐秘，躲藏在偏僻的地方，根本不知道有这么一个可以离开的机会，要么就是没有跟竹染达成共识。"

"丫头，你不可能救出所有人，也不是每个人都想离开。而且有些人，不管他应不应该被流放，来了有没有反省，都最好还是不要再回去，例如墨冰仙。"

花千骨奇怪地看着斗阑干，他却不愿再多说。

蛮荒众人用了整整一个月的时间，终于赶在十五潮汐日之前将准备工作都完成了，众人一个个满怀希冀。

依旧没有月亮，大大小小的火把却将这片贫瘠的大陆照得亮如白昼。三千人依竹染的命令站在阵法之中，不时变幻出不同的阵形，咒声此起彼伏，在海天之间回荡，显得颇有几分神秘诡异。

花千骨在六芒星正中的高台上坐着，怀里抱了哼唧兽，旁边伏着睚眦兽，四周三层高的台阶上站了余下的近五百人。

花千骨从一开始就心神不宁，要出去毕竟不可能那么容易，总觉得有什么事要发生。

"蛮荒不是不能用术么？这真的有用？"

斗阑干答道："蛮荒不能用术，不过可以用阵。但是这种阵法不是一般行军打仗的阵法，融合了奇门遁甲和五行八卦，我以前也从没见过，应该是竹染融合禁术自创的。我猜他大概是想用阵法在蛮荒制造一个小时空，在这个时空内可以任意使用术而不受到制约，再人为逆天地开出一条通道来。"

突然，大地震动了一下，六芒星瞬间光华大盛，四周的咒声一阵高过一阵。日月地连成一线，海水开始涨潮了。

众人脸上皆显露出狂喜的神色，六芒星的光芒仿佛在四周罩上了一层流光溢彩的透明杯罩。狂风大作，光彩太盛，刺得花千骨睁不开眼睛。

竹染双目圆睁，眸子里仿佛燃烧着熊熊的火焰。他站在犹如祭台的六芒星台最高点，双手不停变幻着结成奇怪的印，身子突然消失，又分成六个出现在六个角上。

六道身影同时将手猛地高举向天，一道闪电突然划破长空，巨大的惊雷让众人心头一震。三千人依他之前所交代的，将自己的右手小指刺破，血滴在青石铺成的地上，犹如有生命一般四处蠕动了起来。血越流越多，逐渐从滴连成线，牵扯成长长的三千条丝，流入巨大六芒星的凹槽里，光芒瞬间变成了红色，空气中流动着一股浓郁的血腥味。

"糟了，原来这个禁术的代价竟是用三千人来陪葬么？"斗阑干大吃一惊，望着下面。

花千骨心头一震，难怪竹染需要这么多人来布阵，又挑出五百个法术高强又稍微容易控制的站在台上，原来那三千人，他从一开始就打算用来牺牲，却编造一个大家都可以出蛮荒的谎言……

下面的人发现不对开始慌乱起来，血犹如固体的丝线从身体中不断被抽出，同时流逝的还有生命，有许多人疼得在地上打起滚来，拼命拉扯，用剑砍，可是怎样都断不了。血丝一面流动一面像有生命的触手一样四处缠绕，一圈又一圈，将众人包裹犹如蚕蛹。整整三千个蚕蛹般的人凝固悬挂在半空，伴随着众人的惨叫哀号，又恐怖又惨烈。

台上的人个个额头上都冒出冷汗，知道自己差点就做了其他人的牺牲品，虽然觉得下面的人凄惨可悲了点，可是只要自己能够出去，又怎会再顾及他人死活。

花千骨怒不可遏，就要从台上冲下去，却被斗阑干和腐木鬼一人扯住一只手臂。

"丫头！不要冲动！"斗阑干皱着眉对她摇摇头。他虽也于心不忍，可是事情都已经到了这一步了，没别的办法，只能做一些牺牲了。

花千骨难以置信地望着他，整整三千条人命啊！虽然这些人都是以罪人的身份流放至此，可是难道他们的命就不是命了么？他们都是因为相信可以出去，才选择跟随她的啊！

"竹染！"

她在心底一声怒吼，一使劲从他俩手中挣脱出去，御剑飞入阵中。眼看着一个个人犹如精血被吸食一样，身子慢慢瘦弱缩小下去。

六个幻影，却不知道哪个才是竹染真身。

突然一道金光从无穷高远的天边直射而下，整个天地间都回荡着竹染的声音：

三　千　妖　杀

唯　我　净　法

大　道　乾　坤

血　绽　莲　华

三千人的血从六芒星中如云雾般腾起，顺着金色的巨大光柱，每隔一小段距离，绽开一朵血莲，漫漫无边，一直顺延到天际，竟用血铺出一条路来。

"成功了，大家快走！"竹染六身合为一体，飘浮在正中天。没等他站稳，迎面就是一剑砍来。

"花千骨？你……"他侧身躲过，仍被花千骨一掌打下地，未等反应过来，一只脚已踩在了自己身上，剑也架在了脖子上。

"赶快放了他们！"

花千骨的眼睛变作血红色，映衬着容貌尽毁的脸，更加骇人。嘴一张一合，却发不出声音。

竹染怒斥："妇人之仁！"

花千骨稍一使劲，剑立马深入他颈上半寸。

竹染看着她因为怒火而显得分外狰狞的面孔，心里微微发寒，冷道："阵已发动，不到他们鲜血流尽根本无法停止。你怕什么，不过就是死几个人罢了，成大事不可能没有牺牲。你不是担心这些人出去了之后会为祸六界么？正好死完了，你不用再担心了，他们也不用再在蛮荒忍受煎熬。时间有限，我们还是赶快离开！"

花千骨踉跄退了两步，她之前已经害了朔风他们，难道在这儿还要搭上三千条人命么？

她身上陡然青光暴涨，发出一声犹如野兽一样嘶哑的可怕吼声。三千人身上悬挂的血丝陡然尽数崩断。

众人心惊，抬头仰望，四周鸦雀无声。

久久的，光芒散去，只见花千骨眸中紫光熠熠，眉间奇怪印信闪现，她负手而立，缓缓四顾，犹如天神。

"出不了，那便别出，一直留在这蛮荒好了。"一个空灵的声音在每个人耳旁回响着，却并不见花千骨张嘴，知道是她用内力传出。

竹染愣住了，任凭自己千算万算，虽一早知道她善良心软，定不会赞成自己踩着这么多人的尸骨出蛮荒，所以一直瞒着她。心想等阵法一旦发动，她就算再不情愿也无力回天，只能跟着剩下的人回六界，却没想到她竟将妖神之力激发出来，毁了他全盘的计划。

"丫头！你……"斗阑干也无奈摇头，没想到她竟如此固执，哪怕永世不得出去，也不愿累及他人性命。

众人看着那莲花铺成的道路一点点塌陷碎裂开来，散作飞灰，心头有惆怅，有失落，有愤恨，有惊恐……一时间五味杂陈。

阵中三千人总算死里逃生，个个元气大伤，苍白着脸久跪不起，不发一言。

花千骨飘在半空中，抬头仰望着那一条犹如金色丝带的光慢慢黯淡直至消失不见，心也慢慢冰凉，犹如一阵秋风刮过，只剩下一地枯叶。

师父、小月、糖宝、东方、轻水……

看来千骨此生，只能在梦中与你们相见了。

"花千骨！"竹染难以置信地怒视着她，双拳紧握，颈上青筋尽现。她竟然一句大不了不回去了，就轻而易举地毁了他苦心经营多年、精心策划多年的出蛮荒计划，简直是不可原谅。

花千骨掌心一翻，兰指轻弹，"嗖嗖"两道气流径直划破空气，直射入竹染双膝，疼得他膝盖一屈跪倒在地。

"竹染，你还不知错！"

花千骨怒斥，声音透过内力狠狠地敲击在他耳膜上，震得他两腿发软。

"我没错！我哪里错了！想要出蛮荒怎么可能没有牺牲？是你妇人之仁，坏我百年大计！"

"啪啪"两记清脆的耳光，竹染两边脸都印上五个清晰的指印。四下顿时没有了声音，众人大气也不敢出。

花千骨冷冷俯视着竹染，一身肃杀之气："念在你也是想助众人早日离开，所以一时糊涂，所幸此次没有酿成大错，蛮荒一统你也算劳苦功高，今日之事我先暂不追究。这两耳光是治你对我不敬之罪！而这一指……"

花千骨单手一挥，又是清脆一声响，然后便是竹染一声惨叫，小指竟被她硬生生切断。

"就是对你的警告！"

众人从未见过她如此威严冷酷的模样，不由得都倒抽一口凉气。

竹染额上的汗珠大颗大颗地往下掉落，不知是疼的还是吓的。抬头望了望半空中那个小小的身影，冰冷的面孔、慑人的气势，竟像换了个人一样，变得深不可测起来。

这回她妖力恢复了那么多，怕是放眼六界，都没几个人能制得住她了吧。他本以为，小小一个丫头，会很好驾驭的。

竹染身子微微颤抖着，咬牙慢慢伏下身去，恭敬叩首。

"谢神尊不杀之恩。"

花千骨藏在袖子里的手也在微微颤抖，刚刚，她居然断了一个人的小指？

努力地，不让惊惶和不忍在脸上显露任何痕迹，她冷冰冰地环顾四下。

"此次出蛮荒计划作罢，我们再从长计议。毕竟天无绝人之路，一定会有两全其美的办法。要回，大家一起回去。"

台下一时噤声，连腐木鬼都不由得愣住了，傻傻地看着她。

"神尊神武，千秋万岁，尔等誓死追随……"所有的人都齐刷刷跪了下去，咬牙高呼。

花千骨凄苦一笑，说不清是心痛、寂寥还是黯然心灰，他们都指望着她，她又能指望谁？还好总算暂时将竹染压制住了，想他一时再不敢胡来。

"起潮了，那边是什么东西？"斗阑干惊觉不对，望向海上，却见滚滚惊涛，扑天大浪中，海天之间仿佛裂了一道口子，犹如被斧子劈开一般，露出一线天光，海水映作紫金色。

狂风大作，惊涛拍岸，口子仿佛被人不断扭曲拉扯，逐渐变大。霎时间一道巨大银光流泻而出，倾照在众人身上，如水如月华。一个银白身影迎风而立，衣袂飘飘，踏一叶扁舟轻盈飞来，顺着银光流下，小舟犹在水中央。

花千骨难以置信地退了两步，差点从空中掉下去。

就见来人微微一笑，融化了天地，连蛮荒万物似乎瞬间都充满了盎然生机。

来人双臂慢慢张开，一个世间最温柔的声音说道：

"骨头，我来接你回家……"

卷 七

六界重归桃花旧·物是人非天地变

那年瑶池初见，她穿得破破烂烂，仰着脏兮兮的一张小脸，乞求的眼神望着他。

——你可不可以收我做徒弟？

那日绝情殿上，漫天飞雪，她赤着脚在雪中奔跑，脸上画了一只大乌龟。

那夜江中泛舟，她酒醉不醒，梦中时蹙眉时甜笑，始终喃喃地叫着师父……

她爱笑，爱说话，爱做鬼脸，爱扯着他的衣角小声地撒娇，做错事了就睁着大眼睛可怜巴巴地看着他。

那么多年，她始终是孩子的脸，纯真的无瑕的，像晨雾中灿烂的夕颜花，素净的可爱的，像山坡上小小的蒲公英。

四十九 重归六界

无数情念想道，最后只化作那么简单的一句——

骨头，我来接你回家……

东方彧卿以为自己知道太多事，看过太多生死，虽不如白子画绝情，骨子里却终究是凉薄。一次次轮回、一次次抉择、一次次生死，对这尘世多少有了几分疲惫和厌倦，然而责任已经成为习惯，就算早已堪透，也不是那么容易就能放得下。

他对花千骨的感情很复杂，从见第一面开始，就知道了她的身世还有她的命数，她太单纯太剔透，连心思想法也如此简单容易明白。

他一开始接近她是有目的的，一点点推动着她的命运向预定的方向前行，却逐渐觉得有趣，就像在看傀偏戏，好奇这么个小小的丫头会在命运的拉扯下，演出一段什么样的人生。

是什么时候开始喜欢上她的呢？是和她还有糖宝在一起时感受到家的温暖和幸福的时候？还是察觉到她深爱上白子画时刹那间心痛的时候？

可是明明，就是自己将她一手推给白子画的啊。明明，早就猜到她会爱上白子画。明明，早就知道那爱的下面，是万丈悬崖……

如果当初，他能再自私一点，将她留在身边，是不是就能改变这一切了？

可是，他是没资格给花千骨爱的，也给不起她。他有自己必须背负的责任，而花千骨也有自己必须经历的磨难、必须完成的使命。

是他太自负，才纵容了心底对花千骨的那一点点喜欢。以为凭自己的智慧与通透，绝对不可能泥足深陷。

可是当他都找不到她半点下落之时，他终于慌了，事情超出了他掌控的范围。六界几乎被他翻了个个儿，仍然没有她的半点消息，仿佛凭空消失了一般。

他几乎立刻就猜到了她可能身在蛮荒，那个完全脱离他掌控的人间地狱。

东方彧卿再次去长留山找白子画，白子画几乎没有丝毫犹豫地点头确认他的所思所想，一句"死罪可免，活罪难饶，孽徒已流放蛮荒"，回答得云淡风轻，眼都不眨一下。

东方彧卿苦笑摇头："你怎么忍心？"

白子画质问的眼神看着他："应该是问你怎么忍心才对，你不是早就知道一切了么？"

东方彧卿沉默了。

是的，他知道发生的一切，然后借此推算出即将发生的一切。可他，终究不是神，总有些人有些事会超出他的预料。例如花千骨，例如蛮荒。

没有人知道带着记忆不断轮回重生成为异朽阁主是怎样一种感觉，时间太久太久，久到他都已经忘了，当初是什么原因，会与异朽阁定下这样一个没有选择的契约。这世上没有让他期待的，没有想关心的，甚至没有任何想知道的，然而这宿命却永远无法摆脱，没有终点。

直到花千骨的出现，身为神的她先是让他麻木的心有了一丝兴趣，然后在多年相处中不断给予他感动温暖，为白子画舍生忘死让他嫉妒懊恼，直到眼睁睁看她受刑，狠狠刺痛他的神经。

原来他，还活着。原来活着，也没什么不好。

可就在他的心开始迷惘动摇的时候，她却被流放到了蛮荒。老天，又一次给他设下了难题。

"她是为了救你，为了拿到炎水玉，才偷盗的神器。"

东方彧卿终于还是将瞒了那么久的真相说了出来，不为了别的，或许，只是单单带着一丝报复想看白子画内疚吧。可是他忘了，这个人是没有心的。

"我早就知道了。"白子画负手而立，淡淡地说，没有半点情绪的波动，好像当初那些惊天动地的事没发生过一样，如此简单的一句，便抹杀了花千骨自始至终那么多次为他出生入死。

"什么时候？"他几乎是咬着牙问。

白子画转身不语，如果说事发后自己剧毒得解他还不能确定，会审时她死都不说他怎么还会猜不到。

"你也早就察觉到她对你的爱了？"

白子画依旧不语，东方彧卿轻轻叹息，是啊，他忘了他是无所不能的上仙白子画。怎么可能不知道，又怎么会看不穿？可是……既然全部都知道，又是怎样的狠心，对花千骨才下得了那样的手？

"接她回来！"

白子画摇头。

"她已经伤成那样了，再到蛮荒真会死的。"

"生死……那是天命。"

"你白子画若是信命之人，当初就不会收她为徒了！"

"是我清高自负，以为可以逆天而行，却终究逃不开一个妖神出世、祸害苍生的结局。"

"你认命了？"

白子画不语。

东方彧卿笑了起来："下不了手杀她，又怕她为祸苍生，难道将她永生永世困在蛮荒，就是你白子画的两全之法？"

白子画望了望庭前的桃花树，慢慢闭上眼睛。

"把她接回来，我带她走，你信命，我不信。"

白子画眼神一冷，转身只说了两个字："休，想。"

东方彧卿的笑容顿时变得诡异："白子画，我的确是一介凡人，能力有限，但我也是异朽阁主，只要付得起代价，这世上就没有什么事，是我做不到的！这是你最后的机会，我不会再让骨头留在那个地方受苦，而我一旦出手，于你，于这六界，就再无机会挽回。"

白子画深深皱眉看着他："东方彧卿，你到底想要什么？"

东方彧卿没有回答，转身离开绝情殿。

略去这一年的殚精竭虑和伤身劳心不提，略去他对她的思念和担忧不提，千言万语，只化作一句：

骨头，我来接你回家……

他以为终于能见她，他会开心得无与伦比。可是当他紧紧抱她在怀里，捧着她面目全非的脸时，还是心痛哽咽到几乎说不出话来。

绝情池水！

背着他，她到底，又吃了多少苦？

他以为他无所不知，却终究还是后知后觉。他以为他无所不能，却终究还是于心不忍。

东方……

花千骨嘴唇颤抖，依旧以为自己身在梦中，是太想回去，太想他们，所以出现了幻觉？

东方彧卿低头轻吻着她满是疤痕的额头，心也犹如被绝情池水淋过那样疼痛。

"没事了，骨头，都过去了，回家，我们现在就回家……"

花千骨只觉得脸上湿湿的冰凉一片，都是东方彧卿的泪水。

光千骨强撑出笑脸，努力点头。

嗯，回家。

四下众人一片欢天喜地，本以为此次离开无望，却没想到此刻天降神人，密径大开。

花千骨转过头，用内力传令众人有序离开，于是仙魔一个接一个不带丝毫留恋地踏入光中，飞向海天之间，犹如漫天散落的星子，汇作一条银河。

竹染本来是想了办法将妖兽一块儿带出的，可是如今阵法被破情况有变，还来了一个男子，不知底细，似乎是专门为救花千骨而来，只能放弃计划，跟着斗阑干等人一块儿出去。

花千骨一直守到最后一个人走，却没有看到冥梵仙。四处张望，看见他一尘不染的身影正站在不远处，白发在风中轻飘，身后还有四个人影。

"你们回去吧，我就不回了。"

"为什么？"花千骨不解，当初说好的，不就是大家一起走么？他都被困在这儿几千年了，好不容易可以出去，为什么却又不肯离开？

"六界已经没有让我挂心留恋的人和事了，回不回去对我而言都没有区别。我一个人在蛮荒那么久，已经习惯。"

他回头望向四个手下，说道："你们也一起离开吧。"

四人齐齐跪下："属下誓死追随！"

冥梵仙无奈地摇了摇头："你们还怕我一个人在这儿活不下去么？我答应过他，

累他一世，便用千年还他，不会做傻事的。"

可是几个属下依旧长跪不起，冥梵仙不由得叹息："唉，罢了罢了，一个比一个固执，不走就不走吧……"

冥梵仙望向花千骨道："自己保重，如果有一天，六界真容不得你了，便回蛮荒来吧。这儿再累再苦，也好过外面尔虞我诈。"

说完轻挥衣袖，转身离开了。

花千骨看着他落寞孤寂的背影，心头一阵凄凉。感觉到握自己的手微微一紧，抬起头，是东方彧卿正微笑看着她。

和睚眦兽抱别，她长啸一声，万山遍野咆哮声此起彼伏。

东方彧卿不由得感慨，虽然还不知道花千骨在蛮荒都经历了些什么，可是终归是化险为夷了。她毕竟持有妖之力，又是神之身，难怪仙魔妖兽，皆俯首称臣。

只是，妖兽尚且有感情，被流放的妖魔尚且知感恩，为何他堂堂白子画，却可以如此残忍呢？东方彧卿告诉自己不要再想此事，也绝对不能让花千骨知道。否则，她当初自欺欺人瞒着白子画岂不是完全没有了意义，到时她还不知道会有多伤心……

东方彧卿拉着花千骨，花千骨怀中抱着哼唧兽，一起向海天飞去。

花千骨有片刻失去意识，仿佛在混沌中，又好像在海水里。

被没顶的感觉，感到微微窒息，蛮荒仿佛是这个世界的倒影。海天翻了一个个儿，众人再从水中冒出的时候，已回到六界之中。

花千骨被东方彧卿搀扶着上岸，她还不适应这儿的环境，腿脚发软。其他人已到多时，三千多人零乱地散落在海滩上，有的在哭，有的在笑。

花千骨抬头望了望喷薄初升的红日、隐隐未落的银月，还有冰蓝欲滴的天空，激动得双唇颤抖。扑通一声跪倒下去，紧紧地拥抱住了大地。

她终于又看见日月，看见蓝天了……

哼唧兽也在沙滩上欢快地打起滚来。东方彧卿望着她，一脸宠溺，轻轻咳了两声，不着痕迹地将袖上的血迹掩去。

花千骨在地上躺了良久，原来能够切实地感受阳光的照耀、清风的吹拂，已经让她感觉如此幸福。

竹染慢慢提气，发现自己被禁锢已久的法术正在逐渐恢复，不由得又是一阵狂喜。他望向长留山的方向，静静伫立着，一时思绪万千。

"神尊，既然我们已经出了蛮荒，接下来应该如何是好？"腐木鬼问她，虽然他朝朝暮暮盼的不过是能重回六界，可是当真回来了，却觉得世界太过广阔无边，一时迷惘起来。

"不必叫我神尊了，既然已经回来，大家就四散吧，爱去哪儿去哪儿，不用像在蛮荒有诸多拘束。但是记住，大家虽然出了蛮荒，但还是戴罪之身，绝不能想干什么就干什么。蛮荒还在，大家既然能被流放一次，就能被抓回去第二次。仙界势大，不管你们以前有什么恩怨，想要报仇还是找麻烦，都趁早打消了念头。带大家一起出来，是因为大家都已经受苦多年，应该有一次改过自新、重新做人的机会。如若再作恶多端，就算仙界不惩治你们，我也决不会放过！"

众人纷纷叩首，谢恩之声此起彼伏。

"可是蛮荒发生如此大的动荡，仙界又怎么可能轻易罢休？就算我们想要重新开始，也只有死路一条，难道我们终生都只能在被追捕中躲躲藏藏么？"竹染大声说道，周围立刻又乱作一团。

花千骨皱着眉，一时也被难住了。

东方彧卿安慰道："我们此刻身处的是南海的一个小岛，四处都布了阵法，隐去了各位的行迹，所以大可放心，仙界的人暂时还没有发现蛮荒异动，不知道大家已经回六界了。如果不想继续被仙界追捕的话，我可以给每一个人重新换一张脸，也换一种身份，让大家开始新的生活。代价，是各位身上一半的法力。"

众人再顾不了许多，连连点头。

竹染眉头深锁，"这终归只是一时之策，没办法解决根本问题，万一有人露馅，或是想着报仇，所有人就全完了。与其终日担惊受怕，不如大家都不要离开，依旧联合，以此为根据地，咱们人多势众，就算是仙界，一时也不敢拿我们怎么样。再加上妖神之力，别说对抗仙界，就是六界一统，又有何难？"

"竹染！"花千骨厉声呵斥，知道他一开始就打的这个算盘。

四下一片赞同之声，虽然大家被流放的原因不同，但是个个心高气傲，好不容易回来，还有妖神撑腰，自然盼着扬眉吐气，报仇雪恨，又怎肯躲躲藏藏，苟且一世？

花千骨轻揉眉心，感觉又是疲惫又是头疼。俗话说，救人救到底，这些人，总不能出来了便扔下不管，如今聚着的确比散着安全。

"暂时先这样吧，都不准轻举妄动，听候我的安排。"

众人恢复了法力，半天工夫，便在岛上搭建起了连片的房屋。

东方彧卿着急看花千骨的伤势。只是对花千骨来说，伤易好，疤难除。嗓子或许还有办法医得好，可以重新开口说话，不用老是用内力传音，可是脸却很难复原了。

看着东方彧卿心疼欲死的模样，花千骨微笑着连番安慰。

"我不用嗓子也可以说话啊，没必要再辛苦去找什么药来医了，容貌也只是皮相而已，不用太在意。难道你嫌弃我丑了么？"

花千骨抱着他撒娇，用食指抚平他紧皱的眉。

东方彧卿的心更痛了，哪个女子不珍视自己的容貌，她都成这样了，为何还可以笑得这样淡然无谓？他以为她只是被废受了钉刑而已，没想到竟然被绝情池水伤成这样！

"是谁做的？"

花千骨鼻子一酸，摇了摇头，不愿再提。

东方彧卿也不逼问："累了么？躺下先好好睡一觉，其他的事我们以后慢慢再说。"

花千骨连连摇头，她不要！她现在恨不得时时刻刻都将东方彧卿牢牢抱住，怕一睁眼，发现自己仍然身在蛮荒，怕一松手，又是两手空空，形单影只。

"糖宝呢？小月呢？"

"我一直在外奔忙，糖宝在落十一那里。小月仍被仙界羁押，我没跟他说你的事，只说你受了重罚，要一直面壁思过，不能去看他。"

花千骨伸手轻碰东方彧卿的脸："你为了救我，一定费了不少心思吧？"

东方彧卿微微一笑："都过去了，怪我太没用，花了那么多时间，让你白白受了那么多的苦。"

花千骨紧紧握住他的手："东方，要是没有你……我真的不知道怎么办才好。只有一个月就是五星耀日了，我一定要救小月出来。不然我明天就去找师父，跟他说我才是妖神，把小月换回来。"

东方彧卿猛然一惊："骨头，你疯了么？你好不容易才从蛮荒出来！若是这样，就算救出小月了，你让他怎么办、怎么想？"

花千骨微微一笑："你别担心，我不会做傻事的，经过蛮荒这一次，别的没学会，只学会了更珍惜生命，也更怕死了。我不会随便抛下小月、糖宝还有你的……不管怎样，明天我先想办法混进长留，去看看糖宝和小月再说，救人的事我再慢慢想办法。"

"别去！"东方彧卿的眉头再一次深锁。

"你别担心，我易容术那么高超，再说有了妖神之力，现在出入长留不被发现那是绰绰有余了。"

"我知道，我不是担心这个……别去，至少，别在明天去……"

"为什么？"

东方彧卿踌躇良久，不管怎么瞒，她最后还是会知道的。

"今日仙剑大会刚结束，新人组的魁首是帝君之女——幽若，传闻明日长留大宴群仙，白子画要收她为徒……"

嗡的一声，花千骨只觉得脑中一片空白。

我白子画此生只收一个徒儿……

…………

花千骨起身扶着桌子摇摇晃晃走了几步，突然觉得这人世间的一切都荒唐好笑了起来。

受钉刑？不要紧，是她做错了，是她罪有应得。

被废？没关系，她的仙身她的法力，本都是他传她的，他要拿就拿去。

容貌尽毁？无所谓，尸囊皮相而已。是她不自量力，乱伦背德，亵渎尊师。

流放蛮荒？就当是她在赎罪，她在偿还，她在反省……

可是这一切痛、一切苦，都比不过这简简单单一个消息给她的打击。

她宁可死都不愿被逐出师门，她什么都不要，也不求他爱她多看她一眼，只想依旧做他的徒弟罢了。

难道这也错了么？

……师父，你真的不要小骨了？

花千骨苦笑两声，腿一软，眼前一黑，便什么也不知道了。

"出事了！"竹染步伐匆匆走向房内，"神尊呢？"

东方彧卿拦住他，眉头深锁："她正在休息。"

"这都什么时候了还睡午觉？"竹染伸手便把他往一旁随意一推，大步就要向里走。却一眨眼，东方彧卿又到了他面前。

"不得无礼！"

竹染眯起眼睛看着他，很明显他只是一介凡人，没有道行，更不懂法术，却不知为何如此厉害，花千骨又如此依赖他。不过他们能够出蛮荒也全靠他，此人神秘莫测，不容小觑，暂时还不能得罪。

"我有要事向神尊禀报，请代我通传。"

东方彧卿犹豫了一下，再一抬头，斗阑干也来了。出了蛮荒，他法术很快恢复，钉过销魂钉的地方，虽不能像花千骨一样自动愈合，但是他已完全不需要再借助拐杖行走。

东方彧卿见连斗阑干都浓眉紧锁，知道应该是出了什么大事。可是以骨头现在的状态，应该是什么也听不进去了。

"她真的在休息，有什么事一会再说吧。"

房内突然传来断断续续的咳嗽声："东方，我没事，让他们进来吧。"

竹染和斗阑干入内，花千骨正披衣坐在床上。整个人仿佛大病了一场，憔悴不成人形。可是明明她刚刚回来的时候还满脸兴奋，这才过了多久。

"你怎么了？"竹染凝眉开口问道，当初她奄奄一息，经受雨打风吹，躺在他门前几天几夜，他都未曾见过她如此颓废绝望的神色，仿佛瞬间便苍老了几十岁。

竹染刚一开口，突然发觉自己的语气似乎有着一丝不同寻常的关切和温柔，不由得眉头皱得更深了，厌恶地别过头去不再看她。

花千骨努力地挤出笑脸："我没事，可能在蛮荒待久了，突然出来有点不适应，其他人都安置得怎么样了？"

"找你就是为了说这事，清怜和清怀二人擅自出岛了。"

花千骨一惊："清怜？清怀？"在脑中搜索一遍，没听过这两个名字。不过的确，蛮荒众人自己又认识见过几个？基本上都是竹染在应对，自己都不管，也管不来。

"他们是？"

斗阑干在一旁答道："他们二人以前是茅山弟子，掌门清虚的师弟和师妹，百年前不知犯了什么大错，被清虚逐到蛮荒。这次好不容易出来了，应该是急着回去找清虚报仇了。"

"什么？"花千骨睁大眼睛一下子坐直了，"茅山？报仇？可是清虚道长已经仙逝了啊！"

死了么？竹染和斗阑干皆是一愣，他们离开六界这么久，又怎么会知道。

花千骨低头一想，这事清虚道长和云隐都没跟她提过，《六界全书》里也没有记载。清虚道长这么慈祥和蔼的人，却不知道两个师弟妹犯了怎样的过错，他才下得了这种狠心？

东方彧卿看穿她的疑惑，沉声道："那清怜是清虚和清怀的小师妹，从小体弱多病，性格乖僻，却仗着两位师兄的宠爱，刁蛮任性，嚣张跋扈。她本来就其貌不扬，还患有怪病，不管用什么灵丹妙药就是无法生长体毛，所以没有头发，也没有眉毛和睫毛，看着别的女子都是满头青丝，她却只能一直靠法术乔装维系，心态日渐扭曲，几欲发狂。她痴恋清虚，清虚对她也满心怜爱，原本二人都快成亲了，后来清虚却发现她日渐美丽妖冶起来，发丝也开始飞速生长，心里觉得奇怪，暗中调查，这才发现，清怜利用清怀对她的爱意，掳了百余名少女来，吸取处子的阴气和精血，食其心肺，然后施用禁术来助自己养颜。事情败露，清怀要带清怜逃走，她却死都不肯，自以为此事并无其他人知晓，清虚爱她，定不会为了其他不相干的人责罚她。可是清虚毕竟是一派掌门，整整一百多条人命，又如何能够徇私。为了茅山的清誉，也为了还死去的人一个公道，清虚虽没办法依门规取他们性命，却终于还是狠下心将他俩逐到蛮荒去了。那清怜外表虽柔弱，手段却毒辣决绝，又怎么肯善罢甘休？百年的积怨，好不容易等到出蛮荒的这一天，自然首先便是前往茅山找清虚报仇了。却不知道，早在多年前，清虚道长就已经被云翳杀害了。"

几人听得微微出神。花千骨抬手轻轻碰了碰自己的脸，心头不由得一痛。一个女子，可以为了自己的容貌做到那地步么？

"清虚当初顾念同门之情，逐他们去蛮荒之时，并未伤他们一分一毫。如今二人法力恢复，以云隐他们的力量很难对付得了。到时候事情若闹大，仙界可能会发现你们逃出了蛮荒，若他们二人不慎被俘，大家的行踪也会很快暴露。"

竹染用力点头："现下最紧要的是赶快把他们二人抓回来。"

斗阑干在一旁冷笑一声："抓回来？说得容易，以他们二人的法力，十个你加起来都不是对手。"

"我自然是不成，也知道前辈腿脚不方便，所以特来向神尊禀报……"

"哼，你想丫头亲自去么？"

"我去吧。"东方彧卿道，"骨头，你好好休息。"

花千骨拉开被子，从床上下来："没关系，不用担心我，我也不是信不过你，不过我毕竟曾经是茅山掌门，却从没为茅山做过些什么，这次也该负些责任，我担心云隐他们，想回去看一下。"

竹染和斗阑干二人又是一惊："你当过茅山掌门？"

花千骨苦笑一声，望着远方微微有些出神，是啊，一切还要从那时说起。茅山，是所有事情开始的地方……

"我和你一起去。"东方彧卿道，花千骨点头。

"我也去吧。"斗阑干也道，好不容易出了蛮荒，他可不想又困在这鸟不拉屎的破岛上。

花千骨想了一下，还是不放心只有竹染在岛上看着这些人："前辈，你还是留在这儿吧，如果还有谁要强行出岛，也只有你留得住他们。"

斗阑干只能点头，他倒也不担心花千骨会出什么事，虽然她身上被激发出来的妖神之力只是一小部分，可是竟然能破妖杀之阵，哪怕放眼六界也罕逢敌手。只是时日太短，她根本就不会、也没能力驾驭使用。但是有那个深不可测的书生在一旁帮她，对付清怜和清怀应该不会有什么大问题，关键是不能弄出太大的响动，让仙界有所警觉。

花千骨和东方彧卿为了保险起见易容而行，茅山离这儿并不很远，到的话用不上半天光景。

二人共乘一云，东方彧卿心疼地摸着她的一头乱发，不再像以前一样扎成两个包子一样可爱的发髻，而是随意披散开来，否则便会露出额上和鬓间几块结疤无发的头皮。

"东方，知道么？这些日子我好想你。以前不管遇到什么事，总是有师父宠着，有你帮忙，有杀姐姐救我。后来被逐到蛮荒才发现，原来真正可以依靠的只有自己，你们谁都不可能永远陪在我身边，那时真的好绝望好害怕。如今，总算是熬过来了。"

东方彧卿心头一酸，便想开口说"我会永远陪着你"，却又硬生生地吞了回去。他有什么资格，对她做这种承诺？

他伸手将她揽进怀里，心下一片凄凉，眼睛迷蒙中竟有了一些雾色，时间剩下不多了。

——骨头，这个世上没有人可以永远保护你，坚强，是你唯一的出路。

二人还没到茅山，老远便听到万福宫里钟声长鸣。弟子皆持兵布阵，一副如临大敌的模样，气氛肃杀紧张。

来晚了么？直到看见广场正中云隐迎风屹立的身影，花千骨才长长地松一口气。

一红衣女子跪在地上失声痛哭，应该就是清怜了，她旁边凝眉不语的人应该是清怀。周遭地上坑坑洼洼，草木山石皆毁，犹如狂风席卷过一般，看来刚才有过一场恶战。

云隐等见又来两人，以为是清怜他们的同伙，不由得凝神提防。

花千骨传音道："云隐，是我……"

云隐身子一晃，直直盯着她，双眼圆睁，嘴唇颤抖，几乎站立不稳。

"掌……"

花千骨摇了摇头，云隐立马反应过来，噤声不语。

——她回来了！她终于回来了！东方彧卿终于把她从蛮荒接回来了！

云隐一时不由得模糊了双眼，恨不得立刻冲上去抱她在怀里。

"他们二人？"花千骨指着场中不时失声痛哭，又仰天大笑，看起来疯疯傻傻的清怜，传音问道。

云隐密答："是我的两位师叔，按记载，百年前他们应该已经被师父秘密处死，但不知道如今为何会突然出现，非要找师父报仇。我说师父已经仙去，他们不信，非说师父怕了他们，躲了起来，说要灭了整个茅山，就不相信师父不出来。"

"没弟子伤亡吧？"

"没有，他们俩太厉害，又毕竟是长辈，未被逐出师门。不想添无谓的伤亡，便只是用阵围困。一直到我拿验生石给他们看，他们才相信师父是真的仙逝了，清怜师叔就突然在场中发起狂来。"

花千骨望着清怜，眼中全是悲悯，慢慢走了过去，筑起结界，让外面听不到他们三人说话。

"神尊。"清怀形容消瘦，面色颓废，依旧保持着年轻时的模样，只是身上感受不到半点仙风道骨，看上去跟再正常不过的凡人一样。

花千骨心头一惊："你是？"转头看向清怜，披头散发坐在乱石堆中，犹如一朵正在飞速衰败枯萎的花，喃喃自语："为什么要死，为什么要死？你应该死在我的手里！你怎么可以死！"

花千骨轻轻皱了皱眉："原来是你们。"

她当时眼虽瞎看不见，声音她却是认得的。他们二人便是当初在蛮荒时，抓住自己的那一伙人中的两个。

后来他们俩知道她是妖神，虽跟着一块儿出了蛮荒，但是一定小心地避开了自己，所以从未见过。

花千骨和他们虽谈不上有什么仇怨，可是回忆起当时自己的心酸和遭受的屈辱，还是不由得心头一阵凄凉。

"你们怎么可以擅自行动，暴露行踪？"

"神尊恕罪，一些私怨未了，再等不及，所以没有请示。"好不容易出了蛮荒，对花千骨，清怀始终是心存感激的，想着当时为了生存做出的那些非人行径，又微微有些内疚。

"回去吧，清虚道长他已经不在了，用不着报仇了。"

突然那个红色身影扑了上来，将她紧紧钳制住："他是怎么死的？他怎么会死！那个烂好人！谁会杀他！谁又杀得了他！你们骗我！你们都骗我！"

"清怜……"清怀想将她扶开，却被她不客气地一掌推开。

花千骨望着她的眼睛，开口解释道："他是被弟子云翳杀死的，为了抢夺拴天链，茅山整门被屠。我当年正好上茅山拜师学艺，满地的尸体，还有道长仙去是我亲眼所见，云隐没有骗你。如果你心里还有一丝当自己是茅山弟子的话，就不要再在这儿生事了，随我回去吧。"

清怜眼中满是血丝："你见了他最后一面？他说了什么？他有没有提到我？"

花千骨皱起眉，慢慢摇了摇头。

清怜抓住她使劲摇晃，长长的指甲深陷进肉里："我不信！我不信！他怎么可能没提起我！他那么爱我！你们骗我！你们都骗我！"

花千骨看着她绝望地闭上眼睛，泪水滚滚滑落，瞬间苍老，一头青丝慢慢变灰、变淡、变白。一阵风吹过，竟全部随风而落。一时间，漫天都是她银白的发丝飞舞交缠。

"清怜！"清怀跟跄退了两步，惊讶地看着她的头发瞬间掉光，皱纹一点点在脸上蔓延开来。

清怜瘫坐在地上，犹如失去魂魄的娃娃，目光呆滞，嘴里喃喃自语着，仿佛在对谁说话。

她幼时体弱多病，每天只能躺在床上，透过窗子看其他弟子练剑。那时清虚和清怀每天去看她，给她带好吃的好玩的。清怀老实木讷，只会傻傻地看着她笑，对她百依百顺。而清虚就比较聪明健谈，知道许多事情，时常给她说故事讲道理，教她翻花绳、解九连环。还说生病的人更要多出去走走，于是背着她将几座茅峰都爬遍了。

待到清虚能御剑了，更是带她到处飞。她时常发脾气乱砸东西，可是清虚从来都是笑眯眯地哄她开心，不论她做错什么，也从不生气。她讨厌一切可以照出身影的东西，他却举着铜镜告诉她，她有多漂亮、有多好看，要学会面对自己、爱自己、珍惜自己。还辛苦地到处给她找灵药，温柔地给她洗头，鼓励她，口口声声承诺不管她变成什么样子也会永远爱她。

记得有次下山捉鬼除妖的时候，王屋山一女弟子嘲笑她相貌丑陋，她气得要杀人却被他阻止。她就哭着闹着说他不爱自己了，清虚却说可以为她出生入死，但不能害了他人性命。她便问如果有一天她和天下人只能选一样，不是她死便是别人死，难道他也不愿意为了她而伤害他人么？清虚说他选天下人，可是会与她一起死。

她感动了，也释怀了，对他更加迷恋。她始终只记得那一句他会和自己一起死，却忘了他选的是天下人，她在他心里的确是比他自己还重要，可是他本就把自己放在天下人之后、茅山之后。她却还傻傻地坚信他对自己的爱，像清怀一样，可以凌驾于一切之上，包括尊严、正义，包括一个人的原则，包括世上其他人的生死。

直到后来她才知道自己错了，错得离谱……他说她以爱之名，行尽不义之事。可是她只是想要爱他，以更美丽的模样去爱，也只希望他能更爱自己而已……

他明明那么挣扎、那么痛苦，可是为什么还舍得逐她到蛮荒？一百多年了，她从来没有一天放弃过希望！以为等一天罪赎清了，他一定会再到蛮荒接自己回来。

清怜仰天嘶吼，泣不成声。

"我等了你一百多年！你为什么不来接我？！为什么还不原谅我？！你已经忘记我了么？我知道错了，我当时离开的时候口口声声说恨你那都是假的！我知道错了！我好不容易出来找你，你怎么可以丢下我先死了？你不是说，会和我一起死么……"

"清怜！"

清怀飞速上前将她抱在怀里，却见她眼泪仍滚滚不绝地流出，她竟用内力自断了心脉。

"我……只是个什么都不懂的小女人而已，只想以美丽的姿态被你爱着，你不懂我的爱为什么会这么自私这么自我，我也不懂你所谓的宽怀悲悯所谓的大爱。但是，这么多年，我从没变过，不论你还爱不爱我、记不记得、会不会在黄泉路上等我。虽然晚了一点，可是，我想你知道，我也是可以为你生、为你死……"

清怜慢慢闭上眼睛，手无力地滑落。清怀紧紧地抱住她，身体因为痛苦而剧烈颤抖着。

花千骨心中酸楚，微微上前一步，站到清怀身后，留神提防着。

清怀凄凉苦笑："你放心，我不会随她去的。我们三个从小一起长大，我人笨，不会说话。我喜欢师妹，也羡慕师兄，从来不期望有一天他们会将我放在心上，我只要他们二人好，他们不论叫我做什么，我都会赴汤蹈火，在所不辞。可是师妹总是嫌我累赘多事，打扰他们谈情说爱。这回，我再也不会跟去妨碍他们俩了。他们可以为对方死，我也可以带着思念，为了他们孤独地活。哪怕这一生，我在他们二人心中，从来都不曾重要过……"

花千骨紧咬下唇，几乎要掉下泪来。

"神尊见谅，我就不跟随你一同回去了，我想留在茅山静思己过，面壁终生，以赎我这些年犯下的杀孽。"

花千骨点了点头，清怀抱着清怜起身，向后山摇摇欲坠地飞去。

爱便是这样的结果吧，最后死的死，走的走，散的散，离的离。

花千骨摇摇晃晃走到东方彧卿和云隐面前。

清虚道长，或许才是世上真正懂得爱为何物之人吧。一切顺其自然，任凭时光流走，自己白首老去。哪怕被背叛被杀害，到死也淡然通透，心里没有半点怨尤。可惜斯人已去，这些年，他有没有过思念，想没想过接清怜回来，已经没人可以知道……

而她，从来都只想像清怀一样，安静地爱着、守护着那个人罢了。

心下仿佛被赤裸裸撕开了一般，她脚下虚虚浮浮，好像踏在云中。匆忙捂住嘴，一口血还是就那样兀自喷了出来，顺着指缝流下，触目惊心。

东方彧卿和云隐同时上前一步及时地接住跪倒在地的她，搀扶起来，快步向后殿走去。

郁积太久的血一股股向外涌着，花千骨身子哆嗦个不停，一边咳嗽，一边拼命地捂住嘴。

东方彧卿让她在桌前坐下，飞快地点了她背上几处穴道，厉声道："不要憋着，吐出来！"

花千骨扯下人皮面具，大口地喘息。云隐看到她的脸，一阵晕眩，连连退后。

花千骨脸上还努力维持着笑意："我没事，你别担心。"

又安慰云隐道："别怕，只是伤疤……"

"骨头！"东方彧卿突然扬手扇了她一耳光。

三个人都愣住了，屋子里一时安静得有些诡异。

花千骨瞪大眼睛看着东方彧卿，捂着自己的脸，慢慢低下头去。

云隐一脸不可思议地看着东方彧卿，却见东方彧卿轻叹一声，上前将花千骨轻轻揽进怀里。

花千骨终于忍不住大声哭了起来，天空中也突然响了一个巨大的旱天雷，四周房屋仿佛都在震动。

"没事没事，哭出来就好了。"东方彧卿轻拍着她的肩，松了一口气。

花千骨的头紧紧埋在他怀里，身子剧烈颤抖着，整整一年隐忍郁积的悲伤痛苦还有委屈，终于完全释放，溃不成堤。

"他不要我了么？他不要我了么？"

如一道咒语终于被揭开，一直强逼着自己伴装出的坚强无畏，终于在此刻坍塌。而一切，只是因为他，又要收新弟子了。最后一丝牵连就这样终于被无情斩断，从此以后，他和她，再无瓜葛。

不论多少苦，她都挨得住，可是就这么简单的一个消息，几乎断了她所有生存的念想。她几乎快要不知道自己为什么还要那么辛苦地坚持下去、活下去。

云隐望着她脸上因绝情池水留下的疤，也不由得满脸泪水。是他无能，是茅山无能，才会一次次，连自己的掌门都保护不了，都救不了！

东方彧卿轻拍着她的肩："骨头，忘了他！"

"忘不了，不能忘……"

是忘不了，还是不能忘？她看着可笑的自己，已经爱他爱到哪怕痛到锥心刻骨也不愿放手，也不愿忘记他，忘记他们那些共有的曾经的地步么？

无怨无悔，她终归还是做不到像清怀那样无怨无悔。她不需要他爱她，可是她想在他身边，想做他的徒弟。

就这一个"想"字，就注定了她的爱会是痛苦的，一旦这个"想"字破碎，就只剩下刻骨的刺痛了。

她终归不是仙也不是圣人，她只是个孩子，她不知道自己错在哪儿，不知道如何去弥补。只要师父可以原谅她，她什么都愿意做。她的爱其实跟清怜一样自私又渺小。她没有无怨无悔，更无法对他重新收徒的选择无动于衷。如果说当初他收她为弟子带给她多少幸福感动，如今就有多少肝肠寸断。

她终归是自私的，没办法奢望他来爱她，却自私地希望他永远只有她一个徒弟。这么久的委屈和不甘，终于洪水般倾泻而出。

依旧没有泪水，可是她用尽全身的力气在哭在宣泄，那么久郁积的压抑、沉闷慢慢散开，她才感觉到了自己束缚和紧绷太久的心又开始重新跳动，开始重新呼吸。

东方彧卿看她哭着哭着睡着了，这才将她抱到榻上。

云隐咬着牙问："她的脸和嗓子是怎么回事？是白子画施了刑罚？"

"应该不是，白子画早就知道那件事了，没必要再用绝情池水泼她。如果他连那都下得去手，简直就不是人。"

"那是谁？"

"我问骨头，她不肯说。但是看神情，她以为是白子画，所以始终避开不谈。怕她伤心，我也就没多问，不过不怕查不到，如果真是白子画……"东方彧卿拳头紧握，眼睛里的狠光让云隐都不由得寒了一下。

"你怎么有办法进入蛮荒的？异朽阁凡事都讲代价，你……"

东方彧卿摇头不言。

当初花千骨受销魂钉刑后，茅山勒令长留山交人，摩严却以人被杀阡陌救走为借口来拖延。然而当时杀阡陌受了重伤被单春秋带回魔界，到处都找不到他。待到杀阡陌再次领兵到长留要人之时，白子画却出来公告天下说把花千骨逐到蛮荒去了，从此以后仙魔更加势不两立。

杀阡陌一改漫不经心的样子，重整妖魔二界。妖神已出世，本来世道就灾害祸乱不断，如今妖魔力量更是大增。大战数十场，仙界被打得几乎只有防守之力，只盼着早日到五星耀日先除去妖神南无月，以压制世间的暴戾、野心、绝望、争斗等各种邪戾之气。

杀阡陌不顾自身伤势，五度率兵攻打长留山。而且果然如之前所言，一年间，每天捉一名长留弟子剥皮杀掉，然后弃尸海上，到如今已残忍地诛杀了三百多人，只为了逼白子画将花千骨从蛮荒召回。

长留弟子八千，死的死，逃的逃，如今留守在山上的只剩五千不到。

白子画也是在这样的情况下，复任了长留掌门一职，然而他和杀阡陌二人，一个死都不肯将花千骨召回，一个死都不肯停手。屠戮依旧持续下去，三尊就算再厉害，也没办法护每一个弟子周全，整个长留山便笼罩在杀阡陌的阴影下惶惶不可终日。

而杀阡陌不顾伤势一次次强行逆天练功施法，凶残暴戾，魔性一日强过一日。谁的话也不听，简直像换了个人。东方彧卿本想将已救出花千骨的事告知于他，让他不要再杀人，可是一想到他那性子，要是看到花千骨的脸，知道她在蛮荒受的那些苦，怕不只是一天杀一人，而是要和长留决一死战了，到时伤亡更大。

自从白子画代花千骨受了那么多根销魂钉，元气大伤，仙力已没剩多少，就是落十一和云隐都不可能打得过，长留山光靠摩严和笙箫默苦苦支撑。这个时候突然说收帝君之女为徒，可能也是内忧外患的形势所迫。

傍晚时候，东方彧卿端了些吃的到花千骨房里，却发现人已经不见了。不由得摇头苦笑，如今有了妖神之力竟变得如此厉害，便是他也看不住她了。

桌上留书一封，字迹潦草，可见写信之人心绪之乱。

——我去长留一趟，看看糖宝和小月。放心，不会被发现的，很快就回来。

他怎么会不放心呢？以她现在的力量，别说不知不觉潜入长留，只要沉着冷静，就是正面遇上摩严应该也能全身而退。只是有白子画在，她又怎么可能做到沉着冷静呢？

东方彧卿想到这儿，心又乱了乱，闭目沉思，手指在桌上轻轻敲击。说要去见糖宝和小月，她真正想见的，是白子画吧……

罢了罢了，不完全死心，不亲眼所见，她又怎么能真正放得下？

五十　桃花幽若

花千骨时常能感觉到身体里那股莫名强大的力量，就像酝酿中的火山，迫不及待想要喷薄而出，可是却被什么牢牢压制着。二者如猛虎相争，僵持不下。在蛮荒时，那股力量迫不得已还只能静静蛰伏，回到六界之后，便开始在她身体里沸腾咆哮，仿佛要将她吞噬。

当初花千骨身体的伤大都是永久和致命性的，可是如今却已奇迹般地全部愈合，身形甚至比以往更加迅捷灵敏。如果不是留下疤痕，她会以为曾有过的那些疼痛都是假的。

这一年发生了太多事，身心俱疲的她一直强撑着绷得紧紧的，而白子画重新收徒的消息，终于叫她心中的那根弦彻底崩断。

哪怕她依旧挤出笑脸佯装无谓，可是心头的苦楚和委屈一再叠加郁积，与强大的妖神之力混合，时刻在肺腑中狠狠灼烧着她，仿佛要将她焚化。她虽不至于入魔，却也是内伤不轻。发泄一场后总算平静下来，终于肯理智认真地面对此事。

花千骨心底一万个声音在喊着，想要见他，想要弄清楚她不在的这一年到底都发生了什么。说她固执也好，说她执迷不悟也好。那么多年了，她了解也绝对相信师父的为人。他既然在天下人面前说了今生只收一个徒弟，在没有逐自己出师门的情况下，就不会再另收他人为徒，此事必定别有内情。

花千骨归心似箭，太多的话，太多的情念，堵在胸口，闷得她喘不过气来。她是想见师父，疯了一样想见他，却知道绝不能让他见到自己。

天很冷，海上寒风刺骨，夹杂着细小的冰雹直往她脸上打，她尽量飞低，真气在身体周围形成壁罩。天空阴霾低沉，怕是马上会有一场大的暴风雪。如今无剑，她只能御风，但是速度却比当初御剑还快了许多，不多时便到了长留山上空。

四周一片漆黑，只有长留悬浮海上，隐隐发出银色微光，像一块巨大的宝石。海浪一浪高过一浪，旋涡一样想将长留卷入其中。

花千骨取出人皮面具覆于脸上，由于时间仓促，做得并不十分精致，却也应该足够应付一时，只要不被三尊和那几个眼尖的长老瞧见就是了。

她绕着长留飞了一圈，发现海底密径全被封了，空中密密麻麻结满了印，根本连靠近都不能。微微觉得有些奇怪，长留乃仙界大派，一向自诩甚高，妖魔皆不敢侵，往常都只有简单的结界，如今却为何如此大费周章，一副如临大敌的模样？

还好她比当初法力强了不少，虽费了些周折，总算开了条密径入山。回到让她千思万想的地方，心头激动可想而知。本以为外面层层壁垒，山内也会严加防范，让她没想到的是，根本不用偷偷摸摸、躲躲藏藏。殿前、长廊、林子……到处都空荡荡的，一个人也没有，寂静得有些诡异。

虽然长留一般都会有宵禁，但是怎么会连半个巡逻的弟子都没有？花千骨心头不由得一股寒气冒了上来，自从那年上茅山看到那场屠戮，之后只要有这种空无一人的场景出现，她都会习惯性地感到紧张和害怕。她轻轻闭上眼睛，探知到几座熟悉的寝殿内都有人，她才微微放下心来。

抬头仰望上方的绝情殿，那个她思念至极，不知道多少次午夜梦回的地方，忍住心底刺痛，告诉自己绝不能上去，若是被师父发现自己已回来，再救小月就难了。

小月身份特殊，可以说是整个六界最要紧的犯人，关押之地必定也极为隐秘，不可能再像当初一样仓促，仅仅关在布满结界和封印的长留仙牢内。她这次来事先没有什么计划，自然明白哪怕以现在自己的力量，也不足以毫发无损地将小月救出。她只是担心，想先来探探虚实。就算没办法救他，如果能看看他，通过密语与他说说话什么的也好。

花千骨密行潜入仙牢之中，依然半个看守的人都没有，凝神一探，里面也没关押任何人，小月果然已经不在这里了……

花千骨微微皱眉，怪自己太过莽撞，应该先和东方商量好，问清楚。说不定小月早已经被转移了，不在长留了也说不定。

她闭上眼睛又开始找糖宝，却发现不但糖宝，连落十一和轻水他们都不在山中。怎么回事？明天不是长留大宴群仙么，他们应该不会在这个关头有事出去啊。

她一开始还想，哪怕自己对这一年发生的事什么都不知道，只要见到糖宝了，便什么都清楚了，找到小月也不会太难，没想到糖宝也不在，真是失策。

花千骨微微有些沮丧泄气，轻倚着廊柱，遥望着绝情殿发呆。她本来还以为这次来可以见到大家了，她等这一天等了多久啊，却没想到居然都不在。

看了看周遭，依旧是她熟悉的长留山，却又感觉有哪儿不一样了，空气中到处都充满着肃杀之气。

师父，就在那个她仰头可见的地方。

不行，要以大局为重。她咬咬牙，便准备飞身离开长留，却突然见不远处一道红光一闪。

什么人？！

花千骨微微皱眉，想了想还是跟了上去。定睛一看，原来是一个十一二岁的丫头，唇红齿白、粉雕玉琢，看衣着还有身形应该是长留的弟子，只是以前未见过，面生得很。

她悄无声息地游走在殿中回廊，然后偷偷摸摸地一闪身溜进了厨房。

花千骨见她行色鬼祟，一时无法断定她是外面混进来的奸细，还是贪吃的弟子冒着宵禁溜进厨房找东西吃。可是见她梳着两个圆圆的发髻，模样单纯可人，估计应该不会是坏人。

花千骨不想多生事端，正准备离去，却听到厨房内传来乒乒乓乓一阵物体倒塌和破碎声。以为出了什么事，她慌忙闪身入内，却见那孩子正手足无措地张大嘴巴，看看地上的烂摊子，又看看花千骨。

那孩子连连抱拳讨好鞠躬道歉："对不起，对不起，我不是故意的……"同时心下一阵纳闷，自己明明立刻施下结界，怎么还是被人听到发现了，还那么快赶来。

花千骨愣住了，半天才反应过来，她一定是把自己误认为是专门在厨房打杂的弟子了。

看着她一副干坏事被抓住了的乖乖认错的样子，花千骨轻轻摇摇头，然后蹲下身子，帮她清理地上乱七八糟的一堆。

"小扫帚不在了，你是新派来接替他的么？"那粉扑扑的丫头突然一副伤心欲绝的模样，泪眼婆娑地望着她。

花千骨愣住了，只能微微点头。

却没想到面前的人一下子扑了过来，她蹲着身子重心不稳，一下子被她压倒在地上。还没等花千骨反应过来怎么回事，那丫头已经埋首在自己怀里，哇哇大哭起来。

虽然自己外表看上去只比她大个一两岁，但是终归年龄长了许多。这样被她压在地上，难免有些窘迫。无奈她哭得正伤心，身子像小兔子一样哆嗦个不停。花千骨只能轻拍她后背，无声地安慰着。

那小孩哭了一会，眼睛红彤彤的更像小兔子了，不客气地在她衣服上擦擦鼻涕。然后笨拙地爬起身来，一面不好意思地将她扶起。

"好难在山上看见和我差不多大的人啊，世尊把道行比较低和年龄比较小的都送离山了。你叫什么名字？"

花千骨看着她望着自己大大的单纯的眸子，不由得皱起眉头，前前后后的事连起来一想，长留山莫非是出了什么事了么？师父可还好？

她心头无端一阵慌乱，信口答道："我叫小七。"

竹染，落十一，狐青丘，尹上飘，火夕，舞青萝。字辈算起来，自己的确是三尊弟子里最小的，排行老七。

"你怎么不张口就可以说话啊？声音从哪里传出来的？"

面前小孩惊讶不已，绕着花千骨转了一圈，手舞足蹈，兴奋地仔细打量。

"我……是哑巴，只能用内力说话。"

花千骨看着她，那孩子眼睛好奇地大睁着，叽叽喳喳，活蹦乱跳，像极了当初刚进长留的自己。

那丫头的神色瞬间黯淡悲伤下来，一脸抱歉看着她。突然伸出小手，抚上了花千骨的颈部。花千骨身子一震，差点以为自己易容的假脸被她看穿识破。却没想到她只是轻轻地抚摸过她的喉咙，眼中流露出心疼和不忍。

"好像是伤得很重啊，我也没办法复原。"她一开始对眼前这个叫小七的，心头还是有一点疑虑和提防的，可是她给人的感觉太过舒服和熟悉，再加上手一碰，知道她是真的不能说话，便将猜疑全部打消，上上下下的警告都被她抛到九霄云外去了。

"你会疗伤么？"花千骨不自然地轻轻拉开她的手，不是因为反感，而是因为潜意识里自卑，知道自己面皮下的那张脸有多丑陋多吓人。

"嗯，从小不需要法术，小鸟翅膀什么的受了伤，我碰碰就又能飞了。这些年主要学习的也是治疗术，五行术什么的都不喜欢。但是爹爹老逼着我练，说对战中不打别人就会挨打。我才不听他的呢，我不喜欢跟别人打架。后来来了长留山，尊上跟我说，光是有治愈别人的能力是不够的，治标不治本，我要足够强大，要学会保护自己和身边的人不受伤才对。我觉得很有道理，这才开始学其他法术，虽然我才来了大半年，可是已经很厉害了！你……你不认识我？"

花千骨愣住了，她应该认识她么？她很出名？

"我是刚入山的……"

"我看你可以用内力说话，法术应该很厉害，又能够留在长留山，不被送离，我还以为你已经修炼了挺长一段时间了呢！"

"我……我以前在蜀山修炼过一段时间。"

"这样啊，怪不得你会不知道，这么晚还来厨房呢！没人告诉过你么，在长留山晚上很危险，是绝对不可以出门的。"

"为什么？"

"因为妖魔晚上会来长留山抓人啊，每晚抓一个，已经死了好多人了，怎么防都防不住……"面前的孩子低下头开始抽泣，"小扫帚就是前几天夜里被妖魔抓走的，而且是从守卫重重的寝殿里被直接抓走。大家都说他已经死了……"

花千骨怔住了，这到底是怎么一回事，她不在的时候都发生了什么？这事和杀姐姐有关系？太多事发生，她却傻傻的什么都不知道。

花千骨摸摸她的头，无私地奉献出袖子再次帮她擦干泪："可是你又怎么一个人跑出来？肚子饿了么？来找东西吃？"

"不是……"她低下头嗫嚅着，"我告诉你你别告诉其他人啊。尊上今天不知道是生病了还是旧伤复发，一直在咯血，我怎么都治不好。可是他又不准我告诉世尊和儒尊，我一个人急得不知道怎么办才好。晚上他迷迷糊糊醒了一会儿，突然说想吃桃花羹，可是绝情殿上什么吃的都没有，我又哪里会做什么桃花羹？只能偷偷摸摸溜下来，想尝试着做一下，平时我来厨房偷吃，都有小扫帚给我做，现在小扫帚不在了，却没想到要自己做吃的这么难……小七，你怎么了……"

花千骨踉跄退了两步，无力地靠在墙上，伸手止住她的搀扶。

"你……叫什么名字？"

"我叫幽若啊，我今天刚打赢了仙剑大会，可风光啦！我还以为你会认得我呢！嘿嘿……"

花千骨颤抖着唇，慢慢闭上眼睛。原来……就是她啊，怪不得……

"你没事吧？"

"没事。"花千骨苦笑叹气。世事如此荒谬，她还能说些什么呢？

"你冒着危险跑出来，就为了给尊上做一碗桃花羹？"

幽若低下头："可惜我太笨，不会做。小七，你会不会啊，可不可以帮帮我？"

花千骨强忍住心底涌上的酸涩，咬着牙点点头："我来教你，不过要你自己做。"

"太好了！"幽若欢呼着又扑到她怀里。花千骨不动声色地推开她，说不清面对她心里是什么滋味。

这个人便是那个即将要替代她的人么？她曾经很不甘心地将身份特殊的她幻想成霓漫天那样娇蛮的样子。如今一见，才发现完全不是。难怪师父会喜欢她，连自己都忍不住喜欢她呢……

桃花羹——

为什么师父会突然想吃桃花羹？他是病了还是伤了？很严重么？当初的余毒明明应该都肃清了。这一年到底又发生了什么，是谁把他打伤了么？不可能，这世上，怎么可能有人打得过师父？

她很想像当初一样亲手为他做一碗桃花羹，可是不能。如果她动手的话，师父发现味道跟当初一模一样，就全露馅了。

花千骨看着幽若在自己的指挥下忙活开来，虽然动作略显笨拙，但不失条理，圆圆的小脸红扑扑的，神色兴奋，额上沁出细小的汗水，说不清心里是羡慕还是苦楚。

不多时桃花羹便做好了，幽若尝了一口，开心地大呼小叫："小七，你好厉害，做得真好吃，简直不敢相信是出自我的手笔！"

花千骨轻轻点头："你住绝情殿上？"

"嗯，爹爹不放心，我来长留就一直和尊上住在绝情殿。"

"尊上……他待你可好？"

"尊上人可好了，待我也好！我一直想拜入他门下，今天好不容易打赢了仙剑大会，我立马跑去求尊上和世尊，没想到他居然点头答应了耶！"

"他自己答应的？"

"当然啦，小七，你怎么了？是不是身体不舒服，早点回去休息吧！"

"我没事……"花千骨笑得虚浮，轻轻握住幽若的手，"请你……好好照顾他。如果他还想吃桃花羹，就按我今天教你的做。"

"好，谢谢你。我得赶快回去了，尊上一定等急了，要是醒过来被他发现我一个人溜下殿就大事不妙了，我明天有空再来找你玩。"

花千骨点头，挥挥手，看着幽若开心地往绝情殿飞了去，粉红色的背影明媚得让她想流泪。

自己就这样回去了么？虽已接受他重新收徒之事，可是，却又怎么放心得下他的伤病？

不被他发现，只靠近一点，听听他的声音好不好？

她捂住绞痛的胸口，满心不舍望着绝情殿。见了幽若她已无怨，只是却更加想见他了。

苦苦挣扎，再忍不住了，她终于还是踏着飞瀑上了绝情殿。

花千骨身子如一道轻烟飘浮，幽幽落在院中树巅一朵怒放的桃花上，轻如鸿毛。小心地隐去所有气息，放眼四顾，绝情殿里一草一木仍旧和离开时一模一样。满庭的桃花树芳菲如雨，寒风中依然开得缤纷艳丽。一只粉嫩嫩的桃花精从睡梦中惊醒，看见她惊讶地发出嗡嗡嗡的疑惑的声音。花千骨食指放在嘴边一嘘，对她眨巴眨巴眼睛。桃花精仿佛认出她是谁一般，立马扇动着薄如蝉翼的翅膀扑进她怀里。

花千骨不近不远坐在一株桃花树上，静静地看着白子画的房门发呆。闭上眼睛，感受到那股熟悉的气息，知道他此刻就在房内。她的心像麻花一样纠成一团，快要喘不过气来。一年了，自己无时无刻不在惦记着他，他又是否想过自己？

师父啊，小骨回来了……

花千骨死死压制住想见他的冲动，狠狠咬住下唇告诉自己不能再靠近了，否则就算自己隐藏得再好也一定会被他发现。更不能用观微去窥探他，让他有所觉察。

仅仅几丈开外，为何，她却依旧觉得隔了万水千山？

好想你，你知不知道？

…………

房间里突然传出一声咳嗽，花千骨倒抽一口凉气，大脑一片空白，连忙捂住嘴，止住忍不住便要脱口而出的呼喊和啜泣声。

为什么师父会虚弱成这个样子？

她的心陡然揪作一团，然后便听见幽若的声音。

"尊上，桃花羹做好了，你快趁热吃吧！"

顿了好半天，她终于听见了那个千思万念的声音。

"桃花羹？为什么会做桃花羹？"

"尊上说想吃的啊。"

"我说想吃？"

"嗯，尊上刚刚中途睡醒时说过，所以我就马上去做了来。"

房间里一阵久久的沉默。

"对不起，我刚睡糊涂了。这里没有食材，你独自下殿了是么？"

幽若不说话，只传来白子画的叹气声。

"千万不能大意，以后绝对不可以夜里一人下绝情殿，知道么？"

"我知道了，尊上，那些坏人最想抓的就是我，但是我已经很厉害了，仙剑大会我不都打赢了么？不会随随便便就被人抓走的，你不要担心。快吃吧，一会儿就凉了。"

"我不吃了，你拿出去倒了吧。"

"为什么？尊上刚刚不是还很想吃的么？我尝过的，味道很好的！"幽若微微有些不解和激动。

房间里又是一阵剧烈的咳嗽声，每一声都狠狠敲打在花千骨心上，疼得她想掉泪。

"尊上，你没事吧？"幽若的声音紧张着急，像是马上就要哭出来，"前些天明明都还很好的，为什么今天突然一下子身体会变这么差？是不是变天马上要下雪了，所以旧伤复发啊？有没有哪里酸痛不舒服，我帮你捶捶好不好？"

"不用了，你今天比试也累了一天，早点回去歇息吧。"

花千骨从来没听过师父用如此温柔宠溺的语气说话，就算当初对自己也不曾。他的声音总是淡淡的，就是关怀的话也带着一份疏离和教导的意味，就像初雪安静地落在屋檐上，冷清又寂寞。

这个孩子，对他是不同的吧。师父从不做违背自己本心的事。这个叫幽若的孩子即将成为他的徒弟，他是真心疼爱并喜欢着的吧……

她快速点了胸口两个穴道，硬咽下喉头涌上的那一股咸腥，头轻轻靠在树上，慢慢闭上眼睛。

一直抱着仅存的最后一丝希冀破灭了……

她傻傻地用力说服自己收徒的事只是摩严世尊一手安排策划，如今看来，真的是师父发自本心的决定，没有任何人或是外力逼他。

花千骨不由得苦笑一声，自己又何尝不知呢？师父虽然是以大局为重的人，却从来都不受任何人任何事的威胁和逼迫。

她听见自己的心一点点破碎的声音，不想再在这儿待下去了，想离开，却舍不得。历经千辛万苦，跋山涉水而来，回到最初的地方，只是想离他再近一点点，只想再多听他说说话，感受一下真实的他的存在。可是见到的，却不过是这样的场景。

天空中有片片鹅毛般大小的雪花飘飘扬扬落了下来，寒风呼呼地吹着，她的手脚和心都慢慢凝结成冰。

"尊上还是吃点东西再睡吧，我好不容易做的，可舍不得倒掉。"

她看着幽若开门出来，门开的那一瞬间，依稀闪电般看到师父坐在桌边的白色衣角。

花千骨忍不住伸出手去，却只抓住无限的虚空。

她看着幽若蹦蹦跳跳回去睡觉，进的却是当初自己的房间。

绝情殿那么多间房，她却为何偏偏要住那一间？师父把她的东西都扔掉了么？因为她永远都不会再回来？

一片雪花落在她手心，冰凉冰凉，是彻骨的寒冷。

收回手，转而紧紧握住怀里的铃铛，握住那个他们师徒关系的凭证，就像抓住一根救命的稻草。如今，她是不是应该把这铃儿也送给幽若呢？仰头，看着雪花漫天飞舞，想哭可是哭不出来。

在树上对着房门呆呆坐了一晚上，雪越下越大。她的头上肩上都落满了积雪，花千骨一动不动，仿佛变作雪人，和满枝丫桃花融为一体。

花千骨听着房内不时传来的咳嗽声，脑中不断闪现的是当初在这庭前与他相处的一点一滴。手脚慢慢冰冷麻木，心冻到连痛楚都感受不到了。

天快亮了，该走了。

她缓缓立起已经僵硬的身子，抖抖身上的积雪，脚步虚空踉跄。突然轻轻一声铃响，花千骨迟缓地低下头望，见手中紧握的铃铛不小心从僵硬的指尖滑落在地。

…………

檀香袅袅，轻烟弥漫。

房中白子画对着一碗桃花羹整整坐了一晚，虽然知道那东西是用来吃的，不是用来看的。可是他不想吃，也不想亲手倒掉。它就好像回忆，满满一钵，让他不肯触碰，亦不肯遗忘。

万籁中突然听见一声轻响，犹如从另一个时空传来。白子画匆忙几步打开门，却只看见空落落的院子里银装素裹，白雪皑皑。

又幻听了么，为什么总有铃声在耳边响个不停？

白子画无力地倚在门边，手指深陷柱中。他依旧清冷傲岸，孤高出尘，只是面色苍白，眼神中是掩饰不了的疲惫。

"神尊。"

竹染看着花千骨像雪花一样轻盈但脚步虚浮地飘落在他面前，翻飞的裙角慢慢合拢，似乎没有重量般，林中雪地上没有留下一丝痕迹。

看到竹染，花千骨抬头茫然一笑，目光没有焦点，眼神是绝望后的一片死寂，瘦弱单薄的身影看上去脆弱而悲哀，没有一丝生气。

想当初就算要死不活倒在竹染家屋门口，她也从没有放弃过。就算被他推下悬崖走投无路，她依然倔强地坚持着要活下去。可是小小一件白子画收徒的事，却能叫她丧失所有求生的意志么？

为什么？他不明白……

"你刚从长留回来？不说一声就偷偷跑去，大家都很担心你。"

"我没事，你怎么也来茅山了？是不是岛上出了什么事？斗阑干前辈他们呢？"

"他们都还在岛上，你们一直没回，也没传个信，前辈怕出什么意外，就让我过来看一下。东方彧卿说你一个人去长留了，没被发现吧？"

"没有。"花千骨低下头，或许内心深处她是希望被师父发现的，她想见他……

"岛上的人情绪怎么样？"

"一个个都是刚放出笼子的鹰，自然拼命想往天上飞，但是大多数人太久没动真气，刚回六界有许多都不适应，法力可能要十天半月才能逐渐恢复完全。他们也知道今不如昔，在蛮荒的日子也都过怕了，不想再回去，应该不会像清怜一样随便出去寻仇闹事。再加上有斗阑干和腐木鬼他们在，应该还镇得住一时，你放心。"

"那就好，你怎么会一个人在这林子里？外面下雪这么冷。"

"刚刚来了两个长留弟子，不想碰上，便出来随便走一走。"

"长留弟子？"花千骨心头一惊。

竹染点头，眸子陡然阴沉："一男一女，女的好像叫轻水，男的……叫落十一。"

花千骨心头一喜："他们人呢？"

"已经走了，你路上没遇到？"

"没……"花千骨皱起眉头，难怪在长留找不到他们，原来竟到茅山来了。这么说糖宝也应该来了……

花千骨不由得心头一阵懊恼，居然这样眼睁睁地错过了见面的机会。抬头看竹染："你以前没见过落十一？"

竹染冷哼："我在长留的时候，他还没出生呢！"

"你已经知道他是谁了？"

"虽然之前身在蛮荒，但是回来也快一天了，要弄清楚长留乃至六界这些年都发生了些什么对我来说轻而易举。"

"你就是急于知道一切，所以才找借口从岛上出来上茅山。这短短时间，你应该去了不少地方吧？"

竹染挑眉看着她："聪明。"

花千骨知道竹染为什么要从殿内出来了，以他的能力怎么会隐藏不了自己的气息，而应该是没办法克制住体内狂暴的杀气吧。看到那个取代自己成为世尊弟子、长留首徒的人，他的心里究竟是恨，是嫉妒，还是不甘呢？

自己好歹还算师父的徒弟，可他却是已被正式逐出门去。多了一个小师妹自己已经这么难受，身为弃徒，他心里肯定更不好受吧？

身上同样被绝情池水烙下疤痕，同样身为六界的罪人，同样被无情地驱逐到蛮荒。花千骨心头不由得涌起同情，他和她，都是被抛弃的人……

竹染见她目光陡然悲悯，骄傲和自尊仿佛被刺伤了一般，冷笑道："不要拿我和你相提并论，是我自己背叛长留的，你以为我像你，很想做谁的徒弟么？"

花千骨摇头，她并不了解竹染对长留对摩严是什么样的感情，也不知道当初都发生了些什么。但让她觉得奇怪的是，一向严厉苛刻的世尊，应该是很了解竹染的本质的，当初竹染也定是犯了大过，摩严才会逐他出师门去蛮荒，但是却没有废掉他。难道是念及师徒之情？

突然忆及白子画手持断念那毫不留情的一百零一剑，她不由自主打了个哆嗦。

回到殿内房里，刚推开门，一个绿色的东西就"啪"的一下飞贴到自己脸上。花千骨心头一震，抬起手来一摸，软软的、圆滚滚的，不是糖宝又是谁。接着就听一阵惊天动地的鬼哭狼嚎声响起，然后是无边泪水滔滔不绝。

"骨头娘亲……呜呜呜……"

花千骨闭上眼睛，感觉脸上不断有水在滑下，几乎错认为是自己的眼泪。她紧咬下唇不哭出声来，只觉得身子在不停颤抖。她从来没跟糖宝分开过那么久，它知不知道，独自一人在蛮荒的时候她有多想它。如果那时至少有它在，她也不会那么苦、那么难熬。

"糖宝……"

"骨头娘亲，我再也不要跟你分开了。"糖宝恨不得自己再长大一点，可以把她紧紧抱住，而不是仅仅抱住她的鼻子。它恨不得自己修炼得再厉害一点，就可以好好保护她，不让她再受任何伤害。

"虽然重逢的这一幕很感人，可是为什么我很想笑呢？"东方彧卿在一旁打趣道。

花千骨转头，见东方彧卿和云隐正乐呵呵地坐在桌边，桌上几杯茶水未凉，落十一他们应该没走多久。

花千骨用袖子抹一把脸，擦去被糖宝涂得到处都是的眼泪、鼻涕、口水，开心地揪住它放在眼前仔细看着，捧在手心里使劲亲，糖宝浑身痒痒的，乐得直打滚。

东方彧卿将花千骨轻轻揽到怀里坐着，驱走她一身的寒气。见她神色憔悴，嘴唇苍白如纸，知道她这趟去长留，定是受了不小的打击，心头不由得轻叹一口气。

云隐看他们三个其乐融融抱成一团，笑道："难得糖宝可是觉都舍不得睡，眼巴巴等了你一整夜啊。天都亮了，肚子都饿了吧，我去给大家做早餐。"

"好，云隐，我要喝……"

"莲藕清粥对不对？"

"对。"花千骨开心地笑，想到当年和他来茅山的时候，心里暖融融的。她躲在东方的怀里，又抱着糖宝，适才在长留的绝望和伤痛得以慢慢抚平。突然觉得，师父不在身边也不要紧，只要他一直是好好的、开心的。而她的身边还有糖宝，还有东方那么多重要的人，为了他们，她也一定要快乐地活下去。

"糖宝糖宝糖宝……"花千骨嘴里絮絮叨叨，一面不停地用脸和它的身体蹭来蹭去，只觉得拥抱和话语远远不够弥补彼此那么久的思念。他们血肉相融，本是一体，又怎么能够分开？

"骨头娘亲，你的嗓子、你的脸……"糖宝哭得更伤心了。虽然之前东方已经和它说过，可是这番近了再看，才知是多么惨烈。

"没关系的，皮相而已，不足挂齿。能够再见到糖宝，已经是上天给我的恩赐了。我刚刚去长留山找你没找到，你不知道我有多失望，却没想到一回来就看见你！"花千骨激动地捏捏它，糖宝和一年前基本上没什么变化，只是身体更加晶莹透亮、翠绿欲滴了，看来灵力大增。

"我家糖宝很乖啊，体形保持得真好，都没有变胖。"

"当然啦，骨头不在，我茶不思饭不想，睡觉也会做噩梦，怎么会变胖？"

花千骨心疼地看着它："对不起，都是我没有好好照顾你，留你一个人在这儿……"

糖宝眼泪汪汪地看着她："是糖宝没用，不能好好保护骨头，让你受苦了。糖宝发誓，若有以后，拼了命也要救你出来！"

花千骨亲亲它，看着它可爱的模样，恨不得一口吞下去。

东方轻轻摸着她的头，温柔地笑："糖宝这一年可真是担心你担心坏了，知道我终于有办法进蛮荒的时候开心得不得了。我怕它着急，所以出来没多久就传信给它知道了，这小家伙立刻就要赶来看你，轻水和落十一也想你想得不行，便找了个借口出来了。却没想到你又不声不响去了长留，两边正好错开。他们二人在这儿等了你一夜，仍不见你回来。今天长留开宴事务繁多，他们怕被察觉，快天亮时又连忙赶了回去。糖宝就说什么也不肯走了，非要留在这里等你。不过你也不用心急，既然回来了，见面是迟早的事。"

花千骨点头："我知道，能见到糖宝我已经很开心了。如果落十一和轻水他们有事出不来，到时候我再偷偷溜进长留去。还有杀姐姐和朗哥哥，我明后天就去找他们。"

东方彧卿突然凝眉正色道："你还是暂时不要去见他们两个。"

"为什么？"

东方彧卿不知道怎么跟她解释才好，说："在救出小月之前，他们俩最好都不要见。"

"可是为什么啊？我不在的时候，他们应该也很担心，我回来至少应该跟他们说一下。而且……我也好想他们。东方，你老实和我说，我不在的这一年，到底都发生了些什么？"蛮荒她都过来了，还有什么承受不住？师父重新收徒的事她都接受了，还有什么接受不了……

东方长叹一口气："杀阡陌执念太深，已经完全入魔。你去长留应该发现有不对劲的地方了吧？"

花千骨一愣，想起之前见到长留山防卫森严，一片死寂萧条……

东方看她面色瞬间苍白，轻轻拉过她的手。

"你出事后，长留为了应付一时，先是对外宣称你被杀阡陌救走。我当时心急如焚，连忙去找他，长留却趁机躲过异朽阁的层层监控，将你送去蛮荒。杀阡陌不甘受此大辱，每日杀一人，逼长留将你召回。到如今，已经死了三百多长留弟子了。"

花千骨的心猛的紧缩成一团，惊得说不出话来。杀姐姐竟然为她做到这一步？原来长留那些人，是他杀的？

怎么会？怎么会这样？又因为她，死了那么多人！

"既然这样，事情是由我而起，我更应该去找杀姐姐说清楚，让他不要再杀人了！"

"傻骨头，我问你，杀阡陌这辈子最重视的是什么？"

花千骨愣住了，结结巴巴道："是他的容貌。"

东方彧卿点头："他自诩美貌当世无人能出其右，连修炼最初的目的也不过是为了能长生不老。他如此重视一个人的容貌，你以为他看了你现在的脸，想到你在蛮荒所受的苦，会气成什么样？仙魔积怨太深，这次的事只是导火线，你怎么劝都没有用的。他手底下的兵力，整整妖魔两界，是仙界的十倍都不止，就算不能轻易扫平整个仙界，一旦大战爆发，六界定当生灵涂炭。他当初不敢太来硬的，是因为你毕竟还在蛮荒，在长留的手中，他只能忍气吞声，杀人泄愤，逼长留放人。现在你已从蛮荒出来，他再无顾及，定会恼怒之下想办法毁灭长留乃至整个仙界为你报仇出气。所以听我的话，至少在救出小月、一切事情平息之前，绝不能见他，甚至不能让他知道你已出蛮荒。"

花千骨无力地靠在他肩头，接二连三的打击叫她快要喘不过气来。这一切都是她造成的，都是她造成的……

"那朗哥哥呢？他……他也出什么事了么？"

"你放心，他没事。就是知道你被逐去蛮荒后，失去克制，大闹长留，被摩严误伤。后来轻水便主动请命去了皇宫，留在那儿照顾了轩辕朗挺长一段时间。"

"轻水喜欢朗哥哥啊，这是自然，还好有她照顾朗哥哥。你的意思是说我不要出现打扰他们俩谈恋爱？"

"你个傻子，你光看得出轻水喜欢你朗哥哥，你怎么就看不出你朗哥哥喜欢你？"

"朗哥哥对谁都好啊，我们那么多年加在一起见面没超过五次，还不是男装就是黑色包子脸，我始终都是十二三岁小孩的模样，他怎么可能会喜欢上我？"

东方彧卿也深觉有理，按常理推断这的确是不应该发生，看出问题的人是轩辕朗。

"感情的事本就无理可循，轩辕朗跟轻水原本有三世之缘，你神身降世，却不经意搅乱了他们的人生。轩辕朗和杀阡陌一样，都是执念很重的人，如果不想惹得轻水伤心难过的话，以后见他还是越少越好。"

糖宝抬起头来哼道："轻水才不喜欢那个木头脑袋呢！轻水早就答应嫁给我做娘子了。"

"等过个几百年你修成人形再说吧。可是那时落十一怎么办啊？东方说你现在可是和他同吃同住，你已经是他的人，不对，是他的虫了哦！"

糖宝涨红了脸，气鼓鼓道："爹爹造谣！我才不要他！都是臭尊上还有臭世尊把你害成这样的，他还乖乖地听他们的话，跟个应声虫一样，没出息！我讨厌死他了！

都怪那时轻水不在，爹爹就非要让他照顾我，他又眼巴巴地对我好，我才勉为其难住

他那儿的！哼！"

"应声虫跟你这小屁虫不正好配成一对嘛！"花千骨捧着它亲亲，为了她的事，

糖宝一定和落十一闹了很多别扭吧。

"骨头，你去长留见到白子画了么？"东方一脸宠溺看着她俩。

花千骨愣了一下，慢慢低下头去："没有，但是我见到幽若了。"

糖宝连忙认错道："骨头娘亲，对不起，幽若人很好，总是跑来找我玩，不知不

觉我就和她成好朋友了，但是我真的没想到她最后会拜尊上做徒弟……"

"没事的，我也知道她很可爱，糖宝肯定一天跟在别人屁股后面跑。"花千骨笑

它，糖宝不服气地嘟起嘴巴。

"走吧，我们出发。"东方彧卿站起身来。

"去哪儿？"

"去赴长留宴啊，你不想亲眼看看你师父么？就算没办法阻止，我们也易了容去

闹闹场子。就这样等着他重新收徒，你难道会甘心？"

花千骨心上一痛，微笑摇头。她不在，绝情殿里又是师父孤零零一个人了，应该

有一个爱笑爱闹的小家伙陪着他，他的世界才不会太冷清寂寞。而她，终究是再无脸

面去见他。况且再去那个地方，除了让自己更加难受之外，没有任何用处。

"我一夜没睡，想休息了。"

东方彧卿眼神深邃地看着她："骨头，你不想知道为什么长留会萧条至此，为什

么如今里里外外凡事都由世尊出头露面么？"

花千骨身子一震，仰起头来看着他。

"因为白子画，为了你挨了六十四根销魂钉。"

五十一　今昔何昔

——花千骨，你身为长留弟子、掌门首徒，置你师父于何地？更叫长留颜面何

存？你身背清虚道长重托，代任茅山掌门，又叫茅山派如何向天下人交代？你愧对长

留，是为不忠，愧对你师父，是为不孝，愧对清虚道长的托付，是为不义，更愧对天下人，是为不仁。如此不忠不孝不仁不义之人，长留门下再容你不得。如今判你逐出师门，诛仙柱上受九九八十一根销魂钉。

销魂钉……

花千骨脑中顿时一片空白，浑身的骨头都剧烈疼痛抽搐起来。

她终于明白了，为什么八十一根销魂钉她只受了十七根，原来余下的，师父都替她担了。怪不得，怪不得昨夜见师父会虚弱成那个样子。就算道行再高，整整六十四根，又如何挨得住？何况他当时剧毒刚解，法力尚未恢复完全，不像她有妖神之力护身，再重的伤也能不药而愈。

为什么？可为什么？错的明明是她，该受罚的也是她，为什么师父要这么做？

花千骨有无数问题想问，可是如今只能呆傻地望着前方，颤抖着唇说不出话来。强咽下喉头涌上的那股甜腥，手握成拳，指甲深陷进肉里。

那十七根销魂钉，肝胆俱裂的疼痛，她一辈子也忘不了。可是师父挨的却比她多了几倍，若不是仗着修为了得，或许连保命都困难！如今，他的道行失了七七八八，销魂钉留下的骨伤亦不可能像自己一样凭借妖神之力愈合。斗阑干只不过踝骨上被钉了两根销魂钉，到现在出了蛮荒还是微微有些瘸拐，天气变化时，还会日日夜夜锥心的疼。师父这一年又该是如何熬过来的？

忆及昨夜他虚弱的咳嗽声，梦回竟迷迷糊糊想喝桃花羹，花千骨心痛得蜷缩成一团。自己在蛮荒就算再苦，又如何比得上他为自己受的苦？

她陡然再次反应过来，瞪大眼睛，紧紧拽住了东方彧卿的衣襟。

"妖神之力？难道也是师父他……"

东方彧卿默不作声，轻轻点了点头。

"不可能！不可能！这怎么可能！"

花千骨满脸惊恐，身子抖个不停，像是听到这人世间最可怕的事情。

周围的空气开始剧烈震动，犹如辐散开的波纹，地震一样，桌柜上的东西都纷纷往下掉，吓得糖宝连忙钻进花千骨的耳朵里。

东方彧卿不知道再说什么好，只是摁住她的手，安抚她内心的狂乱。

花千骨脸上表情似笑非笑，似哭非哭。

自从竹染告诉他，她的身体里有真正的妖神之力，她就一直觉得有些困惑不解。如果那时小月真的把妖神之力都给了她，被师父从墟洞中抓出来的时候，以他的修为，怎么可能看不穿？怎么可能不知道？却为何依旧要将小月当作妖神处死？

只是她不敢想，更不敢猜，师父是什么人，她怎么敢心存质疑？

所以，她很自然地宁愿选择相信是他不知实情，而不是对自己有心包庇；否则……

花千骨打了个冷战，死死咬住下唇，无论如何也没办法想象他会为自己挨了六十四根钉子，还拿小月替她顶罪。

"你昨天去，没觉得他身体有何异常么？"东方彧卿叹口气问。

"师父……好像生病了。"

"白子画不是生病，那销魂钉虽厉害，凭他的道行倒也还撑得住。他陡然虚弱，是因为昨天你刚从蛮荒出来，没了禁锢。为了压制你身体中的妖神之力，封印的力量也会相应增强，他经不住反噬，身体必然大为虚弱。"

"封印？"花千骨下意识伸手摸了摸右边腋下，每当她动用真气，有一个地方总是灼热滚烫。

"你之所以出了蛮荒，依旧没办法释放出所有的妖神之力，就是因为力量被你师父亲手封印了。"

"不可能，师父不会那样做……"花千骨还在挣扎，拼命摇头。忆及那毫不手软的一百零一剑，身为长留掌门，他又怎会对她徇私？

东方彧卿苦笑一声："我也觉得不可能，更想不通他为什么要这么做。我以为他会对你秉公处理，结果他欺瞒六界，徇私枉法。我以为他会大义灭亲，给所有人一个交代，结果他宁肯遭受非议，自己替你受刑。而正当我感叹你一片心血总算有了回报没有白费时，他却剔你仙骨，废你仙身，挑你筋脉，毁你容貌，还将你逐到蛮荒去了。我真不知他是怎么想的，更不知是要怨他还是谢他。"

花千骨无力地抬起手，抚摸着自己的脸，心下一片凄然。

师父虽无心无情，但待她一向极好，可能是念她年纪尚小，就算犯下弥天大错，施下重刑，也无非是想她悔过，最后仍慈悲留她一命。可是又得知她的龌龊心思，大怒之下，再也不想看见自己，这才逐自己去蛮荒。而他封印妖力，在杀姐姐的巨大压力下也不肯将自己召回，不过是为了保护六界生灵免遭涂炭。

自己当初虽没说为何偷盗神器，他定也猜出个八九分，以师父的性格，自然把罪过归于己身。当初她不说，怕的就是这个。没想到最后师父还是代她受了那么多根钉……

一面要顾着六界，一面要顾着她；一面怜惜着她，一面怜惜着世人。他虽重责在身，可是宁愿自己成为千古罪人，也不愿白白牺牲了她。知道自己有妖神之力护体，他才狠得下心下那样重的手吧……

花千骨将这么久以来发生的事串起来仔细一想，终于微微有些能够明白和体会师父的心情。

自己在蛮荒苦，他在长留更苦……

花千骨心头疼得一阵抽搐，她宁愿师父对她绝情到底，这样她心里反而痛得简单。她做这一切不过是想他好好的，却反而一手将他推到这样可悲的境地！？

东方彧卿黯然道："骨头，以前看着你为他努力为他辛苦为他心碎，他却永远都高高在上，冷眼俯视众生。我心头难免会有不甘，替你觉得不值。心里虽明白他做人一向隐忍，凡事都有他的苦衷，却总忍不住将你受的苦，归到他身上，找个借口来怨恨。可是后来才慢慢发现，不说白子画这些年对你的教导、付出的关爱，就单单说以他那样的为人，却竟然可以为了保护你，连自己始终恪守的原则和信念都背弃了，又不由得开始同情他。

"这世上，谁规定你爱一个人，他就一定要爱你？你对他付出了，他便一定要回报你？特别是像白子画那样早已超脱情爱的人。对你付出的爱他或许无法回报，可是身为你的师父，他绝对是称职的，对你，对长留，对六界，他都尽到了他所能尽的最大努力、最大关爱和最大责任。

"他的苦，常人体会不到，他也从不表露言明。这次重新收徒，或许是让你很绝望，可是你便什么也不做一个人躲在这里伤心么？你从来都那么相信他，不管受多大的苦和委屈都没有怨恨过。为什么这一次不也试着去相信他，相信他当初收徒时对你和天下人做出的承诺，弄清楚你不在的这一年，究竟都发生了什么呢？"

花千骨傻傻地看着他，心底无声地淌着泪。为什么都这个时候了，东方还这样鼓励她、帮着她？

东方彧卿对她温柔地笑笑，伸出修长白皙的手来。

"赶快，再不动身，就赶不上了。"

天寒地冻，长留山上白雪皑皑。三条巨大瀑布依然白练一样从三座大殿上垂挂下来。怕妖魔寻事，结界之外也是守卫重重。

易容之后，花千骨和糖宝随东方彧卿开了条密径潜入，混在各派人群之中。因为来得较晚，宴会早已开始。周遭虽经过精心布置，热闹豪华，但今日长留终归萧条，还是回不到往日盛景，各个弟子面上也隐有一丝忧色。

花千骨大老远便看见高高在上的摩严和笙箫默，还有四处忙活的落十一、轻水他们，心下激动，却不敢随便上前相认。

眼前掠过一道虹彩，花千骨不由得双拳紧握，心头一阵揪紧。

霓漫天！

她昏迷中并不知那日是摩严，依旧以为是霓漫天当着白子画的面泼了她绝情池水，因为不能言语，便用如此方式将此事告知师父。花千骨屡次遭她毒手，都可以忍气吞声，只是这次，她心头又怎能不恨？

霓漫天笑容明媚，一年不见，出落得越发娇艳迷人，满脸春风得意的样子，在众仙之间招呼张罗，游刃有余。她父母也来了，坐在上座。

花千骨来不及也没心情一一辨认众仙，四处张望却始终没有看见白子画的身影，觥筹交错之间难免神色恍惚。

等了许久，终于听见长留大殿的钟声响起，知道仪式马上要开始了，众人端坐，纷纷打起精神。

花千骨听见自己的心一阵狂跳，她也不知事到如今，自己到这儿来究竟还在期待些什么。

或许，只是想见他一面……

终于，那个白色身影从绝情殿上缓缓飞了下来。容貌丝毫未变，只是双眸冷若寒冰，比起以前来，反而多了几分凌厉。

众仙一时窃窃私语。

白子画为徒受六十四根销魂钉之事众所周知，从那以后他就潜心闭关，极少露面。长留山发生那么大的事，面对杀阡陌的屠戮和叫嚣，他也从没出来应战或是主持大局。

销魂钉是何等神物，况且六十四根之多。故仙界都传言他仙身已失大半，元气大伤。虽恢复掌门之职，也只是为了安抚门下弟子和仙界人心，如今长留山实际是摩严主掌。白子画虽声望犹存，但威慑力自然是大打折扣。可是此番一见，却又好像什么事都没有，别人中了钉，伤残至少也要恢复多年。他却御风而来，法力丝毫未见减弱。这白子画，真的跟神一样强大不可摧么？难怪帝君要将最疼爱的女儿送到长留拜师。忍了那么久，五星耀日即将到来，仙界是准备要进行大的反击了吧。

众仙各怀心思，花千骨只是痴傻地望着白子画依旧不染尘埃的身影。想到他为她受的刑，骨头又开始隐隐作痛。

好一会儿，才发现他身后还跟着的那个粉红人影。人虽是规规矩矩老老实实地站着，眼睛却好奇地到处东张西望。

花千骨凝视着白子画漆黑如墨的长发，心里一片酸楚茫然。

师父，如今，又是谁为你束的发？

大典开始，一切都是她所熟悉的，却又极端陌生。心提到嗓子眼儿，只盼着或许突然有什么意外发生，打断这个拜师礼，或者师父会开口说些什么……可是没有，一切都缓慢而有序地进行着。

整个世界成了黑白一片，寂静消音。她听不见白子画说了些什么，也听不见仰着笑脸的幽若说了些什么，更听不见群仙都说了些什么。东方彧卿一直一只手暗地里扶着她，怕她晕过去。可是她没事，她只是有些想吐。胃里酸涩一片，搅得天翻地覆。

有那么一瞬间，她想冲上台去，跪在他面前，求他不要抛下她。有那么一瞬间，她想紧紧扑到他怀里，质问他为什么可以在为她默默无言做了那么多之后，却一转眼又收别人当徒弟！

白子画神色平静如水，眼中看不到半分波澜。

终于在他折下香草递给幽若的那一刻，花千骨飞快地挣脱了东方彧卿的手，遁身隐匿，消失在人群中。

拜师大典上，摩严始终眉头紧锁，一言不发，目光深邃望着白子画，仿佛那个人不是他一样。

百余年了，他自认世上没有比他更了解子画的人，可是如今，却是越来越不懂他了。

他起初是冰，虽然冷尚且还有固定的形态。

可是后来那个丫头来了，他被融化成了水，这世上，便再无人参得透。

摩严望了望座下群仙，突然觉得这拜师宴无比的滑稽可笑。看着跪在地上的那个孩子，跟当年的花千骨何等神似。

世事仿佛在轮回重演，摩严凝望着白子画，可是依旧无法在他眼中捕捉到任何的情绪。摩严始终不明白他这样做的用意。他不是一直心心挂念着那个孩子么？他不是从不喜这些经营客套？自己的确总是以大局为重，为了守护长留守护他，既能忍辱负重，也可以不择手段。但是子画不是，他不会牵连他人或是违背自己的本心。那为何还要这么做？还要收这个孩子为徒？仅仅因为她像花千骨么？还是想报复自己，让自己难受？

看着白子画那样平静地折了香草递给那个孩子，眼睛明明看着她，却又空荡荡的什么都没有。

走了花千骨，这世上再无一物可入他眼了吧……

摩严长叹一声，想起一年前他逐了花千骨去蛮荒，然后去见白子画。

他一字一句地说道："花千骨被杀阡陌救走了。"

早已准备好了应付他一切的诘难，只要可以送走那个祸害，他已顾不得子画是不是会和他生气翻脸。

虽已试出子画的确从未对那丫头动过情，可是从他居然会有心护短，饶她不死，还替她挨了那么多根销魂钉，就知道那丫头对他而言有多重要。

他以前对白子画的绝情太过自信，如今出了这么大的事，他没办法低估花千骨对他的影响力，也再也不能放任不理。可是白子画如同往常一样的冷淡和无动于衷却是大大超出了他的意料外。

他就那样以洞穿一切的眼神看着他，轻轻点了点头，咳嗽几声，便又昏昏沉沉睡下了。

摩严那时才真的慌了，他明明知道一切都是自己设计安排，将她放逐，却依然可以如此云淡风轻？

接下来的一年，子画再没跟他提过这事半句，甚至连话都很少说。

茅山来要人，他也平静地将放逐的事情说成是自己下的命令。

摩严被他的那种表面上的镇定和死寂压迫得快要喘不过气，都不由得开始质疑当初把花千骨逐去蛮荒的决定到底是对是错，子画现在这个样子是好还是坏。

借着杀阡陌对长留施压，摩严终于开始犹豫要不要召回花千骨，为了长留也为了白子画。可是没想到的是，却被他一口否决。

然后更出乎意料的是，他还答应教导幽若，为了她的安全，让她住在绝情殿上。如今，居然还答应违背自己当初的誓言收她为徒。

发生了太多让摩严想不到的事，做了太多本不应该是白子画会做出的决定。摩严心中不安日甚，隐隐有不祥的预感却又抓不确切。

大殿钟声响个不停，一切仪式都举行完了，只差最后一步授宫铃。

摩严终于还是忍不住开了口："子画，你真的想好了么？"

白子画没有看他，也没回答。弯下腰，将幽若扶了起来。然后面对着众人声音不大不小地说道："长留列仙在上，今白子画将幽若收归门下。从此幽若就是长留山第一百二十八代弟子。"

来赴宴的仙人并未觉察有何不妥，可是所有长留弟子却全部都吓傻了。

笙箫默手中的箫往桌子上一敲，实在忍不住转头低声笑了起来。二师兄果然还是二师兄，关键时刻不是冷幽默就是出人意料，让他白白紧张担心了那么久，真是的。

摩严面容僵硬看着他，嘴角微微有些抽搐，半天都说不出一句话来。

下面顿时乱成一团，到处都是议论声。

前来观礼的帝君发觉事情不对，但是又不知道哪里不对，属下连忙在他耳朵边小声低语了两句，他顿时脸都青了。

东方彧卿微微一笑，白子画果然没让他失望，更没让小骨失望。可是从内心深处某个小小的私心来说，他还是挺失望的，自己又输了他一局。可惜现在小骨不在，不然还不知道该目瞪口呆地变作什么表情。这个小丫头，这下该为自己的临阵脱逃后悔了吧。

帝君皱眉道："尊上，你这是什么意思？"

幽若一脸兴奋激动连忙接口："爹爹，你别生气，这是我自己的意思！是我求了尊上好久，非要拜入他门下，做花姐姐的徒弟的！"

四下一片轰然，诸仙皆大惊失色。

帝君凝眉怒斥："幽若，不要任性！不说那花千骨为仙界惹下多大的祸事，她现在以戴罪之身被逐到蛮荒，又如何收你为徒？"

幽若鼓着腮帮子，不服气道："不管花姐姐做了什么，长留赏罚分明，早已施了重刑。如今只要她一天未被逐出师门，就还是长留弟子，我怎么就不能拜她为师了？！哼！我等个百年千年，就不信等不到她回来！"

"放肆！"帝君猛的一拍桌子，气得快要说不出话来。

众人纷纷咂舌，纷纷看着白子画，白子画却负手不语，似是对这样的情景早有预料。幽若的话字字听在耳中，心头也不知是喜是悲还是欣慰。

已经不用百年千年了，虽被异朽阁的结界小心地隐去气息，但是根据昨天封印的剧烈反应，他隐隐已经猜到，小骨从蛮荒出来了。

引导不了、阻拦不了、封印不了，甚至连蛮荒都困不住她，他就这样眼睁睁看着事态以无可挽回的姿态一步步向前发展。难道这就叫天命？

只是，他已经心慈手软，冒着毁天灭地的危险，包庇姑息了她一次，如果还是没办法扭转她的宿命，为了长留，为了六界，他决不会再对她手下留情！

白子画转身拿了一旁桌上的灵犀剑递给幽若。

"你师父不在，我就不代授宫铃了，有朝一日她自己亲手给你吧。这把灵犀剑先传你，望你今后能慈悲为怀，除魔卫道，不要步你师父后尘。"

幽若接过剑，一脸兴奋，帝君刚要发作，却被摩严慌忙拦住劝阻。

"师弟当初收花千骨时说过此生只收一个弟子，要让幽若入门而又不食言这是唯一的办法，反正花千骨现在身在蛮荒，幽若也是师弟亲授，帝君无须太过介怀。"

帝君一听，也有几分道理，便也不再多语。仙界他一向最佩服最信任的人便是白子画，以前几度想要送幽若拜师而不得其门而入。花千骨那孩子他也见过两次，本来甚为喜欢，却不知道怎会行差踏错盗了神器放妖神出世。不过以白子画的性情，居然可以为徒代受六十四根销魂钉，对幽若应该也会十分疼爱吧。自己没有保护好这个孩子，这些年让她吃了这么多苦，也难怪她回魂之后一直对花千骨念念不忘。帝君长叹一声，便也释怀了。只是对幽若先斩后奏，故意瞒着他，非要等拜了师，生米煮成熟饭才昭告天下的任性做法有些生气。这孩子果然被他宠坏了！

于是拜师宴就以这样出人意料的结果结束了，落十一和轻水等人不知道有多开心。

霓漫天就气得食不知味了，咬牙切齿地瞪视着幽若，这丫头从来长留那天就总是和她过不去，这分明又是一个翻版的花千骨。真是赶完一个又来一个！

幽若手里玩着灵犀剑，香草插在头上，吊儿郎当地仰着头从她面前走过，还趾高气扬地哼了一声。霓漫天要不是看在众仙在场，真想狠狠教训她一顿。

幽若一脸谄媚笑着钻进老爹的怀里，开始发挥死缠烂打的功力把生气的他哄开心。幽若掂量掂量灵犀剑，目光贼亮贼亮。

第一步作战计划已成功！万岁！

现在第二步计划就是——把她的师父大人从蛮荒救出来！哈哈！

"师兄、师弟，你们招呼诸位仙家，我先回绝情殿去了。"白子画起身离席。

摩严看着白子画的背影，放下手中的琉璃杯，长长地松了一口气。这样或许反而好，这才是他熟悉的那个白子画。

白子画飞身落于院中，看着落满白雪的桃花树，花千骨小小的脸不由得浮现在脑海中……

——师父，师父，小骨什么时候才可以像十一师兄一样收徒弟呢？

——为什么会突然想要收徒弟？

——那么大的绝情殿上只有我们两个人，好冷清啊。我想多个人陪我玩、被我欺负，又不想要师弟师妹，那当然是自己收个徒弟最好啦！师父，你看小骨我这么乖，这么听师父的话，小骨要是收个徒弟来玩，一定也很有趣吧……

幽若回绝情殿的时候已经很晚了，白子画房里黑着，似乎是休息了。

白子画元气损伤太厉害，时间有限，他等不及慢慢修炼恢复，只能强行逆天借助外力弥补或是用内力强制催发。他本来仙身已失大半，自然是负荷不了，时常陷入昏睡。

花千骨此刻隐身于院中的桃花树上，心绪无比杂乱。她去而复返是因为糖宝兴高采烈地找到她，跟她说了拜师大典之后发生的事，惊得她半晌都说不出话来。

幽若怎么就突然成了她的徒弟了？她明明人都不在，怎么就凭空多了个徒弟出来！

她有太多事想向白子画问个清楚，再顾不得许多，一眨眼，又溜进长留跑到绝情殿上来了。

可是她唯一能做的，也只是像守门神一样在院子里的树上蹲着，眼巴巴望着房门发呆。

师父，你真的没有不要小骨？

就在这时，听到以前自己房间里传来幽若的一声尖叫。花千骨心头一震，莫非杀姐姐掳人掳到绝情殿上来了？！

她正想飞奔过去，却见幽若喜滋滋屁颠颠的，手中捧了个盒子，笑得花枝乱颤向白子画的房间跑了过来。

花千骨愣在树上，张着嘴巴半天反应不过来。

什……什么？

糟了！

幽若门也不敲，直接就推开白子画的房门闯了进去。

"幽若，什么事？"

"尊上！我今天终于拜师了，好激动！睡不着觉，就爬起来在师父的房间里随便翻了一下，结果没想到在床底下的暗格里找到了这个盒子，应该是师父以前藏起来的。"

"什么东西？"

"尊上！你啊！好多你啊！你看！"

幽若打开盒子，里面竟全是花千骨以前的心血画作，约莫有上百张，张张画的都是白子画。幽若小心翼翼地摊开来，献宝一样拿给他看。

外面树上的花千骨紧张激动得快要抓狂了，有没有搞错，这样都被她翻出来？

白子画斜倚在榻上，不似白天神采，又恢复成面色苍白的模样，接过画来静静看着。

的确都是小骨所画，每一笔都下得十分认真，没有丝毫马虎，仿佛生怕一不小心就亵渎了画中人一样。只是她那时画功实在不到家，笔法也不娴熟，手抖个不停，很多线条都歪歪扭扭的，像毛毛虫一样。

可是既然画的是师父，不能因为没画好便随意丢了，依旧珍宝一样好好收藏起来，年复一年便攒下了许多张。

花千骨并不喜欢画画，她只是喜欢画师父，喜欢一边想着他，一边勾画出他的身形、他的眉眼。似乎这样让他一次次出现在自己笔下，便能多了解他一些、多靠近他一些。也正是这样的坏习惯，给她惹出了仙剑大会被霓漫天威胁的大祸。

白子画一张张翻看着她的那些画，透过纸张感受着她当初的温度，透过那些线条感受她笔尖下一点点凝结的对自己的爱意，六七年间相处的点点滴滴不断在脑海中闪现，心头不由得一痛。

"尊上，你看我花花师父多厉害啊！连画画都画得那么好！"

幽若嘟着嘴巴，睁大眼睛看着一张张画像，一脸崇拜极了的模样。白子画无奈摇头，这样她居然都能看出画的是自己，真不愧和小骨是同道中人……

"你在床下面找到的？"

"嗯，师父藏得可隐秘了，不过还是被我找到了。"

幽若看到白子画看她，连忙又张牙舞爪地向他解释："尊上，你放心，我记得你的吩咐，半点都没有弄乱，也没有移动过师父房间里的东西！她的衣裳我也没有试穿过，书我没有翻阅过，发饰也没有偷戴过……还……还有啊，我每天都很勤快地打扫来着……"

幽若心虚地低下头，两个食指对戳，戳戳戳。

白子画再次无奈地摇头，连床底下的暗格她都翻得那么透彻，那房间还有哪个角落没被她扫荡过的。

白子画看着幽若冻得有些红扑扑的面庞，像极了初上山时的花千骨，不由得微微有些失神。

"外面下雪，殿上风大，你身子还弱。夜里要是觉得冷，便不要睡那玄冰床了吧。"

"呵呵，我不怕，师父能睡，我也能睡。尊上，你才要注意身体，不要总穿这么单薄的袍子，难怪病会越来越重。要是师父回来见你这样，会埋怨我没照顾好你，就不喜欢幽若了。"

回来？

白子画轻叹一声，慢慢合上眼。

幽若望着他完美无瑕的脸，不由得瞪大眼睛，屏住呼吸。啊啊啊！尊上可不可以不要这么好看啊，她要喷鼻血了！不行，她要把持住，不可以起邪念，尊上是师父一个人的！

幽若连忙指着画岔开话题："这张是尊上在弹琴，这张是尊上在写字，哇，连尊上坐在桌边吃饭的也有啊！原来尊上你也是会吃饭的啊！"

白子画望着那幅画，画中有他，有扎着两个发髻的花千骨，盘子里还躺着糖宝，围着桌子正在吃饭。

那时的绝情殿虽也谈不上热闹，却不知为何总是感觉很温暖。

"啊！"幽若嘴巴成O形，整个人完全石化。苍天啊，尊上居然笑了。虽然只是嘴角微微上扬，笑意一闪而逝，可是的确是笑了啊！天啊！她来长留山大半年了，第一次看见尊上笑！原来尊上也是会笑的！

白子画毫无自觉地望向她："怎么了？"

"没……没什么……尊上，你醒了肚子饿不饿？还想不想吃东西啊？昨天的桃花羹味道怎么样？我再去做一碗来好不好？"被一个笑容迷得七荤八素的幽若笑眯眯地大献殷勤。还没等他开口回答，却见幽若已经屁颠屁颠地跑出去了。

"尊上，你等我一会儿啊，我马上就做好。"

白子画无奈摇头，那孩子总是活蹦乱跳的，话又多，小嘴说个不停，他耳边总是嗡嗡嗡。虽然头痛，却总也好过一个人在殿上安静诡异得可怕。

白子画轻轻咳嗽两声，合眼轻叹。

小骨，这个孩子这么像你，为师自作主张帮你收她入门，不知你是欢喜还是会生师父的气……

花千骨见幽若在厨房乒乒乓乓忙活了半天，然后便听见她抓狂的一声惨叫。

"呜呜呜，又忘了怎么做了，怎么办？为什么会这么难？我去找小七去！"

然后粉色身影嗖的出来，飞快地向殿下蹿了去。

糟了，花千骨皱起眉头，她要去寝殿中找不到自己，身份肯定被拆穿，不过大不了自己不再以这个易容的面目出现。但是她今天刚拜师，风头正盛，妖魔定想抓她，她怎么还敢一个人溜下殿去？

花千骨无可奈何哀叹一声，也飞快地跟了上去。抢先一步进了厨房，未待喘气，幽若就鬼头鬼脑钻了进来。

一看见她，大喜过望，就扑了上来。

"小七！你果真在这儿！我还说你不在我就溜到你寝殿去拖你出来！"

"我……我肚子饿了，每天晚上这个时候都会偷溜出来做点东西吃才睡得着。"

"哦，你今天拜师大典上看见我没有？我威不威风？"幽若得意扬扬地说着。

"呃……看见了，恭喜恭喜！"花千骨结结巴巴，恭喜什么？恭喜她当上自己的徒弟？

"嘿嘿，小七——"幽若突然声音拖得长长的，拽着花千骨的胳膊上摇下摇，左摇右摇，嗲声嗲气撒娇道，"我又忘了桃花羹怎么做了，你再教教我好不好？"

花千骨被她摇得头都晕了："好好好，教教教。"却未防搂着她腰的幽若突然就动手向她偷袭，想要揭她脸上的假面皮。

花千骨飞身后退，幽若的指尖从她脸上刚好滑过，抓了个空，又立刻反手一掌向她劈来。

花千骨连忙出手化解她的攻势，心中暗叫好险，差点被她揭下面皮，看到一张毁容的脸，非吓坏这丫头不可。

"你究竟是谁？！"幽若一看她那么厉害，知道自己不是对手，立马收回招式，不再攻击，两手叉腰，仰着头质问她。

花千骨不由得好笑："我是小七。"

"胡说，长留山根本就没有你这个人，我昨天晚上就怀疑了，不过一时不敢肯定，今天去书香阁果然查不到你。今晚你居然还溜上绝情殿，到底是何居心？"

花千骨这才想到，应是看见她将自己的画捧了出来，一时心绪起伏，被她察觉了。然后才故意又说什么要做桃花羹，又嚷嚷着忘记了，引自己出来。

花千骨苦笑无语，她刚刚还纳闷来着，以幽若的聪明机智，昨天一看就会，怎么那么快又说忘记了？却原来是中了她的计。看来做了人家师父的，人突然就会老许多，智商下降，比不过她了。

"你说话啊！你到底是谁？"

"我是魔界混进山来的。"

"撒谎！你那么厉害！要是魔界的人早就把我抓走了！"

幽若眉头紧锁，这人两度出入长留山如入无人之境，还潜伏在绝情殿上许久却什么也不做。再加上身上那熟悉的味道，莫非……

她眼睛一亮，心头一阵狂喜。

"师父？"

花千骨看她竟聪慧至此，再留下去身份就全暴露了。连忙退了两步，就要抽身离开。

"真的是师父！"幽若见她眼中的惊诧和慌张，知道自己猜得没错，激动得身子都剧烈颤抖起来。老天竟如此善待她么？今天刚拜完师就让她见到师父了？

"你胡说什么！谁是你师父？我怎么知道你师父是哪棵葱！"

花千骨闪电般劈出一掌将她推开老远，脚尖轻点，嗖的便向外飞了去。

却没想到幽若一个鱼跃扑了上来，半空中紧紧抱住她的腿，大声哭闹耍赖。

"师父别走！"

"你认错人了！"花千骨用力试图摆脱她的纠缠，回手一劈，却又没用多少掌力，怕下手太狠伤了她，没想到幽若疯了般竟命也不要地向她扑了过来。

花千骨只能硬生生收回掌，心头一阵火起，伸手便掐住她的脖子，柔弱得仿佛一折就断。

"你不要命了么？"

幽若兴奋激动地眨着星星眼，眼泪汪汪可怜兮兮地看着她。

"师父，徒儿终于见着你了……"

"你……"花千骨气得说不出话来，"我说了不是就不是。"说着，飞快点了幽若的穴道，逃跑般消失得无影无踪。

幽若木头人一样僵硬在原地，却嘴角抽搐，始终一脸幸福傻笑的表情。

站了许久，周围还是一片死寂，她的腿开始麻了，心里万分怨念，怎么还没天亮啊，赶快来个人解开自己的穴道啊，她好赶快去找师父。师父啊师父，好不容易才见面，你怎么能抛下幽若呢？

突然这时，她隐隐约约听到一阵窸窸窣窣的声音。

有人来了？

不对。好像是什么物体在爬行。

啊！天啊！蛇蛇蛇！

幽若吓得腿都抖了，看着那条绿油油的东西慢慢从门外爬了进来。

呜呜呜，师父啊！快来救救我！

幽若想哭喊可是又发不出声，想跑又迈不动步子。师父这是什么点穴手法，她怎么冲都冲不开，这下完蛋了。没想到她堂堂幽若大小姐，竟然葬身小小蛇腹之中。

可是长留山乃灵气之地，怎会有这种毒物？

还未待她细想，那蛇已游到她脚边，然后缠绕着她的腿一点点攀缘而上，滑腻腻又冷冰冰的感觉，激起她满身的鸡皮疙瘩。

蛇身一阵紧收，箍得她快要喘不过气来。

何方妖孽？现出形来！

她在心里大声怒吼。却见那蛇头朝向自己，"嘶嘶"吐着鲜红欲滴的芯子。然后头部慢慢幻化成一个人头的模样，支撑在细小的蛇身上，显得十分滑稽，又十分恐怖。

茈萸！果然是你！

幽若哭丧着脸，完了完了，这回完了，真是叫天天不应，叫地地不灵。

"小丫头，想不到这么快我们又见面了。"茈萸伸出舌头，在她脸上轻轻一舔。恶心得她差点没把今天吃的全吐出来。

"我也只是肚子饿了，想着随便来长留抓个人回去杀了吃了，却没想到竟碰上你。你今天怎么这么乖，站在这里一动不动啊？是哪个吃了熊心豹子胆，竟然让我们幽若大小姐在这里罚站？哎呀呀，可怜，真可怜，这大雪天的，冻坏了吧！来，姐姐心疼你，乖乖跟姐姐回去吧，不要像上一次一样又溜了。今天，可没有谁会来帮你了哦……"

幽若欲哭无泪。

花千骨眉头紧锁推开门，见东方彧卿正坐在房间里等她。抬头对她微微一笑，那笑却不似平常暖意袭人，反而显得无比虚幻飘忽，仿佛轻轻一碰就会碎掉。

花千骨愣了一愣，心头突然涌上一丝不祥的预感，却又说不清是什么。

"见到你小徒弟了？有什么感想？"东方彧卿望着她调侃道，看她一脸无措的表情，定是不小心被幽若正面遇上了，一时不知如何招架应对。

"我自己都还是半桶水，哪里会教徒弟？东方，你不要也取笑我，糖宝呢？"

"吃饱了当然是睡了。我这几日会加紧调查小月被拘在哪儿，时间不多，最好是能在五星耀日之前把他救出来。不然到时只能硬抢的话，难免又是一场大战。"

"那我可以做什么？"

"你努力修炼，越多冲开一层封印的束缚就越好。"

花千骨默不作声。

"骨头，我知道你在想什么，你从回来之后就想着能把小月救出来就救，救不出来到时候就拿自己去换。但是你有没有想过，如果你真的让天下人知道了，你才是真正的妖神，而小月不是，你认为到时有心包庇替你隐瞒的白子画怎么办？"

花千骨顿时愣住了。的确……那师父不也成了千古罪人，一世清名毁于一旦？

"你要想救小月，又想保你师父，就乖乖听我安排，不要莽撞行事。"

"嗯，我听你的。"

东方彧卿点点头，想了一会儿，突然目光变得深邃，问道："如果……我是说如果，救了小月之后，大家也都没事，你是想办法回长留山，再回到你师父身边，还是跟我、糖宝，还有小月一起走？"

花千骨心头一震，笑着别开脸去："事到如今，我已经回不了长留山也回不到当初了。当初选择盗神器的时候，我就已经下定决心，也做好准备接受这个事实。只要师父好好的，我在不在他身边也无所谓。"

"那你是说，你愿意跟我还有小月、糖宝一起走，找个地方隐居起来，以后都快快乐乐地生活，再也不管这六界的事？"

"可是东方你是异朽阁阁主……"花千骨心下纷乱不定。

"我是说如果，如果我可以抛下或摆脱这一切，骨头，你愿意跟我走，跟我离开这个地方么？"

"我……"花千骨嗫嚅着看着他的眼睛，一时不知如何回答。离开了师父，她会愿意跟东方在一起么？还是宁愿独自一人浪迹天涯？

花千骨心下一痛，狼狈地挤出笑脸："当然啊，我希望这辈子，一直和你啊，小月啊，糖宝啊，还有杀姐姐、朗哥哥、轻水他们在一起，永远都不分开。"

"骨头，你知道我说的不是这个意思。你把杀阡陌、轩辕朗、小月，还有轻水他们都当什么？"

"我把杀阡陌当疼我的姐姐，轩辕朗是宠我的哥哥，小月和糖宝都是我的孩子，轻水和落十一他们是我的好朋友啊……"

"那我呢？骨头，你当我是什么？"

东方彧卿突然握住她的手。花千骨往后微微退了两步，从没见过一贯温柔的东方有如此强势的样子，她的心狂跳个不停，紧张得说不出话来。

"你……"

花千骨眉头纠结成一团，正要开口。却见东方彧卿又突然伸出食指放在了她唇上。

"好了，还是不要回答吧。"东方彧卿轻叹一口气，转瞬又恢复成了平常模样。

"反正……也只是如果而已……"再也不可能有这个如果了吧，虽然能和她，还有小月、糖宝一家人生活在一起是他最大的愿望，可是……就算她愿意，也不可能吧……

花千骨没看错他眉间一闪而逝的绝望与悲戚，心下突然涌起一阵强烈的惶恐不安。

"东方，你没跟异朽阁做什么交易吧？你说凡事皆有代价，救我出蛮荒有没有什么代价？"

东方彧卿眯起眼睛坏笑一声："有啊，当然有！"

"什么代价？"花千骨身子一震，紧张地望着他。

东方彧卿突然贴近她的脸，温暖的气息暧昧不清吐在她颈间。

"再一个吻如何？"

花千骨突然回忆起上次被他骗吻还有主动亲他的事，脸颊顿时一红："我问的是你有没有付出什么代价，不是说我。"

"你放心，开条密径而已，多花点功夫就是了，难得住我么？不过你是真的该让我吻一下作为报答的……"

"我的脸都成这样了，你看着我难道不想吐么？"花千骨慌乱中别过头想溜，却被东方彧卿拉回怀里，眼神陡然温柔，慢慢低下头来。

花千骨下意识地伸手想要推开他，却终于还是忍住了。慌忙闭上眼睛，身子瑟瑟发抖，等了半天，吻却始终没落下来，睁开一只眼偷看。却见东方彧卿一脸笑谑望着他，目光温柔得快要把她整个人都融化成水了。

"骨头，知不知道，感情的事，越是不忍就越是伤人。你宁可勉强自己，也不想有一点伤害我，虽然这种珍惜和体贴让我很感动。不过，对着你的什么杀姐姐、朗哥哥，可千万不要这样哦！"

说着，伸出手胳肢得花千骨抱着肚子笑得站都站不住。

花千骨感动得不知道说什么才好，她爱的是师父，可是对东方，心里也是很喜欢的。只是心中有了那人，便再也容不下其他。如果有下辈子……

东方彧卿将依旧小小的她举起来抱在怀里。

"除了在你孤单的时候陪陪你，在你困难的时候帮帮你，比起你师父，我能为你做的的确是太少了。"

"没有，东方可好了。"花千骨伸出手轻轻触碰他的脸。

"答应我，小骨，以后无论如何，都要像现在这样，心头不要有仇恨，不要恨你师父，不要恨这个世界，不要恨任何人，也不要恨我。不是要你逆来顺受，默默忍受伤痛和委屈，只是仇恨会让一个人更加可怜可悲，你明白么？"

"明白，就像清怜那样……"

东方彧卿笑笑，摸摸花千骨的头，突然听到外面有脚步声传来，将花千骨放下地去，回头见来的是云隐。

"慌慌张张的，出了什么事了么？"

"妖魔不知怎的抓了幽若去，杀阡陌率兵正在长留山，用幽若要挟白子画把千骨从蛮荒召回来。整个仙界都惊动了，去了好些天兵天将，两边眼看就要打起来。"

"什么？"花千骨大惊失色，幽若刚刚明明还好好的啊，怎么会一转眼被杀姐姐给抓了去，莫非是刚刚在厨房……

糟了！

"骨头，你去哪儿？"东方彧卿连忙拉住她的手。

"我去找杀姐姐，救幽若回来，是我害她被抓走的。"

"你先别急，幽若身份不同，又刚拜你为师，杀阡陌不会轻易把她怎么样的，但是要是看你就这样去，那就真不知道要怎么样了。你先坐下来，我帮你好好易容成以前的样子。"

"没事，我随便做张面皮贴上就行。"

"杀阡陌心思马虎看不穿，但单春秋和云翳就说不定了，万事小心为妙。"

"都是我，害了师父害了长留不说，这次又害了幽若。"

"傻瓜，这不能全怪你。你以为长留的实力就真的如此不济，被杀阡陌步步紧逼到如此地步么？"

花千骨一愣："什么意思？"

"仙界和长留，根本就是在借你牵制杀阡陌，否则妖魔二界肯定会为了争夺南无月挑起大战。还有不到一个月，待妖神一灭，仙界没有后顾之忧，到时定当反扑。不过双方对峙多时，忍耐都已到极限，我就怕等不到下个月，幽若很有可能成为导火线。"

"那现在该怎么办？"花千骨急道。

"放心，你只要说服你杀姐姐一个人就是了。"东方彧卿依旧露出运筹帷幄的笑容。

五十二　水火不容

"放了幽若。"摩严凝眉道。

"放了花千骨。"莲榻之中缓缓传来杀阡陌的声音，听不出半分情绪波动。

"她是我长留弟子，你根本就无权过问。"

"你做不了主，让白子画出来说话。"

"掌门师弟不会见你，他意已决，我堂堂长留，岂会受你这些妖魔胁迫？"

"摩严，哪怕倾尽整个妖魔二界之力，我也要救她出蛮荒。你别再和我耍什么诡计，我的耐心有限，也别以为将这丫头收作小不点儿的徒弟我就会放过她。我再给你五天时间，这是最后的期限。到时杀了这丫头，灭了你长留山，攻占整个仙界，我就不信我救不了她！"

摩严冷哼一声："你以为你有这个能力？不过仗着人多罢了，有本事现在出来跟我打。"

"你没这个资格！"杀阡陌轻蔑呵斥，连声音都冷艳无比。

摩严心头升起一阵怒火，双手结印，一个巨大的光波击出，周围海水被倒吸，翻滚着向天空咆哮涌动，朝着妖魔扑去。

杀阡陌长袖一挥，滚滚寒气，仿佛将光都冻结在空中。皓白手腕一翻，修长指尖轻弹，顿时将一切像玻璃一样击了个粉碎。

二人相隔老远，半空中过了几招，摩严越来越心惊，眉也越皱越紧。要论修为，杀阡陌豪放张狂，自己沉稳内敛。势头上虽比不过他，但是比他耐久。而且杀阡陌一向自负，对战中直来直往，不如自己进退有度，心有算计。所以哪怕实力或许不如杀阡陌，要胜他却并不难。

可是此次再一看，却没想到仅仅不到一年，他的修为却大增。自己又替子画疗伤，元气大损，三师弟一向懒散，不爱修炼，怕是也敌他不过。若真战起来，以他的兵力，长留的确岌岌可危。

"杀阡陌，你既身为魔君，就应该多为二界着想，何苦执念至此，为了小小一女子妄动干戈。"

"要是连重要的人都保护不了，我当这个魔君还有何意义？"

"哼，花千骨仙身被废，筋脉被挑，这是天下人都知道的事，你以为这样被流放去蛮荒，她还有命么？说不定早就尸骨无存，你要长留交什么给你？"

"笑话，她的验生石不都还亮着么？总之，活要见人，死要见尸！"杀阡陌声音里满是怒气，若是此刻知道小不点儿已死，他哪里还需要顾及那么多，定要整个长留山给她陪葬！

"我的要求很简单，交还花千骨，然后让白子画出来，让我砍上一百零一剑，这事就算了结。"

"白日做梦！想让长留山交人，先过我这关吧！"摩严飞身而上，口中念念有词，无数个紫色的巨大法印朝着妖魔压了过去，对着杀阡陌莲榻连连出掌。趁此机会，落十一隐去身形，试图救出上方被关在壁罩内的幽若。

莲榻里陡然杀气大作，银光一闪，将摩严又硬生生逼了回去，周遭十里的海水全结成了冰。感觉到那一丝不同寻常的血腥味，摩严眉头紧锁。

"妖魂破，你竟修了如此邪术？"

众人只闻到血腥味越来越重，腥膻中还带着一股甜腻，直叫人头晕作呕。

杀阡陌一想到花千骨筋脉被挑，在蛮荒旦夕不保，自己却迟迟不能将她救出，心头的焦躁和愧疚愈盛。

罢了罢了，将来她恨自己也好怨自己也好，今天就灭了长留山，擒住摩严和白子画，就不信还救不了她。

他双拳紧握，正要出手，突然听得耳中一阵尖锐的哨音，分明就是他给小不点儿的那个骨头哨子发出的声音。虽相隔甚远别人听不见，可是他自己的骨头的声音，他怎么可能听错！

难道小不点儿已经从蛮荒出来了？不可能，这千百年来，就没有谁能从那儿逃出来！可是，谁又会有那个骨头哨子？他的心头一阵惊喜，再顾不得许多，迅速便向外飞去。

摩严以为他终于要动手了，凝神防备，真气暴涨，却没想到只见眼前红色身影一闪，杀阡陌冲天而起，瞬间便消失了踪迹。

怎么回事？跑了？

云翳等人也是大惑不解，看向单春秋。单春秋一副恨铁不成钢的样子，摇头叹气做了个手势，让所有人暂时按兵不动。

摩严又怎会错过这样的机会，上前便想夺人。可是人质在手，妖魔又岂肯让他们轻易将幽若救走。依旧化作毒蛇的茈萸飞快缠绕上幽若的脖子，"嘶嘶"吐着蛇芯。摩严只得作罢。于是两方又陷入了僵持。

杀阡陌有如离弦的箭一般向过去常常与花千骨相聚的花岛上飞去。他本来只抱着一丝希望，就算见不到小不点儿，也看看是谁拿着他给她的哨子在那儿乱吹，却没想到竟真的看见花千骨迎面向他奔了过来，一下子跳进他的怀里。

杀阡陌愣在原地，整个人都僵住了。

小不点儿？真的是她？

世界变得不真实起来，难道自己在做白日梦？还是依然在墟洞中被迷惑了？又或者摩严用了什么奸计算计他？

"姐姐……"

怀中的小家伙激动得声音都哽咽了，热热的鼻息喷在自己颈间。他顿时手足无措起来，不知道说什么才好。

花千骨皱着眉，一脸心疼细细地看他，姿容依旧未变，可是眸子却越发凌厉，脸越发妖艳起来。左眼眼角处多了一片红色的华丽纹印，衬着血红色的眸子、紫色的长发，邪气和妖媚更加入骨。嘴角冰冷，不再似往常和蔼可亲，反而浑身散发出不可靠近的气息，仿佛举手便要灭绝世间一切。

"姐姐！我是小不点儿啊！"花千骨捧住他的脸，看他死死盯着自己却一句话都不说。

"姐姐，你怎么了？别吓我！"

杀阡陌慢慢闭上眼睛，深吸一口气，用力挤出微笑，想让自己的表情看上去稍稍柔和一点。

"你回来了？"他终于开口，声音隐隐在颤抖。

"是啊，我回来了！东方救我出了蛮荒！"

"你身子没事了么？伤都好了么？"杀阡陌惊异地望着她，手飞快地在她身上到处摸着，胳肢得花千骨直想笑。

"你不是被废了仙身，断了筋脉么？"

"都好了！我都好了，你别担心！原来小月在墟洞的时候把妖神之力都给了我。所以我的伤势都自动愈合，现在什么事都没有了！"

"妖神之力？"杀阡陌惊讶地瞪大眼睛。

"嗯！"花千骨用力点头。

看到她是真的没事，杀阡陌心头悬了太久的大石终于砰的一下掉了下来，人也仿佛被抽去了所有的力气，抱着花千骨慢慢滑下，坐在了沙滩上。

"姐姐，你怎么了？"花千骨惊慌失措赶紧扶起他。

"没事，没事，我什么事都没有。"杀阡陌将她搂在怀里。紧绷了一年的神经陡然松弛，他浑身都软了，有微微虚脱的感觉。

还好，她什么事也没有……依旧完整无缺地站在他面前。

"可是……你的嗓子怎么了？为什么要用内力说话传音？"

杀阡陌连忙把手放在她脖子上。

花千骨不自在地别开脸去："我……我在蛮荒的时候，不小心……所以不能说话了。"

易容容易，这嗓子却终归还是瞒不过他。

杀阡陌心头一痛，能够想见她在蛮荒吃了多少苦。突然伸出手，就要脱她衣服。

花千骨一惊，却挣扎不过他，心头暗叫糟糕，只顾着脸了。

果然，杀阡陌拉下她外衣，见她手臂上肩背上密密麻麻的剑伤、刺伤、跌伤、刮伤，气得脸都绿了，牙咬得薄唇浸出血来。

他向自己保证过要好好照顾她的，可是，不但没有做到，不能保她周全，不能护她平安，甚至连救她都救不了，最后还是靠的那个臭书生。

他始终，都没办法守护……

花千骨望见他眸子里怒火夹杂着内疚和黯然，心头一疼，连忙道："我知道姐姐为了救我想了很多办法，不要难过，是我自己不对，跑去偷神器，这才闯下大祸受了惩罚的，不关别人的事。"

杀阡陌根本就没打算问她为何要偷盗神器，在他看来，做一切自己想做的事情都是天经地义的。管他什么是非黑白，根本就不用讲道理，也不用向谁解释。可是谁若敢伤了他的人，那就是千不该万不对，他绝不可能善罢甘休。

"姐姐，求求你，不要再杀人了，也不要再跟长留山作对。我已经罪孽深重，不要再为了我牵连其他的人。"

杀阡陌缓缓点头，他本也不想让花千骨为难。无奈当时气急，根本就再顾不得其他。除了他在乎的人，其他人就是杀一万个也死不足惜。

"那姐姐放了幽若吧！她是我的小徒弟。"

"好。"杀阡陌又点头。

花千骨微微有些吃惊，她以为要说服他不会那么容易。

"小不点儿，你知不知道我不是女的？"

花千骨低下头去："知道了，不过一时改不了口。"

"没关系，你想怎么叫就怎么叫。不过你心里面要记住，我不光是疼你的杀姐姐。"也是想要守护你的男人，杀阡陌在心里补充道。

花千骨使劲点头，又被杀阡陌一把搂进怀里，脸紧贴着她的脸蹭来蹭去。末了，杀阡陌仔细打量着她，伸出手捏着她的脸上下搓揉，一脸宠溺地笑着。

花千骨不得不佩服东方彧卿料事如神，若不是他小心细致地替自己易了容，凭自己那三脚猫功夫，早被杀姐姐玩得露馅了。

"还好至少脸上没留下疤，否则……"

看着杀阡陌的眼神陡然变得阴郁，嗜血一样恐怖，花千骨不由自主打了个寒战，很心虚地笑着。

"姐姐是美人，也喜欢美人，如果小不点儿有一天变成丑八怪，你是不是就会讨厌我了？"

"不准胡说，人的美丽是上天的恩赐，要好好珍惜。小不点儿那么可爱，长大了也一定是个大美人，怎么会变成丑八怪呢？走吧，跟姐姐回去，这次说什么姐姐也会拼死保护好你。"

"姐姐，我还要想办法救小月出来。为了行动方便，你不要把我已经从蛮荒逃出来的事情告诉给别人知道，好不好？"

"好，那你现在要去哪里？"

"我来见你一面，让你不要担心，还有不要再为了我杀人了。然后就去异朽阁和东方会合，他那边好像查到小月被关在哪儿了。姐姐，你一定要把幽若平安放回去啊。"

杀阡陌微笑点头，笑容却忽然有些深不可测起来。

"好的，你都回来了，姐姐不会再乱杀人，当然会把她放了。"

最后需要解决的只有一个，那就是——白子画！

花千骨不知为何心头隐隐不安，但又挂念着小月，二人依依不舍告别离开。

让花千骨欣慰的是，虽然杀阡陌真的变了很多，但是对她半点都没有变，对她依旧那么疼爱有加。

杀阡陌知她无事，总算放心。可是一想到她受的苦，心头怒火一阵旺过一阵。

回到长留山海上，下命放了幽若。所有人都惊讶地看着他，长留也以为他要耍什么阴谋诡计。

幽若虽被放回，但体内还是或多或少中了些芘茜的毒，落十一等人连忙带她回去医治。

杀阡陌放眼四望，摩严此时却不知怎的不知所踪。

走得正好，如今更无人可以阻拦他。杀阡陌左手虚空一划，招来火凤，不顾层层防卫，孤身便向长留山冲了过去。

既然人保护不了，又救不了，那他可以做的就只有一件事。

为小不点儿报仇！

长留又有何人拦得住他，很快便被他一层层强行突入，进到结界光罩之中，直往绝情殿飞去。

拦截他的众人没他速度快，也顾不得许多，纷纷上了绝情殿，一时间刀光剑影。

"白子画！给我滚出来！"

杀阡陌怒吼一声，地都在震动。仇恨屈辱，压抑在心底越积越厚，可是因为花千骨还在长留手中，他只能隐忍不发。如今花千骨既已回来，他行事再无所顾忌，又回到当初那个神挡杀神、佛挡杀佛的杀阡陌。东方彧卿一开始担心的，也正是如此。

白子画推开门，慢慢从房间里走了出来。他猜杀阡陌敢如此猖狂，跑到绝情殿来跟自己面对面叫嚣，定是见过小骨，知她无恙了。

他魔功大成，长留山再无敌手。今日一战，已是在所难免。

白子画无视落十一等人的阻拦，神色不变，只是淡淡说道："出去打吧，不要毁了我院里的桃花树。"

而花千骨此时正匆忙向异朽阁飞去，隐去气味和身形，速度又是奇快无比，常人肉眼很难见到。可是突然发现情况不对，一股强大的气息拦在了自己正前方。

她心头咯噔一下，看着那个身穿墨黑锦缎长袍的身影天神一般从天而降，负手立于海上。望着自己的神情又是吃惊又是震怒，杀气直逼十里之外，却正是世尊摩严。

"孽障！原来是你！"

白子画面对杀阡陌。

花千骨面对摩严。

整个世界仿佛都寂静了，海浪无声，空气都吓得停止了流动。

"白子画，"杀阡陌手中提着绯夜剑，优雅又不失霸气，"我不会杀你，你是小不点儿的师父，你死了她会难过。但是，你伤她的，今天我必一剑不落地还给你。"

白子画看着杀阡陌周身真气随着情绪而浮荡不稳，犹如即将喷薄而出的火山。

"你杀我长留众多弟子，这公道，今天我也必定讨回来。"

话虽如此，白子画眼中却依旧波澜不起，叫人感受不到半点杀意。

高手相争，又各自交代了谁也不许插手。一干妖魔，还有长留仙界众人，只得在山下隔了大老远观微云中事态发展。

笙箫默心头暗自担心，白子画这一年虽拼命修炼，功力恢复了不少，但还是比过去差了太远，又如何打得过杀阡陌。不断传音给摩严，却又不知他那边发生了何事，竟半点回应都没有。

摩严看着花千骨一张恢复成本来面目的脸，心下陡然一惊，就没听说过绝情池水伤过的脸还有办法复原的。这女子都已成了废人被逐到蛮荒，竟然还能毫发无损地再一次站到他面前。莫非真有什么通天的本领不成？

"你怎么回来的？"

花千骨不说话，她始终都不知道被逐蛮荒是摩严的主意，内心深处对他只有作为师伯的敬畏，又哪里来的恨意。

如今不小心被摩严发现行踪，偏偏还刚好易容的就是自己的模样。她知道再避不过，可是又不愿跟他起正面冲突。脑中飞快地想着，该怎么从他眼皮子底下溜走。

摩严也只是见杀阡陌关键时刻，突然神色不对，匆匆离开，恐防有诈，故暗地里跟来看看。千算万算，却没料到见到的竟会是面容如初的花千骨。惊诧不解之余，有那么片刻，他真的以为是见着了花千骨的鬼魂回长留山来找他报仇。

"想不到连蛮荒都困不住你！"

摩严凝眉一想，定是她那一堆狐朋狗友想了办法救她出来，否则凭她一个废人……可是，就算再用什么灵丹妙药，短短一年，她怎么可能会恢复如常？

罢了罢了，本来念在子画面上，好心留她一命，她却又非回来找死。若被子画见了，那还得了，这次他再不会心慈手软。

摩严右手一翻，一弯硕大的水银轮幻化而出，在手心里缓缓旋转，流光溢彩，熠熠生辉。

花千骨不想跟他打，可是又万万不能被他再擒了去，更不能死在他手上，只能无奈御剑相迎。

水银轮上下飞舞旋转，犹如挂在天空的弦月，威力巨大，攻势又快又狠，花千骨周身只看见一片银光闪耀。她仓促御剑抵挡，火光四溅，剑上很快便被撞出了缺口。

摩严抱胸站在一旁，似是没想到她居然有如此多的真气作为屏护，保持身体不为水银轮的杀气所伤，还能把剑舞得滴水不漏。

花千骨且战且退，摩严伸出二指，轻轻夹住空中飘飞而下的雪花，竟暗器一样向她射了过来。

"孽障！还想跑！"

花千骨脚下一滞，一面顺势轻轻拂去雪花，一面抵抗着水银轮狂摧不尽的攻势，深吸一口气，内力不断向外涌出。冰一寸又一寸，沿着剑尖，竟将水银轮也冻了起来。

摩严冷哼一声，双掌从花千骨的身后直劈而下。花千骨仓促转身，眼看闪躲不开，只能硬接他两掌。

又刚又猛的真气从掌中直灌而入，黑压压罩在她头顶上，仿佛她一松手心肺就会被挤到爆裂。右边腋下封印处滚烫得吓人，连带着她整个身子都燥热了起来。

她一咬牙，也不强制在掌上用力，以强对强，只会被摩严整个击穿压垮。花千骨改为集中注意力到封印上，顿时封印仿佛变成了一个无比深的细洞。她伸手进去抓住一根满是灵力的红线的一头，一点一点地用力往外拉。

摩严顿觉掌下一虚，仿佛触到一朵软软的云彩，没有实感。内力一空，竟被花千骨源源不断地吸了过去。

他的眉头皱得更紧，却仍不撤掌，反而顺势将真气凝聚在一起，猛的推了过去。同时水银轮传来一阵冰裂之声，直迎向飞来的剑，斩作两截。花千骨回身乏术，真气暴涨，光罩却仍抵挡不住来势，水银轮破空而来，直直地穿入她的琵琶骨。

前面后面同时重创，花千骨身子一颤，胸口一闷，喉头尝着点咸腥，却只能咬牙硬生生受了，继续凝神从狭小的封印口子里汲取妖神之力。

摩严见她身上紫光闪烁不定，心下疑惑更重。心念刚至，水银轮再一用力，从她琵琶骨一端又穿了出来。

花千骨嘴唇苍白发紫，额头汗水直冒，却始终吭也不吭，她一鼓作气，掌力倾泻如江河决堤，滚滚向摩严涌了去。

摩严飞身被震到几丈开外，难以置信地看着她，一片妖异紫光之下，水银轮被她硬生生从骨头里挤了出去，随着背后巨大伤口流泻的真气慢慢回流。伤口慢慢合拢复苏，最后只剩下两道疤痕。

"你……"

摩严惊恐地退了两步，像见了鬼怪一般。

妖神之力？

摩严心下如锤重击。

所有疑惑全部解开。怪不得她能逃得出蛮荒，筋脉和伤势都不药而愈，还有如此能力，竟能与他相匹敌。只是妖神之力尚不能完全发挥，似是被封印压制。他不用细想，已知是何人所为。不由得心下一阵失望透顶，没想到子画竟然做出这等事来。

如若被天下人知道她才是真的妖神，他又打算如何面对世人？又叫长留山颜面何存？

他以前以为子画只是一时护短偏私，却没想到他竟宁愿愧对天下人也要保护她。这丫头果然是妖孽，再留不得。

摩严目光凌厉骇人，阴沉着脸冷道："这次我非除了你这个祸害！"

说着，他使出所有力量向花千骨咄咄逼人地攻了过去，迅若闪电，势若雷霆。花千骨封印得以冲开一部分，只感觉力量源源不断地涌了出来。与摩严交手二百余招，竟丝毫不落下风。流窜而出的妖神之力，似乎已在自己体内逐渐融会贯通。

正在此时，就听见远处长留山方向传来一声巨大回响，天地震摇。连他俩在相隔极远的海上都还能感受到那两股可怕力量撞击的余威。

二人心头同时一紧，停了下来，心念所至，片刻飞跃百里，观微长留山上。没想到竟见到白子画同杀阡陌正在天上大战，连空中的浮云都被扯作碎片飞絮。二人唇边皆有血迹，可见彼此都受伤不轻。杀阡陌周身火焰一样的真气凌厉纵横，红光眩目，一招接一招地向白子画攻去。白子画的真气哪儿敌得过他，却仍凭借一手博大精深、出神入化的剑法与他相持。只是剑势有形无力，每次和杀阡陌正面相迎，心肺都受一次大损。

杀阡陌见自己剑法不如他，干脆不再近攻，而改以法力相抗衡。光波接连而来，霓虹飘飞犹如彩带，顿时天空都成了彩色，折射出巨大的海市蜃楼。

下面众人只听到爆破声不绝于耳，可是二人速度太快，根本连看都看不清楚。

只是顷刻间，不知他们已大战了多少回合，空中不时传来惊雷滚滚，一阵接一阵，地动山摇。

花千骨和摩严都震惊了，没想到杀阡陌居然会去找白子画报仇。可是以白子画如今的能力，又能强撑到几时？

二人都开始手脚忙乱起来，想尽快结束这边的争斗。摩严下手更快更狠，招招致命。花千骨的心提到了嗓子眼儿，若是师父出什么事……

她再没办法专心应战，一面观微长留一面仓促躲避着摩严的攻击。

白子画真气早已用尽，强行透支，拼死硬撑，大大超出身体极限，却始终面若冰霜，全力一战，丝毫不肯退却。如此下去，非死也是重伤。

"十二，十三……"杀阡陌嘴里数着，面容微微有些狰狞。他只攻不守，宁可硬受白子画的剑气掌风，也非要伤他不可。

二人这种不要命的打法，别说是花千骨，就是摩严也看得额上冷汗直流。

花千骨眼看白子画连中数剑，且都是要害或筋脉处，虽有屏障护体，但是随着他真气越来越弱，剑也伤得越来越深。

花千骨看得紧张，掌心里全是汗水。摩严也屏气敛息，心悬得老高。

花千骨再顾及不了那么多，心急如焚用尽全力向摩严攻了过去，却惊讶地发现白子画周身的银光似乎不稳，随着自己每次出招用力忽强忽弱。

右腋下仿佛一团烈火快要将她整个燃烧吞噬。摩严一掌临空而下，手掌的巨大幻影将她直往海面上压去。花千骨妖力暴涨，化作紫色利箭从摩严肩上直穿而过。可是那边白子画也突然步伐一滞，肩上同样被杀阡陌一剑穿通。

花千骨吓得肝胆俱裂，这才想起东方说过因为自己出了蛮荒师父越发虚弱。原来他把大部分力量都用来封印自己的妖神之力了。自己越是妄想冲破，他就会倾注越多的力量进行束缚。

花千骨连忙屏气凝神，将胸臆中涌动的妖神之力一点点压了回去。果见白子画周身的银色护罩慢慢厚重起来，剑势也稳了许多。

可是她面对这边摩严的攻势暴风雨一样连环而至，再也抵挡不住，花千骨接连挨了他十余掌，大口的鲜血喷出，却只是尽力躲闪，不再还手。

摩严从来一丝不乱的长发此刻在狂风中飘摇乱舞。身上淡绿色的真气随风四合，在他周身环绕不息。他似乎也立刻明白了花千骨突然收回妖神之力的原因，嘴角一丝冷笑，下手更加不留余地。

白子画见身体力量慢慢回流，来不及细想，只是凝神结印，顿时空气中雾气弥漫，然后霎时间结成冰晶，就连海上涌起的滔天巨浪，还有杀阡陌剑身上的火焰也被瞬间冻住。

杀阡陌一身怒吼，剑影闪动犹如玉壶光转，破空处到处冰霜四溅。剑气横扫竟硬生生将下方冰冻的大海劈开成两半。海水再次翻涌，竟滚滚沸腾起来。

封印虽不再耗费真元之气，白子画却也再难抵挡杀阡陌这样疯狂的进攻。花千骨眼看着他又身中数剑，鲜血触目惊心，染红白袍，恨不得立刻飞奔到他身旁。

杀阡陌受伤也是不轻，强行提着一口气，左手翻转，掌心突然出现一团妖冶的火焰，用力向白子画胸前打去。

妖魂破！

摩严脸色大变，花千骨再顾不得那么多，也不管正在交战之中，从墟鼎中取出哨子就使劲吹了起来。

摩严怎肯放过这样的机会，一指点上花千骨背上死穴，然后用力一掐，将她脊椎骨硬生生扭断。又接连打了十多掌，雄厚纯正的罡气，誓要将她五脏六腑通通震碎。

花千骨无心自保，只是疯了一样吹动口中骨哨，一面吹一面呕血，行动不能，连痛都已感觉不到。

杀阡陌耳中陡然听闻哨音，声声急促有如泣血，知道是自己来找白子画报仇的事被花千骨窥见想要阻止。

杀阡陌心头有气，他都这样对你了，你居然还当他是师父想要护着他么？可是手中还是顿了一顿，冷焰停在白子画胸前一指，二人的头发眉毛皮肤瞬间凝上一层淡蓝色冰霜。

杀阡陌心头隐隐有不祥的预感，哨音越来越微弱，最后消失不见，他连忙凝神回探，跟着哨音定位到百里之外，见到的却是摩严招招歹毒打在花千骨身上。

杀阡陌心头剧痛无比，再顾不得与白子画纠缠，召来火凤直飞九天，赶去救人。

白子画见杀阡陌仿佛看到什么可怕的事情，瞬间面无血色匆匆离去，一时想不出这世上有什么可将他吓成那样。

白子画体力透支过度，再无力观微更无心追击，不要落十一搀扶，强撑着回了绝情殿，身后门刚一关上，便口吐鲜血晕了过去。

趁着花千骨不得不压制体内的妖神之力之时，摩严狠下杀手，心想着："就算你能不药而愈，我顷刻间毁了你的躯壳，叫你魂飞魄散、灰飞烟灭，看你又能如何复原！"

花千骨虽然知道这个师伯从来就不喜欢自己，可是却没想过他竟会厌恶自己到了这种程度，恨不得杀之而后快。不过她观微见到杀阡陌和白子画双方终于都收了手，没再战下去，心里总算松了一口气，大脑也逐渐开始失去意识。

摩严手中巨大光晕将她包裹其中，越来越多的真气凝结，似乎只需稍一用力，捏死她就如同捏死一只蚂蚁。不过摩严知道事情没有看起来那么容易，自己必须以巨大的力量极快速地一击即中，否则很有可能受到妖神之力为保护宿体而进行的攻击与反噬。

正当他聚精会神凝气之时，面前却突然出现一个温文儒雅的青衣男子，这男子拔剑便刺了过来。

那眉，那眼……

摩严一惊，呆了半晌，再反应过来时，花千骨已被来人夺了去，一个猛子扎进海里。

竹染？

不对，不会，怎么可能是他？他的脸明明早就被贪婪池水毁了……人此刻也应该身在蛮荒……

不过花千骨既然能回来，他说不定也回来了，花千骨的脸既然能恢复如初，他说不定也……

不对！那不是竹染看自己的眼神。摩严陡然反应过来，那不是竹染，是幻术。

又是哪个妖孽作祟？坏他大事？

摩严身子一沉，潜入海中。无奈良机已失，再寻不到花千骨的行踪。怒极的他周身真气暴涨，起伏不定，四周海水也随之翻起巨浪，震荡到百里开外。

花千骨身上几处骨头全折了，迷迷糊糊中，只感觉被什么人下手扳住，强行将骨头移回原位，拼合在一起。她痛得肝肠寸断，却又喊叫不出声来。

一双光滑细嫩的手在她身体上来回抚摸着，似乎给她涂了一层厚厚的油脂。

香气扑鼻，花千骨用力地拉扯着自己的意识，强逼着自己不要在香气缭绕中陷入昏睡。腋下已经不似刚才那样滚烫燎人，只是慢慢涌出淡淡的暖意，流入她的筋脉和四肢百骸。

骨头愈合比肌体上的伤疼了一百倍。还好有那层油脂包裹，她只感觉周身凉凉的。

"你怎么还是那么傻？"

她听见有个人对她说，明明是嗤笑，却又带了些无奈。

很熟悉的声音，是谁？

她挣扎着想要睁开眼，那人按住她："不要乱动。"

她提了一口气，开始慢慢调息，感觉身体和身体里的力量正在慢慢复苏。

"怎么……怎么会这样？"

那人声音里满是惊恐，似乎十分不解花千骨伤到如此残破的身体，为何会以如此惊人的速度恢复。自己给她涂的药膏药效虽好，却也没强到这种程度啊！

花千骨身子一震，她听出来这是谁的声音了，居然是蓝羽灰！

她心头不由得一阵火起，拼命睁开眼睛，打起精神，摇摇晃晃想要爬起来。

蓝羽灰上前扶住她，却被花千骨一把推开，而她自己也摔倒在地。蓝羽灰摇头轻叹，连脊椎骨都断掉了，根本没办法直立，为何还要如此逞强？

"若不是我救你，你早死在摩严手中了。"

"我不用你救！"花千骨咬牙切齿地说道。她最不想的便是承蓝羽灰的情了，这个歹毒又狡猾的女人，她宁可重新回去被世尊捏死。

"我知道你会有今天也算是我害的，我要负起责任。不过今天既然救了你，我们之间的恩怨就算一笔勾销。"

花千骨无力地靠在洞壁上，看着周围都是海水，还有鱼儿游来游去，心下不由得冷笑："你倒是胆大，敢从摩严手底下把我抢来。"

"那是自然，海上是我的地盘，你们在这儿争斗，那么大的响动，我怎么可能不知道？"

"说吧，这次你又想从我身上得到什么？"

蓝羽灰扭动着鱼尾，脸凑到她面前。

"聪明，我想跟你打听个人。"

花千骨心中了悟，已知她想问些什么，闭上眼睛不说话。

"你既然从蛮荒回来了，有没有见过或是听过斗阑干这人？他还活着么？现在在哪儿？你又是怎么从蛮荒逃出来的？"

见花千骨始终不语，她微微有些急了，一手掐住花千骨的脖子。

"快说，听见没有！我既然可以救你，也可以马上杀了你！"

花千骨睁眼看她，只见她满脸迫切痴狂，心头不由得一软。

"他已随我出了蛮荒，现在正在南海的一个岛上……"

蓝羽灰满脸疑惑，倒退几步："你不要骗我！"

花千骨感到极度疲惫，苦笑一下，伸出食指在她眉间轻点，把岛的具体位置传入她脑中："我没有骗你，他就在这儿，你自己去找他吧。"

蓝羽灰整个人呆掉……

岁岁年年，日日夜夜，她头脑中所盼所想的，不过就是和那人相见。如今真事到临头了，他就在同一个世界离自己不远的地方，蓝羽灰反而不敢信了，拼命地摇头后退："你骗我！这不可能！"

花千骨轻叹一声："骗你？你以为我是你么？那么喜欢骗人。你想去就去，不去就算了，或许过些日子，他会主动来找你也说不定。"说完，花千骨摇摇晃晃站起身来，足尖轻点，飞快地离开海中岩洞，跃出海面，竟又再一次的，朝向长留山方向飞去。

蓝羽灰怎么都没想到花千骨伤得如此之重竟然还有力气，待回过神时，早已不见她的踪影。隐隐知道她说的都是实话，只是等了那么多年，如今……

天已经黑了，雪还在断断续续地下。风大得好几次差点把她从天上吹得掉到海里。

花千骨面色苍白，嘴唇发紫。好不容易进了长留山上到绝情殿，几乎连站都站不稳了，勉强走了几步，终究还是一下跪倒在地，吐了口血在廊上，怕暴露行踪，连忙将血腥味隐去。

她白天见师父伤成那个样子，又怎么可能放得下心。感觉束缚自己妖力的封印越来越弱，她心急如焚，再顾不得那么多，只想来看看他是否安然无恙。

幽若从厨房里端着碗药汤出来，看见花千骨顿时呆傻当场，盘子掉在地上，药洒了一地。

花千骨无力地靠着廊柱，也不打算再瞒她，只是心急地问道："尊上他……怎么样了？"

幽若难以置信地凝望着她和以前一模一样的脸，发现真的是她，而不是小七，开心得快要哭出来，猛扑上前紧紧抱住她。

"师父！真的是你！你知不知道我今天被妖魔抓走的时候好害怕，但是我就知道你一定会来救我的。我等啊等，等啊等，后来果然杀阡陌把我放了，我就猜到是你救了我……"

花千骨于心有愧，也不由得伸出手将她抱住。这傻丫头，自己明明是一个罪人，她为何还非认定了自己？心头不由得微微有股暖意。

"你……你师祖他怎么样？"花千骨有些别扭地别过脸去。

幽若惊喜地望着她："师父！你终于肯认我了！"

花千骨被她摇啊摇的，差点又吐出一口血来，她已经虚弱得连说话的力气都快没了。

"我问你我师父……唉，罢了，我自己去看吧……"

花千骨摇摇晃晃扶着墙往前走，幽若连忙扶住她。

"尊上他一直昏迷不醒，刚才世尊和儒尊都来看过了，给他疗了很久的伤。但是两个人都一副愁眉不展的样子，貌似尊上这次伤得很重。不过儒尊说没有生命危险，让我不要担心。"

花千骨总算松了一口气。

"可是师父，你怎么也受伤了，是谁打伤你的？幽若帮你报仇去！"

花千骨摇头苦笑，若不是她当时肆无忌惮地想要冲破封印使用妖神之力，以师父的修为，就算大不如前，也不会被杀姐姐伤那么重。

"幽若……我们以前见过么？"

她总感觉幽若是认识自己的，不但认识，似乎还有几分熟悉。可是她却怎么都想不起来了，如果要说见，那肯定是在两次群仙宴上，但是不管怎么回忆，却都没有印象。不然以她笑笑闹闹的性格，自己应该记忆深刻才对。

幽若向她眨眼睛，神秘兮兮说道："虽然没直接见过，可是也算是朝夕相伴呢。"

什么意思？花千骨不解地看着幽若，却被她扯着往白子画房间里走。

"不是想要去看尊上么，怎么走着走着又不走了？"

花千骨腿微微有些发软："师父没事就好，我还是不去了。"

自己罪孽深重，师父将她逐到蛮荒，本就是不想再看到她，自己又怎么还有脸去见他，远远望着他就成。

幽若不停推着她往前走着："尊上正昏迷着呢，就一直没醒过。你去看看他吧，不会被发现的。"

花千骨皱着眉头，咬牙想了半天，终于还是狠下心推门走了进去。

房间里还是和以前一样的陈设，甚至连一只茶杯的位置都没移动过。师父似乎从来就喜欢这样一成不变的规律生活。

幽若蹑手蹑脚地走到白子画榻前，确定他依旧在昏迷当中，转身对站得老远的花千骨招招手。

花千骨靠近一些，看着他苍白如纸的脸，忍不住一阵愧疚心疼。

想当初她在群仙宴上初见的那个远离尘世的上仙白子画，就这样一步步被她害到如今这个地步。是不是当初她不出现，不拜他为师，这一切都不会发生？

花千骨膝盖一屈，跪倒在白子画榻前。听着窗外雪落下的声音，压在心底的好多话想说，如今却只换作一阵悲戚沉默。

幽若见她久跪不语，连忙上前拉她："师父，你自己连站都站不稳了，快起来。伤成这个样子，先运功调息一下吧。"

花千骨摇头，走到白子画跟前，犹豫半天，终于伸出手号住了他的脉搏。

"幽若，我替你师祖疗伤，你先出去一下，顺便把把风，有人来了立刻通知我。"有了上回被李蒙撞见的事，她行事不得不小心谨慎。

幽若心里不愿，疗伤而已嘛，为什么要让自己出去啊，这绝情殿又不会有人来。

"弟子遵命。"幽若只得转身出门，然后小心翼翼地从窗户缝里偷窥。

花千骨知道自己的医术并不比摩严还有长留医药阁高明多少，而且本身修炼得来的功力已经全部被废掉了，余下的只有妖神之力。要想替师父疗伤，肯定得催动妖力。可是师父之所以虚弱，很大部分原因是力量用在了封印上。此消彼长，自己用妖力替他疗伤，只会加剧冲突，所以能够用的还是只有自己的血罢了。

花千骨动手点了白子画两个穴道，确保他不会在疗伤途中突然醒过来。这才掀开他的被子，伸手去解他白衣腰上的带子。

幽若在外面吓傻了，捂住嘴巴。

哇！看不出来，原来师父是这么简单直接的人啊！趁着尊上昏迷不醒，就强行把尊上给那啥了。等生米煮成熟饭，尊上肯定再也没办法下狠心处置师父而会对她负责任。真是好办法啊！

花千骨额上的汗珠大颗大颗往下掉着。

师父对不起，徒儿这是逼不得已……

她的手小心翼翼地往白子画袍子里探去，原本苍白的脸变成熟透了的大虾米。

回忆着他被杀阡陌之前刺伤的地方，想将他之前治疗时包扎的绷带解下来，无奈手实在抖得厉害，一不小心碰到师父冰凉的身体，吓得心都快炸开。

镇定镇定……

花千骨强自稳定心神，眼前却突然又浮现当年不小心观微瞧见师父的裸背，血气上涌，鼻血都差点没喷出来。

她咬一咬牙，一副从容赴死的模样，一狠心终于把手探到他肩上被杀阡陌利剑穿通处。绯夜剑剑伤难愈，之前医药阁包扎的白布都微微被血浸红了。花千骨既要不解开他衣服，又要解开里面包裹的纱布，动作得十分小心。她身子微微前倾，屏住呼吸，手还是颤抖得很厉害。等好不容易解下来，她已经累得浑身虚脱，头脑发晕了。

见白子画身上数道伤口的血又重新慢慢往外渗，花千骨连忙用食指在自己的左臂上用指气划开一个小口，顿时一室都弥漫着一股血气的芳香，混合着之前蓝羽灰给她涂的奇怪膏药，汇成一股奇特的味道，连花千骨自己都闻到了。

花千骨手上沾了些血，再次探进白子画衣内，将血往他伤口上涂抹。

果然如她所料，伤口很快愈合，竟然连半点痕迹都不留。

之前花千骨的血之所以如此特别，也是因为她是神之身的缘故。只是她命格凶煞，许多时候倒起了反作用，不但普通花草夭折，刀剑利器更是抵不住侵蚀，但利用得当，不光能孕育出糖宝这样等级的灵虫，疗伤治病更是不在话下。

而如今，神血中，还混合了妖神之力，虽然封印未解，但效用也可想而知。

花千骨知道白子画为她受钉刑之后本就愧疚难安，如今再见他因为自己伤势加重，就不顾安危潜入，就是想像之前他中毒时那样，用自己的血来试一试是否可以让他的仙力完全恢复如初。

见到自己的血效用如此显著，她心头不由得一喜，此趟果然没有白来。她就不信她把身体里的血全部给了师父，还治不好他的伤。

她的手缓缓在白子画肩上、腰上、背上几处伤口涂抹，动作轻柔有如爱抚。

花千骨感觉自己浑身都燥热起来，那手更是仿佛被沸水煮着一样，滚烫得吓人，好像就要燃烧起来。可是师父的身体就是如玉如冰一样浸骨凉滑，手感刺激太过强烈。

花千骨强忍住喷鼻血的冲动，一遍又一遍默念着清心咒。终于涂好了，她长叹一口气，收回手来，却不小心划过白子画胸前。感觉手下身体微微颤了一下，花千骨吓得一屁股坐在地上，脸都红到了脖子根儿。花千骨羞愧难当，看着自己的右手，恨不得拿刀砍了，扔去喂狗。

外面的幽若连吞口水，啊，她也好想摸啊。呃，不过也只敢想想而已……

花千骨好半天才站起身来，腿软得不行。外伤搞定，然后是内伤和恢复仙力，可能就得多费些血了。她见之前臂上划开的口子已自动愈合，便又割开手腕，放到白子画唇边，让血慢慢流入他口中。

白子画眉间淡得几乎看不见的掌门印记，同时也是他身为仙人的证明，随着越来越多的鲜血流入口中，颜色也开始慢慢变得有些明显起来。

太好了，果然有用。妖之力想要治愈自己的神之身，作用还是有限，多少会留下一些疤痕，但是和着血用在其他人身上简直就包治百病，成了绝世的灵丹妙药。

花千骨见白子画仙力恢复有望，心头不由得大喜，有生以来第一次，对自己的身份有了微微的感激和庆幸。

但她本就重伤在身，也不运功自疗，就算有妖神之力，但被强行压制，自身恢复已是极慢。如今又大量失血，她眼前一阵发黑。怕还没把师父治好，自己就率先挂掉，连忙将血止住片刻，抬起头微微喘气。

花千骨突然觉得口干舌燥，望见桌上的茶，摇摇晃晃站起身来。刚走了两步，手臂却被谁拉住。心头一惊，仓促转身，还没等反应过来，身子被用力一扯飞到榻上。头还很不幸地撞到墙上，更加晕眩。还没等她看清楚是怎么回事，已被翻身压在下面。

"师父？"

花千骨痴呆片刻，见白子画竟然醒了过来，不由得大惊失色。

白子画低头看着她，双眼漆黑如墨，深邃有如洞穴，却丝毫没有焦点和光亮。他不发一言，寻着血香，张嘴便咬了下去。

花千骨知他神志已失，只是一心想要吸血，连忙伸手往脖子上一挡。

白子画刚好咬在她手臂上。刺破肌肤的快感，血液鲜红的颜色，更加激发了他心中嗜血的欲望。

花千骨手臂一阵酥麻，仿佛在他口中融化，强自回神，猛的一把将白子画推开。从他身下翻滚滑出，却还未逃下榻又被身后一只手拽住衣襟强行拉扯了回去。

顷刻间师父的脸就在相距不到两寸远的地方，花千骨吓得慌忙后退，身子却被一双有力的手牢牢禁锢住，只得将头努力后仰，不敢看他，同时飞快伸出手去想要点他穴道，却没想到招数竟然被他全部搏回封死。

糟了。

她没想到那血喝下去，师父的伤会好得那么快，而且很快就醒了。可是他的身体虽醒了，神志显然尚未恢复，依旧处于渴血的状态。应该是神之血与妖之力流入他身体的同时，与他身上的仙气还有伤势发生了激烈的冲突，导致他一时意识错乱，不小心入了魔。

花千骨不由得暗自责怪自己，光想着那血可以帮师父恢复仙力，却不想一下师父现在这么重的伤怎么承受得住？

花千骨不在乎被师父吸血，只是不想以前那种太过亲密的方式，他失去自我的同时，她也失去了自我。师父不喜欢这样，自己不应该用血来诱惑他，借着他失去意识而让两人的关系更加暧昧不清。

无奈如今白子画的仙力不断恢复增强，花千骨则重伤在身，要想不用妖神之力将他制伏或是弄晕根本不可能。而且此刻他根本就没有凭意识而仅凭本能在行动，所以连摄魂术对他都没有作用。花千骨的招数又大部分得他传授，白子画见招拆招，花千骨光动手打根本就打不过他。

幽若在窗外看得目瞪口呆，她本来还想见师父和尊上卿卿我我、缠绵悱恻的，不过二人是不是也太过激烈了？在床上滚来滚去，打得不可开交。她要不要上去帮帮忙啊？那到底是去帮师祖把师父压倒好方便吸血，还是帮师父把师祖压倒方便……？小小年纪的她陷入了巨大的天人交战中……

花千骨见白子画行动起来速度越来越快，仙气也越来越多地在周身凝结，估计刚刚喂他喝的血应该是够用了。既然师父仙身已完全恢复，仙力应该也恢复了七七八八了，自己还是赶快溜吧，不然被他捉住，非被吸成干尸不可。

一个挑灯望月，声东击西，花千骨的身子箭一般向门外射了出去。却没想到一头撞到一堵肉墙上，抬头一看是白子画，她拔腿便跑，却被他捉住双臂，猛的推在墙上，张嘴便往她的脖子上咬。

花千骨两只手被他牢牢禁锢扣在墙上，知道再躲不过，心里急得直嚷嚷：师父，我喂你喝啊，你不要再咬我！

无奈白子画牙已到颈边，花千骨感受到他的鼻息，心头揪成一团。不可以这样，不能再和师父这样！师父是仙，自己如今连妖魔都不如，师父是失了神志，自己却是清醒的。当初是因为师父中毒不肯吸血迫不得已要逼他喝，如今明明可以不再用这种吸血的方式了。如果仅仅因为自己心中私情就放纵自己沉溺下去，只会折辱了师父。

花千骨身上突然紫光大作，将白子画震了开去。妖神之力逆封印而出，白子画身上真气陡然一弱，不由得微微弯下腰去。

"师父！你没事吧？"花千骨连忙上前扶他，却没想到白子画突然就勾住了她的脖子，一口就咬了上来。

牙微微刺破肌肤，鲜血如同红色的牛奶一样滑入白子画口中。

花千骨一阵颤抖，几乎站立不稳，奋力想要推开他，却被他紧握住双手，在身后牢牢扣住。花千骨一退再退，白子画就顺势向前，牙一点也不肯松开。

幽若捂住自己的双眼，又忍不住从指缝里偷看，鼻血都快流出来了，师父和师祖怎么在房间里抱在一块儿跳起舞来了？

花千骨太过熟悉这种浑身酥麻的被吸血的感觉，仿佛又回到了当初师父刚中毒的时候。没想到如今居然会旧事重演，可是师父已经知道自己对他心存爱慕，清醒之后，两人又情何以堪？

花千骨撇开脸拼命在他怀中挣扎，白子画却死都不肯放开。

极度混乱中，却听白子画喃喃念了一声"小骨"。

花千骨浑身一震，顿时整个身子都软了下来，坍塌在他的怀里。她傻傻地睁大了眼睛，任凭他继续埋头吸血。

白子画眸子里有了一些光亮，虽恢复了部分意识，却似乎陷入狂乱之中，动作陡然粗暴起来。

花千骨被他突然推倒在榻上，压在身下，不由得一阵恐慌。

白子画的脸贴着她的脸滑过，抬起头轻轻喘息，似乎是想要克制，又似乎是想要更多。刚刚咬下的伤口已自动愈合，于是他又换个地方、换种姿势咬了下去。片刻后再次抬起头来，再换个地方咬。鲜血流得到处都是，花千骨要疯了。

一次又一次的疼痛和酥麻不断折磨着她、提醒着她，她在白子画身下不安地扭动，不知是因为兴奋，还是因为痛苦。

白子画的身体开始热了起来，不再似起初的冰凉如玉。花千骨则更胜，整个人仿佛着了火一般，而白子画还不断给她加柴，她快要被烧死了。

白子画的动作越来越快，在她脖颈间不停吸吮着，却不再用力往下咬，而只是轻轻地啃舔，仿佛是变相的惩罚。手下意识地抚摸过身下小小的身体，花千骨顿时整个人绷得僵硬如冰。

师父、师父，入魔了……

花千骨从没想过一向清冷的师父，潜意识里也会有一丝魔性，如今意志薄弱被激发出来。她该怎么办？感觉到颈间的鼻息越来越灼热，花千骨的耳朵都酥掉了。

对师父，她的确心存贪念，她喜欢这样的亲近，师父想要的一切她都可以给。可是师父如今是失了神志啊……

她迷迷糊糊挣扎着想要推开白子画，可是身子完全没有力气，只能任凭摆布。

白子画的啃咬慢慢变成粗暴的吻，吸吮过她颈间沾血的每一寸肌肤。花千骨颤抖着死死地咬住下唇，怕自己呻吟出声。

"小骨……"

她分明听见师父声音低哑地在唤她，虽如同梦呓，听上去却十分痛苦。

师父，我在这儿……

花千骨一面喘息一面无措起来。师父是在做梦么？

那这……这是在梦游？

师父一向冷若冰霜，至善无情，为何在梦里，会表现出这样的痛苦和难过？他心中有结解不开，有执念参不破，所以才会不小心入了魔？

花千骨不明白，手忍不住心疼地轻抚他的眉心。

师父，就算这是在做梦……你知道梦里，你面前的是谁么？你知道梦里，你自己在做什么么？

花千骨不太明白那个叫欲望的东西，不过她猜测此刻若是再给她淋上销魂池的水，她一定会很疼很疼。而师父，那种对血的饥渴逐渐转化为一种莫名的宣泄，那种压抑了千年的痛苦，没有出路。

她微微仰起头，感受着师父的唇慢慢滑上面颊，喘息更急促了。

不对！这分明就不再是吸血，跟亲热差不多，这是师徒乱伦——

师父那么讨厌自己，醒来要是知道，会恨死自己的。

眼看着白子画的唇要掠过她的唇角，花千骨的两指正好插入两人唇间，封住了他的吻。那样的记忆，此生有那么一次，她已经很满足了。

白子画牵过她的手，突然用力在指上一咬，十指连心，疼得花千骨轻哼出声。然后就眼睁睁看着白子画将她手指放在唇边吸吮起来。

那样略带几分淫靡的事情，无法想象是师父做出来的，花千骨倒抽一口凉气，有想哭的感觉，自己是不是也神志错乱了？她试着微微移动身体，却被白子画压得更紧了。

白子画在她的手指上咬了半天，大概是嫌血来得还不够汹涌澎湃，又埋头到花千骨颈间，张嘴咬了下去。好像今天晚上非要喝饱了不可。

花千骨只觉得眼前越来越黑越来越黑，随着血液的流出，仿佛整个人都融入了师父的身体里面。却突然听见"咚"的一声响，身上的人应声而倒，压在自己身上不动了。

"师父！师父！你没事吧？"幽若着急地摇摇花千骨，糟糕，光顾着看好戏了，她不会进来晚了，师父失血过多挂掉了吧？

花千骨咳嗽两声，小心地推开白子画，总算能够正常地大口呼吸。

"你把尊上怎么了？"

"我在后面点了他几处穴道都没用，只好直接拿着砚台把他敲晕了。"

花千骨满头黑线，心疼地看着白子画。扶他躺下睡好，盖上被子。

"尊上有些入魔了，不过主要是我的血一时的外力作用，还没有和他的身体很好地融合，过段时间就好了，应该不碍事。你等天明赶快让世尊过来给他看一下。"

"是，师父，尊上的伤是不是全好了？销魂钉的伤也好了？"

"应该是，超出剂量那么多，就算没提升，也应该恢复得差不多了。"

幽若点点头，一脸遗憾，可惜啊可惜，好不容易看见尊上有这样失去理性的时刻。只差一点，生米说不定就煮成熟饭了，搞不懂师父怎么没有继续下去。

花千骨瞪她一眼："你看够了？"

幽若一脸赔笑："哪里哪里，师父，我在把风呢，什么也没看见，什么也没看见……"

花千骨无奈摇头，反正她喜欢师父几乎大家都知道了，也没什么可再隐瞒的。她心里面已认了这个师父帮她收的徒弟，所以也不再拿她当外人。

"记住，今天晚上的事，千万不能让尊上知道！"

幽若皱眉点头："师父，你是要？"

只见花千骨慢慢伸出手放在白子画头顶，再一次用摄魂术消除了他这一晚的记忆。毕竟白子画仙力已经恢复，她不敢保证他在没有意识的状况下就一定什么也不记得，所以还是保险一点好。

幽若心疼地望着花千骨苍白的脸，本就伤得重，现在比来时更加虚弱了。

"师父，你这又是何必呢？"

花千骨摇摇头："你不懂的。帮我好好照顾尊上，我走了。"

"师父，你要去哪儿？带我一起走吧！"

"傻瓜，你走了，尊上我交给谁去？"

"那……那我怎么找你？"

"不用找我，有事我会找你的。"

花千骨出了房间，倚着廊柱又咯了几口血，只觉得半步都迈不动了。提一口气，让部分妖力慢慢在周身运转调息。等感觉稍稍好些了，正咬牙准备飞回去，突然发现自己满身的血迹，回去别把东方和糖宝吓坏了，于是便先到过去常去的后山小溪边清洗一下。

花千骨脱了衣服，赤脚站在雪地里，没有月亮，可是周遭仍旧一片银光闪亮。

她一点也不冷，身体还滚烫得吓人，特别是颈间一圈，虽然伤口都已复原，却依旧热辣辣地疼着。

花千骨凝视周身大大小小的可怕疤痕，再缓缓抬起右臂，借着水中模糊的倒影看见了右腋下那个封印。

再不能有下一次，她告诫自己。以后为了师父的安危，一定要非常小心地使用妖神之力，能不用就坚决不用。还好现在师父又恢复了仙身，不然自己当初做的努力岂不是全都没了意义？

她缓缓撕下脸上薄如蝉翼的面皮，呆呆望着水中倒映出的自己的脸出神。她其实有时候希望自己能够继续瞎下去，那么就可以不用看得这么清楚。

花千骨看着水中那张比鬼更恐怖的脸，突然想起清伶。

她以为自己是从不在意自己相貌的，在竹染或者东方面前也从不觉得难堪或者多做遮掩。却原来还是在乎，不想被师父看见。不单单因为丑陋，更因为那是她丧伦背德的耻辱的烙印。

五十三 物是人非

轻水从正殿一直往里走，一路上守卫重重，可是没有一个人上前盘问或是拦阻她。

她已经是这皇宫的常客，复杂的路线也熟得不能再熟了。路上碰见烈行云，脸色不是太好。

"烈将军，轩辕陛下呢？"轻水叫住他。

"陛下正在御书房，轻水姑娘来得正好，去劝劝陛下吧，他已经几天没合过眼了。"

"他又把自己关在书房里了？怎么会有那么多政事要处理，灾情还没缓解么？"

烈行云叹口气："这才刚刚开始……"

轻水来到御书房，刚推开门，就见一幅卷轴"嗖"的向自己的脸飞了过来。她一抬手刚好抓住，打开一看，不由得笑了。

轩辕朗看见是她，微微有些尴尬："轻水啊，你来了。"

"怎么卷轴和奏章扔得满地都是？大臣们又在逼你立后纳妃了？"

轩辕朗冷哼一声："他们也就罢了，烈行云也跟着一起瞎起哄。"

轻水将地上乱七八糟的东西一一捡起放好。

"画上的这些女子也挺好看的，年龄都不大，每个人都跟千骨有神似之处，烈将军也真是有心了。"轻水无奈地摇头。

轩辕朗心烦意乱走到窗边，眼中闪过一丝厌倦。

轻水看着他越发高贵伟岸的身影，不由得低头落寞地说道："如果千骨这一辈子都在蛮荒不回来，你打算就这么一直等下去么？"

轩辕朗不语，他能怎么办？

白子画教导她，可以和她朝夕相伴；东方彧卿同她是知己好友，一次又一次地救她于危难；杀阡陌虽是邪魔外道，却可以为了她出生入死。

可是自己呢？

这么多年，他什么也没为她做过，口口声声说喜欢，也就只能口上说一下罢了，甚至连她难过的时候，陪在她身边都不可以。

他不想做什么皇帝，他想抛开一切，自由自在的，哪怕跟她一块儿去做游仙。可是，这个王朝，百姓的命运，一切的责任都沉甸甸地压在他身上，叫他喘不过气来。

他抛不开……

他唯一能为她做的，就是等她，一直等，等到她回来……

可是这些人，已经剥夺了他选择的权利了，难道连他等待的权利也要被剥夺么？

轻水见他脸上满是绝望无奈，不由得心疼，走了过去，从身后轻轻抱住他。

"你没修成仙身，寿命有限，又怎么等得起她？如果到死的那一天，她都还没回来呢？"

轩辕朗身子微微一震，没有推开她，只是神色更加黯然低下头去。相处那么久，轻水对他的感情，他不是不知道，只是……

"哪怕有一天，等到头发白了，她也没回来，我也无怨无悔。可是你明明已修成仙身，却为何不留住时光，仍然任其流逝，女人不是最爱美的么？你不怕？"

轻水的脸轻轻靠在他的背上微笑着摇头："我不怕，我想跟你一起变老。"

轩辕朗心上一软，微微酸涩起来，说不清是什么感觉。终于还是慢慢转过身，把轻水搂在了怀里。

"我答应过千骨，一定会好好照顾你的。"

只是……他没办法给她任何名分或是承诺。这样美丽善良的女子，理应有更好的归宿。却为何跟他一样，这么痴傻？这么执着？

轻水慢慢闭上眼睛，她知道轩辕朗是喜欢自己的。只是他这一世先遇上的人、先喜欢上的人是千骨。她以为她可以随着时间，用她的真心去融化他心里对千骨淡淡的初恋的青涩情愫，她也相信总有一天这个男子会爱上她。

可是，时间来不及了……

她无奈地摇头，突然觉得自己有些可笑可悲起来。

自己珍惜的，别人不屑一顾。她不求别的，只希望千骨能同样好好对待轩辕朗，只是那个傻丫头的心里，只有尊上一个吧。为何每个人，都有那么多的执念呢？

苦恋着一个，却永远不肯回头看深爱着自己的另一个。注定了，没有一个人能幸福……

"我来，是告诉你一个好消息。"

"什么？"

"千骨回来了，我们俩都可以不用再等了……"

花千骨伤势过重，又怕路上再遇到摩严拦截，所以极其小心地隐藏气息，许久都仍还未飞回茅山。东方彧卿知事情有变，出来寻她，总算在半路上遇到。

见她如今已身怀妖神之力，理应遇强则强，六界再无敌手，他才放心让她单独行动，却没想到还有人可以把她伤成这样。而明明伤势已经严重到这个地步，却倔强地不肯用妖力医治。之前都发生了些什么，他心里大概已猜出了个七七八八，不由得一阵冷笑。

他不知道是夸白子画聪明好，还是骂他卑鄙好。他明明可以有其他选择，却偏偏要用这种禁忌血印来封她的妖力。也不知是为了如果有一天花千骨真的冲破封印变成妖神，而让自己后悔下这个决定而进行自我惩罚，还是根本从一开始就看透了花千骨对他的感情，故意用自己的命做要挟，让她根本就不敢冲破束缚来使用妖力。

他还是小觑了白子画，以为他既自诩为正道中人，就算再理智再有远见，行事难免会受仙界条条框框的限制，可是他竟然封印妖力，而把小月当妖神，他这样不按常理出牌，完全不符合他的性格。从某一方面来说，他和摩严一样，是下得了狠心的一个人。上次他虽一时心软放了花千骨，下一次就说不定了。

东方彧卿的心里一直是非常矛盾的，他钦佩白子画，但是不知道应不应该相信他。虽迫不得已做了决定将千骨交给他，但主要是因为骨头爱的人是他，而自己又没有能力照顾她。

白子画无欲无求，看得比谁都长远都通透。但这并不可怕，可怕之处在于，对他而言，其实这个世界上并没有重要的、值得守护的东西，而只有对和错。

他做长留掌门，维护仙界，心里装的是天下苍生。这并不是说因为长留、因为六界对他重要，而是因为他觉得这么做是对的。

也就是说，实际上整个长留和六界众生从某种程度上来说，在他心中都是可有可无的东西。他今天觉得这样做对，那他就尽全力保护这一切，那要是他某天觉得这一切不对了呢？是不是翻手就可以将这一切全部毁灭，连眼皮都不眨一下？

整个世上没有一件事是他在乎的，是对他重要的。而对错不过在他一念之间而已。这是多么可怕的一件事情。所以这世上没有人能威胁得了他，他凡事只求尽力，舍身不舍身也看得云淡风轻。他觉得对，大不了你就把他命拿去。他若觉得不对，你就是拿整个六界跟他换手上的一只蚂蚁，把人全杀了，连妖魔都会觉得不忍，他却连眼皮都不会眨一下。

这才是世上真正的至善无情！没有任何事对他来说是重要的，又如何威胁得了他？所以他当初救下骨头，或许内心深处并无多少迟疑内疚，只是顺其自然，觉得这样做是对的而已。而当他发现他做这个决定带来了恶劣的后果，原来是错的时，会再次毫不犹豫地杀了骨头。

在这个世界上，自己永远斗不过的人只有他，不是因为自己没有他聪明，而是因为自己心里有重要的东西，那就是异朽阁，那就是花千骨。人一旦有了觉得重要和不一样的东西，不管做什么事，心中都会有所顾忌，也会有所牵绊。而没有重要东西的白子画，是强大又无所不能的，如同神祇。

自己时间不多，根本没办法在骨头身边保护她。如今能做的只有赌一把，赌骨头是白子画心中的不一样，而不是他心里的对与错。

不然，不管怎么说，小骨的存在都只能是错，总有一天，会死在白子画手上。

"小月那儿有消息了么？查出什么来了？"

"嗯，找到关押的地方了，不过很麻烦，白子画应该是知道你回来了，临时又多做了很多防范，就是不想你去救他。其他的容易，但他布的局，我不一定破得了，但是总会有办法的，我们回去慢慢商量，你别担心。提前救人，总比到时去劫人要简单，伤亡要少。另外我留意过那个幽若，见她拜师大典上的表现似乎是认得你，就让人去查了一下。"

"幽若？"

"对，她是帝君的小女儿，百年前闭关潜修，后来就再无人见过。一直到两年前，她再次出现，像是生了重病，帝君派人到处收集仙药。病好后，她却一个人跑到长留山来了，死皮赖脸地非要拜入长留门下，所有人都没想到的是，白子画竟答应了。那时杀阡陌几度想对她下手，不过因为她住在绝情殿上，有白子画的看护，只得作罢，再之后发生的拜师的事你都知道了。"

"幽若居然这么大岁数了，她似乎认识我，但我好像并没有见过她啊。"

"她是天女，生下来就是仙身，不能计算年岁的，不过你的确是没见过她，她也不比你年纪大，因为那百年对她来说，几乎没存在过。"

"为什么？"

"当初轩辕朗是不是送了你一枚勾玉？"

"对啊！"

"事情还要从那枚勾玉和腐木鬼说起。当年腐木鬼为了替自己的女儿报仇，重伤幽若，勾走了她的魂魄，封印到了一枚上古遗留的辟邪勾玉里。帝君找了整整百余年，也没找到自己的女儿。只能一直冰冻着幽若的肉身。而那枚勾玉百年间不知如何辗转流落皇家，阴差阳错被轩辕朗送给你，你随身携带了七年，也算是和幽若朝夕相伴。她的魂魄虽处于混沌之中，时昏时睡，但是偶尔还是能与你心有感应。你不知道她的存在，她却知道你，一直处于封印的巨大虚空中，那么多年她应该很害怕很孤独吧，贴在你身上，虽不一定知道外面发生了些什么，却一定还是能够感受到你给她的温暖的，所以难免对你有所依赖、感情日深。"

花千骨这才想起来，当年师父解开封印，放走的那一缕魂魄，原来居然是幽若！

"她醒了之后，自然是想来找你了，这也算是你们两师徒难得的一场缘分。"

花千骨唏嘘感慨，她没想到除了糖宝，竟然还有一个幽若在她身边，以她不知道的方式，寸步不离地相伴了她那么多年。

东方彧卿拍拍她的头，忍不住笑："怎么？傻掉了？"

花千骨吸吸鼻子，脸色苍白，枕在东方彧卿的腿上。人与人之间的缘分真的很奇妙，再一想，还有一些不知道哪里来的感动。

摩严推开门的时候，白子画正坐在案前看书，头也不抬。

"幽若说你入魔了？"摩严面色铁青，有一些话，他要好好问问他。

白子画喝一口茶，淡然道："我已经没事了，她多虑了，何必再叫你过来？"

摩严拳头一握，眉头紧锁："那丫头，昨夜来过了吧？"

白子画不说话。

"你的伤，她都治好了？嗬，你还真是收了个好徒弟啊！"

白子画放下书望着他："师兄，你有话直说吧。"

摩严青筋暴露，猛的一拍桌子："你明知她才是妖神，怎么可以包庇徇私，到时候你打算怎么跟天下人交代？"

"我不需要向任何人交代，那妖神之力并不是她自己想要的，没有人料得到。"

"师弟，你还不明白么？那丫头是个妖孽，她一步一步得到神器，又一步一步得到妖力，这都是注定的，这就是她的宿命。"

"宿命如何？她就算是妖神，也是我白子画的徒弟。只要当她师父一天，对她，还有对她所做的一切，我都会负起责任。"

"你负得起责任么？"

"尽我所能便是。"

"值得么？"

"只有应不应该，没有值不值得。"

摩严闭眼长叹："若你错了呢？她终归还是祸害众生？"

"不劳师兄费心，我到时自会清理门下。但是，既然她还是我弟子，就请师兄不要再随便插手！我自己的弟子我自己会管教！"白子画突然厉声说道。

摩严无奈冷笑两声："昨天的事你都知道了。"

白子画背过身子。

摩严满脸寒气："我不觉得我错了，我只恨当时我一时大意，让她跑了。如果再遇上，我还是会想办法杀她。"

白子画微微皱起眉头。

"不然你以为你还有什么办法么？就算你现在恢复了仙力，可是在妖神面前也还是不堪一击。到时她若狂性大发，你凭什么阻止？"

"她是我的弟子，我自然了解她。虽然有妖神之力，可是她理智尚存，不会做危害世人之事……她只是想要救南无月。"

幽若端着碗汤药躲在外面偷听已久，终于忍不住推门而入。

"既然小月都不是妖神了，尊上为何不肯放他？"

见白子画不说话，又眼巴巴地望着摩严。

摩严对幽若一向疼爱有加，耐着性子解释道："不是长留想要滥杀无辜，那妖孽狡猾，就是想借着妖神之力转移逃过一劫。花千骨现在本质上只是第十一方神器，还不是妖神。只要妖神真身一日未灭，她只会越来越强大。"

突然又想到什么，转而吃惊地看向白子画："你莫非以为灭了妖神真身之后，只要花千骨顺从，就可以想办法把妖力从她身体里分离出来，重新封印？"

白子画皱起眉头。

摩严厉声道："师弟，你明知道转移妖神之力除非自愿，便只有通过阴阳交合之术才可以。难道你还想为了苍生牺牲了不成……"

白子画拂袖轻斥："师兄，你越说越过分了。"

摩严冷道："就算你没这么想过，那其他人呢？什么东方或卿、杀阡陌那些邪魔外道呢？那丫头如此不知自爱，同这么多人纠缠不清，若是随便一个人有歹心，从她身上得了妖神之力，到时候我怕你再想阻止也阻止不了！"

"够了！"白子画终于动了怒火，"师兄，你请回吧。"

摩严愤愤拂袖而去，白子画面若冰霜望着床榻。

不管他如何回忆，也只隐隐记得当时和小骨在上面的一些零碎画面。

当时她应该是受了重伤，居然还想着来给自己疗伤。而自己入了魔，应该是吸了她许多血。还是说，又像上次一样，对她做了什么无礼之事……

该死！

他居然又什么也不记得了！

要不是他仙力已恢复，岂不是忘得干干净净，连她来没来过都不知道？

白子画的手慢慢紧握成拳，心头隐有怒气。

好，真是太好了，居然敢又一次地抹去自己的记忆。这丫头，真是胆子越来越大了！他白子画教出来的好徒弟！

夜深，白子画坐在桌前，在一块似玉非玉的石头上用朱红的笔写着一些幽若半点也不认识的经文。幽若在一旁心不在焉地磨着朱砂，一面依吩咐掺进玄鸟的血，一副欲言又止的模样。

白子画头也不抬："有什么话想说就直说。"

她已经用那种奇怪的眼神偷看了他一整天了，好像从来不认识他一样。

幽若咧嘴嘿嘿地笑："尊上，你为什么不问我昨天都发生了些什么？"

白子画顿了顿笔，他问有用么？这丫头从一开始就是为了小骨才来长留山的，很明显昨天两人见面之后更是达成共识、串通一气。小骨既有心要自己什么都不记得，又怎么会让幽若说出来，难道自己还能将她屈打成招么？

见白子画不语，与昨夜不同，又是平常一副高不可侵的模样，幽若眼中闪过一丝促狭，故意低下头脸红红地扭捏道："真没想到尊上原来也有这么热情的一面……"

白子画喝到口里的茶差点喷出来，呛了两下，强自镇定抚平情绪。他只知道自己真身未失，没有魔性大发到对小骨做了什么苟且之事，却也不太能弄得清自己到底过分到什么地步。被身为徒孙的幽若这么一说，不由得更加猜疑更加气闷更加尴尬。

他一向对自己极有信心，可是经过上次中毒时的失态，还要靠小骨用摄魂术来遮丑掩盖，这回难免对完全不在自己掌控内已经遗忘的事更感到忐忑不安。

幽若见他眼中闪过一丝黯然，颇有内疚自责之意，试探着问道："尊上，什么时候师父才可以回绝情殿？"

尊上虽然口里不说，但是明明比任何人都要关心师父，希望师父回来。却为什么总要做得那么绝情呢？她想不明白。

白子画严肃地望着她："幽若，你知道你师父现在的身份是什么么？"

幽若低下头去："妖神……"

"那你觉得她还有回长留山的可能？"

"可是尊上你——"

"你以为我没逐她出师门，是为了有天她能回来留条后路？"

幽若殷切地看着他连连点头："而且尊上你这么久以来不是也一直在费劲心力地想办法，在不伤及师父的情况下分离出妖神之力的封印么？"

白子画放下朱笔，冷冷说道："首先，我没逐她出门并不是念及什么师徒之情，而是给她心里留一点希望、留一条后路、留一盏灯，那么她以后行事至少还会有一些顾及，顾及长留也顾及苍生。幽若，你记住，纵然是世上再善良再温顺的人，也经不住太多的委屈和伤痛。凡事要有个度，惩戒也一样，赶尽杀绝会把原本能够改过自新的人也变得残忍疯狂。物极必反，最终玉石俱焚。绝望是个很可怕的东西，而一旦让你师父觉得自己被天下人遗弃，只会更加促使她走上妖神之路。所以不要觉得我仁慈，我只是为大局着想。

"其次，就算为大局着想，在你师父真正成为妖神之前，连她自己都没有放弃自己，我们却要放弃她，一心想要杀她也是不对的。真正的大义，不能以牺牲小我为前提。但是你师父犯下大错，自己也要负起责任，可以说是死不足惜，所以当一切没办法挽回的时候，我定会毫不犹豫亲手杀她。"

幽若浑身一震，额头满是冷汗。她以前只是觉得尊上太远，不好亲近，却头一次发现他心思若海，言行举止都包含太多深意，实在是可怕。

幽若明知道以师父的性格，只要知道她还有一点点希望可以回到长留回到尊上身边，她就会拼了命地努力。不会堕落，不会认输，不会放弃，更不会轻易被妖神之力所左右。尊上是早就看透了师父对他的爱有多深，所以才一直以此来引导她牵绊她么？

经过昨天晚上，她还有些疑惑，或许尊上也是有一点喜欢师父的，而不止是师徒之情，如今她却完全没底了。

世事难测，虽然不可能发生什么都在尊上的预料之中，可是师父却完全被尊上洞悉，怎么翻都翻不出他的五指山。可是，一旦这种掌控即将失去，尊上便会毫不留情地握拳，捏死师父像捏死一只蚂蚁。

幽若背上一片凉飕飕的，她不明白尊上既然如此了解人心了解人性，明明自己也说赶尽杀绝只会将一心想要回到最初的师父逼上绝路，却为何又总是对她如此绝情？

"师父理智尚存，并未被妖力控制，一心想要回来，难道就不能将功补过，从宽发落么？"

白子画摇头："幽若，你不了解你师父，南无月仙界是肯定要除的，你师父当初在墟洞里明明有机会将功补过，却始终没下得了手，反而与他感情日深。你以为以她今时今日的能力，还肯束手就擒乖乖回长留受罚，眼睁睁看着南无月死么？"

幽若看着白子画突然打了个寒战，惊恐地睁大眼睛望着他："原来尊上你早就决定了……"

白子画不说话，小骨既然身怀妖神之力，最后的下场就只能有三个，要么把妖神之力分离出来，要么被囚禁，要么就是死。上古几次争夺妖神之力，都只能靠妖神实体尚未成形时将其杀死，然后抢夺，之后再易主则要通过阴阳交合之术，而唯一一次与妖神真身正面相抗的后果，便是覆灭了整个神界。

但第一种方法，想要把妖力从她身体里分离出来是不可能的，他也不许，从一个妖神换成另一个妖神根本是治标不治本。小骨是妖神，至少还有神格制约，其他人就根本不能控制。所以他只能选择第二种，逐她去蛮荒，相当于囚禁，这样至少她还有条活路。可是她却回来了，从她回到六界的那一刻起，就注定只有死路一条。

回到茅山，东方彧卿给花千骨喝了一些秘制的汤药，加上妖神之力的作用，身体的多处骨伤开始加速愈合，但是同往常一样，哪怕好得再快，疤痕和痛苦一点也不会少。听着体内骨骼咯吱作响的声音，仿佛一部坏掉的机器。她已经习惯这样超出常人忍受极限的疼痛，花千骨面色惨白，死死咬着下唇不出声，满头冷汗直冒。

但她终归不是钢筋铁骨，反复痛晕又痛醒，就像被摔碎的泥娃娃，身体又被重捏重塑，折腾了一下午，总算是愈合了七七八八。花千骨迷迷糊糊在床上睡着，也不知过了多少个时辰，听到东方彧卿俯身在耳边轻声说："轻水、落十一，还有轩辕朗他们来了。"

花千骨的脑子瞬间就清醒了大半，睁开眼挣扎着坐起来。东方彧卿赶忙扶她："别急，我说你睡着了，他们还在门外。"

花千骨仓皇四顾，心里竟有些紧张。东方彧卿知她的顾虑，从一旁拿过薄如蝉翼的面具："要戴上么？"

花千骨略一思索，轻轻摇了摇头："还是不用了吧，就这样。"

东方彧卿打开门让轻水他们进来，落十一迫不及待地跨进门内，没走几步，"啪"一个绿色软绵绵的东西便贴在了脸上。他把糖宝拎下来，温柔宠溺地笑。他走到花千骨床边，正为这来之不易的重逢欣喜，一抬头却看到花千骨早已面目全非的脸，顿时整个人都惊呆了，笑容瞬间凝固。而随之而入的轩辕朗和轻水更是跟跄后退，几乎站立不稳。

落十一一眼就明白了，是绝情池的水，当初花千骨刚上长留山，还是他领她去的三生池。却怎么都没想到，那时无贪无欲无情的花千骨，如今竟会遭受绝情池水腐肉销骨之刑，落得如此下场。

落十一痛心疾首，别开脸去，再一回想初见时她仰着一张天真的脸跟自己说话时的场景，简直快要无法呼吸。

轻水早已是泪流满面，几步上前，抱着花千骨泣不成声。

轩辕朗并不知道长留山的绝情池水是什么东西，只知道花千骨容貌被毁。整个人怔怔地伫立在原地，哽咽着，千言万语再说不出一句话来。

花千骨努力地扬起嘴角，怕众人看不出她在笑。她轻拍着轻水后背低声安抚，既是修道之人，又何必再计较这肉相皮囊。轻水止不住地哭，泪水把她衣襟都沾湿了，手停在半空却又不敢触碰花千骨的脸。

"不要哭了，你想水淹万福宫是不是？好不容易才见面，应该开心啊！"

花千骨紧紧抱住轻水，落十一心疼地抚摸着她的头，一时间都不知道说什么才好。

花千骨看着依旧怔在那里动也不动的轩辕朗不由得调笑道："怎么了，朗哥哥，不是你曾经说过，不管千骨是男也好是女也好，长得像人也好像猪头也好，都不会嫌弃的么？现在居然都认不出我来啦？"

轩辕朗心里一酸，眼泪差点掉下来。想到这一年来她所受的苦，内疚自责铺天盖地而来。自己明明承诺要好好保护她的啊！却终归什么也做不了……

轩辕朗身子像灌了水银一样无比沉重，一步一步走到她面前，紧紧地握住她的手。花千骨感觉到他在发抖，明明是不忍看，却又死死地盯着自己的脸，仿佛是要在心底烙下什么。

几人各自说着这一年的状况，花千骨也把在蛮荒这一年发生的事细细说给他们听。吃过晚膳天都黑了，三人到了该走的时候。

"朗哥哥，我有几句话想跟你说。"花千骨突然道。

众人都先出门去，留他们俩在房间里。

轩辕朗想像往常一样抱着她，却突然觉得自己没有资格。自己一向狂傲自负，却从没为她做过什么，连相陪相伴都做不到，这种无能为力比任何失败都叫人自暴自弃。

花千骨虽不能够体会他此刻内心的痛苦与激愤，却也隐约感受到他的自责，轻拍着他的肩，笑着安慰：

"朗哥哥，凡事因果报应，这是我应受的惩罚，没有什么好难过的。虽然从蛮荒逃了出来，但是这段日子我一直心绪不宁，总有不祥的预感。小月是我一手带大，就像是我的孩子，他从没做过任何错事，哪怕赔上性命我也一定要想办法救他。所以从今往后免不了要与六界为敌，我本就是戴罪之身，是生是死都无所谓，可是还有太多牵挂放不下。日后小月有东方可以帮我照应，糖宝也有落十一在，轻水我就只能托付给你了。她恋你至深……"

轩辕朗打断她，皱眉道："千骨，你在交代遗言么？还是，你救完小月有心想以死谢罪？"

"没有，人一旦有了太多想念和牵绊，就会变得贪生怕死，就像我明知道自己是个祸害，应该乖乖留在蛮荒，还是忍不住想要回来，回来见你们。可是前途凶险未卜，要救小月，便要与整个六界为敌，我没信心可以全身而退。如果出什么事，轻水就只能拜托你照顾了，我也再没后顾之忧。"

轩辕朗定定地望着花千骨："我会尽我所能照顾她保护她，可是千骨你要记住，我喜欢的人一直是你。"

花千骨淡淡摇头："朗哥哥，你喜欢的人不是我，那么多年我们在一起相处的时间不多，彼此之间也并不了解。刹那的心动不是爱，你只是被年少时青涩的感觉所迷惑，以致再看不见其他。我们俩都是执念很重的人，而你一贯争强好胜，习惯了坚持，我对你而言，与其说是心爱之人，不如说是一种信念。朗哥哥，与其枉顾身边触手可得的幸福和真爱，而继续固执地坚守一个年少时的虚无假象、梦幻泡影，不如冷静下来，好好想想自己一直想要的究竟是什么。"

轩辕朗愣住了，头像被人狠狠地猛敲一闷棍，却仍固执地退了两步："千骨，你不是我，你不会明白我的感受的。我从没为你做过什么，也不期望什么回报，我只要你明白我的心意。你现在不相信不要紧，总有一天你会懂的。保重……"

"朗哥哥！"

花千骨伸出手，却没抓住他华丽的缎袖，轩辕朗头也不回地走了出去。不远处的梅花树下，轻水静静地站着等他。

"千骨没事吧？"

"没事。"

"真佩服她，遇到什么事都这么乐观坚强，要是我的脸……"轻水心有余悸，伸手碰了碰自己的脸，不由得打个寒战。如今绝情池水对自己来说，也是毒药吧。

"她心里可能有什么打算了，但是没有说，只是要我好好照顾你。"

轻水一愣。

轩辕朗抬头看着她的眼睛，忽略心底的疼痛，低沉着声音道："但是，我喜欢千骨，会一直守着她。如今她容貌被毁，身负妖神之力，危机四伏，艰难重重，我更不能弃她不理她。轻水，希望你明白。"

轻水看着经过整整一年相处，他好不容易有所松动的越来越温柔的眼神，此刻又写满了坚定和不悔，知道他心意已决，不由得苦笑摇头。

"你可知道千骨的容貌为什么会毁么？是长留山的绝情池水，情越浓，伤越重。千骨能伤成那样，可见她爱得有多深。就算她喜欢的是别人，你也一点不在乎么？"

轩辕朗眼中闪过一阵惊讶和痛色，却依旧缓缓摇头："我知道，她喜欢的人是白子画，太白山上我就已经隐隐猜到了。我只要她开心，其他的，我不在乎。"

轻水长叹一口气，眼神越发哀伤起来："好，她不在乎，你不在乎，我也不在乎。那就一起等吧，等到有一天，我们之中有谁真的明白清醒过来。"

东方彧卿推门而入，看见花千骨眉头紧锁，一副不知如何是好的样子坐在床上。

"东方，我刚刚是不是说错话了？"

东方彧卿的笑容高深莫测："没说错，你对感情的事比以往看得已经通透了许多，只是应对上，还欠些火候。你以为你毁容了，轩辕朗便会退却？你点醒他，他知道了自己的真实心意便能面对？你真心托付他，他就愿意和轻水在一起？感情的事，哪儿会这么容易？以轩辕朗的性格，适得其反也说不定。"

"那该怎么办？"花千骨顿时六神无主。

东方彧卿摸摸她的脑袋："你自己都还顾不过来，不要再操心轻水的事了。她可比你成熟稳重多了，知道自己想要的是什么，也懂得应该怎么去争取。不像你，傻傻的，以为牺牲了自己的全部，就叫作爱了？"

花千骨低下头："这是我唯一能做的了。东方，小月在哪儿，我们什么时候去救他？"

"你伤还没好，等伤好了再说。"

花千骨撩起袖子："你看，都愈合得差不多了。我们赶快准备一下吧，越快救他出来越好。时间剩得不多了，我这些天总是担惊受怕，夜夜都梦到小月哭着叫我，也不知道这一年他受了多少苦。"

东方彧卿叹气："再急也得等明天啊，你先好好睡一觉。"

"我们两个偷偷去？"

"那是当然，明知道是陷阱，难道还多拉两个一起去送死么？"

"陷阱？"

"我和杀阡陌多次想要救他，再加上那么多人想争夺妖神之力，怎么会没有陷阱？再说摩严都已经知道你回来了，自然是布好了天罗地网，就等着你去救人了。可是就算是陷阱，也好过到行刑时正面交战，敌众我寡。所以这回，无论如何也得闯。"

"那你告诉我小月在哪儿，我一个人去，我有妖神之力，跑也跑得快一些。"

"傻瓜，我怎么会让你孤身犯险呢？更何况那些陷阱阵法不是光有力量就能硬闯的。你那么笨，没我从旁指导怎么行？摩严和仙界其他人我倒是都应付得来，怕就怕，白子画亲自动手……"

五十四 镇魂血石

南无月被关押在九重天上，主要由北斗七星君看守。

花千骨在群仙宴上曾经见过他们两次，但是没打过招呼。他们七仙不喝酒不谈天，总是只顾着和南斗六星君下棋，十三人同时混战，经常仙宴都结束了好些天了，他们一局棋还没下完，战况之激烈可想而知。

他们的棋子都是天上的星星，可以锻炼出世上最好的兵器，当然也可以锻造出世上最坚固的牢笼。同时由他们所布下的北斗七星阵，更是万阵之源，乾坤难破。世上其他阵法大多由其衍生催发而来。

花千骨仰头极目远眺，天空虽漆黑一片，她却仍能透过层层阻隔，看到九重天上那七颗闪亮的星子。而小月，就在天枢、天璇、天玑、天权所围成的斗的正中央。

东方彧卿随着她的视线遥望北方天空，摸摸她的头抚平她的内心。

"我们出发吧。"

花千骨随手一指，招来一朵云，站了上去。东方彧卿脚下也慢慢有似云非云似雾非雾的云气腾起，不是仙术，反而有些像某种御使的透明生灵。

"能赶上我的速度么？"

"当然。"东方彧卿不假思索地点头笑道。

因为是直上九重天上，腾云比御剑更快也更稳一些。二人一前一后，眨眼便消失在天际。

风从头顶呼呼地吹来，速度太快，四周灰蒙蒙一片看不清楚。花千骨真气张开，丝毫不觉得寒冷，却仿佛身在大海之中，隐隐有一种阻碍和黏腻感。她一路上回忆着在墟洞中和小月在一起的日子，虽然时间不长，却是一点点看着他长大的，就像是浓缩的一生。

感情常常就是这样，哪怕只是刹那的相遇相知，瞬间的心暖心动，也值得人用一生去回忆和追寻，用一世去保护和守候。

当身体终于感受到一股冲出海面的畅快感时，她知道他们已来到九重天上。

这里之下有天庭百仙，其中有星汉日月，其上有漫天神佛。不过这只是抽象的位置概念。实际上则与蛮荒一样，各有不同的空间，九天通过密径相连，时常也会发生一些重叠。佛曰，一花一世界。万物都有其自己的宇宙，可大可小。只是夏虫不可以语冰，是另外时空的人根本无法了解的。

东方彧卿突然靠近她，轻轻朝她双目呵了口气。她的眼睛顿时像是玻璃上蒙上薄薄的一层水雾，清清凉凉，眼前一切都迷蒙起来。二人剥开云雾飞出，周围顿时光华大盛，刺得人眼睛都睁不开，虽然眼睛已覆上一层透明的薄膜，却依然热辣辣的像针扎一样。

迎面阵阵风吹来，身后的云雾慢慢合拢。花千骨好奇地打量着这个到处是繁星的光华璀璨的世界，绚烂得叫她无法移开目光。

东南西北漫天都是星子，明的暗的，近的远的，怕是比地上的人还要多。不但上面，脚下也是星光闪烁。花千骨低下头，发现她和东方彧卿正站在水面上。

无比宽大的一条河，蜿蜒而下，前后看不见头。水面清澈无比，此时平静无波，几乎让人感觉不到在流动。水中倒映着满天的星星，叫人一时产生错觉，不知道星星到底是在天上还是在河底。

花千骨忍不住蹲下身子，手一掬，没想到竟捧了一捧亮晶晶的东西，仿佛是无数星星的碎片。

"这是天河，我们逆流北上，就能找到北斗七星了。"

花千骨用法术隐身，东方彧卿则凌空画了个符咒隐去身形。二人悄无声息地贴着水面低低飞过。四周太空旷太安静，却又偏偏太过明亮美丽，仰望让人感觉更加寂寞。

看到北斗星了，近了只见七团巨大的光晕，好像七个太阳，光晕里隐隐有什么，只是太亮了反而看不太真切。

东方彧卿食指放在唇边朝她做了个嘘的动作，笑着传音道："星星在睡觉。"

因为对外面的情况早已基本了解，事先做过准备，他们很容易便突破了七星阵入口天兵天将的重重把守。

只是里面的阵法像迷宫一样，而且似乎无限广大，要找到南无月不是一件容易的事。尽管东方彧卿擅长奇门遁甲，对于这星宿的自然变化依旧有些束手无策。

外面的几个入口都有重兵把守，但是阵内却半个人都没有。他们在里面转了很久，不时遇上一些奇怪又恐怖的陷阱。还好有东方彧卿在，都化险为夷。

南无月的气息被完全屏蔽了，根本就感知不到他在哪里，花千骨只能凭直觉找寻方向。

无日无月，不知不觉，他们已在阵中三天。花千骨开始焦躁起来，想干脆元神出窍去找，却怎么都没办法脱离肉身。

"在阵中，大部分法力都被禁锢了，七星阵是禁锢之阵，最典型的容易进，但没办法出的类型。再厉害的人被困在里面都是没有丝毫办法。以前帝君捉拿腐木鬼的时候，就是将他先诱入七星阵中，困了整整三年，之后才擒获的。"

"也就是说，就算我们救下了小月，也没办法出去？"

东方彧卿点点头："我一路上试过各种方法留下记号，但都没用。"

"那岂不是自投罗网？"

"不入虎穴，焉得虎子！"东方彧卿玩味地望着四周，"之前南无月是关押在十八层地狱之下的噬海，那地方可比不得这九重天漂亮，也更危险更难闯。却就在你回来的当日，他们突然把南无月转移到了这儿。"

花千骨一惊。

东方彧卿笑着摇头："你师父料定了你不会等到行刑的那天直接上瑶池抢人，和他起正面冲突，只会暗地里先把人救出来。他从那时就已经摆好了局，只等着我们入瓮呢。"

"他想把我们困在这里？"

"那是自然，只要拖过五星耀日，小月一死，你就再没有什么理由违逆他，与整个六界为敌了。"

的确，小月若死，自己除了伤心欲绝还能做什么，难道灭了仙界替他报仇么？

东方彧卿拍拍她的肩："别担心，既然敢来，我自然会想到办法出去。你先找到小月的位置要紧，都这个时候了，你师父仙力也已恢复，不用再顾及他身体承受不住而压制妖力。你用力冲破封印，妖力释放出的越多越好。小月才是真正的妖神，妖力也是认主的，会带我们找到他。"

花千骨点头，开始用斗阑干教她的方法冲破封印。莫名的力量在周围各处集聚，她终于心有所感，指了指右面。

"往这边。"

二人绕过一个又一个凌乱飘逸的雾障，终于看到半空中出现一个巨大的犹如钻石一样的菱形物体。不知是什么材质，却比水晶更通透，每个面都反射着熠熠星光。而小小的南无月则如同琥珀里的虫子一样被凝结其中，仿佛已沉睡了很久很久。

"小月！"

花千骨悲喜交加扑上前去，东方彧卿也不阻拦。却在她即将触到的那一刻，被周围的结界弹开了老远。

顿时，北斗七星光芒大盛。仿佛按到了什么开关，天地之间都被一道道光线充斥，却什么都看不见，若不是发出的是冷光，花千骨都快怀疑自己已经被融化了。

东方彧卿扬起嘴角，笑道："星星醒过来了。"

感觉到有人靠近，花千骨二指凝气飞快从眼皮上滑过，再一睁眼，已经能在此种极亮的光线下视物。

却正见七个衣袂飘飘的仙人从天而降，手中有的执扇，有的执笔，有的执箫笛，有的执棋盘，文雅至极，却是个个满身杀气。

七个仙人虽有杀气却无杀意，花千骨礼貌地拱手点头，算是打过招呼，七人神色淡然，模样虽不同，表情却如出一辙，说不出的诡异。

"花千骨？"破军星君突然开口问，眼神直直地穿透她。

"正是晚辈。"

"等你很久了，你还是赶快束手就擒，我们棋刚下了半局，还要赶回去。"贪狼星君语气里尽是不耐烦，神色却依旧未变。

花千骨知道他们有他们的职责，多说无用，还不如赶快抢了小月走来得实际。手一挥，真气凝作一把紫色光剑已飞到空中，准备开打。

东方彧卿只怕他们不来，空把他们二人困在阵中打转。既然来了，事情就容易多了。于是传音给花千骨："打败了他们七个，就有办法出阵了。这边我来应付，你去救小月。"

花千骨哪里肯，把东方彧卿护在身后。以他凡人之躯，怎么可能敌得过七个仙人？

七星君一心想着赶回去下棋，也不在乎是不是以多欺少，何况他们大部分时间都是同进同退。

混战开始，七人各有所长，出手又快又准，配合得天衣无缝。花千骨被围在阵中，退无可退，攻无可破，只得用妖力硬碰硬。东方彧卿身形诡异，招数怪异，倒竟也没落下风。

打了几个时辰，仍是胜负难分，花千骨越来越心急，七星君虽表面看不出来，也开始有些焦躁。

花千骨极力把七人往小月那里引，利用空隙，几波法力打到那颗透明水晶一样的东西上，想使之碎裂，却居然尽数反弹回来。

"不用浪费真气在那上面了，我们七人花数千年才炼出来的璀星石，就是拿恨生剑来也得劈上好一阵，就凭你怎么可能打得开？"巨门星君冷道。

花千骨眉头紧锁，心道：好，既然打不开，我就整颗把它搬走。

妖力暴涨，空中一时无数光剑到处乱飞，七人暂时被逼退。只见周围狂风大作，连远处的云雾都被撕扯成碎条条。

似是没想到花千骨已可以操控妖力到如此地步，还妄图将璀星石整个吸入墟鼎之中带走，七人同时皱了皱眉头。

可是璀星石好像被什么定在了空中，千斤重一般，怎么弄都纹丝不动。

东方彧卿突然笑着从怀中取出一本棋谱，破旧的封面写着两个篆字"天弈"，"我知道你们七人找这本上古留下来的棋谱已经很久了，我们来交换如何？"

七人眼中同时亮了一下，瞬间又恢复如常。

"我等岂会为此身外物所利诱？"说话的是握着笔的文曲星君。

东方彧卿慵懒一笑："既然不要，那就算了。"说着一把便撕了下去。

七人顿时一怔，不由都同时心疼地伸出手去。

东方彧卿趁此机会，拽着花千骨，脚下走了几个奇怪的步法，就着七人阵法终于出现的漏洞，把她高高抛出了阵。

花千骨回头看他，又被七人团团围住，除了和旷野天比机关术那一次，她还从没见东方彧卿和谁动过手。凡人终归力量有限，却没想到他竟到了不靠法力也可以和九天仙佛一战的可怕地步。若是他修仙呢？

顾不得那么多，先救小月要紧。她再次用尽所有法力妄图打开璀星石，却只见巨大光芒一闪，反噬让她口吐鲜血。石上竟连小小豁口都没一个。

正在此时，突然听到东方彧卿一声轻哼，她仓促回头。却见不知何时多了一块似玉非玉的石头压在他头顶。那石头越变越大，东方彧卿双手支撑，脸色苍白如纸。

七星君趁此机会，连点他身上几处大穴，却没想到一点用没有。

花千骨慌忙地飞了过去，那石头已经有小山丘那般大小，石上红色符咒闪现，却竟然是白子画的手迹。

师父？

七星君将她再次团团围住，她心急如焚，却无论如何不能靠近东方彧卿。

东方彧卿几度想要用异术或是遁走，竟全部被封死。那石几乎相当于三山五岳的重量之和，他终归是凡胎俗体，如何承受得住？

花千骨手脚大乱，漏洞百出，连中几掌，厉声喊道："放了他！"

贪狼星君摇头："上仙特地交代过，你可以不管，东方彧卿绝不能放过。"

花千骨愣住了，知道平常仙法难不倒东方彧卿，那块石头竟是师父特意拿来对付他的么？为什么？

东方彧卿不由得苦笑，早猜到白子画想杀自己了。不是因为自己把千骨从蛮荒接回来，而是因为更早时告诉她要用炎水玉才可以救他。自己留在千骨身边，成为她的羽翼，让她飞得离他越来越远。他怎么会甘心？只要除去自己，千骨的一切就更在他控制之下了，也不可能救出小月。所以，从一开始他就没打算对花千骨怎么样，这陷阱也不是为她而备。他针对的，其实是自己。

可是也不用那么冷酷吧，要杀就杀，他大限已至，无话可说。可是白子画好歹也是仙，要不要那么残忍，让他在骨头面前活生生给压成肉饼？换种好看点唯美点的死法不行么？至少也给个全尸啊！难道这就是所谓的不得好死？

眼看东方彧卿不堪重负，已经单腿跪在地上。花千骨心急如焚，再顾不得许多，笔直地向他飞去，七掌由各个方位同时向她攻来，她怒喝一声，周身妖气暴涨，硬生生将几人弹开。

花千骨飞快地蹿到东方彧卿旁边，想帮他掀开巨石。却不料一用劲，石头反而更重了几分，又往下沉了一沉。花千骨大骇，连连出掌，霓光乱舞，想将巨石击碎，却被尽数吸入石中。

眼看越来越重的巨石就要将东方彧卿压倒在地，花千骨手上蔓生出粗大的木桩，撑住石头的同时，妄图将东方彧卿从石下拉出。却没想到那石头仿佛贴在他身上了一般，木桩也承受不住应声折断。

花千骨只能靠双手把石头抬着，谁知抗力越大，石头越重，不管花千骨如何使劲用力，都没办法将石头掀开，反而到了一撒手，东方彧卿就会被完全压扁的地步。

如此一来，花千骨身后全无防御，结界大张，将七人隔绝其外，下唇都用力到咬出血来。七星君也不再硬攻，安静地站在一旁，破军星君唇齿轻合，似是与谁传音。片刻后，七人相视点头，竟将璀星石收于袖中，刹那间消失得无影无踪。

糟糕，小月被他们带走了！

花千骨想追，无奈却不能松手，闭眼念咒，想用分身术，却没想到分身踏出刚两步便又被阵法硬生生逼回体内。

东方彧卿被压在山丘一样的巨石下面，花千骨看不见他，只能大声问道："东方，你没事吧？"

"我没事，别管我，赶快追。不然就来不及了！"

花千骨哪儿敢撒手，用尽全力抬着，只觉得稍稍一卸劲石头就会将他压扁。

"有什么办法可以把这石头移开？"

东方彧卿两手抵在胸前无奈地笑笑："你师父竟想出这种方法来困住我拖住你，真是……"

花千骨急道："压着你了么？疼不疼？"

"还好，撑得住。"

源源不断的真气向双手涌来，那石头仿佛有生命一样，停止增加重量，却每当花千骨试图用力时又往下一沉，吓得花千骨不敢再乱来。而当花千骨真气不济时，又会微微减轻一点。

二人一个被压住一个不敢撒手，竟在七星阵中一困就是好些天。什么方法都试过了，就是移不开巨石。传音，吹哨，妄图搬救兵也根本传不出阵去。眼看五星耀日马上就要到了，花千骨犹如热锅上的蚂蚁。

周遭茫茫雪白一片，望不到边，是虚空，仿佛亦是幻境。

白子画注视着眼前巨大璀星石中正在沉睡的天真孩童，肌肤晶莹，吹弹可破。

"南无月。"他开口轻唤，声音袅袅，渐渐在虚空中散去，有如炊烟。手轻轻在石上一碰，银光乍闪，南无月慢慢从睡梦中醒了过来，睁开水亮的眼睛，懵懂地望着他，继而露齿一笑，声音像风中铃音。

"花花师父！"

白子画眉眼间难得有了一丝暖意："睡得可好？"

"嗯，刚刚做梦了，梦到花花姐姐给我做好吃的。"

白子画抬起手来，竟然丝毫没有阻隔，直直地穿过璀星石，伸到南无月的面前，掌一翻，手心里居然多了一块桃花酥。

"你花姐姐以前做的。"

南无月伸出两根小手指小心翼翼地拿起来填进嘴里，甜得乐开了花。狼吞虎咽吃下肚去，眼睛依旧巴巴地看着白子画。

白子画微微一愣："没有了，只剩这一块了。"其他的都被他吃完了。

南无月不甘心地鼓起腮帮子，意犹未尽地吸着自己的手指头。

"花花姐姐回来了么？"

白子画点点头，抬眼看着他小脚丫上套的那串佛珠。

"可是她救不了你，也不能救你。你大限已至，害怕么？"

南无月趴在晶壁上笑嘻嘻地看着他："不怕，花花姐姐说过，死一点也不可怕。出来之后，会有很多人想要抓我杀我，这虽不是我的错，但是别人也没错，叫我千万不要恨，心里有了恨，就会成魔。我不怕死，我也不恨，我就是不想和花花姐姐分开。花花师父，我能再见姐姐最后一面么？"

白子画不说话，轻碰璀星石，南无月又再次昏昏睡去。

白子画的身子化作一团云雾慢慢消失，再出现时，竟是从笙箫默的银箫中如烟雾缓缓化出。

"明日你和师兄负责押送南无月去昆仑山吧。"

笙箫默将箫放入墟鼎之中，眼神玩味地望着他："你不去？难道是不忍心看南无月受刑？要是千骨他们来劫人怎么办？她现在的力量可大可小，暴走起来我们不一定对付得了。"

"她去不了了，她不会为了救小月而抛下东方彧卿的。"

笙箫默无奈地摇头："你为何不干脆直接和她说？南无月造化天地中，虽滋生于邪恶却是莲出不染，更被千骨教得纯真善良，已有了三魂七魄。你要灭的只是他的妖神之体和灵魂中邪恶的那些面，让妖神之力成为无源之水。而南无月的魂魄则由你引渡，再入轮回，重获新生。你好好跟千骨说，她又怎会不明白，还来劫人？”

白子画摇头："你不懂她。我们自然是勘破生死，哪怕肉身寂灭，只要一息魂魄尚存，大不了再度轮回再次修炼一切从头来过。本我未变，无甚差别。可是她执念如此之深，又怎么可能看得破？对她而言，死了就是死了，那个人那些过往那些记忆就都会随之烟消云散。南无月对她而言，是既重要又唯一的生命，她绝不可能轻易舍弃。"

笙箫默皱起眉头，的确，一个简单的灵魂未灭、重获新生的说法，就可以改变他们杀戮一个什么错都没有、手无缚鸡之力的孩子的事实么？

突然摩严推门而入，面色冷峻。笙箫默疑惑地看着他，白子画见他神色却已了然。

"不在了？"

摩严点头："别说人，连岛都不见了，仿佛凭空消失了一样，到处都追查不到行迹。"

"不可能人间蒸发，那么多人，应该只是用异术藏起来了。"花千骨出了蛮荒，白子画自然也推算出其他人一起出来了。布置许久，打算将他们一举擒获，却没想到被他们逃了。

"群龙无首，他们个个都自身难保，应该不会上瑶池闹事。"

"不能麻痹大意，那些人随便一个出来，就够闹个天翻地覆，何况如此数量，胜过十万天兵天将了。东方彧卿既然能事先知道我们会去岛上缉拿他们，还知道我们用何方法，就不能保证他是不是明日也部署好了。虽然他人不在，但还是小心为妙，出不得半点岔子。"

"那妖人如此难对付，一日不除，终是心腹大患。我就不明白师弟你既已把他困住，为何不直接杀了？难道还怕那丫头恨你不成？"

白子画淡淡转身，不发一语，走了出去。

花千骨和东方彧卿仍旧被困在巨石之下。虽是危急时刻，他们二人却从未单独相处那么久，东方彧卿倒有些因祸得福的感觉。能在临死之前，给他那么多时间和她在一起。

什么也做不了，唯一空闲的是嘴巴，便不停地说话。花千骨有妖神之力，东方彧卿却终究只是凡人，撑不住太久，石头大部分重量还是由花千骨扛着。十多天下来，二人不吃不睡都已精疲力竭，花千骨为了小月更是担忧焦虑。

"真的没别的办法了么？"花千骨都恨不得用牙咬石头了。

"这石名叫镇魂石，本就是专门用来镇压仙魔和妖魂的。更何况你师父在上面做了法，更难解开。"

花千骨欲哭无泪，师父想把她困在这儿，等杀了小月再来收她？

"不要急，会有人来救我们的。"

"可是我们没办法求救，没人知道我们被困在这里啊。"

"有心人自然寻得到。"东方彧卿声音中透着疲惫，却依旧轻松自如，好像一点都不担心。

"谁啊？杀姐姐？"似乎每次自己遇上麻烦，都是他赶来救自己。

东方彧卿突然不说话了，侧耳倾听，嘴角露出笑意。

"他来了。"

花千骨四处张望，却什么也没看见。突然感觉东面有异，果然两颗星子之间，突然现出一个人的身形。来人青衣飘飘，面目骇人，不是竹染又是谁。

"竹染！"花千骨有些激动，他怎么找来的？

"神尊。"竹染面上一丝若有似无的微笑，躬了躬身子。

"你怎么会来？"

"明日就是五星耀日，属下见神尊迟迟未回，就各处寻找，却怎么都感知不到神尊的气息。后来云隐告知属下神尊和异朽君来闯七星阵。我猜可能是被困于此，就想办法上来。"

"其他人呢？他们怎么样了？"

"天庭有派大军来剿，虽设下天罗地网，但多亏异朽君早有应对，所以大家都安然无恙，也没起正面冲突。经过一个月的治疗调整，大部分人的法力都已恢复如常。虽有一些不安骚动，但是有斗阑干前辈在，没人再敢多生事端。"

"他的腿呢？"

"多亏神尊上次送来的和着神尊血的膏药，已经全好了。如今放眼六界，怕是再没有几个人是他对手。"

花千骨本来想问蓝羽灰有没有去找过他，又说了些什么，后来一想还是算了，见面后直接问比较好。

"大家都已经整装待命，就等着神尊回去，一声命下，攻下昆仑山，挥兵仙界。"

花千骨皱了皱眉头，南无月是要去救，如今已经没有时间，只能直接上昆仑山抢人了。可是如果带大军去，就摆明了和仙界为敌，准备开战了。

她一时茫然："东方被压在镇魂石下，先想办法救他出来再说。"

竹染点点头，突然抽出刀往花千骨臂上割去，却被她身上真气弹开。

"神尊，借血一用。"

花千骨无奈，又是用她的血，可不可以换个别的东西，不过也是，总不能割肉吧。

竹染从墟鼎中取出笔，蘸了天河里的水，混着花千骨的血，开始在镇魂石上留下的符咒上又盖了一层。二者一边相互融合一边相互侵蚀，仿佛无数条血虫在打架一般。很快全部干结成块，从石上脱落，化作尘埃。

没了符咒，花千骨顿感镇魂石轻了许多，低喝一声，凝结妖力，使劲一冲，终于把镇魂石抬了起来。山丘一样的镇魂石在空中越变越小，最后变作普通石子掉进天河里。

东方彧卿此时已是手脚僵硬，在花千骨的搀扶下慢慢起身，看自己一副灰头土脸的样子，不由得觉得好笑。

"你倒是厉害，居然可以用禁术来解白子画的咒。"

每次施用禁术，定要付出血的代价，上回的妖杀阵用的是那数千人的血，这回用的则是花千骨的血。

竹染淡淡一笑，不露声色。

"不过你也好耐性，在九重天上徘徊那么久，非要等到最后一刻才进来救我们。"

竹染脸上笑意更深。

花千骨听东方彧卿这么一说立刻明白了，自己这么久以来的行踪其实全在竹染掌握之中。他为人深不可测，尤其擅长歪门邪道之术。东方彧卿料定他不会眼睁睁看着自己受困于此，而让满盘计划落空，定会想办法救她。可是竹染同时又一心想让花千骨带兵上昆仑，为了南无月正面同仙界交战。故而一直拖到最后一刻，时间来不及了才现身。

而如今，是真的来不及了，光靠她一人之力是绝对不可能从十万天兵手中救出小月的，只能带着蛮荒众人前往。不管是胁迫也好，威逼也好，大战也好，怎能眼睁睁看小月枉死？

竹染知她已别无选择，朱笔轻扬："神尊，你们先站着别动，我顺便帮你们把气息隐了，一会儿出了七星阵才不会被发现。白子画以为你们仍被困在镇魂石下七星阵中，瑶池的守卫少很多，众仙也不会太提防。特别是神尊，你太多血融在白子画体内，他就算算不出来也能感觉到，需要封得严一点。"

花千骨点点头，摘下面皮，让竹染在额上写了许多符咒。二人气息全被遮掩之后，竹染又从墟鼎中取出一物。

"星宫盘？"花千骨和东方彧卿都不由得一惊，此宝物已失落很久。

"这是我多年前偶然所得之物，不过我的法力不足，操纵不了，也不知道方法，平时只能当作玩物，还要麻烦神尊和异朽君了。"

花千骨没时间细想，接过星宫盘，跟着东方彧卿的口诀和指引，催动妖力拨动盘上的星宿。周遭七个犹如太阳般的星星也跟着在缓缓变动位置，斗转星移之间，三人已找到阵法的出口。

下了九重天，三人直奔回岛。此刻方圆百里的小岛被巨大的透明气泡包裹着，整个飘浮在云里，从外面看上去却是透明的，什么也看不到。

东方彧卿一面集结蛮荒众人，整个小岛战舰一般飞向昆仑，一面却又似乎故意将竹染调开，暗地里要他带一些人去长留拦阻白子画。

"白子画没有去瑶池，但是一旦知道出事定会火速赶来。无论如何一定要拦住他，哪怕只是拖时间也好。你知道骨头对他……只要他没来，这场仗我就有必胜的把握。若是他来了，情况可能会完全脱离控制。你如果真想赢这一局，记住，千万不能让白子画出现在昆仑山！"

五十五　仙魔大战

冰雪未化，天地间仍旧一片白茫茫，银月高挂，光线不似寻常柔和，竟亮得有些刺眼，周围一圈隐隐红光格外妖异，照得这个夜越发凄凉起来。

又是月圆了啊。

笙箫默一向轻佻慵懒，眉间难得的出现一丝担忧，想到明日的群仙宴，心中不祥之感愈甚。突然觉察到箫中妖气弥漫，他飞快地又往其上结了几个封印，阻止妖气外涌。

这一年来，南无月每到月圆之夜便要变身，集结平日的天地灵气，再加上月圆这夜的月之精华，得以脱去稚子形态，化作少年之身。他体内残存的些许妖力大增，心智比成人有过之而无不及，叫人难以应对。平抚箫中的不安与骚动，笙箫默眉头皱得更紧了。

此时南无月在璀星石中，身体已慢慢发生变化，疼痛让他从极深的睡梦中醒来。璀星石被混浊的妖气包裹得严严实实。南无月不再是之前天真无瑕的孩童，而变作清雅的绝美少年，表情纯真中带一丝野性和叛逆，乍看无辜的眼神中又带着一丝毒辣和狡黠，偏偏一皱眉一低头都妖媚入骨。

他在石中轻轻扭动，活动身体，只听见一阵筋骨咯嘣响动的声音。

睡得也够久了，终于到了好戏上场的时间了。他晶亮的眼睛凝望远方，满脸都是盈盈笑意。

花花姐姐，等你来救我呢……

巨大的岛悄无声息地在空中飘浮前行，犹如黑暗中的魅影。

花千骨走了一圈，发现三千余人基本都已经准备妥当。众人眼中燃烧着仇恨、野心等各种各样的光芒，只等着到了昆仑和仙界的人大战一场。

那种巨大的杀气和压迫让她有些喘不过气来。虽然东方彧卿和竹染都是踌躇满志，她却一点信心都没有。甚至一直到了这一刻，她仍然犹豫不决。

可是这件事和盗取神器一样，是明知道错，却依然不得不去做的事；是明知道阻拦在眼前的是长留是仙界甚至是师父，也不得不去抗争的事。

小月是她的孩子，这世上没有一个人，可以眼睁睁看着自己的孩子死。

"那是什么？取下来。"花千骨望着上方高高挂起的写着"花"字的战旗，心头咯噔一下。他们是去救人，不是出征。

斗阑干明白她的意思，命人把竹染让人挂上的战旗取了下来。

"我之前见过蓝羽灰，跟她说过你已经出了蛮荒，就在岛上，她有没有去找过你？"犹豫许久，花千骨还是忍不住问道。回来之后，斗阑干一如既往，什么都没说，她猜蓝羽灰应该没来过。

果然斗阑干愣了一愣，缓缓摇头："没有。"

原来那次半空中感觉有人在海底窥视他不是错觉，果然是那个人。

"她不敢来见我，她也不想见我。"

"可是她之前为了你……"

"她一向骄傲，不习惯欠人那么多，只是为了偿还罢了。见我无事，也便心安。"

"你们俩分开那么久，好不容易可以重逢，就不能放下过去，重新来过么？"

"你还小，不懂。没有什么是可以真正放下的，那么多年，沧海桑田，我们俩都已经不能回头了。就像你身上的那些伤，就算好了，疤痕却还在。时间可以久远到把当初的疼痛都遗忘，可是发生了就是发生了，再努力修补也无济于事。"

此刻的斗阑干已回到从前意气风发的样子，一张脸，不怒自威，此时却闪过一丝悲凉和无奈，慢慢转身离开。

花千骨坐在草地上看着月亮发呆，心中一片迷茫。他们都再也回不去了……

一只温暖的手突然放在她肩上，是东方彧卿。

"累了那么多天了，好不容易回来，怎么不去睡觉？"

"哪里睡得着，糖宝呢？"

"在你床上打呼噜。"

花千骨不由扬嘴一笑，继而凝眉摇头道："或许我应该自己一个人上昆仑，而不是将那么多人牵连其中。双方一旦开战，定是死伤无数。"

"你以为你一个人可以对抗整个仙界救出小月么？我知道你是真的想要救他出来让他平安无事，而不是但求尽力无愧于心。你知道，我们带大军前往并不是真想与他们一战，而只是起威慑作用。否则，我们根本没资格问仙界要人。他们也都不是傻子，知道与我们势均力敌，不会轻易开战，弄得两败俱伤、众生涂炭。而蛮荒众人也并不是说为了你才上昆仑，他们此去不过是为了替自己日后的生存抗争，为了与仙界达成协议不再被抓回蛮荒而抗争罢了。各有各的目的，你不用在这上面内疚或是耿耿于怀。"

花千骨轻叹一口气："我就怕事态超出控制，人心怎能轻易驾驭，要是真打起来，任何一方有所伤亡都是我不想见到的。我可以自己死，可是不想牵连那么多人。"

"你若是一死就能救小月的话，我也不再劝你。可这事不是这么容易解决的，难免会有所牺牲。"

"怪只怪我能力不足，要是我……"

东方彧卿笑着把她搂进怀里："是啊，每个人都希望有能力保护自己所珍爱的一切，为了小月，你一定要更强大起来，若到了战场上还如此犹豫不决，那我们就输定了，这一轮可就是小月的命和三千人的自由。所以不管这一仗打或者不打，我们都一定要赢。我知你怕众仙知道你才是真正的妖神，而怪罪白子画徇私枉法，坏了他的清名。到时你只需在暗中看着，不用亲自动手。竹染的咒法再加上你的妖力，应该足以隐去你的身形不被众仙发现。"

"那怎么行？"

"你妖力虽强，可是在没有解除封印的状态下也不可能一个人扭转乾坤。而一旦众人发现妖神之力在你的身上，杀小月不算，还会掀起新的一轮争夺，人人都想置你于死地，然后抢夺妖神之力。你何苦为难自己与仙界起正面冲突，一切交给我们就够了。何况，还有你杀姐姐帮忙呢。"

"杀姐姐？他也来了？"花千骨一怔。

"妖魔的大军也已逼近昆仑山，杀阡陌这一次是下定决心与仙界一战了。我们那么多人，一定可以救出小月的。只是骨头，杀阡陌心魔太重，执念太深，我担心他若发起狂来，事态超出控制，三界就真是一场浩劫了。"

"杀姐姐入魔越来越深了么？"花千骨满脸担忧。

"你不要内疚，他心中早有魔障，不是因为你才会变成这个样子，你只是一个诱因罢了。他自负太高，越是用力想要去守护，一旦守护不了，就越容易走极端。"

"我知道，杀姐姐一直对我有一种很强烈的保护欲。虽然世尊他们都误以为我们俩有染，单春秋他们也以为杀姐姐喜欢我，但是我能感觉到，杀姐姐对我只是发自心底的疼爱。他是魔君是妖王，比这漫天仙佛还要高高在上，又怎么可能仅凭当初茅山上的简单一面就那么轻易地喜欢上我？虽说他行事一向任性，可是对我的态度，百依百顺到了简直不顾一切，像是在用力去补偿些什么。有时候他望着我，眼中的却又不是我，好像在望着别人。我有几次忍不住想要问他，可是他每次和我在一起都好开心的样子，我不想揭他伤疤，他那样骄傲的人不会允许自己脸上有伤口，更不会允许自己心上有伤口。"

东方彧卿诧异地看着她，没想到她不知道一切，却早已洞悉了一切。

"你既然那么清楚轩辕朗和杀阡陌对你的爱都只是一种偏执和一种错觉，那么我的呢？你有没有想过我对你是什么样的感情，又是从何而起？我在你心目中又到底摆在什么位置？"

花千骨不自觉退了一步，艰难地缓慢摇头："我不知道……"

东方彧卿依旧温婉地笑，像春天河岸边的杨柳。

情不知所起，一往而深。很多事他想问，因为再不问就来不及了。他带着千年记忆轮回，早已学会了不去执着，行事只是随着自己本心，所以，没有多少的悲苦。他可以知道所有事，可是为何会爱上她却是个谜，连他自己都不知道为什么。可是世界上不是每一件事，他都必须要知道答案。就这样永远不知道，永远有一丝想念和希冀也未尝不可。

他轻拍花千骨的头，赶快长大吧，赶快强大到可以保护自己，可以不被白子画伤害，不要让我担心放不下。

花千骨望着东方彧卿，他的眼中满是忧伤，眼神缥缈，心顿时揪作一团，紧紧拽住他的袖子，仿佛手一松就会失去他，只有她自己知道，这个人对她而言到底有多重要。

这次群仙宴与往年不同，没有歌舞升平，一片肃杀之气。

妖魔来犯已是意料中事，昆仑山上天兵天将围了里三层外三层，到处都是结界和封印。仙界自以为一定可以阻挡杀阡陌等人，却没想到花千骨这边另有大军来犯。

瑶池内依旧温暖如春，飘花如雨。五彩的瑶池水细波荡漾，水中央一根光秃秃的粗壮枯木直插入云霄，传说是上古被天帝下令斩断的通天建木上的一根枝丫，从此神人永隔。

而南无月就将被绑在这根建木枝上，在五星耀日之时，受天火焚身和天雷穿心的极刑，将不死不灭的妖神真身化为灰烬。

即将行刑，笙箫默解开封印将南无月从箫中放出，眼见黑色云气外溢，众仙在座，各个凝神防备。

黑色云气慢慢地在地上凝结成形，璀星石此时已被邪气完全侵蚀，透亮的晶体里布满了黑色的丝状物。

笙箫默心头一惊，竟见南无月依旧是少年形态，没有变回孩童，正满脸笑意地望着他。

怎么回事？明明已经日升月落，他竟还能维持少年的形态？

笙箫默暗叫不好，上前两步想要再在璀星石上覆上一层封印，却见南无月已经在石中站起身来，翻手凌空一握，璀星石顿时在他周身碎作千万片，反射着阳光，瑶池中一时到处都是星星点点的璀璨光亮。

众仙无不大惊失色，仓皇后退，以为妖神恢复法力，得以突破禁锢而出。只有笙箫默和摩严等人知道他徒有妖神之躯，并无妖神之实。飞身上前，想要将他重新关入笼牢。

南无月身上妖力虽未遭封印，却所剩无几。可是诸仙联手合围，竟然半点都奈他不得。他只用一只手便简单地化去所有法力的攻击。

摩严和笙箫默都不由得内心惊骇，妖神之力竟然强大到如此地步，那如果花千骨身上的封印解开，会有什么样的后果？

更可怕的是，单凭白子画之力，如何封印和压制得住如此强大的破坏之力？封印迟迟没有被花千骨冲破，不过是因为她怕伤了白子画，一直心有顾忌罢了。那如果有一天，她不再顾及师徒之情呢？

南无月一面单手应敌，一面环顾四周的美景，云淡风轻，南无月淡然一笑，仿佛这世间一切都那么不值一提。

看到一个年纪尚小、长得与花千骨有几分相似的仙婢正惊恐万分地往桌子下面钻以免受波及，南无月随手一吸竟将她吸了过来，捏住了她的脖子。

空中光波乱舞，不时有仙人被击中倒地，众仙在帝君帝后前排了一排又一排的人墙。

笙箫默想要救那仙婢，却无奈根本近不了南无月的身。

南无月凝眉看着那女子，嘟了嘟嘴巴："一点都不像。"说着竟单手一握，鲜血四溅，连同那仙婢的魂魄都被他捏碎。

众仙望着他依旧天真无害的美丽笑脸，都不由得感到毛骨悚然。

南无月也没有特定目标，这些人他都不认识，没什么差别，他信步在瑶池中走着，随手抓着一个就杀一个，手段极其残忍直接，满地都是血。地上的桃花瓣都浆住了，空气中花香和血腥味混合成一种刺鼻的奇怪味道，直让那些习惯了一尘不染的仙们想要呕吐。

摩严和笙箫默骨子里都是一阵发寒，一个妖力已失的妖神就已经能将高高在上的仙轻易玩弄于股掌之中，这叫人怎能不怕，怎能不杀！

南无月像一个刚来到这世间的孩子一般，一面应战，一面还不时停下脚步，拿起桌上那些精致的琉璃杯盏，扯下某人身上的锦带玉佩左看右看，又或者咬一口蟠桃，抿一口忘忧酒，还不时做个鬼脸，吐吐舌头。

不到片刻，已有十多人被他打得魂飞魄散。什么法宝对他都没有用，众仙只能用阵法试图将他困住。

正当众仙快要无计可施之际，南无月突然停住了脚步，望着天边，嘴一开一合像是在喃喃自语。

"那么快就来了啊，我还有力气没用完，本来打算多杀几个仙界的讨厌鬼替姐姐出气呢！唉，算了，不跟你们玩了。"

南无月身上的光芒渐渐黯淡，身子突然一软，倚着桃树瘫倒下去，进入半昏迷状态。

众仙以为他使诈，犹豫许久，不敢轻易上前。摩严猜是他积蓄已久的能量用尽，撒出光壁将他牢牢罩住，上前一连点了他多处气穴，下了数重封印，又回头对帝君道："请借诛仙锁一用。"

"大师兄！"笙箫默眉头一皱。摩严却仍拿了诛仙锁来，硬生生用内力从南无月的手腕脚踝处穿了过去：

鲜血流经之处尽成焦土。南无月迷迷糊糊眯着眼笑，竟是哼也不哼一声，仿佛根本感觉不到痛楚一般。微闭的眼睑，目光流转，说不出的魅惑动人，腕上和踝上轻薄如纸的娇嫩肌肤，映衬着鲜红的血，格外刺眼。许多仙人定力不足，竟一时神魂飘忽，心志被勾，无端生出怜惜之情，心痛不忍间，竟要出手阻止。摩严一声大喝，这些人才被惊醒，想到他方才血腥杀戮，不由得羞愧难当。

一连上了几重枷锁，摩严这才微微放下心来。是他看管不当，才会发生之前那种惨事，南无月由他和众天将亲自押往建木。

南无月脚步有些踉跄，手和脚拖着长长的锁链，末端握在摩严手里。鲜血一滴又一滴，那锁链拖拽的声音更是清脆响亮叫人不忍听。

摩严如履平地涉过瑶池水，把他用锁链牢牢地绑在了建木上。然后片刻不离地在一旁守着，看了看日头越来越亮，就快到五星耀日的时刻了。

笙箫默望着南无月脸上始终若有似无、看似天真无害的微笑，心头越发没底。他明明中了掌门师兄的法术，还身受那么多封印的束缚，居然都轻易逃了出来。如今就算师兄在，众仙联手也不一定奈何得了他。他之前可以逃，却为何不逃？如今更可以走，却为何要乖乖俯首就擒？不会只是妖力用完这么简单。

仙婢惊魂未定，很快把周遭打扫干净，恢复如初。可是空气中飘浮的诸仙和南无月的血的气味，却始终淡淡萦绕，不肯散去。

突然建木那里银光暴涨，众人定睛一看，南无月已从少年恢复成孩童的形态。四肢被仙锁穿通高高吊在建木之上，异常疼痛，开始哇哇哭起来。

众人虽明知是妖神的变化，但看着天真孩童遭此对待，仍忍不住深感内疚。

此时传报妖魔军队已经到了昆仑山，与天兵天将混战成一团。而杀阡陌和单春秋等人更接连突围，正飞速接近瑶池。

众仙无不着急地看着天上，只盼着赶快除了这妖孽，心头也少受些煎熬。

而当花千骨率领蛮荒众人，由异朽阁开辟密径，进入昆仑山，直达瑶池上空之时。看到的就是小小的南无月手脚全被穿通、浑身是血、奄奄一息吊在建木上这一幕。

花千骨浑身一震，差点从空中掉下去，心痛得都快要裂开了。那个孩子，从还是小小的婴儿开始，她都是捧在手里怕掉了，含在嘴里怕化了，视若珍宝一样。如今却被这样吊在建木上等着被处死！平时他一点点小摔小碰都会疼得直掉眼泪，他们却用那仙锁锁他的骨，这样的体肤之痛要他一个孩子怎么承受得住！

他明明什么也没做错，只是个什么也不懂的孩子，却为何要受到仙界这样的对待？她不在他身边的这一年，他究竟又受了多少折磨？

耳边远远传来南无月的啜泣声，奄奄一息地哭喊着："姐姐救我……"

当初诛仙柱上受刑的一幕又在脑中回放，销魂钉的痛刻骨铭心从未磨灭。此刻她看着南无月，更仿佛承受着当初千百倍的痛苦。

好一个仙界！非要把每件事都做得这样残忍、不留余地么？

杀她逐她都不要紧！可是谁也不准伤害她爱的人！

花千骨什么也顾不得地直向南无月飞去，却被东方彧卿死死拉住。

"骨头！不要急！我知道你护他心切，可是这样冲动也无济于事！救不了他的！"

花千骨紧握成拳的手因为气急而不停地颤抖，咬牙切齿地说道："就算灭了这仙界，灭了这天地，我也要把小月救出来！"

东方彧卿看着花千骨的眼中有生以来第一次露出一丝狠厉和恨意，不由得微微一怔。

杀阡陌等人要早花千骨他们一步，无奈根本无法突破瑶池上空众仙合力围成的结界。本来一切全在摩严预料之中，用天兵天将拖住昆仑山上的妖魔大军，然后用结界将杀阡陌他们阻拦在外。只需拖过五星耀日南无月被处决，妖魔就再无戏可唱。

十二元辰、十八罗汉、二十诸天、二十八星宿、三十六天将……稳妥起见，这次群仙宴几乎宴请了九天所有的仙佛。合众仙之力所铸成的结界，杀阡陌他们半点突破的可能性都没有。

摩严站在南无月身边冷冷地笑，任凭结界外妖魔如何疯狂肆虐妄图摧毁结界，头都懒得抬一下。

这时蛮荒众人却如一片乌云飘到瑶池上空，黑压压的三千余众，虽不似军队那样整齐划一，却也丝毫不凌乱。众仙都不由得错愕。

帝君一眼就瞥见向他得意招手的腐木鬼，其他各仙也纷纷看见过去或与自己有仇怨，或被自己亲自逐去蛮荒的仙魔。其中还有巨大身形的哼唧兽，踏着四团火焰一样的祥云，威风凛凛一声怒吼，瑶池水也荡漾不止。

在座诸仙都霎时间面色苍白如纸，无论如何也没想到这些人竟从蛮荒逃了出来。太多恩怨牵扯不清，许多心虚、能力又有限的仙人害怕被寻仇，竟悄悄起身离席。

瑶池的光线瞬间暗了不少，上空全是张牙舞爪怒吼着妄图冲破结界的妖魔。

笙箫默虽没有看见东方彧卿和花千骨，但是见众人能上得了昆仑山，估计他们二人也应该从七星阵中逃出来了，于是赶忙向摩严传音道："大师兄，赶快通知二师兄吧。"

摩严皱着眉，冷哼一声："小小一帮妖魔弃仙，何足挂齿，没必要特意让他赶过来。"

子画心底对南无月这小孩颇为喜爱，定是不忍见他受刑，更不想知道他之前血腥杀戮之事，又何苦让他难受，明明心底已经够苦的了。

笙箫默知摩严心思，不由得莞尔，却仍皱起眉头："他们我倒不担心，但是千骨只听二师兄的话，若是她使出妖神之力……"

摩严双手紧握："我会在那之前就让她死无葬身之地！"

"东方，是杀姐姐！"

花千骨和东方彧卿隐身在众人之中，东方彧卿正在想办法突破结界。花千骨看见杀阡陌的莲榻，只是纱幔重重，看不见杀阡陌的脸，却相隔大老远也能感觉到莲榻周围血红色的妖气和杀气。

东方彧卿拉住巴不得立刻飞奔过去的花千骨，神色有些凝重，杀阡陌明显入魔更深了。

"杀阡陌已经知道你来了，不用过去，会暴露行踪的。摩严正观微于你，想揪你现形。"

花千骨凝眉点头，心急如焚，看着下面的南无月："这结界竟那么牢固么？连东方你都破不了？"

"这是自然，以我一己之力，如何敌得过天庭百仙？不过别急，我不成还有斗阑干。"东方彧卿依旧微笑，似是胸有成竹。

蓝羽灰还有夏紫薰都不在杀阡陌身边，花千骨猜她们之所以没来，可能一个是怕见到斗阑干，还有一个是怕见到师父。

这次随她而来的蛮荒众人纯属自愿，余下没来的众人，有的法力已失，由异朽阁重新给予身份送回人世间过平凡的生活。有的身有残疾，重伤未愈，也由异朽阁来安排照料。

斗阑干身着往日金色战袍，负手站在云端，俯瞰着瑶池和仙界众人，心中感慨颇多。他虽为蓝羽灰背叛了仙界，但也曾为了保卫仙界几度出生入死，再加上受的刑和被逐去蛮荒的这百年，也算是扯平了。待他还了丑丫头的情，这一生就再无挂碍。

瑶池中的天兵天将基本上全都是他过去的部下，当初都以为他身死，差点闹出兵变，如今见他竟现身，全都不由自主地湿了眼眶，齐齐向他拱手，单膝跪拜。

这一来帝君还有众仙面上都是一阵青一阵紫，他们知道斗阑干在仙界的威信，生怕兵将临场倒戈。这结界虽固若金汤，但力量全用在对外上，若从内部攻破，怕是就有些不堪一击了。若妖魔涌入，必有一战，光是杀阡陌他们也就罢了，如今再加上斗阑干和蛮荒众人，势必两败俱伤。

果不其然，未等他们反应过来，就见角落里嗖的蹿出一红一蓝两个身影，迅速地向空中飞去。

"快拦住他们！"

众仙一看，不是天兵天将，竟是斗阑干的胞弟南岭寒和北海龙王，谁又拦得住？

二人飞快地突破结界而出，又惊又喜直奔到斗阑干面前。

大好的机会。腐木鬼和旷野天等人不约而同地向结界瞬间闭合处施法，银光暴涨，空气中传来巨大的破碎声，妖魔和蛮荒众人鱼贯而入。

此刻南岭寒和北海龙王已是激动得不能言语，他们两人一个因斗阑干之事一直对仙界心有芥蒂，一个坦率豪爽明恋斗阑干已久，又哪里还顾得上那么多。一人握着斗阑干一只手，只顾着叙旧。

斗阑干见南岭寒修为大增，北海龙王比百年前更加明艳动人，心下几多欢喜。

再一低头见两方顷刻就要兵戎相见，连忙一声怒吼，天兵天将和蛮荒众人甚至连妖魔都不由得各自退了一步。

斗阑干有如天神从天而降，冷冷俯瞰群仙。

"枉你们一天到晚说什么慈悲众生，却都是惺惺作态。九天仙佛，就是这样对待一个孩子的么？"

斗阑干还是如当年一样雄视四海、气吞八方，众人在他的斥责下都不禁面有愧色，却又想起南无月方才嗜血杀戮的情景。若说他之前只因为身为妖神就被处刑还有点冤，如今却是怎样都不过分了，不由得一个个又觉得有理起来。

杀阡陌的莲榻飘浮在半空中并未落地，似是怕被这瑶池仙境地上的尘埃弄脏一般。他始终不发一语，单春秋不知道他在想什么，故而也不敢自作主张率先发难，安静地站在一旁，看斗阑干等人与仙界对峙。他知道杀阡陌这么久以来一直是因为花千骨的嘱托才会想尽办法救南无月。不过无所谓，他只需要结果，不需要管目的是什么。

东方彧卿和花千骨正悄无声息地向南无月被缚的建木处靠近，要想在群仙面前使用法术隐身，实在不是一件容易的事。

见事态如自己所预料的那样发展，东方彧卿微微松了一口气。在这样势均力敌的状态下，他们才有资格和仙界谈判，而谈判的目的并不是为了救人。很明显就算仙界不想谈又不想战勉强在听，也绝无可能把人交出来。他们在做的不过和仙界之前做的一样，只为了拖时间罢了。拖到五星耀日的最后一刻，就算真要打起来，死伤也不会太多了。

摩严与斗阑干过去私交甚深，奉命上前与其交涉。斗阑干与摩严对视片刻没有说话，只是轻轻点头算是打过招呼。

"我们此行目的有二，请仙界从轻发落南无月，还有下令赦免蛮荒众人的罪过，我们既出蛮荒，就决不会再回去。"斗阑干一字一句说道。

众仙很快商讨出了结果，蛮荒众人既已逃出，伙同一气，再想把他们缉拿回去难如登天，与其把他们逼反，不如做个顺水人情。但是要想南无月不死，那是一万个不可能。

正当瑶池中众人注意力都集中到斗阑干他们那儿，东方彧卿和花千骨已神不知鬼不觉地绕到了建木之后。仙锁极是难解，何况还穿入南无月骨内。花千骨心疼地看着他，怕被旁边守卫发觉，手直接放在他头上传音唤他："小月……"

南无月失血过多，半昏迷中听闻花千骨的声音，睁眼抬头看却什么也没瞧见，还以为是自己做梦。

"姐姐在这儿，小月，你看不见我。对不起，让你受苦了。姐姐这就想办法救你出去，可能会有点疼，你忍着，不要出声。"

南无月眼泪大颗大颗往下掉，姐姐真的来救他了么？他就知道姐姐不会扔下他不管的。

在东方彧卿解开仙锁的一刹那，花千骨咬着牙硬生生把锁链震断然后从南无月的骨头里抽了出来。

众人听见响动转头看，见南无月竟震开锁链飞到半空中，手腕和脚踝上的鲜血从喷溅到飞快止住，伤口也迅速愈合，一个个都惊得瞠目结舌。

摩严虽一直面对着斗阑干，却无时不在留意着南无月。在仙锁被解的那一刻，一记白光就已瞬间击出。

哼，那丫头果然来了。

南无月双目微闭，早已疼晕过去，花千骨正一面给他止血，一面往他体内输入内力。她抱着南无月，四面八方全被摩严罩住封死躲闪不开，而东方彧卿本能地挡在了他们二人身前。

花千骨连忙一掌将东方彧卿推开，同时飞快转身，紧紧护住怀中的南无月，任凭光波打在自己背上。

见白光在离南无月身外一尺消失不见，摩严知道打中了。其他人也凝神防范空中隐去身形的某人。众人都不由得疑惑，是什么样的法术让在场那么多仙人都没有识破。

"孽障！还不快快现形！"摩严低喝，似是没想到花千骨为了不暴露身上的妖神之力，竟硬生生受了。可是她身上所有的法力早就被白子画废了，不使用妖力，她连常人都不如。

花千骨和东方彧卿的身形一点点出现在半空中，花千骨抹去唇边的血迹，淡淡一笑，抬手示意东方和下面蛮荒众人她没事。

终于救到小月了，也拿到仙界口谕。她和斗阑干对望一眼，想办法准备马上离开。

摩严冷笑，就是要引她出来，一网打尽。

"骨头，小心！"东方彧卿发觉不对，可是晚了一步。花千骨怀中的南无月突然双眼一睁，却不见眸子只见眼白。右手直插入她体内，还好位置偏了一点点，没有掏出她心来。

花千骨受到重创，双手一松，南无月掉了下去，被一人抱在怀里。

"傀儡术？"花千骨飘浮不稳，低头果然看见蒙着面的幻夕颜，双手十指张开，无数根透明的气丝连在南无月的身体上。

原来摩严刚开始不但给南无月施了各种封印，还联合其他人下了咒术。

东方彧卿正欲飞到花千骨身边，却被空中透明壁罩反弹了回去，此时，北斗七星君等已将他团团围住。

瑶池众人也剑拔弩张，布下大阵和结界妄图困住妖魔和蛮荒众人。斗阑干见花千骨受伤，突围而出，却又被笙箫默拖住。蛮荒众人也跟天兵天将大打出手。场面混乱不堪，这些人每一个都是六界高手，一时间，整个瑶池五色光芒闪耀，尽是分金断玉之声。

花千骨见一场大战在所难免，深吸口气，直视着面前正冷冷看着她的摩严。

摩严眼中毫不掩饰的憎恶让花千骨的心里微微有些难过。直到此刻，她依旧尊敬他，当他是大师伯，就算他从来都不喜欢她。她只是想回来救小月而已，难道他就非要置她于死地不可么？

此时，面前突然闪过一个火色身影，速度之快以她今时今日的能力都根本没看清楚。

"杀姐姐……"花千骨有些错愕，因为杀阡陌的模样变了许多，紫色长发颜色更深了，几近于墨色，隐隐反射出诡异的微光。眉间妖冶的殷红花印此刻爬满了整个额头和半边脸颊，直没入脖颈。绯红的双瞳看不见瞳孔也没有半点亮光，犹如两颗血珠镶嵌在眼眶内，比过去更美艳光华，却有些触目惊心。

瑶池内众人见他，都不由得顿了一顿，片刻失神。拥有这样日月尽掩、颠倒众生姿态的人，竟然是妖魔之首、两界帝王，实在叫人又爱又恨。

杀阡陌缓缓低头，看着花千骨微微一笑，姿态优雅，却犹如蛰伏的猛兽。

"摩严，上次在海上你对她下毒手，今天我杀阡陌必十倍奉还。"

那日杀阡陌到得太迟，花千骨已不顾重伤奔长留去了。他听到蓝羽灰禀报一切，只恨不得将摩严断筋拆骨。之后他修炼妖魂破入魔一日比一日深，单春秋和云翳他们轮番劝谏，他也一概不听。

摩严望着杀阡陌，紧紧皱起了眉头。以杀阡陌今时今日的能力，想要赢他根本不可能。而那边笙箫默对战斗阑干十分吃力，眼看就要扛不住了。东方彧卿敌不过众人联手，但声东击西、神出鬼没，一时根本制他不住。

摩严抬头看了看天上，偏正当中的太阳周围已出现五个小小的亮点。马上就要到时间了，再这么拖下去不是办法。

"我不和你打。"摩严冷道，转头便向斗阑干飞去，见笙箫默胸口正中一掌，他也不由得心狂跳了一下。

杀阡陌哪儿容他走，飞快出手，两人一个拼命闪躲，一个疯狂进攻。

花千骨此时也为了争夺南无月与幻夕颜缠打在一块儿，却为了不伤及她怀中的南无月，出手分外小心。

一时间，瑶池水彩波翻腾，荡漾不休，空气中血腥、毒气、花香各种味道，还有喊杀声、怒吼声、金石爆破声混合在一起。

因为云隐如今身为茅山掌门，立场为难，没有前来，云翳难得没有躲在暗处，而是出来一战。诡异的各种禁忌之法层出不穷，再加上完全不要命的打法，死在他手下的仙人不计其数，连单春秋看了都不由得吃惊。太白山一役之后，云翳与云隐就再未曾见过。杀阡陌尝试了许多方法，想要解开他身上与云隐的牵绊之术都未能成功。但奇怪的是，云翳却再未增添过任何莫名的伤痕。

单春秋认为是术法已经解开，云翳却知道那不可能，唯一的答案，就是云隐在那之后，再没受过伤。

趋利避害，这对于常人来说是天经地义的事。然而对于一直以降妖除魔为己任的云隐来说，凡事退让，自保为上，云翳知道这对他而言有多困难，又是多大的一种耻辱。

可是他，还是为了自己……

云翳心中更恨，发泄一样，出手毒辣，连绵不绝。然而跟他对阵的霓千丈乃一派之尊，也不是省油的灯。他表面上不断退让，却是一直在寻找云翳的弱点。直到找到那个漏洞，一击即中，金色的光波狠狠打在云翳的心口处，然后爆射开来。

瞥见这边战况的单春秋也不由得大吃了一惊，本以为这次云翳死定了，没想到的是，光芒散去，云翳竟然跟没事人一样，好好地站立着。霓千丈也受惊不小，难以置信地看看云翳，又看看自己的手，不明白是出了什么问题。

然而云翳却恍然大悟，明白了什么，凄厉地人吼一声，然后瞬间飞离了瑶池。

花千骨见仙魔两边打得不可开交，心头越发焦急，再这样下去，远离尘世的仙境瑶池将会尸横遍野了。

就在此时，远处空中又来了一队人马，她一开始以为是其他仙派来人支援，定睛一看却竟然是竹染一行人。

东方彧卿暗叫糟了。

花千骨身子一阵瑟缩，本能地抬手摸自己易容的脸，却仍是害怕，从地上随手勾起一个蒙着白纱的斗笠戴上。

东方彧卿老远瞧见花千骨手脚大乱，连中幻夕颜几掌，连忙传音道："骨头，不要慌，揭了她面纱。

幻夕颜一手抱着南无月，速度自然没花千骨快，一不小心，面纱就被揭开来。她失声惊呼，立刻捂住自己的脸，却还是被花千骨和其他一些人看见。

她修炼的傀儡术威力十分强大，但也很奇怪，每次使用的时候，五官都会移动错位，例如她只需要撇撇嘴，对手就会扬手扇自己耳光，只需鼻子往左拧，对手就会原地转圈等。修为越低的人越容易操控，但一次只能操控一个人。这次她就很容易操控了丝毫没有法力和反抗能力的年幼的南无月，利用他去攻击和牵制花千骨，因此整张脸看上去是扭曲变形的，仿佛被揉乱了一般，十分恐怖。

正当她失神间，面前突然出现一人，以极快的速度和身法抢走了南无月。幻夕颜见容貌被人看见，人又被抢走，羞愧难当，再不缠斗，扭头便走。

花千骨大喜："竹染，你那么快就回来了？"

竹染也不回话，脱下外套将南无月裹住，伸手摸了摸他的小脸，双眼放射出奇异的光彩，喃喃自语道："这个就是妖神真身啊。"

"竹染，我师父呢？"

竹染咧嘴一笑："我杀了。"

花千骨猛的一震。

"骗你的。我怎么杀得了他？任务失败，你师父太厉害，发现得太早，我拦不住他，也不想死他手里，所以先逃回来报个信。"

花千骨看他的鼻子缓缓流出血来，随手用袖子擦去，而袖子上已经沾满了血迹。知他受了很重的内伤，师父很少下这样重的手，二人一战一定十分激烈。

"你没大碍吧？"

"我一向是贪生怕死之辈，自然不会让自己有事，只是东方彧卿以为我可以靠禁术拖住你师父，我看也不尽然，白子画明显之前就已经知道我出了蛮荒，算准了我会帮你，所以早就通晓了我法术的破解之法。虽暂时困住了他，但是他应该很快就会赶来了。我们快走！"

正在此时，原本在空中恶战的杀阡陌和摩严都停了下来，傻傻地注视着他们。

摩严自知不敌杀阡陌，所以不肯同他正面应战，一直闪躲，所以受伤并不太重。此刻见到竹染一身青衣，满面疤痕，犹如青面怪兽的脸，整个人都呆愣住了。其他人何曾见过他如此失神的模样，都纷纷一面应战一面掉转头看是何许人。

而杀阡陌突然暴走，发了狂一般，双目赤红得快要滴出血，扔下摩严，向着竹染俯冲而下，连极美的面目都变得狰狞了。

杀阡陌仰天发出惊天动地的怒吼声："竹染！我要杀了你！"

竹染抬头，看着杀气腾腾向他直扑而来的杀阡陌，脸上带着轻蔑的笑意，毫不惊慌地往花千骨身后一躲，把她推到自己前面挡住。

杀阡陌硬生生停在离花千骨一尺远的半空中，胸口因为激动而起伏不定。花千骨从未见过他发那么大的火，他竟和竹染有仇怨么，以前怎么从未听他们俩提起过？不过看杀阡陌那极怒的神色和极深的恨意，定是大仇不共戴天了。

"竹染！你个卑鄙小人！给我滚出来！"

"我就不出来，你奈我何？"竹染孩子一样赖皮，哈哈大笑。

杀阡陌气得快喷出火来，连连出掌，竹染却紧紧从后面拉住花千骨又躲又闪拿她做挡箭牌，杀阡陌心知自己出招威力太大，深怕误伤花千骨，每每总是在花千骨前面及时停住。

"小不点儿！让开！"

这个关键时刻，他们能不能全身而退都还成问题，花千骨可不想他们两人打起来。更何况竹染对她终归算是有大恩，不能这样不明不白地就让杀姐姐给杀了。

"姐姐不要……"花千骨抱住杀阡陌的手臂，却被他猛的推开。不管杀阡陌如何失去理智，他都从未对花千骨有过半分粗暴，看来这次是真的恨到极致，杀意已决，花千骨一时不知如何是好。

看竹染的模样，却似乎毫不担心："杀阡陌，你真以为杀了我，就算替青璃报了仇了？笑话！若真想报仇你就应该引颈自刎，害死她的人明明就是你！"

"一派胡言！"

杀阡陌气到双唇颤抖，出招完全失了章法，拼命攻击，却是破绽百出，血色花纹在脸上蔓延开来，逐渐遍布全脸。而竹染神出鬼没，到处闪躲，摆明是刻意惹怒他。

"魔君！"单春秋惊慌失措却被众仙缠斗脱不开身，若是杀阡陌的花纹遍布各处，邪功脱离控制，是会被妖魂反噬的。

花千骨还不知道发生了什么，扑上去想抱住杀阡陌却被他身上红光弹开。

竹染望着杀阡陌扭曲的面容，眼中也闪过一丝恨意："不要自欺欺人了，你比谁都清楚，真正害死青璃的不是我而是你自己。我知道这些年来，你做梦都想杀我，你以为杀了我，就是替青璃报仇，就能让自己的心得到解脱？我告诉你，不可能！"

"是你负了青璃！是你欺骗利用了她！她是被你杀死的！"杀阡陌怒吼。

竹染垂下眸子，再一抬眼，又是一片与己无关的云淡风轻。

"那又如何？是她自己傻，相信了我，仙魔本就不两立。可是你呢，杀阡陌？你是她亲哥哥，她做这一切的初衷，都是为了你，你却为了妖神之力，抛弃了她！"

"没有！我没有！我……我只是……"杀阡陌回忆起昔日他与青璃二人在魔界到处东奔西逃、受人欺凌。他只是想要摆脱那一切，再不屈居人下，难道这样也错了么？

他努力潜心修炼，心狠手辣，直到妖魔二界全都对他闻风丧胆，他都是为了保护她！

他不是放弃她了，他只是鬼迷心窍，一时无法做出抉择！

失去了她，得到妖神之力又有什么意义？他又应该再去保护谁？为什么不等等他，为什么不多给他一个机会？为什么不肯相信他！

杀阡陌急促地喘息，妖纹迅速蔓延开去。

竹染冷笑："承认吧，杀阡陌，你永远都是一朵孤芳自赏的水仙花！一个可怜又可悲的自恋狂！你根本就不爱任何人，这世上你唯一爱的人只有自己！"

杀阡陌仿佛被人狠狠扇了一耳光，耳中嗡嗡作响，久久回不了神。四周突然刮起诡异的阴风，且一阵强过一阵，无数鬼魅妖魂在风中嘶吼。

"东方！他们在说什么？杀姐姐怎么了？"花千骨开始涌出巨大的惶恐，无奈杀阡陌周身光芒结界暴涨，她无法靠近半步，连忙向东方或卿传音询问。

"骨头，杀阡陌身为妖魔之主，一心想要成为六界至尊，天下无敌。理应是比任何人都要贪图妖神之力，可是手下一帮人为了神器处心积虑，不择手段，他却总是表现得不够上心，甚至轻易将神器交予你，你可知是什么原因？"

"因为……杀姐姐已经很厉害了啊！"

"傻瓜，他是厉害，但六界之中并不是没有敌手，诸如白子画、斗阑干、墨冰仙他们，至少论狡猾论战术，他是比不过的。这世上没有人不渴求无所不能的强大力量，而这一切凭借妖神之力就可以轻易得到。早些年，杀阡陌对于神器的执着程度也是相当强烈的，虽不至于不择手段，但也不会到如今你说想要便轻易交给你的程度。直到，青璃的死。"

"青璃是谁？"

"杀阡陌的妹妹。他在这世上最疼爱之人。"

听东方彧卿这么一说，花千骨顿时明白了一大半："难怪……"

"当年杀阡陌修炼心切，渐有魔化迹象，青璃想用流光琴将他拉回正轨，骗他说想听他弹琴，杀阡陌不会，而流光琴不管弹的什么都是天籁，他便跑去长留山跟白子画借，却被划伤脸，大怒之下潜心修炼，结果入魔更深。青璃担忧之下，为了他潜入长留偷盗流光琴，却被竹染利用。竹染假意助她得到流光琴，换取了她的感情和信任，之后却用她的性命要挟杀阡陌，要交换杀阡陌手上辛苦夺得的五方神器。"

"啊？"

"杀阡陌虽然疼爱妹妹，但五方神器，耗费多少条性命、多少精力和汗水才好不容易获得。他——犹豫了。"

花千骨点头，这是人之常情。

"但就是那一刹那的犹豫，却成了他永远的悔恨。青璃自尽在竹染剑下。"

花千骨难以置信地瞪大双眼，一时不由得心疼起来，她能想象眼睁睁看着自己的妹妹死去，杀阡陌该有多痛苦。

而对青璃来说，为了神器，被哥哥抛弃，被心爱之人背叛，都无疑将绝望的她逼上了死路。这样的选择，的确是让她最爱的两个人不用再为难，但何尝又不是另一种惩罚。

"杀阡陌悲痛欲绝，竹染也趁机拿到了他手中的神器，汇集从各派还有长留手中获得的其余神器。那是在你之前，神器集得最齐的一次。仙界上下都绝望地以为，妖神就要出世了。再加上杀阡陌为了杀竹染报仇，挑起仙魔大战，仙界节节败退。"

花千骨不知道原来之前为了争夺神器，还发生了这么多的事。

"摩严脸上的巨大疤痕，就是当初为了清理门户时被竹染划伤留下的。只差一点，竹染就成为真正的妖神，但最后却不知为何掉下了贪婪池。人人都以为他死了，却没想到是被发配到了蛮荒。从那以后，杀阡陌性格大变，虽然也抢神器，但是不再像以前那么执着了。后来，又遇到了你。"

"所以，杀姐姐才一直对我那么好？他把我当成了青璃，努力想要补偿对么？"花千骨一直都觉得杀阡陌从第一次见她开始，就对她好得几乎没有缘由。

"是的，骨头，你的出现，给了他唯一赎罪的机会。"

东方彧卿轻轻叹息，可是杀阡陌再次拼尽全力，依旧只能眼睁睁地看着花千骨被白子画带走，受了销魂钉之刑，被废还被发配蛮荒。心高气傲的他再承受不住，终于一步更深一步地入了魔……

此刻在这紧要关头，却又让他看见竹染，旧事重提，竹染每一句话都在往他从未愈合的伤口上撒盐。疼得他不想清醒，却又不得不清醒。

花千骨眼看着杀阡陌情绪急速激化，周身的红光膨胀犹如巨大落日，周遭狂风大作，吹落一地桃花，瑶池巨浪滔天，到处飞沙走石。

花千骨戴着斗笠，虽有面纱遮挡，依旧吹得她睁不开眼。

杀阡陌此刻露在外面的皮肤已经爬满了血红色的妖冶花纹，抬起头来，已看不见眼白，眼眶里只有一片血红。

"去死！伤害她的人，都得死！"

巨大的红光掩盖，花千骨什么都看不清楚了，知道他这一击若是击出，整个瑶池怕是都会被夷为平地，众仙不顾一切，同时向杀阡陌施法打了过去。

红光与诸多光芒相撞击，抗力越强，妖魂破力量也随之增强，红光范围也不断扩大，眼看已超过杀阡陌所能承受的极限，他却宁肯同归于尽，也依旧半点都不肯退让。

"杀姐姐！"花千骨在风中凄楚地大喊，看着杀阡陌身上筋脉穴道纷纷断裂爆开，鲜血浸染他的红衣，颜色更艳了。花千骨的心揪作一团，知道他若再不收手，怕是连性命都难保。只是他此刻已入魔，无论花千骨如何传音如何叫他，他又怎么听得进去？

"魔君！"单春秋飞快结印，不顾性命想要硬闯过去，却被花千骨拉住。

"我去。"

花千骨再顾不了是否会有损师父清名，一咬牙，拼命冲破封印，浑身妖力大增，化作一道紫芒直向杀阡陌飞了过去。

诸仙攻击全被她一人震开，杀阡陌的妖魂破也在她张开双臂温柔的环抱下逐渐缩小成一个团，重新回到体内。在场所有人都震惊了，呆呆看着他俩。

只是妖魂反噬太严重，杀阡陌已经快撑不住了，却依旧满脸恨色想要杀掉竹染，却说不出那种恨，是遗恨，还是对自己无能为力的痛恨。

花千骨心疼得快要掉下泪来。

"姐姐，够了，够了……"

"我保护不了她，也保护不了你，可是，大仇怎能不报？你不要拦我，待我杀了他，再杀白子画，杀这仙界众仙，替她报仇，替你报仇……"

杀阡陌右手翻转，踉跄一步，却在正要运功之时，身子一软，整个瘫倒在花千骨身上。花千骨妖力直击而入，连点他背上生死穴和几个气穴，泄尽了他的内力……

"小不点儿……"杀阡陌惊讶地望着她，慢慢倒在她的怀里，只感觉一股巨大的睡意向他袭来。

不能睡……

他知道这一睡，或许就是永生不醒。

花千骨牙关颤抖强忍住啜泣："姐姐，够了，你做得已经够多了，青璃会明白的……"

杀阡陌苦笑摇头："她恨我，梦里她总是朝我哭着喊着：'哥哥，你怎么不肯救我？'"

或许潜意识里，这些年来，他真正想要报仇想要杀的人其实是他自己——

竹染在一旁看着听着，见杀阡陌执念竟深至于此，心头不由得一阵怆然，终于慢慢开口说道："不，她恨的是我。临死前她说，哥哥会替她报仇的。"

杀阡陌不由得一笑，牵动内脏，咯出一口血来。

花千骨惊慌失措地抱住他："姐姐，你别怕！我不会让你死的！你先睡一下，先睡一下，我一定会有办法治好你。"

杀阡陌摇头："姐姐执念太深，心肺早就被妖魂啃噬坏了，治不好的。单春秋、旷野天，你们以后负责帮我照顾小不点儿，有什么事听她的就好了。"

"魔君！"妖魔听他都已经开始交代后事，都吓得齐刷刷跪倒在地。

"姐姐，不要瞎说，我一定会有办法的。"

"生死对我都已经不重要了。小不点儿，你会怪姐姐么？"

"不怪，为什么要怪？"

"姐姐没有告诉过你青璃的事，也没有告诉你其实一开始姐姐只是把你当作她的替身。"

"不会，能代替青璃，得到姐姐的疼爱，是小不点儿几世修来的福分。"

"傻瓜，你以为我只把你当作妹妹么？我固然是不太明白人世间的情情爱爱，可是知道青璃喜欢竹染，我会生气，看见你和别的男子在一起，我却是会吃醋啊。"

花千骨呆愣在那里说不出话来。

杀阡陌又咯出一口血，血已经成为黑色。

"小不点儿，姐姐现在的样子是不是很狼狈？"

花千骨拼命摇头，本来已经难过得要死，听他此时还在关心自己的容貌，心又痛又酸涩，几乎快要不能呼吸："不是，杀姐姐现在依旧是六界最美的人！"

杀阡陌轻叹一声："每个人都有执念，而我的愿望，是想要保护一件东西。先是她，然后是你。可是，亏我一生自负拥有这世上最美的容貌，却没有可以保护自己所爱之人的能力。我输了，输得好彻底。可是小不点儿，你要相信，姐姐是真的喜欢你……"

杀阡陌躺在花千骨膝上，努力伸手想去抚摸她的脸。

花千骨再承受不住，缓缓扯下斗笠下的面皮，颤抖着声音问：

"即使我成了六界最丑的人，姐姐也不会嫌弃我么？"

杀阡陌看着她毁得面目全非的容貌，心头一惊，瞬间明白了一切，心疼地搂住她的脖颈。

"你这个傻孩子，到底吃了多少苦啊……居然瞒着我……怎么会嫌弃……一点也不嫌弃……"

杀阡陌说到最后不由得哽咽起来，然后缓缓将花千骨拉近，仰起脸，轻轻吻住了她。仿佛夏日的微风，温暖中又带着些许清凉，毫不在意地落在她的额头她的眉眼她的鼻尖，吻着她疤痕遍布的脸的每一个角落，仿佛想要抚平她所有的伤口，仿佛在用吻跟她轻声诉说着，小不点儿，不疼……

花千骨哭得浑身颤抖，杀阡陌将她越抱越紧，唇用力却又温柔地吻着她的唇，花千骨的心又痛又软，唇齿间满是他的清香，既甜蜜又苦涩。

身边虽有如此多人在看着，他们俩却再没有时间去在意。

眼看着杀阡陌的吻慢慢轻下去，最后化作一片羽毛轻盈地拂在她唇上。

杀阡陌微笑着慢慢闭上眼睛："美人的吻，可是从不轻易给人的……小不点儿，记得我……"

花千骨感觉到杀阡陌抱住自己的双手重重落下，再无知觉，强忍悲痛，使出巨大妖力灌入杀阡陌体内。刚刚虽抢救及时，捡回他一条命，却不得不让他一直昏睡下去，直到她想出办法救他为止。

摩严在一旁冷哼一声，早知道他二人有染，却没想到竟敢当着妖魔和群仙的面，光天化日之下接吻，虽被花千骨的面纱挡住了，但是也未免太不要脸。

众仙方才见识了花千骨身上突然出现那么强大的力量，竟似乎是妖神之力，都开始议论纷纷，紧张地揣测起来。

花千骨将陷入永久昏迷沉睡中的杀阡陌交给单春秋等人保护看管，步伐有些摇晃地慢慢转过身来。

"不用猜了，我才是真正的妖神。"

全场静得连片桃花瓣落在地上的声音都听得见。

然后花千骨发现，白子画不知何时来了，正远远地站在当初他们相遇的那棵桃花树下静静地看着她，目光依旧似水一般清澈明净。

"师父……"花千骨悲伤又迷茫，喃喃道。

五十六 肝肠寸断

不管是在蛮荒最苦的日子里，还是回来之后，她都曾经无数次地想象过他们师徒重逢后面对面的情景，却没想到竟是这个样子……

远远地看着一如既往的白子画，时间从来都没办法在他身上留下丝毫痕迹。太多酸涩在她胸中翻滚，太多情念想道，最终却只化作苦苦一笑。

她的爱或许有些卑微却从不自贱，或许有些任性却从不自私。爱上师父，是她错了，可是她错得无怨无悔。她对他从来都没有任何要求，也不想让他知道，只想安静地陪着他。可到了如今，她连这个最简单的愿望都没有了。只要他好，她可以离得远远的，与他再无瓜葛。

不敢见他，是因为心中有愧，她的私情玷污了他们的师徒关系，而脸上的疤，更让她再无颜出现在他面前。原本她应该是想躲想回避的，可是杀阡陌的昏迷长眠，已耗尽了她的心力，她再无力去逃、去遮掩。

刚见到的一刻，因为那吻被他撞见，她心中还是闪过了一丝愧疚，可是很快便淡然释怀了。她并没有做什么对不起他的事，虽然她恨不得把整颗心都掏出来，把自己的一切都给他，可是他们之间，又算什么呢？

白子画望着她的神色那样平静，仿佛相隔那么久，他们师徒的重逢在他心中根本就不值一提，仿佛她和任何人做任何事都与他无关。

她或许和世间所有人一样，在他心中并没有任何特别之处。可是对她来说，只需要他轻轻一瞥，整个天地都寂灭了……

两人就这样相隔老远地伫立着，仿佛相望了千万年的雕塑。谁都没有开口说话，或许是因为要说的彼此都已心知肚明，或许是因为此刻说再多也已经无济于事。

风轻轻吹拂着花千骨面上的白纱，白子画看不见她的脸，只看见她依旧未变的身形。心中轻轻一叹，这么久了，她还是不愿长大。那样单薄而脆弱的肩头，又如何背得动命中那么多的劫数。

整个瑶池从一开始的干戈战火，到杀阡陌疯魔之后的异常安静，所有人都用探究的眼神凝视着这一对师徒，空气中暗潮涌动。代受销魂钉再加上妖神之力的隐情，每个人都开始暗自揣测他们俩之间不同寻常的关系。

周围情景虽说不上有多惨烈，但还是颇有伤亡，白子画的眼中流露出一丝悲悯，微微皱着的眉有一种说不出却又能将人瞬间冰冻的严厉。那种表情是花千骨所熟悉的，也是她最害怕的，是仙剑大会上她想杀霓漫天时他的表情，是他一手提着断念一步步向她逼近时的表情……

花千骨的心躲在角落里瑟缩发抖，可是如今她不再是一个人，她同杀姐姐一样，有要保护的，也有要背负的，不得不咬紧牙关，硬着头皮，接受如今要与他正面为敌的事实。

霓漫天、落十一、轻水、清流、火夕、舞青萝、幽若等一干弟子，也随之赶到了。落十一手中捧着个水晶盒子，里面是嘟着嘴巴正在发脾气的糖宝。花千骨不想它跟来，怕混战中它出什么危险，趁它睡着就把它关了起来，它却还是想办法让落十一带它一起来了。

霓漫天没想到花千骨居然从蛮荒逃出，再一次安然无恙地站在她面前。她心头有惊讶更有懊悔，因为自己一时心软，没有斩草除根，她如果要报复，自己肯定打不过她。可是再一想到有三尊有爹爹，还有群仙在，不怕她会怎样，这才稍稍安下心来。再看花千骨戴着斗笠蒙着面纱，知道她身体虽好，相貌却没有恢复，不由得心头有些暗自得意，倒有几分期待想看她面纱被揭开时的样子。

摩严见白子画赶到，心头大松一口气，冷冷喝道："花千骨，如果你还当自己是长留弟子，就立刻回头，交出南无月！"

花千骨挡在抱着南无月的竹染的身前，坚定地摇头，面纱后的眼睛却望着一言不发的白子画。她始终无法完全冲破封印的束缚使用妖神之力，或许是她不能，或许是她不忍……

如今，既然他来了，杀阡陌也陷入沉睡，凭他们怕是再难全身而退，只是，无论如何她都不会放弃小月。

时间一分一秒过去，众仙抬头望了望天空，五星越来越亮，世间万物一片光华。每个人都在看着白子画的动作，或者习惯性地等待他的指示。花千骨之前陡然间爆发的强大妖力，让他们心存疑虑，不敢轻举妄动。

只是白子画仍然不说话，却终于上前一步，慢慢拔出横霜剑来，冰冷的白光照得花千骨一阵心寒。意思再明白不过了，他的弟子，依旧由他亲自动手处置。

花千骨一步步后退，看着一片光辉璀璨中慢慢向她走来的白子画，虽然依旧衣袂翩然、风采绝世，剑身杀气却荡漾十里开外。

花千骨知道与那日相同的残酷即将再次上演，他可以毫不犹豫地对自己再狠一次心。她早已经痛到没有知觉，在心底苦苦嘲笑。她知道自己甚至连忤逆他的勇气都没有，又如何能与他一战。

"他没有错！我也没错！"花千骨望着白子画一字一句说道，颤抖的声音泄漏了她的慌张和恐惧，又带着无尽的酸楚和委屈。可是在白子画冰冷漠然的神情下，这控诉显得那样苍白无力。

"身为妖神，拥有妖神之力，就是错了。"白子画终于冷冷开口。那往日教她宠她关爱她的人，再一次提起剑，而这一次，是想要杀她——

花千骨仰天凄苦长笑，是啊，匹夫无罪，怀璧其罪。六界容不下她，师父容不下她。事到如今，她还有别的路可走么？

此时一双温暖的大手放在她的肩上，沉稳而用力地拍了拍，斗阑干豪爽的大笑声在空中回荡。

"白子画，你我相识那么多年，虽不算深交，却也一起喝过酒下过棋，一直想与你一战却始终没有机会，如今杀阡陌再无力相争，我们俩就好好比一场，看看谁才是真正的六界第一！"

白子画没有说话，微微点头算是默许，为免波及众人，径直飞天而上。斗阑干也化作一道金光追了上去。

这场大战惊天动地，因为威力太大，即使是元神出窍，也没人敢靠得太近。因为太快，没有几个人看清，所以没有留下什么详细记载。因为太亮，众人眼睛里只看到光，所以许多年后回忆起来，都只会用简单的四个字来评价：灿烂恢宏。

的确，这是灿烂的一战，也是恢宏的一战。在五星耀日的大背景下，金光和银光交织在一起，水与火的碰撞，日神与月神的交锋，六界最强者的对决，已经不单单是为了妖神之力或是分出胜负那么简单。

世界极尽光耀，相隔那么远，众人周围的空气却都在震荡。此战虽势均力敌，却不像众人所想的那么漫长。首先缓缓落下地来的是白子画，然后是斗阑干。

真正的高手相交，胜负自知，不用以命相搏，不用两败俱伤。二人相识多年，互相欣赏，互相敬佩，这一战都用上了全力，招招威力巨大，却又没有杀气。

一战终结，斗阑干仰天大笑高呼痛快。白子画虽依旧面色平静，眼中也有一丝花千骨从未见过的淋漓快意。人生最难得棋逢对手、琴逢知己，只是二人到底谁胜谁负，却始终没有人知道。

"白子画，经此一战，我心愿已了。接下来，就不要怪我不守君子之道。我欠这丫头太多，不管用什么方法，定要达成她心愿，护她周全。"

白子画毫不客气，冷言道："我们师徒之间的事，不用外人插手。"

众人听他此话皆是一怔。

白子画则负手转身，严厉地看着花千骨："交出南无月，跟我回去受罚。"

花千骨满心酸楚，摇摇头，他还一直当自己是他徒弟么？就算眼睁睁看着自己受了绝情池水的刑，知道了自己对他的心思，也还当自己是徒弟？可是如果真当自己是徒弟，为何对自己不闻不问，为何对自己那么残忍？难道他们师徒间，剩下的就仅仅是责任了么？她做错时，他便来处罚她？她有辱师门，他便来清理门户？

花千骨咬着牙挡在南无月前面。要处罚她可以，要交出小月，不可能！

"你明知道我才是真正的妖神，要杀他，先杀我吧。"

白子画漠然的神情出现一道裂缝，这是有生以来，花千骨第一次顶撞他。以前他说的话，她从来未曾有过忤逆。

看着她和东方彧卿一起出生入死，看着她和杀阡陌亲吻缠绵于众人之前，她的心已经离他越来越远。他说不清是什么感觉，更不明白那股一直隐忍未发的怒火是从何而来。他只是一遍一遍告诉自己，他所做的，都是对的。

"我之所以封印你体内的妖神之力，是因为相信你本性纯良，不会做出为害苍生之事。你却执迷不悟，自诩神尊，率领妖魔和蛮荒众人挑起仙魔大战，致使死伤无数。你以为仗着是我的弟子，我就不会杀你了么？"

花千骨凄楚一笑，相信，她怎么不信？微微上前一步，迎着他的剑。伤口已经够多了，不在乎再多一个。

没有人可以带走小月，就算是师父也不能。她已经失去杀姐姐了，不能再失去任何一个人。

天上光亮从极盛已经开始慢慢转为暗淡，白子画知道再不处死南无月，就得再等一个甲子才有机会了。

"让开。"微皱起的眉、冰冷的眼，是他下狠心时的表情。

花千骨无动于衷，抵着剑又往前迈了一步，白子画望着她决绝的步履，想起当初用断念废她时溅的满身鲜血，心狠狠抽搐了一下，竟不由自主微微后退。他看不见她的脸，心头怒火燃起，她是想在众仙面前测试他对她能有多放纵么？

"让开！"白子画再次咬牙冷喝，声音提高，眼中有着愤怒和不信，也有着挣扎和不忍，可是面上依旧冰冷无情，她真的以为他不舍得杀她么？

花千骨扬起手，握住他的剑身，鲜血滑落。

"我从来都不相信正，不相信邪，不相信幸福，可是我相信你。"她颤抖着声音一字一句说道，"师父，其实小骨……"

"尊上不要！"幽若、轻水齐齐惊呼。

却只见横霜剑从花千骨肩上直贯而入，然后再没有丝毫犹豫地抽出。快而狠绝，连血都没有溅出一滴，只是顺着她的白衣流下。

他到底该拿她怎么办？白子画退了两步，眼中闪过一丝从未有过的惶恐。又不是头一次对她拔剑，又不是头一次伤她。他的手为何要颤抖？他的心为何会这样痛？

花千骨一动不动，任凭鲜血流下，轻轻笑了一下，然后寂然无声。她忘了，她连对他说那句话的资格都没有。

白子画的思绪乱作一团，看不穿面纱下的花千骨在想些什么。上次他提着断念，她哭她喊她抱着他的腿，她跪着求他。

可是这次，她就那样身子虚晃了一下，依旧安静地站着，挡在南无月面前，什么也没有做，也什么话也没有说。

南无月此时已经醒来，在竹染怀中哭成一团。东方彧卿站在远处看着她，唇边一抹哀伤的笑意。她宁肯死，也不愿对白子画拔剑么？

"再说一次，让开！"白子画面色苍白，横霜剑再度上前，抵在她的身上。她以为，自己一剑又一剑刺下去，刺到再下不了手之时，就会放过她和小月么？

"白子画！你是不是人？你有没有心？你明知道她……"斗阑干再看不下去，手中长剑挥舞，威极长劈。

白子画正无处发泄，两剑相击，地动山摇。

斗阑干怒气冲天，剑气横扫。白子画此时却心有旁骛，破绽百出。眼看斗阑干一剑刺来，他再躲不过去，眼前却白影一闪，花千骨已挡在他身前。

长剑没柄而入，直直穿通花千骨的腹部。斗阑干愣住了，没想到花千骨会使用妖神之力以那样快的速度替他挡下这一剑。她虽是神之身，虽然伤口会慢慢愈合不会死，可是，这就有了可以随意伤害自己的理由了么？

"丫头……"斗阑干手放开剑，想要去扶住她。

花千骨缓缓摇头，低声乞求："不要……不要伤他……"

斗阑干心头一酸，已湿了眼眶，白子画如此对她，她这又是何苦？

白子画望着眼前熟悉的背影，小小的、单薄的，他曾对自己说，要尽自己最大努力去保护她、照顾她。却为何，一直是她在拼着命地救自己、保护自己？

没等反应过来，他看见自己的手再次举起了横霜剑，狠狠地从花千骨的背后插了进去。

空气中传来一阵轻轻的破碎声。

所有人都惊呆了，不明白眼前到底出了什么状况。

花千骨难以置信地缓缓低下头，看着胸前贯穿自己的横霜剑，手颤抖着慢慢伸入怀中，掏出了她无时无刻不贴身收藏好的宫铃。可是如今，犹如五彩水晶一般的透明铃铛已经碎作好几块。

横霜剑从她的后背直插入心脏，她的心碎了，宫铃也碎了。大脑混沌起来，力量一点点从体内流失，可是她知道自己死不了，就算心碎了，她还是死不了，她早就成了一个怪物，一个被天下唾弃的怪物，而如今，是一个行尸走肉的怪物。

可是，原来怪物也是会疼的，原来，心碎是这样疼的……

花千骨没有回头，只是慢慢弯下腰去，身上插着一前一后贯入的两把剑。她身子颤抖着，不知是哭还是笑。她从不知道，他是这样希望她死希望抹杀她的存在。她从不知道，原来心碎的感觉，是胜过销魂钉千百倍的疼痛。

白子画惊呆了，想要拔出剑又下不了手，只能缓缓退后，难以置信地看着自己的双手摇头。

不可能！不可能的！

白子画头一偏，双目如炬，灼灼怒视着不远处的摩严。果然看见他不屑一顾地冷笑着，还有蒙面躲在他身后心虚的幻夕颜。

白子画瞬间颓然无力，仿佛自己一向坚固的心也破了道口子，疼得他快不能呼吸。他想上前抱她在怀里，却竟内疚到再没胆量。

花千骨紧紧握住宫铃的碎片，头昏眼花跟跟跄跄往前走了两步，然后重重地摔倒在地，斗笠掉落，露出一张面目全非的脸来。

空气瞬间凝固，在场的人都吓得倒抽一口凉气。

绝情池水！

白子画此时大脑已是一片空白，耳边再听不到任何声音——

那年瑶池初见，她穿得破破烂烂，仰着脏兮兮的一张小脸，乞求的眼神望着他。

——你可不可以收我做徒弟？

那日绝情殿上，漫天飞雪，她赤着脚在雪中奔跑，脸上画了一只大乌龟。

那夜江中泛舟，她酒醉不醒，梦中时蹙眉时甜笑，始终喃喃地叫着师父……

她爱笑，爱说话，爱做鬼脸，爱扯着他的衣角小声地撒娇，做错事了就睁着大眼睛可怜巴巴地看着他。

那么多年，她始终是孩子的脸，纯真的无瑕的，像晨雾中灿烂的夕颜花，素净的可爱的，像山坡上小小的蒲公英。

可是如今，那张曾永远定格、他熟悉得不能再熟悉的脸上，再也看不到她甜美的微笑，只剩满目疮痍。

白子画身子微微摇晃着扶住一旁的桃花树，慢慢地闭上了眼睛。

花千骨慌乱之下本能地想要遮掩，却早已痛得动弹不得。

——又被他看见了，还被天下人看见了。

羞惭和酸涩叫她无处容身。这样一个自己，此刻在别人眼中，一定是要多狼狈有多狼狈，要多恶心有多恶心吧。

东方彧卿冲到她身边，所有人都呆呆地站在原地，再没有人阻拦他。

他小心翼翼地扶起花千骨，像捧着一件千疮百孔、不断被摔碎又拼贴起来的瓷器。他已经无力再去愤怒了，他只是心疼，只是怜惜。他此生拼了命去呵护去守护的东西，却就这样一次次被别人摔个粉碎，扔在泥里。

"骨头，没事，没事的……"东方彧卿先从花千骨腹部将斗阑干的剑拔了出来，然后咬着牙继续拔白子画的剑。

花千骨身子一阵抽搐，喉咙里发出一声沙哑的带着奇怪破音的低吼，完全不似她平常干净清越的声线。

白子画的心再次狠狠地揪成一团，几乎快不能呼吸。

怪不得她刚刚一直蒙着面用内力说话，原来连嗓子都已经毁了。不用算不用猜他已经知道是怎么一回事，从师兄那日拿着绝情池水来试探他时他就应该知道……

白子画心头又惊又怒又痛，到最后，只剩下悲凉和内疚，毒药般大片大片地腐蚀开来。

销魂钉，断念剑，绝情水，她竟是那样，被无情地逐到蛮荒去的。

而他，却不知道？

而他，却不闻不问，坐视不理……

事到如今，他问自己，还能对她狠得下心下得了手么？

东方彧卿扯下斗笠上的面纱，想重新将她的脸蒙上。花千骨虚弱无力地笑着摇头，如今已经用不上了。她的脸无情地将她心底最丑陋的欲望轻易出卖于人前。她的秘密，再不是秘密……

东方彧卿看着她面色苍白近似透明，仿佛随时会在他手中消失一样。

"骨头别哭，不痛，有我在……"东方彧卿的声音微微有些哽咽了。自从白子画出现，他就知道一切已经结束。他明知道是必败无疑，自己命数已尽，无力回天，却终是自欺欺人地非要陪她走这一遭，终于发现，自己就算有能力保护她不受别人的伤害，又怎么有能力保护她不被白子画伤害？他没有输，输就输在，白子画对她太重要。

花千骨伤口上的血开始慢慢止住，肩上和腹上的伤都没有伤及要害，只是最后一剑穿心而过，怕是要很长一段时间才能完全愈合。

她一连受了三剑，每剑都是因为白子画，她体内的真气和妖力迅速流失，强撑着不让自己晕过去。却看见摩严手中凝结巨大光晕，用尽全力向他们俩打了过来，分明是半点活路都不肯给她留。

摩严的速度太快，斗阑干一反应过来立马飞身过去，仓促迎上，却被光波震开老远，刹那间摩严再次出手，惊天动地的一击，眨眼间已到东方彧卿和花千骨二人面前。幽若、轻水等人都吓得惊呼大叫。

"师兄！"白子画怒吼，他背着自己对小骨做了那么多事，就是当着自己的面也不肯放过她么？

白子画想要动手阻拦，却发现依旧被幻夕颜控制着，虽勉强能行动，却隐隐带了一种阻滞感，只是慢了半步，那几乎可以移山倒海的力量已到了花千骨面前。白子画知她被自己刺成重伤，生意全无，怕是有神之身也再难逃脱。粉身碎骨之下，妖力四溢，一不小心就是魂飞魄散。师兄竟是从一开始就打算借自己的手来杀她么？

花千骨疲倦地看着这一切，又痛又累，早已心力交瘁，死又未尝不是一种解脱……

仙界既已下口谕释放蛮荒众人就不会再反悔，杀阡陌已陷入昏迷，为了三界平衡，仙界不想再有战火死伤，妖魔其后应该也会安然无恙。如今唯一有危险的是南无月和东方彧卿，她慢慢闭上眼，打算至少在临死前耗尽所有能使用的妖神之力，将他们两人安全送离。妖神之力既然可以让不归砚拥有空间转移的能力，那么她应该也可以。

东方彧卿见她慢慢闭上眼睛，摩严那一击分明已无可回避地到了身后，却奇迹般地慢了下来，周围的空气犹如水波一样荡漾颤抖，时间的河流仿佛被冰封，只能迟缓地向前推进。

他的身体和南无月的身体发出诡异耀眼的彩光，双手开始变得透明，逐渐消失不见。

东方彧卿大惊失色，没想到她绝望心碎之下，竟然一意求死。

"骨头！不要这样！"他悲怆地大吼，伸手直往花千骨眉心点去。花千骨双目一睁，周围顿时恢复如常。摩严一击已到身后，再躲不过去。

"东方！"花千骨瞪大眼睛惊恐地望着他。

东方彧卿用尽全力将她抱在怀里，周身布满结界，同时飞快地用手捂住了她的眼睛。

"骨头，不要看！"

一声巨大的爆破轰鸣声，仿佛整个天都塌了下来。花千骨被东方彧卿捂住眼，只看到一片黑暗，然后就是一片血红，温暖的液体飞溅得她满脸，犹如画上的油彩，浓腻得快要滴下来。

不要看……

东方彧卿的余音在空中回荡不息，伴随着花千骨断人心肠的凄厉哭喊。

世界瞬间安静了，花千骨身体瑟瑟颤抖着，始终不敢睁开眼，白光尽散，她只听到周围一片惊恐的尖叫声，还有糖宝声嘶力竭地喊着爹爹。

已经碎过的心还会再碎一次么？

花千骨瘫倒在地，摊开双手，只觉得手中都是黏稠和血腥。那个刚刚用温暖环抱着她的人不知道去了哪儿，凉风吹来，她突然觉得好冷。一片桃花瓣飘落拂过她的鼻尖，痒痒的，她想笑，可是笑不出来，想哭，可是没有泪水……

能够想见东方彧卿死状之惨，他连到最后一刻都还不忘捂住她的眼，不忘对她说——不要看。

那是他能做到的对她最后的呵护和温柔。

她僵硬在那里，把眼闭得紧紧的。不看，不看，无论如何都不能看。如果视线里没有了东方，她宁愿瞎了眼睛也不要再看。

光是一个死她已肝肠寸断，眼睁睁三个字又叫她如何承担？

所有人都呆住了，连摩严都呆住了，他没想到东方彧卿一介凡人之躯，可以有那么强大的力量，更没想到他宁肯自己不得全尸也不要花千骨伤到一分一毫。

白子画垂下眼眸，心头一片冰凉。如果说看见杀阡陌和小骨深吻于人前，他还不明白自己的怒火和不甘到底是什么。如今，他知道了……

那个男人，竟可以为小骨做到那样么？

想起东方彧卿临死前望着自己哀求的眼神，温暖如煦日却又高洁如青莲，或许，那是一向无所不能的他平生唯一一次求人吧。而依然是为了小骨，他竟然细心温柔到，她心底的每一分痛楚每一分柔软都照顾到了，就连死都不例外。

白子画轻叹一口气，双手结印，慢慢聚拢东方彧卿四散的肉身和魂魄，将周围的血迹一点点小心抹去……

东方彧卿银色仿如虚幻的身影再次凝结成形。

"骨头……"东方彧卿轻唤，伸出手想要触碰她的面颊，却碎作晶莹的无数片，然后又拼合在一起。

花千骨难以置信地摇着头，依旧死死地紧闭双眼。

"骨头……可以看了，看着我……"再不看，就没有时间了。

花千骨这才慢慢张开满是血丝的眼，直直地盯着他，眨也不敢眨，仿佛只要再一闭上，东方就再也不见了。

不是幻觉，不是幻觉……她一遍一遍地对自己说。

"骨头，不要死，听我的话，不要死。就算这世上没人爱你，你也要好好爱自己……"

花千骨哭着摇头，想紧紧抱住他，却只触碰到一堆晶莹的碎片。

"等着我，我一定会回来的，不要怕，相信我……"

"不要，我不要……"

听着东方彧卿的声音越来越小，再维持不了形态，开始在风中飘散。此刻的花千骨，疯狂伸出手想要抱住他，绝望地哭喊着，无助得像一个孩子。

东方彧卿苦苦一笑："骨头，这天上地下，六界之内，没有一件事逃得过我的计算，唯一没想到的是，我居然会爱上你。这千世轮回、万载孤寂，我早已厌倦，唯这一世，我不想走，也舍不得，想一点点看着你长大。可惜，我等不到了……"

犹如清风拂过草原，东方彧卿的身体渐渐化为无数的光点。

花千骨勉强想要站起身来追逐，却又跟跄着摔倒在地，艰难地拖着身体在地上爬行。心上的伤口再次裂开，鲜血汩汩流出。

"不要，不要这样对我！求求你东方！你不是要我救了小月之后和你一起走，再不问这人间世事，你也再不做异朽阁主了么？我答应你我答应你！我们以后永远在一起，再也不分开！求你不要走！不要抛下我！东方——"

花千骨无力地蜷缩成一团哭喊着，只是东方彧卿再也听不到了。

白子画心头一片荒凉悲哀，不论这一切东方或卿知与不知、料得到或料不到，他的死，都给了他最后的成全。而自己，在小骨心里，除了痛，就再也没留下什么。

摩严双拳紧握，语调不忿中又隐含轻蔑。

"既然阳寿已尽，何必逆天而行，非要死在我的浮尘断之下？这妖孽到底给你们灌了什么迷魂汤，一个是这样，两个也是这样？"

竹染看着眼前这一幕，将已在自己怀中哭到沙哑的南无月抱得更紧。经历杀阡陌还有东方或卿的这些事，他似乎也迷惘了，怎么想也想不明白。

东方或卿怎会不知，摩严最厉害的这招浮尘断，从四肢到百骸，从皮肉到筋骨，一点点断裂破碎，身体仿佛被放在绞肉机里一般，死状极其痛苦极其恐怖。

可他不但含笑赴死，甚至到临死前惦记的都还是会不会因此吓坏了花千骨，让她不要睁眼，并求得一个体面，没有让花千骨的心因为他而再碎一次。可是他或许太低估了自己在花千骨心底有多重要了。

花千骨呆呆地喃喃着："阳寿已尽，怎么会……"

白子画眉间尽是悲悯，缓言道："东方或卿向来世借了五年寿，来换今生多陪你一年。因为之前他跟异朽阁已签下契约，哪怕逆天改命、六界尽毁也要接你出蛮荒，下场是……世世早夭、不得好死。"

花千骨的脑子嗡的一下，再次呆住了，目光空洞，一动不动坐在地上，没有半点生气，如同尸体。她张开双手，看着掌心晶莹的碎片如蒲公英一样慢慢飘向空中，然后消失得无影无踪。

白子画看着她，满是心痛与不忍，低声叹道：

"爱别离，怨憎会，撒手西归，全无是类。不过是满眼空花，一片虚幻。"

花千骨心头一阵冷笑，她的痛苦、她的坚持、她的不悔，他又怎么会懂？她也没他的本事，可以狠心伤害爱自己的人，也可以眼睁睁看着他们死而无动于衷。

事到如今，她再无能为力为东方做些什么。唯一能做的只有一件——杀了摩严，为东方报仇！瑶池一阵紫光暴涨，众人几乎睁不开眼睛。

花千骨仿佛疯了一样朝摩严扑去，妖气顺着伤口喷溅的血四处弥漫。摩严在花千骨威力巨大的快速攻击下连连后退，看着花千骨目眦欲裂的神情，竟微微觉得惶恐起来。光剑一剑接一剑向他劈来，火光四溅，花千骨有心要他痛苦一般，没有一次击中要害，先是废了他左手，掌上的肉竟被她一片片剔了下来，隐隐可见森森白骨。

"小骨！"白子画惊恐大喝，见她悲戚到极致恨到极致，竟心堕魔道，双眼的颜色越来越紫，混沌而没有光泽，浑身都是疯狂嗜杀的诡异气息。

白子画默念咒语，双手结印，可是她体内妖力暴走，封印已经逐渐开始压制不住。一旦被冲破，以她现在满心的怨恨，定会生灵涂炭。

白子画被封印反噬，嘴角慢慢流出血来，众仙合力而上，却全被花千骨震开。她也不躲闪，也不防守，只是一味地追杀着摩严，残忍地折磨他，想叫他生不如死。就算偶尔有剑砍在身上，她也仿佛没有了知觉，不闪不躲。

摩严的面色越来越惨白，突见花千骨竟也使出一记跟他一样的浮尘断，竟是想要他死在自己的招数之下。

"小骨！"白子画一把将他推开，挡在花千骨面前，大吼一声。

花千骨的掌在白子画一尺外硬生生停下。

"让开！"

看着花千骨气到整个身子都在颤抖，脸因为妖化显得更加可怕。白子画皱着眉，用尽全力想将她的妖力再次封死。

"要杀人，先杀了为师我。"白子画冷冷地看着她，似乎早已将她看穿。只是方才白子画对她下得了手，她又如何下得了？

"让开！"花千骨再次怒吼，感受到白子画正在加强对她的封印，她双拳紧握暗自用力，不让他得手。

一场大战，逐渐演变成他们师徒间在封印妖神之力上的角逐。

五星渐渐在天空中消隐，再不处死南无月就来不及了。摩严和众仙此时已全部向竹染围了过去。竹染等人又怎可能是他们的敌手，眼见就要不敌，花千骨心急如焚。大喝一声，再顾不得许多，竭尽全力将妖力外引，却只见白子画身子一震，一口鲜血便喷了出来，身子摇晃着向下坠去。

"师父！"花千骨的眼瞬间变回黑色，慌忙扶住他，却未待站稳，白子画右掌狠狠往她天灵盖上一拍，掌上是另一道血色封印。

花千骨呆住了，傻傻站在那里，只觉得头晕目眩，所有的力气被瞬间抽离，双腿一软，跪倒在白子画面前。

白子画眼中闪过一丝心痛，咬了咬牙，还是伸手便往她周身气穴点去。为了防止她再次暴走，仙力凝结成丝，直入她体内，将她所有关节牢牢锁住。

花千骨难以置信地看着他，颓然跪地，已是无话可说。只能眼睁睁地看着众人为了争夺南无月又掀起一场大战。可是没有了杀阡陌，没有了东方彧卿，又没有了花千骨，最终，南无月还是落在了仙界手中。

"花姐姐——"南无月哭着喊着。花千骨拼命地向他伸出手，却无力地摔倒在地。

摩严重伤在身，却也知道不是和花千骨计较的时候，必须赶在最后一刻处决南无月。混战中，南无月再次被押到了建木之上。很快他脚下的水面上便燃起了熊熊天火。

看着南无月在火里痛苦挣扎啼哭，花千骨心如刀绞，却也无能为力。

南无月火光中痛苦扭动的幼小身影，随着天火越来越旺，慢慢幻化为妖冶的少年模样，竟仿佛再感受不到疼痛一般，轻笑俯视着瑶池众人。

"只差一点点，白子画，没想到又是你坏我好事。"

白子画似乎早有预料般看着他，不发一语。

南无月身影慢慢淡化，诡异笑容却依旧不减："不要以为杀了我就天下太平了，事情不会这么容易就结束的。白子画，你且等着看，没有什么能逃出我的掌控，就算我死了，也定叫这六界不得安生。哈哈哈哈……"

众仙胆寒，看着少年的身影再次幻化回幼小的南无月，不住啼哭。

晴天一声霹雳，五星陡然绽放出巨大光芒，伴着天雷汇聚成一道耀眼金光，准确无误地朝南无月劈了过去。

"姐姐……"南无月发出最后一声哭喊，妖神真身瞬间化作云雾，只留下些许鲜血沾染于建木之上。

花千骨仰天发出一声极尽凄厉悲凉的哀号声，大地也开始剧烈摇晃起来。

五星光芒骤暗，慢慢消失在天空中，妖神真身终于赶在五星耀日结束前被消灭了。

白子画衣袖翻飞，自作主张，收了南无月魂魄。却见那光秃秃的建木之上竟开始抽出翠绿枝丫，迅速地向天空伸展蔓延开来。

建木回春了？

众仙皆惊异地仰望着天空，大地依旧摇晃不止。

"小骨！"白子画大惊失色看着花千骨。

她的哀声已换作悲凉大笑，却依旧凄厉非常。抬头望天，满脸竟然都是斑斑血泪。

杀姐姐永睡不醒，东方和小月都死了。所有人，都是被她害的。花千骨的笑声仍在持续，极尽悲苦，听者无不动容。众仙一抹脸上，竟全是泪水。

"小骨停下来！"白子画大喝，妄图接近她却被无形光壁弹开。

仿佛又重新经历一场共工撞倒不周山的浩劫，风起云涌，天色晦暗无比，好像要塌下来一样。日月星辰犹如弹丸一般，往一处拥挤倾倒，像是天破了一个窟窿。

很久之后，所有人回忆起当时的状况，都还是会后怕。

只是片刻的时间里——昆仑山倾，瑶池水竭。

是什么样的力量竟可以颠倒天地万物？

没有一个人会忘记花千骨那张恐怖到了极点、满是血泪的脸，以及她同时发出的绝望大笑和嘶哑悲号。

人要怎样痛到极点，才会变成那个样子？

古有云：神哭，天地同悲，日月同泣。呜咽不止，天下分崩。

那一战，人间下了整整三个月的血雨，没有停息。

一直到最后，白子画不顾重伤，终于闯破了花千骨的结界，颤抖着将泪流不止的她抱在了怀里。

"小骨！他们已经死了！"

花千骨愣愣地看着白子画，总算安静了下来，却推离他的怀抱跪倒在地，身子蜷缩成小小的一团。

那一刻，两个人都心死如灰。

白子画从怀中取出一个净白的瓷瓶，花千骨默然无语，化作一道轻烟，飞入了瓶中。

东方死前最后对她说的——不要死。

糖宝有落十一照顾，轻水有轩辕朗，如今，再没有她放心不下的事了。是死是活，又有什么关系。

白子画将瓷瓶放入怀中，目光再不复往日的淡然清明。他终归还是，亲手收了她。

周围再没有瑶池美景，过去的繁华美景都已成空，如今只留下残垣断壁。

"师弟！这一切祸事你都看见了，花千骨不能不杀！难道你还要再心软一次么？"

白子画冷冷地看着他，目光里分明没有一丝情绪。摩严却不由得心虚，都这个时候了，不该做的也都做了，难道他还要来跟自己算账不成？

"是谁泼了她绝情池水？"淡淡一句话，却分明是在问罪，吓得正得意至极的霓漫天差点没跪在地上。

"我问，是谁？"白子画环视长留弟子一周，每个人在他的目光下都无所遁形。

霓漫天心知他或许已经算出，自己又怎么隐瞒得过？心头一阵恐慌，跪倒在地。

"那夜没有我的允许，你去见她还毁了她的脸？"白子画的声音依旧平淡如常，周围所有人却都打了一个冷战。

霓漫天浑身颤抖起来，尊上不会事到如今还想着帮花千骨报仇吧？不会的！不会的！世尊和爹爹都在这里，他就算真的迁怒于自己，也不会真拿自己怎么样。

摩严见此怒道："绝情池水是我下命泼的，若不是她自己心里有鬼，又怎会变成那个德行？"

白子画却不看他，只是一步步逼近霓漫天，霓千丈慌忙挡在女儿面前。

"只要她是我长留门下弟子一天，就要遵守我派门规。"

白子画眼都未眨，手起剑落，霓漫天左手已被他斩了下来。

"你还犯了多少过，我不说你自己心里清楚，小惩大诫，再罚你在静室面壁七年，不得踏出一步。"

霓千丈站在原地一动不动，气得浑身颤抖，他甚至连白子画怎么拔剑的都没看清楚。

霓漫天只看见自己的胳膊掉了下来，甚至没有感受到疼痛。片刻之后惊叫一声，已然晕了过去。

众人纷纷退了几步，个个瞠目结舌。

摩严怒目瞪视着他，白子画神情举止什么都没变，却又仿佛什么都不同了。

"你要发泄，尽可以冲我来！你明知道一切都是我在幕后指使的！"

白子画猛的掉头，对摩严举起了剑，却在下一刻手一松，横霜剑掉在了地上。摩严浑身一震，看着白子画冰冷的眼。

或许他是想，只是他不能罢了。

洁白的宫羽飞出，在空中盘旋半圈然后飘落在地。

"这掌门，还是留给你做吧。"白子画的声音凄苦中又隐含几许自嘲。他扔下沾满花千骨血的横霜剑还有掌门宫羽，疲惫地转身离去，任凭笙箫默他们如何呼唤都仿若未闻。

他轻轻招了招手，浴血奋战满身污渍的哼唧兽仰天咆哮一声，奔到他的面前。刚刚目睹了花千骨和白子画争锋相对，它为难至极，不知道应该帮谁，只能站在一旁不敢插手。

白子画伸手轻轻抚摸着它的皮毛，与其心灵沟通，花千骨在蛮荒又瞎又残又哑之时所经历的一切已尽在他眼中。

"你做得已经很好了……"

他强忍住心底的内疚与酸涩，轻轻点头，拍着哼唧兽的头，以示嘉奖。

竹染见状，这才醒悟，原来哼唧兽竟不是原本就生活在蛮荒，而是白子画特意送进去的，为的是照顾和保护花千骨。所以它才会无缘由地突然出现在她身边，为她引路，替她觅食。只是千骨她，或许永远也不知道吧……

摩严看着白子画带着哼唧兽，怀揣着花千骨和南无月的魂魄，背影逐渐远去，浑身顿时乏然无力。自己做这一切都是为了他，为了长留，为了仙界，到头来，他却怨恨自己。为了小小一个花千骨，他竟然放弃了一切。早知今日，自己又是何苦……

摩严无力退了两步，被笙箫默及时扶住。再转头一看，竹染不知何时已不在了。

白子画御风而行，脸上万里冰封。哀莫大于心死，他欠小骨太多太多。

没有人知道，小骨对他有多重要。没有人知道……他自己也不知道。不过至少此刻，她又回到他身边了。

花千骨从此被长压长留山海底，永生永世不得翻身。

卷 八

云顶冰心生若死·神灭魂离只此眠

仿佛晴天霹雳，花千骨脑中一直嗡嗡作响。她没有看错，那的确是绝情池水留下的痕迹。可是那么大一块殷红色的可怕伤疤，他怎么会有，怎么可能有？又是什么时候？

『为什么……』她抬起手碰了碰自己的唇，这一切发生得太快太突然，叫她怎么相信？可是看到那个疤，她终于一切都明白了。

回忆起那一夜，他神志不清，他吻她，口口声声叫着她的名字。

原来……

他一直都是爱她的。

五十七 万劫不复

又是月圆了，花千骨从沉睡中醒来，抬头安静地看着水中流泻而下的破碎光影。

从海底仰望海面，与在大地上仰望天空的感觉如此相像，只是海面更静谧更蔚蓝。不时有七彩的小鱼从头顶上游过，还有滚滚鱼挺着白白的大肚子缓慢地前行。它们是海底的飞鸟，而她是笼子里的夜莺。

十六年了，她被关在长留海底整整十六年了。

结界巨大，所以她有足够大的空间可以上下漂游，可以看日升月落，可以听潮起风生。她仿佛被装在一个透明气泡里。可是，没有人看得见她，鱼儿时常会大摇大摆地在她身边游来游去，她手一轻碰，就直直地穿了个空。

她知道自己身在结界的另一个空间里，只是或许白子画怕她无聊怕她寂寞，给了她一片海洋当作天空，给了她无数小鱼做个伴儿。

囚禁的日子里，结界中不是漆黑一片，她浸没在一片深蓝之中，望着星月听着鲸歌，不知不觉就已十六年了。

没有人知道她在这里，也没有人想得到，她居然就被关押在长留山脚下。

整整十六年，她没有见过任何一个人，也没有见过白子画。时光无声无息地流走，她逼迫自己不要再去想过去的那些人和事、伤和痛。一切都如同她，沉没在幽深的大海里。有时候一片浮云、一丛珊瑚、一条游鱼，她都可以凝视好久好久。累了倦了，又闭上眼，任凭身体在波浪的摇晃中安静入眠。

她从没有尝试过逃跑挣脱，或是打破这个结界。对她而言，再没有比这个世界更美好的了，这里没有任何人会来伤害她，她也伤害不了任何人。

她以为她可以这样一直到永远，可是终归老天还是连这点平静都不肯给她。

当海水沸腾了一般涌起汹涌巨浪，一股强大的力量在结界上一次次撞击着，花千骨从沉睡中猛然睁开眼。

她不会说话，她也已经整整十六年没有开口说过话了。微微翕动了下嘴唇，心头隐隐有不祥的预感。这种感觉太熟悉了，也一次又一次地将她逼到退无可退的境地。

若不是有人正在海中大战，就是长留有外敌来犯。可是她在结界中只看得见海中景色和无害的游鱼，其他的都看不见，也一向是感受不到的。除非这次，是冲着她而来……

她闭上眼，隐约中感受到了熟悉的气息，她听见自己平静了十六年的心又一次开始激烈狂跳起来。不是因为激动，而是因为害怕。

到底发生什么了，她迫切地想要知道，可是她如今半点力量都不能用，唯一能用的只有自己的血。

花千骨把手咬破一个口子，一点点往结界壁上涂写着咒文。她只求能看到，她只想知道外面发生了什么。

一张张熟悉又陌生的面孔出现在她的眼前。她眉间微动，却没有表情，张口欲言，却发不出声音。多少孤独，多少想念，再一次狠狠刺痛她麻木的神经。

丝毫未变的落十一，他身旁的是依旧艳光四射的霓漫天，只是却不知为何断了一臂。只有轻水，再不复当初年少时的青涩模样，眉目温婉又带了几分高贵成熟的风韵。她为了轩辕朗，终究还是放弃了长生不老。

只是……那另一个满脸怒火的孩子又是谁？明明这样熟悉，却分明从未见过。一身绿色的衣裳，白皙的肌肤如蝉翼般轻薄透明，眉间一点殷红的花印，圆润可爱的小脸上此时满面怒容。她一波波向结界这边发起攻击，却通通被霓漫天和落十一拦了下来。

落十一一脸心疼和为难，努力地向她解释些什么，那孩子却只是满脸是泪，拼命摇头。霓漫天一脸恨色，出招又狠又毒。落十一挡在二人之间，一时手忙脚乱。

花千骨虽然可以看见，却听不到他们的声音，只有海水剧烈地翻腾。花千骨知道他们也看不到自己。他们身在两个世界，或许从今往后也都再不会有交集。

花千骨目光牢牢盯着那个绿衣的孩子，一点点望着她的脸。看着她泪眼婆娑地对着落十一大吼，看她的口型竟然说的是一声花千骨再熟悉不过的"骨头娘亲"。

花千骨手撑在结界上，埋下头忍不住笑了，喉咙却又有一些哽咽。

十六年了，整整十六年，糖宝终于还是修炼成了人形。和她过去想的一样，竟是

卷八　云顶冰心生若死·神灭魂离只此眠 | 245

那么可爱。怪不得自己会觉得那么熟悉，原来她和自己从前，长得是那样相像。

妖与人不同，相由心生，憧憬着谁，便长得像谁。她既然最终决定化作女身，说明最后她还是爱上落十一了吧。如今世上，自己唯一牵挂的便是她和轻水。既然二人都已找到幸福和归宿。她就算永生永世被囚在这里，也无所谓了。

花千骨从未与糖宝分开过那么久，贪婪地注视着她。说小月像自己的孩子，糖宝更是她的孩子、她的血肉，凝结了她所有的爱与呵护。早在还未遇上师父之前，她就一直在身边陪伴着自己，对自己的重要性丝毫都不亚于师父吧……可是自己这个娘亲却当得那样不称职，错过了她成长中最重要的十六年，连她化身为人时，自己都不在她身边。

看着她和落十一、霓漫天等人争吵得越来越激烈，花千骨心头的激动和开心转瞬成了担心和惶恐。零星地读着几人的唇语，知道糖宝是打算独自一人偷偷来救自己的，却不知道她是怎么知道自己被关在长留的海底，并找到了解救自己的办法。可是就在最后关头，霓漫天、落十一和轻水三人却赶来了。

糖宝修炼成人时日尚短，又怎么打得过霓漫天？落十一却又拦着她不肯帮她。她一气之下和两个人都打了起来。落十一又得抵挡她气急败坏的进攻，又得保护着她，生怕霓漫天误伤了她。轻水见三人打得不可开交，只能站在一旁干着急。

突然外面银光一闪，竟是白子画来了。糖宝呆呆地漂浮在海底，眼中都是绝望。她苦心经营了整整十六年，只为了能救花千骨出去，却没想到最紧要关头，竟是落十一和霓漫天二人拖住了她。如今白子画出现，她再难有机会了。

花千骨看着糖宝垂头掉泪，心疼地拍打着结界壁。花千骨想要跟她说不要管她，赶快回去。她如今已化人形，又有落十一深爱着她，把握好自己的幸福就好了，干吗还要来救她？

白子画低声说了些什么，糖宝屈膝跪下，一面哭一面使劲磕头求他。不管落十一如何拉她都不肯起来。

白子画淡淡摇头，拂袖转身，就要离去。

糖宝依旧不甘心地哭着求着，花千骨看得心都揪成一团。轻水和落十一强制将她扶起，往海面飞驰而去。

花千骨凄然地看着泣不成声的糖宝，无力地瘫倒在地。却没想到事态突变，糖宝突然身子一缩，重新幻化为小小的虫子，像离弦的箭一般朝花千骨的结界俯冲了过来。

霓漫天见糖宝不顾一切地从自己眼前飞过，心中压抑多年的恨意澎湃而出，想都没有多想，一出手就是威力巨大的狠狠一击。

白子画仓促回头，想要阻拦已来不及。花千骨看着落十一和轻水惊恐大叫，却什么声音也听不见。

只见糖宝的身子在海水中慢慢又幻化成人形，裙角衣带飞扬着向她无力地坠了过来。小小的身子慢慢触到透明的结界，双手擦过花千骨的双手，仿佛缓慢地直飞入她怀中。

发生了太多太多，花千骨已经不知道该用什么表情去面对了。她身上散发出紫色微光，在糖宝双手触及结界的那一刻，这透明的结界终于应声而碎。

花千骨牢牢将那个小小的身子接入了怀中。余下的几个人都被这场变故惊呆了，傻傻地看着破结界而出的花千骨，还有魂魄即散的糖宝。

"骨头娘亲……"糖宝望着她满脸泪水，"我终于见到你了……"

花千骨紧紧地握住她的手。

"我是糖宝啊，你还认得我么？"糖宝笑着低喃。

花千骨嘴唇颤抖，说不出话来只有拼命点头。认得，怎么会认不得，她家糖宝，化作灰了她都认得。

"对不起，让你一个人被关在这里那么多年，我到现在才来救你。"她很努力了，真的很努力了。以前的大懒虫子，从那之后每天都在苦练法术，好不容易变身了，她想尽了一切办法来救娘亲，可是她还是没有用，救不了她。

"你明明答应过我，再也不丢下我一个人，却一次又一次说话不算话！"眼睁睁地看着爹爹死，看着骨头娘亲被收，要一个小小的她如何承担？以为有了落十一在身边照顾她，她就会幸福快乐了么？对她最重要的人一直是骨头娘亲啊！骨头娘亲明明答应，两人在一起永远都不分开的！

"不……再也不丢下你一个人……"

花千骨紧紧抱住她，沙哑的嗓子终于吐出几个字，痛苦的哭声近似于哀号。

糖宝脸上露出笑容，身子瞬间缩小，变回胖乎乎的可爱小虫子，终于还是慢慢在空中消失不见。

落十一瞬间颓然于地，眼中满是悲哀绝望，泪水溢满眼眶。

轻水难以置信地捂着嘴双肩颤抖，怎么会变成这个样子？怎么会变成这个样子？

霓漫天在心底冷冷地笑，糖宝不顾禁令想要私放妖神，她出手惩处是理所应当。

就算要罚她也最多是个下手过重。她老早就看那虫子不顺眼了，特别是这些年，师父对它爱意越来越深，明明是条小虫子，却竟然敢跟她抢爱人。她日日夜夜被嫉妒折磨啃噬着，想要杀她。可是花千骨虽被囚，师父却无时无刻不保护着她。如今天赐良机，竟给了她下手除她的那么好的机会和借口。从今往后，再也没人跟她抢师父了！

白子画是一点一滴看着花千骨和糖宝在绝情殿里长大的，如今糖宝竟在他眼皮底下被杀，他又如何不难过不内疚。可是此刻他更担心的是花千骨，已经接连眼看着杀阡陌昏迷，东方彧卿和南无月死，如今再加上一个糖宝，她如何能承受得住？

结界已碎，他需得马上做法，把她重新关押起来。却只见花千骨慢慢抬起头站起身来，不同于东方和小月死时的悲伤欲绝，此时她的眼中只有一望无际的冰冷。或许只有绝望到极致，对这人世没有丝毫留恋的人才会有那样冰冷无情的眼神。

众人都不由得打了个冷战，寒意浸到骨子里去了。

"小骨！不要！"

可惜这一次，白子画再无力阻拦。猛的一口鲜血喷出，他周身的气穴一声接一声爆破，双膝一软，瘫倒在地。眉间红印闪烁再三，然后彻底消失不见。

天地风起云涌，天空变成极深的紫色，海水倒灌向天空涌去，海天之间出现无数相连的巨大水柱。一次比十六年前更甚的地动山摇，而这一次，是真正的生灵涂炭，妖神出世。

无边无际的海面瞬间开满了白花，从水柱一直延伸到天际，犹如下了一场大雪。风声呜咽，像是为谁唱着安魂颂，又像是在为谁祭奠。

花千骨周身散发着紫色光晕，身体表面绝情池水留下的疤痕仿佛裂开了一层，发出清脆的破碎声，四散于风中。肤色又还原成过去的白皙透明。然后身子一点点长高，头发变成紫色，一点点变长，往四周蔓延。

众人难以置信地摇着头，看着花千骨一点点长大。光雾散尽，如巨大帘幕在海水中激荡飘飞的长发缓缓下落，垂顺如银河落九天，馥郁靡丽，犹如开到极盛的花盏，却又孤独清冷、竭尽苍然。

那种美，妖冶华丽中却又带着一种神秘和圣洁，是让万物失色的倾城之美、绝望之美、孤独之美。明明诱人至极，却又叫人冷到骨子里去，仿佛一眼望去看到世界尽头那般的心死和心灰。

花千骨低垂着眼眸，走过的地方都盛开出无数朵鲜花，很快在半空中铺成一条五彩的花路。

"落十一。"

花千骨开口轻唤，声音带着巨大空旷的回音，漫漫回荡在天际中。半张脸掩映在华丽的紫色毛领之间，睫毛因为妖化，变得细长浓密无比，微微上翘，如同蒙了薄薄一层水雾的紫色纱幔，随着说话而轻轻颤动。

"糖宝她习惯了热闹，最不喜欢一个人。没有人照顾，孤孤单单，会很可怜的。既然她那么爱你，你去陪她可好？"说话间，指间一朵翠绿的小花已弹出。

落十一不说话，静静地看着她，然后微笑着点了点头，慢慢闭上了眼睛。花朵触及他身体的一瞬间，他的身体陡然光亮，也碎作无数绿色的小花，在风中一朵朵四散飘飞。

四周传来霓漫天惊天动地的一声哭喊，她疯了一般向花千骨扑来，可是花千骨只轻轻抬手，就将她牢牢定在空中。

眨眼间，又一个身影向她迎面袭来，这次她却没有闪躲，任凭一把冰冷的匕首深深插入胸口。

轻水满脸泪痕，撕心裂肺地吼着："你杀了十一师兄！你杀了十一师兄！"

花千骨不说话，看着轻水愤怒地揪住她的领子一遍遍质问着。

"为什么会变成这样？为什么会变成这样？你杀我好了！为什么要杀十一师兄！糖宝是我害死的！是我害死的！"

轻水无力地放开她，滑倒在地，捂着脸泣不成声。

"是我发现糖宝找到方法来救你出去，然后去通知的霓漫天和十一师兄！是我让霓漫天来阻止她的！"

花千骨微微退后两步，难以置信地看着轻水。她的眉她的眼，在岁月的冲蚀下，早已不是当初她所熟悉的那个人。

轻水抬起头来，狠狠地看着她。

"是！我是不想让你出来！我想让你被困住一生一世！朔风是因你而死，长留那么多弟子因你而死！如今连十一师兄都被你亲手杀死了！花千骨！你是个妖怪！你是个祸害！为什么不待在你该待的地方好好反省！还要出来害人！如今糖宝也死了！十一师兄也死了！都是你害的！为什么？为什么？我等了轩辕朗整整十六年！好不容易等到他放弃你的这一天！明明只要再晚几天，只要再晚几天，我们就要成亲了！为什么！为什么糖宝要在这个时刻放你出来？上一次你明明被逐去蛮荒了，眼看他就要接受我了，你一回来却什么都变了！什么都变了！从小到大，你什么都比我强，什么都要跟我抢！师父要跟我抢，连爱人都要跟我抢！这一生我到底欠了你什么，你要将我身边所有人的心都夺走？"

花千骨的手无力垂下，眼神更加冰冷了。是她太傻还是太迟钝，和轻水在一起那么多年，却不知道她心头有那么多的不甘和痛苦。可是她却依然微笑着面对她，帮助她，直到心里的结越来越深，她们两人都再也解不开了。

花千骨缓缓迈出一步，仰望苍天，眼中闪过一丝自嘲。如今她重获自由，却是天大地大，再无可以容身之处。

"小骨！"白子画艰难地发声唤住她。封印被她强制冲破，他修为俱丧，仙身已失，如今已是凡人一个。

花千骨慢慢转身看着他，紫衣在风中鼓舞，用他从来不熟悉的长大后的声音一字一句对他说：

"白子画，我身上这一百零三剑、十七个窟窿，还有满身疤痕，没有一处不是你赐我的。十六年的囚禁，再加上这两条命，欠你的，我早就还清了。断念已残，宫铃已毁，从今往后，我与你师徒恩断义绝！"

白子画痛心地睁大双眼，看着她毫不留恋地一扬手，将那几块宫铃的碎片掷在了他脚边。

"小骨！"白子画的声音不由得颤抖，是他的错，没有照顾好糖宝，是他的错，让她受了那么多委屈受了那么多苦。如今死的死、离开的离开、背叛的背叛，她竟打算，谁也不要了么？

白子画喉头不断有鲜血涌出，伸出一只手想要拉住她，却只握住了一片虚空。

这个世上所有人都抛弃了她，她也抛弃了整个世界。如今，对她而言，世上再没有任何可留恋之物可珍惜之物。她的心随着糖宝的死，永远石化。

绝情殿里她的笑、她的努力，他都看在眼里。她为他做菜，为他抚琴，为他束发，喂血给他喝，为他盗神器解剧毒，为他受刑被逐也一声不吭。她为他尝尽了苦楚，受尽了折磨。最后的最后，她说，断念已残，宫铃已毁，从今往后，师徒恩断义绝……

白子画眼前一片模糊，看着花千骨一手将霓漫天收入袖中。她既然连落十一都迁怒，霓漫天在她手中定是求生不能求死不得。

"小骨……不要……"不要离开师父。

他以为自己做的都是对的，原来错了，大错特错！他终于将小骨逼成妖神，将他们师徒逼到再无可挽回的这一步。望着花千骨的身影越来越远，空中只留下她飞过后的长长的鲜花的痕迹，还有轻水已泣不成声。

白子画慢慢闭上眼睛，他在长留海底整整守了她十六年，她被囚禁，他就陪着她一起被囚禁。说不清是为了赎罪还是为了什么，只是每天远远地看着她，他以为这样就是永生永世。可是如今，一切再也回不了头了……

五十八　君已陌路

"怎么样？"

摩严见笙箫默的身影犹如一丝轻烟缓缓流入殿中，一立而起，想必他已经等候多时。

笙箫默嘴唇有些苍白，眼中是浓得化不开的雾霭，早已不复当初的慵懒轻佻，只是微微皱着眉，摇了摇头。

摩严重重地跌坐回掌门之座，双拳紧握，眼中尽是恨意，映衬着脸上的那道伤疤，显得更加阴沉可怕。

"对不起，我拦不住他。"笙箫默踏出一步，身子虚晃一下，摩严心头一惊，想去扶他，笙箫默却轻轻抬手："我没事。"

"受伤了？竹染他？"

笙箫默一脸自嘲地苦笑道："不愧是师兄的弟子，这样的心机，再假以时日，仙界怕是无人可制。"

摩严一捶桌子："怪我当初一时心软，才会害得今日三界生灵涂炭。"

当年竹染集齐十方神器，还挑起仙魔大战。摩严一直努力说服自己，他不过是一时行差踏错，拼着一死，将他推下贪婪池，才真正了解竹染心底潜藏着多大的野心和企图，却终究还是不忍见这个从小亲手养大的徒儿被侵蚀成残渣，救了他起来，然后发配至蛮荒，但求他能静思己过。却没想到这些年来，他还是执迷不悟。当初的一念之仁，再次铸成大错。

　　"师兄不用太过自责，人心难料……"摩严给予竹染的关爱，又或者白子画对花千骨的教导，谁又不是用心良苦？然而，一个处心积虑，一个九死未悔，却终究殊途同归，这只能说是天命了吧。

　　殿外弟子匆忙跑来通报。

　　"禀告世尊、儒尊，蓬莱岛方才收到妖魔战帖，遂向各仙派紧急求援。"

　　"下一个轮到蓬莱了么？"笙箫默叹气低语，"师兄有何打算？"

　　"漫天毕竟是十一的徒儿，如今尚且落在妖魔手中生死不明。长留有愧于蓬莱，不能弃之不理。只是不到一年时间，九个仙派逐一被灭，如今各派自顾不暇，避犹不及，怕是不会再有其他援手。"

　　"难道只能坐以待毙？可是如果没有妖神，光是对付竹染和二界妖魔……"

　　"她现在的确是没有出手，可是若真遇到竹染解决不了的，她难道会袖手旁观么？到那时，她随便挥挥衣袖，仙界怕是再不复存在。因此，明知就算联合也只是以卵击石，加速灭亡，各派为了自保，顾不得其他，只能多拖一日算一日。"

　　笙箫默久久不语："他们最恨的不是长留么……"

　　摩严摇头："所以才要留到最后。竹染的想法我再清楚不过，不慌不忙先灭掉小的仙派，制造恐慌，一面享受蚕噬的快感，一面报复……"

　　"不能力敌的话就智取，我们先从竹染下手。"

　　"我一开始也是这么想的，可是现在，怕来不及了……"

　　二人对望一眼，想到什么，脸色都不约而同苍白起来。

　　"不能不管子画。"摩严焦躁不已，终于还是起身大步向殿外走去。

　　"师兄！你去哪儿？"

　　"蛮荒已陷，墨冰仙应该也已经回来了，我去找他。"

　　笙箫默回忆了片刻，脑海中跳出一个洁白身影，不由得愣了一愣，立刻明白了摩严的用意。

　　"师兄，不可能，当年若不是你坚持，他不会被发配蛮荒。这几百年来，他肯定恨都恨死你了，不可能答应。而且……不能这样……"

　　摩严固执地摇头："管不了那么多了。"

　　极北之地，一望无际的冰雪，天寒地冻，除了白再看不到别的颜色。

　　竹染双手插在袖子里，低着头安静地站在冰壁外足足三天了。他一动也不动，若不是睁着的眼偶尔眨上那么一两下，就像是睡着了或是被冻僵了。

终于听见冰洞里有一点声音，他满是疤痕的脸上露出一丝笑意。

"神尊，竹染求见。"

"进来。"空灵的声音从四面八方传来，仿佛将这世间最动人的乐曲和高雅之音都融合在了一起，从大脑到胸腔一直嗡嗡的回荡不息。

竹染轻吸一口气走了进去，迎面就是一阵花香扑头盖脸而来，满眼都是流淌的彩色，竹染微微有些发晕，连忙封闭了嗅觉。

花千骨背对着他躺在冰榻上，右手斜支着头，狐裘披肩斜搭着，香肩外露，衣带和华丽的紫色裙角从高高的榻上一直滑下冰阶拖到地上，漆黑如墨的长发被一根花枝简单松散地挽起，竟黑得如同要将人吸进去一般丝毫未反射光彩，溪流般从榻上蜿蜒而下，却一根不乱。

竹染微微有些窒息，头抬到只看到冰榻上她腰上坠下的紫色流苏的高度。尽管外面北风呼啸，却还不及这冰洞内一半寒冷。

"怎么了？"这一年来，大多数时间她都在这里休息。若无必要，竹染不会来打扰她，她也懒得管他在外面翻云覆雨。

"有一事属下不知如何处理，请神尊移驾。"

竹染看着眼前陌生而遥远的花千骨，从外貌到内心完全变了一个人。她再不是他过去所熟悉的那个单纯善良的孩子，性子也变得漠然和乖僻，可是处处都完美得仿佛一个神迹。

竹染说不清心里是什么滋味，瑶池中眼睁睁看着她为了白子画被连刺三剑的时候，她被压在长留海底十六年的时候，十六年后她以妖神之姿静静站在自己面前的时候。

她那时的眼神是比在瑶池被白子画所伤时更凄然的绝望死寂，她只喃喃地说了三个字——救糖宝。

哪怕如今成了妖神的花千骨，却什么也不求什么也不要，想尽了一切办法只为了达成一个目的——救糖宝。

东方和小月死了还能再入轮回，朔风死了，还留下了炎水玉，可是糖宝却是真的彻底消失，什么也没留下。就算是身为妖神，她也没能力让一只连魂魄都没有的灵虫起死回生。

一切都超出竹染预料，却又以他期待的方式进行着。那时的他面露微笑，口里轻轻吐出四个字——三千妖杀。花千骨紫色的眼眸里，总算有了一丝光亮。

"你是在骗我么？"她静静看着竹染。捏死他是如此容易，如今她仅凭意念都可以办到，可是为什么救一个人却那么难？

竹染只是笑，眼神深不可测："虽时有隐瞒，却从未骗过神尊。"

于是花千骨点头，两人达成契约。或许此时她需要的只是一个希望，哪怕支撑她活下去的理由是个谎言。

所有逆天的代价都需要用血去换。和出蛮荒一样，糖宝既已修成人形，用禁术或许可以救得回。只是灵虫太过纯净，此次做祭品的三千人，必须有法力的同时还是童男童女。

花千骨没有片刻的犹豫，如今这世上，除了糖宝，她什么也不在乎。

只是三千修行者已难寻，何况童男童女，只能捉了娃娃来从小逼着练。几年，几十年，几百年，没关系，她可以等。于是终于竹染得到了他想要的，有了光明正大打着妖神旗帜统一六界的理由。

当初蛮荒众人纷纷归至麾下，杀阡陌昏迷后，妖魔二界也俯首听命。有了如此强大力量的竹染，根本不需要花千骨再帮忙插手。凭他的谋略，扫荡六界是迟早的事，而且享受着报复和野心得逞的过程他乐在其中。

花千骨不介意被利用，只要糖宝能够得救，她做什么都可以。

什么，都可以——

"神尊，这儿天冷，什么都没有，还是随我回去吧。"

"这儿睡着安静。"

竹染笑："回去也可以很安静，属下有份大礼要送给你。"

花千骨不习惯他故作谦卑的态度："你做你自己想做的事就好，不用浪费心思来讨好我。"

她看着竹染的脸上贪婪池水留下的疤，突然觉得有些刺眼："你想恢复本来面目么？我帮你把疤去掉？"如今这对她而言只是轻而易举的事情。

没想到竹染竟退了一步："谢谢神尊，这样已经挺好了。"

花千骨盯着他："这些年，你处心积虑，出了蛮荒，在六界一展抱负，呼风唤雨。我却是不信，你心底，对青璃没有一点内疚。杀姐姐的救赎是我，竹染，你的救赎又是什么呢？你的茫茫悔恨，从何处倾泻？就靠看着镜子里自己的这张脸么？"

花千骨声音冰冷刺骨，竹染身子一抖，不置可否，脸却白了几分。他跟着她向外走去，始终没有抬头，只瞧见地上每一处她踏过的冰面上都生出一朵花来。

花千骨御风而飞，速度太快，竹染循着空中蜿蜒的花迹追了上去。人间再不复过去的祥和，花千骨作为第十一方神器完全解除封印之后，妖神出世，蛮荒落陷，结界通道大开，无数妖兽死灵拥入三界。天灾人祸，战争瘟疫，天地间一片荒凉，千里无人烟，不然就是路边如山般堆积的尸体。

然而同时，神界的结界之门打开了，那个浩瀚无边、美得光怪陆离的世界，成为世上仅存的乐土。

花千骨对人界之惨状完全视而不见，很快便穿过通道进入神界中。

只见五色的苍穹之下，连绵翻腾的云海上，大大小小竟飘浮了数千座宫殿以及亭台楼阁，阳光照耀下，玲珑璀璨，何等巍峨壮观。云海中更有百花争艳、飞瀑盘旋、珍禽异兽，犹如琉璃仙境。

在这儿，每一丝风都带着奇异的舒适，似乎能吹透人的骨头；每一粒沙都精致完美，蕴藏了无尽的灵力；每一滴水都极致纯净，轻轻一涤便能除却凡尘所有的污垢。

不管是谁，只要进入神界，法力都会以数倍的速度迅速提高，因此人人趋之若鹜。

周围妖魔守卫和仙婢都非常多，见花千骨来了，纷纷下跪参拜。

"神尊请随我来。"竹染也到了，把她领上最高的一朵云。花千骨看着周围的布景，眉头微皱，若是不知道，还以为他把绝情殿整个移来了。

"神尊可还喜欢？"

"不喜欢。"花千骨挥挥衣袖，眼前已是另一种模样，"我说过不用在我身上费心思了，你要的我都会给你。"

竹染挑眉，笑而不语。

突然周围涌起巨大杀气，竹染仓促转身，剑气划破他的衣角。竟是斗阑干气急败坏地冲了过来。

"你居然派人去追杀蓝羽灰？"

竹染有些错愕，转头看着花千骨。

花千骨淡然道："是我派的。"

斗阑干浑身一震，这一年来他看着花千骨的变化已是心痛自责不已，可是不管说什么一个已经没有心的人如何听得进去？他只能在一旁看着干着急。她和竹染想报仇也好，想一统六界也好，他不管也不在乎，可是为什么最后连蓝羽灰也不放过？

"为什么？"

"没有为什么。"

"丫头你……"

"不要叫我丫头。"花千骨冷冷转过身去。

斗阑干怒气冲冲地离开，从蛮荒回来后的这些年，蓝羽灰就像消失了一样再没出现过，他也再没见过她。就算过去蓝羽灰是有错，他相信她也一定醒悟了，为什么要在这时候突然杀她？他想不明白，也没时间去想，必须要在其他人之前先找到她保护她。

竹染看着斗阑干的身影迅速消失不见，不由得轻轻摇头。

"我不明白，你何苦把身边最后一个人都逼走？"言下之意，却将他们俩之间的关系撇了个清楚。

花千骨沉默不语。

竹染眼中闪过一丝心痛，转瞬又换作谄媚的笑容："有几样东西献给神尊。"

他翻转掌心，十方神器顿时出现在半空中。花千骨微微愣了愣，慢慢上前，抓过炎水玉紧紧握在手中。

"怎么会在你这里，你把他抓来了？"

"正是此事不知如何处理。神尊吩咐过不要与他为难，我可不敢用强，是他自愿的。"

花千骨点头示意知道了，依旧无动于衷地往宫殿内寝室走去。

她又困了。

隐隐约约传来门被打开的声音。小骨？是小骨来了么？

眼前模模糊糊看不清楚，白子画翕动一下干裂的嘴唇，缓缓抬头，只看见一袭青衣，便又慢慢闭了眼睛。

"尊上，这些天可还好？"

竹染声音中透着毫不掩饰的快意，仰视着面前被高高吊起绑在殿中金柱上的白子画。

见白子画并不搭理他，竹染也一点不觉得无趣，缓缓绕着柱子一边转一边说：

"我知道你很失望，可是我话已经带到了，是神尊自己不想见你，可不关我的事。"

白子画手指微微动了动。

她不肯见他，她还是不肯见他，不论受自己多少伤害都不曾有过一丝怨言的她，终归还是因为他间接害死了糖宝而埋怨他……

一年前，她把宫铃的碎片扔在他的面前。她说，从今往后，我与你师徒恩断义绝——

白子画的心狠狠地抽搐着，大脑一阵晕眩。这是一生中，最让他肝肠寸断的画面。他尽了全力，却终究还是将二人逼上了绝路。

竹染突然腾空而起，飞到他面前，满脸笑意地看着他。

"被绑在柱子上的感觉怎么样？可惜没有销魂钉，不然我还真想让你多体会一下神尊当时的恐惧和绝望。"

白子画轻闭着双眼，哪怕仙身已失成了凡人，哪怕被绑在这里近一个月，却依旧尘埃不染，不见半点狼狈之态。只是一张脸，还有唇，都苍白憔悴得如纸一般。

"看着我！"竹染微微有些愠怒，不敬地伸手抬起白子画的下巴。白子画双眼一睁，精光一闪，竹染手抖了一下，不自然地放了开去。心头不由对自己又有几分懊恼，最是看不惯他这样高高在上的样子，把他绑在这儿，就是想要故意羞辱他，如今这明明轻而易举，他却总是下不去手。不能动他，不是因为自己心软，只是因为神尊，他给自己找了个理所当然的理由和台阶下。

"当年如果不算上你后来在摩严面前讲我的坏话，你对我也算是极好的。我这人比较小心眼，一向喜欢恩将仇报有仇必报。我知道你此次来用意何在，神尊对你早无师徒情分，你不要白费心机。否则她不杀你，我自会杀你。"

白子画依旧沉默不语，他很早就看出竹染的野心和不择手段，努力导他向善，他却始终不知悔改。可惜那时师兄太过护短，否则以当时竹染杀过的人、犯下的罪行，自是死不足惜。

竹染伸手点了他穴道，喂了些萱草给他吃。毕竟白子画如今已是凡胎俗体，不吃不喝绑在这里撑不了多久。神尊虽看上去不管不问，可真若连白子画也死了，还不知她要变成什么样。

突然门外有人来报，单春秋硬闯云宫神尊殿。竹染再顾不得白子画，急匆匆地赶了过去。

花千骨冷冷地看着跪在自己脚下的单春秋，一语不发。

单春秋的长发垂在地上，额头紧紧贴着地面，声音颤抖却坚硬。

"求神尊，让魔君陛下醒过来，属下和二界妖魔谨记神尊大恩大德，出生入死，做牛做马，在所不辞。"他不懂也不明白，花千骨明明已经成了真正的妖神，有了让杀阡陌醒来的力量，却为何不救？自己过去虽得罪过她，但魔君一向对她疼爱有加，两人关系也一直很好。如今明明举手之劳，她却为何置之不理？难道人变了，心也变了么？一年来他不得不听命于她，跟着竹染征讨仙派，几度求她，她都无动于衷。如今他不在乎谁是六界之主，也不在乎花千骨会不会杀他，他只想魔君早日醒过来。

"属下知道当年太白山上罪不可恕，请神尊降罪责罚，春秋死不足惜。但是魔君陛下对神尊情深意浓，就算醒来也绝不可能和神尊争夺帝位，请神尊念在往日情分，救他醒来吧……"

花千骨缓缓站起身来："不用再说了。来人，把他拖出去。"

"神尊！"单春秋只能拼命地磕着头，鲜血染在晶莹剔透的冰玉铺成的地面上分外刺眼，花千骨衣袖轻舞便抹了去，任凭单春秋被随从拉了出去，径直走入后堂。才刚躺下，竹染已立在门外。

花千骨冷冷呵斥："干什么一个接一个来烦我，你又有什么事？"

竹染自然知道单春秋为何而来，便也不再提，只低声道："神尊既然回来，想不想去见见霓漫天？"

房内沉默许久："她如何？"

"一切遵照神尊吩咐。"

门开了，花千骨走出来，已换了一身衣裙，华丽的金色暗纹藤蔓般爬满袖口，紫色毛领高束，遮住了半边脸颊。她低垂着眼，因为妖化而比常人长了两三倍有余的睫毛弯弯翘起。虽美，却不若杀阡陌那样闪亮逼人，望上去只是一片死水。

花千骨随竹染进入一处偏僻的矮殿内，就算看到霓漫天的那一刻，脸上也没有丝毫波澜。

霓漫天黑洞洞的眼眶内眼珠已被挖掉，爬满了蛆虫，听到来人，声嘶力竭地大叫着。

"花千骨！花千骨！你杀了我！你杀了我！"

…………

"神尊只交代了'求生不得求死不能'八个字，至于其他具体的，竹染就擅作主张了，还望神尊能够满意。"

满意么？

霓漫天被活生生挖去双目，身上爬满了各种各样的毒虫，日日夜夜蚕食着她的肌体，在她的口鼻眼耳中爬来爬去。她没有了右臂，膝盖下面也被啃噬殆尽，如同虫豸般被吊在空中，滴淌着鲜血和脓液。在身体没剩下多少之时，再给她服用仙丹，重新让下身肢体筋骨皮肉长出来，日日夜夜在极度清醒的意识中，受着这样永恒的痛苦折磨和轮回之苦。

花千骨直视着她体无完肤的样子，想在心中找一丝快意，可是没有，什么都没有。死掉的心早已什么都感受不到了，无论是伤痛、欢乐，还是愤怒。她就这样静静地看着霓漫天，看着比当年初上茅山见过的更血腥更残忍的景象，如同看着一处平淡的风景。

"为什么杀了我师父？花千骨，你不得好死！不得好死！我诅咒你生生世世不得好死！"

霓漫天早就已经疯掉，在眼睁睁看着落十一死在她面前的时候就疯了。她只是恨只是嫉妒，却没想到花千骨竟会为了糖宝杀了师父。怎样折磨她都不要紧，为什么要杀师父？他明明什么错都没有，错的是自己，是自己啊……

泪水从黑洞洞的眼眶里流下，她终于后悔了，不后悔自己曾怎样对待花千骨或是杀了糖宝，只是后悔居然是自己间接害死了师父。

"你杀了我！杀了我！"霓漫天声音颤抖着，有虫不断从她嘴里爬出。

她不过是杀死一条虫子，花千骨竟用千百万只来折磨她。她总是输给她，她以为她至少有一点比花千骨强，就是比她狠比她毒，却没想到还是输给她。花千骨，你才是世上最残忍最无心之人！活该受天下人唾弃，活该你师父不要你，你怎么就不死在白子画剑下！

花千骨静静地看着霓漫天："我不会杀你，不会再让你去打扰糖宝和十一。你也不配，脏了我的手。"

花千骨有些迟钝地转身，慢慢地向外走去，充耳不闻霓漫天疯狂而尖锐的惨叫和谩骂声。

"怎么，神尊心软了？"竹染笑望着她。

"你果然厉害。"她以为霓漫天最多受些残酷的皮肉之刑，却没想到竹染会这么狠，这样的刑罚对于一贯美丽而骄傲的她，远胜于剥皮之痛千万倍。

"神尊之命，属下自当尽力而为。"对于所有伤害过他和他在乎的，他从来都不手下留情。

"神尊还有什么地方觉得不满，请尽管吩咐。"

花千骨摇头："既然交给你了，你自己拿主意，不要再来问我，我只要求她活着。"

要霓漫天活着，要她活着——

自己活多久，她就要活多久。对她的恨，还有让糖宝复生，如今已是支撑着花千骨存在的全部。

花千骨打开卧寝的暗门，朝里走了进去，扑面而来的寒气遇到她似乎都退避三舍。

穿过空荡荡的冰廊，是一间巨大的布置华丽精美的卧房。夜明珠柔和的光幽幽照亮每一个角落，花香遍布的床榻上躺着绝世的美人。

花千骨安静地在一旁坐下，低头看着，看着他红润的脸颊，睡得兀自香甜，情不自禁伸出手想要触摸，却在最后一刻停住，迅速收回，仿佛这一碰，就弄脏了他。

姐姐，你想我了么？你想醒过来么？

的确，她现在轻易就可以将杀阡陌从梦中唤醒，可是醒了之后呢？让他看着她如今长大后人不人鬼不鬼的样子？那个疼她爱她总是恨不得掏心掏肺给她的姐姐，最喜欢她单纯傻乎乎的模样。因为重视，所以在乎。不想被他看见，不想看见他心疼的样子。

她以为霓漫天那惨不忍睹的样子会让她吐出来，可是她没有，什么感觉都没有。再也回不去了，如今的小不点儿，是个彻头彻尾没有心的怪物。

她没有脸见他，更无法面对他清澈的眼眸，就让她再彻底地自私一次……

姐姐，你好好睡，你不是最喜欢睡觉的么？就当做了一个长长的梦，梦里的我还是那个什么都不懂的孩子。我保证一定会让你醒过来，就在我死的那一天……

"神尊，明日属下要率兵攻打蓬莱。"

"知道了，我说了这些事不用向我禀告。"

"霓千丈毕竟是霓漫天的爹爹，属下是想问，需不需要蓬莱灭门？"

"随便你。"花千骨头也不抬。

"神尊，单春秋已经在外面跪了几天几夜了，现在还在外头。"

"他喜欢就随他去，不用管他。"停了一会儿又道，"白子画呢？还在云宫？"

竹染似笑非笑："属下无意与他为难，是他自己不肯离开。"

花千骨缓缓下榻："我去看看。"自己无愧于他，何必相避？

二人行到关着白子画的大殿，几丈高的门吱吱呀呀地缓缓打开。空荡荡的殿内，金柱上绑着的白子画格外刺眼。

花千骨面无表情："这就是你说的自愿？"

竹染笑，不置一语。

被绑了一个多月的白子画身体极端虚弱，似是处在昏迷之中，听见有人来了，还是忍不住慢慢睁开眼睛。

小骨。他的唇轻轻翕动两下，没有发出声音。

下面紫色的身影是他极其陌生的，连周身冷冷的气质都是，仿佛另外一个人，而不是他相伴多年的徒儿。再次相见，没有喜悦没有痛苦没有激动，就这样静静相对着。

"白子画，你来做什么？"本已决定各不相干，他如今区区凡体，何苦来自取其辱？

白子画淡淡看着她，终于开口吐出两个字："杀你。"

她虽不再当他是师父，他却始终当她是徒弟。她做错了，他就不能置之不理，必须清理门户。这是他对她的责任，也是对天下的责任，哪怕大错终究是由他促成。

花千骨垂下眼眸，一年来头一次有了想要冷笑的冲动。可是嘴角依然僵硬，做不出任何表情。哪怕事到如今，他还是一心想要杀她。

花千骨抬头看着他："白子画，你不欠我什么，而我欠你的，早已经还清。想杀我，可以，各凭本事。看在终归师徒一场的分儿上，我给你最后一个机会，你仙身因我而失，我再给你一滴血，你当作施舍也好补偿也罢。法力恢复，就立刻离开。"

白子画定定地看着她，缓缓摇头："杀你之前，我不会走。不然，你杀了我。"

他的眼睛不再明亮却依旧深邃，花千骨看不懂。他是一心来求死的么？还是他觉得自己的感情可以被一再利用，一直被他摆布？

"好，既然这是你想要的……来人，把他带我房里去。白子画，从今往后，你可以时刻待在我身边，不论用什么手段，随时想杀我都行，凭你的能力。但是当然，我不会再在你身上浪费半滴血。"

花千骨眉头微皱，转身离去。白子画一从柱子上被放下来就晕了过去。

竹染看着花千骨离去的背影，满意地点点头，总算在她身上看到一丁点的情绪了。果然，这世上只有白子画才做得到。

…………

花千骨，我希望看到你还活着。

白子画再睁开眼的时候依旧被绑着，只是这次是被锁在墙上。空荡荡的卧室，大而寒冷，只有简单的一桌一椅一榻。

花千骨正对着他躺在榻上，斜支着头，眼睛睁开，却不像是在看他，半天一动不动，眼睛一眨也不眨，白子画才知道她睡着了，只是依旧睁着眼睛。

他再无所顾忌地打量着眼前熟悉的人陌生的脸。她长大了，变高了，虽有了冠绝天下的容貌身姿，他却更喜欢她小时候的样子，就连她被绝情池水毁了的脸也是喜欢的，不似如今这般残忍无情。

白子画单薄的身子贴在冰冷的墙上几乎麻木了，早已忘记饥渴寒冷的感觉，原来凡人的身躯，竟是如此脆弱不堪一击。他一动不动地看着花千骨，仿佛一眨眼，她就会再次从他生命中消失不见。

时间不知道过了多久，花千骨还没睡醒，他已再次陷入昏迷。同往常的梦一样，小骨抱着他的腿哭着求他，而他提着剑，一剑一剑又一剑，不知道刺了多少剑。然后小骨的身影突然幻化成他自己，可是哪怕再痛，他仍旧不肯停下来，铺天盖地都是血，他泡在血里，浑身都是浓稠黏腻的鲜血。

白子画胸口一阵剧痛，然后一股清流缓缓流入，他满头大汗睁开眼睛。花千骨站在他面前，是的，虽模样不同了，可是至少小骨还活生生站在他面前。

"小骨……"白子画轻吐一口气，声音微微有些颤抖。

"不要叫我小骨。"花千骨冷冷看着他，不知喂了粒什么丹药到他嘴里，他毫不犹豫地咽了，身体的寒意顿时去了不少。

虽然花千骨之前说过白子画可以时刻跟在她身边，伺机杀她，不过她似乎并无意解开束缚放他下来。

"我改变主意了，我不想看见你。你肯离开就最好，不肯走我就叫人把你轰出去。想杀我，你自己想办法，我没那个闲情逸致每天陪你玩游戏。"

他想杀自己，自己没有义务给他提供机会。这不是怕不怕的问题，只是觉得犯不着跟他意气用事。把他留下来想做什么？证明他对自己已经没有丝毫影响力了么？

白子画无法理解她如今的反复无常，过去他了如指掌的那个花千骨突然变得漠然而乖僻，他已经完全不懂她了。

"小骨，你把霓漫天怎么样了？错归错，她终归是你的同门，是你十一师兄的徒弟，你已经杀了十一，难道还不解气么？不要一错再错。"

"我早已经脱离长留，不要再跟我提这些。我怎么可能舍得杀她？我只会让她生不如死罢了。"

白子画看见她眼中乍闪的恨意，不由得心底一凉："是为师对不起你，你若恨我，就杀了我好了，不要迁怒其他人。就算霓漫天杀了糖宝是罪有应得，可是六界生灵都是无辜的，你不能如此放任竹染，眼睁睁看他杀人坐视不理，这和你亲手杀人有什么区别？"

花千骨心底苦苦冷笑，都这个时候了，他竟还能像往日一样对她谆谆教导？

"那些人本就都是我杀的，我懒得动手，竹染替我处理罢了。恨？你我既已互不相欠，我为什么要恨你？"

恨，不过说明她在意。可是如今，白子画的一切都跟她无关了，她什么也不想理。

有时候她也不明白，自己为了他走到今天这一步，间接害死了所有她爱、她在乎的人，为什么却依旧对他无法埋怨？若能像恨霓漫天一样恨他该有多好，简单干脆，直接报复。可是发生的一切归根结底都是她的责任，是她咎由自取，她不会怨天尤人。

没有谁比她更清楚仇恨的力量和因为仇恨而要背负的罪孽有多沉重。事到如今，她甚至找不到活的理由、死的借口，但她仍不会选择去恨任何一个人，包括霓漫天，她应该恨的，只有她自己。

"是不是很后悔？当初没有收霓漫天，而是收了我这么一个狼心狗肺的人做徒弟？"

白子画心揪了起来，嘴唇动了一下，却终究没说出口。

"你走吧，趁我没改变主意，还不想杀你。"趁有些事有些温暖，她还记得。

白子画摇头，与其袖手旁观她杀戮，他宁愿死在她手上，如果这样可以抚平她哪怕万分之一的痛苦。

"你真以为我不敢杀你？还是……舍不得杀你？"花千骨揪着他的衣襟，眼中的紫色深得像要滴出来。

白子画不由得苦笑，她如今有了蔑视九天的力量，还有什么是不敢做的？自己之所以在这里，不过是因为始终相信，她就算变得再多，也还是当初那个善良单纯的孩子。而如今发生的一切，他宁愿骗自己，她只是生他的气，在跟他闹脾气。他哄一哄，她气消了，一切还可以回到当初。

"江山易改本性难移，你明明最反感血腥杀戮，勉强自己只会更加痛苦。既已有了可以选择一切的权力，何不将过去一切通通放下？"

花千骨在心底冷笑："是谁口口声声跟我说，不管理由是什么，错了就是错了？难道糖宝、东方、小月他们的死可以当作没发生过？难道一句放下，就可以把一切都忘了？白子画，你是来赎罪的，还是来感化我的？如果是来赎罪，不必了，我说了你不欠我什么，都是我咎由自取。如果想感化我，那也未免太可笑了，你以为事到如今，我还回得了头么？不过……"

花千骨突然上前一步，猛地贴近白子画，脸几乎要碰在一起，紫色的深邃眼眸似乎望进他灵魂深处。白子画退无可退，被那阵诱人花香逼得几乎窒息。然后就听花千骨魔魅一般低喃的声音如无数只蚂蚁在咬着他的耳朵。

"不过，你如果想留下来任我玩弄，我一点也不介意。"

白子画依旧波澜不惊的眼眸丝毫不惧地凝望着她，缓缓吐出三个字："你不会。"

花千骨死寂一片的心顿时就有了怒意，他哪里来的自信，就认定了自己不会杀他，也不会羞辱他么？

她扬起手来，毫不犹豫一把便将他的前襟撕开，破裂的声音在空旷的房间里分外刺耳。白子画一动不动，可是突然暴露在冰冷空气里的肌肤还是不禁一阵细碎地战抖。

"白子画，你知道我对你的心思，不要挑战我的极限，我如今对你一点耐性也没有，你不要逼我。"不要逼她伤害他，趁着她对他至少还有一丝敬意，趁着她对他至少还有一丝良知未泯。

白子画沉默不语，花千骨对他悲悯的神情厌恶至极，狠狠用力掰住他的下巴。他真的确定他能承受自己的恨意和愤怒么？

花千骨冰凉的手穿过撕破的衣襟，轻轻覆了上去，沿着白子画完美的锁骨缓缓而下，留下一道浸入骨子里的冰凉。

白子画没有动，却终于还是忍不住在那双熟悉又陌生的手缓缓覆在胸前之时闭上了眼睛，不想眼底泄漏自己的任何情绪，却只是长叹一声。

"你还是没有长大。"

看着这样负气的她，白子画反而隐隐心安，死一样的冰冷才是最可怕的，她发怒只能证明她还在乎自己，这样就够了。

花千骨挑眉，慢慢收手，明白哪怕他失了仙身，却冰心依旧，尸囊皮相在他眼中不过镜花水月，自己这般亵渎他，对他没有任何意义，只会让自己失了方寸。

花千骨转身离开，留下白子画在空荡荡的房间里。

五十九 暗潮汹涌

"神尊，幽若偷偷溜进云宫，被守卫拿下了，该如何处置？"

花千骨猜她是为了白子画的事而来："撵出去。"

"她赖着不肯走，非要见你，还跟守卫大打出手。毕竟是你的弟子，怕不小心伤着她。"

怎么一个这样，两个也这样？花千骨微微皱眉："弄晕了，扔回长留山。"

"那白子画……神尊有什么打算？"竹染似笑非笑的眼睛望着她。

花千骨不语，她不用打算，如今有什么事是需要她计划的么？想做就做，不想做就算了。不过关于白子画，她是真的还没想好怎么办。

他是世上最温柔之人，也是最无情之人。她努力了那么多年，从来都不懂他，不过她现在已经不需要懂也不想懂了，是死是活，他如今在她手里，她想怎样都行。

竹染明白她心里的矛盾，轻声道："白子画留在手里，不管对长留还是对仙界，都是很好的人质。"

白子画作为上仙之首、花千骨的师父，是整个仙界的精神支柱，摧毁了他，就像折断了整个仙界的脊梁骨。

花千骨不置可否，起身往房里去，却终于还是忍不住停下来问道："已经过了十六年了，东方他……"

竹染知道她在担心什么："神尊，天上一天，人间一年。异朽君若是有一些耽搁，说不定还没投胎呢。神尊若不放心，我去查一查，他若已转世，属下多派些人以确保他安全？"毕竟仙界都知道他和花千骨的关系，难免不会用来作为要挟。

花千骨像是松了口气："不用了，异朽阁自会有人守护。"

"有句话属下不知当说不当说。"

花千骨转身看着他。

"神尊有没有想过，当初为什么异朽君会突然出现，还对神尊这么好？"

花千骨的手不着痕迹地颤动了一下，没有说话。

"异朽阁存在之久远几乎无人知晓，做着世人最憎恨的收集和出售秘密的勾当，却历经朝代变迁、六界战火，始终屹立不倒，连仙魔都拿他们无可奈何，不能不说是一个奇迹。古往今来，他们无所不知，自然明白如何避祸逃凶。神尊成为妖神，这是宿命。异朽君从您出现伊始就从未有过阻拦，反而一步步将神尊往此路上引。收集神器利用炎水玉给白子画解毒的确可行，但是若属下在，定还能想出其他办法，不信堂堂异朽君会只此一棋。救神尊出蛮荒，凭异朽君半年即可，剩下半年他在做什么？又或者在准备些什么？出来的时间怎么就这么巧，正好赶上白子画收徒？甚至连糖宝都是异朽君给神尊的，神尊被压在长留海底无人知晓更无人知道解救方法，糖宝又是怎么知道？还那么巧被轻水得知告诉给了霓漫天，让神尊眼睁睁看着糖宝死在眼前……"

"不要说了！"花千骨怒斥一声，瞳孔颜色时深时浅。

的确，她始终是不懂他的。似乎一切是为了她好，又似乎是在害她；似乎总是在骗她，却又不求回报地付出了一切。

她甚至不知道他的话哪句是真哪句是假，到底是真的爱她，还是她只是他的一颗棋子，或是千万年轮回无聊之下一时兴起的玩具？只是斯人已去，他给了她最后的成全，然后离开。一切都成了未解之谜，封印在异朽阁中那一条条鲜腥的舌头里。

花千骨回到屋内，脚步有一些虚浮。打开案上的紫檀木盒子，里面装的全是过去东方给她写的信。打开一张画着他们和糖宝一家三口的全家福，紧紧抱在怀里，她伏在桌上，气血翻涌。

"糖宝……糖宝……糖宝……"她一声声呢喃着，似哭似笑。

白子画睁开迷蒙的眼，发现身上不知何时多了一件袍了，抬头看见花千骨，只觉得四周空气随她的情绪波动起伏不定，却不知出了什么事。

"小骨。"

花千骨抬起头来，脸上依旧没有任何表情，慢慢走向他。白子画刚想说话，花千骨冰凉的手便抚上了他的身子，话不由得又咽了回去。

他手脚都被扣着，花千骨倾身上来的姿势让他十分尴尬。她一只手游移在他胸前，一只手顺着他的腰线穿过衣襟滑向他腰后。

"小骨，你怎么了？"白子画面对她突如其来的举动，微微有些心慌。

花千骨埋头在他项间，竟连鼻息都是冷的。薄唇擦过他的锁骨，身体微微泛起酥麻。未待他回神，却感到颈间一阵剧痛。

冰凉的液体顺着他胸前滑下，空气里的波荡平复了，却隐隐散发出一阵血香。白子画微微皱了皱眉，却没有挣扎。

花千骨贪婪地吸吮着他的血液，如此温润，胜过世上任何的玉液琼浆，怪不得他中毒受伤时受不住自己血液的诱惑。那血里也有她的血，想到这儿，花千骨身体的温度慢慢升高，她紧紧抱住白子画，将他拉近自己一些。

白子画微微仰着头，体会着血液从身体中迅速流失，脑中一片空白晕眩。原来当初自己吸食小骨的血续命时，她是这样的感觉……这就叫因果报应么？

花千骨大口大口吞咽着，也不知道过了多久，感觉白子画在怀中逐渐无力，似乎是失血过多快晕过去。她总算是抬起头来，唇边发际沾满了血，紫色的眼眸空洞却又满足，那样的魅惑叫白子画刹那间有些失了心神。

花千骨手指轻抚白子画颈间的伤口，血瞬间止住，只留了两个小小的牙印。她仍是觉得不满足，又俯上前去，舌尖顺着血液的痕迹，缓缓向下舔过他胸前，只留下一道湿滑的凉意。

白子画猛地颤抖，感觉四肢的束缚突然被解开，脚一软，头晕眼花向前栽去。花千骨稳稳地抱住他，看着他苍白的脸微微皱了皱眉头，渡了些内力给他，放他在床上，盖好被子。

白子画醒来的时候花千骨正坐在床前看着他，眼神纷繁复杂。白子画长叹一口气，又闭上了眼睛。

"饿了么？想吃东西么？"

花千骨手中瞬间多了一碗热腾腾的桃花羹，慢慢扶他坐起来，想说点什么，却又发现他们师徒早已言尽，根本无话可讲，只能默默地喂着他喝。

白子画已经逐渐习惯她的喜怒无常，可是低头尝一口桃花羹，入喉皆是苦涩，还是难免有物是人非、沧海桑田之感。

花千骨见他身子轻颤，手拂过他额头。知他身体本已极其虚弱，又失了那么多血，现在一定十分难受。想了一下要不要让他恢复仙身，却又立马打消了这个念头。

突然门外竹染道："神尊，百余名天山和昆仑弟子夜闯云宫坤罗殿想要救人，现已全部俘获，请问如何处置？"

花千骨眉头微挑，可以自己处理却偏偏要来禀报，分明是故意说给白子画听，他又在搞什么？

若是平常，花千骨只会不耐烦地交代他自己拿主意，这次却只简单地说了一个字："杀。"

白子画猛地握住她拿勺子的手腕，低沉着声音道："不要再杀人了。"

明明只能恳求，说出来却如同命令一样。花千骨冷笑，他虽然能力不及往日，气势却丝毫未减，白子画果然还是那个白子画，就算你将他踏进泥里，他仍然可以一尘不染。

花千骨心头似乎有一丝恼怒，又似乎有一丝不甘，突然就笑了出来，却叫白子画后背发寒。空灵又带着几分戏谑的声音响起："你自愿陪我睡一晚，我就放一个人，如何？"

四下里安静得有些诡异。

白子画严肃地看着她，似乎想知道她是不是在开玩笑。花千骨面带笑容，笑意却未深入眼底，看上去实在太假，她什么时候也学得像竹染了。

"好，我答应你。你不要再杀人了。"

花千骨眼中闪过一丝讥讽，若不是知道白子画的为人，也知道他此行的目的，她真的会误以为他是奉命来色诱她的。

"不要得寸进尺。我只说过一晚放一个人。"

竹染在门外笑，这两人各怀心思，暗潮汹涌，免不了一番明争暗斗。白子画看上去虽处劣势，可是他何曾败过，甚至从未败给自己。花千骨在他面前，永远都只是个孩子。真不知道女人在爱面前，为何总是如此不堪一击。

永恒而漫长的生命里，除了等糖宝复生，她总得给自己找个事做。而他，就全力一统六界好了。

神界的通道，云宫的外层，守卫都非常森严，因为总有一些想要报复或是想要做英雄的人不怕死地往里闯。可是花千骨的寝殿无妄殿却大而空旷，除了外面用来隔音防打扰的一层护罩，连半个看守都没有，平日里殿内就花千骨一人没日没夜地昏昏沉睡。她的五识比往常灵敏千百倍，周遭略有些什么动静就会觉得特别吵。

花千骨不去回忆，因为回忆里有太多伤痛。她至高无上，长生不老，所以她没有追求，对明天也没有期待。什么都可以做，却没有做任何事的兴趣。她甚至不用防备，随便各方势力一波一波暗杀。反正她是不死之身，伤得再重都可以瞬间恢复。没有过去，没有现在，没有未来，原来行尸走肉就是这个样子。她想过让自己像杀阡陌一样陷入冰冻和沉睡，直到糖宝复活再让竹染将她重新唤醒，却又总不放心，怕那唯一一丁点微弱的希望出任何的纰漏。

对这个世界她其实并不恨，也从未怨天尤人，只是变得漠不关心了。她不是圣人，也没有白子画那么伟大，在接二连三的打击和伤害下，封闭内心已是她能让绝望的自己变得坚强的唯一办法。又或者在潜意识里，对于白子画为了天下人一次次将她逼上绝路这一点，她还是恨过的。可是她终归还是学不会伤害，也没心情去学，只能完全无视不理，身体和心灵都麻木得像一潭死水。

白子画的到来让无妄殿里微微有那么些不同了。她一开始不明白自己既然无心报复或者伤害他，为什么还愿意让他留在身边，是因为爱他太深，始终放不下，还是太过孤寂，留恋他的温暖，抑或自知污秽，向往着他的无瑕？后来潜意识里隐隐懂了，她只是想知道他会以何种姿态来杀死她。这样没有知觉地活着，她常常会觉得疲惫，如果真的要将这一切做个了断的话，她只愿意死在他的手里。

白子画望着她眼中的那一丝自嘲和了然，心疼中又微微有些惊慌。她是神，她预见了什么，看到了什么，可是这世间发生的一切或许对她而言已经没有意义了。不是每个人都愿意看到自己的未来，就像一场胜负已分的棋局，枯燥而乏味。在他还是仙的时候，他极少掐算自己或是别人的命数，又或者从来一切都在他的掌控之中。可是此刻，他却很想知道这一切最终的结果是什么。虽然任何事都不会改变和左右他的想法，他仍然只会做自己认为对的事，却仍然想要知道，想确定最后——自己真的不会后悔。

白子画安静地坐在榻上，从入定中醒来已是翌日清晨，花千骨整夜没有回来，他知道她不会来，虽然她居然说要他陪她每睡一晚就放一个人。

若是摩严听见她这犯上而大不敬的话，怕是要气得背过气去，可是白子画太了解花千骨了，又或者太相信她。这孩子从来都是这样，心软又爱逞强。他其实宁愿她恨他报复他，或许他心里会好受点，可是哪怕到了如今，她连一句埋怨的话都不曾有。

白子画推门而出，极目远眺，神界美得灿烂辉煌，完全不似人界的凄惨状况。自十六年前那一战，昆仑山崩，瑶池水竭，日月东南倾，人间已是异象频频，战乱纷纷。而花千骨的神之身，作为第十一方神器，封印全破，获得所有妖神之力之后，蛮荒沉陷，九天龟裂，人间更是天灾人祸，尸横遍野。

他，无路可退。

花千骨此时安静地站在云宫高处一座大殿的飞檐上，大老远就看见白子画遥望着海天、负手而立的身影。同过去的许多年一样，只是变得单薄了。他的肩头却依旧固执地背负着长留和六界众生，不肯卸下，但他早已不是仙身，他难道不会累么？

他以前常说，重要的是人的选择，而不是能力。可是要做出选择太过困难，他有他的责任和原则，她有她永远无法摆脱的可悲宿命和对别人的伤害。这些注定了他们都有选择而无法选择。

过于强大的能力也会使人滋生邪恶之心。曾经那样深爱和渴望的一个人就这样站在面前，一点点唤醒她沉睡的欲望。她无法再像过去一样无怨无悔地去爱他，可是她可以轻而易举地得到他。这对于此刻孤寂无依、生无可恋的花千骨来说，无疑是一种天大的诱惑。

那随风飘飞的衣袂仿佛在对她招手一般，时刻勾引着她，她挣扎而又迷惑，想要，又怕自己沾了血的双手弄脏了他。

花千骨背后突然泛起一阵强烈杀气，她缓缓转身，疲惫地扬手一挡，没想到那剑锋利异常，右前臂被齐齐斩断，整个飞了出去。眼前那人从麻雀的形态刚变回人身，脸上还有些翎羽未褪去。来人是抱着必死的心来的，没想到那么容易得手，整个人都傻了。

花千骨皱了皱眉，眨眼间手臂已回归原处，速度快得连血都来不及流一滴，刚刚发生的一切仿佛都是幻象。或许是潜意识里憎恨着自己身上的妖神之力，她一向极少使用，甚至没有任何真气护体，如若不是嫌头被砍下来有点太难看，她连手都懒得抬一下。

"你是哪门哪派的？"

仙界有能耐的散仙数不胜数，光靠竹染等人还有妖魔的守卫显然是防不胜防。刺杀她的人总是一拨接着一拨，不过没有人会担心这个问题，因为没有人能杀死她。但是她还是微微有些恼怒有人在这个时候跳出来打扰她。何况这人的身手和武功虽然十分了得，可是明明就不是修仙之人，也不懂仙术，怎么会变身，又怎么进得了云宫？

眼前一脸浩然正气的中年男子脸色一阵青一阵白，刚刚是背对着她，如今看清楚她的容貌，若有若无的花香萦绕在周围，他持剑的手不由得微微有些抖了。她明明早察觉到了自己，却为何不闪不避，自己就真的这么没威胁力？就连自己的逆天神剑也丝毫伤不了她？可是她就算能很快复原，难道就不会痛吗？还是妖神有自虐倾向？

"我叫王昔日，与任何门派都没有瓜葛，是我自己要来杀你。你这妖孽，自封为神，背天逆道，为祸六界，今日拼上我的性命，也定要取你首级。"

他此刻已被妖魔团团围住，竹染也在，却摆摆手，不让众人靠近上前。

王昔日拔剑又刺，那招数似曾相识。花千骨眉头皱得更紧了，向后高高飞起。王昔日化身为鸟时会飞，此刻却没有翅膀，可是轻功相当了得，一记潜龙飞天直击而出。花千骨看着扑面而下的巨大龙形光影，刹那间有被撕碎的感觉，可是也仅仅是刹那而已。她的身影瞬间消失，再出现时已在王昔日的身后，否则威力如此巨大，她至少也是血肉模糊。

光论武功，他的确是不仅在人间，就算在仙界也难逢敌手，可是终归只是个凡人而已，要杀他如同捏死一只蚂蚁般轻而易举。

不过花千骨还是没有出手，望着他的双眼越发深邃起来。

"你打不过我的，武林盟主。"

王昔日怔了怔，有些惊诧地抬头。瞥见花千骨眼中一闪而过的悲哀笑意，突然隐隐觉得有些熟悉。难道自己曾经见过她？不可能，她是妖孽，何况这样容貌气势的女子，见过的人怎么可能忘？

王昔日转身拔剑再刺，几乎用尽毕生所学。他虽是江湖中人，到底是堂堂武林盟主，不忍见民不聊生，想尽办法前来行刺，哪怕身死，只想尽一份自己的绵薄之力。

花千骨似是有些倦了，不耐烦地刚要抬手，突然周围传来一个声音。

"小骨！"似是喝令又似劝阻。

花千骨微微一滞，王昔日已趁着她犹豫闪神的片刻一剑划过她小腹，血流出来没几滴伤口就迅速恢复如初。

花千骨心头冷笑，原来他当日说的他们二人或许还有一面之缘竟然是指这个。掌心突然蔓延出花藤，将王昔日牢牢缠住。

"还是一点没变，憨傻冲动，能活到现在算你运气。"

王昔日惊异地看着她，又转头看刚刚出声的那个人，顿时半张着嘴巴愣住了，花千骨容貌变了气质也变了，他自然是半点都认不出来，可是那男子，在他记忆中虽总是面目模糊，可是那太过出尘的气质还有声音却是极其容易辨认的。

"你……你们……"他看看花千骨又看看白子画，突然呼吸有些急迫起来，胸上仿佛压着块重物。

——救命之恩，永世不忘！

王昔日握着剑的手慢慢垂了下去，任凭自己被牢牢缚住。

"神尊，怎么处置？"

竹染有些好奇地看着那男子，身为凡人竟然敢独身闯入云宫，也未免自不量力到好笑的地步。

花千骨静静地看着王昔日不说话，白子画轻轻握住她的手臂："他只是个凡人而已，放他走。"

花千骨突然就笑了，周围的人全都倒抽一口凉气。

"当然。"她的手暧昧地环住白子画的腰，声音说不出的魅惑，"今晚陪我。"连竹染都不由得起了身鸡皮疙瘩，无奈苦笑，她的性子真是越来越喜怒无常了。

王昔日抬起头来，难以置信地看着他俩，如果他没记错的话，他们俩不是师徒么？虽早知道他们不是凡人，可是为什么会变成现在这个样子？二十年前那个天真的小女孩竟然成了为祸六界的妖神？

白子画微微有些尴尬，但是没有回避也没有说话。他有时候会怀疑自己的初衷，真的是想要杀她还是来赎罪的？

"为什么？"

花千骨挑眉看着王昔日，不知道他是在问为什么她会变成妖神，还是问为什么她会放了他。

"没有为什么。"

"你杀了我吧。"王昔日一想到她竟然是当初的那个女孩，语气再硬不起来。二十年了，他已经老了，当初的孩子也长大了，物是人非，他不知道他们二人之间发生过什么，眼中都有那么浓重的悲哀，明明上慈下孝的师徒关系，如今却不伦不类，连他一个外人都看得出他们之间明显有隔阂。

　　或许真是这世道变了，他老了，不懂了。王昔日被押着离开的时候，终于还是忍不住回头，人与人之间的缘分，有时候就是如此荒谬又奇妙，他寿命有限，缘分淡薄，以后怕是再也见不到了。

六十　同床共枕

　　夜色氤氲，幽暗模糊。花千骨紫袖轻舞，案上瞬间多了一盏琉璃曼陀罗花灯。

　　白子画立在门边，面色苍白如纸。

　　花千骨坐在榻上，幽灯闪烁下面目妖艳如同鬼魅，唇上仿佛沾染着血色，红得有些刺目。她抬头看着白子画，缓缓地向他伸出左手。

　　之前她以为她的脸像冰冻的石头，任她再怎么挤，也是一片空白，可是白子画来之后，那上面总会出现一些莫名其妙、诡异非常的表情。然后她明白了，那不是她的脸，也不是她的身体。她像一只残破的蝴蝶，将自己封闭在一个名为妖神的密闭的透明容器里，享受安静的孤独，直至窒息而死。

　　可是她看见白子画了，就又忍不住扇动翅膀想要出来，一次又一次，撞得血肉模糊。好不容易反应过来，自己已经无路可走，再也出不去了。于是她开始想要把白子画一起关进这个容器里。

　　过去的一切，她以为自己都忘记了，可是王昔日的出现，又让一切历历在目。原来那么多年，他的一言一行，和他相处的一点一滴，全都牢牢刻在心上。跟着白子画在人间行走历练的日子，是她一生之中最快乐的时光。

　　人可以放下痛苦，又怎么能够放下和抛弃自己曾经拥有过的幸福？尽管那幸福的背后，是悬崖峭壁，下面白骨森森。

　　白子画看着花千骨伸出的手，没有回应，只是侧过身子，和衣安静地躺在榻上。房间依旧大而空旷，他的心早已习惯这种冰冷，可是他的身体还不习惯，大半个身子都冻得有些麻木了。

花千骨低头看着他，再怎么也不会想到居然会有他躺在自己身边的一天。白子画的姿态依旧优雅从容，合着眸，表情宁静而释然，像是已经沉睡了很久很久，让人不忍心唤醒他，更何况是弄脏他。

花千骨手指轻弹，灯灭了，瞬间沉入一片寂静中，被黑暗包裹的感觉既踏实又空洞，像有无数只手纠缠掳住她的四肢，左右拉扯。

"冷么？"

白子画没回答，似是已经熟睡。花千骨把被子给他轻轻盖好，手终于还是忍不住，覆上黑暗中他的面颊。

她其实喜欢这样苍白、脆弱的他，至少她可以靠近可以触摸，可以像一直想的那样照顾他保护他，而不只是远远地看着。

白子画感受到冰凉光滑的手指在自己脸上游走，微微皱起眉头。然后听见一声清幽的叹息，像风筝飘在空中，突然断了线。

那个人睡下，躺在了自己身边，一只手横过自己胸前轻轻抱住。空气中淡淡一股清香，白子画知道她此刻心情还算不错，如果她发怒，花香就会变得浓郁而不可捉摸。

他感觉到那柔软的身子又微微靠近了一些，斜侧着紧贴着自己的手臂。过去总黏着自己的平板的身子，如今变得凹凸有致。他的脸烧红起来，心底有几分庆幸这片隐藏他的黑暗。

他没有感觉被侮辱的羞耻，更谈不上欲望，花千骨在他眼中，还只是那个在撒娇的孩子。她在闹脾气，但她不会伤害他。可是他们终归是师徒，不应该躺在同一张榻上，这与礼不合，他暗暗自责，有些尴尬。

突然感觉胸前的那只手慢慢上移，在解自己的衣服，他惊了一下，握住那只不规矩的小手，轻声呵斥道："小骨！"

"你不是假装睡着了么？继续。"声音里带着几分调笑。另一只手又爬了上来，再次被他牢牢握住。

花千骨不动了，下巴枕在他肩窝里，任凭自己的双手在他的掌心。当初他还是仙的时候，浑身都冷冰冰的。如今成了凡人，却温暖起来了，倒是自己浑身都是寒气。

白子画似是发觉不妥，不自然地松了松手，那手立马挣脱，灵活地解开了他的领口，拉开前襟。

冰冷的空气从胸口灌入，未待白子画反应过来，身边那人已轻轻一翻，伏在了他的身上。空气中的香味浓重起来，迷离醉人。

"不脱衣服，怎么睡觉？"

听着那满是笑意吊儿郎当的话，白子画没有气恼却有些无奈。微微沙哑的声音和毫不掩饰的渴望，又叫他有些慌乱。

花千骨温顺地伏下身子，像小动物一样侧脸趴在他胸前，抬头看着他完美无瑕的下巴，冰冷的呼吸变得有些灼热，白子画只觉得颈间湿湿痒痒，却无处可躲。

她以前就小小的，现在虽然长大了，还是小小的，压在身上仿佛没有重量。

花千骨能够感受到身体中沸腾的欲望，烦躁不安地在他身上轻轻扭动。鼻尖一面在他发间磨蹭，一面拉开他的领子，头埋在他颈间，克制不住地深吸一口气，然后张嘴就咬了下去。

熟悉的被牙齿刺破的感觉，白子画颤抖一下，然后又很快恢复平静，任她吸食，没有任何的挣扎或不满，他知道，这都是他欠她的，所以血债血偿。

万籁俱寂，只有花千骨的吸吮和吞咽声，听上去颇有几分淫靡。失血的快感像在天空中飘浮，白子画感到浑身酥麻无力，大脑一片空白。花千骨抱他抱得那样紧，仿佛想将他随着血融入她的身体。眼前起先是腥红色的雨，逐渐变淡了，粉粉的到处飘洒，是那年瑶池的满地桃花。

人世间有极乐么？如果有的话，此刻就是了。

花千骨感受着白子画的血液流进身体里，仿佛又重新活过来了，所有的伤痛都不曾存在过。但她还算清醒，知道顾及他的身体，依依不舍地抬起头来，吧唧吧唧小嘴，仿佛是在回味，又仿佛还不满足。

白子画放松下来，长长地呼出一口气，下一刻却又立刻紧绷，因为花千骨一滴也不肯浪费地在舔他的脖子。

这样的姿势太过暧昧缠绵，白子画不自在地偏过头去想要躲闪，花千骨却又惩罚性地用虎牙咬了他一口。她的睫毛太长，随着移动到处刷过，异样的麻痒直到心里去了。

过了许久，身上的人终于不动了，均匀地呼吸，似乎是睡着了。白子画低头看她依旧睁着大大的眼，暗夜中显得有些可怕。她总是醒眠，容易做噩梦又容易被惊醒，这么久以来虽然总在睡，但是没得过片刻真正的安宁吧？

白子画有些心疼，伸出手，覆上她的眼睛，缓缓将其合上。想把她放在一边不要睡在自己身上，又怕不小心吵醒了她，便也随她去了。失血的晕眩，还有心力交瘁带来的疲倦，让他也很快就睡着了。

第二天醒来的时候，花千骨还趴在他身上睡，仿佛死去一般，甚至感觉不到呼吸，安静得有些可怕。白子画的身子被压得失去了知觉，只有手指头能微微活动。他皱着眉低头打量近在咫尺的她，试图在这个人身上找到一丝熟悉的感觉。

他不是一个好师父吧，也不是一个好掌门，总是要牺牲一个才能保全另一个。

他几乎已经回忆不起小骨未出现的时候自己是怎么生活的了，千年的岁月流动得慢无声息。可是他从来都觉得理所当然，不觉得好也不觉得有什么不好。后来小骨来了，一切悄然改变，他开始变得不像他，又或者，这才是真正的他？

以前许多时间他都在沉思，他的人生像一盘布置精巧的棋局，总是习惯将一切都牢牢掌控。可是没想到一步错，步步错。从失去小骨的那天，他像崩断的琴弦，再没有心力去思考，想到什么，回过头来才发现自己不知不觉已经做了，就像现在这样，原来自己也可以如此随性。

他明明可以不用这种方法，也完全可以轻易化解小骨的任性，却为何竟然答应了她？是伤害她太多，所以无法再做出任何拒绝，还是根本就受不了她完全忽视自己，想多靠近她一些回到从前的样子？如今师徒二人竟会这么不伦不类同床共枕，而更可怕的是他心底还会觉得一丝温暖和欣慰。他到底怎么了？

白子画微微动了动身子，想将上面的人移开。

花千骨感受到身下人的不安，慢慢转醒，她好久没睡得这么安稳踏实过了，也没有做噩梦。

"早。"许多事情她似乎都忘记了，世上只有她和他，存在于一片祥和美好中。花千骨睁开迷蒙的眼，嘴角露出微笑，抬头轻轻用鼻尖磨蹭着他的下巴。

白子画显然是被她亲昵的举动给吓到了，而更吓到他的是她的那份自然，仿佛他俩从来都不是师徒，而是爱人。他眼中惊惧一闪而过，不着痕迹地将她推了下去，却是觉得浑身酸痛。

"对不起，没睡好吧？"花千骨忘了他如今只是凡人身骨，像往常做了错事一样不经意地吐了吐舌头。

白子画怔了怔，是啊，不论如何改变，换了身姿换了容貌也换了脾性，她始终都是他的小骨，他从心底疼爱的那个徒儿。

"我帮你揉一揉。"花千骨心情不错，伸出手去捏他的肩，却被他迅速躲开。

花千骨无奈转头，看了看空荡荡的房间。突然伸手指了指，书柜、桌椅、小几、帘子……各种物品凭空出现，逐渐将房间填满。地上是厚厚的白色绒草地毯，温度也升高了许多。

白子画不由轻叹，造物是一种何其伟大的力量，只有神才拥有。可是小骨她不懂，整个世界都在她的一念之间。造物主若只把一切当作与自己毫不相干的东西甚至是玩物，那她根本就不配身为神。

"饿了吧？"

桌上突然出现许多白子画过去喜欢吃的食物，花千骨递筷子给他，过去总是他陪她吃饭，现在她不需要了，轮到她陪伴他了。这让她觉得欣慰的同时又觉得心酸。

两人都没有再说话，花千骨看着桌上盘里的那个桃子，终于还是受不住了。再自欺欺人也没有用，糖宝不在了，什么都不一样了，以前三个一起吃，现在只剩下他们两个。

"我吃好了，你慢慢吃。多出去走走，对你身体有好处。如果有什么需要，就……"她本来想说可以吩咐下人，却突然想起这无妄殿里一个人都没有，他相当于独自被囚禁于此。

白子画再抬头，眼前的人已经不见了。他放下筷子，转头望着窗外。

小骨，师父到底要怎样做，才不会错呢？

无妄殿里突然多了许多仙婢，来来往往的，而两位主子却又基本上都不需要伺候，事情少得可怜，闲来无事，就每天胡乱嚼嚼舌根。大抵内容，无非是上仙依旧如何出尘，神尊如何貌美，神尊对上仙如何宠爱，如何言听计从，师徒之爱又如何云云。

这边一位刚开口："当年我在瑶池的时候就见过上仙和神尊，当年神尊才这么高一丁点。"说着，比一个才及腰间的手势，于是那边一窝蜂就围上去了。八卦啊八卦，不论是在仙界，还是在这儿，都有讲不完的八卦。她们都不怕妖神，只怕竹染，每次竹染一来，一个个装模作样，乖得跟小猫似的。

这里没有天宫里那么多规矩，还有美人可看，乐得轻松自在。她们守在六界最最厉害的妖神身边，不由得也开始扬扬自得起来，开口闭口就是神尊陛下、我家主子，早已没了最初被抓来时的提心吊胆、战战兢兢。

白子画几乎从不差遣她们，不过私底下常常会问一些云宫里的事，还有仙界众人的关押之地。更有不怕死者，为博上仙多一些青睐，偷绘了云宫的地图给他。只是宫殿连绵千座，又随云彩飘浮不定，一时想要弄清也不是易事。

仙婢们每天蜂拥争抢的莫过于夜晚和早上在神尊门外随时侍奉着，完全可以想象屋内神尊和上仙睡在同一张榻上会做些什么叫人脸红的事。早上还可以第一时间看见上仙出门时苍白虚弱的模样。更让人喷血的是，传言有时候晚上甚至能听见上仙的低喘。

每次仙婢们在一起讨论这些的时候，都像炸开了锅，一个个捏着小拳头挥舞着，那个激动啊，仿佛她们看到了现场实况一般，描述得详尽无比，活脱儿就是一部叫人热血澎湃的春宫大戏。连带着平日里看白子画的眼神都暧昧不已，脸像煮熟了的大虾米。

更别说当大家看到他颈间留下的啃噬的伤口和各种印记。铺天盖地的流言和小说版本，描述着上仙每晚是如何在神尊身下辗转呻吟。不过想象归想象，神尊面前还是半点不敢放肆，就算偶尔犯了什么事，上仙随便劝一句，就万事大吉。需要提防的是竹染，那边汇报出了任何差错，死都死得无声无息。

白子画和花千骨之间的关系已经缓和了不少，虽然两人都或多或少有一些自欺欺人，但总算能够平心静气地待在一间屋子里，而不再冷言冷语。

花千骨原本觉得，因为曾经自己心里的执念，结果害了太多人，所以哪怕如今已无所不能，也再不能执着于爱他或是把他留在身边，可是终归还是没忍住，夜里抱着他的时候，她这么久以来头一次觉得自己还活着，或许这也不是什么坏事。

他的血是她的安眠良药。她小心翼翼地不伤害他，却忍不住用另一种方式来满足自己的渴望。故意不消除他颈上的伤口，她喜欢看他的身上留下她的印记，仿佛证明着什么。

夜里血液相溶的那一刻，两人总是暗潮汹涌，无限暧昧却又没有情欲流动。是哪里不对，又或许是他和花千骨两人都在刻意逃避。

白子画极少开口说话，每次说，无不带着规劝的意味，或是得知了什么，让花千骨不要做，或是把人放了。

他知道外界已经把他们俩传成什么样，又把他传得有多不堪。他不在乎，让他无法习惯的是每夜花千骨都需要吸完他的血，抱着他入眠，更让他无法忍受的是自己已经逐渐将与她同床共枕当作理所当然。

一夜又一夜，他像弦一样越绷越紧，也越来越敏感。不能就这样拖下去，没有任何实质上的改变。

终于等到花千骨和竹染都不在云宫内，白子画出了无妄殿，往坤罗殿赶去，他虽失了仙身，武功却是不弱的。几乎所有人都认识他，所以也没人敢拦他，他到哪里去，一路上都畅通无阻。

因他早有了计划和准备，所以将人放出来并没有那么困难。被竹染关押的几乎都是各仙派的掌门或德高望重的长老，便于他掌控各方势力。

一干守卫为难至极，长跪不起，不敢忤逆他，却又不敢放人，左右都是个死。

"不用怕，有什么责任，我自会担待。"白子画许诺，守卫这才忐忑地让开路来。

"上仙，为何不跟我们一起走？"众仙被关押已久，并不了解仙身已失的白子画是如何闯进来救他们的，而且似乎并未受阻拦，却又最后要留下来承受责难。

"我还有一些事没做完。放心，她不会伤我。"

众人自然知道他口中的那个"她"是谁，于是相扶逃离云宫。

花千骨回来，果然没有任何要追究的意思，本来此事就与她无关，她只是默许了竹染的游戏而已。竹染也出奇地没说什么，只是一脸皮笑肉不笑。人放了再抓回来，对他而言轻而易举，他更感兴趣的是白子画和花千骨之间的进展。

"你生气了？"花千骨很认真地绣一床被面。她对刺绣并不精通，可是这一年来时常会穿针引线。因为实在是无事可做，而这能让她内心平静，而且还能打发时间。

"哪里，我们不是早知道他的目的也由着他了，再说属下的爱好与白子画的心愿相比，自然是不值一提。"

花千骨抬头看他，没有说话。

"不过他总一天会毁了你和我，你就不怕我暗中害他？"竹染幻想，要是白子画死了……

"你不敢，杀了他，我会杀了你。"

"呵呵，错了，我是不会杀他的，不过不是因为我不敢，而是因为他死了就不好玩了。"

从某种意义上来说，她和竹染是相同的，活得意兴阑珊，不过她不知道自己要什么，应该做什么，而竹染知道。

白子画算了算，距离摩严定下的反攻的日子一天天近了，他们那边的准备应该是做得差不多了。他临插一脚，不过是心有愧疚，能帮一点是一点。他真正想找的是霓漫天的下落，那是他的罪孽，是小骨的罪孽，他要结束这一切。

可是真当他找到了的时候，那比他想象中残酷惨烈千万倍的景象，还是狠狠地给他浇了盆冷水。或许小骨的罪，真的只有以死才能偿还。

他救不了她，甚至靠近不了，只能听见她的哭喊和哀求，一遍遍求他杀掉她。

晚上回去的时候，他浑身僵硬，步履有些跟跄。

花千骨进屋，房里没有掌灯，白子画坐在黑暗中。她假装什么也不知道走上前去，如往常一样，替他脱下外面的白衫，轻轻推在墙上，大口地吸血。末了，直直地看着他的眼睛，嘴角是残忍而充满自嘲的笑："不想对我说点什么？"

白子画手慢慢握成拳，最终却又松开，轻叹一口气："杀了她吧。"

"杀了她，我就活不成了。"花千骨知道这样说，他不会明白也不会懂。

"你以前不是那么残忍的。"白子画摇头。

"其实我一直都很残忍。"除了对你。

"你这样到最后又能得到什么呢？"

"除了糖宝，我什么也不要。"包括你，我也再要不起。

"醒醒吧，糖宝已经死了，它也不希望看到你变成现在这个样子。"

"不要再说了！"花千骨浑身颤抖咬破下唇，空气里花香浪荡。

她猛地紧紧逼近白子画的身子，仰头看着他，声音突然如丝如媚，酥滑入骨。

"你不是很想再次恢复仙身么？只需要一滴我的血……"

白子画低头看着她妖冶的脸庞，火红的唇上残留着他的血，又覆上一层她的血，轻轻翕动着，摄人心魄，仿佛正邀请着他的品尝。

那么近，几乎顷刻间就要碰到，花千骨的呼吸紧贴着他，束得他喘不过气来。白子画一阵晕眩，鬼使神差地差点就覆了上去，不知是因为她唇的诱惑还是血的诱惑，却终于还是在关键时刻狠狠地偏转了头。

看见白子画眼中那一闪而逝的厌恶，花千骨无力地笑笑，轻佻地舔了舔自己的唇，退开两步，先躺到了榻上。许久，白子画才在她身边睡下，没有盖被子，背对着她。

不知道什么时候睡着的，她站在一望无际的冰原上，白茫茫的，清冷一片，什么也没有。突然被一阵极力隐藏的巨大杀气惊醒，她没有睁开眼睛，知道黑暗中，白子画正用冰冷的双眸注视着她。

如此浓烈的杀意啊，胜过千军万马。虽然这么久以来，他一直隐藏得很好，却从未在他身上完全消散过。她知道他若手中有刀，就算杀不死自己，也定会愤然一试。他每日每夜躺在自己身边，想的莫过于用什么办法可以让自己死吧……

许久，白子画身上的杀气终于散去。她能感受到他内心跌宕起伏，不过她从未对他摄神取念过。他怎么想，他想如何杀自己，这都不重要，她只是还留恋他的温暖，想要他陪在身边。不过仅仅这样表面的平静，也终于被打破了。

这日，白子画醒来的时候，花千骨已经不在，像往常一样，桌上已准备好吃的。

壶中清茶他只喝了一口便发觉不对，竟然被下了药，居然是烈性春药，而且是市井烟花之地所用的最粗糙劣质的那种。

一时间他有些蒙了，他什么都想到过，却唯独没想过花千骨会对他下药。本来两人之间脆弱如同薄纸一样的关系一下就被捅开了。

白子画脑中一片空白，气得都不知道说什么了。她变得残忍也就罢了，为人竟也不择手段、卑劣至此么？她就算没办法得到自己，也要狠狠地给自己一个难堪？

白子画感觉体温从未有过地慢慢升高，热浪一浪高过一浪地袭来，有生以来第一次，他如此手足无措。身为上仙的他，根本就不知道什么叫欲望，可如今仙身已失，小小的一种春毒竟可以把他逼到如此窘迫的境地。

他不可思议地感觉到自己身体的反应与渴望，湿热难耐。他颤抖着身体，一气之下掀了桌子，终于知道，什么叫奇耻大辱！

听到动静的仙婢，发觉了房内的不对，试图进去，却被他咆哮回去。这些仙婢从未见过上仙有任何的失态，一个个吓得花容失色，连忙到处去找花千骨。

花千骨皱着眉没有说话，观微房内，见白子画神色便全明白了。召了竹染来，高声呵斥道："你不要太过分了！"

竹染双手插在袖子里，躬身而笑："见神尊迟迟没有动作，又不见进展，反而受制于白子画，属下担心，斗胆推波助澜一把。"他自然是不会杀他，他只会看好戏。

花千骨冷笑，说得好听，分明是想将他们的关系推到水火不容再无法挽回的地步。不过罢了，反正他们之间，早就无法挽回了，他再多恨她一层又怎样。

花千骨疲倦地起身往无妄殿去了，迎接她的定是白子画的狂风暴雨。

六十一 心如死水

丹田中的热火一浪高过一浪，眼前物体都仿佛罩上了一层桃红色，白子画凝神聚气，摒除杂念，可是房间里到处都是花千骨的香气，丝丝缕缕，扑鼻而来，仿佛她正缠绕着他的身体，妖娆扭动。绝情殿上，那一夜他吻她的画面突然之间就那么蹦出脑海，血液仿佛沸腾了一般，而他滚滚冒着热气，想要将她再次压在身下。

房间里一片狼藉，他从来都没有这么失态，更没有这么愤怒过。当初哪怕蓝羽灰使用幻思铃，他都可以不受丝毫影响，可是没想到如今失却道行，他竟也变得像凡人一样龌龊不堪，有那样肮脏而丑陋的欲望。

这就是你想要的？这就是你想要的？

白子画的大脑被怒火充斥着，几乎失去了思考的能力，所以当花千骨开门进来的时候，他想也没想顺手抓起个茶杯就狠狠砸了过去。

花千骨没有躲，神情带几分木讷，茶杯迎面砸在她额上，闷闷的一声响，血很快顺着左眼流下脸颊，然后伤口又瞬间闭合了。

白子画愣在那里，能看见她平静眼底深处的悲哀。自己又一次伤害她了。突然很想说对不起，可是为什么要说，错的明明是她！

"对不起。"这句话却是花千骨先说了，看着白子画因为中毒而完全不同于平时冷漠疏离的模样，她有些错愕。睫毛被染红了，血流进眼睛里微微刺痛着。她伸手用袖子随意一抹，感觉到和过去一样死水般的麻木冰冷又全部回来了。

这一杯子砸掉了他们所有看似和谐的假象，砸掉了她所有心存的侥幸和幻想，突然明白，她和白子画之间就是做戏也再演不下去了。

"我帮你把药逼出来。"花千骨上前一步，白子画连退三步，颤抖着声音吼道："不用了，滚出去！"看着他冷冽而鄙夷的眼神，花千骨手脚更加冰冷了，慢慢退了一步，然后转身离开。仿佛走在云上，脚步虚虚浮浮，她一脸自嘲地笑着，眼神空洞。

花千骨，他恨你，恨当初为什么要收你为徒，恨你害得他身败名裂，恨你害死了那么多人，害得六界不得安生，恨你挟制他每晚陪你做出让他觉得羞辱的事，恨你让他失了仙身变成现在这个样子。他一直都努力压抑着的恨意，如今终于爆发出来，而你，的确是可恨的。

养你育你辛苦教导你，为了救你身中剧毒，替你承担罪责受了那么多根销魂钉，为了包庇你成为长留和六界的罪人还失了仙身，从堂堂一个上仙落到今日不得不忍受劣质春药之苦的地步。花千骨，你有什么好怨的？他始终被你拖累，为你赎罪，从未忘却、推卸过自己为人师的责任。而你呢？你的苦，都是活该都是自找的。凭什么事到如今，还要拖着他拖着整个六界和你一起痛苦？你难道就永远只能自哀自怜，屈服于命运，等着别人一次次为你牺牲么？

花千骨踉跄着回到殿里，竹染看到她神不守舍的样子知道目的达到，却不知为何又有一丝心软。

"没事吧？"

"紫薰呢？"

"她？"竹染不知道她为何此时会问起夏紫薰，"她闭关入定大半年了，不知道神魂现在在哪儿飘着。神尊要见她么？"

"是的，立刻。"

花千骨突然羡慕起夏紫薰来，这些年，她反而想通了，重新找回平静，不问世事，悉心制药调香，而自己却不知道要何时才能放下。

白子画仿佛遭受烈火焚身之苦，奋力压制疏导。他不信，他连一个小小的春药都奈何不了。

门再次开了，除了花千骨不会有人敢进来。他心头怒火更甚，她到底想要什么，难道真愚蠢到以为可以靠这种烂俗的方法得到自己么？多年用心教出来个孽障也就罢了，难道还是个傻子？

可是自己为什么会那么害怕地着急赶她走，是生气还是厌恶？还是说其实没有克制住自己的信心，怕做出什么错事？

白子画身体剧烈颤抖着，她的媚眼如丝不断在脑海中闪现，像一个魔咒。她抚摸他吮吸他咬碎他，紧紧融为一体。

"我说滚！听见没有？"白子画再次声音沙哑地咆哮，不肯回头，他知道这次自己绝对再狠不下心往她头上掷一个杯子。

"子画？"一个声音温柔地试探，却满怀关切。

白子画猛地抬头，眼前的人居然是夏紫薰。他像被人狠狠打了一记闷棍，头脑顿时清醒大半。

"你怎么来了？"

"是小骨，她让我来给你送药。"夏紫薰扬了扬手中的那个瓷瓶，脸有些红，为什么子画会中春毒？他为什么又会在云宫里面？她不在的这些日子貌似发生了许多事情。

"她特意让你，来给我送药？"白子画身上弥漫着一股从未有过的危险气息，眯起的双眼，充斥着更多的怒气，那个"你"字如刻意强调般拖得长长的。

夏紫薰过去眉间的戾气不见了，堕天的印记也淡了许多。她有些不敢对视白子画，他变了好多，气质变了，连眼神都变了。怎么说呢，变得更像个人了，不过或许这是因为他此刻中毒了的原因。

"她什么也没说，只说你中毒了，让我来给你送药。"没说中什么毒，就只把解药给她，却没想到她急急忙忙地赶来一看……

"好，很好。"白子画有些咬牙切齿地说，手中茶盏被他捏个粉碎。

他怎么会不懂花千骨的意思，分明就是给他送了两份解药来，一个瓷瓶一个夏紫薰。好啊，真是太好了。可惜，他两样都不要。

"不用了，你马上出去！"他的声音低沉而威严。

夏紫薰看他快要挺不住了，上前几步想要扶他，却被他立刻一把推开。

夏紫薰显得惊讶而难以置信，接着仿佛明白了什么一样苦笑摇头："子画，我认识你千年，从未想见你会有这个样子的一天。你自以为失却道行，但仙心依旧，并未有何不同，那如今，你到底又在害怕些什么？"

"我说出去！"白子画大声吼道，双目赤红，一掌将她推出老远，却再压制不住，猛地喷出一口血来，晕死过去。

夏紫薰连忙上前封住他逆流的血脉，喂了解药给他，扶他在榻上躺下。望了望四周，这是小骨的房间……

花千骨一直伫立在院子里，夏紫薰进去已经很久了，房门始终没打开过。白子画现在一定更加恨她了吧，她苦笑一下，慢慢转身离开。

到了关押霓漫天的地方，如今的她已经被折磨得疯疯癫癫了。时哭时笑，时求时骂，更多的时候一个人对着空气假装和落十一在说话，述说着过去的一点一滴。

花千骨看着、听着，很久很久。她慢慢举起手驱散她身上的各类蛊虫，让她的血肉一点点恢复生长。因为疼痛，霓漫天惨叫着扭动挣扎。

"花千骨！你又想做什么？"

"我累了，不想跟你玩了。"

"哈哈哈，终于肯杀我了么？想向我、向世人展现你的慈悲？"

"我说过，我不会杀你，脏了我的手。你一辈子都爱漂亮，我让你死得有尊严，你自尽吧。"

霓漫天感觉自己又能看见，能站起来了，除了被白子画斩断的手臂，其他的基本上都已恢复。压抑已久的愤怒和憎恨排山倒海而来，唯一的心念就是杀了花千骨，可是她毕竟没了法力，只能像疯狗一样扑了上去，然后狠狠地一口咬住了花千骨的左手。

花千骨眼神一片空洞，迟钝地轻轻挥了挥，霓漫天立刻飞出去狠狠地撞在墙上，断了肋骨。

"我肯让你死，不是因为原谅了你，你杀了对我最重要的人，我依然恨你。只是一切，都到了该结束的时候了。为什么你受了这么多折磨，事到如今，仍然一点也不想忏悔，不觉得自己做错了？"

"我为什么要忏悔，再重来一百次我依然想要杀你，杀糖宝那贱人！"

花千骨沉默，每个人的想法和观念都不一样，你觉得是错的事，别人不一定觉得，或许她想让霓漫天后悔，从一开始就错了。

"我不会让糖宝就这样死的，它会再回到我身边。"

"哈哈哈，花千骨，你以为你是神就真的可以扭转一切了么？就算你让糖宝活过来又怎样？你亲手杀了她最爱的男人，你以为她会原谅你？"

犹如大冬天里又被泼了盆冷水，花千骨整个人都冰冻僵硬了，不由得微微退了一步，声音颤抖起来，使劲摇着头。

"不会的！糖宝最爱的人是我！她不会因为十一而恨我！绝对不会！"

"笑话，若糖宝杀了白子画，你又怎么想，你会一点都不怨她么？还能像以前一样朝夕相处？"

花千骨的眼里被久未出现的惶恐所充斥："我既然可以让糖宝复生，就一定可以让落十一也再活过来！"

霓漫天仰头绝望地大笑："花千骨，你没听说过么？被神亲手杀死的人，又怎么还可能复生？"

花千骨脑中轰然一下，一切都倒塌了，无力地靠在墙上，难以置信地摇着头："你在骗我！你骗我！你们每个人都骗我！"

蓝羽灰骗她，放出了妖神。轻水骗她，她以为她们是最好的朋友。杀阡陌骗她，她其实一直把她当作青璃的替身。竹染骗她，所做的一切都是为了利用她。白子画骗她，接近她只是想要瓦解她杀了她。连东方都骗她，就算死了，所有的一切还是全在他的计划之中。

为什么会这样？她真的就那么傻，世上所有的人都要欺骗她？

霓漫天得意地笑，很满意看到自己的目的达到。她的确是随口编的，神界消亡近万年，她又怎么会清楚？不过只要花千骨相信就好，她最大的弱点便是在危急和愤怒的时刻无法冷静。害白子画中毒是这样，以为能救朔风结果却放了妖神出世也是这样。

她再一次亲手将花千骨推至绝望的边缘，这种报复的感觉真是痛快啊，她可以瞑目了。

霓漫天把头用力往墙上一撞，鲜血四溅，身子慢慢滑下，眼睛依然诡异而阴险地看着花千骨道："上辈子、这辈子、下辈子，或许生生世世我们都只能做仇敌，势不两立。"

花千骨就这样看着霓漫天缓慢地气绝身亡，脸上挂着满足的笑。

她已经从痛苦中完全解脱了，自己呢？

霓漫天死的事，让竹染震惊，这时间比他预料的提前了太多，是因为白子画么？还是她再也无法忍受那个残忍冷漠的自己了？

要亲手掐断维系自己生存的事物是不容易的。他知道花千骨看开了，又或者说是放弃了，连他汇报三千妖杀进程的时候，都显得意兴阑珊。

她再没有去见过白子画，独自搬到了般若殿里。开始没日没夜地闭关，闭关出来就在殿里大肆摆宴，看着周围群魔乱舞，自己则滴酒不沾听着丝竹之音，斜倚在榻上浅睡。

花千骨整个人都变了，不再冷冰冰而变得似乎有些木讷，也不能说是木讷，而应该说她时常出神，对周遭的反应都迟缓了许多。语气淡淡的，不再掩饰什么，眉眼间带着决然，眼神透彻而空明，又有一丝悲哀的气息经久不散。

又是通宵的夜宴，宿醉的妖魔在殿下肆意调笑，到处充斥着一股荒乱淫靡的味道。花千骨对一切仿佛视而不见，在最高处的紫金榻上安静地睡着，案上只放了一盘瓜果、一杯清茶。最近妖力的过度消耗让她疲惫不堪，可是之前养成了坏习惯，没有白子画的陪伴，她很难睡踏实。而且当她想通了一切，也下决心要做的时候，她居然开始害怕起黑暗和寂静来。将自己置身于灯火通明中，听着周围吹拉弹唱和嬉笑怒骂声，被众人包围陪伴着，她反而能够心安。

突然有一双手伸到自己肩上轻轻捏揉，她一把握住，慢慢睁开眼。一张漂亮到不真实的脸显得慌乱而又无辜，眸子犹如世上最清澈透亮的水晶。

她轻叹一口气，突然一只捏着颗葡萄的手又伸到嘴边，另一个出尘的男子正努力挤出笑容看着她。

"不用了，你们都退下去。"花千骨苦笑，抬头看着旁边的竹染。最近他总找些绝色的男子来伺候她，甚至找画师画了许多画卷，或直接像这样在宴上带着人让花千骨挑选，一副势必要为她找几个男宠来打发时间的模样，美其名曰将功赎罪。很显然，那两个男子更为惧怕的是竹染，仍一动不动。

竹染语调轻松："喜欢哪一个？"

"别闹了，你知道我不好男色，把他们都放了吧。"因为花千骨喜欢白子画的原因，竹染找来的大多是出尘的仙，而不是魅惑的妖魔。

"神尊总不能这么惦记着白子画一辈子，往后日子还长，也应该为自己做点打算。这世上出色的男子多得去了，只要神尊想要，没有得不到的，何苦执着于白子画？这男女间的乐事，只要神尊体会过，一定会喜欢的。"

花千骨不由得笑了起来："你自己难道不是酒色不沾？"

竹染愣了一下，没有说话。

花千骨道："你若因为贪婪池水留下的疤而自卑，我可以让你恢复成以前的模样。你也无须借口事情太忙，现在大局已定，六界全在你的手里。我看你每天没事做，给我忙这些有的没的，还不如自己好好逍遥快活。你若是不喜欢这些，应知我也是不喜欢的。我知道你在担心我，不过你也明白靠着酒色不可能缓解任何痛苦。我很清醒，知道自己在做什么，你放心。"

竹染显然有些错愕，她说他担心她？担心？这么久以来他们一直都处在相互利用相互敌对相互戒备的位置，她为什么会觉得自己是在担心她？

很久没听过她一口气说那么多话，眼底全是温柔，连说话的语气都变了。最近她对自己的确十分宽容甚至是纵容，不管是给白子画下药还是如今刻意招惹，她都未曾有过半分怒意或是斥责。

她又撤下冰冷的防卫回到当初的那个样子了么？还是说真的把一切都看破，什么都不在乎了？

竹染无奈轻笑，就算一切都看破，我倒想看看你放不放得下白子画。

从杀阡陌处出来，花千骨的神色稍稍舒展些了。每隔几日，她总要去陪陪他，一个人对着安静沉睡中的他絮絮叨叨、喃喃自语。

突然隐隐约约听见一阵抚琴的声音，行云流水一般，自由而超脱，不由得叫人心生向往。云宫里有谁会有这个闲情逸致抚琴？莫非是白子画？不对，不是他，他的琴声一贯内敛，不可能这么洒脱。

花千骨有些好奇，寻着琴音去了，没想到会隔那么远，看来抚琴之人不但技艺高超，内力也十分深厚。掠过不知多少朵云彩，终于来到一小小的偏殿之上。简陋归简陋，自成结界，还下着雪。白雪覆盖的院中竟种满了桃花，银装素裹下也依旧竞相开放。一白衣男子背对着她，正坐在树下悠闲地抚琴，周身洒落桃花瓣。

花千骨顿时就愣住了，那背影和身姿，简直像极了白子画，不过她知道不是他。

她立在飞檐上，安静地听着琴声时起时落，和着风声轻轻述说。往日和白子画在绝情殿上的快乐日子又一点点浮现在眼前，心中涌起无限酸楚，止不住轻叹一声。

琴声戛然而止，男子转过头来看见她，眼里全是惊讶。

花千骨也整个痴傻了。那男子墨发垂荡，眉目清雅，如同从画中走出一般。论仙姿论气质，就是与白子画相比也不遑多让，却不似白子画那般冷漠遥远，怎么看怎么舒服。

花千骨仿佛瞬间又回到那年瑶池初见时，花开如海，风过如浪，白子画步步生莲朝她走来。她，失了魂魄。

"你是谁？"男子开口问她，声音像是月夜下古琴的空鸣，温和中又带几分淡漠，如清风流水般环绕住她。

"我是谁？"花千骨依然没有回过神来，只是跟着迷茫地低喃。

那男子笑了，满树的桃花都跟着灿烂起来，她眼前又是一片铺天盖地的粉色，快要窒息。

"别在屋顶上站着了，小心摔下来，不嫌弃的话下来坐坐如何？"

花千骨鬼魂一样荡荡悠悠地飘落下地，坐在案边，竟无端地开始紧张起来。那男子把琴放在一边，把她面前的杯子斟满。她连忙摆手："谢谢，我不会喝酒。"

那男人又笑了起来："这不是酒，这是茶，名叫'醉人间'，有酒的香气，但是不会醉人，只会醉心。"

花千骨有些窘迫，捏着小小的杯子浅尝一口，的确不是酒，却比茶更芳香，比酒更醉人。

"谢谢，你是？"

"墨冰仙。"

花千骨立马想起来了这个人是谁。蛮荒陷落，看来他也从那儿离开了，却不知为何又来了这儿。看着他，有些移不开眼去，果然如一幅淡雅的水墨画，骨子里又渗着丝丝凉意。

"你怎么会在这里？是被竹染抓来的么？"想起之前竹染献上的那些男子，的确很有可能。但他不是传说很厉害么？当初在蛮荒时竹染谁的主意都敢打，就是不敢打他的主意。

墨冰仙不置可否，淡然品茶："他哪儿有这等能耐，他只会拿蜀山一派要挟我。"

花千骨有些错愕，听说墨冰仙就是以滥杀无辜的罪名被蜀山派逐到蛮荒的，他不意图报复，却甚至还愿意为之牺牲？

"对不起，你被迫来到云宫很久了么？"

"没多久，其实在哪儿都是一样的，蛮荒也好，神界也好。你叫什么名字？"

"我……"花千骨站起身来，"我该走了。"

好不容易有个人，不讨厌她也不怕她，停留在这一刻就好了，她回去之后马上让竹染放他走。

墨冰仙也没有再多问，目送她慌慌张张地离去，不由得有些好笑地埋头喝茶。不多时，天边又飞来一人，正是竹染。

"如何？"

"骗小孩真没意思。"墨冰仙眉间一抹嘲弄，"我还以为妖神是怎样了不得的三头六臂的怪物或者冷艳的蛇蝎美人。真是，害我白期望了。"

竹染失笑："你若早来一些日子，或许可以看见冷艳美人，她最近不知怎的，一直恍恍惚惚的，不过倒是很轻易地便被你迷住了。"

"感觉自己跟个傻子似的，没想到我墨冰仙也会有以色诱人的一天，还被当作某人的替身，真是笑话。"

"这是她最容易接受你的办法。再说你不用假装，真的跟白子画很像。东子画西墨冰，果然旗鼓相当，难分高下，一切就拜托你了。"

"你想我怎样，是讨她欢心，还是你想得到妖神之力取而代之？你要知道，我是来想办法杀她的。若失去了靠山，你不怕么？"

"我当然不怕，你杀不了她的，除非你真是白子画。"

"她怎么会爱上自己师父？真搞不清楚，六界如今怎么变得这么乱糟糟的？"

"你似乎并不怎么关心蜀山和六界的命运，那你来做什么？"

"我是不关心这些，不过就是有点吃惊罢了。竹染小子，你师父代表仙界逐我去蛮荒时的冷酷神情你应该看得多了去了。可是你看到过你师父给人跪下时的表情么？那你就不会奇怪我为什么会在这里了。"

竹染被狠狠地震到了，他居然会给墨冰仙跪下？为了救六界？为了救长留？还是说仅仅为了白子画？

"我本来在蛮荒待得好好的，结果妖神出世，被她害得无家可归，人界现在连蛮荒还不如呢。最重要的是，这女人居然可以把白子画也害了，我实在是很好奇。如今反正闲得无聊，便过来看看那妖女是什么样子，又有何能耐。虽然的确是绝色无双，但一想到我得为了某种目的和她上床，还是难免有点恶心自己。你师父真有意思，舍不得牺牲白子画，就牺牲我。"

竹染无奈摇头："你似乎很有信心，以前每一个人刚遇见她的时候都很有信心，包括白子画，包括异朽阁主，包括杀阡陌，包括我，好像很容易就能将她玩弄于股掌之间似的，到头来也不知道谁比谁可怜。"

墨冰仙轻笑两声："谢谢你的忠告，我会小心的。"

竹染转身离开，了解他们的人才会知道其实墨冰仙跟白子画一点都不像，墨冰仙太傲然太潇洒了，什么都不愿意承担，更讨厌牵绊和拖累。这样的人，没有弱点，不好对付，而白子画却背负得太多，想得太多了。六界、长留、花千骨，甚至随便一个路人，他都会觉得自己有责任，怎能不累？

花千骨闭关出来已是深夜，突然发现般若殿里多了个人。莫非是白子画来了？不对，不是他。推开内室的门，却看到墨冰仙正坐在案前望着窗外出神，不由得有些诧异。

"你怎么在这儿？"

"怎么是你？"

两人一起开口问，花千骨显得有些尴尬。

墨冰仙看着她，嘴角微微上扬："原来你就是妖神，竹染让我来侍寝。"

花千骨若嘴里有茶的话肯定会喷出来，他说这话的语气未免太过平静，可是心里肯定是又气又恨吧？

"对不起，他不是故意折辱你，只是闲来无事喜欢捉弄我，看我为难的样子。"

捉弄？墨冰仙皱了皱眉头，任谁都可以看清竹染的阳奉阴违，还有两人之间的相互利用，她何必在人前装模作样？还有她堂堂妖神，干吗总跟人说对不起？才见两次，她已经跟他说了两遍。那单纯无辜，甚至带一点白痴茫然的眼神，是身为一个妖神应该有的么？真搞不懂这女人到底是城府太深还是太傻太天真。她是怎么当上妖神的？就靠那种无辜的眼神去勾引男人？

"你回蜀山去吧，我会跟他说的，他不会再要挟你。"

"你很讨厌我？"墨冰仙上前两步站在她面前。

花千骨被他的阴影笼罩着有些喘不过气来，那身形、那干净清爽的味道，都像极了白子画。

"没有。"

"那为什么赶我走？"墨冰仙语气中带一丝嗔怨和调笑。

花千骨微微有些吃惊，他不会是在和她调情吧，他难道不恨她么？

"我不想勉强你。"她的心在瑟瑟抖着，她在害怕什么？怕自己这个时候太软弱，怕自己突然想找个人依靠？面对其他人她不会心动，面对白子画她已心死，可是面对一个像白子画的人，她该如何是好……

"你什么都没让我做，怎会勉强我？我说过，我在哪里都一样，你会不会下棋？"

转折太快，花千骨有些反应不过来。

"会。"

墨冰仙已经习惯了她说话迟钝和总是慢半拍，兴致悠悠和她下起棋来，没想到她下棋倒是不笨。

"白子画教你的？"

"嗯？"

"白子画以前不是你师父？"墨冰仙看她颦着眉，似乎正努力回忆着。

"最开始是爹爹教我，但是我学得不好，后来他又教我，我还看了《七绝谱》的棋谱。"

墨冰仙挑起眉毛，感觉妖神也有爹爹似乎是一件怪怪的事。以前听闻中完全被妖魔化的形象越来越趋向一个平常人，他微微有些不自在。

"虽然知道你不会饿，但是想不想吃东西？我的手艺很好的。"墨冰仙望了望窗外天边一片鱼肚白，云宫里逐渐开始霞光万丈。

"你想吃什么我可以变出来。"

"那样的东西不好吃，凡事要亲力亲为，才能体会到其中的快乐和味道。厨房在哪儿？"

花千骨仿佛又看到白子画站在跟前谆谆教导她，可是眼前的人温暖亲切，她伸手就可以触碰到。

墨冰仙很快便弄好了几样小菜出来。很简单，也没什么花样，但是清淡爽口。花千骨感觉自己的味蕾纷纷苏醒了，她已经很久没好好地吃一顿饭了。之前她陪白子画的时候总是想到糖宝，越吃越难受。

"原来百合还能这样炒。"

"我瞎倒腾的，闲来无事有时会自创些菜式。"

"你经常自己做饭吃么？"

"嗯，虽然没有必要，但是这么多年，就算身在蛮荒，我每天三餐都会按时吃，这样才感觉自己还有血有肉真实地活着。"只不过，有时候自己吃的东西和旁人不太一样罢了。

"一个人？"

墨冰仙点点头，有如寒星的眸中似有千年积雪。从很早很早开始，就是他一个人了。

花千骨仿佛梦游一样眼神飘忽："我的手艺也很好，以前都是我做东西给大家吃，还从没有人给我做过吃的。晚上轮我来做吧。"

墨冰仙看着她，轻轻点头。

于是很自然的，墨冰仙在般若殿住下了，花千骨什么也没说，两人看上去仿佛如多年好友一般，有时对弈，有时弹琴。墨冰仙若即若离，态度常常十分暧昧。花千骨没有掩饰自己对他的喜爱和优待，几乎是言听计从。但是她闭关的日子也相对越来越长，精神也越来越恍惚。

"今天我们出去走走吧。"花千骨苍白的脸转向窗外，睫毛轻轻颤抖着，像蝴蝶的翅膀。

墨冰仙点头，二人离开神界，朝着东海的方向飞了去。墨冰仙心道，难道她想回长留？结果却在离长留不远的一个岛上停了下来，周围繁花似锦。

"这里叫花岛，以前常常和一个朋友一起来。没想到人界的天那么冷，花还是开得那么茂盛。"

"这里被施了很强的保护咒，你的朋友一定希望你每次来的时候，都可以看到那么多盛开的花吧。"

花千骨点点头，仰卧在绿草花丛中，闭上了眼睛。墨冰仙在一旁几乎要为眼前美丽的景象所迷惑了，海蓝天阔，花丛中的她犹如精灵，美得江山失色，完全没办法和涂炭世人的妖神联系在一起。

刺骨的寒风逐渐变得温和起来，他眺望海天之间，摩严的话在耳边响起：

"妖神之力既然是可以转移的，就说明它再强大也是有限度的，不可能取之不竭用之不尽。虽然花千骨的神之身是承载妖之力的最好的容器，可以对消耗的力量进行源源不断地创造和再生，但是那毕竟需要花费时间精力。我们就算无法将她身上的妖力再次转移，只要赶在她最虚弱的时候下手，依然可以使她重创，将妖力重新封印，再杀她则轻而易举。问题是她连收复六界都根本不用自己出手，全靠竹染和手底下的妖魔，根本就消耗不了什么力量，所以只能求助于墨冰仙了。"

墨冰仙长叹一声，居然把六界的希望都压在他一人身上，他虽不喜欢做救世英雄，不过这么有意义有挑战性的事，偶尔做做倒也无妨。

花千骨看着他飒爽坦荡的背影，笔直的脊梁如一把出鞘的剑，慢慢走过去，伸出手来。墨冰仙看她掌心一朵盛开的冰莲，接过来闻了闻，然后扬起嘴角笑了一下。

花千骨又神情恍惚了，墨冰仙见惯了各种女人总是望着他的痴痴神情，花千骨对他的迷恋让他既有些自喜又有些恼怒，因为她眼中望见的根本就是另外一个人。

"我们回去吧。"花千骨刚准备转身，墨冰仙突然握住了她的手，她本能地想抽出，墨冰仙却已带着她腾空而起。

花千骨不再多语，任凭他握住自己，修长如玉的手指温凉而有力，她的手臂酥麻了一般，什么东西在消散瓦解，破碎成空气。原来这就是他的能力，这就是让他来的原因，花千骨望了墨冰仙一眼，脸上有一丝苦笑，只是这世上被他握住的手，怕是都不会舍得放开，哪怕魂飞魄散。

落地时，花千骨脸色又苍白了几分，墨冰仙放开她，斜挑唇角看着她。花千骨知道他的意思，却并不说破，慢吞吞道："我去闭关。"然后又一头钻进地下的巨大冰窖。

墨冰仙见她似乎早已料到，却依旧无所谓的模样，微微皱起眉头，这到底是怎样一个女人呢？只是，不管怎样，他都不会手下留情的。他一手捏碎手中的那朵冰莲，花汁四溅，略有些嫌恶地擦了擦，大步踏过扔在地上的残瓣。

花千骨夜里醒来，感觉身后多了一个人轻轻贴着自己。白子画？她翻转身，墨冰仙正斜支着脑袋看着她。

"你睡得真死，丝毫都不留神防范的么？那么多人要杀你。"他一只手撩起她的一缕发别在耳后，眼神温柔得让人沉醉。

花千骨睡眼惺忪，迟钝地摇头："不喜欢提心吊胆地活着。"的确没有什么好防范的，以前或许还防范，成了妖神之后，她就再也不关心周围了，或许是因为知道没有任何人能真正伤害她，又或许是因为潜意识里真希望有人来把妖神杀了。

"你怎么跑过来了？"花千骨依旧疲惫想继续睡。虽然云宫里一直盛传他是她的新男宠，可是墨冰仙一直都睡在隔壁。

"我过来做我该做的事啊。"

"你指的是陪我睡觉还是杀我？"

墨冰仙笑了："你什么时候知道我是来杀你的？"

"你不走反而留下来的时候，或者说第一眼看到你的时候。如果不是别有目的，凭竹染怎么可能胁迫得了你？我只是想仙界绞尽脑汁，最后派了你来，到底是想出了什么办法。"

"然后知道了？"

"差不多吧，的确很厉害。"

"我只是体质比较特殊，而且我没有修过五行术，比较喜欢钻研一些失传了的奇怪术法。仙界的人都觉得我太邪门，厌我怕我。"

"所有的法力，包括我的妖力你都能吸收？"

"也不是全部吸收，我吃不下那么多，身体负担不起，只是化解，像一种能量的转化，将其融回自然中的风雨雷电和空气什么的。"

"很奇妙。"

墨冰仙陷入回忆，轻笑一下："是啊，我从小打架就没输过，谁一碰上我就没力了。以前同门师兄弟也总是说我赖皮，根本不用比试就能获胜。"

"自己可以控制么？"花千骨忧心地皱起眉头。

"非接触性质的可以控制和选择。"

"也就是说，凡是直接接触的，所有力量都会被你消解？"

"对，妖神之力也不例外。"

"没办法停下来么？"

"不接触，自然就停下来了，否则，至死方休。所以我娘当初还没生下我，就已经被我耗光精力断气了。"从小自然无任何人敢抱他、碰他。

花千骨突然明白了他眼中偶尔流露出的孤独和寥落从何而来了。他的年纪，比白子画还要大一倍不止。他的一生，比他们都要长，一定吃过更多的苦吧。

花千骨伸出手握住他，打了个哈欠又想睡了。

墨冰仙凝望她的脸，眼神深邃不可测："明知道后果，却仍然愿意被我触碰？"

"我是妖神，我很强的。"花千骨看着他咧嘴一笑，墨冰仙心中猛颤一下。

"为了这世上的鱼和雁，你还是少笑一点好。"

花千骨愣了半晌，好不容易才反应过来他在调侃，忍不住又笑了。

听见花千骨醒来，墨冰仙放下书卷从案边抬起头来。那迷迷糊糊揉着眼睛的呆模样，实在是太像一个孩子，他皱皱眉头，突然很想知道到底发生过什么，会让她变成妖神。

花千骨在梳妆镜前坐下，墨冰仙很自然地拿起梳子温柔地替她梳着，静谧而温馨。花千骨怔怔地看着镜中的墨冰仙，心头如水，凉凉地浸润着。真好，要是他可以永远留在自己身边，要是这些都是真的而不是做戏……

"我一直很奇怪，来那么久并没有发现你对杀戮有什么兴趣或是对六界有什么野心，却为什么会容忍竹染那么一个人到处作孽？"

花千骨望着镜中的自己，那张脸真是美到可怕，也陌生到可怕，那个女人到底是谁？

"竹染，他是唯一一个陪在我身边的人了，这些年来，不管是在蛮荒还是成为妖神之后，他总是在我最苦的时候，与我相依为命。六界与我无关，他对我却是重要的。"

蛮荒？相依为命？她对竹染竟然有那么深的感激之情？看来他真是有太多的事情不知道啊。他告诫自己不要对她产生任何兴趣，唯一需要做的只是让她痴迷自己，而不需要知晓她的任何从前之事。她如今居然能影响到他的情绪，这让他隐隐有些担忧。

"那为何竹染肆虐六界你不管，甚至连长留都不理，却单单只保茅山派？现如今，所有人都往茅山躲，茅山几乎已经成了反攻你们的大本营了。"

花千骨沉默了半晌。

"我曾是茅山的掌门，我答应过清虚道长，自然会守护好茅山派。"

墨冰仙是蛮荒陷落之后才离开，对之前六界发生之事并不知晓，听到花千骨一个女子居然曾是茅山掌门，不由得一股荒谬之感油然而生。

"那现在的掌门是谁？听说是清虚的大弟子？"

现在的掌门？花千骨愣了愣，想起一年前她刚冲破封印化为妖神没多久，去茅山见云隐。毕竟他还有茅山派，已是她在这世上不多的牵绊了。从她尚还年幼时起，云隐都在背后默默支持着她，抛开所有世俗成见关爱着她。然而望着眼前之人的那一刻，花千骨傻眼了。

虽然长得一模一样，但是她一眼就认出，那不是云隐，而是云翳！她在这世上最后的一个朋友，已经死了。早在十六年前，就替云翳而死。

那一瞬，花千骨差点就杀了他，却终于还是忍住。毕竟他的命，是云隐好不容易才用自己的命换来的。

为什么？

为什么？为什么？为什么？

花千骨怎么都想不明白。

云翳却冷道："我才是最想问为什么的那个人。"

当年为夺南无月，瑶池仙魔大战，他被霓千丈致命一击，却丝毫无损，当时就猜到可能是云隐逆了术法，代他受伤。他飞速赶往茅山，却只来得及见他最后一面。

为什么？他当时疯了一样，不住问云隐。

他既然知晓了一切，甚至查到了解决的方法，却为什么不干脆将术法解除，而是使其相逆？他难道以为只要这样，就能偿还对他那些年的亏欠么？可是云隐却只是虚弱地紧紧握住他的手："终于轮到这一天，我可以来保护你……"

青州梦家，是王朝更迭中始终屹立不倒的古老暗势力家族之一，精通占卜、术法与玄学。这个家族的孩子世代都是孪生，晚出生的那个永远都只能作为保护族长的影子存在，以求血脉延伸无尽。同时被术法控制，成其肉盾，永远不能反叛。

然而云隐的志愿却是降妖除魔，年少轻狂的他离开家，投入了茅山派门下。云翳不得不随之来到茅山，只是茅山法力高强者众多，他不可能一直跟随躲藏在暗处。为了方便保护，终于摆脱继续作为一个影子的命运，而是以同门师兄弟的身份进入了云隐的生活。

为了足够强大，可以保护云隐，他从刚会走路开始就遭受各种非人的训练折磨，还被各种法术进行催眠洗脑，以确保他永远忠诚。

他因为云隐的能力不足而受伤，因为云隐的冲动莽撞被连累毁了脸，云翳对一切都无能为力。可是他对于来到茅山是如此庆幸，至少他从此有了身份有了名字，云隐知道他的存在，他为云隐所做的一切，云隐都能知晓，并会心怀感激！

那些砍在云隐身上的伤，终究会出现在自己身上，何不如直接替他去挡，替他去扛，至少换来他的在意和内疚？

云翳就是如此卑微，又如此费尽心机，饥渴地吸收着这份世上唯一的关心和爱护，保护云隐，早已不知是出于不可抗拒的术法，是出于求生本能，还是想获得更多温暖的资本……

他那份决绝的恨意，因为各种复杂的感情而扭曲。云翳害怕起来，而让云隐也恨自己，杀了自己，是否就能够解脱？于是，他杀清虚屠了茅山。却再怎么都没想到，云隐非但没有恨他，不肯杀他报仇，甚至最后角色颠倒，为了救他而死！

为什么？

很快，云翳便知道了答案。

原来云隐临死也还不放过他！他求他接管保护好茅山派！求他别再与妖魔为伍，而是以云隐的身份而活，以梦家长子、茅山掌门的身份而活——

云翳几乎快要气疯了！

难道云隐以为，这些被他夺走的，其实就是他云翳一直想要的么？难道他真的一点都不懂他所向往所追逐的，仅仅只是自由和选择的权力么？

他是爱云隐，他是他的亲哥哥，血脉相连，他愿意为了保护他哪怕付出生命。可是，这一切必须是在自由的意志之下去做的，而不是一出生，就被迫背上这样的使命。

云隐最后牺牲了自己，偿还亏欠他的，终究获得了内心的平静，却残忍地给他戴上了负疚的枷锁，让他永世困在茅山？

云翳苦笑。一生为了他，最后还得成为他。上辈子到底欠了他多少债？

花千骨并不十分了解二人之间发生过的那些纠葛，也不想掐指去算，但她看着云翳的表情，已经明白了许多，也明白了云隐的用心良苦。只是这样的用心，跟白子画的一样，都是自以为是，且残忍自私的。

一时间，花千骨对云翳，说不清是同情还是怜悯，或是同病相怜。回想起当年在长留初见云隐时的场景，执念也好，野心也好，爱也罢，最后空落落的什么也不会剩下。人散的散，走的走，为什么还要留下她一个人在这里？

六十二　怀璧其罪

花千骨已经一个多月没有踏入过无妄殿了，换了新男宠的事几乎天下皆知，蜀山派上上下下都得到特别优待，就是妖魔也不敢随便得罪。

仙婢们每天无事，闲话更多了，神尊寝殿突然成了冷宫，心里难免都有几分失落和愤愤不平。自己家主子可是长留上仙，那是何等人物，怎么会轻易就被别人给比下去？见白子画仍是一副事不关己的样子，一个个急得直发愁，到处张罗打听。等大家窥见墨冰仙姿容后，不由得更为自家主子担忧了。

白子画怎会不知道她们每天叽叽喳喳地都在身后议论些什么。春药那件事他当时是气糊涂了，等药效过去，不用脑袋想都知道是竹染做的。小骨有心要折辱他办法多的是，怎么可能用春药？虽然自己一直对她的爱慕装作视而不见，可是那一剂药分明活生生戳破了他俩之间的关系。

——不要再自欺欺人了，你分明知道她想要你，你虽然没有卑劣到使用春药的地步，但是心思和目的其实却是一样的，终归还是一样龌龊。

这就是竹染想说的。

春药不是用来让他屈服，而只是用来羞辱他，让他直面这一切，再无法躲藏。除非他真把自己当作她的男宠，否则他俩再没办法躺在同一张榻上，否则就等于默许了她对自己的欲望。

自己那一掷又伤到她了，但是更伤害她的是自己眼中的厌恶吧。白子画想到她额上鲜血流下时无辜的眼神，还有那悲凉一笑，心就狠狠揪成一团。她可以那样坦然地跟自己说对不起，哪怕错的不是她，为什么自己就做不到？而那点负疚感在一想到她后来居然叫夏紫薰在那个关头送药来时，又变成铺天盖地的怒火。

就这样僵持着，一日两日，他没有忘记自己想要挽回一切的初衷，如今好不容易才有了一丝进展，小骨恢复了些人性，他怎么可能放弃？正想着该如何缓和二人之间的关系，就听到传闻她又纳了许多新男宠，夜夜笙歌欢宴，生活荒唐糜烂，还迷恋上了墨冰仙。为了讨他欢心，在六界到处搜罗画作和一些古怪玩意儿，白子画难免再次恼怒。

他了解小骨的单纯执着，知她不可能色迷心窍或者意气用事做出什么荒唐事来，却没想到那人是墨冰仙，心里顿时便没了底气。听着般若殿远远传来的悠悠合鸣的琴音，看着他们屡次执手飞过天际，白子画胸中堵得发慌。突然发现自己似乎什么也做不了，每天在这里就真好像失宠了的妃子似的，在冷宫里坐等皇帝再次光临和宠幸，何其可笑。所以，他趁花千骨闭关时去了般若殿。

墨冰仙正在水中凉亭小憩，旁边案上置着古琴，白玉桌上有书卷、茶水、瓜果和未下完的一盘残局。

大老远就知道是他来了，墨冰仙依旧一动不动，靠在华丽的紫檀雕花木椅上，好半天才慢慢睁开眼睛。

白子画看着他身上搭的紫色狐裘，想必是花千骨离开时随手给他盖上的，心头猛地一紧。虽然明知道小骨不可能和他发生什么，也还没发生过什么，可是一想到她居然和别的男子夜夜同床共枕、耳鬓厮磨，难以抑制的怒火就猛地向上蹿。

墨冰仙玩味地看着白子画忽变的脸色，若有所思。他一开始以为花千骨痴恋白子画，所以不择手段将他留在身边，却又舍不得对他用强，所以摩严来求自己，如今看来似乎并不是这样。

"上仙，好久不见。"墨冰仙慢吞吞地坐直起身为他斟了杯茶。

"他让你来的？"

墨冰仙点头。

"我说过我可以解决，请你马上回去。"

"解决？怎么解决？她现在是无所不能的妖神，就算你是她的所爱也不能改变什么。"

"我不会放弃她。"他是她的师父，她这世上唯一一个亲人，她如今变成罪魁祸首，如果连他都放弃了，小骨就永无回头之日了。

"我不知道以前发生过什么，但是她如今作恶多端，人人得而诛之。你一向以天下大义为重，自然知道什么应做什么不应做。仙界暗中准备那么久，万事俱备，只欠东风，六界很快要硝烟四起。我有把握助你们赢这一仗，你现在不过一介凡人，帮不了什么，留在这里太危险，应该离开的人是你。"

白子画自然知道他说的赢是借交合夺取妖神之力，其他人或许做不到，但是若凭借墨冰仙的能力，小骨就死定了。

"不要碰她！"

依旧万年寒冰般的声音，语气里却又带了些威胁和火药味，墨冰仙皱起眉头，重重地放下茶盏："你以为我很想么？我可不是个可以为什么而牺牲的人。这事本就是你的过错，应该由你来办，你自诩清高不肯舍身不愿弥补也就罢了，有什么资格阻拦我？"

白子画气结："堂堂墨冰仙，怎可用这种下三烂的手段？"

墨冰仙大笑："难得有经得住我轻柔爱抚的女人，我自然乐得享受，再说她的滋味当真不错。"墨冰仙眯起眼睛，仿佛正回忆着夜里两人之间的缠绵悱恻。

白子画奋力克制住自己，却仍是怒不可遏地拂袖而去，古琴从案上摔下来，重重地掉在地上。墨冰仙捡起来，怔怔地望着白子画离去的背影，似是有些不信。那个人真是当初他认识的那个白子画么？为了花千骨？他们之间到底都发生过什么？

白子画才走不久，竹染就来了，若有所思的样子。

"我知道你在好奇什么，不过我奉劝你，不要窥探神尊的记忆，知道多了对你没有好处。"

墨冰仙不但可以瓦解对方的法力，不用摄神取念只凭接触便能看到对方的内心，很容易便能找到对手的弱点，所以总是无往不利。

"我真搞不懂你们两人，明明看起来关系如此恶劣，心里却又总在为对方着想。"

竹染冷哼一声："不知道你在说什么。"

墨冰仙嗤笑："她说你总是在最苦的时候和她相依为命，对她而言，整个六界比起来都没有你重要。"

竹染身子一震，呆住了，他没想到……他不自然地苦笑了一下，他的脸笼罩在伤疤之下，所有的表情看上去都十分虚假，但墨冰仙知道他眼中的那一抹悲凉却是真的。

"我们俩太像，她却是比我更可怜。我找你来，是想有个人好好陪她，白子画做不到，或许只有你能了。尽你的所能让她开心吧，她的时间不多了。"

竹染转身离去，背影说不出的冷清孤傲。

墨冰仙皱起眉头，没有一个人看到竹染身上象征野心的疤痕会不害怕，他的心太大，自然不会甘愿屈居人下，如今整个六界已在他手中，他显然依旧没有满足。他是想借自己和仙界的手，铲除花千骨么？他需传信回去让摩严他们多加提防竹染才是，否则螳螂捕蝉，黄雀在后，谁能知道天下最后会不会落在他手中。

墨冰仙虽然一再告诫自己不要对花千骨的过去产生什么兴趣，可是相处的时日久了，仿佛要被她吸进去般，总是情不自禁地想要了解她更多。

花千骨深夜回来时，只见墨冰仙抱着琴安静地坐在房中。白子画虽也总是独自一人，远远望去，却从没有他的这种孤独寥落之感。

"怎么了？"

空气中隐隐有一丝白子画的味道。他来过？花千骨的呼吸不由得一紧。

"没什么。"墨冰仙随意拨弄着琴弦。

"这儿怎么脱落了一块？明天我去寻把新的给你。"

"不用了，我喜欢这琴，很久以前一个朋友送的。"

"朋友？"朋友这个词对他而言，总是意味着更多的落寞吧。

"她喜欢听我弹琴，她说我总是口是心非，只有通过琴声能明白我的心。"

墨冰仙苦笑，两个不能直接触碰的人，连互诉衷肠都要绕许多弯子。

"后来呢？"

"所有故事的后来，都逃不出一个死字。你死，我死，或者大家一起死。奇怪的是，一起死经常成为最好的结局。好听点的名字叫殉情，不好听点的叫同归于尽。"

花千骨呆了呆，墨冰仙突然将她揽进怀里，手抚上她的胸，她一惊，他却已离开，从她怀里掏了什么出去。

"你总在怀里揣着块石头做什么？"墨冰仙好奇地把石头在手里上下抛着，看上去有几分孩子气。

花千骨茫然的眼神变得深邃起来，刚要开口，墨冰仙笑道："你又要给我讲故事了么？"

花千骨也笑了，伸出手从他那里拿回石头，握在手中轻轻摩挲着："虽然它现在看上去只是块普通的石头，可是这其实就是一切事情的开始——炎水玉。"

"这就是炎水玉？"墨冰仙眯起眼睛，为什么炎水玉上会有最近被炼化过的痕迹？花千骨要拿它做什么？

"是啊，炎水玉，它的一个碎片曾经幻化成人形，后来为我而死。我不甘心，想要救他，却没想到放了妖神出世，一切变成现在这个样子。不过我知道他没有消失，有时候我常常会听见他在呼唤我、抚慰我，我知道他还在这石头里，一直陪着我。"

又是她的一段痛苦往事么？墨冰仙沉默许久："我知道一种古老的法术，可以把消散了的物化妖魂重新收集起来，但是不知道对炎水玉管不管用。而且，就算招回来一息一魄，再次物化修炼出的，可能也不是你以前的那个朋友了，而是另外一个人。"

花千骨惊喜地望着他，突然就扑上前来，紧紧抓住他的双臂："真的么？"

墨冰仙俯视着那张突然如花般绽放的笑脸，明媚得有些刺眼。过去的她就是这个样子么？天真快乐而充满朝气，像阳光一样将他穿透，照得身体的每条血管都成了透明的河流，欢快地沸腾起来。突然的心动让墨冰仙有些不习惯，有些窘迫地别过脸去不再看她。

"或许吧，我可以试一下，不过光靠我肯定不行，但是加上你的妖神之力说不定可以。"

"好，什么时候可以开始？"花千骨激动得快要说不出话来。如果……如果一切还有机会挽回，错误还可以弥补……

"天地灵气越盛的时候，成功的概率越大，但是你要想清楚，这会消耗你非常多的妖神之力。"

"没关系，只要可以救他。"

墨冰仙没想到她会这样轻易就相信了，还是说她真对自己的力量太过自信。

"那……那糖宝呢？它是一条异朽阁的灵虫，已经修炼成人了，可是为了救我魂飞魄散，有没有什么法子也把它救回来？消耗再多的妖力也没关系！"花千骨激动得有些口齿不清起来。

又是为了救她？墨冰仙心头一震。有时候，负疚比直接的伤害更能摧毁一个人。她的心里到底有多少痛，又有多少悔？

"这个我也没有办法，但是它既是异朽阁的灵虫，你为何不问问异朽阁阁主呢？"

"他……他也死了。"

墨冰仙瞥见她睁大的双眸里的绝望，仿佛回忆起什么最痛苦的事情，心头不由得一紧。

"不要放弃，你应知宇宙恒长，万物不灭。你若是真爱，就不会计较他们已不是最初的形态。好好守着，天地轮回，终有一天所有你以为离开和消逝的都会再次回来。"

花千骨心头涌起一股浓浓暖意，突然就有了想要掉泪的冲动。

是啊，回来，她要一切都回来，回来好好的。哪怕，她再也见不到那一天了。

墨冰仙突然弯下腰，折了地上一朵流光溢彩的透明小花递予她。花千骨回头看，鲜花铺满她来时的路。已经很久没这样了，她之前无论到哪儿都会留下花痕，这是因为初时妖神之力太强大，她不会驾驭，处处外泄。如今……则是她已经没有能力控制了。

墨冰仙的眉头纠结在一起，虽然他每天夜里都动手脚，但是花千骨的力量也不可能消逝得那么快啊，到底是怎么了？为什么她明明成了六界至尊，却总是有着将死之人的眼神呢？

见花千骨正握着他递给她的花，凝望着自己发呆，最近他总会在她痴痴的眼神下有微醺的感觉。他忍不住伸手将她环抱在怀中，花千骨眸中有一丝挣扎，她明明如此强大，为何他却总觉得她像瓷器一样，轻轻一碰就会破碎？她明明是六界的祸水、满手血腥的妖孽，自己又为何总是一面鄙夷她又一面隐隐心疼。就因为她那楚楚无辜的眼神？他怎能这样轻易就被她诱惑？

墨冰仙终于还是下了决心，他的手放在她的后脑，将她压入怀中更深。

花千骨猛地打了一个寒战，墨冰仙的力量一向是十分强大的，和他在一起靠得越近，身体就越不舒服，力量像是被什么撕扯着，向外翻涌，可是心里面却又是极其安稳的，她留恋痴迷于他身上的味道，所以还是总忍不住想要靠近他，可是这回……

她很快反应过来发生了什么，一把将墨冰仙推开了。

"不要看……"不要看，她那些伤痛的过往、羞愧的曾经。

墨冰仙怔住了，半张着嘴看着他，面上写满了难以置信。

那个孩子……那个孩子是她么？曾经的花千骨？在鬼怪面前害怕的她，孤身一人去拜师的她，为了白子画而努力的她，在朋友面前开心笑闹的她，和糖宝嬉戏玩耍的她，为了白子画一次又一次肝肠寸断的她……

他终于明白了，明白了为什么她的眼神有时冰冷，有时茫然，有时悲凉，明白了为什么连竹染都会可怜她，为什么摩严会来求他，为什么白子画宁愿在她身边承受屈辱也不肯离开。

断念剑、销魂钉、绝情池水……看见她在蛮荒又瞎又哑受尽欺凌，墨冰仙心痛如绞。竹染虽为图利，但在那个时候那样照顾她，重新给了她希望，难怪她会对他如此放纵。这世间人只会谤她、伤她、欺骗她，原来这个妖神，竟是阴差阳错一步步被逼出来的。

墨冰仙扪心自问，他一生看尽世态炎凉，还被冠之为邪仙，逐去蛮荒，虽不至于怨天尤人，但对这世间多少有些冷情。要是他遭受花千骨那样的苦，又会变成什么样子？

只是，她怎么就这般执迷不悟？这所有的一切一切，就只为了一个白子画？

墨冰仙内心的怜悯都被愤怒所取代，对白子画的愤怒、对仙界的愤怒、对自己的愤怒。

花千骨见他神色，轻轻摇了摇头，无力地瘫坐在椅子上。

"很可笑吧，六界因我掀狂澜，苍生因我遭涂炭，血流成河海，骸骨积如山。可我真正亲手杀的，却只有落十一一人。"

"我……"墨冰仙有一些茫然又有一些愧疚。他本可以毫不被花千骨察觉，可是窥见那一切对他瞬间的打击和触动太大，他失了魂魄。

他突然间有一股很强烈的冲动，想杀了白子画。突然间很恨，恨自己迟来了那么些年。如果能早一些遇见，哪怕是在蛮荒时，能够帮她照顾她一点，或许一切，就不会是现在这个样子。

如今的花千骨，再不是当初浅笑盈盈的单纯孩子，而只是一具美丽的行尸走肉。而他，竟然想伙同那些将她一步步逼成如今这个样子的人，将她毁得尸骨无存。何其残忍……

花千骨慢慢站起来，若是墨冰仙什么也不知道，她尚且还可以和他逢场作戏，相互取暖，相互慰藉。如今，却是再不能了，她不想赤裸裸地站于人前。

"小骨！"墨冰仙拉住她的手。

花千骨听他竟和白子画一样叫她，不由怔了一怔。

"难道事到如今，你还放不下么？"

花千骨茫然轻叹："我的世界里，从来就没有任何能够和他相比。"她终究没有回头，抽了手慢慢走出了门。

墨冰仙满面颓然。

"竹染。"

"嗯？"听着她柔柔唤他的声音，他愣了一愣，花千骨仰头慵懒地看着天空，很快就要大战了。

"你想做的事都做完了么？"

"差不多了。"

人世间，有一种痛苦，叫作夙愿得偿。

许多东西，执着太久，不是忘了当初为什么要，就是发现一切并不是想象中那般滋味，还不如远远放着、追逐着，来得妥帖。当实现梦想如探囊取物，一切都变得百无聊赖。

花千骨叹气："真好，我却一件也没有做成。"

"这都多亏你的力量。你明知我是一个背信弃义、满口谎言的小人，为何一直还心甘情愿被我利用？"

花千骨愣了愣，的确，竹染贪婪恶毒、口蜜腹剑，最擅长背后捅刀，这种人最忌深交。她在蛮荒时还各种提防，后来，特别是成了妖神后，反倒懒得管、由着他了。

"因为青璃，还有你师父。"

竹染不明白花千骨是不是在说反话，这世上最爱最关心他的两个人明明就是被他所害。

"以你的狠毒，可以很轻易就借伤害青璃从杀姐姐那儿得到神器。可是你没有那么做，而只是用她的安危作为威胁。还有摩严世尊脸上的那道疤，你明明可以直接杀了他，却一时心软，反而被打入贪婪池底，逐去蛮荒。你是坏，但心里还有底线。"

竹染自嘲地笑了起来，说来说去还是因为他坏得不够彻底不够心狠。也正是这样，才导致了他最后的失败。

花千骨突然拉过竹染的手，上面覆盖着丑陋的疤痕，没有小指，是当初被她硬生生切断的。

"疼么？"花千骨突然觉得有点心酸，他们俩相依为命出蛮荒又走到如今，多不容易。

"不疼。"竹染眸子里再不见往日虚假的笑意，变得温和起来。

突然感觉滚滚力量往身体内流入，他放开花千骨的手，缓缓摇头："不用。"

他当初费尽心思夺取神器，是贪图妖神之力，可看过花千骨经历的这可笑的一切，就连他也提不起兴趣了。况且如今，力量对于他而言，也没多大意义。

"竹染，墨冰仙是为什么被逐到蛮荒的？"

"很久以前的事了，你知他体质特殊，虽是天生而不是修炼邪法，也颇受诟病，人人恨他又怕他。再加上他时常无视仙规，率性而为，是妖魔一直极力想要拉拢的对象，后来竟用拴天链将他与心爱之人锁在一起作为要挟。"

花千骨微微一震，已猜到发生了什么。

"他痛不欲生，只能答应，然而那女子一介凡人，哪儿经得起他触碰，一夜老去，终于还是死在了他怀里。"

竹染微微叹了口气："他自然是尽杀妖魔替那女子报仇，然而却无意中得知，她的死，还跟他的师父、当时的蜀山掌门有关。他知那女子是墨冰仙唯一的弱点，所以借妖魔的手除去，怕他为她堕入魔道。那之后，墨冰仙就发了狂，在仙界大开杀戒，吸人真元之力来修炼，成了邪仙。后才被众人联手制伏，逐去蛮荒。"

"原来是这样。所以你才故意勾起他的好奇，让他窥视我的记忆？"

"我一向做事只需要结果，不计较手段。不论如何，他爱上你了不是么？"

"同情可不是爱。"

"不算同情吧，同病相怜？"

花千骨苦笑："他既然已经那么可怜，你还让他来为我担忧难过。"

"我是想着万一你们能彼此救赎呢，也不是没有从头来过的机会。千骨，试试吧，墨冰仙能做到，你当然也可以。"

花千骨第一次听他直呼自己的名字，没有谄媚没有刻意卑躬屈膝，倒是来得亲切。仿佛过去的一切都没发生，二人只是平常的师兄妹。

"不知道，如果时间够久的话说不定。但我这一生，一步一步走到现在，老天好像从来都容不得我做选择。"

"那是因为你实在太笨了，总是选错。"

二人禁不住相视而笑。

"竹染，你说，我若见了糖宝，她会怨我杀了十一么？会不会不理我？"

"不会的，没有孩子会真正生父母的气的。"

竹染伸出手，有生以来第一次将花千骨抱在怀里。从蛮荒相遇开始，这个人，就总是不由自主把她所有的可怜摊开在他面前，终于使得他这个十恶不赦的坏人，也不由自主觉得自己可恨了起来。

不知道花千骨是不是出了云宫，墨冰仙哪里都找不见她，也知如果她有心隐藏，这世上无人寻得到她。时间一天天过去，花千骨始终未再露面。墨冰仙一向寡情的性子变得有些焦躁，他没有想过自己对她的消耗是不是足以让仙界将她封印，反而为她最后的结局担心起来。还有几日便是仙界的反攻之日，不用说，定是场旷古大战。明明是以卵击石，没有半分胜算。然而他心底却清楚，需要对付的人只有竹染，花千骨根本就不在乎胜负。那死水一样的眼睛偶尔透露出来的，也只有绝望和疲惫，犹如濒死之人。其实她也早厌倦了这一切，只想快点有个结吧。

一日倒数着一日，终于最后的日子临近了，墨冰仙不信竹染他们会什么都不知，只是六界安静得有些诡异。

花千骨站在过去的那条小河边，河水早已枯竭了。她记得很久很久以前她最喜欢光着脚丫在小河里捉鱼翻螃蟹了。爹爹就坐在檐下看书，总是传来断断续续的咳嗽声，精神好的时候会教她读读书写写字，或是给她做一个漂亮的纸鸢。

才一眨眼就许多年过去了，当年的小木屋早已不见了踪影。妖神出世以来，天象异变，连续几年大旱，村子里的人死的死，迁走的迁走，几乎再没半个剩下。

她将爹爹娘亲坟头的草一点点拔了，重新修葺了一下。又寻了些木头来，敲敲打打，依着回忆，想把木屋重建，她法力虽强，却终是手笨，做了两天，仍然非常简陋，更别提时常呆愣走神把榔头砸在手上。等全部完工，木屋倒成花屋了，到处开着花，爬着花藤。花千骨躺在黑暗里，和过去一样有小小的屋顶遮挡着风雨，安心而踏实，像被包裹在母亲的肚子里，像那些时候，躺在白子画的怀抱中。

天空黑压压的，已经许多天不见日头，她知道不能仅凭自己的情绪影响日月天象影响山河大地，可是她几乎已经没有去控制这些的余力了。

突然察觉有人来了，而且是她所熟悉的气息，花千骨依然控制不住，一阵手抖。

那人只是站在门边，却不进来。花千骨心底苦笑，既不想见，又何苦寻来？

"外面风大，进来坐吧，茅舍简陋，虽款待不周，却总还是有落脚处的。"

白子画推门而入。

花千骨正靠坐在随意支起的木板上，紫色的双眸凝视着他，平静无波，黑暗中两人对视许久。白子画随意寻了处坐下，白衣胜雪，周身仿佛有一圈荧荧的光晕。

自上次闹出春药那事来，他俩就再没见过，仿佛隔了许多年一般，两人之间越来越远了。

白子画望了望她的额头，想到自己上次的失态，心又揪了起来。

他自在瑶池横霜剑不受控制插入她身体看见她满面疤痕的那一刻，就对自己发誓说，今生今世，哪怕死也再不伤她一分一毫，却又一次违背了誓言。

轻轻闭上眼，他以为他知道应该怎么做，其实他一点都不知道。感情与理智硬生生被扯得分离开来，一个白子画冷冰冰地站在前面，另一个白子画就在背后叹气。

知道她久不在云宫里，略一想，天地之大，其实她已无处可去，猜她是回了最初的家中，果然。

他不知道自己来寻她做什么，是因为墨冰仙，还是因为再过两日仙界马上要反攻了。他依旧没有恢复法力，笙箫默怕他被波及出什么危险，几次要他回去，可是他又怎么能甩手离开？明明这一切都是他的责任。

如果他当初能再多顾及她一分，在她决心偷盗神器之时有所察觉，在她被送去蛮荒之前发现，在糖宝被杀之前阻止，或许，一切都不一样了。

可是，虽已到这样的地步，害死那么多人，他却从未觉得自己收她为徒，包庇她封印她体内的妖力，或是替她受销魂钉是做错了。

"找我有什么事？"花千骨的声音冰凉入骨。

白子画沉默良久："仙界两日后反攻。"

"知道，那又如何？以卵击石，不自量力。他们既然一心寻死，我就成全他们。你这次来，不会是替他们告饶的吧？"

白子画看着她，没有说话。

花千骨冷冷嘲笑，语气里又带一丝暧昧："不要说，你是在为我担心。"

白子画面上一肃："自然不是。"

"又是想要求我放人？不要大开杀戒？那你该阻拦的应该是仙界的人。"

白子画轻叹一口气："放下一切，别再做妖神了，好么？"

花千骨看着他，像是在看天大的笑话，事到如今，怎么可能还有后路可退？心却终归还是有片刻软了，苦笑着问道："做妖神如何，不做又如何？做你便要杀我，不做你便愿意带我走么？"

"我不会杀你，放下一切，随我回长留海底。"

花千骨大笑："你居然还是打算将我永生永世压在那样一个地方，白子画，你已经是个废人了，凭什么我会听你的。告诉你，我——不——愿！"

花千骨长袖一拂，突然起身，近了他两步："不过……我们俩做个交易怎么样？你带我走，我就真的不做妖神了，只陪着你，只为你。你既能解救苍生，又能赎罪，只是小小的代价，何乐而不为？长留尊上不是最喜欢为了天下牺牲的么？"

她那样近地盯着他的脸，只希望，哪怕能看到他一丝一毫的动摇。可是她还是失望了，白子画缓缓摇头："只有这件事，永远都不可能。你怎样才能消气，才肯原谅？如果你做这些一切都是因我而起……"

白子画刚刚抬手，花千骨已制住了他的穴道，苦笑着跟跄退了两步。

她怎会不知道他突然来寻她事有蹊跷，他明知道自己依旧深爱着他，竟然想自尽在自己面前以死赎罪。而他明知道有自己在，决不会让他死，他这举动，不过是向自己表明他的决心，故意在逼迫自己罢了。白子画，你厉害！因为我爱你，所以永远斗不过你。

花千骨缓缓转过身，内心郁积的过多的悲苦排山倒海往外涌出，尝到喉头的甜腥，硬生生咽下，然后仿佛在嘲笑自己般缓缓摇头。其实就算她如今肯为了天下、为了他不做妖神，跟他在一起，她又怎么可能接受？从她成为妖神那一刻起，一切就早已经不能回头了。可她还是忍不住试探，忍不住想问，忍不住抱那么一丁点的期待。他却终究是哪怕为了天下，也不肯委曲求全跟她在一起。罢了罢了，这世上从来都没有假如……

白子画看着花千骨的身影越来越远，慢慢闭上眼睛。他知道自己太残忍，可是既已没有时间去挽回，这是他唯一能做的了，不想看她手上再次染上血腥。

六十三　情何以堪

亭台小榭，花千骨对月独酌。这是她多年后第一次喝酒，光是酒香已熏得她昏昏欲醉。

突然回忆起当初她喝忘忧酒做的那几个梦，回忆起白子画对她说，不管以后是有了雄鹰的翅膀，还是太阳的能力，都一定要记住自己身为一颗小石头时候的心情，多多造福苍生大地。

他其实早就预感到这一天了吧，可还是相信她就算有了再大的能力，心却是不会变的。可是她终究还是变了，让他失望了。

发觉有人来，抬头看却是墨冰仙，她有气无力地趴在案上，笑着咕哝："你怎么还没走，还嫌不够么？拿去。"她握住墨冰仙的手，妖力汹涌澎湃地往他身体里送去。

墨冰仙一把把她拖拽起来，带着一丝心疼又有一丝恨意，难以置信道："你当真在依照我说的方法想要救活朔风？"短短几天她的妖力竟散漫絮乱成这样？她到底干什么了？

花千骨笑着点头，一脸醉意，一向苍白的双颊泛着淡淡的粉红。

"我好开心啊，这次的他，一定是有脸的，生得和你一般俊朗。"只可惜还要等好些年他才能再次化为人形，她看不到了……

墨冰仙摇头："你为什么总是这么轻信于人？明知道我的目的是为了消耗你的力量，让你变弱了好杀你，如果这方法，只是和之前那个女人一样骗你的呢？"

花千骨凄凉一笑："你以为我还有什么好失去的么？你虽怀着目的而来，我又怎么看不出你是真的关心我。你走吧，我刚刚用妖力在你体内设了屏护，以后你不会再没有选择了。走吧，去找当初那个你爱的人，就像你说的，哪怕她已不是当初的那个她，好好守着。我能报答你的，就这些了。"

墨冰仙心如刀绞，他错了，他就不应该来，不应该不听劝告，更不应该看了她的回忆、读懂了她，现在却除了为她心疼，什么也做不了。

他紧紧握住她双臂，简直是在咆哮："报答？我有什么地方值得你报答？都受过那么多欺骗和伤害了，你怎么还敢……还敢拿真心对我？"

花千骨转身，却被他紧紧抱在怀里。

"别傻了，没有人心疼的伤心不值钱。忘了他，我带你走，不要再管这狗屁不通的世界，不要再做什么妖神了，我带你走……"

花千骨鼻子一酸，却只能拼命摇头："对不起，对不起。"

"不要老说对不起，你没有对不起任何人，是他们对不起你！"说着，他捧着她的脸就狠狠地吻了下去。

花千骨怔怔地睁大眼睛，大脑一片空白，四肢也完全麻痹，只看见眼前那张脸上写满痛苦挣扎，想要推开，却全身酥麻无力，那吻如此凶狠如此用力，一向冰冷的身体温度开始升高。酒精麻醉着她的大脑，眼前那人的脸突然幻化成了白子画。心如刀绞的感觉再次袭来，她被动地回应着，嘴里喃喃道："师父……"

墨冰仙如被雷击，浑身颤抖着将她压入小榭中绵软的榻上："该死的！我不是你师父！听见没有！我不是！你给我看清楚！"他硬生生掰过她满是迷蒙茫然的脸，再次吻了下去。花香混合着酒香，滋味如此诱人。

花千骨紧绷已久的弦完全崩断，为何？为何她要如此执着？为何她要紧抓住他不放？若自己可以不用爱他，就不会沦落到今天这一步，不会有这么多人因她而死。为何事到如今了，他宁可牺牲天下也不肯和自己在一起，他就当真对自己如此厌恶？为何自己还是不肯死心？为何自己不能洒脱一点？自己明明是妖神了，有什么事不能做，为什么要为他守身？凭什么受他逼迫？

眼前模糊不清了，她已不知道那人究竟是白子画还是墨冰仙。她只知道她好苦，好累，好孤独。所有人都抛下她了，死去的心像被剜了个大洞，淅淅沥沥地淌着血，她需要填补。她伸手紧紧抱住跟前的那一点点温暖，像拼命抓住救命的稻草。

衣裳从肩头剥落，那人恨恨地在她脖子上吻着咬着，犹如当初白子画吸着她的血。她呼吸急促起来，任凭陌生的手在身上抚摸着，一处处点燃欲望，她无力地弓起腰，轻呻细叹。

却突然之间，周围温度冷到极点，杀气排山倒海而来。花千骨醉梦中睁眼，看着远处那人，心头犹如帛裂。

时间刹那停止了，仿佛回到了当初，他是她师父，而她仍是他弟子。

花千骨猛地翻身推开墨冰仙，不顾一切地朝他追了过去。

墨冰仙从后面紧紧环住她，几乎哽咽："不要去……"花千骨满面惊慌失措，用力挣开他，仍只是摇头说对不起。

墨冰仙望着她的背影，双手捂住自己的脸，他已不知自己这样，到底是为了她还是为了她的妖神之力，苦笑一声："是我对不起你……"

就像当初她想杀霓漫天被发现时那样，她在院中一直磕头一直磕头，只想求得他的原谅。她从未这样恐慌过，因为她知道是她做错了。

她奋力追上白子画的脚步，他几乎都站不稳了。

对不起对不起对不起……

她在心里念叨了一万遍，虽然不知道自己为什么要说，也没必要同他说，可是她就是觉得自己错了，大错特错。

花千骨伸手去拉白子画的袍子，她像孩子一样害怕又茫然无措。

白子画面色苍白，几乎不能言语，颤抖着身体，回手就是狠狠一耳光打在她脸上。

花千骨没有闪躲硬生生受了，满面颓然地跪倒在地。

白子画胸口剧烈地起伏着，看着她衣衫凌乱，香肩半露，一手僵硬地停在空中，一手指着她，想要说什么，却是气得一个字都说不出来。

花千骨从未见他如此动怒过，双目赤红，怒气排山倒海，像一场让人窒息的风暴。这么久以来的冷战、对峙，在这一刻全部爆发。只因为，她不知自爱地正要和另外一名男子行苟且之事。

白子画只觉得心都快被绞碎了，满脑子都是那二人亲热的龌龊画面。他将她带大，比任何人都了解她，就算成了妖神，就算旁人再多闲话，他也不信深爱自己的她，会自甘堕落到那般荒唐淫乱的地步。明日就是大战，他若不是担心着她前来撞见，她真给了墨冰仙，不用等到明天，便能见着她的尸首了。她明知道后果，竟然也如此糊涂，一晌贪欢，是真爱上那个男人了么？

看见那一切之时，那瞬间涌来的莫大哀痛与愤怒，顷刻间将他的心完全吞噬，仿佛被人一刀刀剐着，那种绝望与无力几乎将他的魂魄也啃食殆尽。

他突然间好恨，恨她不争气，恨她从来都不明白自己对她的苦心，恨她总是让他为她心痛为她操心，恨她身边男子一个又一个，她却不知道世上没有人能比他对她更好。更恨自己，恨自己没有能力挽回，没办法让她回头，恨自己阴差阳错一步又一步把她逼成这个模样，恨自己怎能一次又一次让她绝望让她伤心。而此刻最恨最恨的，是自己法力尽失，不能把墨冰仙给掐死。

花千骨跪在他身前，满脸乞求的神色，几乎快要掉下泪来。她知道她错了，她错了，她又做错了。

"师父……"两个字已情不自禁低哑着声音唤出了口。

白子画震住了，只那么一刹那，他的所有防卫与伪装、原则与坚持，尽数崩塌。

那一直在心里潜滋暗长的爱，那他其实早已洞悉却从来不肯面对和揭开的爱，以无可挽回的姿态排山倒海而来。

花千骨还没反应过来怎么回事，眼前那人已突然俯下身子吻住了自己。

天昏地暗。

那唇是她所熟悉的也是她所留恋的，却与过去不同，滚烫而热烈，带着无边的恼怒和愤恨。花千骨丧失了所有思考的能力，跪在地上无力地攀附着他，仰着头急促地喘息，任凭他毫不温柔地侵入占领。

这一刻，她已等了千年万年。

白子画紧紧将她禁锢在怀中，攫取着她口中的花香酒香，一想到她刚刚竟然与别的男子吻过，亲吻就变成了狠狠的啃咬，嘴里一阵咸腥，才知道咬破了她的唇，心头一疼，不由得又温柔下来。

柔软的舌尖抵死缠绵，白子画所有的思维早已一片模糊，如果这只是一场梦，他宁愿永生不醒。如果这依旧是一个错，他只愿此刻一直错下去。

这一吻，像是惩罚又像是赐予。当他好不容易找回理智慢慢放开她的时候，一切都变得无可挽回。

他跟跄着退后几步，满脸震惊，闭上双眼，绝望地仰起头，不再看她。花千骨也难以置信地瘫倒于地，半天说不出一句话。

她从未在白子画脸上看见过如此痛苦、忏悔和害怕的神色，仿佛做了这世上最不可饶恕的事情。她也根本没有反应过来刚刚到底发生了什么，白子画为什么会这么做。但是她知道，这件事是最为他所不齿的，会从内心深处彻底地摧毁他。

"别……别怕……"

花千骨晃晃悠悠地站了起来，像坏掉的木偶。

白子画慢慢退了一步，整个人面无血色，处于随时崩溃的边缘。

他刚刚做了什么？

"别怕……"花千骨又摇摇晃晃上前了一步，咬了咬牙，对着他举起手来，指尖闪烁一阵强烈紫光。

白子画立刻明白了她想做什么，飞快退了一步，愤怒地咆哮道："不要再消除我的记忆！"

她怎么敢！怎么敢一而再再而三地让他忘记！

他是做了！是做错了！那又怎样！他绝不会靠遗忘这种方法来逃避！

白子画大口地喘息着，只觉得全身都开始剧烈疼痛，特别是左手的手臂。锥心刺骨的感觉，几乎让他晕眩。他用力地抓住手腕，冷汗大颗大颗往下掉。

花千骨察觉到他因疼痛而痉挛，慌忙上前，却被他一把推开。

"走开……"他几乎是咬着牙吐出来这两个字，从没感受过这样的疼痛，连心也在抽搐。花千骨被他脸上的神色再次吓到了，又顾不得一切地使劲拉住他的手。

"我叫你走！"

一声帛裂，伴随着白子画怒极的呵斥，花千骨惊呆了，倒抽一口凉气，看着他的手臂，完全不敢相信。

那是什么？

四下都安静了，只听得见二人急促喘息的声音。花千骨又怔怔上前一步。

白子画用另一支袖子捂住露出来的手臂，却带着几分茫然和绝望："不要看……"

不要看……

花千骨倒退两步，深吸一口气，慢慢闭上眼睛。

怎么会？怎么会？

仿佛晴天霹雳，花千骨脑中一直嗡嗡作响。她没有看错，那的确是绝情池水留下的痕迹。可是那么大一块殷红色的可怕伤疤，他怎么会有？怎么可能有？又是什么时候？

"为什么……"她抬起手碰了碰自己的唇，这一切发生得太快太突然，叫她怎么相信？可是看到那个疤，她终于一切都明白了。回忆起那一夜，他神志不清，他吻她，口口声声叫着她的名字。

原来……

他一直都是爱她的。

白子画在她的注视下好像赤裸着无所遁形，那是一种难以言喻的尴尬和耻辱。

手臂上的，的确是绝情池水留下的疤痕。他一开始根本就不知道是怎么回事，师兄泼在他身上的时候半点感觉都没有，后来才发现留下道淡淡的红印，直到一日一日这疤痕越来越深，他才明白过来……

他也有过瞬间的震惊，但是他对自己太过于自信。直到方才情动，那疤痕终于带着迟来多年的数倍疼痛让他在她面前败了个体无完肤。

白子画长发低垂，浑身颤抖，忍受着这一生从未有过的挫败。

是啊，他爱她，从很久以前不知道什么时候开始，只是，他的心不知道，理智不知道，感觉不知道，只有身体没有说谎，留下了那么一丁点证明。可是，他是个迟钝的人，也是个绝情的人。爱了又怎样？更何况是爱上不该爱上的人。

花千骨像是要哭出来，眼睛里有激动有欣喜，更多的却是痛苦和愤怒，为什么会这样？他居然是爱着她的，而他居然连爱上她了都可以一直这样残忍无情？

她紫色的双眼凝望着他，伸出手想要抚摸那道疤痕，减轻他的疼痛，可是所有举动却只让白子画更加羞惭、更加恼怒。

他总是口口声声说她错了。事实上，他才是错得最多的人，他怎么可以也爱上她？

他摇晃着退后两步，突然就拔出了剑来，毫不犹豫地往自己左手上斩了下去，疤痕连皮带肉，竟被他活生生贴着骨头割了去，露出森森白骨。

…………

时间停止。

花千骨被眼前突如其来的一切惊到傻掉，血溅到她的裙摆上，红艳艳的，像泼墨桃花。刚刚才涌起的那一丝喜悦，刚刚才感受到重新跳动的心，就这样硬生生地被他剜了去，又一次肝肠寸断……

"怎么可以这样？"

花千骨喃喃自语，退了两步，他对自己有爱，就让他这样觉得耻辱、觉得鄙夷么？那唯一的一个证据，他哪怕自残也要抛弃。

"你怎么可以这样？"她的脸上两道血泪落下，大而空洞的眼睛茫然地望着他，什么东西在体内像是要炸开一般。

白子画紧咬牙关整个身子都疼得在颤抖。这疤痕什么也不是，什么也不能代表！他爱她又怎样，不爱又怎样？他们不可能在一起，永远也不可能！

感受到花千骨身上杀气澎湃，四处蔓延，他只是冷冷地看着她。内心深处最隐秘的事被这样揭开，他绝望而愤怒。他总是用剑伤她，唯一一次伤的是自己，却比过去任何一剑都更刺痛她的心。如此疯狂而任性的举动，只是想让她清醒，也让自己清醒。

花千骨双手紧握成拳，咬牙切齿地退了两步。这辈子，不管在什么时候，哪怕糖宝死的时候，她都没感觉到自己这么恨他。

他若真从未爱过她，也便罢了。怎么可以在她好不容易知道他是爱自己的时候，又把自己的心扔在地上如此践踏？之前他做的所有事她都不曾怪过，现在却只留下怨恨了。再无半点理智，脸上的憎恨与愤怒只化作一片妖冶到极致的冷峭邪魅，狰狞而恐怖。

白子画，你会后悔的！

花千骨发出惊天动地的一声怒吼，像是要发泄所有的痛苦和愤恨，她犹如一条银白的线，眨眼便在天边消失了踪影。

白子画颓然于地，右手依旧颤抖着抱住左臂，鲜血依旧汩汩地流着，犹如花千骨第二次掉下的泪。

六十四　生死抉择

当一个人做出决定，心也就慢慢平静了，只需去做，然后等待结果。

花千骨不愿听到这世间的厮杀声、哀号声和云宫外面的阵阵鼓角争鸣，袖一挥设了结界，安静从容地在殿内沐浴更衣，任凭外面仙魔大战，腥风血雨。

池面上飘着层层白气，再加上殿角燃的香，到处雾蒙蒙的看不清楚，犹若水墨仙境。她闭着眼，抱着膝，安静地沉在池底，被温暖的液体包裹着，仿佛回到当初被压在长留山海底的日子，虽然孤寂悲伤，可是平静安宁。

轻烟缭绕，花千骨赤着脚缓缓从池中走出，如出水的莲，人世间最美的景象莫过于此。藕玉般修长的手剥开层层华幔，衣裙飞来穿戴完全。流苏轻摆，极尽浮华，周身环绕着四条飘浮在半空的饰带，如墨的发用一花枝简单随便地绾着。

这将是一个华丽的谢幕。

花千骨走过蜿蜒回旋的长廊，周围越来越冷，打开暗门，杀阡陌依旧安静地躺在那里。她伸出手温柔地抚摸着他的面颊，记起他微笑时的样子。

翱翔九天的火凤，不应该在一个地方停留太久。花千骨低头吻了吻他的额头，轻声耳语："姐姐，别睡了，是时候醒来了……"

空荡的声音在室内久久回旋，杀阡陌眉心那一点殷红如花的妖冶印记光芒大盛。花千骨久久地凝望着他的脸，嘴角露出一丝微笑，终于还是转身离去。

"保重。"

外面正下着飘泼大雨，天空黑压压的，云宫里三层外三层被围了个滴水不漏，墨冰仙此刻正负手站在门边。

花千骨面无表情地看着他："你来做什么？"

墨冰仙眼神复杂，五指张开，手上一把光剑，灼灼逼人，却又丝毫没有杀气。

"不要去。"

明知是死路一条，为何还是执着？他今日，拼尽全力也要拦下她。一旦去了，便再也回不来了。他如今什么也不求，只想她能好好的。

花千骨眼眸冰冷，大步走过："关你何事？"

墨冰仙瞬时已拦在她面前，光剑长劈，却未近她一丈以内已被远远弹开，大雨覆顶而下，不多时便将他淋了个透湿。

"除非我死，否则不想看见你杀人，更不想看见别人杀你！"

花千骨的动作微微迟缓，墨冰仙已到了她身后。巨大的银光罩住她，体内妖力在他的瓦解之下汹涌而迅速地流逝消散。

"笑话，天下谁能杀我！"

花千骨二指轻点眉心，一道黄光随之抽出，重重地打在光罩之上，然后直接击在墨冰仙前胸，一阵巨大的爆破轰鸣声响起。

"浮沉珠？"墨冰仙难以置信地睁大双眼，喉头一咸，往前一头栽倒。

花千骨上前两步，接他在怀里。

"不要去……不要傻……"她居然炼化了十方神器？墨冰仙明白她想做什么了，知她此行更是凶多吉少，用力地伸出手扯着她的衣裳，不肯放开，却终究是渐渐麻痹无力，眼前越来越模糊。

花千骨将他扶入房中，低声道："以前的我很快乐。就因为太快乐了，所以当悲伤降临，如此轻易地就被完全摧毁。可是人不能借口逃避悲伤，就忽略那些自己应该做的事。这次我要把握命运，自己做出选择。无论如何，谢谢最后这段最难熬的时光里，有你陪我。虽然明知道是假的，但是我还是很开心。"

见花千骨转身要离开，墨冰仙用最后的力气拉住她："小骨，答应我，不要恨，永远不要放弃幸福的机会。相信我，只要有心，这世上没有什么是不能挽回的。"

花千骨顿了顿，没有回头，径直离开，竹染在殿外雨中安静地躬身而立。

"神尊，单春秋带着二界妖魔临阵倒戈，仙界已兵临云宫之外。"

"知道了，只是没想到你居然对他没有防范。"

竹染摇头，眼神既厌倦又期待。

"反正结果都是一样的，每个人都有自己要坚持的东西。"

花千骨不说话，腾起身来，二人穿过雨幕，飞入云霄。

海天之间，密密麻麻全都是人，玉铠金甲，彩衣飘带，剑芒闪烁，犹如当年波光粼粼的五色瑶池水。只是与当初昆仑山上仙魔对峙的状况不同，形势几乎一边倒，如果没有花千骨，这将是一场注定会输的仗。

雨依然下得很大，仿佛要冲刷走世间一切肮脏与罪恶，天地间模糊一片，到处隐隐涌动着不安与不祥。

等待许久，花千骨紫色的身影飞临而至，仿佛在海上刮起一场飓风，引起一阵骚动，许多人并未见过她长大之后的模样，难免神思不定，又惊又惧。

花千骨神一样俯视仙魔，面容冷淡，嘴角露出一丝不屑。

摩严、笙箫默、火夕、舞青萝、幽若、清流、轻水、轩辕朗、洛河东、云端……她叫得上名的、叫不上名的，见过的、没见过的，九天仙魔、各大门派基本上来齐了。

过去那些她所爱的所熟识的人就那样站在她面前，一个个手持利剑，脸上是将生死置之度外大义凛然的悲壮豪情。他们是正，她是邪，他们是对，她是错。她自问，唯一的成全，是不是只有一个死字？

白子画站在所有人前面，单薄的身子，却在她和众人间筑起一道牢不可破的城墙。

多傻，既想保护身后的人，又想保护身前的人，最后被摧毁的只能是他。花千骨扬起嘴角，仿佛在嗤笑他的愚昧和顽固不化。

白子画似在看她，眼中仿佛又从未有她。他素衣如昔，周身一圈光晕，将雨隔绝其外，犹如身处另一个时空，不管外面乱成什么样，他却连风都感觉不到一般，衣角纹丝不动。

他右手负在身后，左手自然垂在身侧，宽大的袍子掩盖了昨夜不堪入目的森森白骨。

花千骨心头突如刀绞，突然有在天下人面前扒了他的冲动。她用力压制住恨意和怒火，也努力忽略他仙身居然奇迹般再次恢复的事实。恢复不恢复又如何，终归不过是她手里的一只蚂蚱。他们早就不是师徒了，她也不会再当他是任何人。

"你是故意的？"

她虽然不相信昨夜发生的那一切有假，可是如果那个吻真的只是他的一个安排，只是为了得到含有妖神之力的神之血，她就真是再无话可说。

　　白子画转开眼没有看她，始终轻皱着眉，眼底的冰封下蓄满了哀伤，声音却依旧冷淡决绝。

　　"你可以这么想。"

　　他也宁愿昨天发生的一切都是故意的，希望自己和她都不知道。

　　小骨还小不懂事，分不清爱与孺慕之情不是她的错。可是自己已经活了千年，难道还勘不破这世间情爱么？过去对她的所有关怀与爱护、护短与包庇，因为这份不一样的感情出现，全都变得肮脏和可耻起来。

　　叫他怎么接受？他竟一直以来对自己疼爱有加的弟子，抱有那样龌龊的心思？这是比春药更甚的奇耻大辱，给他们过去一切美好的曾经，都蒙上了尘埃。

　　她不明白，他从来都不觉得她对自己的爱是可耻的，尽管那是一个错误。他的心因她的爱茫然过、挣扎过、痛苦过，也温暖过。浸泡在她的全心全意里，因她每一次的付出而感动震惊，为她每一次受伤害心疼颤抖。她给予他的爱如此美好，这世上没有任何东西可以相比。可是理智让他只能一次次下狠心逼她放弃。却没想到，最后连自己也深陷其中，无法自拔。

　　那他过去做的，手提着断念剑一剑剑砍在她身上，手握着横霜剑狠狠刺碎她的心，这一切，又都算是什么？他又算是个什么东西？

　　她不明白，让他觉得耻辱的不是她的爱，而是他自己。他可以包容她的一切，还有她所有的错，却没办法原谅自己。如果承认了此时对她的爱，就说明过去所做的一切都错了。可是那没有错，是这份爱错了，是他错了。

　　白子画仙身虽已恢复，脸色却白得近似透明，薄唇轻抿，似是不知到了今时今日还能说些什么。一切早就脱离了他的掌控和预料，老天若真要覆灭六界他也无话可说，只能尽力。

　　"别再做无谓的抵抗，平添死伤了，随我回长留海底吧。"白子画轻叹口气，仙界之人虽有不满，但是也都明白这是目前最好的办法。哪怕六界的人都在这里，要击溃妖神，把握也不到一成，风险虽不得不冒，能避免自然是最好。

　　"你能保证不杀我？"花千骨冷笑。

　　"我只会将你的妖神之力重新封印，用我的性命护你周全。"这是唯一的办法了，她肯主动交出妖力，然后不管她变成什么样子，他都会伴着她，哪怕囚禁千年万年，总有一天能偿清彼此的罪过。

"那跟杀我有何分别？"她早已废在他剑下，全靠妖力续命，封印之后，要她变回当初又瞎又哑又丑的样子么？

白子画侧身望着波涛翻滚的大海，沉声道："有，我会在你身边。"

花千骨冷笑："继续负责看守我么？谢谢，我不稀罕。今天别说是你们，就是六界的所有人站在我面前我也杀得完，你们有什么资格跟我谈条件？"

白子画怜悯地看着她："凭你根本就没办法杀人。小骨，你是神，无论如何也没办法违背自己的本性，就像太阳没办法从西边升起。杀戮只会让你疯狂和痛苦，亲手杀十一已让你无法忍受，毁灭六界前你的神格会率先崩溃，再无法承受妖神之力。何苦弄到玉石俱焚的地步？"

花千骨低下头，原来他始终努力想要挽回，也从未对自己绝望而放弃，不是因为真的相信自己，而只是因为知道自己是神，就算身负最具毁灭性的妖神之力，也没办法违背本性做出残忍杀戮之事。

而自己也的确是这样，哪怕再恨再不甘，也什么都做不了。她爱这个世界，虽然世人谤她毁她骗她伤害她，她依旧是爱的，不是因为白子画或者其他，是真的从骨子里想要去保护、去给予。如同糖宝是她的孩子一般，她又如何狠心毁灭她以血肉修复守护的这个世界？

仙界的人敢这样夆着胆子来送死，就是因为知道这点么？就是因为白子画告诉他们，如果自己要想杀他们，最先毁灭的会是自己？神之躯虽是承载妖神之力最完美的容器，却也是最有效的制约。他们之前，都忽略了。

可是，凭什么，凭什么她就要一次次为了天下牺牲？大义就只能靠牺牲小我来成全么？她没有错，她只是爱一个人，她哪里错了？这次，就算是玉石俱焚又怎样？

花千骨眼中，蔓延出一片邪狞，天地仿佛都打了个寒战，雨大得几乎要刺穿每个人周身的结界。

"这一切都是我的错，是我害死了糖宝，你应该恨的人是我，要杀要剐随便你，不要再牵连无辜了。"一个身影上前，却是轻水。只见她形容苍白消瘦，眼神空洞迷离，短短两年仿佛老了十岁不止，鬓间竟有几丝灰白，完全不复往日明丽的神采。

轩辕朗欲上前，最终却又收回了步子，双拳紧握，不发一语，只是眼神痛苦而挣扎地望着二人。他也沧桑了许多，却依旧威武不凡，虽身处千年不遇的乱世，内忧外患，妖魔横行，却始终励精图治。这些年，他除妖魔、平内乱，一次次救万民于水火灾荒之中，是难得的明君，却始终未纳一妃一嫔。

年少的承诺，执着的相守。看似美好，却是无情。

轻水没有隐瞒地把一切都告知于他，他完全没办法想象，花千骨成为妖神的直接原因，竟是由自己而起。愧疚、心疼，他从来没有在她身边陪伴，没机会为她赴汤蹈火，群仙宴上见到杀阡陌和东方彧卿之后，他知道自己连爱她的资格都没有。再加上糖宝的死，他甚至再没有脸去见她，也没办法再面对轻水。可是终究，也做不到埋怨。一个人伤害了你爱的人，而原因只是因为她爱你。那么最无法被原谅的那个人，其实是自己。

花千骨看着轻水冷哼一声，没有说话。

单春秋早已不耐，一晃身上前，直逼向花千骨，大声喝问道："魔君陛下在哪里？"

花千骨冷冷地看着单春秋："想不到，你居然跟着仙界的人一起自寻死路。"

单春秋手握成拳："我说过，只要你让魔君陛下醒过来！"最起码让他见见他，知道他依旧还在。可是她却不愿，魔君明明是为了她才变成现在这个样子，她却见死不救，仅仅是因为担心他醒来了和她争夺六界之主的位置么？

他不能再这样坐等下去，她不肯救，他自己来救！

花千骨抬眼望去，海天之间一大半的人几乎都是妖魔。数量之多是仙界的三倍不止，所以一旦妖魔倒戈，形势立刻逆转。

"我倒是好奇，你是怎么让这二界妖魔肯一同陪你赴死？"

"我的手下，我自有控制的办法。是战死还是受尽折磨而死，他们自然能够取舍。"

"想不到妖魔二界也有和仙界联手的时候。"

"我们没有联手，只是暂不敌对。既然目的相同，就各取所需。你只要把魔君交出来，我们马上退兵。"

花千骨笑了起来："难得，你竟忠心至此，好吧，看在他的面子上我不杀你，你想退兵就退，不退就算了，反正六界将灭，迟早都是个死。"

花千骨欲上前却发现脚下一滞，抬眼看果然是幻夕颜搞鬼。只是刹那间的事，单春秋已用尽全力朝自己身后击出一掌。花千骨嘴角一丝不屑和冷笑，缓慢回头，却发现轻水已挡在自己身后，硬生生替自己受了。

"轻水！"周围惊呼四起，清流飞快地冲上前来抱住她下坠的身子，轩辕朗则整个都呆住了，单春秋也没有想到，退了两步。

花千骨没有说话，眉头皱起，不耐烦地看着她。她法力本就不强，那么近距离地受此一击，怕是性命堪忧。这不是傻么，明知道她虽然没有防备，但是靠着妖神之力受再重的伤也能很快痊愈。明明那样恨自己，又何苦惺惺作态，不想活了？

轻水嘴唇发青，看着花千骨冷漠的背影，终于还是吐出几个字来。

"千骨……对不起……"

她们一起长大，她总是比她强比她幸运，可是她也比谁都清楚，这是千骨用多少汗水和多少辛苦换来的。被废被绝情池水伤被逐到蛮荒，总是在她最需要她的时候，她不在她身边。她明明什么错都没有，自己有什么资格怨恨她？她一直在后悔，因为自己的私心害死了糖宝，又因为落十一的死太过悲伤内疚，说出了那样伤害她的话。

其实，那都是假的啊！她只是太悲愤了，所以说了气话，她从来都没有怨恨嫉妒过千骨，她只是羡慕，只是生气，羡慕她能有那样的人生、那样的际遇，生气她有了自己一直希冀的男人的爱却不能够珍惜。她恼恨自己的自私和无能为力，亲手毁了今生最重要的一段友谊，如今千骨变成这个样子，她除了死再无力偿还。

花千骨依旧背对着没有回头看她，只是大步向白子画走去，到了该给一切做一个了断的时候了。

轩辕朗却突然扑上前来，未触及她袖子就被她一把挥开。

"千骨，救救她，求你救救她。"若是有她的妖神之力，一定可以治好轻水。

花千骨偏着头，面容冷酷："干我何事？"

因为糖宝的死，千骨终究还是怨恨了她。插在她心上那一刀，终归还是伤了她。只因为，她曾经把她当作最好的朋友。

轩辕朗瞬间苍老："轻水她是无辜的，错的是我，你有什么气，全出在我身上好了。我知道你不再是以前那个千骨，可是我还是要说，不管你变成什么样子，我爱你的心，从未变过。"

"啪——"清脆的一记耳光，掌风狠狠地扇在轩辕朗脸上，所有人都怔住了。

花千骨冷眼看他："事到如今，你还执迷不悟！哪里有爱了？你只是爱上了自己的坚持。你是一国之君，骄傲自负，无法忍受得不到的失落感罢了。放着身边好好的人不珍惜，始终追逐着天边的浮云幻影。你和我经历过什么？又懂得我什么？简单一面，就让你无视跟你出生入死、朝夕相伴几十年的人。口口声声说什么爱，你这样的人，真的懂什么叫爱么？你好好摸摸自己的心，看个清楚，自己到底爱的是谁！"

花千骨长袖一挥，一条金色锁链直射入天空，风云瞬间变色，大雨之外，开始电闪雷鸣了起来。

"拴天链！"众人皆惊，抬头看天，已成妖异的深红色。

"小骨，你要做什么？"白子画脸色大变，她居然炼化了神器？怪不得妖力大减那么多，原来是重新注入了神器里。

笙箫默一见，连忙催发预先布置好的剑阵，无数光芒直向花千骨射去。

白子画身上却银光大闪，把所有攻击都挡了回去，喉头一阵咸腥，跟跄退了几步。他仙身刚刚恢复，仍然十分虚弱。

"师兄！"

"不要……"白子画摇头。他虽口口声声说要清理门户，可是哪里下得了杀手？自从瑶池再次伤她，他就对自己发誓说，此生绝不再对她动手，绝不让她再受半点伤害。

花千骨眼中满是嘲笑看着他，以前她不懂，不懂他为何一次次要杀自己，却又一次次包庇自己。现在明白了，因为他爱她，因为他有私心，他就是那么一个嘴硬心软的人。

"白子画，既然那么舍不得我死，就一起找个与世隔绝的地方幸福地活着，怎样？我不做妖神，你不做长留掌门，再不管这世间一切。"

"连你自己都知道不可能，何苦自欺欺人？"

"自欺欺人的是你，你难道不想要我么？"花千骨瞬间消失，再出现已到白子画身侧，用力捉住了他的手臂，使劲一握，鲜血渗出。白子画嘴唇苍白，却依旧面若冰霜。

"退一步怎样？你现在对着所有人说，你手臂上这块绝情池水的疤是怎么来的，你为何宁可剔肉削骨也要毁去，你爱的人是谁，我就放过在场的人如何？"

所有人都惊异地望着白子画，摩严心头更是一惊。上次他泼的绝情池水……

手臂越箍越紧，白子画皱起眉来。她为何执念如此之深，这一句承认，就真的对她那么重要？

"妖孽，我师弟爱的是何人与你何干？当年紫薰仙子和他情投意合，却因误会没在一起，这样的事难道还需说给你知道么？"摩严出言大声喝道。

花千骨看着白子画，他只是看着远处，没有言语，也不辩驳。

她慢慢放开手来，掌心里全是白子画的血。其实爱一个人的心有时候很简单，只是需要被承认。她给了他最后一个机会，是他自己没把握。

花千骨诡异地笑，身形慢慢倒退、淡化，犹如幻影，手却握着拴天链的一端，用力一拉，山石分崩，惊涛骇浪顿起。

白子画赶忙追了上去，白衣鼓舞，千山倒退。

"停下来，小骨！"

"白子画，你不是说我没办法违背自己的本性么？我今天就做给你看，就算死，我也要你、要这天下为我陪葬！我要你眼睁睁看着六界，一点点坍塌，看着你所大爱的那些世人，一个个死在我的手里！"

白子画心如刀绞，奋力追赶着她："小骨，错都在我，你杀了我好了！不要放弃最后赎罪的机会，回头是岸！"

花千骨仰天大笑，眼泪都快要流出来。

"我没有师父，没有朋友，没有爱人，没有孩子，当初我以为我有全世界，却原来都是假的。爱我的，为我而死，我爱的，一心想要我死。我信的，背叛我；我依赖的，舍弃我。我什么也不要，什么也不求，只想简单地活着，可是老天逼我，你也逼我！你以为到了现在，我还回得了头么？"

手中用力抽动，远处传来一阵惊天巨响，剧烈的大爆炸几乎让整个海水都沸腾了。巨大的烟云瞬间被大雨浇散。不知道死了有多少人，也不知道摩严、笙箫默他们此刻是否安然，只看到那边整整一片海全红了，血水迅速朝这边蔓延，浓重如油彩。白子画呆愣在那里，久久不能发一语。

他拼命告诉自己，假的假的，一切都是假的，小骨不会这么做的，可是大脑只剩下一片嗡鸣声。

花千骨面色惨白，大睁着眼，笑容狰狞可怕："别担心，没死绝呢。不过，迟早都要死的……"话未完，再次扯动了拴天链。

白子画飞快上前，她却靠着不归砚到处移动，他根本连她的衣角都碰不到。

"停下来！"白子画怒喝，双手忍不住颤抖。

花千骨口中一丝鲜血流出，因为妖化，长发不断生长，到处蔓延，铺天盖地。她左手翻转，流光溢彩，从墟鼎中掏出一把剑来，扔到白子画面前。

"你不是最爱这个天下么？想要救六界生灵？唯一的办法，杀了我。"

白子画脚下一软，几乎掉下去，望着飘浮在眼前注满妖神之力的悯生剑，瞬间被怒火席卷。

她是故意的！

原来从一开始，她就打算好了一切，什么玉石俱焚！她只是想逼自己亲手杀她！她恨自己，居然想到了用这种残忍的方式来报复！因为他爱她，所以要他亲手杀了自己最爱的人！

白子画脸上顿时没了任何表情，缓慢而郑重地摇头，退后几步。

花千骨轻笑："很好，我就是想看看我的命到底值几个钱，在你心中又比得过多少人的命。天下和我，你只能选一个。"

拴天链一拉一锁，不用观微，图景已直接传入白子画脑中，蓬莱岛整个陷落，再一拉一锁，是太白山……

"住手！"白子画双目赤红，却无法阻止，只能眼睁睁看着成千上万条性命如此轻易葬送在她的手中。可是花千骨依然诡异地笑着，唇角淌着血，天崩地裂，无数人的嘶喊和哭声不绝于耳，老人、妇人、孩子……

为什么？为什么一切会变成现在这个样子？"错的明明是我……"

白子画周身结界消失，大雨砸在他身上，手臂上鲜血顺着雨水流下。一向飘逸的长发紧紧贴在身上，双目空洞无神，绝望而无措地伫立在风中，再不复半点仙人姿态。

花千骨檀口轻启，如同魔咒："杀了我……"

白子画依旧摇头："不要逼我！"

她是被他害成这个样子的，他已经伤了她那么多次，怎么还能对她举起剑？那么多年，不管在什么时刻，他也从未曾想过真要杀她。不管是在知道她会给自己带来的劫数之时，还是她犯下大错获得妖神之力之时，他宁可背负骂名，将六界都置于险境，也从来没放弃过她。甚至当她成为真正毁天灭地的妖神之时，他也只是想要挽回。她是他用整个生命来守护的徒儿，胜过一切，他宁可自己死，也再不要伤她一分一毫。可是她，居然逼他亲手杀她！

花千骨站立的姿态诡异而扭曲，仿佛正承受着巨大的折磨。

"我没有逼你，诛仙柱下、瑶池上，你不是做得很好？以前可以做到，现在也可以。拿起剑吧，长留上仙，为了仙界荣辱，为了六界生灵，你有什么狠不下心的？

来，杀了我，一切便又可以回到最初。"

白子画不停地后退，心痛得几乎不能呼吸，她怎么可以这么残忍，在明知道了他对她的爱之后，逼他做出这种选择？何况悯生剑下，妖力四溢，她便是魂飞魄散，永不超生……

过去的一幕幕不停地在眼前闪现，白子画只听见无数个声音在心底不停呐喊。

六界何干？天下何干？我只要你……

可是四海内生灵涂炭的景象不断出现在脑海中，头仿佛要炸裂开来。无法杀她，也再不想看她双手沾满血腥。当看到长留山开始倒塌沉没之时，白子画已完全失去了思考的能力。终归，还是要毁在他手上么？

…………

若没有了她，一切还有什么意义？

…………

选天下，还是选我？

…………

花千骨周身紫气弥漫，可是再强大的结界也被这惊天动地的一剑瞬息刺破。鲜血四溅，雨滴顺着她脸颊滑落，悯生剑没柄而入。花千骨身子微微晃了晃，脸色却是平静得可怕。

其实，早就知道结果了，可是，还是……

她低下头看了看那把悯生剑，又忍不住苦笑。

"你怜悯众生，却从来没怜悯过我。"

白子画眼神空洞，上前接住她下坠的身子，抱着她狠狠砸落在海面上，却没有沉下去，仿佛风雨中漂泊的一叶孤舟。

悯生剑化作一道流光，直往天空中飞去，然后接二连三，其他九道光芒也向上汇聚在一起，形成巨大光亮，在海天之间形成一条巨大水柱，天空又变成妖异的紫色。

"小骨……"白子画颤抖着紧紧把她抱入怀中，脸贴着她的脸，却只感受到一片冰冷潮湿。大雨将二人淋得湿透，血水染红了他的袍子，如同无数个梦中一样，他就那样浸泡在她的血里，然后眼看着鲜血大片大片地向四周蔓延开去，不多时，整片海都红了。

"别怕……"他的整颗心仿佛也被那一剑刺穿，浑身痉挛着，痛得说不出话来。巨大的妖力，四溢飘散，海上紫气蒸腾。

"别怕，师父就来陪你。你不是想我带你走么？我带你走，我带你走，不论到哪里，都再不分开……"一滴一滴冰冷的液体滑落在花千骨脸上，分不清是雨水还是白子画的泪水。

花千骨没有看他，只是仰望着天，笑容空洞而诡异。以往他每一句绝情的话、他给予的伤害，她都痛得肝肠寸断。唯有这次，不痛，真的一点也不痛。

白子画身上的法力开始消解外溢，随着花千骨一同寂灭。

"尊上！"

"千骨！"

…………

杂七杂八的声音在他耳边响起，四周的景物仿佛画纸被撕开，他木讷地抬起头，周围一切顿时清晰起来。所有人都在那里，惊恐地望着他，望着他怀里奄奄一息的花千骨，仿佛刚刚的一切只是他的一场白日梦。

顿时什么也听不到了，这样可怕的事实几乎将他整个摧毁，头皮都要炸裂开。

——他究竟，犯了怎样的一个错误？

白子画嘴唇颤抖低下头去，花千骨正似笑非笑地看着他。

"白子画，你其实从不信我，你只信自己的眼睛。"

…………

他痛得几乎要昏厥，天崩地裂也不过如此。没有人见过白子画那样可怕而扭曲的表情，突然仰头爆发出一阵惊天的怒吼，凄厉破云，悲恸至极，听得人心都要碎了。

花千骨努力维系，不让最后一丝神魂太快散掉。白子画说得对，她的确没有办法违背自己的本性，方才所有的一切都是她用卜元鼎炼化而成的幻境，是她有意骗他。可是睿智如他，如果不是潜意识里就真的认为，也一直害怕她会做出那样的事来，又怎么会轻易相信，那么容易就被她欺骗？

"你怎么可以……"白子画的眼睛黑得如同被掏空了的大洞，她居然，设计故意让自己杀她！

花千骨眼睛里满是与昨夜相同的焚心刻骨的恨意。

"我说过，白子画，你会后悔的……"

她太了解他了，亲手杀自己，爱会让他痛苦，可是内疚却可以将他摧毁！

这时，半空中流光乍闪，出现许多金色的奇异字符，接连往花千骨身上印去，同时她的身体开始变得发光透明。

白子画难以置信地摇头："异朽阁的契约书？你交换了什么？你交换了什么！"

花千骨微微一笑，她还能有什么，除了神的身体。

血也好，舌头也好，全拿去！她只要一样，下次轮回，给东方彧卿一个选择自己人生的机会——

花千骨感觉意识一点点被抽空，蜷缩起身子。白子画却是满脸绝望、眼神空洞。原本拥有神之身的她就算死在悯生剑下，也总能再入轮回，可是她却放弃了这一切，宁愿魂飞魄散。从今往后，这世上，再没有神的存在。

她真的，就那么恨他？

白子画紧紧地抱住花千骨，身上几大要穴依次爆破，鲜血四溅。

"尊上不要！"

笙箫默等人急疯了想要阻拦，却全被花千骨逸散的妖力隔绝在外，只能眼睁睁看着白子画自断心脉。

雨还在下，每个人的结界都破了，站在雨里望着他俩。幽若抱着舞青萝哭成一团。轻水气若游丝，躺在轩辕朗怀里，嘴角是解脱的笑，很好，很快，他们大家，糖宝、落十一、朔风，还有她，大家都可以团聚了。

摩严绝望而颓然，子画终究还是毁在了那个女人手里。只有竹染，安静地在一旁站着，仿佛对眼前发生的一切早有预料，又仿佛一切都与他无关。

好冷……

花千骨的睫毛上结了薄薄一层霜，紫色的眸子颜色越来越淡。

她以为她早就不会痛了，可是原来还是会。被自己最爱的人杀死，这到底是惩罚还是解脱？

"白子画，你还是不肯爱我么？"她始终不明白，为何在她心中神圣过一切的东西，他却如此轻鄙？

白子画眼神空洞，无声地看着她，不是不肯爱，正是因为太重要，所以不能爱。

花千骨用力伸出双手推开他："既然如此，你有什么资格和我一起死？"

白子画整个呆住了——他有什么资格跟她一起死？

花千骨的声音突然空灵而诡异，犹如尖锐的弦音在搔刮耳膜。

"白子画，我以神的名义诅咒你，今生今世，永生永世，不老不死，不伤不灭！"

时间瞬间停止，所有人都惊呆了。然后白子画就看到一切仿佛都逆流而行，无数飘浮的微光重新聚集回自己体内。左臂开始剧烈地疼痛起来，他甚至听到皮肉生长的声音。

他颤抖着拉开衣袖，难以置信地看着那块疤痕再次好好地印在自己手臂上。

花千骨凄惨地笑，耻辱是么？我非要让它永生永世留在你手臂上，让你日日夜夜锥心刻骨地痛着、内疚着。

看着白子画震惊的神情，她已不知应该为所做的这一切感到快意还是可悲，神魂抽离，终归只能慢慢地闭上了眼睛。

"白子画，今生所做的一切，我从未后悔过。可是若能重来一次，我再也不要爱上你。"

"不要——"白子画痛苦地怒吼，却只抱住一片虚空。花千骨的身体和神魂都散作千万片，往十方神器飞去。顿时神器光芒大震，大雨停息，周围亮得叫人睁不开眼睛。所有妖力都往正中心一个地方重新注入——炎水玉。

光芒从海上开始，和着花千骨鲜红的血，一寸寸迅速扩展开来，径直穿透到海底最深和世间最阴暗的角落。那些荒芜的、黯淡的、残破的、毁灭的，世间万物、六界生灵，一点点开始复苏和被修复，时间仿佛倒流了一般。大地、山川、冰河，万物又呈现出一片欣欣向荣的景象，仿佛之前那一切从未出现过。

"轻水！"因花千骨的死而悲痛欲绝的轩辕朗，一点点看着怀中女子的伤势慢慢痊愈，不由喜极而泣。

轻水却捂脸痛哭失声，弥留之际，她听见花千骨跟她说保重。她知道她原谅她了，又或者她只是伤心，根本从未真的生过自己的气。

天边两个人影急速奔来，众人抬头看，却竟是斗阑干和蓝羽灰。二人看着天空中的十方神器凝眉对望一眼，终归还是来晚了。

"丫头……"斗阑干微微有些哽咽。他一开始不明白花千骨为什么要追杀蓝羽灰，以为她变了，直到后来才明白她的良苦用心，如果不是这样，或许他和蓝羽灰之间的误会永远不能化解，两人永远不肯相见。她以自己的方式，给了他们俩最好的成全。哪怕被误解，哪怕蓝羽灰把她害到无法回头的一步。

"是我对不起她……"蓝羽灰伏在斗阑干的肩头，悲伤而内疚。她成全了别人的爱情，可是努力了一生，最终还是没能赢得自己的爱情。

众人都不由为六界的重生而欢呼庆幸。只有白子画，呆呆地站在海面上，不言不语，望着自己的双手，空空如也。

"师兄！"知他遭受打击实在太大，笙箫默心酸无比，上前几步，却没想到被白子画一掌逼开。然后只见他疯了般一掌接连着一掌地打在自己身上，却除了痛，什么也没有，连半点痕迹都没留下。

好个不老不死，不伤不灭。一句神谕，便决定了他永生永世的痛苦。

像个怪物一样活着，当初她身负妖神之力，就是这样的么？可是，她至少可以选择死，选择死在自己手里，却将他死的权利都剥夺了。

她爱天下，却唯独恨了他一人。

白子画仰天大笑起来，双目赤红，满脸都是泪水。

…………

你怎么可以这么残忍？让我亲手杀了你之后，留我一个人？想要什么，你说就是了。不管对的错的，我都给你。

爱给你，人给你。

六界覆灭干我们何事？这些人是生是死干我们何事？

我带你走，去哪里都可以，你想怎样都行。

只是不要离开我……

眼泪一滴滴滑下，锥心刻骨的疼痛让他几乎快要昏厥。是他放弃了，是他最后放弃了她……白子画抬头看着眼前的那些人，突然觉得都面目可憎了起来，若不是他们，小骨就不会死……

"师弟！"摩严大惊，看着白子画额头逐渐开始出现堕仙印记。

"大家小心！"

巨大光波发出，惊涛骇浪排山倒海，阵阵轰鸣爆炸声不绝于耳。

"尊上疯了……"幽若傻在那里，哭得狼狈至极。

白子画的眼中再没有了任何人，突然想，六界为什么不毁灭掉？仿佛那样，花千骨就可以再次回来。

"白子画。"突然一个身影站在他的面前，却是竹染。

他脸上一丝无奈的笑意，知道白子画此刻已完全丧失了理智。没有人可以在经历了这一切之后，还能保持清醒。不疯癫便成魔，花千骨的目的达到了。连他都不知道，当那个小小的丫头真正开始恨一个人的时候，居然可以做得这么决绝这么残忍？

硬逼着白子画杀掉自己，她怎么做得出来？又让白子画怎样活下去？亲手杀了自己最爱的人，那是一种什么样的感觉？而为了天下舍弃了自己最爱的人，那样的心又该有多硬有多痛？

　　"白子画，我知道你没办法接受这个结果，可是你不要忘了，这一切都是你自己的选择。

　　"她虽然一次次被你伤成那样，一步步被逼成妖神，看似残忍冷漠，可是其实从未变过，甚至从未怨过你。在霓漫天死的时候，她便已决定放下一切，开始炼化神器，想借助炎水玉让六界回归妖神未出世前的和平，也想一死得到解脱。可是，她从来没有想过要逼你亲手杀她，借此来伤害你。是你最后，又逼着她恨了你。

　　"其实，她一直在给你机会，是你自己不肯面对、不肯信任。就算到最后，天下和她，你选了她，不肯杀她，她也会自绝于此，让你情义得以两全。对于这点，你潜意识里其实也是知道的，只是你不敢赌，不敢相信她，不敢用六界来冒这个险，宁愿选择跟她同归于尽。可是她偏偏就不肯如你所愿，非要让你活着，去承担你所做选择的结果。死有何难，最怕的是孤单而内疚地活。"

　　"女人很可笑吧？总是宁肯把一切都押上，只为了证明你是爱她的。更可悲的是，花千骨明明知道结果，还是心甘情愿被你再伤一次，只是想看看她在你心里到底有多重要。其实，你哪里又会对她有一丝慈悲和怜悯呢？你心疼你内疚，可是这些年，你只坚持你认为正确的，从来没有设身处地为她考虑过。如今，你就永生永世看着，守护着这个你用最爱的人的性命换来的世界吧。"

　　白子画几乎站立不能，心痛到已经没有了知觉，额头堕仙的印记逐渐消退，只留下一片空白。

　　竹染看着他呆滞的眼，五识俱乱，神魂颠倒，知道他差不多已经疯了。不由得轻叹口气，爱到最后两败俱伤，千骨，这便是你最后想要的结果么？就算死，也不要他忘记你？那么恭喜你，你终于赢了一次。

　　"虽早猜到会有这一天，却也知道没办法避免，我一直在想怎样才能挽回，才能救她，可是能力有限，哪怕集尽六界之法，我这一命，也只能换回她的一魄。白子画，这是最后的机会，希望这一次你能够珍惜，不要再等到失去了才来后悔……"

　　话音刚落，竹染已化作一道银光直向十方神器飞去。

　　"竹染！"终归师徒一场，摩严心口一痛，几乎窒息。

竹染回头看了他一眼，带着一丝歉意，自己从来都让他失望，但心底却始终尊敬他当他是师父的。如今，自己只是平静地做了今生或许唯一对的一件事，报答了这世上最后给过他温暖的一个人。回忆起当初相依为命的日子，其实，也挺快乐……

天空一阵巨大光闪。花千骨临死前用余力重新将妖力封印回了十方神器之中，神魂四散，却终于还是由竹染以命为代价，用禁术强收回了一魄。

那一点微弱的紫光在逐渐恢复如常的十方神器之中飘浮着，像一粒火种，将白子画照亮。所有人都呆住了，却未等任何人有反应，天边掠过一道绯红的身影，瞬间将那紫色微光冰冻凝结，收入袖中。

"魔君！"单春秋大喜过望，他终于醒过来了！

杀阡陌冰冷地俯视下方，悲痛和怒火几乎要将他焚化。他还是来晚了，花千骨帮他复原之时他就已经隐约恢复了意识，却被禁锢着，一直到炎水玉的光扫过才醒过来。花千骨分明是故意的！

杀阡陌奋力克制住下去杀了白子画的冲动，这一魄马上就要灭了。他猛一转身，一条红线，瞬间已消失不见。

这边白子画还久久没有回神，等反应过来，已经来不及了。

"杀阡陌！"惊天的怒吼，满是杀气，好不容易刚刚有了一丝希望，竟这样轻而易举被他夺走！白子画面孔狰狞，疯了一般化作阵风追了上去。

余下的人或悲或喜，无论如何也没想到，旷古一战，竟是以这种方式惨淡收场。

尾声

离上次妖神一战转眼已过了两百年，那之后，仙界式微，妖魔依旧群龙无首，人间百业待兴，六界倒也相安无事，逐渐恢复繁华盛景。

长留弟子八千，依然是仙界第一大派，幽若在摩严之后继任了掌门一职。绝情殿里空荡荡的，白子画再也没有回来过。

六界的人都知道，当初高高在上的长留上仙，如今只是一个疯子，法力高强之外还不会受任何伤害，没有人打得过他，所以只能躲着他。他满世界乱转，整整两百年，只为了找杀阡陌要回花千骨的最后一缕魂魄，时常发狂失控，随便拉住一个人便问杀阡陌在哪儿，他的小骨在哪儿。可是杀阡陌仿佛从这个世界上消失了一样，没有任何人知道他去了哪里。

妖魔们常常只听到白子画的名字就吓得心惊胆战，因为如今的长留上仙，性子比妖魔还要暴戾乖僻。可是魔君到底在哪里，连单春秋都不知道，他们又如何得知？

两百年来，白子画没有一刻放弃过寻找，心中设想了一万种方式，找着的时候，该如何将杀阡陌碎尸万段！然而，那样一个张扬又跋扈的人，竟仿佛从这世上消失了一般。于是他时常会陷入一种或恐慌或迷惘的状态，怀疑自己已经死了，或者是在做梦，而小骨一魄未灭不过是他自我安慰的幻想罢了。

亲手杀她的那一幕，丝毫没有随着时间淡化，日日夜夜折磨着他，胜似凌迟。他一直想不明白，小骨究竟要恨他到何种程度，才会如此决绝而残忍？

不是不伤不死么？可是为什么绝情池水留下的伤疤还在痛，一直在痛！那块他硬生生剔下的肉仿佛一直没有愈合过，那么多年没有一刻不在用疼痛提醒他犯下的错。日日夜夜，他反反复复做着同一个杀死她的梦。

"我知道杀阡陌在哪儿。"

终于，夏紫薰找到了他。白子画有些错愕。

"我等了两百年。你能找的地方都找了，能问的人都问了，可就是没想起过我来，对么？"夏紫薰的眼中满是自嘲，"又或者，你只是不想见我？"

白子画久久沉默。

"人人都说你已经疯了，我看倒是一点没变。你不肯爱别人，甚至都不准许别人爱你。"

白子画猛然被刺痛，慢慢闭上眼睛。是的，他逃避，他狠心，他顽固不化，那么多年，甚至没能听上一句小骨说爱他。

"杀阡陌在哪里？"

"他在冥界，你拿着这个，香气会给你指引。"夏紫薰将当年花千骨赠她的那个香囊递给白子画。

"谢谢。"白子画接过，由衷地说道。

"不用谢我，我也想知道小骨现在怎样了。"

白子画眼中再度燃起希望，告辞离开。

夏紫薰看着他的背影，忍不住轻笑，这些年她以为自己终于放下了，却原来还是在意。她羡慕千骨，终于融化了那颗千年寒冰凝固的心。只是代价未免太大，她付不起。

杀阡陌被白子画找到的时候没有半点惊讶，只是嘲笑地望着他。

白子画没有想到他如今的法力会差成这个样子，制伏他简直不费吹灰之力。

"小骨在哪里？把她还给我！"

杀阡陌笑得如花妖冶："我不会再让你见到她的，大不了你杀了我。"

白子画一根根将他手指掰断，他竟半点反应都没有。

"白子画，你再狠也狠不过我，我不想说的事情，没有任何人可以逼我。我不会再让你见到小骨了，不会再让你去伤害她。你就死了这条心吧！"

白子画一言不发，眸子冷得跟冰凌一样。白光闪过，杀阡陌脸上就是一道口子。

杀阡陌顿时一声惨叫，面色苍白，破口大骂。

"白子画，你这个老不死的！"

光芒骤起，然后是第二道、第三道。

"小不点儿在异朽阁！"

杀阡陌捂住自己的脸，赶紧用法术疗伤，气得差点没休克过去。夏紫薰去找白子画本就是他授意，原是想多折磨折磨他，替小不点儿出口气的，没想到他竟那么狠！

居然敢伤他的脸！呜呜呜，又要很长一段时间不敢出来见人了！

"异朽阁？"白子画皱起眉头。他不是没有想过小骨会在那儿，但小骨不是以神之身为代价，换东方彧卿摆脱生生世世身为异朽阁主的宿命了么？除非……

"对啊，异朽阁！我这些年竭尽心力，也没有办法让小不点儿完全恢复，毕竟失却神身，三魂七魄又只留下一魄而已。十多年前，东方彧卿突然找到我，说他有办法让小不点儿重入轮回。我只好把她交给了他。现在算来年纪也应该大了，你去找她吧，千万别让东方彧卿捷足先登！"

白子画眼中有一抹惊异。

杀阡陌气呼呼，又有些尴尬道："不管怎样，你跟他比起来，我还是讨厌他比较多一点儿！"见白子画匆忙离去，神色早已不复镇定，杀阡陌心里总算稍稍平衡。

小不点儿，你若在，愿意原谅这个人么？会不会怪姐姐自作主张？他疯癫为你，痴狂为你，内疚、后悔、思念、寻找，整整受了两百年的折磨，是不是也够了？姐姐没有机会弥补今生最大的遗憾，但你们还能，不要再错过了。

杀阡陌无奈地笑，摸了摸自己的脸，又望了望周围一片虚空，不由得好笑，被白子画追着躲在冥界这个鸟不拉屎的角落里两百年，皮肤都快起褶子了，如今还多了三道疤痕。也该出去晃悠晃悠，好好养伤，做做美容，重新做他笑傲六界自在潇洒的魔君了。

如果说这世上，有白子画也忌惮的人，那估计就是东方彧卿了。不光因为他幕后所操纵着的一切，还有小骨对他的感情，他死时小骨做出的选择。

她说要跟东方走！她最终还是决定放弃自己——

白子画整个眼眸漆黑一片，深不见底，周身被无法抑制的杀意所包裹。他不会允许自己再失去她一次！绝对不允许！

他急速朝着杀阡陌所说的地方飞去。那是遥远的极北之地，一个很小很偏僻的村子。正是隆冬时节，天色清明，空气冷冽，地上铺了厚厚一层雪，群山皑皑，显得格外美丽安静。

虽然隔得很近了，白子画依旧半点感受不到花千骨的气息。怕周围的人受到惊扰，他隐去了身影，顺着小路往前走，一面观微，很快便将村子全景和每个角落寻了个透彻。

找到了！

白子画无法抑制内心的激动，长叹一口气，飞身降临，负手站在她的身后，久久沉默着，仿佛眼前的是一只小鸟，一不小心就会将她惊飞。

花千骨蹲在地上堆雪人，玩得正开心。她依然跟当年初见白子画时差不多的年纪，一样的容貌，扎着两个可爱的包子头。

白子画眼中的杀意和疯癫渐渐退去，变作另一种痴狂和入魔，双手颤抖，想要一把将她小小的身子抱在怀里。他又是心疼又是愤恨，心疼她不懂爱惜自己，恨她怎么可以那样残忍地对他。脸上凉凉的，一摸竟全是泪水。

他找到她了，他们再也不分开了……

花千骨完全没有意识到身后站的有人，很用心地捏出一个歪七扭八的雪人的头，却被旁边一起玩耍的孩子一脚踢倒。

"我的小白……"花千骨很小声地抗议，像是马上要哭出来的样子。

白子画见了不由得一颤，这残存的一魄，终归记忆和心智还是缺失了。

旁边的男孩比她还矮上半个头，做着鬼脸吐着舌头："哟，还给雪人起名字呢，果然是傻丫。"

花千骨嘟着小嘴站起身来抗议，才没跨出两步，就扑通一下摔在雪地上。

"哈哈哈，傻丫头，连路都不会走。"听到她哭，周围的小伙伴笑着闹着一溜烟全跑了，否则被傻丫娘出来揪住，得被打屁股的。

花千骨摔得满身满脸都是雪，努力想爬起来，又滑倒下去。白子画在她面前显出形来，伸出手扶她。

感觉到一双有力的大手把自己很轻易地提起，花千骨止住哭音，抬头看着他，立马眼睛就瞪大了，眨都不会眨。白子画伸出洁白的袖子，一点点给她擦着脸上的雪，露出她白嫩的一张小脸来。

"娘……娘、娘……神仙……神仙……"

白子画忍不住笑了，这是自从小骨偷盗神器离开绝情殿以来，这些年来他第一次笑。

花千骨整个人都傻了，忍不住抬起手，摸了摸他的脸，想确定眼前的这个人是真的，而不是自己的幻想，有时候她做梦，也会梦到像这位神仙一样穿着白衣的人。

却没想到在白子画的脸上印上了脏脏的五个指印，她惊恐地连忙去擦，却越擦越脏，白子画抓住她的小手，紧紧地，微微颤抖着，舍不得放开。

"疼，疼……"花千骨嘟起嘴巴不高兴地瞪着他。

真好，这一世，她伤心难过时，总算可以痛痛快快地哭出来了。

白子画伸出手，用衣袖擦掉她还挂在眼角的泪水，却发现突然拽不动了。"你咬我袖子做什么？"白子画捏捏她鼓鼓的腮帮子，"放开。"

花千骨仰起头嗅嗅，松开牙："很好闻，你是谁？你是神仙么？"

白子画想了想，轻轻点头，声音温柔而宠溺："你叫什么名字？"

花千骨低下头："我……我叫傻丫……娘，娘，快来看神仙！"

屋里一个妇人挽着衣袖出来："傻丫，是不是又摔了，还是被欺负了……"看到白子画，再说不出一句话来。

花千骨跑到她跟前，扯扯她的衣角："神、神仙……"

傻丫娘吓得大叫起来："傻丫爹，快……快来啊……"

不一会儿，一个壮实的男子一手拎块尿布，一手拎一个光屁股娃走了出来，身后还跟了个穿着小肚兜的小萝卜头，刚学走路，摇摇晃晃的。

"瞎嚷嚷啥，我正在给娃换……"看见白子画也整个傻掉了。

白子画看着他俩，有礼地拱了拱手："在下白子画，想带傻丫离开，收她为徒，希望二位允许。"

傻丫娘更蒙了，什么？神仙要收她家傻丫做徒弟？可是……

"不瞒您说，我……我家傻丫她这里有问题，大夫说她永远都只有三四岁小孩的智力。您收了她会给您添很多麻烦的。"

白子画点头："我知道的，没关系，我和这个孩子缘分很深，以后每半年我会带她回来探望你们一次。"刚见到她，他就知道花千骨的心智残缺，还有身体许多方面都有缺陷。可是仅凭残留下的一魄能够做成这样，甚至再入轮回，难怪杀阡陌会虚弱成那样，而东方彧卿，定然是再次用花千骨为他取得的自由，跟异朽阁做了交易。

杀阡陌想要的是什么，太容易被看透。可是东方彧卿呢，你又到底是为了什么？

夫妻俩嘀嘀咕咕了一会儿，然后一起很高兴地点头答应，能给这样的人做徒弟，那是几辈子修来的福分啊。

白子画倒是没想到居然会这么容易，他看了一眼屋内："那她我就带走了，傻丫，给你的爹娘磕个头。"

花千骨傻呆呆地磕了个头，可是为什么要她磕头啊，为什么她要跟着神仙走，难道爹娘把她卖了么？她知道她傻，可是她很听话啊！想到这儿，又呜呜地大声哭了起来。

傻丫娘也哭了起来，塞了两个烧饼在她怀里，傻丫乖啊，长成这个样子，肯定不是坏人的，你不能一直傻傻地在家里被欺负，然后长大了找个同样傻傻的人嫁了，那样就太可怜了。

白子画牵着花千骨的手，向夫妇二人道了个别，然后腾起云雾，径直飞向天际。吓得傻丫爹娘跪地不起，原来真的是神仙啊。

这时，一个书生打扮的男子从屋里缓缓走出。二老眼泪巴巴地看着他："神仙会好好对待我家傻丫的吧？"

"会的，会对她很好。"东方彧卿望着天微笑着说，然而笑中是无限的悲伤与寂寥。

居然飞起来了，花千骨忘记了哭，兴奋地到处张望着，又有些害怕，一只手使劲抱住白子画的腿，一只手去抓身边的云。

"神仙，我们要去哪儿？"

白子画看着她，摸摸她的头，神色终于恢复成以前的淡然平和："我不叫神仙，以后你就叫我师父。你想去哪儿，我们就去哪儿。"

"真的么？可是傻丫想回家。"

白子画握着她的手又是猛然一紧，疼得花千骨差点没哭出来。

"你的名字叫花千骨，傻丫就当作乳名吧，过些日子师父就带你回家。现在我们先去找你师叔给你看病好么？"

"师叔也是神仙么？"

"是的。"

"呵呵，那好吧。"花千骨开心地搂住他的脖子，声音软软的像白云一样。

笙箫默看着白子画和趴在他怀里睡着了的花千骨，把一些珍稀药材递给他："为什么把我叫出来？终归是你的家，你连回都不想回去了么？"

白子画远远看着海上银装素裹的长留山，缓缓摇头："我曾经为了长留杀了她。"

"每个人都有自己要背负的，你无须始终耿耿于怀。不过能看到你恢复成原来的样子，我总算是放心了，你知道不知道，你那时疯疯癫癫、六亲不认的模样真的很可怕。"

白子画摇头："哪怕现在，我也觉得自己像绷紧的弦，随时都会断掉。恨不得每时每刻将她抱在怀里，怕她再出任何意外。要是再失去她一次，我……"

"没事的，都结束了。接下去有什么打算么？"

"先找个地方安定下来，好好照顾她。上辈子我为了天下为了自己肩头的责任，可以付出一切，可是，在拔出悯生剑的那一刻，白子画就已经死了。今后，我只为她而活。"

笙箫默一震："可是你还是打算以师徒名分和她待在一起？"

"我不知道，只是目前，这是最适合我俩的身份。但是她如果还爱我，还想要，我什么都可以给她。"

笙箫默无奈苦笑："师兄，你变了。"

白子画淡然摇头，目光清澈如水："我没变，我只是怕了。心头只容得下她，再容不下那么多的是与非、对与错了。这些年来，我时常在想，高尚情操，这仅仅是一个词，还是奉献出自己的幸福，牺牲了自己的一切的人才会有的一种感觉？我此生心系长留，心系仙界，心系众生，却从没为她做过什么。我不负长留，不负六界，不负天地，可是终归还是负了她负了我自己。"

"可是你有没有想过，她终有一天是要恢复记忆的。"

白子画身子一震，想起她临死前说，若重来一次，再也不要爱上他，脸上现出一抹悲凉。

"有一日，是一日吧，我也不知道以后会怎样。"

白子画带着花千骨离去，笙箫默径直飞回贪婪殿上，看见摩严始终负手遥望着白子画远去的方向。或许，这是最好的结果了吧。

花千骨揉揉眼睛，发现两人已经降落在地上，自己身上不知何时多裹了件白毛小氅，像一个绒绒球。抬头四望，只见远山苍茫冰封，云雾漫道，近树凝霜挂雪，戴玉披银，犹若仙境。

"师父，这是哪里？"

"我也不知道，要不小骨给它取个名字吧？"

花千骨拍拍小手："好啊，有好多的云，就叫云山好吧？"

白子画点头，蹲下身子，从怀里取出两颗五彩透亮的铃铛挂在她脖子上。

花千骨喜欢得打紧："师父，小铃铛上为什么这么多裂纹啊？"

白子画摸摸她的头："因为它们被一个很笨的人不小心弄碎了，可是还好，至少它们还在……"

　　花千骨望着白子画悲伤的脸，突然很想像她哭的时候娘亲她一样，也亲亲他，可是师父是神仙啊，一身白衣站在雪中，看上去更是彻骨的冷，她可不怎么敢亲近。

　　她兴奋好奇地往山上跑去，却又不小心摔个仰面朝天。

　　白子画扶她起来，花千骨不明白师父的手为什么会这么冰，她努力用小手握住，然后使劲呵气，想让他暖和起来。

　　"师父不冷，小骨，咱们回家。"

　　白子画牵着花千骨的小手，一步步向山上走去。一高一矮两个白色的背影与群山几乎融为一体，只听见阵阵清脆悦耳的宫铃声随着风儿飘向远方。

· 全文完 ·

后记

　　《花千骨》一书，共五十多万字，从开头到结尾，断断续续写了近两年。完全没有大纲，信马由缰，直到写正文大结局的前一天晚上，我还不知道要怎么收尾才好。然而写完了，突然惊奇地发现，这样真是最好不过。

　　时常觉得这个故事大俗大雅、大好大坏，夹杂着许多很让人难以言喻的东西，也时常会产生这个故事不是我写出来的而本来就应该是这样的错觉。

　　或许很多人不能接受这样一个结局，毕竟爱到最后，竟只落得一人疯癫一人痴傻才能在一起。这样的结局就算不是悲剧，也不能说是喜剧了。然而对于这对师徒来说，恐怕这已是唯一的出路。

　　《花千骨》这个故事里，有着太多温暖却决绝、仁慈却固执、美好却绝望的爱情。可是哪怕爱的记忆再悲伤，故事里的人却仍然坚持，不肯放手不肯遗忘，直至痊愈或者病入膏肓。

　　遗忘这个东西，比生命还要长、还要宽，比大海还要深、还要汹涌，它埋葬一切记忆，是痛苦的天敌，也常常成为爱情的坟墓。曾经，只是意味着失去，而遗忘，意味着一切不复存在。不是你失去了它，而是你弄丢了它。明明不久前，它还像珍宝一样被你收在内心和脑海的最深处，久不翻看，竟不知不觉中灰飞烟灭。站在当下，蓦然回望，记忆里只剩下一片空白茫然，然后是接踵而来的恐惧。你还活着，可是生命的某一部分已经缺失了。所以，我一向是最恼恨遗忘这件事的，感觉不是岁月，而是它在侵蚀我的生命。

　　如今的人，总是追求独立和自由，毕竟这世上不是谁没了谁就不能活。以前常说爱就是无私的付出，却不懂从什么时候开始，这种付出被人当成了耻辱。或许是怕受伤害，或许是习惯了被爱，人们总是爱得越来越清醒、越来越明白。

　　《花千骨》一书，可以简单地看作一个在爱中坚持的故事，许多人对这样的感情或许都无法认同，只是情之一字，本就伤人。我的眼里，爱就是这么固执纯粹，不可亵渎不可轻言放弃。我想真正用力去爱过、去付出过的人，一定能够读懂。

　　本书里剧情除外，我想一提的是具有代表性的白子画、轩辕朗、杀阡陌、东方彧卿、南无月五人和花千骨之间的人物关系。

　　白子画如师如父，对千骨谆谆教导，多番爱护；东方如友人如知己，与千骨相处渐久，感情日深；轩辕朗代表的是儿时青梅竹马的朦胧爱恋；杀阡陌像兄长像姐姐，对千骨有宠溺有怜惜；南无月则像弟弟像孩子一样需要千骨的照顾和保护。

　　他们五人在花千骨的生命的隐含层面分别扮演了：父亲、兄弟、友人、初恋、孩子五个不同的角色。

　　花千骨对师父崇拜仰慕，对杀阡陌撒娇随性，对蓝颜知己依赖信任，对少年的青涩之爱，对小月的疼惜之情。放到一个大的背景下来看，这是几乎所有女子一生都可能会遭遇的几种爱的形式，每个人最后的选择因各人的性格和环境等的不同而不同。但是能够肯定的是，每个女孩心里面都藏着个神仙师父。

　　有的人可能喜欢东方那种"就算粉身碎骨、放弃一切，我也会跟你在一起"的温暖不求回报的爱，有的人则可能喜欢杀阡陌那种"你若敢为你门中弟子伤她一分，我便屠你满门，你若敢为天下人损她一毫，我便杀尽天下人"的霸道的爱，或者喜欢轩辕朗的骄傲执着，或者喜欢小月的纯洁天真。

　　正如读者羽中所言，白子画、轩辕朗、杀阡陌、东方彧卿，他们四个都是花千骨生命中的"贵人"，他们完美而强大，他们的爱也都真挚热烈又美好。可是大部分人还是会最喜欢师父，如同在这红尘中向往着那一点干净的梨花白，哪怕只是远远地看着他。

　　白子画的美好，正在于他不需要世俗的恭维谄媚，他不需要说会不会更适合当一个好相公，能不能给一个女孩幸福。他就一直站在那里，站在每一个女孩的心底。我们企盼他，可是永远无法靠近他，而宁愿自己是梨花瓣上沾染的那一点烟火红尘。

　　《花千骨》是果果的一个童话，而白子画，是童话中的童话。它寓意着每个女孩的成长，寓意着她们的每一次遇见，更是我心中所渴慕的，在现实中所没有的纯粹至死的爱情。

婆娑劫

一

落日昏黄，暮色苍茫。空山寂寂，万籁无声。

一个樵夫正背着成捆的柴往山下走，见不远处蜿蜒的蛇道上，有一绿衣少女正跟随着白衣男子逶迤前行。身后云蒸霞蔚，万丈光芒，美得叫人移不开眼。

不料行至断崖绝壁，那少女突然纵身往下一跃。樵夫吓得失声惊叫，脚底打滑，重重摔趴在地上。而那男子，也随之跳下崖去。樵夫道是遇上殉情的小夫妻，慌忙爬到崖边低头望，却又见白衣男子携着少女一飞而起，转瞬之间便消失在无边天际。樵夫知是遇上了活神仙，惊得跪地不起，连连叩拜。

红云如絮，疏狂漫卷。

白衣男子一面御风而飞，一手拉着少女，不发一言，面色平静。

少女却心虚地低下了头："师父，小骨知错了。只是那樵夫跟村里的小寡妇好上了，心头一直盘算着要怎么害死结发妻子，我一时气不过才想着吓他一吓，想着至少让他知道举头三尺有神明，凡事做决定之前先问问自己的良心……"

原来此二人正是太白山一役之后，离开长留，到凡世游历的白子画与花千骨。师徒俩刚在山下看完武林大会，于是顺道爬爬这天下闻名的华山。

白子画何尝不知那樵夫心中歹念，只是成仙不代表就有了随便窥视人心的权力。花千骨继破望之后，前不久又过了勘心阶段。有时候不受控制或无意间会读到一些凡人的想法，而一旦察觉到恶意或不堪的想法，又总忍不住出手教训。

花千骨自己也知道这样不对，正努力学习怎么控制能力和好奇心。只是那樵夫一路走一路想的都是些有的没的，什么小寡妇的细腰、小寡妇的长腿、小寡妇没穿衣服的样子，淫念都快凝成石头砸她脸上了，想不听到都难。

花千骨不由得脸红，偷偷看一眼白子画，见细碎的霞光正落在他清雅的白衣间，微微镀了层暖色。可是他的唇依旧苍白，面容依旧冷峻，犹如半透明的冰雕。

"对了，师父，你比我厉害那么多，是不是我想什么，你也全都能知道啊？"

白子画摇头："凡人没有法力，的确是比修仙之人比较容易勘破。但人心的事，不是三言两语就能说清的，跟情绪、意志、个人经历很多方面都有联系。"

花千骨暗自松一口气，所以关于那个秘密，她只需严守心门，埋藏得越深越好。

白子画见她又陷入出神状态，不由得皱了皱眉，自从太白山上夏紫薰对她说了什么之后，她就有了心事。离开长留出来历练的这段时间，她虽然渐渐重新变得活泼开朗，但心结依然未解。

白子画想不出是什么会让她烦恼，又或者是东方彧卿或杀阡陌的原因？

"师父，我们接下来去哪里啊？"

"玉浊峰。新掌门接任大典，你师伯忙不过来，你师叔说他最近'微恙'，要我亲自代表长留出席。"

花千骨忍不住偷笑："师叔跟我家糖宝一样懒！"

糖宝在花千骨耳朵里嘟嘟囔囔抗议："人家才不懒！"

"每天除了睡觉就是吃，也不好好修炼，总有一天小虫子要变成小懒猪。"

"糖宝可是要变蝴蝶的！骨头娘亲才是大懒猪，自己不肯御剑，要赖着尊上带你飞。"

花千骨见被拆穿，吐吐舌头："那是我爬山爬累了，师父才捎我一小段。"只有这时候她才能名正言顺地多靠近他一点点。

"师父，怎么了？"见白子画皱着眉，似乎在警惕地观微四周，花千骨不由得奇怪地问。

"没事。"白子画疑是自己多心了。

二人飞临玉浊峰的时候已是深夜。玉浊峰山高千仞，四面绝壁，擎天一柱，直插入云，凡人根本就上不去。

因为第二天举行继位大典，弟子和提前来的宾客大多已经睡下。新掌门澄渊的师兄澄寂接待二人前往厢房休息。

半路澄渊匆匆赶来："师兄，尊上驾到，怎么也不通知我一声？"

澄寂连忙低头谢罪。

澄渊是仙界新一代的翘楚，生得仪表堂堂，年纪不过百岁，却破格成为玉浊峰的掌门。他对白子画极是敬重，一直将师徒二人送入房内，安顿好这才离开。

花千骨睡下没多久就被噩梦惊醒，喘息不定地一坐而起，随之缩成一团。隔壁正在入定中的白子画也同时睁开了眼睛。花千骨自从上绝情殿以后就很少再做噩梦，他想着是不是最近一直让她直面鬼怪和内心的恐惧有些操之过急了。

花千骨看看糖宝，见它依旧在枕边酣睡，心下稍定。梦见了什么她已经记不太清了，只记得黑暗中有一双巨大的眼睛窥视着她，那是她所见过的世间最可怕的一双眼睛，仅仅只是被它看着，就几乎让花千骨浑身战栗。

第二天的登基大典热闹非常，玉浊峰派中弟子并不多，但在仙界却是名门大派，人才辈出。此次广邀众仙，跟群仙宴比又是另一番景象。

宾客皆在大殿广场就座，典礼即将开始。钟鸣之声不绝，众人翘首以待，却始终不见掌门澄渊的身影。直到钟声敲响最后一下，绕梁不绝。这时候，一个人突然凭空出现在广场上方。

众人不由得惊呼，那人正是澄渊，只是身形扭曲怪异，脸部还有奇怪的凹陷。一阵风吹来，身体竟如一片轻飘飘的羽毛般，左右摇摆，最后落在地上，塌作一团。

周遭顿时大乱，这才反应过来澄渊已死，而且体内的骨头肉身全被掏空，徒留空空皮囊。待落到地上时，身体里的气体早已跑空，瘪了下去。脸部全都褶皱到一块儿，鼻子歪到一边，眼睛似乎随时会从那张皮上掉下来，情景与其说是恐怖，更多的却是恶心和诡异。

遭此大变，玉浊峰惊慌之余，立马加强了结界，不让任何人出去，然后开始搜捕捉拿凶手。

花千骨也被吓坏了，顿时想到了清虚道长死时的情景。

白子画看着尸身皱起眉头，玉浊峰并无神器守护，是怎样不共戴天的大仇，非要将澄渊活生生掏空？而能在这样严密的守卫下，在众仙的眼皮底下，来去自如地杀人，又是何人有这样的能耐？

白子画第一时间想到的是杀阡陌，但是以他的手段定然是大张旗鼓，不可能偷偷摸摸。再者，杀阡陌就连手下的尸体也是美而整洁的，不会是这般模样。望着那张尸皮，他心里隐隐有不祥的预感。

继任大典就如此恐怖地草草收场。仙界震惊，玉浊峰更是上下震怒，誓要抓住杀害新掌门的凶手。然而凶手没有留下只言片语，没有留下任何线索痕迹，连杀人动机都是未解之谜。

花千骨苦苦思索，始终觉得凶手应该是澄渊认识的人。因为他脸上除了被杀者通常会有的惊恐之外，更多的是不可思议，很显然他是怎么都没想过那个人会杀害自己。如果是仇家寻仇，或者不认识的人，死者脸上通常应该会是害怕、生气或者疑惑的神情，而不是惊讶。所以杀澄渊的，应该是他认识的，而且是他认为怎么都不会杀自己的人才对。

这样的话，玉浊峰本派弟子嫌疑最大，只有他们有可能避开结界和守卫，在众仙眼皮底下杀人而不被察觉。

花千骨忍不住偷偷留意了一下澄渊的几个师兄弟，对于澄渊掌门的死，他们其实并没有在外人面前表现出来的那么悲痛，背地里甚至还有些幸灾乐祸。特别是澄寂仙人，前一天晚上，澄渊责怪他的时候，花千骨就觉得他的眼神是带着一丝憎恶和不甘的。

澄渊仙人在澄字辈里年纪最小，却继任掌门一职，其他人不一定服气，他若一死，掌门还要再选。这样一来，杀人的动机也有了。

只是本派内钩心斗角实属平常，犯得上要杀人么？光靠眼神，还有死者的表情来推断，还是一张皮上的表情，没有任何实质性证据，也实在是太不靠谱了。

花千骨跟着白子画回到房内休息，一路上拼命告诉自己别想那么多。新掌门死在大典上，还是在众仙面前，这是玉浊峰的奇耻大辱，他们定会查出真凶，亲自为掌门报仇的。

不料这时，却传来一阵敲门声。

"尊上，韶白门门下大弟子卫昔有事求见。"

花千骨愣了愣，她以前听十一师兄说过。这个韶白门，处事低调，地处极西。门中全是女弟子，以圣洁和脱俗著称仙界。

不一会儿门开了，走进来一黄衣女子，果然惊艳非常。卫昔正要拜见，抬头看着白子画，却陡然失了魂魄。

早就听说五位上仙皆是风骨绝伦，长留上仙更是超凡到了极致。原来世上真有一种美，是几乎叫人不敢直视的。而白子画身旁的小女孩，一身绿裙清丽可人，圆滚滚的包子头更显神态娇憨。卫昔顿时想起来，这便是白子画的徒弟、茅山的小掌门花千骨了。

卫昔躬身敬拜，接着忙将事情娓娓道来。

原来上个月，韶白门掌门雁停沙也被发现惨死于房中，死法跟澄渊完全相同。不但心肺、内丹，就连骨肉都被掏空，只剩一张皮囊，却是完好无损。

韶白门一向遗世独立，故而出这么大的事也只是派内解决，未曾对外宣扬。如今新掌门还未上任，玉浊峰的大典便派她来参加，却没想到澄渊掌门又遇害，卫昔觉得应该是同一人所为。

白子画陷入沉思："此事你是否有告知澄寂他们？"

卫昔稍稍有些犹豫："没有。"

白子画知她在事情已经发生了几个时辰之后才来求见，必定是先在玉浊峰调查了一番，结果对一些人起了怀疑，辈分定还不低，担心凶手就是玉浊峰的人，而她作为外人不好插手别派事务，再者人微言轻，玉浊峰又是仙门大派，所以才来找他。

"尊上一向明察秋毫，仙界无人不服。如果是尊上的话，相信一定能查明真凶。"

白子画略作沉思："澄渊死在众目睽睽之下，玉浊峰颜面有失，我身为长留掌门不太好插手，你是让我随你回韶白门，从你师父那儿查起？"

"正是此意。"

花千骨一听到可以去韶白门，心头一阵雀跃，期待地看着白子画。

白子画沉默了片刻，微微颔首道："你先回去，我约三日之后到。"

如果只是澄渊的死，或是派中内斗，或是妖魔寻仇报复，以往并不是没发生过。可是接连两派掌门被害，手法又如此残忍，事情显然没那么简单。

第二天一早，白子画带着花千骨下山。

"师父，咱们是去韶白门么？"

"不是，正好到了玉浊峰，师父到山下探望一个朋友。"

花千骨一听顿时眼睛一亮，这些年她还是第一次听白子画以朋友这样的身份来称呼一个人，不由得万分好奇起来。

白子画下山的途中一直沉默，花千骨虽然心里好奇，却也不敢多问。

因为有仙家的庇佑，玉浊峰下的百姓倒都过得其乐融融，不用担心任何侵扰。远远望去，连绵的水田，袅袅炊烟，倚着青山绿水，犹如画卷。

师徒二人飞临于一偏僻小巷中，这才显露身形。

村中都是些错落有致的小木屋，花千骨跟着白子画走到其中再普通不过的一户门前，站住不动了。

门开着，里面陈设简单，花千骨忍不住探头往房间里看。就听白子画唤了一声：

"檀梵。"

听到糖宝在耳朵里惊讶地"啊"了一声，花千骨有些奇怪。半天才发现，白子画原来叫的是上面正在修葺屋顶的那个人。

这男子一身很普通的村民装扮，挽着衣袖，脸上微微有些污渍。听到白子画的声音却连头也不抬，自顾自继续在屋顶上敲敲打打。

白子画也便不说话了，气氛委实有些诡异。

正是正午时候，日头毒辣，明晃晃地焦烤大地，花千骨眯起眼睛，想要看清对方模样，却是怎么都看不清。

"小骨，你先进屋吧。"

"是，师父。"花千骨走进小木屋内，顿时吓了一跳，角落里，还有一个跟刚刚屋顶上一模一样的人正在捣药，依旧完全无视花千骨。

花千骨别扭地东张西望，屋内就一桌一椅一榻，还有一个超级大的药架，抽屉里装满了各种各样的药材。花千骨闻了闻，也都是非常普通的药材店就能买到的那些药，连株好点的人参都没有。

这时内间又走出了一个人，还是跟刚才一模一样的，手里抱了只赖皮的小黄狗，腿上明显刚包扎过。那人将狗放在门口，黄狗摇摇尾巴，一瘸一拐地走了。

难道是三胞胎？花千骨依旧没在对方身上发现任何仙法幻化的痕迹。

这时屋顶上那人下来了，走进屋内。抱小狗和捣药的那两人也都站了起来，跟在他身后，依次并入了他身体中，最终合为一人。

那人回到屋里埋头喝了一大碗水，然后重重地舒了口气，这才看着师徒二人道："走，请你们吃饭去。"说完，就径自出门了。

花千骨瞠目结舌，白子画却见怪不怪，表情淡然，跟着他走了出去。花千骨连忙小跑跟上，心里直犯嘀咕，看来是个仙术很了得的人啊。

"糖宝，那人到底是谁呀？"花千骨小声询问。

"笨蛋骨头！他是檀梵上仙啊！"

"啊？"

花千骨傻眼了。

三人坐在村里一个破烂的小饭馆里面。

白子画看着桌上一盘炒白菜，一碗豆腐汤，表情微微有些僵硬，而檀梵捧着海碗的米饭吃得正香。

"吃啊，怎么不吃？"檀梵倒是一副热情好客的模样。

花千骨知道师父只一眼，已将此两道菜的生产过程看得清楚通透无比。白菜地里浇的粪，切豆腐的人脏兮兮的手，炒菜的人大声说话溅出的唾沫星子，再加上满是油垢的桌面，筷子上还沾了没洗净的葱花。这让她有洁癖又本来就不怎么爱吃东西的师父怎么吃得下嘛！

花千骨看着白子画铁青的脸，憋笑憋到内伤。而自己的肚子不争气地咕咕叫了两声，便也不客气地拿起筷子吃了起来，没想到味道竟出奇地好。

檀梵笑道："还是你这小徒儿有眼光有口福。"

花千骨还是看不太清他的相貌，每次看清了却又记不住。知是他常年隐于人世生活，为了方便起见施的幻法。

"一眨眼三百年了，你来找我做什么？不可能只是路过来看看我吧！"檀梵连吃三碗米饭，打了个饱嗝，随手用衣袖抹了抹嘴。

若不是糖宝告诉她，花千骨怎么都没办法想象他不但是仙，还是跟师父同位五仙之列的上仙。他与另外一位上仙从未出席过群仙宴，故而花千骨不认识，也没听白子画提过。更因为紫薰姐姐的缘故，花千骨也不敢问。只是这檀梵上仙为何不在仙界待着，却要隐匿在这凡尘中？

"玉浊峰上的事，你应该已经知道。"

檀梵无谓地耸耸肩，叫小二又上了一壶酒，给自己和白子画还有花千骨都斟上，然后举起了杯。

白子画见那酒倒是清冽，酿制过程没太大可挑剔的地方，便也勉强端起了酒盏。

旁边的花千骨看到是跟家乡差不多的甜米酒，口水早就流下来了，猛地一大口下去，虽然酒香温暾毫不辛辣，却也被呛得直咳嗽。

檀梵忍不住哈哈大笑起来，笑声爽朗，顿时让花千骨感觉亲近了不少，没那么拘谨了。却没想到他突然脸色又一变，对白子画道："别人的事，与我何干？你回去吧，我不想看见你。"说完身形一隐，就消失了踪迹。花千骨再次瞠目结舌。

白子画微微叹气，也消失不见。剩下花千骨一个，呆呆地坐在那里。

"这又是什么情况啊？"

花千骨连忙摇啊摇，把糖宝从耳朵里摇出来。

"糖宝，你怎么又睡着了？"

"不知道啊，人家好困哦。"糖宝连连打哈欠。

花千骨拎着它，一抖，再抖，使劲抖。

"清醒一点了没？"

"早饭都要吐出来啦！"糖宝有气无力地趴在她手心里。

"糖宝，那个檀梵上仙到底是什么人啊？脾气好生古怪！"

糖宝嘿嘿笑了两声："哪里是脾气古怪，只是跟尊上有仇怨罢了。"

花千骨惊讶地瞪大眼睛。

"骨头，你知道仙界一共有五位上仙吧？"

"嗯，但是我只见过三位。我师父、东华上仙，还有紫薰姐姐。"

"另外就是檀梵上仙和无垢上仙了。传说檀梵上仙五识能通天，坐可观六界，破望和勘心的能力都已登峰造极，就是千里眼、顺风耳都比不上。他以前在天界掌管天条大典，辨善恶忠奸，司三界刑罚，声威盛极一时。"

"哇，这么厉害啊！"

"嗯，檀梵上仙虽掌管律法，却并不严苛，为人风流爽朗，情理法之间的度量总是能让人心服口服。五仙以前其实关系还不错，只是檀梵上仙喜欢紫薰上仙，紫薰上仙又只喜欢尊上。后来紫薰上仙为尊上堕仙成魔，檀梵上仙就一直把尊上当仇人了。"

花千骨惊诧无语，原来是纠结又狗血的三角恋啊！

"紫薰姐姐当年到底是因为师父做了什么才堕仙的啊？"

"不知道，要不然你去问问尊上？"

花千骨连连摆手。

"当时天界下令严惩不贷，檀梵上仙哪里肯，私放了紫薰上仙，然后甩手离开仙界，在这凡尘一待就是三百年。"

花千骨皱起眉头，所以紫薰姐姐那样悲悯地看着她，劝她不要落得跟她同样的下场。

白子画找到檀梵的时候，他正静静地坐在湖边，背影萧瑟又落寞。白子画记得他以前最是厌恶人世肮脏、人性险恶，却没想到一眨眼在人间过了这么多年。

"你变了很多。"

檀梵苦笑一声："变，是好事。其实你也变了，只是自己未察觉而已。"

"还在怪我？"

"我怪你做什么，你什么都没做错，你只是什么都没做而已。"

白子画心中苦笑，的确，檀梵怎会不知他来？若是真还生他气，早就避开不见了。

檀梵转头看着他："子画，你从来对自己都不懂得慈悲，我怎么能奢求你对爱你的人慈悲？不过你一向铁石心肠，没想到竟收了这么一个徒儿。真不知道是夸你会找乐子，还是会找罪受。"

白子画微微皱眉："那你隐姓埋名几百年，又是如何？"

"我喜欢人世的生活，这三百年，我去过许多地方。可比你每天待在长留山那个空荡荡冷冰冰的绝情殿里要强。"

"我来，是为了玉浊峰的事。韶白门的掌门也死了。"

"不干我的事，反正我什么都不知道！你对人家门派的事，倒是热心得很，自己的事，却从不操心，身边的人，也从不关心。如今你依然是光风霁月的长留上仙，你可知紫薰过的又是什么日子、受的什么罪过？你可以不看不听不想不问，可是我，连这样都做不到。"

"檀梵，你执念太深。"

檀梵眼露嘲笑："你摒弃七情六欲，抛却所有执妄，难道就不是另一种执着么？"

白子画只能望着他久久沉默。

花千骨有些忐忑不安地坐在小木屋内，见白子画和檀梵终于回来。

"走吧，小骨。"

花千骨再次傻眼："啊？这就走了啊，师父？"

檀梵却突然开口问："你们要去韶白门？"

"是。"

"你等一等。"说着径直走入内间，手里掂了个瓷瓶出来，扔给了白子画。

"路过莲城的时候帮我带点药给无垢。"

白子画点点头，带着花千骨告辞离开，往村外走去。

花千骨一直都是满头雾水："师父，檀梵上仙告诉你杀害澄渊掌门凶手的线索么？"

"没有。"

"那咱们是不是白来一趟？"

白子画却摇了摇头："檀梵说他不知，既然连他都没有察觉，那就意味着在玉浊峰杀人的不是妖魔，而是仙，至少帮我们缩小了范围。"

他太了解檀梵，就算他心结未解，故意有所隐瞒，想让他多费点力气去查，但也绝不会误导他。

"那师父，我们现在是要先去莲城，然后去韶白门么？"

白子画点头。花千骨没想到刚见过檀梵上仙，那么快就又能见到无垢上仙，心中有小小兴奋。

就在这时，远处匆匆来了一人。白子画停住了脚步，花千骨难以置信地瞪大眼睛，惊喜地跑到对方面前。

"东方！怎么是你？"

"爹爹！"糖宝惊喜地大叫出声，想起白子画在旁边，又连忙捂住嘴。

来人正是东方彧卿。虽然二人时有书信往来，偶而还会凭异术在梦中小聚，但东方彧卿不太喜欢仙界之人，这还是他第一次当着白子画的面来找她。

东方彧卿微微一笑："还好赶上了。尊上，我有些要紧事要跟骨头说，能否行个方便？"

白子画看他当日在太白山上的镇定全失，不由得疑惑，微微点头，隐去了身形。

东方彧卿从袖里取出一支笔，在墙上画了一道门，伸手竟然推开，拉着花千骨就走了进去。糖宝兴奋地跳到了东方彧卿的身上撒娇，东方爱怜地亲了亲它。

花千骨早已习惯东方这许多奇奇怪怪的名堂，也不惊讶，但觉得他神情异样，掌心里都是冷汗，不由得奇怪。

"东方，怎么了？"

东方彧卿仍是笑容满面，但目光中却显现出前所未有的焦躁。他将花千骨拉入怀中紧紧抱住，摸了摸她的头："我不知道，骨头，我这次是真的不知道。"

"啊？"花千骨感到莫名其妙。

"我知道现在劝你跟你师父回长留，不要掺和到玉浊峰这件事里面来，你不肯，你师父也定然不肯。总之，以后行事要格外小心，最好寸步都不要离开白子画。"

"你是说我们会遇上危险么？"

东方彧卿摇了摇头："只是突然有不祥的预感，但事情似乎已经超出我能力之外了，我没办法告诉你更多。"

花千骨似懂非懂地点头："谢谢你大老远来提醒我，在师父身边我不会有事啦，你放心！"

"希望如此。"

东方彧卿几乎无法抑制陡然涌起的要失去她的恐慌。只是千算万算都不明白，事情是从哪儿开始失控的。澄渊他们的死对于他而言一切再清楚不过，然而笼罩在这一切之上的阴影，却是连他都捉摸不透。

二

花千骨和糖宝依依不舍地跟东方彧卿告别，师徒二人一路西行，天气越发炎热起来。尽管真气时刻萦绕周身，也解不了花千骨的暑，她依然觉得酷热难当，整个人无精打采的，真想时刻靠在师父身上。师父就是块万年寒冰，在烈日下飞那么久，额头上也无半滴汗水。

估计是被糖宝传染，花千骨也变得有些嗜睡。在云里迷迷糊糊不知睡了多久，听到白子画轻唤："小骨，我们到莲城了。"

花千骨睁开眼，俯视着无边沙漠中矗立着的那座海市蜃楼一般金光闪闪的城市，半天都合不拢嘴。

莲城处在沙漠中央的一块绿洲中，碧绿的湖水环绕，城体周身全是用金砖砌成，形如一朵盛开的巨大莲花，是真正的金碧辉煌！墙身上布满美丽的雕花和符文，可抵御一切风沙和妖魔的侵袭。城中建筑风格华丽繁复，到处镶嵌着宝石、玛瑙、夜明珠。无数的绿色空中花园，盘旋而下的清流、喷涌的泉水、各色珍奇的花朵，又让整座城市显得生机盎然。

"莲城是天下最富饶的城市，无垢是这儿的城主。"

白子画和花千骨被人引入城中，告知无垢上仙闭关多时，已经差人去禀报，需稍等片刻。

恢宏的大殿依旧奢华异常，跟长留山完全是不一样的风格。殿中央是一个巨大的莲花池，花千骨忍不住趴在池边逗里面的小鱼儿。糖宝也开心地在莲叶上爬来爬去。

突然听到一阵脚步声，花千骨抬起头来。只见一个身姿模样皆超凡入圣的男子正站在自己面前。花千骨立马就知道，这便是无垢上仙了。

他就那样低眉俯视着自己，眼中冷冷的，什么也没有。

是真的什么也没有。虽然师父也总是冷冰冰的，但眼中却装了太多东西，对长留的责任，对天下的大爱。但无垢上仙眼中，就真是什么也没有，或许这才叫"目空一切"？

他衣饰华丽却并不张扬，周身始终笼罩着淡淡金光，高贵圣洁，仿佛半点不惹世间尘埃。他跟白子画有些像，却又很不像。

花千骨好半天才回过神来，连忙行礼拜见。

无垢的脾气显然比檀梵要正常多了。

"你就是花千骨？"

"是。"

无垢微微点头，看向白子画："好久不见，你终于收徒了。"

"嗯，此番也是带她下山游历。我刚见了檀梵，他让我顺路带点东西给你。"

无垢接过白子画递来的瓷瓶，打开来倒在掌心，见是一粒鲜红的丹药，不由得抿嘴一笑："倒是有心。他这些年过得怎样，又跟你耍小孩子脾气了吧？"

"变了很多，五仙中估计也只有你，还是跟以前一模一样，不问世事，一心清修。"

"虽不问世事，我也知道这些年为了抢夺神器，六界一团混乱，真够你收拾的。既然是出来游历，就留下来小住几日吧。"

"不了，还有其他事要处理，就此别过。"

无垢也不挽留，二人淡淡寒暄，淡淡道别。花千骨虽然很想在莲城里玩一玩，也只好乖乖跟着白子画离开。她心中细细一想，痴痴情深的紫薰姐姐，温文尔雅的东华上仙，脾气古怪的檀梵上仙，还有淡漠高贵的无垢上仙，再加上总是心忧天下的师父，五仙的性格还真是大不相同啊。

接着二人去往韶白门，卫昔已经在门中等着他们了。得知玉浊峰的掌门也同样遇害，弟子们都相当震惊。而知道长留上仙要来，又是各怀希冀与好奇。

花千骨跟着白子画飞临之时，三百多名女弟子在广场恭候，穿着各色的衣裙，一个比一个好看，花千骨被迷得眼花缭乱。

虽同处沙漠，韶白门相比莲城更加隐秘，会时时随龙卷风游移迁徙，外人连位置都很难找到，何况是潜入派中杀人。

可弟子给雁停沙送饭菜入房时，她还好好的，去收拾碗筷时，她就被人杀害，只剩空空皮囊。所以之前被认定是派中弟子行凶，互相怀疑，却一直查不到线索和证据，掌门接任之事也一直搁置，却没想到玉浊峰也出了事。

饭菜？花千骨觉得有些奇怪，但是又说不上来到底是什么。

"家师跟澄渊掌门是否相识？"白子画询问道。

卫昔摇头，她一回来就立马做了这方面的调查，可是雁停沙和澄渊之间的联系实在太少。

"也就在群仙宴上见过几次。"

白子画跟花千骨暂时在韶白门住下。白子画有心历练花千骨，交代她想办法查出真凶是谁，自己则只从旁点拨。于是一下子，花千骨就忙开了。

雁停沙的房间，还有尸体都保存完整，但花千骨依旧没有找到任何线索。她以往见到的都是弱肉强食，还从未遇见过这种需要靠调查才能得出真相的事。而案件的难点在于，凶手杀了这两派掌门的动机一直不能明确，因此好几天过去，花千骨也逐一询问完相关弟子，却并未取得任何进展。

就在这时，卫昔送来了云隐的一封信。原来澄渊的死讯在仙界传开之后，云隐意识到半年以前，茅山派的一个长老也被以同样的手段杀害，但一直被认为是妖魔报复，吞噬了心肺。如今想来，应该也是同一人所为。他知道白子画和花千骨在调查此事后，连忙辗转将信送到了韶白门。

花千骨恍然大悟，她一直将雁停沙和澄渊视作跟凶手对立的一体，但或许他们之间本来就没有太大的联系，只是同为凶手杀的诸多人当中的两个罢了。而照这样看来，他杀的可能还不仅仅是这三人。

花千骨托落十一、云隐还有糖宝帮忙细查。果然又发现了好几起，一年以前，王屋山的松厉掌门久未出关，也是遭受如此杀害，还有祥雨罗汉、天将隐拿等人。

花千骨这才惊觉这凶手到底有多可怕，光是已确定被他杀害的，就有十余人，且都是在仙界有些名头的。

为什么要杀这些人？看来凶手因为私仇而报复的可能性不大。

无差别杀人？难道凶手是个疯子么？那他又是怎么随机地挑选出这些受害者的呢？

花千骨想破了脑袋，突然觉得被师父半夜扔到什么坟坡去杀杀鬼怪，也比这个容易多了。

白子画道："接连那么多人被杀，且都名头不小，你有没有想过，为什么直到澄渊死后，这些事才被逐一揭开？"

花千骨浑身一震，的确，死者那么多，却一直没有人知道。就算有人在追查真凶，也都是在暗自进行。若不是发生了澄渊的事，大家还在藏着掖着，为什么要捂？除非其中还有不可告人的秘密。

花千骨往受害者的方向继续查下去，这才发现，被杀之人，几乎都做过背德不义之事。

闭关被杀的松厉掌门，尸首被发现时，身边还躺了几个被凌虐致死的少女，说是闭关，其实是酒池肉林。而雁停沙对弟子一向严厉，严令禁止有七情六欲，失去贞操的弟子都会按门规处死，可是自己却同时与许多男子有染。而澄渊则是为了当上玉浊峰掌门，暗中杀害了自己的师父。

越往下查，事情牵涉得越广。而那些事一旦暴露，本派定是颜面尽失。所以许多门派就算之前有所疑虑，查到这些事之后，也都不好再往下查，更不敢对外声张。

兹事体大，白子画需要去面见帝君，先行离开了韶白门。而花千骨决定以雁停沙的死作为突破点，继续留在韶白门深入调查。毕竟这里不论是杀人现场还是尸身都保存得最为完整，别派人也最难混入。

却把糖宝急个半死："骨头，爹爹不是让你不要离开尊上身边么？"

"没关系的，这里有那么多漂亮姐姐保护我，不用担心。"

韶白门的弟子都很喜欢花千骨，经常不是送她漂亮衣裳，就是抢着给她扎辫子还有涂脂抹粉，俨然把她当成了玩偶娃娃。

花千骨只将雁停沙的事告诉了卫昔一个人。卫昔得知师父死因为何时，脸色惨白。

"千骨，姐姐有个不情之请，希望你不要将事实真相告知其他弟子，否则本派一定大乱。"

花千骨点头，她知道雁停沙对弟子而言，是神一样的存在，而这种形象一旦崩塌，的确会造成极大影响。只是她一直想不明白的是，凶手做这一切的动机难道只是为了惩恶扬善？好像哪里又不太对。

深夜，花千骨守在卫昔门前不远处，将自己完全隐匿在黑暗中。一直等到几乎快要睡着了，这才见卫昔推门而出，偷偷离开了韶白门。

花千骨咧嘴一笑，立马跟上。

她原本怀疑过澄渊的师兄澄寂，但雁停沙死的时候他人在玉浊峰，许多人可以做证。而澄渊死的时候，卫昔却那么巧也正好代替韶白门出席大典。前两年一直到雁停沙被害，卫昔也一直都在外游历，没有人可以做不在场证明。并且花千骨查到，卫昔之所以一直离开韶白门在外，是因为雁停沙杀了她爱的人。

卫昔是雁停沙最疼爱的弟子，不许她因为感情背叛师门，所以杀了卫昔的恋人。卫昔无法违抗师命，只好眼睁睁看着爱人死去。但是可以想象，一旦她无意中知道雁停沙其实自己与那么多男人纠缠不清，又该受何种打击。

这样的话，就比较说得通了。只是，如果真是这样，她又为何要杀澄渊他们，又是怎么办到的呢？

花千骨跟踪卫昔离开韶白门，行到戈壁上一座孤坟前面。却见卫昔跪在坟前失声痛哭，凄切至极。

"卫昔姐姐。"花千骨心头难过，慢慢走了出来。

卫昔吃惊地看着她，连忙擦掉眼泪。

"千骨……"

"是你师父杀了他，对么？"

"是，但你相信我，我没有杀我师父。"

"我知道。"花千骨点点头，见卫昔如今这番模样，就晓得她也是刚刚知道一切，心痛爱人死得荒唐不值。

"你不要恨你师父。她也是被感情伤过，所以放浪形骸。但她应该是想保护你们的，所以才不让你们接近任何男人。可能她心底也是一直痛苦又矛盾的吧。"花千骨尝试着安慰卫昔。

卫昔点点头，擦干眼泪："总之师父抚养我长大，要不是她我早就死了。杀害她的人，我绝对不会放过！"

线索再次断了，花千骨心情低落。回到住处，见糖宝又在睡，不由得笑着摇头。

"糖宝！大懒虫！"

花千骨戳着糖宝肥肥的肚子，戳戳戳，继续戳。糖宝被戳得打了个滚，依然一动不动。花千骨顿时发现不对。

"糖宝！糖宝！"

可是不论她怎么喊，怎么叫，怎么抖来抖去，糖宝仿佛陷入昏迷了一般，始终没有醒来。

花千骨几乎一口气提不上来，努力平复心情，仔细检查，可是糖宝身上没有任何伤，体温、呼吸一切都很正常，似乎只是睡着了。

"糖宝，你别吓娘亲。"

花千骨的手都有些抖了，拼命给糖宝输入内力，可是糖宝依旧没有半点反应。

花千骨完全慌了神，连忙带着糖宝离开韶白门去找白子画。

白子画刚下九重天，就见一个绿色的小球猛地冲进他怀里。

"师父！糖宝快死了！"花千骨几乎要哭出来，小手颤巍巍地捧着糖宝举到他面前。

白子画伸手探了探，有些啼笑皆非。

"糖宝没事，只是大劫将至，所以陷入了昏睡，它正在蓄积能量，以求顺利渡劫。"

"大劫将至？"

白子画点点头："修仙者总是要经历天劫、地劫、死劫、往生劫、无相劫等各种劫数，才能修成正果，妖也一样，灵虫算是妖的一种。只是因修炼的法门进展各有不同，要历的劫也不同。"

"师父是说，糖宝经历过这次劫数，就可以变得更厉害了么？"

"对灵虫来说，历此劫即可脱胎换骨。等糖宝醒时，估计就长出翅膀来了。"

花千骨震惊了，好半天才反应过来，开心得几乎要蹦起来："长出翅膀！我家糖宝要变成蝴蝶了！"

白子画微微扬起嘴角："原本糖宝渡此劫应该找个隐秘之地，不被打扰，但估计不想离开你太久。"

"师父，此劫很危险么？"

白子画摇头："但你也需好生照料它，助它安全渡过这关。"

"嗯，嗯。"花千骨欢天喜地地捧着糖宝死劲亲了几口。

"师父，咱们直接去茅山吧，我已让云隐帮忙整理此案的卷宗，凶手不是卫昔，另有他人。"

白子画点点头，师徒二人直向茅山飞去。花千骨一落地，立马找了一个精巧的檀木盒子，铺上软布，将糖宝好生安置。看着晶莹剔透安睡的它，心头几多欢喜感动。

云隐将整理好的与各案有关的详细卷宗全部搬到她房内，忍不住摸摸她的包子头。

"怎么还是一点个子都没长啊！资料都在这儿了，需要帮忙么？"

花千骨看着云隐笑眯眯道："暂时不用，师父带我出来游历，希望我不光要长本事，还要长脑子。我先看看吧，等遇到想不通的再找你帮忙。"

"好，那想不想吃……"

"莲藕清粥。"花千骨接口道。

二人相视而笑。

花千骨仔细地研究每一个被害者的背景、仇敌、死时的情况，查看每一份旁人的证供，如山的信息堆积脑海，乱成一团，但是始终找不到关键的、可以将所有人联系起来的线索。

而凶手的动机也十分匪夷所思，表面上看去，是在替仙界铲除败类，有点替天行道的意思。但如果真是那样，为何又要让这些人悄无声息地死掉？

哪怕是当着全部宾客的面扔下了澄渊的尸体，凶手也没有将他的恶行公之于众。花千骨设身处地去想，如果是自己很偏激地想要行侠仗义，那定然会大张旗鼓，让这些人颜面尽失。否则，也起不到敲山震虎、教化世人的作用。所以，她还是认为，凶手其实是在为了私仇而泄愤。而只要是私仇，这些人之间，就一定有共同的联系。可是会是什么样的私仇，居然牵扯到这么多人！几乎覆盖了整个仙界的各门各派。

花千骨觉得她只要能想通这点，就能明白对方的杀人动机，那么查出凶手是谁也就更进一步了。

但她把自己关在房间里几日几夜，依旧没有任何头绪。死者除了都是仙界德高望重之人外，几乎就再没有其他共同点，而且大都彼此并不熟识，有些甚至没有见过。

从现实中没办法找到交集，就只能从他们犯下的错里面找。

花千骨将他们各自被凶手认定的罪无可恕的死因一条条罗列出来，试图找出其中的规律。终于，她眼前一亮，兴奋地跑去找云隐。

"云隐，我发现了一个关键点，就是从同样被杀害的霓漫天的师兄这里。在他之前，被害者的罪行是慢慢减小的。到他这里，一生几乎没有做过什么十恶不赦的事，不过是酒醉闹事打伤了人而已，事后也赔礼道歉了，但凶手还是杀了他。"

"你的意思是说？"

"可见凶手杀人不光是判定罪行，还有另外一个依据。但他的标准一直在降低，也就是说符合他杀人条件的恶人，已经剩下越来越少了，这人罪行不大，甚至只是门派中的普通弟子。但是从这个人之后，他又开始杀了咱们茅山派的长老、澄渊掌门、雁停沙等罪比较重的人，这说明他在找不到符合他杀戮条件的人的时候，愤怒依然没有消除，便调整了另外一条判定线，又重新开始杀罪孽深重的人，并在这个过程中，逐渐有了替天行道的意识，所以澄渊掌门是死在众目睽睽之下的。我觉得他要是再杀下一个，可能会将杀人原因公之于众，让对方身败名裂。"

云隐赞许地点点头："但是光知道这个还是没有什么用。他为什么要杀这些人的关键因素，还是不得而知。"

"但是我们知道了他杀人的心理过程，这样的话，范围就缩小了，只需要在蓬莱弟子之前的案件中，去寻找他的另一条杀人基线，就是那些死者的共同点，而且这种共同点是一定存在的。"

"明白了，而这个共同点在他之后的这些人里却不一定有，所以这才导致我们一直找不出他们之间的联系。"

花千骨兴奋地点头："对，就是这样！"

"那咱们再一起好好翻查一次前面这些人的卷宗！"

于是二人扔掉了后面一半卷宗，专心看前面的，这些被杀者的私密、爱好等尽量一处都不放过，寻找着那个关键性的突破点。

白子画对花千骨倒是并不担心，也不多加过问，只是在她试图得到一些有难度的信息的时候帮她一把。

经过几天的沉睡，糖宝身上慢慢开始有了结丝的迹象，像一个蚕宝宝。花千骨时刻不敢掉以轻心，把它装在盒子里贴身携带。

云隐还要处理茅山派内事务，闲时过来帮忙。花千骨则将自己关在房内，闭门不出又是好几个昼夜。

这日弟子回报说中午送去的饭菜，花千骨依旧一口没动，云隐只好亲自下厨煮了粥给花千骨送去。

"千骨，你已经好几天没吃饭了，都不饿么？吃点东西再想吧。"

花千骨愣了一愣，顿时一副恍然大悟的表情，惊喜地大叫一声："我知道了！"

"什么？"云隐愣在那里。

"我知道这些死者的共同点是什么了。"花千骨激动地走来走去，"吃！他们都喜欢吃兔子肉！"

得道之人许多都已经不食五谷，戒了荤腥。但各派门规不同，像长留就并不禁止。所以花千骨幸运地能自己下厨，饱尝天下美味。但修仙之人讲究清心寡欲，当然还是不吃最好，偏偏被杀的所有人都是吃的。蓬莱弟子之前被杀的那些人，更是对兔肉情有独钟。之后被杀的人虽不知道吃没吃过兔肉，但都食荤腥。另外，花千骨记得雁停沙被杀时，桌上的菜里就有道兔肉。而一直找不到有过什么恶行却被杀害的隐拿天将，则是因为在一次狩猎中，一口气射了百余只兔子。

难道对方是个非常喜欢兔子的人？但以凶手的能力，不论仇敌到底是谁，大仇也应该早就报了，只是愤怒未消，还在杀人泄愤，然后不知不觉，就将自己放到了一个审判者的位置。

花千骨将这个发现告诉了白子画，白子画微微点头。

"算是有点眉目了。再查查跟兔子有关的案件吧，不一定是要跟这些人同样死法的。如果是第一次报仇，凶手不可能像现在这样理智，杀人的手法应该更残忍、更简单粗暴。"

花千骨重重点头。

第二天深夜，白子画刚脱下长袍，就见花千骨兴高采烈地推门而入，只好再度披上。

"怎么了，小骨？"

花千骨满腔的话顿时堵在嗓子眼儿里，看着师父眼睛都直了，口水哗哗地流。

"师父！果然，你说对了！看这个，两年前，齐云山十余名弟子被人一片片剔掉身上的肉拿去喂狗，他们被以仙法续命，就这样看着自己一点点被野狗吃掉，直到最后才死。齐云山到处都找不到凶手，而据他们的小师弟说，听到其中一个死者生前吹嘘过，他们下山捉鬼除妖时，好像杀了一个兔子精，分食了兔子肉。不过齐云山掌门不认为哪个妖魔有这个胆量和本事跑来为一只兔子报仇，就没往这个方向细查。我打听了一下，当时被杀的那个兔子精是个很漂亮的妖怪，名字叫作云牙。"

白子画眼中露出满意的神色，嘴角微微上扬："就是这个了。"

三

糖宝此时已经完全将自己包裹在了丝茧里，花千骨万分期待它破茧而出变成一只小蝴蝶的样子。

云牙作为一个妖怪，还是个漂亮的妖怪，要查到与她相熟到为她报仇的仙应该并不困难。花千骨传信给杀阡陌请他帮忙调查，很快得知云牙有个好友名叫媚儿，也是个兔子精，住在终南山的紫竹林。

白子画与花千骨准备动身前去之时，满头白发的霰雪仙神色匆匆上了茅山，径直跪倒在白子画面前。

"尊上救我！"

白子画见他整个右臂犹如被抽空了一样，只剩一条皮挂在身上，不由得皱起眉头。

霰雪仙已有三千多岁，原是委羽派掌门，后退位做了游仙，本是道心坚定之人，但多年来游历红尘，渐渐迷失堕落，开始杀人饮血，修炼一些邪术道法，被盯上也不奇怪。但是凶手估计小觑了他三千年的道行，何况澄渊的事发生之后，之前的案子也被渐渐揭开，这些心中有鬼的仙人早就有所提防，所以一个不小心，竟被他从凶手底逃出。霰雪仙走投无路，又不敢大肆张扬，却知凶手定然不肯善罢甘休，只好来向白子画求救。

花千骨知道这正是抓住凶手的大好机会。

"师父，你随霰雪仙回委羽山来个瓮中捉鳖吧，我去紫竹林找到媚儿之后，就来跟你会合。"

白子画可不认为凶手会束手就擒，心中微微觉得不妥，但花千骨早就有了独当一面的能力，也没什么不放心的，于是交代了几句，师徒二人便分道而行。

花千骨到了终南山紫竹林，好不容易才找到媚儿的下落，她躲在极深极阴暗的洞穴中，一见花千骨便拼命地跑。俗话说狡兔三窟，花千骨实在是抓不着她，她也不听花千骨解释，花千骨只好也变作兔子，追了她一整天，才好不容易画地为牢困住她。

"媚儿，你不要怕！我叫花千骨，是长留山的弟子。我不是要害你，只是想跟你打听点事！"

媚儿幻化成人身，在结界里左冲右撞，吓得瑟瑟发抖。

"我不知道！我不知道！我什么都不知道！"

花千骨耐心地安慰她："是关于你好朋友云牙的事，这很重要，你可以坐下来跟我谈谈么？我保证不会伤害你。"

媚儿愤怒的眼神看着花千骨，龇牙扑到结界壁上："你们仙界的人都是坏人！连畜生都不如！云牙就是被你们害死的！"

花千骨心里不由得难过："我知道，可是仙人大多数都是好的啊。我知道你朋友死得很冤，她也没有做错什么。但杀她的那些人都已经死了，我只想跟你打听一下，她有没有关系很好的仙界的朋友，有可能会替她报仇的？"

媚儿顿时呆住了："他帮云牙报仇了么？不可能！怎么可能？"

花千骨一听真有这么个人，顿时眼睛一亮。

"他不但帮云牙报了仇，还接连杀了很多人。现在，他已经失控了，没有人能阻止他。你能告诉我他是谁么？"

可是媚儿已经完全处于混乱状态："他怎么可能为了云牙去杀人呢？云牙那么爱他，可是他从来都不理云牙啊，他甚至想要杀了云牙。云牙好伤心，云牙一直努力修炼，想要变得更漂亮一点，她以为她再漂亮一点，他就会注意到她，多看她一眼了。却没想到那张脸却给她带来了祸害。她被那十几个什么仙门大派的弟子凌辱致死，他们还吃了她的肉。云牙、云牙，我可怜的云牙！"

花千骨心头一阵难受，去掉结界，靠近媚儿，擦掉她的眼泪："别难过，至少那些人已经得到报应了。但云牙爱的那个人，他到底是谁？"

"他是……"媚儿的眼睛慢慢聚焦，难以置信地看着花千骨的身后。

就在她要说出那个人的名字的时候，一阵光波袭来，打在她身上，媚儿转眼间化作了一缕烟尘。

"是我。"身后一个陌生又熟悉的声音说道。

花千骨顿时头皮发麻，她僵硬地转过身去，看着眼前那个超凡脱俗的身影。

——无垢上仙。

"怎么会是你？"花千骨简直不能相信自己的眼睛。

"为什么不能是我？"无垢冰冷地笑。

"你杀了那么多人，都是为了替云牙报仇？"

"那些仙界的败类，满口假仁假义，其实不过是金玉其外，败絮其中，心地还比不上一个妖魔。既然如此，我就让他们变成真的皮囊好了。"

"可是你又为什么要杀媚儿？她是云牙的朋友啊，她并没有做错什么！"

无垢面色铁青："当时她们二人就在一块儿，云牙是为了救她才惨死的。她跑得倒是挺快，我留她一条小命受尽折磨和惊恐到现在，也到时候了。"

花千骨顿时哑然。

"你爱云牙，对么？"

"爱？"无垢嗤之以鼻，"她是我许多年前路过紫竹林时，随手捡的一只快死的兔子，受了我的法力恩泽，才有了几分灵气，后又修炼成精。我见她那样白，便取了个名字叫云牙。打狗也要看主人，那些人竟然敢在凌辱完她之后还吃了她，自寻死路！"

花千骨不解："可是媚儿说她深爱你，你却曾想要杀了她。"

无垢久久沉默，眉间一缕嘲讽看着花千骨："她是我的婆娑劫。你要我如何，难道不躲着她，还要跟她长相厮守么？"

花千骨彻底呆住了，有些劫数是每个修道者都要经历的，例如天地劫、生死劫。但是婆娑劫，却不是所有人都会遇到。而一旦遇上，几乎是避无可避，难以摆脱，始终厄运缠身，每况愈下，最后通常都难逃疯癫成魔、身败名裂的下场。

婆娑劫不是死劫，却是痛苦之劫、毁灭之劫。确切来说，婆娑劫指的不是一个劫，而是一个人。而对无垢来说，这个人十分不幸，正好是深爱着他的云牙。

得知此事之后，无垢虽念着多年喂养之情，没有下手杀她，却也毫不客气地扔了她。云牙却并不懂那么多，心心念念想着主人，还为了无垢修炼成精。

花千骨忍不住为云牙难过："你是因为自己没有保护好她而内疚自责么？那也不用杀那么多人！"

"自责？是她不自量力，活该找死。我是经她一事，才知众仙中，竟有如此多狼心狗肺、禽兽不如的东西。"

花千骨看着他空无一物的漆黑双眼，顿时头皮一阵发麻，心中有不祥的预感。

"所以你杀了那么多人还不够，又要杀霓雪仙？"

无垢冷笑："霓雪仙？你以为我若真想要他的命，他有可能从我手底下逃脱，去向你师父求救么？"

一阵寒意从花千骨脚底涌向心底。

"你是故意把师父从我身边调开？"

"你说呢？"

花千骨脸色惨白："你下一个真正要杀的人，其实是我，对么？"

"子画的徒弟，果然还不算笨，我也没想到，你们会这么快就查到媚儿身上。有什么遗言留给你师父的，说吧，我会替你转达。"

无垢一步步走近花千骨。

花千骨一面将袖中装糖宝的盒子扔了出去，一面连连后退，满脸难以置信："可是为什么？我……我承认我以前吃过兔子肉，可是我从来没做过伤天害理之事啊。"

无垢一手捏住了花千骨的脖子："可是你做出了背德乱伦之事，花千骨，你爱上了你自己的师父！"

无垢冰冷地吐出对花千骨的判决，右手用力收紧，花千骨脑袋像被谁狠狠敲了一闷棍，身体中所有的气血、真气和力量全都被抽着向外奔流而去。伴随着剧烈的疼痛，身上的肌肤，上下鼓动着，她能感觉到自己正一点点地干瘪下去。

她知道不多时，自己也将只剩下空空的一具尸囊。

可是为什么？她不过是爱上了师父而已，难道就真的大错特错、天理不容了么？

不！

没错！她明明没有错！

花千骨突然浑身银光大震，将无垢弹开了去。无垢惊疑不定地看着她，见她双瞳瞬间变成了紫色，但又恢复如常，心下微微惊异。

"不要再徒劳挣扎了，剩下的时间，你应该好好静思己过。"

无垢不再靠近，而是举起了手，掌心汹涌澎湃的力量化作强光向她袭来。

花千骨面无血色，瘫倒在地，实力悬殊，她知道这次自己无论如何再难逃一死，只能像媚儿一样在他手下化作轻烟。

可是好想见师父，想见他最后一面……但师父若知道了无垢上仙是因为何罪而杀她，又该是怎样一种心情呢？那一刹那，花千骨认命地闭上了眼睛。可是正在渡劫的糖宝，却感应到了她的危险。檀木盒从地上腾空而起，挡在了她的面前。

"不要！糖宝！"花千骨连忙伸出手去。

盛光之下，眼睁睁看着檀木盒子碎成一片一片，然后是包裹糖宝的茧，一点点出现裂纹。

无垢这一击力量之强，以糖宝怎么抵挡得住，不过是陪她一起死罢了。花千骨扑上前，想要在最后一刻抱住糖宝，她能感觉到自己的身体也正要被撕裂成无数片。

然而就在这时，一个黑色的人影出现，风一样刮过，竟将无垢这一击之力尽数收入袖中，然后及时接住了要掉落在地的糖宝。

花千骨虽没看清，但知道对方在那一瞬间渡了仙力在糖宝身上替它治疗。然后再下一刻，那人已经消失无踪，而糖宝则回到了她的掌心里。

"糖宝！"花千骨焦急万分地捧着糖宝，就见它的茧已经石化，硬如蛋壳，上面的裂缝持续扩大，然后啪的碎裂开来。而糖宝背上刚长出的一小点嫩翅，渐渐又缩了回去，恢复成以前模样。虽然身上添了几道伤痕，但它微微颤动着，竟然睁开了眼睛。

"糖宝。"

"骨头娘亲。"糖宝揉揉眼睛，懵懵懂懂地看着她。

花千骨几乎要热泪盈眶。因为她的错，糖宝渡劫失败了，不过万幸的是，它还没有死。只是她的糖宝，再也没办法变成蝴蝶了。花千骨绝望地抬头，看一眼黑衣人消失的方向，嘴唇已经变成了青紫色。一面摇头，一面难以置信地喃喃着："不可能，怎么可能？"

无垢也眉头紧锁，低头沉默了片刻，抬手从腰间抽出一把光剑来。

"我倒想看看，你到底命有多大。"

花千骨重伤，几乎已经不能站立了，只是嘴里念念有词，浑身一直在颤抖。

无垢举起了剑，就在这时，天边一道白影飞来，挡在了花千骨面前，同样举剑迎击，将无垢弹开老远。

无垢难以置信地看着眼前之人："你怎么会来？"

他的气场早就覆盖了整座终南山，连走出都不能，更不可能有人观微得到。

"为何要杀我徒儿？"

白子画看着眼前重伤的花千骨还有渡劫失败的糖宝，微微眯起双眼，竟不自觉闪过一丝怒火。

"你说为何？"

白子画不由得沉默。

"你已经走火入魔了，无垢。"

若不是他跟霰雪仙行到半途，突然醒悟了一切，花千骨岂不是就这样被他害死？

"我自认每一步都在计算之内，告诉我，是哪里出了破绽？"

白子画轻轻摇头："破绽不在你，而在檀梵。"

"檀梵？"

"我突然想起他托我给你送了一颗药，以气味辨来那颗药不过两种成分，当归，还有何首乌。我当时虽疑惑却并未多想，之后将一切串联，才反应过来檀梵早就洞悉了一切。只是他一向意气用事，你对他而言，显然比你杀害的那些人更加重要，所以他选择什么都不说。只是以他的方式在奉劝你——回头是岸。"

无垢大笑起来，满眼嘲讽。

"回头？我哪里错了，这个仙界如此污秽不堪，我只是在进行清理！"

白子画摇头："你只是无法遏制内心的愤怒，想要报仇发泄罢了。"

无垢垂眸不语，表情微微扭曲。他永远忘不了当时自己对云牙说了怎样冷厉绝情的话，完全绝望的云牙，又遇到那样一帮仙界的败类，她到底是怀着怎样痛苦的心情死去的？无垢每次想到这点，都几乎是心如刀绞，恨不得将那些人通通杀光。

"呵呵，子画，我知道我不一定是你的对手。看来今天，是杀不了你的徒儿了。那么最后的惩罚，只能施予妄动凡心的我自己。"

无垢突然上前一步，紧紧握住白子画的手，然后就用他手上的剑穿通了自己的身体。

"无垢！"白子画扶住他。

无垢凑到白子画的耳边，轻笑呢喃：

"我之所以避云牙如毒蝎，因为她是我的婆娑劫。越是想躲越躲不开，到最后，她还是像噩梦一样缠着我、毁了我。我是没有选择，迫不得已。可是子画，你呢？你又是为了什么？早从第一天与她相见，你就知道，这个孩子，她就是你此生的婆娑劫。你不但把她带在身边，还收她为徒，呵呵，我是该笑你傻呢，还是笑你太过猖狂自负？子画，杀了她！否则你最后的下场，只会比我的今天，还要惨上千倍万倍！"

白子画愣住，不由得松开双手。无垢失去依靠，脚一软，瘫倒在地，慢慢闭上了眼睛。

许久，白子画才回过神来，手上发出微光，轻抚而过，无垢的身体在光芒中，化作轻风消失不见。

当年为救紫薰，东华与檀梵不惜对他跪地相求，可无垢只说了四个字——罪有应得。或许在他看来，作为仙，妄动凡心就是大错特错，何况是行了如此多不义之事。他的心太高傲太干净，所以更没办法接受这样的自己、这样的仙界，归根到底，这才是他的婆娑劫。

白子画走向花千骨，见她依然在失神颤抖中。

"小骨，已经没事了，小骨，糖宝也没事！"

白子画从未见过花千骨这样惊恐失措的模样，不由得担心起来，微微皱起眉头，正要给她疗伤。花千骨却突然搂住他的脖子，用力地狠狠抱住他，脸也紧紧相贴。

白子画有些窘迫，轻轻拍打着她的背低声安慰。花千骨却依旧紧紧抱着他不肯放开，白子画只得一手将依旧昏昏沉沉的糖宝收入袖中，一手将花千骨抱在怀里，站起身来，向天边飞去。

二人回到离此较近的茅山，花千骨好不容易睡着，却依旧死死地抓着白子画的衣襟不肯放手。白子画心有疑惑，不明白在他到来之前，究竟发生了什么，竟然把花千骨吓成那样。便也由着花千骨，始终抱着她，一面源源不断地给她输入内力疗伤。糖宝则交给了云隐医治。

花千骨睡了三天三夜，白子画便抱着她一动不动在榻上坐了三天三夜。终于，花千骨醒了，目光略有些空洞地看着白子画。

"师父。"

"还好么？是否有什么地方感觉不适？"

花千骨呆呆地摇了摇头，眼睛一眨也不眨地看着白子画。

"师父，小骨想回家，想回绝情殿了，想见轻水、十一师兄，想见朔风，想见清流，还有火夕、舞青萝和师叔、师伯他们，就连霓漫天，小骨都想见。师父，咱们回去，好不好？"

白子画疑虑更甚，微微点头。

"好，咱们明天就回去。"

花千骨微微心安地钻进被窝，很快再度陷入昏睡，迷蒙中，师父冰冷的手给她掖好了被子，还刮了刮她的鼻头。

花千骨被一阵极度的寒冷所惊醒。她睁开眼睛，放眼望去，上不着天，下不着地，只有一片漆黑与虚空，几乎让人分不清是梦境还是现实。

来不及了——

花千骨的心笔直地往下坠落。

再来不及见大家最后一面，来不及与东方还有杀姐姐他们告别。那个黑衣人就那样安静地伫立在她面前。

花千骨轻叹一口气，双膝一屈，跪了下去。

"你杀了我吧。"

万籁寂静。

黑衣人终于开口，声音空灵得不像人声。

"你知道我是谁？"

花千骨不由得苦笑："我本是无论如何也猜不出的，只是，你一心想要杀我，却救了糖宝。"

　　对方点了点头："你从来不肯放弃活下去的希望，这次却为何不反抗？"

　　花千骨脸色苍白，像是瞬间被抽走了所有的力量与生气。

　　"世上任何人杀我，我或许都会不愿、不甘，但只有你。我知道，你要杀我，我必然是有非死不可的理由。"

　　"你也不问我为什么？"

　　"我不想知道，更不敢知道。"

　　"其实，我本不愿亲自动手杀你。"

　　"所以你利用无垢上仙，想借他的手惩治我？可是他杀的都是他认为有罪的人。你呢？你有很多方法让我死，却要让他杀我，难道你内心深处也认为，我喜欢师父是错的，是有罪的么？"

　　对方突然变得有些激动："没有错！可这是一切错误的开始！花千骨，你必须死。只有你死了，一切才会结束！"

　　花千骨抬起头来直直望着那人。

　　"我可以死。只是，临死前让我看看你好么？让我看看你的样子！"

　　那人退了一步。

　　花千骨苦笑："好吧，不用说什么了。你杀了我吧。"

　　那人举起了右手，然而却颤抖得厉害，终于还是忍不住问道："你怕么？"

　　"不怕！"花千骨重又抬起头来看着那人，"那你呢，你怕么？"

　　那人微微苦笑一声："怕，我很怕。"

　　花千骨见那人颤抖得几乎无法自持。终于，仿佛做了怎样一个艰难的决定，那人轻叹了一口气，放下了手。

　　"你走吧。"

　　花千骨难以置信地抬头看着对方："你不杀我了？"

　　对方久久沉默。

　　"那你怎么办呢？"

　　"快走！"那人仿佛压抑着极大的怒火，催促道。

　　花千骨只好站起身来，摇摇晃晃地转身往回跑，她不知道她能跑到哪里去，只知道必须离那人越远越好。

那人静静看着她跌跌撞撞的背影道："我虽不杀你，但是这段记忆我必须拿走！"

一道银光直击向花千骨的后脑，她往前扑倒下去。忍不住大叫一声，再一睁眼，已是天亮。

白子画正站在床边看着她。

"小骨，没事吧？"

花千骨疑惑地看着白子画："师父？"

"骨头娘亲，糖宝再也不能变蝴蝶了！"糖宝吧嗒一声贴在她脸上，抱着她鼻子哇哇大哭。

花千骨难过地捧着它亲了又亲："没关系的，糖宝以后好好修炼，等过了天劫，就能变成人了！"

"真的么？呜呜呜！"

"真的，不信你问师父。"

见白子画也点头，糖宝这才放下心来。

花千骨见到一旁收拾好的包袱，奇怪道："师父，咱们要到哪里去啊？"

白子画微微皱眉："你昨日说想回长留山。"

花千骨使劲挠头："可是师父，小骨还没玩够呢！师父还答应过要陪小骨回花家村拜祭爹娘。师父，咱们迟一点再回去吧！"

白子画见她恢复如常，表情轻松，轻轻点头，虽有些疑虑，却也不愿再去深思了。

师徒二人共乘一云，告别云隐，离开茅山去往别处游历。糖宝也不再嗜睡，趴在花千骨头上各种唠叨。

看着一高一矮相依的身影渐渐消失在层层叠叠的云间，黑衣人久久伫立不动。

"对不起，我还是下不了手，下不了手，亲手杀掉我自己。"

那人扯下了面纱，露出一张倾城绝世的面容，却竟然是已变成妖神后的花千骨。

成为妖神之后，她殚精竭虑，一心只想要糖宝复活。可是直到决战前夕，她终于不得不面对这个现实，一切只是她的妄想罢了。

白子画将手臂上绝情池水留下的疤痕连肉一起剔掉的那一刻，她的整个天都瞬间塌了。

一切迫使她做出了这样的决定，利用不归砚，回到过去，杀掉一切还未发生、处在最幸福阶段的自己。这样，现在的自己也就不存在了。糖宝、朔风、东方还有落十一他们最后也不会死。

不归砚既然可以在不同的地点移动，那么按道理在时间点上也可以。花千骨将所有妖神之力注入其中，找到了现在与过去之间的某个结点，然后成功地回到过去武林大会正进行的时刻，见到了一生中最快乐时候的自己。

她暗中去看了轻水，看了落十一，看了东方，看了杀阡陌，看了所有她爱的人，还有后来会被她害死的人。

她一路跟随着年幼的花千骨，重温旧梦。仿佛糖宝，还有师父，都还在她身边。可是她没办法亲手杀掉自己，所以只好借刀无垢上仙。却没想到，为了救糖宝，一切还是功亏一篑。

怎么办呢？

一切已难以挽回，她又没办法对自己狠下心来。是应该继续想办法在某个点上改变过去，还是在早已绝望的现实中继续往前走？

在小小的花千骨跪在地上祈求自己杀掉她时，已经成为妖神的花千骨，终于做出了选择。她几乎忘记了年幼的自己，曾是多么勇敢。

花千骨的身影碎作点点光斑，消失在过去的时空中。

再睁眼，已回到了云宫。

周围一片温暖蔚蓝，花千骨赤裸着身子从水底缓缓浮上水面，光着脚从池中走出，衣裙飞来穿戴齐整。流苏轻摆，极尽浮华。周身环绕着四条飘浮在半空的饰带，如墨的发用一枝花枝简单随便地绾着。

尽管身在神界，外面也已风起云涌，瓢泼大雨。

"对不起，白子画，我已用尽一切力量去挽回，却最终还是杀不了我自己，所以最后，只能把残忍留给你。"

花千骨目光平静而空洞，一步一步朝着殿外走去。

大战，即将开始——

而最后的结局只能是两败俱伤，不死、不休。

再版后记

感谢《花千骨》一书能够再版，让我有机会对书中如此多的谬误、缺陷，还有不完美做进一步修正。最重要的是，能在故事本就应当结束的地方，画上休止符。对于这个故事，终于尽了余力，再没有什么大的遗憾。

记得有个作家说，改年少时的文字是不可以的，一个人凭什么认为，人后来积累的经验能打得过年少时的锐气？那不是自信，是愚昧。偶尔有些敬畏，相信天成，相信人在最好的状态里，不过是上天的一个工具。谁又能把牛肉炖成驴肉，让牡丹开成玫瑰？

写这个故事的时候，还在读大学，活得懒散天真，但又充满热情期待。从来容不下悲伤的结尾，那些受过的虐、遭过的痛，也要在番外里一而再再而三地去弥补。之后才渐渐明白，生活不会因为对你曾有过的亏欠，就在另外的方面有所厚待。感情也一样，求而得之的毕竟是少数。若是拿给现在的自己写，结局估计就成了"千骨"奇冤的大悲剧了。

晓得心态之不同，修订时分外小心，生怕一不小心伤筋动骨，改得面目全非。毕竟哪怕此文再幼稚可笑、漏洞百出，但爱之纯粹、情之真切，估计我是再难写出了。

其间，听了大家很多的建议和疑问，都为这次故事能够以我所认为的，更妥帖、更饱满的方式呈现提供了很大帮助，再次表示感谢。你们的喜爱，你们所注入的幻想、信赖与感动，让书中的一切，成为更鲜活的存在。而能在这样一个曾穷尽我心血的故事中，与捧着书的你相遇，真是再好不过的事情。

关于再版新添加的番外，是一个四不像的小短篇。时隔日久，风格可能跟前文有些不搭，感情也不太到位。但谢天谢地看到最后，亲爱的你会发现，这个番外一点也没有画蛇添足。相对于前文来说，它正是那隐约缺失的一环。只是一旦扣上，故事一不小心越发显得可怜可悲起来。

没什么太多可说的，要说的我都放在文里了。最后按照正常的后记步骤，谢谢读者，谢谢编辑，谢谢阿尊，谢谢老师，谢谢支持帮助过我的朋友，谢谢亲爱的家人，谢谢代替果果陪伴着我的小猫乌圆。

看到读者留言说，人生不能重来，现实中，错过的就是错过了，遗憾往往永远得不到补偿，我们所能做的不过就是如花千骨那样，即便被伤到遍体鳞伤，仍然心怀善意相信感情；又如同白子画那般，即便痛失所爱、悔恨到无以复加，却依旧没有固步自封，最终了却了今生的情意，也还尽了前世的亏欠。

心下不由得欢喜。现实中的我，笨拙又不擅言语，而这个，就是我想用文字表达的了。

遗神书

第一瓣

弥天大雪，天空是深深的苍蓝色。

她拎着菜篮子去买菜，天并不算冷，凉凉的风拂着她脸上的面纱。

走出门没两步，就看见不远处的街道正中央躺了一个人，但那样子根本就不能称得上是人吧。他的衣袍比身下的雪还要白，长发散开，如华丽的黑色绸缎流泻一地，仿佛是这水墨人间最浓重的一笔。

那人侧躺着，似是受了很重的伤，但长发遮住了他的脸，看不清面貌。

西蓝花、茄子、蒜苗、土豆……她在心里默默念着，怕自己一会儿记不清了。她小心地绕开路中间的那个人，避免踩到他的衣服和长发。

突然，一个东西袭来，她笨手笨脚，没能躲开，一团雪球正中脸上。隔壁的小宝吐着舌头、做着鬼脸，哈哈大笑着跑远了。

她无奈地笑笑，擦净脸上的雪，继续往前走。旁边传来哭丧声，卖烧饼的张大夫说，花秀才昨晚死了，真可惜呢。

她点点头，心里想，真可惜呢，然后递给张大夫一枝桔梗。

菜市场里的菜都很新鲜，满载而归的时候，她发现那个人还躺在路中央。街上的人从他身边来来去去，一个个都熟视无睹。

她叹了口气，再次小心地绕开那个人，回到家里，做好了吃食，然后在院子里浇花。

她的院子里种满了各种各样的花，有曼陀罗、风信子、君子兰、木芙蓉、金盏菊、睡莲、三色堇、月见草、珍珠梅……开了满满一院子，虽然品种繁多，但是错落有致，她的小竹屋在花团锦簇中显得格外雅致。

第二天，雪一点都没有化。她出门买菜，那个人还躺在那里，一动不动。她路过张大夫的烧饼摊前，张大夫喜滋滋地说，没想到花秀才昨天又活过来了呢，太好了。

她也开心起来，心想，太好了，然后递给张大夫一枝蔷薇。

回来后，她继续做饭，浇花。

一连五天，那个人一直躺在那里，一动不动。

她开始变得焦躁不安，隐隐觉得会有什么不好的事发生。嫌他挡路，但是又不好跟他说，麻烦你死到别的地方去吧。

第七天的时候，她终于不耐烦了，决定把那个人搬到屋里来。

那个人虽然看着很高，但是轻得吓人，她没费什么劲就把他搬到了床上。

她心里其实很犯难。自己还东躲西藏，被通缉追杀着，怎么能搬个人到家里来，要是连累他可怎么办？

她挣扎、犹豫，最终决定等男子一醒来就赶他走。

拂开男子的长发，一张超凡绝世的脸露出来。她呆愣了半晌，不安的感觉更强烈了。想重新把他拖回雪地里去，但这样做好像太不人道。纠结许久，她给他喂了点水，一动不动地坐在床边，等着他醒过来。

男子果然很快醒了，他睁开双眼的那一刹那，世界仿佛被瞬间冰封，她被冻得打了个哆嗦。

男子用一双冷眼看着她，她看不出他的喜乐，看不出他的悲苦。那是一双只有神才会有的俯瞰众生的眼，她在那样的目光下突然自惭形秽，委屈卑微得几乎快要掉泪。

世界开始转动。

一、二、三、四、五、六、七……

那人一动不动，看了她好久好久，半天都没说一句话。他的手微微有些颤抖，但脸上并不显出一丝痕迹来。

她心里对眼前的男子有一阵说不出的恐惧感，她意识到自己救了他或许是一个巨大的错误。

"你醒了就快走吧。"

她对他没有一丁点好奇，只想赶快把他打发了。男子依旧一动不动，一双眼睛一直盯着她看。

她禁受不住那样一双眼，干脆自己站起身来，想要离开，男子却淡淡地看着她。

"坐下。"

简单一句，却犹如命令，吓得她又一屁股坐回了椅子上。

男子又打量了她许久，才道：

"你嗓子怎么了？"

他的声音很好听，但带着非常强烈的疏离感，仿佛从亘古传来。

"我不能说话。"

她对此有些气馁。她知道所有人都会嫌弃她，嫌弃她是个哑巴。但是，只要能交流，这应该不重要吧？

男子突然伸出手，想要扯开她的面纱。她惊恐地退了两步，然后在心里大声对他喊：

"我不认识你！你赶快离开这儿，不然别怪我对你不客气！"

她转身离开，却被他扯住袍袖。

男子听了她的话似乎有些怔住了，她能感受到他的情绪正剧烈波动。突然，男子说道："小骨，我是师父啊……"

桌上的茶杯、架子上的器皿，在男子说出这句话的那一刻全部砰的一声炸裂开来。

她瞪大双眼，难以置信地看着眼前之人，狠狠甩开他的手，然后转身往屋外跑去。

男子追了出来，他看见屋外盛开的百花，在她跑过的瞬间，一朵朵凋谢在雪中。唯有一朵少了片花瓣、犹如水晶的奇异花朵，仍在闪烁发光。

他一把摘下它来，继续往街道上追去。

这是一个不大的村落，看不到边缘，因为边缘处一无所有，八方四野渐渐变得透明，然后消失，远眺只能看见一片虚无。

大地在震动，仿佛被抬起的桌子，成为一个倾斜的平面。没有太阳的苍蓝色天空也开始剧烈颤动，波光粼粼，翻滚起大浪。

周围的一切都在随着白雪一道融化，房屋在倾塌，街道在龟裂，行人在扭曲……

她看着张大夫笑看着她，身体一点点地散化成飞雪，他脖子上挂着的那串她今早用线穿起来的栀子掉落在地上。

她在心里放声尖叫，却听到整个天空都回荡着她凄厉的喊声，回荡在这即将毁灭的世界，犹如鸿蒙之音，惊天动地，伴随着巨浪拍岸、风雨雷鸣，还有从古至今，亿万生灵的死生痛哭、凄凄哀啼。

怎么了？

这一切都怎么了？她瘫倒在地，手里抓着那串栀子，栀子在她触碰的刹那也迅速凋零，化作齑粉。

"小骨！"

男子的心几乎被她这声凄厉的叫喊震碎了。他追上前，将惊慌失措的她抱在怀里。

"不要害怕，是师父啊。"

她许久才平静下来，抬起头，看着他的脸，那脸是那样陌生，又那样熟悉。

"师父？"

"听我的话，闭上眼睛，睡着了，一切就都不存在了。"

男子抱住她，丝毫无视身边山倾海倒、世界末日般的景象。

六百零一、六百零二、六百零三……

她伸出手，小心翼翼地想要触碰他的脸，半途又缩了回来，摸摸自己的脸，发现不知道什么时候，自己已泪流满面。

突然，骨子里不知从哪儿涌出仿佛积压了几世的伤悲、几世的困顿疲倦。

她在他怀里慢慢闭上了眼睛。

男子只是紧紧抱住她，身后的巨大房屋轰然倾倒，狠狠朝他们砸下。

*　　　*　　　*

漫天黑雪，天空是诡异的深紫色。到处都飘着燃烧后的香纸，仿佛下着永无止境的倾城之雪。这是他毁灭后的世界，生机灭绝，只剩下一片劫灰。

白子画手一扬，仙索松落，十七根销魂钉从她身体里脱出，花千骨从诛仙柱上狠狠摔在了地上，十七个窟窿血流如注。

"虽然花千骨是长留乃至天下的罪人，却究竟是我白子画的徒弟。是我管教不严，遗祸苍生，接下来的刑罚，由我亲自执行。"

那声音空洞陌生，听在耳中，分明是另外一个人所说。

鲜血漫过脚边，他视若无睹，举起了断念剑。

"不要！师父，求求你，不要……至少不要用断念……"小骨哭喊着，声音凄厉。她一只手抱住他的腿，一只手使劲地抓住断念剑的剑柄，却只从剑上抓下来当初拜师时他赐给她、后来被她当作剑穗挂着的那两个五彩透明的宫铃……

寒光划过，手起剑落，没有丝毫犹豫。花千骨身上大大小小的气道和血道全部被刺破，真气和内力流泻出来，全身筋脉没有一处不被挑断。

整整一百零一剑，她死尸一样倒在地上，微微抽搐着，眼神空洞，面色呆滞，再不能动，更多的鲜血奔涌而出。

冰冷、黏稠、红色的血液像有生命一样在地上缓慢爬行，然后藤蔓一样缠着他的腿往上，接着触手一样刺了进去，在他的身体里钻探迂回。

他从未感觉如此痛苦，已经分不清疼痛的部位是他替她承受那六十四根销魂钉的位置，还是他的心。

终于，那曾经冷硬如冰的心被她的血液刺破，盛开出一朵巨大的血色红莲，鲜艳妖冶，撕裂了他的胸膛，骨刺森森，他弯下腰低喘，疼痛得连灵魂都在战栗。

一个声音在耳边凄凄地说：

"师父，你不要小骨了么？"

白子画猛然咯出一口鲜血，从梦里醒了过来。

窗外，寒月一钩，冷光瘆人。

他翻身坐起，面无表情地擦去唇角的血迹，低下头，借着窗外桃花下的一片月影，看着手中那几乎快要泯灭光芒的验生石。

小骨，快要死了……

他昏昏沉沉，病了一月有余，始终把花千骨的验生石紧握手中，哪怕昏迷不醒。

这已经是花千骨被钉销魂钉、废道行、剔仙骨、挑筋脉，被逐到蛮荒的第三十八天了。白子画自以为她身负妖神之力，定然不会有事，会慢慢康复。可是验生石还是一日比一日暗淡。

夜夜惊心。

他也仿佛只剩了最后吊着的那口气，苟延残喘。他算准了她的妖神之力，还派了哼唧兽去蛮荒照看她，却终究漏了一点，她自己根本不想再活下去。

一道青影飘然落于院中。

"如何？"白子画巍然不动，语气却染上了一缕未曾有过的迫切。

笙箫默犹豫半晌，终推门而入，走到他榻前，蹲下身子，望着他苍白的毫无血色的脸，担忧而哀伤地摇了摇头。

"还是没有寻到。瀚海大战时，遗神书就已灰飞烟灭。"

听完，白子画面无表情，却是一头栽倒。笙箫默一惊，连忙上前抱住他。

"你这又是何苦？你平生就这一个弟子，想办法接她出来吧，她受的罪早已足够抵她犯下的错。"

白子画缓缓站起身来，那从前超凡屹立于九天之上的长留上仙，此刻单薄苍白得如同一缕烟尘，仿佛随时都会随风化去。

"没有遗神书，就决计不能让她出蛮荒。"

白子画的语气依然冷漠而坚定。他披上外衫，强撑精神，大步朝外走去。

笙箫默着急，拦在他身前："这么晚了，你伤得如此之重，还要去哪儿？"

"只剩最后一个办法了，我一定要找到遗神书。"

"遗神书已经不存在了。"

"不，有一个地方，一定还在。"

"我帮你去找，你躺下好好休养，行不行？这时候大师兄若找不到你，会担心得发疯的！"

白子画摇了摇头："这次，只能我自己去。"

"师兄！"

白子画已经御风飞离绝情殿，迅速化作钩月旁的一点白星。

瑶歌城最繁华的街道在深夜也是冷冷清清，打更的声音听上去格外阴森诡异。

异朽阁静静矗立，从外面看上去，像是一座普通的书院。只有通过那扇大门，才能进入那个完全独立于六界之外的世界。

白子画不是第一次来这里，可这是他第一次因为截然不同的目的来这里。手刚放上门扉，异朽阁的大门便应声而开。

白子画没有丝毫迟疑地走了进去，连绵的别院，每一间房屋都是黑洞洞的。深夜的异朽阁，比白日里更加鬼气森森。极远处，他能看见通天的白塔。他知道，那里面挂满了红艳艳的舌头，那是异朽阁埋藏最深的隐秘。

白子画朝着亮灯的那间房子走去，那里一定会有人等着他。

走到近处，才发现那是一间极大、极高、极其宏伟的祠堂。

东方彧卿正坐在祠堂正中央，身后宽九九、高九九，成宝塔形重重叠叠，垒满了他四千九百五十世的灵位，仿佛一座大山，随时要向二人倾倒。

东方彧卿嘴角微扬，似笑非笑，想他身为异朽君，万世轮回，竟有半数是为白子画所杀。白子画看着这满壁他所造的杀孽，并未显出丝毫内疚和悔恨，淡然上前一步。

东方彧卿给他斟上一杯酒。

"我只问，你这次杀我，究竟是为了苍生，还是为了花千骨？"

白子画如同寒冰，一动不动。

"我这次来，不是为了杀你，而是来跟你做笔交易。"

东方彧卿仰天大笑起来。

"这估计是我这辈子，不对，是我这四千九百五十一世里听过的最好笑的笑话。长留上仙居然要跟异朽阁做交易？你不是一向最恨我扰乱天道循环么？"

白子画默然许久道："你只需要告诉我是或否。"

"当然，异朽阁打开门来做生意。只要尊上你付得起这个代价，异朽阁没有什么是办不到的。"

东方彧卿温柔地微笑着。白子画看着他的眼睛，那双眼睛仿佛盛满了这世间所有的温暖，却深如虞渊，能够埋葬万物。

白子画实在是不相信，也不敢相信，这样一个人究竟能对小骨有几分真心。

"你早知道我要来，早知道接她出蛮荒的办法，只是一直在等，等我来找你，跟你达成交易，对么？"

东方彧卿笑而不语。

"如果我始终不来呢？"

东方彧卿直直地看着白子画："这是一场公平的比试，比我们俩谁爱花千骨更少一些。"

白子画微微一震，皱眉道："她是我的徒弟。"

东方彧卿摇头："可你也知道，她不仅仅把你当作师父，不然行刑的时候，你也不会用断念剑。"

白子画没有回答，只是举起了手里的验生石。

"小骨快要死了。"

东方彧卿看着那块石头，一点点收敛起了笑容。

"不可能。"他淡淡地说，但语气已失了起初的那份平和与自信。

　　验生石不会说谎，东方彧卿知道白子画也不会说谎。尽管他不断告诉自己骨头是多么隐忍、坚强，还身负妖神之力，不会有事，验生石还是戳破了他的自欺欺人。

　　"第一，她的确快要死了。第二，我来也不是为了带她出蛮荒。东方彧卿，这世间不是所有的事都尽在你的掌握之中。"

　　"是啊，只有你，不然，我还有什么意思呢？"

　　东方彧卿微微偏着头看着白子画，目光空洞、深邃得可怕。

　　"事情越出乎意料越好玩，不是吗？"东方彧卿转过身，看着自己的一座座灵位，"那你说，这次来是想要交换什么呢？"

　　白子画轻轻地吐出三个字："殒梦花。"

　　东方彧卿微微眯起眼睛，瞬间就明白过来："你想进入小骨的梦中？你以为在梦中唤醒她求生的意志，她就不用死，你也不必接她出蛮荒？"

　　白子画丝毫不加隐瞒："我还要找到遗神书。"

　　东方彧卿这次却沉默了很久："遗神书早已灰飞烟灭。"

　　"但她是世上最后一个神，在她沉睡的意识深处，一定可以找到遗神书、书里定然记载有将妖神之力封印回十方神器的方法。上古众神做到过一次，我也可以。"

　　东方彧卿忍不住大笑起来。

　　"众人只道杀阡陌猖狂任性，却不知道其实你白子画才是这六界间最狂傲自负之人。你明知道这婆娑劫是我特意送到你身边害你的，却不做回避，还收她为徒。如今，你竟然想做一件众神联手才好不容易做成的事情……你觉得有可能成功吗？"

　　"给我殒梦花，其他不关你的事。你可以提出你想要的，我会考虑。"

　　东方彧卿佯做歪头思忖："那还不简单，放骨头出蛮荒咯。"

　　白子画有些无奈："棋不是这么下的。"

　　"那又怎样？你知我从不遵守规则。"

　　"但你在乎小骨的生死，你也知道，就算是我，也没有办法轻易救她出来。"

　　"既然如此，我为什么还要跟你做交易？本想给你个机会，让你亲自赎罪，换她出蛮荒。你不肯，我自有其他办法救她出来。"

　　"不，你没有。如果你不同意把殒梦花给我，我会立刻杀了你。你想要救她，再等二十年。"

　　东方彧卿低下头沉默了一会儿，突然一笑，笑中有几分无奈、几分苦楚、几分讥讽。

"我们果然还是在比谁爱她更少一点。"

白子画身子一震，背转身去。

"我们可以合作，用最小的牺牲、最少的代价，换她出来的可能。"

"出来之后又如何呢？十七根销魂钉，一百零一剑，你封印了她的妖神之力，她就算活着，也只是个废人了。"

白子画扶着旁边的柱子，气血翻涌，有些撑不住了。

"那也比死了好。"

东方彧卿沉默地挥了挥手，黑暗中出来两个戴面具的朽卫扶住白子画。

"你先休息一晚，殓梦花最迟明天我会寻到，但你这个样子，只会死在她的梦里。"

说完，东方彧卿匆匆转身离去。

第二日，白子画在异朽阁一间华丽得有些过分的客房里醒来，香炉里燃着味道古怪的香。

东方彧卿打开一个檀木匣，里面放了一朵七瓣的犹如水晶凝成的殓梦花。

"要进入一个人的梦不难，难的是进入梦中梦。遗神书的事太过久远，不知道被埋藏在骨头神识中的第几层。这七瓣的殓梦花举世难寻，每一片花瓣会帮助你进入一层梦境，如果到了第七层，你还没有找到，就必须立刻回来。"

白子画点了点头："你想要什么代价？"

"我本来想要你在我四千九百五十世的灵位前磕上三个响头的，"东方彧卿似笑非笑地看着他，"但是，如果让骨头知道我折辱了她师父，肯定要找我算账。所以，不如就换你一个承诺吧。"

白子画眉头一动："什么承诺？"

"承诺你今生今世，不管发生什么事，都绝不会杀骨头！"东方彧卿的神色瞬间凌厉。

白子画看着东方彧卿。为了救小骨，他甚至冒天下之大不韪，将妖神之力封印在她体内，又怎么会杀她？

"我答应你。"

"好！希望长留上仙可以信守承诺，永远记得今天的话！"

东方彧卿将殓梦花递给白子画，白子画接过，只觉得手中的花美得惊心，又脆若琉璃。

"我需要做什么？"

"你拿着殓梦花，想着骨头，如果她睡着了，陷入梦中，你便也能进入。殓梦花也会随你入梦，进去之后，你必须先找到殓梦花，它是你畅通无阻地进入更深层梦境的钥匙。"

"只需要找到花，就可以一直往下走了吗？"

"哪有这么简单。每个人都拥有无限的梦境，比较浅的梦境直接反映了梦的主人最基本的情绪、思想和现实的处境；比较深的，则包括了看过的每一滴水、尝过的每一种味道、刚出生时父母的微笑，甚至是几世轮回前的记忆。

"较浅的梦境，我们平日里醒来偶尔还会记得。梦的主人在那个世界会有一个关于自己的最基本的形象投射，那是最真实，也是身边人最熟悉的样子。越往下，梦境会越飘忽，越混乱，越没有秩序和规则，越容易迷失。

"你必须找到第一个梦里的骨头，让她睡着，再用殓梦花进入她的梦中梦。而她会在第二个梦里醒来。同样，你必须再找到殓梦花，并让她再次睡着，才能进入第三个梦。

"如果你在中途死了，你会醒来，殓梦花丢失在梦境里，你就再也没有机会进入。如果骨头死了，她也会醒来，梦境将会坍塌，然后重筑。你会被困在废墟里，被压在一层层梦骸中，再也无法苏醒。所以，无论如何，你都必须确保她的安全，哪怕你自己死掉，任务失败。"

白子画点点头："遗神书可能藏在任何一层梦境里，我如何确定它的具体位置？"

"最简单的方法是直接问骨头。如果那层梦境里有，她就能感知到，并带你找到。她甚至可以下意识地让遗神书上浮到较浅的梦境中来，如果她愿意让人找到的话。没有人能确定她是否还留存着这一丁点远古的记忆，所以你这趟有可能会无功而返，甚至会死在里面。你确定你想好了？"

"如果我没有醒来，帮我把它交给我师弟。"白子画把一枚传音螺交给东方彧卿。

东方彧卿接过，点点头："越深的梦境越危险，你很有可能会被识流卷走，再也醒不过来。另外，梦境里时间混乱，而且有的梦境跟现实的时间、环境极其相似，会欺骗你的眼睛，让你以为自己已经醒了，已经回来了，让你忘记一切，忘记醒来。所以，另一个你要在心里不停地数数，在计算时间的同时，也提醒自己去她梦境的目的。

"骨头是梦的主人，她在梦里将是全能的，她是那个世界的神。但是，受到自我意识的影响，她甚至有可能不记得自己是谁，只知道自己愿意知道的事情。所以，我希望你在梦里不要告诉她你的真实身份，也不要告诉她她是谁。"

"为什么？"

"你刺了她那么多剑，还逐她去蛮荒。如果她潜意识里讨厌你、憎恶你，那有可能梦里所有的人都追杀你。就算她不杀你，得知真相后，她情绪极度波动，也很有可能造成梦境坍塌。"

白子画久久沉默不语，他无法想象，在小骨的梦境里，自己会是什么样子。

朽卫端来了两碗药汤，东方彧卿当着他的面往里面扔了不下十粒药丸。白子画丝毫没有犹豫，一口喝下。东方彧卿似笑非笑地看着他。

"你倒也不怕我下毒，或者控制你、折磨你？"

白子画不语，又要喝第二碗，却被东方彧卿拦住。

"这碗是我的。"

白子画顿时一惊。

东方彧卿手心翻转，拿出另外一朵四瓣的殓梦花。

"我会随你入梦。入梦需要有肢体接触，你跟骨头有血印的联系，可以相隔万里进入她的梦中。我跟她没有这样的联系，只能通过进入你的梦境，来进入她的梦境。所以，我可能无法在梦中以具象出现，但是我可以看到你们，并给你传递一些消息，做出某些指引。"

"不需要。如果你被困在梦里醒不过来怎么办？"

"放心，我入梦不深，梦境的坍塌有一定的时间，我要跑肯定来得及。你不用担心我的安危，你应该担心的是脑海里的秘密被我窥见。"

"我自问一生无愧，而且我所知道的事，有什么是你想知道又无法知道的吗？"白子画淡然道。

东方彧卿笑了起来："这倒是。不过，我只找到这四瓣的殓梦花，余下的三个梦境，就得靠你自己了。"

东方彧卿喝下剩下的一碗药汤。二人同卧于榻上，东方彧卿的手覆住白子画的手。

白子画不太适应地皱了皱眉，东方彧卿却付之一笑，随即闭上眼睛，神色凝重。他必须帮白子画找到遗神书。的确，如白子画所说，找到遗神书才是两全之法，否则，就算花千骨出了蛮荒，也是不得安宁。至于她身上的伤，自己日后总有办法。

其实，通过入白子画的梦来入花千骨的梦，危险性比白子画直接入梦还要高上千倍万倍，只是他一刻都等不及了。哪怕是一个梦也好，他只想看看她，确认她一切是否安好……

两朵殓梦花突然迸发出一阵奇异的光芒。

第二瓣

整个世界朝着他们轰然砸下。

大地仿佛瞬间变得柔软，向四周荡漾出一阵波纹，犹如刚被松过的泥土。他抱着她开始陷落。

沉没……黑暗没有随之来临，也没有呼吸不畅的感觉。

四周变成一片蔚蓝的海洋，然而，海洋中却不是水，方才世界的一切全都坍塌成微粒，漂浮在海洋中。

一群飞鸟在海洋中呼啸而过，然后是无数的蝴蝶振动着双翅，翅上的鳞粉闪耀着萤光，在海洋中漂流成一道银河。

白子画抱着花千骨不断下落，穿过那道银河，穿过幽然如鬼魅的一大片水母群。

花千骨在进入这个世界的那一刹那就醒了过来，她没有任何动作，只是睁大眼睛，看着周围这奇异瑰丽的景象。终于，他们从海底跃出，溅起了一两朵浮浪，然后继续下坠，空气中带着一股浓郁黏腻的血腥味。

白子画的白衣在风中犹如绽放的莲花，他一手抱着花千骨，一手紧紧拿着殓梦花。他尝试用法术御风而行，庆幸的是，花千骨的梦中有这样的规则。于是，他们下坠得渐渐缓慢，最终悬浮在空中。

与之前的那个梦不同，这个梦中的世界满目疮痍，到处是连绵的火山，大地龟裂，寸草不生，生机灭绝。

白子画找了片干净的地方落下，低头看着花千骨。

八百七十一、八百七十二、八百七十三……

他脑海里传来东方彧卿不满的声音："你不该告诉她你们俩的身份，造成她如此大的情绪波动，差点连第一个梦都没办法走出。"

末了，他又轻笑一声："原来白子画也有失控的时候。"

白子画没有说话，只是深深地凝视着花千骨，花千骨也有些惊惧地看着他。此刻，她的目光里终于有了他，她知道他是谁了。

白子画没办法向任何人解释和描述，当小骨完全认不出自己，冷冰冰地要自己离开时，他心里的感受。他没办法承受小骨像看待陌生人一样看待他的目光。冲动之下，话语已脱口而出。庆幸的是，他们安然进入了第二层梦境。

白子画伸出手，想摘下花千骨的面纱，他只想好好地清楚地看着她，确认她安然无恙。

花千骨拽着面纱，眼中流露出乞求的神色，不知为何，她就是不想让白子画看见自己的脸。可是白子画的目光冷漠坚决，花千骨不敢忤逆，只能缩回手，闭上眼睛，任凭他把面纱拽了下去。

白子画看着眼前熟悉的脸，心头一块石头隐隐落了地。之前她不能说话，又蒙着面，这让他感觉不安，却不知为何。

花千骨摸摸自己的脸，完好无缺。

"小骨，开口说话，你可以说话的。"白子画鼓励地看着她。

花千骨向来对他言听计从，犹豫了片刻，开始微微翕动双唇。

"师……师父……"她的嗓音初时略微有些沙哑，但很快恢复如常。

花千骨有些开心："师父，你为什么会在这里？我们……这是在哪里？"

花千骨环顾四周，千里荒凉，到处是巨大的火山口，地面渗出毒液，冒着气泡，空气中弥漫着腐败刺鼻的气味，山火犹如地狱业火一般燃烧着一切。

"我希望你不要再随便告诉她真相。"东方彧卿再次出言提醒。一个人的身份遭受否定就罢了，如果连存在的世界都遭受否定，他不敢想象花千骨的情绪会不会激动到让梦境再坍塌一次。这个世界很难让他们再有机会逃生。

白子画微微犹豫了一下，说道："小骨，这哪里都不是，这只是你的一个梦境。"

"梦境？"

花千骨浑身一抖，眼神里涌起惊恐和难以置信。大地再度开始震颤，无数个火山隐隐有爆发的趋势。

白子画轻轻摸了摸她的头："别怕，师父在这里。"

白子画相信自己徒弟骨子里的坚强，相信她可以面对一切，他也会陪着她一起面对，所以他并不想欺骗她。

"我来到你的梦境里，是为了寻找遗神书。小骨，只有你知道遗神书在哪儿，只有你知道里面记载了什么。只有找到遗神书，你才有可能离开蛮荒。"

"蛮荒？"

花千骨一脸疑惑，蛮荒是哪里？

东方彧卿的声音再次回荡在耳边："你跟她说这些是没用的。这是小骨的梦，在梦里，她能做所有想做的事，也只会记得愿意记得的事。对她来说，妖神出世，被逐蛮荒，这些都是她不愿意面对的，她早就自动忘却了。"

花千骨还在想白子画的话，她并不十分清楚，为什么师父会说她正在做梦。对她来说，这就是她全部的世界。她要想努力维持这个世界的完整，就必须坚信这个世界的真实。所以，她的小竹屋是真的，花琏村的街道是真的，张大夫和小宝是真的，面前的师父是真的，还有，一直在通缉追杀她的人，也是真的。

白子画看见花千骨突然惊恐地瞪大了眼睛。

"师父，小心！"花千骨奋力推开他。

一把月镰从身后瞬间劈下，白子画堪堪躲过，旁边的巨石犹如豆腐一样被劈成两半。

白子画挟着花千骨飞快退到几丈开外，只见面前站了十三个披着黑色斗篷、手持不同兵器的人。每个斗篷里都看不见脸，只有一团在燃烧的鬼火。

白子画只觉得心中瞬间多了无数的负面情绪，所有的希望、自信、骄傲全都被眼前的这些人吸走。

白子画静静伫立着、感受着，瞬间明白过来。

爱、悲泣、绝望、自卑、自厌、惭愧、羞耻、思念、恐惧、失望、悔恨、疑惑、哀痛，这是花千骨内心的十三个心魔。

花千骨面对着眼前的十三个人，面如死灰。她不想他们就这样出现在师父面前，可是如今，一场大战显然已不可避免。

心里不知为何，白子画却有一丝庆幸。十三个心魔里，唯独没有恨与愤怒。

小骨，原来就算到了如今这个地步，你也没有怨恨过师父，对吗？

白子画将殓梦花递到花千骨手里。

"小骨，想办法睡着，我们就能离开这里。"说完，白子画上前迎战。

花千骨难以置信地摇头，看着白子画一个人对战十三个人。绝望、自厌、惭愧、恐惧……各种情绪在她心里翻江倒海。

师父怎么会认为，自己有可能在他这么危急的时刻睡着？

看着白子画的肩被恐惧一剑刺穿，花千骨吓得一声尖叫，连忙闭上眼睛不敢再看。

睡着，睡着，必须赶快睡着。

自厌想要来杀她，白子画清音一指，将其弹开。东方彧卿犹如神俯视众生一般，看着眼前的一切，偶尔会及时出言提醒，化解白子画的危机。

白子画身负六十四根销魂钉，原本连御剑都成问题，但这是花千骨的梦，她对他代受销魂钉的事一无所知，在她的意识里，白子画依然是那个天上地下无人能敌的师父。

这一战，看似倚仗白子画，其实，谁胜谁负全在于花千骨的心。

白子画也很清楚目前的状况，却没有对花千骨再说什么，以免增加她的压力，只是手持横霜剑专心应敌。这十三个心魔估计是他一生中面对的最奇怪的对手，但他最擅长除掉自己的心魔，也自信能铲除徒儿的。

花千骨担心白子画的安危，面色焦虑，根本不能入梦。

白子画思忖半晌，感受着对面这十三个人不同的情绪，宁肯挨上自厌的一镰，也要追着恐惧，将他一剑劈作两半。

花千骨心下陡然一松，逐渐入梦。在绝望全力袭向他俩时，白子画感觉地上一软，他跟花千骨再次陷落下去。

"小骨……"

白子画将已然昏睡的花千骨揽入怀中，悠悠下坠，穿越第三层梦境之海。

天蓝色的海中漂浮着满满的桃花瓣，层层叠叠，几乎叫人无法呼吸。他们径直往下坠去，身后牵引出一条粉红色的线，犹如流星的尾巴。

*　　　*　　　*

竹染有些心烦。

那只哼唧兽自作主张，带着那个重伤的女子在他的木屋外住下已经有好几天了。

女子年纪不大，浑身几乎没有一处是完好的，一直处于半昏迷状态。她的眼睛瞎了，脸毁了，嗓子哑了，筋脉断了，骨头里全是销魂钉的窟窿，更没有半分求生的意志，基本上已经算是个死人。

竹染不想跟那只上古凶兽发生冲突，任由它住在自己的屋檐下。

说来这哼唧兽也是聪明，知道附近布有阵法，其他猛兽不敢靠近，为了女子的安全，宁愿屈居在这里。

它每日觅食回来，嚼碎了生肉一点点喂给她吃。但女子生意全无，先前还能吞下些血水，最近什么都吐出来。哼唧兽开始恐慌，焦躁不安，夜夜在屋外嘶吼，吵得竹染也不得安眠。

都是快死的东西了，竹染可不想为了一个没有利用价值的人浪费自己的药材和力气。

可是一连过了好几天，那人还是没断气。

竹染觉得有些奇怪。他趁着白天哼唧兽不在，走到她面前细细打量。

从看见她的第一眼起，竹染便知道她是长留山流放来的，因为她那一脸和他一样因为三生池水而留下的疤痕。

她看上去这么小，原来，还是个情种——

他轻蔑地扬起嘴角，试图从她手里取出宫铃，却没想到她连昏睡中都抓得这么牢。好不容易拿到手里，他细细打量，眉头越皱越紧，渐渐确定了这样五行皆修的弟子，只有白子画才教得出来。可是，又得是因为犯下什么样的大错，才会被长留钉了销魂钉，废了仙身仍不够，还要驱逐到蛮荒的呢？

竹染想，如果她能熬过这关不死，或许对他真能有点什么利用价值。

第三瓣

海的地与海的天之间，零星飘浮着上百座小岛，岛上种满了桃花树，纷纷扬扬地飘洒着粉红色的花瓣。整个世界，仿佛一直在下着粉色的花雨。

白子画抱着花千骨落在其中一座小岛上，发现四周跟绝情殿如此相似。

花千骨欢喜又惊奇地睁大眼睛，开心地跑来跑去。

方才的世界、方才的厮杀，已经被她遗忘。这里只是绝情殿，有她，还有师父，他们依然简单、宁静地生活着。

白子画却没办法放松，依旧紧绷着神经。

"小骨，你能感知到遗神书的下落么？"

花千骨迷茫地摇摇头。

白子画怕追杀他们的心魔又至，也不知道花千骨的身体还能撑上多久。时间紧急，他必须尽快走到梦境深处，找到遗神书。然而这时，他发现殓梦花不在他手中了。

"小骨，方才的那朵花呢？你有没有看见？"

花千骨还是迷茫地摇摇头。她刚刚醒来，面前的这个世界对她来说，一切都是全新的，也是理应如此的。前一个世界对她来说，犹如春梦了无痕迹。

"师父，你饿了么？小骨去给你做桃花羹吧！"

花千骨开心地直奔厨房。白子画未敢放松，将周围翻了个遍，仍没有找到殓梦花。

"师父——师父——"

一声声催促响起，是小骨叫他吃饭了。白子画心神一恍，犹如回到当初的绝情殿，仿佛一切都没有改变。

一万八千二百一十四、一万八千二百一十五、一万八千二百一十六……

下一个瞬间，他已经逼自己清醒过来。这里不是绝情殿，这里只是小骨的梦境。

他微一失神，发现自己不知何时已经跟花千骨坐在桌前吃饭。

花千骨手里捧着桃花羹，举起勺子，想要喂他。白子画犹豫了一下，眼睛直直地盯着花千骨。花千骨并不退缩，又伸了伸勺子，似乎执意要喂他喝下。

白子画奇怪地犹豫了一下，终于张开了嘴，任由花千骨喂他。花千骨很高兴，满心欢喜地看着他的薄唇轻轻翕动，偶尔唇间沾上一抹桃红，显得无比诱人，她也忍不住吞吞口水。

"师父……"她无意义地喊了一声，白子画也无意义地嗯了一声。两人目光相交，无数前尘过往激荡起大浪，白子画不由得移开眼去。

"小骨，你还记得身边有什么人，发生了什么事么？"

他想要知道这第三个梦境的全貌，最简单的方法莫过于从花千骨的口中得知，但他不知道应该怎样提出这个问题。很显然，这个世界与之前有很大不同，但完全是在情理之中。这里景色优美，和风阵阵，除了天空，其实不是天空，而是巨大的海洋，其他的几乎与现实中的绝情殿没有任何差别。他们穿梭在一个又一个海洋夹层的梦境之间。

花千骨不太明白白子画的话是什么意思，不过依然老老实实地回答。

"师父是在问糖宝么？它下绝情殿找十一师兄和轻水玩儿去啦。"

白子画看着她单纯欢笑的脸，心头猛地一痛，竟然没法再像之前一样告诉她一遍：小骨，这些都是假的，你只是在做梦。

他有多久没有看到她的笑容了？

白子画再也说不出一句话，只能继续默默地喝着花千骨喂来的桃花羹，享受着这只有在梦中才会有的、属于他们师徒俩的温馨时光。

桃花羹的味道微微带着一些苦涩，跟他在现实中吃过的不同，他想他永远也不会忘记这个味道。

突然，花千骨站起身来，踌躇了片刻，啪嗒啪嗒地跑开。白子画正疑惑，她又啪嗒啪嗒跑了回来，手里举着一只烧好的冒着热气的鸡腿。

白子画沉默了一下，他平日里并不食荤腥，不过，梦里也顾不得这么许多。而且，花千骨的举动值得他玩味。

为什么是鸡腿？

白子画看着她，花千骨眼中满是毫不隐藏的期许，他犹豫了一下，将鸡腿接了过来。他白皙如玉的手指上沾了油腻，但他似乎并不觉得有何不妥，张嘴欲咬。花千骨及时伸手接住了那滴要落到他白衣上的油星，然后一手将鸡腿抢了回去，红着脸跑了。

白子画不由得无奈地摇头。天色瞬间暗了下去，白子画发现自己已到了卧室。还未等他闭眼，三个计时之后，天色又已然大亮。花千骨蹦蹦跳跳到他门外，像往常一样，来给他束发。

白子画苦笑一声，凝望外面蓝色背景下的漫天桃花，每一朵花仿佛都镶着金边。

花千骨在他身后温柔地给他梳着头，嘴里喃喃地说着刚从《七绝谱》中悟出了一道新的菜式，一会儿要做给他吃。白子画满心温暖，可想到一切只是一场幻梦，现实中的他三千发丝再无人可束，不由得悲从中来。

花千骨站在他身后，并不能看到他的目光瞬息万变，只是觉得世界上的所有光芒都汇聚在师父一个人身上，一切美好得像梦一样。而哪怕只是梦，她也愿意永远都不醒过来。

五十五万九千二百二十二、五十五万九千二百二十三、五十五万九千二百二十四……

按花千骨的时间来算，白子画在这个梦里已经过了有一个多月了。而按照外面的时间来算，不加上起初白子画昏迷不醒的那段时间，也已经过了好几天。

这段时间里，白子画找遍了每一座岛的每一个角落，但始终找不到殓梦花。这就等于没有了打开梦境出口的钥匙，就算花千骨睡着，也无济于事。

其间，糖宝、轻水、落十一、朔风等人全都出现过，然后又离开。绝情殿里依旧只有他们师徒二人。每个人都还是他们曾经的样子，不过，让白子画有些吃惊的是，杀阡陌在花千骨的梦境里完全是个女子，还有胸，绝色倾城，妩媚动人……看到他的模样的时候，白子画差点忍俊不禁。东方彧卿依然只是普通书生，不是异朽阁主。

白子画问东方彧卿，看见花千骨梦里自己的投射有何感想。

东方彧卿笑言："我只是没想到，原来在骨头心里，我这么帅、这么好看啊。"

的确，白子画也承认，梦境里没有太阳，东方彧卿就仿佛是这个世界的太阳，是最中心的发热源。他整个人都散发着淡淡的温柔和煦的微光，让人一看就暖到了骨子里。他一直关爱地注视着花千骨，眼神里满是宠溺。花千骨在他的陪伴下总是自在又欢欣，那是种连他这个做师父的也给不了的、单纯的、满满的幸福。

白子画明白了为什么骨头哪怕最后知道了东方彧卿的真实身份，猜到了一切的起因和缘由，还依然愿意相信他，也从不怨他。在那一刻，东方彧卿心中万世累积的冰墙轰然倒塌。

白子画竟突然对他心生羡慕，他也想看看花千骨梦境中自己的投射，但始终未曾出现过，可能因为自己已经进入，所以再没有投射的必要。

就在这时，白子画突然感受到一阵强烈的不安，是从东方彧卿那里传来的。

"怎么了？"

东方彧卿的神识飘忽不定，声音在他耳边突然变得忽大忽小。

"出了一点小麻烦，我必须提前醒来了。"

"什么麻烦？"

"放心，没有什么是我解决不了的。我要强行出梦，你可能会有些难受。"

白子画紧握双拳，突然感觉到一阵钻心剧痛。

"这些天你虽然全力在寻找，但是我知道，你从内心深处根本就不想找到殓梦花。如果连你自己都不想离开这个梦境，那你们又怎么能离得开呢？"

白子画听完脸色一变。

"不要流连，要记住，真正的小骨还在蛮荒苦苦等着你——"

东方彧卿的声音越来越远，最后消失殆尽。

"师父，你怎么了？"

花千骨见白子画脸色苍白，连忙将他扶到榻上休息。

"我没事。"白子画陷入了沉思，未发觉花千骨看着他，看着床榻，似乎想起了什么，脸一下子红了。

白子画仔细思考东方彧卿离开前说的话。的确，或许自己也不想离开这个美好的梦境，回到已失去小骨的冰冷现实中吧。他看着窗外，长长地叹了一口气，然后凝望着花千骨。

"小骨，师父有一件事，必须要跟你说。"

花千骨仿佛察觉到了什么，勉强挤出一丝笑容。

"天色已晚，师父你早点休息吧，有什么事明天再说。"

话音刚落，窗外已风云色变，晚霞千里，浮光跃金，下一个瞬间又隐于黑夜，空中看不见繁星，却有萤光飞舞的水母、蝴蝶、飞鸟和游鱼。

花千骨转身欲走，白子画抓住她的手臂。

"小骨，梦再美，也有醒来的时候。"

万籁俱寂。

花千骨没有回头，声音却陡然变得冷清空洞。

"师父，我们在这里，不会被蛮荒、被妖神之力、被任何人、被任何无法挽回的错分开，不好么？"

"好，可这一切都不是真的。"

花千骨回过头来，泫然欲泣："师父，你还是不肯原谅我？"

白子画平静地望着她："小骨，如果你真的认为自己所做的没错，也毫不后悔，那你就需要自己先原谅自己。"

不能再继续绝望消沉，要努力活下去，这才是他白子画的徒弟。

"师父……"

花千骨突然回身，紧紧地抱住了他。

她错了，她怎么会没错？从爱上他开始，她就错了。一步错，步步错。

花千骨突然哭了起来，那么久的委屈和悲伤，都化作成串的泪珠往下落。可是，哪怕情绪再崩溃，她也努力维持着这个世界的完整。白子画不明白，这个世界对她而言，跟其他的世界不一样，跟所有的都不同，这是她最初的美好，是她愿意牺牲一切去凝固的瞬间。

白子画被她抱住，有些错愕，但看着她哭，又无比欣慰。至少在梦中，她终于可以肆意欢笑流泪了。

白子画伸出手，第一次或许也是唯一一次替她擦去脸上的泪水。泪水烫得几乎灼伤了他的皮肤。

花千骨哭得更伤心了，她埋头在他颈项间，泪水几乎湿透他的衣服。

"师父……"

花千骨突然想起那一夜他吸她的血，吻她的唇，不由得情动，壮着从未有过的胆子亲了上去。白子画轻叹一声，微微偏头，吻落在他的嘴角。

这不是他的错觉，梦中的小骨的确比现实中任性许多。或许只有在这里，她才能做一直想做的事，要想要的东西，做想做的自己。

可是……

"不可以，小骨。"

他要怎么跟她说这样是错的，是连想都不能想的事情？

花千骨委屈地看着白子画。

"师父，你不是说这只是我做的一个梦么？"

白子画摇了摇头，声音依旧清冷无比："梦里也不可以。小骨，你永远都是师父的徒儿。"

花千骨怔怔地后退，苦笑一声，笑声像一滴水珠打在空荡的洞穴里，在空气中溅起涟漪。他说梦里也不可以。就算梦里她也不可以对他抱有任何绮念，否则便是大逆不道，罔顾伦常。

各种往事蜂拥而至，她开始一点点想起，想起白子画一剑剑刺下断念有多痛，想起绝情池水烧肉蚀骨有多痛。可是她并不害怕，她害怕的是孤孤单单留在蛮荒，害怕师父不要她了！

白子画看着花千骨颤抖的双肩，知道她已明白了一切，明白了一切都是假的。但是，让他没想到的是，四周出人意料的平静，世界没有再次坍塌，什么都没有发生，只是粉色的桃花瓣已变成了鲜红色，犹如用血浸染过，飘得满天都是。

"小骨，把殓梦花给师父。"

"如果我不给呢？如果……我要把你困在这里一生一世呢？"花千骨凄然一笑，"反正我也快死了，反正我也见不到你了！"

"不许胡说！"白子画忍不住大声呵斥，他看着花千骨的眼睛一字一句地说道，"师父不会留你在蛮荒，师父一定会想办法救你。所以，你也不能放弃！"

花千骨摇头，就算她出了蛮荒又如何呢？师父眼睁睁看着她被泼绝情池水，已经知道了她隐藏最深的秘密。师父不会再要她了，她只是师父的耻辱罢了。

如今，既然他这么不想留在这里，那么，就让一切灰飞烟灭好了！

花千骨挥挥衣袖，漫天飘飞的粉红色花瓣枯萎凋零，一座座小岛开始分崩离析。

白子画看着周围塌陷毁灭，竟也不由得呼吸一窒。绝情殿上的一切对他来说同样重要，只是她或许永远都不会了解。她崩溃了的世界，又何尝不是他的？

"小骨，住手！"

花千骨苦笑着摇头："你放心，我会带你进入下一个梦境，找到你想要的东西。"

花千骨闭目凝神，再一睁眼，只剩下四片花瓣的殓梦花瞬间出现在她手上。然后，花千骨便毅然决然地从绝情殿露风石上纵身一跃，衣袖翩跹，犹如蝴蝶，一头扎入海中。

"小骨！"白子画紧接着跳了下去。

花千骨闭上眼睛，在他下方缓缓下坠，像盛开至荼蘼的花。他努力向她伸出手，却终究什么也没有握住。

世界一片白光，他再次从海底跃出，掉入空中。

＊　　　＊　　　＊

东方彧卿一边咯血，一边从梦中醒来，身体还在不断抽搐。

朽卫上前来按住他。

"阁主！"

东方彧卿眼神空洞，犹如丧失了灵魂，很久之后，眼睛才一点点亮起光来。

他看着朽卫，声音沙哑地说道："出了什么事？我说过，除非十万火急，否则决不能把我从梦中唤醒。"正说着，已听到门外巨石轰鸣，犹如山崩地裂。

东方彧卿走出去，站在二楼的阳台上，可以看见前面不远处的庭院中乌云压顶，电闪雷鸣，是摩严、笙箫默正在强行破阵。

朽卫语气冰冷："阁主，此二人擅闯异朽阁，如果我等再无动作，他们很快就会闯破阵法。一旦发动，他们二人必定死在阵中。鉴于二人的身份，还有跟白子画的关系，属下无法裁决，故而惊醒阁主。"

东方彧卿远远看着他们，心里是有些生气，因为他们害得他白白浪费了一片殓梦花花瓣，原本他还可以远远地多看骨头一阵的。东方彧卿无奈地长叹一口气，挥了挥手，阵法瞬间解除。

摩严和笙箫默来到他面前。

二人的修为仅在白子画之下，放眼六界都难逢敌手。然而，联手闯入异朽阁还是让他们吃了不少苦头，摩严更是受了重伤。

"异朽君，把我师弟交出来！"

摩严再三逼问笙箫默，得知白子画来了异朽阁，再加上白子画多日不回，他早就乱了分寸，誓要硬闯。笙箫默阻拦不住，只好也跟随他闯了进来。

东方彧卿彬彬有礼："世尊、儒尊驾到，有失远迎。尊上此刻正在屋内，不过不便打扰。"

摩严一听，疾奔入屋内，看到白子画紧闭双目，躺在榻上，不禁面色一变。

"师弟！"

东方彧卿的身体还未从神魂脱离中恢复，一直在旁边咳嗽个不停。

"尊上没有大碍，只是入了别人的梦，相信不用多时就会醒来。"

摩严探查了一下白子画的脉象，又见他手里拿着殓梦花，心知东方彧卿所说不假，这才松下一口气来。然而，随即又不由得怒从心来。

"他来异朽阁，难道就是为了交换殓梦花，进入花千骨的梦境？"

"正是。"

"真是胡闹！难道不知道这有多危险么？"摩严气血上涌，加上重伤，差点晕过去。

笙箫默连忙扶住他："大师兄，掌门师兄自有他的打算。"

摩严难以置信地摇头："他竟为了那个孽徒做到这等地步……"突然想到什么，摩严瞪视着东方彧卿："他跟异朽阁交换了什么？"

东方彧卿笑着摇头："抱歉，这是尊上与异朽阁之间的秘密，不能告知他人。"

"你！"摩严气得想要对东方彧卿出手，东方彧卿巍然不动，笙箫默连忙将摩严按住。

"师兄还在梦里！"

摩严这才勉强冷静下来，现在子画的安危才是最重要的。自从他中了毒，花千骨盗了神器，长留的一切就越来越乱套。不对，从花千骨入门那天起，一切就已经逐渐失控。

"他什么时候才能醒？"

"等这殓梦花的花瓣落完，尊上找到了他想要的东西，自然就会醒来。"

正说着，只见殓梦花陡然发出一阵光来，第四片花瓣飘然掉落。

第四瓣

周围人声鼎沸，车水马龙。

白子画站在人群中央，四处寻觅，但没有花千骨的踪迹。

一百三十二万七千三百九十五、一百三十二万七千三百九十六、一百三十二万七千三百九十七……

上空阴云密布，遮住了海天。周围异常真实，如果不是内心一直在计数，白子画真的会怀疑自己是不是已经从梦里醒过来了，此刻正站在一条普普通通的大街上。

虽然是普通的镇子，但这个梦跟第一个梦大有不同。第一个梦并不按世间既有规律构建，四时混乱，空间颠倒，人物繁杂，所谓的稳定只是表面现象。而这个世界，完全是对现实的真实还原。只是这些都不重要，重要的是殓梦花在哪儿，遗神书在哪儿，小骨在哪儿。

白子画在附近一连找了好些天，这里连白天和黑夜的时间都完全与他的计时同步，并没有飞跃和快进。

这让白子画变得有些焦躁，这意味着他和小骨同时昏迷了很多天了。对他来说，身体有异朽阁照看。但对小骨来说，在蛮荒失去意识就意味着危险，时间一久，就算是哼唧兽，也很难护她周全。但还好的是，梦境到现在并没有坍塌，这至少说明小骨还活着，验生石还亮着。

一连又找了几天，这个世界太真实、太广阔，而小骨如果存心不想让他找到的话，他便犹如大海捞针。

白子画站在街上，沉下心来，想要寻到蛛丝马迹。突然，他发现，店铺里卖的糕点只有花千骨喜欢的味道。他微微扬起眉梢，突然反应过来，其实小骨就是这个世界，这个世界到处都是小骨，街上的每一个人，都是小骨的耳朵、眼睛和喉舌。

白子画站在原地，用并不大的声音说道：

"小骨，出来，不要让师父找不到你……"

这个世界静止了半秒，街上行人匆匆的脚步同时僵了刹那，随即一切又恢复如常。

然后，白子画看见了花千骨。

她穿越人群而来，穿着粗布麻衣，面露微笑，手里牵了一个小女孩，正一边逛街，一边说话。她身边伴了一个男子，手里牵了一个小男孩。男子不时在她耳边私语着什么。小女孩走不动了，抱着男子的腿，他便把她抱到肩上，让她骑在脖子上。

小女孩高兴地挥舞着双手，小男孩则拉着花千骨的手，指着旁边的糖葫芦，嚷着要买。

白子画怔在当场，以至于他们一家四口拿着糖葫芦，从他身边擦肩而过的时候，白子画一动不动。花千骨好像完全不认识他一样，从他身边走过，一只手还拉着别的男人。

白子画觉得背脊有些发凉。

原来，这就是她这一次的梦，她不想爱他了，她想像一个平常人一样嫁人成亲，拥有一双儿女，安乐地度过一生。

可是，怎么能够……

"小骨！"

他一声呼唤，花千骨慢慢转过身来，奇怪地看着他。一家人也都跟着转过身来，白子画发现他们的模样已与方才不同。

或许对花千骨来说，她只是想要这样一个家，但并不十分确定她会嫁的人、会有的孩子到底是什么样子。

"这一切只是你的梦而已，跟师父走！"然而，花千骨依然一脸迷惑地看着他，又看看自己的丈夫，无奈地摇摇头，就要转身离去。

白子画的心不由得一沉，他以为她还记得自己叫小骨，至少还保留了一丝理智。但显然，她入梦已经太深，宁肯自欺欺人。

白子画的横霜剑瞬间出鞘，他手持利剑，对着一家四口。他知道花千骨已忘掉一切，只有斩除这些幻影，或许能让她清醒。

感受到他的杀意，花千骨防范心起。瞬间，街上的所有人都停止了行动，整齐划一地转向白子画，向他发动了攻击。然而，花千骨的招数法术都是他亲传，这世上没有人比他更了解自己的徒弟，他怎么会破解不了呢？

当白子画轻而易举地击破众人，剑到眼前时，花千骨惊慌失措地挡在丈夫和一双儿女身前，眼睛里满是惊慌和哀求。

白子画从未如此艰难地举剑，他从来不是心软的人，当初面对花千骨都能下得去手，何况现在只是一些魔障幻影。可是，内心深处的某个角落，让他此次的剑举得从未有过的心虚。

为什么？自己又怎会被这些梦境假象所迷惑，白子画目光一冷，手一挥，剑气直接将三人斩作飞絮飘散。花千骨哭喊着，无助地伸出手去想要握住些什么，却什么也没有抓住。

白子画一句话也没有说，一把抱住她，任凭她拼命挣扎，一拳一拳打在他身上。她狠狠地咬在他的手臂上，那充满憎恨和愤怒的双眼，仿佛真是他害得她家破人亡。

白子画不断地告诉自己，这只是梦境而已，一切都是假的，包括她的伤心、她的愤怒。他以为自己什么都不在乎，可是，原来他还是承受不了她恨他、忘记他。

花千骨在白子画怀里一直哭，哭着哭着，终于睡着了。

白子画从她身上找到殓梦花，他们下坠进入下一个梦。白子画只希望在下一个全新的世界里，她已经忘掉了之前这个残酷的梦境，忘掉了他的冷漠无情。

他在冰冷的海里牢牢抱紧花千骨，生怕她再一次跟自己分开，找不到了。

他不会再让她离开自己身边。

＊　　　　＊　　　　＊

竹染静静坐在榻前，看着昏睡中的花千骨。开始的时候，她性命垂危，甚至有一晚已经没有了呼吸，他费了好大力气才把她从鬼门关拉回来。不知怎的，最近这段时间，她开始逐渐恢复过来，能喝下一些汤汤水水，身上的伤也开始缓慢地结痂痊愈。

竹染是个出奇执着的人，从很早的时候起，只要是他想做的事，就一定能够做成；只要是想要的东西，他就一定能想办法得到。对于花千骨，他不救便是不救，一旦决定救了，就绝不会允许她死在自己面前。

花千骨迅速恢复，的确很大程度上归功于竹染的医治和看护。他虽然冷漠邪气，但照顾起人来，比任何人都小心细致。面对三生池水对她造成的伤害，没有人比他更有经验。

哼唧兽对他已渐渐不再怀着敌意了，还会捕来许多猎物感谢他。他也毫不客气，照单全收。

本以为按照这个速度，花千骨早就应该醒了，但她却始终昏睡。竹染刚开始以为是她伤势太重，渐渐地，他发现不对，是有人入了她的梦。

不管怎么说，这是一件好事，还有力气做梦，说明她一时半会儿还死不了。但这个时间有点太长了，一连许多天，不论他使什么法子，都没办法将她唤醒。

竹染开始有些焦躁起来，他捡回来的棋子，如果连下都下不了，那对他而言还有什么利用价值？她如果一直迷失或者沉醉在梦境里，难道自己就这样养她一辈子？

梦魇中，她偶尔张嘴低喃，虽发不出声音，但竹染知道她在叫着师父。竹染怀疑入梦的人是白子画，但又想不出他这样做的理由。但无疑，这是一个再好、再绝妙不过的机会。

竹染心一动，匕首已架在了花千骨的脖子上。只需要轻轻按下，割断她的喉管，就能通过她杀了在她梦境中的白子画。这是一个许多人一生都等不到的机会，对他而言，也不会再有第二次了。

竹染目光闪烁，犹豫着，但杀意还是渐渐消散。眼前这女子，满身都是谜团，是他打开蛮荒大门的钥匙。他不会为了仇恨断了自己的生路，哪怕那份恨不共戴天。

竹染最终还是将匕首收了起来。

是的，他就是这样的人。而花千骨和白子画从未知道，他们的生死都曾经只在竹染的一念之间。

第五瓣

九百九十九万九千九百九十七、九百九十九万九千九百九十八、九百九十九万九千九百九十九……

*　　　*　　　*

不光是摩严和笙箫默焦急难耐，这次连东方彧卿都察觉到了不对。

白子画和花千骨进入第五个梦之后，就再无动静。一转眼，已经三个月了。

东方彧卿首先怀疑的便是花千骨的梦境坍塌了，白子画被埋葬其中，抑或是他或者他们俩已经迷失在梦境深处。但白子画的身体状况并没有出现什么异常，脉象虽弱，但十分平稳，他手上只剩下两片花瓣的殇梦花也依旧生机盎然。

东方彧卿没办法不觉得奇怪，第三个梦和第四个梦，白子画都顺利通过，到底第五个梦里发生了什么，会让白子画耽搁那么长时间？到底是什么困住了他？

让东方彧卿无奈的是，他却没有办法再通过殇梦花入梦一次，白子画已经独自走得太深太远，他无法窥见。

力所不能及，识所不能知，东方彧卿也变得焦躁起来。他简直无法想象，也根本不敢去想花千骨在蛮荒是怎样一种境况，只能不断自欺欺人地告诉自己，梦在做着，她至少还活着。

摩严一直寸步不离地守着白子画，他知道，做这一切，都是子画自己的选择。但是，他还是不得不小心翼翼地提防着东方彧卿，毕竟，他是子画在这六界之中唯一忌惮的人。

因为身在异朽阁，他不得不第一次放手了长留山的事务，交给落十一打理。原本对这个徒弟，他并不抱多大希望，毕竟比起竹染，他的各方面能力都差了太多。但没想到，竟没出半点岔子。

摩严有时候不知道自己应该怎样教导这个弟子才好，原本就是图他勤勉踏实，应该不会像竹染一样步上邪路，却又总是恨铁不成钢，嫌他的天分和悟性都差竹染太多，一方面严厉苛责，过高要求，一方面又怀疑提防，处处打压。

十一在他面前总是谨小慎微，老成持重，事事恭听，摩严甚至从来没看见他有过别的多余表情。直到偶然有一次，看到他陪着糖宝，给它吹糖人，笑如春风，他才猛然发觉，原来那才是自己徒弟真实的一面，善良柔软，随意淡然。

只是自己一直在勉强他做自己的好徒弟，做最出色的长留首座的大弟子，做长留八千弟子心目中值得尊敬的大师兄。

虽然他不是一个好师父，但没想到子画也教出来那样一个孽障。从看到子画入梦的那一刻，他就开始忐忑不安。

他虽然已用绝情池水试过子画，知道他道心坚稳，毫不动情，但进入花千骨的梦中，势必会看到不该看的东西。他自作主张逐花千骨去蛮荒，就是想瞒住这一点，然而……

摩严忍不住轻叹一声。笙箫默站在他身后，轻轻拍了拍他的肩。就在这时，白子画手中的殓梦花突然发光。摩严、笙箫默、东方彧卿三人脸上同时露出了惊喜的表情。

过了足足三个月，殓梦花的第六片花瓣终于掉落下去。

第六瓣

白子画和花千骨从海底刚跃出的刹那，一股神清气爽的味道便扑面而来。

眼前是一个用任何语言都无法形容的琉璃仙境，云海翻腾，山海连绵，就连一棵草都完美到极致，就连一粒沙都五光十色，任意一阵风都输送着无尽灵力，任意一阵声响都是天籁之音。

白子画知道，这就是早已关闭了大门的六界中的神界了，普天之下，也只有小骨曾瞥见过其真容。这是她内心深处最远离喧嚣的一处净地，以最简单、最纯粹的形式存在，是她最遥远又最真实的故土。

原本这应该埋藏在她梦境的更深层，可是，或许在她真正答应和自己一起找遗神书的那一刹那，关于神界的梦就开始上浮。

"小骨，能感受到遗神书么？"

花千骨遗憾地摇了摇头："师父，还是没有。"

白子画并不气馁，既然来到她远古记忆中残存的神界，那么离找到遗神书也不会太远了，应该就在下一层梦境中。

花千骨环顾四周，心情格外好。在这里，她身体的每一寸都感觉舒适愉悦，仿佛自己就是这个世界的一部分。

"师父，你为什么一定要找到遗神书？"

她虽然答应了他，但自始至终没有问过他为什么要找遗神书，遗神书里到底有什么，为什么有了遗神书，她就可以离开蛮荒了。

白子画看着花千骨，无法言说。他无法说他为了救她，将妖神之力封印在她体内；为了苍生，又不得不让她远离六界。他不信这世间，就真的不能情义两全。

白子画摸了摸花千骨的头："走吧，我们去下一个梦境。"

"嗯。"花千骨没有继续追问，只是笑望着他点头，拿出了殓梦花，轻轻摘下上面残存的最后一片花瓣，然后闭上了眼睛。

他们以迅雷之速顺利地离开了这个人人趋之若鹜的六界中最美的世界。

＊　　　＊　　　＊

摩严、笙箫默、东方彧卿还在怀疑，要想白子画进入下一层梦境，是否又要等上几个月。然而没有想到，随着第六片花瓣的掉落，殓梦花最后一片花瓣很快也掉了下来。

东方彧卿静静看着白子画沉睡的脸。这是最后一个机会，希望你能找到遗神书。

第七瓣

这个世界放眼望去全是海。天是海，地是海，连空气仿佛都是蓝色的。

巨鲸从半空中缓慢游过，它们的周围是发着光的各种浮游生物。

不远处有一道巨大的门，上不着天，下不着地，门上镂刻着紫色的古朴花纹，白子画觉得莫名地眼熟。纹路中满是干了的血迹，门上散发出巨大的寒意与杀气，就连白子画都觉得冰凉彻骨。花千骨更是瑟缩成一团，在他怀中不停地颤抖，眉睫上也迅速覆上了一层白霜。

白子画连忙带着她迅速往后飞去，试图离那扇门越远越好。直到花千骨不再发抖，他才停了下来，然后转身回望那扇门，不由得身子一震。

这哪里是门，而是一柄巨大的紫色长剑，正是断念，浩然悬浮在海天间，用整个世界的高度支撑起这个梦境，何其壮观，又何其惊心。

这时候，白子画看见花千骨倒抽一口凉气，抖得更厉害了。白子画从未见过她如此恐惧和绝望过。白子画顺着她的目光向下看，才知道她看见了什么。

在第七层梦境之海的水面上，漂浮着一个正在沉睡的女子，犹如巨型冰雕。偌大的身躯足有常人的千倍万倍，巨鲸也不过她的盈盈一握。她浸没在水里，层层叠叠华丽的衣幔随波上下浮沉，飘带和紫色的长发在海中如水蛇狂舞。她的脸色苍白得过分，双目紧闭，五官完美得近乎神迹。

断念剑的剑尖刚好垂直悬于海面，立在她的眉心，而她眉间的那一点红仿佛是剑尖上滴落下的血。

白子画看着眼前一幕，怔了许久，禁不住长叹一声，这便是她长大后的样子，这便是真正的花千骨了，这世上最后一个神。

白子画难以置信地遥望着这海天之间的壮观图景，犹如观摩一幅上古流传下来的旷世壁画，墨色浓重到呼之欲出。

她长睫如树，有五彩的游鱼在其间穿过。她长发如林，呈放射状漂浮摇曳，长得看不到边际，犹如紫色光芒，将整片海面贯穿，美得几乎让人屏住呼吸，忘怀一切。

所以，很多年后，当白子画看着花千骨心碎绝望，长大成人，化作妖神破海而出的那一刻，他比想象中要平静，因为他早已在梦中见识过，她最壮观、最原始、最惊心的美。

"师父……"花千骨好不容易举起手来指了指，她本能地惧怕，这一切已经超出了她的想象，也超出了她的理解。但是，她能感受到，遗神书就在那个方向，在那个人那里。

白子画随手化了一朵云，将花千骨置于云中。

"你在这儿等着师父。"

花千骨想跟他一起过去，却又骇于断念剑，不敢再靠近。

白子画飞临花千骨的神的身躯上空，又或者，他如今该称呼她为妖神花千骨。

她的神识早已被妖神之力浸染，她不再是那个单纯的守护大地苍生的神祇了。

断念剑将所有杀气都凝于她的眉心，不让她起身破梦而出。就如同花千骨身上的妖神之力，被他封印于最深处。如今，他必须冒险将她唤醒。

仿佛感受到了某种不安与不祥，海上的风逐渐大了起来，断念剑在风中不时发出嗡嗡剑鸣声，震荡着天地。花千骨焦急地看着白子画，她听不清师父说了什么，只远远看见妖神花千骨突然睁开了眼睛。

那是一双全黑的、没有任何光亮的眸子，她的灵魂几乎要被那双眼睛吸入。她无比害怕，只希望白子画赶快找到遗神书，然后离开。可是，对白子画来说，他必须跟她对话，因为遗神书就是她，她就是遗神书……

花千骨看到她的双唇开始缓缓开合，一阵空灵而奇怪的声音从那个方向传来，巨大的声波一层一层回荡开，在海面涌起巨浪，在空中卷起大风，几乎把她掀下云来。

那种话语如同古老的梵唱，每一字都迂回婉转，仿佛有九九八十一个调子。花千骨觉得自己能听懂，却又完全不明白她在说些什么。

只看见她脸上带着一丝鬼魅邪意的笑，只看见白子画的身子犹如风筝，在空中随风起起伏伏，脸色也越来越苍白。

许久之后，古语声止。

而她，突然转动眼球，看了花千骨一眼。

万籁俱寂，花千骨整个人仿佛都被冰冻了。仿佛只这一眼，她就已灰飞烟灭，尸骨无存。而她嘴角的笑意更浓了，然后再次轻轻地闭上了眼睛。

白子画的身子在空中浮了浮，终于径直掉落下去，而她只需轻轻张嘴，便能将他一口吞噬。

"师父！"花千骨再也顾不得其他，飞了过去，一把将他接住，然后飞快逃离。

她冷得发抖，但更多的是害怕。

她一直飞，一直飞，几乎用尽了力气，仿佛要飞到这个世界的尽头。

然而，不管飞到哪里，一回身，还是能看见那柄支撑整个天地的断念剑。那是她无论逃到哪儿都避不开的劫数。

"师父？"

白子画逐渐清醒过来。

他与妖神的对话时间虽短，但因为是古语，每一个字所包含的信息量都大得惊人。

他答应过，要找到遗神书，接她出蛮荒的。

可是他不得不食言了……

无须开口，花千骨已从他眼中那一丝无法隐藏的内疚中明白了一切。

一滴泪水从眼角滑落，她惊慌而又恐惧无措。

"师父，你说过不会抛下小骨一个人的……"

白子画嘴唇微颤，说不出一句话来。早知如此，他又何苦执着入她梦境里来，给了她希望的同时，又再一次让她心碎绝望？

海啸汹涌而至，同时，他们四周落下了数道黑影。

荧荧鬼火燃得更旺了，她的十三个心魔穿越了无数个梦境，一路追杀，终于还是到了这里。十三个人围成一个圈，同时向他们发动了惊天一击。他们避无可避，那一刻，白子画突然之间不想再避。

花千骨却死死护住他，发出一声悲戚的巨大哀鸣，十二个人被她突然爆发的力量震飞消散，却唯有一人，径直一剑穿透了她的心。

白子画怔在那里。

爱、悲泣、绝望、自卑、自厌、惭愧、羞耻、思念、恐惧、失望、悔恨、疑惑、哀痛，这是小骨的十三个心魔。在这些心魔中，绝望最强大，思念总是放他们一马，自厌一直在发起攻击，没想到最后却是爱杀了她。

白子画第一次感受到冰冻的心，像是要被敲碎的感觉。

花千骨只是看着他悲凉一笑，然后用尽最后的力气掀起滔天巨浪，将他向上推出了梦境，自己则慢慢闭上眼睛，朝着更深的大海坠落。

白子画伸出手，却无力抓住她。在梦里，她是全能的神，她的心愿是不可逆的。

白子画只能眼睁睁看着她死在自己面前，眼睁睁看着她沉没，离自己越来越远。他不断拼命地大声提醒自己，这只是一个梦而已，小骨还活着！可是，他已心痛得无法喘息，恨不得随她一直在梦中坠落下去。

*　　　*　　　*

失去了所有花瓣的殇梦花在这一刹那凋零、枯萎，化作齑粉散为尘。

东方彧卿猛地站起身来，摩严和笙箫默吃惊地看着他。

榻上的白子画此时睁开了眼睛。

"师弟！"

"师兄！"

二人连忙围上前去。

白子画与东方彧卿目光相交，瞬间，东方彧卿已明白了一切，无力地跌坐在椅子上。只一秒，他又好像下了什么决心一样，释然地仰天一笑，仿佛什么都没发生过一般看着白子画。

"难为尊上白跑这一趟。不过我猜，你找到遗神书了。"白子画没有承认，也没有否认。

东方彧卿走到他跟前，眼神咄咄逼人："我不相信遗神书里会没有解决妖神之力的办法。"有，但那是他永远也不会用的办法，也不会允许任何人用。他宁愿小骨一直被困在蛮荒。

"好吧，既然尊上不肯说，那我换个问题好了。我很好奇，在第五个梦里，到底发生了什么，会让你耽搁那么久？"

白子画突然抬起头看着他。

"关你什么事？"

白子画从来都是内敛的，他的所有光芒都被他藏在身体里。然而此时，他露出了从未有过的敌意与锋芒。

东方彧卿一怔，百千万世，他从来没看到过他这个样子。他的表情依旧冷漠如仙，可是眼神带了一丝魔性，但转瞬即逝，又恢复成那个高高在上的长留上仙白子画。

东方彧卿不由得沉思。

第一个世界，是花千骨粉饰后的世界，虽然看上去风平浪静，但其实不堪一击，稍稍用力，就会被摧毁。

第二个世界，是她内心世界的真实反映，千疮百孔，满目疮痍，让人不忍目睹。

第三个世界，是她回忆中的美好世界，她努力用手握住，靠着那些仅存的美好苟延残喘。

而余下的几个梦境，白子画到底看见了什么，经历了什么，他再也无从得知。

　　白子画看着东方彧卿，凝眉深思，虽然那一刻极其短暂，但东方彧卿已察觉到他的杀意。白子画的一丝犹豫给了他逃脱之机，未等白子画出手，东方彧卿已突然从房间消失不见。

　　他其实早已料到，白子画这趟若是得到遗神书，就皆大欢喜；若是失败，他也危在旦夕。因为白子画绝不会让他想出办法救花千骨出蛮荒。

　　若是过去，罢了就罢了。唯独这一世，他绝不会让白子画杀他，他不能就这样死，他还想再见到她。哪怕从今往后，他真的世世早夭，不得好死，他也要接他的小骨头回家……

　　摩严和笙箫默皆奇怪地看着白子画，白子画忍不住叹息。他已在力所能及的范围内做了一切尝试和努力，可是终究逃不开这样的结果。

　　摩严出人意料，什么责备的话都没有说。看到白子画的神情，他自然是知道他此次入梦，不管目的为何，定然是失败了的，心中反而隐隐松了一口气。

　　他以为白子画会消沉一段时间，还怕他伤势加重，却没想到，回到长留山后，白子画仿佛什么都没发生过一样，开始重新插手过问各项事务。

　　花千骨从梦中醒来，却没法睁开双眼，因为她的双眼已瞎。一个陌生的男子站在旁边，她知道这段时间一直是他在照顾她。

　　“我叫竹染，你记着。”那人见她醒了，声音无悲无喜，起身出去，又忙自己的事去了。

　　花千骨已经完全忘记了梦里发生过的所有事，就像大部分人多数时候做完梦醒来一样，只隐约记得零零碎碎的关于师父的片段，她以为自己只是思念成疾。

　　呵，居然还活着哪……

　　她摸了摸自己的脸，知道自己从今往后只能在无尽的岁月里，留在蛮荒苟延残喘。

　　深夜无星。

　　白子画极缓地走着，来到一处山崖之上。冷风凄凄，吹得他白袍乱舞。山崖下是万丈深渊。他凝视着深渊，慢慢跨了出去……

　　“师弟！”摩严突然在他身后出言阻止。

深渊之下，白子画的宫羽正悠然盘旋坠落，通往蛮荒的穷极之门已悄然洞开，犹如一个黑色旋涡，仿佛要吞噬一切。

穷极之门只有各派掌门的宫羽才能打开，摩严当时将花千骨流放到蛮荒，便是从霓千丈那儿借来了宫羽。他无论如何都没有想到，他当初的决定竟会让一切变成这样。早知如此，他就应该直接杀了那个孽障！

白子画平静地凝视着深渊中的穷极之门，眼中波澜不兴。

"我在梦中已答应了小骨，不会再抛下她一个人。既然她出不来，我便去陪她。长留山，就交给你跟师弟了。"

摩严难以置信地看着他的背影摇头。

"穷极之门，只进不出，有去无回。子画，你若当真做此决定，我不会阻拦你。那毕竟是你的弟子。可你是六界之尊，长留山的掌门，我的师弟！我答应过师父，会一世辅佐你，照看你，管束你！你今天若是敢迈进这道门，我便也随你一起，一起冥渡去蛮荒！我说得出，就做得到！"

摩严瞪视着白子画，字字戳心，毅然决然。

白子画面无表情，双肩却终究一塌，无力地缓缓闭上了眼睛。

"为什么你……总是要逼我？"

这世间，果然情义是不能两全的么？

白子画单薄的身子站在崖上，仿佛随时会随风化去。许久，终于转身离开。

六十四根销魂钉的伤，还有这么长时间的殚精竭虑、费心劳神，白子画回到长留山，终于一病不起。

他时常做梦，梦里还是有她在绝情殿。

桃花漫天，纷飞如雨，她拽着他的袖子，撒娇耍赖。

他摸摸她的头："师父就在这里，再也不离开了……"

第三版后记

本书再次再版，对于我来说，是件既开心又痛苦的事，这意味着我又得抓破头皮想番外了。写《花千骨》这个故事，像搭建了一所房子，耗时日久，虽已成形，但偶尔添添补补，偶尔修枝剪叶，偶尔庭前栽上一两棵树。

有人建议说，全书都是从女主的视角来写，写个男一或者男二第一人称的番外吧，一般的小说都这样。可一来觉得不甘心，二来怕画蛇添足，三来我虽给了白子画和东方彧卿以身份和性格，但真的经常不知道他俩到底在想什么。他们于我，就像在花千骨眼中一样，是充满魅力而又神秘莫测的。

思来想去，最后还是决定跟《婆娑劫》一样，补上剧情的某一块留白，写了《遗神书》。这个名字，在本书第一次出版时就用来写了番外，写的正是上古大战时的前史，是真正的"遗神书"。无奈写完各种不满，完全乱了风格，最后就没有放上去。我对此念念不忘，如今终究还是另外写了一篇出来，想来这也算是一种执念吧。

感谢《盗梦空间》的启发，让白子画和花千骨不用因天各一方而见不着面。梦，总是最能窥见一个人的内心，也更能直白地表达两个人的情感。写完之后，我发现它跟《婆娑劫》一样，成了整个故事中不可或缺的一环，不禁庆幸高呼，心也仿佛变得更加圆满。因为是新添加的内容，难免有一些与正文细节冲突的地方未来得及修正，请大家原谅。

已经有数不清的人问过我，东方彧卿到底是正派还是反派，是好人还是坏人，做这一切到底是为了什么，他到底怀着怎样一种目的。其实，我自己也一直没想明白，答不上来。人心太复杂，而东方彧卿经过万世轮回，他的心更加让人难以读懂，也更难用常理去解释。在这个番外里，我尝试着尽量给出一个解答，或者说，是某种可能性。而故事中更侧重想要讲述的，是白子画的情感。

师父总是饱受争议，但他为小骨付出的绝对不比任何人少。小骨一直为了他而努力，他又何尝不是？只是他的爱太大，藏得太深，要匡扶天下，要守护长留，还要保护小骨，可他自己从来都无人救赎。

若这个番外能让更多的人了解他，读懂他，我想我的目的就达到了。

迄今为止，《遗神书》可以说是我写过的最花脑力、包含信息量最大的番外了。在短短两万多字里，想构造七个世界，想更深地挖掘人物情感，或许是有些过于复杂和贪心了。原谅我时间仓促，笔力不足，对于想象中奇幻之恢宏，绝伦之精美，人物之感受，描绘不足万一。

如果这个写满梦的番外最终所展现出的跟你所想象的不太一样，那也请仅仅当它是一个梦吧。

花千骨 上

果果 / 作品

《纪念典藏版》

CS 湖南文艺出版社
HUNAN LITERATURE AND ART PUBLISHING HOUSE

博集天卷
CS·BOOKY

图书在版编目（CIP）数据

花千骨：纪念典藏版：全2册 / 果果著. — 长沙：
湖南文艺出版社，2015.6
ISBN 978-7-5404-7173-6

Ⅰ. ①花… Ⅱ. ①果… Ⅲ. ①长篇小说—中国—当代
Ⅳ. ①I247.5

中国版本图书馆CIP数据核字（2015）第101523号

上架建议：畅销 / 古代言情

花千骨：纪念典藏版（全2册）

作　　者：果　果
出 版 人：刘清华
责任编辑： 薛　健　刘诗哲
监　　制： 于向勇　马占国
策划编辑： 刘　伟
营销支持： 刘　健
装帧设计： 仙　境
插　　画： 容　境
出版发行： 湖南文艺出版社
　　　　　　（长沙市雨花区东二环一段508号　邮编：410014）
网　　址：www.hnwy.net
印　　刷：北京鹏润伟业印刷有限公司
经　　销：新华书店
开　　本：700mm×1000mm　1/16
字　　数：868千字
印　　张：49
版　　次：2015年6月第1版
印　　次：2015年6月第1次印刷
书　　号：ISBN 978-7-5404-7173-6
定　　价：62.00元（全2册）
（若有质量问题，请致电质量监督电话：010-84409925）

花千骨　上

目录
Contents

花
上
千骨
II

花
上
目录
Contents
千骨

长留仙山，诛仙柱上。

"……十五、十六、十七！"

随着戒律阁弟子响亮的报数声，一根又一根锋利无比的销魂钉穿透花千骨瘦弱的身体。

鲜血顺着柱上的图案和铭文的镂空及缝隙蔓延而下，有一种诡异的美感。柱上干枯的乌红色血迹上又覆上新的一层，空气里到处飘浮着一股浓郁而奇特的香腥。

轻水满面泪痕地跪在地上拼命磕头，声嘶力竭地喊着："尊上，求求你，求求你，放过千骨吧，再怎么说她也是你唯一的弟子！"

"放肆！"一旁摩严大怒，"来人，把她拖下去！"

此时，落十一、火夕、舞青萝等人也全都跪了下去，一时间周遭哭求之声不绝于耳。但三尊会审的最后结果，除了掌门又有谁能更改？坐在最高处的白子画自始至终只是冷冷地看着一切，面若冰霜。

花千骨被牢牢地缚在诛仙柱上，因为强忍疼痛下唇被咬得血肉模糊。她仙身已失大半，魂魄将散，疼得几度昏死过去，又再次被法力强制唤醒。八十一根销魂钉才入十七根，她已是奄奄一息。

在众人几乎要绝望之际，白子画突然站了起来。右手一扬，第十八根就要直贯而入的销魂钉硬生生停在半空。仙索松落，那些已经穿透受刑人仙骨的销魂钉一根根从身体里脱出，花千骨从诛仙柱上狠狠摔到了地上，身上的十七个窟窿血流如注。

众人又惊又喜，无不以为白子画终究心软，不忍亲眼见自己心爱的徒儿魂飞魄散，所以出手阻止，心道，花千骨这回总算有救了，没想到他竟高声冷冷说道："花千骨是长留乃至天下的罪人，却终究是我白子画的徒弟。是我管教不严，遗祸苍生，接下来的刑罚，由我亲自执行。"冷漠的声音传遍全场，清晰而坚定。

周围一片哄然，花千骨惊骇激动之下，惨白的脸上竟泛起一丝红潮，颤抖着双唇拼命摇头。

"师父，不要……"

无论什么苦痛、什么委屈她都可以全部承受，可是如果师父亲自动手又让她如何承担？

白子画凌虚步空，衣袂飘然，落至诛仙柱下。四周一片死寂，万众鸦雀无声。

花千骨强忍剧痛，拖着重伤的身体拼命向后挪，在地上拖出一条长而惊心的血迹。可一切都是徒劳，她只能眼睁睁看着那个神祇般高高在上的白色身影一步步向她走了过来。

"我错了，徒儿知错了，师父，求求你，不要……"

这么久以来，不管吃多少苦，她甚至都没有抱怨过一声，甚至销魂钉那样锥心刻骨的疼痛，她也没有掉过一滴眼泪，可是此刻，她却害怕得如同孩子一样慌乱无措地哭求了起来。

白子画依旧没有任何表情，袍袖迎风一扬，一柄紫光四射的宝剑已赫然在手。

断念剑！

花千骨完全呆住了，师父竟然、竟然要用断念来杀她么？那是他亲手赠给她的啊，里面寄予了她多少美好的回忆和梦想，她从来没有一刻离身过。可是，他竟然残忍到要用断念剑来处罚她？

"师父，求你，不要……至少不要用断念……"

她一只手抱住白子画的腿，一只手使劲地抓住断念剑的剑柄，惊慌失措地苦苦哀求着，鲜血染红了他雪白的袍子。

白子画眉头深锁："我当初赠你剑是为了什么？你竟犯下如此弥天大错！太叫为师失望了……"

花千骨此刻已然一个字也说不出来了，只是拼命地摇头，眼中流露无尽的哀恸与乞求。

白子画举剑欲刺，惊异地发现手中的断念竟突然生出一股反力来，剑身震动，龙吟之声不绝。他几次运劲却始终刺不下去，反而让剑几乎脱手飞出。

断念极具灵性，跟随花千骨已久，虽未完全臣服，同她达到人剑合一的境界，但终究有了感情，怎肯伤她。

白子画无奈摇头，好一个断念，明明是他原先的佩剑，这才过了几年，竟然连他也使唤不了了！

"今天我用你用定了！"

白子画大怒，手指狠狠在剑身上一弹，真气顿时注满剑身。

"不要！师父！我求求你！我求求你！"

花千骨哭喊着，用尽全力伸出手去，却只从剑上抓下来当初拜师时他赐给她，后来被她当作剑穗挂着的那两个五彩透明的宫铃……

寒光划过，一片血红。剑断念，人断情……

卷一

万福血冷沉野殍·临危受命上华巅

终于……

『长留上仙到——』

花千骨听外面宣了一声。那个，即将成为她师父的人……踏着清风，缓缓从天而降。

花海飘香，桃花林旁的五色瑶池水轻轻荡漾，万年不改。清风掀起层层粉浪，落英缤纷，飘花如雨。

花千骨身子轻轻晃了晃，那如月光清辉一般皎洁又幽静的光芒，仿佛穿越亘古直射到她面前，明亮得让她几乎睁不开眼睛。

白子画从天的那一端缓缓向她走来，身边花开如海，风过如浪，衣袂翩然，掩尽日月之光。

一　水鬼拦路

天上没有星子，更没有月亮，漆黑得像一个大洞，让人有些颠倒，分不清上下，似乎一失脚就要坠进去。

"南无阿弥陀佛，南无阿弥陀佛……"

一个约莫十二三岁的小孩孤零零一个人在路上急匆匆地走着，左手提着个油皮灯笼，右手握着一小串佛珠，絮絮叨叨。

与其说是走不如说是在跑，因为那些东西一直在后面跟着她，只是因为佛珠的原因不敢太靠近。周围漆黑一片，只看得见灯笼如荧荧鬼火一般在半空中飘移着，四野寂静得有些诡异，连流水声、虫鸣声都听不见了。

马上就要到村子里了，进了村就好，小孩不断告诉自己，苍白的脸上冷汗直往下掉。她腾出右手，把身上披的八张黑狗皮拼制成的披风裹得更严实一点，试图不让自己的气味更多地散发出去。

可是走到村头的小石拱桥上，她还是傻眼了，一个打着纸伞的女人站在桥上正对着她。伞面上是红得耀眼的桃花，白色的衣裙上也是。伞打得很低，看不见脸。明明炎热酷闷得没有一点风，那裙袂却激荡得上下翻飞着。

小孩吓得停在那里，双腿直打战，心想完了，遇上鬼拦路了。

"南无阿弥陀佛……"她继续低声念着，侧过身子想从桥的另一边过，低下头装作没看见她，却发现她眨眼间又站在了自己面前。精致的白色绣花鞋上沾满了泥，脚边是一摊水，还有各种绿色的水藻和贝壳。这时小孩才看清，那裙摆上的哪是桃花，分明是溅染的鲜血。

此时，手中的灯笼原本温柔的黄光诡异地变成了青色，继而又转为暗红，好像也被血染过一样，空气里满是刺鼻的河水的膻气与血的腥臭。

"阿弥陀佛……"她硬着头皮把佛珠举到前面，那女鬼退了两步，小孩又前进两步，那女鬼又退两步。快到桥头时，只听见响起一阵令人毛骨悚然的笑声。

咣的一下，面前的女鬼散裂了开来，肢体断作无数截，仿佛被硬生生砍碎一样，一地都是血和蛆虫。

小孩吓得差点扔了手中的佛珠和灯笼，两条腿抖得跟筛糠似的。却见有个圆圆的东西骨碌碌地从伞下滚了出来，滚缠着黑色的长发，竟然是那个女人的头。小孩浑身上下如被冰冻，半点都动不了了，一个声音不停地在心底喊：快跑快跑！可就是挪不动半步。

那头如充满气的球一般"之"字形左右乱窜，撞到桥栏又反弹回来，一会儿就蹭到了小孩的脚边，她吓得差点瘫坐在地上。

静止了片刻，小孩瞪着脚边那个突然不动的头，心都快从喉咙里跳出来。还没待她松上一口气，那个头又一下翻转过来。小孩这才看清楚她的脸，黑乎乎的两个大洞，眼睛被硬生生抠去，一只不知道到哪里去了，另一只由一些血管、神经和组织牵连着半挂在脸上，晃来晃去，白惨惨的眼珠还飞快地转着，向上直瞪着她。嘴唇似是被河里的鱼咬烂了，残缺不全，哆哆嗦嗦，似是要向她说些什么，却只发出风吹木头门一样嘎吱的响声。

小孩忍住呕吐的冲动，跨过那个头就往前跑，顾不得正踩在一地的残肢上。突然腿被抓住，是一只半截的右手，手指在水里泡涨了，腐烂而发白，手臂肉端处可以看见森森的白骨。

惊恐当中，她发现那个脑袋又飞快地向自己弹了过来，张开大嘴，白森森的牙咬到了自己的右腿小腿上，剧痛中伴随着刺骨的阴冷，瞬间传遍四肢百骸。

小孩挥舞着佛珠向那头上打去，然后听见一阵仿佛生肉放在烧红铁板上的嘶嘶响声。好半天那个头才松口脱落，小孩拔腿就跑，却突然听见什么破裂的声音，感觉脚底下被什么东西硌着。低头一看，竟然是那女鬼的另一只眼球不小心被自己踩爆了，正流出滚滚的脓水和蛆虫。

小孩一边干呕一边飞似的逃下桥，却发现那只手竟然还抓在自己腿上，而那个脑袋还在桥上蹦呀蹦呀，上下牙齿互相敲打着，叫着"手，手，手"，声音既凄惨又恐怖，只是下不了桥，无法追来。听说惨死在水上的人，灵魂只能永远困在那里。

小孩使劲把那残臂从腿上扯下，用力抛回桥上，转身不要命地往前跑，脸上早吓得半点血色都没有了。

村子里的人此时都睡了，安静得连声鸡鸣狗叫都听不到。小孩在一家药店前疯狂敲门，整村人却仿佛都在睡梦中死去一样，没有半点反应，没有一家灯亮。小孩拼着命地敲了好半天，里面才有了一点动静。

"谁啊……"

"张大夫，张大夫，我是小骨！救救我爹，他快死了！"叫小骨的孩子心急如焚大声叫道。

"哦哦，小骨啊，你别急，等我穿好衣服收拾一下，马上、马上……"

不一会儿，一个头发斑白的老人提着药箱出来了，和她一块儿匆匆往回赶。

"你怎么晚上一个人出来了啊，没遇上什么吧？"

"刚刚在桥上有……没办法，爹突然病得很重……"小骨拉住张大夫的衣服，躲在他身后，一瘸一拐地走着，身子依然不停地发抖。慢慢走近小桥时，偷偷探出头来，发现刚刚那一地的残尸还有自己踩碎的眼球全都不见了，好像什么都没发生过一样。

她八字太轻，阴气太重，出生时母亲难产而死，满城异香，明明盛春时节，却瞬间百花凋残，于是取名叫花千骨。

父亲是个屡次落第的秀才，因为命硬，倒也一直抚养她到如今。但是因为花千骨的体质太易招惹妖魔鬼怪，给村里惹下不少麻烦，他只好单独领她住在村郊小河边随意搭建的木屋里。

花秀才请了游方的高僧来给花千骨驱鬼改命格，和尚只是一个劲儿摇头，给了花千骨一串随身携带多年的佛珠，还有用八张黑狗的皮做成的披风，掩住花千骨身上普通人闻不见的气味，并嘱咐太阳落山后尽量不要让她出门，她这才安然活到了十二岁。

张大夫一向对她父女俩多有照顾，他是村里唯一的大夫，拿捏过太多人的生死，身上阳气和煞气都比较重，一般小鬼不敢来招惹。他牵着花千骨的手回到他们住的地方，一路上倒也没遇上什么麻烦。

只是花秀才病得很厉害，和花千骨长期生活在一起，总是难免有各种邪气缠身，不到四十的年纪却苍老衰弱得像五六十岁。张大夫一个劲儿地摇头叹息，说怕是熬不过今晚了。

花千骨跑进跑出地烧水煎药，给花秀才抹身擦汗，半点都不肯闲下来，怕自己胡思乱想。

花秀才终于还是没能挨到天亮，弥留之际，他始终担心自己死后留下花千骨这么小的孩子一个人该怎么办。张大夫安慰他说会收养照顾千骨，花秀才却不想连累他，也怕他保护不了千骨多久，于是交代花千骨等他死后，去传说中以捉鬼除妖出名的茅山拜师学艺，等学有所成，就再也不怕鬼怪缠身了。

花千骨握着父亲逐渐冰凉的手，心里一片芜荒凄凉。连爹爹都走了，自己孤孤单单一个人留在这世上还有什么意义？她想哭可是又哭不出来，她生是无泪之人，生下来后哪怕再伤心难过也掉不出一滴泪水。花秀才知道这孩子将来定是命途多舛，所以从小就悉心教导，逼着她努力学会独立和坚强。

张大夫帮花千骨把腿上的伤处理了一下，挤出发黑的脓血，用香灰水洗过，又涂了点糯米和膏药，然后包扎好。他只是普通的大夫，不是道士，处理得并不得法。但花千骨从小这样的小伤受得多了去了，奇怪的是很快就能痊愈，所以并不以为意。

第二天一早，花千骨便拉着板车，将花秀才的尸身运到村后的坟山上去掩埋。

见她从街上经过，村人皆一脸嫌弃，避之不及，在一旁指指点点。

"果然是扫帚星，全家人都被她克死了，现在连唯一的爹也死了！"

"就是，谁只要靠近她一些，就会撞邪倒大霉。"

"花秀才也是命不好，怎么生这么一闺女？"

"你才搬来不知道，她出生那天诡异的香味飘得满城都是，花全谢了，之后好几年连个花骨朵都打不出来。"

"不光如此，她到现在还不能伸手碰花呢，一碰花就死，邪门吧？"

"唉，那时我就知道没好事。算命先生劝过花秀才，说这孩子不吉利，让他扔了，他就是不听，有什么办法？"

…………

花千骨只是满头大汗努力拉着板车埋头往前走，仿佛什么都没听到。许多人家见她路过，连忙紧闭门窗。

一个五六岁的小孩正在门口玩泥巴，看见她眼睛一亮，追了上来，开心地喊着："小姐姐！小姐姐！"

花千骨没有停步，也没看他："快回去，咱们不是说好了，有其他人在的时候，不可以跟姐姐说话。"

小孩连忙捂住自己的嘴，愣了愣，然后小跑几步，帮花千骨从后面推车，尽管根本帮不上什么忙，花千骨还是一下觉得轻了许多。这时，有一个妇女跑过来抱起小孩，狠狠打了他一耳光，然后躲瘟神一样慌忙跑进屋里去，砰的一声关上了门。

花千骨顿住脚步回过头，听着房里传来的小孩的哭声，难过地抹了一把汗。

好不容易来到村外坟坡娘亲的墓前，花千骨已累得喘不过气。稍加休息，又拿着铁锹开始挖土，将爹与娘亲合葬。有那么一瞬间，她也很想躺进棺木中，不用再面对这举目无亲又满是妖魔鬼怪的世界。

一直忙活到太阳落山，她去张大夫家告辞，吃了一顿晚饭。张大夫认为她年纪还太小，不能一个人外出闯荡，希望先收养她，最起码先把腿上的伤养好。她却下定决心立马起程，听从父命去拜师学艺。张大夫拗不过她，只好送她回家，又资助了她些许银两。

夜里，灯如豆。

屋外大风呼啸，还有各种诡异的狂笑、惊叫、呜咽、怒斥声混合在一块儿，墙上不断出现奇形怪状的影子。花千骨裹着狗皮披风，坐在空荡荡的木屋中光光的床板上，睁着双眼直到天亮，心里又是悲伤又是迷惘。

翌日大清早，她给院子里的小树浇了水，依依不舍地回头看了小木屋最后一眼，便背起行囊出发了。

方便起见，她穿着父亲改小了的青色袍子，头发高束装扮成男孩的样子，戴着斗笠，身上披的依然是那件形影不离的狗皮披风，腰间还别了把破旧的镰刀。

穿过村外树林的时候异常困难，仿佛有无数只无形的手在身后拉扯她，不让她离开。但花千骨心意已决，倚仗着一棵棵树木，拔河一般拖着重如千斤的两条腿往前迈。

这时不远处的空中，几个御剑飞行的男子在树林上方停了下来。

其中一个向为首的男子说道："大师兄，大家都很累了，要不在前面村子休息一下？"

被称作大师兄的男子一袭牙色道服，面容俊朗，对提议略微有些迟疑。他从怀里掏出一颗玄色石子看了看，石子周身发出一股空明幽光，上面刻了小小的"云翳"两字。

"验生石都还亮着呢，大师兄，你不用太担心了。"

男子却只是担忧道："等灭了就来不及了。"

背后有弟子低声抱怨："就为一条没头没尾、莫名其妙的求救讯息，咱们就累死累活、日夜不停地从茅山飞了近千里路。亏得大师兄待他那么好，云翳那个丑八怪还总是不领情。"

见为首男子皱起眉头，旁边的人连忙阻止他再说下去。

"前面的村子好像不太对劲。"男子若有所思地指了指南方。

众人连忙双指划过眉间，眼一闭一睁，只见整个村子上空黑气笼罩。

"妖邪之物聚集，有可能也出现了界缝，人命攸关，都随我过去查看一下。"

"是。"

几人朝着前面村子飞驰而去。

仍在下面树林里跋涉的花千骨，突见天空几道银光划过，好奇地抬头看了一眼，并未多留意，继续艰难前行。

二 萝卜排队

要去茅山，说容易也不容易。

茅山声名在外，方向很好打听。但是一路上小鬼小妖缠人，花千骨又是第一次出门，辛苦颠簸了两个多月，好不容易来到茅山脚下，歇息了一晚，便向山上进发。无奈怎么走，都上不了主峰大茅峰。绕来绕去好些天，从二茅峰到三茅峰，从这个顶到那个洞，明明顶峰就在跟前了，花千骨就是上不去。

她不知道，一般的仙山福地都布有结界阵法，不让平常人靠近，还是自己又遇上鬼打墙了，她本就是个路痴，不管指路的人跟她说得有多详细，就算把地图画给她，她也还总是会迷路。再加上不能赶夜路，所以走了那么久才到。

花千骨举目远眺，崇山峻岭之间皆是一片苍翠之色，渺无人烟。高高耸立的茅山之巅似绿色苍龙之首，漂浮在茫茫云海间。

唉，神仙啊，你们到底都藏在哪里啊？

花千骨抬起头望望刚才还阳光明媚现在突然变阴暗的天空，发现竟下起蒙蒙细雨来。周围除了树还是树，突然又有些分不清哪边是北了。

雨逐渐大了起来，花千骨把斗笠戴在头上。地上的泥浆裹着双脚，走得更加艰难。

不行，好累。

花千骨就地坐在一棵大树下避雨休息，她一般白天赶路，晚上尽量找寺庙、农家或者客栈的马棚落脚。要是碰到荒郊野地，就只好找间烂屋栖身，或者干脆爬到树上睡觉，免得被野兽吃掉。虽然好几次遇险，但还好有佛珠的庇护，也没出什么事，而且茅山是灵气之地，甚少有鬼怪出没，来了之后基本上就没遇见过。

花千骨一面大口吃馒头，一面胡思乱想。

听说茅山道士捉鬼降妖厉害无比，自己身上只有那一点点盘缠，也不知道够不够交学费。茅山会不会不收女弟子啊？万一不收的话怎么办呢？

休息了一会儿，见雨慢慢收住，花千骨继续往前走。

刚下过雨，林子里有一股绿叶青草混合着泥土的味道。天开始放晴，路边花朵上的露珠一颗颗亮晶晶的。花千骨一时贪玩便停下来，蹲下身子看着眼前这朵白色的小花，努力回忆着花的名字。她从小就很喜欢花，无奈过手的花儿都瞬间凋残枯萎，所以一向只能看不能碰，实在是郁闷至极。

花千骨猛地站起身来，没承想下雨地滑，不小心从路边的斜坡上摔了下去。她下意识地伸手抓住地上的植物，锋利的锯齿形草边在手上划开了口子，鲜血滴进土里，四周的一大片花草瞬间全部焦黑。花千骨看着自己做的坏事，一阵心堵。

她努力攀着干枯的枝枝草草往上爬，脚下一滑，本就松软的泥土全部塌了下去。手忙脚乱间，刚好踩到一个斜坡上的突起物，用力一蹬，终于爬了上去。

花千骨大松一口气，拍拍身上的泥，回过头去一看，自己踩的那个哪儿是石头，分明是一截白森森的大腿胫骨，还有部分骨头随着塌下的泥土散落到灌木丛里去了。

"阿弥陀佛，阿弥陀佛……"花千骨心里凉飕飕的，这尸骨或许是在这荒山野岭中被贼人加害随意扔弃，然后又被野兽吃掉的吧。虽然有点害怕，花千骨还是慢慢地顺着斜坡滑下，把尸骨一点点搜集拢来用衣物包住，然后挖了个不深不浅的坑给埋了，再砍了根木头插在坟上。

"你叫什么名字呢？就写作无名氏好了。呃……我能力有限，也没有薄棺，只能勉强和衣葬你，好歹有个墓穴，你也不用做孤魂野鬼。你若在天有灵，不要怪罪晚辈今天踩到你的尸骨之上，我是不小心的。喏，这个馒头孝敬给你吃，你吃饱了就早点去投胎吧……"

花千骨用小刀歪歪扭扭地在木头上刻了几个字，然后拜了拜，转身继续找上山的路。

一直到天快要黑了，她依然上不去，只好又回到前几天休息的那个山洞里，烧一堆火，啃着硬邦邦的干粮，不免灰心丧气。

这山上真的有道士和神仙什么的么？为什么自己都找不到呢？连首峰也上不去？唉……

花千骨用树枝灌木堵住洞口，怕野兽进来。夜里还是睡得不踏实，一有点风吹草动立刻惊醒。一直到后半夜，花千骨困得实在不行了，迷迷糊糊中见有人进来，站在自己身边，是个道士打扮的弱冠少年。

"啊，终于找到了！请道长收我为徒！"花千骨连忙俯身跪下。

少年摇头："快快起来，我今天是特意来答谢你的，若不是得你滴血之恩，我魂不得聚，不知道还要在这茅山上飘荡多久。"

花千骨闻言顿时脸色煞白，反应过来，知道自己又撞鬼了。

"你……你是白天的那个、那个……"

少年微笑点头："不要害怕，我没有恶意，只是专程来谢你，另外想拜托你帮我个忙。"

"帮……帮什么忙？"不会想请她帮忙填肚子塞牙缝吧？不过，花千骨见他清秀有礼，不像寻常鬼怪，心里的惧意减了许多。

"我想让你给我师父浮屠道长带句话。"

"他是茅山上的道士么？"

"不是，我不是茅山弟子，是崂山派门下，我叫林随意。原本奉师命送东西去玉浊峰，回来一路贪玩，无意中发现妖魔异动，我跟踪它们到了茅山附近却被发现，不但被单春秋杀害，还被打散了魂魄。你既然要上茅山，如果能见到清虚道长，我希望你把这件事告诉给他，请他转告师父我的下落，他老人家现在一定还着急地等我回去呢！"

"哦，哦……"花千骨连连点头，"可是我要怎么才见得到清虚道长？我来这儿已经好多天了，找不到上山的路。"

"你来茅山做什么？"

"我来拜师学艺。"

"你一个女孩家也想斩妖除魔么？茅山好像极少收女弟子。"

"我也没想过那么多，只要那些鬼怪能离我远点，别来缠着我就阿弥陀佛了。"

"你的体质的确很奇怪，一滴血竟然能重聚我四散的魂魄，难怪招惹鬼怪。只是我法力尚浅，还看不出来有什么不对劲的地方。"

"那你可以告诉我上山的路怎么走么？"

"你身上一点法力都没有，破不了阵，也开不了密径。每个仙派都设有结界的，外人不能随便出入。何况最近人间出现许多界缝，妖魔频繁异动，各个门派都如临大敌。茅山金光罩顶，守备森严，到处都是符咒。我惨死妖法之下，曝尸荒野，既无法魂聚成形，又无法超生离开。如今也只是孤魂野鬼，靠近不了灵气太过旺盛之地，所以只能求你帮我。"

"就没有人从山上下来么？"

"有时候偶尔会有一两个喜欢走路，例如我这种贪玩的，但大多数修仙之人都是遁地飞身腾云御剑从山上走。"

"哇，真的有人可以飞啊！好厉害！可是……那我怎么办？"

"有两个方法。你直接去崂山，跟我师父说，让他派人来把我的尸骨移回去，我可不想客死异乡啊！然后你就求他收你为徒，他心很软的，还特别爱吃臭豆腐，你只要不停地求他，再拿酒和臭豆腐贿赂他，不怕他不答应收你做入室弟子。"

"你师父是神仙么？"

"我师父几百年前就已得道，当然是仙啊。"

"呵呵，原来神仙爱吃臭豆腐啊？"

"是啊，我以前爱偷懒，总挨罚，每次都这样蒙混过关，所以也没学到多少东西。早知道自己多用功一些，或许也不会在单春秋手下死得那么惨，唉……"

"你别伤心啊，我会尽力帮你的。可我还是比较想上茅山，因为这是我爹临死前嘱咐我的。那第二个办法呢？"

"第二个办法啊，以前听我师父说过，在茅山脚下的瑶歌城里，有个叫异朽阁的地方，阁主异朽君精通秘术，只要你能够付出一定的代价，就可以知道你想知道的任何事情。你去找异朽君，他一定知道怎样上山的，你在这儿无头苍蝇一样乱转也不是办法。"

"真的么？那好，我明天就下山去找他。"

"好，那就拜托你了……"

"嗯，你放心吧！"花千骨一边抹冷汗一边跟他挥手告别。

林随意转瞬不见了，花千骨深呼一口气，这才蒙头大睡。

两天之后，花千骨站在瑶歌城中心的主大街上，目瞪口呆地望着"之"字形的队伍排满了整条长街。什么样的人都有，而且无论达官显贵，还是乞丐走卒，每个人手里都拎着一篮子萝卜。

花千骨好奇地拉住一个歪嘴大叔，询问异朽阁怎么走，歪嘴大叔斜眼瞅着她。

"一看你就是来找异朽君解决问题的吧？你顺着这支队伍一直走，到前面再拐个弯，队伍尽头的那个楼阁便是了。"

花千骨的下巴差点掉下来："这么多人都是来向异朽君问问题的么？"

"那是当然，这世上有多少人会遇到麻烦需要帮助啊，你以为只有你一个？"

"那为什么每个人都拿一篮萝卜啊？"

"你以为异朽君是谁想见就能见的么？那岂不是要忙死。不光问他问题需要付出代价，见他一面同样也需要付出代价。而这篮萝卜就是啦！我跟你说啊，异朽阁每逢初一才开阁，大家都是大老远赶来。每次要见他需要带的东西都不一样，上次是大白菜，最近这异朽君迷上了吃萝卜，结果这附近方圆百里的萝卜几乎都快脱销了！可是能让异朽君满意的萝卜寥寥无几，见着他的人就更少啦！那些有钱人大老远地从各地带着最好的萝卜特意赶来，没见着只好又灰溜溜地回去了。"

"连见一面都那么难啊？那就没人绑了他或者想办法潜进去见他么？"

"啧啧，说你傻吧，你以为这异朽阁是这么好闯的啊，就是皇帝老子来了也只能乖乖地带着萝卜站在这儿排队！异朽阁可厉害了，全天下不管王侯将相还是各门各派，没有人不忌惮的。你想啊，能做到无所不知，那不跟活菩萨一样么？"

"哦，那我现在得去找萝卜，然后来排队是吧？"花千骨心想还好自己赶得巧，不然还得多等上个好几天。一转头，发现他们身后已经排了很多人了，队伍移动倒也挺快的。

"对，可是这附近的好萝卜基本上都卖光了。百姓家里自己种的应该也被收购完了。你去城里最大的专门卖水果蔬菜的怡和堂看看，应该还有卖的，不过剩下的应该都不会很好，而且价格很贵，你买了也是白买。"

"这样啊，那这附近有哪座山上有野生的萝卜么？"

"你要自己挖啊？你年纪这么小，可别一个人往山上跑，这附近山上野兽可多了。"

"没事，我三根骨头二两肉，老虎见了还不一定吃呢！"

"你往城西走，那边山上或许有。"

"哦，好，谢谢大叔。"花千骨走了两步又转过头来，忍不住问道，"大叔，你来这儿排队，是想问异朽君什么问题啊？"

"我？我就是想问问是哪个挨千刀的把我家唯一的一头牛给偷走了！被我知道了，打断他狗腿！"

呃，花千骨抹抹汗水，干巴巴地笑了两声，然后转身离开，貌似这种事应该去找官老爷吧？这个异朽君还真可怜，不过连这种事他都能知道么？

她开始满怀期望，在西山东转西转，总算找到了几棵萝卜，小心翼翼地挖出来，因为是野生的，所以个头小点，但是白白嫩嫩的，随便在衣服上擦了两下泥土放进嘴里，又脆又甜。可笑的是，她还挖出了一小株人参，咬了一口，以为是萝卜，呸呸呸，一点也不好吃，随手便扔了。

在小溪里把找到的萝卜洗了洗，没篮子便用衣服兜了起来又跑去排队，这时候天色已晚，人少了许多。

花千骨看到坐在门口的一名绿衣女子正在一个个检查，翻着众人筐里的萝卜，然后又不耐烦地挥挥手，示意不合格，下次再来。

轮到花千骨时，她紧张得满手心都是汗，小心地拎住衣角兜着萝卜，给那人看。

那女子倒是没看萝卜，盯着花千骨打量了良久，然后低声对身旁的红衣女子说了什么，那女子便匆匆地跑了进去。

"这萝卜可以么？"花千骨怯怯地问，这绿衣女子五大三粗的，比一般男人长得还高，一双大脚快要有她两个那么长。长得倒也不丑，就是样子有点凶。

"怎么这么小？这是萝卜，还是蒜头？"

花千骨连忙辩解："可是很甜啊！"

绿衣女子拿了一个尝了一口："你自己挖的？"

"对啊，就在西边那座山上。"

"你也真厉害，跑到乱葬岗上去挖萝卜。不过，这死人血肉滋养长起来的萝卜味道的确不错，你进去吧。"

啊？花千骨吓得差点没把萝卜全掉在地上，低头摸了摸自己吃得都有点圆滚滚的肚子，小脸皱成一团。

花千骨浑然不知身后一连串想杀她的目光，跟着一个领路的丫鬟兴奋而好奇地往前走着。她本以为这样一个神秘的异朽阁应该是破破烂烂的，在某个山林湖畔桃源深处高高耸立着。没想到它不但在闹市正中，而且外面修得富丽堂皇，像一所大户人家的宅子。

让她惊诧的是，一踏入阁内，瞬间仿佛进入了另一个世界。身边烟雾缭绕，连身子都陡然轻盈了许多，仿佛行走在云间。

花千骨瞪大眼睛，怎么可能？从外面看，异朽阁根本就没有这么大啊，而且也不过是一个平常的楼阁，可是里面竟然巍峨绵延，犹如宫殿一般一眼望不到尽头。最醒目的是正中那座歪歪扭扭的通天高塔，直插云霄，仿佛连到天上一样。可是在外面，根本就看不见有这么一座塔啊？

仿佛踏入了传说中的仙境，花千骨这辈子都没到过这么好看的地方，不由自主地慢下步子，不停四处张望。前面带路的女子行色匆匆，也没留意她是否跟上，等花千骨反应过来的时候，女子已经不见了，而自己再一次光荣迷路。

完了，怎么那么大，自己转到哪里了？

花千骨在九曲回廊上来回穿梭，忐忑不安地到处找刚刚给自己带路的那个女子。她惊恐地发现这么大的地方，竟然连一个人都没有，冷清得诡异，所有房间都是房门紧闭、漆黑一片。

她呼喊了两声，可是只有回音，没有回应。花千骨心底开始害怕起来，周围都是云雾，也分不清东南西北，唯一能清楚看见的就是那座高塔。或许那里会有人，就算没人，她在塔上站高一点吼两声，或许会有人瞧见她。

花千骨实在没办法，只好硬着头皮朝着那座塔走去，看着好像不怎么远，可是一直走到天都几乎黑了，才走到那塔跟前。让人惊喜的是，二层的塔门居然是半掩着的，里面有微弱的光。

"有人么？有人在么？"她大声喊，可是依旧没回应。

慢慢向塔走了过去，突然整个身子像被闪电击中一般一阵麻痹，膝盖一软，差点就站不稳。低下头看见四周地上荧光闪闪，竟然是一幅奇怪的图样，因为太过巨大，看不出是什么，但花千骨猜测应该是跟茅山周围一样类似结界或阵法的东西。她一只脚在外一只脚在里，迟疑了片刻，发现身体接下来并没有什么不适，便继续往里面走了进去。

她硬着头皮到了塔前，小心翼翼地开始上楼梯。在这年久失修、歪歪扭扭的塔楼里，每走一步都发出咯吱咯吱好像马上要塌了的声音，吓得她心怦怦直跳。

终于到了门前，花千骨咳嗽一声，小声问道："有人在么？"

依旧没人回答，花千骨狠下心，推开门走了进去，然后就发出了比见鬼还要可怕的一声划破夜空的刺耳尖叫。

她发现，塔里到处都是用红色丝线悬挂着的人的舌头。

三 舌头开会

花千骨从小到大见过的鬼怪多了去了，可是哪怕再怎么血腥恐怖，也没有眼前的这一幕来得诡异吓人。

成千上万条舌头密密麻麻地从高空中用红线垂挂下来，参差不齐，布满头顶，好像悬挂的尸体。各种各样的舌头，有的大有的小，有的颜色深有的颜色浅，有的干枯发黑，像枯萎的花朵，而有的还舌苔鲜红，舌尖在微微颤动，仿佛不甘红线的捆绑，在拼命挣扎，截断的那头甚至还滴着新鲜的血液，就像刚刚从人嘴里拔出来一样。

花千骨一阵作呕，只觉得浑身上下像有千百万只蚂蚁在爬。

她连忙转身往回走，却嘭地撞在一个人身上，吓得又是一阵惊声尖叫。

花千骨三魂不见了七魄，睁大眼睛看着面前的人，也不知是人是鬼。一袭宽大的黑衣，犹如蝙蝠的翅膀，上面有奇怪的三角图案与暗纹，脸上戴着一个极端狰狞又恐怖的饿鬼面具，眼球突暴，舌头长长地伸出来，上面扎满了钉子。

"阿弥陀佛，不要吃我……"花千骨连连鞠躬，以前听村里说书的老人讲过十八层地狱里有一层叫拔舌地狱，那里的小鬼专爱吃人的舌头。

佛言：喜两舌逸人、恶口、妄言、绮语，或贡高诽谤经道、嫉贤妒能、恃才傲物，入此地狱。

狱中鬼卒会用烧红的铁钩直接勾断人的舌头，或者用铁钳夹住舌头，硬生生拔下，而且不是一下拔下，而是慢慢拉长、拽细，然后再用烧红的铁刺刺穿人的咽喉，让人求生不能，求死不得，不能言语，痛苦万分，至千万岁尽。一般再投胎为人者，也多喑哑，不能言语。

呜呜呜，莫非自己掉进拔舌地狱啦?

"你是何人?"

花千骨突然听到一个尖锐缓慢、诡异得根本就不像是人的声音，掉了满地的鸡皮疙瘩。

那恶鬼模样的家伙低下头来，慢慢贴近花千骨的脖子，然后深吸了一口气，喉咙里发出咕噜咕噜的赞叹声，像是闻到了好吃的东西。

花千骨吓得把佛珠高举，念念有词："阿弥陀佛，不要吃我，我皮糙肉厚，又脏又臭，为了赶路，已经好些日子没洗澡了!"

"没关系，反正我也不喜欢吃人身上的肉。"黑衣人咯咯而笑，绕着花千骨走了几圈。

花千骨看看头顶垂吊的舌头，恍然大悟，连忙捂住自己的嘴巴。

"你是拿了萝卜来求解答的吧? 不乖乖在前厅候着，竟敢私闯异朽阁禁地!"

那人虽态度严厉，花千骨却反而大松一口气："原来你不是鬼啊! 我迷路了，对不起对不起，我马上就走!"

花千骨拔腿就跑，门却无风而动，在她眼前砰的一声合上。

"你看到了异朽阁最大的秘密，难道还想就这样离开?"

花千骨欲哭无泪，吊那么多恶心的舌头，谁想看啊! 退了两步，借着墙上微光，低下头去看对面人地上的影子，还好还好，不是鬼，不是鬼。

"我不是故意的，我保证不会说出去，相信我……"

"哦? 相信你? 可是凭什么相信你呢? 要我相信，你的代价是什么?"

花千骨急得抓耳挠腮："那……那我发誓? 若有违背，我不得好死……"

"好死不死，你以为你这辈子有选择的余地么?"

黑衣人手一抖，掌中已多了把匕首，举起便向花千骨刺去。

花千骨吓得闭上了眼睛，完了，都还没拜师学艺呢，就这样被杀人灭口了，呜呜呜。

没想到，黑衣人的匕首在千钧一发之际停在了花千骨的眉心，一滴血随之滑落，他用琉璃瓶刚好接住。

花千骨吓傻了。

黑衣人却似很满足："我也不难为你，就用这个做代价吧。"

花千骨摸了摸自己的额头，擦了把冷汗，哆哆嗦嗦地问："那我现在可以走了么？"

黑衣人嗤笑道："你不是来找我问问题的？我可不白拿人萝卜，何况用这滴血做交换，以它的价值，还足够我帮你三次。"

花千骨吃惊道："你是异朽君？"

异朽君阴阳怪气地反问："不然还能是谁？"

"你喜欢吃萝卜？"

"嘀，这就是你要来向我请教的问题么？"

"啊？不不不，当然不是。我想去茅山拜师学艺，可是我知道茅山不收女弟子，而且我也上不到山上去，请问有什么办法么？"

这时异朽君转过身去，回望塔楼里密密麻麻垂挂的舌头，用奇怪的语言说了些什么，这时塔里开始响起让人头皮发麻的诡异声音，悠悠回荡，仿佛千万人在用古怪的语言争执讨论。

花千骨恐慌地靠在门上，不一会儿，声音停止，异朽君转过身来看着她，阁楼里转瞬万籁俱寂。

"不用去了，早一步还行，现在不管怎样，你都不可能在茅山拜师成功的。"

"啊？为什么？我……我知道很难，但我还是想上山一试。"

"干吗一定要去茅山呢，比它好的门派还有很多。"

花千骨摇了摇头："我去哪里都无所谓，只是上茅山是爹爹交代的事，我一定要完成。"

异朽君沉吟片刻，掏出一块露滴状的透明晶石挂坠，在她方才眉心的伤口上轻轻一点，沾了些许血丝，然后递给她。花千骨拿到眼前细细端详，只见它清亮透彻，如同泪水一般闪闪发光，而一抹血丝正慢慢晕开，像花瓣凝结绽放。

"这叫天水滴，凤凰的眼泪凝成，能封住你身上的煞气，让你不再被鬼怪纠缠，一般的结界也都能畅通无阻。你戴在身上，便上得了茅山了。但我已经告诉你了，此行无果。"

花千骨大喜过望："没关系，总要一试才行，有这个就太好了，谢谢！"

"不用说谢谢，这世间，本就没有什么事不需要付出代价。那些萝卜是你见我的代价，而你想从我这里知道的，无论是什么消息，代价的大小由其难易来决定。你已经付了报酬，我给你解答，可还公平？"

"嗯嗯，那是不是我可以活多少岁，未来的相公是谁，这些都能知道？"

"我又不是算命的，就算我可以知道历朝历代发生的所有事，还有无数被岁月风尘掩埋的真相，也无法预言未来，更把握不了人心。永远记住，不要相信宿命，未来在你自己手中。"

花千骨点头："可你是怎么知道那么多事的呢？"

"既然你都看见了，我也不妨告诉你，看到这满阁楼悬挂着的舌头了么？"

异朽君手指上方，花千骨不敢抬头。

"我的爱好便是收集人的舌头。这异朽阁里的舌头，有千百年前收集的，也有最近才收集的。有男人的舌头、女人的舌头、皇帝的舌头，也有乞丐的舌头……这世上万千生灵，不管是天上飞的，还是地上跑的，没有一种没有舌头。舌头存在的最重要的意义，不仅仅是因为味觉，更是因为言语。"

"言语？"

"你想知道什么是真相，舌头会告诉你。收集来越多人的舌头，你便知道了越多的信息和秘密。"

花千骨面色苍白："舌头也会讲话么？"

异朽君发出诡异的笑声："当然会啊，舌头还会唱歌呢，你过来，我让这个舌头唱给你听。"

花千骨的眼前突然垂下一条红线，上面的舌头蠕动了两下，吓得她大叫着后退。

异朽君看着那条舌头，用宠溺的语气说道："这些舌头，每条都是很听话的，它们有时候也需要浇浇水，有时候也需要把窗户打开，让它们晒晒太阳。"

花千骨咽了咽口水："你问的问题，它们都知道？"

"如果是它们见过的、经历过的，它们当然知道。如果没有舌头知道，它们会一起讨论，然后商量出最好的解决办法。别看如今只是一条舌头，它们中许多都曾是六界了不得的人呢。你看那上面悬挂的，最新鲜的便是刚拔下来的，颜色浅点没生气的，便是用了太多次，快要言尽枯萎了的。"

"这太……"花千骨不知道是要说太可怕了，还是太不可思议了。

"知道为什么天下人都惧怕异朽阁么？"

"为什么？"

"是怕异朽阁割去了他们身边活着或死去了的人的舌头，知道了他们的秘密。所以不管是皇宫还是各门各派，很多时候，为了不被异朽阁知道他们的一些丑事或者隐私，常常在下葬前，悄悄割掉死者的舌头，或者在死者舌头上钉钉子，这样，舌头便不能告密了。"

"那你们岂不是可以随便抓人割了他们的舌头！"

"不是那么简单，我说过，世上一切事都需要付出代价。对于活人的舌头来说，它有自己的意志，不像死者的那样好控制。所以需要订立契约，答应死后把自己的舌头献给异朽阁，这样才会知无不言、言无不尽。"

"好恐怖，幸好……"

"乖，把你的舌头伸出来。"异朽君突然温柔黏腻地说道，可是那样的声音直让人浑身发麻。

"干吗啊？"花千骨生怕被割掉舌头，赶紧捂住了嘴巴。

"颜色很不错哦，要不要跟异朽阁立约，你想知道什么，我都可以满足你？"

"不要！"花千骨一口回绝。

"说不定有一天你会主动来求我。"

"我才不会呢。每个人都会有秘密，也应该有秘密，割别人舌头是不对的。"

"哈哈，小孩，你真可爱，你的舌头更可爱。不过……"异朽君突然俯下身子，看着才到自己身高一半多点的花千骨，阴森诡异地笑了起来，靠在她耳边轻轻说，"只要是我触碰过的舌头，一段时间内不管说什么，都会受我控制哦！"

花千骨汗毛竖立，退后两步："我才不会让你碰我的舌头！我……我……我可以走了么？"

"可以，这之前，你还能问我两个问题。"

"没什么问题了，你已经帮了我很大忙了，至于能不能拜上师，得靠我自己的努力。"

"异朽阁从不欠人，那就先留着吧，期待你再次光临。"

塔门自动打开。花千骨没敢再回头，立刻往前跑，只是不一会儿又满脸通红地跑了回来。

"不好意思，请问我该往哪儿走啊？"

"不管遇到任何岔路，一直向左就可以出去了。"

"哦，谢谢。"

"好吧，这声'谢谢'，就勉强当你向我问路的代价吧。"

花千骨一脸苦涩一阵无语，真是个斤斤计较的人哪。

异朽君站在扶栏前，看着那个小小的孩子逐渐远去消失的身影，掏出怀里的一根萝卜，嘎嘣嘎嘣地咬着吃了起来，果然甜哪！

他握着萝卜的手，白皙修长，温润如玉。

四 当时年少

第二次爬茅山，速度就要快多了。花千骨一路上果然没有遇上任何鬼怪妖物，最重要的是，她终于可以随意地触碰花草了，花千骨开心得都合不拢嘴。

路过林随意的墓前时，花千骨欢天喜地给他展示胸前的天水滴。

"林随意，我现在可以上茅山啦，等通知到了你的师父，就可以早日把你的尸骨移回去，你先安心在这儿歇息啊！"

正要走，突然听到什么声音，要死不活的，跟鬼呻吟似的，她慌张地退了两步。

"林随意！你不要吓我！"

再一仔细听，是从前面林子里发出来的，心想大白天的，难道又碰上什么鬼魅作祟？这可是茅山啊！

花千骨赶忙绕开那个声音往另一边走，没注意到一层半透明的发光壁罩，在她身体穿过时突然出现又突然消失，她不由得一阵发冷哆嗦。

那个声音猛然大而清晰了起来，好像是一个人在呼喊着什么。

花千骨犹豫了半天，还是小心翼翼朝着声音走去。近了，发现一个十四五岁的少年被绳子倒吊在树上。花千骨心里一片茫然，难道这年头鬼都流行倒挂着睡觉？

她不敢靠近，只是远远地站在那里，看这个不知道是人还是鬼的家伙想干什么。这里是茅山，就算是鬼，应该也是和林随意一样善良需要帮助的鬼吧。

"河东，你总算来了！快来救我！那个臭王八在周围布了迷阵，我还怕你找不到我呢！把我跟个鱼干一样挂在这儿一天一夜，又是日晒又是雨淋的，气死我了！等我抓到它，非把它的皮给扒下来！"

因为正好背对着，花千骨看不清那个人的脸，不过能确定这是个男鬼，而且怨气冲天，还口口声声要扒皮什么的，好可怕，花千骨不敢动。

"喂，你傻站着干什么啊！还不把我放下来，一起去追那臭王八！唉，我错了还不行么，师父大人！我不该莽撞冲动中了那王八精的计，我说你快点放我下来啊！"

那人用力地扭动身子，把绳子高高荡起来，然后在空中转了个身，回头看见的却是傻傻站在那儿一身男孩装扮的花千骨。

"喂！你是哪个？我跟你说臭王八，不要再给我装神弄鬼，有本事你就杀了你小爷我，不然回头我揭了你的王八壳，把你煲汤喝！"

花千骨很无辜地睁大眼睛看着他在空中像秋千一样荡来荡去，突然想起家里房梁上的蜘蛛。

那人双目一合一张，金光乍闪，上下打量了花千骨一番。她身上虽有一股淡淡的莫名其妙的气，但是不仙不妖不鬼也不魔，貌似只是一个路过的普通人，他不由得松了一口气，竖起眉毛，大声命令道："喂！小子！放我下来！"

花千骨不敢上前："你是人是鬼，土匪，妖怪？"

少年气结："你大爷我当然是人！快点放我下来，听见没有！"

花千骨慢吞吞移了两步上前，然后眯着眼睛到处找他的影子，不过整个被大树荫盖着，找不到。

"我说你个臭小子，怎么磨磨蹭蹭跟个娘儿们似的！再不过来，一会有你好看！"

花千骨一听生气了，转身就走，哼，管你是人是鬼，反正吊在树上也抓不到我。

"喂喂喂！"少年心里急了，这荒郊野外的，好不容易才有个人，声音不由得软下来。

"你别走啊！快把我放下来！"

花千骨这才停下来，转过头望着他，一本正经地叉着腰，就是嘛，求个人还那么拽。

少年咬牙切齿，心里盘算着一会儿下来要怎么好好修理这小子一顿。花千骨慢慢地走过去，绕着他倒挂的身子走了一圈又一圈。

少年无力地咆哮起来："你还在干什么啊，还不快放我下来！"

花千骨看他倒着的怒气冲天的脸十分滑稽，忍不住伸出手戳了戳他的脸。嗯，是人，有温度的。少年更是气结，恨不得一口咬掉她该死的手指头。这小鬼，竟敢对他如此不敬！

花千骨灵活地爬到大树上，可是绳子解不开，镰刀砍也砍不断，还被弹了回来。

"奇怪……"

连这都不懂，轩辕朗没好气道："绳子施了法，笨蛋！"

"难怪……哦，有办法了。"

花千骨举起镰刀。

轩辕朗大惊："慢着！"

花千骨已砍断了树枝，轩辕朗扑通一声掉在正下方的泥水潭子里，躺在里面直哼哼。

花千骨又飞快地从树上跳了下来。

"你怎么了啊？"

"你大爷的！就不能先说一声啊！顺序都不会，你要先想办法把我手上绑的绳子给解了啊！"少年狼狈地从泥潭里爬起来，歪着个脖子。

呜呜呜，头先着地，扭着了，好疼啊。

"你别动！"花千骨上前一把抓住他的头。

"啊！不要！"

还没等话说完，咯噔一声，他的头被硬生生扳到另一边。

完了完了，断了断了！他一代天骄，想不到竟然命折于小小村野少年之手！河东啊！父皇啊！你们可要为我报仇啊！

"你动动，看好了没？"花千骨拍拍手，一脸扬扬得意。她以前顽皮摔着了，张大夫就是这么帮她治的。

少年努力动了动脖子，咦？没反应。再动一下，咦？还是没反应。气得他飞起一脚踹在花千骨的屁股上。

"这叫好了吗？！明明本来是向左边歪，现在被你硬生生扳得向右边歪了！"

"呃……"花千骨咬咬手指，"没关系啦，你往右边歪比往左边好看！"

少年恨不得掐死她，这有区别么？歪着头往前走了几步，天哪，这副糗样千万不能让别人看见，不然一世英名毁于一旦！

"快帮我把手上的绳子解开啊！"

"哦，可是镰刀都砍不断啊，怎么办？"

"谁说让你砍了！把我手也砍了怎么办？跟着我念咒语，照我说的做手势，你个笨蛋！"

花千骨在轩辕朗的呼来喝去下，好不容易终于把绳子弄开了，好心地蹲下身子替他拍了拍衣服上的泥土，这么好的衣料，她还从来没见过呢，应该是哪个有钱地主家的公子哥吧！

花千骨抬起头来看看他的脸，虽然依然稚气未脱，少年模样，还满口粗话，但是高贵的气质在眉宇间隐隐可见，这是她有生以来见过的最好看的人了，花千骨不由得有点两眼发直。

"你怎么会被挂到树上去的啊？"

"关你什么事，不准多问！"

"哦，那好吧，你多保重，我急着赶路，咱们后会有期！"

花千骨向他别过，然后提起包袱转身准备离开，她还得抓紧时间赶着上山呢！

"喂喂喂！你到哪儿去啊？"少年急了，连忙歪着脖子跟上，"你救了我，说吧，你想要什么回报？我轩辕朗从不欠人人情！"

花千骨一边走一边摇头："不用了，举手之劳。"

"不行，你不说就不准走！"轩辕朗霸道地站在她面前，把她拦住。

"真的不用客气……"花千骨望着他倔强又坚持的表情，一时无语，这人真是奇怪。

"那好吧，跟你打听个事，听你说什么王八精什么七星阵的，你应该也懂一点点法术吧？你知不知道在茅山拜师学艺有没有什么要求啊？例如学费啊、身高啊、体重啊，还有一般都考什么？"

"你准备上茅山拜师？"轩辕朗眯起眼睛高深莫测地看着她。

"对啊。"

"有人引荐没？"

"什么淫贱？"

"我是说推荐信啊，你个白痴！现在世上妖魔横行、豺狼当道，谁不想一技傍身，你以为想修道就能修道、想拜师就能拜师啊！光有银子还不行，还要有人推荐！"

"没有啊，具体是怎么样的？"

"就是某某著名的得道之人对于你修仙资质好坏的评定、推荐的理由等等，说来说去就是走后门、拉关系啦……"轩辕朗努力回忆师父和自己说过的，瞎掰一通。

"还需要这个么？"

"当然需要，道观和仙派管吃管住，还能习武修仙，要是不用人引荐的话，街上的叫花子都不用要饭了，全跑来拜师学艺好了！"

"这样啊，可是我谁都不认识，到哪儿找推荐信？"

"小意思，求我吧，你求我，我给你推荐信。"

"你？你是得道高人？"花千骨指着他歪着的脖子哈哈大笑。

轩辕朗一脸窘色："哼，你还别不信，我师父欢喜天忧洛河东，仙界谁人不知谁人不晓！让他给你写封推荐信，要进茅山还不容易？保证直接拜入清虚道长足下，做他的入室弟子，直接戴宫铃！"

"真的？"花千骨惊喜地抓住他的手臂摇啊摇，"那个宫铃是什么啊？"

"那个……宫铃、宫花、宫玉、宫羽……还有什么来着，反正这些是修仙之人身份等级的代表，其中还分好几种颜色，一般别在腰间，就像官衔一样。种类、颜色还有数量都代表着修仙之人的地位、法力，还有所属五行系别，等等，其他的我记不清了……反正，茅山道士那么多，以你的资历，就算进去，连铃儿都挂不上，还不知道把你随便扔给哪个小道士做徒弟呢！"

"好复杂啊！怎么做道士也有那么多讲究啊！我只是想找个清净之所好好修习，谁做我师父其实都无所谓。"

"当然讲究多，蜀山、王屋山、委羽山、括苍山、昆仑山、天山、青城山、龙虎山、齐云山、茅山、崂山、太白山……还有玉浊峰、蓬莱岛、长留山，这些都是著名的修仙之所，远离凡尘的洞天福地，大的教派近百，小的近千，数不胜数，各家暗地竞争排位也是理所当然的。茅山只是因为一向法度众生，慈悲世人，弟子略有所成都会入世捉鬼降妖，这才为世人所称道，名气比较大。若真是论实力来排，前十都进不了。"

花千骨听得目瞪口呆，少年扬扬得意。

"刚刚说的很多地方我都去过哦！茅山顶的九霄万福宫我也去过，清虚道长还和我师父是好友呢！"

"那你是什么门派的？"

"我？"轩辕朗摸着脑袋想了想，貌似师父是父皇特意从哪儿请来的高人，无门无派，若论师承，是不是应该系属太白一脉的啊？还不如自己建一个呢！

"我是无敌太白门的，我师父是门主，我是副掌门，你要不要加入做我的门徒啊？"少年对眼前唯一的门人循循善诱。

"不要，我要做茅山道士。"她貌似也只听过这个，"你可不可以请你师父给我写封推荐信啊？"

"当然没问题，金口玉言，我答应你的一定会做到！"

"那你师父呢？你怎么会一个人被吊在这树上？"

"别提了，我和师父正四处降妖除魔呢！都怪我一时大意，让那王八精逃到这里，还因一时冲动着了他的道。不然，哼，它那小样能抓住大爷我！你放心，我师父很厉害的，很快就能找到这里来了！到时候就让他给你写！"

"太感谢你了！这个馒头给你吃吧！"花千骨既兴奋又激动。

少年看了看那个硬邦邦的馒头，实在是没有吃它的欲望，可是肚子又饿得厉害，只好硬着头皮接了过来，张口就咬。

"对了，你叫什么名字？"

"花千骨。"

"我叫轩辕朗。看在你救我一次的分儿上，求我的又是写推荐信走后门这种小事，再送你一枚勾玉，你以后遇上麻烦了，就可以找当地的官兵帮忙，他们看到这个就会任你调遣的。"

"哇，好厉害的道法仙术！竟然连官兵也能任凭摆布！谢谢朗哥哥，哈哈哈！"花千骨接过轩辕朗取下来的勾玉，挂在自己脖子上，和天水滴一起放进衣服里面。这个人就是嘴坏点，心眼还挺好的嘛，还送自己礼物！不过这年头，为什么都爱送人挂坠呢？

轩辕朗白了她一眼，这个人是傻了么？那勾玉不过是父皇见他出外修行历练，赐他的随身信物而已，最多可以调兵遣将，哪有什么法力。

"朗哥哥？我吐，我还狼哥哥呢！说你还真跟个娘儿们似的。说话没底气，细皮嫩肉的，是该到茅山门下好好历练历练。"

花千骨又被鄙视了，也懒得解释，轩辕朗抬头看了看四周。

"天都快黑了，上山不方便，我们先找个地方休息一晚上吧。明天我陪你一起上茅山，顺便等我师父。"

"好！"花千骨很高兴，终于路上有伴了。

被差来唤去地捡木柴、生篝火、找吃的，花千骨也干得很起劲。轩辕朗则一直跷着二郎腿靠在树上休息，突然看见花千骨弯腰，脖子上的天水滴滑落出来，不由得皱眉。

"你还挂了个什么鬼东西？"

"好像叫作天水滴，在异朽阁里求到的，多亏有这个我才能通过结界上茅山。"

"异朽阁？哦，我听说过，他们不但收集死人舌头，还能帮你解决任何难题，甚至皇帝都能轻易刺杀，只要能付得起代价。别人都怕得要死，我可不怕，也绝对不许以后我死了谁来钉我的舌头！喂，这东西在吸噬你的精血呢！呃……但似乎又不是妖邪之物。虽然影响不大，但你还是最好不要再戴了。"

花千骨摇了摇头："有这个我才能顺利上茅山，而且妖魔鬼怪什么的才不会缠着我。异朽君说，凡事都要付出代价，只要不会死，被吸点啥的没关系。"

"你经常遇到妖魔？"

"嗯，他们会缠着我，但大部分又不太敢靠近，于是转而去害我身边的人。"

"那你家里……"

"他们全死了。"

轩辕朗有些尴尬，不知道说什么好。

"但爹爹好像一点也不介意，一直很疼我，他让我不要害怕妖魔，也不要害怕自己的命运，上天会给每个人考验，只是我的稍微难了些。和尚大师说我命格诡异，还是无泪之人。我从生下来就没哭过，其实爹爹不知道我心里一直很想哭。之所以上茅山拜师，也是希望有一天可以勇敢起来。"

轩辕朗挠挠头："唉，你能一个人上茅山已经很勇敢了。"

"因为我也不知道还有哪里可以去。说起来……我还从没跟爹爹以外的人说过这么多话呢。"

轩辕朗同情地看着花千骨："你以前都没朋友么？"

花千骨低下头去："村里的人都……不是很喜欢我。"

轩辕朗拍拍花千骨的肩膀："放心，你救了我，咱们以后就是好哥们儿啦！"

花千骨只带了馒头，又找了些水果，完全不够果腹。轩辕朗亲自出马，抓回来一只野鸡。这两年来跟着洛河东在外风餐露宿，他早已不复往日骄纵。

"让你尝尝我的手艺。"轩辕朗三下五除二就把鸡毛拔了个干干净净，肚子掏空了，填上随身携带的香料和调味料，然后用树叶裹了起来，埋在火堆下。

花千骨在一旁看得直流口水，她这两个月来一直啃干粮，就没好好吃过一顿饭。

茅山的夜晚静谧而清幽，身边有个人在，花千骨不复往日那般恐惧焦灼。从小一个人长大，她早把孤独当成习惯，也几乎不知道如何和陌生人相处。只觉得人家对她好，她便对人家好就是了。也不用和别人太亲密，那样可能反而会害了对方，而且会让自己的心变得软弱，多了挂碍，毕竟最后，还是会剩下自己一个人的。

可是此刻她望着身边这个同样一脸稚气的少年，不知道为什么却觉得无比的安心，什么都不害怕了。原来，这就叫作朋友么？

"那个王八精会不会躲在附近找机会害你？"

"它级别不够，还没资格碰我一根毫毛。之所以把我困在这儿，是因为他想让师父到处找我，然后它就有机会逃得更远，所以把我困得越久越好。"

"每天和这些东西打交道，还要去捉它们，不会害怕么？"花千骨没办法想象自己若是当了道士还得去降妖除魔什么的，她只求有个小屋能夜夜睡个安稳觉，没有小鬼来烦她就已经很好了。可能这没什么出息，可她的愿望就是这么简单。

"一开始当然会害怕，从小到大都一直有人保护我，什么都不用我操心，当自己真的独自面对那些危险和恐怖的东西的时候，完全就手足无措了。一开始我不明白他的用意，干吗把我赶出来，一两年了都对我不闻不问，难道不怕我就这么死在外头了么。可是后来慢慢就懂了，或许那个地方对我来说才最危险吧。他希望当我长到足够强大的时候再回去，那时候就真的什么都不害怕了。"

花千骨看着轩辕朗闪烁如星的眸子，脸上隐见高贵与霸气。那时的她还不明白什么叫王者之风，可是很多年后，她再见那双眸子的时候，他已经完全能凭借一己之力撑起整个天下，更加可贵和让她感动的是他那始终未变的朗朗胸怀和赤子之心。

"我上茅山也是希望自己有一天可以不再那么胆小。我爹说做人要心无所畏，心有所敬，你那么努力地捉鬼降妖，磨炼自己，以后一定会变成顶天立地的男子汉的！"

"心无所畏，心有所敬么？"轩辕朗喃喃自语，用力地点了点头，"等你当了茅山弟子，到时候我们就一起到世间捉鬼降妖！"

"好，不过我估计那时候我还是会被小鬼欺负，你可要保护我啊！"

"废话！从今往后，你就是我轩辕朗的兄弟！哪个鬼敢不给你面子，就是不给我面子，我直接灭了他！"

二人相视大笑，一直聊到很晚。

翌日一早，半梦半醒中，轩辕朗被人一脚踹到地上。

"河东，别吵，让我再睡睡……"轩辕朗在地上翻滚两周半，抱住身边一软绵绵的物体继续睡。背后又是一脚，还有晴天霹雳一样的吼声。

"臭小子，你躺在这儿倒是睡得安稳，快给我起来！"

轩辕朗勉强睁开眼睛，发现不知道什么时候把花千骨抱在怀里，嘴几乎贴在人家脸上，吓得一蹦而起，转身望着近两日让自己思之如狂的师父。

"啊，河东，你终于找到我啦！"他激动得泣涕涟涟。

眼前的金发大汉又飞起一脚，他灵巧地躲了过去。

"我说过多少次了，叫师父！懂不懂尊师重道！我就不知道我洛河东怎么教出你这么个不争气的徒弟，居然被个王八精给糊弄了，传出去把我的脸都丢尽了！"

洛河东突然觉得不对，踢踢脚下的不明物体。

"这个又是什么东西？"

轩辕朗连忙护住花千骨："他可不是我，你可别乱踢，等下踢坏了。咦，这家伙睡觉怎么跟猪一样，都这样了还不醒！"

洛河东蹲下庞大的身体，他足有轩辕朗两个人那么高，跟座小山似的。

他翻翻花千骨的眼睑，探探脉："没事，只是失了点精气，微微有些虚弱。"

"我就知道这个不是什么好东西！"轩辕朗气急败坏地运功，便要毁了那个天水滴。

"别别别！"洛河东连忙拉住他的手，"千万别弄坏了，有意思着呢，吸点精气而已，不会死人的。喂，醒醒，醒醒！"

花千骨觉得一只大手在拍自己的脸，迷迷糊糊地睁开眼睛，好舒服啊，好久晚上没有睡得这么安稳了。

咦，面前这个东西是什么？

啊！鬼啊！

花千骨被眼前凶神恶煞的脸吓得一哆嗦。

洛河东一头金发，络腮胡，刀眉横飞，眼似铜铃，一张口便如狮子吼一般，的确有够骇人，所以很多妖魔鬼怪通常是只闻其声未见其人就吓得屁滚尿流。

"别害怕，千骨，这个就是我师父啦！"轩辕朗把她搂在怀里，想她那么瘦小，怎么吃得了苦一个人上茅山呢！

"河东！你知道自己貌似钟馗，就不要凑那么近吓人了，好不好？他叫花千骨，昨天多亏他救了我，不然我还被那只挨千刀的王八精吊在树上日晒雨淋呢！爷爷的，被我捉到，非揭了它的王八壳！"

洛河东冷哼一声，啪地扔个东西在地上："等你去，它都不知道跑到东海哪个窝里享清福去了！"

"哇，王八壳！"轩辕朗捡起地上那个盖子一样的东西，激动地抚摸着上面的经文和八卦图。

"你已经把它收了啊？"

"我不先把它抓到，怎么找得到你？你小子要是下回再敢这么莽撞，你就给我喂妖怪去吧，别说你是我徒弟，丢我的脸，这些年白教你了！"

"爷爷的，本来还想亲手抓它报仇，算那王八运气好！"轩辕朗拿着那壳东敲敲西敲敲。

洛河东又飞起一脚踢在他屁股上："他娘的，你个死小子！好的不学，坏的你全学会了！满嘴脏话，吊儿郎当的样子，让我现在怎么带你回去跟你老子交差！"

洛河东无语问苍天，不知道是自己的教学方式太失败，还是这徒弟太不成材，怎么会短短两年间就把一个高贵内敛的太子殿下变成一个争强好胜的乡野少年了呢？回去非被他老子大卸八块不可。

"唉唉，我以后注意就是了。对了，师父，千骨要去茅山拜师，你给他写封推荐信吧！让清虚道长收他当徒弟！"

"嗯嗯。"花千骨在一旁直点头，感激地望着他。

有事相求的时候就知道改口叫师父了，洛河东白了他一眼："你是猪啊！除了画符之外，你见你师父写过一个字么？我连自己的名字都不会写，写什么推荐信啊！"

轩辕朗和花千骨面面相觑，同时无语。

"那怎么办哪？"

"办法多的是，看在救你一次的分儿上，我就帮一下吧。"说着，他从墟鼎中拿出一个田螺一样的东西，敲了两下，对着大声吼道："清虚老道！我洛河东送个徒儿给你，你不想收也给我收了，最近事忙，下次再来找你喝酒！"

河洛东说的话幻化出一个个金字，飘进传音螺里。花千骨和轩辕朗放下捂住耳朵的手一脸无奈。

"这个是传音螺，你把这个拿给清虚老道，他就知道啦！"

"师父，那个……那个……"

"干吗扭扭捏捏的，有屁快放！"

轩辕朗望着捧着传音螺兴高采烈的花千骨，有些舍不得："我们不一起上茅山么？"

"不行！"洛河东眉头紧皱，"你老子昨夜发急信，让我们火速赶回。最近天下异变，不知道宫里是不是也出了什么事情，我们得马上起程。"

这几年他都不管不问的，如今这么急，肯定是出了什么大事。

轩辕朗满脸失望，握住花千骨的手道："我和师父得赶快回去，不能送你上山了，你自己多加小心！如果有什么事，就拿着那枚勾玉，随便到哪儿的官府让他们帮忙，或者让他们送个信说要找我，知道么？"

花千骨感激不尽地看着他："放心吧，这一路我都一个人走过来了，不会出什么事的。"

轩辕朗颔首，拍拍她的头。

洛河东像弥勒佛一样呵呵笑道："小娃子，多谢你救了我这个没出息的徒弟，实在是因为有要事要办，咱们有缘再会！"说着扔出一个葫芦，葫芦变大飘浮在半空，洛河东连拖带拽地把轩辕朗拉了上去。

花千骨看得目瞪口呆，半天才反应过来跟轩辕朗挥手告别。

轩辕朗看着下面的身影越来越小，一时竟不由得鼻子发酸。

"等我办完事，就来茅山找你！你等着我啊！"轩辕朗对着花千骨大喊。可相隔太远，花千骨已经听不见了。轩辕朗落寞地坐在葫芦上，望着茫茫云海。

洛河东道："臭小子，你把勾玉给她了？那勾玉是你父皇千叮咛万交代不能离身的，你居然随随便便就送人了！"

轩辕朗一脸无所谓的样子："他是我朋友，对朋友怎么能吝啬，你以为都像你啊！"

"唉，你个死小子！那人虽然只是凡人，但老子活了这大半辈子，还真没见过光看气就如此诡异不祥的人。你要是一点都没看出来，这些年也算白跟老子混了。还了恩情就是，以后还是少跟她牵扯！"

轩辕朗不高兴了："我才不管这些，我要天下皆在我手，还怕逆不了这小小乾坤！"

洛河东一时无语，长叹一声。

轩辕朗回头看着茅山的方向，心道："千骨，其实你也是我的第一个朋友。"

五 茅山求道

不同于以前，这次上山的路途非常顺利，顺利得让花千骨都有些忐忑了。因为她从来没有爬过这么死寂的一座山，空气中有一种低沉得让人喘不过气来的压抑感。

和别处一片苍翠喜人不同，大茅峰上映入眼帘的绿色太过浓郁深重，就像画上的油墨要脱落下来，让人感觉浑身黏黏的，很不自在。

不知道为什么，花千骨总是隐隐有种不祥的预感，但又和以往遇鬼的感觉不太一样。

通向峰顶的石级蜿蜒盘旋，往下望即深渊百丈，伸手便能够着身边的浮云。

终于到了九霄万福宫雄壮巍峨的大殿前，茅山派的大门已在眼前，修得十分气派，花千骨面露欣喜。

突然，明明什么也没有却被绊了一下。

花千骨身子前倾，周围一切都失去了颜色，变成了黑白，仿佛进入另一个世界，生机灭绝！

花千骨望望四周，更加紧张不安，她猜测自己是又进入某种结界之内，但为什么茅山的结界要把世界弄成黑白色的？她不由得伸手握住挂在脖子上的勾玉和天水滴。

四下安静得连自己的喘息声都那么明显。

"请问有人么？"回答她的只有空荡的回声。

花千骨硬着头皮往里走去，正门大开，金碧辉煌的大殿内，烟火已灭，没有半个人影。

听说茅山有很多俗家弟子，也多靠入世历练修行，很少时间在山上清修，所以留守派中之人本来应该就不多。可是，不可能连个守山门的都没有啊！到底出什么事了？难道全体都下山降妖除魔去了？

花千骨开始慌张起来，越发觉得整个茅山阴沉得可怕。

"有没有人在啊？"

呜呜呜，不要啊，她好不容易才上到山上，怎么会没有一个人呢？

花千骨顺着大殿往内，顾不上欣赏雄伟的建筑，东张西望地到了万福宫集众的广场，发现宽阔的广场正中竟然被人为破坏成一个巨大的坑，相当于另一个万福宫那么大，就好像陨石砸出来的一样。

没有半点风，周围有点闷热。花千骨紧张莫名，擦了擦额头上的汗，呼吸紊乱，一丝不易察觉的血腥气味一点点通过鼻子扩散到她的脑细胞。

她不敢靠过去，只觉得会有什么不好的事情发生。可脚还是忍不住一点点地移动着到了坑前。

带着热浪滚滚而来的血腥气浪将她瞬间淹没，花千骨发出一声惊恐的尖叫，声音响彻八方，然后捂着脸跪在了地上。

……

修罗场！

她见过多少血腥恐怖的场景都没有如这般的人间地狱，尽管，只是惨淡的黑白色。

无数的尸体一层又一层把整个坑底都填满了。一个个身着道袍，老老少少数百人堆在里面。人堆里，大多数是残肢，被血泡着，肠子、眼睛、手指，到处都是……惨不忍睹！

可是，四周基本上没有什么打斗过的痕迹，这些人大都被一招毙命，相继被屠戮。

花千骨一边呕吐一边想要爬得远一点，却隐约听见什么声音，虽然微弱，但是清晰。

难道还有幸存者吗？花千骨强逼着自己转过头去，在一堆尸体上，看见了那个须发皆白的老者，一只手被硬生生扯断，胸口中央有一个大洞，完全贯通，心肺皆被掏走后，竟然还有一息尚存，在微弱呻吟。

花千骨顾不得许多，连滚带爬地滑进坑里，在一堆尸体中艰难地攀爬，手触及那些黏糊糊的血肉和组织液，让她连胆汁都快吐了出来，可还是拼命地爬到了那个老者的面前。

"老爷爷……你怎么样？"花千骨从没见过这样的人间惨剧，鼻子酸得让她几乎以为眼泪就要掉下来。

她想要救人，却又不敢碰对方始终端坐的身子，怕一触碰他便倒了下去。

她现在该怎么办？谁能告诉她应该怎么办啊？

那老者紧闭双目，脸上两条血泪，貌似双目也被挖走，可是脸上似乎依然一点痛苦也没有地微笑着。

"这位小施主是……？"

花千骨声音还有身体都颤抖得不行："我……我是花千骨……本来是想上茅山来向清虚道长拜师求道的。这里到底……到底发生了什么事啊？"

"在下即清虚，贫道无能，致使茅山惨遭灭门……现在怕是收留不了小施主了啊……"

"清虚道长，您别这么说，这里为什么会变成这个样子？是门派纷争，还是妖孽作祟？怎么会这么残忍，杀害那么多人？！我……我可以做些什么？你的伤怎么样？"

"贫道内丹尽毁，墟鼎被掏，元气尽失，已经撑不了多少时间了。施主，请问你多大了？"

"虚岁十二。"

"为了不使求救音讯送出，茅山派整个被拴天链锁住，不知施主又是怎么进来的？"

"我一开始也上不来，后来去找了异朽君，他给了我天水滴，上山途中又碰上一个叫轩辕朗的哥哥和他的师父洛河东。洛老前辈还给了我这个传音螺，说拿给你看了，你就会收我做徒弟。"

清虚面色苍白，笑着说道："难怪，原来你还遇上他们了啊，你在那螺窄端第三个螺纹处敲打两下。"

花千骨嘭嘭地敲着，螺中突然传出洛河东狮子一样的吼声：

"清虚老道！我洛河东送个徒儿给你，你不想收也给我收了，最近事忙，下次再来找你喝酒！"

清虚眉头耸动着笑了起来："真好啊，临死之前还能再听听故人的声音，只可惜再没机会一块儿喝酒了。"

"清虚道长……"花千骨难过得不行，"只可惜，他突然有急事说要赶回哪里去，不然就可以一起上山来了！"

"最近天下大乱，他赶回去，肯定也是因为神器的事情。小施主，贫道有一事相求。"

"道长不用客气，我一定尽力办到！"

"再过三天，也就是这月十五，请小施主务必代我出席昆仑瑶池的群仙宴，帮我把茅山被屠、拴天链被夺之事告知众仙家。拴天链的封印已经被打开，妖魔定会借助其力量，悄然夺取其他九方神器。请小施主提醒他们千万小心，及早想好应对之策。否则神器重聚，妖神一旦出世，生灵涂炭，怕是再无可以压制之法。"

清虚不知道还来不来得及，但神器分散各派，他无法一一通知，花千骨又只是凡人，能力有限，只能让花千骨去群仙宴报信。

花千骨似懂非懂地点点头："这月十五、群仙宴、拴天链、神器……好的，我记住了。"

清虚左手翻转，上面现出一张金光闪闪的帖子。"这仙帖能送你去瑶池。虽然茅山留守弟子尽被屠戮，但门人遍及四海，茅山派基业尚在。如今茅山群龙无首，劳烦施主先暂代掌门之位，到时在群仙宴上发茅山令，召集所有在外弟子回山，重整本门，夺回拴天链。"

"我？我……"

"小施主无须担忧，到时候请把掌门之位传给我的大弟子云隐，告诉他杀我之人乃云翳，他已堕魔道，背叛茅山，让云隐千万别感情用事。"

花千骨点了点头："好，我会告诉他，让他找回拴天链，清理门户。"

清虚老道点点头，单手结印在花千骨眉心点了一下，掌门印记一闪而逝。花千骨只感觉汹涌澎湃的元气与内力从眉心往自己体内涌入。

"贫道将仅存的这些道行给你，不要浪费了，也算是茅山派的小小谢意。"

清虚道长的意思是愿意收自己做徒弟么？花千骨手足无措，跪下准备磕头。

"师……师父……"

"施主快起，贫道已是将死之人，再教不了你什么，你不如另投明师，觅个去处。天下之大，仙界之中，莫若长留。若你能得子画亲授，此生大幸，也不枉费你我在此时此地缘分一场。"

"另外拜个师父？"

"对，长留上仙白子画，如今仙界道行最高之人。拿传音螺来，我会把你托付于他，但是他为人甚严，从不收徒，不知这次会不会买贫道这个将死之人一个面子。另外，我也会把其他要紧之事告知他，拜托他帮贫道料理一下残局。"

说着，花千骨见清虚嘴里念念有词，一个又一个的符字从他嘴里吐出，飘进了传音螺里，也不知道说了些什么。

"施主，现在你可能看见我腰间的宫羽？"

花千骨这才看见那根纯白无瑕、丝毫没染上一点血迹的羽毛。

"看见了。"

"你把它取下来，好生保管，这是掌门的信物。另外，在大殿香炉神龛之下，有两本秘籍，一本是我茅山道法的要诀与精髓，随你传给下任掌门；一本是贫道所撰写的《六界全书》，你且好生收藏，若有何不懂之处，在上面皆可查到。之后的事就拜托你了，贫道总算可以瞑目了。"

"清虚道长！"

"你去吧！昆仑山，群仙宴，找白子画！"

花千骨这才慢慢从大坑里爬了出来，然后见坑中从清虚道长身上腾起黑色的火焰，似乎又不是火，也一点也没感觉到热。

坑中的一切慢慢化作灰烬，无数发着白光的小圆点慢慢向高空飘去。

花千骨跪在坑前拜了两拜，天空突然下起雨来，洗去她一身的血污。空气依然凝重，世界依然一片黑白，但是花千骨觉得好受了很多，身上精力也变得比之前充沛了。

师父没拜成，也不算是茅山弟子，却莫名其妙地做了茅山掌门，真是让人心惊胆战。花千骨取了那两本秘籍，包好了揣在怀里，开始下山。走出结界，世界这才又重新变回彩色，花千骨深深地呼了一口气。

接下来的目标比较明确了，先去昆仑山的群仙宴上把茅山被屠、拴天链被夺的消息告诉大家，并且把掌门之位传给清虚道长的一个叫云隐的徒弟，并告诉他云翳是个坏蛋要小心提防，然后就求白子画老前辈收自己做徒弟，最后跟着他回长留山好好修习……

六 糖宝出世

花千骨下了茅山，在山脚下见一溪流清澈，她忍不住脱了衣服，跳下水去，洗去浑身血污。突然感觉天水滴在胸前微微发热，仔细看了看，又没发现有什么不对。

花千骨洗干净从水里出来，雪白的肌肤在阳光的照射下熠熠生辉。正准备给自己换身干净的衣裳，突然听见传来"啊"的一声。

花千骨连忙抱住衣服遮住小小的身体，跳到石头后面躲了起来，见溪边有个书生模样的人正背对着自己，应是在喝水时不小心看到了。

"对不起对不起。"那人连连道歉，语气慌张，"深山老林的，没想到会有人……"

花千骨不说话，飞快地穿上衣服，她虽是男孩装扮，可是披散的头发、红通通的脸，很明显可以看出她是个女孩子。她收拾好东西就准备离开，却没想到那个书生抓起一旁的书篓背在身上，也匆匆地赶了上来。

"子曰，非礼勿视，非礼勿听。在下东方彧卿，无心唐突了姑娘，请姑娘见谅！"

花千骨从没听过这么温柔好听的声音，忍不住回头看了他一眼。只见他样貌并不十分出众，可是清雅脱俗、气质非凡，一双凤目盈盈含笑，说不出的温柔亲切。仅仅一眼望去，已令人从头到脚神清气爽，每个毛孔都熨过似的舒适服帖。

"没关系。"花千骨有些出神，好半天才反应过来，继续飞快地埋头往前走着。

那人却大步地跟了上来，步伐有点踉跄，样子却有些呆笨。

"怎么能没关系呢？你的身子都被我看光了，我若是如此不负责任，岂非枉读圣贤书。姑娘，你姓甚名谁家住何方？等我金榜高中回来，一定与你成亲！"

花千骨一头黑线，自己才十二岁，个头又小，根本就没发育，要胸没胸要屁股没屁股的，就算被他看光了，又看到什么了啊？

"是我自己的错。请公子就当作没看见，赶快忘了吧。"

"知之为知之，不知为不知。我明明从头到脚、从前到后全部都看见了，怎么能当作没看见呢？这不是自欺欺人么？姑娘你千万别担心，我说话算话，一定会娶你的！"

花千骨无语抚额，正好走到岔路口："公子不是还要上京赶考么？道不同就此别过，后会有期。"

"赶考事小，你一个姑娘家，小小年纪在这荒郊野外，要是遇上豺狼野兽、山匪盗贼怎么办？别说我把你的身子都看光了，就算是萍水相逢，什么也没看到，也不能置之不理啊！我决定了，先把你送到你要去的地方，再上京赶考！一考完便到你家提亲，明媒正娶迎你进门！绝对绝对不会不负责任的！"

花千骨目瞪口呆。

天渐渐黑了，不管她走到哪儿，东方彧卿都跟到哪儿，像狗皮膏药一样摆脱不掉。花千骨没办法，只好自顾生起火，吃着馒头不理他。虽然她对人一向没什么戒心，也不讨厌这个书生，可是不能就这样莫名其妙地答应跟人成亲啊。

东方彧卿说要捞鱼给她吃，花千骨看着他在溪里笨手笨脚的样子，既无奈又忍不住想笑。

她打开清虚道长给的《六界全书》，想找找看害得茅山遭此大祸的拴天链到底是个什么东西。清虚道长果然单独列了条目，重点介绍。

十方神器：

上古妖神出世，祸害苍生，众神合力将其封印，妖魂灌注于十方器物之中。

这封印着上天、下地、东、南、西、北、生门、死位、过去、未来的十方神器，分别是：

东方	流光琴
南方	幻思铃
西方	浮沉珠
北方	卜元鼎
天方	谪仙伞
地方	玄镇尺
生方	炎水玉
死方	悯生剑
逝方	拴天链
望方	不归砚

以使妖神天上地下，生死无门，十方世界，形神俱灭！

花千骨除了拴天链之外，其他都没听说过。妖神？妖神又是什么东西呢？听上去很可怕的样子。于是她翻到妖神这一章，只见开头中央处用朱笔提了十二个字：

妖神出

天地裂

蛮荒陷

六界灭

　　花千骨不是很能理解，但是知道自己这次的任务很重要。她拿出清虚道长给的仙帖翻来覆去研究了一下，清虚道长说可以用这个直接去昆仑山，可是当时太慌乱，根本忘了问应该怎么用。时间紧迫，她打算再回一趟异朽阁，去向异朽阁主请教，他说过自己还可以问两个问题的。

　　见东方彧卿兴高采烈地过来，花千骨将书和仙帖收好。

　　"骨头，我抓到鱼了！"

　　自从东方彧卿不厌其烦地从她这儿问到名字之后，他就立马给她取了个外号。花千骨完全无语，可不可以叫好听一点的，例如小花什么的？

　　只见东方彧卿笑眯眯地从书篓子里一件接一件取出了各种烹调工具。他把鱼剖好，撒上配料，每一个动作都精细至极，跟轩辕朗之前吃野鸡的豪迈完全不同。

　　花千骨目瞪口呆，咽了咽口水，突然觉得那条鱼死后居然可以受到这么温柔的对待，也算是不幸中的大幸。她甚至几度都以为，它要在东方彧卿修长的手指下重新活过来。

　　东方彧卿仰起头来，对花千骨粲然一笑道："很快就能吃了。"

　　花千骨连忙转过头去，他的笑容杀伤力十足，简直能让人被卖了还帮他数钱。

　　"你的衣服都湿透了，先去换一身吧。"

　　于是东方彧卿跑到树后去换衣服，还不忘说道："骨头，我一点也不介意你偷看回去。"

　　花千骨红着脸往火堆里扔木头："我才不看呢，爹爹说会长针眼的。"

　　可是东方彧卿从树后出来，花千骨一抬头，还是有些呆住了。只见他换了一身袍子，打湿了的长发披散开来，眉眼在火光的映衬下有些迷离，顿时给人一种不一样的感觉。总之，不再像是一个呆头呆脑的书生了。

　　东方彧卿继续烤鱼，细心到连鱼刺都挑得一根不剩。花千骨简直是狼吞虎咽地吃完那条鱼的。她霎时间突然涌起一个奇怪的念头：如果以后的相公是像这样的也挺好。

花千骨顿时被自己吓到了，赶快摇摇头，将一切清空，她还有好多事情没做，还要去拜师呢。突然感觉天水滴又在发热，同时一阵细小的碎裂声传来。花千骨低头，惊讶地发现天水滴居然裂开了一道缝。

怎么回事？不会坏了吧？

花千骨摘下天水滴，凑近端详。没想到正在这时，一条肉肉的小虫气喘吁吁地从缝隙里爬了出来，肉肉的身体软绵绵的，通体晶莹透亮，十分好看。

花千骨吓得手一抖，就把天水滴扔了出去，正好被东方彧卿接住。

小虫子在东方彧卿手心打了两个滚，费力地抬起头，睁开了两只小眼睛，骨碌碌地转着，看着眼前的两个人，咯咯笑了起来。用糯软甜腻的声音喊道："爹爹，娘亲……"

花千骨吓得一屁股坐在地上："爹爹？娘亲？"

东方彧卿也惊讶无比地看着手中的小虫子，然后笑得前俯后仰，伸出食指摸了摸小虫的头，真是个有眼力见儿的好孩子啊！

花千骨已经吓蒙了，惊魂未定道："为什么？为什么虫子还会讲话？"

东方彧卿奇怪地看着她："你不知道这是什么么？"

花千骨摇头："不知道，这个挂坠是别人给我的。"

"原来如此，估计那人想要给你一个惊喜吧。这个小家伙是灵虫，属于灵宠的一种，用你的血种的，吸你的精气成形，只会听你的役使。它不光会说话，还略懂法术。只会对主人忠心，不会咬人的，你不用害怕。"

"可……可是干吗叫我娘亲啊？又不是我生的它，我又不是虫子。"

"是你把它孵出来的啊，再说它本就是你的血肉嘛。"看着花千骨那超窘迫无奈的扭曲表情，东方彧卿笑得脸都快抽筋了。

"我、我都做人家的娘了啊……"花千骨好无语地靠近，睁大眼睛看着那只小虫子，鼻子都快要碰到它身了。

那虫子伸了伸懒腰，打了个哈欠，样子可爱极了，嘟嘟嘴巴，然后抱住花千骨的鼻子爬了上去。

"娘亲，我肚子饿了。"

"啊啊啊啊……"花千骨动也不敢动，不停地向东方彧卿使眼色，它爬到我鼻子上来了，怎么办怎么办？

东方彧卿哈哈大笑着捏住虫子，把它拿了下来。

"爹爹？"虫子无辜地抬头看他。

"吓着你娘了，傻孩子！"东方彧卿很有爱地把它放在自己手心里。

"呜呜呜，它说它饿了怎么办？不会要我喂它喝奶吧？我可没有啊……"花千骨双手抱胸。

东方彧卿努力憋着笑憋得差点没背过气去："你要是嫌自己血多得没地方流呢，可以每隔些日子喂它吃上那么一滴，大大有助于它灵力的提高。不过想想太浪费了，不如随便喂它一般的树叶、花瓣、青草什么的都可以。"

"馒头它吃么？"花千骨小心地掰下一点放在东方彧卿手心里。

"可能会吃吧，看它自己口味咯！"

小虫子慢慢爬到馒头上咬了一口。呸呸呸，好硬啊！

这家伙还挑食。花千骨无语地摘了根嫩草递到它面前。小虫开心地抱住啃了起来，不一会儿草叶就成了锯齿形。

"哈哈，好可爱。"花千骨心里软软的，满心爱怜，突然想起刚才吃的鱼，拿来一点喂它，它好高兴地吃了个精光。

"以后它就可以一直陪着你了。"

"不会不小心被我压死了吧？那么小！"花千骨夯着胆子伸出手指头摸摸它，它亲昵地抱住指头蹭了蹭。

"它是妖精，怎么可能压一下就死了，你给它取个名字吧。"

"取名字么？我从来没取过。呃，糖宝怎么样？"

"糖宝？"

"糖宝，糖宝，糖宝宝！"花千骨把糖宝放在自己手心里，嘟起嘴巴亲了亲，"你的名字以后就叫糖宝啦！"

糖宝呵呵地笑着，声音像个孩子，隐隐有空灵的回音。

"我叫糖宝，爹爹，娘亲！"

"我是你娘亲，他不是你爹爹！"花千骨纠正道。

"爹爹，爹爹！"糖宝看着东方彧卿笑。

"我怎么不是它爹爹啦，等我办完要事，到时候自然会去找你，娶你为妻，我会对你负责到底的。"

花千骨一脸无奈，怎么绕来绕去又绕回来了啊！

东方又告诉了花千骨很多照顾灵虫的注意事项，花千骨连忙一一记下。

"东方，你怎么知道得这么多啊？"

东方彧卿得意扬扬："那当然了，我从小饱读诗书，天文地理、机关术数，都略懂一二，这点小事怎么难得住我？骨头你放心，你将来一定能做状元夫人的！"

花千骨满头黑线，知他固执，干脆懒得争辩了。

"那东方，你知道妖神是什么么？"花千骨忍不住向他请教。

东方彧卿仿佛吓了一大跳，看着花千骨，好半天没反应过来。

"妖……妖什么？"

"妖神啊！"

"骨头，你怎么会知道这个？"东方彧卿很是吃惊。

"说来话长，我本来是去茅山拜师的，结果茅山被妖魔屠戮。清虚道长临死前让我去群仙宴送个信，叮嘱保护好神器，阻止妖神出世，但这妖神是个什么东西？"

东方彧卿听了她的话，好像咽下一只苍蝇，脸色苍白道："居然发生了这样的事，看来很快就要天下大乱了。"他长长叹了一口气，很久才道，"我先问你，骨头，你知道这世间有哪六界么？"

"呃，人的世界、鬼的世界、妖魔的世界、神仙的世界？还有什么？"花千骨掰着手指头数，好像不够。

"差不多就是这几个，人界、冥界、妖界、魔界、仙界，还有神界。"

"分这么细啊？那冥界、妖界、魔界代表恶，人界、仙界、神界代表善，对吧？清虚道长说的妖神要出世，是不是说妖界的最厉害的怪物要跑出来了？"

"六界并不是简单的善恶问题。人死为鬼入冥界，修炼成仙能位列仙班，而妖比较复杂，一般是自然物化的结果，动物、植物甚至器皿由于自身或者外力的原因，都有可能成精，形态更是千奇百怪。至于魔界，不管是人也好、妖也好、仙也好，恶意、执念、天劫、练功走火皆有可能堕入魔道。"

"那神呢？人们总说神仙神仙，我一直以为神和仙是一个东西。"

"上古众神与天地同生，而仙则是靠修炼而成，虽都有法力，但是并不一样。只是人们爱把他们说在一块儿，就好像爱把妖和魔合起来说成妖魔一样。伏羲演八卦，女娲造人，共工撞倒不周山，夸父逐日，精卫填海，仓颉造字，黄帝大战蚩尤，上古神族的这些传说你应该都听过。神仙妖魔虽然通过修炼可以长生不老，但并不都是不死之身，有的可以入轮回，到冥界进行投胎或转生，有的则直接寂灭。"

"说来说去，还是做人最苦最难啊！"

"非也，人界最大，人的数量也是最多的，其他族类只是很小一部分。其他几界都依附人界而生，或交集或平行，或只是其悬浮的气泡。人界乃六界之源、万物之根本，所以才一直被妖魔如此觊觎。"

花千骨听得不停地点头。

"而妖神，具有神一样强大的能力和破坏力。不但吸取了数万年的日月精华，而且也融合了世间一切邪恶、丑陋、仇恨、私欲等不好的东西于一体，然后物化成妖。出世的同时，六界洞门大开，人间兵伐不断，天灾不止，生灵涂炭，世间一切皆会毁灭殆尽。"

"难怪神仙们要用十方神器将它封印起来，那个怪物都打不死么？"

"骨头，只要人心还有恶念，日积月累，妖神就总有一天会强大到出世，为祸人间。"

"可是神器有十方呢，不会那么容易集齐吧。况且就算妖神真的出世，有那么多神人和仙人在，难道还怕制不住他么？像上次一样再把它封印起来不就好了？"

东方彧卿看着她突然笑了，原本舒服的笑容此刻却显得有些莫名诡异。

"骨头，这个世界上已经没有神了！"

七 群仙之宴

花千骨呆立当场，什么叫这个世界上已经没有神了，这话是什么意思？

没有神的世界……

"上古众神由于各族之间常常互相争斗，余下的本就不多，为了消灭八方的妖魔还有封印妖神，已经灭绝殆尽。最后一个神，用她的血肉去修补了这个因大战而破烂不堪、几成一片废墟的世界，然后也寂灭了。

"骨头，你可知道人心的恶有多可怕，滋生出来的妖魔哪怕连神也无法驾驭。为什么如今妖神的出世会引起那么大的恐慌？是因为哪怕人界仙界联手，也不可能有当初众神那样强大的力量。所以，妖神的出世就等于是末日浩劫的来临，无可避免，只能有一日拖一日，尽量地推后延迟，以求想出封印或者克制的办法。而那十方上古神器，便是关键中的关键。"

花千骨抬起头看着他，很多东西她还不是很懂，但是突然起了浑身的鸡皮疙瘩。就因为一个妖神，覆灭了整个神界么？那如今，六界只剩下五界了，说什么神仙神仙，世上根本就没有生而为的神了，只有修炼而成的仙……

"那岂不是随时都可能会有战火？"

"快的话有可能下个月，迟的话几年、十几年、几百年。这就要看各仙派守护神器的力度了。但是天命不可违，妖神迟早都会出世的。所以要提前做好防范，想好克制之法，将危害程度降到最低。"

"好可怕……"

"虽在劫难逃，可人也不能逆来顺受。你这一次去群仙宴，责任重大啊！"

花千骨掏出仙帖："但只剩三天的时间，我没办法及时赶到昆仑山。清虚道长虽然给了我帖子，可是我不会用。"

东方彧卿接过仙帖端详，随后皱眉摇头："我一向只是擅长纸上谈兵罢了，具体的仙法道术，并不了解。"

这时只见糖宝激动地叫了起来："娘亲，我知道，我知道怎么用！到时候糖宝跟娘亲一起去群仙宴吃桃子！"

花千骨喜出望外，抱起它亲一口："糖宝好厉害！"

"当然，我可是异朽阁的灵虫！娘亲有什么问题只管问我，我知道的可多了！"

东方彧卿摸摸糖宝："看来你娘是不能跟我先回去成亲了，你要替爹爹好好照顾她啊！"

"知道的！放心，爹爹！"

东方彧卿又问花千骨："群仙宴之后呢，你有何打算？"

"清虚道长让我想办法拜长留上仙为师。"

东方彧卿长叹口气："要去长留山啊，好远，以后要见你可就不容易了，这可糟糕了。"

"听上去是很厉害的神仙呢，也不知道会不会收我一个凡人做徒弟。"小时候经常听爹说故事，花千骨总感觉仙人是高高在上、难得一见的。

东方彧卿安慰她道："如今这个世道，妖魔猖狂，得道成仙者和修真者之间几乎已经没有什么太大界限了。除了天庭位于九重天之上，其他成仙者，不管是位列仙班的，还是闲云野鹤的散仙，多居于山野桃源、海外仙岛的洞天福地，世人都可以去访仙求缘。说穿了，仙人根本没有世人所描述的那样高高在上，不可亵渎，只不过是比平常人多些法力、少点情欲罢了。一个偏颇，反而比人更容易堕入魔道。"

花千骨听东方彧卿话里隐隐有对仙人的不屑，才发现原来呆书生也有恃才傲物的一面。

"长留山是个什么地方啊？以前从来没听说过。"

"长留是所有门派中最大也是最好的修仙之所，门下弟子也是最多的，足有八千。其他各门派的优秀弟子，也会定期往那里推荐派送。现今世上近三分之一的得道者都是从那里出来，那里的仙术道法齐全，囊括百家之所长，法术高的仙人也最多，其他门派都难以望其项背。"顿了顿，他又道，"不过当然，最重要的还是因为长留的掌门，是六界都难逢敌手的白子画。"

东方彧卿眼怀深意地看着她："能不能拜上师，就要看骨头你的造化了。"

第二天，花千骨跟东方彧卿去到瑶歌城，买了些干粮带在路上吃。上一回花千骨来得匆忙，都没好好逛，这回有东方彧卿带着，真是大开了眼界，而且一路上没有小鬼缠身，只有糖宝调皮捣蛋，这可以说是十多年来，花千骨第一次体会到做普通人的快乐。

分别的时候，东方彧卿从怀里掏出一只折好的纸鹤递给花千骨。

"这个你收好，留做纪念吧，必要的时候也能有些帮助。"

"嗯嗯，东方也一定能金榜高中的！"

东方彧卿用力点头，依依不舍地挥手告别。只见糖宝往仙帖的某个地方拍了一下，嘴里念叨了句什么，花千骨就突然从眼前消失了。

魔界，七杀殿。

金碧辉煌，华丽异常，然而到处充斥着阴森可怖的气息。单春秋高坐上方，一张阴阳脸，半边男半边女。男脸过于俊朗，女脸殊绝艳丽，更显得诡异莫名。

一个面貌丑陋、仿佛被强酸侵蚀过的男子，手托锦盒而入，步履沉稳。

单春秋满意地笑道："攻打茅山的时候，我有事不得不提前离开，原本还不放心，怕你紧要关头心慈手软。看来是我多虑了，你竟然比我还狠，杀了清虚老道，屠了茅山满门，害得我被魔君好一顿臭骂。"

男子冷言："我讨厌的人，都得死。我讨厌的地方，都得消失。"

原来此人就是夺了拴天链的茅山叛徒云翳，只见他眉心有一枚黑色印记，已然堕仙为魔。

"以你师父的脾气，他居然肯把神器交出来。"

云翳冷笑："自然是不肯，我只好亲自动手挖了。他们总以为，对于神器，再也没有比墟鼎更安全的地方，却不知道，这世上，再也没有什么比命更脆弱。什么时候能医治我的脸？"

"你的情况比较特殊，不过放心，我答应过你，只要等到魔君回来。"

"你确定没有问题？能想到的办法，我已经全都试过了。"

"放心，你要是残废了，我不敢保证，容貌上的问题，有什么难得倒他么？"

单春秋伸手欲拿盒子，云翳闪开不给。

"交换条件只是待神器集合时，拴天链借给你放妖神出世，在这之前，它还是我茅山之物。"

单春秋突然变作女声，尖锐大笑："哟，你还当自己是茅山弟子呢，弑师之罪灭门之恨，云隐就算是到天涯海角都会找你报仇的。我不明白的是，你为何要特意将他调离茅山，而不斩草除根。"

云翳眼露恨色："这是我跟他之间的事，你不需要知道。时机到了，我自会亲手杀了他。"

这时，一个手下进殿跪下。

"魔君业已出关，但、但又不知所踪。"

单春秋厉声呵斥："废物，这等紧要关头，赶快给我去找！"

云翳忍不住出言讥讽："可怜你每天为谁辛苦为谁忙，我给你提个建议如何，搞一个声势浩大的六界选美大赛，我保证你能把他找回来。"

单春秋默然不语，男脸悲，女脸笑。

仙帖上有强大的法力，如果受邀之人不想浪费力气自己飞的话，可以靠这个比较快速地到达昆仑山。只是花千骨身子有些承受不住，像要被撕碎一样，觉得有根皮筋在扯着自己往回弹，周遭全都看不清了。她昏过去不知道多少个时辰，醒来的时候，揉揉眼发现已经到了昆仑。

这里和茅山完全是不一样的风景。巨大的山脉，逶迤壮阔，无数的湖泊，宛若撒在群山间的一颗颗珍珠。山顶瑞气环绕，虹光妖娆，白雾蒸腾，如梦似幻，果真是人间仙境。

花千骨目不转睛地看着，几乎忘了自己身在何处，糖宝躲在她耳朵里不停地催促她往前走。

"很多河流江川都是从昆仑山上发源，这是人世间最圣洁的地方。常常有六月雪的昆仑泉，传说是上古之神西王母用来酿制琼浆玉液的泉水。我们现在要去的地方是瑶池，群仙宴不定期会在这里举行，届时很多仙人都会到场。我们虽然有仙帖，但帖子上的名字是清虚道长的，我们又是凡人，肯定会被天兵天将拦下来，必须想个办法混进去。"

"混进去？怎么混啊？你还好办，爬进去也没有人会注意，我这么大一个，很难不被发现！"

"放心啦娘亲，昆仑山中多灵兽，我们身上又没有邪气，只要骨头娘亲变成跟我一般大的虫子，我就能把我们俩的气息都隐藏住，就算被发现，也不会有人在意的。"

"变虫子？可是我不会啊！"

"我先混进蟠桃园，那里有很多奇珍异果，我偷点出来，你吃了的话就可以变身了。"

花千骨忍不住笑道："等你爬进去又爬出来，群仙宴早就结束了……"

糖宝气呼呼道："我虽然是虫子，可我是灵虫！在妖怪里等级也算高的！娘亲不要瞧不起我呀，我不光会爬，还会飞呢，只是用法力会消耗我的元气。好了，就在这里，瀑布可以屏蔽掉我们的气味和声音，不会那么容易被路过的仙人发现。毕竟你现在是凡人，一个人跑到昆仑山来可不得了。我现在去偷果子，娘亲在这儿等我！"

糖宝抱着一片绿叶，口中念念有词，然后叶子像帆船一样向天空中飞去。

花千骨只好躲在瀑布后面，心急如焚地等着，既怕糖宝会被仙人发现，又怕它被其他妖兽给吃了。

天空中不时划过紫黄金青各色光芒，如流星般坠入昆仑山中，偶尔有飞得慢的，可以看得比较清楚，应该都是来参加群仙宴的仙人，有的御剑，有的腾云驾雾。花千骨看得啧啧称奇。

大约过了一炷香的时间，糖宝总算回来了。

"如何？"花千骨摊开手掌，让糖宝的叶子小船安稳着陆。

"嘿嘿，当然没问题。我不但摘了绿须花，还顺便偷了萱草，可惜蟠桃太大了，我扛着累，飘在半空中又怕被人发现。"

"这些都是什么啊？"花千骨看着得意扬扬的糖宝。

"吃了绿须花的话可以变成想变的样子，持续时间和本人的法力还有物体变化的难度大小有关。你虽然没有法力，但是变只虫子的话，应该可以持续很长时间。吃了蕡草的话可以解除疲劳，许多天都不会再饿。"

"哦！"花千骨点点头，"你很累么，糖宝？"

糖宝有气无力地趴在她手心里，翻滚着。

"当然啦，累死我了。虫子都是习惯爬、不习惯飞的嘛！"

"呃，东方说我的血可以提高你的灵力，你要不要喝两口看看？"

糖宝的眼睛瞬间成了桃心状。

"要！"说着抱起花千骨的手指，用牙咬了个小洞，然后吸奶一样吸了起来。

"疼么，娘亲？"

"不疼，就跟被刺扎了一下一样。你吸吧，吸饱了才有力气，还得带着我一起飞进瑶池去呢！"

很快糖宝就吃饱喝足，挺着鼓鼓的肚子打饱嗝，花千骨忍不住戳戳它肉肉的小肚子。

"咱们出发吧，过一会宴会就要开始了，我们先趁人少的时候溜进去潜伏下来。娘亲，你赶快把蕡草和绿须花吃了。"

花千骨把它们通通扔进嘴巴里，狼吞虎咽下去。

"糟了！"

"什么糟了？"

"我要是变成虫了，这些东西怎么办？还有我的衣服！变回来的时候会不会光着身子啊？"

"东西放在我的墟鼎里就行了，贴身的衣物会一起跟着变化的，你别担心。"

"墟鼎是什么？"

"一般会法术的人都会炼化出自己的墟鼎，存在于意念和精神的另一个空间，好用来随身携带大件物品和收藏宝贝，除非自己拿出来，一般人是偷不走的。你看见清虚道长的心肺皆被掏走，大概他是把拴天链放在了自己的墟鼎里，死都不肯交出来。邪术高强的妖魔，可以通过炼化心肺，拿出修道者墟鼎里的东西。"

"那这么说，糖宝，你可以把我藏在你的墟鼎里带进去啊。"

"我法力低，墟鼎很小，能装进这些东西已经很挤了。而且里面没有空气，一般不用来装人之类的活物，因为人很有可能会困在里面出不来。具体怎样，我也不太清楚，我还没用过呢！"

"啊！我的身子好像在缩小！"

等花千骨回过神来时，她已经变成一只跟糖宝一样的小虫子了。

"哈哈！我们俩长得一个样子！"

"因为娘亲变的时候，脑海中想着的虫子就是我这个样子的。好了，快上来，我们准备出发了。"糖宝伸出小小的脚把花千骨拉到树叶上，包袱什么的也都放在了墟鼎中。

"前进！"

树叶飞了起来，花千骨一阵欢呼雀跃，肥肥的虫子身体在叶子上激动地扭来扭去。这是她第一次飞翔，虽然是以一只虫子的身份，可是好开心啊！

趴在树叶边上往下看，瀑布的水滴溅在叶子上，差点打翻了小船。再仰望蓝天，不远处悬挂着一条七色的彩虹。

不一会儿，叶子飞入云中，竟然在云朵上开始滑翔。花千骨伸出小脚去抓云朵，居然感觉它软软的像棉花糖一样。

她正玩得不亦乐乎，突然听糖宝大叫一声："不好！"

一个巨大的阴影笼罩了它们。

什么东西？花千骨抬头看，突然看见一只长得像马蜂一样的大鸟，飞快地向他们飞了过来。

呜呜呜，虫子要被鸟儿吃了。

"娘亲，抓牢了！"

糖宝聚精会神地操纵着树叶，在风中上下翻腾着，躲避大鸟的袭击。可是那鸟儿又快又狠，嘴里发出尖锐的鸣叫，尾巴上面还有好大一根针。它扇着翅膀向他们的船儿撞了过来，准备等他们掉下去的时候，张着嘴巴吃掉。

花千骨还不习惯自己虫子的身体，咕噜咕噜就掉下了叶子。

糖宝吓得大叫："娘亲！"

它突然想起来什么，从墟鼎中扔出了东方彧卿给的纸鹤。只见那纸鹤扇着翅膀飞在空中，接住了花千骨，然后越变越大，纸翼唰地就切掉了鸟尾巴上的半边毛。大鸟受惊飞走了。

糖宝这才大松口气。

花千骨惊魂未定地仰面躺在纸鹤上，所有腿都僵硬了。当虫子真可悲啊，还要被鸟儿欺负，差点就被吃掉了，呜呜呜……

"好险！"糖宝挥汗如雨，"还好爹爹给了这只纸鹤。"

糖宝将花千骨拉到树叶上，重新将纸鹤收回墟鼎中，花千骨这才慢慢回过神来。

"为什么东方折的纸鹤还会飞啊？"

"爹爹会机关术啊，他还答应下回给我做一匹小木马骑呢！"

花千骨觉得不可思议，突然想到什么，连忙叮嘱道："糖宝，别叫我娘亲了，会被误会的，你叫我千骨吧！"

"可你是我娘亲啊。"糖宝欢喜地枕着花千骨肉嘟嘟的身子，看，现在连模样都跟它一样，更像亲娘了。

"呃，至少在外人面前不要这么叫吧。"

"那我就跟爹爹一样叫你骨头，我喜欢骨头！"

"你是虫子又不是狗，干吗喜欢骨头啊？"

"我可不是普通虫子，等我灵力有了提高，我会变身的！"

"变身？变成什么？变蝴蝶么？那还不是虫子。"

"呃，我也不知道。可到时飞起来就容易多了，挥挥翅膀就行，不用像现在还要消耗元气。"

突然糖宝瞪大了眼睛，兴奋地大喊："到了！"

花千骨猛一抬头，映入眼帘的是荡漾着流光溢彩五色水的巨大瑶池，波光粼粼，美得惊心动魄。瑶池东边是巨大的千年桃林，桃花妖冶繁盛，开满一重又一重，厚重得压弯了枝条，一直绵延到湛蓝的天际，犹若粉红色的浮云，在微风中翻滚出层层巨浪。

"好漂亮！"糖宝把叶子停在一朵桃花上。花千骨仰头望着粉色的天，还有不断纷纷扬扬飘落的花瓣雨，开心地抱住糖宝。糖宝接住一片花瓣就开始咬，另一端递给花千骨。

"骨头，你也尝尝？"

花千骨对着巨大的花瓣咬了下去，只觉得入口都是清香，甘甜的汁水浸润着喉咙，比桃花酥不知道美味多少倍。

当虫子也很好玩啊！花千骨兴奋地在绸缎一样光滑美丽的桃花瓣上滚来滚去。

她低头看了看下面，桃林中已经设好了桌案，放满了琼浆玉液、仙果佳肴。仙婢们一个个环佩叮当，容貌端庄。仙乐钟鸣，天籁飘飘，周遭一片和乐祥瑞。

群仙宴马上就要开始了！

花千骨被周围美景迷得眼花缭乱，糖宝却一直盯着下面桌子上放的蟠桃流口水。

"骨头，你说我纵身一跳，跳到下面桌子上放的蟠桃上，会不会被发现？"

"不但不会被发现，说不定还被一起吃到肚子里去。"花千骨哈哈大笑，"要来多少人啊？怎么设了那么多座位？"

"天底下有名无名的仙人多着呢，不过能够出席群仙宴的也数得过来，道行厉害的大部分都在这儿。除了各仙派掌门通常会必到之外，一些名头响亮的散仙，帝后都会下帖邀约，加起来也有好几百吧。"

不一会儿钟鸣鼎盛，仙乐大作，众仙开始进场入座。

各式各样的仙人都有，超凡脱俗的，美艳绝伦的，仙风道骨的，老态龙钟的，凶神恶煞的……花千骨除了最上面坐的帝君、帝后能够识别，其他的一概不知。

糖宝一一给她介绍。

"坐那边的是蓬莱三仙、福禄寿三星。穿红衣，留着小胡子，色眯眯盯着众仙女看，笑得很淫荡的那个就是财神爷啦！

"那边分别是崂山、天山、太白山、王屋山等各派的掌门。可惜茅山清虚道长不在了……"

"哪个是崂山掌门？"花千骨伸起脖子望，她还要帮林随意给他师父带话的。

"那边那棵树下，白头发闭眼静坐的那个，看见没有？"

"看见了！"

"那边的应该好认，多是佛门的各位菩萨。再往东边那几桌是二十诸天，他们的仙法都是一等一的厉害，脾气也挺火暴，一般人都不太敢招惹。旁边在对弈的是南斗六星君和北斗七星君。十三个人每次有机会聚在一起，都是不分昼夜地下棋。他们的棋子都是天上的星星，可以锻炼出世上最好的兵器。另外瑶池边上，喝酒聊天笑得最大声的那些人是有名的散仙游仙。哦哦哦，骨头快看，四海的龙王也来了……"

随着四人的入座，一股带着大海味道的水汽迎面扑来。

"居然有个女的？好漂亮！"花千骨看了那么多惊世骇俗的天人的脸，可是仍然对那个爽快大笑又不失女子妩媚姿态的红发龙王感到惊艳。

"嗯，里面最能喝、最厉害，也最漂亮的一个，是新上任的北海龙王。"

"糖宝，你好厉害！异朽阁不但知道皇宫，就连仙界的事情都知道得那么清楚么？"可是一想到糖宝大半知道的，都是那一堆吊着的舌头告诉它的，她不由得打了个冷战。

"那是当然，只要是关乎六界之事，异朽阁皆有记录。仙界、人界、妖魔界，无不为了一己之私蝇营狗苟，只有独立于六界之外的异朽阁，才真正关心六界存亡、天下疾苦。"

"那异朽君知不知道什么方法可以抑制妖神出世啊？"

"我也不清楚，我法力尚浅，知道的事情也很有限，不过，我相信异朽君一定会有办法的！"

"嗯嗯！好羡慕这些仙人哪，也不知道我要多久才能够拜到师父。对了，为什么一直没看到白子画老前辈？他不会没来吧？"

"可能耽搁了吧，现如今仙界本就纷争不断，佛道两家为了争权明争暗斗，各门各派为了发展壮大不择手段。自斗阑干不在了之后，连天兵天将也人心涣散，时常为了蝇头小利争得你死我活。帝君帝后只有实名没有实权，佛祖和菩萨又几乎不问世事。现在仙界算来算去，白子画虽不是道行最高，却是威望最高的一个了，众仙几乎唯他马首是瞻。商讨妖神出世这等大事，他不可能不来。"

花千骨完全弄不明白这些乱七八糟的事，为什么成了仙还会钩心斗角，有那么多欲望，怪不得东方彧卿会这么讨厌仙人呢。

"骨头快看！那个是东华上仙，他和白子画一向交好，但是另外两个上仙脾气就很古怪，自从紫薰上仙堕仙之后，这些年的群仙宴他都没来参加过。"花千骨怔怔望着那个俊秀清雅的男子，嘴角始终挂着一丝若有若无的微笑，犹如一幅水墨画。

"还有许多游仙和散仙，那个蒙着面纱的女的是幻夕颜，傀儡术当世无人能及，行事一向神秘鬼祟，常出入天庭。她不远处那个一直板着脸的是南岭寒，以前本也位列仙班，他的胞兄斗阑干曾有'仙界第一战神'的美誉，可是后来因为包庇妖女、牵扯到神器之事遭到严惩，南岭寒大怒之下也离开九霄殿做了游仙。"

花千骨一直啧啧称赞："糖宝，我这辈子见过的最好看的人都在这儿了，真是没想到，好想让爹爹也来瞧一瞧！对了，不知道清虚道长要我找的那个叫云隐的茅山弟子在不在这儿……"

"可能因为他还不是很出名，所以我也不认识，一会儿问一问好了。"

"那糖宝你听过欢喜天忧洛河东的名号么？"

"当然听过，那人道行十分厉害，不过脾气更厉害。虽然每年都给他发请帖，但他厌恶仙界的繁文缛节还有假惺惺，从来都不来，仙界很多人都很讨厌他。特别是四仙女，不知道怎么被他得罪了，对他简直恨之入骨，一见就喊打喊杀的。"

花千骨果然找了一圈没找到他，看来更不可能见到朗哥哥了。要是他们师徒知道清虚道长的消息，一定会很难过吧。

"另外分散在各桌各处的子丑寅卯等十二元辰、二十八星宿、三十六天将，我就不一一给你指了。今年来的人比往年多出很多，还有好多我都不认识。骨头，若是你成了白子画的弟子，不管有没有仙籍，下次说不定就可以光明正大地跟着他来参加群仙宴了。我也可以跟着你名正言顺地下去吃东西，啊哈哈！"糖宝想得口水直流。

听到白子画的名字，花千骨又开始紧张起来，希望他不要太严厉啊，不论收不收自己为入室弟子，只要能有个去处就是好的。

八 一年之约

终于……

"长留上仙到——"

花千骨听外面宣了一声。那个，即将成为她师父的人……踏着清风，缓缓从天而降。

花海飘香，桃花林旁的五色瑶池水轻轻荡漾，万年不改。清风掀起层层粉浪，落英缤纷，飘花如雨。

花千骨身子轻轻晃了晃，那如月光清辉一般皎洁又幽静的光芒，仿佛穿越亘古直射到她面前，明亮得让她几乎睁不开眼睛。

白子画从天的那一端缓缓向她走来，身边花开如海，风过如浪，衣袂翩然，掩尽日月之光。

淡淡的银色光晕笼罩在他周身，素白的袍子襟摆上绣着银色的流动的花纹，巧夺天工，精美绝伦。肩头飘落了一两片粉色的桃花瓣，透明无瑕的宫羽在腰间随风飞舞，更显得飘逸出尘。剑上华丽的白色流苏直垂下地，随着步伐似水般摇曳流动，在空中似乎也激起了细小的波荡。长及膝的漆黑云发华丽而隆重，倾泻了他一身。

四周众仙人纷纷向他点头示好，连那一片桃花海也堆起层层细浪，追逐着他的脚步，上下欢腾翻飞着，仿若他脚下腾起的粉色的云彩。而他走过的草地，步步生出一朵朵洁白未染的莲花。

花千骨无端地慌乱起来，大口地呼吸，害怕自己窒息，眼睛却始终离不开那漫天绯色中白得不染尘埃的身影。

万籁俱静，仿佛这早已经不是群仙宴了，没有群仙，只有如画的人从画中走出。而昆仑群山，瑶池玉液，粉色清风，万物都静止成了一幅淡淡的水墨画。众仙再风姿超凡，也不过是他的背景陪衬而已。

惊为天人的容貌下是掩不住的清高傲岸，略有些单薄的唇比常人少了些血色，眉间是殷红的掌门印记，淡然而带着冰冷的目光，流泻如水如月华，缓缓倾注到花千骨的心里。不自觉的，心突然感受到一阵疼痛。为何呢？

无法用任何词语去描述他，任何描述出来的他都不是他。

只是那样的清雅，那样的淡漠，那样冰凉如水的眼睛，还有远远就从骨子里透露出来的清冷，却把他隔绝在尘世之外，圣洁得让人半点都不敢心生向往，半点都不敢靠近。

流苏轻舞，白色的身影犹如幻梦。淡香的风从鼻端轻轻擦过，微微的痒，从鼻尖一直蔓延到心底。

世界，变作一片柔和的银白包裹中的水光荡漾……

白子画，黄泉路上，忘川河中，三生石旁，奈何桥头，我可见过你？

花千骨痴傻了好半天才发现，白子画竟然落座在了自己待的这株桃花树下。

大风越过，一树桃花仿佛都在为此欢呼雀跃。花千骨感受到身子在微微震动，轻轻在半空中转了个圈。她看见糖宝大惊失色，望着自己，莫名其妙地转头看，等反应过来时，已经随着身体下的那片桃花瓣，往树下飘落了去。仿佛踩着帆一样，悠扬地在半空长打着转儿。然后，竟径直掉落到了白子画的酒盏中。

花千骨傻傻地躺在那片花瓣上，犹若一叶轻舟，在酒盏中荡漾，清醇的酒香让她有点昏昏欲醉。

白子画低头看她，眼中闪过一丝诧异，唇角似乎微微上扬，已经是他能表现出的最明显的表情了。

花千骨开始浑身哆嗦，比她这辈子任何一次见鬼和看见其他恐怖场景都觉得害怕。

白子画看着这个误入自己酒盏中的小虫子，难得兴致大发地伸出两根手指，把她小小的身子从酒盏里拎了起来。

我要死了，我要死了……

花千骨闭上眼睛，不断喃喃自语。

他竟然用手指触碰到了她的身体，不等被他捏死，她自己就已经心跳快到自爆而死了。

白子画把小虫放在自己左手掌心里，细细看来，发现它生得晶莹剔透，玲珑可爱，不由竟心生怜爱，伸出右手白皙修长的食指，轻轻地在它身上来回抚摸揉弄了两下。

花千骨紧咬住唇，身体一阵颤抖，连魂魄也跟着一起战栗起来，感受着白子画指尖皮肤的温度和温柔，从身子到心灵全部都要融化成水了，奇怪又说不出的麻痒与悸动，从心底深处如火山般喷发而出。

太恐怖了！要是死了就好了……

那么近地凝视着白子画的脸，他的鼻尖就在咫尺之间。花千骨完全听不到自己心跳的声音，甚至也感觉不到自己的血液还在流动着。

白子画捏捏她僵硬的肢体，突然忍不住微微一笑。刹那间，世间万物都静止了。

…………

花千骨不知道，这样一个人竟然也是会笑的。那爱怜地望着自己的眸子突然变得烁亮无比，像是亘古长明的星辰，像是朝花夕拾的隙日，像是盛大华丽的烟火，让她义无反顾地栽落进去。心中的一切紧张与不安都被抚平，这样温柔而又慈悲的笑，直直打在人心中最柔软的角落里，映衬着漫天粉红色的花雨，时空幻灭，一切都成了空白，直让人生生世世永难遗忘。

"不小心掉下来了么？"他启唇，碎玉一般的声音。

说着，举杯，将银盏中的清液一饮而尽，包括，酒中还漂浮荡漾着的那片桃花瓣。

花千骨呆在那里，看着酒盏里一滴不剩，也不见了那抹桃红。

白子画低头，轻轻对着她呼了一口仙气，忘忧酒的清香迎面扑来。

花千骨整个人都被摄了魂去，望着他嘴角边的一点湿意，突然很想去舔。莫非自己只是闻闻，也醉了？身子开始缓慢地飞腾起来，突然很不想离开他掌心的温暖，用力地伸出手想去握住，身子却越飞越高。

看着树下的人儿离自己越来越远，她突然鼻子有些酸楚。

重新安稳地回到树枝上，躺卧在一朵桃花里，却已是大梦一生。

"骨头，你没事吧？"

糖宝总算松了一口气，爬到花千骨身边，拍拍她的小脸，看她整个人完全傻掉了，不会是惊吓过度吧？还好是碰上白子画，要是换作雷音等脾气暴躁的菩萨，早把她给捏死了。

"我……"花千骨动动嘴唇，觉得身体好像不是自己的，喉咙也不是自己的，半天说不出话来。她努力把自己的三魂七魄往回拉，眼睛终于可以聚焦了。看清楚眼前的人是糖宝，而不是刚刚那对她倾城一笑的神仙。

"糖宝……我……我好像有点醉了。好困啊……"花千骨的眼皮直打架。

"骨头，你不要睡啊，要是被忘忧酒醉过去，睡上个三四年都有可能，我可叫不醒你！"说着，它使劲在花千骨身上掐了几把，疼得她直哼哼。

她用力甩甩头，努力找回神志，还有要事没办呢，不能就这样睡过去。不过，真的好想在他的掌心里，就这么睡上一辈子啊……

"他就是白子画么？我还以为和清虚道长和浮屠道长一样，是一位老爷爷。"

"一般成仙的时候是什么样子，以后就一直是什么样子了，除非本人的意愿，不会再有衰老这一说。白子画算起来，也应该年过千岁了吧。"

"哇，好老。糖宝，我突然有些害怕，如果他是位慈祥的老爷爷，我还觉得好亲近一点，这下我觉得当他徒弟的希望更加渺茫了。"

"我也不知道。你别担心啦，他若不肯，我们就缠到他肯为止。"

"呵呵，那现在人来齐了，我是不是应该变回去，跳到下面说明来意啊？"

"先看看，别莽撞，等他们商量到这事的时候再说吧。"

"哦。"花千骨双脚垫住下巴，完全没有听见周围的神仙们在讨论什么，只是直直地望着树下的白子画，他的一抬手，一转头，都紧紧地牵动着她的心。

……

"以上皆依众仙家所言即可，妖魔冥界与人间各处外力扭曲打开的通道就请二十诸天尽快封印。只是这一次茅山清虚道长竟然未到，也未有消息传来，委实让人有些不安。"帝君捋捋胡须望着众仙，似是希望有谁出来解释一下。

如今世道混乱，纷争不断，没有言明原因便缺席群仙宴的仙人不在少数，为何单单只问茅山派掌门一个？众仙皆有不解之色，只有少数一部分知道茅山是负责守护神器的仙派之一，见茅山掌门未出席，从一开始便心神不宁。

"云隐呢？来了没有？"帝君四下张望。

"没有，帖子送去了，他传信来说有要事，抽不开身。"帝后在一旁言道。

"茅山派弟子一个都没来么？"帝君皱起眉头。

糖宝踢了还在看着白子画发花痴的花千骨一脚："快啊骨头，该你出场了！"

花千骨咕噜咕噜从树上滚了下去，糖宝默念两句，她在半空中变回了人形，十分狼狈地摔到了白子画的案上。她在心里嘀咕着降落失败，要是掉他怀里该多好啊。

众仙皆大惊失色，群仙宴上怎么会突然冒出一个凡人来！难道就是因为太普通了，一点法力也没有，所以竟然没有人发现她的存在。

花千骨手忙脚乱地扶住打翻的酒盏，生怕不小心沾湿了面前这人的白衣。

今天天上掉下来的东西还真多啊，白子画无语。

白子画看着四脚朝天摔在自己面前案上的面颊绯红的小孩，只见她衣衫褴褛，顶一头鸟窝般的乱发，虽被某样法力强大的东西掩盖，但他依然能察觉到她身上那一点与众不同的颇为诡异的气息，这使他有一种很强烈的不祥的预感，非常非常不、喜、欢……

小孩的瞳孔漆黑发亮，像是包容了整个星空的最明亮的水晶，正惊慌失措地四处张望着。虽然脸上写满了紧张，可是在众仙诘问的注视下，丝毫没有显出怯懦之意。她手忙脚乱地扶起桌上狼藉的杯盘，仿佛故意躲着自己的眼神一般，半点都不敢抬起头来看向自己。

"哪儿来的野娃娃！"雷音突然大吼一声，跨上前来，震得糖宝都快要从树上掉下去了。糟了！骨头，快说话，快说话啊！

花千骨怔怔地抬头看着他的两个脑袋，这个人是仙呢，还是妖怪？

突然身子整个腾空，竟然被他抓住衣领，拎小鸡一样拎了起来，花千骨奋力地挣扎着，却像在空中游泳似的，姿势滑稽可笑。

"胆子太大了点吧，竟然敢跑到群仙宴上来捣乱！"雷音两个头的两长嘴同时吼道。

"是……是清虚道长让我来的！"花千骨连忙大声喊。

"清虚老道？"周围的人愣住了，雷音也愣住了，"他让你这么个毛头小子来干吗？"

"雷音，快把孩子放下，听她好好说话。"帝后斥责道。

雷音这才把花千骨扔到一旁的草地上，花千骨揉揉摔痛的后背，爬起来站直了。

"事情是这样的……"花千骨把自己经常遇鬼，然后上茅山求道，可是没办法上山就去异朽阁求了个天水滴，后来上到山上却发现茅山整个被灭门，气息奄奄的清虚道长让她来群仙宴捎信的事情，详细地说了一遍。讲到拴天链被夺的时候，在场的人无不倒吸一口凉气。

白子画眉头紧皱，拴天链被夺且封印解除的话，就意味着妖魔下一步会利用它悄无声息地抢夺其他神器。而现在几乎所有的仙派掌门都来了群仙宴，正是下手的最好机会。

众仙也想到了这一点，不由得都变了脸色。

但清楚知道神器都由哪派守护的人极少，帝君担忧地看着白子画。

白子画点点头，凝神聚气，目视千里，微观天下，果然有三派乍看没有异样，但其实已被拴天链锁住，纵使以他之力也无法窥视其中。

他轻轻摇了摇头。

帝君连忙下令，传音让离得比较近的门派赶快前去支援守护神器，几派掌门也坐不住了，匆忙告退离席。

雷音一肚子火，一个头在仰天大笑着："你的意思是你个毛头小子现在是新任茅山派掌门了？"

"呃……"花千骨难为情地望向帝后，"我能力有限，可不可以拜托帝后帮我召集一下茅山派门人，好重整茅山派？"

"这是自然，你小小年纪，一个人来群仙宴送信劳苦功高，清虚道长为护神器而舍身实在令人扼腕。仙界一定会想办法夺回拴天链，不会让他和门下众弟子白死的。至于其他后事，你不必担忧，我们自会料理妥当。"

"谢谢帝后！"

花千骨又转身跑到崂山派掌门面前，嗫嚅道："浮屠道长，我上山途中碰到你的徒儿林随意。他本是想帮助茅山派，但不小心被妖魔发现而遇害，一个叫单春秋的打散了他的魂魄。他也请我带个信给你，说让你担心了，对不起，后悔平时没有好好学艺，让你不要为他难过。"

面前白发苍苍的老人眼睛里隐隐有泪光闪烁，轻叹一声。他原以为林随意可能又像平常一样贪玩误了回山，没想到会是这样。

"如今他的魂魄被困在茅山上，尸骨葬在通向大茅峰的那条路旁，请你把他收殓回崂山。"

"谢谢这位小施主。"

雷音面色铁青："这帮妖魔简直不把仙界之人放在眼里！杀崂山弟子，夺拴天链，还屠了茅山！"

长白掌门温丰予沉声道："自从杀阡陌君临妖魔二界，妖魔的势力越来越大。如今妖神出世在即，为免生灵涂炭，我们的首要任务还是守住神器，尽量减少无谓的争端。妖魔故意这样，就是想挑起大战，让天下大乱，我们切不可中了他们的诡计。"

蓬莱岛掌门霓千丈冷哼一声："妖魔以为我们怕了他们，还不更加猖狂地骑到我们头上来！依我看，那个杀阡陌只是绣花枕头，他既是群魔之首，我们若能先将其斩杀，妖魔定成一盘散沙。"

温丰予摇头："杀阡陌虽然厉害，但根本无心治理妖魔二界，大权一直旁落在单春秋和十妖八魔手中。杀了他不但无济于事，反而会引起妖魔二界暴动，使原有的秩序大乱。而且他妖法了得，几度出入九霄殿盗取仙药，如入无人之境，当初连斗阑干都无法将他收服，要想杀他岂是那么容易之事？如今仙魔暂且力量相当，他们想要的就是妖神出世。只要神器一天没有全到手，他们就不敢大张旗鼓地攻打仙界，只敢要这种偷偷摸摸的把戏。"

众仙觉得有理，商量了一下接下去该怎样更有力地保护神器防止妖魔来袭，以及如何找出另几件仍不知下落的神器，之后群仙宴便草草收场。

所有人都心下黯然，明白茅山屠门只是一个开始而已。为让妖神出世而争抢上古神器的一轮轮厮杀，紧接着会不断上演。如今，不断加强自己派中的实力才是正道。

瑶池边上，众仙都匆匆散去了。往年群仙宴一开就是好几天，这次却是乘兴而来，败兴而归。

花千骨紧张地站在一旁，看着白子画，心跳声像打鼓一样擂得震天响。

白子画跟其他人说完话转身，面无表情地看着她："你是在等我？"

花千骨觉得自己两腿都在发抖："白……白……"

叫什么呢？白老前辈？白师父？白神仙？晕！

"清虚道长说这个很重要，让我交给你，还……还有，可不可以请你收我为徒？"

她终于说出来啦！花千骨把那个传音螺高高捧到白子画面前，然后拜下身去。

白子画皱起眉头，更显孤冷出尘，和之前看着身为小虫的她时的那种带着笑意的眼神完全不同。

"我从不收徒。"简单的几个字，他接过传音螺，转身拂袖而去。

"白……白……"花千骨在后面一路小跑地跟着他。糖宝也连忙从树上驾着叶子小船飞到花千骨肩头停稳。

"求求你了，我无处可去。清虚道长说，我或许可以拜在你的门下。"

"清虚道长？"白子画停下步子，花千骨指指那个传音螺。

白子画手放在螺旋顶端处没有放开，先是洛河东的狮子吼从指尖里传了出来，然后又听到清虚道长的临终遗言，并在里面包含一些善后嘱托并在最后再三拜托自己收面前这个身高才及他腰的小孩为徒。

"洛河东，清虚道长，然后又是我，还真会一个推一个啊。"白子画无奈，左右打量了一下花千骨，生这种命格，偏偏还是个女孩子。

"你叫什么名字？"

"花千骨！"花千骨惊喜地咧嘴对他笑，露出白白的小牙。

"连名字都那么煞气。"

"算命先生说要以煞制煞，爹爹也曾试图找人给我改名和改命格，可那些人都死伤惨重，之后便没办法了。所以我才想要拜师学艺，我再也不想连累身边的人了。"

白子画沉默了片刻，终于道："好吧，随我回长留。"

说着转身离开，衣袂飘飘，说不出的风流恣肆。

花千骨愣在原地，好半天没反应过来，糖宝使劲掐她，她才狂喜地飞快跟了上去。

"谢谢师父！"

"我没说收你为徒。"白子画看也不看她。

"那……"

"你可以跟我回长留山，作为一名普通的弟子，至于拜师，要按规矩来。一年之内，你若能学有所成，仙剑大会上表现出色，让我满意的话，我可能会考虑一下。"

"一年？"师父大人是在考验她么？

"好，我一定会做到最好的！"花千骨踌躇满志地发誓：她一定一定要做白子画的徒弟！

卷 二

瀚海难御折千骨·经年约满斗群仙

「长留列仙在上，弟子白子画，执掌长留两百八十三年，于尘世无寸德，于本派无寸功，今欲收花千骨为本派第一百二十七代弟子。不求她能斩妖除魔，位及仙班，不求她能闻达于世，振兴本门。只求她博爱天下，慈悲众生，堂堂正正，无愧于心。若有行差走错，亦全是弟子教导不力之过。长留列仙见证！」

言罢，俯身几拜，然后上香。

花千骨听他话中之意，心中更加热流涌动，恭恭敬敬在地上叩了几个头，道：「长留列仙在上，弟子花千骨，命格异数，厄运缠身，生是不祥之人，承蒙尊上不弃，悉心教导，收我为徒。弟子定会堂堂正正，无愧天地，无愧长留，无愧尊上。今后生为尊生，死为尊死。绝不违抗半句师命。天地为证！」

九 长留仙山

白子画本来想直接飞回去的，突然想起身边比来时多了一个人。

听她自言自语似的在那儿嘀嘀咕咕，转身一看，不知什么时候她的肩上竟然趴了刚刚掉到自己酒盏中的那条小虫子。

"白……白……这个是糖宝。"花千骨给他介绍说。

"我不叫白白。"白子画叹口气道。

花千骨顿时面红耳赤，怎么她一紧张就结巴呢？她也不知道叫他什么啊，现在又不能开口叫他师父，叫大叔、大爷的好像也不对。

"你称我为尊上就行了。"白子画看着糖宝正在挤眉弄眼、弯腰鞠躬和自己打招呼，不由觉得有点好笑。

招了招手，一朵云彩从半空中飘了下来。

在花千骨的啧啧声中，白子画已站立云中，回头看她。

花千骨连忙费力地拉扯住软绵绵的云朵往上爬，白子画也不理她，好不容易等她爬了上去，还没坐稳，云已经嗖的一下飞上半空了。

花千骨吓得紧抱住云朵不放，探出头往下看着，不过飞得太高太快了，什么都看不清楚，除了云还是云。

不过，这个比刚刚乘的随风飘摇的树叶小船可要舒服平稳多了，虽然速度惊人，但是仿佛雪橇在云海里滑行一般，不会让人觉得不适。而且一伸手就可以够到身旁飘浮的云，不像身下的这一朵有固定的形态。应该是用法力凝成的吧，不知道可不可以吃。花千骨一时好奇，忍不住悄悄地埋下头咬了一口，软软的，绵而轻柔，入口竟然化作滴滴甘露。

哈哈哈，味道真好啊！

咬一口，又咬一口，再咬一口……

"你打算把这朵云给吃完么？"白子画一路上都沉默不语，突然开口把花千骨吓了一大跳，害她差点没被云给呛到。

"呵呵。"花千骨尴尬地笑笑，不知道为什么自己明明一向话多，也明明憋了好多问题在心里想要问，可是坐在云里，看着高高矗立云端的白子画的背影，就是什么话也说不出来。

倒是糖宝实在是忍不住了，没话找话。

"尊上，长留山离这儿远么？"

"我们现在在极西的昆仑，长留山在东海之东，还是有点远的。"况且，他还不是御风而行，云上还多了件"行李"。

"我记得古籍上记载，长留山原本应在西边。"

"几千年前，被整个移到东海上了。"

"原来如此。尊上，我可不可以一直跟在骨头娘亲的身边啊？"

骨头娘亲？白子画看了花千骨一眼，花千骨尴尬地低下头去。

"可以。"

"太好了！"糖宝继续回到花千骨耳朵里睡大觉，嘿嘿，这下可以高枕无忧了。毕竟是仙山，就算有人对自己这个外来的小精怪不满意，以后也没人敢提意见了，因为这是尊上亲自批准的，哼！

到达长留山时已经是日暮时分。若是单靠花千骨的脚力，怕是得走上整一年吧？

听到糖宝的惊呼和尖叫，花千骨睡眼惺忪地从云中抬起头来。

遥望四周，到处都是水，茫茫深蓝一片，他们早已到达东海之上。海风一吹，清醒了大半。花千骨目瞪口呆地注视着眼前海市蜃楼一般的长留仙山，张大的嘴巴绝对可以把她自己的拳头塞进去。

夕阳的余晖丝丝缕缕地从天空中金色的圆盘里倾泻而出，海波粼粼荡漾，浮光闪烁。身边不时有头上长着漂亮花纹的鸟儿飞过，鸣叫声犹如管乐。

花千骨擦擦眼睛，难以置信地望着眼前的桃源仙山，本以为昆仑瑶池已是美轮美奂，没料到长留山更是惊艳绝伦。

主岛方圆千里，呈一种不规则的奇怪形状，整个飘浮在半空中，离海面百余丈。斜上方有三座小岛，犹如日月星般将主岛环绕。三座小岛上，缎带一般垂下巨大的瀑布，以银河落九天的奔腾气势倾泻而下，流到主岛，然后再经由主岛从四面八方倾流入海，在半空中形成巨大而壮观的水帘。夕阳残照下，唯美得犹如幻象。

而远处的空中，还零星散布着大大小小的仙岛和仙山，有的秀奇，有的逶迤，在一片水色天光的映衬下显得分外灵动。

我以后竟要在这样的仙境里生活么？花千骨微微有点头晕目眩。

"中间的主岛是长留山，弟子八千。经过一年的初步修习后，会根据自身体质和能力，选择金木水火土五行中的一行集中修炼，仙剑大会后，才能正式拜师，由师父亲授。那三座小岛上分别是贪婪殿、销魂殿、绝情殿，一般人不能随便上去。岛上规矩甚多，以后自然会有人教你。"

"尊上是属什么行？"花千骨抬头看他，久久地移不开眼睛。

"水。"白子画淡淡开口，听得她一阵清冷入骨。

"哦。"下决心要好好学水系的法术，一年后的仙剑大会上好拜他为师。

隐隐可以看见三座小岛仿佛形成了一个巨大的笼罩主岛的结界光壁，但随白子画穿过时又似乎什么都没有。

岛上的山近了，广场和大殿都近了。花千骨看到，许多身着各色袍子的人在广场上似是修炼或是习武。

白子画绕开前殿，直接降落到后殿中央。

"恭迎尊上回山……"四周扑通跪倒一片。

花千骨略显手足无措地从云上跳下来，跟着他朝大殿走去。看众人都悄悄地打量自己，不由得浑身不自在。

四处张望着，大殿雄伟威严，层层华幔，殿四角都燃着贵重的沉香。

"十一。"白子画唤道。

"弟子在，尊上有什么吩咐？"

花千骨抬头看来人，发黑如墨，眼湛如丹，成熟中又带着一分书生的儒雅，显得十分干练。

"这是新进门的弟子，你帮她安排一下，有什么不妥之处再问我。"白子画说着转身就要离开，却感觉被什么拉住，转过头，看见花千骨眼中隐有不安地拽住自己的衣角。

"你有什么不懂的，就问十一，他会带你先熟悉一下环境。从今天起，你就是长留门下正式的弟子了。"

花千骨看着他没有回头慢慢走远，远得她觉得自己别说一年，就是一世也追不到他的身边。

前面的青衣男子神色淡然，双手插在衣袖里，悠悠地踱着步子。

"我叫落十一，是尊上师兄摩严的大弟子。"

"我……我叫花千骨。"

"我叫糖宝。"糖宝从花千骨耳朵里悄悄探出头来，果然它的法力还是太弱啊，在瑶池都没事，一来到这长留山却头晕得不行。

落十一眼睛一亮，下一刻又将那份惊讶深藏了起来，狭长的凤眼流露出一丝不为人察觉的笑意。

"长留山上下弟子八千，掌门是尊上，主掌绝情殿。他的师兄也就是我师父摩严主管长留大大小小的事务，主掌贪婪殿。小师叔笙萧默主掌销魂殿，但是很少过问派中之事。"

"哦。"花千骨一面点点头，一面东张西望着。大殿雄伟壮丽，高而空旷，层层深紫色华幔，地上铺的全是上好的白玉，甚至可以映出人影。几人才能合抱的巨大柱子上面，镶嵌着颗颗夜明珠。

落十一在前面走着，双手依旧插在衣袖里，心里直犯嘀咕，这个小女孩穿得破破烂烂的，没有一点根基和法力，也看不出什么仙资，不会是尊上随便在凡间捡回来的吧？理应把她插进十个仙班里最末的一个，但是，毕竟是尊上亲自领回来的，身上还带了一只灵虫，不知道底细和来头，也不能随便敷衍了事。真是的，尊上也不详细吩咐一下，让他好难办哪。

唉，还是秉公一点吧，不然师父那里才真是难交差。

"千骨，新进门未拜师弟子一共分为甲、乙、丙、丁、戊、己、庚、辛、壬、癸十个仙班，每个班大概五十人，前面几个班的大多是各派推荐过来，不是仙资极高就是本身法力已经很强，你可能跟不上进度。我把你放在癸班可好？班上多是凡人和初修者，进度会比较慢一点，你跟起来不会那么吃力。"

"好。"花千骨点点头，心道不知尊上会不会亲自给他们授教呢？

走过长长的回廊，周围不时遇到身着各色袍子的仙人，身上有的挂铃，有的挂花，神色淡然而有礼地和落十一彼此点头相招。虽然各个风姿绰约，但是前有白子画做比，花千骨再看眼前一切皆是平常了，目光也不过多流连。

　　花千骨突然想起，茅山派掌门的宫羽还揣在自己怀里，帝后应允过替自己召集茅山门人；云隐应该会知道来这里找自己吧？到时候把宫羽和那两本古籍一起交还给他便是了。其他的自己都不懂，既没资格又没能力，帮不了什么忙。但是总的来说，清虚道长和林随意拜托自己的两件事也算办妥了七八成了，还算万幸。

　　只是现在自己到了长留山，要是朗哥哥去茅山找不到自己，会不会担心呢？还有东方，知道那么多一定能考上状元吧？还有村里的张大夫，是不是应该想办法捎封信回去，让他知道自己已经找到安身落脚之处，不用再担心呢？

　　花千骨想来想去，突然发现自己在这世上，认识的，有所挂牵的，竟然只有寥寥几人而已。

　　跟在落十一后面出了大殿，许多人老盯着她瞧。她低头看了看自己这身破破烂烂的男儿装扮，腰上甚至还插了把镰刀，的确是太乡野、太像要饭的了，和这长留仙境连空气里似乎都飘着仙气、蒸腾着祥瑞的感觉格格不入。

　　"对了，千骨。"

　　"嗯？"

　　"你刚来，很多还不懂，可以慢慢学，但是一定要记住，长留山尊卑等级森严，规矩众多。现在你入门最晚，整个师门上下你都要称师兄师姐，小师叔面前无所谓，但是在我师父面前一定要格外注意言行举止。称掌门为尊上，我师父为世尊，小师叔为儒尊，见了皆要行跪拜礼。不可随意出山或者入海，也不能去后山禁林，头上三殿更不准去。每夜亥时休息，卯时必须早起晨修。山中门人住宿有子、丑、寅、卯、辰、巳、午、未、申、酉、戌、亥十二偏殿，你住亥殿。癸班的仙导是清流，一会儿我带你去见他，到时候他会给你安排课业、修习、食宿等，你有什么不知道的，也都可以随时问他。"

　　"一年拜师之后也这样么？"

　　"得道之人通常讲入定，不需要睡眠和食五谷了。但是这长留山上大部分还只是凡体和级数较低的仙人。等你一年之后拜师了，大部分时间便都伴在自己师父左右，每个师父有各自不同的教导徒儿的方法，管教和态度也各有不同。"落十一在心里默念一句，不要衰到遇到像他师父那样严厉的人便好。

　　"十一师兄，你能拜世尊做师父，一定很厉害吧？"

　　"其实厉害倒说不上，不过是我办事老练沉稳，可靠得体，深得他老人家欢心就罢了。用一些弟子背后的闲言碎语来讲，就是会拍马屁。"

花千骨愣在那里不走了。

落十一转过头来对她一笑："看你年纪尚小，心思单纯，但是你既然来了这儿，私下我还是要提醒一下。没有背景、没有法力又没有权势的话，难免还是会背地里受些欺负。而且你是被尊上带回来的，很多弟子都看见了，肯定会有人故意刁难你。若是太过分了，你大可找我或者清流帮忙。但是派中事务繁多，不可能每件事都照顾得到，所以大多数时候只能靠你自己应对。"

"这么复杂啊……"花千骨一脸茫然地望着他。

"还好吧，等你适应一段时间就知道了。"

两人绕来绕去，到了另一座和方才雄伟大殿迥然不同的华丽大殿中，迎面突然飘来一朵红云。

花千骨眼睛一花，还没看清楚是什么，就觉得额头中央被人弹了一下。

"火夕，你又顽皮了。"落十一叹道。

"没有啊，师兄，我大老远就瞅见好东西了，怕被青萝又抢了先，就先打上记号！"

那一团红云初时随风流动，之后渐渐凝聚成形，竟是个十七八岁的少年。一身红袍如火，玉带束腰，腰间别了朵宫花，却是红到滴血的纤姬子，华贵中又带了点吊儿郎当。

花千骨觉得额头上隐隐作痛，揉了揉，抬头瞪着飘浮在半空中的少年。

"是新来的？就是刚刚和尊上一起回山的那个？"

"嗯，你别跟着欺负新人啊，她什么也不懂的，我正要带她去三生池。"

"那么脏，是该好好洗洗。"火夕从半空中飞了下来，花千骨看到他脚上隐有火焰翻腾，不由咂舌。

火夕细细打量着花千骨，眼珠骨碌碌地转，显得有点油滑，突然靠到落十一身上，攀着他的耳边说了几句什么。

落十一摇摇头，表示不知道。火夕伸出手正要去看花千骨挂在脖子上的天水滴，只见眼前电光一闪，手指疼得麻了一下。

火夕咧着嘴郁闷地转头，只见花千骨肩上趴着一条晶莹剔透的小虫子，气鼓鼓的小脸，额头的两根触角还"吱吱"冒着电光和火花。

有没有搞错，这么小的虫子居然敢放电打他。火夕伸出手指想去捉它，花千骨连忙退后两步，躲到落十一身后。

落十一嘴角难掩促狭的笑意："别玩了，她叫花千骨，以后是癸班的学生，看见清流没？"

"没有，他整天神出鬼没的，可能又醉倒在哪个角落里了。我先走了，要是碰见青萝，千万别说见过我。"说着又一阵风似的不见了。

落十一摇摇头继续往前走。

"那个是谁啊？"花千骨好奇地问道。

"火夕，是小师叔的弟子，生性顽劣，师叔都管不住他，或者根本就懒得管他。他口里的舞青萝也是小师叔的弟子，即他的师妹。长留山最让人头痛的一对活宝，常常惹祸。偏偏小师叔护短得很，众人都拿他们没办法。"

"世尊和儒尊都有很多徒弟么？"

"没有，师父算我收了三个徒弟，其实我不算是老大，之前听师叔说还收过一个，后来被师父逐出师门了。我下面还有两个，是狐青丘和尹上飘，小师叔就火夕和舞青萝两个徒弟。"

"尊上没有？"

"嗯。"

"为什么呢？"

"可能是事务太多，没时间教徒吧，尊上不太喜欢和人相处。"落十一沉思后道。

花千骨不明白地摇了摇头："我要拜尊上为师。"

落十一惊了一惊，回头望着她。

看她无比坚定地重复道："我要拜尊上为师。"

落十一突然忍不住笑了，俯过身来悄声在她耳边道："其实我之前也这么想的……"

花千骨歪着的脑袋被他敲了一下。

"想当尊上的徒弟比登天还难哪，不过你加油就是了！"

"尊上和我说，要是一年以后让他满意的话，就考虑收我。"

"真的？"落十一瞬间像吃了烂柿子一样，瞠目结舌，简直不敢相信。

"嗯，所以这一年我一定要努力！"花千骨握着小拳头在空中一挥。

落十一高高地挑起眉毛。尊上竟然说了这种话么？嘿嘿，这下有好戏看了。不然，这远离尘世的长留山，真是好无聊啊！

"对了，师兄，火夕师兄他们穿的衣服好像颜色都不一样啊！"

"嗯，金属黄色，木属绿色，水属白色，火属红色，土属黑色。等一年后你确定了自己修行的主要方向，便多穿那一系的衣服。不过没有硬性的要求，随个人喜好而定。但是，腰间的宫铃、宫花、宫玉什么的，一定会随着体质和法力属性而改变颜色。"

花千骨恍然大悟，点点头，怪不得尊上的羽毛是白色的，火夕的宫花是红色的，再看看落十一腰间的宫玉，是只黑色的麒麟。

"我是不是拜师的时候就可以挂铃铛了？"花千骨看那麒麟很是好看，忍不住用指头碰了碰。

"虽然这个也要看法力，但是你如果做了掌门的徒弟，挂铃肯定是没问题的。"

"嗯嗯。"花千骨开心地点头。

落十一瞟了糖宝一眼，看它又无精打采地爬回花千骨耳朵里打盹儿去了，不由觉得有点好笑。

"到了，这就是三生池。"

落十一指着那三个不规则的池子道："这三个温泉混合了三殿流下的水，你分别在里面洗一下身子，去一下凡胎带的污秽和瘴气，贪婪殿的水洗贪，销魂殿的水去欲，绝情殿的水绝痴。洗过后大脑会清明许多，这是正式成为长留门人的重要仪式即浴洗礼。"

"哦……"花千骨在一片水雾中，有点迷惘。

落十一指了指旁边放的整洁的衣衫道："换洗的衣服在这儿。我在外面等你，一会儿你自己出来。"

"好。"

落十一走了半步，犹豫一下，又转过头来道："可能会有不同程度的疼痛，如果哪一池的水实在受不住，就别勉强自己非洗不可，没多大关系。"

花千骨似懂非懂地点点头。

低下头看，那池水清澈透亮，上面还漂荡着几片白色或粉色的花瓣，墙上三个龙口里缓缓地吐出清流，和普通的浴池倒也没什么不同。花千骨把耳朵里的糖宝弄醒了，怕它被水淹到。

"糖宝，你是男的还是女的啊？不对，你是公的还是母的啊？公的话，不可以看我洗澡哦！我得找条带子把你的眼睛蒙起来。"

糖宝一头黑线。

"我是妖精，还没变身呢，雄的雌的我也不知道。你又没什么可看的，怕什么！何况爹爹不是也看过了么？嘿嘿，我也要洗澡！"说着扑通一声跳到了水里，以它的虫泳式在水上来回翻腾着。

花千骨笑着脱掉衣服慢慢蹚入贪池，并没有任何不适的感觉。

戒贪、戒欲、戒痴吗？真好玩。

洗了一会儿又跳进销魂殿的水里去，依旧跟温泉一样，舒服又提神，整个心和大脑都变得空明无比。

最后是绝痴池里的水，花千骨脚刚一放下去，突然有一阵奇怪的麻痹感传遍全身上下每一个毛孔，连忙把脚缩了回来。

"怎么了？骨头？"糖宝在旁边池子里游得正欢。它身上的妖精气和这仙界气息经过池水洗涤，总算完全融合在了一起，再没有什么不舒服的感觉。

"没什么。"花千骨好奇地再把脚放下去，却又没什么感觉了。难道是她的腿抽筋了？

她望着水中自己的倒影，突然发现额头中央两眉之间有一个红色的火字若隐若现。怎么回事？用水擦了又擦、洗了又洗就是去不掉。

肯定是刚刚那个穿红衣服的火夕在自己额头上留下的印记。讨厌，怎么弄不掉呢？回头问问十一师兄去。

躺在水里，轻纱薄幔间，角落里貔貅金熏炉中满载檀香，催人入梦。花千骨舒服得有点迷迷糊糊，忍不住睡了过去。

外面的落十一等得心浮气躁，那三生池里的水有净化人心的功效，但若是执念太深的人进去，却苦不堪言，甚至会有生命危险。所以会有许多人凭借法力，避开某一池的水来逃过检验。就连仙人也不能完全做到摒弃贪嗔痴念，何况是凡胎俗体？所以只要不是执念太深，疼得太过厉害，他一向也睁一只眼闭一只眼，让他们勉强过关。

但是一般人进去还是会大呼小叫一下，这个花千骨进去半天一点声音也没有。看她年纪尚小，应该执念不深啊，不会是一碰到水就疼晕过去了吧？

花千骨迷迷糊糊睡得正香，觉得什么在拍打自己的脸。

"糖宝，别闹……"以为又是糖宝在自己脸上爬来爬去，胡乱伸手挥了挥。

可是拍打仍不停止。

"千骨，你没事吧？"

一个焦急的声音从很近的地方传来。

花千骨近日太过奔波劳累，好不容易从梦中挣扎着醒来。只见脸上停了一个纸人，吓了好大一跳。

"千骨？你还好么？回答我！"

花千骨凝神一听，分明是落十一的声音。可是又是从脸上这个纸人传出来的。那纸人跟活的一样，还用朱笔点了两个红色的眼睛，用手不停地拍打着花千骨的脸。虽然不疼，可这画面还是有几分诡异。

"我……我没事！"她慌忙把纸人从脸上拿下来，放在一边的白玉阶上。定了定心神，想是师兄看自己太久没出去，又不好直接冲进来，只好御了个小纸人进来看看自己。

花千骨找了找糖宝，看它懒洋洋地睡在水面上漂浮的花瓣里，好不舒服自在，拎它起来，三下两下地把它抖醒。糖宝取了片花瓣擦了擦身体，然后还抱住一片用牙啃啊啃的，啃成一个奇怪的形状，再从嘴里吐了点丝状物，把花瓣粘起来，竟然做成了一件小衣服和一条小裙子，粉粉的套在晶莹剔透略带翠绿的身体上，还臭美地在那儿转着圆圈扭屁股，可爱到不行。

花千骨忍俊不禁，也穿上早已准备好的衣服，样式和外面大多数弟子穿的差不多，简单大方，而且非常轻软，手感很好，是她从来没有穿过的珍奇料子。刚开始穿上的时候还有点大，但很快便按着她的身形开始缩小，变得舒适而贴身。

花千骨啧啧称奇，糖宝不服气地嘟起嘴巴道："哪有我的桃花衣好！"

待到出去，一向沉稳的落十一早已经等得焦躁不安了。

"这个是你的吧？"花千骨把那个纸人还给他。

落十一接过来："已经湿了。"说着，从怀里掏出一方白巾，小心地把纸人包起来，揣在怀里。看到糖宝穿着小衣服，不由得愣住了，然后转过头去，另外掏出一方白巾在脸上擦了擦，然后将白巾迅速塞进袖子里。

"咳咳，你怎么那么慢？我还以为你出什么事了。"

"不好意思，师兄，我不小心睡着了。"

"睡着了？有没有搞错，对大部分人来说，这三生池都是个恐怖可怕的地方，你居然在里面睡着了？"

"怎么了？洗得很舒服啊，一点没发现哪里可怕了。"花千骨闻闻自己身上，到处香喷喷的，很好闻的味道。

"这池水是用来过滤入门弟子的，算是浴洗礼也算是检验，一般邪念或者执念太重的人不适合修仙，更碰不得三生池的水。以此来分辨是不是邪魔外道和有没有仙资和仙缘。但只要是人，就会或多或少地有贪念，欲念和痴念，但是只要不很严重，疼痛忍忍便也过去了。"

"啊？有这么厉害啊？"

"心正之人自然不怕，但是大部分弟子洗后都还是会褪掉半层皮的。"

"可是我什么事也没有啊！"

"很少有人能下三生池水却一点感觉也没有，哪怕是成仙之人也总是会有一点执念。这水对于心正者可清心中杂念，对疗伤也有很强的功效。但是对于邪魔外道，就跟剧毒强酸一样了。"

"这么可怕？"

"门中的几大刑罚中便有一条是浇三生池水。对于惩罚执念强的人，比打板子什么的不知道疼痛多少倍，全身跟剥皮似的。我就亲眼看到过戒律阁惩戒一个强奸了多名凡妇的弟子被拖进销魂池里，活生生被腐蚀到连骨头渣都没剩下。"

花千骨的额头开始拼命冒汗，搞了半天自己刚刚是在鬼门关走了一道回来都没察觉啊。跟着落十一继续往前走，感觉周身轻松多了，跟在云里飘似的，就是肚子饿得厉害。

花千骨走到大殿门外，刚刚由于来得太急，都没仔细看，现在到处瞭望，才把周遭全貌尽收眼底。

他们现在是在长留山最高的正殿长留殿，这里比起她之前见过的茅山九霄万福宫高大了不止两倍，深红色、深灰色还有金色交相掩映，肃穆庄严又大气华重，让人仰头之间便忍不住想拜倒。长留山漂浮海上，盛产玉石，连广场石阶都是用不同质地的玉石铺成的。举头望飘浮的三殿，更是犹如璀璨的水晶宫一般，在血一片的红霞映衬下，熠熠生辉。

落十一给她指道："长留山一正殿三圣殿，九阁十二偏殿，正殿多是集会祭祀或者处理山中大事；三圣殿在头顶上，由尊上、世尊、儒尊分别居住掌管；九阁由长留山九位德高望重的长老掌管，有戒律阁、藏书阁、封魔阁、医药阁、礼乐阁、书香阁等。山中大事也不是全由尊上一人说了算，需要三殿九阁一起讨论。我已经派人去找清流了，他一会儿就过来，他是你的癸班仙导，会带你先去书香阁登籍，领了仙号再带你回亥殿休息，然后明天就可以跟着癸班一起上课了，还有什么不懂的，你都可以向他请教。"

花千骨看到远处廊上果然有个男子走了过来，体态修长，却半佝偻着身子，走起路来歪歪扭扭，像喝醉了一样没有精神。腰间插了把断刀，头发乱蓬蓬的，衣服也穿得松松垮垮。明明长得不错，面上却胡楂隐隐，落拓而沧桑。走到二人面前，眼皮耷拉着，肩膀耸起。

"叫我来什么事？"清流挠挠头，无精打采地打了个哈欠。

落十一无奈地摇头："你这样被尊上看见也就罢了，我师父看见又得重责你了。这是尊上刚带回山的弟子，分到你的班上，她还什么都不懂，你多照顾她点。"

清流这才完全睁开了眼睛，打量着花千骨，叹口气道："你又来给我添麻烦了，把这样资质的孩子扔给我。"

"我会努力的，不会给你添麻烦！"花千骨突然开口保证道。

清流笑了笑，弯下腰来，伸出手掐了掐那张仰望自己的小脸。

"好了好了，你这浑蛋，知道我对可爱的小女孩没有任何抵抗能力。走吧走吧，我带你去报到。"

落十一朝她挥了挥手，让她跟着去。花千骨回头看了他一眼，点点头，挥手道别，便跟着清流走了。

余下的事倒也简单，登籍什么的，清流基本上都帮她办妥了，花千骨领了些杂七杂八的物品，仙号刻在一块不规则的黑色辟邪木上，这是身份的证明。她怕弄丢了，小心地挂在腰间。

最后清流递给她一块鹌鹑蛋大小、通体透明的石头和一支笔给她。

"在上面写你的名字。"

花千骨不明就里地点点头："不用蘸墨么？"

"不用。"

花千骨刚一落笔，便觉得指尖一痛。原来那笔竟是吸了她的精血为墨。石上"花千骨"三个鲜红的字光芒灼灼，由石头表面渗入中间，宛如被尘封的琥珀。

"这个是……？"

"这叫验生石，一般仙门弟子入籍时都有一块，可以由此推算出持有者的安危状况和大致方位。若出外历练降妖或是其他什么时候有个三长两短，师门能够知道是该救人还是收尸。"

"就是说我要是死了的话，它就不亮了，对么？"

清流点点头，带着花千骨前往亥殿。花千骨举头瞭望，见它足足有九层高，住的大多和她一样是刚入长留的弟子。至于拜过师的便跟着师父住别的殿或者外出云游去了。

她住在顶层上，爬楼梯爬得要死。打开门，只见一个年纪和她差不多大的女孩正在桌边看书，身着翠绿色的衣裳，头上扎着几条细细的发辫，回转头来，明眸皓齿，肤光胜雪。花千骨怔了怔，那女孩也怔了。

清流先一步进去："轻水，这是新入门的小师妹，也是癸班的，今后你们一起住。"

轻水点点头，微笑着走过来接过花千骨手上的包袱和行李，一边帮她放在榻上，一边说道："我叫轻水。"

"我叫花千骨。"

清流交代道："千骨很多东西都还不知道，你慢慢帮她熟悉一下。明天带她一块上课。我先走了，酒瘾又犯了。"说着打着呵欠拖着步子走远了。

第一次和同龄的女孩待在一起，花千骨微微有点不自在，也不知道说什么好，还好轻水比较活泼，小嘴不停地说着，两人很快便熟识了。糖宝睡足了也懒洋洋地从花千骨耳朵里爬出来，打量着四周，看见干净整洁的小房间，一副十分满意的样子。轻水很怕虫子，不过看糖宝那么可爱，也壮着胆子摸了一下，胳肢得糖宝直笑。

听到花千骨饿得肚子咕咕地响，轻水带她去厨房里找了点东西吃。一天内发生了太多事，她累得不行，刚躺下便睡着了。

第二天天才蒙蒙亮，花千骨就被轻水叫醒了，看糖宝在枕头边睡得还正香，也就继续让它睡。她抱了昨天领的几本书，就跟着轻水上课去了。

上课的地点在午殿，同样也是九层高，但是样式和风格与亥殿不太一样。

花千骨从轻水口里，大概知道了他们要完成的课业有哪些。最基本的有锻炼体力韧性的体能课，有系统讲述仙术道法的理论课，有关于六界史的历史课，有金木水火土的五行课，还有像骑射、御剑、对弈、治愈、飞行等实践课。

每个阶段开的课都不一样，各个班的师者也不同。大部分课是和其他班混在一起上。花千骨晚来了一个月，进度比别人落下许多，需要自己努力补回来。还有不到一年就结业，每个弟子都在拼命努力，好在仙剑大会上崭露头角，拜一个好师父。

她们现在去上的是历史课，因为来得比较早，教室里还没几个人。花千骨坐在蒲垫上，有气无力地趴在案上，依然还在犯困，她还从来没试过起那么早。

轻水一看就很像三姑六婆，每进来一个人，不管是自己班上的还是别人班上的都兴高采烈地给花千骨介绍。花千骨睁着无神的眼睛，看着那些人男的女的老的少的都有，但是大部分年纪都在十到二十岁，最小的大概只有六七岁。

教室里坐了三个班，甲班的坐中间，丁班的坐右边，癸班的坐左边。甲班的弟子一个个高声喧哗，趾高气扬，一看就很有优越感，似是很不屑和最后一个班在一起上课。

"能进甲班很不容易，他们都是很有仙资的弟子，入门之前已经有了不错的根基。而且大部分甚至是其他各派掌门或者德高望重的长老们的子女，本身就有仙骨不是凡胎，被特意送到长留来清修，所以一个个骄蛮无礼，很不好惹。"

"为什么不在自己门派修习，要送长留来？还有，仙人居然可以生孩子？"花千骨目瞪口呆。

"笨，道家有双修的啦！而且，除了天庭有一些特别的规定，大部分仙人都可以自由恋爱和结合。其实如今你别看成仙了，除了有法力之外，和凡人并没有什么区别。现在的修道者都只顾着提高自己的法力，在德行和心灵上甚至比凡人更污秽不堪。"

"没有啊，尊上就很好。"花千骨想起那个不染一丝尘埃的身影，不由得有点出神。

"能把那些人和尊上比么？对了，你看到那个刚进门被人簇拥着穿红衣的女子没有？"

"看见了。"花千骨有刹那间的惊诧，世上竟然会有人艳丽成这样，小小年纪已经是绝色无双。虽然和她在群仙宴上看见的仙女们比起来，还差了点风骨和气质，但是经过岁月的积淀之后，肯定能后来居上。

"那是霓漫天，蓬莱仙岛岛主的女儿，也算是这届弟子中的佼佼者，很多男生喜欢她，跟众星捧月一样。就是狗眼看人低，喜欢惹是生非，其他班的女生都很讨厌她，却也不敢惹她。她从小就开始修炼了，法术十分厉害。"

轻水说着又转过头去，跟周围班上的人介绍花千骨。因为大部分是出身寒微的凡人，所以大都和蔼可亲，比较好相处，很快便熟识了。

过了一会儿，老师进来了，竟然是个白胡子长得快要拖到地上的坏脾气老头，迟到的人全部被他要求在门口罚站。

"我好像昨天见过他。"花千骨想起昨天在书香阁时，看到他从里面出来。落十一还跟他行礼来着。一看他腰间，挂着个黄色的东西，应该五行属金，却又看不出来挂的是个什么东西，便指了问轻水。

"那个是宫木，礼乐课上学到过。一般来说，仙的等级按佩带的宫物来判别。掌门是宫羽，从凤凰到麻雀，颜色也各有不同，长留山佩带的只有尊上。接下来是宫石，水晶、玛瑙、琥珀之类的，佩带的有世尊、儒尊和九阁长老。然后就是宫木了，柳木、檀木、黄杨木，你现在看见的桃翁师尊身上的那块是桃木。然后之下还有宫玉、宫花、宫带和宫铃。严格地说，一共七级，有的小派人少，可能会缺一两级。"

"宫羽、宫石、宫木、宫玉、宫花、宫带、宫铃……"花千骨默记于心。

花千骨大略翻了翻手中的书，写的也是六界的历史，却明显比清虚道长给自己的那一本简略了很多，还有很多不一样的。特别是关于仙界的谬误特别多，有很多歪曲事实的地方。而关于神界，几乎只字未提，说是六界史，明明只有五界。而且对于妖魔二界，也是大加批驳，把妖魔鬼怪都写得十恶不赦。

桃翁在上面滔滔不绝，花千骨在下面听得头都晕了。都是些没什么用的东西，还不如她自己看清虚道长写的书。加上觉没睡够，不知不觉便趴在桌上睡着了。

她突然感觉谁在下面掐她，慌忙抬起头来，只见桃翁站在自己面前，轻水在一旁使劲地使眼色。

"新来的吧？以前没见过你，叫什么名字？"

"花千骨。"这下死定了，第一天就在课堂上睡着了，要是传到尊上耳朵里……

"俗话说笨鸟先飞，你身在癸班却一点自觉都没有。人家甲班的人还在认真听课呢，你却在这儿打瞌睡。看来老夫刚才讲的你都知道了，那老夫就考考你。答不出来你就留下来，把整本书抄上二十遍。"

桃翁的白胡子一抖 一抖，脸却又通红通红，感觉像一个长着白色叶子的熟透了的桃子，当然这个桃子的皮有点皱巴巴的，样子十分滑稽。

如果在平时，花千骨可能还有心情研究一下，可是这时候，她可没有心思笑。那么多双眼睛兴趣盎然地盯着自己，大部分还不怀好意地等着看自己出丑，这种滋味可真是如坐针毡。

阿弥陀佛，老天保佑！她今天怎么没把糖宝带来，不然有它在耳朵里，才不怕被提问呢！

桃翁为人倒也不坏，就是有些势利，爱从一些阔绰弟子手中捞些油水。昨日尊上亲自领回一弟子之事，很快便在长留山上传开了。他碰巧又在书香阁碰到，看花千骨又瘦又小，一副穷酸样，心里本就不太待见，今天她竟然还敢第一堂课就在那儿打瞌睡，也实在太不把他放在眼里了。可毕竟是新来的，又是个凡人，什么都还没学，若是故意刁难她，又恐落人口实。就先问个最简单基本的吧，她若是答不上来，自己更有理由好好管教管教了。于是他仰天负手，摇头晃脑道："代表身份的宫物，你按等级依次先列举一下。"

花千骨和身旁的轻水同时松下一口气来，这不是刚刚才讨论的么，正好撞上。

花千骨很快地把那七种背了一遍。

桃翁一看没难住她，便又道："那修仙的法门与品级排位呢？"

轻水听了，悄悄用手想在花千骨腿上写答案，却被桃翁一瞪，不敢再作声。

花千骨连忙回忆了一下《六界全书》上写的。

"仙的等级依照法力和地位的不同一般可以分成九品：第一上仙，第二次仙，第三太上真人，第四飞天真人，第五灵仙，第六真人，第七灵人，第八飞仙，第九仙人。成仙的方式也有许多种，主要是佛道两家，通过修佛和修道两种途径。另外还有天仙、地仙和尸解仙等，就是先死再成仙。还有通过外力吃仙药灌输仙力等方法，当然自己修炼白日飞升或者直接成仙是最好的。"

四周微微有了点议论声，轻水暗自在心里鼓掌偷笑，她没想到花千骨居然这都能回答上来。

桃翁的面子有点挂不住了，冷哼一声道："那我再问你，上古十方神器是什么？"

四下顿时安静了，这个问题根本就还没有教过，书上也没有写，神器是封印妖神之物，属于禁忌，除了一些仙家出身的子弟可能听父辈们提过只言片语，一般人哪里清楚。桃翁分明是在有意刁难凡人出身的花千骨。

花千骨因为看过《六界全书》，再次对答如流。她以为这下桃翁总该满意了，却不知若是回答不知，虔心请教，乖乖认罚，那才是合了桃翁的意，也给了他台阶下。如今，桃翁心里更是不痛快了。

"看你小小年纪，知道的还不少。原本这节课，老夫打算给大家讲仙界的第一战神，想必你也很了解，就代老夫介绍一下吧。"

下面顿时议论纷纷。

"哇塞，第一战神？"

"比尊上还要厉害么？"

"反正我敢肯定，没尊上好看。"

"我知道我知道，那人可牛了，听说妖魔光闻其名就吓得落荒而逃，哪敢像现在这么猖狂？"

桃翁抬手让大家安静，然后等着花千骨回答。

花千骨就算再迟钝，听到桃翁都让她代为上课讲解了，也心知已将他得罪，不由得忐忑。

"回师尊，弟子不知，请师尊赐教。"

桃翁冷哼："知道多少就说多少。"

花千骨心下叹一口气，嗫嚅道："五百年前妖魔肆虐，入侵人间，破星神将斗阑干，退妖灵，斩七煞，杀魔尊，收神器，得'仙界第一战神'之美名。不过……不过后来，他爱上了一个妖界女子，失却神志，被夺走神器不说，还为包庇她反了仙界。他兵权在握，三界动荡。最后被众仙联手制伏，逐到蛮荒去了……"

"住口！一派胡言！"

桃翁的脸色青一阵白一阵，他本来想说的是，斗阑干道心不坚，耽于美色，不但神器被夺，最后还被那妖女杀害，堂堂战神落得如此凄凉下场，以教导长留弟子修仙一定要清心寡欲。

没料到花千骨说了前面，后半部分却跟他所知及仙界所流传的完全不同。

斗阑干是被流放到蛮荒去了？

这丫头多半是在瞎编胡说，可若是真的呢？她又如何得知？

此事可大可小，桃翁越往深处想越是心惊肉跳，对着花千骨厉声道："你跟我来！"说着甩袖出门。

课堂里一片混乱。花千骨望着轻水沮丧着脸，为什么答对了也要惩罚她呢？唉……

轻水连忙使眼色让她跟上去。花千骨几步小跑，只觉得身后有一道利刀般的凌厉目光注视着自己，转过头，只看见霓漫天高傲轻蔑的眼神。

不对，不是这个。花千骨匆忙扫视了一周，见到的都是嘻嘻哈哈、幸灾乐祸的脸，暗自无奈地跟着桃翁走了出去。

她没注意霓漫天身后坐着的蒙面少年，本来他的装扮在课堂上显得奇怪扎眼，但大家已习以为常，见怪不怪。没有人看见过他的脸，也没人知道他在想什么，他一直都是冰冷而漠然的，独来独往。他身在甲班，却没有任何人知道他的身份和背景，只知道他叫朔风，也是尊上亲自带回山的。法术已经非常厉害了，所以没人敢招惹他，也没人跟他说话。

此刻，他一向冰冷漠然的眸子却饱含兴致，仿佛有火焰在燃烧。

花千骨跟在桃翁后面一路小跑，没想到这白胡子老头走起路来那么快。

不一会儿进了长留殿，花千骨听见桃翁问一旁弟子什么，弟子答道："三尊正在殿内议事。"

花千骨心中狂跳不止，莫非这么快就又能够见到尊上了？

只是桃翁不会在气急败坏之下，拉了她到尊上这儿来治罪的吧？这下惨了。

跟着桃翁继续往里走，看他急急忙忙的样子，心里更加忐忑不安。末了到了内殿门前，忍不住吞了吞口水，只觉得心扑棱扑棱地扇着翅膀在胸口乱撞。

异彩镏金镶满宝石而又高大沉重的门，慢慢被站在两侧的弟子推开。花千骨直直地望见端坐在大殿正上方的白子画，心立马飞了过去。

白子画依旧是一身不落尘埃的白衣，只是比那日腰间多束了一条宽边金带，出尘中又添了几分高贵和傲气，面色中更多了几分冷漠与威严。那高高在上俯视众生的姿态，让花千骨忍不住便想俯身膜拜。

"参见尊上、世尊、儒尊。"桃翁行了个礼，回头看花千骨，花千骨这才反应过来，连忙低下头去拜见。

"什么事？"

花千骨听到一个威严又低沉的声音，眼角偷看一眼。看见一个比尊上略年长的玄衣男子，眸子深邃得令人一眼望不到底，眉头紧皱，面上有道极长的疤痕，严厉冷酷中带几分凶煞，咄咄逼人，可见脾气不是太好，应该就是世尊摩严了。

左侧坐着的那个，不对，是躺着的那个应该就是儒尊笙箫默了。

与另外两人不同，笙箫默紫衣玉带，慵懒却优雅，半倚在专门为其准备的铺满冰丝玉锦、雅致褥枕的卧榻上，手中把玩着的一支长箫，飞速地在他白皙修长的指尖旋转飞舞。

摩严和白子画应该是见惯了他这副模样，倒也不以为意，自动忽略。

花千骨盯着那银箫看，转得她有点头晕，心道不愧是三尊，无论容貌、气质、仙姿都比其他人强上那么多。再抬头去看白子画，只见白子画也在看她，可是视线直直地穿透她而过，眼中似乎无一物。

桃翁开口说话，花千骨却听不见他在说什么，猜大概他是用密语在向三尊禀报什么事情。

呜呜呜，告状就算了吧，干吗还告得偷偷摸摸，让她想辩白都不知道该辩白些什么。

笙箫默似乎是渐渐来了兴趣，也不玩手中的箫了，身子直立起来，看着花千骨道："二师兄，这就是你昨天带回山来的那个娃娃啊？"

白子画不作声，也不点头，面上毫无表情，让花千骨几乎快误认为上方是端坐于莲的白玉雕像了。

摩严冷哼一声："她是如何得知斗阑干被逐去蛮荒的？你莫要捡了个妖孽回来，一身煞气，千载祸星！"

花千骨心狂跳一下，隐隐听出世尊的口气不光是在指责自己，还有责怪白子画的意思。想要说点什么却又不太敢开口，如果说白子画给人的感觉是让人无法呼吸的话，摩严那种威严简直是压迫。随便一个眼神扫过来，都让人觉得求生不能求死不得，怪不得长留山上上下下都讳他颇深。

笙箫默笑道："大师兄，你多虑了，二师兄做事自有他的道理。"

他知道摩严在担忧什么，投去一个安慰的眼神。继而向桃翁使了个眼色，桃翁躬身退了出去。整个空荡荡的大殿，花千骨一个人在下面面对着三尊，心里的紧张更多了几分，但她最在意的还是白子画的脸上是否有丝毫不满的神情。

"听说，是你在群仙宴上传达了拴天链被夺、茅山被屠的消息？你叫什么名字？"笙箫默问，声音温柔中带着一股迷死人不偿命的甜腻，酥得花千骨起了一身鸡皮疙瘩。

"花千骨。"

"千骨？来，告诉儒尊，你怎么会知道斗阑干没有死而是被逐去蛮荒了啊？"

花千骨背上冷汗直流，她倒情愿他像摩严那样严厉地呵斥她，如此哄小孩的口气反倒让她不知所措了。

"是清虚道长给弟子的书中所写。"花千骨老实地回答。

"什么书？"摩严眉头紧皱，目光犀利，似乎能洞穿一切。

"清虚道长写的《六界全书》。"

"他把这个写下来做什么？这臭道士背后搞什么鬼？"

"师兄。"白子画语气淡然，却分明在指责他对死者不敬。

摩严冷哼一声："书里都写了些什么？"

花千骨心里也有微微不悦，道："就是六界的史记。"

"各门各派的都提到了么？"

"是。"

笙箫默哈哈大笑起来："想不到清虚道长还挺八卦的！"见白子画看了他一眼，连忙不说话了。

摩严不由得皱起眉头，这么重要的东西，要是落到妖人手里……

"呈上来。"

花千骨迟疑了一下，没有动作。

"我让你呈上来。"摩严话语里带了一丝不耐烦和火药味，似是不信竟有门下弟子不听号令。

花千骨看着白子画，心里斟酌着这书毕竟是茅山派之物，里面还记载了很多茅山本门的机密大事，是要传给茅山派弟子的。若是给他人看了，算不算是有负清虚道长所托？而且她被摩严一问，才知道原来斗阑干被逐去蛮荒是一件机密之事，常人并不知情。

她进退两难，只能硬着头皮道："还望世尊恕罪，这书是茅山派之物，里面记载了茅山派还有其他各派的许多机密要事，实在不方便为外人看。"

笙箫默一听兴奋了，对那本书来了兴趣，更对花千骨来了兴趣。他还是第一次看见有弟子敢不听大师兄命令的，这下有好戏瞧了。

"笑话，说得我好像窥探他什么道法秘籍似的，他十个茅山派加在一起，长留山都不放在眼里。他有胆子写，难道还怕别人看？给我立马呈上来！"

花千骨心里叫苦不迭，却仍是站直了身子，硬着头皮坚定道："请世尊恕罪！"

完了，完了，开学第一天，不但把桃翁师尊给得罪了，连世尊都给得罪了，以后日子有的自己受了。

"你反了是不是！"摩严一拍桌子，花千骨吓得腿都软了。

笙箫默在一旁咧着嘴巴笑，这丫头完了，大师兄一向最记人仇的。

"你们先暂时下去，让我慢慢跟她说。"白子画淡然道。

"哼，你自己带回来的，你自己好好管教管教！"摩严拂袖而去。

笙箫默失望地打个哈欠，银箫在指尖跳跃了几圈，然后不情不愿地出去了。他本来还等着看好戏呢。每次都这样，二师兄好无聊啊！不过，也只有他以掌门之尊能说得动大师兄一点点。不然，殿下站着的这朵努力忍住不发抖的小花，可就真要倒霉了。

殿内突然空荡荡的，只剩下他们二人。花千骨求神告奶奶，自己心跳得那么响，千万不要被尊上听见。

"十一已经帮你把一切都办妥了吧？在这里可还习惯？"

花千骨不解，仰头看着他，不懂他为何明明语调温和，却总让人感觉不出丝毫的可亲。

"回尊上，都很好。"若是能天天见着你那就更好了。花千骨在心里补上一句。

"你俗体凡胎，命格又是异数，和山中许多有仙资的弟子本不能比，以前身边又太多邪物缠身，外虚内空，修炼仙法，实属勉强，所以理应比他人更加努力吃苦才行。"

花千骨心头一暖，第一次听他跟自己说那么多话。天资不足，那就以勤补拙，无论如何，自己定不会负了和他的一年之约。

"弟子知道。"

花千骨说着，上前几步走上台阶，直到他的面前，心也随着脚步上下忽悠，举起双手，低下头，却把那本《六界全书》呈到了他的面前。

白子画依旧面无表情。

"弟子刚刚在课上闯下大祸，请尊上责罚。"

白子画似是没想到她反应这么快，很快便把这事想了个通透，摇头道："你身为凡人，初入长留，很多事情并不知道，不能怪你。"

"可是，如今斗阑干身在蛮荒之事被弟子泄露了出去……"

"事实就是事实，我本也不赞成隐瞒此事。无心之举，不用介怀。"

"弟子明白了，请尊上收下《六界全书》。"

"为何？你刚说的也有道理，这是茅山之物。"

"我相信尊上，上面的很多记载可能会对尊上除魔卫道、守护神器、以防妖神出世有很大帮助。清虚道长记录下这些，肯定也是希望它日后能派上用场。况且经过这么一闹，这书在我身上已经不安全了，里面记载着那么多重要之事，若是被其他人强行夺了去，后果不堪设想。我现如今还没有可以守住这书的能力，这书放在身边绝对是祸不是福。如果尊上不介意的话，就请先替弟子暂时保管，等到弟子需要的时候再归还，这样可好？"

白子画漆黑如墨的眸子盯着花千骨看了两秒，花千骨猝不及防地低下头去。

他倒没想过，她小小年纪，看似弱不禁风，做起事来却周全细致，有着几分过人的敏锐与聪慧。

"好。"白子画把书接过来，手指不小心碰到花千骨的指尖，惊得她倒抽一口凉气，简直冷得跟冰一样。抬头看白子画，只觉得他美归美，身上却没有半分人气，不由得多了几分失落。也难怪，尊上本就是高高在上的仙啊。

"若是以后有什么人在你身上想打听什么事，你就让十一来向我禀报，长留山这么多弟子，总会混进不少不轨之徒的，你以后行事要格外小心留意。"

"弟子明白。"

"那退下吧。"

"是。"

花千骨快走到门边，突然转身问道："尊上，我是不是以后都很难看见你啊？"

白子画沉默片刻："你们虽很少能看见我，但要知我总是在绝情殿上俯视凝望着你们。"

花千骨用力地点了点头，她知道了，虽然可能今后一年的日子里自己很难看见他，可是他总在高处望着自己，像关注其他弟子成长一样关注着自己，她一定不会让他失望的。

看着小小的身影退出殿内，大门重新嗡的一声合上，恢复一片寂静空旷。

白子画打开《六界全书》慢慢翻阅起来，末了把书合上，忍不住长叹一口气。

花千骨逃过一劫般抹了抹额头的冷汗，随之嘴角忍不住挂上一丝微笑，眼神中充满对未来的希冀。那时，她无论如何都没有想到，今天发生的这件事，会在不远的将来，怎样剧烈地改变了她的人生。

十 御剑而飞

花千骨回教室的时候，正是课间，两腿仍有些发软，轻飘飘地回到座位时，轻水着急地问她怎样，听到说她是被带去见三尊的时候，脸都吓白了。

"怎么弄得跟三尊会审一样啊，不就是答几个题么，有必要搞得这么严重？这桃翁也太小气了！"轻水愤愤不平地说，拍了拍花千骨的背。

"把你吓傻了吧？第一次见世尊和儒尊有何感想？"

花千骨一脸愁容："没感想，就是我貌似把世尊给得罪了。"

轻水睁大眼睛道："这下你完了，世尊比桃翁还小气呢！他们没惩罚你吧？长留山的刑法很恐怖的。"

"那倒没有，就是问了些问题，就让我回来了。"

"那还好，应该不是太严重，桃翁老爱小题大做。喂喂，你觉得儒尊怎么样？"轻水挤眉弄眼问道。

"儒尊？"花千骨枕着下巴歪着脑袋想了下，"还好吧，当时没敢多看，不过实在是一点也不像儒尊的样子，倒有点像……"

"像什么？"

"像狐狸，还老一脸坏笑，弄得我毛骨悚然的……"

"哈哈，我跟你说，世尊太严厉，尊上太冷漠，只有儒尊最好说话了。而且长得那么好看，温柔可亲，儒雅风流，迷倒万千少女啊！整个长留山莫不以他为偶像。不信回去我带你去别的弟子房间里看看，到处都贴着他的画像。连他写过的草稿，传音螺记录下的箫声，拿出去都可以卖好多银子呢！"

"啊？"花千骨傻眼了。

"那尊上呢？"

轻水白她一眼："你觉得有谁见过尊上敢生出半点异心么？我每次看他连头都不敢抬，他太高不可攀了，好像放在心里多想想都让人感觉是罪过。不然以尊上之姿，整个长留山乃至仙界还不疯狂啊！贪婪殿和销魂殿除了世尊和儒尊，好夕还有他们各自的徒弟和几个专门服侍的弟子。但是尊上真的就是几百年来一直一个人住在绝情殿，冷冷清清的。长留山大小要务一般都是世尊处理，尊上也很少露面。只有有要事的时候才出山，有重大仪式的时候才下绝情殿。"

"一个人么？"花千骨回忆起他身上仿佛万年都化不开的冰雪，竟不自觉地有点微微心疼，想以后都陪着他，这又是一种什么感觉呢？

"上课了，快坐好，这次我保证你不会无聊到睡着了。"

"谁的课啊？"

"十一师兄的。"

"啊？"

"他是长留山首座大弟子，做事成熟稳重，很受三尊恩宠，讲课也很有趣，人气可是稳居前五的哦！不过偷偷告诉你，十一师兄对可爱的东西一点抵抗力都没有，要是你什么测试没合格，可以贿赂贿赂他。"

"还有排名的啊？"

"当然，目前按山中非官方发行、私下流传的《长留志》上统计的票数来算的话，人气第一的是儒尊，第二是十一师兄，第三是尊上，第四是儒尊的弟子火夕，第五是世尊。"

"有没有搞错，连世尊都有人喜欢么？这年头，大家的眼光都是怎么回事？"花千骨望天长叹。

"萝卜白菜，各有所爱嘛！何况世尊长得那么威严，好像天神一样，情不自禁就会令人心悦诚服。另外，我听说哦……"

轻水神秘兮兮地凑到花千骨耳边："以前世尊可不是这个样子，为人也是很和蔼很好说话的。就是后来徒弟背叛师门，可能对他打击很大吧。"

花千骨眉头拧得跟麻花一样，和蔼？完全无法想象。

"是十一师兄之前，世尊所收的那个弟子么？"

"对，后来世尊再授徒就变得可挑剔可严厉了，可苦了十一师兄他们。"

"那个人后来呢？"

"好像被世尊以门规处死了吧。"

二人正说着，就看见落十一什么也不拿地走了进来。他瞟见花千骨，向她微微点了个头，然后道："今天户外实践课，大家到外面广场上集合。"

周围一阵欢呼雀跃，争先恐后地跑了出去。

"十一师兄教什么的啊？"

"飞行中最基本的御剑术，你落下的功课太多了，一点基础都没有，第一天就学这个太吃力了。"

花千骨跟着众人来到广场上排好队，落十一指着一旁架子上的一把把木剑道："还是和上次一样，一人选一把。"

花千骨一面漫不经心地东张西望，一面伸手去取剑，没想到明明是木剑却奇重无比，猛地就往下沉去，把她拖得弯下了腰。

周围顿时传来一阵讪笑。

花千骨吃惊道:"怎么会这么重啊,明明是木头?"

"这个是海轩木,不生长在陆地,只生长在海面上,比玄铁还要重。"轻水也正费力地挥舞着手中的剑。

"这样重的东西也能飞起来么?"

正说着,突然有个东西从自己头顶上嗖的一声就飞了过去。周围传来一阵欢呼叫好声。

花千骨抬头一看,却是一身彩衣翩飞的霓漫天。

霓漫天显然是没入长留之前已经学会了御剑,有心炫耀一样在半空中忽上忽下,左右翻转,技术着实不错,看得花千骨和其他一干人等目瞪口呆。

落十一又把心法和要诀跟大家复述了一遍,可是花千骨根本什么都听不懂,蹲在地上望着那把她几乎扛都扛不动的破木头发呆种蘑菇。

甲班的许多人都已经能够做到勉强让人和剑飘浮在半空中的程度,只是没办法像霓漫天那样自在飞行。

而自己班上的大多数人尽管对着那把剑频频念咒,百般折腾,那剑依旧是纹丝不动。

轻水算是很厉害的,剑已经能够在她的指挥下腾空离地一米多高了。

四周不断响起弟子从剑上摔下来的哎哟声,花千骨和轻水两人看着他们一个个四脚朝天,忍不住捂嘴偷笑。

花千骨跳到地上的剑上,踩啊踩,心里喊着,快飞快飞。

那木剑比一般正常的剑要宽上两指,勉强够放一个脚面,之所以用它来练习,可能是因为它不伤人的同时,重心又很稳,可一样还是很难让人在上面站立住。

落十一过来给花千骨讲了一下要诀,让花千骨先在一旁默记下来。毕竟御剑是较高段数的仙法,不是一朝一夕可以练成的。花千骨虽然身上有了一些清虚道长传给她的法力,但是她完全不会运用,更不足以御剑。

花千骨看着霓漫天在天空中自由地飞舞旋转,犹如绚丽的七色彩虹,迷得下面众多少年晕头转向。花千骨暗暗下定决心,她也要赶快学会飞,这样才能离天空更近,离绝情殿更近,离尊上更近。

抬头仰望东边天空上飘浮着的绝情殿,觉得它和主岛巨大的长留山比起来,显得挺小的。瀑布从上面倾泻而下,犹若一条银练,连接着长留山和绝情殿,仿佛不让它被风儿吹跑一般。而尊上,就日日夜夜一个人住在那样高处不胜寒的地方。

花千骨正在出神，突然听见那边隐隐起了骚动。在一旁百折不挠跟木剑怄气的轻水立马拉起她就奔了过去。

只见霓漫天站在一个蒙面少年面前，趾高气扬，挑衅着要跟他比御剑。

花千骨看那人蒙着面，目光犀利，感觉不太好惹，望向轻水。轻水在她耳边悄悄说：“那个男的叫朔风，很厉害，背景不太清楚，不过甲班他总和霓漫天争第一，所以霓漫天很看不惯他，把他视为自己拿到仙剑大会魁首的头号大敌。但是不知对方底细，又不太好招惹，霓漫天总是想尽办法试探他的实力。”

周围都是起哄的声音，花千骨四处找落十一，发现他在不远处的树下乘凉，一副睁一只眼闭一只眼的样子。

朔风看着霓漫天，冷哼一声，懒得跟她较劲，突的就和剑一起腾空而起，没等大家反应过来，嗖的一声就不见了。所有人面面相觑，你看我，我看你，然后东张西望到处找，天空中哪里还有他的半点痕迹。

花千骨中午回去刚一推门，糖宝就啪地扑到脸上，抱着她的鼻子呜呜地哭。

“你怎么把我一个人留在这里？”

“呃，是一只虫留在这里好不好……”

“我不管我不管，骨头到哪儿我都要跟着去。”

“好好好，我不是看你那么爱睡觉，我们天还没亮就得起了，不舍得叫醒你么？”

轻水找了一个小巧精致的首饰盒给糖宝做房子，怕它晚上和花千骨睡，不小心被她压到，而且兴致勃勃地亲手给它缝了小枕头、小被子，还有小衣服。

花千骨拎着那些袖珍的小玩意儿哭笑不得。

夜里轻水睡得很沉了，花千骨依旧在灯下看书。时间不多，她需要尽快把那些落下来的功课补上才行。

糖宝躺在桌上的新房子里，开心地滚来滚去。睡了一觉醒来，看见花千骨依旧在看书。

“骨头睡觉吧，那么晚了。”糖宝打了一个呵欠，睡眼惺忪的样子，花千骨忍不住伸出小指去胳肢它。

“你先睡吧，乖。对了，那本《六界全书》你已经全部看过默记下来了吧？”

“当然啦！”

“那就好，我把原本拿给尊上了。”

"为什么？"

"那上面写了太多重要的东西，我怕保护不了，一不小心弄出乱子，交给尊上就放心了。"

"这样也好，那另外一本记载着茅山道法的要诀与精髓的，你留着好好修习吧。清虚道长虽传了些法力给你，但是你没有道行，半点都不能运用。现在想赶上其他人的进度，以你凡人之资自然是十分吃力，你先从茅山的道法入门，然后再修长留的，会比较容易。"

"这样啊，对了糖宝，我发现我看东西好像越来越清楚了，记忆力也越来越好，这是洗过三生池水的原因，还是清虚道长的原因？"

"可能两者都有吧，修仙者五识更加清明是必然的。"

接下去，花千骨花了大约半个月，几乎不寝不眠把所有的书都看完默记了下来，先夯实了理论。然后每天深夜在亥殿后的林子里开始修习茅山术法，并巩固白天所学，这导致她在每日的凝神入定课上总是打瞌睡。

还好糖宝总是待在她耳朵里，帮她应付各种麻烦。例如在师尊来之前及时叫醒她，问问题的时候在耳朵里悄悄给她讲答案。

五行是最重要的课业之一，分别由五个人上。清流负责水系，火夕火系，舞青萝金系，木系是德高望重的长老屈木，教授土系的是世尊的二弟子狐青丘。

其他课例如仙药和奇门遁甲等，她都还能应付自如，且因为勤奋刻苦，很快后来居上并遥遥领先。但是，五行课她就实在跟不上了。

落十一常常会给她做一些私下的辅导，被霓漫天撞见几次后，花千骨发现她开始故意针对自己，一次课上还故意失手烧掉了她好多头发。

那个该死的火夕总戏弄她，当着所有人的面老骂她笨不算，还不帮忙灭火，只顾抱着肚子在那儿笑，实在是没有一点为人师表的样子，真是气死她了。

不过恶人自有恶人磨，只要一见到师妹舞青萝，他立马就老实了。花千骨有一次不小心看见他被拧耳朵，笑得肚子都痛了。可惜从此她遭受的折磨也是变本加厉，时不时地被火夕留下来进行课后指导，抄书跑步，挑水罚站，连带按摩捶背，简直跟当丫鬟一样。

清流在课上永远都酒气冲天，弟子每次有做得不好的地方，惩罚就是不断喝水，结果每次花千骨都最差，上完课挺着个大肚子回寝殿。

屈木则分明就是和桃翁一伙的，串通一气，挑到一点错就叫她到林子里去，用手砍树，砍倒了还要劈成木片，然后用手指在上面罚抄书。她没办法凝气，一开始每每刻得十个指头都鲜血淋漓，时间长了，指上的疤和老茧结了一层又一层，用三生池的水洗了掉，掉了又结。看得糖宝在一旁心疼得眼泪一把鼻涕一把，花千骨也咬着牙硬坚持了下来。

之后难度升高，竟然要她在海轩木上削刻。花千骨学会凝气，日子长了，不知不觉间，一双手变得灵活无比，摧金断玉，削铁如泥，修炼也算是略有小成。

世尊的三个弟子，落十一成熟稳重，尹上飘天真迷糊，狐青丘却是深得世尊真传，严肃又古板，跟个老道姑一样。大家都不喜欢她，她更不喜欢大家。

不过，她对霓漫天、朔风等聪明有资质的弟子倒是青睐有加，偶尔还会露个笑脸，对癸班的学生却几乎不闻不问，对花千骨更是完全无视，而花千骨自是求之不得。

她最喜欢上的就是舞青萝的课了，舞青萝虽然性格火暴，但是从不端师尊的架子，课上课下都和弟子们打做一团，看不惯的也直接用脚踹。教授起来，讲解简单直白，从无半点多余的废话。大部分弟子的金系法术都学得很好，花千骨也算勉强能赶上进度。

花千骨入山已有五个多月了，别的弟子都早已学会御剑而飞，霓漫天、朔风等人都可以腾云驾雾了，她却始终只能让剑飞起离地不到两米，也没办法在剑上站立超过三秒钟。

这夜花千骨又在林中练习御剑，这半年来她吃了太多苦，硬咬着牙坚持下来了。可是只要一想到离仙剑大会的时间一日近过一日，她就越发急躁，不断地逼自己，早已超过了寻常人的心理和身体承受的极限。

朔风坐在远处高高的树上，好奇地看着她一次又一次地从剑上摔下来。剑飞得越高，便摔得越重，身上到处都是伤痕，却倔强地仍然不肯放弃。他不由得轻轻摇头，无法理解人如此拼命地去做一件事到底是为了什么。

糖宝趴在一旁的叶子上悄悄地哭，花千骨这几个月疯了似的修炼，怎么劝都不肯听，摔到它都不忍看了。

这时花千骨又一次从高空掉下来，尽管凝气周身，糖宝也不知道第多少次使用不多的法力替她缓冲，但她内脏还是重重地一震，再也动不了了。花千骨擦擦嘴角的血迹，躺在草地上仰头望着满天的繁星，还有繁星下的绝情殿，突然觉得有点心灰。

突然听到糖宝满是心疼的声音："骨头，你还记得你初上茅山的时候么？你求仙的初衷是什么，咱们非要拜白子画为师么？"

花千骨愣了一下，无力地笑了笑。是啊，她一开始只是为了求个与世无争的简单生活，没有鬼怪缠身，不会祸及他人，吃饱穿暖，不用四处奔波。不知从什么时候开始，变得一心好胜，只求进取，为了拜白子画为师，拼了命地努力，什么时候心中竟会有了这么深的执念？

如果不是这样，每天简简单单，在这长留仙境按自己的迷糊性情随意度日，又有几多快乐清闲？

人一旦有了想要的东西、想要做的事，便再也没办法放手了啊。

想要离他近一些，近一些，再近一些。只要能常常见到他，伴他左右，自己便也心满意足，不负他带自己回长留山的恩情了。

花千骨想到这儿，又努力爬了起来，继续练习。

第二日，落十一课上，花千骨仰头看着各色衣裳的弟子在天空中飞来飞去，留意着他人技巧和对平衡的掌握。

轻水也已经能飞得很好了，站在剑上，向花千骨俯冲过来，然后漂亮地停住，伸出手来。

"千骨，我带你上去玩玩。"

"不用了不用了。"花千骨连忙摆手，"你自己好好练习吧。"

"你还不会御剑啊？"半空中传来一阵笑声，霓漫天脚踏云彩飞了过来，她都已经会腾云驾雾了。

"要是怕剑太窄不敢上的话，我来载你吧！"说着，一用力把花千骨拉到了云里，忽地就飞了老高老高。

"糖宝！"花千骨身子没稳住，正在耳朵里睡觉的糖宝一下子就掉了出去，直往下坠，却依旧睡得香甜没有察觉。

落十一大惊，飞了过去，正好接在手心里。糖宝迷迷糊糊醒来，一睁眼，只看见霓漫天脚下的云彩突然散了开去。她御风飘在了半空中，装模作样去拉花千骨却没拉到，花千骨也掉了下去。

落十一这边刚接住糖宝，已经来不及了，轻水奋力御剑过去却明显速度不够。

朔风心头一紧，正想飞过去，突然瞥见一抹白色身影。

花千骨惊吓中根本忘记了凝气，下坠得太快，她慌忙闭上眼睛，心想："完了完了，这回非摔断胳膊腿了。"

她突然感觉自己停止了下坠，被什么人抱在了怀里。身体冰冷着，没有任何被拥抱的感觉，可是闻到那熟悉味道的瞬间，她的大脑便停止了运行。

花千骨好半天才敢睁开眼睛，果真是她几乎近半年没有见过一面的尊上。

他白衣如雪，神色不惊地抱着她从半空中徐徐飘落，以为花千骨是惊吓过度，身子才会颤抖得如此厉害。轻轻把她放下，花千骨腿一软，跪倒在他面前，半天不敢抬起头来。

霓漫天也连忙飞了下来，跪倒在地。后面的人这才反应过来，熙熙攘攘跪倒一大片，口里齐声道："参见尊上。"

白子画微微皱眉，似是有些不解，自己明明可以把花千骨定在空中慢慢放下地来，却为何当时心中一惊竟给忘了，等反应过来已经抱着她飞了下来。

"是弟子不对，本想教导一下千骨师妹如何御剑，却学艺不精，一时失手，请尊上责罚！"霓漫天没想到尊上会突然出现，脸都吓白了。

白子画看着面前的花千骨，略比初见她时长高了一些，原本凌乱的头发也扎成两个乖巧的发髻，比较像个女孩子的样子了。只是面色苍白憔悴，抱在怀里轻得跟片羽毛一样，而且刚探知到她身上有多处外伤和内伤，却又不知是从何而来。他今天若不是刚好带人过来，她岂不是又要添一处重伤？更何况当着这些人的面，实在是有失长留颜面。

"弟子拜见掌门！"突然又一个人跪了下去，却不是朝着白子画。众人皆奇怪地抬眼去看，只见那人一身月白长袍，长相俊雅，神情十分激动，正面对面跟花千骨一起跪着，场面有点滑稽。

花千骨仓促抬头，正对上一张微笑的脸。那人容貌出众，身畔仿佛有云霞相依，让人感觉暖融融的。

花千骨错愕，抬头去看白子画，白子画点头示意让她起身。

她硬撑着站起来，腿仍隐隐有些颤抖，面前那人却仍是不起。她连忙闪到一边，只觉得那人定是跪错了方位，她可受不起。

"茅山弟子云隐拜见掌门。"不料那人又转向她，深深一鞠。

花千骨顿时面容僵硬，连忙伸手扶他。

"云隐，你莫吓着她，有什么事进大殿后再说。"白子画幽幽开口。

云隐这才直起身来，清澈欣喜的目光停留在她身上，似是有无尽话语要说，又立刻自知失礼地低下头去，恭敬地做了个相请的动作。

"骨头！"此时糖宝急急从落十一手中飞出停到她肩头，呜呜哭了起来，抱住花千骨，真是把它吓死了。

花千骨笑着戳戳它，悄悄跟轻水在下面打了个别担心的手势，然后跟着白子画和云隐进了内殿。

几人刚走，众人顿时一片哄然，无不大大惊诧于看似毫无法力和背景的花千骨，竟然是一派的掌门之尊。

霓漫天的拳头握得直响，看来她真是小瞧花千骨了，他日定成心腹大患。

进了大殿，花千骨才发现世尊和儒尊都在，糖宝连忙悄悄藏进她的耳朵里。

因为有外人，笙箫默与上次不同，正襟危坐，只是神情依旧懒散。摩严看来依旧对之前的事耿耿于怀，没有给她半分好脸色看。

"弟子见过世尊、儒尊。"花千骨跪下去恭敬地俯身一拜。

却听摩严冷哼一声："我们可是担当不起，茅山掌门。"

花千骨愣了一下，脸热辣辣地烧了起来。

笙箫默无奈道："大师兄，千骨也是临危受人所托。"

摩严冷道："身为长留弟子，却又是别派掌门，简直是天大的笑话。我们长留可真是屈居了你这位贵人，你还是早日回茅山去做你的掌门吧！"

花千骨一听这话，心猛地一沉，慌忙抬头看白子画，只见他一脸淡然，放下手中茶盏，也不说话。

云隐紧皱起眉头，却也顺势说道："弟子当初收到消息后，即刻赶回茅山料理后事，因为得知掌门跟着尊上回了长留，所以也较为放心。因为派中事务太多忙不过来，又不想让掌门这个时候回去面对太多的困扰和麻烦。况且听得掌门已拜入长留门下，每日课业繁重，所以一直没有叨扰。半年来弟子一直间接从尊上那儿了解掌门的消息，现门中基本已重整完毕，只待掌门回去主持大局，所以弟子这次特地来接掌门回山。"

花千骨不解地看着云隐，他理应知道自己只是个凡人，是清虚道长临终无奈所托。之前他不联系自己，定也是明白自己帮不了他什么。

如果她以掌门之尊留在茅山，就算一切权力仍在云隐手中，可是形式上他依然得事事请示，定然有诸多不便。而且她没有能力，完全不能自保，需要大量弟子保护。茅山本已重创，掌门再出什么事，难免一蹶不振。但如果把她留在长留的保护范围内，他要重整茅山派，手脚自然比较放得开。

如今既然茅山派已重整完毕，自己一会儿把掌门的信印与宫羽什么的都传给他就是了，不用再跟他回去多生事端，而且时间越来越紧迫了，以她这样的水平，怕是连仙剑大会的台子都爬不上去。她心心念念想的都是做白子画的徒弟，哪里顾得上什么茅山掌门。

"我什么都不会，也不懂得怎么做掌门。你来得正好，我立刻将掌门之位传给你，这也正是清虚道长临终所托。"

云隐摇头："弟子明白家师的意思，也知道掌门为难。只是茅山派现在内忧外患，弟子若是在这个节骨眼儿上接任掌门之位，处理事情反而多有不便。茅山中派系复杂，一些不满弟子的人可能会趁机作乱，所以只能再拜托千骨姑娘继续担任掌门。姑娘是家师亲口所托，且对茅山派有大恩，尚能服众。待时机成熟，若是姑娘仍不想继续担任，我们再另做打算，可好？"

花千骨心下了然，自己年纪还小，又只是一介凡人，能力不足。云隐的意思便是让她做幕前的傀儡，而他在幕后操纵一切，这样才能解茅山之危。

既然他说得在情在理，她又怎能不帮，只好勉强点头："但是我始终只是长留弟子。"

"弟子明白。"云隐躬身道，"只是再过几日是茅山大典，所有云游弟子皆会回山，掌门还是抽空出席一下吧。一可定人心，二可止谣言，三也可鼓舞众人斗志。只需要几天的工夫，之后弟子一定会再亲自送掌门回长留山。"

花千骨抬头望向白子画，白子画微微点头表示默许。

"嗯，我跟你回茅山一趟。"

皓月当空，花千骨在林子里燃香烧纸，然后坐在树下看着火焰发呆。长留山不但盛产玉石，也盛产香料，这香里也不知掺了什么，味道和别处的不同，带着浓郁的愁思和悲苦，熏得人鼻子酸酸的。

她半夜里偷摸着一个人出来，因为今天是她的生辰，也是她娘的忌日。

平常人都会欢天喜地地庆祝，她却只能黯然伤心。她总是给身边的人带来不幸，所以注定了，她永远只能是一个人。孤独如此，寂寞如此。

明天便要跟云隐回茅山了，告别人间半年，再回去不知道会不会有沧海桑田的感觉。

"一个人在这儿做什么？"

突然响起的声音吓得她小命都去了半条，还没来得及抬头看，人已经跪了下去。

"拜见尊上。"

垂下眼眸，看见他白色的衣袂上沾了几片枯叶，突然很想伸手拂去。

"为什么一个人在这儿烧纸？今天是谁的忌日么？"

"我娘的。"花千骨黯然道。

"节哀。"白子画从来言语不多，更不知道如何安慰人，看着花千骨瘦小的身子跪在地上，在秋风中瑟瑟发抖。

这孩子，怎么就这么怕他呢？

"你起来说话。"

花千骨站起身来，仍不敢抬头看他的脸。

"尊上找我是为了明日回茅山的事么？"

白子画点头，他的确是特地来找她的。

"回去之后，多注意安全，可能会遇到一些危险。"

"为什么？"不是就参加一个大典么，又不是回去打仗。

"单春秋虽然一向行事歹毒，但还不至于如此猖狂。这次血洗茅山，应该和云翳脱不了干系，他既然想要茅山灭门，自然不想又有个掌门回去，可能会想办法加害于你。另一方面，茅山支系庞杂，想要争夺掌门之位的不在少数，可能也会有颇多刁难。云隐自然会尽全力保护你，但是难免有分身乏术之时，本想让十一与你同去，可是茅山之事，长留不太好插手。所以你得自己好好应对，莫要丢了长留与茅山派的颜面才是。"

"弟子知道。"

白子画顿了顿又道："你还不会御剑？"

花千骨心中一惊，内疚地点了点头。尊上一定对自己很失望吧？

只见白子画右手一挥，一道紫光从他腰间闪电一般直掠长空，盘旋了几周后停在半空中。剑身薄如蝉翼，剔透如琉璃翡翠，五色流光在剑身流淌，正发出悠长的剑鸣。

"我教你。"

说着向花千骨伸出手来。

花千骨惊讶地抬头，望着他明亮的眼，刹那间只觉得他身后月光的清辉都暗淡失色。整个人痴了般，呆呆地伸出手去，任他握住，那手冰凉如水，将她整个人都浸没了，她没了呼吸，没了出路，突然预感自己此生再也逃不开了。

白子画看着小小的她叮嘱道："不要忘了心法口诀，最重要的是要和剑融为一体，感觉它就是你身体的一部分，想往哪儿飞就往哪儿飞，自然就不会掉下来了。"

说着，白子画偕花千骨缓慢而轻盈地腾起，立于剑上。那剑长不过三尺，因为花千骨个子太小，倒也不显挤。

花千骨摇摇欲坠中感觉白子画在身后扶着自己，心下安定不少。

"调整呼吸，别怕，现在剑交给你控制。"

正说着，剑在空中上下摇晃了两下，便开始"之"字形向下滑去。

啊，花千骨在心中尖叫，看见前面有棵大树，眼看就要撞上去，连忙闭上眼睛，突又想到尊上在身后，连忙凝神聚气，用力把剑拉到一边，和树叶擦身而过，她满头大汗。

"很好，现在再让剑稳一点，慢慢拉上去。"

花千骨只感觉剑在空中完全没有章法地乱转，忽上忽下，离地不过一两米，实在太过惊险。不过能做到这样已经很不错了，一是因为这是把绝世好剑，有灵性，很好御使，二是因为身后有尊上，既让她像吃了定心丸一样不再害怕，又给了她很大压力，她总不能带着尊上一起撞到树上去。

在林间绕来绕去，障碍物实在太多，花千骨凝神望着月亮，心里一个劲儿叫着向上向上向上，终于一个仰冲，跃出林子，剑载着二人飞向如水的月光里。

迎面的清风吹得花千骨好像要飘起来，剑逐渐开始飞得平稳。

花千骨深吸口气，花香草香，似乎连月光的味道都闻得见。原来，这就是飞翔的感觉，而她的翅膀，不是剑，是尊上。

花千骨慢慢掌握了要诀，又在半空中转了几圈，她发现自己终于可以飞得好高好高，甚至俯瞰了整个长留山和三殿。末了慢慢降落下来，剑自动飞回白子画腰间，收入鞘中。

"飞得很好。"白子画嘉许地点点头，说着取下佩剑递给她。

"我看，你跟这剑颇有缘分，就赠给你吧。"

花千骨大惊失色："这怎么可以？多谢尊上抬爱，千骨不敢收。"

"放心，这不是掌门佩剑，只是我日常带着的，名曰'断念'，轻薄精致，倒也适合女孩家用。你不是还没有兵器么？断念虽不是什么绝世神兵，也绝对是剑中翘楚，上古流传下来，十分具有灵性，危险的时候亦能保护你一二。再者，今日不正是你的生辰，就当是送你的礼物好了。你要好生修习，莫要辜负了这把好剑才是。"

"谢尊上，弟子明白……"

花千骨颤抖着双手接过那剑，跪了下去，声音亦有些发抖，从小到大，这是第一次有人在生辰这天送礼物给她。因为娘亲的缘故，爹也总是对这避开不谈，更别说庆祝了。

她心里的暖意铺天盖地，酸楚和感动激荡胸中，再也多说不出一个字，嘴唇微颤着抬头望着他。白子画见她孩子气的脸庞如蒲公英在夜风中轻轻摇摆，似乎一不小心就要飘散开来。

"尊上怎知……"她只说了今天是娘的忌日，尊上怎么会知道也是她生日呢？

白子画轻轻摇头："你命太硬……"她娘定是生她时没撑过去。顿了顿又道："茅山御剑术名满天下，你现在能御剑了，以后若是遇到问题也好有个应对，总不能事事靠云隐给你撑着。好了，夜深了，你也早点休息吧，明日还要赶路。"

花千骨感动得不知道再说什么好了，原来尊上特意来教自己御剑不说，还把佩剑赠给自己，而且其中竟然还有这层寓意。他定是担忧自己以掌门之尊回茅山，若是还要仰仗云隐御剑或者腾云，定然有失体统，且不能服众，还会被别有用心者刁难。而遇到妖魔时，如果云隐顾及不到，自己也有个逃生的手段。

他竟为她着想至如此之细微，让她如何不肝脑涂地？

花千骨望着白子画的背影渐行渐远，飘如云起风生，怀抱那剑，竟有想哭的感觉。

十一　茅山掌门

第二日一早，花千骨和云隐前往茅山，自然把糖宝也带上了。

花千骨第一次飞那么高，踩在剑上，丝毫不敢低头看下面的大海，只觉得就要一头栽下去了。

看见糖宝在肩上，手里抱着个白白的东西，开心地扭来扭去，怕风大把它吹下去。

"糖宝，你抱着什么呢，这么开心？还是回耳朵里去睡觉吧。外面风大，等下感冒了。"

"呵呵，十一师兄刚送我们出来时给我的棉花糖。"说着啊呜一口咬下去，一脸的甜蜜。

"骨头娘亲，你也吃啊！"说着扯下"一大块"，费力地高高举起。

花千骨转过头去，糖宝喂到她嘴里，只尝到甜，简直还不够塞牙缝的。

云隐始终在她右后方不近不远的距离飞着，她快他便快，她慢他便慢，似乎害怕她不小心掉下去。

回望逐渐变小、在视线中隐去的长留山，她心中颇有些不舍。半年时间，她已经把这儿当作她的家了。突然又想到脚下的断念剑是尊上亲自赠予她的，忍不住一阵激动和感动。

云隐一路上跟她说着茅山派的大小事务，花千骨都用心记下。云隐怕花千骨体力不支，每隔一段时间就会提议停在半空中休息一下。就这样一路上走走停停，速度也不是很快。花千骨怕在路上耽误时间太久，总是推说不累，继续往前。云隐也不违逆，偶尔暗中控制断念剑，减轻花千骨的负担。

到茅山的时候已经是两日之后了，花千骨想着自己当初和尊上从瑶池到长留山，相当于这次两三倍的距离，也只花了不过半天工夫而已。

重回茅山，花千骨做梦都没想到过，自己居然犹如仙人下凡一般直接从空中飞临而下。大殿的宏大钟声连敲了十二下，花千骨俯视下去，九霄万福宫前密密麻麻跪了上千名弟子，站在剑上的腿就忍不住开始有点发软了。

广场的巨坑早已填平，可是一想到当初里面血肉模糊的屠戮景象，她还是忍不住一阵反胃。

糖宝睡足了，爬到花千骨的头上，万分激动地看着下面众人，好像众人正在跪拜的是它一般得意扬扬。

钟声末，突然听着下面齐声高呼"恭迎掌门回山"，声同霹雳惊雷，差点没把她吓得从剑上掉下去。花千骨强自稳定心神，姿态还算优雅地缓缓着陆，身边立马有弟子上前扶她。

云隐领她直入万福宫大殿，花千骨望着那高高在上的掌门金座，心想，这次算是豁出去了，兀自端坐在上面，望着从殿内一直绵延到外面整个广场上的密密麻麻的弟子，头还是直发晕。

面前不断来人参见，从茅山的各个师叔长老，到被邀请来参加仪式大典的其他各派宾客，络绎不绝。

花千骨根本就记不住谁是谁，只是笑容僵硬地一一点头问好。

甚至没有时间休息片刻，接下来竟是掌门的正式接任仪式。花千骨有点无措地望着云隐，他只是安慰地对她笑。

面前弟子手捧一个空的金盘跪在花千骨面前，花千骨傻在那里不知道怎么办，就听到糖宝在耳中道："把宫羽放到金盘里。"

她连忙从怀中取了来，打开包裹着的手绢，把小小的羽毛放在盘里。

受羽仪式由茅山目前辈分最高的胡子白花花的道长主持，花千骨根据糖宝提示，一切倒也没出什么纰漏。之后，她就算是正式的茅山掌门了。

再接下来是茅山的祭天大典，主要是为了祭奠之前惨死的那些茅山弟子。花千骨照着糖宝和云隐的指示忙了整整一个下午，大典才算举行完毕。她都快要虚脱了，肚子也饿得不行。

云隐把她引至内殿去休息，面色甚喜，似是没想到她小小年纪，却能如此沉着镇定地应对如此大的场面，而且举止言谈都甚为得体。

因为很早就知道新任掌门是个十二岁的小娃娃，还拜在长留门下，茅山众人都忧心忡忡。今天一见，花千骨虽然只是个孩子，瘦小却不娇弱，眉间自有一股坚忍和气魄。而且，身上挂的竟然是长留上仙白子画的随身佩剑，显然尊上对她十分重视。整个仙界一向以长留为尊，以白子画为首，既然有上仙在背后为小掌门撑腰，那不管花千骨到底怎么样，众人心里都踏实不少。

望着满桌子饭菜，花千骨差点没扑上去，可是念在有弟子在，仍是矜持有礼地坐在桌前。直到云隐把众人都打发下去，这才和糖宝两个狼吞虎咽地大吃起来。

她一边吃，云隐一边在一旁报告她这几天需要打理的事务。花千骨暗自叹息，原来做掌门人如此不容易，长留山比茅山更大，弟子更多，尊上一定更加辛苦吧？

事情太多，未等云隐说完，花千骨已吃饱趴在桌上睡着。长留山饮食一贯清淡，她好久没吃这么丰盛的一顿了。云隐想把她抱到床上去睡，又觉得有失体统，于是念咒搬运，然后温柔地给她盖上被子。

糖宝则大肚朝天地在盘子里睡着了，云隐拎了片生菜叶，把它从头到尾整个给盖住，然后让人撤了饭菜，也回去休息了。这半年来，他真是快要累死了。然而这都不算什么，最让他难过和无法接受的，是云翳。

第二天一大早，听见有人敲门。

"进来。"花千骨也不管自己依旧衣冠不整，从床上坐起来。云隐看着头发蓬松、睡眼惺忪的花千骨，眼睛眯起，忍住笑意。

"掌门，昨夜睡得可还好？"

"挺好的，嘿嘿，我还做梦了，梦到林随意来谢我。"

"林随意？他师父已经把他的尸骨收殓回崂山了。"

花千骨坐到床边正准备穿靴子，云隐却突然单腿跪了下去，把花千骨的白色小靴子拿在了手里。

花千骨顿时有点慌了，她还从没被人这么伺候过，而且还是个成年男子，心不由得怦怦乱跳，又不好拒绝，只能伸出脚去，让他温柔地替自己穿上靴子、绑好带子，然后又接过他递上的早已准备好的毛巾擦脸。

"要弟子为你梳头么？"

"谢谢，不用了，我可以自己来。"

云隐立在一旁，看花千骨动手梳了两个歪歪扭扭的发髻，不由得眼中更多了几分笑意。

平常在长留山都是轻水帮她梳的，她本就不太会打理自己，贤妻良母型的轻水从头到尾散发着伟大的母爱光辉，总是替她张罗好一切。

"还是弟子来吧。"云隐突然从她手里拿走梳子，花千骨微微嘟起嘴巴，看看铜镜中的自己，的确是手艺不精啊。只见云隐修长的手指滑过发间，不一会儿就梳了个可爱的包子头，还解下系纱帐的两根粉色缎带替她扎上。

"真好看！"花千骨心里乐滋滋的。

"肚子饿了吧，早餐是在房间里吃还是到外面吃？"

"房间里就好。"

"弟子的莲藕清粥做得很不错，掌门要不要尝一尝？"

"好！"

花千骨在镜子前面玩着自己的头发。不到半炷香时间，就见云隐又回来了，脸色比之前苍白不少。

"好快啊!"花千骨看看他手上,呜呜呜,我的早餐呢?

云隐似乎忘了之前的一回事情似的,看着花千骨,面上闪过一丝诧异,然后立马低下头去。

"弟子找掌门有点急事,请掌门马上跟弟子来。"

花千骨心下奇怪,跟了出去,末了回过头指指睡得正香的糖宝道:"要不要叫上糖宝,如果要和众长老议事什么的,它可以给我提个醒。"

"不用。"云隐看看桌上的盘子,皱起眉头,似有些不解,神色匆匆地转身走出去。

花千骨连忙跟了上去,只见云隐从殿后小路一直走出了万福宫,竟是要下山的姿态。

"我们这是要去哪儿啊?"花千骨望了望周围,发现一路下来,居然一个弟子也没有遇上。

"是要紧事,掌门请勿多问。"云隐走得飞快,却又不见他御剑。

花千骨望了望周边,已经下了大茅峰了:"不远处就是林随意的墓了吧!"

云隐愣了愣,嗯了一声。

"云隐,明日你差人把他的尸骨送回崂山吧。"

"好。"

云隐快速行了几步,却发现花千骨站住不动了。

"你不是云隐,你是谁?"

面前的"云隐"面露惊异,眯起眼睛:"你说我是谁?不是云隐,还能是谁?"

花千骨皱起眉头,突然想起什么,不可思议地望着他:"你是云翳?为什么和云隐长得一模一样?"

云翳的面色瞬间犹如寒冰,冷笑道:"不愧是茅山新任掌门。你怎么知道我是云翳?又怎么知道我没有易容?"

花千骨摇了摇头:"第一,茅山有了前车之鉴,防卫方面下足了功夫,各种阵法布了一重又一重,外人根本就不可能进出内殿如入无人之境,并对后殿到后山间的一些秘密小道了若指掌,所以身为茅山弟子却成了叛徒的你是最有可能的一个;第二,茅山顶上施的咒法,只要有人用法术,立刻就可以探知,所以你也不可能用法术变作云隐的样子而又完全不被发觉,除非你的法术真的非常厉害,当然,从你不敢御剑下山，就知道你道行不够，而再高超的易容术都不可能做到天衣无缝，更不可能做到动作神态跟本人一模一样，只有跟云隐一起长久生活过的你最有可能。我观察了半天，在你脸上找不到半点易容的痕迹或是闻到药水的味道，迟迟没有办法肯定你是不是真的云隐，所以才出言一试。难道，你们俩真的长得一模一样？"

云翳的面色更加铁青，他可以摆脱那张丑陋的脸，却永远没办法摆脱那张跟云隐长得一模一样的脸！

花千骨看他神情扭曲可怖，感觉自己猜中了，心下不由得发寒。她也没想到，云翳居然真的和云隐长得一模一样，可为什么呢？最大的可能性就是他们不光是师兄弟，也是孪生兄弟！

"既然你已经认出来了，也应该知道自己逃不掉了。乖乖跟我走，否则别怪我不客气！"花千骨看着云翳把手指放进嘴里轻轻一咬，一滴血落了下来。

花千骨听见腰间的断念剧烈地颤动了起来，发出尖锐的啸声。

只见云翳从流血的口子里用力一抽，一根血吸虫一样粗细的红色细线被他从指尖抽了出来。

花千骨倒吸一口凉气，连忙右手一挥，断念脱鞘而出，顺着她指的方向朝云翳攻了过去。

完了，她的御剑术本就不怎么样，头一回实战就遇上强敌，糖宝也不在身边，这下死定了！她左右躲闪着不停地攻向自己的红线，那分明就是云翳用鲜血凝成并且控制的，仿佛有生命一般，只是忌惮断念的威力，不太敢向前。突然云翳又从另外几个手指指尖抽出更多的血丝，几条一起将剑柄牢牢缠住。花千骨御不了剑，手掌结印，扔了一团球状火焰出去，云翳冷笑着躲过。

"原来茅山掌门就只有这么点能耐！"

几条血线像鞭子一样毫不留情地在花千骨脸上抽出几道血痕，然后将她牢牢缚住。

花千骨快要不能呼吸了，大脑中飞速想着挣脱的方法。正当她焦急万分之时，那几道血丝线却被人用气隔空削作几段，落到地上，化作一摊血水。

云翳大惊失色，第一个反应却不是转身，而是从怀里拿出一个面具戴上。

他本以为是云隐和茅山的弟子杀到了，抬头一看，远处天外飞仙一般落在树巅上的却是一紫衣飘飞的人儿。待看清楚那人的相貌，云翳和花千骨都不由得怔在了那里，好半天一动不动。

那是怎样一张宛若天人、颠倒众生的脸，几乎超脱了人世间的一切色相，早已无法再让人用语言去描绘和勾画。

满头瀑布一般的紫发在空中漫舞飘飞，犹若在空中张开了一张紫色的巨大帘幕。白皙的肌肤在阳光下近似透明，隐隐露出的漂亮锁骨划出优美的曲线。眉间有一点殷红色的如花般妖冶的印记，血红的眸子亮得无邪而通透，就是漫天繁星也会黯然失色。

"是云翳啊，我这次又来晚了一步么？"

花千骨失神地看着那人，完全忘了自己正身处危难之中。竟有连声音都那么好听的人哪，她本以为，尊上已经是她见过最好看的人了。

云翳的眉毛几乎纠结作一团，竟突然扑通一下跪倒在地，面露惊恐，用密语传音跟那人说了些什么，然后突然就遁地消失了。

花千骨呆坐在地上，见那紫衣人儿优雅地飞下树梢，莲步轻移，翩翩而来，轻纱随风摇曳，似梦似幻，令人望之神魂俱销。待走到花千骨跟前，那人似乎也有些愣神，嘴里喃喃说了句什么。

花千骨没听清，怔怔痴望，被那美丽人儿眼中瞬间笼罩的暮霭打湿了心。但只是转瞬间，对方就又恢复了笑语嫣然的模样。

"你这小不点儿就是新任的茅山掌门？"

那人俯望着她，似是觉得她的包子头很可爱有趣，忍不住伸手戳了戳。

"别担心啦，快起来，坏人被我吓跑了。"那人檀口微启，轻轻一笑，一排玉齿清晰可见。

"姐姐，你……好漂亮，就是胸小了一点。"花千骨傻傻地望着他。

那人睁大眼睛瞪着她，突然又反应过来什么似的忍不住笑了起来，绝色撩人。花千骨拼命抑制住想要滔滔向外奔流的鼻血。

"真的漂亮么？有多漂亮？"

"比我见过的所有仙女都要漂亮！"

"真的？"那人不由得喜形于色，"你都见过哪些？"

"参加群仙宴的仙女我都见过……没有一个姐姐有你一半好看！"花千骨舍不得移转视线，看着那人认真地说。

那人得意至极，生平最喜欢听人赞他美了，却没有谁拍马屁拍得像花千骨这样让他舒坦的。都能误会他为姐姐，可见自己在她心里有多美。

"想不到你这小嘴还挺甜的。"他掐掐她的小脸，也懒得向她纠正自己其实是个男的，姐姐就姐姐吧，听她叫着还挺顺耳。

"谢谢姐姐救我！"花千骨对他拜了拜，不然自己这个掌门登位第一天，就被坏人给抓走了，那还得了？云隐一定都急坏了吧，她得赶快回去才行。

可是，这个姐姐到底是何方神圣，竟然强大到只露个面就把云翳给吓走了？

"请问姐姐高姓大名？"

"我叫杀阡陌，我知道你叫花千骨，对吧？现任的茅山掌门小不点儿。"

花千骨觉得杀阡陌这个名字好耳熟，咬着指头想啊想，突然想起群仙宴上说的一统妖魔二界的魔君好像便是——杀阡陌！

花千骨瞪大眼睛望着他，看他的容貌和神态，她一开始还以为是神仙，可是居然是魔界的妖人？！那他来这里的目的应该和云翳一样，只是为了抓自己咯？搞了半天，自己刚出狼窝又入虎口啊！

杀阡陌望着她笑，眼睛弯成极好看的月牙儿："你知道我是谁吧？我是魔界中人，小不点儿，你怕不怕我？"

花千骨在他倾城一笑下，差点没晕倒，只觉得整个身子和心都要被他红宝石般的眸子给吸进去了。她在他身上只感觉到温暖和清香，没有半点妖气和杀气，若非要说妖的话，那也是他长相太美的缘故。怎么看都不像坏人哪，坏人会有生得这么好看么？

花千骨摸摸脑袋，老实说道："不怕，姐姐想要把我绑去哪儿？"

这样一个人，死在他手中都会让人觉得是种幸福。

杀阡陌眼中光芒更甚："你没听过姐姐的恶名么？真的不怕？"

"姐姐不像坏人，姐姐很温柔。"

杀阡陌轻叹一口气："这世上还真没有谁说不怕我，而且还说我温柔的。"

除了……

花千骨见他眸中突然蓄满哀伤，竟忍不住有种冲动想要伸手抚他的眉头。

"我君临二界，收集神器，放妖神出世，是势在必行。虽然正邪有别，但是也还算恩怨分明。百年前我欠清虚道长一个人情，上次闭关太久，单春秋他们擅作主张屠了茅山满门，我没能救他，这是我的过错。所以这次一得知消息，马上赶来救你，也算是我的一点儿补偿。你放心，我已训斥过云翳了，从今往后，他们不会再打你的主意了。"

花千骨任由他白皙的手握住，傻傻地点头。

"你肯信我？"

"信。"

杀阡陌欣喜地将她拥入怀中，这孩子，太好骗了，怎么能就这样随随便便信了陌生人呢？呵呵，还好自己是好人，而且是好人中的美人，美人中的极品。

"疼么？"杀阡陌看着她小脸上那一道道血痕，心里直骂云翳一点都不会怜香惜玉，下回见到他非抽他两根筋出来打陀螺。

"不疼。"花千骨对他贴自己如此之近有些不适应，微微往后退了些。

杀阡陌右手凝气，发出微微紫光，轻轻从花千骨面上抚过，伤痕瞬间抚平消失。然后又掀起花千骨两边衣袖，从她臂上一一抚过，替她疗伤。

"还有哪儿么？"

"没了，没了。"花千骨连忙放下衣袖道，虽然腰间、腿上都还有很深的勒痕，但是怎么可以随便让人摸，就算同样是女的。

杀阡陌笑盈盈地挥挥手，断念剑从远处地上飞了回来，自动插入花千骨腰间的剑鞘中，杀阡陌待到看清楚，猛然一惊。

"断念剑？"

杀阡陌伸手便要再次拔出，未等碰到，竟一个大意被弹出去老远，跟跄几步站稳身子，嘴里骂道："他奶奶的白子画！"

"姐姐，你没事吧？"花千骨不明白发生了什么。

"这剑从何而来？这明明是白子画的随身佩剑，上次交战时他居然用此剑划伤了我的脸，好久都愈合不了，差点毁了我惊天动地的花容月貌，害得我闯天宫又下东海地到处偷灵药。"

"是尊上送给我的。"

"白子画把这剑送你了？我当初问他借流光琴来玩玩时，怎么就没见他这么大方，还差点刺我一身窟窿眼儿。这世上哪个见我不被迷得晕头转向，偏偏只有他，连怜香惜玉都不懂！我不管，你把断念扔地上，我要使劲踩几脚，以消我心头之恨！"

花千骨呵呵笑道："那流光琴如此要紧，尊上怎么会随便借人呢？"

"哼，传言流光琴不管弹什么都是天籁，我才跑去跟他借，我说借就是借，肯定会还的，又不是跟他抢。没想到，他和其他派的臭道士、老秃驴一个德行，死都不肯给我……我不管，我就要踩两脚。"

花千骨可不敢让他折辱了白子画的佩剑，连忙一副很生气的模样，使劲打了那剑两下："姐姐长得那么漂亮，你怎么舍得弄伤她的脸呢？罚你回去不准套剑鞘，裸着身子到太阳下面晒着去，非把你晒黑了，以消姐姐心头之气！看你下回还敢不敢！"

杀阡陌见她认真地跟那剑说话的模样，扑哧就笑了出来，无奈地挥挥手："算了算了，我大人有大量，下次找白子画算账去，才不跟一把小破剑一般见识呢！小不点儿，你跟白子画什么关系，他干吗那么大方地把断念剑送你？"

"我上次群仙宴后就跟着尊上拜入长留山了，尊上怕我这次出来遇见危险，特意让我带出来防身的。"

"算他考虑得周全，只是这云隐也太笨了，茅山也不吃一堑长一智，这么轻易就让云翳混进山去。"

"这不能怪他，云翳和他长得一模一样，对茅山又了如指掌，要混进去太容易了。"

"一模一样？难道两人其实是兄弟？"杀阡陌虽然治好了云翳的脸，但是并未见过云隐。

"有可能，但是云隐没有提过，一会儿问问他好了。我一定要加倍努力，不能总靠别人来救我、保护我。"花千骨紧紧握住手中的剑。

"断念灵气太强，也只有白子画压得住它，怎么肯听你一个小不点儿御使，所以根本没办法发挥出威力来。你要慢慢与其沟通磨合，只有自身力量足够强大的时候，它才会真正地把你当作主人。现在它对你而言，只算得上是一块高级废铁。"

正说着，断念在鞘中不满地发出嗡嗡声。

杀阡陌看了看山上："茅山派的人快到了，姐姐要走了。第一次见面，就先送你个见面礼吧。"说着，用力一掰，硬生生地把自己左手小指给掰断了。

花千骨吓得捂住嘴巴，连忙冲上去替他止血。

"呵呵，别怕，小不点儿。"正说着，那掰下来的半截优美纤细的小指上的皮肉迅速地融化蒸发，最后只剩下一小截可爱的白色骨头。紧接着杀阡陌拔下一根自己的紫色头发。他刚刚掰断小指连眉头都不皱一下，拔根头发却把他心疼得要命。

他把头发从骨头缝里穿了过去，然后系好挂在花千骨的脖子上。

"这个是姐姐身体的一部分，戴着它，这样小不点儿不论在哪儿姐姐都知道。遇到危险的时候把它吹响。姐姐就会尽快赶去救你，知道吗？"

花千骨早就吓傻了，心疼地看着他的左手小指，只见上面一滴血也没有流，迅速地又长出森森白骨还有皮肉，很快便恢复如初。

杀阡陌拍拍花千骨的头："瞎担心什么，姐姐可厉害了！好了，我得走了，不想跟云隐他们起正面冲突。等我抢了下一件神器，忙完了就去长留山找你玩。"

说着，杀阡陌抱起花千骨，在她脸上使劲亲了一下，嘿嘿笑着，转了个圈人就不见了。他心里直偷着乐，做人姐姐就是有这个好处啊，可以变着法儿地随便调戏她。

花千骨看着胸前那截所谓的可爱的小骨头，满头黑线，这礼物也实在是太特别了吧，虽说她叫千骨，也不能就送她真的人骨头吧，还让她放在嘴里当哨了吹，她才不要呢！

她拽了拽那头发，好结实啊，应该不会断的。

天水滴、勾玉、小指骨头，这年头，怎么人人都喜欢送人挂坠啊？她的脖子上都快挂满了！

没过多久，果见云隐带着一班弟子风驰电掣般赶到，看到花千骨没事，大松一口气，跪地请求责罚。只见花千骨一脸控诉，可怜巴巴地瞪着云隐。

"我的莲藕清粥在哪儿？我都快饿死了。"

回到万福宫，花千骨狼吞虎咽，一言不发地吃着早餐。云隐在一旁擦汗，一面解释自己本来去厨房，后来发现异动追了上去，却没想到被调虎离山。之后被几个妖魔缠住，迟迟脱不了身。等赶回来的时候，才发现花千骨不见了，问睡得傻乎乎的糖宝，它又一问三不知。

花千骨吃得七八分饱了，这才缓一口气，把被云翳带下山，后来又被杀阡陌所救之事说给他听。

听到云翳竟然和自己长得一模一样，云隐大惊失色。

"怎么会呢？师弟和我并无血缘关系，到了茅山之后才认识，那时他容貌已被毁，不得不以面具示人，怎会跟我长得一样？"

"对啊，很奇怪是吧，你回去问问伯父，是不是那个年轻的时候……啊？"

"不可能，青州梦家代代单传。"

"那就不得而知了，你回去有机会好好调查一下。如果云翳再用你的面目有所行动，那真是防不胜防。"

"弟子知道，只是那个杀阡陌，请掌门日后务必不要再与其有任何牵连。"

"为什么？姐姐救了我啊！"

"姐……姐姐？"云隐一头雾水，突然明白花千骨定是见杀阡陌太美，把他当作女的了，不由得暗自好笑，却也觉得没必要跟她详加解释。

"我们是仙，他是魔，正邪不两立。身为茅山掌门，若是跟妖魔勾结不清，定会落人话柄。特别是掌门回山后，长留门规更加森严，绝对不能与妖魔有所往来，而且他上次妄图抢夺流光琴，跟长留结下不小的梁子。妖魔一心想放妖神出世，他这次救下掌门，说不定别有用心！"

"姐姐不像坏人。"听云隐那么说，花千骨没敢继续说杀阡陌还把小指头掰断了送给自己做礼物。

"掌门，你还太小，好人坏人不是光看外表的，那杀阡陌虽然长得美艳不可方物，但是心狠手辣有如毒蝎，凡是得罪过他的、轻慢过他的，全被他以非人的手段折磨得求生不能求死不得。他做事仅凭性子，没个章法，别说是仙人，就是妖魔见到他，也忌惮三分。总之，掌门以后尽量不要跟他有任何牵扯就是了。"

"哦……"花千骨微微嘟起嘴巴，可姐姐对她真是好啊，"我什么时候可以回长留山？"

"这么快就想回去了么？多留几天不行么？"云隐看着她小小的包子头，很想摸摸安慰安慰她，知道她刚刚肯定是受惊了，却不敢犯上。刚才快把他急疯了，若她真被妖魔掳走了，他真不知如何向白子画交代，向茅山弟子交代。

"我怕落下太多课业赶不上，离仙剑大会的时间不多了。"

"仙剑大会么？到时候茅山也会派门人参加，弟子会来给掌门加油的。"

"啊？不会吧？"原来整个仙界都会派人参加？那岂不是会更丢人？

"这样可好？掌门在茅山多留几日，弟子会尽快把茅山道法有系统、有条理地教授给你。身为茅山掌门，一点茅山法术都不会也不行啊！"

"呵呵，我在修习的，清虚道长留了本心法秘籍给我，糖宝在教我练。等我回长留山，秘籍你就好好收着。另外还有一本《六界全书》，我请尊上代为保管，因为事关重大，等局势稳定点我再取回来。"

"全听掌门安排。"

"呃，云隐，我们也差不多挺熟了，没有外人在的话，你就叫我千骨吧，掌门掌门的，好别扭啊！"

"千骨……"云隐望着她微笑点头。

这半年来，云隐只觉得肩头压力好大，有些不堪重负，茅山遭此大难，云字辈、清字辈的弟子死伤惨重，剩下可担大局的寥寥无几。而造成这一切的，竟是他多年来最信赖、感情最好的师弟，让他怎么能相信？他时常怕辜负了师父的一番期望，使茅山百年基业毁于自己手中。这次见了花千骨，就安心多了。

花千骨办妥各种事务之后，又在茅山多留了十多日，茅山和那些一心修仙、提高自身法力的门派不同，注重的是实战能力，所以常常让弟子入世历练，捉鬼降妖。这些天在云隐的督促和教导下，花千骨的御剑能力和对五行的掌握都有了明显的提高。

这夜云隐一直到花千骨就寝才离开，糖宝偷偷摸摸地爬到累得晕晕乎乎只想倒头就睡的花千骨脸上："骨头骨头，快别睡了，爹爹来了，我们去见爹爹！"

花千骨依稀循着上次云翳带自己走过的那条小路出去，不知为何心跳得如此之快。只是出去见个朋友，又不是偷偷摸摸跟情人私会，干吗那么紧张啊？真是……

山上夜来风大，更深露重，四周又漆黑一片，花千骨脚底有些打滑，后悔慌张出门，没有多披件袍子。

糖宝趴在她头顶上，兴奋地四处张望，身上发出荧光，虽然微弱，竟然能照出好远，倒也勉强能看清楚前方的路。花千骨无奈地笑笑，她不知道糖宝原来竟是如此多功能的，还能当灯笼用。

一直下了大茅峰，又到了上次她见杀阡陌的那地方，仍然不见东方彧卿的身影。

"在哪儿呢，糖宝？"

"往前，应该就在这附近。"

花千骨走进密林，看见上次轩辕朗被吊着的那棵大树，回忆起当时他狼狈无比却依然盛气凌人的模样，突然有点好笑。一转眼就是半年，也不知道他怎么样了，人又在何方，有没有来茅山找过自己。

失神中，猛然撞进一个人怀里，然后被对方紧紧搂住。

糖宝连忙蒙住眼睛，却又贼笑着从缝隙里偷看。哦耶，爹爹和娘亲抱抱了。

花千骨闻到一股淡雅的墨香，看着那身月白的衫子，未等抬头，知道必是东方彧卿无疑。一时窘迫，想要推开，却被他紧紧环住抽不开身。

"东方……"

"骨头，我好想你。"

突然听他又激动又深情又落寞地说了一句，声音温柔如水，怎么都化不开去，和初时赖皮非要娶她的模样完全不同，花千骨有些反应不过来，只好任由他抱着。

其实她心里也是很想他的，毕竟她生命里接触过的对她好的人并不多。而且老是有糖宝在耳边爹爹长、爹爹短地念叨着，她想不想到他都难。

这是除了爹之外，第一次有人这么亲近地抱着她，当然尊上接住从天上掉下来的她那次不算啦。东方彧卿的怀抱很温暖，和尊上冷冰冰的感觉不同，那样踏实和舒服，让这么久以来都疲惫不堪的她好想安心地趴在他怀里睡一觉。

"爹爹！"糖宝开心地叫着，张开小脚要东方彧卿抱，不要只和骨头娘亲亲热热不理它啊！

东方彧卿伸出一只手去，把它捧到眼前亲了亲。

"乖孩子，好好听娘亲的话了么？"

"嗯！"糖宝抱住他的拇指亲昵地蹭来蹭去。

"你怎么会来啊？"花千骨仰头望着他，依旧是充满淡雅书生气的一张脸，每每一笑起来整个世界都被颠覆掩埋，让人眼中只剩下他温柔的笑颜。

哼，岂有此理，自己明明这半年长高很多的，怎么还是差他这么远？

东方彧卿低头看着她，见她比半年前面色好了许多，身上总缠绕的黑色污秽气息也都没了，大而圆的明亮眼睛望着他，小小的唇微微嘟着。看她换回女孩装扮，而且还扎了两个可爱的包子头，东方彧卿忍不住伸手去把玩，故意把她的头发揉乱了。

"干吗不说话啊？你怎么会来？还这么晚跑来，你一介书生，要是路上碰到危险怎么办？就算没有强盗打劫，这山上虎啊狼啊的，伤了你怎么办？"

东方彧卿笑道："别说是区区茅山，只要是为了见你，刀山火海我也愿意闯。"

花千骨连忙低下头去，最讨厌看到他笑了，一笑她就被勾得丢了魂似的，连他老爱说的那些乱七八糟、不着边际的甜言蜜语也都忍不住信以为真。

"别开玩笑了，我在和你说真的！你一个人跑到这儿来很危险，最近茅山附近有很多妖魔，你赶快回去！"

东方彧卿一脸委屈："半年不见，你都不说想我，一见面就要赶我走啊？"

花千骨低头道："没有啊，见到你我很开心。"

东方彧卿欣慰一笑，声音又变得温柔凝重起来："你们走后，糖宝一直有跟我联系，它一说你们要回茅山，我就尽快处理完事情往这里赶了。也多亏你出了长留来这儿，我才有机会见到你们，不然还真有点麻烦，入长留可比不上茅山，况且我的身份有诸多不便。我本该早点去看你，这半年来你一个人在长留拜师学艺，一定吃了不少苦。糖宝一直跟我说你的状况，所以我才一直安心让你待在那里。若是你哪一日不愿意再留在那儿了，你就跟糖宝说，我会亲自去带你回来。知道么？"

"放心吧，我在长留很开心，一点都不苦，我还学会很多东西，以后遇见老虎啊强盗啊妖魔啊什么的，你都可以不用怕了，我会保护你的！"

东方彧卿看着花千骨不自觉地握紧佩剑，心头一惊，断念剑？面色顿时有些凝重，眼神变得复杂而深邃。

花千骨不解地望着他，东方到底有多少个面目是她所不知的呢？温柔的他，赖皮的他，古板的他，笨拙的他，博学的他，睿智的他，深沉的他，甜言蜜语的他……到底哪个才是真实的呢？

花千骨虽然心里有许多疑惑，可是并没有觉得不安，也没有开口询问。他身上就是有让人宁静和信赖的力量，他的关怀和爱护都让她感觉真实和温暖，情不自禁地依赖他、信任他，不论他究竟是谁。

"东方，你那么聪明，为什么不修仙呢？你修仙一定会非常厉害的！"

"做人有何不好，生老病死，能更多体验人世悲苦，否则活着跟行尸走肉何异？修仙又如何？不过把生生世世换成了永生永世罢了。"

花千骨从未见过东方彧卿有如此轻嘲悲观的神色，竟不由得有些难过。

但下一秒，他轻叹一口气，又恢复了本来面目似的笑道："等你学有所成，就赶快回来跟我拜堂成亲吧！哈哈！"

"成亲吧成亲吧！"糖宝开心地在东方彧卿的掌心里扭来扭去。

花千骨已经习惯和无视他的小赖皮了，望天道："不知道我能不能得偿所愿，拜尊上为师哪。"她知道这个目标对自己来说或许太高了点，但是没试过就永远也不会知道结果。

"你连夜赶来一定很累了吧？其实我还要在茅山再待几天，糖宝没跟你说么？你可以不用赶那么急的。"

"我想早点见到你啊！"东方彧卿靠着大树坐下，把花千骨搂在怀里，脱下衣服把她裹住。

花千骨很自然地背靠着他的胸膛，啊呜打了个哈欠，她真的好困哪。

"你是怎么和糖宝联系的啊？"

"我赠了一只会飞的纸鹤给你啊，它可以用来送信。不过，出入长留山的结界比较麻烦，所以你们离开长留山之后，糖宝才传信给我。"

"原来是这样，上回在昆仑山，它还救了我跟糖宝呢，我们差点被怪鸟给吃掉了。"

东方彧卿笑了起来："等我再研究改良一下，到时候我们就能随时互通音讯了。"

"嗯，好。"

一片漆黑的密林中，花千骨慢慢在东方彧卿怀里睡着了，糖宝也慢慢在东方彧卿掌心里睡着了。

东方彧卿看着她和糖宝天真可爱得一塌糊涂的睡颜，莞尔一笑，空荡寂寥的心感受到一丝从未有过的温暖。只是他冷眼旁观、枉顾生死，麻木得太久，以至于忘记了这种感觉是不是叫作幸福。

第二天清晨，花千骨在他怀里醒来，一睁眼就看见东方彧卿含笑望着自己，心跳乱了几拍，慌忙从他身上跳起来，伸伸懒腰。

"压着你了么？昨晚没睡好吧？胳膊腿疼么？是不是麻了？我扶你起来。"

"没事，你轻得像片小羽毛一样。"东方彧卿依旧望着她，今日一别的话，再见就真不知道要多久之后了。到那时，或许已是物是人非。

"我得回去了，不然云隐去找我，发现我不见了，会着急的。"

"嗯。"东方彧卿点头，眼中满是伤感。

"你要好好读书哦，你那么博学多才，一定可以高中状元的！"

东方彧卿忍不住失笑："糖宝，爹爹走了，好好照顾娘亲，有什么事一定要及时跟爹爹说，要听娘亲的话。"

糖宝抱住东方彧卿，哭得稀里哗啦，不肯放："糖宝舍不得爹爹，糖宝不要爹爹走！"

花千骨哭笑不得，把它拎下来放在肩上。东方彧卿摸摸糖宝，又摸摸花千骨的头，把很多鸡毛蒜皮的事又交代嘱咐了一遍，什么要好好吃饭、睡觉不要踢被子啊，磨蹭了半天，这才转身离开。

花千骨依依不舍地看着他的背影，一直到望不见了，这才黯然回去。糖宝哭着哭着又趴在她耳朵里睡着了。花千骨斜着脑袋晃了晃，一只手捂住耳朵，指间开条小缝让耳朵里的水都流出来，糖宝在里面滚了几滚，依旧睡得跟猪一样。

回到房间，还好云隐还没过来，可能觉得花千骨白天练得太拼命，身体过于劳累，想让她多睡一会儿。虽然有别的弟子服侍，可云隐总是无论什么都要亲力亲为，大到主持众议小到花千骨的衣食住行，无不打点得妥妥当当。

花千骨脱了外套钻进被窝里，突然觉得这青丝媚软的，竟丝毫比不上东方或卿的怀抱来得温暖舒适。

终于到了回长留山的日子，花千骨已经正式继任掌门之位，不同来时那般低调，为免路上出意外，云隐还有七名茅山弟子一同护卫她前行。

此时，花千骨御剑比之前已经不知道熟练了多少，道行法力也更加精进。一想到马上就要回到长留了，心中更是喜悦和兴奋。

一路上倒也太平，如今茅山守护的神器被夺，比起其他各派来，反而要安全了许多。

望见海上的长留仙山时，她说不出是什么感觉。落十一正等在结界外，见了他们一行九人，连忙将他们迎了进去。糖宝开心地爬到他肩头，跟他说着一路上好玩的事。

知道落十一先要领他们去见尊上，花千骨有些紧张无措。到了大殿，白子画依旧冰凉淡漠，简单地问了几句回去后的情况。

云隐倒是说得详细，连花千骨被掳、云翳与自己长得一模一样都交代得清清楚楚，还嘱咐以后若有和自己一模一样的人要入长留，没出示证明身份的物件就切莫相信。

因为怕在外耽搁的时间太久，茅山无人执掌再生事端，云隐几人匆匆拜别。白子画也不留，仍让落十一送他们出去。

大殿里突然空落落的，只余下她和白子画二人，花千骨心怦怦直跳，连忙躬身便要拜退。

白子画慢慢从座上走了下来，打量着花千骨的包子头，嘴角微微扬起。

"看来茅山这一趟你进步不少，断念用着可还顺手？若是它实在不听使唤，我再命人重新为你打造一把。"

"多谢尊上，我很喜欢断念，也慢慢能够御使它了。"

"喜欢？喜欢并不是什么好事情，此剑虽有灵性不是死物，但剑终归只是剑，身外之物，若有了感情，不能很好发挥剑应有的作用事小，对敌时成为牵绊则事大。"

"可是若没有感情，又如何和剑心灵相通，融为一体呢？岂不是更没办法发挥它的威力么？"

"小骨，你须知道，修仙最忌七情六欲，多少人都是为情念所困，道行无法再有更多的提升。虽说如今仙界和人界几乎没太大区分，得道成仙之人爱恋婚配也属平常，但是未成仙的弟子还是不许妄动凡心。这长留山之所以设三殿，就是警诫所有弟子要绝贪、绝欲、绝情。你若不明白这一点，永远没办法修成真身。"

白子画沉思了片刻，又道："你命中带煞且犯桃花，总是衰运连连，而且会不断给身边的人带来不幸。感情这种事，对你也好对他人也好，只能是负累。你需要做到心中只有大爱，没有私情。对剑也好，对人也好，都万万不可有执念。我赠你断念，一是因为它能帮到你，二也是提醒你要时刻记着绝情断念。你须知道，不论你手中拿的是什么，断念也好，普通的剑也好，兵器也好，草木也好，都不重要，重要的是人，是你的选择和能力。小骨，等有一日，万物苍生你都能够等同视之，没有执念，没有牵绊，没有爱恨，那时候你就能真正地摆脱注定的宿命，你可明白？"

花千骨懵懂地点点头，看着白子画似乎看破一切镜花水月、穿透虚幻未来的眼神，心中不由得一荡。

白子画轻叹一口气，转身背对她道："小骨，众神并没有消亡，谁掌握了自己的命运，谁就是神。但是神只做自己该做的事，而不是想做的事。"

那做神还有什么意思？花千骨本来想问，可还是没敢开口。她还是第一次听尊上说那么多话，可是能听懂的没几句，只能暗暗记在心里。

"好了，你退下吧，回去好好休息。"

"是，弟子告退。"

花千骨刚走出几步，又听白子画道："慢着。"转过头，猛然看见白子画站在自己面前扬起手来，中指指腹往自己额头上一印，心中一惊，慌忙退后几步。

"毕竟还只是刚入门没多久的弟子，这个茅山掌门信印还是先隐去的好。离仙剑大会只有三个多月，你须好好准备，若有何不懂的，就多请教十一或者清流。"

"弟子知道，谢谢尊上。"

花千骨直接回了亥殿寝室，轻水还在上课，糖宝也跟着落十一送云隐他们去了，还没回来。花千骨坐在梳妆镜前打量着自己的包子头，心中凉飕飕的一片。

一开始尊上把随身佩剑赠予自己，自己心中自然别提有多欢喜了。现在看来，哪怕贵重如断念，尊上朝夕带在身边，对他而言，也从未跟其他任何剑有什么差别，也并不是什么特别珍视之物。所以别说是送人，就是随手扔了，心里怕是也不会觉得有丝毫可惜吧。

这不能说是情薄，尊上根本从来都是无情之人。和他随手可扔的断念一样，自己在他眼中，是不是也跟其他任何弟子没有任何差别呢？

所以，得更加努力！为能够成为他的徒弟而努力！哪怕，自己之后在他眼中，只有一丁点和别人不一样。

十二 仙剑大会

之后的几个月里，花千骨更加拼命了。那奋不顾身的架势常常把糖宝吓到，却又拦不住她，只能日日夜夜在她身边守着，心疼得不得了。

花千骨日渐和断念有了默契，御剑飞行和躲避防守基本上已经不成问题，最薄弱的地方还是五行术，所以攻击力很弱。因为怕引起麻烦，一般白天她都不把断念带在身上，只有晚上的时候才在林中练习。

知道霓漫天爱找自己的碴儿，花千骨尽量少出风头避开她。为了练习五行术，她甚至忍着被桃翁刁难、火夕欺负，一个个找他们请教。

一转眼，马上就要到仙剑大会了。在落十一的实战课上，几个班分组比试御剑。最后淘汰剩下来的八个人里，霓漫天和花千骨分为一组。

这是霓漫天和花千骨两人第一次正面冲突，轻水在一旁干着急，落十一却兴致盎然地想看看花千骨凭这么久努力的成果能不能和霓漫天比上一比。

花千骨知道这也算是仙剑大会的预演和排练，而霓漫天是她目前最大的障碍，如果自己胜不过她，凭霓漫天的家世背景还有仙资，自己根本就没资格跟她争。

花千骨立在海轩木剑上，在空中左闪右躲着霓漫天凌厉的招式，明明只是同门切磋，她却下手又快又狠，毫不留情。

霓漫天擅长水系法术，空气中的水汽不断被她凝结成冰凌，暗器一般向花千骨激射而来。花千骨仗着御剑术小有所成，拼命闪躲，抓住她攻击的间隙给予回击。

你来我往，两人竟打了半个时辰还没有分出胜负。

霓漫天法术虽强，花千骨却不停躲闪，拖着她打持久战。霓漫天毕竟身娇肉贵，不像花千骨吃尽了苦头，慢慢气力耗尽，速度慢下来许多。

花千骨趁机反攻，同样用冰把她从剑上打了下去，然后凝神结印，飞快生长的巨木如箱子一样密密实实地把她牢牢封在了里面，任她火攻水淹，万般踢打，就是出不来。

朔风在一旁看了好笑，看来仙剑大会上决战的，会是他和花千骨了。

花千骨心道，平时受她那么多气，吃了她那么多苦头，本来想把她多困会儿的，可是毕竟同门，又不想跟她结下太深的怨恨，于是很快把她放了出来。

霓漫天气得脸都青了，看见落十一一脸赞许地看着花千骨，更是恨得咬牙切齿。她无论如何都没料到，小小一个花千骨，法力精进得竟然如此之快，果然成为她拜尊上为师的最大祸患。早知道便早点将她除了，若在仙剑大会上如此丢人的话，有何面目见她爹娘！

霓漫天心中怨念一波强过一波，手中的海轩木剑竟被她硬生生折断。

"轻水，仙剑大会是什么样的啊？"花千骨躺在床上睡不着，再过两日便是仙剑大会了，这几日，长留山上来了好多人，各门各派的掌门还有弟子，几大殿全部住满了，好不热闹。花千骨是又激动又焦躁。

"我也不知道啊，我又没参加过。"轻水坐在床头，就着夜明珠的光亮替糖宝做着它仙剑大会上要穿的小衣服。糖宝趴在一旁桌上自己的小房子里，手里抱着落十一给它的一个绿色弹球滚来滚去。

"不过应该挺简单的，不就是比武大会么，听说所有弟子都必须在空中比试，不能落地，谁先落地谁就输了。"

"是各个门派的都对打么？"

"长留的弟子占了大多数，其他门派一般都只派出几人。新入门的弟子分为一组比试，拜过师了的是另外一组。不用担心，和你们对打的也都是些新入门没多久的，不会有多厉害。十一师兄他们也会有比试，听说去年就是十一师兄拿的第一。"

"那新人的那一组呢，去年谁第一？"

"去年是世尊的弟子尹上飘，再前几年好像是舞青萝，再早些年好像是火夕，世尊和儒尊的几个弟子，都是新人组的魁首。"

花千骨心里颤了颤，自己有没有把握拿下第一，有没有资格做尊上的徒弟呢？

"今年新人组竞争很激烈，像甲班的朔风、霓漫天、云端，都是夺魁的热门人选，因为世尊老念叨，所以传说今年尊上收徒的可能性比较大。"

"难怪。糖宝，长留山拜师是怎么拜啊？是谁胜了谁就有资格选拜在谁门下么？"

糖宝尝试着爬到球上去，屡次失败后再次从球上滚了下来："怎么可能？天底下只有师父选徒弟，哪儿有徒弟选师父的？当然是由师父先选啦，所以就算比试不能赢，若能展现出自己优秀的一面，也不愁没有师父会看上你。师父选完了自己中意的，然后没被挑上的弟子再尝试向自己钦佩的人拜师，若仍被拒绝，就只能由书香阁统一分配了。"

"想要收徒弟有什么条件没有？"

"当然有，只有宫花及以上级别的才可以收徒弟，宫带和宫铃都不可以。师父级别高，徒弟自然也就相应有地位，所以拜个好师父很重要。"

轻水喃喃着："大家都抢着想做十一师兄还有火夕他们的徒弟，我要是能拜清流做师父就心满意足了。"

"啊？轻水，你不觉得清流他一天醉醺醺的，没有一点为人师表的样子么？"花千骨无奈，清流人是挺好的，就是一天里有一半时间都是醉着的。拜这样的师父，岂不是每天教自己耍醉拳么？不过，和他在一起很轻松又很开心，不用多顾及什么，好像朋友一样。拜尊上做师父太难，拜十一师兄又太多是非，拜火夕说不定要被压榨，可能和清流每天相处是最开心的了吧？轻水倒也想得通透。

夜里大概睡了一两个时辰，虽然很困，花千骨依然坚持着爬了起来，跟往常一样去林中苦练。看糖宝睡得正香，便懒得叫它起来，它本就嗜睡，却要日日夜夜陪着她，也真难为它了。

外面漆黑一片，花千骨出了门，直接从亥殿最高层轻轻跃了下去，虽然她的法力还没达到御风而飞的程度，却也能一起一纵间飞速地在林上穿越行走。

很快到了平日里练剑的密林深处那片空地，只见一个人彩衣飞舞，负手立于树上，正是霓漫天。

"听说，你总是夜里一个人在这儿练剑？怪不得进步那么快呢，真是笨鸟先飞啊……"

花千骨心道不妙，霓漫天眉间杀气重重，怕是来者不善，心里思忖着还是不要起正面冲突为妙，能跑快跑。

只见霓漫天慢慢抽出腰中佩剑，寒光凛冽，映衬着脸上诡异的笑容，竟如同鬼魅一般妖冶。

仙剑大会从几千年前长留建派没多久就开始举行了，一开始不过是本着同门各支之间切磋交流的原意，十年举行一次。到了后来，弟子越来越多，又缩短到五年。而妖神即将出世，妖魔鬼魅当道，寥寥众仙根本抵挡不住，于是各门各派都开始大力招收普通弟子。原先为了修行存在的仙派，已变作了速成的神仙进修班。而教导出来的弟子，一个个也不过光有些道法皮毛，根本连半仙都称不上，真正得道的人更少。但是凭借一己之力，除魔卫道，倒也效果显著。

而这仙剑大会，近些年来也由五年一次缩短到每一年便有一次，并且除了原来的本派弟子，其他派的也可以参加。

参加弟子分为两个组，已拜师的和未拜师的。而拜过师同时又开府收徒的，例如狐青丘、火夕等，则不能再参加。

长留山看似上下齐心，浑然一体，但是三殿九阁，上有三尊，下有九大长老，体系庞杂，支派别立。三尊执掌长留时间还短，不过几百年，单是之上辈分的长老，除开不在山中外出仙游的，就有不下四十人。每年都有许多新来的弟子，各个拜的都是不同的师父，修炼的是不同系别的法术，因而分立成不少的支派。

火夕和舞青萝实在无聊，收了徒弟觉得好玩，调教了几天却又觉得麻烦，再不愿意多收。三尊之中，笙箫默慵懒，自是懒得多收弟子；摩严要掌管派中大小事务，事无巨细，都得一一过目，幸得落十一帮他，仍是忙得不可开交，不愿再多收徒；而白子画就更别说了，虽有摩严在耳边唠叨了百余年收徒的事，依然是不为所动。

所以，三尊直系门下弟子少之又少，想要拜师难如登天，大部分都是拜在德高望重的长老的各辈徒弟下面。

而这仙剑大会，未拜师弟子人人都有资格参加，除非自己已经觅到良师，懒得出这个风头，可以自动弃权。而已拜师弟子的那一组暗地里风起云涌，争得你死我活。

因加入了外派弟子参赛，输赢就事关本派的名誉。再者，就算都是本门弟子相斗，因支派间相互敌视，各自派来参赛的也必定都是徒弟中的翘楚，以给自己面上增光。

仙剑大会的场地分在五个地方，四下平坦的草地上、密林中、比武大殿、长留后山坐观峰的活火山口旁，还有大海之上。

比试不能超出划定的场地范围，无论是哪个地点，都不许落地。比赛场地由抽签随机安排。因为五个场地分别各占了五行的天时地利，若是木系修行得好的，而场地刚好是在密林中，自然大占便宜，以此类推。

因为人数太多，仙剑大会一共要进行十天，五个场地同时进行，由五位平日不在山中的德高望重的长老作为仲裁。两组比赛皆采取淘汰制，抽签决定比赛选手。拜过师一组的若是往年十六强，直接进入种子选手行列。新人组的，甲乙丙丁班的前四名直接进入种子选手行列。

也就是说，花千骨若要进入决赛，必须要连赢将近十场的比试。

糖宝默默对天祈祷，希望这近一年来她的勤奋与辛苦，能够得到回报。只见花千骨从早上出门一直脸色苍白，默默不语，以为她是太过紧张，便在耳朵里讲着笑话逗她开心。

轻水兴奋无比地到处东张西望，几千名长留弟子，再加上其他门派的那些人，所有的人都聚集到长留最大的广场上，密密麻麻全是人，壮观的景象可想而知。而天空中，不时划过红的、紫的、绿的光线，一道道彩色的剑芒交织在一起，仿佛漫天的彩虹一般，煞是好看。那些都是刚到的各派的弟子或来观战的仙人。

花千骨能认出来的，在群仙宴上见过的就有好几个。

她突然瞥见霓漫天的身影飞上半空，往那边来人处开心地迎了上去。定睛一看，来的一行人里，为首的一中年男子，身骑金狮，刀眉鹰鼻，双目如电，好不威武。身边踏着七彩祥云的妇人，端庄美艳，笑容温婉可亲。来人正是蓬莱仙岛的掌门，霓千丈和苏蕊夫妇，也是霓漫天的双亲。

霓漫天在爹娘怀里撒了半天的娇，霓千丈门下的那些弟子想必都是极宠着霓漫天的，久未见她，也都纷纷围着她嘘寒问暖。

花千骨望着霓漫天欢喜的笑颜，心中多了几分酸楚。若是她的爹娘还在人世，别说是独自出来求道访仙，就是让她当皇帝她也不要做。她只要能够常伴他们膝下，多尽几分孝道，让他们多享受几日天伦之乐。

蓬莱和长留皆是海上仙山、仙家中的名门大派。蓬莱岛此番却特将独女送来长留修行，两派世代交好之心可见一斑。毕竟相隔不远，蓬莱实力稍弱，霓千丈之下的弟子中又没有特别优秀强劲的，如若妖魔来犯，最能仰仗的还是长留。

两派关系向来不错，霓漫天拜入长留门下是有点联姻性质的外交手段。长留为大局着想，将霓漫天收为三尊直系弟子也无可厚非。何况前有尹上飘，她便是天山掌门的玄孙女，去年的第一，拿到还是使了些手段的。可是毕竟世道如此，也难怪各大派纷纷向长留攀附。

空中飘浮着众多的草蒲，派中长老和其他各派的众仙等都坐于上面，等待着长留仙剑大会之前的大典和仪式。

大殿中洪亮的钟声响起，就是海上千里之外都能听得清清楚楚。花千骨站在癸班的队列里，仰起头来，看着三尊分别从三大殿飞掠而下，衣袂飘飘地降在高高的法坛之上。风采之盛，在场众人无不仰止。

花千骨站在人群中，觉得自己好小好小，好像连尘埃都不如，身子微微轻晃了一下，尊上，她怕是永远都只能这么在低处远远凝望着他了。

仪式之后是隆重的盛宴，下午时分，抽签决定的榜单已经全部都贴示出来。

轻水开心地晃着花千骨："太好了，我们两个如果能顺利晋级的话，要到最后才会遇上霓漫天和朔风。不过在我们对上之前，我就被朔风淘汰了，哈哈，千骨，加油！我们一定要进入十六强！"

清流不知道什么时候走到癸班队伍前面，很难得地穿得很正式，也没有丝毫醉态，怕是被谁训斥过了，不敢在外人前丢了长留的颜面。

"都准备好了没？要努力啊，不要丢了癸班的脸，你们都是最棒的！把甲班的给我打趴下！"

班上顿时群情激奋，个个摩拳擦掌。

花千骨无奈地望天，看来他还是喝醉了。

"千骨，怎么样？你没事吧？"

"没事，我会加油的！我下午的比赛在海上，我先过去咯！轻水，你也要加油！糖宝，你是跟我走呢，还是去看十一师兄？"

"当然跟骨头走，十一师兄直接进，下下一轮的都不用比。"

"哼，那要是我和他得同时比呢？你给谁加油啊？"

"嘿嘿，当然是给骨头娘亲啦，十一师兄都不用我加油，肯定赢！"

花千骨这才作罢，告别了轻水和清流他们，径直往场地去了。

虽然仙剑大会严禁参赛弟子相互恶意伤害，更不允许有人以两败俱伤的法术以死相拼，一旦出现危急情况，仲裁的长老会立即制止，但是毕竟刀剑无眼，特别是新入门的弟子还无法很好地控制自己的力量，拿捏不住分寸，意外出现伤亡总是在所难免。

花千骨先看了两场比试，轮到自己上场的时候，难免还是有点紧张。但因水系是尊上所属，自己学得分外用心，再加上清流又教得很好，所以还是比较擅长。只是完全陌生的剑在脚下用起来还不太习惯，飞行的途中重心微微有些不稳。第一场对的是王屋山门下弟子，三十出头的一个男子，想是见第一战对的是个小娃娃，心中太过轻敌，花千骨倒也赢得轻松。

她慢慢从半空中飞下，深喘了几口气。糖宝骑在一只海鸥身上，飞到她旁边。

"骨头，你太棒啦！但是出招比平时慢了些，露出许多破绽，幸好只是碰上个半吊子，若是碰上厉害的对手就有危险了，你下次比试一定要注意啊！"

"嗯，知道了！"

突然听见旁边响起拍手声，花千骨抬头一看，竟是几个月未见的云隐，心下不由得一阵欢喜。

"弟子来迟，掌门恕罪，恭喜掌门赢下第一场，看来这几个月进步不小啊！"

花千骨笑道："我还以为你们不来了，茅山一切可都还好？"

"一切平安，这次还有两个弟子也来参加大会，不料途中遇到一些事给耽搁了，不知还来不来得及，我让他们先去比赛场地了，比完再过来找我们。刚刚以你的身手来看，若是运气好，没遇着强敌，应该可以杀入前十。"

"嗯。"花千骨用力地点了点头。

果不其然，接下来的几天，花千骨一路过五关斩六将，杀到了八强。但越到后面越吃力，毕竟到后面高手更多，几战下来，消耗了太多的法力和体力。

八强里，长留占了五位，除了花千骨、霓漫天、朔风、云端之外，还有乙班的佳渊，另外三位分别是括苍山、齐云山和玉浊峰的弟子。茅山的两名弟子仅进了三十二强就被淘汰了，不然要是跟掌门对上，还真不知道怎么打。

花千骨若是能再赢玉浊峰的弟子一场，进入四强，便可能要对上霓漫天，能走到这一步已经相当不容易了。可她终归力量有限，拼尽全力在火山战胜了玉浊峰的那个弟子，自己也已元气大伤。

不过霓漫天的情况同样也好不到哪里去，几天下来，精疲力竭，全靠夜里霓千丈给她源源不断地输入内力，才能一直在比试中保持旺盛的精力。

仙剑大会最后一日，两组四强的比试。因为观战人数太多，场地全部移到了大海之上。连之前几天很少露面的三尊和九大长老都飘浮在高处观看最终胜利者的决出，比赛一结束，马上就是长留的拜师典礼，所以几乎所有人都在场。

第一场比试的，便是花千骨和霓漫天。

轻水、云隐还有清流都在她身边为她助阵，糖宝穿着红艳艳的小裙子扭啊扭的，手中还拿了两朵花，当拉拉队跳着舞给她加油。

落十一站在世尊身边大老远望着，背转身轻轻咳了几声。

"不舒服？"

"回师父，弟子没事。"

"没事就好，这是你最后一次参加仙剑大会，今年你便要开府收徒了。尹上飘拜师才一年，修为未够，勉强进了个十六强，你切勿丢了你师父和整个长留的脸，定要把那个第一给我拿回来，怎么也不能落到长留以外的人手里。"

"弟子知道。"

摩严冷哼一声，看着马上要对战的花千骨和霓漫天二人："这两名弟子你应该都熟悉，你说，哪个会胜啊？"

"回师父，之前是花千骨胜过，不过连日交战，现在二人均已疲惫。这比试考速度、道行、法力，到了后面最主要的还是考毅力，一面要凝神聚气御剑在空中飞行躲避，一面还要分心打斗，谁的综合能力最好，谁就最有可能获胜。不过到底鹿死谁手，还未能知。"

"师弟，你说呢？"摩严突然转头，问一旁的白子画。

白子画面无表情，看着下面半空中热闹的局面，好半天才道："师兄想要谁胜？"

没等摩严回答，笙箫默在一旁插嘴笑道："大师兄当然是想霓漫天胜啦！到时候长留和蓬莱两派会更加交好。"

摩严不置可否，突然又道："师弟，你看霓漫天这孩子资质如何？"

"甚好。"白子画点头,眼睛看的却是花千骨,微微皱起眉头,心里隐隐觉得有点奇怪。

"你今年仍是不打算收徒么?掌门首徒之位,毕竟不宜空缺太久。"

"今年或许会收吧。"先看过这场再说,不知道这个孩子努力到哪种程度了。

笙箫默道:"大师兄,你想让二师兄收霓漫天做徒弟么?"

未料摩严摇了摇头,手指着在一旁观战的朔风道:"他,才是最合适的人选。"

笙箫默和一旁的落十一立刻明了地点了点头,白子画却好像没听见一样。

火夕和舞青萝在一旁激动得坐不住了,他们为了霓漫天和花千骨这一架,下了好大的注。火夕赌霓漫天赢,舞青萝赌的是花千骨赢,两个人争得不可开交,谁输了,就一次输掉十张心愿券。

他们平时总打这样那样的赌,签心愿券抵数。有了一张心愿券,就可以命令对方做任何一件事情。若是谁一下子赢了十张,有十次虐待整蛊对方的机会,那还不闹翻天。火夕就有一次被舞青萝命令去偷看摩严洗澡,回来报告他身上有几条伤疤,当时被吓得连命都没了。他宁愿舞青萝直接让他去死,也比看见世尊那恐怖的脸要强。

终于,比试要开始了,绿光一闪,花千骨身剑合一,面色苍白飞到半空,下面是蔚蓝的滔滔波浪。海风很大,吹得她有点冷。霓漫天的父母在一旁跟她叮嘱半天,她终于也飞到了花千骨面前。

周围的人都吃了一惊,因为霓漫天手中有剑,脚下却无剑。刚入门没拜过师的弟子就能直接御风而行,是相当厉害的。刚一出场,花千骨就明显处于下风。

霓漫天握着手中如冰的薄剑,仔细看来看去,然后轻轻往上面呵了口气。

"怎么样?我的碧落滋味可还好?这次,再好好让你尝尝?"

花千骨胸口一阵闷痛,身子一晃,面色更加苍白。

落十一这才看清楚,花千骨脚下的剑,竟然不是她上次去茅山时尊上赠她的断念,而只是一把很普通的剑。心下不由得焦急,傻瓜,硬拼的话本就不是霓漫天的对手,为什么还不用断念呢?转头看向白子画,只见他依旧面无表情,似是没看到一般。

四周上上下下全是人,海天之间,明明辽阔无比,可是她们的比试,却不能超过半空中四道围墙一样的红色屏护所框划出来的范围。一旦超过，或者掉落海面，便是输了。

三尊在上，花千骨深吸一口气，她几乎能从千百人中，立刻分辨出哪一道才是尊上的目光。可是，她今天，怕是要让他失望了。

她没有用断念剑，其实打从一开始，她就没打算用它。尊上把剑给她，是希望她能够用它来保护自己，而不是用来炫耀，或者拿到这大会上来展示剑的威力和尊上对她的恩宠。

她作为一个普通的弟子，首先根本就没资格用那把佩剑，拿出来怕只会给尊上带来麻烦。尊上说得对，如果自己的能力真的够强，用什么剑又有什么区别？

霓漫天也没有把握赢，才会故意在那天夜里重创自己。不过毕竟怕事后被追究，既不能伤她性命，又要做得不留痕迹。

那碧落剑，是蓬莱最厉害的仙剑之一，里面蕴藏着无尽的灵力，剑气逼人，十丈之内皆可伤人于无形。外面不留下一丝伤口，就可将人的心肺完全绞碎。而散发的剑气还将持剑者环绕其中，旁人根本无法靠近。此剑杀伤力太大，戾气太重，剑下太多阴魂始终不能散去，所以一直作为蓬莱的镇派之宝藏于剑阁之中。

因为霓漫天临近参加仙剑大会，霓千丈爱女求胜心切，特意差人送了来。

前场比试，因为怕还不能很好地驾驭，意外伤到对手，且用平时佩剑也能取胜，便一直没有现于人前。此番一出，却是故意冲着花千骨，要拼个死活。

花千骨之前被碧落剑气所伤，心肺皆有裂口，几乎不能行气，面上却始终强装无事，拼命应战，元气和体力巨大消耗的同时，伤势也是越来越重。花千骨虽然深知自己再硬战下去会有性命之忧，而想要胜过霓漫天更加没有可能，却无论如何也不甘心不战而败。虽心知若是用断念，或许可以和碧落搏上一搏，却无论如何也不愿给尊上惹来麻烦，仍是固执地用着清流赠她的平常佩剑。

落十一思忖半晌，明白了她的心思，不由得叹息，这孩子如此之小，为何行事总要想得如此周全？

比试开始，只听到海涛和剑气破空之声。霓漫天气势逼人，衣袂飘飞，剑随身走，碧落青光如电，幻化出无数朵绚丽的剑花，将花千骨完全笼罩。

四周的人都看出碧落剑的厉害，心不由得悬了起来，生怕霓漫天一个拿捏不好，比试中会有什么严重的伤亡。本来修仙，法器与宝剑都是极为重要的，可能一些人花一生时间，也修炼不出一把好剑，而得到好的法宝，想要收为己用，也不是一朝一夕的事。

花千骨步步后退，御剑技术虽已是一流，却仍是行得艰险万分，稍有不慎，可能就会被剑击中。

霓漫天不想别人说她全是仰仗好剑取胜，故而也不催发剑气，使的也是平日里师尊课上所授的"九曲回山"中的第一曲，此招花哨多于实用，舞起来分外好看，观战的男弟子一阵惊叹，犹如看见仙女下凡。

霓漫天有心托大，花千骨却仍是守来吃力，手中无剑，于是将海水化作两道冰凌，犹若双剑在手，心中虽万般沮丧，比赛正式开始，神情却也变得镇静而专注。她不慌不忙地看着霓漫天炫目迷眼的剑花，抓住一个漏洞，左手一招"仙人指路"，却是铺垫与虚晃，右手简单的一招"风吹叶落"，去势看似平常，却将霓漫天右路牢牢锁住。左手冰剑又飞快地激射而出，直指霓漫天左上方空当，几招连接得天衣无缝，浑然天成。霓漫天也不是弱角，立马封住身前空门，身子在半空中迅速地转了一圈，冰剑被她左手的火焰瞬间融化成水。

花千骨利用这个间隙，不等霓漫天回神，手一挥，下面的海水顷刻变作无数细小冰珠，从下方向霓漫天射来，右手冰剑如滔滔江水绵延而至。

霓漫天全都一一化解开来，心中煞是惊异，花千骨如此重的内伤，竟还可催动如此多的真气。两人在半空中过了数百招，花千骨虽明显居于下风，然而机警和略带搏命的打法，让霓漫天不得不心中很有几分忌惮。

花千骨本就有几分牛脾气，若是此时不顾一切要报上次的仇，自己可和她耗不起。她大可两败俱伤，没有什么好在乎的，自己身娇肉贵，自然不能跟她等同而论。而且下面还有一场决赛，定是迎战朔风，虽然爹爹不知道使了什么手段，信誓旦旦地保证她只要赢了花千骨，对战朔风肯定取胜，但自己还是得保存实力，不能在她的身上耗费太多。

但是御剑的同时还要御风毕竟损耗极大，再这么僵持下去，就算是自己，真气也定难以为继。她还就真不信了，花千骨难道是钢筋铁骨的料，受了如此重的伤，竟然还可以厉害到这种程度？

霓漫天想着也顾不了这么许多，只想快些结束战斗，于是加紧催动体内真气，默念剑诀。碧落顿时绿光大现，将她整个包裹其中，而剑尖上流淌而出的剑气，竟如绿色丝带一般在空中飘舞，扫过之处，不留一物。

花千骨默叹一口气，此时竟然停在半空抬起头来看了看三尊所在，心中默念口诀，依着天水滴的力量，周身显现出一个八卦阵般的屏护，希望借此多多少少来阻挡碧落的剑气。

霓漫天一声冷哼，手中剑光亮到顶点，简直不能以目逼视。隔着老远，剑剑指向花千骨。花千骨在漫天飞舞的绿带中左躲右闪，发出的无论是火焰还是冰刀均被剑气消融，近不了霓漫天身。

已经逼至极限，花千骨一口真气提不上来，闪避不急，剑气直扫左臂，若不是有屏护护身，怕是整只手都废了，如今却也是没办法再动。

云隐只觉得心快跳到嗓子眼了，双拳紧握。他只知道若是花千骨一旦有什么闪失，他可管不了什么长留山比试的规矩，定要把掌门给救下来。

四下里是一片弟子为霓漫天叫好的声音。糖宝躲进轻水怀里，捂眼不敢再看。

花千骨知道自己远攻肯定不行，只能近取，凝神聚气，腰腹用力，足尖轻点，在飞剑上使劲一弹，竟离开剑身，身体灵活地在空中翻了几转，绕过剑气，更让过斩来的剑，快到不可思议，瞬间便来到霓漫天的眼前。

霓漫天大惊失色，连忙抬手用剑便刺。花千骨默念心诀，空气骤然收压，把霓漫天周身的绿色防护挤压至最小，然后整个人不顾来剑，扑了上去。

轻水、糖宝等人一声尖叫，只见碧落剑整个从花千骨左腹穿了过去，一遇上花千骨的血，顿时绿光大弱。花千骨却咬着牙似乎没感觉到疼痛一般又往前进了一步，碧落吃进身体更深，几乎没柄。

霓漫天整个人都呆住了，只见花千骨整个人都已经搭在自己身上。还没等反应过来，就感觉身子一阵冰冷，花千骨竟凝化自己流出的鲜血结为细长冰凌，整个从霓漫天的腹部也穿了过去。

霓漫天在空中踉跄退了几步，她何曾吃过如此大亏，受过如此重的伤，左手一掌直击花千骨肩头，手中碧落未等拔出，便随花千骨身子坠了下去。

四周之人都傻了，仲裁长老见二人如此不要命的对战形式，刚要摇动暂停的铃铛，摩严却挥手制止，继续冷冷地看着下面事态的发展。

云隐吓得魂都没了，刚要一飞而上接住下坠的花千骨，却被清流止住。

只见花千骨在空中一直坠落，却强撑着神志保持清醒，心中催动剑诀，眼看就要掉到海面上，刚刚舍去的那把佩剑适时地托住了她。

花千骨半倚在剑上，费力地站立起来，怕霓漫天趁机又来攻。腹上仍插着的碧落，却在花千骨的血液下逐渐磨灭了剑气，绿光越来越淡。

霓漫天在半空中面目痛苦而狰狞，似是不相信自己已经做到这个地步，依旧被她所伤，不顾一切地向她反扑而来，用的却是蓬莱岛的招法。

花千骨一开始不敢拔出碧落剑，怕真气同血液一起流泻得太厉害，但已经根本没有任何力量再使用五行术应战，只好咬牙把剑从自己身体里硬生生拔了出来，疼得身体一直抽搐。

她随手点了自己几个止血的穴位，竟也只有手拿着碧落应战霓漫天，仓促中使出的却是一手一流的茅山剑法。

摩严冷哼一声，明明是长留弟子，战到最后竟然使的都不是本门武功，成何体统？

碧落剑此刻已没了剑气，花千骨以前本就连花草都碰不得，一碰即腐，何况是她的血液。霓漫天他们再怎么也想不到，即使凶灵如碧落，竟然也斗不过花千骨的煞气，只沾了她的血就顷刻成了破铜烂铁。

此刻霓漫天招招迫人，花千骨心肺剧痛，头昏眼花，几乎已失去知觉，仍强撑着那半口气，拼死应战，任凭霓漫天道道冰凌打在身上割裂肌体，鲜血直流。

云隐心中大怒，长留这是比的什么剑？说什么切磋比试，难道非要到一方认输或身死，才叫结束么？

落十一心中既焦急又为难地看看摩严，又看看白子画，只见二人依旧神色冰冷。笙箫默则越看越兴致盎然。

"骨头娘亲，认输吧，我求你了。"花千骨听到糖宝千里传音到自己脑中，已是哭得一塌糊涂。

不行，不要啊，她明明和尊上约好了的，怎么可以输？

可是身体越来越沉重，不听使唤，眼见霓漫天到了眼前，冰凌直直地朝自己右眼插了过来。

她轻叹一口气，躲不过去了。

周围不少人都闭上了眼睛，不敢看这血腥的一幕。仲裁长老、清流、云隐、落十一，连朔风都已经凝神聚气，打算在最后一刻阻止，那便是花千骨输了。

却未想到忽听一声清越的剑啸，远处一道紫光疾飞而来，犹若一条紫龙腾越九天之上。剑光如虹，罡风纵横，剑气凌厉逼人。

顿时整个空中，狂风大作，惊涛骇浪竟然卷了几米高。周围盘坐于半空中、修为较差的弟子，被迎面袭来的惊人剑气逼得差点从半空中掉下去，不由自主地连连踉跄而退，好半天才定住身形。

落十一定睛一看，竟然是断念剑感知主人有危难，挣脱剑鞘自行飞来。不待花千骨御使，便径自击向霓漫天。

霓漫天完全没有防备，只觉得寒风扑面，被凌厉的剑气震得胸口血气翻涌，连连后退，差点掉入海中，好不狼狈。

众人无不大惊失色，落十一心中喜忧参半，没想到花千骨和断念竟然到了人剑合一的地步。

花千骨望着突然出现的断念也是惊疑不定，苦笑一声，鲜血喷口而出。她的体内经脉心肺皆已大伤，真气用尽，若无灵药，怕是活不成了。

手不由得一放，碧落从空中坠下，灵气已失，又无人御使，直接掉落大海中。断念飞入她手中，嗡嗡声不断，像是在担心她的伤势。

花千骨轻抚剑身，眼中是深深的欣慰与无奈，缠绵之态，犹若爱人相依偎。

霓漫天是新入门弟子，平时只有在大典上见过白子画，他带的都是掌门佩剑横霜剑，故而并不认得断念，可是周围众仙和她爹娘都是认得的，四下的议论声立刻此起彼伏。

霓漫天又使出蓬莱二十四路掌法来攻，断念剑光灼灼，将花千骨屏罩其中。霓漫天竟是半点也近不了她身，心中不由得大怒，喝道："躲在剑气中，不敢应战，还不如直接认输好了！"似乎忘了自己起先凭借碧落占了多大的便宜。

花千骨在剑光中拼命调息，发动身体的最后一点余力做最后一搏。手握断念剑，突然忆起那月夜里与尊上一同御剑翱翔的景象，脑中不断幻化出尊上白衣飘飞、翩若惊鸿的出尘身影，轻轻一叹，大脑瞬间无比通透明晰，一股力量仿佛正在喷薄而出。

心未动，剑已出。她仿佛遨游于天外一般，不闻不见周遭任何情景。行云流水一般的剑法从她手下缓缓而出。竟不是茅山剑法，也不是长留剑法，而是她心念所至、即兴自创而来。当下身姿飞舞，剑若飘虹，也依稀感应到断念在微微地震颤，与她相应和。

花千骨只感觉似乎有一滴清流缓缓从剑中注入自己的心肺，流淌进体内，沿着周身经脉慢慢游走。最后脑海中突然响了个惊雷，震得她耳鸣不已。陡然间，五识俱明，百里之内，连海中的每一个浪花、每一声鸥叫、每一句私语、每一个喘息，都听得清清楚楚。

落十一、云隐等人在上皆是喜形于色，都没想到花千骨在这紧要关头，居然修为大进一层。过了大劫，进入破望。

花千骨自己也很是吃惊，据《六界全书》记载，修仙有几个阶段，分别是初识、聆音、破望、观微、勘心、登堂、舍归、造化、飞升。

看来再接再厉，不久的将来她就可以观微了！

霓千丈和苏蕊夫妇面上渐露愁容，似是没想到花千骨竟然成为女儿的最大阻碍。

舞青萝心下松一口气，笑望着火夕道："这回你可是要输了。"

火夕抹一把汗，似是没想到这场比试竟然会如此凶险。千骨不愧是他的宠物啊，果然没让他失望。输吧，输吧，这一场输了也开心。不过依然嘴硬道："哼，两人几乎都真气用尽，鹿死谁手还不一定，我们等着瞧！"

霓漫天自然也瞧出了花千骨剑法的玄秘和她修为的突然大进，心中更加着急。默念剑诀，又把霓千丈和苏蕊的佩剑给招了去。双剑在手，无奈终归力量有限，无法很好御使，只能当作一般兵器来用，拼了命地使上毕生所学和花千骨过了数十招。

霓漫天自幼修习各派剑法，集百家所长，无奈花千骨现在用的剑法飘逸如仙又难以捉摸，她连见都没见过。幸好花千骨真气用尽，只有剑式，几乎没有什么力量，但是断念自身之威，已是她难以抵挡。

如此在众人前，又使不得什么诈，如今只能拖着花千骨打持久战。花千骨的伤势如此之重，若要再强撑下去，就不信她不死于自己剑下。

想罢，霓漫天退到断念剑气之外的位置，靠着五行术法从远处攻击，忽上忽下，左右飞驰，花千骨始终碰不着她。

花千骨感觉到力量一点点从身体里流失，身体动作太大，血也止不住地重新不断往外渗出。眼前都是朦胧白光，只隐约能看见霓漫天模糊的身影。

她真的快要撑不住了，再这样下去，她输定了。况且就算赢了这一场，下一场也不可能胜得过朔风。

眼前浮现出白子画清和的目光，心下黯然道，尊上，此生看来和你无缘，小骨不能做你的徒儿了。

说着，默念剑诀，断念离手，带着排山倒海之势向霓漫天攻了去，却怕伤她性命只擦过她身子，打飞了她手中双剑。

还未等霓漫天反应过来，就见一个身子猛扑向自己。霓漫天几乎也是气力用尽，御风十分困难，突然身体受到猛击，一时间也失去平衡，竟被花千骨拖拽着，一起往海面掉了下去。

此刻，花千骨已经失去了知觉。海水突然浸没整个身体，倒灌入她的嘴里和耳朵里，身体慢慢坠向蔚蓝的海底，手却始终紧紧抓住霓漫天不肯放开，然后终于陷入一片永夜之中。

清流和云隐以及蓬莱几个弟子立刻潜入水下，将她们两人救上岸分了开来。

四下众人唏嘘不已，都没想到一个四强赛，竟斗得如此激烈凶狠。

医药阁的人迅速上前救治。轻水等人急得团团转，清流和云隐则轮番地给花千骨输入真气与内力。幸好云隐带了茅山的返死丹，才勉强护住花千骨的心脉。可是花千骨伤得太重，直到两个时辰后才醒。

花千骨在轻水的怀抱里费力地坐了起来，看着周围众多关爱的眼神，勉强挤出一个笑容。说的第一句话却是："谁赢了？"

看到众人皆不语，低下头去，便知道从空中一起坠落，是自己先触到的海面。血气上涌，一口血便要喷出，却被她硬生生咽了回去。

苦笑一声。天意如此，夫复何如？

十三 拜师大典

以前爹爹常教导她一句话，叫"天道酬勤"。可是原来命中注定的事，仅靠自己努力是根本改变不了的。花千骨心中的酸涩和苦楚到了极点，她对不起云隐、落十一、清流、舞青萝他们的悉心帮助和教导，更对不起尊上。

"骨头，你已经尽力了，别难过。"糖宝亲亲她的耳垂，细声安慰着。真是吓死它了，它可不管什么拜师不拜师，它只要骨头娘亲没事就好。

伤口的血都止住了，长留医药阁的回复术是极其高明的，但需要调养很长一段时间。一仗下来，花千骨真气枯竭，元气大伤，怕是一年都不能运功行气。

花千骨抬起头，看见对面半空中霓漫天在爹娘的救治下早已醒了过来，趾高气扬，望着自己得意地笑着。她的伤势算不上太严重，只是损耗过多。为了她下场和朔风的比试能够公平进行，故而调整了一下比赛顺序。现在场中进行的是已拜师组的比赛。

花千骨不敢抬头看三尊和众仙，也无心再看场内的比试，只是垂目在云隐的帮助下尽快调息。输就输了，但是至少她要堂堂正正，无须搀扶地从这场地上自己飞回去。

接下来的比赛中，落十一没有悬念地拿了第一。本已受伤颇重的霓漫天在和朔风几个回合的对战之后，竟用双剑将其逼出界限之外，明显是朔风有心放水，众人也心知肚明，却都不说破。

花千骨此时已顾不上去想朔风和霓漫天是不是连成一气，或是达成什么交易。她只想快点回去，再也不想出现在尊上和众人面前。

无奈还是迎来了她此刻最不想参加的拜师大典。

众人都回到长留大殿前，新弟子按仙剑大会名次顺序跪在前面，等待拜师授香草的仪式。花千骨始终低着头一言不发，也不敢抬头去看白子画是什么表情。自己负了二人的一年之约，他一定对自己很失望吧。

"师弟，你来一下，我有话跟你说。"摩严眉头紧皱，入了大殿。白子画迟疑了一下，转身跟了上去。

"那断念剑是怎么回事？"摩严语气严厉。

白子画知他问的定是此事，淡然道："自然是我赠给她的。"

"你……"摩严气急，"那剑不是当初你拜师时，师父传给你的么？你带在身边近千年了，怎么能够随便送人？还是送给一个初入门的不祥之人？"

白子画背转身道："师兄已是得道之人，何必执着于这些身外之物。"

"你……"摩严面色铁青，继而拂袖道，"罢了，罢了，今时今日你是掌门，我说不得你，随你怎么样，只是收徒这事，事关长留基业，无论如何你也草率大意不得。我看，霓漫天和朔风皆仙资过人，你随便挑一个得了。"

白子画不语。

摩严压住火气，语重心长道："我知你不喜欢这些经营客套，我们长留也自然不必看蓬莱脸色行事，你若真看重实力，不愿意收霓漫天为徒，那便选了朔风就是。也省得单独与一个女弟子在绝情殿生活，惹出什么是非闲话，毕竟长留的名誉才是最重要的。但是，你言辞中亦要记得给霓千丈留点薄面才是。"

摩严听到外面钟乐声起，知道典礼开始。

"出去吧，你也不要总是沉着脸，什么话都等我来说，这掌门一职也做了这些年了，我知道你不喜欢，但是在其位谋其政，不要事事都靠我来提醒，我也有分身乏术的时候。"

白子画见摩严眉目中难掩疲惫与无奈，知他太过操劳，他又何尝不明白摩严虽然为人严厉苛刻，行事独断专行，意见也总是和他多有不合，但无一不是为了长留、为了他好。

二人出了大殿，上了高坛，拜师仪式开始。

花千骨与朔风、霓漫天等人跪在前排，心中难受无比。断念剑感受她浮荡难过的心情，也开始微微颤动。刚刚只顾打斗，没时间细想，此时越发疑惑起来，断念剑怎么会无她御使自己飞来。

落十一等人还误以为她和断念早已人剑合一，但是只有她自己知道，她拿到断念时日尚短，想要收归己用岂是一朝一夕之事。何况断念之前的主人是尊上，如今要让它轻易易主，还是个半仙都未成的黄毛小丫头，它岂肯愿意？

莫非……

花千骨猛地抬头，望向白子画，竟是尊上……

想到此，总算是明白了，心中却更加难受地低下头，真想俯拜在他身下，永生不起。何德何能，得他如此恩宠，却仍是负了他满心抬爱。

朔风与云端跪在她两侧，见她身子抖得厉害，以为她伤得太重。

云端道："若是受不住了，就先到一旁歇歇吧。"

"我没事的。"花千骨抬起头来，过了破望之后，虽相隔甚远，但世尊和尊上，还有身边霓千丈及众仙的对话，她现在都能隐约听到。

摩严看着白子画说："掌门师弟，今年你是否要先选一个收作弟子？"

白子画似乎仍在沉思，望天掐指而算，无论多少遍，都是相同的结果，他一时无法抉择："让大家先挑吧。"

摩严点点头挥了挥手，收徒仪式便开始了。其实说来简单，有心开府收徒的，折了坛上香草，递与谁，那人接了便可收归门下了。只是长老辈的几乎都已经不收弟子，收徒的大都是比较年轻的一辈。

不一会儿，云端、隹渊还有其他本门弟子都一一接了师父给的香草。虽有几个可能心里不情愿，但是敢当面拒收的毕竟还是少数。

落十一心中忐忑地等着白子画发话，待他收了朔风或者霓漫天，自己才有资格跟花千骨开口授香草。那个孩子努力到那种程度，依旧天意弄人地输掉了，现在心里一定很难受吧？

不料竟见清流径直到了花千骨面前，手拿一束香草。落十一心中顿时慌了，顾不得许多，连忙从摩严身边走开，顺手从坛上摘了一束香草便奔了过去。

"千骨，做我的徒弟吧？"花千骨低着头望见眼前伸过来的香草，心中一震。抬头望着清流，余光正好望见站在坛上也望向自己这边的白子画，连忙又低下头去。

而轻水在后面见状，也泄气地垂下头去，她已经很努力了，仍只是很勉强地挤进三十二强而已。班导当然不会收她做徒弟啦，虽然她之前好几次明着暗着透露了自己想做他徒弟的意愿，却不知道总是醉醺醺的他听没听明白。

花千骨一动不动地跪在那里，心中乱作一团，一时间竟没了主意。

明明不想拜他为师，可是拒绝的话，清流肯定下不来台去，他还是第一次准备收徒弟，自己怎么好辜负他平时的细心照顾和一番抬爱。而且，自己不能做尊上的徒弟，难道便再也不拜师了么？怎么办……可是她心里，真的只把尊上当作自己的师父啊！

糖宝知她心底所想，怕她又固执地钻了牛角尖，连忙细声劝道："骨头娘亲，还记得我们为什么上茅山又到长留来么？关键还是要靠自己，师父是谁又有什么重要的呢？"

花千骨更加矛盾了，自己到底是为了什么才来长留？可是自己，又是为了什么才这么努力的呢？

当下无法抉择，急火攻心，疼得她快要晕了过去。身旁紧挨着跪着的朔风却在宽大袖袍下突然握住了她的手，纯正的真气源源不断地输入她体内。花千骨顿时清醒了一大半，惊异地转头望着他，他却好像什么也没发生似的继续望着前方。

正在这时，眼前又递过一束香草。花千骨抬头，竟是落十一，更是一个头两个大了。

落十一貌似轻松地道："清流，你可不能跟我争哦，千骨刚来的时候我就已经被先预定好了。"

清流满脸无奈："十一啊，我说你怎么什么都要跟我抢啊？下次喝酒我让你得了，好吧？我那么多年好不容易看上个人，有心想收个徒弟，你就不能成全了我这一回？"

落十一一脸委屈道："我也是第一次收徒弟啊，你比我年长，理应让让我才对。"

清流郁闷了："人家徒弟拜师要比试一下，难道这回我们俩收徒也得比试一下高低，让徒弟来选么？"

糖宝在花千骨耳朵里兴奋地翻滚着："选十一师兄，选十一师兄，骨头娘亲选十一师兄好不好？"

清流立刻道："糖宝，我听见了！你不准打岔！让千骨自己选，你这么偏心，净帮着十一，我以后有好吃的、好玩的再也不给你了！"

糖宝无奈地立刻噤声了。

虽然不是第一次发生师父抢徒弟事件，但主角是落十一、清流，还有方才竟然御使断念剑的花千骨，这就十分有意思了。周围的人都不由得注视着他们，静观事态发展。

霓漫天气得面色发青，虽然爹娘的希冀是她拜尊上为师，但她心中喜欢的是落十一，虽没办法做他的徒弟，却也不想看他收别人做徒弟。没想到落十一竟然想收那丫头，真把她给气死了！

正当两人僵持不下，花千骨左右为难，想要干脆假装昏死过去的时候，突然感觉自己整个身子浮了起来。

怎么回事？四周的人也都退了几步，看她越飞越高，径直往高坛而去。清流匆忙间握住了她的手，花千骨觉得莫名其妙，东张西望，然后回头看着他。

只见落十一眉头紧皱，抓住清流右臂，然后轻轻朝他摇了摇头。

清流虽然心中不甘，但终于还是松开了手。花千骨小小的身子飘过众人头顶，直接向高坛飞去，身上发出一圈银白色的微光。

"师弟！"她听到世尊一声怒斥，还听到霓千丈的一声冷哼，以及下面一石激起千层浪的议论声。心中蓦地一惊，抬头正看到白子画高高地伫立在坛上望着她，而自己正慢慢向他飞去，越来越近。

依旧是那冰冷出尘的一张脸，掌门佩剑上的流苏华丽地流泻一地，平时随意流散的黑缎般长发，此时高束，双目深邃沉敛，更多了几分高贵与威严。白色的衣袂飘舞，像海天上的云花。

花千骨愣住了，面色苍白，仿佛一碰即碎。

身子慢慢飘浮到白子画面前，然后，她看见他慢慢向她伸出了手，手指关节莹白如璧，白皙修长，棱角分明，异常清美。

而她，恍若飞蛾扑火一般，早已忘却尘世的一切，迎了上去，轻轻把自己的小手放在了他的掌心里，飘然落地。

"跪下。"白子画开口，清冷如昔。

没有人可以在那样的目光下不心悦诚服，完全不需要思考般，花千骨膝一弯，轻轻俯叩在了他的脚下，如同面前便是掌控整个世界、掌控她命运的神祇。

两个小小的铃铛递到了她的面前。

"师弟！"摩严喝止道，面上毫无血色，他再怎么也没想到白子画竟然会挑了她。虽说他刚刚也见识了花千骨的实力和努力，但是连他都可以勘破的糟糕命数，白子画又怎么会看不透？

"她，从今日起，便是我长留上仙白子画的徒弟。"白子画淡然道，声音不大，在场近万人却如在耳旁，听得清清楚楚。

根本没有给花千骨选择的机会，连香草这一步都省了，直接授宫铃。在场之人无不大吃一惊，唯有笙箫默摇着扇子笑着，打从断念剑出现的那一刻，他便知道不用比了，师兄收的弟子必定是花千骨。

摩严气急败坏地望着白子画，只见他眼神坚定，心念已决，知道他虽平时事务都不爱过问，但只要做了决定，自己便是无论如何也改变不了他，只好拂袖恨恨作罢。

白子画又望向霓千丈还有周围众仙："诸位可有谁还有异议？"

霓千丈手握成拳，冷道："连断念剑都已传，原来掌门弟子早已内定，还走过场开什么仙剑大会？不过，这本是长留自家门下之事，尊上想收谁就收谁，我们有异议难道有用么？"

白子画点头："当然没用。"

笙箫默当场就笑喷了，二师兄不要总是不苟言笑，却老在关键时刻冷幽默一把，好不好？

花千骨好半天才弄明白到底发生了什么，仍呆傻地跪在那里，觉得一切好像是在做梦。

糖宝在耳朵里高兴得打滚，差点没滚出来，连忙提醒她道："笨骨头，你还在发什么愣啊？赶快接宫铃啊！！"

花千骨连忙双手高举过头，捧过了那两个小铃铛，激动得泪水都快掉下来了。这一切真的不是做梦，尊上真的要收她为徒啊！可是她明明输给霓漫天了啊！无数个疑问充斥脑海中，却知道现在不是提问的时候。

四下的收徒仪式继续进行，落十一和清流都没了兴致，不打算再收徒。轻水一看正是好时机，连忙自己上前跪在了清流的面前。清流知她平时体贴乖巧，转念一想，便也收了。

摩严见事已至此，无法更改，只好圆场道："师弟，霓漫天和朔风资质也不错，你何不此次把前三都一起收归门下？"

霓千丈一听，心中一喜，连忙看向白子画。

白子画半点余地都不留，道："我白子画此生只收一个徒儿。"

花千骨身子一震，大脑一片真空。她到底要如何粉身碎骨，才能报得尊上的厚爱？

霓千丈顿时气得脸色发青，他本就脾气暴躁，此刻见白子画半点颜面都不给他留，甩袖便要退场走人。

摩严连忙拦住他道："掌门师弟事务繁多，怕是弟子多了教导不过来。这么好仙资的弟子，不如收归我门下如何？"

霓千丈这才面色好看一点，他堂堂蓬莱岛的掌上明珠，又不是没人要，何苦送到长留山来受这等闲气？

只听下面霓漫天突然插嘴道："回世尊，弟子也十分荣幸能拜入世尊门下，只是念世尊日夜操劳，不如拜在十一师兄门下，由十一师兄代为教导，不知可否？"

此话一出，落十一和霓千丈等人都愣了，这就等于是拜了世尊做师祖，比起花千骨来，反而低了一个辈分。

摩严点头，然后看着霓千丈征询他的意见。霓千丈不知道女儿葫芦里卖的什么药，但既然是她自己提出的，又是三尊直系门下，便也微微点头。

落十一这边倒是急了，他收徒弟怎么他都没得选，也没人问一下他的意见啊！不过，念到霓漫天虽然骄纵，有些小姐脾气，但是也不失为可造之材，也只有允了。却不知把糖宝气了个半死，好长一段时间都不肯理他。

于是事情便基本上这么定了，朔风和霓漫天一道都拜入了落十一的门下，接下来便是拜师大典。

由于各支派有各支派的不同，往年仪式完成后，真正的拜师都是下去后完成，但是今年因为掌门收了首徒，自然仪式隆重。

花千骨跪在坛前，每一声钟声都敲得她心中更加清明。

白子画手握银杯盏，蘸了几滴弹在她身上。然后又换了弟子呈上来的金杯盏，蘸了几滴弹在花千骨身上，接着又换了琉璃杯盏，弹了几滴，却与上两次不同，见花千骨猛地瑟缩抖动了一下。

花千骨立刻知道那是三生池水，却似乎比上次要疼了一些。

白子画眉头轻皱，也不言语，燃了几炷香，递给花千骨三炷，自己拿三炷。

白子画拂一下白袍，对天而跪。广场上所有弟子，包括世尊、儒尊也跪了下去，宾客则免。

花千骨从未见白子画神情如此庄严肃穆。

"长留列仙在上，弟子白子画，执掌长留两百八十三年，于尘世无寸德，于本派无寸功，今欲收花千骨为本派第一百二十七代弟子。不求她能斩妖除魔，位及仙班，不求她能闻达于世，振兴本门。只求她博爱天下，慈悲众生，堂堂正正，无愧于心。若有行差走错，亦全是弟子教导不力之过。长留列仙见证！"

言罢，俯身几拜，然后上香。

花千骨听他话中之意，心中更加热流涌动，恭恭敬敬在地上叩了几个头，道："长留列仙在上，弟子花千骨，命格异数，厄运缠身，生是不祥之人，承蒙尊上不弃，悉心教导，收我为徒。弟子定会堂堂正正，无愧天地，无愧长留，无愧尊上。今后生为尊生，死为尊死。绝不违抗半句师命。天地为证！"

白子画低头看她，形容身姿都还如此之小，却语意坚决，犹如毒誓。

他轻叹一口气，无论他如何算，都勘不破这个天机。虽知收她为徒必会带来不好的结果，不管是对自己，还是对长留。可是，最终还是收她为徒。既是注定，又何苦去避呢？他就偏不信，他改不了她的宿命。

十四 朝夕相对

仿佛做了一个遥远而悠长的梦，梦中有无数瑰丽而色彩鲜艳的诡异舌头，蛇一样向她吐着鲜红的芯子，滑腻腻又黏湿，在她身上舔着。她的腹部涌出绿色的鲜血，滴在大海里，整个蔚蓝的海洋变成绿色，鱼儿全死了，就像她手中的花儿一样。

无数妖魔鬼怪围着她，扯着她的头、她的四肢，狰狞地笑着，想要将她分尸活吞。然后她被拉扯成几截，头在争抢中掉入尸坑，旁边都是鲜血和内脏。她睁着眼睛看天，上有神仙踩在剑上飞来飞去，各种剑光交织，分外好看。那一身白衣，一尘不染的，分明就是尊上。她想开口求救，可是已经没有脖子、没有嗓子叫不出来。一张恶鬼的脸又出现在她面前，张开血盆大口向她咬了过来。

　　她惊叫一声坐起身子，睁开蒙眬的眼，低低地唤了一声："爹爹，我又做噩梦了。"

　　空荡荡的屋子，没有任何人回应她。

　　沉默地呆坐了良久，这才想起来，爹爹已经不在了，而自己也有能力保护自己，再不用怕那些妖魔鬼怪了。一年间的记忆潮水般奔涌而来，从茅山到昆仑，从昆仑到长留，虽万般艰难，居然也硬挺着走过来了。

　　爹爹，我已达成了你最后的遗愿，还拜了这世上最厉害、最仁慈的神仙做师父，你在地下可以好好安歇了，不用担心我。

　　抬头看着周围陌生的环境，貌似不是自己的卧寝啊？房间很大，却不失雅致，案上的莲瓣琉璃香炉悠然，暗香缭绕。四周陈设十分简单，甚至有点寂寥空旷，床大得过分，下面仿佛万年玄冰一般，躺在上面便是刺骨的冷，难怪她会做噩梦。

　　自己怎么会在这儿的？糖宝又到哪儿去了？心中突然着急起来。跳下床，推开门便往外跑。

　　门外迎面而来的是满庭院的桃花芳菲如雨，不远处的小山在绿光掩映中浓郁如画。突然觉得这景色有些熟悉，可就是想不起来是哪儿。花千骨急奔两步，穿过庭院，眼前是几乎比长留大殿小不了多少的又一座巍峨大殿。整座大殿漆了猹漆，在日光下闪着七彩的鎏光，和长留大殿的金碧辉煌迥然不同。

　　长留山自己已经很熟悉了啊，有这么一个地方么？花千骨加快速度穿过空旷寂寥的大殿。一路上没有人，半个人影都没有，记忆不由得回到初上茅山的时候遇到的恐怖场景，心下不由得有几分发寒。长廊仿佛无限漫长，怎么也走不到头。她心里七上八下，完全一片迷茫。

　　似乎从后殿终于到了最前殿，面前大门非石非玉，高达数十米。花千骨把手往门环上一放，未待用力，大门应手而开。外面光芒大盛，竟是一片海色天光。一阵冷风迎面扑来，而眼前的壮观景象也让花千骨倒抽一口凉气。

　　海天间飘浮着无数小岛，星罗棋布，映衬着红霞漫天，浮光耀眼，就像银河里倒翻了满天星斗。下面是凌空飘浮在海面的长留仙山，而自己身处的小岛竟是绝情殿，远处半空中同样飘浮着的还有贪婪殿和销魂殿。风卷着云不时从身边飞过，仿佛伸手就可以抓到。长留的大殿和十多座偏殿以及阁楼，在崇山掩映下透过云彩看得清清楚楚。海天间一切都变得无比壮阔，无比美妙。

花千骨兴奋地俯瞰着下面，自己终于上到梦寐以求的绝情殿了，却不知道原来从上面看整个长留山是这个样子，和在剑上俯瞰的视角是完全不一样的。

"你醒了。"

突然听到那个熟悉又陌生的声音，花千骨心中猛震一下。抬起头来，竟看见白子画站在最靠边的那块突起的露风石上，俯瞰着长留和天下众生，白衣飘然，仿佛随时都有可能乘风化去。

花千骨的心立马提到了嗓子眼儿，虽然明知道不会，可还是担心他遥远又缥缈的身子一不小心就会往下坠落。

"拜见尊上。"花千骨跪下磕头。

"该改口叫师父了。"

白子画低头看她，声音平淡而清远，简单几个字，花千骨却疑心自己是不是听见了回声。

花千骨面上不由得一红："拜见师父。"

白子画点点头："我知道你有很多问题想问，我千年清修，又总是独自一人，不太习惯言语，你若有什么不懂不明，只管问我便是，日后也是一样。"

花千骨嗫嚅道："尊上为什么会收我为徒呢？明明我输了，负了我们的一年之约。"

白子画道："当时只说了让我满意便好，并没说一定要拿到魁首，这一年你努力到这种程度，已经足够了。"

本来花千骨还想问比试时断念自己飞来之事，可是又不知道怎么开口，只好改口问："师……师父，糖宝呢？它不可以跟着我上绝情殿么？"

"你伤重昏迷，我把你带回绝情殿医治。糖宝见你三天了还没醒，就先回亥殿帮你收拾衣物及行李去了。从今往后，你便住在这绝情殿中。"

"云隐他们呢？已经回去了么？"

"因为不知道你什么时候醒，见你没了大碍，便先赶回去了。"

花千骨不知自己为何在白子画面前依旧如此紧张，一时想不出还有什么要问的，便指着另一边犹若银河落九天、源源不断往长留山倾泻而下的巨大瀑布道："师父，这三殿明明凌空，为何会有这么多流之不竭的水呢？"这个问题打从她来长留山就一直存在了。

"三殿内各有一座雕塑，是上古神兽化成，长年口吐三种圣水，而三殿山脉上的各种奇石，有聚云雨的功效，二者汇作一股，流到长留山中，化作三生池水。海中水汽升腾又化为云，周而复始。至于这三兽千年圣水流而不止又是为何，这就无人得知了。"

花千骨恍然大悟地点点头。

"糖宝对四周环境已经差不多熟悉了，等它回来可以领你到处转转。这绝情殿上没什么禁地，除了你我师徒二人，再没他人，你也不用像以前一样有诸多拘束，爱去哪儿就去哪儿，不用事事向我请示。"

"弟子知道。"

白子画望着下面的长留山，突然问道："小骨，从这儿往下看，你看到什么？"

花千骨走得靠边一点，风大得吹得她快飞起来了。

"回师父，弟子鲁钝，只看到长留山。"

"此时的长留山和往日的长留山，有什么不一样么？"

"呃，更加壮观巍峨。"

"从高处俯瞰到的风景总是十分壮观，就算是平凡无奇的场景，也令人觉得非同一般。可是，太过广阔的视野，反而会突出自己与世界的差距。以至于无论如何，也不能真切地感受到自己的存在。平常人的视野，只是眼睛所看到的景物，但是，修道人的视野，是大脑所捕捉到的、心中所感念到的。比起自身生存所能体验到的狭小空间，例如绝情殿，例如长留山，更应该心怀万物，包容整个世间的广阔风景，把它看作自己所生活的世界，去感悟它、保护它。"

花千骨明白了白子画话中的含义，顿时觉得整个世界顺着海天在眼前铺展开来，似乎没有一个角落自己看不到，没有一个声音自己听不见。整个人仿佛俯瞰众生的神祇一般，看着人间的生生死死、花开花落。

可是这感觉如此孤寂、如此冷清。这，便是师父眼中的长留山；这，便是师父眼中的世界么？日日一人站在高处俯瞰一切，就算并不情愿，也会有一种感触不由自主地袭上心头，那只有两个字：遥远。

望着白子画依旧清冷淡漠的眸子，花千骨突然觉得懂了他很多。

她在心中微微一笑，师父，从今往后，就会有小骨一直陪着你，在你身边，你再也不是一个人了。

等到傍晚糖宝还没回来，花千骨在殿中到处窜来窜去，翻东找西，心中愤愤地抱怨着，肯定又是跟落十一玩得不亦乐乎，忘记回来了。

没有，没有，怎么到处都没有呢？

花千骨除了师父的静室和卧房没进去过之外，每个房间都找遍了。

乒乒乓乓，白子画受了惊动，从房间里出来。

"在找什么？"

"师父，我肚子饿了，在找吃的。"花千骨低下头去。

白子画略有些惊讶地睁大眼睛望着她，半天不说话，似是一时还没反应过来。

花千骨哭丧着脸，她真的好饿啊，再不吃东西，她就要饿死了。

白子画思忖了一下，他竟然糊涂到把这件事情给忘记了。

"绝情殿中没有吃的。"

"啊？什么？"花千骨瞪大眼睛，没有吃的？

"以前都是为师一个人住，从未想过吃东西这个问题。"

花千骨这才恍然大悟，师父已经是仙人之躯，根本就不用食五谷，而自己却是一把骨头一把肉的，不可能不吃饭。而且大伤未愈，更需要补充能量啊！

"以后你可以每日下到亥殿去吃东西。"

啊？她那么贪吃，大伤未愈，每天飞上飞下还不累死啊？

"师父，我可以拿了食材回来自己做不？"

白子画又愣了一下，点点头道："可以。"

"好啊，那我现在就下去找好吃的，顺便把糖宝给抓回来。"花千骨兴奋地就要往外冲。

"慢着。"

花千骨停下来转头望着白子画，只见他走到她面前蹲了下来，修长白皙的手指伸到她胸前，解下她万般小心挂在脖子上的铃铛，然后小心地替她系在断念剑上。

"怎么跟小狗一样，挂在脖子上？"白子画面上虽仍无表情，语中却难掩笑意和宠溺。

花千骨心中暖融融的，低下头道："我怕不小心弄丢了。"这可是师父大人亲手传给她的，是他们师徒关系的凭证。

"去吧，慢慢走，别跑，地上滑，小心摔了。"

"嗯，弟子告退。"花千骨转身而出，这一辈子都没有这样开心过。

花千骨翻滚一夜，还是没办法适应这张稀奇古怪的大床。糖宝倒是喜欢得紧，把小房子搬到了床的角落里。将上面盖的垫被揭开一角，下面竟是浑然天成的一整块玄冰，散发出清幽的光芒和丝丝寒气。糖宝兴奋地在上面滑来滑去，对花千骨说这是一等一的宝物，阴冷的属性，有利于她纳天地之气和调养伤势。

花千骨硬撑着睡到半夜，冻得嘴唇都发紫了，之前躺在这里是因为自己昏迷不醒，现在哪里睡得着。最后干脆抱了被子，在地上一觉睡到大天亮。

糖宝把她的脸当弹簧床，在上面跳来跳去："骨头猪，起床啦！太阳都晒屁股啦！"

花千骨迷迷糊糊地醒过来，心中大叫不妙："怎么不早点叫醒我啊，这是第一天给师父请安啊，死啦死啦！"

"呵呵，那床太舒服了，对我修炼大有裨益，我自己都睡过了。"

花千骨飞快地洗漱，回忆了一遍之前礼乐课上师尊教导的拜师时和拜师后的种种繁文缛节。可是白子画已经不在房内了，绝情殿太大，她找了半天也没找着，干脆扯着嗓子喊了起来。

"师父，师父——"

突然一个声音近在耳边响了起来。

"我在书房。"

书房，书房，书房是往哪儿走呢？绕了半天，总算找着了。

白子画正在案边浏览长留山的大小卷宗，一般的事务摩严都直接处理了，直接送到他这儿来让他批阅的虽不多，却都是极其重要的。

"徒儿给师父请安。"花千骨像模像样地俯身一拜，白子画也不看她。

"以后这些就免了，你也不用像往常上课一样起那么早，随意就好。"

"是。"

"那床可还睡得惯？"

"呃……"

"绝情殿别的没有，就是房间多，你爱睡哪间就睡哪间，那床实在不舒服就换一张，不过睡那个你的内伤会好得快一点。"

"弟子知道了。"

"这桌上的几本书你先拿去看，完完整整地全部记下来，一年后背给我听。但是只能靠你自己去记，不要拿给糖宝看，或者让它给你解释。"

花千骨拿了那几本书一看，分别是乐谱、诗谱、棋谱、画谱、剑谱、药谱、食谱。

这几本书纸张泛黄，年代久远，束作一套，题曰《七绝谱》，一看就是极其珍贵的古籍。

花千骨心里觉得奇怪，她原以为师父授艺传教，定是让弟子苦练修行，叫她看这些书做什么呢？而且要论她现在的记忆，这七本书下来，顶多两个月也就倒背如流了，竟然要她看一年么？

花千骨也不敢多问，拿了回去，细细研究，不由得惊得下巴都快掉下来了。那七本书看来轻薄，所书所写，竟密密麻麻全是条目，根本还没有涉及正文和内容。那纸张甚为古怪，你手触了哪个条目，或者只是心念所至，书中的字就会全部换成那个条目之下的内容，其间遇上不明白的，还可以再一层层往下翻阅查询。

光是那一本书中所列条目就不是一般的多。拿乐谱举例，除了乐器、乐识、名乐欣赏等分类，还有琴谱、箫谱、歌谱、舞谱等分类，几乎囊括了天下所有与乐有关的，详尽无比。

而剑谱也同样，各类名剑、各类剑派的起源和传说、各个用剑高手、御剑诀窍、各家各派的剑法，无一不有，无一不精。

药谱则囊括了世间有的甚至灭绝的草木花卉、珍兽奇虫、炼毒制药、调香易容等等。

每一谱皆包容了一个领域的所有知识与精粹，甚至是许多人穷尽一生可能都没办法接触到、领悟到和学会的。

她别说一年背七本了，就是七年背一本也不一定能背得下来啊。苍天……

幸好师父只说是让她背，没说都要学会，多花点时间，多看几遍，应该还是勉强可以记下来的。

最让她惊叹的是，这书奇妙无比，不光有文字，还有图画和声音。例如乐谱中看到哪段，可能就会有琴瑟合鸣的演示，剑谱上会出现舞剑的小人，或是哪个高手的图影直接反射在空中。花千骨一边看，还可以一边跟着他练习。

那些天女散花一般翩翩起舞的仙女，让人看得如痴如醉。而各种花木植虫，看见的都是无比清晰的原始图像，她甚至还能闻到香味。制药步骤，都是一步步真人演示。人体经脉穴位，还有很血腥的解剖，等等。花千骨不感兴趣的地方就背下来，感兴趣的地方例如调香易容、琴棋书画，她就跟着一块儿学。

她从来不知道原来这个世界上有这么多有趣的事情，也从来不知道学习可以这么轻松又好玩。师父只给了个期限作为督促，其他的进度和安排，什么都没有给她做限定。绝情殿没有别的人，她也不用多有顾及，从来都没有这么自由过。

六界，大地，宇宙，星空，山川，河流，无声流淌千万年的岁月，乃至每一粒细小的微尘，都在她面前波澜壮阔地铺展开来。虽还没有洞识一切玄机与奥妙的大智慧，她却开始拥有了洞识一切真假与奥秘的博识与能力。

接下来的时间，花千骨仿佛痴了一般，完全沉醉在了七本书中。除了吃饭时间，几乎都书不离手。觉更是舍不得睡，常常是累得不行了，手中还抱着书倒在哪个地方就睡在哪儿了，然后可怜的糖宝还得辛苦地把她庞大的身子运回去。

它也几度好奇想要看看那几本书的，况且花千骨根本不设防，它想看随时都可以。可它也明白自己不是长留弟子，而是异朽阁的灵虫，它知道的许多信息来源于那里，说不定也会有很多被传回去。

那《七绝谱》是长留至宝，几乎囊括了宇宙万物的信息，对灵虫而言不能不说是一个天大的诱惑。白子画可能也是考虑到异朽阁的原因，所以才交代骨头不给它看的吧。而自己为了骨头，当然也只有强忍下来了。

在绝情殿的日子过得平淡而又简单，花千骨每天沉迷于书中，糖宝无聊得每天都会跑出去玩，然后把落十一还有轻水等人以及山中发生的好玩的事情讲给花千骨听。回来的时候会带各种食材给花千骨，花千骨便依着食谱中所言，做许多好吃的，还会装上许多，让糖宝给轻水他们带去。

因为其他弟子是不能随便进入三殿的，而花千骨也每日忙碌着，平均一个月才能到清流住的别院里跟他们小聚一下。那时候，轻水、落十一、火夕、舞青萝，甚至还有朔风都会在，特意赶来尝花千骨的手艺。大家聚在一起把酒高歌，好不热闹。

而在绝情殿中，就明显清冷了太多太多。白子画虽然大部分时间都在殿中清修，但是因为不用每天拜见，师徒间也没有什么必须要说的话，有时候甚至十天半个月都碰不着一面。

花千骨常常会觉得这空荡荡的大殿里仿佛就孤零零地住了自己一个人，好恐怖啊。有时候很想见他，可是心知白子画清冷惯了，怕吵到他清修，无事的话便也很少找他。

而对于白子画来说，虽然无人叨扰，但日子毕竟还是不如以往那么死寂了。

有时候观微寻花千骨，会发现她时而傻傻地趴在草地上一边看书一边傻笑，时而御着剑和空中蝴蝶飞鸟打闹，时而在桃花树下依书练剑，时而在厨房手忙脚乱打破盆盆碗碗，然后又做了坏事一样悄悄用修补诀拼好，等待下次再次被打碎；时而望天看星星，自言自语，时而和糖宝斗嘴、游戏；时而坚持在玄冰床上睡着，一两个时辰又从床上滚到地上。就算他不去感知她此刻正在何处，在做些什么，他也总能听到她跑来跑去时，身上欢快奏响的铃音。如果见不到他的日子隔得久了，不知道他人还在不在殿中，她就会整个人变得不安地扯着嗓子喊：师父，师父——

他没收过徒弟，也不知道怎么教徒弟，何况是这么小个女娃儿。虽然比初时好了许多，但她眼中，分明还是有几分怕他的，后来相处久了，知他为人严谨却丝毫不苛刻，说话和眼神中就又多了几分向长辈撒娇的意味。

"师父，师父——"

又听到熟悉的喊声，白子画无奈地摇头："我在剑阁。"

不一会儿就见花千骨气喘吁吁，跌跌撞撞地跑了进来，手中端着个盅碗儿。

"慢点跑，地很滑，摔倒多少次了还不学乖。还有，你内伤还没好，不能运真气，那些剑招你学形就好，不要行势。"

"师父，你怎么都知道？"花千骨摸头傻笑，刚刚在房间里突然了悟了一招剑势，动了真气，脚下一滑，摔得她屁股都疼了。

"这回是什么？"白子画看看她手中的盅碗儿，大老远就闻到香味了，却不知道她最近对食谱怎的这般感兴趣。每每有得意之作，还老拿来给他尝。

"这个叫水晶醉莲花。"花千骨打开盖子，里面一丝寒气溢出，宛然一朵绝色莲花，粉嫩娇艳，却又玲珑剔透，瓣上仍有冷霜，酒香四溢，花尖几点，犹若美人垂泪。

白子画虽仍面无表情，眼中已有几分赞色。接了花千骨递上前的筷子，轻轻尝了一口，一丝冰凉伴着酒香与花香充溢口中，果真是极品美味。

"怎么样，师父？"

白子画看她兴奋的神情，不由得轻轻点了点头道："不错。"

"太好了！师父，我可不可以求你一件事？"

"什么事？"白子画低头看着她，虽然之前跟她说过有什么要求就提，有什么不懂就问，不过到绝情殿半年，她还真没跟自己求过什么。

"师父，可不可以每天抽一小会儿，只是一小会儿的工夫，和小骨吃晚饭啊？"

白子画看她可怜兮兮望着自己的眼神，突然明白她定是往常总是和家人一起吃饭，之后又和轻水还有诸多朋友在一起，现在每日一个人孤零零地吃饭不习惯吧。

白子画于是轻轻点了点头。

花千骨惊叫一声，师父大人居然答应她了！哈哈哈，她已经策划此事好久了，为了以后每天都能有一小会儿可以见到师父，一直到自己手艺得到师父认同了，才敢提出这个要求。

嘿嘿，十一师兄说的果然没错，别看师父看起来冷冰冰的，其实是三尊里最好说话的一个。早知道师父原来这么好欺负，应该多提几个要求，多撒撒娇才是。

说着，她兴高采烈地抱着蛊碗儿往外跑，心里琢磨着晚饭做些什么好呢。师父不吃荤腥，她一定要把素菜都做得又好看又好吃又花样百出才行。

刚走出门外，白子画突然想起什么来。

"慢着。"

花千骨单腿独立，金鸡回首。

"还有什么吩咐么，师父？"

"你那冰莲从何而来？"

"哦，那个啊，我看后院塘里那莲花开得那么好看，就突然想出这道菜，然后就摘了来啊。"

什么？是他的千年冰莲？他大老远从极北苦寒之地移植过来，悉心种了百余年，好不容易今年才开了两朵。

白子画依旧面无表情，却道："今天晚上你不许吃饭。"

花千骨无力地俯倒在台阶上，谁能告诉她到底发生了什么？不是刚刚才答应陪她一起吃饭的么？果然是神仙师父之意不可测啊……

于是，晚上，小骨和师父一起吃了第一顿晚饭。

——师父和糖宝在桌边坐着，小骨在一旁流着口水看着。

呜呼哀哉……

凉风有信，秋月无边。花千骨在桃树上做了个秋千架，一边看手里的书，一边吃葡萄不吐葡萄皮，一边优哉游哉地荡来荡去。

这大半年来的生活实在是美妙至极，花千骨也不用像初时那么辛苦地修行，每天除了看书，便是吃喝玩乐睡大觉，内力修为几乎没半分长进。只有厨艺日益精湛，倒把她瘦弱娇小的身子养得白胖胖、水嫩嫩的。

花千骨看着乐谱中的琴箫合奏，心中暗自惊叹，原来乐声竟然也可以用来对敌，而且有如此大的杀伤力。

书中的声音和画面只有持书的人能听见看见，所以糖宝依旧趴在旁边的一片桃花瓣上睡得正香，时不时吧唧一下小嘴，哼唧两声。几十只粉红色妖冶的桃花精，扇动着透明的薄翼，绕着糖宝上下飞舞着，发出轻细妖娆的笑声，见它睡相喜人，时不时地又摸摸它、捏捏它。若是千万只桃花精一起发出声音，会让人产生视听的幻觉，此时的糖宝应该正做着美梦吧。

突然一阵幽幽琴音从远处传来，竟硬生生把书中强势有力对战中的音律搅得支离破碎。

咦，难道是桃花精们搅得自己也幻听了？

花千骨合上书，果然是有琴音，不是从书中传来的，而是从殿外。她不由得欣喜地跳下秋千就往外面跑去，是师父。

"骨头，你上哪儿去？"糖宝受了惊动，打个呵欠醒来，对着海上升起的明月"嗷嗷嗷"伸长脖子咆哮几声，样子滑稽极了。

花千骨停下来戳戳它的头，笑道："叫什么叫，你是虫，又不是大灰狼。"

糖宝挺挺小胸脯："我正在吸收日月精华、天地灵气……"

花千骨才不管它灵气不灵气的呢，一把抓起来塞进兜里，提起裙角就往外跑，铃儿叮叮当当响个不停。

跑到殿外，果然是师父正在露风石上，对着海色月光下的长留仙山幽然抚琴。缎发随意散开来，如莲花盛开般垂落满地。一身素白的衣裳，没有系腰带，在大风中鼓动飘飞。

"师父。"

花千骨开心地跑到他身后，白子画没有应她，琴也抚得甚是随意，却比她在书中听到的任何一曲都要好听，清静淡雅，空灵飘逸。

可是在那绝世的琴音中，她感觉不到白子画的任何情感。自古乐声就讲究以情动人，这古琴身为四艺之首、八音之绝，一向深邃苍远，最能打动人的心绪，可是师父这琴音光有其形其韵其神，却丝毫没有注入情感，听下来直让人心中万念俱空。

花千骨就那么静静地站在那里凝视着白子画的背影，听他抚罢一曲无心之琴，不由得万般萧瑟。师父他就如此孤独地屹立于九天之上，守护着这片仙山、这片大地、这个光怪陆离的世界，千年万年……

曲罢，就听白子画淡然道："其他乐器能明白就好，这古琴你须会弹。琴谱可曾看过？"

"回师父，看过了，都记下来了，就是不会实际操作。"

"你过来。"

花千骨心惊胆战地在他身边坐下，风似乎比往常小些，不然一往崖下看，她就觉得自己要栽下去。

"你弹给我看看。"

花千骨紧张地伸出手去，回忆书中所教，食指轻挑，中指从外向内逐弦连钩。琴中立刻传来悦耳的声音，花千骨心道好玩，忆着家乡歌谣的调儿，断断续续地弹了起来。

白子画轻轻点头："托的时候手要有所转动，让大指垂直一些，然后自然向下。"

糖宝从兜里探出头来，爬到古琴上，被琴音震得小身板抖啊抖啊的，连忙又跳到花千骨肩上。哇，骨头娘亲好厉害，会弹琴了耶！

"锁弦时入指不可太深，以甲尖着弦，发音才清晰。"

"是。"花千骨额头开始冒汗，越发觉得手指僵硬起来，曲不成曲，调不成调。

只见白子画突然环过花千骨的身子，两只手从上面将她的小手握住，轻轻在弦上拨动。花千骨顿时僵在当场，整个人如瞬间浸没在水中。

"不要急躁，凝神聚气于指尖，音浪层层推出，每一波都有断石分金之威力。"

花千骨感觉着身后贴近自己的身子，觉得嗓子眼儿快要冒烟了。任凭那修长白皙的手指教自己弹琴，而自己的手指仿佛废掉一般，再不能动。

只见白子画手上白光注入，穿过自己双手，电光石火之间，开始在琴上急速地扫弦。

"滚和拂虽是多弦连奏，须声声明晰，端如贯珠，避免混成一片。滚拂并用时，须连接紧密；滚时由左转右，拂时由右转左，成一大圆。正所谓松风谡谡，流水潺潺。"

正说着，数道白光利刃一般从琴上激射而出。

花千骨呆愣在那里，根本就没听见白子画在说什么，只是在心中琢磨，这覆在自己手上的掌心明明如此冰冷，寒气都渗到她骨子里去了，她为何却热得满头大汗？

"明白了么？"白子画放开她的手，低头看她小花骨朵儿一般偎在自己胸前，缩作一团。

"明……明白了。"

"那你闲时便多练习，琴房中有数百把古琴，你明日去挑一种自己喜欢的样式。这乐战是与人比试中会常常遇到的，所以一般长留弟子都会习一种乐器。为师自作主张帮你选了古琴，你若是不太喜欢，也可以换其他的。"

"不用不用，师父，我很喜欢，谢谢师父！"花千骨仰起脸对他笑，心里想师父一定是希望她将来能好好护守流光琴。

白子画点头："明日沐剑节，山中有大典，你回去早些休息。"

"是，师父。"花千骨慢慢退出他的视线，一转身又欢快地奔跑起来。哦耶，师父教她弹琴了。来这里大半年，这还是师父第一次亲自教她些什么。她太激动了，以后一定要好好学。

第二日，天刚亮就起来。

"师父，师父——"

师父已经下去殿中了么？

"我在房里。"

花千骨连忙跑了过去，直接推门进去才发觉失礼，连忙又退出去，却又伸个脑袋进去看。见白子画刚佩上掌门佩剑，玉带白羽，华丽流苏，发却仍是随意地披着。

"师父，你怎么不束发啊？"

"一会儿下去会有弟子帮忙束。"他虽一个人住在殿中，不需人伺候，却只有这长发打理不来。

"我帮师父束吧。"花千骨激动得跳到他面前。

白子画停下手中动作，望着她。

花千骨指指自己的包子头，扬扬得意道："我现在梳得可好了。"

分明看到他嘴角有一丝笑意，一眨眼又不见了。白子画坐下，递给她梳子。

花千骨兴奋地站在他身后，终于可以触碰到师父的长发啦，漆黑仿佛夜空一般，真不知道他怎么保养的。一千多岁了啊，一根白发都没有耶！花千骨有点手足无措，一梳子梳下去，却慌了没拿稳，梳子直接顺着发丝滑落在地。花千骨咂舌，娘呀，滑成这样，怪不得用法力也束不好。

半个时辰之后……

"小骨，还没梳好么？大典快开始了。"

"好了好了，马上好了。"花千骨正把玩得不亦乐乎，回过神来，连忙三下五除二把发给简单地束了起来。

白子画望了望镜中，无奈地叹口气，这不跟他的技术不相上下么？唉，算了，就这样吧，来不及了。

师徒二人从绝情殿直下大殿。

"师弟，怎么这么迟？"摩严不满地看着他。

笙箫默望望白子画，又望望他身后磨磨叽叽的花千骨，抱着肚子哈哈大笑起来。

"师兄，你的头发……"怎么乱七八糟、松松垮垮的啊？第一次看到一向超凡卓绝的师兄有这么可爱的样子。

"没事。"白子画念了个法诀，长发立刻规整清爽了许多。只是他平常本就很少动用法术，连头发都要靠法术来维持，似乎是小题大做了点。不过毕竟是正式场合，不束发又不成体统，他平时能免都尽量免了。

花千骨心虚地嘟起嘴巴，唉，不怪她技术不到家，实在是难度太高了啊。

典礼上，花千骨和火夕、舞青萝、落十一他们站成一排，不敢出声，只能眉来眼去算打过招呼。花千骨感觉身后有道凌厉的目光，转身看果然是霓漫天。大半年不见，她出落得更加美艳动人、玲珑有致，她本就比花千骨长两岁，已长成迷人的少女，而花千骨依旧个子小小的像个孩子。

花千骨无语凝噎，低头看着自己的胸，依旧是扁平扁平的，半点起伏都没有。唉，平就平吧，要是哪一日，脸蛋可以有杀姐姐千分之一好看，那也就心满意足了。

想起杀阡陌，不知道她现在在哪里，花千骨实在不希望再看到妖魔与仙界起冲突了。

大典完毕后，花千骨没有跟着白子画回殿，留下来和轻水他们小聚。

第二天一早，白子画推门欲出，看见花千骨低着头站在门边。

"怎么？"

"师父，我以后可以每天早上来给你束发么？技术这东西啊，是练出来的。你不是常说勤能补拙么？"花千骨扬起梳子，对他嫣然一笑。

白子画满头黑线中……

花千骨正在厨房里忙活，糖宝抱着小勺子帮她打下手，一会儿加盐一会儿放糖的。

"师父，师父——吃饭啦！"

白子画正在入定中，元神远在万里之外与东华上仙下棋，一听到呼唤，匆匆告别，瞬间飞凌万里，元神归位，醒了过来。

他走进偏厅，看到桌子上的菜，一道比一道精美，一道比一道华丽，不像吃的，反而像艺术品。

"今天做的什么菜？"

"回师父，分别是天机蜜露羹、翡翠豆腐仁、芙蓉玉带汤、迷魂百果肉、甘草什锦盅、小炒黄花心。"

"不要每回都做那么多菜，吃不完浪费了，随便做一两样就好。"

"知道了，师父。"花千骨双手递过白玉筷子，"师父大人，请用餐。"

白子画接过去，捏在手中，那手指竟比玉箸还素白精致。

糖宝坐在它的专用青花小碗里，望着菜肴直咽口水，不过尊上没动筷子之前，它还不敢轻举妄动。

"你的雕工见长。"白子画看着百果肉里数类果物拼雕组合而成的百鸟朝凤，轻轻地点点头，夹了块雪梨放进嘴里尝了尝。

花千骨开心地一面抱着碗扒饭，一面悄悄看着师父吃东西。每天这个时候是最开心的，虽然可能师父整个席间说不上几句话，可光是陪她在这里坐着，就让她感觉很温暖了。唉，为什么会有人连吃饭的姿态都那么优雅、那么好看呢？

"骨头，我要那个，那个……"

花千骨夹下凤眼的樱桃肉放进糖宝的碗里，糖宝抱在怀里，啊呜一口咬去半边。

没吃多久，白子画每样菜尝了几筷子，便放下不吃了，依然坐在桌边看着她和糖宝。本来他就没有什么饱与不饱之分，只是每天抽出一点时间陪陪她罢了。

"慢点吃，别急。"

"嗯嗯……"花千骨呼呼啦啦扫掉桌上菜的四分之一，觉得七八分饱了，连忙放下筷子。

"我吃好了，糖宝，剩下的交给你了，师父说了不要浪费。嘿嘿，还有，你最后吃完，你负责刷碗！"

"啊？好吧……又那么多啊，我最近都胖了一圈，小蛮腰都找不到了。"

"腰？"花千骨用筷子夹它，从头夹到尾巴，"这里？这里？还是这里？不都是一样粗的么？"

看到糖宝被筷子胳肢得直扭直笑，真想把它当小菜夹到嘴巴里吃掉。

白子画看着她们两个打闹，眼中不由得有了一丝笑意，抬起白得一尘不染的袖子，替花千骨擦了擦嘴角。

花千骨仰起头来，看着他依旧清冷的面容，那一刹那的亲昵让她感动得想要落泪。看了看白子画袖上的污渍，不好意思地低下头去。

师父的白衣总是万年如一日的干净，周身环绕的仙气，总是让浮尘都不敢沾染半分，所以根本就不需要如她凡人一般琐碎地洗衣服什么的……不过需不需要洗澡呢？花千骨突然想到，如果师父脱衣服洗澡的话……

头晕，头晕。阿弥陀佛，善哉善哉……

所以，现在的生活和她以前所想的拜师之后好好孝顺师父，给师父老人家洗衣做饭斟茶倒水之类的生活实在迥异。

师父一向主张道法自然，清心无为，法术不是为了给生活带来便捷而存在和使用的，否则会让人产生依赖和惰性。所以像绾发啊、净衣啊，诸如此类的琐事，哪怕只是抬一抬手，念一个诀那么简单，也定是宁愿亲力亲为而极少使用法术的。

"师父，一会儿衣服给我，我去帮你洗洗吧。"

白子画眼中闪过一丝错愕，轻轻点了点头。

夜晚，明月初升，皎如玉盘。

花千骨赤着脚站在后山溪水里洗衣，不远处翻飞的桃花瓣随风纷纷洒落水中，顺流而下。月色倾城，那水中折射有如晕染过的白衣上惹出几抹粉色桃红，极美极静又极艳丽。

糖宝对从上游乘着桃花小船激流而下的游戏不亦乐乎。

花千骨用水浇它，打翻它的船儿。它努力蹬着细细的小脚在水里游，突然看到一条小鱼，兴高采烈地一个猛子扎下去追鱼儿。不一会儿，它不知道怎么把那条游得飞快的小鱼骗到手了，心甘情愿地让它坐在它的背上，欢快地带着它游来游去。

花千骨仰头望望天上的圆月，又再低头望望师父的别院，灯依旧亮着。从未想过会有如此幸福平静的日子，她再也别无所愿，只求能永远这样持续下去。

第二日，糖宝找轻水他们玩去了，花千骨正躺在树上看书，突然见远处一只长得歪歪扭扭的白色小纸鹤向她飞了过来。

有信到。花千骨跳过去，一把把它抓了过来。

来了长留，花千骨才知道，通常仙界都靠这种小纸鹤传递消息，就是用纸随意叠成的各种小鸟。纸鹤的颜色不同，传递消息的种类和紧急程度也不一样。而速度和传递消息之人的法力有关，法力弱的，可能纸鹤在途中要飞上几个月或者一年半载。法力强的，纸鹤或许一天或者几个时辰就可以飞完数千里的路途，而且还不怕雨打风吹，不容易坏，甚至能隐于空中不被任何人发现拦截。

但东方不会法术，叠的小鸟都是靠机关术驱使。看上去很简单，但内部结构复杂得一塌糊涂。不过这样也有好处，就是藏在结界外，偷偷附在人身上，进入长留山的时候不容易被发现和摧毁。

花千骨打开信，字七歪八扭，跟鬼画符似的，写得比她还难看，寥寥数字，很明显是故意逗乐，花千骨可不信他就把字写成这样去参加科举。

"小骨头，好想你，想得骨头都疼了。"

末了，还画了幅很难看的小骨头和小书生、中间一只小虫子的图，美其名曰：全家福。

花千骨抱着信捂着肚子笑，其实她也很想他啊。跑到书房里，提起笔一口气给东方彧卿回了很长很长的一封信。写好了塞进小纸鹤肚子里面，它就又摇摆着翅膀上路了。

花千骨继续爬回树上去，屁股还没坐稳，突然见远处一道金光嗖的一声就飞了过来，一身黑袍，负手立于院中，竟然是世尊摩严。

花千骨吓得乓地一下从树上摔了下去。

"弟子拜见世尊。"哎哟，屁股好疼。

摩严冷冷地望她一眼："身为掌门弟子，迟钝散漫，没个样子！你师父呢？"

"师父，师父……可能在剑阁，可能在后山塔内，可能在书房，可能在……"

摩严冷哼一声，一甩袖子，径直往殿内走去："你这个徒弟怎么当的！"

花千骨连忙低头跟在他后面，不敢多语。

白子画知是摩严来了，他从不轻易上绝情殿，此次应该是有要事。

白子画取过一旁折叠得规规整整的袍子，抖了开来，素白惊人，又平又展。这是那小家伙洗的？穿在身上，很淡然的桃花香，还有水的清爽和阳光的味道，心头不由得莞尔。

推门出去，正见摩严迎面过来，紧皱眉头，低沉声音道："又有一件神器被夺。"

白子画面无表情，心中轻叹一声。

花千骨在床上无聊地翻滚着，她现在真气逐渐恢复，已经勉强可以撑着在玄冰床上面睡着了。师父大人出门办事已经好久好久了，她算算，该有三天了吧，呜呜呜，都没人陪她吃饭。臭糖宝也不多陪陪她，最近往落十一那儿跑得越来越勤快了。唉，真是见色忘娘啊……

但是就算落十一再帅，那也是迷倒万千少女，而不是少虫啊！

糖宝的审美观应该是会觉得，一条毛毛虫长得比他好看多了吧？

好无聊啊，师父不在殿里，花千骨总是觉得不安心。不想看书了，要不再去厨房研究几道新菜式，等师父回来做给他吃？嗯，说干就干。

刚推开门，看见一个人正站在门口，把她吓了好大一跳，也难怪世尊说她迟钝，有人上了绝情殿不说，都站到她门口了，她竟然都没发现。

这个人自己以前见过啊，好像是叫长生，貌似是负责长留后殿杂务的，比自己早入长留几年，但是低两个辈分。不过，普通弟子都不让上三殿啊，他怎么跑来了？得趁着师父不在、没人发现让他赶快回去，不然是要受重罚的。

只见长生嘴角扬起，笑容诡异僵硬而又高深莫测。

"小不点儿，我来了！"

十五　长生不老

花千骨起先愣了两秒。

但一听声音，还有叫"小不点儿"的语气，立刻反应过来，惊喜地蹦上前去。

"姐姐！"

杀阡陌一把把她抱了起来，在空中转了好几个圈，末了，依然婴儿一般抱在怀里不肯放下，轻轻在手中掂了掂。

"一年没见，怎么还是像片小羽毛似的轻飘飘的，一点儿肉肉都没长。"

"哪儿有，我长胖了！"花千骨看到他，激动地扭扭。

杀阡陌爱怜地掐掐她的脸蛋，气色的确好了很多，眉间黑气和周身异香大部分都被驱散净化。白子画应该是定时给她疏导真气、调息五行，不过竟然自负到妄图连她的命格都更改，应该是损耗了不少内力和修为吧？

一开始，他还担心白子画太过冷情，小不点儿拜在他门下会受很多委屈。没想到他这师父当得倒也还勉强称职。小不点儿神色不错，在绝情殿过得应该挺开心，那他就放心了。

白子画总算没有辜负他超凡脱俗的一张脸啊！这世上能让杀阡陌欣赏的人本就不多，仙界他唯一瞧得上的也就是白子画了，因为只有他的相貌跟自己的差距小一点儿。美人嘛，就应该做美人应该做的事，要多笑多运动，成天绷着脸干什么呢？好像所有人都欠他钱一样。

"姐姐，你怎么会来啊？"

"我早就想来了，可是一直抽不开身。这几日趁着白子画不在，我就偷偷溜来找你了。"

杀阡陌一手撕下脸上薄薄的面具，露出颠倒众生的脸来。花千骨顿时觉得眼前光辉灿烂一片，太过美丽的事物总是让人感觉不真实。师父的好看是一种高不可侵的圣洁，让人打从心底里臣服。而姐姐的美是超越性别、超脱天地万物之造化所能达到的极致。她年纪尚小、心思单纯尚不觉得如何，一般人或是定力不足之人见了，难免一时震惊痴傻，神志不清。杀阡陌驰骋六界，几乎战无敌手，其实很多时候都占了容貌的便宜，有时候简单的一个眼神就可以把对方勾得三魂不见了七魄，根本用不着自己动手。

杀阡陌抱了好半天，终于依依不舍地把花千骨放下地来，跑进屋里的梳妆镜前，上上下下仔细地照来照去。哎哟，可怜他美丽的小脸哦，得赶快好好透透气才行，捂出痱子和小痘痘什么的来就糟糕了。

"若是用法术变化成他人模样，很容易被长留山的法宝探出，或是被道行高的人觉察。为了进来能够方便一点，只能让这样粗鄙的容颜掩盖我的花容月貌，呜呼……"

花千骨不由得赞道："姐姐你好棒！易容术这么厉害！"她看药谱上面所载，易容术是最为复杂和不好学的技艺之一了。

杀阡陌掌心一翻，从墟鼎中取出一把银光闪闪的折扇来，对着脸蛋轻轻扇着。一双狐媚的眼睛从折扇后露出来，秋水盈盈，绯波荡荡，直电得花千骨浑身软绵绵的。

他哪儿会什么易容术啊，那个东西又复杂又费心，还要成天捣鼓那些药水什么的，伤了他美丽可爱的指甲可怎么办？他直接把人杀了，扒拉下来脸皮做成面具，不知道要简单快捷多少倍。不过，这可不敢跟小不点儿说，毕竟那也是她同门师兄弟，说了反而叫她为难。

"小不点儿，姐姐这次给你带了很多小玩意儿哦！"

杀阡陌开始从墟鼎里倒腾东西，不一会儿就取出老大一堆宝物。有各派的剑谱心法、各地的特色小吃、名贵的珠宝饰品，还有华丽璀璨的衣裙，令花千骨目不暇接。

"喏，有些是我觉得好玩、好看，从别处帮你抢的，有些是单春秋帮忙收集的，有些是十妖八魔敬献上来的。小不点儿，你通通收到墟鼎里，注意别让白子画发现就好，闲时就拿出来玩，当然好吃的东西要赶快先吃掉。以后不管想要什么，都尽管告诉我！"

杀阡陌睁大眼睛一副求表扬的神情看着花千骨，花千骨在他那样殷切的目光下，实在是说不出拒绝的话来。

"谢谢姐姐，但是以后还是不要随便抢别人的东西……"

花千骨突然发现一只竹蜻蜓，在一堆亮闪闪的宝贝里显得格格不入。花千骨拿起来仔细端详，杀阡陌一下显得有些拘谨害羞起来，神情也微微恍惚。

"这个是我自己做的，没想到这么难，但是我试过的，能飞起来！你不是一直很想玩么……"

花千骨看着杀阡陌，微微有些疑惑。

"我说过么？"

杀阡陌像被针扎了一下，愣了几秒。

花千骨继而开心道："不过，的确一直很想玩啊！"

"真的？"杀阡陌惊喜一笑，"要不要现在跟我出去玩？"

"出去？可是长留山守卫这么严，还有结界，怎么出得去……"

杀阡陌合上扇子，指着天上摇了摇，又指指地上："怎么进来的，就怎么出去。"

姐姐带你去一个好玩的地方。"

说着，又重新戴上面皮，和花千骨偷偷下了绝情殿。二人落在长留后山禁林之中。花千骨心怦怦直跳，要是被发现，她非得被世尊狠狠教训一顿不可。

杀阡陌拉着她东转西转，从山崖上飞掠而下，然后进了半山壁的一个岩洞，洞很深，漆黑一片。花千骨一抬头，正好望见杀阡陌火一般透亮的绯色双瞳，美如霞光、如花盏，直让人深深沉陷。

花千骨心乱了几拍，捂着胸口："吓死我了，我还以为是大灰狼。"

"哈哈，大灰狼的眼睛是绿色的。"说着左手一翻，掌心中放出几团火焰，围绕他们飘浮在空中照亮前路。杀阡陌嘿嘿笑了两声，却是好听到诡异。

花千骨不知道自己为什么就是不怕他——众人口中的魔界妖人，也丝毫不提防，难道果真是美色惑人？虽然他们一个是正一个是邪，观念还有处理事情的方式都有很大的不同，杀阡陌也的确杀人如麻，行事任性乖张，但他毫无城府，至情至性，甚至比许多仙界之人还要胸怀坦荡。

一切只是因为身份和各自所处的地位、环境不同罢了。花千骨不想为这些所累，她做人很简单，无论对方身份是什么、地位是什么，人家对我好，我便对人家好就是了。

洞中隐约听到水声，越往前走岔路越多，到处是一些石竹石笋、垂挂的钟乳、怪石嶙峋，反射出各种光影，奇幻瑰丽。

虽已经完全分辨不出东南西北，但大致可以知道一直在向下行。莫非，这里一直通到海底？

果然，之后前面出现亮光，山壁上反射出海浪的粼粼波光。

杀阡陌默念法诀，开了密径，通过结界来到了出口，犹如山崖一般，下面百丈处，果然就是蔚蓝色的海面。他们到达了飘浮在海面上的长留山的底部，而岛的四周全部被帘幕一样的水流瀑布掩盖，所以从外面看不到里面。也很少会有人想到穿过瀑布，到长留山的底部看看是什么样的。

"好漂亮，我看到彩色的鱼儿了。"

"好玩吧？要不要抓两条来烤着吃？"

说着，杀阡陌便直接拉着花千骨跳了下去，正当花千骨憋住气准备掉进海里时，没想到在海面站立住了。

她如果一个人的话，顶多能在水面上支持片刻，可是杀阡陌把周边水域全部控制了，果然很厉害啊。她高兴地在水上跳来跳去，溅起阵阵水花，然后蹲下身子在海里捞小鱼。可那鱼儿精明得很，在她指尖绕来绕去捉弄她，就是不让她抓到。

她回过头看杀阡陌，他正呆呆地望着海面出神。

"姐姐，你在干吗呢？这些小鱼很漂亮，对吧？"

杀阡陌一脸无奈地转过头来，望着花千骨哀叹一声。

"小不点儿，你说我怎么就长得这么好看呢？"

花千骨望着顾影自怜的他痴痴点头："是啊，怎么可以长得这么好看呢？"

"可惜啊，我容貌天下第一，又身为魔君，虽然不太爱管事，大部分时候空挂一个名号，但也是很威风的，对吧？可为什么法力不是天底下最厉害的呢，那岂不是跟我天下第一的容貌很不相配？"

花千骨一脸无奈，差点乐了，他做魔君夺神器不会都是出于这个原因吧？

"那最厉害的人是谁啊？"

"应该是妖神吧？可是当世无人见过。不过我驰骋六界，这辈子只输过两个人。"

"谁啊？这么厉害？我师父么？"

"你师父是一个，输给他我倒也还服气，但是我们打了没多少回合。我的脸不小心被他的剑划伤了，我就匆匆跑回去疗伤去了。如果继续战下去，还不知道鹿死谁手呢，哼！"

"那另外一个人呢？"

"另外的那个，叫作斗阑干。"

"我知道，他是仙界第一战神。"

"对，上一任的魔君就是死在他手里。以前他领天兵平妖魔的时候，我和他交过手，那个真叫厉害，不过……"

"不过什么？"

杀阡陌愤恨地嘟起嘴巴："不过他赖皮！他的均天盾背面光滑无比，跟镜子一样，我一看到自己在里面映出的美丽倒影就失神，结果被他打得灰头土脸的，只好走为上策了……"

花千骨抱着肚子哈哈大笑起来，果然像姐姐的作风啊。

"那我师父和他谁厉害啊？"

"要论修为，或许你师父更胜，但是真打起来，怕是他更厉害。你师父心仁，从不轻易出剑。"杀阡陌一想到两人若有一战，那昏天暗地、日月无光的景象就让他兴奋得摩拳擦掌。

"对了，姐姐怎么会知道长留山下面有这么一条路的？"

"长留山机关结界重重，从上面壁罩过的话得硬闯，从下面的话要稍微容易一些。这条路和岩洞的大部分是流水冲刷自然形成的，其他地方是我多年前为了流光琴用内力强行穿通的。嘿嘿，现在我们先到海底玩玩去！"说着，握住花千骨的小手倾城一笑，花千骨还没反应过来，脚下水面一软，整个身子就沉了下去。她的水性并不怎么好，正慌乱地准备狗刨，却发现自己周身竟然滴水未沾。

她和杀阡陌两个仿佛被包裹在一个巨大的气泡中，缓缓在海底漂浮。

"好漂亮啊！"花千骨趴在透明的泡泡上面，看着各种鱼儿在周围游来游去。一只小鱼儿隔着泡泡吻吻花千骨的手指，一使劲，竟然钻进泡泡里来了，在花千骨周围的空气里飘浮游动了几圈，又重新穿过壁罩，回到海水里去了。

气泡在海中也不知道漂浮了多远，花千骨望着海底幻妙无比的景致，乐不思蜀。气泡慢慢上升飞离海面，然后又缓缓降落到岸边的沙滩上，然后"嘭"地一下在阳光下破碎了。

花千骨四处望了望，这是座东海之上的普通小岛，离长留山不远不近，一个时辰便能打个来回，但又处于其监控范围之外。到处都开满了各种鲜花，五彩斑斓，壮观至极。花千骨本就很喜欢花草，又熟读《七绝谱》，可仍有许多花是叫不上名字的。

"怎么样，好看么？这里的花可都是我亲手种的，种子从六界各处寻来，别处绝对难得一见。"杀阡陌得意地炫耀。

花千骨在花丛中钻来钻去，开心得不得了："好看！姐姐，这个岛叫什么名字啊？"

杀阡陌愣了愣，他当初跟青璃路过曾在此休息，青璃因为这里到处都长满了花很是喜欢，他便施了障眼法将它视为专属，偶尔收集些花种过来，但名字倒是从未想过，于是便随口道："叫……花岛。"

花团锦簇，绿树白沙，海浪温柔地拍打着岸边。花千骨虽然来了长留这么久，可是还从来没这么近的在海边玩过。她兴奋地脱掉鞋袜，光脚在沙滩上踩来踩去。然后拿出杀阡陌做的竹蜻蜓来放。杀阡陌的手艺不精，竹蜻蜓东倒西歪旋地转着，根本飞不了多高就会掉下来，却被他偷偷用法术托着到处飞，花千骨也开心地追着竹蜻蜓到处跑。

杀阡陌从墟鼎里拿出一把伞，变大了支上，懒洋洋地趴在一旁沙滩上看着，心中被温暖和幸福充溢。原来这世间除了他的容貌之外，还有如此好看又让人心情舒畅的画面啊。

而这一次，他无论如何都会保护好这一切，任何人胆敢破坏，都只有一个下场——死！

两人在沙滩上一直玩到很晚，燃起篝火烤鱼儿吃，配菜还有各地的各种美食。花千骨让杀阡陌见识了她引以为傲的厨艺，两人一边吃一边聊天一边打闹。而花千骨并不知道的是，此刻顶在她头上的，就是十方神器之一的谪仙伞。

本来花千骨还挂心着糖宝找不着她会着急，想要尽快回去，无奈太开心了，吃得太饱，竟然睡着了。杀阡陌趁机占便宜，把她抱在怀里一整夜，玩布娃娃一般，捏捏胳膊捏捏腿，掐掐肚子掐掐脸，还拆了她的包子头编小辫玩。

第二天，两人依依不舍地分别，杀阡陌把她送回长留山，又黏了半天，总算上了路。花千骨偷偷摸摸地出了禁林，便御剑准备飞回绝情殿，没想到刚飞了没多远，竟被下面飞溅上来的一滴水珠从剑上打落了下去。她真气一直没有复原，所以虽然发现也无力躲避。花千骨勉强控制身形，没有在地上摔得很难看，但是膝盖上面仍擦破了皮。

不远处传来一阵清脆的笑声，花千骨无奈抬头，果然是霓漫天，还有朔风，两人应该正在溪边练习水系的法术。正巧看见花千骨飞过，便把她打了下来。

"仙剑大会上你不是挺厉害的嘛！怎么现在这么不中用了？连个小水滴都看不到、躲不过，不要告诉我你的伤还没好啊。"

花千骨懒得理会她，拍拍身上的泥土，站起来，一抬臂，断念自动飞回手中。

霓漫天愤恨地看了那剑一眼，她起先都不知道这剑竟是尊上给她的，只可惜了她的碧落。虽说做落十一的徒弟也是她心中所愿，但是掌门弟子就这么被她赢了去，到底还是心有不甘，新仇旧恨加在一起，积怨更深。

"哟，现在好歹也是长辈，我该叫你一声小师叔了，不要不理人嘛！这掌门弟子做了也近一年了，应该从尊上那儿学了不少东西，指导师侄一两招如何？"

说着便举剑来攻，招招夺命。花千骨连忙远远闪开，朔风则悠哉地抱臂在一旁看好戏。

花千骨仓促抵挡，剑势有形无神，有力无气，明显不是霓漫天的对手。

霓漫天美目凌人，却不着急取胜，故意戏弄她一般接连过了几百招，把这一年从落十一那里所学——展现给她看。她本就天资聪颖，再加上仙剑大会之辱，越发勤奋刻苦。这一年间花千骨过得是自在悠哉，她在贪婪殿上却没有片刻松懈过。无论是武力还是修为，都是一日千里，胜了当日几倍有余。而花千骨则每天看书、睡觉、做饭、抚琴、调香、制药、下棋、作画，甚至酿酒、种菜、养花……至于修为，几乎没有什么提高，自然落下了霓漫天极多，再加上真气未复，只能被霓漫天牵着鼻子走。

霓漫天故意羞辱她，把她周身衣物割出道道口子，却丝毫不伤她皮肉。最后背后凌空一脚，直接把她踹趴在地上，摔了一脸泥。

"小师叔！抬让了！"霓漫天得意地拍了拍双手，转身离开，嘴里念道，"什么掌门弟子，半点用都没有！呵呵，还是我家十一师父最厉害！"

花千骨看她慢慢走远，气闷得不行了。厉害不厉害是她自己的事，她一直借口养伤贪玩不用功，干她师父什么事？师父这一年来除了抚琴，几乎其他什么都没教过她，她就已经这么厉害了，要是教她的话，她肯定更厉害！

不过强接霓漫天几百招，本就不多的真气用得更是差不多了，真是够累啊！她趴在地上干脆不起来。

她本就没什么野心，也没什么宏图大愿，说她懒散也好，说她没有志向也好。她始终记得自己最初渴望的只是简单的，没有鬼魅缠身的平淡生活。之后心里有了愿望，便是做他长留上仙白子画的徒弟。苍天见怜，居然也实现了。她再别无他求，只想日子永远如现在一般快快乐乐、简简单单便好。不断地逼自己变强、变厉害，到底有什么意义呢？神静心安，顺其自然才对。

可是这时候才发现，原来自己并不是只过着自己的生活那么简单。身为白子画的徒弟，她的身上同时还背负了师父的名誉。

人家提到她，不会说那个谁谁谁花千骨，而只会说长留上仙的徒弟。如果她不给师父争气的话，那她又有什么面目、什么资格做师父唯一的弟子呢？

花千骨心里暗暗发誓，回去之后一定要分秒必争把荒废的这一年时光给补回来，就不信没有一次，她可以堂堂正正地打败霓漫天！

正出神着，眼前突然伸出来一只手。

花千骨吓了一大跳，抬头一看却是朔风。不明就里伸出手去，任他握住扶了起来。朔风蹲下身子，没有用净术，而是用手一点点拍去她身上的泥土。

花千骨有些受宠若惊，退了两步。朔风站起身来，虽然也是少年，却比她高出了一个头还绰绰有余。朔风一手扶住她的肩，一手用袖子小心地擦去她脸上的泥巴。看她灰头土脸嘟着个嘴的样子，忍俊不禁。

花千骨看他依旧蒙着脸，那眼神分明是在笑她，不由得嘴嘟得更高了，气呼呼地揉了揉乱蓬蓬的头发！哼，等她练好了再来，把他们都打败！她的师父才是天底下最厉害的！

"快回去吧！"朔风拍拍她的头，脱下外衫披在她身上，总是寒冰一样的眼睛，却有几分温暖。

"哦，谢谢……"花千骨错愕间没有拒绝，御起断念往绝情殿飞去。她心里想，虽然朔风总和霓漫天在一起，看起来好像是结成一帮了，但是从来没有欺负过她，对她也算不错，应该是个好人吧！每次在清流那儿聚会的时候，他虽也会跟着落十一去，但总是在角落里一面喝酒一面看着他们聊天，都很少说话，所以大家对他依旧陌生。下回她要主动点找他聊天，或许他只是不善言辞吧。

花千骨回到绝情殿之后便开始疯狂地看书练功，什么也顾不上了。白子画一个月后才回山，一进绝情殿便觉得不对。急忙赶往后山塔室，只见糖宝焦急地守在外面，说花千骨已经三天三夜没出来过了。它怕打扰她练气走火入魔，又不敢随便闯入，只能在门外干着急。

白子画连忙进去，只见花千骨身子悬浮在空中，身上有七瓣莲花状的微光四散而出。双目紧闭，依旧在入定中，只是急功近利，心神不宁，面色苍白，练得有些岔气了。

白子画安慰糖宝没什么大碍，让它先出去，然后飞身而起，静止在花千骨的身后，慢慢替她疏导。

花千骨浑身冰冷僵硬中，突然感觉一股暖流如江河注入，推着她奔流向前。

白子画点了她周身几个大穴，其实她伤势早已复原，只是夜里她不知道时，内力被他封住了，有助于他替她疏导净逐。她应该是发现不对，用力想冲破，却力量不够遭反噬，引得岔了气，收不回元神来。

既然如此，那就干脆替她把仙脉打通，以后靠她自己修炼疏引好了。

白子画和她在塔室里坐了七天七夜，花千骨全身筋骨被白子画洗了一遍。他又喂她吃了一颗瑶池炼制的攀仙丸和一滴长留山的离尘露。

待到花千骨转醒时，只觉得身体轻飘飘的，似乎都不是自己的了，仿佛一滴水般透明，一片雪花般洁净，似微风又似海洋，似山川又似星空。整个宇宙乃至万物全部包容于胸，一切大道了然自明。

只不知道人家辛苦访仙求缘，千年修道，她却几乎旦夕得渡白子画百年仙力，过了大劫，直接从破望上升到知微境界，并且修得仙身。

"师父？"花千骨睁眼见他，心中几多欢喜。两人仍在半空中慢慢随塔顶苍穹的玄机八卦图而旋转。

见白子画双目紧闭，额头稍有汗水，她担心地伸出手去，替他轻轻擦掉。白子画身子微震，唇翕动一下，却没有说话。

一炷香时间，二人缓缓降下。

"师父，你没事吧？"花千骨慌忙想要扶他，白子画挥挥手："我没事，你运气，看丹田之处可还有痛楚？"

"没有了，师父。"

白子画点点头，往塔外走去。糖宝守在外面都快睡着了，一看他们出来，总算放心了。花千骨一把抓起它，塞进耳朵里。

"师父，我练功是不是走火入魔了啊，是师父回来及时救了小骨么？"

"没有，但是切记修道一定要清心，不可急躁。我已助你修得仙身，过段日子，你把《七绝谱》都背熟了，我便开始教你法术。"

"哇！真的？太好了！师父！"花千骨开心地蹦蹦跳跳，忍不住从后面一把抱住了他的腰，白子画愣住停了下来。她这才反应过来，连忙放开，背着手站在那里傻笑。师父终于要开始教她了，哼，看下回霓漫天还敢在她面前嚣张，非把她打得屁滚尿流不可！

"师父，仙身是什么？我现在已经是仙人了么？"

"不是，要靠自己修道，飞升才能真正成仙。你道行不够，只达知微境界。"

"那有了仙身有什么用啊？"

"最简单实际的——"白子画转身看着个头才到自己胸前的她，"可以长生不老。"

"你的意思是说……"花千骨难以置信地睁大眼睛。

"嗯，如果你不特意运功施法的话，你可以永远保持现在的这个样子，不会再长大一点。”

“好神奇啊！我知道了，我以前听过嫦娥偷吃灵药的故事。”

“对，一开始她也只有仙身，没有法力，后来才修道成仙的。如此的话，你以后修习会容易许多。”

“知道了，谢谢师父！”花千骨咧开嘴，开心地笑着。

白子画看着她明媚的笑脸嘴角微微上扬，突然道：“我今天想吃桃花羹。”

花千骨愣了一下，半天才反应过来，惊喜道：“知道啦！现在就去做！”说着转身往厨房跑。

糖宝在她耳朵里不满地哼唧道：“尊上，你总算回来了，可以吃好吃的了。你都不知道，这些日子你不在，骨头娘亲就懒得做饭了，每天虐待我，给我啃窝窝头，呜呜呜……”

十六 丹青难描

花千骨有了仙身，识记能力更是强了许多。在书房里背书给白子画听，因为内容太多，他随意挑着让她背，也不对书，竟也是全部记得的。

花千骨背得流利，很快便过了关。正当她兴奋之余，没想到白子画又拿了一堆书给她，一共五本。花千骨一翻，分别是金木水火土五籍。这次的书没有图画，更没有声音，全是深奥拗口的一些心法和口诀，密密麻麻的，看着直让人头晕。

“师父……”

“你先看书，自己领会书中的奥妙和含义，一遍不懂就读两遍，十遍不懂就读百遍，不要来问我，也别问糖宝。第一天修习金术，第二天就修习木，第三天水，以此类推，五天一轮，周而复始，不准中断。”

“啊？师父，那今年的仙剑大会……”

“你不用参加。”

“哦，那明年？”

“明年也不用。”白子画放下手中的笔，把刚写好的字递给她，“入定的时候挂在房间里。"

花千骨接过来看，是好大的一个"静"字。笔锋苍劲有力，浑然质朴。

"知道了，师父。"

花千骨夜里趴在垫子上，双手撑着下巴看书。

糖宝高举一只纸鹤艰难地翻越几座大山，从她的身上爬到脑袋上："骨头，爹爹来信啦！"

花千骨开心地跳了起来，接过信和糖宝一起看。然后提笔回信，她趴在信纸这头写，糖宝趴在信纸那头胡画，还在中间画了条分界线，不准花千骨的字越过地盘。写好了放飞出去，花千骨突然想起观微的事，自己好像也到知微境界了，要怎么用啊？

糖宝解释道："就是可以通过明镜或水等一些载体，看到自己想找的人、发生的事等等。当然，像道行特别高深的，只需掐指算，或灵机一动，便能知晓万里之外发生的事。"

"啊，那我们在长留山吃喝拉撒，不都可能会被人看见？"

"长留山有结界，外面的探知进不来。而且这法术极损真气，坚持不了多少时间，会受到距离、对方力量强弱、所处地点、周围法场等各方面的影响，所以常常需要借助宝器。"

"那我现在可不可以啊？我去找面镜子来！"花千骨一听兴奋极了，她若是练得很厉害了，岂不是可以大老远看见东方或卿和云隐他们在干什么！太有趣了！

"我现在的法力都只能做到感知某个人的存在，还看不见画面，你哪儿有这么厉害！"糖宝仰天一哼。

"我可是你娘亲！"花千骨找不到足够大的镜子，于是跑到后院莲花池边，依着糖宝教她的训练。可是看来看去看了半天，平滑如镜的池面上除了倒映出的一弯新月，什么也没有。

"你在想谁呢？"

"我想看东方啊！"

"他太远了，你当然看不见。你先从最近的开始尝试。先绝情殿，然后长留山，再观天下。"

"啊？那我看师父行么？"

"嗯，他在这绝情殿中跟你最近，你试着找找看他现在在哪儿，能猜出他的大概位置，就已经很不错了。"

花千骨屏气凝神，脑中清明一片，顿时绝情殿仿佛微缩成了一个小小的模型，而她巨大的双眼从上空俯视一切。

师父，师父在哪儿呢？

卧室么？顿时师父卧室的景象出现在池中，只是画面微微有些模糊颤抖。糖宝难以置信地瞪大眼睛，有没有搞错？

卧室不在，在书房么？顿时书房出现，但是画面比之前要清晰了许多。

花千骨慢慢调整，逐渐抓住了诀窍，把绝情殿的房间都翻了个遍，居然都没有找到师父的踪影。

"奇了怪了……"

糖宝感到挫败地叹口气，唉，骨头娘亲现在的法力已经超过它了啊，以后更只有被她欺负的命了，嗷呜。

"你不要漫无目地到处瞎晃瞎看，很耗元气的。你要先靠心去感知他是否存在、他的位置和大概方位在哪里，这样才好找啊！"

"原来如此。"

花千骨闭上眼睛，用心细细体会寻找了一遍，身体仿佛化作一阵清风，从绝情殿的东南角刮起，贴着草地，慢慢吹拂过每一个角落，突然灵犀一动，双目一睁，惊喜道："我找到了！"

低头往池中望去，白子画的身影正出现在荡漾的水面上。

可是居然……

花千骨呆在那里，感觉全身的血液瞬间沸腾到了顶点，直往上冒，然后鼻血喷涌而出。

"谁？！"白子画几乎是立马警觉，转过身抬起头来，冰冷凌厉的眼神穿过水面，直直地望向花千骨，吓得她一阵腿软，出了一身冷汗，倒退了好几步，池中景象马上消失得无影无踪。

糖宝也傻了一样，依旧痴痴地望着清澈见底的池面发呆，长长的口水一直流到池里，害得水里的小鱼差点以为那只笨笨的小虫子是不是对自己一见钟情。

花千骨的鼻血依旧止不住地往下流淌着，如滔滔江水连绵不绝。

苍天哪，她看见什么了？她不是在做梦或者在梦游吧？

银色月光下，师父大人居然这个时候，独自一人，在后山溪流汇聚成的小小瀑布的如丝细流下沐浴。那是怎样瑰姿艳逸的人间绝景啊！哦，苍天，她居然看到了师父大人的裸背！

虽然只是一刹那，师父的长发随意往前披散，露出背部的优美线条来，她从来不知道，原来一个男人的背也可以这样美的。

而正因为没有看见他从来都高不可侵的冰冷眉眼，光瞧见了月光下、雾霭中他的背影身姿，清华出尘中竟然又带了入骨的媚惑，仙气中又糅合了一丝妖冶。那样白皙透明的肤色，莹如美玉，反射出的月光明晃晃地刺痛了花千骨的眼眸，心就好像被剜了去似的，只知道随着他的每一个举动而跳动。连一向把师父敬如菩萨的她，都不由得心中有了些莫名的异样，激动得流淌下一地鼻血。光是这样眨眼所见，已经让她的世界且夕幻灭，碎成飞灰，更不用说让她想象他在水下的下半截身子。

她虽还是个孩子，但《七绝谱》读完，这世间事几乎全在脑中，不由得脸红得快要爆掉。

那裸背不停地在她面前晃来晃去，她的鼻血就片刻不肯停止地流啊流。她一路流一路清扫销毁罪证，终于溜回卧室，很适时、很舒服地让自己流着口水、发着花痴、做着美梦晕倒在大床上。

第二日一早，她就很主动、很自觉地双手高举着藤条在大殿里跪着了。

白子画从书房出来，无奈地看着她道："你在这里干什么？"

"师父，弟子知错了……"

"错了？知什么错？说吧……你又将什么东西打碎了，还是惹了什么祸？"

花千骨的眉毛纠结成一团，豁出去了般突然大声道："弟子错了，弟子昨天不应该偷看师父洗澡！"

白子画猛然被呛住，剧烈地咳嗽起来。脸上虽仍无表情，却是一阵红一阵白。

他还在想，这世上是谁有这么高深的法力，竟然突破长留和绝情殿的重重结界，敢在暗中窥视他，而且近到已经看到他的地步，原来竟然是这个小丫头。因为离他距离太近，身上的仙力大部分本来就是由自己身上渡给她的，所以气息相近，自己根本就没有提防和察觉。唉……

花千骨见他不语，眉头深锁，依旧是如神佛一般高不可侵，仿佛多看一眼都是亵渎，和昨夜那青莲出水一般如梦如幻的美丽背影迥然不同，她心里更加没底了，呜呜呜，师父不会真的生气了吧！

"师父，小骨知错了，小骨不是故意的，只是在练习观微的时候，想找找看师父在哪儿，没想到刚好师父在沐浴。呜呜呜，师父，你别生气了，小骨什么也没看见，就只看见师父的裸背……"

白子画更加窘迫无奈了，花千骨惊奇地发现，原来如同万年冰雪的师父竟然也有那样好玩的表情。

"没关系，你起来吧，一切色相皆尘土，皆空相，皆执妄。你回去看书吧……"白子画道行极深，平日若观微于花千骨，自然知道何时可见何时不可见。花千骨初学，自然无法自己掌握控制。

"谢谢师父！"花千骨这才开心地站了起来，师父果然是大人有大量啊！哈哈！早知道她昨天就多看两眼了。

"过两日就是仙剑大会，你十一师兄一个人全权负责，恐是忙不过来，你去看看，有事就帮帮手。"白子画道。

"知道了，师父，我一会儿就下去。"花千骨知道，世尊、儒尊的几个弟子，贪玩的只顾着贪玩，练功的只顾着练功，什么事情都得靠落十一一个人忙活，肯定很辛苦。他最近连陪糖宝玩的时间都不怎么有。糖宝干脆每天睡懒觉，用它的话来说，它睡觉便是在入定和修炼了，所以扬扬得意，自认为很勤奋，发誓要尽快反超它的骨头娘亲。

"师父啊，小骨什么时候才能像十一师兄一样，也在仙剑大会上收徒弟呢？"

"为什么会突然想要收徒？"

"这么大的绝情殿上只有我们两个人，好冷清啊。我想多个人陪我玩、被我欺负，又不想要师弟师妹，那当然是自己收个徒弟最好啦！师父，你看小骨我这么乖、这么听师父的话，小骨要是收个徒弟来玩，一定也很有趣吧……"

"会有这么一天的，不过最好不要太像你，一个已经够让为师头痛了。"白子画嘴角微扬，转身离开。

花千骨嘟嘟小嘴，看着白子画衣袂飘飘不履尘的背影，顿时浑身僵硬，昨夜妖冶月色下，他的身姿又开始在眼前晃荡，一股热流直往上冒，她连忙捂住鼻子，阿弥陀佛，阿弥陀佛……

"骨头娘亲！快起来！快起来！！"糖宝把她的脸当弹簧床，在上面跳来跳去，拔河一样扯她长长的睫毛。

"糖宝，别闹，我好困，昨晚看书，很晚睡的，让我再多躺躺。"花千骨迷迷糊糊随手一挥，糖宝直接飞贴到对面墙上，然后像一张饼一样无力地滑下。

呜……坏娘亲。

糖宝爬到桌子上，尾巴在砚里蘸了蘸，又悄悄爬上花千骨的脸，一边在她脸上爬，一边拖着尾巴在她脸上画王八。

花千骨觉得脸上痒痒的，直接翻个身，面朝下把糖宝压在下面。糖宝无数只小腿使劲蹬使劲蹬，见花千骨的脸仍压着它没反应，干脆努力钻进旁边的鼻孔里。花千骨受不住，转身仰面老大一个喷嚏，炮弹一样把糖宝射上了天，又直直地落回脸上。

"呜呜呜，好多鼻涕……"糖宝跳到她的胸前打滚，使劲在衣服上蹭蹭蹭。

"骨头，快点起床了！外面下大雪了，好漂亮！我们出去打雪仗啊！"

花千骨迷糊中一听，立马一个激灵醒了过来。

"你说什么？下雪了？"花千骨一蹦而起，蹿得比猴子还快。

刚打开房门，寒风就夹杂着雪花迎面扑来。花千骨穿着单衣在风里哆嗦着，又舍不得关上门，既兴奋又激动地立马冲了出去。

院子里的雪积了好几寸厚，依然还在下。空中飞舞着洁白轻盈的雪花，还有无数长着薄翼的雪花精。

桃花依旧未谢，只是被雪压低了枝丫，银装素裹中露出一点点红晕来。桃花精飘舞着，在空中和雪花精打闹。笑声空灵，遥远地传来，在寒风中越发显得如梦似幻。

花千骨在雪地里又蹦又跳，开心得不得了。她家在南方，除了在《七绝谱》中，这还是第一次真的看见下雪，原来竟是这般好看又壮观。

糖宝则全副武装好了，手里挥舞着一个老鼠屎般大的很小很小的雪球，骑着施了法的纸鹤，直直地向花千骨飞来。然后啪地一下把雪球砸在花千骨的眉心。

"哇哈哈哈！正中目标！"糖宝得意地骑着纸鹤在寒风中自由穿梭，突然听见身后风声疾厉，刚一回头，比它身子还要大出十多倍的一个雪球已到眼前。

"啊！"糖宝一声惨叫，被雪山一样大的雪球打下飞鹤来，压在雪地上。灰头土脸，在下面挣扎不出，就干脆从下面打了个洞，从雪球顶端爬出来。

花千骨坐在雪地上，抱着肚子大笑。

糖宝抖抖头上的雪花，气鼓鼓地骑上鹤飞到花千骨面前，看到花千骨脸上依旧一个大王八，在心里偷着乐。

花千骨一把把它抓在手里。

"你这是什么啊？"

"轻水给我做的衣服、围巾和耳套啊！"糖宝得意地一扭身子，摆个造型。

"我真服了她了，怎么连鞋子都有！"花千骨张大嘴巴，把它倒着提了起来。

糖宝穿了无数小鞋子的小腿在空中乱蹬着。

"那是，谁让我娘什么针线活都不会做呢？还是轻水对我好啊！以后我要讨她做老婆！每天给我洗衣做饭……"

花千骨哈哈大笑："糖宝，你是公的母的啊？"

"哼，什么公的母的，我想男就男、想女就女。为了我贤良的轻水，我决定修炼成一个顶天立地的男子汉！"

"哈哈，那十一师兄怎么办？岂不是要伤心死？"

糖宝脸红扑扑的，抗议道："关他什么事，我才不理他呢！"

"好好好，不关他的事，不过十一师兄很厉害哦，做我的女婿实在是委屈他了。一只小屁虫有什么好的，爱慕他的漂亮仙女那么多，再怎么轮也轮不上你啊，唉……我还是随便找只跳蚤啊、菜青虫啊、蚕宝宝啊什么的，把你给嫁了吧！"

"呜呜呜，你敢，我告诉爹爹去……"

"你爹他听我的，哈哈哈！话说你每次穿那么多双鞋，穿完了又要一只只地脱，你累不累啊？"

"还好还好，穿着脱着就习惯了。"

"对了，师父起来了没有，我去告诉师父下雪了！"

花千骨开心地往白子画卧室跑去，他却不在。

"师父，师父——"她知道，不管师父在哪儿肯定都能听见的。

果然……

"我在露风石。"白子画的声音传来。花千骨急急忙忙往殿外跑。

白子画站在崖边负手而立，俯瞰一望无际的沧海雄山。一袭白衣，在风雪中快要看不清了，只有黑发散乱、漫天飘飞。

花千骨费力地爬了上去，看见下面白雪皑皑、巍峨壮观的长留山，不由得震惊地吐了吐舌头。崖边风更大，而且有雪地滑，似乎一不小心随时都会从崖上坠下去。可是她不怕，因为师父在身边。

花千骨开心地拽着他的袖子，以防小小的身体被风刮跑。

"师父，好大的雪啊，我这还是第一次看到下雪呢，去年长留山都没下。"

"离妖神出世越来越近，天地异象也越来越多。最近西南地震频繁，北边时有战火，东边连续干旱、洪灾、虫灾，百姓颗粒无收，饥荒遍野，另外还有妖魔横出，整个仙界也慌乱了手脚。这天是一年比一年冷，明年的雪会下得更大、积得更厚吧……小骨，你来长留多久了？"

"回师父，两年了。跟在师父身边也已经有一年了，小骨快要十四岁了。"

白子画微微点了点头："现在你修炼也算小有所成了，还怕鬼么？"

花千骨身子瑟缩一下，低下头去："怕……"

"妖魔鬼怪都是这世间之物，只是存在的形态不同罢了，你要能够冷静客观地看待。未见先有了三分惧意，怎么斩妖除魔呢？"

"师父，这正和邪要如何区分，魔和仙永远是对立的么？"她一直为杀阡陌的事情想不清楚，可是又不知道应该怎么做。

白子画沉思片刻："人要有所持，也要有所守，有时候是与非、黑与白并不是那么容易看得清楚，坚持做你认为对的事情就好了。妖神出世虽然不可避免，但是听天由命又不免悲观。命数这种事，到底还是看人自己的选择。所以我们每个人尽自己的那份力，无愧于心、无愧于天地就是了。"

"弟子知道了，可是师父，恕小骨冒昧问一句，你明明不喜欢这些俗世中的事，为什么还要继续做掌门呢？"花千骨不解地抬头望着他。

白子画摇头："小骨，你记住，人有多大的能力，便要负起多大的责任。如果仅随心所欲做自己想做的事，而逃避应有的责任，那便是罪孽。想要抛开一切，自由地活着，并不是一件那么容易的事情。更何况，师父我虽然不喜欢这些事情，但也没有什么事情是喜欢的。所以，不管以怎样一种方式活着，对于师父来说，都是无关紧要的。"

花千骨的心猛然揪痛了一下。

"人有时候无欲无求或许是一种悲哀，为了没有忧愁，同时也舍弃喜乐，代价或许是有一点太大了，所以得道飞仙不一定就是什么好事。小骨，你命中注定一生崎岖坎坷又波澜壮阔，或许外面宽广的世界更适合你，长留山对你而言，太小了。"

花千骨一听，吓得立马跪了下去："我不要，我哪儿都不要去，我只要留在师父身边。"

白子画弯腰扶她起来，这才看见她仍穿着单衣。他小心地拍去她膝盖上的雪，解下身上雪白的披风替她系上。

"怎么穿的这么少，不要着凉了。师父只是突然感慨，又不是真要赶你走，看把你吓的。"

花千骨气呼呼地鼓着腮帮子，抬头委屈地看着他。

白子画看到她脸上的王八，忍俊不禁。而坐她肩上的糖宝，正在对他挤眉弄眼，一脸坏笑着。

白子画扬起嘴角，替她一点点擦去脸上的墨迹，两人仿佛两座凝结在露风石上的冰雕。花千骨半点都不敢动，生怕惊走了师父这片刻的温柔。

花千骨就这样简单地在绝情殿生活，师父很少亲授她些什么，最多只是在她练错的地方提点一二，将她导回正途，也从不对她多做任何要求限制，大部分时候都是扔一堆书给她，让她自己看。

她一开始不明白，后来才发现，那些大量死记硬背灌入她脑中的知识在潜移默化中被她吸收理解，让她变得博学广达。那些艰难生硬的古籍秘法，没有人教授，她理解起来甚为吃力，可是在慢慢学习的过程中，她的领悟能力和学习能力远比其他人强上许多倍。之后不需要人指点，很多难懂的修炼之法她都很容易地得其门而入了。

她终于明白了师父的良苦用心，授之以鱼不如授之以渔，手把手地教她，只会让她永远在自己的影子之下，很难有突破。而且道心修炼、口诀秘法，每个人都有自己的理解，师父不想把自己所认为对的强加于她，而是希望她以自己的理解去修炼、去提高。并且从未硬性要求她什么，只是给予适当的监督。师父是希望她在没有鞭策、不依赖他人的情况下，也可以自己学习，有自己的规划，在刻苦修习的过程中也能过得轻松自在。

说起来，师父真的没有具体教她学过什么，可是教给了她最重要的学习的能力。

虽然开始的一段时间里，她的修为比霓漫天甚至比轻水都落后了很多。

可是之后花千骨一日千里，很快便突破了勘心的境界。在长留修炼这么短的时间里，居然能有此大成，这是长留山百年都未曾有过的。

更奇妙的是，人家的宫花、宫玉什么的，都是自己所属的那个系的单一色调，她的宫铃竟然慢慢变成了金木水火土五色的，挂在剑上流光四溢，光彩灼人。

看着自己彩虹一样好看的铃儿，她不知道有多欢喜。她知道是师父调节了她的体质，让她修行五行术，无一不可偏废。因此虽然她没有特别拿手的五行术，攻击力也一直不强，可是随着五种法术同时缓慢提升，之后越来越快、越来越强，她不管遇上何种属性的高手，都可以相生相克。

这时候花千骨才真正地体会到，她遇上的，是世界上最好、最厉害的一个师父。

一转眼，在长留山又平淡地度过了三年。

花千骨已经十七岁了，可是容貌始终停留在十四岁未发育的孩童模样，丝毫没有变过。性子也似乎半点没长大似的，每天顶着两个包子头在绝情殿风驰电掣般跑来跑去。糖宝也半点都没长长，倒是横向发展了不少，越发圆滚滚了。

"骨头，你在鬼画些什么呢？"糖宝�140� 唩唧，把桃花酥啃成了一个小房子的模样，从洞洞里探出个头来张望。

花千骨咬了咬笔头，嘿嘿一笑，神秘地说："我在画师父。"

"你确定你画的是师父，不是白无常？"

"当然是师父，我在画师父的裸背。"

糖宝把一口糕点全部喷了出来，结果被花千骨一下敲在头上。

"居然敢喷在师父大人的画上，怕不怕我把你拧成麻花啊！嗯？"

"呜呜呜，我要到梦里告诉爹爹去，骨头娘亲越来越暴力了！"糖宝抱头躲进小房子里。

因为花千骨一直在长留山，东方彧卿苦于跟她还有糖宝久不能相见，总是在信里抱怨。于是花千骨苦练元神出窍，但她法力尚浅，根本一炷香也坚持不了，更突破不了长留的结界出去。后来东方又折叠制作了另一种纸鹤，花千骨只需睡觉的时候压在枕下，便能在梦中神魂离体，一跃千里，与他相见了。

只是这极其耗损精力，而且得是白子画不在山中，东方彧卿也刚好想见她，同样压了纸鹤入眠的时候。虽然机会并不是很多，但抛却躯壳的束缚，二人再加上糖宝，这些年天南海北四处晃荡，羁绊愈深，感情也一日胜过一日。

不过东方最近似乎很忙，花千骨已经很久没在梦里见过他，也没有他的消息了。

花千骨咬着笔头望着天，继续努力回忆当时看到师父裸背的情景，一脸陶醉，口水都忍不住快流下来了。唉，怪只怪像弹琴作画这些需要勤加练习的技艺类的东西，她尽管理论知识一大箩筐，随便看着一幅画就可以说出一堆的条条道道来，可是真让她动手画，她就无可奈何了。

不管怎么画，都不像师父，她多想把师父大人亲手画下来，然后把画像随时带在身边啊。不过，白子画，白子画，这世上，怕是无一画可以装得下他的仙姿、容貌、风采、气质吧？

"小骨。"突然一个声音在耳边响起。

花千骨连忙把画一掩，慌张道："在！"

"过前殿来一下，为师有话对你说。"

"是，师父，小骨马上就来。"

花千骨匆匆忙忙地把画藏好，就往前殿跑。

"师父，小骨来了。"花千骨乐滋滋地推门而入，多年相处，已不像过去那样紧张惧怕，每次见到师父都最开心了。

白子画放下手中茶盏，颔首道："小骨，近年来，神器的守护门派已经依次暴露，为争夺神器，仙魔屡次交战，可神器还是接连被夺，你可知晓？"

花千骨点点头，十方神器中，卜元鼎一开始就在妖魔手中。继茅山的拴天链被夺之后，玉浊峰的谪仙伞、蜀山的幻思铃、委羽山的不归砚也接连被盗或被抢。如今妖魔手中已有五方神器，且封印解除，实力大增。而仙界这边，炎水玉早已下落不明，只余长留山守护的流光琴、长白山守护的沉浮珠、天山守护的玄镇尺，还有太白山守护的悯生剑这四方神器。

白子画站起身走到窗前，眼中显现一丝忧虑："单春秋一干人扬言下月十五要率妖魔大军来取，同时给距离相隔极远的长留、太白、长白、天山都下了战帖，却不知道其中虚实。以他们之力绝无可能同时进攻四派，估计是想分散仙界支援的力度，然后率大军集中攻打一个或者两个。四派天南地北，相隔遥远，就算是日行千里怕也为时晚矣。长留实力雄厚，妖魔攻打的可能性最低。你的修为虽说没有登峰造极，却也已经能够独当一面，但实战经验太少。此次和其他弟子一起出山御魔，支援他派，也当作一番历练可好？"

要她一个人下山么？她不要啊，她一步也不要离开师父……

"弟子谨遵师命。"花千骨心中虽不舍，最终也只能恭敬一拜。

白子画点点头，又问道："小骨，十方神器你已铭记于心，但它们各自的力量为何，你可记牢？"

花千骨道："嗯，记牢了，除了幻思铃、不归砚还有谪仙伞的不知道。"

关于神器，她特意在《七绝谱》上仔细详查过。每一方器物，得注妖神之力后，分别根据自身特点、作用以及所守方位，生出了奇妙而强大的力量。

为了抑制各自的力量，也为了阻止妖神出世，神器都被加诸封印，无法使用。所以一些过去曾被解开过封印的神器，诸如流光琴、拴天链等，大都知道其力量如何，但未解开过的，就无人知晓了。

而那七方花千骨已经很了解的神器，力量分别如下：

流光琴：净化涅槃。是十方神器中代表"善"与"重生"之物。琴声不但能净除恶鬼，超度亡魂，且能遏制人心中的邪恶、贪婪与欲望。于战则干戈化解，于人则重修旧好。

浮沉珠：借法自然。代表"毁灭"与"力量"，可控制云雨雷电、山川树木等自然元素，此珠在手，翻江倒海、翻云覆雨，皆不在话下。

卜元鼎：调香炼药。代表"煎熬"与"治愈"，可炼化一切，不论是制出来的香，还是仙丹毒药，都是圣品。

玄镇尺：绝对封印。代表"绝望"与"压迫"，人和物，修为或者记忆，感情或者技艺，皆可封印，无法解除。

炎水玉：生生不息。代表"爱"与"希望"，使用此神器，枯木可回春，死人可复生。

悯生剑：以杀止杀。代表"死"与"离别"，悯生剑其实是最残忍之剑，见血必亡，它的悯只是在于死在剑下的人不会有丝毫痛苦。

拴天链：锁住空间。代表"牵绊"与"桎梏"，无法斩断的枷锁，可缔造世上最坚固的牢笼，并能轻易毁掉牢笼中的一切。

神器之力非同小可，且相生相克。如今有三方力量不为人知的神器落到妖魔手中，也难怪白子画心生隐忧，只希望不要中途生变才好。

"你去收拾行李吧，明日起程。"

"是。"花千骨慢慢往殿外退。

"路上一切听你十一师兄安排，不要乱跑。"

"是。"

"衣物多带些，路上夜里会很冷。"

"是。"

"把糖宝也带上，必要时它能帮忙。"

"是。"

"去药阁里取些血凝花和回清丹带上，如果受伤的话用得着。"

"是。"

"一路小心，一定要注意安全。"

"知道啦，师父……"花千骨终于忍不住，哈哈笑着蹦着从殿内跑了出去，心里美滋滋的，原来师父也很舍不得她嘛，四年里自己几乎就没怎么出过门，而且是去和妖魔打架这么危险又有趣的事，也难怪师父会担心。

放心吧，小骨这次出门，一定不会给你丢脸的！

卷 三

暗影浮香动浅夏·流光琴响太白山

「紫薰她……跟你说什么了？」白子画微微凝眉，居然密语不让人听到。

花千骨慢慢回过神来，依旧面色苍白如纸，拼命摇头。

「没有，她什么都没有跟我说……」

白子画放开她，轻轻拍拍她的头。

「没事就好。」

花千骨身体颤抖着，白子画的每一个动作对她而言都犹如凌迟。

一辈子也忘不了，夏紫薰慢慢闭上的眼睛，满是泪水与不忍……

一辈子也忘不了……

花千骨被她一席话炸得粉身碎骨，从此万劫不复。

十七 鬼门大开

"千骨，你没事吧？"落十一御剑的速度慢下来，和一直落在最后的她并驾齐飞。

"没事。"花千骨心虚地笑笑，面色有几分紧张。

霓漫天回头瞪她一眼，一个人急速飞驰在最前面。她总是喜欢在最前面的，原因很简单，所有人的目光都可以注视着她。

几年下来，和花千骨的停止生长不同，已经十九岁的她早已发育完全，出落得越发娇艳，常常迷得长留一干男弟子晕头转向。对个头才到她胸前的花千骨也更加藐视了。

对此，花千骨气呼呼地低头望望自己永如万里平原的胸部，哀叹一声，然后不屑一顾地评论霓漫天：还没阡陌姐姐的一个小指头长得好看，哼！

这次长留山派出的新老弟子一共近百名，分成三批，分别赶往三个方向。而天庭及其他大派也会派弟子支援，但是人数有限，因为怕妖魔意不在神器，而是声东击西，茅山被屠的事再次发生。

尹上飘出自天山派，带着火夕和舞青萝还有一些弟子负责天山。狐青丘跟着两位长老还有部分门人，赶往长白山。落十一则带着他的两个徒弟霓漫天和朔风，还有轻水、云端、花千骨以及另外十多个弟子，一共三十人赶往太白山。

本来，如果按他们队伍里最慢的人的御剑速度，白天赶路、夜里休息的话，从海上长留飞去太白山顶多十天就到了。可是现在离八月十五还有一个多月的时间，他们一行人却先出发了。

主要是他们当中大多数人都太年轻，虽学有所成，却几乎无半点对敌经验。许多人入门修行后，几乎就从未踏出过山门，更别说真正面对妖魔了。所以世尊特意让落十一领他们先行一个月，而且过了海上到陆地之后，就放弃御剑，步行到太白山，一路体察世情，增广见闻，斩妖除魔，累积一点生存经验。

这样花千骨本来是很高兴的，终于可以有机会一路好好玩一玩了。

可是师父临走前把她的天水滴给封印住了，说要她自己去面对妖魔鬼怪，而不能一直依靠外力的保护。

结果，她立马就感觉到以前周身的那种压抑和束缚感回来了，身上似乎总缠绕着什么，双手触及哪儿，那儿的花草就立马枯萎焦黑一片，长留山草木精灵见她都通通唯恐避之不及。

而这才只是刚开始而已，随着年龄增长，她身上的气味越发浓重。刚出了长留没多远，就有几股阴风一直在她脚底下盘旋不肯散去，花千骨真是欲哭无泪，师父这不是明摆着把她往鬼口里送吗？她最怕鬼了，明明求仙就是为了避鬼，怎么到头来还是躲不开啊？

一行人浩浩荡荡地到了陆上，找了一个无人之地降落，便开始了长途跋涉。

因为仙规严令，与凡人交手，不到迫不得已不得在凡人面前显露法术。所以他们一行人伪装成江湖门派弟子，正大光明地招摇过市。

走在街上，太多令人目不暇接的新鲜事物，花千骨走着走着就发现身边没人了，全都兴奋地挤到街边小摊子旁，看那些小玩意儿去了。

花千骨正纳闷落十一怎么也不管管，一回身，发现他也正在一个卖糖人的摊子边停住。糖宝在他肩头，兴奋地僵直成一个孙悟空的姿态，那个卖糖人的老大爷居然照着捏了两个出来。落十一暗地施法凝固住，揣在怀里打算永久珍藏，另一个刚做好，糖宝就啊呜一口把自己的脑袋吃掉了。

然后为了感激落十一给它买糖人，糖宝举着糖人喂到落十一嘴边："十一师兄，你要不要尝尝？"

落十一满脸受宠若惊地舔了舔，怕半口就把它咬没了。

"甜不甜啊？"

"甜，太甜了！"落十一感动得眼泪哗哗的。

霓漫天见了，在一旁嘎嘣一口咬掉猪八戒的脑袋，恨恨地扔在地上："难吃死了，什么东西！"

花千骨一时无语，望天长叹，不明白落十一平时那么成熟稳重的一个人，怎么一到糖宝面前，就变成另外的样子了呢?

当卖糖人的老大爷半天还没反应过来虫子怎么会讲话，思考是不是他老眼昏花了这个问题时，几人已经走远了。

轻水拿着刚买的胭脂水粉，兴奋地跑到她面前给她看，云端则像孩子一样手里拿个风车在路上跑来跑去。

花千骨正满头黑线，突然眼前出现了一张五彩斑斓的大花脸，她吓得立马抱住旁边大树，呜呜，怎么大白天的，那么快鬼怪就又出现了啊! 定睛一看，却是一个唱大戏的脸谱面具。朔风悠哉地摘了下来，得意地挑挑眉毛，戴好又转身走了。

"你到底要蒙几层面啊? "花千骨握着小拳头，愤愤道。

晚上在留宿的小酒馆里吃饭，因为也算是公费出差，另外还有落十一这个冤大头在，大家不客气地点了几大桌子饭菜，吃得不亦乐乎。

落十一自己都有点搞不清楚他们是出来历练还是出来旅游的了。不过看着糖宝这么高兴，是什么都无所谓啦。

花千骨本来是满腔热情，可是时不时地看见那些脏东西，实在是让她游而不知乐、食而不知味了，只能总是仰头望天而行，我没看见，没看见，什么都没看见。

吃饱喝足，大家开心地各自回房休息，花千骨非缠着轻水跟她睡在一张榻上。糖宝则依旧睡在它的小房子里，脖子上套了一个落十一替它买的细细的银戒做项链。花千骨笑道："落十一只差没在上面绑条绳子，就可以牵小狗一样把糖宝牵回家去了。"

临睡前,花千骨还特意布了个阵法，撒了许多香灰在门外，总算安静地度过一晚。

可是接下去，大部分路途都没有城镇，只能在山中临时歇脚，就很麻烦了。

为求便捷，他们走的多是人迹罕至的山林小路。按道理，一般小妖小怪察觉到他们一行人身上的气场，避犹不及。可奇了怪了，一群群妖魔野兽一般凶猛地不断对他们进行袭击，而且前仆后继，怎么杀都杀不完。

花千骨仰头望天，我不知道，不知道啊，什么都不知道。

一行人一个个精疲力竭地挨到了晚上，仍然睡不踏实，还有一拨又一拨的鬼怪前来骚扰，害得他们又是布阵又是收魂的，累得死去活来。

虽然其他人并不清楚是花千骨的原因，但落十一是知道的，他总算是明白师父非让他们提前先行，还把花千骨带上的用意了，这样一路杀去太白山，他们的实战水平能不提高么? 夜路走多了总会遇上鬼，他们鬼怪遇多了，总会碰上凶猛厉害的，非有几场苦战不可。

花千骨早已经习惯了这样跋山涉水、日夜颠簸，可是霓漫天一向娇生惯养，哪里吃得了这样的苦头。她不是嫌睡在地上太硬，就是嫌夜里太冷、东西不好吃。

再加上糖宝总跟在落十一的身边，每天有说有笑的，她就十分来气。本来她还以为好不容易出了长留，她和落十一有了好好培养感情的机会，没想到他的注意力几乎全被一只小屁虫给吸引去了，真想一脚踩扁它！

几天后，一行人在路上明显没了初时的那种兴高采烈和神采奕奕，全都耷拉着眼皮沉默地往前走，还得随时提防周围突然出现的妖魔鬼怪。他们起先见了，还会有点害怕和不知所措，现在一剑砍下去，已经跟砍萝卜没什么区别了。

花千骨浑身冰冷得不行，直觉有什么不好的事要发生，突然想起什么，问轻水："今天是什么日子？"

轻水浑身一震，顿时脸色苍白："七月十四，明天是鬼节，鬼门大开，呜……"

"你不好好睡觉，提着包袱，鬼鬼祟祟想要去哪儿？"正坐在树上负责放风的朔风好笑地看着她。

花千骨浑身一颤，连忙食指嘘声："不要提那个字！"

"哪个字啊？"

"鬼字啊！"

她猛然反应过来，连忙捂住自己的嘴，四处张望着，好像周围随时都会有鬼蹦出来。

"你打算一个人偷偷溜走啊？居然连那只毛毛虫都不带？"

"我家糖宝才不是毛毛虫！带着它我怕有危险，在这儿有十一师兄和轻水会照顾它。"

"那你打算一个人去哪儿？"

"我去茅山啊，这儿离茅山不远，两三天就到了。我已经留书给十一师兄，不管怎样，我暂时和大家分开一下，避过鬼节的风头，到时候再传书会合，不然大家会被我拖累的，话说这年头的鬼怪怎么越来越厉害了啊！我们虽都只是些修仙之人，但是好歹十一师兄法力高强，也算是半仙啊，那些家伙飘来飘去，居然一点都不怕！"

"好啊，一路顺风。"朔风躺在一根细细的树枝上，随着风上下左右摇动，跟荡秋千似的。

"啊?"花千骨没想到他那么干脆,反而有点奇怪了。

花千骨甩甩手,头也不回道:"再见,小心掉下来。"

话刚落音,朔风躺的那根树枝应声而断,他连忙迅速翻身上了另外一根树枝,瞪着她。

花千骨无奈地望着天,她真的不是故意的,只是比较衰罢了。

花千骨一个人摸黑往前走着,不时听见山林中的鬼哭狼嚎,心里无比怀念自己的狗皮披风,早知道就带出来了,心里也踏实一点。

她右手紧握住断念剑的剑柄,左手仍握着那串佛珠,呜呜呜,因为在长留山四五年都没用过,也没去庙里净秽过,刚拿出来的时候都有些发霉长毛了,不知道灵力还剩多少。

剑上的铃铛每走一步响一下,在这样的深夜里本应显得空灵又恐怖,但是不知为何,她觉得不那么害怕了,似乎师父就在她身边一样。

远处飘浮的几团鬼火感觉到她的气息,慢慢向她飘了过来。接着越来越多的鬼火聚集在她的周围,形成一个巨大的火球,把她团团围在中央。周围的树木很快焦枯,她猛打一个寒战,头发和眉毛已经开始结冰了。

死了死了,怕只有她才能引来那么多鬼火制造这种壮观景象吧,再这样下去,很快血液和内脏都会被冷焰冻住的。花千骨默念口诀,一股水流从她的掌心中激射而出,扑灭了身前的几团鬼火。

不过,她能使出的真水也就这么一点了,花千骨二话不说,拔腿就跑。

河流一样的鬼火在她身后奔涌追赶着,花千骨欲哭无泪,腾起身子,在半空中时而飞上时而飞下。那无数的鬼火便也跟着她时而上时而下,银河一般拉扯出长长的曲线,煞是壮观好看。不过,此时花千骨可没有欣赏美景的心情,看到前面居然有一条河,从半空中一头就往水里栽了下去。

花千骨沉在水底,屏住呼吸,开始了她不雅的狗刨式。水底也有点点鬼火,不过比岸上的少了许多,因为水温比较低,它们没有察觉到花千骨的存在,在水中四散游荡着,像亮晶晶的星星,而整个水底则像无边浩瀚的夜空。

花千骨总算松了一口气,费力地朝岸边游去。

突然眼前闪过了一丝白光,再一回神又不见了。什么东西?花千骨左右望了一下，心下有点胆寒，连忙加快在水底游了起来。隐隐觉得鼻子痒痒的，想打喷嚏又打不出来，什么东西在鼻子里？她伸手竟然扯出一缕很长很长的白色头发，起了满身的鸡皮疙瘩。白头发？不是她的啊。

她绕过一块暗石，猛然被水中如海草一般荡漾的白色长发捂住她的脸，无数头发直往她鼻孔插去，死死地绕住了她的脖子。

花千骨定睛一看，好大一个女人的头凑到她面前，嘴脸都已经泡烂了，全是浮肿苍白的烂肉，咧着白森森的牙齿，不停上下敲打，咯咯咯对她笑着。两个眼球跟金鱼眼一样，鼓得快要爆出来般半掉在外面，被水泡得明显比眼眶大了两倍，根本就塞不进去。两个鼻孔里爬满了蛆虫，肉肉的扭动挣扎，要多恶心有多恶心。

花千骨吓得闭上眼睛不敢再看，只是死命地挣扎上浮，却逐渐被白色长发缠得换不过气来，什么口诀法术全都忘到九霄云外了。突然又有什么东西抱住了她的腿，低头一看，竟是这女鬼无头的身子，扯住她不断往下拉。

花千骨闭不住气了，大口大口地呛水。这下完蛋了，不被鬼吃掉也得先淹死在这里了。呜呜呜，也好，淹死之后我也是鬼，到时候再找你报仇！

慌乱挣扎中，花千骨突然摸到断念剑，努力让自己冷静下来。心念刚动，断念已出鞘，割断了女鬼的白色长发，又砍断了她的双手。

花千骨右手握住断念剑，左手控水对着那女鬼发了个攻击波，借着水的反推力，随断念剑飞冲出了河底，停在岸边。

花千骨大口大口地咳出水来，要是再在水底多待半刻，她就是淹死了也没人给她做人工呼吸。

仰头望，鬼火又开始慢慢聚集，她无力地叹口气："师父啊，可不是我故意不走路而使用御剑术的，再不逃命，你可就再也看不到你美丽可爱的小徒弟了！"

花千骨二话不说，跳上断念剑，风驰电掣，灰溜溜地飞得不见了。

折腾了一晚上，可把她累死了，子时早已过，鬼节已至，鬼门已开，鬼怪会越来越多，这还让不让人活了！

花千骨寻了半天，总算在半山腰找到一座破庙可以落脚，但也只敢睡在房梁上。想起云隐教她的茅山道法，便拿香灰拌了水，在房梁上画满符咒，顾不上损耗真气，周身形成银白色的结界。这样至少可以隐去她的气息，一般鬼怪就看不见她了。

要是让人知道以捉鬼除妖闻名于世的茅山派的掌门，居然被一些小鬼弄得如此狼狈，真是让人笑掉大牙了。可是她一看见鬼怪，就是没办法冷静啊，吓得腿都抖了，哪里还想得起如何驱鬼啊！

她迷迷糊糊中，又不敢睡得太死，突然被一阵打斗声吵醒。这荒郊野外的，怎么会有人呢？她偷偷眯着眼睛看，竟从外面飘进庙里一堆肢体来，忍不住倒抽一口凉气。他奶奶的，人家说人要脸、树要皮，你做鬼很了不起么，牛什么牛啊！就不能以正常一点、帅一点的形象出现？不是缺胳膊就是少腿的！吓唬谁呢！

花千骨浑身颤抖，咬着袖子不敢出声。只见两个鬼飘飞到庙里坐下休息，不过休息的只有他们的身子和脑袋。他们的四只胳膊、四条腿正在半空中混战，你一拳我一脚地打得不亦乐乎。

而这两个鬼一个是长着牛角的大红脸，一个是长着獠牙的骷髅头。没手没脚的端坐在那里，倒有些像人彘，十分恐怖。

那八只手脚在半空中混战了半天也没分出个胜负。那个牛头打了个呵欠，摇摇头道："不打了不打了，每年鬼节出来跟你打，打了那么多年都分不出个高下来，一点意思都没有！"说着，那手脚自动飞回来装回了身上。

"那你说怎么办吧？"骷髅头也收回手脚。

"我们换种方法比试如何？"

"什么方法？"

牛头轻蔑地看他一眼："那我们今天就来比比音律吧，你敢不敢？"

"好啊，正合我意！"

牛头嗖地从怀中抽出一支箫来，非金非木，乌黑如墨，没有光泽。

花千骨眼前一亮，乌咽箫！《七绝谱》乐谱中的名箫，传说此箫低音极沉、高音极亮，发声极是诡异，一般人驾驭不得。是怎么被这牛头给搜罗到的？看来是有备而来。

那牛头开始吹箫，没想到他生得粗大笨重，手指却是灵活无比。箫声一出，便是极高极诡异的一声长啸，犹如女人惊恐的尖叫，狠狠地撕扯着花千骨的耳膜，周遭十里内的鬼魂全被吓跑了。

花千骨连忙运功抵挡，以免心智被夺。只听得箫声缓缓清越下来，仿佛湖面缥缈的雾霭般深邃，音调柔和，呈现出绿水依山的静谧。自在中带着一分飘然，清逸中又带一分释然。

花千骨的心忽地就飞到云上去，只听箫声忽地又宛然直转而下，变成如泣如诉的哀怨之声，听得花千骨心悲戚到不能自已。

只见那骷髅头冷笑一声，突然张开嘴巴，伸出三尺长的舌头，竟吐出一只小鸟来，站立在他舌尖。那小鸟咳嗽两声，竟发出女人的声音，幽幽应和着箫声开口唱道："明月当楼，落花如绣，半杯残酒，箫咽人瘦……"

那声音无比动听，无比幽怨，却是发自一只小鸟之口，情景实在太过诡异恐怖了，花千骨不由得浑身都起了鸡皮疙瘩。

二鬼一吹一唱，吹得越亮唱得越高，吹得越幽怨唱得越悲惨。花千骨心脉起伏不定，不敢再听下去，连忙封闭了自己的耳识。

激烈争斗间，隐见刀光剑影，杀气蒸腾。那牛头口中竟缓缓流出鲜血，顺着乌黑的箫滴落，声音越发诡异惊人。而那骷髅头口里呕出越来越多的小鸟，布满了庙内的每一个角落。百鸟齐鸣，对战牛头的箫声。

牛头终于还是占着神箫的优势胜了一筹，最后一个尖声刺破，犹如万把利剑直刺向骷髅头。刹那间，几百只小鸟的心肺同时爆裂开来，鲜血四溅。

花千骨的大脑也一阵轰鸣，真气涣散，扑通一下，从房梁上被震落下来。

这下子三个都傻眼了，你看着我，我看着你，一时没反应过来发生了什么。

花千骨心里暗叫糟糕，这下非被鬼吃了不可。望着周围全是小鸟的尸体，不由得一阵反胃，强忍住不吐出来，心道看来这回是躲不过去了，以一敌二，自己不一定是他们的对手。还好这两个不是那种低级数、满心怨恨、扑上来就咬人的鬼，不如唬他们一唬，说不定还能逃过一劫，便眼睛一瞪大喝道："他奶奶的，谁吵本大仙睡觉！"

俩鬼同时呆住了，被她唬得一愣一愣的。这不就是一个黄毛小丫头么，看起来不过十二三岁的模样，闻味道好像还是个人，却摆出一副唯我独尊、又拽又讨打的模样来。

"我们正在这儿斗法，你一个小丫头跑出来捣什么乱，搅了兴致，吃掉，吃掉！"骷髅头正在为比试输了而气闷，正愁没个发泄之处。

花千骨先声夺人，断念剑嗖地飞出就把骷髅头的手给砍了下来。

俩鬼顿时傻眼，他们见花千骨年纪太小，根本半点提防之心都没有，却突然紫光一闪，寒气乍现，还来不及防备，让花千骨一举偷袭成功。

骷髅头看着自己的手在地上活蹦乱跳，连忙捡了起来安上，额头上沁出了两滴汗来。

"竟然想吃本大仙，我看你们两个小鬼活得不耐烦了吧！再敢出言不敬，本大仙非打得你们魂飞魄散！"

牛头一见这小丫头似乎有点来历，虽然有多少道行暂时还看不出来，但单是那把仙剑就已经是上古的绝顶宝物了，不由得态度恭敬了几分，道："敢问阁下是何方神圣？刚刚多有得罪，请多多包涵。"

花千骨腿抖得快要站不直了，随便往神台上一坐，一脚踩在案上："这就对了，你们爹娘没教过你们么，做人啊要有礼貌，那做鬼啊也不能太霸道是吧？本大仙茅山掌门，花千骨是也！"

话音刚落，破庙里鸦雀无声。茅山派一向捉鬼降妖最为厉害，所以也最为鬼怪所忌惮，可是那么小的丫头居然自称是茅山掌门，有点太不可思议了。

那骷髅头就抱着肚子哈哈大笑起来，笑着笑着牙居然掉在了地上，依然咯咯上下敲击着，他连忙捡起来塞回嘴里。看来还是不能常常把自己分尸着玩啊，零件都不好使了，老自行脱落。

花千骨脱下鞋来砸在他头上，恶声恶气道："笑什么笑！看到这是什么没有？"

牛头和骷髅头连忙凑上前来，只见花千骨掌心一翻，一根雪白的宫羽在她手中出现，同时她的眉心红色的掌门信印一闪而现。

俩鬼吓得立马拜下身去："哎哟，是小的们有眼不识泰山，见过茅山掌门！"

"唉，乖，起来吧。"花千骨跷起二郎腿，心中有几分得意，嘿嘿，原来这么好摆平啊，看来这掌门头衔挂着还是蛮有好处的嘛。

牛头道："没想到茅山掌门居然这……这么年轻……有为啊！"

花千骨知道自己年纪太小，二鬼心底仍不完全信服，于是催动真气，身上顿时射出一阵强烈的彩光，暴涨出几米开外，吓得二鬼又趴在地上。

"看见了没！本掌门我已百岁有余，早已修得仙身，我就爱把自己变成这么年轻漂亮的样子，你们管得着么！"嘿嘿，身负百年仙力是真，可惜她还半点都不会御使啊！

那二鬼使劲点头，佩服得五体投地，连道："我们二鬼趁着鬼节出了地府，本想比试比试音律，没想到打扰了掌门休息，实在是该死，但是我们从未做过为害世间之事，掌门大人开恩哪！"

花千骨点了点头，一本正经道："我又不是专门来捉鬼的，只是路过此地罢了。你们却在这儿鬼哭狼嚎，玩什么音律！那个，比试结果怎么样，谁赢了啊？"

牛头得意地上前道："回掌门，小的赢了。"

"赢了又如何？"

"赢了，他便得听小的差遣，为小的做牛做马。"

花千骨看他一眼，貌似他才是牛吧？

"虽然他输了你一筹，音律却不比你差，你不过是占乐器的便宜。那乌咽箫原为嗜乐仙为爱姬挽香所制，后挽香死，此箫遗落人间。传说此箫沾了挽香和嗜乐仙的血，充满灵力，煞气不小，箫声可通鬼神，这比试有失公平。"

骷髅头一听她为自己说话，不由得兴奋得长长的舌头直打卷，从口里卷出来又卷进去。

牛头见她一口道出箫的来历，不由得更加佩服，连连点头："掌门说得极是。"

"你愿不愿意跟我比试一场啊？如果胜了，我便把那嗜乐仙所作《五夜歌》的箫谱送给你。"

牛头一听，眼睛瞪得大如铜铃，他爱箫成痴，千方百计得到此箫，若能得到那举世称奇的箫谱，当真是求之不得、谢天谢地，于是连连点头，道："那如果我输了呢？"

"你输了嘛，跟之前你和他比的规矩一样，也得任听我的差遣，为我做牛做马。也就是说，如果你输了，你们两人都得听命于我，这样可公平？"

"好好好！"二人一起点头，牛头是因为想得到箫谱，骷髅头当然是想花千骨能替他出气，而且听从一个更厉害，还是茅山掌门的人，自然是要更威风一些啦！

"好！"花千骨玩心大起，暗道，师父教给她的东西她还从来没真正用到过，这次就当是实验一回。这二鬼性格憨直，她心里的惧意早就去得差不多了，只是觉得有趣。心念一动，之前为了跟师父学琴而在琴房里挑的灵机琴已从墟鼎里取出，握在手中。

"我们开始吧！"

花千骨知道自己的真气肯定没有对方撑得持久，必须速战速决，牛头箫声刚起，花千骨一挑一拨之后，便是一阵快过一阵的急速扫弦。

因为刚刚已经看过他和骷髅头的比试，他箫声中的音破音弱音虚，花千骨早已了如指掌。再加上他刚战一场，泣血而奏，内力尚未恢复。花千骨声声皆不在曲调，完全没个章道，听入耳中犹如城墙倒塌、鸟兽嘶鸣、刀枪爆破，实在是不堪入耳。

骷髅头把耳朵拆下来，在怀里捂得严严实实的，依旧受不住，坐下来调息。

花千骨最后一个横扫，犹如金石相击，琴声直灌乌咽箫中，封闭了其气孔，乌咽箫竟再也发不出声来。

"我输了，以后任凭掌门差遣。"牛头黯然地垂下头来，是他技不如人，输倒也输得服气，只是可惜了那箫谱。

骷髅头欢天喜地地给花千骨拜了拜，总算不用听那牛头的，不然他的老脸往哪儿搁啊。

花千骨内力真气损伤太多，心底却着实开心。她收起灵机琴，又另外从墟鼎中拿出两本书来，一本递给牛头，一本递给骷髅头。

"既然你们现在已经是我的人了，我自然不会亏待你们。这本《五夜歌》和《声声泣》，你们拿回去慢慢练习吧！"

二鬼又激动又感动地对她拜了又拜。

"对了，还没问你们的来历和姓名呢！"

牛头道："我和他都是地府里的衙役，因为时间太久，只有编号，早就忘记了自己的姓名。掌门，你要是觉得叫着不方便，就随便给我们取个名字得了。"

花千骨笑着道："好啊，那你们就一个叫小红、一个叫小白好了。"

二鬼愣了一下，面上有几分尴尬，他们好歹也是恶鬼，怎么可以叫这么可爱的名字呢，被人听见岂不是失了威风？不过既然是主人取的，那就这样吧，好歹他们也有名字了。

于是双双开心道："谢掌门赐名。"

"嘿嘿，不用了不用了。话说鬼门一共是要开七天，对吧？"

"是的。"

"我要求不高，只要这七天你们隐在我身边，哪个妖怪小鬼的敢来烦我，你们两个就替我通通把他赶走就行了。"

"没问题，还没有哪个小鬼见到我们鬼差还敢放肆的，掌门请放心！"

"太好了，这真是一劳永逸啊，哈哈哈哈！"花千骨得意地扭起来，"好了好了，掌门我累了一天，困得不行了，现在我要睡觉了。你们帮我把住门啊，别让一只小鬼靠近我十丈以内。"

“是！”

花千骨总算放心，可以不用再睡房梁了，生起火，往一旁稻草堆上一躺，心满意足地睡着了。

第二天，花千骨赶了一天路，晚上来到一个小镇中。虽然也看不见小红和小白，但是知道他们一直在她周围护着，所以她半点都没有受到鬼怪骚扰。

她觉得肚子饿了，正准备找个饭馆吃点东西，却发现了一个惊人的事实。她走得太匆忙了，居然没有带钱！

“是不是在找这个啊？”

突然看见一根树枝钩着自己的钱袋在眼前晃来晃去，花千骨惊喜地一把抓了过来，哈哈，这下有饭吃了！

抬头一看，只见朔风蒙面坐在路边树上，钱袋用线拴在树枝上，正等着钓她这条大鱼。

“你怎么在这儿？”

“你以为我想在这儿啊！还不是我师父不放心你一个人，非让我出来，保护我的小师叔！”

“呵呵，十一师兄真好，我家糖宝呢？”

“它本来也要跟来，不过师父用糖哄住它了，说你回茅山，过几天就会合了。其实是怕它跟着爱招鬼的你有危险吧！”

“这个小没良心的，有糖就把娘亲忘了。哼，我现在可是不招鬼了！”

“你又学会什么稀奇古怪的法术了？”

“不是，我刚找了两个保镖。”花千骨得意地拍拍手，“小红小白，快出来！”

顿时，一个牛头、一个骷髅头出现在朔风面前。

“掌门！”

“唉，别叫我掌门，叫我千骨好了！来，给你们介绍介绍，嘿嘿，这是我师侄！”

二鬼一看面前蒙着面、双目凌厉、修长挺拔的男子明显比花千骨高了许多、大上许多岁，却原来是她师侄啊！果然厉害，果然厉害！二鬼拜见之后又隐去了。

花千骨肚子饿得不行，拖着朔风去饭馆吃饭。朔风看她秋风扫落叶一般全部吃光了，一边还抹着嘴角评论比她的手艺差太多了。

二人从饭馆出来，天已经全黑了，街上的店铺基本上全都是关着的。街道正中每过百步就摆一张香案，供着一些水果、食物和酒菜。

"怎么街上都没什么人哪？门关得这么早？"

"今天是鬼节，要把街道让给鬼。"

"哦，我还从来没有鬼节出过门呢，通常提前许多天，爹爹都会把我送去附近的寺庙里住。"

"那你没放过水灯咯？"

"水灯？什么东西？"

"鬼节又叫中元节，和上元节相对。上元节就是人间的元宵节，元宵的话就张灯结彩，点花灯，猜灯谜。人们觉得中元节是鬼的节日，也应该张灯，给鬼庆祝，不过人鬼有别，中元节和上元节的张灯方式不一样。人为阳，鬼为阴；陆为阳，水为阴。所以，上元张灯是在陆地，中元张灯是在水里。因此，一般鬼节这天人们就会放水灯以示庆祝，也为那些冤死鬼引路。水灯灭了，也就完成了把冤魂引过奈何桥的任务。"

"哇！这么好玩！我们也去放吧！"花千骨往前跑了几步，果然卖纸钱、卖水灯的店铺还没有关。于是买了许多，拿到河边。

所谓水灯，就是在一块小木板上扎一盏彩纸做成的荷花状的灯。花千骨想起爹娘，写了很多小字条，小心地放入水灯中，然后和朔风两个人一一点燃放进水里。

凉风徐徐，花千骨看着无数盏水灯汇成星星一样的河流，越漂越远，心里难免伤感，希望爹娘可以收到她寄去的哀思和想念。

转头看朔风，见他一动不动地望着水灯漂远，双目漆黑如墨，平淡无波。

"你不写点什么么？"

"写什么？我既没有亲人，也没有什么死去的朋友需要缅怀悼念。"

"没有亲人是什么意思？你是说没有什么亲人离世是么？"

"没有就是从不存在，所以就没有死去或者消失这回事。"

"怎么会没有亲人呢？每个人都会有啊，爹娘总会有吧，不然谁生你养你？"

朔风不说话了，半天突然说道："我是孙悟空。"

"啊？"花千骨愣住了，什么？

"你怎么会是孙悟空呢？孙悟空是只猴子，你又不是猴子。"花千骨激动地说。

朔风叹口气："你是猪啊，我在说笑话，笑话你听得懂么？"

花千骨呆呆地哼哼两声："呵呵，这个笑话好冷啊！"

朔风突然指着花千骨身后，语气再正常不过地说了句："你看你身后是什么东西？"

"啊！"花千骨一声惨叫，连滚带爬地把朔风扑倒在地，一面不停地往自己身后拍打着。

朔风忍不住哈哈笑了起来："你怎么就那么怕鬼啊！"

花千骨哭丧着个脸，有没有搞错，居然拿这个吓她，她还正准备痛骂小红和小白，一点也不尽忠职守，又让鬼缠上她了呢！

"你试试从小就一直被鬼缠，害得身边的人或死或伤或体弱多病，每天担惊受怕，躲躲藏藏，长年累月身中尸毒躺在床上，要死不活，永远只能是孤独一人的感觉，你就知道为什么会害怕了！"

朔风的身子震了震，看着不肯长大、依旧那么单薄，那么小一丁点的她，突然有了一点心疼的感觉。他不知道她小时候竟是这么活过来的，眼中不由得有了几分愧疚和暖意，把她从地上扶起来。

"怎么？生气了？"

"没有。"花千骨仍不放心望了望自己的身后，"你不知道，这个世上，我最怕鬼和师父了！"

"我告诉你，总有一天你会知道，尊上可比鬼可怕多了。"

"哪有，你别看我师父他平时总是冷冰冰的，不苟言笑，其实他是很温柔的，对我可好了。不行，师父把我的天水滴给封印了，小红和小白又只能保护我七天，我必须再去跟云隐多学几套驱鬼的法术。"

朔风望着她，语重心长地说："你最需要驱赶的鬼在你心里，叫作恐惧。虽然那么多年已经根深蒂固了，但是你要记住，你早就有了超越鬼怪的能力，不要怕鬼，鬼自然怕你。小红和小白不就是最好的证明么？尊上也正是知道这点，才封印了天水滴，让你一个人出来历练，你不要让他失望！"

花千骨呆呆地望着朔风烁亮如金的眼眸，原来她现在最需要战胜的不是鬼怪，而是自己……

一定要加油，因为，因为不能让师父失望啊！

她努力点了点头，发现平时冷峻的朔风，此刻却有着这样温柔的眼神，她突然很想看看面具下是怎样冷峻或者温柔的脸。

于是回客栈的一路上：

"我可不可以看看你的脸啊？"

"不可以。"

"我可不可以看看你的脸啊？"

"不可以！"

"我可不可以看看你的脸啊？"

"我都说了不可以了！"

"就让我看看嘛，一下就好，长得丑我也不尖叫，长得滑稽我也不笑，长得帅我也不流口水，也不跟任何人说好不好？"

"不可以，不可以，不可以，不可以……"

明月当空，一只乌鸦飞过，话说，这个鬼节根本一点都不恐怖嘛！

十八 兵戎相见

第二日，花千骨和朔风直接赶往茅山，花千骨对这儿的一草一木都已熟悉，简直把这儿当作自己的第三个家了。

在茅山小憩一会儿，大吃一顿，还让云隐传授了一些专门捉鬼的法术，花千骨开心不已。

云隐让花千骨先行，过些日子，他也会率弟子去太白相助。

下了茅山，行了不远又到了瑶歌城，花千骨突然很想再去异朽阁看一下。

"你挖那么多萝卜干什么啊？"朔风嘴里衔根狗尾巴草，坐在树荫下看着她在地里辛勤地劳作。

"送给异朽君当谢礼啊，如果不是他的话，我上不了茅山，也做不了师父的徒弟。"

刚用衣服兜好，就见远处一农妇手里挥舞着锄头飞奔过来，气急败坏地凶吼道："哪个挨千刀的又来偷我家的萝卜哟！"

"糟了，快跑！"花千骨抱着萝卜拔腿就跑，一口气奔出几里远。

朔风无奈地跟在她身后："你跑什么跑啊，不是放了银子在萝卜坑里了么？"

"哦，对哦，我一时做贼心虚给忘记了。"

二人来到城中，异朽阁前依旧排着长长的队伍，只是这回每个人篮子里的不是萝卜了，而是一瓶瓶蜂蜜。

花千骨皱眉道："糟了，异朽君现在又不喜欢吃萝卜了，改吃蜂蜜了啊，也是，蜂蜜可以养颜啊，希望可以让他变得白一点。"

排到她，依旧是那年那日那个绿衣的高大女子，见了花千骨似乎吃了一惊。

"你……你……你……"

花千骨没想到她还记得自己，不过也是，她的模样还跟五年前几乎一样，根本就没多大变化。

"我是来求见异朽君的，不过不知道这次换成蜂蜜了，只带来了萝卜。"

"不行。"女子一口回绝。

"那我再去寻些蜂蜜来。"

"蜂蜜也不行。"

"啊？为什么？"

"你的眉间清明一片，根本就没什么事不明白，或者依靠自己不能解决的。没有问题要问，来这里干吗？异朽阁的门只为真正有需要的人而开。"

"这个……"花千骨愣住了，"我来是想向异朽君道声谢的，若不是他……"

"不必了！"女子一口打断，"你付出代价，异朽阁给出答案，这本就不是什么谁欠谁人情的事，只是一场交易罢了，所以也用不着说什么谢谢。"

花千骨似懂非懂地点点头，把篮子里洗净了的萝卜递给她："那麻烦你把这萝卜交给异朽君好么？不管他接不接受，我还是要谢谢他。不光是因为他给我指明了一条要走的路，更因为他赠我天水滴，让糖宝一路陪着我，使我不再孤独。"

女子接过萝卜，眉间闪过一丝恨色，悻悻然道："那些你都付出过代价了，至于灵虫，也是你自己的血罢了。好了，我会转告的，你快走吧！"

花千骨这才和朔风一起离去，走了老远回望异朽阁，惊异地发现这次她能看见那庞大而巍峨的楼群犹若宫殿一般，正中心通天的高塔歪歪扭扭地直插入云霄，看不见顶端。她知道就在那座塔里，藏着无数血腥又不为人知的秘密。

而此刻，一袭宽大的黑衣、脸戴拖着长舌的饿鬼面具的人，正站在塔上俯瞰群山，一面望着花千骨和朔风小黑点一样的背影，一面掏出她刚送来的萝卜，摘下面具，嘎嘣咬一口，嘴角扬起美丽的弧线。

这么多年，味道始终未变啊。

很快，花千骨和朔风两人便和落十一他们会合了，糖宝激动得抱着她的鼻子亲来亲去。

深夜，花千骨正在火堆旁边摆弄着自己脖子上的一堆宝贝。有天水滴，有勾玉，还有杀姐姐的小指骨头，说起来她还一次都没用过呢。最近都不知道杀姐姐到哪里去了，都大半年没见了，往常总是隔个三五个月，趁着师父不在，就会溜去长留山陪自己玩的。

她突然发现勾玉的绳子几年来磨损得太厉害，似乎要断了，她怕挂在脖子上丢了，于是取下来揣在怀里，想着明日进城去市集重新买根绳子挂上。

不知道是什么原因，花千骨特别喜欢这勾玉，戴久了，总觉它像个活物，懂自己的悲喜，不管自己想什么，似乎它都知道。好几次做梦还梦见勾玉像天水滴一样，里面蹦出来个会飞的蝴蝶宝宝。

以前朗哥哥跟自己说过，他身在什么无敌太白门，说不定等上了太白山，他们就可以见面了，花千骨对此十分激动和期待。

正在花千骨东想西想的时候，霓漫天突然走到她身旁坐下，压低声音道："你又回来干什么？还嫌给我们惹的麻烦不够多？"

"什么麻烦？"

"你不要以为我不知道那些鬼怪都是你招惹来的。"霓漫天虽然一开始不是很清楚，但是见花千骨一离开队伍，鬼怪马上没有了，心里立刻就明白了。

"哈？你睁大眼睛瞧清楚啊，你看今天我回来之后周围十里之内可有过一只鬼怪？话说疑心生暗鬼，惹鬼怪的是你吧？"

花千骨打个哈欠，得意扬扬，睡大觉去了，嘿嘿，明天一定要奖励小红和小白多吃几棵大白菜。

霓漫天皱起眉头望着她往草地上一躺呼呼大睡，心里反而又有些不确定了。

第二日进城，城门口竟然有一大队官兵在盘查往来行人，而且看装扮居然是禁军的模样，将所有人身上的刀枪棍棒全部没收。

花千骨一行人由于人数过多，又声势浩大，而且全部持有杀伤性武器，很自然成了众矢之的，被大批官兵团团围在正中央接受盘问。

落十一道是东海派弟子，前去太白山参加武林大会。

禁军统领叫烈行云，剑眉星目，生得威风凛凛，性格刚烈暴躁。他见他们一行人相貌出众又仙风道骨，甚为留意，反复盘查，再三确定没有问题后，仍非要所有人交出剑器，才能入城。

霓漫天大怒道："那我们不进城便是了。"笑话，以他们仙人之资还怕过不去了么？

烈行云抬头看她，惊为绝色，暗道：生得如此艳丽出尘的女子，非妖即魔。这一群人来历一定不凡，无论如何，圣上此刻正在城中，半点纰漏都不能出，最好是全部拿下！二话不说，便让官兵缴了他们的兵器。霓漫天火大，一把拔出剑来，一场大战一触即发。

落十一连忙按住她，传音道："仙有仙规，绝对不许与凡人动手，给我收起来！"

霓漫天气闷，把剑插回鞘中，简直是天大的笑话，什么妖魔鬼怪他们都三下五除二解决掉了，难道现在居然要受制于一些凡人么！他们好歹也都算是半个剑仙了，这等同于性命重要的仙剑怎么可以交托给凡人之手，早知道先前就藏于墟鼎中了。偏偏还不能在常人面前显露法术，这不是憋一肚子窝囊气么？她师父能受，她可不能受！正想着，默念口诀，手指一弹。远处的街道上顿时失火。

"失火了！失火了！快来救火啊！"周围顿时乱作一团。官兵们也都慌了，以为有刺客，纷纷欲往回赶。

烈行云眼中精光乍现，这火怎么就起得这么巧？这些人一定有问题，说不定城内还有人接应。

"谁都给我不许动，这一干人等如不肯交出兵器，则以抗令论处，全部给我押回大牢去听候发落！"

落十一暗道霓漫天胡闹，要是伤了百姓怎么办？轻吹一口气出去，顿时狂风大作，夹杂着倾盆大雨，瞬间就把火给扑灭了。

他卸下佩剑，递给烈行云，也没什么大不了的，一会儿御剑再拿回来就是了。

霓漫天却心有不甘，师父仙剑，怎可被凡人所碰，沾了秽气，损了灵力，想着瞬间便到了那烈行云身前，一掌劈下去。

"谁敢碰我师父佩剑？"

落十一心中叫苦，这徒儿总是这般骄纵鲁莽，从不顾及大局。

"全部给我拿下！"

烈行云手一挥，如水的官兵蜂拥而上。花千骨等人只好拔剑出来抵挡，禁军不似普通官兵，训练十分有素，个个武艺高强。而花千骨他们又丝毫不能伤及众人，显得十分吃力。

落十一哀叹道，这些娃娃，怎么一个个都不听他指挥啊！他做领队真是太失败了。

花千骨望了望周围，官兵越来越多，还布满了弓箭手。他们又不能使法力，又不能御剑，又不能突然消失，不然众目睽睽之下肯定会引起恐慌。不如就当作江湖门派闹事，先擒了统领，安全离开再说。

想着，一个飞身，化作无数条幻影，神不知鬼不觉地从无数人的缝隙间穿过，到了烈行云身后，却不敢用断念，怕剑气伤及无辜。于是只手掐在了他脖子上，瞬间把他制住。无奈她身高不够，动作十分吃力。

花千骨运起内力大吼一声："全部停手！"

所有人停下来看着他俩，官兵见烈行云被擒，都不敢再轻举妄动。

花千骨使了个眼色，让大家赶快进城，迅速通过。

烈行云再怎么也没想到自己统兵多年，武艺盖世，居然会一点察觉都没有地被一个十二三岁的小丫头给制住，心中怒火冲天。

"全部拿下，一个都不许放走！"烈行云怒目圆睁。

"是！"弓箭手四下将他们团团围住。

花千骨不敢相信，他居然丝毫不顾及自己的安危也要拿下他们。一个大意，烈行云的佩剑居然自行出鞘直插向她。糖宝在她耳朵里忍不住开口大叫小心，她措手不及，连连后退，仍被剑扫中，划开前襟。

落十一、朔风等人皆惊，都没料到此人竟然也会御剑，心念一动，就准备不顾一切地使用法力突围了。

没想到此人突然转过身来对着花千骨拜倒在地，高声道："吾皇在上，千秋圣明。"周围的官兵也傻了，连忙都跟着跪了下去，高声齐呼："吾皇在上，千秋圣明。"所有人都被震傻了。

花千骨受了一大惊，又吓了一大跳，抚着她的小心肝啊，心怦怦直跳。

搞什么啊，这么多人跪她做什么？

落十一和霓漫天他们也全都愣了。皇帝来了么？在哪儿？在哪儿？

烈行云低头拾起花千骨不小心掉在地上的勾玉，恭敬地双手捧到她面前。

"见此勾玉如见吾皇亲临，属下起先不知，多有冒犯，请姑娘恕罪。"

花千骨见他对那勾玉如此恭敬，想了半天，突然回忆起朗哥哥当初送她勾玉时跟她说的话：

"送你一枚勾玉，你以后遇上麻烦了，就可以找当地的官兵帮忙，他们看到这个就会任你调遣的。"

原来真是这样啊，早知道就早点拿出来，也不用那么麻烦了！

"好好好。"她眨巴眨巴眼睛，"那我们现在可以离开了吧？"

"当然。"烈行云低下头，百思不得其解，这些人到底都是何来历？

花千骨哈哈哈仰天大笑三声，然后昂首挺胸，大摇大摆地领着一队人进城去了。心中正得意呢，看霓漫天被落十一狠狠地训斥了一顿，心里更是美了。其他弟子误以为是她灵机一动，变了块什么玉出来唬住了那人，对她这个掌门弟子也更加佩服。

进了城之后，见城内守卫更加森严，官兵里三层外三层的，也不知出了何事。恐防有变，只买了些干粮什么的，没有多做停留，便出了城继续赶路。

事情蹊跷，落十一要过花千骨手中的勾玉仔细端详，一时眉头紧锁。虽是祥瑞的宝物，但总感觉不太对劲，里面似乎有什么东西呼之欲出。

"怎么了，十一师兄？"

"说不清楚，到时候回长留，你记得把勾玉给尊上看一下。"

"玉有问题么？"

"也不是。这勾玉是谁给你的？"

"我的一个朋友。"

"朋友？"

"他叫轩辕朗，是无敌太白门的副掌门哦，说不定等我们到太白山就可以见到他了！"花千骨一脸的激动和兴奋，整整五年了啊！

"无敌太白门？"有这么个门派么？难道是太白门的分支？竟然姓轩辕？莫非……

"事情就是这样的，陛下。"

"然后你就让他们这样走了？"帘幕后那个不怒自威的声音问道，平常沉稳高贵的语调此刻却带了一丝迫切。

"是的，她有勾玉，臣不敢不遵，不过臣一直派人跟着，看着他们出了城门。"

"持玉者是何等模样？"

"是个十二三岁的小女孩，长相倒是平常，不过灵气逼人，而且武功高强。"

"十二三岁的女孩？"那不对，不会是他，千骨是男孩，算来今年也应该有十七了，应该是少年模样了。可是，玉为什么会在他人手上呢？莫非……莫非是他遭遇了什么不测？

不会的，师父明明跟自己说过他一切平安，还因祸得福做了茅山派的掌门，让自己不要担心的。

当初宫中叛乱，自己回来没多久便登基即位，接下来便是一系列的天下异变，还有一堆的政务要处理，一直没办法抽开身去探望一下他。只是想着忙完一段便去找他，事情却一件接着一件。可是心中始终挂念着他，从未忘记。最近妖魔当道，为了神器，仙魔两界几番厮杀，他莫要出了什么事才好。不行，再不能这样坐等下去，非得见见他才能安心。

"他们一行人往哪里去了？"

"似乎是太白山。"

果然，又是为了神器之事。

"陛下，依臣看来，他们似乎是修仙之人。"

"朕知道了。你下去吧，忙完这一段，八月十五，摆驾太白山！"

烈行云一愣："臣遵旨。"

十九 出乎意料

小骨一走，殿内总显得空荡荡的。白子画从入定中醒来，思及花千骨，突然觉得心神不宁，掐指一算，似有一劫难将至。无奈她的命数他从来都看不清楚，不过落十一等人似也将陷入困境，怕是一行人路途上会遇到危险。连忙召还未动身前往天山的火夕和舞青萝前来。

"尊上有何吩咐？"

"你俩迅速往太白山走一趟，务必三天之内与你十一师兄他们一行人会合。"

"弟子遵命。"

白子画凝神闭目，周身似有万缕银丝飞舞如絮，掌心翻转，无数光华汇集手中，灼灼不可直视。

舞青萝和火夕二人大惊："流光琴！"

虽然只见盛光不见神器，但是二人一眼便认出来是长留山守护的流光琴。

"火夕，你将此琴好好藏于墟鼎之中，见了小骨，把琴交付于她。"

"可是尊上，此琴怎能随便带出长留山？若是被妖人所夺，后果不堪设想……如此重托，弟子如何担当得起！"舞青萝一听吓得面色苍白，火夕则傻傻地望着那流光溢彩的琴迷了心神。

"无妨，这琴我已下了封印，只有在小骨手中才能解开，在一般人手中只是流光虚无。"

"尊上，是不是十一师兄他们一路上会遇上什么大的危险，竟然需要以流光琴相抗衡？"

"是，你们尽快上路，这件事不要再让其他人知晓。事情解决完之后再去往天山。"

"弟子遵命。"

山谷中，花千骨正挽个篮子、顶片叶子采蘑菇。

"那里那里，骨头，那里有一个，这儿这儿这儿，这儿还有……"糖宝戴着小草帽，坐在她的发髻上，指挥来指挥去。

趁着途中休息，花千骨找点食材，晚上好给大家做好吃的。虽然很不情愿，但是连霓漫天都不得不承认她做的东西很好吃。她嘴里一边挑剔着，吃的却是一点也不比别人少。

累了坐在树底下休息，花千骨从墟鼎中取出白子画的画像来，看了半天，又半天，再半天。

"骨头，你发什么呆啊？"糖宝一说话，从嘴里吐了一串泡泡出来。

"我在想师父啊，我不在，他肯定就不吃东西了，其实多吃东西好，多点人气儿。要是人生没有美食，那就少了一半乐趣了。"

"要是我的人生没有睡觉，那就什么乐趣都没了。"

一个泡泡飘到花千骨鼻子上爆掉了。

"糖宝，你在干什么，又不是鱼，怎么吐起泡泡来了？"

"我肚子饿了，就先偷吃了筐里的一个蘑菇，不知道为什么，一说话就有好多泡泡冒出来。"

"那个叫泡菇，要煮熟了吃的，你个小馋虫，就等着吐几天的泡泡吧！"花千骨哈哈大笑起来。

"不要啊……"糖宝哭丧着脸。

回去后，不管落十一怎么逗它哄它，它死都不肯开口说话，害得落十一诚惶诚恐的，还以为它生自己什么气了。花千骨则在一旁偷着乐，拿手指头胳肢它，它也拼命忍住不笑出来。可是蘑菇汤太好喝了，不小心吃得太饱，糖宝拍拍圆滚滚的小肚子，打了一个饱嗝，嘴里便吐出一个个小泡泡来，把众人都逗乐了。

"十一师兄，还有几天就到太白山了吧？"

"嗯，快了。"落十一一早醒来便心神不宁，紧皱眉头，小心地四处观察着。

这山谷狭长高耸，若是有妖魔，很容易中埋伏。

落十一不安之感愈胜，转头道："这山谷有古怪，大家御剑而行，尽快飞过去。"

众人皆上剑，凝神防范。

突然见一些蓝色光雾飘了过来。是毒气么？众人连忙闪避，落十一御风欲将其吹散，未料蓝雾突然分成八条，嗖地就朝众人穿了过去。

顿时，一阵清脆悦耳、如梦如幻的银铃声响起，竟仿佛有千万种音调，包含了人世间一切乐器之声，许多甚至从未听闻过，无比悦耳动听，但也包含了太多人耳所完全不能承受的苦楚与悲戚。

花千骨转头看落十一，惊道："十一师兄，你怎么哭了？"

落十一抬手一抚，果然满脸是泪，顿时大惊失色，四望众人，竟全都不知不觉滚滚流着热泪，只有花千骨，一脸茫然地看着众人，半点事都没有。

糖宝被铃音惊醒，也是呜呜呜地哭出声音。

落十一大叫糟糕："是幻思铃！快封闭听觉。"

众人一听，无不面色苍白，原来那便是被妖魔夺走的十方上古神器之一的幻思铃。

幻思铃：控制人心。代表"情"与"执念"之物，铃声可以轻易操纵人内心的喜怒哀乐等各种情绪，并迷惑人的神志。

众人听着铃声似近似远地传来，四周越来越多迷蒙的光雾，颜色也越来越多，幻化成各种形状，犹如天空中的云彩，有生命一般在空中盘旋飞舞，围绕众人跳跃旋转。时而状如丝絮，时而形同薄雾，纷纷往众人耳中口鼻中钻去，无论如何都断不了声响。原来那铃音不光是有声的，竟然还是有形的。

"哪个妖人作祟，给我滚出来。"霓漫天双目赤红，泪流心痛不止，运起内力大声一吼，可是铃音丝毫没有退却。

一个女子的身影却显露在半空中，腕上、腰间都挂满了细小的银铃，在风中摇曳着，发出一阵又一阵催泪的铃音。

众人定睛一看，那女子肤色苍白无比，原本清秀的面容却增添了几分病态和诡异。穿着不知是何材质的紫色皮质短裙，胸上裹了一小块，露出修长白皙的腿和雪白的乳沟。

她似孩童般天真无邪，向众人笑着，眼神涣散，丝毫没有光泽，原来是个瞎子，可是身上似乎有一股奇异的蛊惑力，让人见之口干舌燥，莫名地心跳加速。

落十一身子一震："十妖之一，莫小声！"

只见莫小声对他歪头甜甜一笑："你认得我？好吧，这里面听上去你长得最好看，我不杀你，偷偷把你藏起来。你跟我走吧。"

霓漫天二话不说，无数泪滴化作冰凌，向她激射而去。她身边的铃音却化作屏蔽，轻而易举化了去。

众人一拥而上，不断下落的泪水让他们只想尽快停止了那铃音。无奈莫小声动都不需动，自有铃音替她化解一切攻击。

落十一道："只能以音止音。"

于是众人皆从墟鼎中拿出乐器来，琴箫埙笛，鼓瑟钟磬，顿时半空中乐声大作。

虽妄图合众人之力对抗幻思铃，却是杯水车薪。

莫小声刚拿到幻思铃不久，力量也远不足以驾驭刚解除封印的神器，只能发挥其催泪的效用。可是，威力已经大得出乎人意料。

落十一强咽下鲜血硬攻，一转眼已到莫小声面前，泪水更急更快地奔流而出。

"为何要拦我们去路？"

"你们仙界分几路支援，我们便分几路把守，来一个人杀一个，来一批人杀一批！"

"你以为以你们的力量拦得住？"

"我们自然是拦不住，可是已得手的神器放着也是放着，干吗不利用来抢下一个神器呢？虽然每一件的封印只解开了一点点，可是对付你们已经绰绰有余了！"莫小声轻声娇笑，"不跟你玩了，一会儿崔岿来了，见我还未将你们收拾了，会生我气的。"说着，腰上、脚踝上、腕上的银铃突然在手中并作了一个，蓝光大盛。

众人手中的乐器瞬间被铃音吞噬，化作飞灰。仅剩花千骨丝毫不为铃音所扰，灵机琴幽然作响。

莫小声大异："你竟是无泪之人？"

幻思铃封印未能全解，莫小声又能力有限，所以"笑、怒、哀、怨、恨、痴、欲"之中只能用铃音控制人的哀。

只见她更快地摇动手中银铃，众人皆纷纷掩面低泣，坠下剑去。

花千骨道："快走！"一面使出全身内力对抗，琴声铃音在空中犹如金石相击，花千骨虽无泪，但耳膜已受重创，强撑之下，血水从耳朵里缓缓流出。

眼看就要撑不住了，突然压力一减，听见歌声和箫声，左右一看，竟是小红和小白出来在一旁助她，心头不由得一热。

落十一试图带众人突围，无奈四周七彩的铃音竟突然化作条状，排成队列，利箭一样射了过来。众人中只有他和朔风能勉强活动，强撑护住众人。他怕糖宝有事，一把抓住它设下屏罩，使出全身功力，把它弹了出去。

可是幻思铃毕竟太过厉害，花千骨的琴弦一根根断裂，马上就要支持不住了。她见小红和小白也已经快要力竭，怕连累他们有所闪失，用最后的力量把他们送回了地府。

灵机琴轰然炸裂，花千骨口吐鲜血从空中坠了下来，脖子上杀阡陌赠她的小指骨头露了出来。她不管三七二十一，放在口里就吹了起来。

哨声陡然高越，凄厉破云，直穿过重重铃声的罩护，劈在了莫小声的身上。她提防不及，一口血也喷溅而出。

趁这个机会，众人御剑飞快地奔出铃音范围。

莫小声没想到她的哨声如此厉害，面上有了几分扭曲，未待调息便追了上去。

"往上，飞出山谷！"落十一命道。山谷中回声太大，铃声更加催泪。

刚飞出去，莫小声的铃音已追至。落十一护在众人身后，迎身全部硬挡了下来，受伤太重，昏迷过去，从空中直往下坠。

"师父！"霓漫天此刻的泪也分不清是幻思铃所致还是自己所流。只见花千骨从下飞出，接住了落十一的身子，抛到她怀中。

"快走！"

花千骨断后抵挡，不停地吹出哨声拖延。正当内力用尽之时，突然感觉一股热流倾注到自己身上。回头一看，却是朔风。

"你快走啊！"

朔风笑着对她摇头，眼神平静温暖，清澈如水。花千骨心中一震，继续全力御敌，只要其他人逃得越远越好！

莫小声飞到二人面前，甚为惊异地看着朔风："你也是无泪之人？竟能在幻思铃下撑如此之久？"

朔风冷冷一笑："我是无心之人。"

花千骨耳里全是铃声，并没有听到朔风说什么。

这个莫小声双眼失明，全靠双耳辨物。她若是听不见声音，便也应该看不见了。花千骨竭尽全力吹响哨音，干扰莫小声的五识，然后趁其不备，陡然间断念剑激射而出，直穿通莫小声腹部。

莫小声一声惨叫，疯了一般摇动手中的幻思铃，尽数朝向一直给予花千骨灵力支持的朔风攻去。朔风虽不为铃声控制感情，然而毕竟无法抵挡其攻击力，渐撑不住，眼中流出血泪，昏倒在地。

"朔风！"正当花千骨准备同她玉石俱焚之时，突见远处飘来了一朵红云。

"火夕！"

"死骨头，你不要命了！接着！"

一道银光直飞入自己手中。

"流光琴！"花千骨大惊，喉头一热，鼻子酸涩，是师父知道他们有难，特意让火夕帮他们来了么？

花千骨双手轻抚，流光琴光芒大盛，彩色铃音的幻雾顿时被逼退。

莫小声跟跄几步："不可能！"

花千骨在半空中盘腿而坐，身下绽出巨大的莲花，单手右指钩弦轻轻一拨，音波如海浪席卷，直向莫小声激射而去。铃音尽数幻灭，莫小声正中一击，飞出十几丈开外，口吐鲜血不止，硬撑起来，耗尽所有内力摇动铃音。顿时，七彩的幻雾化作无数凶猛狰狞的野兽鬼怪，向花千骨扑来。

花千骨不避不让，琴声缓缓奏出。淡和，宁静，充满中正的浩然之气。琴声时高时低，时而苍凉豪迈，犹如沙场滚滚；时而空灵如天籁，犹如寒冬的天山之巅，飞雪飘零，白雪皑皑。铃音尽数虚化，飘然散去。

莫小声眼看不敌，便想溜走。

"哪儿有这么容易！"花千骨一想到朔风还有众人所受的伤就满心怒火。琴声瞬间变得苍凉、浑厚，莫小声还妄图挣扎，心神却被流光琴净化控制，脸上露出空洞又温和的笑容，慢慢飞向花千骨，恭敬地把幻思铃捧到了她面前。

花千骨手一扬，铃声催动，莫小声泪如雨下，她的听觉本就比常人更为灵敏，故更加难以抑制内心的悲愤与绝望。在幻思铃声下竟生了求死之心，拔剑便要自尽。

花千骨连忙停住铃声，没想到幻思铃在自己手中，威力竟比在莫小声手中强了这么多倍。

"今天放你一马，下次再作恶，定不饶你！"

莫小声见任务未完成，反丢了神器，回去定遭严惩，心头又气又恨，仰天大笑道："你以为这样就赢了么！就算你有流光琴，胜得了我的幻思铃又如何？你的那些同门，现在肯定早被崔崽擒获了。你以为，你胜得了他手中的拴天链么？"

花千骨心头暗叫糟糕，扶起朔风，与火夕一道御剑而去。

"还好你及时赶来，不然我小命就玩完了。"花千骨一面救治朔风，一面微微松一口气。

"你可是我的宠物，随便抛下主人便去了，小心我鞭你的尸！"火夕想起初时见花千骨满身浴血的情景，心里还一阵发寒，"是糖宝引我和师妹来的。不然我们根本就找不进来，这方圆百里都已经被拴天链给锁住了。"

"你是说……？"花千骨大惊失色地抬起头来，发现天空不知何时已变得灰暗无比，太阳也变作一个黑色球体。

"拴天链拥有不可思议之力，据说能拴住万物，不管是妖魔，还是神佛，甚至时间、宇宙和天地，同时也有着惊人的毁坏力量。如果不及时解开拴链的话，我们便都只能死在这里。"

"在前面！"火夕和舞青萝相互传音，很快确定了众人的位置。

花千骨听见一阵巨大而狂放的笑声，抬头望去，只见众人面前有一片巨大的海市蜃楼。画面中黑袍高冠的男子傲然而立，手臂上缠绕着一圈圈金色的锁链。

霓漫天、轻水、云端，还有舞青萝等人站在前面护卫着身后伤势严重的弟子，而落十一依旧昏迷不醒。

"千骨，你没事实在太好了！"轻水和糖宝一起跳入她怀中。

崔崣巨大的幻影在半空中俯视他们，猖狂大笑："太好了，流光琴也来了，正好全部让我收入囊中。"

"你休想！"花千骨一想到他手中的拴天链是几乎屠了茅山满门抢来的，就满心怒火。她摇动幻思铃，想要控制他的心神。

崔崣哈哈大笑："别幼稚了，你以为我会像莫小声一样傻傻地被你制住么？你见到的只是我的幻影罢了，我怎么会让真身也进入这拴天链中呢？"

花千骨知道他人根本不在这儿，幻思铃和流光琴都对他无用，一时心中也想不出办法来了。

那拴天链随便一抽动便是地动山摇，随便一勒紧他们就不都变成肉泥了么？

正当感觉四周空气都逐渐物化，压得他们无法喘息之际，忽听远处一声火凤长鸣，一个如神似仙的身影高高伫立在烈火飞羽的凤凰之上飞掠而下，眨眼间便停在了众人面前。

花千骨惊喜地看着那人抹抹鼻子，激动得半天都说不出话来。呜呜呜……杀姐姐！而所有人都惊得呆傻了一般，完全失了心神，半点反应都没有了。

"美……美人……"火夕仿佛被一个巨大的火球击中了，热血瞬间沸腾到了顶点，浑身快要燃烧起来，口水哗啦啦地流了一地。

这世上，竟有美到如此颠倒众生的绝色之人么？

在这生死攸关的时刻，杀阡陌的出现，仿佛黑暗中的亮光，温暖感动得花千骨说不出话来，她还以为姐姐肯定来不了了呢，没想到竟真的及时赶来了。

她上前两步就要扑到他怀里，不料杀阡陌嘴角轻挑，仿佛不认识她一般，看都不多看一眼，俯视众人讪笑道："没想到长留山的弟子也有这么狼狈的一天啊，一个、两个、三个、四个……竟然有四个都是三尊弟子呢！"

"你是何人？"舞青萝最先回过神来，仍不由得在他的俯视下失了沉稳，那样的容貌，连目光扫在身上都是滚烫的。

"我？呵呵……"杀阡陌一笑，天地都失了颜色，美到极致，实在让人分不出性别。

在场的弟子中只有落十一见过他，无奈此时依然昏迷。其他的人入长留时间都不长，就算听过他的名号也从没见过真人。

可是崔岿见却蓦然一惊，俯倒在地。

"属下参见魔君。"连声音都是颤抖的，明明是巨大的琉璃幻影跪在他的身前，不知为何却比先前显得猥琐了几分。

众人皆大惊失色。

"你是魔界妖孽杀阡陌！"舞青萝不由自主地退了几步。是了，除了他，这世上谁能有如此姿色。

众人汗如雨下，一个幻思铃，一个拴天链，已经让他们伤亡惨重，这下竟然连统率妖魔二界的魔君都登场了，这回怕是真的逃不掉了。

"崔岿，你真是为了魔界不遗余力啊，本座不是起先都放你的大假了么？你居然手持拴天链在这儿又吼又叫，也不怕吓坏小朋友。"

崔岿的额头上不停地沁出汗珠来："魔君，夺取神器之事不可再拖延了啊！属下……属下也是为了让妖神能尽快出世。"

杀阡陌伸出纤纤玉手，看看自己精致的指甲："所以，便也不听我的号令，跟着单春秋、蓝羽灰他们到处谋划抢夺神器，是吧？"

崔岿双腿微微颤抖，他知道杀阡陌虽然身为魔君百余年，还一时争强好胜，抢了妖界的妖王来做，将妖魔二界很大程度上合二为一，但是他很快便厌倦了，每天唯一感兴趣的只有自己的美貌，还有在六界中随意游荡、寻欢作乐，以至于大权一直旁落于单春秋等人之手，他也一直睁一只眼闭一只眼，懒得多管，对于寻找神器之事也极少插手。

尽管如此，所有人最忌惮的仍然是他。妖魔界中他本就法力最强，而且做事一向随性，只求自己痛快，心狠手辣，不择手段，凡事又爱记仇。谁得罪了他，简直就是倒了大霉，宁愿自己立刻自杀，都求神告佛不要落到他手里。

崔嵬怎么都想不到，他居然会在这个时刻来这里，他明明一向都不管这些事的。崔嵬揣摩着他来这儿的用意，却丝毫不敢抬头看他那张倾倒众生的脸，对于别人来说可能是绝色，对于他们来说，却比世间任何事物都要可怕。

"他们，都是你伤的？"杀阡陌眯起眼睛看着花千骨一身的血，嘴角微微抽动着。她不知道，他听到的哨音一声更比一声急促而尖锐，划破他的耳膜，声声催命，他是如何疯了一般地急召了火凤，从魔界拼了命地往这里赶来。是不是只要他再晚一点，就再也看不见她了？

崔嵬见他完全不似平常恣意调笑而是一副面无表情的样子，就知道大事不妙了。

"回魔君，不是属下，是莫小声伤的。"

"莫小声？好，很好。"杀阡陌的指尖轻轻放在唇边呵了口气，眼睛里闪过的冷酷凌厉连花千骨都忍不住打了个寒战。这样高高在上、俯视众生的姐姐是她从来都未见过的。

"交出拴天链，我饶你个全尸。"杀阡陌波澜不惊地开口，好像说着再平常不过的事。

"魔君饶命啊！"崔嵬面色苍白，连连叩首求饶。

"你知道我不喜欢废话，不要等我改变主意。"杀阡陌头也不抬，仍望着自己的指甲，心道："好像食指的这个地方应该要再修剪一下吧。"

崔嵬知道难逃一死，心中百转千回，不如仗着神器在手，而杀阡陌人仍在拴天链之中，搏上一搏，说不定还有一线生机。然后幻影瞬间消失，锁紧拴天链，便欲逃走。周围顿时地动山摇，地上裂出一道道深深的口子。

杀阡陌冷哼一声："找死！"

说着，紫色长发犹如天女散花而出，在空中旋转起伏，蓦地无限延伸开去，直插向漆黑的天空。不到片刻，长发嗖地收了回来，发丝上竟然勾卷了崔嵬的魂魄。

"你以为我找不着你真身所在么？本还念你多年跟随，欲给你个痛快，竟然不知好歹！"

"魔君饶命！"崔嵬拼命挣扎，杀阡陌却眼睛都不眨，伸手便把他的魂魄捏了个粉碎。

天空瞬间放晴，回荡着崔崀魂飞魄散时的凄惨叫声。

长留山众人心胆皆寒，如临大敌一般全都提剑对着他，心道若真是动手，以他的作风，怕是真要个个都被打得魂飞魄散。

杀阡陌扬手，拴天链被他吸入手中，俯瞰花千骨，却把那此刻细如小蛇的金黄锁链朝她扔了下来。

"姐……"花千骨接住，上前一步看着他，见他轻轻摇了摇头。

"这拴天链本就是你们茅山派之物，你拿回去吧。"说着，乘着火凤，转身竟然就要飞走。众人皆愕然，本以为今天非死在这里不可。更不明白的是，杀阡陌处心积虑要抢夺的神器，怎么会就这样轻易地送人了？

"慢着。"一个声音喊。

杀阡陌停下来，转身看着下面那扭扭捏捏的娃娃。

"我……我叫火夕。"火夕面如红云，低头说道。

众人晕倒。

…………

杀阡陌扬起嘴角嫣然一笑，火凤一飞而上，扶摇千里，转瞬便消失了踪迹。

花千骨怀抱拴天链望着他离去的背影，半天回不过神。不知道为什么，她觉得姐姐更美了，不但美，这次好像还多了点什么。

她再怎么都没想到姐姐不但专程赶来救她，还帮她夺回了拴天链。更让人惊异的是，一向随性而为的姐姐，竟然还设身处地考虑了她的处境和身份，没有和她相认，怕自己魔君的身份让她在同门面前为难，或是给她惹出什么事端。

姐姐，你为什么对小不点儿这么好呢？

花千骨抱住拴天链，只觉得金灿灿像抱着阳光一般温暖。转身看火夕："你怎么流鼻血了？"七手八脚帮忙止血。

舞青萝气急败坏地使劲踩了他两脚，他依然毫无反应，咧着嘴呵呵傻笑着："美人，美人……"

接下来的路就很好走了。花千骨让火夕和舞青萝带了幻思铃赶去天山，若是再遇上持神器的妖魔也好对付；并立刻传书给师父，告诉他一路上发生之事，并提醒各门派赶去支援的人要分外小心。

他们一行人人未到，一路上连夺回两方上古神器的事迹，却已传遍整个太白山乃至三界。到达太白山那天，掌门亲自下山迎接，礼数简直比帝君亲临还周到。其他门派赶来支援的弟子看在眼里，心里自然是一百个不痛快。

落十一和朔风等人伤势严重，幸好花千骨出门带了好多血凝花和回清丹。几番调息，已无大碍。

"那个杀阡陌究竟是什么人？他凭什么帮我们啊？会不会有什么阴谋？"

霓漫天从未想过世间竟然有如此貌美之人，顿时她的容貌便被贬得一文不值，心里郁愤难平。

落十一道："神界地位最高的是天帝，仙界是帝君，人间是帝王，魔界是魔君，妖界是妖王，冥界是阎君。那杀阡陌君临妖魔二界，世上无人不忌惮他三分。他自负艳绝天下，从不将任何人放在眼里，行事更是乖张古怪，没有一点身为魔君的样子和自觉。妖魔二界对他的无所作为也甚为不满，却无一人敢反抗他。"

轻水摇摇头："听说他多年前曾突然跑到长留山说要借流光琴，后来被尊上划伤脸，大惊小怪地逃走了。没想到这次我们竟然是因为他而得救，还拿到拴天链，却不知道他又为何要帮我们。"

落十一抬头，意味深长地看向花千骨，只见她正低着头拨弄着手中的勾玉发呆。

"千骨，你在想什么？"

"呜呜呜，朗哥哥不在这太白山上。掌门说，从没听过什么无敌太白门。"

落十一笑着摇头，一听就知道是随口瞎诌的，只有花千骨一直笨笨的深信不疑。

"疼不疼啊？十一师兄。"糖宝心疼地看他靠在床头上，当时要不是他要分心护它，就不会伤得这么重了。

"疼疼疼……"落十一使劲点头。他简直是因祸得福啊，这几天糖宝一直寸步不离地在身边照顾他。

"你要不要吃葡萄？"

"要要要……"

糖宝抱着颗葡萄爬到他肩上喂他，落十一恨不得把它也一口吞下去。

落十一闭着眼美滋滋地品尝着，这简直是他今生吃过的最甜的葡萄啊！

夜里，糖宝手抱一本指甲大小的书，坐在他鼻子上给他讲故事，话说书上的故事可全都是糖宝自己辛苦创作的哦。

讲着讲着，落十一还没睡着它却睡着了。落十一一脸幸福地看着它抱着自己的鼻子扭来扭去的可爱睡姿，都快看成斗鸡眼了。

糖宝不安分地在他脸上滚来滚去，弄得落十一脸上痒痒的，心里也痒痒的。

最终，糖宝蛋炒饭一样终于从他脸上翻滚了下去，落十一连忙伸出掌心小心接住，放在眼前看宝贝一样仔细打量了又打量，悄悄地用手摸摸，软软的肉肉的，好玩极了。看它张着嘴巴打呼噜的样子，实在是可爱得不行，忍不住放到唇边，轻轻印上一吻。

末了，脑子打结好半天。他到底在搞什么啊，跟一只虫子亲嘴？还是偷吻？

疯了疯了，看来自己这次真的是伤得不轻啊，都变成脑震荡了。

二十　太白一役

八月十五日渐临近，人人如坐针毡，每日聚在一起商讨御敌之事。花千骨懒得参与，一头钻进厨房，兴致盎然地给大家做月饼吃。

突听殿中钟声大作，似是掌门有要事通知。花千骨赶到正殿时，大家都已经到得差不多了。

太白掌门诽颜面色凝重地坐在正中央，周围一干人等也都眉头紧锁。

花千骨挨着轻水旁边坐下，心道，诽颜掌门明明是太白门的掌门，为什么长得这么黑呢？害得她好几次晚上就见一藏青袍子向自己飘来，还以为又遇见了鬼。

只听诽颜道："刚刚天山急传飞信来，今天凌晨妖魔大军进犯，请求来太白的众仙紧急支援。"

此话一出，四下皆惊。

"今天不是才八月十三么！为何他们会提前了两天？"

"妖魔本就阴险狡诈，作恶多端，又哪里会讲什么信用？不过是想趁着我们还有一些仙派的支援未到，打我们个措手不及罢了。"

"那当初又何必堂而皇之地下战帖，直接暗地里来偷袭，不是更容易得手么？我看他们就是想扰乱我们的视听，牵制我们的人手和力量，让我们误以为他们攻击的是天山，然后让其他三处的仙友赶去救援。这路途颠簸，最快起码得两天，他们就趁这时候又出其不意地偷袭太白山、长留山或者长白山。如此正中了他们的计谋。"

诽颜点点头："很有可能，只是妖魔毕竟人力有限。此次似乎所有的兵力，还有单春秋和十妖八魔，倾巢而出去了天山。几乎再无可埋伏攻打太白山的力量，就算要来，路程至少也要两日。那时众仙再赶回来，也肯定来得及。"

四下众人点头。

"那既然如此，我们就即刻起程赶往天山。"

……

众仙一个个御剑飞离太白，花千骨等人因为落十一和朔风伤势还未痊愈，于是留下来照顾，也防止这边有什么不测。

"不知道火夕他们怎么样了，会不会出什么事。"花千骨总是觉得不安心，妖魔如此大张旗鼓，仿佛特意将太白山调空了一般，但是又一时说不出是哪里不对。因为毕竟路途遥远，他们不可能短时间又从天山赶到其他地方抢夺神器。

"放心啦，他们也有挺多人在，火夕手里不是还有幻思铃么，只要撑过两日，众仙一到，必定打得那些妖魔魂飞魄散。"轻水安慰她道。

"希望如此……"

许多弟子赶去四派救援，三尊坐守长留，以不变应万变。

白子画凝望着水镜中天山半空那密密麻麻的妖魔，偶尔一两只上前挑衅，却只围不攻，仿佛在等待着什么天时地利。白子画心中微有不解，似是能明白他们的用意，却始终有个结解不开。

待到傍晚，夕阳西下，天山弟子各个大惊失色。抬头仰望，数以万计的妖魔竟然顷刻全部消失得无影无踪。

白子画心中一震，他终于知道那个结是什么了，是同幻思铃还有拴天链等同样被单春秋他们夺走的上古神器不归砚。与幻思铃一样，不归砚的封印也被解除了，而且力量竟然是瞬间移动。

不归砚：空间转移。代表"逃离"与"追寻"，持砚者可瞬间从一个地方去往另一个地方。

白子画皱起眉头，倚仗神器，所以妖魔才故意声东击西，调虎离山。

掐指一算，花千骨等人还在太白山上，可是此刻太白在数万魔军的进犯下几乎是不堪一击，不由得心中一紧。三言两语交代完事宜，便匆匆御剑向着太白山急飞而去。

花千骨俯视着仿佛从天而降的密密麻麻的妖魔，惊得下巴差点掉下来。

明山上山下布满了结界和大阵，单春秋等人却安然无恙，丝毫不被发觉地瞬间出现在太白山大殿之前。这怎么可能？

单春秋的目的很简单，屠了整个太白山，掏了诮颜心肺，从墟鼎里取出镇守太白山的悯生剑，然后再趁众人飞速赶来这里救援时重回天山，同样夺了神器，再立刻赶往长白山和长留山。

如此让众仙手忙脚乱，处处想救，却无一处可救。这样一来，相信用不着到明天晚上，即可拿到另外几件神器了。

单春秋赞许地看着身边的云翳，这几年来夺取神器之所以总是无往不利，多亏了有他在一旁出谋划策。而其他妖魔每天只懂喊打喊杀，都是饭桶。只是单春秋不明白，云翳的脸明明已经复原，为何他还总是要戴着面具。

再看看旁边华丽的莲榻内，轻纱帘笼，夏紫薰躺在其中，完全无视周遭剑拔弩张，正睡得酣香。长长的睫毛投影在白皙透明的脸上，眉目清秀如画，身上从头到脚都是仙气，哪里像妖魔。

如今，妖魔二界杀阡陌吊儿郎当挂着名号却不管事，实权基本上落于单春秋、夏紫薰、蓝羽灰等十妖八魔手中。而卜元鼎因为一开始就是夏紫薰堕仙后带到魔界之物，神器的封印也只有她知道如何解开，所以尽管她脾气古怪，其他人总是不得不对她礼让三分。这次行动，连一向对仙魔大战袖手旁观的夏紫薰都露面了，可见单春秋对神器是志在必得。

单春秋只求能速战速决，飞身上前，猖狂笑道："诮颜老儿，本来一开始打算是最后收拾你们的，没想到这太白山上居然突然多了这么多件神器。只要乖乖交出悯生剑、拴天链和流光琴，今天便饶你们不死。"

诮颜知道他们既然有不归砚，那自然是没有什么拦得住，太白山到处都可以来去自如。以余下的寥寥众仙和太白的三千弟子之力，对抗他们无异于螳臂当车，毫无胜算。

他身为太白掌门，虽然身负守护神器重任，到底还是有私心的。毕竟事关三千弟子的性命以及太白的百年基业同悯生剑相权衡，他到底还是不希望落得跟茅山派一样的下场。可是又心知这一干妖魔根本毫无信义可讲，就算真的交出神器，也免不了被屠戮。所以唯一的办法只能是尽量拖延，能拖一刻是一刻，拖到众仙赶回救援，或者拖到奇迹出现，于是冷冷说道："不用废话了，神器怎可落入妖魔之手？"

花千骨站在人群中，抬头好奇地看那单春秋，发现他竟然是阴阳脸，声音也是时而男时而女，时而凶恶时而阴柔，不由浑身起了鸡皮疙瘩。一想到就是他害死了林随意，还下令屠了茅山，心头又不由得火起。

单春秋轻蔑一笑，单手一挥，妖魔蜂拥而上。

"死到临头，还要硬撑。"

"众弟子听命，浮屠敲心门，八卦撼天阵！"

顿时，三千弟子绕着大殿里三层外三层摆出几个巨型大阵，固若金汤，阵内妖魔尽数被绞杀，阵外妖魔久攻不入，只好退却。

云翳在单春秋耳边说了些什么，单春秋点了点头。

未等众人反应过来，花千骨突然一声大叫："掌门小心！"断念虽出，却只砍下对方一只手来，仍为时已晚。

一绿色长发的女子不知何时竟出现在阵内他们后方，趁众人不备，一手直接从诽颜后背穿通，突破他身上真气防护，将他血淋淋的心肺掏出。虽被花千骨斩下一臂，身上居然还有七只手。

女子面上也是青绿色，还生着苔藓，仿佛水妖。眼睛细长而勾人，又犹如毒蛇。绿色长发水草一般在空中无风自舞，张开嘴竟一口把诽颜的心肺吃下肚去，然后心满意足地舔着干枯瘦长滴血的手指，让人又是心悸又是恶心，正是十妖之一的茈萸。

她轻而易举地避过众人攻击，再一闪身消失不见，出了阵外，回到单春秋身边。一面发出婴儿啼哭一样的笑声，一面用尖细的嗓音说道："没有悯生剑，不在墟鼎中。"

众弟子见转瞬间掌门便被杀，一下子全乱了，悲痛和啼哭声不绝于耳。

花千骨及众人扶住诽颜，都没想到妖魔竟会利用不归砚从背后偷袭。诽颜真气四散，奄奄一息，传音给师弟诽声和诽色，要他们好好看护住神器，保住太白一派，然后临时传了掌门之位给诽语，又嘱咐花千骨等人，希望他们能立刻想办法带着神器逃出太白山，然后便闭上了眼睛。

花千骨明白他的用意，可是他们又岂能坐视数千人被相继屠戮，带着神器独自逃走呢？

如今悯生剑封印未除，不能使用。妖魔手中有不归砚，正好与拴天链相克，根本困不住他们，能够倚靠的便只有流光琴了。

于是太白弟子全部撤回大殿中。唯留花千骨一人在大殿顶上抚琴，试图尽量拖延到救兵前来。

所有妖魔一听到流光琴的琴音，顿时贪婪欲望、邪恶杀意都被磨灭殆尽，满心仁义道德、悲悯祥和，哪里还鼓得起任何斗志，全都丢掉兵刃，默默静思己过。

芘莫摸了摸自己被砍掉的臂膀，眼中一抹玩味之色，身上绿光闪现，竟跟柳树抽芽一样慢慢又长出一条新的臂膀来，只是犹如婴儿一般，软软肥肥，比其他几只手臂小了许多。

"要我过去把她杀了么？"

"她在弹流光琴，哪怕你用不归砚也近不了她身的。"云翳狠狠地盯着花千骨，想起这人就是茅山的新掌门，恨之入骨，却又是被杀阡陌勒令不准动的人。

芘莫显得有些急躁："那怎么办？我们时间有限，难道一直坐等下去？"

云翳摇头："那流光琴是上古神物，岂是那么容易驾驭？她一个娃娃才多少修为，每拨动琴弦一次，便自伤一分，一直这样不停地弹，又能撑得住多久？我们不用急，待到她气血两尽之时，我们轻而易举地便能拿到流光琴。再说，蓝羽灰、旷野天在外截杀赶来救援之人，相信很快就会回来，到时候还怕破不了她的流光琴？另外，拴天链好像就是在她手上。"

芘莫、单春秋全都不解地望向云翳："她是……？"

云翳冷笑一声："茅山掌门，白子画首徒，花千骨……"

突然一旁莲榻里的夏紫薰胡乱呓语，似是美梦中被琴声惊醒，慌乱中拉开纱幕。

"谁在弹琴，你们在说子画？是子画来了么？"

二十一　暗影浮香

夕阳西下，霞光漫卷，残阳如血，滴滴犹泣。

落十一硬撑到大殿内，霓漫天连忙扶住他。

"外面现在怎么样？"

"千骨在外面靠流光琴将他们拦住了，但是不知道能撑得了几时。"轻水一脸的担忧。一时半会儿救兵是赶不来的，他们总不能一直这样坐以待毙。

落十一点点头，环顾一周，突然惊道："糖宝呢？糖宝在哪里？"不会也和千骨在外面吧？很危险啊！

"咦，是啊，糖宝跑哪儿去了，刚刚还在这里急得直哭来着，说什么要找爹爹来救骨头……"

"爹爹？"落十一脑海中出现了一个和糖宝差不多大小的虫子，戴着草帽，捋着胡须，叼着烟杆，一脸严肃的模样，不由得一阵眩晕。如果真见了糖宝爹爹，他又该怎么称呼呢？

落十一捶捶自己的脑袋，天哪，根本不是想这些事的时候好不好！急忙用观微想找寻糖宝下落，无奈受流光琴琴音的干扰，根本什么都看不到。

大殿殿顶上，花千骨已经快撑不住了，有气无力地趴在琴上，为了不过分耗损真气，间隔一小会儿，她才轻轻拨动一下琴弦，弹得只有音没有调了。

妖魔众人皆是神色古怪，一会儿凶恶，一会儿仁慈，脸部各种抽搐。只有夏紫薰轻倚榻上，听得如痴如醉。

虽看清弹琴之人不是白子画，那流光琴散发出的祥和的银光她却是认得的。往昔情景不断在眼前浮现，人人封闭五识，她却是放任自己被琴掠去一半心神，沉醉其中，不肯自拔。

听得花千骨琴声越来越慢，调不成调，夏紫薰不悦，扬手便是一弹指过去，无数飞扬的紫色花瓣在空中快速旋转，牵出长长一线，直向花千骨攻去。奇异的花香更是如雾般铺天盖地而来。

花千骨只得加快拨弦相抗，无奈那香味极其缠绵诡异，直令人昏昏欲倒，没办法封闭嗅觉，只能不断默念心咒。

夏紫薰满意地抿起嘴角："弹得很好听，虽然差子画太多太多，但是流光琴所奏之乐果然都是人间绝响。接下来，换一曲《朝露九天》怎么样？"

花千骨硬着头皮抵住她一次一次的袭击，心里愤愤地骂着这个变态女人，居然敢"子画子画"的叫得这么亲热！在流光琴下居然心神不被洗涤还能有还手之力，而她不断攻向自己消耗自己真气的理由，居然只是为了能够多听听琴音。再这样下去，自己怕是午夜都撑不过去，而救兵再怎么样也得明天才赶得到。

师父啊师父，你在哪儿，徒儿好想你！

天色渐晚，圆月初升。花千骨一直靠着众人渡给她的灵力和夏紫薰相抗。单春秋等人又往后退了十余丈，以免被她俩波及。

花千骨见这样下去实在不是办法，突然开口道："紫薰仙子，马上就是八月十五了，咱们打了那么久，就算不累也饿了，停下来吃个月饼怎么样？"

聚在殿下的落十一、朔风等人全都紧张地望着她，不知道她又想做些什么。

夏紫薰轻笑一声："你这小孩也真有趣，生死关头还惦记着吃月饼。"

花千骨停止抚琴，眨巴眨巴眼睛："如果我注定看不到明天的太阳的话，那还不如吃饱了再想其他，是不是？"

夏紫薰停在半空中，紫色纱衣随风飘舞："你想吃就吃吧，等你吃饱了，再抚琴给我听。"

花千骨眯起眼睛笑，模样倒有几分像东方彧卿。

"师父说的真是不错，紫薰姐姐果然又温柔美丽又通情达理。"

"你师父？"

"就是长留上仙白子画啊！"

"子画……子画他竟然收了弟子了么？"夏紫薰面容呆滞，有些失神，是她在魔界闭关的时间太久了么？

"原来，原来你竟是他的徒儿啊，我说怪不得怎么会有流光琴。子画……他，他竟向你提起过我么？"

一盘月饼飞到花千骨手中，她拿起一个啊呜一口，嘴里含混不清道："当然有啊，紫薰姐姐，你以前在天庭主管人间所有香气，也是上仙之一啊。"这些当然不可能是师父跟她说的，而是她在《六界全书》上看的，夏紫薰一身仙气混在妖魔之中，很容易辨认。

"姐姐，你要不要尝一个？是我亲手做的，很好吃哦，我师父都常夸我手艺好呢！"

盘里的一个月饼悠悠飘到她的面前。

"子画他，也会夸人么？"夏紫薰捏住月饼呆呆地看着，好像那个是白子画的脸。

云翳他们一急便要上前，她怎么能够打着打着，不但和敌人唠起嗑来了，居然还吃对手给的东西，要是有毒怎么办？单春秋一扬手制止了，眯起左边妖冶的丹凤眼，饶有兴趣地看着这一切。

夏紫薰捧起月饼小心地尝了下，甜味在舌尖上炸开，犹若平地惊雷一般。她已经多久没有吃过东西了呢？味觉都快退化了，也忘记了食物的滋味竟然是这么美的。

月饼里面是百果仁，入口软而不滑，甜而不腻，一个吃完，颇有意犹未尽之感。夏紫薰嘴角明明在笑，可是月下显得分外苍白的脸上分明全是悲戚之意。

那样的神情，连花千骨看到都不由得微微一痛。她拍拍手掌，用衣袖擦一擦嘴："紫薰姐姐，我吃饱了，你还想听什么曲子？我弹给你听啊！"

"吃这么快？"

"呵呵，姐姐以为我在借吃东西拖延时间？"

夏紫薰望着年纪尚幼的她明朗的微笑，想象着她每日是如何快乐地在白子画膝下承欢，心中又是羡慕又是悲怆。

"我若杀了你，以你师父的为人，说不定也是会来找我算账的，或许，我便可以见着他了。"夏紫薰突然抬头看着她说。

花千骨猛打一个寒战，嬉笑道："姐姐，你说笑话了，生死有命，富贵在天。我师父的性格你又不是不知道，怎么会为我去寻你的仇呢？"

"是啊，也对，无心无情的白子画，又怎会关心别人的命运呢？"夏紫薰幽幽说道，伸出手摸了摸眉心黑色的堕仙印记，眼中悲哀更加浓重。

花千骨连忙道："姐姐熏香制香调香的技术六界无一人可比，千骨从小一直都对香料特别感兴趣，今天好不容易遇到姐姐，我们切磋一下如何？"花千骨努力争取时间调复真气。

夏紫薰还是头一次听见有人要拿香气向她挑战，不由得笑道："好啊，你若是赢了，此事我便再不插手。我若是赢了，其他神器我也不要，只要你把流光琴给我，好不好？"

"好。"花千骨微笑着点头，殿下众人皆大惊失色。

"不过，千骨肯定没姐姐厉害，公平起见，千骨来出题。我们每人各出一种自己调制的香料，然后对方猜成分和制法，没猜出来的便算输，好不好？"

夏紫薰点点头："既然你是子画的徒儿，未免人家说我以大欺小，我出三种香料，只要你能说出其中一种便算赢。"

花千骨擦擦手心里的汗，望了望夜空，本来最希望的便是看到师父的白色身影能够出现，却不知道为什么此刻有一点又不希望了。

见二人在空中以香相斗，下面的人全都紧张地凝神观望。

夏紫薰从墟鼎之中取出一个红色香囊，飞到花千骨手中。

"此香名曰浮屠三生，三生者，梦也，不仁者，天也……"

花千骨放在鼻边轻吸一口气，前调几近淡不可闻，中调突如潮水袭来，汹涌澎湃，浓郁而幽深，令人痴痴沉醉无法自拔。香飘百里可闻，殿下众人和妖魔皆入幻境，人生百年，如白驹过隙，欢笑泪水、悲伤痛苦全都变得如此真切，又近在手边。于是，有的人大哭起来，有的人大笑起来。整个太白山乱作一团，犹如戏台。

花千骨入世尚且不深，眼前也不断浮现众生百态，轻叹一声，厌世之心顿起。不过很快回过神来，对着香囊轻吹一口气，后调的香逐渐弥漫开来，却让整个人从头到脚狠狠一激灵，心头一凉，清醒无比。红尘中的恩爱悲欢瞬间成了虚空幻影，回首相望，仿佛已过百年。

"浮屠三生，好个黄粱一梦啊……"花千骨连连点头，"姐姐这香是用白檀香二两，灵兰香四两，乳香、藿香、沉香、金魅香各一两，另外再研青芦半钱，香成旋入，混之同捣。末入茗茶粉、仙芍药各一钱，生蜜拌匀，入蔷薇水，金箔裹之。入瓷盒重汤煮十数沸，窖中封存，已取出七日有余了吧？"

夏紫薰眯起眼看她，眼中诧异的神色一闪而过。看来她是低估她了，的确，年纪虽小，毕竟是白子画的徒儿啊。

于是从墟鼎中拿出了第二个香囊。

"此香名荼迷薰风，得风而飘，无风无味。"

花千骨接过，迎风而立。那香极尽声色诡异之能事，随风却不四散，过绿叶而染绿色，掠红花而沾红颜，月光下变作彩色丝缕状的幻雾延绵飘飞。人闻之忧伤，草木闻之却欣喜，纷纷在风中颤动枝叶，狂欢作舞。花千骨越发钦佩起她来。

"世间竟有香可通万物，果然极品妖娆。此香混合了二十四节气里分别开到极盛正要凋谢的二十四种花的香精各一钱，再加上沉水香五两，富泠香、薰陆香、青木香、甘松香各半两。以上末之，洒酒令软，放入瓷器中，蜡纸封，埋在梅树下，于冬月取用，姐姐，我说的可对？"

夏紫薰面色越发苍白起来："对，很对，一味也没有说错。"这世上，竟然有能在调香制香闻香上超出她的人么？

"这最后一囊香，名曰姹姤伤谏，有伤者可闻，无伤者无味，伤越重，味越浓，越闻伤越痛。"

花千骨握在手里，小兽觅食一般在香囊前嗅来嗅去，竟然没闻到味道，不由得慌了一慌，沉下心来，闭上眼睛，努力闻着。突然师父的脸在脑海中出现，她心头猛然一绞，竟痛得直不起腰来。同时，香气也迎面扑来，熏得她鼻子酸酸的，直想掉泪。连忙把香还给夏紫薰，封闭了自己的嗅觉，三种香里这种是最好闻的，却不知为何让她最不喜欢，强颜欢笑道："这个我也闻出来了，姐姐集了世间珍奇的百种香草、百种香花、百种香木，与忘忧酒混合，三昧真火烧了至少半年，然后放在极北极寒之地，用提炼出来的精油每日浇灌姹姤银花，而这香囊中，是没有经过任何加工的每日花间采集的露水。"

夏紫薰闭上眼睛，脸上突如其来的倦容让她瞬间老了很多。她毕竟活得比她长了那么久，千年来，青山看遍，天涯踏遍，每种草药都是亲尝，每种香都是亲调，可是面前这才十二三岁大的娃娃又都见过什么、经历过什么啊，却对调香有如此造诣，天赋如此，她嫉妒都嫉妒不起来。

夏紫薰轻轻摇了摇头："还少了一味。"

花千骨望着她微笑："还有一味，是紫薰姐姐你的眼泪，所以闻起来才会有那样微微苦涩的滋味，才会令人这样伤心啊！"

夏紫薰长叹一声："只可惜你已拜入子画门下，不然我真想收你为徒，你如此聪明可人，他定然也是不肯割爱的。罢了，轮到你出题了。"

落十一、轻水等人总算松一口气。就算夏紫薰也全猜出来了，她们也是平手，不算输。

霓漫天难以置信地盯着花千骨，没想到她竟然能闻得出那么多的香。看着众人一个个满心佩服的神情，心中又是愤恨又是不甘，今天算是什么风头都让她出尽了！

花千骨从身上东翻翻，西翻翻，总算从袖子里抖搂出一个白色的香囊出来。

"姐姐，这个是我之前调制的香，但是没取过名字，既然姐姐的都叫得这么好听，它就叫暗影流光吧！"

花千骨抛给夏紫薰接住，她握在胸前，低头轻闻，不由得心口一紧。这样清新淡雅的香她从未闻过，仿佛熨平了身上的每一个毛孔，说不出的适意舒爽。香气持久而悠长，绵绵仿佛从亘古飘然而至。温暖又祥和的感觉，将她心中伤口一一抚平，突然通透起来，突然轻松起来。

她抬头望向花千骨，只有这样有着纯洁心灵的孩子，才能调制出这样让人惊奇的香。这是治愈的香，是幸福的香。不用开口猜成分和制法，单单闻香气，她就已经输了。

夏紫薰握着那香囊，如痴如醉地闻着，久久不愿意放开。花千骨求之不得，半点也不催她，心头却盼着早点天亮。

"紫薰仙子，动作快些，不要再浪费时间了。"云翳却看不过去，终于发话。若是等到明日群仙赶来，他们想要夺取神器就更加不容易了。

夏紫薰从香中回过神来。

"此香主要是用茶香和果香调制而成，用了柚皮一两，橘片、桃片、枣片二钱，白附子、茅香各五钱，竹叶青、西湖龙井、碧螺春、蒙顶茶、君山银针、顾渚紫笋、普陀佛茶各半钱，共研成粗末。以绢袋盛悬于铫子当中，冰莲花露浸一宿，慢火煮七七四十九日。三生池水涤过，然后以香投油，桃花瓣层层覆之，封浸百日……"

还有些什么是她说不上来的，无比熟悉却又无比陌生，看来，她真是老了，连嗅觉都迟钝了。这比试，她输了。

"还有两味，我猜不出来。姐姐甘愿认输……"

花千骨眨眨眼睛，难掩欣喜。

"姐姐已经很厉害了，说得一个不错。至于另外混在其中没有猜出来的两味，却是在我袖中放久了，沾染的我身体的异香和师父的枕边香啊，若是闻都没闻过，没猜出来怎么能怪姐姐？"

花千骨心中难免有一丝愧疚，其实这个也算是她在使诈，可是如果不这样，又怎么胜得过她？两相权宜，还是保住流光琴要紧。

夏紫薰踉踉跄跄退了两步，差点从半空中落下去。

是了，是了，她说为何会如此熟悉又如此陌生。因为那是白子画和花千骨的香味啊。她千算万算，*丝丝求精*，却忽略了人的体香么？

"你师父……你师父的枕边香？"

"是啊，香囊做好之后，我偷偷藏在师父枕边很久，才拿出来带在身上的。"花千骨得意地笑，她也是看了《七绝谱》之后，钻研调香许久，特意做了这香囊专门吸聚师父的味道，随身携带的啊，这样就好像师父一直在她身边一样。

夏紫薰看着那香囊发呆，手握得更紧了。子画，子画的味道……

"千骨，对，你叫千骨没错吧，姐姐，姐姐拿……拿东西跟你换这个香囊好不好？你要什么都可以！《调香秘录》好不好？对了，你已经很厉害了，不需要这些了。那……那姐姐的剑谱或者仙力？不然，对了，大家不是都想要神器么？姐姐这儿有卜元鼎，拿来跟你换香囊好不好！"夏紫薰突然语无伦次起来，从墟鼎中拿出一发光的玲珑之物，正是神器之一的卜元鼎！

所有人一时都吓蒙了。云翳和茈萸等人连忙飞身上前，生怕她一时冲动做了傻事。那卜元鼎是她堕仙之前就持有之物，专门用来炼药提香，为了得到神器，单春秋费尽心思，才拉得她入伙。如今为夺一神器，又白白送人一神器，那他们大军来犯，岂不是什么意义都没有了？

"紫薰仙子，你疯了么？"

夏紫薰一回首，面如冰霜，单手一挥，波光闪动，云翳等人全被她打飞出几丈开外。

"滚！谁敢挡我就杀谁！"

花千骨见她眉心印记从漆黑陡然变得鲜红如血，不由得打了一个寒战。虽然一早看出她对师父有爱意，却没想到竟然执念如此之深，连神器都心甘情愿拿来做交换，只为了一个有师父气味的小小香囊么？

不知为何，她心里微微一痛，心中怜悯之情尤甚。

"姐姐若喜欢，送你便是了，不用拿神器来换。"

"千骨！"落十一等人在下面心急如焚，没想到她居然也意气用事。

"谢谢你，这个人情姐姐记下了……"夏紫薰欣喜若狂地对着她笑，花千骨第一次看见她悲哀的脸上竟然有这样灿烂明媚的神情，不由得更加酸涩。

二十二 暗箭难防

拿到香囊，夏紫薰退回莲榻中，再不管外面之事。

两边又处于一触即发的状态。花千骨继续开始无聊地拨琴，制止住蠢蠢欲动的妖魔，遥望天边，舒一口气，天已经快要亮了。

突见一蓝色身影快速飞来，落入敌方阵营。观其身形，修为很高，众人不由得暗自担心起来。

"你终于回来了。"单春秋就等着旷野天，他一来，就算是流光琴也阻拦不住他们了。

"怎么竟然这些时候了，还没得手么？"旷野天声如洪钟，体格壮硕，半只膀子露在外面，可以看见大块大块发光的肌肉。

"他们有流光琴，声波所扰，听得我都想要去普度众生了，就等你回来。那边料理得如何？"

"放心，数千天兵全部撂倒，不会来碍事了。那个弹流光琴的好像不是白子画啊？"

"貌似是他新收没多久的徒弟。白子画此刻也正往这边赶来，我让蓝羽灰去阻拦他了，但是不一定拦得了多久。咱们动作必须得快，若是等他到了，便什么也做不成了。"

"啊？他竟然收徒了？还收了个这么一丁点的女娃？有意思，不然我也收一个差不多的，然后和那女娃比一比？我胜不过他，总要让我徒弟胜过他徒弟，好歹我也扳回一局。"

"你别总对一时的得失胜败耿耿于怀，妖神出世才是真正的大事，到时候六界就都是我们的了。"

"你打算要我怎么办？"

"有生命的物体会被流光琴操控，死物总不会了吧？"

"你的意思是……？"

"所以才在等你啊。"单春秋用计时，总是发出女人的娇媚声音。

"虽然能不受声音影响，但被声波击中还是会变得粉碎的。"

"有不归砚呢，体积做小一点，趁着夜色瞬间移到她身后，她一时半会儿哪里发现得了？"

"好主意，果然妙。"

"那就赶快动手吧，半个时辰内应该就能全部搞定了。"

旷野天点点头，从墟鼎里掏出一个木箱打开来，里面装满了各种木料，细小的铆钉、斧锯之类的工具。他粗大的手指以快于常人几倍的惊人速度灵敏操作着。不一会儿，用木头雕制拼合做出的一只极细小的蚊子。这木头蚊子虽小，却五脏俱全，全身一百零八个关节全部可以自由活动。

旷野天手心一摊开，蚊子细长的腿踢了踢，转动一下头颅，翅膀陡然张开，犹如活物。原来旷野天最精通的乃机关术，他做出来的东西完全不需要依靠法术，所以丝毫不会被人发现。小到机关暗器，大到攻城战车，他全部可以靠着一手奇技淫巧，将精密度和威力发挥到极致。

茈薅伸出绿色的长长指甲往蚊子身上一点，顿时蚊子浑身都成了鲜艳的翠绿色。然后被不归砚的光芒一照，顿时消失在了众人眼前。

"没问题么？"

"它的身体里已注满了我精心调制的剧毒，只要被叮上那么一小口，她便再也看不到今天的太阳了。"茈薅妖冶一笑。

花千骨只觉得背上不断有冷汗冒出，隐隐不祥的预感让她有一些焦躁。只见刚刚来的那男人突然从墟鼎里一下子取出百余架巨型连弩。

花千骨大叫糟糕，他们法力虽强，但在流光琴琴音下也几乎使不出来，可是这弓弩是不需要靠法术的。这一阵又一阵的箭雨，自己又能抵挡到何时？

旷野天单手一挥，百弩齐放，每架弩车可同时射发百支利箭，力量极强，射程极远，以惊人之速嗖嗖射破夜空，每次万箭齐发，势要将太白一干众人全部射杀在乱箭之下。

"赶快全部退入大殿之内，紧关殿门！"花千骨对着落十一等人大声叫道。

她手中一刻也不敢怠慢，急速地扫弦相抗，声箭相击，一阵一阵而来的箭雨都在半空中被击得粉碎。

可是箭矢汹汹，片刻不给人喘息之机。

花千骨本来就没多少真气，哪儿经得起如此消耗，独自一人在空中迎战漫天箭雨，咬紧牙关死耗。天越来越亮，太阳慢慢快要跃出地平线了。关键时刻，花千骨突然感觉肩上一痛，顿时手脚瘫软，再也抚不了琴。

片刻间，畅通无阻的箭雨已如潮水般从空中急落下来。花千骨连中三箭，前两箭直接从她腹部和腿部一穿而过，可见劲力之大。第三箭直插在她的肩胛骨上，她疼得立刻从房顶上坠了下去，却强撑着最后一口气把流光琴收入墟鼎中。

死了死了，没想到她最后竟然是死在箭下，她还没来得及看师父最后一眼啊，她不要！

突然身上形成一面光壁，她低头一看，落十一、朔风、霓漫天，还有太白弟子全部都拥了出来，在前方为她抵挡箭雨。

"换火弩！"旷野天一声令下，火光犹若流星般在天空中不断划过。

没有了流光琴的阻碍，妖魔一拥而上。太白三千弟子全都冲进箭雨之中，同妖魔厮杀起来。一时刀光火影，场面分外恐怖惨烈。

花千骨飘浮在半空中，光壁由落十一、朔风几人之力形成，但是他们同时还要与妖魔对战，怕也撑不了多久。

花千骨看着自己双手指甲开始变黑，知道自己是被暗算中了毒，无奈丝毫力气都没有，缓缓调动师父留在她体内的真气抵挡，努力强撑着不要睡过去。

"赶快进大殿！"轻水打飞来箭到她身边，想要把她拖进殿中。

"小心身后！"花千骨惊呼。

轻水拖着她躲避不及，身上虽有防护，仍被箭射穿了臂膀。

"没事，你怎么会中毒了？要不要紧！血凝花和回清丹在哪儿？快拿出来？"

花千骨软绵绵地从墟鼎里取了出来，轻水慌忙喂她服下，见她连嘴唇都已经变成了黑色，知她中毒不轻，急得眼泪都快掉下来了。

"千骨，你别吓我，救兵马上到了，尊上也正往这里赶来，你要撑住啊！"

花千骨费力地睁开眼睛："师父？师父他要来了么？"

"是啊，他在千里之外时传音过来问这边战况如何，好像是碰到蓝羽灰的阻拦，所以拖延了点时间，但是现在正火速赶来，你再坚持一会儿，再坚持一会儿，他就到了！"

花千骨中毒虽深，但茈苠的这种毒她是知道的，也知道怎么解。但是一时半会找不到解药，只能靠自己运功引导压制，不知道又能撑多久，突然反应过来，用力把轻水推出去老远。

"轻水，你快走！"

轻水正莫名其妙，一个绿色身影出现在她刚刚在的那个位置。

"想不到你还挺机灵！"茈苠舔着自己的手指，差一点她就得手，掏到那个丫头的心肝了。

花千骨知道没有了流光琴防御，他们首先肯定是要抓到自己，掏了心肺从墟鼎之中抢走神器。

"你中了毒居然没死？"茈苠兴趣极浓地望着她，还从没有人在她的毒下撑这么久。

"笑话,我已修得仙身,小小毒液,能奈我何?"花千骨凌厉地瞪视着她。

轻水想冲过来救她,却被云翳打斗拖住。

茈蒄点头笑:"好好好!等我掏了你的心肺,再看看你这颗仙人的心,是用什么做的。"

茈蒄一只手直穿过屏护,眼看便到花千骨胸前,突然旁边紫光一闪,再低头,手已断掉。

她愣了片刻,看着气喘不止的花千骨,哈哈大笑:"好,实在是好极了,中毒这么深,你居然还有力气御剑。今日你一人断我两臂,此仇不报,我就不叫茈蒄了!"

茈蒄顿时双目赤红,口中突然吐出蛇芯一样长长的舌头。六只手,一只勒住花千骨的脖子,另外四只扯住她的双手和双脚,想要将她五马分尸,另外一只直掏她的心肺。

花千骨被牢牢制住,浑身剧痛,心想这回真的完了。突然听到空中一个威严又隐含怒气的声音道:"你其他的六臂也不要了可好?"

茈蒄一愣,顿时腿都吓下软了,还没等反应过来,远处一道光刀飞来,嗖嗖嗖瞬间便斩了茈蒄六只手。茈蒄痛楚难忍,直往地上坠去。

花千骨失去依托也慢慢往下掉,清晨的红日正好从地平线喷薄而出。花千骨抬头仰望,远处一身火红,乘着火凤,紫发飞扬,犹若天帝一般俯视下界的,不是杀阡陌又是何人。

"姐姐……"花千骨心中一暖,眼前一黑,只觉得毒再也控制不住地往心肺窜去。可是平稳地跌落在一个人温暖的怀抱里,只瞟见素白的袍子下摆。

师父!是师父么?师父终于来了!

她强撑着再次睁开眼,一道银光照耀,看到的是人世间最温暖、最迷人的微笑。

"东方?怎么是你?这里很危险!快离开!"花千骨见他,又惊又喜又有些失望。

东方彧卿什么话也不说,只是微笑着迅速连点了她多处穴道,然后喂了什么东西在她嘴里,她便什么也不知道了。

"你是谁?"杀阡陌低头俯视着突然冒出来抱着他家小不点儿的白衣书生,声音充满火药味。看样子，小不点儿不但跟他认识，而且还很熟。

东方彧卿眼睛弯得像月牙，嘴角勾起，笑得像只狐狸。

"现在，好像是给骨头解毒比较重要吧？"

杀阡陌这才反应过来，小不点儿中了茈萸的剧毒，红色凌厉的眼眸望着茈萸："解药呢？拿出来。"

"可是魔君，她是仙界之人啊，只要掏了她的心肺，我们便能拿到另外几件神器了！"

杀阡陌手一扬，隔空一巴掌便在她脸上印下五个指印，打得她吐出一口血来。

"我叫你拿出来！"

茈萸眼中闪过不甘的恨色，就只差那么一点了。无奈惧于杀阡陌，魔界之人都知道，他冠绝六界的容貌之下是多狠的一颗心，只得把解药拿了出来。

东方彧卿接过解药，立马开始解花千骨的衣服带子。

"你干什么？"杀阡陌从半空中落下，又连忙把花千骨的衣服拉了回去。

东方彧卿好笑道："不脱了衣服怎么上药啊？"

杀阡陌一把把花千骨抱了过来："男女授受不亲，还是我来吧！"

东方彧卿摇头，嘴角轻轻抽搐："不要骨头总姐姐、姐姐的叫你，你就真把自己当作女人了啊，魔君陛下——"

杀阡陌脸涨得通红，他怎么会知道的？

"那反正你也不行！"

"没事，骨头的身子上上下下我早就都看过了，再多看一次也没关系。"

"什么？"杀阡陌咆哮起来，差点就一掌对着东方彧卿劈下去。

"爹爹，骨头娘亲怎么样了啊？"糖宝刚刚看轻水有危险，连忙出手帮它未来的老婆打妖怪，危机解除了，这才急忙赶了过来。看见花千骨浑身又黑又肿身中剧毒的样子，吓得小脸苍白。

杀阡陌一听气得都快跳脚了，什么！糖宝居然叫这个臭书生、烂书生"爹爹"！

他郁闷地紧抱住花千骨不肯撒手，那好，他们谁都别救，然后指着茈萸大声吼道："你来！给小不点儿涂解药！"

茈萸被他吼得腿都软了，战战兢兢地接过花千骨小小的身子，解开她衣服，露出肩头，用刚长出来的几只奇小无比的手，一边把解药涂抹上去，一边咬牙切齿。她这辈子毒过那么多人，还是第一次得自己亲自上解药。

东方彧卿看着杀阡陌孩子气的样子，不由得好笑。

花千骨一睁开眼，首先看到的就是芘茆可怕的青绿色脸，吓得哇的一声大叫起来。

杀阡陌一脚把芘茆踹到一边，和东方彧卿一人抱住花千骨一侧，同时道：

"骨头，你没事吧？"

"小不点儿，你没事吧？"

花千骨左看看右看看，撸起袖子擦一把鼻涕，感动得稀里哗啦，使劲点头。

糖宝见她无恙，总算放下心来，看她的模样又忍不住抱着肚子哈哈大笑起来。

花千骨使劲拧它一把："你笑什么笑啊？"

"骨头娘亲，你又黑又胖，好像野猪哦！"

"啊？"花千骨连忙摸摸自己的脸，果然肿得跟猪头一样，再看双手，一根根指头肥得像萝卜。呜呜呜，她不要活了啦，等一会儿师父来要是看见自己这个模样……

"芘茆！"杀阡陌对着芘茆眼一瞪，她是怎么搞的，居然把他可爱的小不点儿弄成猪头了！

芘茆无辜地哭丧着脸，连忙跪倒在地："已经涂了解药，很快就会消肿了。"

杀阡陌轻拍着花千骨的头："别担心啊，一会儿毒全退了就恢复原样了。"

花千骨努力点头："姐姐，谢谢你又赶来救我！"然后又转头看向东方彧卿，"东方，你怎么也来了？这里群魔乱战，太危险了，你快回去。"

东方彧卿笑道："糖宝说你有危险，特意找我来救你的。"

"可是你不懂法术更危险啊，好了，我现在没事了，你赶快回去！"

东方彧卿抬头望了望周围双方依旧在厮杀拼砍，不过太白一边明显处于下风，死伤惨重，越战越退。他们上空依然不断有箭矢飞过，全部被杀阡陌形成的巨大屏护挡在外面。

"魔君，你还是先让他们都停下来吧，这样打下去不是办法。"

杀阡陌看了看花千骨凝望众人担心的眼神，轻轻点了点头，飞到半空中，一阵光波把众人都震了开来。

"全部给我停手！"

众仙一见他，全部被他的美貌震呆在原地。妖魔一见他，全部吓得跪趴在地上："参见魔君——"

顿时，整个太白山头连一片叶子掉在地上的声音都变得那么清晰。

云翳见他，心头大叫不妙，连单春秋也紧皱起了眉头。

"魔君来这里做什么？"

杀阡陌在半空中俯视他，半天不说话。

"单春秋，你要夺神器我不反对，只是倾整个妖魔二界之力，未免有些兴师动众。"

单春秋仰头看他，那半边女人脸此时竟然退去，只留下一张男人脸，模样却是丰神俊朗，低沉着声音道："魔君以为我这些年如此奔波辛苦，不择手段又是为何？"

杀阡陌心头一震，叹气道："为我……"

单春秋点点头："魔君知道就好，其他的事情魔君既然怕麻烦，不喜欢，就全部交给我来处理。魔君唯一要做的就是相信我，相信我的忠诚，相信我永远不会背叛你。现在魔君请让开，待我夺了神器敬献于你。"

"单春秋，你知道我不想做什么六界之主。你若喜欢，魔君什么的让你来当也没关系。"

当初也是在单春秋的全力相助下，杀阡陌才做上魔君，然后又一统了妖界，做了妖王。几百年来，他几番为自己出生入死，这样的忠诚他岂能不感动？所以基本上二界之事，全部都放任由他处理，自己很少参与。就连他屠了茅山、杀了清虚，他也始终没有追究。

"魔君，你折煞我了，我一心辅佐你，从来没有过半点野心。只是今天，这几件神器，我单春秋要定了！魔君若知我用心良苦，就不要拦我！"

杀阡陌停在半空中，心下两难起来，一边是单春秋和神器，一边是小不点儿。他心中本无什么正邪善恶之分，所以哪怕单春秋铲平了六界，坑杀千万人，他也不痛不痒，不关己事。况且单春秋太过死忠，为人行事无一不是为了他打算，可是如果让小不点儿伤心难过的话，那又另当别论了。

"既然单春秋不肯退军，这样厮杀下去，除了徒添死伤也没什么结果，为免魔君为难，我们以比试来定夺神器如何？"

突然，一个温文尔雅的声音不高不低地传入众人耳中，正是东方彧卿。

"东方！"花千骨惊讶地望着他。

东方彧卿把她抱在怀里，揉揉她的发髻。

"骨头，别怕，待我助你拿到另外几件神器。"

花千骨一脸错愕地望着他，看着他深邃的眸子狡猾一笑，却不知为何十分放心。

单春秋方才就已看出杀阡陌对长留山那小丫头似乎青睐有加，似乎此次特意是为她而来。再加上先前莫小声跟他汇报幻思铃和拴天链被夺、崔巍被杀之事，心中已十分笃定。可是神器毕竟在花千骨的墟鼎中，魔君既然喜欢她，要掏她心肺魔君定然不许。若能有方法让她自己交出来，那自然是最好。于是大声道："你们想怎么比？"

落十一、霓漫天、轻水和太白众人都退了回来，站成一线。东方彧卿把花千骨交到落十一怀中。众人望着他，皆不知他是何方神圣，可是看起来，只是一介普通书生，身上分明没有半点法力，根本不是修仙之人。但是既然花千骨信得过他，他们便也没什么异议。

花千骨靠在落十一胸前，低声问："师父，师父快到了么？"

落十一看她拼到如此地步，不由得心疼，努力点头："快到了，就快到了。"

东方彧卿慢慢往前走了几步，手中纸扇轻摇，颇有指点江山之风采。

"如果我没弄错的话，你们现在手里还有不归砚、谪仙伞、卜元鼎三方神器，而我们同样有拴天链、悯生剑和流光琴。我们两方各派三个人交战，三战两胜，赢的获得对方的三件神器，如何？"

单春秋冷笑一声："好，成交。"

东方彧卿笑道："一言为定，魔君为证。"

二人同时望向半空中眉头紧锁的杀阡陌，杀阡陌轻轻点了点头。

单春秋稍作思量："第一场比试，旷野天你上。你们谁出来应战？"

众人环顾，他们死战一夜，身上大多有伤，况且根本就没有谁是旷野天的敌手，此战事关神器，绝不能输。落十一刚要开口说自己应战，只听东方彧卿道：

"在下不才，第一场就由在下先来吧。"

"东方，你不会法术啊！"

花千骨和糖宝惊慌失措，虽然知道东方擅用计谋，身怀异术，但是真打起来，他一个文弱书生，哪里是那些妖魔的对手，她无论如何也不能让他为了自己以身犯险！

东方彧卿回头对她眨眨眼睛，温柔一笑，众人心肺皆暖，不知为何都对他有信心起来。

旷野天飞到上空俯视着他，哈哈笑道："你一个凡人，跑到太白山上来凑什么热闹？"

东方彧卿拱手道："在下也是被形势所逼。你身为十妖之首，法力超群，战功显赫，机关术更是无人能敌，本该统领妖界，如今为何却甘为他人走狗？"

旷野天被他说中痛处，脸上一阵红一阵白，怒道："管你小子屁事！说吧，你想怎么比，未免人家说我欺负小辈，你自己挑一种比较痛快的死法吧！"

"先生最拿手的是什么，我们便比什么吧。"

"老子最拿手的是机关术，莫非你想跟我比机关术？笑话，我法力或许没一些人强，但是机关术放眼六界还从未败过，你竟然敢跟我挑战这个，我看你是活腻了吧？"

东方彧卿依旧不动声色："在下虽不懂法术，但对奇门异术、机关八卦、星相医卜颇有钻研。先生请……"

旷野天冷笑一声，从墟鼎中取出十八个与人等大的木头人来，团团将东方彧卿围住。

"这几个木人坚硬无比，火烧不烂，刀砍不断，不受任何法术攻击，更不知道痛，就是大罗金仙也拿它们没有办法，一旦启动，没有我的命令绝不会停止。"

东方彧卿看着那十八个木人摆出的乾坤阵，手一扬，多出了一把有几个奇怪头的铁制工具。

"这个阵法，已经过时了哟。"

没有人看清楚他是怎么从阵内出来的，他靠的不是法术也不是速度，而是一种奇怪的步法。只是一瞬间的工夫，他已经和阵内每个木人过了一招。十八招之后，木人还想继续，刚迈出步子便同时倒塌，散落成一堆零碎的木料。

所有人都惊呆了，旷野天更是张着嘴巴说不出话来。这十八个木人跟着他历经百战，从未有过丝毫损伤，曾经还把白子画困在阵内百招有余，才使他得以从白子画手中逃脱。可是居然一瞬间的工夫，就被这个人给肢解了！

"你……你到底是何人？"

"在下东方彧卿。"

旷野天怀抱着一堆碎片心疼得不得了，这些都是日间给他做饭洗衣、晚间给他扇扇捶背的宝贝啊。

他不甘心又从墟鼎中拿出十几件巧夺天工的物品和机关暗器，各种材质、各种形状，却一一被东方彧卿肢解掉，他居然可以一眼看穿旷野天机关的每一个弱点在哪一个环节和部位等等。

旷野天气得快要说不出话来："只会拆东西算什么本事！"

东方彧卿笑道："这要装上就更容易了，不过，我怕先生你后悔。"

东方彧卿三下五除二就把一个木头人搞定了，那木人甩甩胳膊踢踢腿，便疯狂地向旷野天攻了去。

任何法术的攻击对其根本没有作用，旷野天几度尝试，居然解不开东方彧卿设下的机关。他一面口里叫着"宝贝宝贝，是我啊，是我啊，我才是你的主人啊"，一面被木人追打得到处逃窜。众人全都哈哈大笑起来。

东方彧卿抱歉地望着他："我说了你要后悔吧，这下这个木人只会听我的了，走吧，小木头，我们回去吧。"说着优哉游哉地领着小木人回去了。

花千骨见那个木头人这么有趣，东戳戳西戳戳，小木头把她从落十一怀里接过来抱住，头在她身上使劲蹭，逗得她咯咯笑。

"太好玩了，东方，你怎么弄的？原来你这么厉害！"

"喜欢么？送给你陪你玩吧，只要你想要，天上跑的、海里游的，我全都可以帮你做出来。"

花千骨开心地笑着，努力点头。

糖宝跳到东方彧卿掌心里来回翻滚："爹爹，你好厉害啊！"

落十一在一旁看得瞠目结舌，有没有搞错，原来这个样子的才是糖宝它爹啊！

单春秋再怎么也没想到，这世上竟然会有人比旷野天的机关术还要厉害。

云翳望着他，要是第二战再输可不得了："茈萋受伤，蓝羽灰现在还没回来，这一场我上吧，他们已无可用之人了。"

单春秋点点头，望着紫发飞扬、宛如天人的杀阡陌，突然很想知道，他到底是想他们输呢？还是他们赢？

东方彧卿让他做仲裁，不过就是怕他心软，让他两边都不要帮。他若出手，那边就赢定了。这个东方彧卿事事了若指掌，又料事如神，到底是何方神圣？绝对不可能只是一个普通书生这么简单。

花千骨见单春秋派了云翳来战第二场，不由得犯难了，云翳的厉害她也是见识过的。

"怎么办？谁打这第二场？"

"回掌门，我来。"

花千骨难以置信地看着突然出现的云隐，激动得差点没扑上去抱住他："你是什么时候来的？"

"我也是刚刚才到，路上遇到东方先生。他料定了第二场单春秋会派我师弟出战，所以交代我先不要现身。"

花千骨傻傻地望着东方彧卿："呜呜呜，东方，我越来越崇拜你了……"

东方彧卿微笑着摸摸她的头。

见到云隐出场，云翳惊呆了，跟跄着后退了几步。

云隐定定地望着他，恨不得能透过面具，看清后面那张他自以为了解却完全出乎意料的脸。

"师弟……好久不见……"

围战之人只知道云翳叛出茅山，还背负弑师之罪。此战由云隐出手也算是清理门户，云隐必定满心恨意，欲杀之而后快。

然而没想到的是，场上气氛颇为诡异。云隐神色哀而隐痛，二人对视，迟迟没有动手，似在传音交谈。

"师弟，不要再执迷不悟，跟我回去吧。"

师弟？

云翳一声嘲笑，他也多希望，自己这一世，能仅仅是他的师弟。那该有多好！

"回去？回去受罚么？"

云隐面色悲哀："我知道，杀了师父夺走拴天链的不是你，是单春秋他们！"

"是我。"云翳嗓音沙哑。

"我不信！你到底有什么苦衷，是不是妖魔拿什么逼你、要挟你？"

"没有什么要挟得了我，这只是一个交易罢了。我帮他拿到拴天链，他会治好我的脸。"

"你的脸……掌门说跟我长得一模一样，是真的么？"

云翳沉默许久，突然诡异地笑道："你猜。"

云隐难过地摇头："你拿拴天链就罢了，为什么要屠了茅山？"

"那些弟子，他们全都该死！"

他们都嫌弃他的脸，嘲笑他，欺辱他！所有的人都瞧不起他！

云隐是世上唯一待他好的人，然而，又是导致他一切痛苦的罪魁祸首。

"那师父呢？他一向对我们疼爱有加，悉心教导……"

"假仁假义罢了！"

清虚无意中洞悉了这一切，也洞悉了云翳心中的恨意，知他总有一天会步入魔道。而他，必须阻止这一切，阻止他将自己的真面目揭示于云隐面前。

"别那么多废话！有本事就杀了我，替师父报仇，替茅山清理门户！"

云翳冷冷地望着云隐，知道此战来的人既然是他，自己必败无疑。与其如此，不如二人同归于尽。说着，十根手指同时滴血，血渐渐连成一条线，犹如有生命的十条触手一样，向云隐攻了去。

云隐只是傻傻地站在那里，望着他一动不动，二人那么多年朝夕相处的情景浮现在眼前。

年少时在山中玩耍，在花间习武，一同御剑而飞，一同学习法术。世上没有人能比这个师弟更了解自己，更关心自己。做错事时云翳为他受罚，雪地里一跪就是整夜；捉鬼降妖时云翳为他挡刀，几次出生入死，奄奄一息。

说云翳杀了师父，他从来都不信！甚至连跟自己相同的模样，他除了利用来骗了花千骨那一回之外，就从来再没做过其他事。云翳一直以面具示人，从没有故意设陷阱毁坏自己的清誉。

云隐这些年拼了命地找他，就是想要问个清楚。就算一切都是真的，他也相信云翳一定有自己的理由。

这么多年，云翳始终都是相信他又依赖他，这命本来就是欠他的，如果他要的话就尽管拿去吧。

任凭血鞭在身上抽打，云隐始终一动不动。众人不由得大惊失色，不明白云隐为何斗志全无。然而更让人惊讶的事发生了，云翳身上瞬间也起了相同的伤痕，而且更重更深。

云翳面色发青，眼眶中漆黑一片，连眼白都看不见了。想要发出致命一击掏出云隐的心肺，无奈无论如何也控制不了自己的身体，一面伤害他，一面要救他。他的身体综合得出的结果便是自残和自杀。

"你还手，还手啊！"他面目狰狞，嘶吼着，如同野兽。

"师弟，你怎么了？"云隐一脸惊恐，一把把他抱入怀中，制止他疯狂的举动。

云翳手脚抽搐着，内力的反噬首先便是从内脏的腐坏开始。

"杀了我，杀了我！替你师父报仇！"他在等什么，自己又在等什么？等了这一生，做了这么多，不就是为了云隐能恨他，亲手杀了他，结束这痛苦的一切么？

"我不要！我的命本来就是你救的！"云隐知自己骨子里从来都是冲动任性，成熟稳重都不过是伪装的假象罢了。所以从前，他才会错那么多，而每次，都是云翳悄悄地替他背了黑锅。

云翳用力推开他，凄惨地笑道："你以为是我自己想要救你的么？"

云隐心痛得猛然一抖。看见云翳明明攻击的是他，受伤的却是自己。他已隐隐明白云翳之前脸是怎么被毁的了。

而当初发生在自己身上的所有奇迹也都有了合理的解释。不药而愈，成了他做事冲动不爱惜自己的原因，却一一报应在云翳身上，成为他屡次舍命救自己的原因？

可是这些年，云翳在他身边，从未多规劝过他一句啊。云翳总是那样支持和放任他去做任何想做的事，然后默默承受所有的苦和伤。

云隐面对这样的真相，几乎不堪重负。

"是师兄对不起你……"他怎么能够这么多年都不知道，都没有发现！

云翳苦笑，日日陪着他，夜夜伴着他。明着暗着，有时候连他都分不清楚眼前的是他还是自己；照顾他，舍身救他，有时候连他都分不清是本能还是心意。

不该这样的，云翳本应该是最恨他的啊！恨有着同样脸的云隐夺走了他本该有的一切，更恨他总是那样微笑着温柔对他、关心他，让本已被血缘羁绊的他又加上了感情的羁绊。

不甘啊，不甘被云隐所夺走的，不甘这一切苦凭什么他要替他承受。更不甘的是——云隐甚至从来都不知道这个世界上有自己的存在……

云翳一掌将云隐劈开，自己却哇地吐出一口血来，提气凝神飞速往天边逃离。

"师弟！"

云隐哪里肯放他走，立马跟了上去，比试之事早就顾不得了。

留下众人面面相觑。这是怎么个算法，到底是谁输谁赢？

两方一致看着杀阡陌，杀阡陌眉头紧锁。

"平手吧，再比试一场。"

单春秋冷笑一声："好，看来这次只有由我出战了。"

花千骨着急地看着云隐飞离的方向，心里又是不解又是着急。望向东方彧卿，只见他轻摇纸扇，一脸的轻松自得，安慰她道："别担心，我早料到了，只能是平局，关键在于拖时间，等这打第三场的人来。"

"谁啊？我师父么？"花千骨欣喜道。

东方彧卿故作高深地摇摇纸扇，指指上方："你看，到了。"

二十三 皓月邯郸

烈行云看着太白山下面两军对垒的阵仗，吓了一跳。

轩辕朗脚踏祥云，一身便装，仍显得雍容华贵，望着下面，紧皱着眉头喃喃道："奶奶个熊，这才八月十五大清早的，他们不会就打完了吧？"

"皇上！"烈行云出声责怪。

轩辕朗面色尴尬，咳嗽两声，又恢复了一副威严的模样。

二人慢慢落在太白殿前，自动忽视众人全都张着嘴巴看着他的呆愣模样。

"持勾玉的是哪一个？可在这些人里？"轩辕朗虽然见惯了这种黑压压一堆人的阵仗，可是头一次居然感觉有几分紧张。千骨在哪儿，可在这些人当中？他此刻激动得恨不得立马跳出来就大喊："亲爱的小千骨，朗哥哥来了！快出来啊！"咳咳咳，他第一万遍提醒自己，要矜持，要矜持，自己现在是皇帝！

"东方，你说来助阵的就是那两个人么？"花千骨傻傻地发了好久，才吞了一口口水问道。

她从未见过这样高贵不凡的男子，身着紫色华贵镏金长袍，上面爬满了黑色的飞龙纹印，就这样脚踏着七彩祥云，身披灿烂朝霞从天而降，光彩夺目，流光绮丽，一身的霸气与高贵根本让人不敢直视。若说杀阡陌的容貌让人太过惊艳的话，此人才是与生俱来的真正帝王，无论是容貌、身姿、气质，都太过高高在上。

东方彧卿笑而不答。

"陛下，臣认出来了，那边那个扎两个发髻的黑不溜秋的肥肥的小女孩就是。"

轩辕朗连忙大步朝花千骨走了过去:"废物,什么眼神,这么半天才认出来。"

烈行云无奈地嗫嚅道:"不能怪我,她长得实在是和那天大不一样了啊……"

轩辕朗路过轻水面前,轻水大大地抽了一口气,像被什么狠狠地击中了一样,她怎么感觉心在怦怦地跳个不停呢?

花千骨满脸迷茫看着那人走到自己面前,摸摸脑袋,她怎么觉得有点面熟啊,可是怎么想都想不起来。

"请问这个姑娘,你是不是持有一枚勾玉啊?"

花千骨看了看他身后,认出烈行云是当初阻拦他们的禁军统领,知道眼前这个肯定就是他的头儿了。这回跟着他专程而来,不会是想要来跟她抢勾玉的吧!想到这儿,她连忙抱紧胸前。

"是啊,那又怎么样?"

轩辕朗快要没耐性了,现在恨不得抓住面前这个又黑又肥的猪丫头死劲儿抖啊抖,大声吼:"他奶奶的,你的勾玉从哪儿来的?不会是抢来的吧?你把我家小千骨到底怎么样了?"

不行,忍住忍住,慢慢来,慢慢来,要注意形象,用连他自己都觉得恶心的温柔声音问道:"请问姑娘,这勾玉从何得来?"

"别人给我的,不行啊?"花千骨仰视瞪着他,身子却越缩越小,那人实在是太具有压迫感了。不行,勾玉是朗哥哥给她的唯一的东西了,死也不能给他。

轩辕朗看着她拽拽的模样终于爆发了,揪起她的领子提到半空,用惊雷般的声音大吼道:"他爷爷的,这明明是我给千骨的,他怎么会随便送人?你快给我说,你到底把我家千骨怎么样了?"

全场震惊,片刻鸦雀无声,然后唰地一片整齐拔剑的声音,东方彧卿连忙拦住大家。

花千骨眼睛瞪得老圆老圆,看着眼前的这个人,衬着中了毒的黑黑皮肤显得又黑又亮,轩辕朗被她的眼睛闪得心慌慌的。

就听花千骨哈哈爆发出一阵惊天大笑,然后手舞足蹈在半空中胡乱蹬着,金龟子一样想往他身上爬,无奈手脚太短够不到他。

轩辕朗被她笑得心里更没底了,这个小丫头是疯了吗?我家千骨不会出什么意外吧?

花千骨激动得鼻子酸啊酸的，可惜没有眼泪，只流出了鼻涕，于是改抱住他的手臂，在他的袖子上蹭啊擦啊，激动得好半天说不出话来。

"呜呜呜，朗哥哥……我就是千骨啊……"

"啊？"轩辕朗心疼地看着自己的袖子，上面全是她的鼻涕。

花千骨抬起头来，理了理乱发，把脸全露出来，仰头对着他的眼睛星星一样眨啊眨啊。

"我，我就是千骨啊，朗哥哥，你不认识我啦？我好想你哦……"要不是他突然说话变回朗哥哥的口气，她还真是打死都认不出面前的这个人居然是朗哥哥呢。

轩辕朗难以置信地一把把她捞到面前，捧着脸仔细地看了又看，又拿袖子使劲在她黑黑的脸上擦了又擦，然后终于哀号一声，一把把她勒进怀里。

"啊，真是千骨啊！奶奶个熊，怎么五年没见，你不但一点没长大，变得又黑又胖，居然还从一个男娃长成女娃了，苍天啊……"

众人皆晕倒状。

烈行云双脸憋得赤红，也是哭笑不得，都这么多年了，陛下怎么还是死性不改，一激动就现出原形啊。还好还好，穿便装出来的，这里没有人知道他是陛下。

杀阡陌在空中看得咬牙切齿，心里盘算着，是砍掉那人的左手呢，还是右手呢？不行，两只手都抱过，那还是两只手都砍了吧。

花千骨破涕为笑，看着他："朗哥哥你也是啊，不但长那么高了，还穿得那么正经，刚刚吓死我了。"

轩辕朗捶心捶肝，看着面前的野猪头，信誓旦旦地拍着她的头保证道："别伤心啊，千骨，朗哥哥不管你是男也好是女也好，长得像人也好长得像猪头也好，都会一如既往地疼你爱你、照顾你、对你好的。"

花千骨使劲点头，有些不好意思地笑道："朗哥哥，人家本来就是女的啦，只是中了毒才又黑又肿的，等过一会儿毒性退了就恢复原样了。"

轩辕朗呆愣在那里，半点没反应过来，本来就是女的？心里不知为何一阵窃喜。

"我来向你介绍大家啊！诸位，这是我的好友轩辕朗。朗哥哥，那些是太白弟子，这几位是我长留山的同门。"

"长留山？你怎么又跑到长留山去了？你不是在茅山么？"

"是啊，本来是去茅山的，后来误打误撞又跑去长留了，这个以后再告诉你。"

旁边的东方彧卿突然跪倒在他面前："草民东方彧卿，叩见吾皇万岁万岁万万岁。"

众人全部愣在那里，什么？他是皇上？

轩辕朗和烈行云两人同时额头的汗水大颗大颗地往下掉。

花千骨也是大吃一惊："朗哥哥，你是皇上？"

轩辕朗又尴尬又窘迫，不停咳嗽着："起来吧，我今天微服，这里是太白，不用给我跪。"

东方彧卿嘴角露出一抹奸笑："他们都是仙界之人，自然可以不拘小节，草民乃凡人，怎可不在乎礼数？"

"是啊，朗哥哥，东方很厉害、很聪明的，他什么都知道。朗哥哥，下次科举封他做状元郎吧！"花千骨的眼里，朗哥哥是皇帝和阡陌姐姐是魔君同样不是什么大事，只是个身份而已。朗哥哥还是朗哥哥，阡陌姐姐还是阡陌姐姐。

"好好好……"轩辕朗此刻喜获重逢，对花千骨什么都有求必应。

东方彧卿抿着嘴笑，纸扇后露出一只狐狸眼来："陛下，此刻太白与妖魔两军对垒，还剩最后一场比试。此比试关乎神器，断不能输，可是我方伤亡惨重，已无可用之人，敢问陛下可否相助？"

"是啊，朗哥哥，还好你到得及时，不然我们真不知道怎么办了。"

"好好好，千骨之事，我怎么会不帮？别说打倒一只小小妖怪，就是刀山火海我也去啊，你忘了朗哥哥的老本行是干吗的了么？哈哈哈……"轩辕朗摩拳擦掌，把两只袖子一卷，双眼冒光，又恢复了当初那个山野少年的模样。

"陛下，陛下乃万金之体，要是被妖魔所伤……还是由微臣代劳吧。"烈行云吓得不轻，要是轩辕朗有个什么闪失，他可就脑袋搬家了。

"你那点道行，斗得过单春秋么？"轩辕朗瞪他一眼，看了看场中早已经等得不耐烦了的单春秋。早就听师父说过，他乃妖魔里最难对付的人之一，既有男人的刚猛威勇，又有女人的阴柔毒辣。今天，倒是要好好领教一下。

他多久没能放开手脚好好打一场了，今天就当是好好活动一下筋骨吧。

东方彧卿此时正在和接任太白掌门的诽语窃窃私语。诽语面色犹豫，终于还是从墟鼎中拿出一物，交给轩辕朗。

众人一望全都惊呆了，居然是神器之一的悯生剑。悯生剑见血必亡，神仙难救。就算封印未解，威力亦可想而知。这样一来，总算是又多了几分胜算。

没想到的是，轩辕朗持剑舞了几下道："果然是把好剑！不过……老子不需要！"

轩辕朗将剑抛还给诽语，大笑着飞到半空与单春秋相对而视。

众人没想到他骄傲自负如此，区区一凡人，竟想不凭借神器之力就打赢八魔之首的单春秋，不由得都捏了一把汗。

花千骨方才已见识了单春秋的狠毒和诡计多端，心下也有些替轩辕朗担心。

东方彧卿却笑道："骨头放心，轩辕朗都已经鄙视他到有恸生剑都不用了，单春脸皮秋再怎么厚，也不好意思再靠神器来玩什么幺蛾子。你朗哥哥定会让他输得心服口服。"

花千骨顿时恍然大悟，崇拜得快要五体投地了。

单春秋眼睛滴溜溜地看着轩辕朗，阴阳怪气地笑着："没想到人间的帝王也掺和进来了，不要以为你是九五之尊，身娇肉贵，我就会手下留情。"

轩辕朗冷冷看着他，眼睛里全是凌厉之色，抽出随身王剑，御剑一指，气贯长虹。盛光之夺目，逼得众人皆闭上眼睛。

"朗哥哥终归只是凡人，真的能胜得过单春秋么？"花千骨心惊肉跳，看着二人战作一团，顿时天地昏暗，到处飞沙走石。

"他可是洛河东的徒弟，内力雄厚纯正，对战经验丰富，还有皇者之气护身，正是单春秋这种邪魔外道的克星。"见东方彧卿脸上全是自信的笑容，花千骨微微放下心来。

只见半空中一团光雾，气象万千。单春秋气凝指末，利劲如刀，红光激发，犹若光剑。二者剑芒交错疾驰，断石分金，群山回响，天地震摇。终究还是轩辕朗的王剑正气凛然、略胜一筹。单春秋光剑被断转而用掌，一掌炎炽如火，一掌寒冽如冰。

轩辕朗同样以掌相迎，迅若闪电，势若雷霆，气贯地，掌漫天，掌风狂摧无尽。单春秋连连后退，似是不信一个凡人竟能有如此修为。

轩辕朗御剑威极长劈，面容冷峻威严，犹若天神，尽掩日月光华。

单春秋扫荡六界，也是罕逢敌手。两人战了千招有余，依旧胜负未分，空中巨大的阵法，还有缭乱的身形，下面众人全部看得目瞪口呆。

东方彧卿要的就是二人久战，一是为了拖延时间，二是单春秋修的皆是邪法，久战力必不续。

轻水目光始终跟随着空中那个紫色的身影，心潮汹涌起伏，揪心而立，一面为世间有如此伟岸之男子而惊叹，一面又为他担心。

　　突见二人周围血雾弥漫，掩住二人身形。花千骨心中的轩辕朗始终停留在五年前那个又倔强又高傲的少年上，却不知道他的修为竟然到了如此高的地步。

　　终于，众人听见一声女人的惨叫。单春秋从半空中坠了下来，重重掉在地上，腹部中了一剑。轩辕朗也随之落地，用剑撑住身子，轻轻喘息，臂上几处伤痕，却无大碍。

　　"哈哈哈，你输了！"轩辕朗仰天大笑，豪气干云。

　　花千骨再一定睛，场中已没有了单春秋的身影。

　　"糟糕！"再一转头，单春秋果然已利用不归砚到了花千骨身后拿住了她的要害，然后瞬间已在空中百丈之外。东方彧卿等人想要出手，无奈瞬间转移的速度太快，只扑了个空。

　　"单春秋，你不讲信用！"轩辕朗大喝道。

　　"你敢！"杀阡陌赶忙飞了过去，停在单春秋面前，却又不敢太靠近。他满身怒火，双目赤红。

　　"魔君，这个女人是祸水，待我杀了她，拿了神器，妖神出世，假以时日，我们便能一统六界了！"单春秋戒指上的毒针就紧贴在花千骨的太阳穴旁，哪怕只是稍稍颤动，她便会命丧当场。

　　"单春秋，连我的命令你都不听了么？你动她一根毫毛试试看！"

　　单春秋面相变作女人，厉声道："魔君，你被这女人迷了心智，杀了她，你才不会被束缚。之后无论你如何处置我，我都心甘情愿！"

　　眼看场中形势大变，夏紫薰紧握手中香囊，心道，既然是子画的徒儿，为免他担心，自然是要出手相救的，但是必须又快又准，稍一延迟有误，千骨便有生命危险。

　　死人妖！死人妖！花千骨看自己被拿住，形势危急，心道："我才不会给大家拖后腿呢！要死也要拖个垫背的，绝不能让你拿到神器！"

　　单春秋先是感觉勒住她的臂上一痛，发现她居然强逼出身体里还未散去的剧毒，由指尖射进自己体内，顿时身体麻痹，手不由得微微一松。单春秋心头一怒，毒针便要往她太阳穴刺去。花千骨一能行气，立马运功将全身百年内力迅速催发，浑身顿时布满冰凌，毒针应声折断。

　　可是她伤势本就严重，毒伤未愈，根本就控制不住暴走的真气。银光一阵强过一阵，杀阡陌欲上前竟被弹了开去。再不制止，激爆开来，花千骨绝对命丧当场。杀阡陌顿时吓得手忙脚乱，花容失色。轩辕朗、轻水等人更是肝胆俱裂。

只见远处银光一闪，清音一指，又稳又准地弹到单春秋背后死穴处。单春秋一声惨叫，目眦欲裂，浑身抽搐地掉了下去。

天边一个白色身影乘风而来，赶在杀阡陌强行突入制止住花千骨之前，顶着向外辐射散逸的强大真气，一把把她抱入了怀中，迅速封了她身上的几大穴道，不尽内力如连绵之水滚滚输入，不多时便平复引导了她体内本就属于自己的四处奔涌的真气。

花千骨睁眼看到他，又惊又喜，简直像做梦一样半天不敢相信，末了，紧紧搂住他的脖子，一头扎进他怀里。

"师父——"

二十四　情意勘破

在千万人面前被她这样紧紧抱着，白子画微微有些不自在，心里轻轻松口气，总算是赶上了。一路上拼命疾飞，却又不放心，时刻观微于此。见到他们遇上凶险，心里头一次有了恨自己无力之感。特别是小骨几番拼死相搏，又正遇蓝羽灰相拦，连他都不由得慌了手脚，久久脱不了身。

低头望着怀中的小家伙，目光清越如水。

这孩子，怎么就这么傻呢？居然拼到这个地步，真是为难她了。

花千骨的脸紧紧地贴在他胸前，久别的喜悦和激动让她无法言语。第一次这样近这样紧地抱住师父，她知道是越矩了，却又贪恋他怀中的味道和绝对的安全感，久久舍不得放开。那样的温暖祥和环绕住她，让她激动得身子微微颤抖。

师父，你知不知道小骨等得你好苦啊，一直这样拼命苦撑着，就是想等到你来。

花千骨仰头望着他，嘟起嘴巴，显得更像猪头了。

"师父，你怎么这么慢啊！"他再不到，黄花菜都凉了，小骨也完了。

白子画见她依恋又微微嗔怨的眼神望着自己，不由得心头微微一疼，道："出门前为师如何教你的？伺机而动，量力而行。你如此不计后果，竟是想玉石俱焚么？"

花千骨低头认错道："对不起，师父，我当时心急得不得了，其他根本什么都想不起来了，还好师父及时赶到，小骨以为再也看不到师父了……"

白子画轻轻拍了拍她的头，手按于她肩上，未散去的毒迅速被他吸入手心中。花千骨很快恢复了原本模样。

"师父！"

"别担心，在我体内很快就会化去了。"白子画安慰她道。

停在一旁的杀阡陌在心里骂了白子画千遍万遍：死老白臭老白！居然敢跟我抢英雄救美！不但救小骨头被他抢先一步，更可恶的是，白子画居然敢无视正对面这么个大美人的存在，只顾和小不点儿缠绵，看都不看他一眼！气死他了，气死他了！

那个……就是长留上仙白子画么？

轩辕朗对他的大名早就如雷贯耳，旁人用尽千般语言来描述他的超凡、他的好，真正见了，才知道，原来任何语言在他面前都是如此苍白无力。

白子画就这样抱着怀中的花千骨，以那样超凡又孤高的姿态，在半空中目光一一扫过众人，然后缓缓落地，渺无声息。众人都看得痴了，一时间竟没有半点声音。

近了些，轩辕朗又倒抽一口凉气，吓了烈行云好大一跳。

原来，原来女装的千骨这么可爱啊……模样是没变些什么，依旧小小的，又带点精灵古怪的。轩辕朗傻呵呵笑了两声，烈行云顿时浑身起了鸡皮疙瘩。

"你没事吧？"轩辕朗、朔风、落十一、东方彧卿等人一股脑冲了上去，把花千骨团团围住。

"我没事，一根汗毛都没有少！"花千骨环视众人关切的眼神，嘴唇微微颤抖。一起上天入地，一起出生入死，这些都是她祸福与共的好伙伴哪！从总是孤孤单单一个人到现在，老天究竟是什么时候让如此多的人出现在她身边，关心她照顾她的呢？身体被极度的温暖与幸福感充溢着，心像软软的棉花糖，都快要融化开来。她知道，自己再也不是一个人了。

白子画放她下地，扶她站好，花千骨依然紧紧地拽着他的袖子，不肯放开。

夏紫薰在帘幕后一见白子画出现，胸口便如遭重锤，裂开般疼痛。

瞧见他师徒俩交叠相依的身影，心中更是酸闷无比，几乎不能呼吸。天知道她有多羡慕花千骨，可以这样待在他身边，享受他的温暖和庇护，她却是连见他一眼的脸面都没有……

想当初，他们瑶池水旁、群仙宴上，上仙齐聚，五仙对饮，和乐而歌，是何等畅快无忧。想不到时光飞逝，造化弄人，再相见已是百年身。而自己，也变作如此仙不仙魔不魔的模样。

子画，子画，这么多年，你可惦念过我哪怕一丝一毫？

够了，够了，哪怕只是这样远远地看他一眼也够了。只要他好，只要他依旧好好的，不管承受再多的劫难，她都无怨无悔。蓦然瞥见花千骨望着他时的神情，顿时大惊失色。那是她所熟悉的眼神，崇拜的，向往的，却又带着深深恋慕的。

夏紫薰瞬间恍然大悟，仰天大笑起来，笑得满脸都是泪水。

紧紧握住手中香囊，道："暗影流光，暗影流光，好一个暗影流光！你是暗影，他是流光。亏我闻遍百料，识尽千香，居然没有闻出你的香中对他所含的浓浓情意！子画啊子画，你收的好徒弟啊！哈哈哈哈！"眼泪漫延成洪水，无法遏止。

杀阡陌飞速点了单春秋的穴道，把内力源源不断地输给他。

"属下罪该万死，魔君为何救我？"单春秋咬牙切齿地说道。

"你是该死，不该仗着我的信任就一再违逆我的命令，更不该用自己的命来冒这个险，不值得。"

"难道魔君甘心就这样将神器拱手送于人？"

"不甘心，我只是不想再错一次。东西没了还可以再找回来，人没了，就真的没了。"

单春秋瞥见他眼中的痛苦，不再说话。

杀阡陌待到单春秋一切无恙，拿了不归砚、谪仙伞还有卜元鼎过来，全部交给了花千骨。

"姐……"

杀阡陌把指尖放在嘴边一嘘，跟她眨眨眼睛，密语传音道："过些日子姐姐去找你。"

花千骨望着她的眼睛笑成月牙儿，微微点点头。

杀阡陌望向白子画，面容恢复冷峻异常。

"依约把此三方神器交给你们，我们退兵。白子画，你可看护好了，我杀阡陌定会再来取的！"

杀阡陌向后高高飞起，火凤长鸣，转瞬便消失了踪迹。妖魔大军也慢慢撤退。

众人皆欢呼雀跃，拍手称快。

花千骨突然反应过来。对了，紫薰姐姐，她不是想见师父么？

"师父，紫薰仙子也在这里。"花千骨指着前方的莲榻。

白子画观微时已看见一切，包括花千骨跟她斗香之事。

花千骨见他始终面色平静，不发一语，而夏紫薰莲榻里竟也毫无动静。

他们俩就这样么，好不容易遇上了，难道就不想见见么？花千骨扯扯白子画的袖袍，只见他依旧一动不动。

师父怎么这样啊，紫薰姐姐明明这么喜欢他的。花千骨心中一丝怜惜与不忍，自己飞到夏紫薰莲榻旁，叫道："紫薰姐姐，我师父来了，你出来见见他吧。"

风撩起帘幕，花千骨瞥见夏紫薰满脸是泪，不由得心中一惊。

"紫薰姐姐……"

只见夏紫薰以观世音一般大慈大悲、怜悯众生的眼神同情地俯视着她。

"千骨，赶快忘掉他，千万不能陷进去，像他那样高高在上的仙，岂是我们这些又傻又卑微的女子可以恋慕的？你若是能……依旧乖乖做他的好徒儿，你便是世上最快乐之人，否则……你的下场，只能比姐姐还要惨上千倍万倍……"

说完，紫色的轻纱帘幕缓缓合拢，莲榻也迅速飞离，消失在天边。

花千骨只听得大脑一阵轰鸣，犹若晴天霹雳，从空中直坠下地来，踉跄着后退了几步，喉头一热，一口鲜血涌了出来，她又不着痕迹地硬生生咽了回去。

伫立良久，脑中依旧空白一片，耳边隆隆作响，全是她每句话语的回音。花千骨直直地呆愣在原地，久久回不过神来。姐姐在说什么？到底在说些什么？为什么她一句也没听懂呢？她一句也没听懂……

她根本一句也没听懂！

众人着急唤她，见她始终呆立，毫无反应，以为她被那魔女施了什么妖法，都不由得着急起来。

"小骨！"白子画行到她身边，拍拍她的肩。

花千骨满眼迷惘地抬起头来一看是他，吓得大叫一声，连连后退，眼中竟然全是惊恐。

白子画从未见过她有如此迷茫、如此害怕的神色，扶住她双肩，疏导她体内激烈狂乱的真气，俯身温和道："小骨，是师父啊！"

花千骨凝望他的眼眸，如此之黑、如此之深，仿佛要将她吸进去，永不见天日。

"师……师父？"她开口默念，想要往后退两步，却退不出他的挟制。

"紫薰她……跟你说什么了？"白子画微微凝眉，居然密语不让人听到。

花千骨慢慢回过神来，依旧面色苍白如纸，拼命摇头。

"没有，她什么都没有跟我说……"

白子画放开她，轻轻拍拍她的头。

"没事就好。"

花千骨身体颤抖着，白子画的每一个动作对她而言都犹如凌迟。

一辈子也忘不了，夏紫薰慢慢闭上的眼睛，满是泪水与不忍……

一辈子也忘不了……

花千骨被她的一席话炸得粉身碎骨，从此万劫不复。

这一战，仙界一口气夺回如此多的神器，妖魔偷鸡不得倒蚀把米。众人欣喜，收殓尸体，纷纷忙着善后。

太白门伤亡惨重，再无能力守护神器，故而悯生剑让白子画代为转交给其他仙派看守。

于是，除了炎水玉下落不明，流光琴、浮沉珠和玄镇尺分别由长留山、长白山、天山看护之外，不归砚、幻思铃、拴天链、卜元鼎、悯生剑、谪仙伞六方神器都再度由白子画一一封印后，分散交与各仙门大派。

"爹爹，爹爹，这是十一师兄！"糖宝很郑重地向东方彧卿介绍道。

"伯……伯父，你好……"落十一有些紧张道。

花千骨在一旁哈哈大笑，"师兄，你干吗自降一辈啊？我还是糖宝它娘呢，难道你也喊我伯母么？哈哈哈哈！叫他东方就好了！"

落十一面红耳赤，使劲瞪了花千骨一眼，抱拳道："东方兄……"

"十一兄，我家骨头和糖宝这么久以来，多劳烦你费心照顾了。"

"客气了，哪里话，这是应该的……"

落十一和东方彧卿互相寒暄起来。

轩辕朗在一旁恨得牙痒痒的：什么叫你家骨头和糖宝！气死他了，哼！东方彧卿，你的状元郎一百个没戏了！他转而抓住花千骨的手："千骨，这一别不知又要何日才能相见！朗哥哥好舍不得你！"

花千骨咧开嘴笑，模样十分娇憨："没关系的，我要是一有机会下山，就到皇宫里去找你！"

"一定啊！"

"一定！"

"不要又是三年五载！"

"很快的，放心！"

突然发现有个人在身后拽自己的袖子，花千骨一愣，连忙把躲在身后的轻水推上前来。

"朗哥哥，这是我的好朋友，名字叫轻水。"

轩辕朗微微一笑，轻水立马觉得到处都是阳光，万物催发。

"轻水姑娘，你好。"眼前这个姑娘不像千骨已经停止了生长，出落得亲切可人，如同芙蓉出水。

不知道小千骨什么时候才能长大，不过应该和现在比不会有太多变化吧，不娇艳、不妖媚、不张扬，可是一定很美，轩辕朗美滋滋地想着。

"陛下好。"轻水红着脸，低着头，偷偷看他，心跳得快要从嗓子眼儿里蹦出来了。

白子画观微时已经见过东方彧卿和轩辕朗二人，他淡然地与众人打过招呼，便与长留一干弟子准备御剑回山。但始终放不下的，是紫薰到底跟小骨说了什么，竟然把她吓成那个样子，虽然她之后强装无事，可是态度、情绪还有眼神，分明跟之前都不同了。

卷 四

情深我自凡尘练·宁为玉碎赴寒渊

花千骨将琴递还于他放回墟鼎之中，然后望着他如同初见那般的笑，那笑却像是要哭出来。他头脑微微有些晕沉，花千骨的绿色身影也在一片粉红色中变得渐渐模糊起来。

「师父，原谅小骨……」他隐隐听见小骨在他耳边低语，意识慢慢抽离。

花千骨身形一闪，化作一道绿光，趁着白子画放回流光琴墟鼎闭合的瞬间，已飞入他墟鼎之中，取出了所有神器。

白子画心头猛地一惊，无奈为时已晚，神念被摄，只能慢慢地合上了眼睛。

二十五 镜花水月

"骨头，煳了，煳了！快快快！"糖宝一看锅里的菜，急得在她头上直蹦跶。

花千骨这才回过神来，手忙脚乱地去端锅子，又被烫到手，乒乒乓乓碗啊盆啊打翻了一地，垂头丧气地收拾好，又重新来过。

白子画坐在桌前，尝了口她做的菜，久久不发一言。

"师父？"

"小骨，可是有什么心事么？"

"师父怎么知道？"

"小骨一向心无旁骛，所以烧出来的菜是什么味道便是什么味道。心中有了杂念，菜的味道自然就不同了。"

回绝情殿的这两个月来，她做什么事都老爱走神。伤势虽逐渐复原，但是道行每况愈下。之前她的修行之所以能有如此飞快的进展，成为下一代弟子中的翘楚，就是因为她有一颗比谁都要清明透彻的心，如今清明已失，心为杂事所扰，若看不透，心结只会日深。

花千骨咬着筷子，低头道："师父，弟子是心有困惑，但是怎么想也想不明白。"

"心如止水，乱则不明。很多事，你越是想去弄清楚，反而越是困惑，心中一旦有了执念，就像线团，只会越扯越乱。"

"可是师父，如果预测到有不好的事要发生，我应该怎么办？"

"子欲避之，反促遇之。凡事顺其自然就好。既来之，则安之，这才是生存之道。"白子画摸摸她的头，安慰道。

花千骨思忖良久，脸上总算有了一丝笑容，抱起碗大口大口地扒起饭来。

夏紫薰的话她并不是全懂，但也并不是不懂。毕竟十六七岁的年纪，情情爱爱的故事多少也听过看过一些。但知道和懂得毕竟是两码事，她知道霓漫天喜欢落十一，知道轻水喜欢轩辕朗，但是完全不能体会也不明白那是怎样的一种心情。

但是紫薰姐姐喜欢师父，她从明白的那一刻开始，内心就感觉到了一种和她一样的悲痛与无奈，那种绝望感几乎让她窒息。

为什么，她的爱，自己能体会？

姐姐说让自己不要爱上师父，可自己就是爱师父啊！天底下除了爹爹、娘亲、糖宝，最爱的人便是师父了，师父要她做什么都可以，她的命、她的一切都是师父的。

这并没有什么不对啊，自己也什么都不求，只要如现在一样，朝朝暮暮跟随在他身边就是了。

师父说的顺其自然，大概就是这个样子吧。

既然如此，那就别的什么也不要想，好好陪着师父，永远不要离开。

大清早，喜鹊在树上叽叽喳喳，有喜事啦，有喜事啦！

"师父，你找我？"

白子画点点头："过几日便是群仙宴了，你随我出席吧。"

"真的？"花千骨一蹦三尺高。

"上次太白一役，你立下大功，帝后特意让我带你前往，还专门给你下了仙帖。"

白子画递了个金光闪闪的帖儿给她，花千骨被晃得睁不开眼睛，展开一看，写的是"茅山掌门花千骨"。她心里美滋滋的，说道："我可以带糖宝去么？"

白子画点点头，他们俩总是走到哪里都不分开的。

"太白一战虽胜，但你明显还是处事经验不足。群仙宴之后，为师会带你到人间游历，好好磨炼一段时间。"

白子画心想，花千骨之所以会有心结产生，无非是经历和见识都太少了。

什么都不懂的清明境界和历尽沧桑、勘破一切的清明境界相比起来，毕竟是太过简单和不堪一击。花千骨处于修仙的紧要关头，心结若不解开，十分容易步入魔道。或许让她在人世间走几遭，就能重新回到看山是山、看水是水的真境界。

花千骨激动地拽着他的袖子摇啊摇，撒娇道："师父，你实在是太好了……"

白子画拍拍她的头："去收拾行李吧，顺便跟轻水他们告个别，这一去可能得大半年才回来。"

"师父不在，那派中事务怎么办？"

"放心，一切有你师伯做主。有要紧事，他会通知我的。"

"好！"花千骨一阵风般刮了出去。

听到这个消息，大家都很开心，落十一却愁眉不展了。

有没有搞错，要大半年看不到糖宝，让他怎么活啊！看到糖宝一脸兴奋的模样，落十一更是心都碎了。

糖宝，你怎么舍得……

花千骨再一次重回昆仑山，激动莫名。这一次，她不再是当初孤苦无依、变作小虫偷偷潜入的小丫头了，而是堂堂正正以一派掌门的身份；也不再需要与白子画共乘云彩，而是自己潇洒御剑而飞。一想到宴上的美味佳肴和大大的蟠桃，花千骨和糖宝就流了一地的口水。

第一次和师父出门，她的心扑通扑通的，又是紧张又是兴奋，一路上，小嘴叽里呱啦说个不停。

虽是御剑，但是配合花千骨的速度，他们依旧是花了一天时间才到，路上还有过几次休息。

飞抵瑶池的时候，宴会已经开始了。

花千骨俯视下面七色的瑶池水，还有万年不改的大片粉色桃林。仙乐飘飘，环佩叮当，天仙起舞，众仙对酒而歌。

一声"长留上仙到——"

再一声"茅山掌门到——"

场内一时无声，众人皆仰头而看。

那依旧白衣胜雪、孤冷出尘的男子缓缓落地，而身后，跟了多年前那个衣衫褴褛闯入瑶池的假小子。

此刻，花千骨一身简单的白色纱裙，梳着两个圆圆的发髻，依旧是个孩童模样，半点没有长大。眉黛如画，眼若星辰，皮肤晶莹剔透，面颊圆润，粉嫩嫩的，犹若花朵，红扑扑的又像个苹果，直让人想上去掐她两把。

花千骨见众人死盯着自己，有几分紧张地拽住白子画长长的袖袍。

他们师徒二人就这样一前一后地走着，一个超凡出尘，一个娇憨可爱，简直是漫天粉色桃花雨中的一幅绝景，众仙惊叹。

此时，就听四下里一个既粗野又凶恶的惊雷般的声音轰然响起。

"他奶奶的白子画，老子后悔了！"

花千骨觉得有点耳熟，还没反应过来是怎么回事，就见一满头金发、满面金髯的大汉眨眼间出现在自己面前，铜铃大的眼睛和自己大眼瞪小眼。

花千骨吓得退了几步，待看清楚心里不由惊喜，竟然是朗哥哥的师父洛河东。

洛河东张开血盆大口对着她哈哈笑着，伸出黝黑粗糙的大手来，掐住她的小脸使劲捏。

"死娃子，原来竟长得这般水嫩嫩的。"

花千骨哭笑不得，任凭脸蛋面团一样被他揉来揉去。

白子画无声地挡在她面前："洛东仙，久违了。"

洛河东悻悻然收手，鼻子哼哼道："久违久违，我说老白啊，你命真好啊，我明明是给清虚老道送个徒弟去，怎么送来送去送到你手里了？他奶奶的，老子后悔了，早知道我就先把这徒弟抢了得了，那收回这么多件神器的好事，也轮不到你长留山的头上了。老子想那不归砚可是想了很久啊，到时候想去哪儿去哪儿，偷看哪个仙女洗澡都易如反掌。不如这样，你先借我使使？"

正说着，洛河东"哎呀"一声惨叫，从臀上拔出一颗樱桃来。

他奶奶的四仙女，洛河东心里乱骂一通，他就知道他不该来参加这狗屁群仙宴，当着帝君帝后的面，那泼妇不敢怎样，只敢玩阴的，等群仙宴一结束，还不把自己大卸八块喂哮天犬啊。

洛河东愤愤然地啊呜一口把樱桃扔进嘴里囫囵吞掉，众人看得目瞪口呆。

樱桃也是肉，屁股也是肉，不要浪费了！

白子画轻咳两声，早已学会对他的一切都视而不见。

洛河东叹道："我早知此女娃了得，就是命数不好，不过居然能有此番际遇，做了茅山掌门，还让老白你破天荒地收了当徒弟，倒是怎么也没想到啊！说起来还是女徒弟惹人疼，又可爱又懂事又听话，不像我家那个兔崽子，又傲慢又没出息，还总跟老子对着干。老白，我真羡慕你啊！"

他说着，回身吼道："死兔崽子，还不滚过来！你日思夜想的妹子来了，不是你缠着要我带你来群仙宴好见着她的嘛，不然老子才不来呢！"

花千骨一听这话心中大喜，抬头望去，果然是轩辕朗。

他虽是以洛河东徒弟的身份参加的群仙宴，但毕竟身份特殊，所以坐的也是上座。

此刻，他一身紫衣，白玉腰带，领口高束，犹若高山遗仙。比前次见他，高贵中更多了几份出尘。与花千骨遥相对望，温柔一笑，仍不失王者之风。

花千骨跟着白子画，在轩辕朗一桌旁边入座。依旧是跟那日一样的桃花一样的仙宴，可是一切似乎又都不一样了。

少不了一番繁文缛节，还有帝君、帝后的嘉奖、众仙的寒暄。似乎每个人都对白子画会收自己当徒弟大感惊异。

白子画不爱客套，话也极少，皆是微微点头便过去了，倒是花千骨以清茶代酒，喝了一杯又一杯。

仙宴上节目众多，有时甚至会开上个三五天才尽兴而散。被花千骨闯入的那次是最短的，半日不到，众人便悻悻而归。这次不同，神器已夺回那么多件，大家心中少了隐忧，宴会上皆是一片欢声笑语。

花千骨望着这一切，先是觉得好玩和惊奇，不一会儿便把注意力完全集中到了吃上面，和糖宝共同奋战。轩辕朗在她左边只是一直怜爱地笑看着她狼吞虎咽，偶尔说一两句话，犹如清风柔柔地打在她心上。

糖宝两耳不闻身外事，一心在桃子上打洞，上回没能吃到蟠桃一直让它耿耿于怀，所以从一开始就在拼命地吃，在桃子里钻来钻去，不一会儿，桌子上的桃子就被它消灭了大半。

花千骨转头望向白子画，他正和洛河东还有东华上仙等人有一杯没一杯地喝着聊着，神色依旧淡定而清冷。琉璃杯中的忘忧酒，清香浮动，酒色冷冽。酒光掩映下的白子画身畔粉色桃花环绕，虽然依旧孤冷遥远，却添了几分暖色，让花千骨感觉心底暖融融的。

花千骨仰头望了望上方这棵桃花树，忆起当时自己从上面掉下来的情景。突然看到纷纷扬扬飘舞的花瓣，又有一片落入白子画的酒盏中，心中猛然一动，拉住正要一饮而尽的白子画的袖袍。

白子画停住，低头看她痴痴地望着自己。

"小骨？"

花千骨愣了一下，反应过来，撒娇笑道："师父，让我尝一口好不好？"

白子画低头看了看手中的酒杯："你不是不能喝酒么？"

"没事，我就尝一小口，不会醉的。"

白子画点了点头，正要给她斟上，她却手快抢了自己的那杯去，浅浅地酌了一下。

"小骨？"

头晕目眩……

依旧是不胜酒力，脸颊瞬间变得比桃花还粉红，眼睛里似乎也跳动着火焰。酒中刚刚那一抹粉色的桃花瓣正沾在她唇边，花千骨伸出粉嫩舌尖，轻轻将花瓣卷了进去。望着白子画痴痴一笑，便是一阵惊涛骇浪。

白子画仓促低头，看见她莹白的指尖持着琉璃杯，杯中酒色荡漾，明晃晃地刺着他的眼睛。

电光石火似的，一切又恢复如常。

"小骨？你没事吧？"白子画揽住她酸软无力的身子。

花千骨轻靠在他臂上，桃花香、草香、师父的味道，在微风中融成奇异的气味，眼前一切犹如梦幻。突然很想就这样醉倒在他怀里，永远别再醒来。

一个声音却在脑海中时刻提醒着她，不要睡，不要贪图，不要沉沦……这不是你该待的地方，代价不是你能承受得起的。

她硬撑着站了起来，傻傻笑道："师父，我没事，我的酒量其实很好的。就是现在……我得去上会儿茅厕！哈哈哈！"

说着，转身步伐略微不稳地离了宴席。

"小骨？"白子画不放心，起身却又不好跟去。

轩辕朗道："尊上别担心，我去看看她。"

"哈哈，兔崽子，去吧去吧，不准偷看人家啊！别什么都像师父，好的不学，坏的学！"

轩辕朗看他醉得一塌糊涂的样子，无奈地摇摇头，追上前去。糖宝依旧很专心地埋头在桃子里面打洞。

白子画这才重新坐下，接过洛河东斟满的酒，望着花千骨刚刚用过的琉璃杯，一盏下肚，却不知为何味道跟之前喝的完全不一样了。

轩辕朗转了一圈，终于在不远处的蟠桃园里寻着花千骨，原来她爬到树上去了。

花千骨坐在树枝上，怀抱一个超级大、她双臂都环不过来的桃子使劲地啃着。鞋袜都脱在树下，光着脚丫在空中荡啊荡啊。

"笨丫头，才喝这么一点就醉了？"

"我才没有呢！"

花千骨大口大口地吃着桃子，只见轩辕朗走了过来，抚了抚她小脚丫上的尘土，拾起鞋袜，温柔地替她穿了起来。

"小心着凉。"

花千骨一惊，半张着嘴巴，咬下来的桃子都忘记吞了。

此刻的轩辕朗，那种温柔儒雅跟东方彧卿有点像，可是骨子里透露出的强势和高贵，是东方没有的。

"朗哥哥？"花千骨歪着脑袋，好像不认识他一样傻傻地叫了一声，手不小心一松，超级大的大桃子就那样砸在轩辕朗的头顶上。

"啊！"

轩辕朗抚着头扬起脸来，又恢复成凶巴巴的模样。

"你小子，竟然敢砸我！"轩辕朗拉住花千骨的脚，一使劲把她从树上拽了下来，一屁股摔在地上，自己抱着胸哈哈大笑。

花千骨摸摸自己的屁股，努力爬起来，摇晃了两下，又软了下去，挣扎半天，干脆坐在地上不动了。

轩辕朗弹弹她的脑袋："我说你醉了吧，笨死了！"说着，一手捞起她飞到树上坐下。

花千骨有气无力地靠在他肩上，眼皮直打架。

"好……好吃，好喝！"

轩辕朗看着她红扑扑的双颊、水汪汪的眼睛，忍不住用指头使劲戳使劲戳。

"就知道吃吃喝喝，你这头猪！"

花千骨喃喃道："忘忧酒，忘忧酒，酒能忘忧，亦能解愁，难怪那么多人留恋红尘图一醉。"

轩辕朗把她紧紧搂在怀里，输了点真气给她。

"坚持住啊，睡过去了，可要很久都醒不过来的。"

花千骨只感觉整个世界都在摇晃，朗哥哥的怀抱是和师父不一样的另一种的宽广。

她努力睁眼看去，只见轩辕朗的脸慢慢幻化成白子画的，她傻傻一笑。小声地叮咛道："师父……"

轩辕朗紧紧把她抱在怀中："你师父还在跟我师父喝酒呢。"

"我可爱还是糖宝可爱……"

轩辕朗无奈笑道："这个问题跟问一只猪可爱还是一只虫可爱一样没有可比性，更没有建设性……"

"那为什么你对糖宝笑，却从来不对我笑？"

"我什么时候对糖宝笑了？"轩辕朗一头雾水。

"哦，不对，糖宝也是我，我也是糖宝……只是你认错了，那个是我，不是糖宝。可小骨还是想看你对我笑，不是对是糖宝的小骨笑……"

轩辕朗一头黑线："都不知道你在咕哝些什么。"

花千骨动了动身子，在他怀里找个更舒服的姿势睡着。

"可是，你知道么？要是，要是你只能对像糖宝的小骨好，那小骨、小骨宁愿什么也不要，就一直这样做糖宝陪在你身边好了……"

花千骨的话语逐渐变成哼声，一手往前伸去，紧紧环住他的腰，慢慢地竟睡着了。

轩辕朗捏捏她的鼻子，又拍拍她的脸："喂，小猪，快醒醒，不准睡，听见没有！"可是花千骨面露微笑，早就在梦中大吃大喝去了。

轩辕朗百无聊赖地拨弄着她的包子头和长长睫毛。

"死猪，这么久、这么难才能见上你一面，你居然又睡了。怎么办呢？朗哥哥越来越不想跟你分开了，好想拿根绳子把你时刻绑在身边啊！"

轩辕朗爱怜地俯视着她，低下头去，轻轻在她额头上印上一吻。

突然听到有人来了，抬头看正是白子画。

"尊上……"

白子画淡淡点头："小骨睡着了么？"

"嗯，醉倒了。"轩辕朗丝毫不畏地直直望着他，不管白子画看见没看见，他心中都没有半分窘迫。只是当下时局未定，小骨跟着他太过危险，等六界形势安稳下来，他定会以世间最豪华、最庞大的礼仪，为千骨去跟白子画提亲的。

"小骨醉了，我和她就先回去了，你跟你师父还有帝后说一声。"

"好。"

白子画伸手接过花千骨，他却抱着舍不得放开，这一别，不知道再见又要何时了。

可是瞥见白子画望向他的深邃无法捉摸的眼神，他终于还是放了手。

眼前的白色身影犹若清风一般，瞬间便刮得没了踪影。轩辕朗呆呆站在树下，掌上还依稀残留着花千骨的余温。

"师父？"花千骨迷迷糊糊睁开眼睛，蒙眬烛光中见到白色的背影。

白子画转过身，走到榻边，手里端了碗清茶。

"好点了么？有没有哪里不舒服？"

"就是头还有点晕，我睡了很久么？"花千骨抬头打量房间，空间不大，布置简单，但是整洁而舒适。

"不久，你喝得很少，所以只睡了三天。"

"三天？！"花千骨惊道，"可是我只抿了一小口。"

"群仙中因为醉酒睡上三年的都常有。"白子画把茶递给她，花千骨正觉得口干，咕噜咕噜全喝了。

"糖宝呢？"

"它也偷酒喝了，尝了一点，当时就晕了，掉到酒杯里，等把它捞起来的时候早就醉得不省人事了，现在还在睡，怕是还得许多天呢。"

花千骨哈哈大笑："师父，我们这是在哪儿啊？我怎么觉得天和地都在摇晃，是不是还醉着呢？"

"我们在船里。"

花千骨一听，惊喜地跳下榻来，撩开帘子跑出去，果然是在大江上的一叶扁舟里。周围碧浪滔滔，一望无际，两岸壁立千仞，秀奇逶迤。新月如钩，夜空如洗，漫天的星子倒映江上，流光碎影，犹若洒落一地的水晶。

夜来风大，万籁俱寂，花千骨跳到船头迎风而立。

"师父，我跟你说，我刚刚做梦了。"

"嗯？"

"这三天里我做了三个梦。第一个梦里我是一颗石头，每天很无聊地待在一棵大树下面。我的身边有小草啊小花啊小树啊，很多朋友，我还是每天都很不开心，因为我羡慕天上的小鸟，可以有翅膀，可以到处飞，可以看到更广阔的世界。于是第二个梦里，我就变成了小鸟，可是没想到，做了小鸟我还是不开心，因为我想飞得更高更远，于是每天羡慕挂在天上的太阳。终于第三个梦里我变成了太阳，可是没想到却更加难过了。每天在高高的天上，看着小草小花和小树快乐地在一起玩，可是我只能一个人孤孤单单地挂在天上。我很伤心、很后悔，原来我最终的愿望，是重新做回一颗小石头。"

白子画走到她身边，摸摸她的头。

"后来呢？"

花千骨轻轻往身后倚，靠在他身上。

"没有后来了，因为我只有三个梦啊，所以不能变回小石头，还是继续做我的太阳。但是我已经懂了，虽然孤独地挂在天上，但是我可以每天都看着大家，给大家温暖，还可以看见世界上很多有趣好玩的事情，所以最后我还是很开心。"

"大梦三生，这个便是忘忧酒的功效，你可知道这梦的寓意？"

"嗯。"花千骨用力点头，"师父，我知道，最初拥有的其实已是最好。还有便是，哪怕回不到最初，心中没有执念，只要好好地做自己就能开心。"

白子画蹲下身子，看着她点点头："小骨，每个人每个阶段都会有不同的梦想，有时候是自由无拘，有时候是海阔天空。所以，不管小骨你以后有了雄鹰的翅膀，还是太阳的能力，都一定要记住自己身为一颗小石头时候的心情，多多造福苍生大地。"

"哦！"花千骨有点捉摸不透白子画脸上的表情，可是心里暗暗发誓，她才不要做什么雄鹰和太阳，她只要一辈子做师父身边的小石头。

"小骨，师父给你看的那些剑谱，你可都有练熟了？"

"嗯。"

"为师再传你一套剑法，此剑法不用来对敌，只用来修身与清心，对提高内力大有裨益。我只演示一遍，你看清楚了。"

花千骨一听心中大喜，跟在师父身边这么多年，师父除了弹琴还从未亲授过她什么，基本上都是让她自学。别说看见师父与谁打斗，就是练剑也偷看不到。奇怪了，今天师父是吃错什么药了。

"此剑法名叫'镜花水月'，讲的就是一个空字。"

白子画飞身已伫立在江面之上，月光下更显得白衣胜雪，周身一圈淡淡的银色光晕，倒映在水中，美得如梦似幻，直让花千骨倒抽一口凉气。

却见白子画随风而动，在水面上如履平地，白衣翩然，黑发如瀑，又始终波澜不惊，矫若游龙，翩若惊鸿，犹若仙人九天飞临。

花千骨完全呆傻愣在当场，仿佛又回到当年群仙宴上第一次见他的模样。

他手中无剑，却胜似有剑。江中倒映的点点破碎的星光，一点点飞起，环绕他周身。白子画的手中似有似无一把银色光剑，上指天，下指地。陡然，整个江水都停止了流动，波浪也凝固成形，却又在下一个他飞天而起的瞬间，涌起巨大惊涛。白子画剑气一指，立刻飞花碎玉。

多少年之后，花千骨常常回想起这夜师父在江上为她月下舞剑的情形，那是她人生中最美、最梦幻的场景之一。如果可以，她不惜用生命去交换，只要可以重来一次，重新回到做他身边小石头的自己。

……

"你可都记清了？"

花千骨抬头看他，犹若仰望天神一般，心中满是敬畏。她的心，只需要他低头一望，便瞬间静如止水。

"弟子都记清了。"

花千骨轻盈一跃，落于江面，断念仿佛也感受到了她的心情，不断发出悦耳的嗡鸣。白子画在一旁静坐，偶尔指点一二。见花千骨胸前的勾玉仿佛也有生命一般随之悬浮起舞，不由得微微挑眉。

末了，花千骨坐到甲板上休息，白子画问到勾玉之事。

花千骨这才突然想起来，把勾玉取下，递给白子画道："十一师兄也问过，还让我回山之后拿给你看一下。怎么了师父？这枚勾玉有问题么？"

白子画细细看了许久，又施了法术检查，摇头道："没有，就是不知谁在里面拘了一缕魂魄，之前一直在沉睡，最近醒了，有些不太安分。"

"啊？是什么被封印的妖怪么？"

"不是，就是一缕孤魂而已，什么力量都没有。"

"那也挺可怜的，师父能把他放出来，让他去投胎么？"

白子画点点头，解了勾玉上的封印。花千骨就看见一道青光飞快地划向天边。

"啊！师父，好多流星！"

这时，天上跟着又划过好几道光，居然下起了流星雨。

花千骨拉着白子画躺在甲板上，仰望着夜空，心中无比的温暖甜蜜。这一辈子，她都没看过这么多、这么好看的星星。

接下来的日子，他们一路顺江东下，去过许多名山大川，也到过许多洞天福地。为了历练，甚至到过很多山林沼泽、魔洞尸窟。虽然花千骨周身异味会引来各种厉害家伙，但是白子画仙气逼人，妖魔一见他不是夺路而逃便是跪地求饶，所以偶尔白子画也会跟她分开一下，把她单独扔到哪个较多妖魔鬼怪出没的地方去战斗，或者妖魔界与人间界出现裂缝的地方让她去封印出口。

花千骨早就习惯了妖魔，却始终对鬼怪心有忌惮。无奈白子画还不让小红和小白出来帮她，可怜的她便只能硬起头皮承担这悲剧的宿命，被冤魂追，被恶鬼咬。

在白子画一次又一次非人的折磨和教导下，花千骨也一次又一次地鬼口余生。

白子画总是说，真正强大的人心里没有恐惧，只有敬畏。

花千骨哭丧着脸想，只要师父你在一天，我永远成不了最强大的人。因为师父可比鬼可怕多了，见了鬼她还知道逃跑，见了师父她就只知道两腿打战，连跑的力气都没了。

二人仙姿出尘，所以在一般凡人面前都用了障眼法。彼此看虽是本来面目，普通人见却是平凡到记不住相貌的师徒俩。

这一日，花千骨和白子画来到杭州，花千骨嚷着肚子饿了，于是二人进了一旁的江湖上闻名遐迩的悦来客栈。

江湖人都知道，进了悦来客栈，便是半只脚踏进了武林。吃饭时不发生点磕磕撞撞、摔盘子掀桌的事，那是不可能的。

所以，正当花千骨点了一大桌子饭菜，和糖宝两个风卷残云时，一把杀猪刀"嗖"地飞过来插在了桌子正中央。

白子画优雅地夹起一个菜花放进嘴里，眉毛都不抬一下。花千骨则吃得太忘乎所以，等反应过来，杀猪刀已插在了自己的面前，离自己的鼻子只有不到一厘米的距离。

花千骨深吸一口气，把挂在嘴巴外面的粉丝和半片菜叶吸进嘴里。

一个五短身材、肥头大耳、满面油光、袒胸露乳的男人跑到他们面前连连鞠躬道歉："不好意思，不好意思，失误，失误。"说着拔起杀猪刀，往两手呸呸啐了两口唾沫，左瞄准，右瞄准，这次十分精确地插在了对面角落里的桌上。

对面一桌愣了一下，唰唰全部拔刀而起，对着这个杀猪的怒目而视。

这人一看对方五个人，自己才跟了两个，他们不但人数比自己多，就是个子也比自己高，自己气势不足，便当当当爬到花千骨他们桌上站了起来。

"啊！我的大白菜！"花千骨心疼地看着他的大脚踩在自己的盘子上。

店小二来上菜，早就对这样的事见怪不怪。不过，这搞后勤的是不是偷懒没好好洗菜啊，这萝卜上怎么还爬着条这么肥的虫子啊？得了得了，反正也吃不死人。

小二递上一盘四喜丸子："客官，你们慢用。"

花千骨连忙接了过来，不让他放在桌子上，怕被胖子踩到，然后抱着盘子，蹲在角落里享用去了。昨天打妖怪打了一晚上，她累得腰酸腿疼的。平时跟着师父又大多吃素，她得好好补补身子才行。

筷子夹上一个丸子，还没张口咬呢，突然听到对面大喊："暴雨梨花针！"

无数根细如牛毛的绣花针下雨一般激射而来。花千骨早先练习暗器的时候，不知道被白子画用水滴打过多少次了，反射性地便五个手指夹起四个丸子，用内力将针全部吸了过来。

待反应过来，四个美丽可爱的丸子全部变成了刺猬，花千骨发出一阵痛苦的哀号。虽然师父再三交代过不要引人注意，不要惹出麻烦，不要欺负普通人！

但是——是可忍，丸子不可忍！

花千骨操起武林七种武器排名第一的板凳，便对着两帮打群架的人一顿痛殴。

"呜呜呜，我的丸子！还我的丸子！"

白子画华丽丽地闪到一边，菜叶都没粘上一片。眼不见为净！

"饶命啊，女小侠，女小侠！"

最后，事情以几人赔了花千骨一桌子菜、二十盘丸子告终。

花千骨趴在桌子上，一面吃丸子一面大发慈悲替两帮人解决纠纷。争端的缘由是为了一张武林大会的英雄帖。

最后，事情以英雄帖上交女小侠，这样两帮就没的争了也不用打啦而告终。

吃饱了喝足了，还打了架运动了，花千骨伸伸胳膊踢踢腿。

"师父，我们去参加武林大会吧。"

"为师说过多少次了，在凡间不要多管闲事，惹是生非，那些只是普通人。"

"是是是，所以我也只用了普通的方法解决啊。"花千骨龇牙咧嘴，伸出"猪蹄"，"那便是——拳头！"

花千骨绕着白子画转圈圈："师父，去嘛去嘛，我打妖怪打得很累了，战斗力也很强了，现在看到鬼也比以前跑得慢了，趁鬼不注意的时候也会扔道符什么的去砸他们了。武林大会多好玩啊，我还从来没去看过呢，我们去吧去吧。要是你徒弟一不小心做上了武林盟主，那你就是武林盟主她师父了，该多威风啊！"

白子画无奈摇头，心道，出来本来就是为了能让她多长见识，她若真感兴趣，去去倒也无妨。

"只准看……"

"不准动手！"花千骨很自觉地接上话，兴高采烈地蹦跶起来，如同小猪出圈无比欢快。糖宝趴在她肩上，手捧丸子也是欢天喜地。

白子画跟在她身后慢慢地走着，望着她蹦蹦跳跳的身影，心头不由得莞尔。出来这两个多月，花千骨比之前活泼开朗了许多。他想自己若没成仙的话，终日领着这个鬼灵精怪的小家伙游历江湖，说不定又是另一种生活，遥望了一下蓝天和朵朵白云，心中竟是感觉到了几丝快乐。

还有不到半年，自己的大劫就要到了。或许这也是最近会对她的教导越发急促、管教却稍加放纵的原因。特意带她下山，是因为他希望在余下的这段日子里，能竭尽所能地多教她些东西。

至于这个劫数过得去过不去，他倒并不在意，修仙到他这一步，生死早就看淡了。虽然早在多年前群仙宴上见她那一刻，这个因她而起的劫数他就已然洞悉，可他最终还是决定收她为徒。那个时候，他就早已准备好。

命数虽难更改，可是选择权从来都在自己手里。

以前也曾担心过，如果那时候自己不在了，小骨又变成孤独一个人，该如何把握自己崎岖多舛的命运。后来看见她身边的朋友一个个增多，爱她的人也渐渐增多，才渐渐安心。有糖宝，有轻水，有落十一，有朔风，有东方彧卿，有轩辕朗，有杀阡陌……

这么多小花小草小树，就算她真的成了太阳，也不会孤独，也不会无所牵绊、无所顾忌。而自己能做的，便是有一日便多陪她一日吧。

白子画平日里清冷如寒霜的脸上多了几分暖意，深邃沉敛的眸子，依旧黑得望不到底。唇边，绽开的是勘破一切、大慈大悲的温莲。

大街上十分热闹，花千骨一路上东窜西窜，看到什么都觉得有趣。玩杂耍的艺人，卖唱的父女，教训恶霸的大侠，挑着担子沿街叫卖的小贩，就连挽着篮子与人杀价的妇人，她都要瞧上半天。

夜里在客栈里歇息，睡到半夜，花千骨又被师父抓起来扔到郊外坟坡练胆。她抓了几只小鬼装进袋子里，实在是困得不行了，趴在人家坟头上一觉便睡到大天亮。

赶去武林大会的时候，人家都开场了。见惯了飞剑和法术打得昏天暗地的情形，再看这些所谓的武林大派真刀真枪地你来我往，精彩度就大打折扣了。她呵欠连天，直呼上当。

因为是武林盟主争霸赛，所以暗中使诈或者扔暗器的特别多。花千骨跃跃欲试，无奈师父不许，只能换种方式玩。花千骨自诩为大赛裁判，见到有人使手段、使毒、使暗器的，全都暗中将其一一化解了。

因此，此届武林大会一跃成为江湖史上伤亡最少、最光明磊落、最公正公平的一届。无数德高望重、胡子花白的江湖前辈喜极而泣：真是长江后浪推前浪啊！

直到最后，当当当，武林盟主终于产生了。就是花千骨在大街上看到锄强扶弱、教训恶霸、大名鼎鼎的少侠王昔日是也。

据各门各派春心大动的未婚少女和已婚少妇口间留传的王昔日个人简历如下：

王昔日这个超级大帅哥啊，出身贫农世家，身背一把锄头出来打天下。后来，有天为了救一条被丐帮弟子殴打驱赶的瘸了腿的老黄狗，掉落山崖。没想到傻人有傻福，天上也会掉馅饼啊，他捡着了传说中的逆天神剑和内功心法，从此练成绝世武功，笑傲武林，独步天下，哈哈！

文艺版个人简历则是这样的：

王昔日，那个传说中持九尺长剑的超凡男子，暖意春秋，横笑天下。他持一柄逆天神剑，剑身长短可随心所变，最长可至九尺，传说杀人无血而且死者没有丝毫冰冷与疼痛之感。逆天神剑是最灿烂华丽也是最神圣仁慈之剑。当剑的威力发挥到极致时，天地风云都为之变色，会下起鹅毛般的大雪。他是神，是圣，是仙。没有人见过他愤怒，更无人见过他落泪，只是那云淡风轻的忧伤啊，犹如天山孤崖最顶端盛开的清净雪莲，一看就让人心碎……

花千骨眯起眼睛笑，顺带捂住耳朵，堵住周围万千花痴少女的狂呼乱叫。

虽然他的剑法在她看来没什么啦，但是颇有名家之风，泱泱大度。

虽然他的长相在她看来也没什么啦，但是的确中正伟岸，仪表堂堂。

一看就是大侠的模样、正义的典范、武林的先锋、少女的偶像。

"哦哦哦，散场了散场了，没戏看了，我们走吧，师父！"

二人正要离开，王昔日突然上前抱拳拜道："多谢姑娘救命之恩。"他几战下来，多次差点被对手毒计所伤，多亏她出手相助。

花千骨惊讶得半张嘴巴："呀，大侠，你居然能看出来！"不错不错，看来有点真本事。

他的武功很好，又有正义感，一心匡扶正道，但是性格如此刚直，或许当了武林盟主反而会惹来一堆麻烦。

王昔日看她年龄虽小，但是出手不凡，身后的男子虽样貌普通，但是那洞悉一切、波澜不惊的眼神，一看便知大有来头。

"昨日街上也见过二位，也算是缘分一场。若不嫌弃，可否到舍下小住几日？"

花千骨笑呵呵地刚想答允，就听白子画道："萍水相逢，就不多打扰了，后会有期！"

花千骨嘟嘟嘴巴，也只好跟他挥挥手："再见咯！"

王昔日抱拳又是深深一拜："救命之恩，永世不忘。"他一直望着二人一高一矮出尘的背影渐渐消失不见，这才又继续回去主持大局。

"师父，那人倒是挺好玩的，凡人中算是顶厉害的，就是有点笨笨的。"

白子画拍拍她的头："他跟你倒是还有点缘分，他日应该还能再见。"

"真的么？那还挺好。师父，我们接下来去哪儿啊？"

"北海。"

"我在群仙宴上见过北海龙王，头发是红色的，又漂亮又豪爽，我们到时候顺便去拜访她，然后到龙宫玩玩好不好？"

白子画点点头，于是二人先去了北海，之后又去了塞外，然后又到南疆。半年里踏遍了山山水水，花千骨的道行更是突飞猛进。

这夜，二人在山谷中过夜，花千骨和糖宝吃饱了，随便往一边草堆里一躺便睡着了。

夏夜炎热，谷中蚊虫甚多。白子画随手在周围撒了些防虫粉末。

看花千骨睡姿极其不雅，四仰八叉，小嘴微张，鼻尖几滴汗水，呼吸忽重忽轻忽长忽短，间或还打几个小呼噜。而糖宝也几乎是一个模子刻出来的，和她同样姿势睡在一旁。

白子画嘴角微微上扬，手一伸，远处树上的巨大叶子飞到手中。他安静地望着花千骨的睡颜，轻轻替她和糖宝扇起风来。只可惜花千骨此刻睡得跟猪一样，不然非幸福得死去活来、活来死去。

突然，远处天边嗖地飞过来一只小小纸鹤，停在白子画的掌间。

白子画展开一看，简单四个字：神器被夺。

单春秋面容妖冶，靠在榻上，桌前的盘子里放满了秘制的蝉蛹和蜂蛹。

云翳推门进来，看到他吃得正欢，难免一阵反胃，他还是比较喜欢他男人阳刚的样子。

"这么悠闲的样子，看来是拿到神器了？"云翳知道上回太白一役失利，杀阡陌无所谓，单春秋却几乎气得吐血，一直在重新密谋和布局夺回神器。

"当然，只要弄清神器分别再度由哪些门派看守，总有办法弄到，反正那群草包也只能死守着神器，不能用。"

"魔君呢？应该很开心吧，你又立下大功了。"云翳故意刺激单春秋。

"他在闭关。"

云翳知道，杀阡陌所谓的闭关不过是溜到什么集天地灵气的地方睡觉去了，而且一睡就是很久，一方面提高功力，更重要的是养颜。

"不用禀告他一下么？"云翳眉头紧锁，上一次已被他狠狠教训了，这次若再自作主张……

"不用了，待拿到神器之后再跟他说吧。"单春秋只怕他那胡来的性子最后又坏事，还不如自己出手。

"夏紫薰那儿也瞒着？"

"不瞒还能怎样，你以为告诉她我们拿着她炼制的毒是为了对付白子画，她会帮我们？不跟我们拼命才怪。各大仙派中，蜀山和长留一直最难对付。只因蜀山有墨冰仙，长留有白子画。但墨冰仙消失几百年，传言已死。斗阑干不在了之后，众仙争权，天兵天将也是一盘散沙，根本不成气候。现在只需要除去白子画，妖神出世、一统六界，指日可待！"

"可惜六界如今只余五界。仙界又地域狭小分散，如同飘浮于人界的气泡，冥界环境恶劣，除了死灵，估计没人愿意去，值得你这样觊觎的，也就剩人界而已。"

单春秋的脸突然变化为女相，附身在云翳耳边，诡异一笑。

"你以为我一心想要放妖神出世是为何，且不说有机可夺妖神之力，到那个时候，神界之门就会打开，你将会看到比极乐之地还要美的无边世界！"

第二日一早，师徒二人御剑北上。花千骨也搞不清楚是发生了什么事，好像是之前夺回、重新交与各仙派保管的神器再次被夺。不仅如此，崂山上下还中了摄魂术，浮屠道长等人也被掳走。妖魔放话说要白子画亲自前去换人，不然每天杀一个，一直杀到他来为止，所以他们此行的目的就是为了救人。

越往北天气越冷，特别是高空风大。花千骨俯视群山，一片雪白苍茫，冻得小身板直哆嗦，眉毛头发都结上厚厚的一层霜。糖宝钻进她耳朵里睡觉，直嚷着要冬眠，还堵上小碎布当门帘，不让冷风灌进去。

"小骨？"

白子画见她快支持不住了，与她并肩而飞，把她罩进自己周身的光壁当中，花千骨顿时觉得天和地都变得温暖了。

因为事情紧急，御剑又比云彩什么的要快，所以一路他们都没有休息。白子画见花千骨努力强撑着，眼皮却直打架，剑势颠簸不定，便让她收了剑，站到自己身后，与自己共乘一剑。此行十分凶险，他本不打算带花千骨同来，但想到太白山一役她已经做得很好，出来本为历练，他应该更相信她的能力。

仿佛又回到第一次师父教她御剑的时候，花千骨满面微笑又疲惫不堪，环住白子画的腰，小脸紧紧贴在他背上，任凭周围寒风凛冽，飞雪飞霜，天地间白茫茫一片，快到几乎看不清四周景物，她依旧睡得无比香甜。

待到剑势逐渐慢下来，二人缓缓下落。花千骨睁开惺忪的眼睛，只看见一片连一片的巍峨冰川，连一草一木都看不见，更何况人兽飞鸟。

风雪渐渐小了些，白子画从墟鼎中取了件带毛边的白色狐裘袍子，给花千骨披上，系上带子，他则依旧穿着单薄的白衫。

"师父，你不冷么？"

白子画摇摇头，拍去她身上的冰雪，输了些真气给她。她微微觉得暖和了点，原地跺跺脚，对着白子画突然使劲呵出一口白雾。

"嘿嘿，师父看我吞云吐雾！"

白子画无奈地摇头，看她顽皮地一边笑一边往前跑。

无奈冰面犹若平镜，她一个不小心，摔倒下去，以优美的大字形姿势与大地来了个亲密接触，嘴巴也亲在冰上，满脸的雪花。

白子画脸上宠溺的微笑一闪而逝，可惜花千骨正慌乱地挣扎爬动，生怕嘴巴被冰面冻住了，错过了她殷切企盼了整整六年的笑容。

白子画上前扶她起来。可是花千骨的靴子太滑了，刚站起来，又一屁股坐了下去。

"呜……"花千骨哭丧着脸。

白子画蹲下身子，伸出手往她脚上的靴子上轻轻一点，靴底立刻长出许多短短的圆圆的小木桩，木头上还蔓延出几片碧绿妖冶的叶子，缠绕在花千骨腿上。

"起来吧，这样就不会打滑了。"

白子画扶她起来，花千骨在地上跑了两步，果然跟走沙地一样。

"我有风火轮了！"她揉揉自己的屁股，啪哒啪哒往前跑了起来。断念剑上的小铃铛也叮叮当当响个不停，"师父，我们往哪个方向？"

白子画望了望四周，指了指西边："这四周有阵法，小心一点，不要乱跑。"

花千骨啪哒啪哒又跑回他身边，牵住他的袖袍。

"师父，没关系，我有天水滴！"花千骨扯出脖子上的挂饰晃了晃。

"普通阵法是能破，但是厉害的就不行了。妖魔既然抓了人，有心引我们来救，自然布满了各种陷阱，要格外小心才是。"

"师父，你知道他们是故意引我们来的，为什么还要自投罗网？"

"总不能就这样坐视不理，你别担心，兵来将挡，水来土掩。"

白子画拍拍她的头，隐去大劫之事不说。

二人顺着冰川一路向西，途经一个大峡谷。白子画看了看四周，应该就在附近的某个冰窟之中。

突然一白影袭来，白子画也不躲闪，让其正好砸在身上。

花千骨仰天叉腰而笑，白子画无奈摇头。

"师父，我们打雪仗吧？"花千骨又捏起一个雪球，直向白子画飞来。

白子画轻轻侧身闪了过去："好啊！"

"啊？"师父答应了？花千骨愣住了，还没反应过来，就见漫天雪花凌空而起，凝成无数个雪球，雨点一样密密麻麻地向她打了过来。

花千骨抱头鼠窜，屁股、身子纷纷中弹，一边跑一边哭着喊着："师父，你赖皮！"

白子画抬头看了看上方，突然道："小心！"身子飞快掠起，抱住花千骨飞至百米开外。

花千骨蜷缩在他怀里，转头望，刚刚所站之处，旁边山崖上的冰凌和雪花全都坍塌下来。

"不要闹了啊，一会儿雪崩了。"白子画敲敲她的脑袋。

"不……不敢了……"花千骨一只手攀住他的脖子，一只手拂去他黑发上的点点雪花。

四目相对，如此贴近，花千骨心头一紧，脸唰地就红了。

白子画放她下来。

"走吧。"

"嗯。"

花千骨开心地跟在后面，伸手习惯性地去抓白子画的袖袍，眯起眼睛想了想，最后壮着胆子轻轻拉住了他的手。

白子画低头看她："还冷吗？"轻轻包住她的十根"小萝卜"，在手中搓了搓。花千骨双臂酥麻，双腿颤抖，努力支撑着天真无邪的笑容看着他。

漫漫风雪中，花千骨就这样牵着白子画的手，走完了她人生中最后一段无忧无虑的甜蜜路程。

二十六 在劫难逃

前面冰雪越来越厚，路也越来越不好走，二人御剑低空飞行。悬崖百丈冰，到处都是大大小小的冰窟和山洞。

一路上遇到的阵法和陷阱，白子画都轻而易举便化解了，却始终不见一个妖魔。他心里隐隐有不祥的预感，又说不清是什么，低头叮嘱花千骨道："小心一些，他们知道我们来了。"难免会有一场恶战，但是花千骨如今道行也不弱了，况且有他在身边，正是历练的好机会，他倒是并不操心。

"就在那里了。"白子画闭目凝神，方圆百里之内每一个活物的气息他都清清楚楚。

二人从冰山上顺着冰壁飞下，半壁上有一个冰窟，花千骨刚收起剑往里走了两步，脚下突然一空，出现好大一个黑洞，洞里腾出熊熊火焰。她"啊"地叫了一声，身子却根本没办法飘浮而起，而是直往下面坠去，火焰瞬间将她吞噬。

"小骨！"

白子画大喝一声，只见她一下子摔倒在地，抱着腿拼命挣扎，似乎很疼的样子。

花千骨听到白子画的声音，大脑猛然一阵轰鸣，定睛再一看，自己好好地坐在冰上，根本什么事都没有。

"怎么回事？洞呢？火呢？"花千骨在冰面上四处摸索着。

白子画立刻明白了，把她扶起来。

"看来这次来的是蓝羽灰，她精通幻术和摄魂术，善于制造假象麻痹和伤害对手，哪怕是假的，如果你的大脑相信了的话，身体也会受到相应损害。一定要时刻牢记，你的眼睛看到的不一定是真的，排除杂念，严守心门，切勿让她有机可乘。"

"居然还有这样的事。"花千骨心道，还好上回在太白山的时候蓝羽灰不在，不然她若是幻化成师父的样子，或者控制了自己的心神，自己怕是怎么都撑不了那么长时间。

她勉强走了几步，只感觉浑身都是摔伤的痛楚和灼烧的滚烫，但是又半点看不到伤痕。她揉揉自己的太阳穴，拼命告诉自己那是假的，只是错觉而已。

过了好半天，疼痛和焦灼感终于褪去。两人刚准备进洞，突然四周空中飘满了穿白衣的女子，裙角飞扬，足足有上百个，各个面色苍白，犹如死尸，在风雪中分外诡异。

花千骨退了两步，使劲揉揉眼睛："这……这也是假的吧？"

"这个是真的。"

白子画话音未落，剑已出鞘。

白衣女子瞬间面目狰狞前仆后继向他扑了过来。白子画的横霜剑顿时光芒大震，周围女子接连化作烟雾。

这时，周围突然响起一阵迷离悦耳的铃声，花千骨感觉有些熟悉。

"是幻思铃，小骨，闭塞听识！"

"没关系，师父，上回已经领教过这个铃的厉害了，不过我是无泪之人，对我不起作用。"

话虽如此，花千骨却发现眼前的景色开始扭曲旋转起来，身体也变得燥热无比。

白子画解释道："幻思铃不仅仅能勾起人心底最悲痛的事，还能唤起其他情绪。"

花千骨迷惘地看着白子画，突然有紧紧抱住他的冲动。她知道师父从来都是最好看的，但一直是遥远的、不容亵渎的，从未像现在这样魅惑，眉眼间甚至带着一丝妖冶，让她心里仿佛有一千只小兔子在挠，好想一下把他扑倒，然后咬上几口吃掉哦！

铃声越来越急促，花千骨也越来越难受。她连忙盘坐于地，调气清心。白子画原本伸出手去，想要过些法力给她支撑，刚触及她的背却又立刻收了回来。

花千骨完全不适应身体这奇怪而陌生的反应，不由得怒道："使什么邪门妖法，有本事出来跟我打！"

一个空灵的女声在周围轻笑回荡："你们一男一女，我又能用这幻思铃使什么妖法，当然勾的是你们的欲咯！这冰天雪地的，我无聊地等了你们那么久，不介意我看一场师徒乱伦的活春宫吧？"

花千骨心头咯噔一下，不要啊！她可不想变色魔！

她偷偷看了白子画一眼，只见他好像完全不受影响，同时却也无甚作为，只是负手而立，看着自己，脸色有些严肃。

糟了，师父不高兴了。

花千骨心里的那点欲望刚刚抬头就被吓了回去，努力默念清心咒。铃声仿佛渐渐小了远了，那团若有似无缠着自己的红气也淡了去。

白子画还算满意，微微颔首，他的确可以帮助小骨不用那么难熬，但是绪由心生，她必须学会自己去克服，这也算是对她的一种考验。断绝七情六欲，就算是仙也很难做到，换作常人怕是早就失去理智了，而小骨只受这么一点影响，不枉费他多年教导。

蓝羽灰简直不敢相信作为神器的幻思铃，居然对这两人都不起作用。白子画也就罢了，早就听闻他乃仙界最无情无欲之人，可是没想到连他的徒弟也不受蛊惑。她哪里又知道，花千骨何尝没有那个想要一亲芳泽的心思，只是害怕师父害怕到完全不敢有半分忤逆和亵渎罢了。

铃声渐渐停息，蓝羽灰这次换成让中了傀儡术的崂山派弟子去攻击。白子画和花千骨果然受到掣肘，等白子画解了众人所中之术再回头一看，花千骨居然不知所踪！

"师父！"花千骨惊得魂都没了，只看见一个红衣人瞬间出现在师父身后，竟然是杀阡陌。

"不要!"

一切发生得太快,杀阡陌手中的悯生剑陡然发出万丈光芒,瞬间穿过了师父的胸膛,而师父迅速回手一剑,同样刺穿了杀阡陌的腹部。二人急速往悬崖下面坠了下去。

花千骨吓得魂飞魄散,根本就来不及再多想任何事情,二话不说就跟着也跳了下去。

这冰崖虽然高耸入云,但也不至于下落了这么半天还不到底。花千骨在半空中心急如焚,只见周遭云层不断向上升去,身子开始变得越来越暖和,冰雪渐渐消失不见,眼前逐渐有了绿意。

待落到底时,天已然全黑,圆月高挂当空,周围变作一片青山绿水,犹如人间仙境。

花千骨拔出断念剑,往手上用力一割,血流如注,可是周围景色依旧没有改变。她心中更加慌乱,不再去管这周围是真实还是幻境,只想赶快找到白子画。

她拔腿狂奔起来,高声大喊着:"师父,师父——"四下惊起一阵鸟兽,却始终没瞧见白子画或者是杀阡陌的身影。

她转了半天,知道自己上了当,迷了路,御剑使劲往上飞,可是圆月当空,哪里有半点风霜冰雪。

糟了,和师父走散了!

花千骨静下心来想观微找找师父在哪儿,可是似乎被什么屏蔽掉了,什么都看不见。

她在半空中飞驰,眼前突然出现了一个巨大的湖泊,月光清辉下犹如水晶一般。湖中开满了荷花,几只仙鹤低低地贴着水面飞行。

突然听到一阵水花四溅声,花千骨低头一看愣住了,一个妖冶的长发女子从水底钻了出来,在月光下打开双臂,顿时天地间的颜色全部都集在了她一人的身上。

花千骨再定睛一看,惊讶地捂住了嘴巴。那女子睫毛细长浓密,如同一层幔纱,遮住犹若黑珍珠一样闪闪发光的眸子。白得透明的肌肤上布满细碎的鱼鳞,臂上的鱼鳍犹若舞动的蝶翅,薄薄脆脆,晶亮剔透,似乎一碰即碎。女子仰天对月长啸,发出一阵奇怪的叫声,是花千骨此生所听到过的优美动听的极致,身体的每个细胞瞬间都像被穿通了一样。

水花再次四溅,女子从水中鱼跃而起,圆月映衬下划出一条优美的弧线。她的身体下方,居然是一条不折不扣的鱼尾。

"美……美人鱼！"

花千骨揉了揉自己的眼睛，可是犹若银丝一般向自己激射而来的水柱告诉她，一切都不是幻觉。

美人鱼的身影飞快地在空中幻化成无数个，手中挥舞着巨型三刃的海神叉向她攻了过来。

花千骨发现自己的五行术不知道为何竟然使不出来，似乎这个虚幻的空间整个都布满了结界。

"你就是蓝羽灰？你居然……"居然是条美人鱼！

"是啊。"蓝羽灰笑望着她，声音空灵梦幻得不像话。

"是不是和你想象的有点不一样啊？你叫花千骨是吧，白子画的徒弟？早就听云翳他们说起过你，不过我们好像还是第一次见面。"

蓝羽灰擅长的是幻术，法术什么的并不厉害。花千骨的剑法突飞猛进，勉强和她打个平手，望着周围一张张相同的脸，不知道哪个才是真的她。

花千骨心头越来越焦虑不安，也不知道师父怎么样了。虽然知道杀阡陌不可能在这儿，刚刚看见的一定是幻象，只是蓝羽灰为了分开她和师父的把戏罢了，但是难免还是分心错乱。

"我师父呢？"

"你师父？大概被单春秋他们收进卜元鼎去了吧，现在说不定已经化成飞灰了。几人中我道行最浅，所以就被派来负责对付你咯！"

"你胡说！"花千骨顿时慌了手脚，她师父是什么人，怎么可能这么轻易就被抓住？她明知道蓝羽灰是故意扰乱她心智，可心中还是忍不住隐隐害怕担忧起来。

糖宝一早就醒了过来，在一旁看得真真切切，只是无论如何在花千骨耳边狂呼乱叫，又抓又咬，从她坠入幻境的那一刻起，她就一切都听不到了，他们好像被隔绝在两个世界一样。糖宝见她在幻象中越陷越深，跳不出来，便知道要大事不妙。

花千骨咬咬牙，心想："我只要制住了你，就不信破不了这幻境！"

说着，断念剑出，犹如行云流水一般攻了过去，剑谱上的剑招被她演绎得出神入化。

花千骨狠咬嘴唇，强自镇定，目光烁亮，大脑逐渐清明，很快便看穿了蓝羽灰的真身。飞剑瞬间斩碎她的幻影，划过她的臂弯，刮下好几片鳞片来。蓝羽灰一受伤，顿时西北部的天空开始出现塌陷，露出昏黄混沌的一块。

蓝羽灰越战越吃力，心道，这小丫头竟然如此厉害。

花千骨伸出手去想点她的穴道，无奈她身子滑得跟泥鳅一样，绕着自己缠绕旋转，鱼尾狠狠地从后面打在自己背上。

花千骨忍住剧痛，反手一剑正要刺去，却看见眼前的人突然变作了白子画，心下一惊，虽明知道那是迷惑人的幻象，剑还是不由自主地硬生生停了下来。

蓝羽灰趁着她一走神，手肘处突然长出一根染满剧毒的绿色细长的鱼刺，直往她胸前刺去。

一切都发生得太快，待花千骨反应过来，一个人已从天边飞掠而下挡在了自己面前。虽然有真气护身，鱼刺还是有一点点扎进了前面人的身体里面，黑色的血顿时便流了出来。

"师父！"

花千骨整个吓傻了，慌忙扶住眼前身形不稳的白衣男子。

蓝羽灰哈哈大笑起来，幻化回原本模样："真是太有趣了，你明知道我这个白子画是假的，居然还是下不了手！"

"师父！师父！"花千骨望着地上男子的脸越发苍白无血色，慌忙出手点了他周身的几大穴道，颤抖着掏出回清丹，手忙脚乱地喂给他吃。

"别白费心机了，那不是普通的毒，是由卜元鼎炼制出来的，没有任何解药。妖魔神仙，没有一个人逃得过。就算他是白子画，也无济于事。"

看着眼前的人周身的银光在逐渐减弱，花千骨知道她所言不假。

蓝羽灰的海神叉直指着她："起来啊，替你师父报仇。"

花千骨早就什么也听不到也看不到了，俯下身去，用力地替白子画吸起毒来。

蓝羽灰皱起眉头："你傻了么？我说那是卜元鼎的毒你没听见么？还是你想跟你师父一起死？"

花千骨嘴唇颤抖着，眼睛睁得又圆又大，直愣愣地盯着白子画，好像疯了一般，脸上表情让蓝羽灰身上起了一层鸡皮疙瘩。

是她的错，都是她的错，是她害了师父的，师父，你快起来啊！

蓝羽灰无奈地摇了摇头："其实我只想杀白子画的，你……罢了，反正你也活不成了。"长叉一挥，便向花千骨劈了下去，花千骨只顾着替白子画吸毒，不闪也不避。只听到"嘭"的一声，清音一指，蓝羽灰的长叉被弹了开去。

一人从西北部天空的破损处飞临而入，白衣翩然，竟然又是白子画。

"小骨！"白子画见花千骨此刻正抱着一个细小精致的银瓶喝着什么，嘴角鲜血直涌，一甩袖将瓶子打翻在地。

这幻境是蓝羽灰用卜元鼎炼化而出，他虽心能感应到她，却久久找不到入口进来，急得也是方寸大乱。

花千骨掉了手中银瓶，抬起头来呆呆地看着他，怎么又有一个师父？

白子画从未见过她如此呆滞绝望的眼神，心里一疼，扶住她的身子。

花千骨伸手摸摸他的脸，再伸手去摸脚边中了毒的那个白子画，已然碎作点点光晕。

"师……师父……"她呢喃两声，猛地喷出一口黑血来，瘫倒在他怀里。

她以为他死了，她以为她把他给害死了！

白子画运功又要替她吸毒。

花千骨慌忙摇头，用力挣脱他的怀抱。

"不可以，师父！这是卜元鼎的毒！你化解不了的！"

白子画哪管这许多，二话不说将她抓了回来，点了穴道，手指轻点她眉心，将她的毒尽数吸了出来。仅凭她的道行，再迟疑个半刻，小命怕就保不住了。

蓝羽灰暗不作声地站在一旁，等的就是这个时刻。

趁着白子画分身乏术，陡然将幻境抽回，顿时周围时空混沌模糊，犹如糨糊一般，什么都看不清楚。

"糟了！"糖宝大叫不妙，看着周围的树木星辰花鸟湖泊全部犹如折纸一样变成了平面的，被一个巨大的青铜鼎吸了进去。

"骨头撑住啊，我去搬救兵。"糖宝说着，拼了命地摆脱了引力和束缚，只来得及化作一道绿色的光，向外面的冰雪飞了出去，瞬间消失不见。

而白子画抱着花千骨一起被吸入卜元鼎中。

蓝羽灰在冰上鱼尾一甩，妖冶的身子扭动着。

"白子画，虽然我的幻术对你毫无作用，不过却困得住你的小徒弟。上次你被我所拦，却急着赶去太白山，不仅没有杀我还放走了我，就是你最大的失误。我知道这世上没人能制得住你长留上仙，不过你身中剧毒又被困在鼎中，就算我的毒一时三刻毒不死你，三昧真火也能烧死你，就不信你不化作飞灰！"

花千骨只觉得腑脏灼烧剧痛难忍，四肢被周围的空气拉扯着像要断裂。四周混沌一片，什么都看不清楚，只有一片又一片耀眼刺目的红色和热浪席卷而来。巨大的压力挤压得她几乎不能呼吸，身体的每一寸似乎要被撕裂，又似要被压得粉碎。

"师父！"

她无比慌乱地四处摸索。师父不会出事的！师父不会出事的！这一切都是幻境！

突然一团银光伴随着清风扑面而来，一双温暖而熟悉的臂膀将她拉入怀中。

"师父！"花千骨快要哭出来了，努力地向那银光靠拢，紧紧地抱住他，死也不肯放开。

白子画仍是面无表情，只是苍白得有些吓人。他一面运功压制身体里的毒，一面环住花千骨，保护她丝毫不受卜元鼎的炼化所伤。

花千骨知道他们情况危急，被关在卜元鼎内，师父还代她中了剧毒，若再拖下去，两人都要化作灰烬了。

"师父，是我害了你，是我害了你……"花千骨声音颤抖，恨不得立刻就死在当场，只要别再让师父受这些痛苦。

白子画摇摇头，紧紧地将蜷缩成一团的小小的她抱在怀里。烈焰焚身，他的银色光护越来越小，毒也逐渐侵蚀他的仙身，他也不知道还能撑得几时。

"师父大劫已至，怪不得你。若不是太过自负，带你前来，你也不会被我拖累。你将全身真气凝聚丹田，为师助你出鼎。"

"我不要！我不要！"花千骨使劲挣扎起来，拼了命地胡乱踢打。她知道师父想全力一击舍身救她。她才不要！大不了就死在这鼎里！

"小骨！"白子画用力抱住她，身子因内外剧烈的疼痛而开始微微有些颤抖。

"听师父的话！"这卜元鼎乃神器，若再拖上个一时半刻，他内力尽失，就真的什么办法都没有了。

花千骨在他的护罩下依旧感觉到如此窒息和痛苦，可见师父该有多难受。她想绕到他身后抱住他替他多挡住一些灼烧，却被他牢牢禁锢。他用最后一点力量，试图给她支起一片小小的天空。

花千骨感觉到白子画所有的力量在往自己身上凝集，然后白子画慢慢放开了手，她缓缓向上升去，而他渐渐往火焰的更深处下沉。花千骨努力地伸出手想要抓住他，身上的光华却越来越盛，直往上飞去。

她就那样看着白子画离自己越来越远，孩子一样拼命挣扎哭喊起来。

"我不要！我不要！我要跟师父死在一起！"

白子画身子一震，轻叹一声，双掌合拢，犹如端坐莲台，准备用最后的力量封印了卜元鼎。

花千骨眼看着白子画的身体就要散作颗粒状，幻化成千万道光束。

花千骨无法承受，发出一声惊天动地的哭喊，身体瞬间变成玻璃一般透明，再一眨眼又变回原样。俯仰之间，眉间出现一枚奇怪的印记，瞳孔瞬间变成了紫色，里面一层又一层，环环反顾，森罗万象。

白子画大骇，见她飞速朝自己飞来，双手合拢环抱，自己几乎被撕裂的身体又一点点重整拼合，生命力也一点点回流。

"你竟然是……"白子画受不住，一口鲜血喷出。

见二人突然流星般从卜元鼎里冲天而出，蓝羽灰也口吐鲜血，连连退了几步，大惊失色。

不可能！怎么可能！白子画明明已经中了这么严重的毒，怎么可能还有如此功力！

花千骨跪在冰雪上，从身后抱住他，如白鹤泣血哀鸣，悲戚到可以把人心击个粉碎。蓝羽灰两耳轰鸣作响，鲜血直流，身子无力地瘫软下去。连白子画也不由得胸口一痛。

"小骨！"白子画看着她如此悲伤绝望的模样，用尽力气大喝一声。

花千骨呆住了，光芒消失，瞬间恢复了本来模样。

"师父，师父！你没死？"

"我没死……"白子画无力地摇摇头，怪不得自己算不出她的命数，罢了罢了。

花千骨想对他笑一笑，可是面部的肌肉早吓得僵硬了，什么表情也做不出来了，只是紧握着他的双手，不停地颤抖着。

只差一点点，只差一点点，差一点点自己就失去他了，他让自己怎么办？

"小心！"白子画用力地拉开她，蓝羽灰的海神叉瞬间击破冰面。

"师父！"花千骨见白子画口里不断有鲜血流出来，那乌红的颜色，刺痛得她快要流出泪来。

"你以为你们出得了卜元鼎，就逃得过我的手掌心？"

蓝羽灰不断进攻，花千骨御起断念仓促应战，手依旧还不住地颤抖着，心停留在差点失去师父的恐慌里，久久无法平复。

风雪越来越大，蓝羽灰不时钻入冰里，在冰中游动竟然跟在水中一样来去自如。

花千骨牵挂心白子画，见周围又出现了许多跟刚刚一样飘浮在半空中的白衣女子，白子画强撑着最后一点力气御剑，却是心有余而力不足。

眼看白子画越来越危险，伤口越来越多，花千骨什么也顾不上了，迎着蓝羽灰的海神叉扑了上去，双手紧紧抓住三叉两边的利刃，中间长的已直抵自己眉间，满手是血，手上的鲜血顺着钢叉流下，叉开始被腐蚀变成绿色。

花千骨大喝一声，用起所有内力，硬生生把叉头掰断。

蓝羽灰心头一惊，迅速钻进了冰里。只见花千骨眼疾手快，寻着声音，把叉用力往冰壁里刺了进去。

一声惨叫，冰面裂开，蓝羽灰的尾巴被她牢牢钉在了冰上，疼痛难忍，左右扭动着。

花千骨连忙回身扶起白子画，御剑从那些水母妖化的女子攻击中突围而出。

也不知道飞了多远，到处都是茫茫冰原，一眼看不见尽头，花千骨完全迷失了方向。一拨又一拨的妖魔涌出来，花千骨经不住他们的车轮战，还要护着白子画，早已是精疲力竭。

花千骨再也无力御剑飞行了，只能藏匿在峡谷中，负着白子画的身子一点点往前艰难地步行。

白子画伏在她背上，血一口接着一口地往外喷，好像怎么吐也吐不完似的。

花千骨的背襟和领口全都被染红了，也分不清是他的血还是自己的血。

"师父，你撑住啊！师父……"花千骨颤抖着哭喊得嗓子都沙哑了，小小的她才过了白子画一半的高度，背着他艰难地往前走，几乎算得上是爬行了。

看着白雪上一滴又一滴的血，她心痛得快要窒息了。不知道走了多远，白子画已完全陷入昏迷中。

花千骨脚一滑，二人从雪坡上滚了下去。花千骨头晕眼花，踉跄着爬起来，跑过去紧紧地抱住白子画的身子，拼命地往他身体里输着内力。

"师父！你醒过来啊！"花千骨的手触摸着他冰凉的脸，感觉他仿佛死尸一样。

白子画迷蒙中闻到面前散发异香的血腥味，抓住花千骨的手放到了嘴里。

花千骨反应过来。

"血？要血是么？"花千骨把伤口放到白子画唇边，用力挤压，鲜血一滴又一滴地流进他口中。

白子画只觉得喉头一热，身体恢复了一点点知觉，用力地睁开眼睛，见到花千骨惊喜若狂地看着他。

"小骨？"

"师父，你撑住！我现在就带你离开这里，我们回长留，我们回绝情殿！"花千骨紧咬牙关，用力地背他起身。

白子画抬头只望见漫天的风雪，如此瘦小的身躯，怎么负得动自己。

"小骨……"他用力想自己站起来，却迷迷糊糊地又昏睡过去。

花千骨一步一个脚印跋涉在风雪中，没有真气抵御防身，眉毛头发全部都被冻住了，睫毛上也结了厚厚的一层霜。

"师父，你不要睡！你跟我说说话！我们马上就到长留山了，一回去小骨就给你做很多好吃的。我们吃热腾腾的芦荟罗汉斋？不然就吃清蒸鲈鱼、苦煎鹅掌汤？不对，师父是吃素的，那我们吃你最喜欢的桃花羹好不好？"

"师父，答应我一声！小骨跟你保证，回去后再也不偷懒了，每天早起早睡，认真练剑，认真修行。不给你惹麻烦，也不惹世尊生气。我们还说好下月再回我家的小房子去看看的，你不可以说话不算话……师父，你回答我，回去后小骨认真学下棋，以后每天陪你下。还有，师父，我把你书房中你最喜欢的水晶砚台给打碎了，后来那个是我求了墨仙好久，他又重新照样子做的，师父，你起来骂我啊……"

花千骨一边辛苦跋涉，一边抽泣哭诉。她不要，她不要世界那么安静。她好怕，好怕师父就这样再也没有声音了。

"小骨……"白子画慢慢睁开眼睛，又咳了一口血出来，"放我下来，你赶快走。"

"我不要！小骨死也不会丢下师父的！"都是因为她，师父才会中毒！

白子画拼命地用力推开她，自己跌倒在雪地上。花千骨慌忙扶他起来："师父，你怎么样？"想到什么，又拔出剑往腕上用力一割，鲜血滚滚涌出，悉数喂进白子画嘴里。

白子画无力推拒，更无法抵抗那种奇异诱惑的香味，只能靠血暂时抑制住毒性。

"我看你们这次还能往哪里跑！"

蓝羽灰出现在对面冰崖上，尾巴上的伤口只经过粗略处理，还不时渗出血来。

花千骨手握断念，将白子画护在身后，忆及师父教给她的镜花水月，只需剑招，不需要用到什么内力，将蓝羽灰和那些白色妖魔的攻击波阻拦在外。

其间，蓝羽灰不断地妄图用幻象迷惑她。无奈花千骨铁了心一般，绝望中反而越发沉着冷静，竟让她没有丝毫可乘之机。

可是花千骨浑身伤痕越来越多，也快要支持不住了。蓝羽灰尾巴一扫，无数冰凌直向她射去。花千骨一一用剑打飞，跟跄退了几步，却被人在身后扶住，抬起头来一看，却是面无血色的白子画。两人双目对望，心下皆是一片释然。

突然天空一阵绿光划过。

"骨头娘亲，我来救你了！"糖宝在花千骨头上安全着陆，形成一阵烁亮的光壁，将她和白子画二人都包裹其中。

同时，周遭不知何时悄无声息地出现了十多名戴着恶鬼面具的黑衣人，在风雪中分外扎眼。

"你们是何人？"蓝羽灰心头一惊，这周围阵法密布，如同天罗地网，他们又是如何进来的？

为首的绿衣女子身材高大，淡淡扫她一眼。

"阁主之命，速将那二人带走。其他妖魔，格杀勿论。"说着单手一挥，身后十多名黑衣人立刻以诡异的身形和步伐，片刻便将众多女妖斩杀，而且皆是单手捏碎下颌，一击毙命。

蓝羽灰妄图使用摄魂术，心念至处，却发现这十多个人就像是没有大脑的死人一般，半点思想的波动起伏都寻不着。

蓝羽灰知道遇上敌手了，再加上自己也受伤不轻，只好走为上策。

绿衣女子见她身子一溜便往冰里遁走，大声喝道："想跑，哪儿那么容易？卜元鼎给我留下！"大脚使劲一跺，顿时冰面开始强烈地震动。她上前几步，手往冰上一叉便是一个窟窿，再抽出来时，正揪着蓝羽灰的脖子把她硬从冰里拽了出来。

蓝羽灰被她拿住，犹如缺水的鱼儿在干旱的陆地上拼命扭动挣扎，鱼尾在空中狂甩。

绿衣女子厉声道："你是要自己交出来，还是我掏了你的心肺？"

蓝羽灰连连求饶，把卜元鼎从墟鼎中拿了出来，往空中用力抛去。

待绿衣女子拿到手中，她早已从冰中遁去。绿衣女子也不再追，走到花千骨身边问道："你没事吧？"

"我什么事也没有，可是我师父……"

花千骨看了她半天，只觉得眼熟，这才想起是异朽阁那名负责接待的女子。她又怎么会赶来救自己呢？她说阁主，这么说是异朽君让他们来的？这也对，糖宝本就是异朽阁的灵虫，这救兵应该是它请来的。

"谢谢姐姐及时相救……"

绿衣女子淡淡瞟她一眼："不用说谢谢，异朽阁从来不做亏本的生意，到时自然会向你讨要报酬。"

花千骨使劲点头，握住她的双手："求你救救我师父，不管要我付出什么代价都可以！"

绿衣女子看了一眼已陷入昏睡的白子画，不由得皱起了眉头。

卜元鼎炼的毒药，神仙也难救。

待花千骨悠悠转醒后，惊异地发现居然已回到绝情殿自己的房间中。

难道，这也是幻觉么？

"师父——"她一坐而起，环顾四周。

"千骨，你醒了！"轻水正端了一碗药进来，激动得把碗随手一放，扑到她身上，"你吓死我了，你知不知道！"

花千骨难以置信地捏了捏她的脸："你……真是轻水？"

"我是啊！我是轻水！"轻水紧覆住她双手，眼泪直在眼眶里打转，"你受伤不轻，尊上特别批准我上绝情殿来照顾你！"

"师父？我师父呢？他在哪儿？"

"我也不知道，回来之后就没见他，好像是闭关去了，只交代我要好好照顾你。"

"怎么可能？他伤得那么重！"

"什么伤？尊上受伤了么？没有啊？他一切都好好的，只说你们去救人，虽然人救回来了，卜元鼎也夺回来了，但是你受了重伤，真气耗尽。"

花千骨愣住了，师父为什么要瞒着大家呢？还有，异朽阁的人到哪里去了？是谁把他们送回来的？难道说师父的毒已经全解了？

"糖宝呢？糖宝到哪儿去了？"莫非太久没见，一回来就去落十一那儿了？

轻水茫然地摇摇头："从你们回来就一直没见过它。"

花千骨震惊了："糖宝不见了？那我们是怎么回来的？"

"你当时昏迷不醒，尊上把你抱回来的，并差人让我过来照料你的伤势，然后我就再没见过他。

"他看起来怎么样？一点事也没有的样子么？"

"就面色有些苍白，其他没什么了。千骨，你们这次出去是不是出什么事了？"轻水一脸焦急看着她。

花千骨心里七上八下，到底师父的毒解了没有呢？难道异朽阁已经把师父治好了，却把糖宝带走了作为救人的代价？不会的，不会的！

"我去找师父！"

花千骨拔腿往外跑，不顾轻水在身后呼喊。来到后山白子画闭关的塔前，却怎么也进不去。

"师父——"她焦急地在外面喊。

"什么事？"白子画平淡无波的声音从里面传来，好像一切都没发生过。

花千骨有些不知所措："你……你的毒？"

"放心吧，已经没事了，你的身子可好些了？"

"回师父，弟子已经没大碍了，可是师父……"那么厉害的毒，怎么可能说没事就没事了呢？

"那就回去好好休息吧。"

花千骨在门口走来走去，不知道怎么办才好："师父，我们怎么回来的？糖宝又到哪儿去了？"

"糖宝在异朽阁，过些日子就回来，你别担心，好好养伤。还有两个月就是仙剑大会了。"

花千骨心里又是一惊，为什么这次要她参加，往年不是都不参加的么？上次仙剑大会惨败，她还一直记忆犹新。

"是，弟子定不辱师命……只是师父，你没有跟世尊、儒尊还有大家说你中毒的事么？"

"不用了，免得他们担心。你快回去吧，没事就不要过来了。"

花千骨踌躇良久，心里始终不踏实，可是又没有办法，只得躬身拜退。

她的伤没有大碍，毒素早已悉数被白子画吸出，不过都是些皮肉伤，多调理调理，吃点仙丹玉露，恢复得非常快。

其间，落十一、朔风、清流等人来看过她几次。世尊和儒尊将她叫去问话，她也只得将师父中毒之事瞒了下来，只说师父正在闭关。

摩严和笙箫默等人皆知道白子画的功力，自然是不信他会受何损伤。

只是白子画这一眨眼闭关已半个多月了，花千骨不管是送去什么饭菜、什么丹药他都不吃。她实在是按捺不住，跪在塔前低声唤他。

"师父，你怎么样了？我可不可以进去看你一眼？"

"不用，你回去吧。"传来的依旧是白子画清冷的声音。

花千骨不依，跪在塔前苦苦央求，心想："你不让我进去，我就一直跪在这里陪着你。"

清晨，门终于开了。白子画推门而出，依旧是美得不染尘埃，只是脸上多了一层冰霜。

花千骨听到响动，睁开眼，抬头看见他，差点喜极而泣，伸出手便紧紧环抱住了他的双腿。"师父，我好担心你……"

白子画弯下腰，抚了抚她的头，轻轻地叹了一口气。

"走吧，咱们回去。"

"嗯！"花千骨用力地点头，站起身子，恭顺地跟在他身后。太好了，师父真的没事，她总算放心了。

二十七 情意败露

可是似乎事情并没有那么简单地结束，糖宝一直没有回来，也联络不到它。东方再也没有出现在梦中，给他写信，他也一直没回。落十一急得快要疯掉，只差没亲自冲到异朽阁去把糖宝给抢回来。师父很少跟她一起吃饭了，也不下绝情殿，大部分时间都一个人待在静室里。

仙剑大会日渐临近，众人或忙着筹备，或加紧练功。花千骨无论如何也静不下来，无时无刻不牵挂着白子画，无奈他却似乎有心避开她，根本连面都很难见到。

一天夜里，她翻来覆去怎么都睡不着，突然隐隐约约听到一阵茶盏摔碎的声音，她疑是自己的错觉，又似乎是从师父房间里传来的。她左思右想不放心，还是披衣起来看看。

行到师父门外，见里面黑着灯，徘徊半天不敢进去。最近师父对自己分外严厉，尤其不喜欢自己老是去打扰他。

在门外站了半响，听到里面全无动静，转身便打算悄悄离开。行了几步，突然听见一阵玻璃碎片在地上轻微拖刮的声音，声音不大，但寂静的夜里她听起来已是格外刺耳。她心头一惊，停住不动。片刻后，她又听到一声轻微的咳嗽，极是细小隐忍，但是瞬间便绷断了她已紧张到极致的神经。

她转头便往师父卧房跑去，二话不说，一脚便把房门给踹开了。

"你……"白子画见房门突然大开，花千骨呆立在门边傻傻地看着他，眼睛里写满了惊异和惶恐。他一只手奋力地撑起身子来，一只手捂住嘴，可是不断涌出的鲜血，瞬间便把他洁白的袖袍染红了。

"师父！"花千骨扑到他面前，将他从床边杯盏的碎片中扶起，内力与真气源源不断地输入他的身体。

"你又咯血了……"花千骨话音里带着颤抖，探出手去替他把脉，竟然虚弱成这个样子，功力也没剩下几成了。她就知道！她就知道！这毒不可能那么轻易便解得开的，师父这样拼命强撑着，仙力一日比一日弱，总有一天会死的。

"师父……"花千骨扶他在床上躺下，慌忙从怀中掏出块白绢，擦拭掉他唇边的血迹。他的生命、他的功力、他的仙气也源源不断地随着血液流失。月色中，面色比纸还要苍白。

白子画知道也瞒不了她多久，能多拖上一日算一日。

"我没事，小骨，你回去吧。"

花千骨跪在他的床边，握住他的手："师父，就没有什么办法可以解毒么？"

白子画不想骗她，轻轻摇了摇头："毒已入骨，无药可救。"

花千骨倒抽一口凉气，不死心道："解铃还须系铃人，如果用卜元鼎炼制出解药呢？"

白子画还是摇头："来不及了……"光中毒也就罢了，之后被吸入鼎中，毒早已经炼化入他身体的每一寸。他将会慢慢失去仙身，然后化作飞灰。所能够做的，不过是尽量控制自己不要被毒性所控，堕入魔道，还有尽量将这个日子推迟罢了。

"我不信！"花千骨紧紧抓着他的手拼命地摇头，看了看满地的血，突然醒悟道："对了！我的血，师父，我的血！"师父之前就是喝了她的血后就会好很多的！

花千骨抓起地上的碎片，便往手腕上用力割去。

鲜血涌出，白子画只闻到一股奇异的香味，瞬间心神便失去了控制，身体中突然涌动的贪婪和饥饿感是他从未体会过的。

"走开！"白子画低声呵斥，猛地将她的手臂推离。他岂能靠吸食自己徒儿的血苟且续命？

"师父！"花千骨不依不饶地将手臂伸到他面前，"你若不喝就一直让它这样流干好了。"

"你……"白子画一时气结。

"小骨的血很多，师父，你喝吧，没关系，只要可以救得了师父，小骨什么都愿意做！"

一滴滴血滴到白子画脸上，映衬着苍白的脸，颇有几分绮丽凄美。白子画在那样浓郁的化不开的腥香下，头脑阵阵昏沉，终于抵不住，将唇覆上了花千骨的手腕，眼前除了一片猩红，什么也看不见了。

花千骨感觉到师父的两片薄唇停留在自己腕间，身子犹如被一股电流击穿，两腿酥麻，身子一阵颤抖，跪在地上，全身无力地倚靠在榻上。

许久之后再看，白子画已静静睡去，花千骨抽离了手臂，只觉得伤口被他吸吮的地方火辣辣的，那种感觉却又不是疼痛。她随意扯了布条胡乱裹上伤口，然后开始清理地上，并替白子画换下了被血沾染的被褥和外衫。这才起身回自己房间，因为失血过多，脚步稍微有些踉跄。

第二日、第三日，仍未见师父从房里出来，第四日，她约莫着血的效用应该过了，夜里来到白子画门前，还没等开口，就听白子画的声音冷冷传来。

"回去！"

"师父，可是毒……"

"不用了，我说回去，听见没有！"

花千骨从未听到过白子画如此严厉的语气，心下惧意更甚，转身想回，却又怕他毒发起来呕血不断，心想就算违抗师命也不能不管，便又想推门而入。

不料一道银光弹来，正中花千骨的膝盖，花千骨吃痛猛地便跪了下去。

"为师说的什么？你全当没听见是不是？"

花千骨心下委屈酸涩，磕头拜道："弟子遵命。"然后退了下去。

翌日，一碗血红的桃花羹放在白子画门前，是花千骨和着自己的鲜血熬的。可是整整一天，丝毫未动。

第二天，又重新换了同样的一碗，白子画依旧动也不动。

第三天，又换了一碗，还是一点没碰过。

第四天、第五天……

到第六天，花千骨去收碗，顺便又把桃花羹放在他的门口时，那扇门终于打开了。

白子画形容憔悴，双目赤红，一手掐在她脖子上，把她提到了自己面前。花千骨第一次瞧见白子画的眼中居然隐隐有怒火闪现。

她声音颤抖着，努力把碗端到他面前："师父，吃点东西……"

白子画无力地放开禁锢她的手，踉跄退了两步。清高如他，看破生死，怎么可能容忍自己一再喝她的血呢？她又何苦逼自己？

花千骨扑通一下跪倒在他脚下，轻扯他的袍子，低声哀求："师父，不要抛下小骨，你若是真出了什么事，小骨怎么办？求求你，小骨的血又不是什么稀罕之物，少了一点，小骨也不会死。只求师父能多撑一日是一日，小骨一定会想到办法救师父的！"

白子画心头一疼，看着她，一时竟没了主意，自己从来都是生死自由，淡然行事，却什么时候多了她这么一个牵绊。茫然间有了心结，毒气内外腐蚀，不由得添了几丝魔性。

花千骨被他伸手一提站了起来，右手任凭他高高抬起，还没等她反应过来是怎么回事，手腕一阵吃痛，她才惊异地发现，白子画的牙已刺穿了自己的皮肤，鲜血随之跃然涌出。

花千骨腿脚顿时一软，身子却及时被白子画托住。全身都已经僵硬，唯一有知觉的只有腕上与白子画唇齿相接的地方。从那里蔓延而出的熊熊火焰，分别向上向下席卷开来，烧得她浑身火热滚烫。

花千骨拼命地咬住下唇，制止自己发出奇怪的声音。血液似乎以被他吸食为荣，争先恐后地奔涌而出。无与伦比的酥麻和幸福感惊涛骇浪般涌来，此刻，她哪怕是被师父嚼碎了全部吃掉，也心甘情愿。

白子画喝了她的血不到三秒，便立刻放开，瞬间点了她止血的穴道，然后头也不回地步入房间内，关上了门。

花千骨抬起右手，看了看上面那个深深的牙印，无力地靠在了墙上。

“千骨，你捡这么多黄芪、当归、党参、川芎做什么？这些药材是为产后出血的妇女坐月子补血用的。”

医药阁的刘夤不解地看着她。

“哦，我上次受了点伤，失血过多，现在还没好，想在仙剑大会前好好补补。”花千骨一脸的窘迫。

“这样啊，对了，顶楼西边最上面抽屉里有一棵千年的养气人参，是前不久崂山掌门来拜谢时顺便带过来的，你一块儿拿去吃了吧。”

“谢谢。”花千骨微笑着向他点点头。

出了医药阁，她去厨房拿食材。糖宝不在，师父又身中剧毒，她的生活好像一下子倾斜乱了方向。

突然身后有人拍她，转头一看是朔风。

“马上要仙剑大会了，准备得怎么样？”朔风一面帮她把米面装进袋子里，一面问。

“嗯，还行。”

“伤都好了吧？”

“好了。”

“我怎么觉得你气色不太对？”

“没有啊，呵呵，我们好像还从没比试过呢，不知道这一次碰不碰得上。到时候要是输给我，你可不要太难为情哦！”

朔风见她露出顽皮的笑容，这才放心地点点头。

花千骨回到绝情殿，把一切东西都弄好后，又去找师父，发现他已到后山闭关去了。或许是为了避开自己吧，她这么想着，心里堵得慌。

那毒那么厉害，师父的时日不多了，自己到底应该怎么办呢？难道能做的仅仅是献血而已？

花千骨从怀中掏出那块雪白的绢布来，上面是她年前画的白子画。她苦练许久，虽只是他站在露风石上俯视群山的一个写意背影，却十分神似，如今上面，却沾了干了的乌红色的斑斑血迹。

花千骨心头一痛，往树下草地上一躺，把绢布盖在自己脸上，脑海中不断浮现出两人相处时的一点一滴。师父对她关爱呵护，悉心教导，舍身相救，这样的恩情让她何以为报？

因为太多夜偷偷守在白子画门外，没有合眼，她困乏至极，竟就这样迷迷糊糊睡了过去。大风吹起，她脸上的绢布飞了老远，又一阵大风，绢布飘飘悠悠竟飞下了绝情殿，落入了长留后山中。

霓漫天依旧在往常的那条溪边练剑，自从从太白山回来之后，她越发勤奋用功了，心里因为花千骨的风头独揽，嫉妒得简直快要发狂了。

她到底有哪点好了，竟然还能得到如此多人的相助，什么神秘书生、魔界君主、人间帝王，不过就是一个乳臭未干的毛丫头罢了，个子还没到她胸口高呢！

她知道自己如今差花千骨的不再是一招半式，要想像上次那样侥幸赢她是根本不可能了，只能拼命在这里练功。

凭什么！她上次明明输给了自己，为什么还可以被尊上收为门下！为什么可以一年比一年厉害！而自己就真的差她那么多么！

霓漫天挥剑乱砍，水花四溅。突然见天空中飘下一块白绢来。她一伸手吸了过来，定睛一看。

"这不是尊上么？"

霓漫天从小精通诗画音律，比起花千骨的半路出家来，自然是要强上许多倍。看那线条中蕴含着绵绵不尽的情意，以为是山中哪个痴恋尊上的弟子所作，心头不由得好笑。再仔细一看，被血迹染掉的角落里竟绣了一个"花"字，顿时怔住了。

片刻后，霓漫天又爆发出一阵娇媚动人的笑声来，连鸟兽游鱼都不由得惊起一层鸡皮疙瘩。

霓漫天没有回贪婪殿，而是直接去了绝情殿，醒来的花千骨正心急如焚地到处找那块绢布。

"小师叔，你在找什么呢？"霓漫天停在树上望着她笑。

花千骨心头一紧："你怎么在这儿？谁准你上绝情殿的？"

"哎哟，我可是好心，特意来给小师叔送还东西的啊！师叔，你找的可是这个？"霓漫天掏出绢布在空中晃了晃。

花千骨一见，脸色瞬间都变了。

"还给我！"

她飞身去夺，却被霓漫天轻巧地躲闪开。

"小师叔，你那么凶干什么，我又没说不还给你！"

花千骨牙齿微微打战："你想要干什么？"

"我不干什么，只是没想到长留山出了你这么一个不肖弟子。"

霓漫天柳眉陡然一竖，声色俱厉："花千骨，你好大的胆子！尊上也是你可以随便喜欢的么？简直就是大逆不道，枉顾伦常，悖德犯上！"

花千骨只听得一阵轰然作响，大脑瞬间成了一片空白。

这么多年，她一直紧紧牢记爹爹的一句话：人空虚，是因为堕落；人不快乐，是因为不满足。

自己跟在白子画身边六年了，从踏入长留仙山的那一刻起，她就像踏入了世界上最美的水晶宫殿，过去那么多年里一直缠绕她的黑色梦魇、鬼怪妖魔，全部被拒之门外。从那时起，她的生命里便再没有了烦恼忧愁。

朋友是她的雨露，而师父，便是她的太阳。

她努力，是因为他期望；她微笑，是因为他看着。

师父便是她人生的所有重心和方向。

这样的日子太过单纯美好，夜里醒来，她常常会以为自己身在梦中。

当一个人的幸福达到极致时，伴随而来的便是害怕失去的恐惧。

而她的恐惧，莫过于她意识到自己对师父莫名的情愫之时。

一切都只是懵懵懂懂，她的敏感和聪慧让她立刻意识到了这件事的可怕后果，那青涩稚嫩的感觉还未成形，就立刻被她杀死在了襁褓之中，并且潜意识地，停止了自己的生长，她只想永远在师父的膝下，做一个什么都不懂的听话的孩子，却仍没想到，朝夕相处，暗地里，自己早就情根深种。

可是她依旧什么也不愿想，努力维持现状，将那份孺慕之情深深封印埋藏。或许不想不问，这样便是一生了。她花千骨永远也不会知道情为何物，也永远不会准许自己知道心里爱的那个人是谁！

可是这一切，她心底深处最私密的一个角落，却在太白山上那样无情地被夏紫薰给戳穿揭破了，她所努力铸造维持的世界也开始一点点坍塌下陷。

接下来的近一年时间里，她和师父天南海北到处游历，可以说是她人生最快乐的时光，可是心中那巨大的隐忧，一直让她满怀恐惧。

其间师父为护她身中剧毒，只能靠吸食她的鲜血续命，更是将她那么多年累积的情感一点点激发出来，让她想要不去承认、不去面对越来越难。

这么多年躬身相伴，她又怎么会不了解白子画？若是真让他知道了自己这龌龊的心思，后果简直无法预想。

可是霓漫天，就这样手握证据，光天化日之下将她最最不堪的事情指控而出。

花千骨仿佛看见了她那么多年快乐生活着的水晶宫殿的坍塌，一片片化作了琉璃泡影，师父的关爱，朋友的笑脸，一一消失不见。从此，她的人生将面临怎样的狂风暴雨？

花千骨苦笑一声，突然想起和东方彧卿在一起时，他见她再不肯长大后，仿佛勘破一切似的说了一句话——

没有人，可以一辈子做个孩子。

花千骨轻轻地叹了一口气，绝望地闭上了眼睛。

她知道是她错了，不该爱的，只是这刹那间的心动又岂是她能掌控得了的？

她只是拼了命地想要隐藏、想要挽回罢了。如果真的可以，永远做个长不大的孩子，那该有多好。

她什么也不想要，只求，什么都不要变。

花千骨望着霓漫天，情绪渐渐平复下来，不再慌乱，心里除了震惊和恐惧之外，隐隐还多了一份释怀。毕竟，那份感情越来越重，她埋藏在心底，一个人背着，真的好累，总有一天，会撑不住的……

"你想要什么？"花千骨面色苍白，身子单薄得仿如风中飞舞的一片树叶。

霓漫天仰头大笑起来，没想到花千骨这么容易便屈服了。可是一看到她的把柄在自己手里却依旧强自镇定的样子就来气。

"哟，我说小师叔，你很没诚意呢，我霓漫天是那种敲诈勒索的人么？只是看不惯你在我面前这么傲气，爱出风头！说起来若是摩严世尊知道这件事，肯定会勃然大怒，把你逐出师门的吧？若是尊上知道自己疼爱有加的弟子对自己怀的是这种心思，又该是什么样的表情呢？"

花千骨心头一痛，窒息得说不出话来，额上汗水开始滴滴滑落。

"你到底想要什么？"

霓漫天恨恨地看着她，美丽的脸分外狰狞："这是你欠我的，花千骨！我要你跪在地上求我！"

　　花千骨紧握拳头，就这样面朝着霓漫天直挺挺地跪了下去。

　　"我求你。"她一字一句地说。

　　霓漫天愣住了，紧皱眉头俯视着她，然后爆发出一阵清脆的大笑，笑声又尖锐又可怖。

　　"求我什么？"

　　花千骨嘴唇微微颤抖："求你不要告诉我师父……"

　　霓漫天绕着走到她身后，一脚踢在她直挺挺的背上："你不是特有骨气么？想不到也有求我的一天。"

　　花千骨眼神如定，一动不动。

　　霓漫天恨死了她那样的表情，明明都已经跪在自己面前了，还那么坚忍和傲然。

　　"花千骨，"她上前两步使劲揪住了她的头发，"你当初那么拼命地跟我争，想做尊上的徒弟，就是因为喜欢上他了，对不对？"

　　若不是她！若不是她跟自己争，今时今日的掌门弟子就是自己！那她和落十一就是师兄妹同辈相称，在一起是理所当然，众人祝福。可就是因为她横插一脚，自己才和落十一成了师徒。

　　当初她年纪小，情窦初开，什么都不懂，只想着喜欢他，若能朝朝暮暮和他在一起就好了，却没想过这师徒关系会成为她如今最大的阻碍。这才知道当初犯下大错，可是已无法挽回。每次看着花千骨和落十一、清流、朔风、轻水他们几个把酒言欢，她就嫉妒得快要疯掉了。特别是那只破虫子，凭什么落十一对它那么好！

　　"如果，如果你和那只破虫子从未出现过……"霓漫天一手掐住花千骨的脖子。

　　花千骨一脸同情地望着她，霓漫天放开手退了两步，仰天大笑起来。

　　到底谁比谁可怜？她曾以为自己可怜，没想到花千骨比她更可怜。虽然都是师徒，尊上和落十一，那又是完全不同的了，她绝对比自己更加绝望千百万倍。

　　"要我把这块绢布还给你也行，马上就是仙剑大会了，我要你这次乖乖地输给我。"

　　"我答应你。"花千骨声音冰冷，依旧跪着一动不动。

　　霓漫天满意地点点头，靠近她妩媚地一笑："记住，从今往后，你再也不是什么小师叔，而是我的一条狗！"

　　花千骨怒极，一掌劈了过去。霓漫天笑靥如花，躲也不躲。最后一刻，掌风还是硬生生停在半空中。

霓漫天挥挥手里的绢布，仰天大笑，转身离去。

花千骨气得浑身颤抖，翻掌打在草地上，整个地面都震动起来。

或许，一切都是天意吧……

花千骨绝望地把脸埋入双腿，坐在角落里缩成一团。屋子里漆黑一片，也没有掌灯。这个时候，她多想有糖宝在她身边。可是糖宝不在，东方也完全联系不上。

花千骨拍拍自己的脸，努力跟自己说要坚强一点，师父身中剧毒，还需要她的照顾。

她从地上爬起来，咚咚咚往师父房间里跑。

"师父。"她轻轻叫了一声，未待回应便推门而入。白子画毒伤日重，定力、自制力都越来越差，对自己的血也渐渐不推拒了。

她看到白子画在榻上静坐，脸上半点血色都没有，犹如一座完美的冰雕。

花千骨俯下身子，熟练地把手臂伸过去。白子画没有睁开眼睛，鼻尖从她腕上擦过，牙齿轻轻用力一咬，白皙透明、轻薄如纸的肌肤乍然破裂，鲜血犹如盛放的蔷薇，慢慢流出，香气四溢。花千骨虽然只闻到血腥味，白子画的心却犹如被关在笼子里的猛兽，贪婪地只想要更多，但仍就只吸了几口，立马把她推开了，怕她因为自己失血过多。

"师父？好些没？"花千骨用袖子擦了擦他嘴角的血迹，心里难受得不行。一向超凡出尘的师父，竟为了自己变成这个样子。

"好多了……"白子画拍拍她的头，发现这些日子她苍白憔悴了很多。

"仙剑大会准备得怎么样了？不要师父不在身边督促着，你就偷懒了。"

花千骨心下猛地一紧，神色不自然地低下头去。

"弟子一直都乖乖听师父的话努力练剑。师父，你毒伤这么重，还要出席大会么？肯定会被师伯、师叔他们察觉的。不然，还是不要瞒他们了吧？大家一起想想办法！"

白子画摇了摇头："掌门肯定得出席的，若是我中毒的消息传了出去，长留必定大乱。此毒无药可解，你师伯他们知道了也是白操心。"

"可是，蓝羽灰也会把这事告诉单春秋他们的。"

"不会的，异朽阁的人做了手脚，她说不出去的，不然哪儿那么容易放她走。"

花千骨似懂非懂地点点头："师父，我替你疗伤。"说着又想给他输入真气。

白子画制止了她："多留些内力到仙剑大会上吧，那么晚了，你回房间好好休息。"

花千骨这才退下。

仙剑大会的日子很快到了，花千骨一早就等在白子画门口。

"小骨，进来吧。"

"是，师父。"花千骨进去，顶着两个黑眼圈，一夜没睡好的缘故。

见白子画依旧披散着长发，她走到他身后拿起梳子。

"师父，我来吧！"

白子画点了点头。

花千骨小小的手挽起他的长发，柔顺如昔，根本用不着什么梳理，不过片刻就绾了个简单漂亮的发髻。

白子画望了望镜中，突然想起第一次她为自己绾发时的笨手笨脚，不由得心头一暖。

"我们走吧！"

"师父！"花千骨走到他跟前抬起手臂。

"不用了，小骨，离毒发还早。"

"我怕师父撑不住，被师伯他们看出来。"

白子画低头看见她腕上遍布自己的牙印，隐隐有些心疼。

花千骨连忙收回了手，又抬起另外一只："不然换另外一只吧？"

白子画温柔地牵了她的左手到唇边："你右手一会儿要御剑。"仿佛蝴蝶的亲吻一般，冰凉的嘴唇就那样轻柔地贴了上去。花千骨心头一乱，低头不敢看他。每每此时，都是她最难熬的时刻。光是感觉自己身体里的血液往他身体里流去这个事实，就让她心跳得不知所措。

片刻后，白子画放开她，手轻轻在她腕上抚过，一一消去上面留下的伤痕。

花千骨心里一阵悲哀，若是让他知道了自己的心思，怕是再也不能像对待一个孩子一样，毫无防备地关心和爱护了吧。

她不想被师父讨厌，所以，就算死也不能让他知道！

仙剑大会上，一切顺利地进行着。高高的台上，花千骨站在白子画身边，看见霓漫天得意地仰着头对自己笑，心头犹如千百万只蚂蚁在咬。

这届各门各派参赛的人数比往年更多了，打斗十分精彩，花千骨完全无心观战。

因为落十一等做了师父的人不用再参加比赛，丝毫没有悬念，拜师组最后进入四强的是花千骨、霓漫天、朔风和云端。

花千骨本想着若能先和朔风交手，那么输在他手中，再怎么都比霓漫天好。

可惜天不遂人愿，朔风对战的是云端，她对战的是霓漫天。

既要输，又要输得不露痕迹，这对于实力已经比霓漫天强得太多的她来说，是一个很大的难题。

这次，最后几场比赛的场地范围大大地拓宽了，可上山下海，可飞天入地。

霓漫天停在半空中，手持双剑，二人相对，各怀心事。花千骨的断念始终没有出过鞘，她只是不想这样的比试侮辱了师父赠她的佩剑。

你来我往，拳脚相向，她虽再不是当初那个花千骨，却仍难逃脱失败的宿命。

朔风、落十一等人很快便看穿她似乎在顾及什么，以她今时今日的法力，怎么还会和霓漫天僵持这么长时间。

花千骨心有委屈不甘，望了一眼白子画，知道他想看看自己这么久以来修炼磨砺的成果，可是自己，不得不让他失望了。

二人越打越激烈，人也越飞越高。霓漫天剑上生出巨大藤蔓，牢牢将花千骨束缚其中，然后又一层层将二人笼罩其中，形成一个巨大的绿球，掩住众人视线。

"该认输了吧？"霓漫天的笑容妖冶，有了上次被她血液毁掉碧落剑的前车之鉴，右手中指刺出一根尖锐的冰凌。花千骨愣了愣，不再躲闪，任凭冰凌穿透腹部，心头一阵悲哀，终究还是和上回一样啊！

霓漫天畅快地笑，这个机会怎能错过？伸出手去，连在她身上拍了几掌，瞬间便震断了她的几根筋脉。

看花千骨哼也不哼，咬牙硬扛，不由得来气。

"真没想到，你对尊上竟然用情如此之深，我都要感动死了……"霓漫天说话全用密语传音，说着，又是一道冰凌插入。

"好听话的一条狗啊，好久没有人能逗得我这么开心了。你说，我接下来应该叫你做些什么呢？那只成天缠着我师父的臭虫子，我该拿它怎么办才好呢？"

花千骨一听身子一震，仰起头来怒视着她。

霓漫天在她威严凌厉的眼神下心底不由得一虚，气急败坏地将第三根冰凌往她腹部刺去，却被花千骨瞬间击得粉碎。

霓漫天隐隐心里有了一丝害怕："别忘了，你的把柄还在我手里！"

花千骨只是用那样深不见底的眼神望着她，没有说话。

她，从来都没杀过人。

这里这么高，外面有屏护和光罩，隔绝一切，下面的人看不到也感觉不到，就算是霓漫天死了，她也可以把它伪装成打斗中她的一时失手。就算要处罚她，她也认了，只要可以除掉这个人。不然今后，只会受她无休止的要挟和逼迫，永远都不会结束，她太了解霓漫天了。她不在乎她要自己做什么，可是……

谁都不能伤害糖宝！

花千骨眼中突然涌现出滚滚杀意，伸手便往霓漫天胸口的心肺掏去，顺带欲毁了她藏着绢布的墟鼎。

——她最重要的秘密，没有任何人可以知道。

就在她的手马上要穿透的那一刻，远处一阵巨大的光波破蔓袭来，重重地打在她背上。花千骨一大口鲜血猛然喷出，从天上重重地摔到地上，半天都爬不起来。

还未等她和众人反应过来是怎么回事，一个白色身影已飘然掠到她面前。

花千骨仓促地抬头："师……"

重重一巴掌打在脸上，花千骨飞出几丈远，又吐出一口血来。

"师父……"她用力挣扎爬起，惶恐地跪在地上，身子瑟瑟发抖，头也不敢抬。

全场几千人全都傻眼了，完全不知道刚刚发生了什么事情，更离奇的是从未见过白子画发那么大脾气，当场打了自己的徒弟。

霓漫天背上全是冷汗，腿微微颤抖着。她也还不是很清楚发生了什么，只知道若不是尊上及时出手，自己差一点就死在花千骨手上了。

白子画看着跪在地上吓得不停发抖的徒儿，唇无血色，面色铁青，眼里是抑制不住的怒火，一甩袖子，转身御风而去，直接回了绝情殿。

花千骨的整个脸迅速红肿起来，嘴角带着血丝，眼睛里空白一片，全无神采。轻水慌忙跑过去抱着她使劲摇晃，她却痴痴傻傻地半点反应都没有。

"师父……"她仿佛又陡然醒过来般，不顾众人阻拦，飞快地往绝情殿飞去。

霓漫天难掩欣喜地看着她离去的身影，这样魁首就一定是自己了，可以把尊上气成这个样子，花千骨有的受了，这样的结局也不错。

只是……她擦了擦额头上的冷汗，心底依旧是一阵胆寒。刚刚那个样子的花千骨，实在是太可怕了。

"师父，我错了；师父，我错了；师父，我错了……"

花千骨跪在白子画的门口，痴傻狂乱地使劲磕头，认一句错，对着冰冷的地上使劲磕一个，很快额头便血肉模糊，再加上腹上穿通的冰凌，满地都是她流的血。

白子画在房间里，情绪和内力皆不受控制地澎湃翻腾，他端起茶杯，拼命压制住自己的颤抖，茶水没喂到嘴边，杯子便被他一掌捏得粉碎。

他白子画教的好徒弟啊！小小一个仙剑大会，竟然也可以为了取胜不择手段，对自己的同门弟子动杀机，下手又凶狠又歹毒。自己多年栽培，倾心教导，教出来的竟是这样一个孽障！

几百年了，他也没有动过如此肝火，说不清是失望还是什么，自己若真是改不了她的性格和命数，将来让她为祸苍生，还不如现在就亲手杀了她。

她尽得自己真传，又是那样一个身份，假以时日，自己一死，又有何人拦得住她？

想到这儿，他的手已开始微微发抖，手心火辣滚烫。刚刚那么狠的一巴掌打在她脸上，他自己又如何好受？

从未曾有过如此失控的时候，看来毒侵蚀得越来越严重，他几乎快失了仙身了。

花千骨依旧在外面疯了一般哭求不止，他面如冰霜，坐在榻上一动不动。

狂风大作，乌云密布，不一会儿，豆大的雨点倾盆而落。花千骨嗓子都喊哑了，瘦小的身子在暴雨的冲淋中似乎随时都要倒下去，却依旧一个头一个头地磕着，只是速度越来越慢。

暴雨下了一天一夜，她便在门前磕了一天一夜，几次昏死在雨里，醒来爬起又继续磕，只求师父能够原谅她。

血顺着雨水流得整个院落都是，千年不败的桃花树，一夜间全部都枯死了。

一直到笙箫默上绝情殿来找白子画，看到昏迷在雨里的花千骨，连忙把她救进屋内，那扇门也没有开过一下。

二十八 有口难言

笙箫默拿着银箫在手指间转来转去，慵懒又漫不经心地推门而入，不去看榻上正在静坐的白子画，往椅子上一靠，自顾喝起茶来。

"怎么，受伤了？"白子画虽然隐藏得很好，可是出手救霓漫天的时候，还是露出了马脚。就算瞒得了别人，又怎么能瞒得过他的眼睛？

白子画点点头："先别跟师兄说。"

"没大碍吧？"

白子画不说话，笙箫默皱起眉来。

"什么伤？"

"卜元鼎的毒。"

笙箫默一声轻叹："你尽快把掌门交接的事处理好，有什么遗言到时再跟我说吧。"说着便起身离开，脸上竟没有丝毫悲伤和担忧。

一直到他走出门去，白子画才淡然开口："你把小骨弄到哪儿去了？"

笙箫默嘴角露出一丝戏谑的笑，哼哼一声："我怕她再在这儿磕下去，血水把整个绝情殿都淹了，死了不要紧，毁了那些珍稀花草可真是罪过。就把她随便拖进冰室里去了，血冻住了也就流不出来了，也省得在这门口碍你的眼。"

白子画手指微微一动，没有说话。

笙箫默转头看他："师父以前总说，我们三个师兄弟里，你看起来最随性淡然，其实是最有原则、最固执的一个，看来一点也没错。"走了几步，想到什么似的又转过头来说："不过，我不相信你就真的那么大公无私，心里没有一点护短。你若真觉得千骨是那种人，大可将她交给大师兄让戒律堂处置，妄图杀害同门这可是死罪。那么多年朝夕相处，又只有这一个弟子，我知道你多少有点舍不得，要是你为难的话，我帮你把她带下去交给师兄如何？"

"我的事不用你操心。"白子画冷冷地说道。

笙箫默耸耸肩，眼角满是笑意地走了。

笙箫默前脚刚下绝情殿，白子画后脚就往冰室赶了过去。

花千骨浑身的雨水血水全部冻住了，面色苍白，嘴唇发青，躺在地上奄奄一息。

白子画心头隐有怒火，这个笙箫默，那么多年总是跟在他身后添乱，什么都要拿来玩。他轻轻一把抱起她来，一面往外走，一面将真气源源不断地往她体内输入。在冰室里冻凝住的鲜血又重新开始往外渗。白子画飞快地点了穴道替她止了血，扶她回榻上，想也不想便撕开了她的衣襟，替她包扎腹部和额头上的伤。他不想抬头看她的脸，因为不喜欢那种隐隐心疼的感觉。

他本就无情无欲，更何况花千骨幼童的身体根本半点都没发育，因此也毫不避讳。再说这绝情殿也再没第三个人可以帮手，他转过头飞快摸索着给她换下了湿衣。

可是他忘了自己中了毒，胸口隐隐有火焰和饥饿感开始烧灼，空气中弥漫着对身中剧毒的他充满了诱惑力的腥香，剧毒在他身体里翻江倒海，充满了对她鲜红血液的渴望。

如果说一开始吸食她的血是为了续命的话，长久下来，他早已上瘾。每次见她，便只能拼命抑制自己心中的那种想要吸血的感觉。那种欲望是他十分陌生的，慌乱中又带点无措，只能尽力避开她。她却一再把自己放进盘中亲自送到他口边，让他想要不吃都难。

"师父，我错了……"榻上的人闭着眼睛，痛苦地皱着眉头在梦中呓语呢喃，苍白的脸上全是因疼痛而流出的汗水，同时又冷得身体直哆嗦。

白子画轻叹一口气，把她搂进怀里，更多的真气往她身体里输进去。

那么多年朝夕相处，他怎么会不了解这个孩子。可就是因为期望太高，所以才更让他一时难以接受吧。正所谓"爱之深，责之切"。

身中剧毒让他不管是定力还是忍耐力都越来越差，那一瞬间他是真的被她给气糊涂了，心下根本就来不及多想，便狠狠一巴掌打下去。

他这辈子从来就没有过这么不冷静的时候，是太在乎这个孩子了么？情绪、理智全都让她牵着走，才让自己很多事情都看不分明？

白子画心头隐有怒火，却不是在气她，而是在恼自己，更恼的是自己身中剧毒后凭空多了这些不明不白的情绪。他头一次无法驾驭，竟失控到那种程度。

或许自己是到了该离开的时候，再在长留山待下去，这一日比一日多的魔性，自己都不知道会发生些什么。

花千骨幼小的身子在他怀中瑟瑟抖着，他拼命忽略心底涌起的怜惜和心疼，怪自己是不是责罚得有点太重了。

他本不是信命之人，所以当初收了花千骨。接下来的这些年，并不是对自己的教导有多大信心，而是对她有信心。这孩子坚强、聪慧、勇敢又有毅力，完全有能力把握住自己的命运，而他要做的就是正确地引导。

但是始终，她凶煞的命格注定了她不但屡屡危及自身，还要祸国殃民。若是生为平常女子便也罢了，如今身怀异能，若是走上邪路，为祸苍生，他会毫不犹豫地大义灭亲。

待花千骨醒来已是几个时辰之后了，白子画一直像抱婴孩一样把她抱在怀里，脑中纷繁复杂，想了许多事情。

花千骨一睁眼见他，绝望中是道不尽的欣喜。

"师父，原谅我，不要不理小骨……"花千骨的小手揪着他的衣襟，头深深埋在他怀里，低声啜泣。白子画心头一软，毕竟还只是个孩子而已。

"你为何比试时下如此重手？为师教你法术不是让你用来杀人的！"而是希望她能在今后没有他的崎岖道路上多保护自己。

花千骨一听师父肯听自己解释了，便知师父的气已消了大半，事情有了回旋的余地。只是这原因，又如何能够让他知道。

"对不起，师父，徒儿一时求胜心切才会……弟子知错了，再也不敢了，请师父原谅……"

白子画严厉地看着她："你道师父是瞎么？会看不出你一开始比试中不停地退让，最后却又突然决定痛下杀手？这背后究竟是什么隐情，你给我交代清楚！"

"我……我……"花千骨背上冷汗直冒。

"弟子错了，是弟子一时糊涂，请师父责罚，就是不要不理我！"

白子画心头又是一阵火起，不是气她妄动杀机，只是气她不信任他，不肯说实话。

"这么多年了，你做菜连杀只鸡都下不了手，会因为一场赢定了的比赛暗算同门么？"

"师父……"花千骨跪在榻上叩倒在他面前。他想怎么责罚都可以，只是她无论如何也不会说的，如果让师父知道一切的话就真的完了。

"你……"，白子画看着从来都乖巧懂事从未违逆过他的花千骨，心头一阵火起，毒性直往上冲，他身子微微摇晃了几下，被花千骨慌忙扶住。

"师父，你的毒！"花千骨连忙撸起袖子。白子画一把推开她，她已经失血太多了，正转身要走，被花千骨使劲拦腰抱住。

"师父，弟子求你，生气归生气，先把毒压下去，一会儿你想怎么惩罚我都没关系！"

白子画挣脱不开，只觉得头脑越来越重，眼前一片猩红。

血，他只想要血……转过身看着花千骨，眼睛突然变得漆黑如墨，那种黑犹如空洞，没有任何光彩，一切光线似乎都会被吸进去。

花千骨身上泛起一层鸡皮疙瘩，面前朝夕相处的人突然变得陌生无比，她放开手，有些恐慌地想往后退。

可是未等她来得及做任何动作，身子已腾空而起，向白子画倾去。

"师父！"花千骨只来得及一声惊呼，然后右侧颈项就被白子画一口咬住，犹如一盆冰水从头浇到底，花千骨顿时被消了音。

世界瞬间寂灭……

花千骨无力地仰着头喘息，随着血液同时流失的还有周遭的空气。整个酥软的身子被白子画牢牢托在手心，就像一根小草一样，轻轻一折便会断掉。

卜元鼎之毒无药可医，就算是仙人过不多时也会全身僵硬，犹如石雕，最后化为飞灰。白子画硬凭着问鼎天下的能力和花千骨的血，硬撑了两个多月。刚刚救霓漫天之后又不断给花千骨输入真气，毒气更加攻心，硬挺到现在，终于被毒性所掠，此刻完全失去了意识。

血液的香气似乎逐渐渗透她透明白皙的肌肤，颈动脉比腕间更粗，血更美味、更容易吸食。如纸般轻薄娇嫩的皮肤，轻易地便被他的牙刺破，再一使劲直接扎入血管。血就那样汹涌地流入唇齿之间，腥香甘甜，胜过人世间的一切美酒佳酿。

花千骨感受着他的鼻息轻轻地喷在自己耳边，脸轻轻贴着她的脸，唇齿在颈项旁吸吮啃咬，疼痛中却又带着让人无法想象的舒软，身体被抽去了所有的力气，没办法做半点挣扎，更无法想象那个犹如爱人般俯身在她颈边的会是她的师父。

奇怪的麻痒占据了她的整个身体，甚至连魂魄都在战栗，发尖都在颤抖。花千骨紧咬住下唇，以免发出莫名的叫声和呻吟声，可是那种奇怪的感觉不断地从她身体里随着血液喷薄而出。她轻微地喘息，再也看不清眼前的景象，只感受到一贯冰冷的师父身上火热的温度。

她希望如同平日一样，师父能够很快便停下来，可是白子画仿佛喝上了瘾一般，始终抱住她不放，似乎要把她身体里所有的血液都吸干。

花千骨因为失血过多，头脑越来越昏沉……好吧，如果这就是师父的惩罚的话，她心甘情愿，意识越来越模糊，手慢慢从白子画背上耷拉下去，终于完全失去了知觉。

再醒来的时候，依旧是在自己房间里。她身子软软的没有一点力气，以为刚刚一切都是在做梦，一照镜子，脖子上居然真的多了两个吸血的齿印。齿印周围是因吸吮而多出来的淡红色血块，犹如吻痕。

桌子上放了一碗药汤，看来是师父亲自下厨煎的。

她的外伤已经好得差不多了，睡了应该至少也有三四天，师父一定用了很多名贵药材，废损很多内力给她疗伤。自己尚未得道，光有仙身，只是长生不老，依然容易损伤。

"师父……"她痴痴呢喃了一句，这么多年来，除了群仙宴上那一笑，她从来没见过师父有过其他任何表情。不管是她做错事的时候，还是他们遇到危险的时候，师父哪怕眼神中都不会表现出一些情绪，表情都一直从容淡定，冰冷中自有一番高不可侵。可是这次居然会被自己气得亲自动手打她，可见到底有多生气，对她的失望有多彻底。

她心头一酸，委屈得快要掉下泪来。她真的不是想故意欺瞒他，也不是想要伤害谁，她只是不想让谁知道那件事罢了。

如今趁乱假装失手杀掉霓漫天的机会已经错过了，当时二人身处法术屏护中，周围的人不可能看得到究竟发生了什么。师父与自己朝夕相处，定是感受到了自己的杀意才出手的。

现在要杀霓漫天更加不可能了，长留山戒备如此森严，怎么可能杀了人而不被人怀疑和发现？而只要霓漫天一日不除，就算拿回了绢布也无济于事。她只要随便开口说了，不论别人信不信，只要传到师父耳朵里，她就完了。

怎么办，该怎么办！真的已经没有办法了么？花千骨拼命让自己冷静下来，就算师父认为自己大逆不道，欺师灭祖，杀害同门，但无论如何，就算死，也绝对不能让霓漫天把这件事说出去。大不了，就跟她同归于尽好了！

花千骨摇摇晃晃地站了起来，推开门便想要出去。不知道师父的毒怎么样了，恢复意识之后发现自己居然完全不受控制地吸了她的血，他心里一定非常不好受吧？可是这不能怪他，明明都是自己的错啊！只要可以为他解毒，哪怕毁天灭地，哪怕要她把自己煮烂了剁碎了熬成汤给他喝，她都心甘情愿。

中午的太阳明晃晃地照进来，刺得花千骨睁不开眼睛，身子摇晃了一下便往前一头栽倒，突然被一双有力的臂膀扶住了。

她抬头一看，竟然是东方彧卿，肩膀上还趴着糖宝。

一时间，心头的彷徨无措还有伤心委屈全部爆发了出来，她一头扎进他怀里。

东方彧卿眉头深锁，看着她苍白如纸、毫无血色的脸和憔悴深陷的眼窝，心里一阵紧抽，轻叹一口气，牢牢将她抱住。

"骨头娘亲，我们回来了……"糖宝也紧贴着她的脸来回蹭着。

花千骨用力挤出笑容，激动得手有些颤抖："你到哪儿去了？我还以为你不要娘了。"

糖宝使劲在她脸上亲着："我去找爹爹，想办法给尊上解毒。"

"那找到办法了么？"花千骨激动地看着东方彧卿。

东方彧卿半天也没有回答，只是蹲下身子，抚摸着她的小脸心疼道："怎么瘦成这个样子了？"

花千骨鼻子一酸，握住东方彧卿的手，无端地感受到温暖与信任，终于忍不住和盘托出："我的绢布被霓漫天抢去了，她威胁我，我在仙剑大会上便想动手杀她，可是被师父发现了……"

"什么绢布？什么事情严重到会让你受她胁迫，甚至想要置她于死地？"东方彧卿看着她问，锐利的眼神仿佛早已勘破了一切。

"因为……因为她知道了一个秘密……"花千骨低下头不敢看他。

东方彧卿眯起眼睛，发出一阵似笑非笑的声音："秘密？在我这里，没有什么事是秘密。"

花千骨震了一下，睁大眼睛抬头看着他，突然觉得东方彧卿很陌生又很熟悉。

"如果你是这件事没办法解决的话，我可以帮你。"他缓缓开口，声音里带着魔幻般的温柔诡异。

花千骨慢慢放开他的手，退了几步，苦苦笑了一下。

"好吧，说吧，你想要什么代价，只要我能给的，什么都可以给你。"

东方彧卿仰天笑了起来，笑容依旧暖如三月春光。

"你是什么时候知道的？"

花千骨无奈地摇了摇头："在太白山的时候就隐隐有些察觉了，可是又不太敢相信。后来师父中毒，我和他身处绝境之中，糖宝又找了异朽阁的人来救我们，心里便有些确定了。"

"那我再重新正式介绍一下我自己。鄙人东方彧，字彧卿。琴棋书画、奇门遁甲、机关术数，无一喜爱，但无一不精。王朝更替、六界兴衰、星斗变幻，无一不知，但无一关心。任异朽阁阁主三百六十五世，专收死人舌、活人命……"

东方彧卿脸对脸深深地俯视着花千骨："你，不怕我？"

花千骨苦笑一声："我怕你做什么？你一次又一次地帮我救我，对我这么好。"

东方彧卿嘴角扬起意味深长的笑容："你什么时候都是聪明又伶俐，就是一遇到白子画的事情就全都乱套了。"

花千骨一阵苦笑："其实我早该猜到了，普通的一介书生，怎么会知晓这么多事、懂得这么多奇门异术呢？"

东方彧卿摸摸她的发髻，温柔道："你怪我瞒着你么？"

花千骨摇摇头："你有你的原因吧，不管身份是什么，你就是你，对我而言并没有什么区别。"

东方彧卿满目笑意："我最喜欢骨头这点了，所以从来都不担心身份被揭穿。"

花千骨转头，凶神恶煞地对着糖宝使劲掐："可是，你这臭虫子居然也敢跟着他瞒我那么久，那就不可原谅！"

"呜呜呜……我错了，爹爹救我！"糖宝连忙躲到东方彧卿脖子后面。

东方彧卿呵呵笑着，很想能够就这么像一家人一样永远在一起啊，可是——来不及了。

"我还记得第一次见你的时候，你披着大斗篷，戴着长舌头的面具，跟只大蝙蝠一样，把我吓得够呛，后来又扮成迂腐的笨书生来糊弄我！"

"你呢，拿一篮坟地里挖的野生萝卜给我，后来在河里洗澡被我看见……"

花千骨脸一红，气鼓鼓道："原来你是故意的！"

东方彧卿坏笑："因为看了你的身子，所以要对你负责。作为补偿，帮你夺回神器，替你分忧解愁，照顾你、守着你一辈子。"

花千骨身子一震，低下头去："你这代价太大了，异朽阁这笔生意可是做亏本了。"

东方彧卿轻叹一声："不过，现在我也只能在霓漫天的事上帮到你，白子画的毒，我想了很多办法，还是没有用……"

花千骨愣了愣，虽然心里早有准备，还是狠狠一痛。若是连异朽君都这样说了，那就真的一点希望都没了。

东方彧卿看她瞬间垮掉的神色，深深皱起了眉头，欲言又止，最后还是扯开话题。

"你是想让霓漫天保住这个秘密不要说出去，还是直接杀了她解决个干净？"东方彧卿开口，就像说今天我们到哪里吃饭那么轻松自然。

花千骨怔了怔，突然想到白子画的话：我教你法术不是让你用来杀人的。

"如果能不杀她就可以保住秘密当然最好，可是她怎么可能会不说呢？"霓漫天本就罪不至死，当时自己出手也实在是迫于无奈。就好像要保护小鸡的母鸡一样，一想到她今后可能会给自己身边爱的人造成的伤害，她就变得没办法控制自己。

东方彧卿笑道："你忘了我是干什么的了么？天下的人我管不住，天下人的舌头可都是归我管的。哪条舌头敢不听话，我就——"

东方彧卿从怀里掏出一把像蛇一样的金色小刀来："割了它！"

花千骨睁大眼睛："你不会真的要把她舌头割了，让她变成哑巴吧？"对于霓漫天来说，如果舌头被割了，那还不如死了算了。

"就算她不能说话了，她还能写啊，能比画啊，还可以通过传音啊！"还说自己多聪明，明明就笨死了。

东方彧卿摸摸她的头："放心吧，我会处理得干净利索的。"

花千骨陡然安心，这么多天了，她就没有一刻踏实过，被别人捏住把柄的滋味真是不好受啊。

霓漫天正在贪婪殿自己的房间内看着世尊因为她在仙剑大会上获得魁首而奖励的两本秘籍，一想到花千骨从今往后都得乖乖听自己使唤，她就无比兴奋。

突然感觉身后有人。

"谁？"她慌忙转身。

怎么可能会有人神不知鬼不觉地上了贪婪殿，又进了自己房间都丝毫不被察觉！

嘴未待合上，立刻有一个什么东西窜进了喉咙里，凉凉的，顺着喉管滑入，她的身子瞬间便不能动了。

"你是……你是东方彧卿！"霓漫天惊恐地看着面前这人，正是太白山上突然出现，帮花千骨退了旷野天、夺回神器的那个玉面书生。

莫非……莫非花千骨让他来杀自己了？

霓漫天厉声道："你敢动我！仙剑大会上她想杀我的时候，我就知道会有这么一天。我早就把绢布和一份书信施了法术藏起来，若是我死了，那信自会飞到世尊和尊上的手上！"

东方彧卿看着她温柔地笑，可那笑容在霓漫天眼中如同魔鬼一样。她就奇怪了，花千骨到底在哪里认识了这么一群莫名其妙的人！

"乖，张开嘴！"

霓漫天圆睁着眼睛，惊讶地发现自己的嘴真的在不受控制地慢慢张开。

"把舌头伸出来。"东方彧卿满意地点点头，从怀里掏出金蛇小刀来。

霓漫天惊恐万分，努力地想要摇头，可惜身体除了他命令的部位，其他的一动也不能动，半点法术也使不出来。

不要！不要！那个男人到底想对她做什么？难道是不想让她说出去便要割了她的舌头！他以为这样自己便不会说了？

花千骨，算你狠！我霓漫天就是做鬼也不会放过你的！！

正当霓漫天害怕地闭上眼睛时，东方彧卿用刀割破自己中指，然后用沾血的手指轻触了一下她的舌头。她只觉得一股强烈的甜味直往上冲，身体里的每个部位都甜到酸软。

可是怎么会有人的血是这么甜的？连空气中都充满了一股甜腻的香味，不光味觉，连大脑都似乎跟着被麻痹了。

东方彧卿的手在空中结了几个印，嘴里叽里咕噜，一行行好像经文一样的金色文字，幻影一般从他嘴里飞出，从霓漫天的额头上钻进去。

"你对我干了什么？放开我！放开我！师父，师祖，救我！"霓漫天慌乱地大喊起来，无奈周围已全部布下了结界。

"你把绢布放在哪儿了？"

我不告诉你，我为什么要告诉你？可是她听见自己的声音在说："在桌上的那个首饰盒里。"

东方彧卿转身去取了出来，霓漫天气得牙痒痒。

"告诉我，你不会对任何人以任何方式说出花千骨的秘密。"霓漫天看着东方彧卿诡异的笑容，听着魔幻的声音，身子瑟瑟发抖，第一次发现世界上竟然有这么可怕的人。如果说世尊、轩辕朗他们给人压迫感的话，那这个人身上就充满了一种神秘奇幻的控制力，让人不由自主地在他的声音中、在他的眼神中、在他的微笑中，沉沦下陷，然后把身体和灵魂全部心甘情愿地奉献给他。

"我……我不会对任何人以任何方式说出花千骨的秘密。"她听见自己的声音在说，那声音如此陌生，简直不是自己的。

"你也不会让任何人知道今天在你身上发生过什么。"

"我不会让任何人知道今……今天在我身上发生了什么。"霓漫天拼命地咬住下唇，可是破碎的话语依旧从喉管里发出。每一个说出的字，都变作金色的文字飘浮在空中，然后向东方彧卿取出的一块白绢上贴了上去。

"真乖！"东方彧卿用手指轻触了她的额头，把那些密语封在了她的脑子里，然后印上了一个红色血印，转眼所有东西就消失了。

东方彧卿又将白绢装进一个布囊中，笑道："你也盖个章？"

霓漫天看着自己的手不受控制地从金色刀刃上划过，然后印在了布囊上。

东方彧卿满意地点点头："好了，契约结成，那我告辞了。"

东方彧卿走了两步又回转身子，一脸温柔无害地看着她道："我家小骨头身上的伤是你害的吧？怎么能够这样呢？同门之间要相亲相爱，不要再欺负她了。"说着，扬手往霓漫天下巴上轻轻一敲。霓漫天嘴里翻江倒海，整个下颌都失去知觉，舌头更是什么都感觉不到了。

"鉴于我不打女人，这次就小惩大戒吧，千万不要让我知道有下次！"东方彧卿转身走了，过了好一会儿，霓漫天的身子总算能动了。她慌乱地跑去找落十一，可是落十一听说糖宝回来了，早往绝情殿奔去了。世尊正在书房处理事务，霓漫天对他指手画脚说了半天，发现竟然只要是试图说花千骨和东方彧卿的事，舌头就不听自己的指挥，也根本没有办法写出来，连她的味觉都整整丧失了一个月才又恢复。

东方彧卿回去，把绢布交还给花千骨的时候，她激动得都快跳起来了。

"你是怎么拿回来的？"

东方彧卿跟她大概说了一下，花千骨似懂非懂地点点头："怪不得师父说蓝羽灰不可能说出去，原来那时候绿衣姐姐动了手脚。这下可以放心了，我都不知道说什么才好。你想要什么代价，还有上次救了我和师父，只要我能给的，什么都可以给你，要我做什么都行！"

东方彧卿摇头："上次的代价糖宝已付，所以在异朽阁待那么久才回来，帮了很多忙。这次是当年异朽阁欠你的，现在还给你。"

花千骨这才想起来，当时异朽君说可以帮她解决三个问题，现在还剩一个。

"但是，你之前在太白山已经帮了我不少。"

"那时我是东方彧卿，不是异朽阁主，想做什么是我的自由。"

花千骨感动地看着他，不知道说什么才好。

"骨头，我知道这时候要你跟我走，你肯定不肯。"

"嗯，我要陪在师父身边。"

"他的时日不多了。"

"所以更要多陪着他，能撑过一日就是一日。"

"这又是何苦，他终有一天会死的。"

花千骨淡淡微笑着低下头去："我已经想开了，师父说死生皆为虚妄，修道之人更不应该执着于生死，所以也用不着伤心难过。做仙也好，做人也好，做鬼也好，怎样都不重要，我只要永远陪着他便是了。"

东方彧卿脸上是从未有过的黯然神色，有时候，知道太多，看得太通透，真的不是什么好事。

"好的没学到，这固执和牛脾气倒是跟你师父一模一样。我知道，他若死了，你便也活不成了。生死在你眼里，就跟种萝卜一样简单，不过是挖个坑埋了就没事了，可是你有没有想过，糖宝怎么办？我怎么办？"

花千骨一时愣住了，她懂了自己对师父的情感，便也微微懂了东方彧卿对她的情感。

东方彧卿在房间里来回踱步，走了几圈，似乎显得有几分烦乱。事到如今，已经无法回头了，自己根本就没有选择。

"白子画的毒并不是真的一点希望都没有，还有一个办法……"

花千骨的双眼犹如夜空中被点亮的星子，瞬间便有了生气。

"什么办法？"

东方彧卿深深地叹了一口气，似是下了什么决心："炎水玉。"

花千骨知道炎水玉的医愈能力世上无所能及，更有复活再生的神奇作用。她怔怔地看着他，似是有一些不懂："可是炎水玉已经失落很久了啊，听说是碎掉了。"

"上古神物里封印着妖神巨大的妖力，要是可以毁，众仙早毁了。炎水玉只是散作碎片，但是依旧存在于世间的各个角落。"

花千骨狂喜，拉住他的手："那太好了，师父总算是有救了。"

东方彧卿摇摇头，眉头深锁："你难道想把碎成千万片的玉石一点点找回来么？没等你找到十分之一，你师父早就不在了。"

好不容易有了一点希望的亮光，瞬间又被熄灭了。

"肯定有办法的，对不对？"

东方彧卿避开花千骨殷切的眼神："十方神器之间有奇妙的联系，既相生又相克，如果找到其中几件，另外几件的位置通过异术就能够找到。若能一下子找齐九件神器，炎水玉自会完整归位。"

花千骨点头："所以单春秋他们才不慌不忙地一件一件收集神器，对吧？"

东方彧卿轻叹口气："所以，你明白我在担心什么了么？"

"你担心我执意要找那九件神器，然后用炎水玉来给师父解毒。虽然目的不同，但其实和单春秋他们做的事本质上是一样的。因为把所有的神器聚集在一起是一件非常危险的事情，一有不慎，封印可能就会被解开，妖神就会出世。"

东方彧卿看她的眼神就知道她决心已下，扳正她的脸让她看着自己。

"你要知道，你师父一向以天下苍生为重，哪怕仙身殒化，也绝不会让你聚齐神器，让妖神有机会出世的。"

"所以一定不能让他知道。"花千骨的眼神是和外貌不相称的理智和坚决，知道了师父的毒有办法解，她那么久以来慌乱而绝望、在空中飘飘摇摇的心一下子就沉稳下来，犹如有了定海神针。

"我会尽我的全力保护神器，不让妖神出世。"

"可是几件神器分散于妖魔和各仙派手中，还有你师父的墟鼎里头，你以为你有办法全部拿得到？"

"一定有办法的！"事关师父的性命，她无论如何都会拿到手！

东方彧卿又是一声长叹："其实我知道，就算我告诉你，只要神器聚齐，妖神就会出世，生灵涂炭，可是为了救白子画，你也会去做的，对吧？"

花千骨有些茫然地摇了摇头："我不知道，或许吧。但是我会好好想一想。"

"你打算怎么办？我终归只是凡人，能帮你的有限。而跟异朽阁交易的话，代价太大，不值得。"

"不能把你牵扯进来，此事干系重大，如果被仙界发现，绝对死罪难逃。"看到东方彧卿担忧的面庞，花千骨紧接着一笑，"你放心吧，我会有办法的，太白山不都过来了么，你要相信我的实力，我已经是个大人了！"从秘密被揭穿的那一刻起，她就再也没有办法只当一个孩子了。

东方彧卿微微点头，伸手把她搂进怀里。今后她一个人所要走的，该是怎样一条艰险的道路，而这一切，是他一手造成的。

东方彧卿毕竟是客，此行只为送糖宝归来，第二天便离开了长留山。花千骨一直送了他很远，不知道为什么，总感觉此后命途多舛，再想见面就不那么容易了。

白子画直到几天后才闭关出来，见到花千骨，好像那天根本什么都没发生过一样。又或者他当时失了心神，根本什么都不记得了？花千骨心里隐隐庆幸，又微微有些失落。

一切仍同往常一样，只是发生了仙剑大会上那样的事，两人不知不觉间疏离不少。白子画的毒伤越来越重，性格越来越捉摸不定。他知道花千骨性格执拗，为什么要杀霓漫天的事定不肯说，便也没有再问，也没有再追究。但还是开始反省自己这些年对花千骨的教导是不是做得不够。俗话说："严师出高徒，慈母多败儿。"自己将不久于人世，只能尽最后的力量好好管教，切不能让她因为一时心念之差走上邪路。

于是，白子画对花千骨很少再有和颜悦色的时候，总是严厉而冰冷。虽然过去他的态度也是冷冷淡淡，但是那种遥不可及，和现在这种完全拒人于千里之外的感觉迥然不同。

花千骨再不能像二人一起在人间行走时那样每天跟在他身后，更别说亲近和撒娇，整个人便也变得沉默寡言起来，很少在他面前说多余的话，更很少笑，态度总是小心翼翼又毕恭毕敬，就像在世尊摩严面前一样。只是每每站在他面前，就感觉脖子热辣辣的，像火在烧。

花千骨每天在思量的都是如何拿到神器替他解毒，在轻水他们面前也经常走神，一副心事重重的样子。

白子画再也不与她同桌吃饭，只是每日服食大量的药。花千骨还是跟以前一样做一整桌子饭菜，香的甜的，荤的素的，可是都味同嚼蜡。

她心里酸涩，可是这些事情都没有时间去想、去在乎。不管师父怎么对她，她都无所谓，现在最重要的是替师父解毒。她大口地扒饭，拼命地逼自己吃许多补血的食物和药物。

白子画的毒发作得越来越频繁，可是只要还有一点意识在，就无论如何也不肯喝她的血。可是一旦意识全无，便再也无法压制，就算深夜里也会悄无声息地寻着血的香味，走到她床边，在她还睡着的时候，对着脖子一口咬下去，将她从梦中吓醒。

那种血液被从身体里吸食而出的感觉是非常奇怪的，痛苦中又带着酥软和甜蜜。她感受着师父湿热的鼻息喷在耳边，唇齿在自己颈间吸吮游走，除了轻轻喘息，便什么也不会做了。

只有这个时候她离白子画最近，甚至能够感觉到他身体里散发的冰冷和寒气。她想要温暖他，却半分也不敢越矩，只是僵硬地任由他吸血。等到估计吸食的量足够延缓他的毒性了，便会点他的穴道让他昏睡过去，然后送回房间。

她必须让自己好好的、健健康康的，这样才有充足的血液可以帮师父撑得更久，让她有足够的时间拿到全部神器。

因为有糖宝这个资料库，经过一个月的收集资料和整理策划，她基本上已经准备完毕，再过些日子便准备动手。因为若一件神器丢失，整个仙界就肯定会有所察觉，提高警惕，所以她必须一击即中，一口气拿到所有神器。

这时候，长留山又迎来了沐剑节。

沐剑节，顾名思义，是长留山两年举行一次的祭剑大典。所有弟子会按照仪式，将自己的剑在三生池水里进行洗涤，除垢去污，使剑犹如人身一样脱去秽气，更具灵性。

这个节日虽没有仙剑大会的规模，却比其更加盛大和热闹。因为仪式后会举行各种活动，有竞技类的，有益智类的，也有游戏类的，都是娱乐为主，没有打打杀杀。夜里海面上会燃起一堆堆篝火，夜空中会飘满一盏盏五光十色的花灯，有各种各样的节目和表演，欢声笑语，曼舞轻歌。

例如竞技类的节目有御剑射箭，即踩着飞剑在天上飞，然后拉开弓把一个又一个星星一样的光球射下来，射得越多的奖励越多。箭术了得的弟子可以使射的每一箭，在空中盘旋追逐，穿糖葫芦一样串一箭杆的光球。

还有一些在空中蹴鞠、在海底寻宝捉鱼、回答桃翁等老学究提出的问题等游戏。

有些无聊，有些有趣，不过是让拼命修习法术的大家能够有个机会休息放松，多亲近动物和自然，早日接近所谓的天人合一。

白子画的面色已经苍白到不正常，越来越像一座冰雕，不靠法术很难遮掩，所以大会从头到尾一直没有露过面。

花千骨也不想去，想留在绝情殿陪他，却又经不住糖宝打滚耍赖，也不好拒绝轻水的邀约，只好跟着一起去了。

没想到二人刚下到长留殿，就碰到了霓漫天。

花千骨这么久以来都尽量避开她，师父已经误会她了，她不能再跟她起什么冲突。

霓漫天见到她，气得肠子都绿了。

"花千骨，你……你……你……"想要提到东方彧卿和那件事，却是半点都说不出来，舌头完全不听她的指挥。

"我，我，我……我什么？"花千骨有些好笑地看着她。

霓漫天气急败坏地一跺脚："算你狠！花千骨，你给我记住了，这些我总有一天会千百倍地还给你！"

花千骨看着她气势汹汹地离去，轻轻叹一口气。这个梁子，看来是越结越深了。

二十九　血腥之吻

朔风飘浮在空中，足尖轻点一盏透明的花灯，随意披散的发在夜空里飘飞，略显凌乱，黑巾蒙面，仍然只露出一双让人捉摸不透的眼睛。

他从高处安静地俯视着下面的花千骨，他不是擅长说话的人，说出来的话通常也不太好听，所以这些年早已习惯默默地看着她，哪怕众人一起对酒高歌时，他也只是安静地坐在角落里，保持不近不远的距离，这样就很好了。

只是这次回长留山，她明显和以前大不一样了，似乎总是避着众人，整天心事重重的样子，时不时地发呆走神。

他不懂，这世上有太多事他都不懂，所以他一直努力去学、去观察。他以前一直觉得花千骨像水晶一样，简单到就连他都能一眼看透。可是现在这块水晶蒙上了一层薄薄的忧郁的水雾，让他怎么都看不清楚。

"糖宝，跟我去玩吧，我们去海底看表演好不好？"落十一一脸无害的微笑。

"呃……"糖宝转过头来看看面色苍白的花千骨，它想多陪陪骨头，这些天她都累坏了。

花千骨想要说什么，最后还是咽了回去，然后笑着跟糖宝挥挥手："去吧，玩得开心点，我有些累了，一会儿早点回去，我就不等你了。"

望着落十一远去的背影，花千骨微微皱起眉来，同样的温文儒雅，但是落十一就如一块久经打磨的玉，稳重圆滑，和云隐身上的温柔随和、东方彧卿身上的狡猾、笙箫默身上的慵懒是完全不一样的感觉。他总是很小心地隐藏自己的锋芒和个性，也不知道是怕戳伤了别人还是为了保护自己。

除了在糖宝面前会展现出完全不一样的一面来，他在任何人面前都是成熟内敛的，是个让人放得下心依靠和倚仗的人。做事永远完美、无可挑剔，就连世尊也总是十分信任，把长留大大小小的事交与他去做。这样的男人霓漫天会喜欢上是很自然的事情，花千骨却隐隐有些忧心。

轻水拉着她四处转悠，一面不时跟她提起轩辕朗，说他们一直在通信，轩辕朗一直很关心花千骨最近的状况。然后问花千骨轩辕朗到底是个怎样的人。但是花千骨毕竟和他接触的时间太短，轻水的很多问题她都答不上来。

例如轩辕朗喜欢什么、平时都爱做什么、喜欢吃什么等等，花千骨只说他人很好。

花千骨羡慕轻水提起轩辕朗时那种毫不掩饰的幸福的笑容，不像她需要埋藏得很深很深。

到处都是一片欢声笑语，平时修炼太苦、压抑太久的弟子们都在尽情戏耍。花千骨觉得大脑里嗡嗡一片，被吵得头晕，便跟轻水说要随便走走。轻水知她大伤未愈，再三叮嘱，终于放她离开。

花千骨御剑飞出长留山几里远，在海面上停下来，因为今天是节日，所以长留山附近百余里都可以自由来去。

她觉得胸口闷着疼，身子没来由地虚脱无力。特意穿上高领衣服，遮住脖子上消了又有、有了又消的几个齿印。她现在连低层次的疗伤的法术都使不出来了，血液快速地流失，也泻尽了她的内力和真气。

每次师父吸她血时，她都心疼得难受，然后收集神器的决心便更加坚定了。她不要师父变成这个样子，只要可以给他解毒，就算死，她也在所不惜。

圆月倒映在海上，她如履平地站在月影中间，沐一身月光清辉。

一盏花灯突然树叶一样飘落下来，花千骨伸出手接住，抬头一看是朔风，不经意间的哀伤和脆弱让他给看见了，不由得微微有些窘迫。

"你怎么在这儿？不跟大伙一块儿去玩？"

朔风没回答，从怀里掏出一个夜明珠状的东西，圆圆的，发着光，就是底下多了两只透明的蹼，大大的黑色眼睛骨碌碌地转着。

"滚滚鱼！"花千骨惊喜地跑过去，对着圆圆的很有弹性的鱼头戳来戳去。滚滚鱼和糖宝一样是小妖精不是鱼，但是一般都生活在水面上，可以自由在水面上滑行，就好像球在水面上滚来滚去，饿了就沉到水底吃些小鱼小虾。

朔风在它身上施了点小法术，它就不能再沉到水底了，然后在海面上皮球一样拍了拍，可以弹老高老高。

朔风一撒手，滚滚鱼就飞快地在水面滑行前进，速度快得不可思议。海面上顿时出现了一道银色的弯弯曲曲的水线。

"你怎么把它拿出来了？"节日里，常常有这种抓滚滚鱼的游戏，有时候是许多滚滚鱼，只看谁抓得多，有时候是众人争抢一只。

滚滚鱼非常机灵，跑得极快，而且滑溜溜的，如果不用法术极难抓住。

朔风望着她道："比不比？"

花千骨撸起袖子，他们还从未比试过，那这次就比比抓滚滚鱼吧！说着，一溜烟就从海面滑出老远，划破了脚下水面的圆月。朔风看她有了几分精神，眼中微微有了笑意，也立马跟上，和她争抢起来。两人你追我赶，推来挤去，玩得不亦乐乎。

此刻，白子画正站在绝情殿高高的露风石上俯视海上，这座他守护了千百年的仙山此刻整个灯火通明，花灯万盏，充满了笑声与勃勃生机，而他却如殿上那些桃花树一般正慢慢凋谢枯萎。

这些日子，他除了毒发的时候，便是在努力封印被妖魔再度解开封印的那些神器。千万年来，神器被争来抢去，几度转手。除了当初竹染集齐除炎水玉之外的九方神器时最危险外，其他时候，幸得神器一直分散各处，然而其邪恶之力，冥冥中总是在想办法相互汇合。

白子画知道自己对于长留山的重要，也知道自己的责任仍未尽完。当初师父传位给他时曾说："子画在，可保长留千年基业，可守仙界百年平安。"

可他还是让师父失望了，他甚至连自己都救不了，还要靠徒弟的血才能苟延残喘。

当初收小骨为徒时，他还有与天一搏的傲气，现在却只能听天由命，尽量将那个时间往后推迟，然后呕心沥血将推算到的可能会发生的事还有对策一一记录下来，以助长留和仙界渡过一个个难关。

他以为自己早已一切皆空，心无挂碍。可是到这个时候，他这才发现内心还对世人怀着慈悲，牵挂着长留山，更放不下这唯一的徒弟。

白子画很轻易地便能一眼望到遥远海面上的花千骨，正在和朔风一起追逐滚滚鱼。她在海面上轻盈地滑行着，犹如天空中的飞鸟。

自己有多久没有见她这么开心地笑过了呢？

一阵寒风吹来，白子画竟觉得有些冷。大限将至，只是还有一些事没有交代完，再多给他一点时间，只要再多一点点时间——让他把长留山和仙界的事情安排完，让他再多陪陪、多教导教导这个孩子……

一向高高在上的身影此刻显得十分单薄，可是远远望去，仍比天空中巨大的圆月还要光彩耀人。

他对疼痛已经迟钝，只是突然感觉身子有些不妥，似是有将要毒发的迹象。他无奈地摇摇头，转身飘然下了露风石，回自己房间去了。

花千骨气喘吁吁，终于抢先一步把滚滚鱼捉到了怀里，仰天大笑起来。

"我抓到它了……"

"千骨！"

朔风就这样看着她的笑容慢慢在脸上无力塌陷，眼睛一闭，身子一沉，整个人扑通一下掉进了水里。

朔风飞奔而至，一只手便把她从水里提了出来。花千骨浑身湿淋淋的，犹如落汤鸡。

朔风吓坏了，拼命地叫她，输了许多真气进她体内，才发现她竟虚弱到这个地步。

花千骨迷迷糊糊地睁开眼睛，笑道："你看我，怎么这么不小心，站着就睡着了……"

朔风连忙抱起她直接向长留山绝情殿飞了回去。

白子画感觉到花千骨回来，还有别人的气息，从房间里出来，看着朔风仓促落地，抱着浑身湿透了的花千骨。

"谁准你上绝情殿的？"白子画冷道，看着花千骨在朔风怀里直哆嗦。

"对不起，尊上，千骨突然晕倒了，所以我送她回来。"朔风这么久以来一直没见过他，心里陡然一惊，尊上怎么会受这么重的伤，几乎仙身尽失。

他上前想要把花千骨递给他，不料白子画却退了一步。他正在毒发，隔那么远都能闻到花千骨鲜血的味道，更别说碰她了。

"你把她送进房里吧。"

朔风第一次上绝情殿，对四周很不熟悉，直接便往白子画房里走。白子画想要说花千骨的房间不是这里，却又懒得开口，只想打发他快点离开。

"千骨怎么会突然晕倒呢？居然还是因为贫血？"朔风因为担心，语气里忍不住隐约带了点质问的味道。白子画是她最敬爱的师父，为什么没照顾好她，连这点事都没注意到呢？

白子画心头震了一下，冰冷道："好了，你可以走了。"

"是，尊上。"朔风把花千骨放在白子画榻上，突然瞥见她脖子上的牙印，整个人都愣住了，转过头直直地盯了白子画两秒，然后转身向外走去。

"擅闯绝情殿，别忘了到戒律堂去领罪。"

"弟子遵命。"朔风语调坚硬，带着一丝不解，又带着一股愤懑，一阵风般走了。

白子画走到花千骨跟前，见她往日孩童模样的圆润脸庞如今比自己更惨白了三分，心头不由得一紧，手触着她的肩，将她湿透的衣物瞬间蒸干，又渡了不少真气给她。

花千骨迷迷糊糊地睁开眼睛，满脸抱歉："我怎么跑到师父房里来了？对不起，我马上回去。"

花千骨勉强下榻，摇晃着走了两步，因为眩晕一头便往下栽，白子画连忙上前扶住她，花千骨正好扑倒在他怀里。

以前他们师徒也有过无数次的拥抱，可是从未像这次这么紧张和奇怪过。花千骨已经开始发烧，浑身滚烫如火，而白子画依旧冷得像冰一样。

花千骨只觉得身体一凉，十分舒适，迷迷糊糊地攀着眼前物体便再不想动了。

白子画瞬间闻到花香血香上百种气息，头脑嗡地一下，毒便再也压不住了，牙很轻易地便寻着她的脖子咬了下去，温热的鲜血从他齿间溢出来，滴落在花千骨的脖子和发上。

花千骨闷哼一声，仍是一动不动地紧紧抱着他，不愿放开。

可是这次白子画吸得比哪一次都用力，比哪一次都疼，双手紧紧搂着她小小的身子让她快要不能呼吸了。

"师父……"花千骨微微清醒了一些，试图从他怀抱里挣脱。白子画的牙却咬得更深了。花千骨感觉到血液迅速地从体内流走，又是销魂又是疼痛，紧紧咬住下唇，拼命忍住。

此时一只纸鹤从窗外飞了进来，在房间里绕着二人转了好几圈，却完全没被注意到，最后掉落在二人脚边地上。

花千骨知道再这样下去，自己就要被师父吸干了，师父的毒尚未得解，她怎么能就这么死了？她拼起全部力气，银光一闪，震开了白子画。

白子画抬起头来，目中光彩全无，唇上还带着鲜血，有一些还沿着嘴角流淌下来，滴落在他雪白的衣袍上。

"师父……"花千骨看着他空洞的眼神，心中突然闪过巨大恐慌。

白子画望着她因用力而咬破的沾满血的双唇，轻轻翕动着，如此鲜红诱人，忍不住竟倾身覆了上去。

花千骨顿时就蒙了。

原来天荒地老也不过如是。

头脑中荡漾着星星碎碎的银白光晕，一波波荡漾开来，堪比那无翼而飞的，近神的潇洒和自由。

师父的唇冰冷而单薄，像柔软的水晶，轻轻碰触，仿佛随时就会碎掉，酥酥麻麻的感觉顺着唇向四面八方延伸开去。

空气中的尘埃都停止了浮动，世界瞬间变得冷冷清清，什么也没剩下，只有亘古如一的月光，寂静地照着她和师父两个人。

花千骨什么都不知道了，脑中反反复复出现的只有几个字：这是梦这是梦这是梦……等睁开眼睛，梦就结束了。

可是她用力睁开眼睛，看到的仍是宛若天人、平时连多想想都觉得是亵渎的师父的脸。她屏住呼吸，眼睛睁得铜铃大，伸出手想要推拒，可是师父的舌尖轻轻滑过她的唇瓣，她瞬间就软了。

一股咸腥在唇齿间泛开，白子画舔舐完唇边的血液，开始逐渐用力吸吮。花千骨浑身一阵颤抖，灵魂似乎都要随着血液离开身体。

花千骨再也站不住，踉跄着退了几步，白子画却没有扶住她，而是直接倾身将她压倒在榻上，温柔缱绻，用力舔吸。白子画虽一时失去意识，但那掺杂着血腥的温暖柔软让他想要品尝得更多。

花千骨小小的身体一面瑟缩一面战栗，从未想过会与师父亲密到这等程度，心中的恐惧和慌乱早已大过欣喜。

怎能趁师父失去意识时做出这等事？他虽迷糊，自己却是清醒的啊？若是等他醒了，自己还有何面目见他？可是此时被他压在身下，更是半点力气都使不出来了，只听到自己隐忍的微微娇喘的声音。

"师父！"她感觉到唇被白子画咬破，更多的血液渗了出来，滴落到她的头发上还有榻上。太过销魂的疼痛，她不由得伸出双手紧紧地环住了白子画的身子，似乎想要索取更多的亲吻。

突然听见门外"啊"的一声。

瞬间眼前的一切美妙幻境被击个粉碎，花千骨从头到脚如坠冰窟，如临大敌一般飞快地点了白子画的睡穴，然后翻身而起，飞快地向房外冲去。

世尊身边贴身伺候、专门负责传信和下达命令、处理琐碎事务的弟子李蒙全身僵硬地站在那里，眼神里充满了恐慌和难以置信。

花千骨的心凉了个彻底，小心翼翼地扯出僵硬的笑容，想要安抚他此刻翻天覆地的心。

"你听我说……不是这样的，这只是个意外……"她微微上前了两步。

李蒙惊恐的眼神闪烁不定，使劲地摇了摇头。这不可能是真的，一向高高在上的尊上，怎么可能和他的徒弟做出这样的事来！不信，他不信！

李蒙转身便御风往上飞去，可是花千骨怎么肯依，若让他把看到的这一切说了出去，或者告诉世尊，自己也就罢了，别人想怎么看就怎么看，可是师父怎么办！绝对不能让他毁了师父的百年清誉！

花千骨运功连打出几枚冰凌化作的暗器，李蒙走得慌乱，轻而易举便被她射了下来。

花千骨飞快地点了他的穴道，一脸恳求地看着他："刚刚是因为师父中了毒，失了心神，事情不是你想象中的那样。"

李蒙满脸怒火看着她，若不是因为发生了大事需要通知尊上，可世尊无论是传音还是送了飞信来绝情殿，尊上都没有一点回音，又怎么会派他亲自前来，又怎么会被他看到这么无耻又让他痛心疾首的一幕！

"贱人，我知道是你勾引尊上的！长留的声誉就断送在你的手上了！"

花千骨无力地看着他："我知道，这都是我的错，算我求你，不要说出去，我不想杀你。"

李蒙使劲呸了一口唾沫在地上："你这是乱伦！是欺师灭祖！你杀了我好了！否则别想我帮你隐瞒此事。"

花千骨闭上眼睛，扬起手来在他脖子上重重一击，李蒙瞬间倒地昏死了过去。

她这辈子从来没有如此难以抉择过，若只是霓漫天知道她的心意的话便也罢了，说出去最多只是被师父嫌弃，然后逐出师门。可是这事竟然被李蒙看见了，关系到的是师父的清誉，这就非同小可了。自己到底应该怎么办？

杀了他么？可是上一回已经惹得师父如此生气。她还记得那时自己就在这里一个头一个头地磕着，说她知道错了。她是真的知道错了，她真的很用力地反省。杀人是不对的，哪怕是为了师父的性命要用别人的命来换，那也是不对的。

霓漫天的事如果实在要找理由，可以说她是用心险恶，可是李蒙呢？！怎么能仅仅因为他无意中知道了不应该的事情，就置他于死地呢！

花千骨心如乱麻，东方彧卿又不在身边，甚至连糖宝都不在，她连个可以商量的人都没有。可是再不能拖延了，时间一久，世尊定然起疑。

花千骨绝望地看着天上的月亮，最后还是下了决心。罢了，罢了，若有什么罪，就全部让她一个人来承受吧。

大战蓝羽灰的时候，她吃了太多苦头，也正是因为败给了她，才害得师父中了这么厉害的毒。花千骨一直耿耿于怀，为了以后遇到她可以不再被操控，花千骨一回来就开始潜心研究那个让自己吃尽了苦头的摄魂术和幻术。因为那是禁术，正派之人不得习练，所以花千骨颇费了一番功夫。

如今再一想，摄魂术可以控制一个人的心神，那是不是也能消除一个人的一段记忆？

她心中忐忑不安，却只能赌上这一把，硬着头皮对李蒙施了摄魂术。

没想到法术很成功，李蒙迷迷糊糊地醒来看着她，只是觉得头昏脑涨，又想不起来发生了些什么。花千骨说尊上已入睡，不想被人打扰。李蒙于是便跟她转达了世尊的话，让她告诉白子画，然后便有些茫然地离开了绝情殿。

花千骨松了一口气，看着他的背影，心想，这回总算没有任何死伤地解决了这件事。

回到房间里，白子画还在昏睡，唇上是鲜红的血迹。花千骨低头看他，想伸手摸摸他月光下仿佛透明的脸，却又不敢越矩。她用袖子小心地擦去他嘴角的血迹，然后手轻轻覆在了他的头顶上，紫光闪烁，同样消去了白子画今天晚上的记忆，否则以他的能力，就算再失去意识，第二天醒来肯定还是会对自己做过的事情有模糊的印象，可这又怎么能让他知道呢？

这一夜，这个甜蜜又血腥的吻，就让她当作人生最美好的记忆，永远封印在岁月的尘埃中好了。他是她的师父，她也永远只会把他当作自己的师父。

花千骨轻轻替他盖好被子，凄苦一笑，转身离开。

第二天白子画醒来，看见榻上的点点血渍，知道昨晚自己又毒发吸了花千骨的血，可是往常还能模糊记得一些，这次竟然连隐约的印象都没有了。他对自己微微有些恼怒，看来是不能再留在这儿了，不然总有一天会危及小骨性命却不自知的。可是心头那拉扯不断的隐隐不舍的感觉，又让他近来无端的烦乱，自己到底在留恋些什么？

看见书桌上镇纸压住师兄传来的飞信，应该是小骨放在那儿的。他出门往贪婪殿飞去，基本上都准备得差不多了，这事该让师兄知道了，然后自己离开长留山。

"骨头！"糖宝使劲地摇她。

"啊？什么？"花千骨慌乱中把筷子掉在地上了。

"你到底有没有好好听我说啊！一大早就咬着筷子对着窗外傻笑，样子很白痴耶！"

"呵呵……没事，你继续，继续。"

糖宝咬着一片白菜叶子，跟咬手绢似的，一脸害羞地看着她："那你说，我该怎么办才好嘛？"

花千骨夹了它的白菜塞到自己嘴里，大口地扒起饭来："什么该怎么办？"

糖宝气呼呼地在她面前桌子上使劲滚使劲滚……

"你根本就没有听我说话！我说落师兄昨天晚上跟我表白了，我该怎么办啊？"

"噗。"花千骨眼睛瞪得铜铃大，一口米饭全喷了出来，天女散花般撒在糖宝身上。

"什么？"

糖宝害羞地把脑袋藏起来，身体变得透明的、粉粉的，整个缩成一个球。

花千骨用手指头拨弄它，脸上又好笑又无奈。

"他怎么跟你说的？"

"他就说：'宝宝，我好喜欢你啊，让我照顾你一辈子吧！'"糖宝模仿着落十一深情款款的语调说道。

"哈哈，然后呢？"

"然后，然后趁我发呆的时候，亲了我一下。"糖宝声音压得更低了。

花千骨抱着肚子笑得快要不省人事了："你怎么知道人家是跟你表白来着，万一师兄是想把你领回家去当宠物养呢？"

"才不会呢，师兄对我可好了。我想吃什么糖都给我买，哼，不像你老限制我，每天非逼着我啃草和树叶子。"

"我限制你是怕你长蛀牙啊，你是虫嘛，当然得多吃绿色植物补充维生素。我可是好娘亲，才不会像你爹爹和落十一那样百依百顺娇惯你！那后来呢？你怎么回答的？"

"我说，骨头娘亲会照顾我一辈子，你只要经常像这样陪我玩就是了。"

花千骨能想象落十一听见它回答时一脸心碎的样子，用筷子把糖宝夹到眼前："我才懒得照顾你呢，话说你喜不喜欢落师兄啊？"

"喜欢。"糖宝老实地回答。

"那轻水呢？"

"当然也喜欢。"

花千骨无奈地摇头："我看，等你先分清楚哪种喜欢是那种喜欢，再去想应该怎么办吧。不过，我不希望你跟落师兄走得太近。"

"为什么？"

花千骨没有回答，只是忧心忡忡地望了望窗外。霓漫天忌妒心如此之重，难保不会对糖宝下毒手，不过目前能倚靠的也只有落十一了。

"骨头，骨头！"糖宝使劲咬她的手，"你还在为盗神器的事忧心吗？没关系的，我们都计划好了，不会出问题的。"

花千骨点点头，轻叹一声。

糖宝突然低声道："骨头，你就真的那么喜欢尊上么？爹爹他，其实也很好的。"

花千骨震了一下，低头看着它微微一笑："我对师父不是喜欢这么简单的，更多的是尊敬、仰慕，还有感激之情。我什么也不求，只希望他可以好好的，我可以永远做他的徒弟陪在他身边。"

"可是若我们盗了神器，尊上会原谅我们么？"

花千骨摇摇头："顾不得了，只要可以替师父解毒，什么惩罚我都能承受。但是糖宝你要记得，时刻提防霓漫天。"

"为什么？"

"你个傻孩子，不要眼中只有一个人对你的好，就看不见另一个人对你的恨了。霓漫天虽然本性说不上有多坏，但是太善妒太记仇、太过争强好胜和不择手段了。一个人如果拥有了这几点，通常很容易不计后果地做出非常可怕的事来。可能是我太多心，但你还是不要和落师兄太亲近了，以免她将对我的怒气全部撒在你身上，知道么？"

"知道，放心啦，我可是很厉害的，小小一个霓漫天，我还对付得了。"

花千骨摇头："就怕她总是玩阴的。"她已经吃过好几次亏了。

"小骨。"耳边突然传来白子画的声音。

花千骨一惊："师父有什么吩咐？"

"你到书房来，为师有话对你说。"

花千骨连忙往书房奔，糖宝继续在盘子里奋斗。

"师父。"花千骨眼睛瞟见他雪白的衣角，始终不敢抬头看他，想起昨夜发生的事，脸红通通的像个苹果。

"桌上的这些书是你今后两年需要看的，为师把你需要做的，还有今后可能遇到的一些问题，全部都写在这本蓝色的册子里了。你遇到什么不懂或者难解的问题就参阅一下。"

"师父？"花千骨惊愕地看着他。

"我再过两日会离开长留山，顺其自然坐化九重天。为师大事皆已办妥，你不用再勉强为我续命了。神器等我也全部封印完毕，走之前会交给你师伯，然后由他分散收藏于各处。对外皆称我闭关去了，能拖多少年是多少年，以免长留大乱。"

"不要，师父……"花千骨怔怔地摇头。

"我已交代你师叔替我多教导你，但是师父不在了，凡事还得靠你自己。"

"我不要，我只要师父！"花千骨失控地喊道。

"小骨，这是几个月前就已注定了的事，师父能借你之力撑到今日已是万幸。万事不可强求，你已是半个仙人，岂能再执着于这些生生死死。"白子画轻叹一声。

"你今年多大了？"

"十九。"花千骨尽力使自己的声音听起来不那么颤抖。

"七年了，已经是个大人了啊，更应该看得分明，修道最忌讳的便是心有执念。如果……如果你愿意的话，还是长成大人的样子，再在长留山待个几年，便回茅山去好好做回掌门吧，不要辜负了清虚道长的期望，将茅山再次壮大。"比起长留山来，茅山更需要她，她也更能有一番作为的。白子画看她多年未变的容颜，突然很想知道小骨长大了之后是什么样子，可惜自己再也没机会见到了。

花千骨膝一屈，跪在他面前。

"师父，小骨求你，再……再拖延几天好不好？最起码，最起码等五天后陪小骨过了生辰再走？"等她神器得手之后……

白子画不说话，迟疑了片刻，这就意味着还得靠小骨的血撑上几天，再三思量，终于还是点了点头。

趁着白子画大多时间在闭关，花千骨又查阅了许多资料，主要找对盗取神器有用的，特别是如何解开神器的封印的内容。

因为生辰要和师父一起过，所以她提前一天在清流那儿做了一大桌子菜，请大家大吃大喝一顿，就当作告别了。

看着宴上大家一如往常或纵情高歌，或曲水流觞，或嬉戏打闹，花千骨心中感触万千，知道过了明晚，一切便再也没办法回头了，在长留山这些年的快乐时光也再不会有。

曲罢宴散，花千骨回绝情殿的途中，却被朔风给拦住了。

"到底是怎么回事？"朔风依旧单刀直入。

花千骨笑得心虚，突然想到那天他见过师父，看到师父的身体状况一定十分奇怪，便也不瞒他。

"师父他中了剧毒，此事非同小可，拜托你一定要保密！"

朔风静静飘浮着，眼睛比夜空中最耀眼的星星还要闪亮。

"所以，你会失血虚弱成这样，就是因为尊上他夜夜吸你的血延缓毒性，是么？"

"不是的！是我非让师父吸的，师父都是为了救我才变成现在这个样子的。"

"那你这些天满怀心事，闷闷不乐，就是在想方设法救他？"

花千骨点点头。

"你已经找到了？"

"我……"

"不要不承认，不然你现在不会这么镇定又坚决的样子，你宴上说的那些话，分明是暗中向我们告别。解毒的方法很危险，对吧？"

"是。"

"需要什么？"

"炎水玉。"花千骨终于还是说了出来，只因心中无端地信任朔风，觉得没必要瞒他。

朔风身子轻轻一晃，脸色瞬间苍白。

"你的意思是说，你想集齐所有神器，让炎水玉复合归位？"

"是的。"

"心意已决？"

"只要可以救师父！"

朔风轻叹一口气，原来这就叫命定。

"好吧，我帮你。"

花千骨惊讶地抬头看他。

"绝对不行，我不能让你也冒这个险。"

朔风一脸平静地看着她："如果真那么危险，两个人的话危险就少了一半，你相信我，我可以帮到你。"

"不行！说什么也不行！"这如果被发现，按照长留门规，就是死上十次也不够。

朔风笑起来："可是我现在已经知道了，你若不算上我的话，我要是说出去，你可就什么都做不了了。"

"你……"花千骨气愤地鼓起腮帮子。

朔风的眼光如水一样，微微带了点哀伤："尊上不能死，这也不是全为了帮你，也是我对他的报答。"

"好吧。"花千骨知道他跟自己一样固执，无奈只能妥协。

"什么时候动手？"

"明天晚上。"

第二天是花千骨的生辰，她一大早起来，细心地装扮了一番，依旧梳了包子一样的两个发髻，不过扎上了两环碎碎的白色小绒花，穿上绿色的新衣裳，裙角绣满了纹饰，巧夺天工，这是杀阡陌送给她的，还从来没穿过。素雅的小脸，脂粉未施，清新可人，只是略微苍白了一点。

花千骨烧了好大一桌子的菜，都是师父最爱吃的，还把绝情殿内外进行一次大扫除，院前枯掉的桃花树全部从山上移植下来新的。

"师父，开饭啦——"她开心地大声喊，好像又回到了以前的样子。

白子画慢慢从房内出来，望了望满院新移栽的桃花树。只是自己不是树，再无可回春之日了。

饭桌没有设在房内，而是院中。白子画在桌前坐下，看着花千骨开心地给他盛饭。往年她的生辰他们也是这么过的，吃吃饭，说说话，简简单单。花千骨总是缠着他问他的生辰是哪一天，可是活了上千年，日子太久，哪里还记得。于是她便说二人的合在一天，每年一起庆祝。

这也算是他们师徒二人最后的一个生日、最后一顿饭了吧，以后便只能留下她一人过了。

花千骨不停地给他夹菜添酒，一面吃一面嘟嘟囔囔。白子画嘴角扬起一丝笑意，这么多年了，时间像水一样流得悄无声息。千年恍如一瞬，天不曾变，他亦不曾变。就算挖空了心思，记忆里也掏不出什么。可是自从她来之后，日子突然好像变慢了，也有了色彩和声音。细数和她的一点一滴，他竟都是记得清清楚楚的，半点都没有遗漏，胜过之前的百年千年了。

饭罢，花千骨笑道："师父，你可不可以把流光琴拿出来，徒儿想为你弹奏一曲。"

花千骨孩子一样带着撒娇的神色，他已经很久没看见了。白子画轻轻点点头，把流光琴从墟鼎中取出来拿给她。

花千骨接过流光琴，坐在桃花树下，飘逸空灵的琴音响起，惊落层层粉浪漫天飞卷缤纷下落，奏的是一曲《谪仙怨》。

晴川落日初低，惆怅孤舟解携。鸟向平芜远近，人随流水东西。白云千里万里，明月前溪后溪。独恨长沙谪去，江潭春草萋萋。

一波音起，花飞花落，如歌如诉，那是二人瑶池初见，白子画足踏清风袖笼香，素衣轻羽，展颜一笑，桃花醉，忘人间，从此心与落英坠琼觞。

二波音叠，淡雅清新，宁静致远，朝夕相守，七年相伴，她始终安静地凝望他俯瞰千山的出尘背影，日复日，年复年，一言一语，点点滴滴在心头。

三波音转，苍凉浑厚，中正浩然，他的谆谆教导，仙恩点化，让她识礼乐、博见闻，从鬼魅缠身，到扬名仙剑大会，斗群魔，战群妖，御剑九天笑清秋。

四波音折，冰冷非常，梦幻空灵，犹若天籁仙音，极北之地，冰雪之巅，他牵着她的手，行走在这茫茫世上，白雪皑皑，情丝暗长，踏遍红尘共飞仙。

五波音荡，琴声呜咽，悲伤哀怨，她本无所求，无贪恋，只要能淡然相伴，不羡鸳鸯不羡仙。今已至此，再不能回头，只要他好好的，千番苦楚，万般磨难，就她一人承担……

琴声包含了太多说不尽道不明的情感，桃花树影空摇曳，花间精怪也不由得泣涕涟涟。

白子画怔怔凝望着她，酒盏停在半空中，也惊得呆住了，从未曾想过她的琴技竟能有如此造诣，心头一缕似有似无的莫名情感，被她的琴声一点点牵引出来，朝朝暮暮相处的点点滴滴随着琴音一幕幕在他脑海中回放。他握杯的手微微紧了，心猛地一痛，仿佛预料到了什么，却又无论如何都抓不住。

"小骨……"他轻轻唤了一声，再无法直视她清澈的眼，转而望天边云卷云舒。

一声轻叹，琴声已落，却仍在他脑中百转千回，久久不散。百年千年，他第一次在分离中体会到了不舍。这孩子，已经强大到可以照顾好自己了。可是，为什么还如此让他放不下呢？

花千骨将琴递还于他放回墟鼎之中，然后望着他如同初见那般的笑，那笑却像要哭出来。他头脑微微有些晕沉，花千骨的绿色身影也在一片粉红色中变得渐渐模糊起来。

"师父，原谅小骨……"他隐隐听见小骨在他耳边低语，意识慢慢抽离。

花千骨身形一闪，化作一道绿光，趁着白子画放回流光琴墟鼎闭合的瞬间，已飞入他墟鼎之中，取出了所有神器。

白子画心头猛地一惊，无奈为时已晚，神念被摄，只能慢慢地合上了眼睛。

三十　罪孽深重

花千骨将白子画小心地置于榻上，盖上薄褥，自从他中毒以来，她见过太多次他这样没有防备、沉沉安睡的样子。而他从高高在上的云端坠下来，都是为了她。她再也不想看到他这样脆弱又易碎的模样了。花千骨心疼地理了理他散开的发，只要能够做的，她都会为他做，只要他好好的，依旧是那个冠绝六界的上仙白子画。

"师父，等着小骨，我一定会拿着炎水玉回来的。"花千骨跪在床前恭恭敬敬地磕了一个头，带着糖宝从海底密径御剑飞出了长留山。

不远处，花千骨常跟杀阡陌相聚的花岛上，朔风正在等着她，不知道的人还以为他们俩私奔，实则是赴死。

一路上二人谁都没说话，花千骨回望海天之间巍峨秀奇的长留仙山，心头一阵酸楚。长留山还是跟她当初来时一样，千年万年，不曾更改，只是她这一走，就再也回不了头了。

一直到了百里之外，二人找了僻静荒凉之处下落，花千骨从墟鼎中取出了不归砚。

天山、长白山与长留山相隔甚远，以她的御剑速度，要将所有的神器找到还不知要何年何月。而以师父的力量，虽然被施了法术，顶多昏睡个三日也就醒了。

但是这三日，随便一个地方神器丢失的消息传出，就已经足够闹得整个仙界翻天覆地。所以，她选择先取师父墟鼎中的流光琴、不归砚、拴天链，还有刚从蓝羽灰那儿夺回的幻思铃和卜元鼎，解开封印之后想去哪里都容易，再盗神器也不是什么难事了。

"你能解么？"朔风和糖宝担心地看着她。

"应该可以。"花千骨照着禁书上所言，开始解神器的封印，顿时整个天暗了下来，狂风大作，电闪雷鸣。她之所以选离长留山这么远的地方解封印，还要加上结界，也是因为怕响动太大，被觉察。

花千骨双手结印，嘴里念念有词，不归砚上下旋转着，从一片漆黑逐渐变得通体透明。

又过了两个多时辰，封印总算解开了，另外还解开了幻思铃的封印，这时天已经全黑了。

"好了，可以出发了。"花千骨伸出手想从朔风手里接过糖宝。朔风却合拢掌心不肯给她。糖宝莫名其妙，使劲想从他指缝里探出头来。

"你干吗？"

"别以为我不知道你的鬼机灵，我把糖宝给你，你带着它一眨眼就不见了，我上哪儿找你们去？"

花千骨无可奈何地笑笑，平时总是假装冷傲的他原来也会像个孩子一样耍赖皮。

"好好好，我保证不扔下你单独行动，时间紧迫，我们出发吧。"花千骨抓住他的袖子，眨眼间两人便消失了。

花千骨的身体微微有被撕裂的感觉，头脑中一片光亮，但是很快便恢复正常，只见四周一片漆黑。

"这是哪儿？"

"嘘……"花千骨猫着身子飞快地在一个溶洞里穿行。周围漆黑一片，但是二人都已过知微境界，所以看得十分清楚。滴滴答答的水声传来，还有各种奇形怪状的钟乳石，七弯八绕好一会儿才走出去，花千骨似是对这里的地形十分熟悉。

"不可用法术。"花千骨低声叮嘱，二人出了溶洞，足尖轻点，过了一座架在两座山峰间的吊桥。

"这儿是长白山，前面就是太皇峰，掌门温丰予正在闭关，没有旁人干扰，下手会方便一些。"

"你以前来过这儿？"

"没有，不过仔细研究过附近的地形。"

不归砚只可以去到自己脑海中有印象的地方，她没有到过长白山还有天山，所以自从下定决心要盗神器以来，都在研究通过糖宝从东方或卿那儿取得的资料和图片，将这两个门派的位置路线还有周围布下的阵法全都摸了个透，记得滚瓜烂熟，怕是比他们本门弟子还要清楚。

"原来你都计划好了，我还以为……"

"你以为我一时冲动，奋不顾身，怕我为了夺取神器太不冷静遇到危险，所以才想跟着我保护我，是吧？"

朔风转过头假装抬头望天，原来是自己瞎操心了。

"放心吧，事关师父生死，我不会乱来的。就算死也会死得有价值，所以这次绝不会失手。"

朔风点点头，很开心她又恢复成了太白山上力战群魔时游刃有余、镇定自若的模样。

二人飞快地来到温丰予闭关的地方，糖宝趴在花千骨耳朵里，时刻提醒她四周的动静。

突然一阵风刮过，花千骨打了个寒战，前面细得不能再细的一根树枝上站了个人，一身青衣，在空中鼓动飘飞，瘦得仿佛没有身子，只剩下了衣裳。

"温掌门？"花千骨心头一惊，仰望那个长着一张苦大仇深的脸的中年男子，群仙宴上曾经见过他两次，但仅仅是打过招呼。

花千骨恭敬地对他行了个礼，一想起自己马上要干的坏事，心里一阵内疚。

"是你？"温丰予凝眉看着她，"茅山掌门花千骨？你们怎么会在这儿？敢问深夜造访所为何事？"他本在入定中，突然发现这太皇峰上多出了两个人的气息，而且是没有一点预兆地凭空突现，心里觉得奇怪，便过来看看，没想到居然是花千骨。

"抱歉了，温掌门，我们……我们是为神器而来。请问，浮沉珠现在是不是还由你收藏保管？"

"是的，是不是尊上他不放心，所以叫你前来……"

"不是的，是我自己……温掌门，对不起，请借晚辈神器一用……"花千骨俯身一拜。

温丰予还没反应过来是怎么回事，就见花千骨从怀中掏出了幻思铃。铃声阵阵，掠人心神，催人泪下，再配合上花千骨的摄魂术，威力倍增，即使意志再坚强的人的心防也能被轻易击破。

温丰予迅速反应过来，全身形成一圈强光的防护，抵挡铃音，可是很快便被铃声穿透，光芒逐渐弱了下去。他开始在空中犹如无头苍蝇一样到处飞舞着，似乎在追赶着什么，又似乎在和什么人争吵。

"惜蕊……惜蕊……惜蕊……"温丰予一声声地喊着，表情痛苦又迷茫，似乎在幻思铃和摄魂术的作用下，回到记忆里最痛苦的一段时光。

就算是无情无心的仙人，也会露出那样孤独脆弱的一面么？朔风愣在原地，似是有些不能理解。

"浮沉珠在哪里？"花千骨轻声问，声音和着铃声传到温丰予的耳朵里，变得充满了神奇的蛊惑力。

"在我的墟鼎中。"

"取出来给我。"

温丰予轻轻摇了摇头，眉头紧缩，似乎是在用力抵抗着什么，幻思铃响得更加急促了。

"把浮沉珠取出来给我。"花千骨狠了狠心，再次说道。

温丰予终于从墟鼎中将那团光雾取了出来，花千骨接过小心地放入自己的墟鼎中。不料温丰予突然猛地扑上前，一把抓住了她的手腕。

"惜蕊……不要离开我，我知道是我错了，没有你，成了仙、做了掌门又如何！两百年了，这百年的孤寂，你知不知道，我好难受，好想你……"

花千骨任由他拉扯着，吓得一动不动，不是因为别的，只是因为他不断涌出的泪。那样绝望又后悔的表情，让人分不清他的泪水是因为幻思铃的作用，还是因为积攒了两百年的寂寞和悲伤。

花千骨心中酸涩无比，哭吧，都哭出来吧，哭出来心里就好受了。

朔风见她呆呆立住，迟迟没有行动，只得飞快上前，点了温丰予的睡穴。

"动作快点，我们时间不多。"

花千骨这才反应过来，给他施了摄魂术，抹去了今晚的这一段记忆，然后又施了障眼法安置在树下。

"你从哪里学到这些的？"朔风看着她，施用禁术是一件非常危险的事情，特别是摄魂术，一不小心自己也会被所创造出来的幻境吞噬，永远走不出来。所以，十个擅长使用摄魂术的人通常有九个都会变成疯子。

花千骨叹气："不然光凭我们的法力，怎么可能从身为掌门之尊的人手里拿到神器？"

"温丰予看到了他最心爱的人？"

"每个人的心里都有最薄弱的地方，也最容易被对自己最重要的人打倒。"

"走吧，咱们得赶快。"朔风知道她心里难受，又不知如何安慰，只能拍拍她的肩。

花千骨点了点头，只是下一个神器……天山玄镇尺，要拿到恐怕就不是那么容易的事了。

朔风和花千骨再次出现，是在天山飞霞峰。

飞霞峰，仙云踪，天山弟子御剑的技术一向都是仙界首屈一指的。

花千骨只能出现在飞霞峰冰雪城中离掌门尹洪渊有可能比较近的府邸之内，可尹洪渊的确切位置还是无法确定。抬起头可以看见天空不断有青红紫黄各色的剑芒掠过，周围冰雪的城池巍然壮阔，犹如巨大的天宫。花千骨的身子瑟缩一下，回忆起当时背着师父绝望地在一片冰雪中跋涉的情景，突然觉得有些冷。

花千骨施了摄魂术，连连问了几个人尹洪渊在哪里，都说不知道。他们只能小心翼翼一个地方一个地方地搜寻。

找到书房的时候，花千骨突然被一个人勒住脖子拖到角落里，心里一惊正要反击，抬头一看，是上次救她的那个异朽阁的高个子绿衣女子。

"姐姐？你怎么会在这儿？"

"嘘……"女子看了看四周，轻声道，"阁主不放心，让我来这里接应你们。浮沉珠取得顺不顺利？"

"嗯，基本上没遇上任何阻碍。"

"那就好，那个尹洪渊虽然是天山派掌门，但是现在基本上都不问派中事务，前两天刚出去云游了。阁主怕你扑个空，就让我先混进城里，打听神器的具体下落。天山派现在是由尹洪渊的大弟子和四弟子分别主掌，分南北两个派系。玄镇尺应该是藏在机关重重的九霄塔里，那里是北派的势力范围。那塔除了掌门谁都不许进去，再加上时间有限，所以我只弄到了第一层的图纸。你看完后记牢了，直接用不归砚进到塔里去。"

花千骨一脸感激地望着她，她本来还打算利用尹上飘玄孙女的身份接近尹洪渊的，看来不用了，这回得硬闯了。

花千骨接过图纸细细看了一遍，就预备动身。

"我跟你们一块儿去。"女子说道。

"可是……"

"那塔一共九层，每一层都布满机关陷阱，光靠你们俩还有糖宝不一定应付得了。你要是出了什么差池，我可没法向阁主交代。"

花千骨心头一阵感动："姐姐，你叫什么名字？"

"我叫绿鞘。"

花千骨点点头，心念一动，三人瞬间消失不见。

再一回神，三人已在塔中。

还未待站定，周围圆形冰壁上就突然密密麻麻地张开千百万个小孔，无数根喂了剧毒的细小银针从各个方向激射而来。

花千骨连忙运起真气，鼓起光壁将几人罩住。没想到等到半炷香的时间过去，那暗器竟丝毫没有减少或者消退的迹象，任他们向壁上如何攻击施力都没有用。

花千骨看了看落到地上的银针很快消融，发现那根本不是银针，而是毒水凝成的冰针。只要有人的气息，便循环往复射出，生生不息。就算伤不了人，也能将人一直困在此处，直到精疲力竭。

"我们分开，慢慢移动，直接上二层去。"

朔风和绿鞘出了她的光罩，自己防护。可是银针之多、力道之大，使得飞行起来十分困难。

"楼梯在哪儿？"朔风四处张望，只见白茫茫中全是快速射来的冰针，其他什么都看不清楚。

"没有楼梯，入口在你的右后方顶上那儿，但是被冰雪封住了。"花千骨回忆起图纸上所画的。

朔风转过身，定睛仔细一看，总算看到了那块微微和别处不一样的地方，双手一击，掌风将周围的冰针一时间全部击碎。三人在下一拨冰针射出之前飞快地破了冰雪，穿过了入口，上了第二层。

三人本来早已做好了准备迎接下一次的攻击，没想到什么也没发生，冰壁上夜明珠发着诡异的绿光，四周安静得有些可怕。

三人也不多做停留，直接飞上第三层，可居然还是什么都没有。

"怎么回事？"花千骨望向绿鞘，绿鞘也不解地摇摇头。

朔风检查了一下覆上一层又一层冰的墙和地上，还有上方。

"机关全被解开了，有人先我们一步进来过了。"

花千骨和绿鞘都大惊失色，飞速地往第九层赶去。

"这九霄塔周围阵法遍布，如果从外面进来，不可能不被天山的人察觉。到底是谁会先我们一步进来这里，还干净利落地一连解开了那么多层塔的机关呢？"绿鞘眉头紧锁。

"可是，为何第一层的机关没有解呢？"糖宝忍不住问道。

绿鞘思忖道："一层没解大概是想制造出没有人进过这塔的假象。尹洪渊的性格本就粗犷随意。就算偶尔来这塔中看看，到了一层见一切仍是原状，肯定以为神器依然万无一失，懒得解了机关亲自上去查看。"

"你的意思是说，神器有可能已经被盗走了？"花千骨惊道。

绿鞘轻轻地点了点头。三人匆忙到了顶层，果然发现了几具冰冻的尸体。

朔风打量了一下四周："神器没被盗走，还在这里。"

"真的么？你怎么得知的？"花千骨一阵惊喜，到处寻找，却没看出哪里有收藏神器的地方。莫非有什么暗门？她顺着墙和地上摸索起来。

绿鞘检查了一下那几具尸体。

"全都是妖魔，死因十分蹊跷，暂时看不出来，但是有一个，好像是旷野星……"

花千骨觉得有点耳熟："旷野星？是谁啊？"

"旷野天的弟弟。"绿鞘从怀中取出一把奇形怪状的刀，利索地割掉了几个死尸的舌头，然后装进了随身的一个竹筒里。

花千骨转过身不敢看，想起那个旷野天就是太白山上与东方彧卿过招的很精通机关术的男人，自己还被他暗算，中了剧毒。

"他弟弟怎么会死在这里？"

绿鞘等被冻僵的舌头慢慢软了下来，在竹筒里摇了几下，嘴里念念有词地说着什么，似乎是在向那些舌头问话，然后把竹筒放在耳旁仔细倾听。

她好一会儿才皱着眉道："他们都死了一年多了，好像是在太白一役前，旷野天和旷野星就听从单春秋的命令，拿着不归砚到这塔中妄图盗取玄镇尺了。他们兄弟二人都精通机关术，不过虽然进入塔中，并顺利地解开一路的机关陷阱上到这第九层，却因为某些原因没有取到玄镇尺，危急时刻，旷野天扔下了他弟弟和其他人，独自用不归砚逃出了九霄塔。"

"可是，他说的是什么危险？旷野天也算很厉害了，有什么会让他们都斗不过，而且从此之后不敢再打玄镇尺的主意，宁愿先去攻打太白山硬抢其他神器？"

绿鞘紧紧地皱起眉头："他说，塔里面……有个怪物……"

花千骨打了个寒战，糖宝吓得钻进她耳朵里去了。

"他们自己本不就是妖魔么，怕什么怪物啊？"

朔风望了望四周，觉得有什么不对，可是又说不上来。

"玄镇尺的封印，为什么居然是解开的？"他感觉十分奇怪，低声喃喃道。

"你说什么？解开的？"这太令人难以置信了，花千骨吞了吞口水，"莫非玄镇尺封印被解开就是为了镇压塔中的那个怪物？所以，尹洪渊才一直没有将它藏在自己的墟鼎中随身携带？"

绿鞘点点头："这样解释说得通。现在的问题是怪物在哪里？玄镇尺在哪里？"

朔风皱起眉慢慢走向南面的墙，然后慢慢伸出手，居然直接从墙上穿透了过去。

"在这里……"

花千骨惊讶地看着朔风，突然觉得他连声音都陌生了起来。

两人跟着他穿过了冰壁，眼前陷入一片漆黑。这种漆黑是一种虚空，无论他们如何凝神也什么都看不见，因为似乎根本什么东西都没有，甚至连地面都没有，他们却很自然地在一个平面上行走。

朔风手一翻转，放出了两团明亮的火焰。三人顺着火光望去，还是什么都看不见，只有一片漆黑。火焰虽然光亮，却很快被黑暗吞噬，上不着天，下不着地，看不见四方。他们似乎身处在一个无限深、无限广的大洞中。

而下面隐隐有热风往上吹来，这个大洞仿佛一张巨大的口，轻轻地呼吸。花千骨紧张地看着下面，感觉到一种强烈的压迫感。

朔风突然抽出剑来，划了自己一下，用力将血打散，形成血雾往下方沉甸甸地坠了下去。血雾仿佛有很大质量一样，一直下落，直到深得看不见。

他们下方顿时出现了一条又一条交叉遍布的铁索，密密麻麻的一直向下，将这不知道到底有多大的洞口一层又一层封住。每一根铁索都有两三个人合抱粗细，锈迹斑斑，年代久远，上面挂满了红线和符咒。

花千骨惊得起了一身的鸡皮疙瘩，可想而知，这下面镇压的到底是怎样可怕的一个怪物。

"看到玄镇尺了么？在那儿——"朔风指了指下面无数铁链交错中隐约发着黄光的东西。

"旷野星他们可能就是在取玄镇尺的时候，在封印力量减弱的一瞬间遭到了地底下那个怪物的袭击，所有人的内丹和法力全部都被吸空了。旷野天可能就是慌乱中趁着其他人被袭击的时候，自己靠着不归砚逃掉了。"

"骨头娘亲，我好怕，我们回去吧！"糖宝带着哭腔说，抱住花千骨直哆嗦。

花千骨有些迟疑地看着绿鞘："若我们取走了玄镇尺，那这怪物岂不是要出世为害人间？一个妖神还没出现就弄得人心惶惶了，如果再跑出来个怪物……"

"没关系，再用另外的东西把它封印起来就是了。"

"另外的东西？"

"嗯，你的血。"绿鞘笃定地点点头。

"我的血？"怎么又是她的血啊，她的血都快成万能冲剂了，杀敌、解毒、治愈、封印，真是无所不能啊！

"为什么我的血可以做那么多事？"

"你……阁主没有告诉过你？"

花千骨一听急了，东方彧卿到底有多少事瞒着她啊！

"告诉我什么？他什么都没说啊！"

"你以为每个人的血都可以由天水滴孵化出糖宝这样等级的灵虫么？"

"那究竟是怎么回事？"

绿鞘摇了摇头："既然阁主没有告诉你，肯定有他的理由，我也不能擅自对你多说什么。反正你放心，用你的血绝对能封印住这个怪物。"

"好吧，那我应该怎么做？"花千骨紧张地看着下面黑乎乎的大洞，仿佛立刻就要将他们全部吞噬，也顾不上再去探究为什么自己的血有那么多用途了。

绿鞘从怀里掏出一个石头一样的东西递给她，却是空心的。

"这次要多费点你的血了。"

花千骨点点头，割开血管将那容器装满。绿鞘在上面写画了些什么，顿时那个石头发出诡异骇人的红光。

"我现在下去取玄镇尺，然后换上新的封印。"

"会不会有危险？"

"不会的。"

"不行，我们一起下去，相互有个照应。"花千骨一想到旷野星的尸体，心头一阵发凉。

绿鞘勉强点了点头，眉间有一丝忧郁的神色。几人小心地绕过铁索，飞到玄镇尺周围。四周的空气都凝固了，下面传来的热气越来越重，似乎是谁在急促地喘息。

花千骨紧张地看着绿鞘替换封印，大颗大颗的汗水直往下落，朔风握住了她的手。

绿鞘深吸一口气，飞快地取下了玄镇尺，然后在原位放上了花千骨的血。

花千骨接过她迅速递来的玄镇尺，放入墟鼎中，感觉到周围剧烈地摇动起来，铁索哗哗作响，下面传出奇怪可怖的吼声，震耳欲聋，连忙拉住绿鞘准备离开。

却不料绿鞘甩开她的手，用尽全身力量将他们向上推了出去："封印未完成，来不及了，你们快走！"说着继续默念着咒语，双手结成法印，浑身一片绿光闪烁。这时，无数条银白色的透明的触手一样的东西急速地从下面伸了上来。

花千骨大骇之下想回去拉她，却被朔风拦住。刹那间，那触手已穿过了绿鞘的身体。花千骨能看到她身体中的内力在急速流失，却仍在努力念咒，终于在失去内丹的那一刻，完成了封印，然后随着慢慢向下收回的触手一起往下坠去。

"绿鞘！"花千骨惊恐地喊了一声，利用不归砚飞快出现在下方抱住她的身子，躲过触手袭击，又带着众人回到塔里。

"你骗我！你说没有危险的！你早就打算牺牲自己来帮我换取封印了，对不对？"她想哭可是哭不出来，异朽阁的人都是骗子！

绿鞘奄奄一息，努力睁开眼睛，对她笑了笑。

"你为什么要这样啊？"不值得的，她们只有过几面之缘，相识不深，何苦舍命为她？

"你别难过，我只是在完成我的任务罢了。"

"告诉我，什么方法可以救你？我的血可以么？它百用百灵的！"花千骨慌乱地伸出手喂血给她喝。

绿鞘咳嗽了两声，面色越来越苍白："没用的……"

花千骨又拼命往她体内输入真气："你坚持住，一定要坚持住！等我拿到炎水玉就一定能够救你的！"

绿鞘摇摇头："来不及了……对不起，每次对你不是很凶就是冷冰冰的，因为你的命数……我总是怕阁主因为你而出什么危险，其实第一次见你的时候就很喜欢，那时候……那时候你也是这么小小的，提着一筐萝卜……"

花千骨嘴唇颤抖地闭上眼睛，再一睁开，几人已到异朽阁中。

"东方！东方！你出来啊！"花千骨抱着她的身子，无头苍蝇一样到处乱转。

"呵呵，没事的，我说过，一切都只是交易而已，这世上没有什么是不用付出代价的，要拿到玄镇尺也一样。你要是真觉得愧疚或对不起我，就好好待我们阁主。他生生世世都过得那么苦，我求求你，不要再让他难过……"

绿鞘的声音越来越低，终于闭上了眼睛。花千骨脚步顿下来，怔怔地站在院子里，一动不动。

东方彧卿从外面飞奔而来，看到的就是她抱着绿鞘的尸体，顿时面若死灰，神情呆滞。步子慢了下来，走到她跟前，看着绿鞘，依旧面色平静，没有说话，也没有人知道他在想些什么。

花千骨终于抬起头看了他一眼，他之前跟她说过这条路难走，她终于知道有多难走了。

"东方……"她低低唤了一声，六神无主的模样让东方彧卿心头一疼。

失血过多加上悲愤攻心，花千骨眼前一黑，往前栽倒昏了过去。

花千骨醒来的时候，东方彧卿、糖宝还有朔风都在她身边。

"绿鞘呢？"她一坐而起，神情惊恐，仿佛刚刚经历过一个极其可怕的噩梦。

"你放心，我都安排好了，异朽阁的人有异朽阁的安葬方法。谢谢你将她的尸身带回来，否则她的魂魄只能被万鬼缠噬而烟消云散。"

"为什么会这样？"

"异朽阁的人知道太多天机，人神共愤。鬼不肯放过，天也不会放过，你用不着负疚，这是绿鞘的命。"

花千骨一惊，握住他的手："那你……"

东方彧卿对她笑笑："别担心，异朽阁的人虽不修仙，也没法长生不老，但是不入地府也不入六道，是跳出六界之外的。之后我自会找户好人家让绿鞘投胎，不喝孟婆汤，她会带着记忆托生。如果她还愿意接受这样周而复始的可悲宿命，她自己会回来。如果她想过平常人的生活也可以，关于异朽阁和她所知道的一切，她虽心里明白但永远没法说出口，一旦过了二十五岁，她就会忘记前几世关于异朽阁的一切，今后都只是平凡女子。"

花千骨一脸惊异。

"我说过，这世上没有什么是不需要付出代价的，异朽阁的人也不能例外。"

"那东方你……"花千骨简直不敢再深想下去。

"时间紧迫，以后我再慢慢跟你说。"东方彧卿知道她要问什么，连忙打断她，扯开话题，"现在你要找的神器还差悯生剑和谪仙伞，如今应该是在杀阡陌手中，不知道他肯不肯给你，若是不行，你就只能智取。"

"我跟姐姐好好说，是用来救命的，她一定能理解。"

"你想得太简单了，杀阡陌他们费尽心机收集神器就是为了让妖神出世，一统六界，又怎么会这么轻易地把神器给你？就算他肯，其他妖魔也是不肯的。他身为魔君，在其位谋其政，很多事情身不由己。你记住，见他之后千万不要告诉他你收集到了那么多件神器，不光是他，跟其他任何人也不能说。知道么？这也是为神器的安全还有你的安全着想。"

"好，那拿到悯生剑和谪仙伞之后呢？是不是炎水玉的位置就能够知道了？不然时间快来不及了，师父要是醒了就麻烦了。"她一想到师父醒后发现神器失窃后勃然大怒的样子，就吓得两腿哆嗦。

"炎水玉……你到时候问朔风吧！"

东方彧卿若有所指，看着一旁始终安静不语的朔风。朔风抬起头来惊讶地望着他，在东方彧卿洞穿一切的眼神下，不由自主微微慌乱地别开脸去。

"朔风？"花千骨不解地皱起眉头，一片阴霾在心底挥之不去。为什么身边的这些人，都有这么多事情瞒着她？

"记住，炎水玉归位之后立马拿回去救你师父，然后把其他几件神器放回你师父还有温丰予的墟鼎中，务必装成什么事都没有发生过的样子。"

"知道，那我现在去找姐姐了。"

"去吧，万事小心，一有什么不对，就马上让糖宝来通知我。"

三十一　无以为报

单春秋送走蓝羽灰，回到七杀殿。虽然蓝羽灰对于之前与白子画的一战许多事情不能讲得很清楚，但各种拐着弯地告诉他：目的即将达成，关键在花千骨身上。

单春秋结合她身上的伤，猜测她是中了那个名叫东方彧卿的人的咒术。太白山一役后，经调查得知，他居然是那个连妖魔都不得不忌惮的异朽阁的阁主，实在是让单春秋大吃一惊。他对他们了如指掌，比试输掉，也就在情理之中了。

十妖八魔里面，蓝羽灰虽然不是最厉害的，却一直是最聪明得力的。不论她是否心怀鬼胎，别有目的，只要目标一致，各取所需就够了。尽管一切进展顺利，但单春秋还是十分忧心，他太了解杀阡陌了，只怕他对花千骨的感情到时候又要坏事。

此时，杀阡陌正懒散地斜倚在殿中宝座上，打了个呵欠。

"困死了，我一会去闭关，没有要紧事，不用向我汇报。"

"关于花千骨……"

"小不点儿的事当然都是要紧事。"杀阡陌立马睁开眼叮嘱道。

"魔君，魔君陛下对她到底是怎么想的？如果当真喜欢的话，我们把人从长留抢来就是，为何迟迟没有行动？"

杀阡陌坐直身子，认真道："我怎么想的重要么？最重要的是小不点儿怎么想。如果她喜欢的人是我，别说区区白子画，就是漫天神佛也阻拦不了我跟她在一起。"

"那要是她爱的另有他人呢？"单春秋试探着问道，很明显，花千骨喜欢的人是白子画，只是以杀阡陌心思之单纯，是决计看不出来的。

"她若爱别人，我自然会逼别人也爱她，那人若敢不从，我就杀了他！"杀阡陌气呼呼地说，仿佛能被小不点儿所爱，却竟敢不爱她，是多么不可思议又罪大恶极的事。

单春秋一时愣住，他没想到杀阡陌竟然会这么想，而不是霸气而固执地认为可以挽回对方的心意。

这世上有多少痴男怨女，他君临二界，对待感情的方式却能如此炽烈又洒脱，一心只希望对方快乐？单春秋简直不敢相信！

"不过，"杀阡陌自信满满地补充道，"小不点儿喜欢的人当然只会是我！"他那么美又那么好，小不点儿怎么会不爱他呢？

单春秋轻咳两声："魔君，你还记得花千骨称呼你什么么？"

"什么称呼我什么？她叫我姐姐啊……"说完，杀阡陌就愣住了，对哦，小不点儿一直错把他当成女人了。这样让她怎么爱他呢？糟糕，当时只为了图方便接近她，却把这茬儿给忘记了。

不行！他要马上去找她解释！

杀阡陌正这么想着，就听到了骨哨响起的声音。

花千骨跟朔风在花岛上等了大概一个时辰，杀阡陌翩翩御风而来。

"小不点儿，半年没见了，想我了吧，是不是等得很心急啊！"杀阡陌一把抱住她，在空中甩了几个圈。然后一脸凶悍地瞪着一旁的朔风："把小虫子带来也就罢了，怎么还带了那么大一个闷油瓶！"

因为花千骨的原因，他见过朔风几次，他是极少数完全无视自己美貌的人之一，所以杀阡陌一直对他耿耿于怀。

朔风懒洋洋地往一旁沙滩上一躺，看着天空发呆。花千骨和轻水他们总说他没有存在感，也难怪，迄今为止，他连存在是个什么东西都还没搞懂呢！

"姐姐，我找你有点急事！"花千骨扳过他的脸，不让他再对着朔风龇牙瞪眼。

"正好，我也有要紧事要告诉你！你先说你的。"杀阡陌的声音瞬间变得无比柔媚甜美，要是小不点儿知道他其实是男的，会有什么样的反应呢？

"谛仙伞和悯生剑在你那儿，对吗？我有要紧事，可不可以借来一用？"

杀阡陌从未见过花千骨这么焦急的模样，连连点头："当然没问题啦，只是就在刚才，蓝羽灰也跑来跟我借，说是要派上大用场！"

花千骨顿时心下一凉："你已经拿给她了？"

杀阡陌甩甩手："当然不会，最近太阳这么毒辣，我还要靠谛仙伞保护我的皮肤呢，所以只把悯生剑借给了她。"当时蓝羽灰说了多少好听的话啊，那个马屁拍得他叫舒坦，所以说，手下里面这条美人鱼儿是最聪明、最靠得住了。

"糟了。"花千骨暗叫不妙，蓝羽灰虽然没办法把师父身中剧毒的事说出去，可心里是知道的。莫非她已经猜出自己会为了解毒收集神器寻找炎水玉，然后预先把悯生剑给拿走了？

"她还特意强调自己在东海海底修炼，要是我要拿回悯生剑或者有什么吩咐立刻召见她。"

花千骨紧皱眉头，果然是故意要引她前去。

"小不点儿，怎么了？你突然要神器做什么啊？据我所知，白子画那儿可是集了一大堆啊！真想一把全抢过来！"

花千骨很想把一切都告诉他，可是想到东方彧卿的叮嘱，欲言又止。

"姐姐，你很希望妖神出世么？"

"这不是希望不希望的问题，妖神是肯定要出世的，重要的是谁把他给放出来的。而我，将会成为比妖神还要强大的那个人！哼，过了不多久，我就会去找白子画夺神器的。小不点儿，你回去提醒你师父小心点，到时候我新仇旧恨跟他一起算！"

"我师父他……"花千骨低下头去，神情中几分黯然。

"怎么了？干吗愁眉苦脸的，才半年没见，怎么憔悴消瘦成这样了？白子画都不好好喂你吃饭吗？还是跟姐姐回去好了，姐姐那儿好多好吃的！保准你马上胖回来，抱起来圆滚滚的，又舒服又有弹性。"

花千骨忍不住笑出声来，这不是把她当猪养么。旁边朔风转过头来看着她，好久没看见她笑了，无法解释自己心中暖暖的感觉，不管将来会怎么样，不管他会怎么样，他只希望她能够一直这样笑着，跟第一次见她时一样笑着。不管那笑是不是为了他而绽放，不管他是不是还能在她身边默默看着。

杀阡陌从墟鼎中拿出谪仙伞交到她手中。

"也不晓得你拿伞去做什么，这伞的封印可难解了，除了遮遮太阳挡挡雨真的是没什么用处了。"

"性命攸关，时间有限，以后再跟姐姐解释。我现在去东海找蓝羽灰！"

"哦，好，你去找她吧。"杀阡陌纤纤五指轻轻翻转，掌心出现了一个透明的气泡，嘴里说了些什么，一个个字被装进了气泡里，然后递给花千骨。

"到时候，你把这里面装的我的话拿给她，她就不敢不给你了。"

花千骨望着杀阡陌，感动得不知道说什么才好，他为何总是那么信任她，千辛万苦夺来的神器，说给就给，甚至都不多问她一句。

朔风也在一旁叹口气，他手下为了帮他抢神器拼死拼活的，可他随随便便就拿来送人了，真是败家子啊！不过话说回来，他的这种淡然和不在意得失，正是他强大和傲然的表现吧，不管神器如何，他都有足够的把握再次抢回来。或许，他才是六界真正的强者。不过，下一秒看到杀阡陌一脸舍不得、在花千骨身上蹭来蹭去的样子，朔风立刻打消了这种近乎白日梦的念头。

"对了，姐姐，你说要告诉我的是什么事？"

杀阡陌挥挥手："也不是什么大事啦，你不是赶得急么？等下回找个良辰美景，坐下来我再好好跟你说。"

"好！"

于是，杀阡陌飞回去睡他的美容觉了。

花千骨久久地凝视着他的背影，姐姐已经帮过她太多次了，所以这次不能再把他牵扯进来。等她救了师父，就把谛仙伞还给姐姐，一切事情就会好像从来没有发生过一样。

花千骨和朔风立刻利用不归砚赶去东海海底，希冀诡计多端的蓝羽灰或许会乖乖听杀阡陌的话，把神器交出来。

可是，事情不可能永远跟人们想象的一样一帆风顺。

美貌无边、大脑单边又懒散的杀阡陌也已经习惯将身边一切复杂事物最简单地过滤处理掉，丝毫没有发现花千骨有什么不对的地方。更没有想到从今以后，就是良辰美景奈何天了。

白子画醒了。

白子画醒的时候，绝情殿空荡荡的没有人，一般情况下也不会有人上来。

或许是花千骨低估了他的功力，或许是高估了毒药的毒性，或者是高估了自己的摄魂术，反正白子画醒了，一切朝着无人可以预料的方向蜿蜒前行。

没有什么可以形容他醒来那一刻心里的感受。虽然昏迷中，潜意识里他一直逼着自己醒过来。可是真的醒过来了，他倒宁愿这发生的一切都是在做梦。

他什么表情也没有，也没有像察觉到花千骨对同门动杀机时的勃然大怒。只有他知道，自己的平静下酝酿的是怎样的一场狂风暴雨。

他告诉自己要冷静，不能像上次一样突然失去理智。要相信小骨，这么多年他一直看着她长大，她做的事再怎么出乎他的预料也不会没有理由。

而他现在需要做的，是弄清楚这个理由是什么。

白子画跄跄着推门出去，长留山依旧和往日一样，但是白子画知道这种平静马上就要被打破了。不祥的预感越来越强，他努力追寻花千骨的踪迹，却始终一无所获。

他心中微微有一些急躁，小骨既然把他手上的神器全部都拿走了，那就是说，她会去找下一个神器，那么……

长白山温丰予！

白子画反应过来，不知道被她拿到没有，他现在要马上赶过去阻止肯定来不及了，只能慢慢调息，然后借助水镜观微长白山。

没想到看到长白山上一片混乱和悲戚之声。

——温丰予死了。

白子画用力地吸一口气，紧紧皱起眉头。

温丰予死了，神器丢失……

这么多年来，还没有什么事是真正让他想不开或者犯难的。可是这一次，他是真的有些慌了。就在花千骨拿走自己的神器的当天晚上，长白山神器丢失，掌门居然还遇害。温丰予的死就算不是小骨造成的，她肯定也脱不了干系。但是无论如何，他也不相信小骨会杀人。

突然，仙剑大会上小骨和霓漫天对战的那一幕在眼前闪现，白子画心头一紧。不管怎样，先把她找到再说。

白子画再观水镜，还是无法确定花千骨的行踪。本来体力就不剩多少了，他连行动都很吃力，更别说使用观微这么虚耗真气和内力的法术了。

思忖了片刻，他突然反应过来，花千骨一路上不可能不带上糖宝。虽然自己找不到她，要找糖宝却不难。于是通过糖宝，果然很快便确定了他们的位置，朔风居然也跟她在一块儿，地点好像就在东海之上。

白子画连忙取了佩剑，顾不上一直在体内肆虐的剧毒，强撑着一口气匆匆赶了去。

花千骨和朔风很容易就找到了蓝羽灰，或者说是蓝羽灰根本就一直在那里等着他们。

一看到她，花千骨就想到师父中的毒、受的苦，如果不是因为她，事情就不会弄到今天这个地步。这一切都是她一手造成的！花千骨咬牙切齿地看着蓝羽灰，只见她盈盈含笑，态度极是热情，不知道葫芦里卖的是什么药。

"今儿是什么风把两位吹来了啊？"

"悯生剑在你这儿，对吧？"花千骨拼命忍住报仇的冲动，告诉自己如今赶快给师父解毒才是最最重要的事。

"是啊。"蓝羽灰的鱼尾轻轻摇摆，卧榻是一个巨型的光亮的贝壳，周边镶嵌满了珍珠和宝石，四周与龙宫布景有些相似，华丽而精致，仿佛海底的一个巨大空泡，就算常人进入，也丝毫不会有呼吸不顺的感觉。

花千骨把杀阡陌的话扔给她，她随手戳破听完了，依旧妩媚笑容不改，似乎早有预料。

"悯生剑嘛，你要当然可以给你，不过我要和你做个交易。"

"不行！"花千骨一口回绝。

"我这都还没说呢，不用拒绝得那么快嘛！"

"你想我用其他神器跟你换，那是绝对不可能的！"

"呀，真是聪明啊，不愧是白子画的徒弟！其实你一点都不吃亏啊，你要的不过是炎水玉，给……给……"蓝羽灰没办法把那件事说出口，只好咳嗽两声，"其他的神器对你而言根本就没有用，我给你悯生剑，并帮你找余下的其他神器，聚集在一起，炎水玉归位，那个啥以后，你再把收集的那些神器给我。两边都达成心愿，这样岂不绝好？"

"不行，我绝对不会让你放妖神出世、为祸苍生！"

"悯生剑现在在我手里，你以为你有资格跟我谈条件么？我知道今时今日，就算你有神器在手，我打不过你，可是你以为你就能从我这儿得知悯生剑的下落了？要知道，你会的摄魂术，我也会——"

"你怎么知道？"花千骨惊异地看着她，自己学摄魂术时日尚短，她怎么会知道的？

蓝羽灰从空中慢慢浮游到她身边，绕着她转了两圈，嘴角是妖冶的笑。

"让白子画身中剧毒，而且只差一点点就可以把你们俩都杀了！我立下如此大功，居然没办法对别人说，你说我多委屈啊！只是当时我再怎么都没想到事情居然会进行得如此顺利，白子画会这么护着你这个小徒弟。虽然我不知道他用的是什么方法，居然撑到今时今日还不死。但是更让我吃惊的是，你居然从他那儿偷了神器跑出来。"

"原来你一直在暗中监视我们！"

"怎么会呢？长留山戒备如此森严，借我一万个胆子我也不敢啊！只不过呢，我蓝羽灰虽然用毒比不上茈苪，用计比不上云翳，机关术比不上旷野天，更比不上夏紫薰的法术和单春秋的歹毒，但一般只要是这海上发生的事情，大大小小都瞒不过我的眼睛。我当时也只是差了些小鱼小虾什么的在长留周围海域守着，没想到会不小心看到你私自从长留山出来，又私自解开了一些神器的封印罢了。"

花千骨这才知道，原来自己的一举一动早就被她掌握了。

"所以你立马反应过来我想要做什么，然后抢先一步从姐姐那儿借走了悯生剑？"

蓝羽灰捂嘴一笑："是啊，不过我倒真是没想到你有这么大的胆子呢！为了白子画居然做到这种地步，真是感动死我了。不过，你我都知道白子画是什么人了，我怕他不会领你的情。他要是醒了，按长留森严的门规，又该怎么惩治你呢？"

花千骨虽然脸上神色未改，身子却忍不住瑟缩一下。

"所以我说，你既然连这样欺师灭祖的事都做了，也不用再以什么正道中人自居，更不用在乎之后我们会拿神器去做什么，只要能救得了你师父……"

"不可能，师父不会允许我这么做的！"

"傻孩子，你以为你还可以回头么？再过两天，整个仙界都会知道你盗走了神器，他们会发仙缉令追捕你的。他们那些自诩正义慈悲的仙人，才不会管你盗取神器的目的是什么，只要是有可能威胁到他们的，他们就会变得比妖魔还要恶毒！"蓝羽灰仿佛想到什么似的，眼神里突然燃烧起熊熊火焰，那无法言喻的无尽恨意仿佛要吞噬一切。

花千骨愤愤地转过头去，心里思忖着要如何从她那儿拿到悯生剑。

"怎么？你不信？我告诉你，被他们仙界以各种罪名处死的，怕是比妖魔杀掉的都要多！我知道你在想什么，你以为把神器再原封不动还回去，一切就会像什么都没发生过。但是我告诉你，那不可能了。因为温丰予，他已经死了！"

蓝羽灰在她耳边一个字一个字地说着，犹如魔咒，瞬间便将花千骨推进谷底，从头到脚冷冻成冰。

"所以，你想不惊动谁那是不可能的了，因为现在长白山已经乱作一团。温丰予被杀，浮沉珠被盗，很快他们便会禀报到你师父那里，然后，白子画丢失神器的事情也会瞬间传遍整个仙界，那时候，三界的人会一起追杀你，包括你师父在内！你以为，你还有机会回头么？"

"你……"花千骨看着她，气得说不出话来，心塌掉一半。

"是你杀的？！"

"是我杀的，那又怎么样？我猜你就会去盗浮沉珠。虽然你给他施了障眼法和摄魂术，可是对我而言只是小把戏而已，正好给我铺平了道路，我杀他的时候，简直是易如反掌。这还得多谢你啊，我又立了一功，不然以我的这点功力想要打败长白山的掌门，那是绝对不可能的。"

花千骨心头一痛，差点没弯下腰去。温丰予那苍白憔悴哭泣的脸浮现在她眼前，是她害了他！

花千骨怒火攻心，拔剑便向蓝羽灰刺去，带着无尽的悲愤和懊悔。蓝羽灰轻松躲过，只是不停地笑着望着她。

"加入我们吧，夏紫薰现在不是也过得挺好的么？再说，我们魔君又这么喜欢你。"

"住口！"花千骨接连出招，蓝羽灰却只守不攻，轻盈地闪躲，犹如一尾小鱼灵巧地在水中游动。

朔风在一旁见花千骨冷静全失，剑招纰漏百出，连忙将她拦住，紧紧握住她的手要她冷静下来。

这时，外面一个人头虾身的人一跳一跳地进来，在蓝羽灰耳旁说了些什么。蓝羽灰神色大喜，想了一想，突然将悯生剑从墟鼎中取了出来，递给了花千骨。

"好妹妹，别生气了，姐姐逗你玩的。魔君都下令了，神器我又怎么敢不给你呢？"

一切转变得太快，花千骨和朔风都愣住了，她这又是唱的哪出戏？

花千骨满心疑惑，看着她狡诈的笑容，终于还是忍不住接了过来。望向朔风，朔风点点头："是真的神器。"

"你为什么又肯给我了？我是不会把其他神器交给你的！"

"这个……如果你实在不愿，我也不能勉强，对不对？你只要今后多在魔君面前替姐姐说几句好话就是了。"

花千骨被气得够呛，一肚子火又堵得没地方发泄，这人到底要不要脸！明明就是她把师父还有自己害成这个样子的！

"我们走吧！"朔风拉着她匆忙离开，如果蓝羽灰说的是真的的话，盗取神器之事已暴露，他们就要来不及了。

或许——已经来不及了。

蓝羽灰一副慢走不送的神情笑望着他们，胜券在握的样子让花千骨不由得打个冷战。

一眨眼，二人又回到刚刚见杀阡陌的那个小岛。朔风始终紧紧拉住花千骨的手，不肯放开。

"朔风？"花千骨叫他，朔风回过神来，仍然牵着她的小手，紧紧皱着眉头。

花千骨先将周围结界之外又罩了光罩，防止出什么意外或是再次被蓝羽灰窥探到，然后一一将神器取了出来，排成几排。

"居然……只剩最后一个神器了。"

"是啊，真是不容易，三界抢来抢去，一次次大战，争夺了那么久的神器，居然短短几天时间就让你全部收集齐了，这就叫天命吧……"

"我不管什么天命不天命，我只要师父好好的。"

"就算是一辈子身背污名，被所有人误解，被所有人怨恨，受尽非人的苦楚，你也甘愿？"

花千骨抬起头来，看着朔风的眼睛。那是她这辈子见过的最明亮的眼睛，和师父幽深的眼睛不同，闪烁犹如天上的繁星。此刻，那一贯沉默而孤傲的眼睛里写满了各种复杂的情绪，有痛苦，有不甘，有寂寞，有心疼……

"我不怕。"花千骨说，简单的三个字，坚定又执着。

"好，很好……"朔风的声音微微有些颤抖，别过头去，"那我就放心了。记住你今天的决定，以后无论你一个人遇到什么，都一定要撑下去，不要后悔……"

"我不会后悔的。"花千骨仔细翻看那些神器，无法想象被这些蕴藏如此大力量的神器所封印起来的妖神又该是怎样的强大。

"东方说，找到悯生剑之后问你就知道炎水玉在哪儿了，你现在知道了么？是不是需要把每一样神器的封印都解开？就算有不归砚，我觉得时间也来不及了。"

久久的，朔风没有回答。

"朔风？"花千骨抬头，见朔风正直直地看着自己，蒙着面所以看不清楚他的脸，可是花千骨从他的眼睛里知道，他的表情一定很哀伤、很难过。

"朔风，你怎么了？"花千骨察觉到他的不对，站起身来走向他。从他们一路开始寻找神器起，他就显得很不对劲。但此时此刻，她实在没有心思去细想，只是开始想办法解除神器的封印。

朔风似笑非笑地望着她："哪里用这么麻烦呢？这样就好了。"朔风拿起谪仙伞在手里，默念了两句。谪仙伞顿时光芒大震，封印霎时解开。

花千骨傻住了，呆呆地看着他。

只见朔风一一走过神器，每触碰一个，便解开一个的封印，速度之快，让人瞠目结舌。

不对，有什么不对……

朔风此时眼神里蓄满哀伤，又有几分癫狂，一面解封印一面大笑。

"封印？多简单的事情。"

花千骨回了回神，猛然发现朔风的手竟慢慢变得透明，每解开一个封印，气息就更微弱了一分。

　　不对，这不对！到底出了什么问题？

　　"停下来！朔风，马上停下来！"花千骨扑上去抱住他的手，这时只剩下三个神器的封印未解开了。当初她为解封印弄得天地变色，而这在他手里却跟过家家一样简单容易。

　　"你是什么人？你到底是什么人？"花千骨紧紧握着他的手左右翻看，为什么会变成这个样子？

　　朔风安静下来，叹口气望着她，浑身半透明状，仿佛一眨眼就会消失。

　　"我不是什么人，我什么人也不是。"朔风又伸出另外一只手，连续解开了两个神器，身子顿时变得透明得几乎快要看不见了。

　　"不要！"花千骨牢牢握住他的手，阻止他继续解开封印，仿佛下一秒钟他就会散作尘埃消失在风里。

　　"我一开始不明白自己活着的意义，为什么去长留山？为什么遇见你？后来你说要收集神器为尊上解毒，那一刻我终于懂了，原来从千万年前就已注定，我的存在，只是为了成全你。"

　　"什么意思？我不懂……"花千骨紧紧握住他的双手，身子微微颤抖，拼命告诉自己不会有事的，朔风只是因为解印损耗太多罢了，休息一会儿就会好的。

　　"千骨，还记得中元节那天晚上我们一起放水灯么？你问我为什么不写点什么，我说我既没有亲人，也没有朋友。"

　　"记得……你还说你自己是孙悟空。"

　　"是啊，我是孙悟空，只有孙悟空才没有亲人，没人生也没人养，石头里蹦出来的，我也是啊……"

　　花千骨两腿一软差点没跪下去，朔风抽出手将她牢牢抱在怀里。

　　花千骨眼睛睁得又大又圆，使劲地摇头："我不信！我不信！"

　　"很多事情不需要相信，我只想让你知道。你面前的这个我，不是人也不是仙，不是妖也不是魔，只是一块石头而已，甚至连一块完整的石头都称不上，只是炎水玉的一小块碎片罢了……"

　　花千骨把头埋在他怀里，紧紧咬着下唇，抓着他的胳膊。

　　"虽然我是石头，可我也是会疼的啊，你不要这么使劲地掐我。"朔风终于把这事说出来，心底反而释然了，笑着低头看她。

"我不知道是什么时候有我的，也不知道为什么会有我，或者其他碎片是否也同我一样化作不同形态，以不同方式存在于这个世间。可是我知道，整体聚合之日，就必定是我们个体消亡之时。"

"不会的！你不要胡说！怎么会这样呢？就算你死了，我也可以用炎水玉把你救活！"

"大傻瓜，我自己就是炎水玉，自己怎么救得了自己？你看我每次受伤，又有哪次好得比别人快么？"

"那好，我们不解封印了，我们走，我们现在就回长留山，立刻向我师父请罪去！"

朔风心头一暖，嗓子微微沙哑，有些说不出话来。够了，有她这句话就够了。

"别傻，我们这么辛苦才拿到那么多神器，怎么能够半途而废？难道你想眼睁睁看着尊上死么？"

"我不知道，我什么都不知道，我只知道不能就这样看着你死！炎水玉我们不要了！神器我们都不要了！我们走！我们回去！轻水他们都还在长留山等着我们！"她终于明白为什么朔风之前在九霄塔里能感应到神器的存在，而东方说他知道炎水玉在哪里了。原来东方早就知道朔风便是炎水玉化成的人形，却一直瞒着自己。不行！绿鞘和温丰予都已经因为她而死，她再不让任何人因为她一心找炎水玉而牺牲了！

朔风用力抱住她，低声道："千骨，你忘了炎水玉是怎么碎的了么？你不想因为救一个人而去害另外一个人，可是尊上若死了，我知道你也生无可恋。我只是一小块石头而已，就算比起尘埃也大不了多少，有没有我的存在，这个世界都是一样的，不会有谁伤心或是不舍，但是尊上就不一样了，他的安危关系到三界兴亡。"

"不是的，我会伤心！轻水会伤心！还有你师父还有糖宝他们都会伤心啊！"

糖宝趴在花千骨头顶上，一边用力点头，一边努力地擦着泪水。

朔风捧着她的脸："第一次有意识的时候，我在水里，迷迷糊糊沉睡了百年或者千年。我醒来蹲在岸边，看着水流来去、花开花落、云卷云舒就是一百年。然后，我无聊地站在山上的一棵树上，看着半山腰的一户人家每天日出而作、日落而息，生老病死，就这样又过了一百年。之后，我渐渐有了形体和人的外貌，学会了说话。我去过很多地方，见过很多不一样的人。可还是没有觉得这个世界有什么有趣的事情，也不知道自己为什么会存在。于是又回到最初的那条河边，发着呆一晃就又是一百年。

"突然有一天，尊上正好从天空飞过，可能是察觉到神器的气息，下来查探，然后发现了我。他问我为什么会在这里，可是，我又怎么知道呢！于是我反问他，我为什么会在这里，尊上看着我，说：'如果你想知道自己为何会在这里，就随我回去吧，或许终有一天能弄明白。'于是，我便这样被尊上捡回了长留山，然后遇见了你，遇见了你们。其实在哪里对我而言都是一样的，我跟他回去，或许只是因为可以多一点机会接触到神器。当时我特别想知道，其他的神器是不是也像我这般人不人、鬼不鬼的样子。"

"不要说了，我都知道了，我都知道了……"花千骨心酸得快说不出话来了。

"但是我很开心能跟着尊上回长留，和大家在一起的时候我也好开心。特别是中元节的时候我们放水灯，沐剑节那天我们追滚滚鱼。千骨，我活了那么久，始终弄不清人与人之间的情感是怎么一回事，怎么会有人心甘情愿为另一个不相干的人死呢？可是，后来看到你为了尊上那样无惧无畏的样子，我就开始有点明白了，说要和你一起找神器的时候我便已下定决心，就算烟消云散也一定要帮你把炎水玉归位，替尊上解毒，也算是报了他对我的大恩。"

花千骨心头一痛，知道他主意已定，猛扑上前，想要抢夺最后那封印未解开的悯生剑，却被朔风先一步拿到手里。

"朔风，不要，我求你，我们还可以想别的办法……"花千骨声音轻柔如絮，仿佛生怕一不小心便吓到了他。

朔风抚摸着手中的剑："千骨，其实每个人都会有自己害怕的东西，你跟我说，你最怕鬼还有你师父。而我最怕的，是这千年来如水一般冰冷透骨的孤寂。莫名其妙来到这世间走了一遭，是你让我知道了什么是友情。虽然我没有亲人，可是有你这个朋友就够了。以后每年中元节，记得给我放水灯……"

朔风手指轻点，解开最后一个封印。

"不要！"花千骨的喊声凄厉破云，想抓住朔风的手，却硬生生地穿过去扑了个空。

"让我看看你的脸，至少让我记住你的模样！"花千骨使劲地伸出手，想要留住他。

朔风浑身散发出巨大的光芒，一声轻笑伴着叹息传来："我只是块残缺的碎片而已，无法确定自我，所以也从不知道该以何面目示人。所以不用看了，我根本就没有脸……不过如果可以，我希望自己能像尊上，可以朝朝暮暮默默守护在你身边……"

朔风说完最后一句话，光芒聚敛，化作星辰一样的颗粒在空中盘旋，同时，四面八方拥来了无数发着光的碎片，顿时漫天星光，她再找不出朔风是其中的哪一个。

无数碎片拼合在一起，组合成一块完整的流光溢彩的绿色石头，炎水玉终于归位。十方神器万年后再次得以齐聚。

……

"我可不可以看看你的脸啊？"

"不可以。"

"就让我看看嘛，一下就好，长得丑我也不尖叫，长得滑稽我也不笑，长得帅我也不流口水，也不跟任何人说好不好？"

"不可以，不可以，不可以，不可以……"

……

脑海中的回声越来越小，那个一直默默支持她、守护她的身影终于也消失不见，花千骨这么久以来苦撑的坚强终于坍塌殆尽。她紧紧抱住炎水玉，跪在地上蜷成一团，失声痛哭起来。只是没有泪水的哭泣，又如何能冲刷掉一个人所有的悲伤？

三十二　身世之谜

花千骨强迫自己站起来，不能让绿鞘和温丰予白死，更不能让朔风白白牺牲。花千骨把其他神器都放在墟鼎中，而将炎水玉紧紧抱在怀里。

以前她觉得，这条路再难走，为了师父她都可以走下去，实际上并不只是她一个人在受苦这么简单。她忘了自己的命数，无论谁和自己沾上关系都会被拖累，爹娘是这样，师父是这样，朔风、绿鞘、温丰予也是这样。

手心里全是汗水，隐隐有不祥的预感。为了这一件神器已经死了三个人了，如今十方神器全部解开了封印放在一起，便有了毁天灭地的力量。如此重的担子，自己如何挑得动？

时间紧迫，以她的力量想要将所有的神器重新封印，最起码得好多天。而十方神器重聚又实在太过危险。她也不知道如何会让妖神出世，因此没办法避免。有可能随便一个激化就会产生可怕的后果，所以她动作一定要快，救醒了师父后赶快将神器上交，任凭他处置发落。

花千骨摸了摸糖宝，嘴角扯出一丝苦笑，还好有它一直陪着自己。糖宝轻轻蹭着她，低声安慰。

花千骨打起精神，心里一直惴惴不安，准备利用不归砚回长留山。或许神器被盗已经被发现，长留山全面戒备，或者师父已经醒来，会狠狠地处置她。

但当她悄无声息地出现在白子画的房间里，却发现白子画已经不在那儿了。

已经醒了么！

花千骨观微长留山，发现一切如往常一样。看来神器被盗之事其他人还不知道，师父没有惊动大家。

可是师父到哪里去了呢？花千骨恐慌起来，立马探寻白子画的踪迹，无奈却被法力挡回久寻不见，心里不由得万分焦灼。千辛万苦寻得炎水玉，怎料师父又不见了！

花千骨定下神来，告诉自己别慌，师父不可能平白无故失踪的。长留山一切正常，就说明不是有人来通报何事继而发现不对将他救醒，而是师父自己醒的。他醒来后首先想的定是找回她找回神器。那么，那么他定是出去寻自己了。

糟了！

花千骨反应过来，突然明了蓝羽灰当时异常的举动，连忙再取出不归砚又回到了东海海底蓝羽灰的水晶宫里。

蓝羽灰望着去而复返的她，似乎一点也没有吃惊。

"那么快就回来了啊，是想通了改变主意打算加入我们了，还是愿意把神器交出来做交易？"

"我师父在哪儿？"花千骨冰冷地问道。

"哟哟哟，是你师父，又不是我师父，你问我我怎么知道啊？"蓝羽灰奸诈的笑容像极了单春秋。

"别阴阳怪气地跟我说话！再问一遍，我师父在哪儿？"再一眨眼，花千骨已利用不归砚到了蓝羽灰面前，拔剑架在了她脖子上。

蓝羽灰丝毫不惧，不躲也不反击，看着怒气冲天的花千骨。刚遭遇长白山之变，又经历朔风之死，最后关头师父又不见了，她再无任何冷静理智可言，只想快些救出白子画。

"你还真是在意你师父啊，为了他竟然连神器都敢偷。他也不赖，舍身救你不说，中了剧毒都成这个样子了，还到东海来寻你。如此的师徒情深，真是连我都感动了啊……"

"我师父呢？他现在怎么样了？！"花千骨紧张又气愤地看着她，剑在她脖子上留下一道深深的血痕。

蓝羽灰只是笑："他能有什么事？只是真气用尽又剧毒发作昏过去了而已。不过我真是没想到，他今时今日这个样子，竟然还有能力伤了我那么多手下。不过毒也发作得更快了，本来以他的天人之资，还可以勉强撑个十天半月的，经此一战，他已完全失去意识，再也不会醒来，残留的气力怕是最多只能活一天了。"

因为在场的只有蓝羽灰、糖宝和花千骨三人，且都知道白子画中毒之事，蓝羽灰发现自己能说出来的话多了许多。

"你知道的，我不想为难你，这世上会有谁愿意跟白子画作对呢？我想要的只是神器！你既然已经回去发现白子画不在，就说明你已经收集到全部神器取得炎水玉。实在是太好了，真是半点都没让我失望啊！真想不到你小小一个人，竟比得过妖魔二界的千军万马。"

"所以你才突然肯把悯生剑给我的，是么？因为你知道既然师父在你手中，我迟早会回来找你。"

"是啊，如果说悯生剑还不够换你那么多神器的话，白子画总够了吧？"

花千骨面色铁青，气得说不出话来，没想到自己竟会两次栽在她的手上。

"不可能。"花千骨摇头，可是微微颤抖的语气连她自己都不确定。

蓝羽灰血红的指甲轻轻划过她的脸，用魅惑的声音轻轻说着："傻孩子，不要再苦苦逼自己了，神器重要还是师父重要，从你决定盗神器的那一刻起，你就已经很清楚了。"

"不是！"师父是比神器重要，比自己重要，比世上的一切都重要！可是天下的苍生呢？其他人都是无辜的！如果妖神出世，那自己害死和连累的就不只是三个人！师父要是知道自己为了他祸及六界，肯定是宁愿死都不会让她这么做的。

花千骨心乱如麻，突然感觉眼前微微有些模糊，连忙一掌打在蓝羽灰身上，自己退开了几步。

"别妄想迷惑我的心神！我再也不会吃你那套了！"若不是她当初轻信蓝羽灰，又怎么会害得师父中毒？

花千骨越想越内疚，一定要救出师父，可是绝不能用神器来换。

"我告诉你两件事。第一，我已经打发旷野天去拖住魔君了，所以你别想着借他来压我，让我交出白子画。第二，你的时间不多了，你要好好地想、仔细地想，因为你师父就快要撑不住了！"

花千骨双手结印，飞快地使出摄魂术，同时幻思铃的声音在空中清脆奏响，急促地响个不停。

蓝羽灰面色苍白、紧咬着牙大笑起来："你别白费力气了，我早知道你会来这招，所以就连我也不知道现在白子画被藏在哪里！"

"我不信！"花千骨双目赤红退了两步，仍是不肯罢休。她虽然摄魂术还比不上蓝羽灰，但是因为有幻思铃的作用，法力增强了数倍。

蓝羽灰一直死死抵抗，终于还是心神被掳，身子瘫倒下去，鱼尾痛苦地扭动，眸子瞬间变成深蓝色，不见了眼白，仰起头来悲戚地长啸一声，犹如世上最动人的天籁哀歌。

然后花千骨就看见她的泪水一颗颗掉了下来，落在地上，散落成一地明晃晃的珠子。鲛人泪，世上最价值连城的宝贝。多少人为了它将鲛人囚禁虐待，但至死它们都不肯流下一滴。可是此刻蓝羽灰的泪仿佛下雨一样，璀璨夺目，汇作天上的银河。

花千骨从未见过有谁在幻思铃下流过如此多的泪水，这个人的心里，到底又隐藏了多少悲苦？

她心一酸，欲停下来，突然又想到师父，连忙告诫自己，千万不能心软，更不能被毒蛇的眼泪所迷惑，咬咬牙，继续更深一步地摧毁她的意志。

"我师父在哪里？"

"我不知道……"

"快说！"

蓝羽灰的头剧痛无比，在地上来回翻滚起来。

"我真的不知道……"

"那谁知道？"

"我……我只是对手下说，随便找个人把白子画藏起来，不用回禀我，然后便把那人给杀了。"

"你说什么？"花千骨惊得退了两步。

蓝羽灰一边哭一边笑："哈哈哈，我说除非看见天空变作紫色，海水向天倒流，否则就永远别把白子画带出来。"

"什么意思？"什么东西在花千骨的心中啪的一声断了。

"就是说，除非妖神出世，否则你永远见不到你师父了……"

花千骨怒目圆睁，紧紧握拳。蓝羽灰一声惨叫，双手抱头在地上胡乱翻滚着，神志完全错乱，一面厉声大骂，一面又发出阴阴恻恻令人毛骨悚然的笑声。

"我没有错！是你自己蠢！一次次相信我，是你自己活该！你自找的，干吗非阴魂不散缠着我不放？"

花千骨一开始以为蓝羽灰骂的是自己，却又发现好像不是。

骂完了，她又痛苦地蜷缩起身子低泣起来，泪珠几乎成了血红色："求求你，原谅我！我不是故意骗你的，我不知道你还活着！别怕，妖神马上就要出世了，蛮荒的结界就能够打开，我一定会想到办法救你……不要恨我，我知道错了……等着我，撑下去，撑下去！阑干……"

哭声狠狠刺痛了花千骨的心，伴随而来的是一阵阵窒息。

原来她就是……

花千骨瞬间明白了一切，一时间昏天暗地。

妖神出，天地裂，蛮荒陷，六界灭。

这就叫作命定么？

她当年在课上无意中的一句话，泄露了斗阑干被流放蛮荒的消息，结果导致了蓝羽灰所有的执念和不择手段。

原来她做的这一切，同自己一样，也只是为了救爱的人而已……

花千骨停了铃声和摄魂术，呆呆退了两步，再下不去手，仰天一声悲戚的嘶吼，眼睛瞬间变得血红惊心。直飞出水晶宫，冲破海面，飞到空中，俯视着茫茫三千里碧海。

时间有限，任凭她再怎么藏，也藏不到太远的地方。今天她就是把东海翻个底朝天，也要把师父找出来！

花千骨取出可以翻江倒海的浮沉珠，闭上眼睛，双手使劲向外推去，顿时风云变色，海上卷起滔天巨浪。

"骨头，不要这样！"糖宝在她耳朵里拼命喊着，想要阻止她。可是此时花千骨已经忧心成狂，哪里还听得进去半句？

海底深处开始剧烈震动起来，波浪一层层扑卷，花千骨借着浮沉珠的力量，耗费巨大心神，开始在海中一寸寸地搜寻白子画。

海底顿时乱作一团，见到有人在兴风作浪，龙宫不多时便派出大批虾兵蟹将，无奈都近不了她的身。

龙王认出了那个在空中仿佛入魔一般搅得整个东海天翻地覆的人，竟然是群仙宴上见过的茅山掌门花千骨，而且神器在手，威力无穷，再这么下去，怕是龙宫都得塌了，连忙传信长留山和整个仙界。

蓝羽灰好半天才在摇晃的水晶宫里恢复神志，见周围海水仿佛沸腾了一般混浊不堪，知道花千骨想干什么，不由得有些愣了。

痴儿痴儿，这世上竟有比她还傻的人……

可是，她绝不会允许自己心里有半分柔软或者怜悯她的地方，这世上除了他，没有人和她相干，就算全部死绝了又怎样！至于白子画，她无论如何都不会交给她的，除非妖神真的出世！

而现在，她只需要再做一件事，目的就可以达成了！蓝羽灰得意地笑，若不是她事先用摄魂术探知过白子画的记忆，也不会发现事情原来竟这么容易。

太阳已经落山，漫天残霞，血一样映衬着花千骨猩红的眼睛。四周海面上空密密麻麻全是人，几乎都是收到传信匆忙从各处赶来的群仙，还有试图阻止她的天兵天将。

如此多人同时向她发动攻击，是怎样的毁天灭地之势。然而花千骨凭借谪仙伞竟不费吹灰之力全部化解。随着封印被解除，谪仙伞的力量也终于为花千骨所知。

谪仙伞：完全防御。代表"恨"与"抵抗"，持伞之人，可以阻拦外界的一切进攻，与结界不同的是，甚至可以将攻击加倍反弹给对方。

花千骨并不想杀人，何况是仙界之人，所以手持谪仙伞只是防守，同时利用浮沉珠在东海肆虐寻人。如此，她怀揣十方神器之事也已经完全暴露。

浩劫将至，几乎整个仙界的人都陆续赶来，然而拥有谪仙伞的她却无人可以阻止。花千骨早已失去了理智，不顾一切，只是疯狂地寻找着白子画，再拖下去，师父就会烟消云散了！

摩严和笙箫默也都到了，看着花千骨发狂的样子，却又不知出了何事。

"找到尊上了么？"

"到处都找不到。"落十一摇头，担心着花千骨，也担心着糖宝。

霓漫天有些惊恐又暗自开心地望着花千骨，不需要她亲自动手，她知道这回她算是真的完了。

轻水一直大声地向花千骨喊着，可是无论他们说什么，花千骨都仿佛听不到。

"子画的神器都在她的手里，莫非……"

摩严几乎眼前一黑，他从见花千骨的第一面就非常不喜，担心来担心去，结果她还是成了第二个竹染。

"不会的。"笙箫默打断摩严的话，"不论出于什么原因，千骨都不会对师兄怎么样。或许是师兄的毒……"

"我就知道，收这个丫头进长留是个天大的错误！狼子野心做了掌门弟子，原来竟是意图神器，如今杀了温丰予，集齐了十方神器，看来妖神出世已经无法避免。"

笙箫默一改往常漫不经心的模样，一脸严肃看着他："师兄，你言之过早，没有证据说温丰予就是千骨杀的。我们这么多年也算是看着她长大，她是什么样的人，你我都知道。"

"哼，我不知道，我只知道她是天煞的灾星。人若不是她杀的，浮沉珠怎么会在她手上？若不是为了放妖神出世，她集齐神器做什么？当初仙剑大会上就对同门动了杀机，这样的弟子早就该逐出门去，亏得你和子画一直护着她。"

"原来你知道了。"

"你以为有什么瞒得过我的眼睛？只是如何管教弟子是做师父的事，我不想老是为了个小小的花千骨弄得跟子画之间的嫌隙更深。只是这回，我看他还有什么话好说！该死，到底人跑到哪儿去了？"摩严紧皱着眉头恶狠狠地望着远处的花千骨，低低骂了一句。笙箫默知道，他在为白子画担心。

自从知道白子画中了卜元鼎的剧毒以来，他虽表面上不闻不问，暗地里却想尽办法，心都快操碎了。却在这个关头，竹染当年的事再次上演。

笙箫默低低地叹一口气，看着花千骨几乎把整个东海翻了过来，却不知道到底在找什么。

周围众仙都是一副焦急和忧虑的神情，隐隐都已预知到了，妖神就要出世，大劫将至，六界即将大乱，可是他们如今眼睁睁地看着什么事都做不了。

人越来越多，除了先后赶来的仙，还有许多妖魔也陆续赶来，密密麻麻布满了东海上空，只是此刻彼此都已无心争斗，直直地望着花千骨，静观事态发展。然而和仙人们的心态不同，妖魔们都显得兴奋而期待。他们等待了数千年的时刻啊，就快要到来了。

渐渐地到了半夜，月亮慢慢从海上爬了上来。

只听到花千骨一声惊喜的呼喊："找到了！"说着刹那间，便利用不归砚消失了。

海底并不是漆黑一片，从海里仰望海面，就如同在大地上仰望天空，蔚蓝无边，神秘高远。而那些闪着荧光慌乱游窜的七色鱼儿，是四处散落的星子。

海底波浪依旧未平，神器威力太过巨大，花千骨一再过度操纵和使用自身的力量，明明早就精疲力竭，却不知怎的一直撑到了这个时候。

她在海底急速穿行，努力向心中感受到的那团温暖光亮靠近。

她的心弦一直绷得紧紧的，像是马上要断掉，直到进入被水草掩映的岩洞中。洞内布置简单，四周壁上的夜明珠幽幽发着光，但更大的光晕是从正中央的巨大贝壳中散发而出的。

花千骨的心提到嗓子眼儿，看着贝壳仿如呼吸一般轻轻一张一合着，光芒忽隐忽现。

"师父……"花千骨扑到贝壳边缘望着里面，腿一软跪了下去，激动得嘴唇颤抖，再也说不出一句话来。

白子画闭着眼，安静地躺在当中，脸色苍白如雪，眼睫上凝结了薄薄的一层霜，神情依旧冰冷淡漠，犹如化作一座冰雕，早已没有了半点气息。

花千骨望着他的脸，心慢慢回落，突然平静镇定起来。只要师父还在，只要师父好好的，她就什么也不怕。

"师父……"她又低低唤了一声，似乎想要唤他睁开眼睛，又似乎怕惊扰了睡梦中的神祇。

可是，她的时间不多了。

花千骨望了望周围，海底乱作一团，小妖们都四散而逃，故而这儿也没了看守。可是八荒的仙魔都在外面，很快就会找到这儿来。

她知道师父一旦醒来，依照长留门规，等着她的就算不是魂飞魄散的极刑，也很难逃过一死。她不惧等着她的可怕惩处，可是却无法承受师父的再次盛怒。多想能就这样，一直在他身边，看着他的睡颜，永远永远……

"骨头，赶快，一会儿就要有人找来了……"糖宝在她耳朵里催促。

花千骨低下头去，用力握住了白子画冰冷的手，回忆冰雪中二人携手前行时的简单快乐，心中更加酸楚。她拿出炎水玉，贴在颊上，轻轻念了一声："朔风……"

炎水玉发出巨大的光芒，从海底岩洞直直穿透海面射向苍穹，引得海面上万人惊恐。

白子画的身子慢慢浮到半空中，流碎如银的光一点点凝聚，他仙身未灭，剧毒很快肃清，仙力慢慢回复。

"师父……"花千骨惊喜地将慢慢落下的他抱在怀中，不顾已经虚弱到不行的身体，使劲地给他输入内力。

看着白子画的剧毒终于得解，一切慢慢恢复正常，或许再过一会儿就能醒过来了，花千骨欢喜地紧紧握着他的手。

"糖宝，朔风呢？有没有办法可以救他？他虽然是炎水玉的一块，可是已经有了独立的思想，真的没有任何办法可以将他从炎水玉里脱离出来了么？"

糖宝刚想摇头，突然听得洞外传来一个声音。

"有啊。"

蓝羽灰从洞外游了进来，眼睛里闪耀着莫名的兴奋光芒。

花千骨警觉地站起身来，取出悯生剑。

"你很快。"

"那当然，再怎么说也是自己的巢穴，找起来自然比别人快。不过其他人也都快到了，我劝你还是趁着手里有不归砚，赶快逃吧。"

"我不逃，我要等师父醒过来，亲自向他领罪。"

"领罪？你以为你是为了给他解毒才盗神器的，他便会心软或者内疚，大发慈悲不处置你么？"

"我听不懂你在说什么，我为谁解毒了？我奉魔君之命拜入长留门下，从一开始就打算偷了神器来放妖神出世罢了。"花千骨冷冷地看着她。

蓝羽灰震住了，久久不说话，然后仰天大笑起来。

"原来你打从一开始就想好了，死都不对他说实话，对么？傻不傻，你以为这样他便能依旧活得轻松自在？"

花千骨看着白子画："这是我的事，不用你管。"然后再掏出谪仙伞跟剑一起扔还给她："这是我先前借用的伞和剑，麻烦你还给你们魔君，另外帮我说声谢谢。"

蓝羽灰心里哀叹一声，仙界之中也有这样的人么？怪不得魔君会如此喜欢她。虽然心中略有不忍，但是为了斗阑干，她顾不得那么多了。

"你不是想救那个谁么？"

花千骨身子一震："是又怎样？"她一遍遍告诫自己，这女子实在是太过诡计多端，千万不可轻信。但是从她说"有"开始，心里已不由得燃烧起希望。

"我真是没想到炎水玉的碎片居然化作了人形啊，你知道炎水玉究竟是怎么碎的么？"

……你忘了炎水玉是怎么碎的了么？

朔风那虚无缥缈的声音再次回响在耳边。他们为什么都问这个问题？怎么碎的，她怎么会知道？《六界全书》上又没有写，各种古籍上对这事也都一笔带过。

"不知道就算了。"蓝羽灰低头一笑，心中窃喜，看来她一切都不知情。

"其实要把他从炎水玉里分离出来非常简单，只需要你的一滴血就可以了。"

花千骨心头一喜，糖宝在耳朵里连忙叮嘱道："没有丝毫根据的事情，骨头，不要随便信她。"

花千骨紧皱起眉头，脑海里一时风起云涌。

蓝羽灰看看自己的指甲，轻轻吹了吹，一副漫不经心的模样说道："你没有多少时间考虑了，他们马上就到了，到时候神器全部被搜走，你就再也救不了那个人了。"

花千骨紧张得额头上沁出汗来，不明白为什么自己的血可以救他，如果那么容易的话，朔风之前为什么不对自己说？这其中一定有阴谋。可是自己的血似乎又的确有非常多的作用，如果不试一下的话，自己一辈子都不会甘心，更不会原谅自己。

不行，时间紧迫，不能再犹豫了，朔风是为了自己才牺牲的，一定要想办法救他！

"骨头！"糖宝看着蓝羽灰兴奋诡异的表情，心头涌起巨大的恐慌。

可是，花千骨已经不管不顾地把血洒在了炎水玉上。

顿时天崩地裂一般，四周剧烈摇动起来。花千骨感觉到其余几方神器在她的墟鼎中一起嘶鸣，发出剧烈的金石撞击声。

头痛欲裂中，她把神器取了出来，顿时十方神器飞快地向上飞了出去。

"糟了！"花千骨不知道发生了什么事，只是预感到大事不妙。

只见蓝羽灰仰天哈哈大笑起来，一边笑一边哭，诡异恐怖到了极点。

"怎么回事？"花千骨慌乱起来，抱起白子画从即将坍塌的岩洞里飞了出去。周围海水一片混浊，什么也看不清了。海底似乎发生了剧烈的地震，岩浆慢慢渗了出来，整个东海混乱不堪。

"怎么回事？"花千骨一把抓住蓝羽灰，只见她疯了一般，猩红的眼睛看着自己。

"妖神出世了！妖神出世了！没想到需要连续几天才能解开的最后封印，居然只需要你的一滴血就解开了！哈哈哈！太好了！太好了！这个天下是我们的了！蛮荒的结界也终于可以打开了！"

花千骨大脑嗡的一声巨响，然后变得一片空白："你说什么？不可能！怎么可能！我只是救朔风而已！你骗我！你骗我！你又骗我！"

蓝羽灰笑望着她："我骗你？我感激你还来不及。你说的朔风早就已经没了，烟消云散，无论什么方法都找不回来了，哈哈哈！你的血不过是用来解开神器的最后一道封印的，封印一解，妖神就要出世了。这世间，再没有任何事可以阻拦！"

花千骨使劲摇头："不会的，不会的，只是一滴血，只是一滴血而已……怎么会……"

"事到如今，你还不知道自己是谁么？不过想想也对，你不知道你是谁，这世上也没人知道，唯一知道的人，只有白子画。若不是我在他昏迷的时候想探知一些仙界的机密看了他的回忆，我也不会知道……"

"你想说什么？你想说什么？"花千骨觉得头剧痛无比。

蓝羽灰脸凑近她，缓而低的声音笑着说："妖神是由你和众神合力封印，炎水玉是因你而碎，和着你的血肉化作千万片去修补滋养这片大地。花千骨，你是这世上最后一个神啊……"

花千骨身子摇晃了两下就要往下沉去，可是手中白子画的重量让她告诉自己努力撑下去，这一切都是假的，她最喜欢骗人！不要听！她说的都是假的……

糖宝也惊得呆住了。此时十方神器出现在东海的上空，漆黑的夜空瞬间变作妖异的深紫色，海水逆天流向十方神器围成的漆黑巨大的空洞，在海天之间形成一个巨大的旋转水柱，犹如龙卷风一般将周围的空气和海水都搅了个天翻地覆。

四野八荒的妖魔鬼怪都感受到了妖神的躁动，纷纷发生暴乱，为祸人间。四处地震、火山不断，死伤无数，而这仅仅是前兆而已。

东海上空乱作一团，仙人无不惊慌失措，妖魔则欢呼雀跃。摩严等人都不由得一声长叹，还是来不及了。

这时杀阡陌和单春秋等人率大军赶来，仙魔对峙，一触即发，眼看又难逃一场厮杀。

花千骨不知是埋怨自己笨好，还是怪自己太没用，居然一次又一次地被她骗，想要杀她都已经被打击得没有力气了。

"你知道自己的血为什么有这么多作用了吧？也知道为什么神器总是和你脱不了干系，冥冥中会被你集齐了吧？我还一直很奇怪，你和身中剧毒的白子画怎么可能从卜元鼎中逃出来，还丝毫不被我的真火所伤……"

花千骨耳朵里嗡嗡地响着，听不清楚。原来师父已经知道了，却什么也没说，又或者自己是神还是人，对他而言根本就没有区别。只是自己神身降世，却总是引得周遭多灾多难，如今连妖神都放出来了。如果真是神，那也是大衰神吧？

花千骨想笑，可是笑不出来。她无法想象上古一战到底都发生过什么，又到底有多么凄惨壮烈，才会几乎毁灭了整个神族，独留自己一丝形神未灭，游荡千年，终于有一日会聚灵气，得以转生人间。

然而自己的再次出现，不过代表了另一个毁天灭地的浩劫。而这一次，还有谁能有那样的力量再次将妖神封印？

花千骨抱着白子画，埋头在他胸前低泣起来，感觉到他的微微动作，知道是妖神要出世，到处涌现的邪气惊动了他，他就要醒过来了。

"骨头，别担心！会有办法的！"糖宝怕她做傻事，连忙低声安慰着，"这不是你的错，你什么都不知道，你只是想救尊上、想救朔风而已。妖神出世是迟早的事情，这不是你的错啊！你不要太自责了！既然以前可以封印一次，那么就肯定还能再次封印的！"

花千骨迷茫地看着白子画，轻笑一声："师父总是说，错了就是错了，不管做错的理由是什么。我虽力量有限，可是会尽我所能地去补救的，师父，你要原谅小骨啊！"

花千骨抱着白子画奋力向上飞去，突然感觉到一个熟悉的气息。

"子画？"许多人都在海底搜寻花千骨的踪迹，夏紫薰靠着嗅觉极其灵敏的金丝鱼，在海底循着越发浓重的异香找到了花千骨，没想到白子画也在。

"子画他怎么了？"

花千骨抬头看到夏紫薰一脸的诧愕和忧愁，努力微笑着摇头："师父中了卜元鼎的毒，多亏紫薰姐姐之前炼制出的解药，替师父解了毒。小骨完成魔君交代的任务，收集完十方神器，妖神即将出世。"

夏紫薰一脸惊恐直摇头："小骨，你在说些什么？为什么我一句都听不懂？"

花千骨把依旧昏睡中的白子画猛地塞到她怀里。

"拜托姐姐照顾好我师父，他若问就按刚刚说的那样告诉他，姐姐明白我的意思的。"

"可是……"夏紫薰扯住她，"你要去哪里？"

"我去弥补我犯的错，紫薰姐姐，算小骨求求你，一定要这么告诉师父。"

花千骨的眼睛里是她不忍拒绝的托付与信任。

"糖宝，你也留在这里。"花千骨把糖宝从耳朵里抓出来，放在夏紫薰的肩上。

"我不要！我不要！我要跟你一起去！"糖宝知道她想干什么，一面哭一面踢打着，抱着她的手指又抓又咬。

花千骨施了一个摄魂术，它立马昏了过去。

"千骨！"夏紫薰没来由地觉得恐慌，花千骨依旧小小的身子，可是那完全跟她的外表不相称的眼神叫她心里完全没底。

花千骨笑笑安慰她，心痛得身体都快要缩成一团了。紧紧握住白子画的手，怎么都舍不得放开，终于还是狠下心，转身向海面冲了出去。

她自己的过，她自己来弥补，哪怕是粉身碎骨。

落十一、杀阡陌等人眼看着花千骨从海底飞了上来。没有人知道刚刚在海底究竟都发生了什么，而妖神又是如何破除封印出世的。

花千骨看着紫色的天空，四方的妖气邪气腥气瘴气污浊之气全部向那十方神器形成的巨大空洞中涌去。海上巨浪一波接一波，空中电光闪烁，雷声轰鸣。

"将那个孽障拿下！"摩严望着花千骨大怒道，守了那么久，妖神居然还是被她放了出来，这难道就是天命么？群仙一个个惊慌失措，六神无主，正要上前，杀阡陌手一挥，妖魔将他们全部拦住。

"千骨！"

"小不点儿！"

……

　　花千骨不知道有多少声音在唤她，缓缓环顾一周，看了看那些熟悉的面孔和这一片混沌、风云变色的周天，然后光一般迅速地从那黑洞穿了过去。